# 中国古代文学

## （上）

主　编　张新科
副主编　王长顺　黄元英
编　者　（以章节编写顺序为序）
　　　　王长顺　霍建波　李小成　高　萍
　　　　黄元英　陕艳娜　张　鹏

陕西师范大学出版总社

图书代号　JC18N0534

**图书在版编目(CIP)数据**

中国古代文学：全3册／张新科主编. —西安：陕西师范大学出版总社有限公司, 2018.8
ISBN 978-7-5613-9914-9

Ⅰ.①中… Ⅱ.①张… Ⅲ.①中国文学—古典文学—高等师范院校—教材 Ⅳ.①I206.2

中国版本图书馆CIP数据核字(2018)第062335号

## 中国古代文学(全3册)

张新科　主编

| 责任编辑 | 李月辰　邱水鱼　张　曦　杨雪玲 |
|---|---|
| 责任校对 | 张　曦　史　伟　邱水鱼 |
| 封面设计 | 泯林品牌设计 |
| 出版发行 | 陕西师范大学出版总社 |
| | (西安市长安南路199号　邮编 710062) |
| 网　　址 | http://www.snupg.com |
| 经　　销 | 新华书店 |
| 印　　刷 | 西安雁展印务有限公司 |
| 开　　本 | 787mm×1092mm　1/16 |
| 印　　张 | 42.75 |
| 字　　数 | 845千 |
| 版　　次 | 2018年8月第1版 |
| 印　　次 | 2018年8月第1次印刷 |
| 书　　号 | ISBN 978-7-5613-9914-9 |
| 定　　价 | 107.00元 |

读者购书、书店添货或发现印装质量问题，请与本社高等教育出版中心联系。
电话:(029)85303622(传真)　85307864

## 编委会

**主任** 张新科

**编委**（以姓名拼音音序为序）
　　　　韩宝育　贺卫东　胡安顺
　　　　李西建　梁向阳　苏仲乐

# 目 录

# 第一编 先秦文学

## 第一章 上古神话与歌谣 (3)
【文学史】 (3)
第一节 上古神话 (3)
第二节 歌谣 (7)
【作品学习】 (8)
【延伸阅读】 (9)
【拓展训练】 (9)

## 第二章 《诗经》 (10)
【文学史】 (10)
第一节 《诗经》的性质和分类 (10)
第二节 《诗经》的编集、流传和功用 (11)
第三节 《诗经》的思想内容 (12)
第四节 《诗经》的艺术特色 (16)
第五节 《诗经》的地位和影响 (18)
【作品学习】 (19)
【延伸阅读】 (20)
【拓展训练】 (21)

## 第三章 先秦历史散文 (22)
【文学史】 (22)
第一节 《尚书》和《春秋》 (22)
第二节 《左传》的文学成就 (26)
第三节 《国语》与《战国策》 (31)
【作品学习】 (36)
【延伸阅读】 (39)

【拓展训练】…………………………………………………………………（39）

## 第四章　先秦诸子散文 …………………………………………………（40）
　　【文学史】……………………………………………………………………（40）
　　　第一节　语录体散文 ………………………………………………………（40）
　　　第二节　论辩体散文 ………………………………………………………（45）
　　　第三节　专题论文 …………………………………………………………（49）
　　【作品学习】…………………………………………………………………（53）
　　【延伸阅读】…………………………………………………………………（54）
　　【拓展训练】…………………………………………………………………（55）

## 第五章　屈原与楚辞 ……………………………………………………（56）
　　【文学史】……………………………………………………………………（56）
　　　第一节　楚辞的形成及其文体特点 ………………………………………（56）
　　　第二节　屈原的生平及其作品 ……………………………………………（58）
　　　第三节　《离骚》……………………………………………………………（60）
　　　第四节　屈原的其他作品 …………………………………………………（63）
　　　第五节　宋玉及其楚辞创作 ………………………………………………（67）
　　【作品学习】…………………………………………………………………（68）
　　【延伸阅读】…………………………………………………………………（70）
　　【拓展训练】…………………………………………………………………（70）

# 第二编　秦汉文学

## 第一章　秦汉政论散文 …………………………………………………（73）
　　【文学史】……………………………………………………………………（73）
　　　第一节　秦代政论散文 ……………………………………………………（73）
　　　第二节　西汉政论散文 ……………………………………………………（75）
　　　第三节　东汉政论散文 ……………………………………………………（79）
　　【作品学习】…………………………………………………………………（82）
　　【延伸阅读】…………………………………………………………………（83）
　　【拓展训练】…………………………………………………………………（83）

## 第二章　汉赋 ………………………………………………………………（85）
　　【文学史】……………………………………………………………………（85）
　　　第一节　赋的起源和发展 …………………………………………………（85）
　　　第二节　西汉赋 ……………………………………………………………（87）
　　　第三节　东汉赋 ……………………………………………………………（91）

【作品学习】…………………………………………………………（96）
　　【延伸阅读】…………………………………………………………（97）
　　【拓展训练】…………………………………………………………（97）

第三章　汉代历史散文 ……………………………………………………（99）
　　【文学史】……………………………………………………………（99）
　　第一节　司马迁和《史记》…………………………………………（99）
　　第二节　班固和《汉书》……………………………………………（107）
　　【作品学习】…………………………………………………………（111）
　　【延伸阅读】…………………………………………………………（114）
　　【拓展训练】…………………………………………………………（114）

第四章　汉代乐府诗歌 ……………………………………………………（116）
　　【文学史】……………………………………………………………（116）
　　第一节　汉代乐府诗歌概论 …………………………………………（116）
　　第二节　汉代乐府诗歌的题材内容 …………………………………（117）
　　第三节　汉代乐府诗歌的艺术特色 …………………………………（120）
　　【作品学习】…………………………………………………………（121）
　　【延伸阅读】…………………………………………………………（122）
　　【拓展训练】…………………………………………………………（123）

第五章　汉代文人诗歌 ……………………………………………………（124）
　　【文学史】……………………………………………………………（124）
　　第一节　四言诗与楚歌诗 ……………………………………………（124）
　　第二节　五言诗的起源与发展 ………………………………………（126）
　　第三节　《古诗十九首》……………………………………………（128）
　　【作品学习】…………………………………………………………（134）
　　【延伸阅读】…………………………………………………………（135）
　　【拓展训练】…………………………………………………………（136）

# 第三编　魏晋南北朝文学

第一章　魏晋诗歌 …………………………………………………………（139）
　　【文学史】……………………………………………………………（139）
　　第一节　建安诗歌 ……………………………………………………（139）
　　第二节　正始诗歌 ……………………………………………………（145）
　　第三节　两晋诗歌 ……………………………………………………（149）
　　【作品学习】…………………………………………………………（156）

【延伸阅读】……………………………………………………………（159）
　　【拓展训练】……………………………………………………………（160）

## 第二章　陶渊明 （161）
　　【文学史】………………………………………………………………（161）
　　第一节　陶渊明的生平及思想 …………………………………………（161）
　　第二节　陶渊明的文学创作 ……………………………………………（162）
　　第三节　陶渊明的文学地位和影响 ……………………………………（164）
　　【作品学习】……………………………………………………………（165）
　　【延伸阅读】……………………………………………………………（166）
　　【拓展训练】……………………………………………………………（167）

## 第三章　南北朝诗歌 （168）
　　【文学史】………………………………………………………………（168）
　　第一节　南朝文人诗 ……………………………………………………（168）
　　第二节　北朝文人诗 ……………………………………………………（175）
　　第三节　南北朝民歌 ……………………………………………………（178）
　　【作品学习】……………………………………………………………（182）
　　【延伸阅读】……………………………………………………………（184）
　　【拓展训练】……………………………………………………………（185）

## 第四章　魏晋南北朝辞赋、骈文、散文 （186）
　　【文学史】………………………………………………………………（186）
　　第一节　魏晋南北朝辞赋 ………………………………………………（187）
　　第二节　魏晋南北朝骈文 ………………………………………………（192）
　　第三节　魏晋南北朝散文 ………………………………………………（196）
　　【作品学习】……………………………………………………………（201）
　　【延伸阅读】……………………………………………………………（204）
　　【拓展训练】……………………………………………………………（205）

## 第五章　魏晋南北朝小说 （206）
　　【文学史】………………………………………………………………（206）
　　第一节　志怪小说 ………………………………………………………（206）
　　第二节　志人小说 ………………………………………………………（211）
　　【作品学习】……………………………………………………………（214）
　　【延伸阅读】……………………………………………………………（215）
　　【拓展训练】……………………………………………………………（215）

# 第一编　先秦文学

　　先秦时期是指从传说中的三皇五帝经历夏、商、周、春秋、战国到秦统一中国之前的历史时期,是华夏文明的起始。先秦文学主要有神话传说、歌谣、诗歌、楚辞、诸子散文、历史散文等。

　　中国文学最早产生于传说中的三皇五帝时代,有创世神话、始祖神话、灾害神话、战争神话、传奇神话等。这些原始神话由人们口头代代相传,在文字产生以后,才有了只言片语的记载,散见于后来的《山海经》《穆天子传》《楚辞》《淮南子》《列子》等文献中。其中有一些片段为人们所熟知,如女娲补天、夸父逐日、大禹治水、精卫填海等。这些远古神话内容丰富,极富幻想,具有浪漫主义精神,反映了我国古代人民无尽的想象力和艺术天才,对后世文学产生了深远的影响。

　　上古歌谣也没有专辑记载,散见于《尚书》《周易》《礼记》《吕氏春秋》等古籍中。这些歌谣记述上古人民生动的劳动情景、朴素的爱情追求和战胜自然的美好愿望,表现了劳动者的质朴、率真。形式上词语简略,节奏明快。

　　《诗经》是我国最早的一部诗歌总集。它收集西周初期到春秋中叶500余年间的诗歌305篇,内容十分丰富,分为"风""雅""颂"三类,采用"赋""比""兴"的手法,风格朴素自然,句式以四言为主,兼有多言。篇章结构上重章叠句,回环复沓。语汇丰富,韵律和谐,具有很高的艺术价值。

　　先秦时期的散文主要有以叙事为主的历史散文和以说理为主的诸子散文。最早的历史散文文献是《尚书》,先秦时称"书",后被儒家奉为经典,故又称"书经"。《尚书》今存28篇,分为"典、谟、训、诰、誓、命"六体,大多是一些誓词、贵族告诫词、官府文告及一些记叙性文字,可以说是一部"殷周政治文件汇编",其文质朴无华。

　　我国第一部编年体历史著作是《春秋》,记载了从鲁隐公元年(前722)至鲁哀公十四年(前481)周王朝和各诸侯国的历史。记事方式是

"以事系日,以日系月,以月系时,以时系年",具备了明确的时间观念和自觉的记事意识。《春秋》中记录有编撰者对事件进行评断的观点,即所谓"春秋笔法"所表现的"微言大义"。《春秋》之后,出现了很多对《春秋》所记载的历史进行补充、解释、阐发的书,被称为"传"。代表作品有《左传》《公羊传》《穀梁传》,被称为"春秋三传",其中以《左传》最有影响。《左传》以《春秋》记事为纲,增加了大量的历史事实和传说,叙述了丰富多彩的历史事件,描写了形形色色的历史人物,把《春秋》中简短记事发展成为完整的记叙文字,被称为先秦散文"叙事之最",标志着我国叙事散文逐渐走向成熟。

《国语》是最早的一部国别史,记载了周、鲁、齐、晋、郑、楚、吴、越八国的历史。《国语》以记言为主,文字朴实平易,善于描写人物情态,其所表现的民本思想是很可贵的。《战国策》也是一部国别史,主要收录了战国初期策士们游说的言辞,由汉代学者刘向整理、校订,依国别编成体系,定名为"战国策"。其文风辩丽横肆,辞令睿智机敏,体现了纵横捭阖的时代特征。

春秋末年至战国初期,各国之间不断爆发兼并战争,旧的奴隶制度在崩溃,新的封建制度尚未确立。在这样一个大的变革年代,"士人"们"百家争鸣",纷纷著书立说,就有了"诸子散文"。主要有《论语》《老子》《墨子》《孟子》《庄子》《荀子》《韩非子》等。从散文发展来看,《论语》创立了语录体,《墨子》将其完善发展,进而形成《孟子》的对话式辩论文。《庄子》以其丰富的寓言和奇崛的想象,成为先秦说理散文中的瑰宝。而《荀子》《韩非子》的鸿篇巨制,则标志着我国古代说理文已完全成熟。

继《诗经》之后,战国后期出现了楚辞,是先秦时期的又一座诗歌高峰。楚辞,系楚地诗歌,当时在民间大量流传。屈原则将楚辞的发展推向高潮,造就了光辉灿烂的楚辞文学。屈原的作品《离骚》《天问》《九章》等,在艺术构思上摆脱了创作素材的束缚,想象奇伟瑰丽,塑造出生动的艺术形象。在创作形式上,独创"骚体"句式,文笔自由,长短不一。在艺术表达上,开创了以"香草美人"比喻美好事物的创作手法,达到了思想性与艺术性的高度统一。继屈原之后,又有宋玉、景差等楚辞作家,将楚辞这一独特的诗歌形式发扬光大,使之成为中国诗歌史中一朵奇葩。

总之,先秦文学是中国文学的源头,其思想性、艺术性确定了中国文学的基本走向和风格。

# 第一章　上古神话与歌谣

## 文学史

上古神话与歌谣是我国传说时期的口头文学形式，它们产生在文字形成以前的远古时期。经过长期的口耳相传，到文字产生以后，被后人记录成书面文献。在记录、整理的过程中，尽管经过了较大地修改、润色，甚至掺杂了后人的思想意识，但是仍能从中看到一些初民本色和原始因素。

## 第一节　上古神话

上古神话是我国早期文学的重要组成部分，具有浓厚的文学色彩，对我国文学有着重要影响。

### 一、上古神话

上古神话是远古时期人民群众的口头创作，是关于神或神化了的英雄人物的神异故事，表现了他们对自然、社会现象的认识和改造自然、变革社会的愿望。

从时间上说，上古神话产生于人们认识水平有限、社会生产力极为低下、科学技术极不发达的远古时期，系人民群众集体口头创作，并在流传过程中被后人记录润色，加入了后人的思想观念。从描写内容看，上古神话通过一定的故事情节来表现作为主人公的自然神或者是神化了的英雄，其情节一般表现为神异的变化、神力和法术等，是对客观现实的曲折反映，充满了幻想和想象。从功用上来讲，神话表现了远古人民对某种自然或社会现象的朴素解释，有的表达了原始先民改造自然、变革社会的强烈愿望。正如鲁迅先生所说："昔者初民，见天地万物，变异不常，其诸现象，又出于人力所能以上，则自造众说以解释之：凡所解释，今谓之神话。"[①]

---

[①] 鲁迅.中国小说史略[M].北京：人民文学出版社，1973：7.

神话不仅反映一个民族早期历史的某些记忆,更是一个民族文学艺术的渊源。马克思曾经评价希腊神话:"希腊神话不只是希腊艺术的武库,而且是它的土壤。成为希腊人的幻想的基础……希腊艺术的前提是希腊神话,也就是已经通过人民的幻想用一种不自觉的艺术方式加工过的自然和社会形式本身。这是希腊艺术的素材。"[1]鲁迅先生也说:"故神话不特为宗教之萌芽,美术所由起,且实为文章之渊源。"[2]可以说,中国神话不但对中国文学发展产生了深远影响,而且也奠定了中华民族的精神根基。

## 二、上古神话的内容

神话本是口头创作,在流传的过程中被记录整理成书面材料,甚至被后代文人作为佐证材料化用在自己的作品中。现存的一部分远古神话故事,主要保存在《山海经》《楚辞》《淮南子》等典籍中,尤以《山海经》数量最多。其他古籍,如《诗经》《尚书》《左传》《国语》《墨子》《庄子》《韩非子》《吕氏春秋》等,也有一些片段记载。我国远古时期的神话故事数量众多,其主题内容主要有创世神话、始祖神话、灾害神话、战争神话、传奇神话等。

### (一)创世神话

创世神话是远古时期人民群众解释宇宙形成、天地万物产生而创作出来的神话故事,表现了他们对世界万物的认知和理解。如《山海经》之《大荒南经》和《大荒西经》分别记叙了帝俊的妻子羲和与常羲各自生育了10个太阳和12个月亮;《海外北经》记载的钟山之神烛阴(又名"烛龙")的生理行为形成了昼夜、四季等自然现象:"钟山之神,名曰烛阴,视为昼,瞑为夜,吹为冬,呼为夏,不饮,不食,不息,息为风。身长千里……人面,蛇身,赤色,居钟山下。"在中国古代的创世神话中,以盘古开天辟地的故事最为著名。《艺文类聚》卷一引徐整《三五历纪》记载道:

天地混沌如鸡子,盘古生其中,万八千岁,天地开辟,阳清为天,阴浊为地。盘古在其中,一日九变,神于天,圣于地。天日高一丈,地日厚一丈,盘古日长一丈,如此万八千岁。天数极高,地数极深,盘古极长。后乃有三皇。

在这一则神话故事中,原始先民认为天地是卵生的。马骕《绎史》卷一《开辟原始》引《五运历年记》如是记载该神话:

首生盘古,垂死化身,气成风云,声为雷霆,左眼为日,右眼为月,四肢五体为四极五岳,血液为江河,筋脉为地里,肌肉为田土,发髭为星辰,皮毛为草木,齿骨为金石,精髓为珠玉,汗流为雨泽,身之诸虫,因风所感,化为黎甿。

古人认为盘古死后的躯体化生成了世界上的万事万物,说明人与自然万物同源同体,没有高下之分,体现了他们朴素的天人合一的观念。

---

[1] 中共中央马克思、恩格斯、列宁、斯大林著作编译局.马克思恩格斯选集:第2卷[M].北京:人民出版社,1972:113.

[2] 鲁迅.中国小说史略[M].北京:人民文学出版社,1973:7.

## (二)始祖神话

女娲用黄土造人的神话故事,表现了原始人类对自身生命的好奇与解释。《太平御览》卷七八引《风俗通》这样记载:

> 俗说天地开辟,未有人民,女娲抟黄土作人,剧务,力不暇供,乃引绳絙于泥中,举以为人。故富贵者,黄土人也;贫贱凡庸者,絙人也。

在古代神话故事中,女娲不仅是人类的始祖,创造了人类,而且还拯救了人类。《淮南子·览冥训》记载道:

> 往古之时,四极废,九州裂,天不兼覆,地不周载。火爁焱而不灭,水浩洋而不息。猛兽食颛民,鸷鸟攫老弱。于是女娲炼五色石以补苍天,断鳌足以立四极,杀黑龙以济冀州,积芦灰以止淫水。苍天补,四极正,淫水涸,冀州平,狡虫死,颛民生。

她在人类生存面临巨大灾难时,运大神力,不辞辛劳,炼石补天,斩鳌杀龙,重新确立了世界的秩序,为人类的生存和发展创造了条件。

除此之外,还有其他始祖降生的神话传说。如《山海经·海内经》提及的"鲧复(通"腹")生禹",《汉书·武帝本纪》颜师古注引《淮南子》的"石破北方而启生",《诗经·商颂·玄鸟》和《史记·殷本纪》记载的"简狄吞卵生契",《诗经·大雅·生民》和《史记·周本纪》记载的"姜嫄履神迹生后稷",《史记·秦本纪》提及的"女修吞卵生大业"等故事,分别是关于夏、商、周、秦始祖出生的神奇记忆。

## (三)灾害神话

在远古神话中,我们能够清晰地解读出自然灾害对人类生存的严峻考验。前面提及女娲炼石补天的神话,应该是关于一次严重地震及其次生灾害的回忆和描述。此外还有洪灾、旱灾等。《山海经·海内经》:"洪水滔天,鲧窃帝之息壤以堙洪水,不待帝命。帝令祝融杀鲧于羽郊。鲧复生禹,帝乃命禹卒布土以定九州。"记载鲧、禹父子治水之地。《山海经·北山经》记载:"发鸠之山,其上多柘木。有鸟焉,其状如乌,文首、白喙、赤足,名曰精卫,其鸣自詨;是炎帝之少女,名曰女娃。女娃游于东海,溺而不返,故为精卫,常衔西山之木石,以堙于东海。"这些都是关于洪水灾害的神话。

《山海经·海外北经》记载夸父逐日:"夸父与日逐走,入日,渴,欲得饮,饮于河、渭;河、渭不足,北饮大泽。未至,道渴而死。弃其杖,化为邓林。"《淮南子·本经训》记载了后羿射日的故事:"逮至尧之时,十日并出,焦禾稼,杀草木,而民无所食;猰貐、凿齿、九婴、大风、封豨、修蛇,皆为民害。尧乃使羿诛凿齿于畴华之野,杀九婴于凶水之上,缴大风于青邱之泽,上射十日而下杀猰貐,断修蛇于洞庭,擒封豨于桑林,万民皆喜,置尧以为天子。"这些神话则是对古代几次严重旱灾的历史记忆,饱含着人们幻想有英雄人物来拯救人类,希望能够过上安居乐业生活的美好心愿。

## (四)战争神话

远古时期的战争神话,是人类发展史中部族之间争斗的曲折反映。中华民族最早的两个著名的部落首领炎帝和黄帝,就曾经有过冲突。《史记·五帝本纪》这样记载炎黄之战:

> 炎帝欲侵陵诸侯,诸侯咸归轩辕。轩辕乃修德振兵,治五气,艺五种,抚万民,度四

方,教熊罴貔貅䝙虎,以与炎帝战于阪泉之野。三战,然后得其志。

炎黄战争最后以炎帝部落失败、双方结盟而告终,黄帝部落趁机发展壮大。后来黄帝部落又与东方少数民族的蚩尤部族爆发了激烈的战争。《山海经·大荒北经》记载:"蚩尤作兵伐黄帝,黄帝乃令应龙攻之冀州之野。应龙蓄水。蚩尤请风伯、雨师纵大风雨。黄帝乃下天女曰魃,雨止,遂杀蚩尤。"《太平御览》卷一五引《志林》记录了黄帝与蚩尤的战斗过程:"黄帝与蚩尤战于涿鹿之野。蚩尤作大雾弥三日,军人皆惑,黄帝乃令风后法斗机作指南车,以别四方,遂擒蚩尤。"

此外,战争神话还塑造了一些具有叛逆精神的人物形象。《山海经·海外西经》:"刑天与帝至此争神,帝断其首,葬之常羊之山。乃以乳为目,以脐为口,操干戚以舞。"《淮南子·天文训》:"昔者共工与颛顼争为帝,怒而触不周之山,天柱折,地维绝,天倾西北,故日月星辰移焉,地不满东南,故水潦尘埃归焉。"这里的刑天、共工,就是誓死抗争的艺术形象。

**(五)传奇神话**

《山海经》记录的异域奇国、怪人神物,则更具传奇色彩,充分显示了古人无限丰富的幻想与想象,同时也是人类某种美好心愿的曲折反映。如《山海经·海外南经》记载的羽民国和讙头国,正是人类飞翔梦想的实现:"羽民国在其东南,其为人长头,身生羽。一曰在比翼鸟东南,其为人长颊。""讙头国在其南,其为人人面有翼,鸟喙。"除此之外,还记载了许多异形异禀的殊类之人:"厌火国在其南,其为人兽身黑色,火出其口中。""不死民在其东,其为人黑色,寿,不死。""三首国在其东,其为人一身三首。"再如《山海经·海外西经》记载:"三身国在夏后启北,一首而三身。""一臂国在其北,一臂、一目、一鼻孔。""奇肱之国在其北。其人一臂三目,有阴有阳,乘文马。有鸟焉,两头,赤黄色,在其旁。"描写殊方异域的奇人怪物,颇具传奇色彩。

## 三、上古神话的文学价值

神话是原始人类对世界最初的认知和解释,包含着早期人类历史、美学、哲学以及原始宗教等内容,同时又是人们某些愿望的真切表达。神话虽并非纯粹的文学作品,但是却有着非常重要的文学价值。

**(一)激发形象思维**

从思维方式来说,神话的创作思维与文学的形象思维是相通的、一致的,故神话故事可以作为文学作品来阅读,所以神话具有文学意义。神话的创作思维充满了幻想和想象,是人类理性逻辑尚未发展成熟时期的一种思维方式。它本身虽然不是自觉地运用幻想和想象,却仍然同文学的形象思维有共通之处,表现了人类不自觉的艺术创造力。神话中怪异的人物形象和荒诞的故事情节,也属于形象思维的产物,具有文学性。

**(二)启发后世神话文学**

远古神话是先民们对于世界认识的反映,随着社会生产力的提高,科学技术的进步,人类文明发展到一定阶段之后,神话就会或多或少地脱离其原始状态,越来越多地反映人类社会中的生活情感、矛盾冲突,从而发展成为真正的神话文学。后代的神话文学由远古神话发展而来,形成了纯粹的文学作品。可以说,远古神话是后世神话文学的基础。

### (三)后代文学作品重要的素材来源

神话作为素材,其故事情节、人物形象以及创作手法一再被后代文学家所运用、改造,创作出新的文学作品。从魏晋南北朝的志怪小说、唐传奇、宋元话本、明代拟话本,到长篇小说《西游记》《封神榜》《聊斋志异》《镜花缘》等,其浪漫精神的创作手法,奇变丛生的故事情节,怪诞独特的艺术形象,都和远古神话一脉相承。

此外,神话故事中所具有的忧患意识、反抗精神和厚生爱民思想等中华民族的优秀文化基因,也经常有意无意地在后代文学作品中得到传承。

## 第二节 歌谣

远古歌谣是早期人们的口头作品,内容贴近人民群众的现实生活,直接表现了人们的思想情感,在诗歌史、文学史上都具有重要的价值意义。

### 一、诗源略说

清代沈德潜曾说:"诗至有唐为极盛,然诗之盛非诗之源也……祭川者先河后海,重其源也。"[①]中国诗歌的源头是远古歌谣。在诗歌发展的最初阶段,诗歌与音乐、舞蹈是紧密结合在一起的。《礼记·乐记》:"诗言其志也,歌咏其声也,舞动其容也。三者本于心,然后乐气从之。"[②]诗即诗歌的文本内容,在实际表演中总是配合音乐、舞蹈而歌唱,后来诗、乐、舞各自发展,独立成体。诗、乐、舞三者都是人的主观情感的表现方式,是三位一体的。《吕氏春秋》仲夏纪《古乐》篇曾记载:"昔葛天氏之乐,三人操牛尾,投足以歌八阕:一曰载民,二曰玄鸟,三曰遂草木,四曰奋五谷,五曰敬天常,六曰达帝功,七曰依地德,八曰总禽兽之极。"[③]葛天氏应该是古代传说时期的一个部落,这八阕乐章当是现在我国所知最古老的一套乐曲,有歌有舞,歌词内容难以考证,舞容是三人手拿牛尾,载歌载舞。此外,《尚书》等古籍的记载,也颇能说明早期的诗歌是与音乐、舞蹈密不可分的。

### 二、远古歌谣的内容与语言艺术

在一些古籍中,曾记载所谓尧、舜时期的歌谣,如《击壤歌》《康衢歌》《尧戒》《卿云歌》《南风歌》[④]等,但学界认为这些诗歌都出自于后人的伪托,或者经过较大审改,不可采信。然而也有一些语言质朴的诗歌,比较接近原始状态,应该是远古歌谣的遗留。如《吴越春秋》卷九所载的《弹歌》:"断竹,续竹,飞土,逐宍。"这是一首远古时代关于狩猎的歌谣,它生动描写了原始人类从制作弓箭到猎取野兽的活动场景,显示了劳动人民的

---

① 沈德潜.古诗源·序[M].北京:中华书局,1963:1.
② 礼记[M].崔高维,校点.沈阳:辽宁教育出版社,2000:130.
③ 吕氏春秋[M].陆玖,译注.北京:中华书局,2011:147.
④ 沈德潜.古诗源[M].北京:中华书局,1963:1-3.沈德潜不但收录了这些诗歌,对于它们最早出现的古籍文献也予以注明,可参看。

聪明才智。全诗二字断句，音节简单，具有较强的节奏感和表现力。虽语言质朴至极，但饶有古趣，耐人寻味。

远古歌谣的内容并不都和生产劳动直接相关，但却一定源于情感的抒发，如《候人歌》。《吕氏春秋》季夏纪《音初》篇记载了这首诗歌产生的背景："禹行功，见涂山之女。禹未之遇而巡省南土。涂山氏之女乃令其妾候禹于涂山之阳。女乃作歌，歌曰：'候人兮猗。'实始为南音。"①这首歌谣虽然只有四个字，但深情的呼唤传达出了强烈的思念之情，"一日三秋"的感觉油然而生。再如《礼记·郊特牲》记载的伊耆氏部落的《蜡辞》："土反其宅，水归其壑，昆虫毋作，草木归其泽。"这首歌谣是一篇祝词，是在年终举行有关农业的祭典时，用命令的口吻吟诵出来。在生产力不发达、科学技术落后的远古时期，人们对于自然灾害有一种本能的恐惧，而这首歌谣展示了人民希望控制洪水、虫灾等自然灾害的强烈愿望，表达了他们对丰衣足食、安居乐业美好生活的向往之情。

从语言风格上来说，远古歌谣都质朴无华，不讲文采而自然天成。从句式上看，有二言、三言、四言、五言，而以二言、四言句为主，是四言诗的雏形。虽然远古歌谣流传下来的总体数量不多，"但从这仅存的少数子遗来看，它们却闪烁着人类童年时期所特有的生动、活泼、天真的光彩，表现出我国先民们可贵的艺术创造力。同时为我国源远流长、丰富多彩的诗歌历史，奠定了基础"②。

## 作品学习

《女娲补天》

### 《女娲补天》鉴赏

这一则神话故事出自《淮南子·览冥训》。首先，本则神话故事具有强烈的忧患意识和厚生爱民精神。地震之时，天崩地裂，洪水肆虐，森林大火不断蔓延，凶禽猛兽伤害百姓。在这样险恶的生存环境中，人类面临着严峻的生存考验。这时候，女娲挺身而出，炼石补天，祛除灾难，表现了深广的忧患意识和爱民护民的精神。

其次，故事生动地刻画出了女娲的伟大形象。她厚生爱民、尊重生命，有超凡的神力，勇敢坚毅，不辞劳苦。她能够在天塌地陷时锻造出五色神石，腾空飞翔，用神石补天；她入海斩鳌足，用以作为撑天巨柱；入河杀掉黑龙，止住洪水，用芦灰填平沟洼之地。她是人类的母亲，因为她创造出了人类；同时她又是人类的英雄和救世主，人类在她的呵护下，又过上了安定的生活。

---

① 吕氏春秋[M].陆玖，译注.北京：中华书局，2011：170.
② 褚斌杰，谭家健.先秦文学史[M].北京：人民文学出版社，1998：27.

# 第一章　上古神话与歌谣

最后,故事具有丰富的想象力。女娲炼石、补天、斩鳌足、杀黑龙,绝非凡夫俗子所能胜任,这正是她作为"古之神圣女"(《说文解字》语)的神异之处。在古人看来,天圆地方,地上有四根巨柱撑天,天上垂下四根大绳固定大地,供人类生存栖息,皆体现了远古人民的奇思妙想。

## 延伸阅读

**1. 原典阅读**

(1)阅读《山海经校注》(袁珂校注,北京联合出版公司,2014年版),注重体会《山海经》的异域奇国、怪人神物,培养丰富的想象力。

(2)阅读《古诗源》(沈德潜撰,中华书局,1963年版),重点阅读"古逸"部分,感受我国早期诗歌的艺术风貌。

**2. 研究文献阅读**

(1)阅读《神话与诗》(闻一多著,武汉大学出版社,2009年版),理解把握闻一多先生如何把散漫的神话片段还原成远古先民的生活画卷,并把神话与诗歌意象串联起来。

(2)阅读《中国小说史略》(鲁迅著,人民文学出版社,1973年版),了解和领会神话故事在我国小说发展史中的地位和影响。

## 拓展训练

曹雪芹在《红楼梦》第一回中写道:"原来女娲氏炼石补天之时,于大荒山无稽崖炼成高经十二丈、方经二十四丈顽石三万六千五百零一块。娲皇氏只用了三万六千五百块,只单单剩了一块未用,便弃在此山青埂峰下。谁知此石自经锻炼之后,灵性已通,因见众石俱得补天,独自己无材不堪入选,遂自怨自叹,日夜悲号惭愧。"第三回有批贾宝玉的《西江月》词两首:"无故寻愁觅恨,有时似傻如狂。纵然生得好皮囊,腹内原来草莽。潦倒不通时务,愚顽怕读文章。行为偏僻性乖张,哪管世人诽谤。""富贵不知乐业,贫穷难耐凄凉。可怜辜负好韶光,于国于家无望。天下无能第一,古今不肖无双。寄言纨绔与膏粱,莫效此儿形状。"阅读上面所给材料,结合《淮南子·览冥训》中《女娲补天》的神话故事,以贾宝玉叛逆性格的形成与表现为主题展开讨论。

# 第二章 《诗经》

## 文学史

《诗经》本名"诗三百",或称"诗"。在春秋时期,它只称其本名。《左传》记载春秋史事,其中引《诗》之处很多,但都是只称《诗》的本名。在诸子作品中也是这样。《论语·为政》:"子曰:诗三百,一言以蔽之,曰:思无邪。"《墨子》:"诵诗三百,舞诗三百,歌诗三百。"《庄子·天下》:"其在于《诗》《书》《礼》《乐》者,邹鲁之士,缙绅先生,多能明之。"《荀子·劝学》:"《礼》之敬文也,《乐》之中和也,《诗》《书》之博也,《春秋》之微也,在天地之间者,毕矣。"可见,在先秦《诗》是普遍的称谓。《诗经》之名起于西汉。西汉是经学时代,于是《诗》便由普通的文献成为经典,《诗》也被正式称为"诗经",这个名称就延续至今。

## 第一节 《诗经》的性质和分类

中国古代早期的诗歌,都有一定的实际功用,一般都可以入乐演唱,与歌、舞合为一体。

《诗经》是中国第一部诗歌总集,是配乐歌唱的。这部诗集汇集了西周初年至春秋中叶(前11世纪至前6世纪)大约500年间的诗歌共305篇,是周代贵族在不同场合、各种礼仪活动上歌唱的乐歌。本来诗乐合一,但乐曲失传,流传下来的只是歌词。

胡适认为"《诗经》并不是一部圣经,确实是一部古代歌谣的总集"[①]。《诗经》是经学的典籍,也是文学文献,是中国文学的肇端。

《诗经》一般分为"风""雅""颂"三类。关于划分的标准,众说纷纭,大致可归纳如下:一是按照诗歌的题材和内容,比较有代表性的是《毛诗序》;二是按照诗歌的用途;三是按照诗歌的音乐。今人多认为"风""雅""颂"是音乐上的分类。至于分类的依据,宋

---

① 顾颉刚.古史辨[M].上海:上海古籍出版社,1982:577.

人郑樵曰:"乡土之音曰'风',朝廷之音曰'雅',宗庙之音曰'颂'。"(《诗辨妄》)他认为"风""雅""颂"主要表现的是音乐体制上的不同特点。

"风",按郑樵和朱熹的说法,是风土之音,乡土之音,民俗歌谣之诗。"国风",即是各地区的乐歌。国乃邦也,为国邦、疆域之意。"国风"160篇,包括周南、召南、邶风、鄘风、卫风、王风、郑风、齐风、魏风、唐风、秦风、陈风、桧风、曹风、豳风。

"雅",即正,是周王朝直辖地区的音乐,所谓正声雅乐。雅诗是宫廷宴享或朝会时的乐歌,按音乐的不同又分为大雅31篇,小雅74篇,共105篇。除小雅中有少量民歌外,大部分是贵族文人的作品。雅乐是西周王畿一带的音乐,属朝廷的正统音乐,有大雅、小雅之分。

"颂",是宗庙祭祀的舞曲歌词,内容多是歌颂祖先的功业。颂诗又分为周颂31篇,鲁颂4篇,商颂5篇,共40篇。全部是贵族文人的作品。《毛诗序》曰:"颂者,美盛德之形容,以其成功,告于神明者也。"①颂诗表演时且歌且舞,场面雍容、庄严。

## 第二节 《诗经》的编集、流传和功用

《诗经》是西周初年到春秋中叶这段历史时期,中国广大区域内不同类型乐歌的汇集,不是一时一地的诗歌,它有一个编集、流传的过程。

### 一、《诗经》的编集

《诗经》的作品来源广泛,对于其诗歌的汇集,古人有献诗、采诗、删诗三种说法。

献诗说。周王朝在政治生活中,要求臣下献诗。《国语·周语上》说:"天子听政,使公卿至于列士献诗。"②而献诗的目的,从天子的角度来说,是"观民风"(《礼记·王制》);从臣子的角度来说,则为讽谏。

采诗说。西周有完备而成熟的礼乐制度,朝廷有管理音乐的太师,负责制作、审查各种典礼上应用的乐歌,还有采诗官负责收集各地乐歌,献给太师,太师再对它加以整理润色。班固说:"古有采诗之官,王者所以观风俗,知得失,自考正也。"(《汉书·艺文志》)又说:"孟春之月,群居者将散,行人振木铎徇于路,以采诗,献之太师,比其音律,以闻于天子。"(《汉书·食货志》)朝廷收集诗歌的目的,最初主要是用于祭祀或宴享等礼仪活动,后来也用于娱乐,还有一定的政治目的。

删诗说。汉人认为《诗经》原来篇目很多,是经过孔子删定的。《史记·孔子世家》:"古者诗三千余篇,及至孔子,去其重,取可施于礼义,上采契、后稷,中述殷、周之盛,至幽、厉之缺……三百五篇,孔子皆弦歌之,以求合韶、武、雅、颂之音。"③孔子从周朝廷

---

① 毛亨,郑玄,孔颖达.毛诗注疏[M].上海:上海古籍出版社,2013:22.
② 国语[M].上海师范大学古籍整理研究所,校点.上海:上海古籍出版社,1988:9.
③ 司马迁.史记[M].北京:中华书局,1976:1936.

3000 首诗歌中挑选出 305 篇,并对其进行整理。

## 二、《诗经》的流传及功用

《诗》自产生以后,流传不断。秦统一后,实行文化专制政策,"天下敢有藏《诗》《书》百家语者,悉诣守尉杂烧之;有敢偶语《诗》《书》者弃市"(《史记·秦始皇本纪》)。民间保存的《诗》绝大部分被烧毁。

到了西汉,《诗》才重新在社会上流传,当时传授《诗》的有齐、鲁、韩、毛四家,其中鲁人申培所传的《鲁诗》、齐人辕固所传的《齐诗》和燕人韩婴所传的《韩诗》,在西汉被立于学官。另外一家《毛诗》,鲁人毛亨所传,毛亨作《毛诗故训传》三十卷,授给赵人毛苌,称为《毛诗》。

《毛诗》在西汉时未立于学官,但盛行于东汉。东汉末,郑玄为《毛诗》作《笺》,随郑学大昌,毛诗独行,齐、鲁、韩三家诗逐渐亡佚(今仅存《韩诗外传》)。今日所见《诗经》即《毛诗》。

《诗经》原本可以歌唱,主要用于贵族的各种典礼仪式。西周时期的文化是礼乐文化,《诗》为礼制服务。除了朝廷的正式仪式之外,《诗》还有"赋"和"引"的功用。《诗经》在周代作为礼乐的重要组成部分,被广泛地应用于祭祀、朝聘、婚礼、宾宴等各种典礼仪式,也是贵族的一项学习内容。春秋时盛行赋诗言志,诗是重要的交际工具,学诗用诗是贵族成员必不可少的修养。孔子创立私人教育,仍然把《诗》作为主要传习内容。孔子对弟子说:"小子何莫学夫《诗》?《诗》,可以兴,可以观,可以群,可以怨。迩之事父,远之事君;多识于鸟兽草木之名。"(《论语·阳货》)比较全面地概括了《诗》的社会作用,是儒家对学《诗》的基本要求。

此外,《诗》在春秋时期还被用作教材,以培养王公贵族或士人的政治能力。《礼记·王制》曰:"乐正崇四术,立四教,顺先王《诗》《书》《礼》《乐》以造士,春秋教以《礼》《乐》,冬夏教以《诗》《书》。"①;而战国以后,《诗》则主要作为一种学术得以传播。

# 第三节 《诗经》的思想内容

《诗经》作为诗歌总集,反映了西周到春秋时期各社会阶层的生活、个体情感。《诗经》中既有来自贵族士大夫阶层的诗,也有来自普通百姓的歌谣,它所包含的内容和情感十分复杂,既有民族历史、朝廷礼仪、战争宴饮,也有家庭生活、田野劳作和爱情吟唱,较为全面地反映当时的社会生活。

## 一、婚恋诗

周人重婚姻,因为它关系到宗族的延续。周代是宗法社会,实行的是嫡长子继承制,

---

① 孙希旦.礼记集解[M].北京:中华书局,1989:364.

所以必须确立适应社会的婚姻关系。对于《诗经》中的婚恋诗,张西堂的《诗经六论》举例最全,分类最细,有一定代表性。他把《国风》中关于恋爱婚姻的诗分为十类:一是写单相思的,二是写两情相好的,三是暂别的思念,四是写失恋后的心情,五是写女子对婚姻不自由的控诉,六是写婚后感情深厚,七是写婚后久别的思念,八是写婚后反目、女子遭遗弃,九是写婚仪的,十是其他婚恋诗。这种分法很细致,另外,也有学者从艺术手法方面做出了专题归纳,像洪湛侯《诗经学史》从形象的刻画、心理的描写、语言的艺术、想象的虚拟、情景的融合、结构的完整等方面对《诗经》中的婚恋诗进行了分析。

总之,这些婚恋诗无论是写男子追慕女子,还是写女子悦爱男子,表追求、言思慕、叙幽会、寄怀念,或描述爱情、婚姻的悲剧,莫不丰富多彩,生动活泼,情真意挚,感人肺腑。《周南·关雎》就是一首优美的爱情诗,歌颂对美好爱情的追求:

关关雎鸠,在河之洲。窈窕淑女,君子好逑。参差荇菜,左右流之。窈窕淑女,寤寐求之。求之不得,寤寐思服。悠哉悠哉,辗转反侧。参差荇菜,左右采之。窈窕淑女,琴瑟友之。参差荇菜,左右芼之。窈窕淑女,钟鼓乐之。①

《诗经》中还有反映纯真、深挚的感情和获得爱情的欢愉,如《邶风·静女》《秦风·蒹葭》等。还有表现青年男女对礼法压迫的反抗及其内心创伤,如《郑风·将仲子》《邶风·柏舟》等。在婚恋诗中,还有一些表现婚姻与家庭不幸生活的"弃妇诗",如《邶风·日月》《邶风·谷风》《秦风·晨风》《卫风·氓》等。

## 二、农事诗

中国是一个农业社会,周人的始祖以农立国,故周代很重农事,因而与农业生产有关的农事诗在《诗经》中频繁出现,风、雅、颂中均有。如《周颂》中的《臣工》《载芟》《良耜》《噫嘻》,《小雅》中的《甫田》《楚茨》。农事诗的内容一部分是表达祈求丰年的愿望,更多是叙述和描写当时的农业生产活动。《国风》中的《豳风·七月》最具代表性:

七月流火,九月授衣。一之日觱发,二之日栗烈。无衣无褐,何以卒岁?三之日于耜,四之日举趾。同我妇子,馌彼南亩。田畯至喜。

七月流火,九月授衣。春日载阳,有鸣仓庚。女执懿筐,遵彼微行,爰求柔桑。春日迟迟,采蘩祁祁。女心伤悲,殆及公子同归。

七月流火,八月萑苇。蚕月条桑,取彼斧斨。以伐远扬,猗彼女桑。七月鸣鵙,八月载绩。载玄载黄,我朱孔阳,为公子裳。

四月秀葽,五月鸣蜩。八月其获,十月陨萚。一之日于貉,取彼狐狸,为公子裘。二之日其同,载缵武功。言私其豵,献豜于公。

五月斯螽动股,六月莎鸡振羽。七月在野,八月在宇,九月在户,十月蟋蟀,入我床下。穹窒熏鼠,塞向墐户。嗟我妇子,曰为改岁,入此室处。

六月食郁及薁,七月亨葵及菽。八月剥枣,十月获稻。为此春酒,以介眉寿。七月食瓜,八月断壶,九月叔苴,采荼薪樗。食我农夫。

---

① 程俊英,蒋见元.诗经注析[M].北京:中华书局,1991:3-5.

九月筑场圃,十月纳禾稼。黍稷重穋,禾麻菽麦。嗟我农夫,我稼既同,上入执宫功。昼尔于茅,宵尔索绹,亟其乘屋,其始播百谷。

二之日凿冰冲冲,三之日纳于凌阴。四之日其蚤,献羔祭韭。九月肃霜,十月涤场。朋酒斯飨,曰杀羔羊,跻彼公堂。称彼兕觥:万寿无疆!①

《七月》是《豳风》的首篇,是《诗经》中重要的农事诗。此诗以岁时顺序叙述农夫一年四季的辛苦劳作,记述女子采桑、养蚕、织布,男子耕作、打猎、砍柴等农事活动,体现了农夫的衣食之简以及劳役之重,真实反映了当时贵族压迫下农夫的生存状态。本诗通篇采用"赋"的表现手法,以时间为序,从衣食住几个方面对农夫的生活进行铺叙,长而不乱,条理清晰,语言朴实生动,自然流畅。

### 三、史诗

所谓史诗,是指以古代重大历史事件、神话传说和部族所崇拜的英雄事迹为题材的、结构宏大的长篇诗歌。《诗经·大雅》中的《生民》《公刘》《绵》《皇矣》《大明》可以称得上是史诗。从长度来说,这5首史诗,最长的《皇矣》96句。从内容来说,这几首诗较全面地记述了周族起源、迁徙、发展、壮大、鼎盛的历史,基本具备了史诗的性质。《生民》讲述周民族的第一个男性始祖后稷神异的诞生,以及后稷发明农业、率领族人定居邰地的历史。《公刘》写周人祖先公刘带领周人自邰迁居豳地以及在此开垦荒地、建设家园的历史。《绵》则写古公亶父为避开戎狄的侵扰,率领族人由豳地迁至岐山之南的平原沃野,建"周"的历史。《皇矣》歌颂周文王讨伐崇、密两个小国的战绩。《大明》则赞颂武王在牧野大胜,一举灭商的事迹。

《大雅》中的这5首诗,比较完整地叙述了从始祖后稷到武王伐纣的历史,记述周人建国历史中一系列重大事件,歌颂了后稷、公刘、太王、王季、文王、武王这六位对周部族做出过重大贡献的祖先。

### 四、征役诗

《诗经》中有许多抒写兵役、徭役之苦和征夫思妇之情的征役诗,深刻地反映了当时的社会状况,表现了征夫、思妇的内心世界。征役诗中表现最多的是对战争的厌倦和对和平的无限向往,充满忧伤的情绪。如《小雅·采薇》是出征猃狁的士兵所歌。北方猃狁侵犯边地,士兵为保家卫国而出征。作者所怨恨者是猃狁而非周天子,对侵犯者充满了愤怒,但同时又对久戍不归、久战不休充满厌倦,对自身遭际无限哀伤。如末章云:

昔我往矣,杨柳依依。今我来思,雨雪霏霏。行道迟迟,载渴载饥。我心伤悲,莫知我哀。②

将昔日离家时的依依惜别之情,今日归来的悲凄之感,表现得淋漓尽致。

这类诗与周王室平叛外族入侵和频繁的诸侯兼并战争有关。这些战争给民众带来

---

① 程俊英,蒋见元.诗经注析[M].北京:中华书局,1991:407-415.
② 程俊英,蒋见元.诗经注析[M].北京:中华书局,1991:468.

了沉重的兵役和徭役，因而反映征战、徭役和离乱给民众带来的灾难和痛苦也就成了《诗经》征役诗最重要的主题。如《豳风·东山》《齐风·东方未明》《小雅·何草不黄》《王风·君子于役》等。在《诗经》征役诗里，还有一类是表现爱国思想的作品，如《秦风·无衣》《鄘风·载驰》《小雅·采薇》等。

## 五、颂歌

《毛诗序》云："颂者，美盛德之形容，以其成功告于神明者也。"《诗经》中的颂歌大多是祭祀时歌颂祖先的诗。《周颂》31篇，除《臣工》《丰年》《载芟》等篇章是为了春夏祈谷、秋冬谢神而作的祭歌外，其余均为对周室祖先的礼赞。《商颂》5篇《鲁颂》4篇，全是对祖先和国君的歌颂，《大雅》《小雅》中也有颂歌诗。这些诗篇大体都是歌功颂德。《大雅·文王》歌颂了周王朝的奠基者文王姬昌，诗共7章，每章8句，写文王承天命建立周，兴国以福泽子孙；歌颂王朝人才众多，得以世代继承；再写周文王承天命兴周灭殷；反映天命无常，殷商贵族成了阶下囚，要以殷为鉴，敬天修德，永保多福；最后写要效法文王的德行勤勉，才能得天之佑，长治久安。

《诗经》中《周颂·维天之命》《商颂·殷武》《大雅·江汉》等出自公卿列士或乐官之手的庙堂及宫廷乐歌，大都讴歌战争胜利，赞美将领功绩，主旨仍在宣扬帝王威德。还有一些颂宴饮、赞嘉宾之作，实亦颂歌之一支。如《小雅·鹿鸣》《小雅·南有嘉鱼》等。

## 六、怨刺诗

《汉书·礼乐志》："周道始缺，怨刺之诗起。"《诗经》中怨刺诗主要在《小雅》和《国风》中，产生的时代，大致在厉王、幽王和东周初年三个时期。

这些诗主要产生于西周末年朝政腐败、礼仪废弛、统治者残暴荒淫的厉、幽时期，带有鲜明的乱世印记。"大雅""小雅"中的怨刺诗多为公卿列士的讽喻劝诫之作。有的借古讽今，如《大雅·荡》谏厉王应以殷鉴为戒，《小雅·正月》以"赫赫宗周，褒姒灭之"警戒今王。更多的作品是针砭时弊，指斥昏君。如《大雅·民劳》反映统治集团的昏乱，对人民的忧苦深表同情；《板》《荡》直斥最高统治者违反常道，妄行政令，荒淫昏聩，使人民陷入苦难深渊。此外，还有一些以斥责奸佞为主题的怨刺诗，如《小雅·巷伯》等。这些怨刺诗大都敢于直面社会，大胆表现社会矛盾，表露诗人忧国伤时的强烈忧患意识。《国风》中的怨刺诗多出自民间，更直接地反映了下层民众的思想、感情和愿望。其内容更深广，怨愤更强烈，讽刺也更尖刻，具有更激烈的批判精神，如《魏风·硕鼠》直接把贵族统治者比作贪得无厌的大老鼠，唱出奴隶们对剥削者的无比愤恨。《魏风·伐檀》以委婉曲折的反语，复沓的手法，辛辣地讽刺了不劳而获的剥削者。《国风》中的怨刺诗更多的是对统治阶级种种无耻丑行的讥嘲。如《邶风·新台》辛辣嘲讽了卫宣公光天化日之下劫媳宣姜的荒淫乱伦丑行；《齐风·南山》讽刺了齐襄公和其妹文姜的无耻乱伦行为；《秦风·黄鸟》控诉了秦国暴君对无辜良善的杀害。

## 第四节 《诗经》的艺术特色

《诗经》作为我国第一部诗歌总集,有着独特的艺术特色,对中国文学产生了重要的影响。

### 一、体制形式以四言句式为主

《诗经》绝大多数诗篇都由四言句构成,间或杂有二言至九言。但杂言句式所占比例很低,只有个别诗篇以杂言为主,如《伐檀》。据统计,《诗经》中四言诗句的比例多达98%,而其中四言诗篇的比例约为94%。所以,整部诗集可以看成四言诗集。

《诗经》"风""雅""颂"中,四言诗的比例则以"雅"诗为最高,"颂"次之,"风"最低。

《诗经》通常是两个双音节词构成一个二节拍的节奏,四句为一章,一首诗由数章构成。大部分诗歌句式端庄、整饬,节奏舒缓悠扬。当然,《诗经》中也有杂以二言到九言的诗句,于整齐中显得参差,同时也丰富了《诗经》的韵律。

### 二、具有诗、乐一体的特征

《墨子·公孟》云:"诵诗三百,弦诗三百,歌诗三百,舞诗三百。"《诗经》中所有的诗都是配乐的,具有音乐性。

这首先表现在重章叠句和构词方式上。同一首诗的不同章节,意义相近,句式相同,有些只是文字稍加变化,这就是所谓的复沓,或称联章复沓。如《郑风·风雨》:

风雨凄凄,鸡鸣喈喈。既见君子,云胡不夷!

风雨潇潇,鸡鸣胶胶。既见君子,云胡不瘳!

风雨如晦,鸡鸣不已。既见君子,云胡不喜![1]

复沓的形式根源于音乐节段的重复,我们能从中感受到回环往复、余音袅袅。《诗经》中的复沓方式是多样的,除上所举全诗中每一章都复沓外,还有部分章复沓,如《陈风·衡门》共3章,后两章复沓;也有一首诗中分成两个或几个复沓的,如《郑风·丰》前两章以一个形式复沓,后两章以另外一个形式复沓。

其次,叠字和双声叠韵也是《诗经》音乐效果的表现形式。叠字又称重言,如"关关雎鸠"(《周南·关雎》)之"关关"拟雎鸠的鸣和声,"行迈靡靡"(《王风·黍离》)之"靡靡"形容路途遥远、心情委顿,"杨柳依依"(《小雅·采薇》)之"依依"状柔条飘拂的姿态,都显得节奏舒缓,声律悠扬;而诗歌中的双声词如"参差"(《周南·关雎》)、"黾勉"(《邶风·谷风》)、"踊跃"(《邶风·击鼓》)、"踟蹰"(《邶风·静女》)、"栗烈"(《豳风·七月》)等,叠韵词如"窈窕"(《周南·关雎》)、"委蛇"(《召南·羔羊》)、"差池"(《邶风·

---

[1] 程俊英,蒋见元.诗经注析[M].北京:中华书局,1991:251-252.

燕燕》）、"绸缪"（《唐风·绸缪》）、"栖迟"（《陈风·衡门》）等，这些音节读起来和谐悦耳，非常动听。

## 三、《诗经》的押韵

押韵是诗歌的音乐性特点之一。《诗经》的押韵形式多样，有一韵到底，也有中途换韵；有的诗是逐句押韵，有的诗是隔句押韵，还有交韵的情况。从韵在句中的位置来看，句尾韵是最普遍的形式。也有虚字脚，即句尾用一个虚字衬音，无意义。如《邶风·旄丘》《鄘风·墙有茨》《君子偕老》《豳风·东山》用"也"字；《齐风·南山》《小雅·采薇》用"止"字，等等。一般说来，风诗、雅诗的韵脚较为绵密，显得节奏较为繁急，而颂诗的押韵则较为宽松，甚至有无韵的情况。可见，"风""雅"本身具有较强的音乐特点，而"颂"则更多地依赖音乐的伴奏。

## 四、"赋""比""兴"的创作手法

《周礼·春官·大师乐》以"风""雅""颂""赋""比""兴"为"六诗"。其中"风""雅""颂"为诗之体，而"赋""比""兴"则为诗之用。朱熹说"赋"即"敷陈其事而直言之也"（《诗集传》卷一），也就是对事物或行为作直接的铺陈描述。如《豳风·七月》按岁时对农夫生活的记录和描述，就是采用赋的手法。"赋"除了记事外，也可用于抒情。如《王风·君子于役》抒发思妇的思念之情，便以"鸡栖于埘，日之夕矣，羊牛下来"数句，铺写农家傍晚的情景，以牛羊归圈的温馨场景表达思妇的孤独和向往。

"比"即比喻。如《卫风·淇奥》形容君子的风度姿态："有匪君子，如切如磋，如琢如磨。"其中"切磋""琢磨"，是指精心加工象牙和美玉，此处即以精美的象牙和美玉来比喻君子的雅致和高贵。《王风·黍离》以"如醉""如噎"表达诗人内心的忧虑，也非常贴切。《卫风·硕人》描写庄姜美貌："手如柔荑，肤如凝脂，领如蝤蛴，齿如瓠犀，螓首蛾眉。"诗中以日常生活中所常见的事物，分别喻写了庄姜的手指、肌肤、脖颈、牙齿、额头和眉毛，这一连串的比喻生动形象，表现了诗人丰富的想象力。《诗经》还有整首诗只吟咏喻体，而本体并不出现的情况，这被称为"比体诗"。如《魏风·硕鼠》，全诗通过对贪婪的老鼠的谴责，来表达对剥削者的厌恶之情。

朱熹认为"兴"就是"先言他物以引起所咏之词"（《诗集传》卷一）。一般说来，"兴"是在开头用意象咏唱，这些意象和诗歌的主题看来没有必然的联系。但很多"兴象"与诗歌主题有着或显或隐的联系。这种联系可能表现为一种隐约的象征关系，如《周南·关雎》以"关关雎鸠，在河之洲"起兴，雎鸠是双栖双宿的鸟，它与本诗歌的爱情婚姻主题有象征的关系。"兴象"也有着渲染气氛、烘托情绪的作用，如《秦风·蒹葭》中的"蒹葭苍苍，白露为霜"，渲染出一片萧瑟、凄婉的气氛，和诗中所表达的悲伤情感交融为一体。而《周南·桃夭》以"桃之夭夭，灼灼其华"开头，它既是对出嫁女子青春年华和子孙兴旺的象征，也烘托出一片热烈的喜庆气氛。

# 第五节 《诗经》的地位和影响

《诗经》在中国文化史上有着十分重要的地位。就文学而言，《诗经》有着积极深广的现实精神，它涵养了中国文学关怀人生、关心社会的特点，是中国现实主义文学的渊薮。《诗经》的美学风格、创作手法和艺术技巧成为世世代代诗人学习诗艺的源头活水。

## 一、创立了中国文学的"风雅"传统

"风雅"传统，源于《诗经》的"风""雅"，既指执着于人生、立足于现实的诗歌内容，也指委婉迂曲、温柔敦厚的诗歌风格。司马迁说"国风好色而不淫，小雅怨诽而不乱"（《史记·屈原贾生列传》），就说明了《诗经》即事抒情、诗以言志的内容，以及既执着不懈又不过分耽溺情感的精神状态。它鼓励诗人积极用世，"感于哀乐，缘事而发"，这种风范深深地感染了后世文人的文学观念和情怀。

在《诗经》的影响下，诗歌成为中国传统文人表达自己政治态度、抒泄情感的一种主要方式，使得诗歌成为文人生活中不可缺少的一部分。"风雅"在传统文化里成为评价诗歌的最高标准。中国古代文学史上两位最伟大的诗人李白和杜甫，都曾表达过对"风雅"的向往。李白说"大雅久不作，吾衰竟谁陈"（《古风》其一），杜甫说"别裁伪体亲风雅"（《戏为六绝句》其六）。

## 二、"比兴"手法成为诗歌重要的表现手法

"比兴"作为《诗经》最为突出的艺术手段，对中国诗歌技巧有着很大的影响。诗人们追求"言在耳目之内，情寄八荒之表"的比兴境界，从而从多方面发展了诗歌的比兴手法。如"比兴"与寄托联为一体，称为"兴寄"。"兴寄"在修辞或艺术手法之外，还指这些艺术手法中所包含的讽喻现实政治的内涵。"比兴"要求并鼓励诗人要有自觉的政治批评意识，并通过委婉敦厚的手法将自己的政治态度表达出来。同样，在理解诗歌时，也要求读者能通过对意象的类推，进而理解诗歌中所包含的讽喻意味。这种"比兴"寄托的方法在很大程度上影响了中国传统诗学思维，尤其是对政治抒情诗和诗学理论影响甚大。

## 三、体式和修辞手法为后世诗人所继承

《诗经》四言体的形式得到后世的继承，如汉初的郊庙歌词，曹操、嵇康以及东晋的很多诗人的诗歌中，四言体制得到了一定的发展。尤其是曹操以质朴而不失典雅的语言和慷慨悲凉的真实情感，赋予四言诗以新的生命。曹操在诗中还经常引用《诗经》成句，可见他对《诗经》的继承。其他如押韵形式、修辞技巧等，也能在后世诗歌中看到《诗经》的痕迹。

### 作品学习

1.《蒹葭》
2.《生民》

## 《蒹葭》鉴赏

这首诗的朦胧美带给人理解上的多义性。

其一,关于主题的不同理解。《毛诗序》说是"《蒹葭》,刺襄公也。未能用周礼,将无以固其国也"(《十三经注疏·毛诗正义》)。宋朱熹认为"言秋水方盛之时,所谓伊人,乃在水一方,上下求之而皆不可得,然不知其所指也"(《诗集传》卷六)。清姚际恒认为"此自是贤人隐居水滨,而人慕而思见之诗"(《诗经通论》)。今人余冠英认为:"这篇似是情诗,男或女词。"(《诗经选》)程俊英则直接说:"这是一首抒写思慕、追求意中人而不得的诗。"(《诗经注析》)也有说这首诗是写一个绝望的情人的歌谣,是一首隽永哀婉的伤情之作。对《蒹葭》主题的不同理解,关键是对"伊人"的理解。

其二,"伊人"之解。伊人的性别无法确定,是男是女,不得而知。作者似乎故意把其中应有的主要人物都虚化了。追寻者是什么人?他为什么而追寻?被追寻的"伊人"是什么身份?为什么他那么难以得到?我们也不知道;以至于连他们是男是女也无从确认。特别是"伊人",音容体貌均无。有人说伊人或是朋友,或是贤人,或是意中人。既然无法确定,这个伊人也就可以是功业、理想、前途,甚至可以是福地、圣境、仙界。伊人所处的"河水",可以是高山、深堑,可以是宗法、礼教,也可以是现实人生中可能遇到的其他任何障碍。只要有追求、有阻隔、有失落,就都是它的再现和表现天地。如此说来,古人把《蒹葭》解为劝人遵循周礼、招贤、怀人。今人把它视作爱情诗,乃至有人把它看作是上古之人的水神祭祖仪式,恐怕都有一定道理,似不宜固执其一而否定其他,因为它们都包蕴在"在水一方"的象征意义中。

其三,朦胧的意境美。这首诗以水、芦苇、霜、露等意象给我们营造了一种朦胧、清新又神秘的意境。增强这一意境美的就在于诗中"宛"字,这个字太妙了,简直是鬼斧神工,它表明伊人的身影是隐约缥缈的,或许就是诗人痴迷心境下生出的幻觉。伊人一会儿在河的上游,一会儿在河的下游,一忽儿在水中央,一忽儿在水边草地,飘忽不定,来去渺茫,简直令人怀疑他是否真有实体存在。作者有意化实为虚,使一切都变得虚幻朦胧起来,这样,诗的意境才显得那么空灵而富有象征意味。作品所表达的情感:追"伊人"之人在经过了三次追寻而没有得到他的"伊人"。由此可见,所谓的伊人不过是可望而不可即的梦幻与虚境。但是追梦人并没有放弃,而是为了梦想而上下追寻,不怕艰难险阻。《蒹葭》的美妙,就在于诗人准确地抓住了人的心性,创造出似花非花、空灵蕴藉的心理情境,才使诗的意境呈现为整体性象征。

其四,重章叠唱的手法。因为《诗经》里的诗都是歌唱的,所以首章定调之后,以下两章只是对前面的文字略加改动。这首诗的改动都是在韵脚上,首章"苍""霜""方""长""央"属阳部韵,次章"凄""晞""湄""跻""坻"属脂微合韵,三章"采""已""涘""右""沚"属之部韵。如此所形成各章内部韵律协和而各章之间韵律参差的效果,变化之中又包涵了稳定。同时,这种改动也造成了语义的往复推进。如"白露为霜""白露未晞""白露未已",一夜间的露水凝成霜花,霜花因气温升高而融为露水,露水在阳光照射下蒸发,表明了时间的延续。苍茫而萧瑟的兼葭,暗示了这一段感情渺茫的前景。一条宽广而幽冷的河水,阻断了情人的身影,也更加激发了追求者的勇气和热情,但歌者仍然沿着这条不可逾越的河流,溯洄从之,溯游从之,坚持不懈。时间的推移,使得这段感情更显执着和凄婉,能够引起人们的共鸣,给读者以无限的惆怅和忧伤。

## 《生民》鉴赏

关于本篇的性质和内容有多种说法。《毛诗序》:"《生民》,尊祖也。后稷生于姜嫄,文武之功起于后稷。"(《十三经注疏·毛诗正义》卷一七)朱熹说:"姜嫄出祀郊禖,见大人迹而履其拇,遂歆歆然如有人道之感。于是即其所大所止之处,而震动有娠,乃周人所由以生之始也。周公制礼,尊后稷以配天,故作此诗。以推本其始生之祥,明其受命于天,故有以异于常人也。然巨迹之说,先儒或颇疑之。"(《诗集传》卷一七)。余冠英认为本诗是记述周人祖先的一个传说,歌颂他的功德而已。程俊英说是史诗,而且是周史诗中有名的一篇,追述周人始祖后稷的事迹。现在大家几乎都认同《生民》是史诗了。这首诗确实是一篇美丽的神话,又是一篇伟大的史诗。它极富有想象力地叙说了周人祖先后稷诞生的奇异故事,记录了农业文明的发生发展的恢宏图景。诗的主人公是周人的始祖后稷,后稷约生活在虞夏之际,曾做过夏的农官,成为周人的始祖。诗歌以其出生和成长的神奇经历,表达了周人秉有天命的含义。

全诗分八章,诗的第一章写姜嫄神奇受孕。第二、三章写后稷的诞生与屡弃不死的灵异。第四至第六章写后稷开发农业的特殊禀赋,超卓不凡的才能,他因有功于农业而受封于邰。最后两章,写后稷以谷物祭祀天神,祈求上天永远赐福,而上帝感念其功德,将福泽延及他的子子孙孙。除首尾两章外,各章皆以"诞"字领起,格式严谨。从表现手法上看,它纯用赋的手法,叙述生动详细,纪实性很强。前面几章写后稷的身世,显出一种神奇荒幻的气氛,增强了艺术魅力,后稷从事农业生产活动的书写,富有浓郁的生活气息。

### 延伸阅读

**1. 原典阅读**

(1) 阅读《诗集传》(朱熹著,中华书局,1958年版),了解《诗经》的总体风貌及宋人治学的方法。

(2) 阅读《诗经注析》(程俊英、蒋见元著,中华书局,1991年版),理解一些重要篇章的内容及文学价值。

2. 研究文献阅读

(1)阅读《诗经讲座》(夏传才著,广西师范大学出版社,2007年版),归纳总结《诗经》在中国文学史上的地位及其对中国文学的贡献及影响。

(2)阅读《诗经鉴赏集》(人民文学出版社编辑部编,人民文学出版社,1986年版),充分认识《诗经》的文学及美学价值,提高阅读和鉴赏作品的能力。

### 拓展训练

1.《诗经》是否入乐,前人多有讨论。《墨子·公孟》:"诵诗三百,弦诗三百,歌诗三百,舞诗三百。"《荀子·劝学》:"诗者,中声之所止也。"《史记·孔子世家》:"三百五篇,孔子皆弦歌之,以求合《韶》《武》《雅》《颂》之音。"《诗经·郑风·子衿》毛传:"古者教以诗、乐,诵之,弦之,歌之,舞之。"宋人程大昌《诗论》:"春秋战国以来,诸侯卿大夫士赋诗道志者,凡诗杂取无择,至考其入乐,则自《邶》至《豳》,无一诗在数。享之用《鹿鸣》,乡饮酒之笙《由庚》《鹊巢》,射之奏《驺虞》《采蘋》,诸如此类,未有或出《南》《雅》之外者,然后知《南》《雅》《颂》之为乐诗,而诸国之为徒诗也。"清人顾炎武《日知录》卷三:"'变雅',诗之不入乐者也。"请阅读《诗经》研究的相关文章,参考古今学者所论,就《诗经》是否入乐的问题写一篇论文,谈谈自己的理解,表明自己的观点。

2. 关于起兴问题,"五四"以后诸学者讨论热烈,顾颉刚、朱自清、刘大白、何定生四家各有说法。洪湛侯《诗经学史》第五编"现代诗学"有述:

顾颉刚在《起兴》以为"关关雎鸠,在河之洲"之与"窈窕淑女,君子好逑"之间,只是取"洲""逑"的协韵,借这协韵起头,便是起兴了。因此顾氏的"起兴说",也可以说就是"协韵起头说"。他并且引苏州唱本的两句话"山歌好唱起头难,起仔头来便不难"为本文作结,说明他认为歌谣的起兴就是起个头。

朱自清《关于兴诗的意见》是他写给顾颉刚的一封信,信中提到的"起兴的句子与下文常是意义不相属,却在音韵上相关连着"。这意见与顾氏相同,下文他却又提出"兴是直说此事以象征彼事",却较顾氏之说多了一个"象征"的观念,所见又较顾说完满。

刘大白《六义》虽讲诗之六义,实际上是专说"赋""比""兴"而以"兴"为中心,虽然也提出"兴就是起一个头",却没有提到起兴与声音有无关系,持论与顾、朱两家微有不同。

何定生《关于诗的起兴》,赞赏郑樵"诗在于声,不在于义""鸟兽草木乃发兴之本"的见解。他给"起兴"下的定义就是"歌谣与本意没有干系的趁声",他几乎是绝对奉行郑樵"诗在于声"的一家。然而后来出版的《诗经今论》却修正了上述观点,提出"诗人用起兴的句子固然常是出于声音,但有时也可能出于有意……若《摽有梅》《墙茨》《鹊巢》等诗,便不能说没有意识上的关联了"(《诗经今论》卷二)。

请结合相关文献的阅读,就《诗经》的起兴问题写一篇小论文。

# 第三章　先秦历史散文

## 文学史

"中国于各种学问中,惟史学最发达。"①至迟在商代,就已设立了专司史职之官。《尚书·多士》"惟殷先人有册有典"②,自殷商迄战国,史家之文日益发展。由片段的文辞记录发展到详细生动地记言、记事、写人,大致经过了三个阶段:西周到春秋时期,《尚书》重在记言,《春秋》专门记事,奠定了中国记言体和记事体散文的基本范式。春秋末到战国初,《国语》以记言为主,注重语言的形象性和逻辑性,提升了记言水平;同时开创了国别体,为集中叙事提供了可能。《左传》言事相融,长于叙事,与《春秋》提纲式记事相较,叙事完整详赡,写人生动形象,语言理富文美,为先秦叙事之最,标志着中国历史散文的成熟。战国中后期,以《战国策》为代表,注重人物形象刻画,叙事生动细密,语言辩丽横肆,更具文学色彩,将历史散文发展到新的高峰,开启了以人物为中心的传记文学的先声。

## 第一节　《尚书》和《春秋》

《汉书·艺文志》云:"古之王者,世有史官,君举必书,所以慎言行,昭法式也。左史记言,右史记事;事为《春秋》,言为《尚书》。"③因史官司职之分,早期史书有记言体和记事体。《尚书》以记言为主,是中国第一部记言体史书,奠定了中国叙事记言历史的基本范式;《春秋》专主记事,是中国第一部编年体史书,构建了中国叙事文学的结构框架和叙事法度。

### 一、《尚书》

《尚书》是中国最早的一部历史文献,也是中国最早的记言体历史散文。原称"书",

---

① 梁启超.中国历史研究法[M].上海:上海古籍出版社,1998:10.
② 屈万里.尚书今注今译[M].上海:上海辞书出版社,2015:177.
③ 班固.汉书[M].颜师古,注.北京:中华书局,1962:1715.

儒家列入"六经",又称"书经"。"尚"通"上",《尚书》即指上古之书。

### (一)《尚书》的成书与思想

关于《尚书》的作者,《汉书·艺文志》说:"《书》之所起远矣,至孔子纂焉,上断于尧,下讫于秦,凡百篇,而为之序,言其作意。"①此说流传颇广而不足凭信。其实,《尚书》是汇编而成的典籍,由何人辑为定本,已难确考。孔子也许是"编次其事"者之一,但未必是最后的编定者。

自汉代以降,《尚书》即作为儒家经典而被列于学官。《尚书》有古、今文之分。今文《尚书》为伏生所传,29篇,用当时通行之隶书写定。古文《尚书》为汉武帝时从孔氏旧宅壁中所得,以先秦篆文书写,比今文多16篇,后散亡。今存于《十三经注疏》中的《尚书正义》计58篇,其中有晋人伪造。

《尚书》记事上起尧舜,下迄秦穆公,选编了春秋以前历代史官所收藏的政府重要文件和政治文献。分《虞书》《夏书》《商书》《周书》四部分。《虞书》《夏书》各2篇,《商书》5篇,《周书》19篇。虞、夏之书为后人根据传说追忆,非为当时史籍。商、周之书虽难免有后人损益,但较为可靠。

《尚书》的思想核心是商周时代的"天命神授",但在尊天的基础上以殷商灭亡为鉴,提出了敬德、保民、无逸的理政新思想。《召诰》中说"王其德之用,祈天永命"②,王遵循着美德去做,才能向天帝祈求长久的国运。《梓材》"既用明德,后世典集"③照着光明的德行去做,诸侯才能来朝见。将人德与政治关联。治理国家不仅要具有德,还要重视民的作用。《康诰》篇说"用康保民,弘于天若"④,保护百姓安康,才能得到天帝的保佑。《酒诰》篇说"人无于水鉴,当于民鉴"⑤,人不要以水为镜,应以民为鉴,作为衡量政治得失的标准。治理国家还要警戒安逸。《无逸》乃周公告诫成王之书,让其念稼穑之艰,不可贪图安逸。要"无淫于观、于逸、于游、于田""无若殷王受之迷乱,酗于酒德"。⑥ 从天命神授到敬德保民,体现了政治观念的发展与进步。中国传统文化中的德治观念、民本主义、忧患意识皆肇始于此。

### (二)《尚书》中的文学因素

《尚书》虽为历史文献,但已具有文学因素。作为中国第一部记言体史书,在记言之中已初步具有一定的艺术技巧和形象性,而且文体多样,对后世文学的发展有所启发。"虽非为作文设,而千万世文章,从是出焉。"(李耆卿《文章精义》)故其文学价值不容忽视。

---

① 班固.汉书[M].北京:中华书局,1962:1706.
② 屈万里.尚书今注今译[M].上海:上海辞书出版社,2015:160.
③ 屈万里.尚书今注今译[M].上海:上海辞书出版社,2015:152.
④ 屈万里.尚书今注今译[M].上海:上海辞书出版社,2015:130.
⑤ 屈万里.尚书今注今译[M].上海:上海辞书出版社,2015:146.
⑥ 屈万里.尚书今注今译[M].上海:上海辞书出版社,2015:184.

1. 运用修辞手法加强语言的形象性和感染力

《尚书》记言已能使用比喻以增加形象性,和甲骨卜辞与铜器铭文相比,表达水平已有长足的进步。《盘庚》3篇是商代第20代君王盘庚迁都时对他的臣属所做的演讲词。虽词语古奥,但感情充沛,多用比喻,使道理更具形象性,更浅近,更具说服力。在讲迁都理由时,以老树和新芽作比,"若颠木之有由蘖,天其永我命于兹新邑"①。旧都如死亡的"颠木",新都如新生的"由蘖",形象鲜明,又暗含对比。比喻与对比相结合,增强了说服力。在论述君臣关系时,"若网在纲,有条不紊;若农服田力穑,乃亦有秋"②。臣民只有顺服君王,令行禁止,整个国家才会纲举目张,有条而不紊。只有像农民一样付出艰难的劳动,才会有秋天的好收成。比喻只有艰苦奋斗,才能将国家建设好的观点。在论说反对建都言论的危害性时,用"若火之燎于原,不可向迩,其犹可扑灭"③,生动形象,增强了语言的接受性。

有的还善用排比句,形成整齐的韵文。如《洪范》,音韵和谐,颇近诗歌。

无偏无陂,遵王之义;无有作好,遵王之道;无有作恶,遵王之路。

无偏无党,王道荡荡;无党无偏,王道平平;无反无侧,王道正直。④

个别叙事篇章已有情节和场面描写,颇具传奇色彩。如《金滕》写武王灭商后患病,周公向先王祷告,愿代武王死。武王病愈,后成王嗣位,周公摄政,武王之弟管叔等散布流言诽谤周公,并煽动殷遗民叛乱,周公率兵平定叛乱,成王心中对周公仍有猜忌。这时天象出现异常,"秋,大熟,未获,天大雷电以风,禾尽偃,大木斯拔"。后成王"启金滕之书,乃得周公所自以为功,代武王之说"。成王大为感动,"执书以泣",这时"天乃雨。反风,禾则尽起"⑤。全篇围绕金滕藏书、启书的情节,叙述周公忠贞、遭谗以至获得谅解的全过程,情节曲折而具有传奇色彩。

2. 文体自成一家,为后世行政文书之肇端

《尚书》凡有六体:一曰典,如《尧典》。二曰谟,如《皋陶谟》。三曰训,如《高宗肜日》《无逸》。四曰诰,如《盘庚》《召诰》。五曰誓,如《甘誓》《秦誓》。六曰命,如《文侯之命》《顾命》等。《尚书》之六体未免粗疏,但已是古代文体的渊源所在,特别对后世行政文书产生了重大影响。

典,并无自身的文体特征,意味着受到人们高度尊重的具有权威性的书册,现代有字典、法典等。"谟"者,"谋"也,谋议商量过程而非最终决断。《皋陶谟》可视为舜、禹、皋陶等谋议政事的会议记录。此类记录过程的文献,一般无须传布,故此体甚少。诰为诰谕,训诫勉励的文告。誓为采取重大行动的鼓动词。命为命令。这三种体例直到今天仍有很强的活力。

在诰、誓、命三体中,诰体最重要,在《尚书》中占据近一半篇目,是最能体现《尚书》

---

① 屈万里.尚书今注今译[M].上海:上海辞书出版社,2015:68.
② 屈万里.尚书今注今译[M].上海:上海辞书出版社,2015:71.
③ 屈万里.尚书今注今译[M].上海:上海辞书出版社,2015:73.
④ 屈万里.尚书今注今译[M].上海:上海辞书出版社,2015:103.
⑤ 屈万里.尚书今注今译[M].上海:上海辞书出版社,2015:116—117.

特征的文体。韩愈《进学解》云:"周《诰》殷《盘》,佶屈聱牙",就是用周书中的诰及商书中的《盘庚》喻代整部《尚书》。秦汉以后,各个朝代的制诰、诏令、章奏之文,都明显地受它的影响。《文心雕龙·宗经》曰:"诏、策、章、奏,则《书》发其源。"①柳宗元说:"著述者流,盖出于《书》之谟训《易》之象系,《春秋》之笔削。"(《杨评事文集后序》)都肯定了《尚书》在古代散文史上的奠基意义。

## 二、《春秋》

《春秋》是我国现存的第一部编年体简史,是继《尚书》之后又一部以记事为主的史书。《春秋》以年为经,以事为纬,记载了上起鲁隐公元年(前722),下迄鲁哀公十四年(前481)共242年的史实,不仅是后世编年体史书之祖,而且在散文发展史上有重要地位。

**(一)《春秋》之成书**

东周以来诸侯各国皆有史书,通名"春秋"。② 今之《春秋》即"鲁春秋",鲁国史官所编,经孔子整理、修订,使之成为授徒的教本,开创了私家著述的先例。《史记·太史公自序》云"孔子厄陈蔡,作《春秋》"③,考察典籍,所谓孔子作《春秋》,准确地说应为孔子因鲁史而作《春秋》。鲁哀公十四年(前481)春"西狩获麟",传说孔子"绝笔于获麟",则《春秋》又别名《麟经》。

**(二)《春秋》的叙事特点及其影响**

《春秋》全书约16 000余字,叙事系年,有条不紊,语言简洁,微言大义,成为历史叙事的早期楷模和叙事法度,孔子因之成为叙事的第一个立法者。

1. 编年框架与叙事时序

《春秋》为中国叙事开创了编年体先例。在体例上按鲁国"十二公"——隐、桓、庄、闵、僖、文、宣、成、襄、昭、定、哀的顺序分年记事,在具体事件上按照年、时、月、日、人、事、地叙述。晋人杜预把它归结为:"以事系日,以日系月,以月系时,以时系年,所以纪远近,别同异也。"(《春秋左传集解序》)如:"(桓公四年)春正月,公狩于郎""(隐公元年)夏五月,郑伯克段于鄢"。时间、地点、人物、事件清晰,语言俭省。《春秋》为后代提供了可以依循的编年框架,同时也形成了中国人时间表达上由年到日、由大到小的时序模式,具有先驱意义。

2. 春秋笔法与叙事倾向

《春秋》叙事谨严,微言大义,刘勰《文心雕龙》云"《春秋》辩理,一字见义"④"褒见一

---

① 刘勰.文心雕龙[M].王运熙,周锋,译注.上海:上海古籍出版社,2010:11.
②《墨子·明鬼下》有"燕之春秋""宋之春秋""齐之春秋",但有的也有专称,如晋史谓"乘"、楚史谓"梼杌"。
③ 司马迁.史记[M].北京:中华书局,1982:3300.
④ 刘勰.文心雕龙[M].王运熙,周锋,译注.上海:上海古籍出版社,2010:10.

字,贵逾轩冕;贬在片言,诛深斧钺"①。

为了维护周礼、反对僭越、拨乱反正,孔子在《春秋》中以一字寓褒贬,在谨严的措辞和曲折的文笔中表现出褒贬倾向,形成了春秋笔法。《左传》成公十四年将其概括为"微而显,志而晦,婉而成章,尽而不汙,惩恶而劝善"②,即寓褒贬于动词,示臧否于称谓,明善恶于笔削,隐回护于曲笔③。如战争类,"伐""侵""袭""溃""逃"等。这种寓主观情感于客观叙事的表达方式为后代所继承。

## 第二节 《左传》的文学成就

《左传》是中国第一部记事详细的编年体史书。它突破了前代记言、记事的分工藩篱,将记言和记事均衡地统一在叙事中,言事相融,众美兼擅。叙事完整翔实,富有故事性;人物描写形象生动;语言简洁凝练,含蓄蕴藉,是先秦历史散文的典范之作,标志着中国叙事散文的成熟。

### 一、《左传》的成书与思想

《左传》,司马迁称为《左氏春秋》④,东汉班固认为它是为了阐释《春秋》而作,称为《春秋左氏传》⑤,后世简称为《左传》。与《左传》并存的还有公羊高所作的《公羊传》,穀梁赤所作《穀梁传》,并称为"春秋三传"。《公羊传》《穀梁传》重在解释《春秋》"微言大义",颇多附会之词;而《左传》重在叙事,虽与《春秋》配合,但自成体系。《左传》依照《春秋》鲁国十二公顺序编年记事,既有与《春秋》相同而加以详细叙述的依经作传,又有超出《春秋》记载的无经之传,是一部独立编撰的新史书。

《左传》记事上起鲁隐公元年(前722)下至鲁哀公二十七年(前468),记载了255年的史实,比《春秋》多13年,篇幅为《春秋》的10倍,约18万多字,是我国第一部记事详细而完整的编年体史书,广泛地记载了春秋列国的政治、军事、外交各方面的活动,具有很高的史学价值和文学价值。

关于《左传》的作者,司马迁和班固都认为是左丘明。唐以后学者颇多异议,作者已无法确考。《左传》全书最后涉及韩、魏、赵三家灭智伯事,并屡次出现三家分晋等预言,此事发生在鲁悼公十四年(前453),已进入战国,可见作者应亲历时事,应是战国初年之人,《左传》成书也大约在战国之初,与《国语》同时或略后。⑥

《左传》作为一部历史著作,在秉笔直书中表现出作者的思想倾向和进步史观。

---

① 刘勰.文心雕龙[M].王运熙,周锋,译注.上海:上海古籍出版社,2010:70.
② 杨伯峻.春秋左传注[M].北京:中华书局,1990:870.
③ 傅修延.先秦叙事研究[M].北京:东方出版社,1999:182-184.
④ 司马迁.史记[M].北京:中华书局,1982:510.
⑤ 班固.汉书[M].北京:中华书局,1962:1713.
⑥ 杨伯峻.春秋左传注:前言[M].北京:中华书局,1990:29.

《左传》基本上属于儒家思想体系，维护周礼，尊礼尚义。与《尚书》重德相较，《左传》更强调"礼"，强调等级秩序与宗法伦理，重视长幼尊卑之别。春秋之时，周天子权威失落，需要以礼来构造社会秩序。《左传》重视礼的治国安邦之用，认为礼能够"经国家，定社稷，序民人，利后嗣"①"礼，国之干也""礼，身之干也"，并从治国治民到评人论事，都以礼作为准则。"君义、臣行、父慈、子孝、兄爱、弟敬"为"六顺"，是符合礼的伦理道德，而"贱妨贵，少陵长，远间亲，新间旧，小加大，淫破义"②为"六逆"，则是违礼的行为，体现了一定的等级观念，也体现了当时礼与政治结合，以礼规范行为准则的价值观念。

《左传》继承了《春秋》惩恶扬善的良史精神，"不隐恶"，揭露了统治者的残暴荒淫。如不行君道、聚敛民财、弹丸射人、荒淫无礼的晋灵公；不理国政、沉溺酒色的陈灵公等。也表彰了如齐桓、晋文等春秋霸主；管仲、晏婴、赵盾、叔向、子产等国家重臣；曹刿、弦高、烛之武等有识见的下层人士。他们皆能以国之利益为重，具有远见卓识，体现了儒家的政治理想。

春秋时期，殷周以来的天命论逐渐动摇，人的地位提升，人们在神与人、君与民两重关系上都有了新的认识。《左传》反映了重人轻神的人本精神和重民轻君的民本思想，代表了当时的进步史观。

《左传》在神与人的关系上，强调人的作用，提出民为神主。《左传》桓公六年，楚武王伐随，随侯要大举祀神，季梁劝说："夫民，神之主也，是以圣王先成民而后致力于神。"③僖公十九年宋司马子鱼反对以人祭祀时说"民，神之主也"④。庄公三十二年，记载虢国国君派太史嚚去祭享神，太史嚚则答曰："国将兴，听于民；将亡，听于神。"⑤《左传》反复强调民的作用，并将其与国家兴亡联系起来，在一定程度上是对神权意识的颠覆。

《左传》在君与民的关系上，重视民的作用，以民为邦本。民心向背成为国家兴亡、政治得失、战争成败的关键因素。鲁哀公元年，逢滑对陈怀公说："臣闻国之兴也，视民如伤，是其福也。其亡也，以民为土芥，是其祸也。"⑥僖公二十八年晋楚城濮之战，楚师大败，楚国荣季说："非神败令尹，令尹其不勤民，实自败也。"⑦民本思想是当时的进步思潮，《左传》以敏锐的思想触角抓住并记录了这些历史资料，透露出作者的进步史观。

## 二、《左传》的文学特色

《左传》之文，历来备受推崇，刘大櫆赞其"情韵并美，文彩照耀"（《论文偶记》）；刘熙载更称它是"众美兼擅"（《艺概·文概》）。《左传》长于叙事、善于写人、工于记言，在散文艺术上已趋于完善，标志着中国叙事散文的成熟。

---

① 杨伯峻.春秋左传注[M].北京:中华书局,1990:76.
② 杨伯峻.春秋左传注[M].北京:中华书局,1990:32.
③ 杨伯峻.春秋左传注[M].北京:中华书局,1990:111.
④ 杨伯峻.春秋左传注[M].北京:中华书局,1990:382.
⑤ 杨伯峻.春秋左传注[M].北京:中华书局,1990:252.
⑥ 杨伯峻.春秋左传注[M].北京:中华书局,1990:1607.
⑦ 杨伯峻.春秋左传注[M].北京:中华书局,1990:468.

## （一）长于叙事

1. 善于将历史事件情节化

《左传》对历史事件的记载不是平铺直叙地简略记录，而是借助于人物行动、人物与人物、人物与环境之间错综复杂的关系和矛盾冲突，构成一系列生动的情节，造成波澜起伏、委婉有致的效果，有的甚至带有小说、戏剧色彩。

如齐鲁长勺之战，《春秋》只用一句话来概括"十年春王正月，公败齐师于长勺"①。《国语·鲁语上》对曹刿参与此战之事，虽有记述，但仅为问战。《左传》先写曹刿请见而乡人劝阻，继而写曹刿与鲁庄公的对话，接着写战场上"击鼓"和"逐师"，最后写曹刿的侃侃而谈。通过曹刿请战、曹刿问战、曹刿谋战、曹刿论战四个生动而又紧凑的情节描写，构成了一篇有首有尾，引人入胜的故事。

隐公元年的《郑伯克段于鄢》②记叙了春秋初期郑国王室内部兄弟、母子之间一场争夺王位的残酷战争。仅用500余字，就把事件的起因、发展、结局和尾声叙述得明白生动。写起因只叙述"庄公寤生，惊姜氏"，表明了母子矛盾产生的原因。叙事一方面明写弟弟共叔段肆无忌惮地扩张领土和扩张军事，突出其狂妄的性格；另一方面穿插大臣祭仲、公子吕对事态的忧虑，暗衬庄公欲擒故纵、工于心计，在事件的叙述上造成悬念，增强了故事性。

《秦晋殽之战》叙述了晋文公卒，秦国欲经过晋国攻打郑国，结果在殽关被晋军所击败。叙事不作平铺直叙，而将事件进程情节化，分为蹇叔哭师、王孙满观师、弦高犒师、皇武子请客行猎、文嬴请三帅、秦穆公请罪等一系列故事，战争胜负原因皆明，叙事精妙。

2. 善于描写战争

全书记叙了春秋时期大小战争400余次，各有侧重，千姿百态。其中以晋楚城濮之战（僖公二十八年）、秦晋殽之战（僖公三十二、三十三年）、晋楚邲之战（宣公十二年）、齐晋鞌之战（成公二年）、晋楚鄢陵之战（成公十六年）五大战役最为出色。

《左传》着眼于战争背景的介绍和对成败的分析，详于战前战后，略于战争本身。《左传》不惜笔墨叙述民心向背、实力对比、外交活动、战术运用、战争结果，至于战斗场面的描写则着墨不多。这样的结构是基于作者对战争的认识，表现出作者深刻的战争观念。如齐鲁长勺之战，仅220字，记写了战争全过程，但重点在战前之问和战后之论。晋楚城濮之战，作者重在写战前的酝酿过程。从宋国告急写起，继而写晋设计瓦解敌人，联合齐秦，争取盟军，变被动为主动。楚国子玉治兵，晋师退避三舍，一直写到晋文公占梦，两国才开始正式交锋。双方交战仅是"已巳"一天之事，作者笔墨寥寥。全文的重点放在外交谋划、争取同盟、练兵选帅、君臣辑睦的前期准备上，证明了"有德不可敌""师直为壮""有礼可用"之军事思想的正确性。

《左传》还善于选择不同的侧重点描写战争，表现出战争的多样性和复杂性。在写战争时，或着重描写战争的起因和酝酿，或侧重交战的经过，或记写战争的后果和影响。不

---

① 杨伯峻.春秋左传注[M].北京：中华书局，1990：181.
② 此类标题为后人节选时所加。

同的侧重反映出作者对每一次战役成败原因的分析。决定战争成败的史事往往是记写的重点。城濮之战的胜利主要是晋文公与诸将帅谋划的结果,因此对战前的酝酿过程浓墨重彩;宋楚泓之战重点在子鱼论战上,子鱼反驳了宋襄公虚伪的仁义,直指战争失败的原因。一般来说,《左传》对战争的性质和发起原因的分析较多,作者把重点放在在战前的分析中找到之所以爆发战争的原因以及影响战争成败的因素。

3. 开中国叙事方式之轨则

《左传》在叙事时间上以顺叙为主,并辅之倒叙、补叙等多种叙事方式。叙事视角上采用第三人称叙事,并间以"君子曰"发表议论,为中国叙事文学奠定了最基本的轨则。

《左传》继承了《春秋》年、月、日、人、事、地的叙事方式,按照时间顺序记写了事件发生的原因、经过、结果,条理十分清晰。在顺叙中又辅以多种叙事方式。清冯李骅在《读左卮言》中曰"叙事全由自己剪裁""其中有正叙,有原叙,有顺叙,有倒叙,有实叙,有虚叙……"列举了29种叙事之法,虽不免烦琐,但足见叙事手法多样[1]。如僖公二十三年记述了重耳流亡。先倒叙了僖公四年骊姬之乱,揭示了流亡的原因。后又倒叙了19年流亡的经历,写出重耳的成长。僖公三十二年秦晋殽之战,蹇叔在秦出师伐郑时哭曰"吾见师之出而不见其入也"[2],预叙了必然失败的结果。在《左传》中还有插叙、补叙、追叙等,常以"初"字领起。"初"字在《左传》中出现86次,使用频率极高。或插叙同时发生之事,或补叙逸闻轶事,或追叙过去发生之事,以达到叙事的完整。

《左传》叙事采用第三人称,一方面具有客观性和真实性,另一方面拥有全知视角,无所不知,无所不在,不受时空限制,具有灵活性。另外《左传》还创立了一种新形式,即在叙事中以"君子曰""君子是以知"等方式对事件或人物做出道德评价,这种主观论断表现出作者的立场和情感,丰富了叙事视角,是后代史书论赞的滥觞。

## (二)善于写人

《左传》在叙事中记写了众多历史人物,犹如一幅春秋历史人物长卷。1400多人,上至天子、诸侯、将相、卿士大夫,下至说客、祝史、良医、盗贼、侠勇等,形形色色,姿态万千。其中,约有三分之一的人物有较详细的事迹记录或鲜明的形象描绘。

《左传》记人主要是随事而写,事在人在,人随事走。由于采用编年体分年记事,因此出现了两种情况:一种是人物出现在多个分年记事当中,如果将连续出现在若干年记事中的有关内容集中起来,能构成 个完整的人物形象;另一种是人物仅出现在一件事中,表现出人物一生的某个片段或性格中的某一方面。前者可称之为"累积型"人物形象,后者可称之为"闪现型"人物形象。[3]

《左传》中描写得最为成功的多是"累积型"的人物形象。他们大多为春秋霸主、大

---

[1] 张高评在《〈左传〉之文学价值》第九章《为叙事文学之轨范》中概括了前人之说,总结了《左传》叙事之法有三十种。虽有交叉,但见出叙事方法之丰富,可参看。张高评.《左传》之文学价值[M].台北:文史哲出版社,1982:150 – 157.

[2] 杨伯峻.春秋左传注[M].北京:中华书局,1990:490.

[3] 孙绿怡.《左传》与中国古典小说[M].北京:北京大学出版社,1992:33.

国君王、重要的卿士大夫。如励精图治的晋文公、阴险狡诈的郑庄公、奢侈淫逸的楚灵王、为政贤明的郑子产、明辨机智的晏婴等等。随着分年记述的积累,人物性格鲜明。甚至通过多年记载的事迹,写出了人物性格的发展过程。可以说,《左传》开创了中国人物描写的基本方法:

1. 通过叙事写人,并善于将人物放在矛盾冲突中描写

《左传》选择具有代表性的事件来写人物。对于累积型人物,选择关乎国家存亡的政治事件叙述;对于闪现型人物,选择他们在政治活动中最闪亮的事迹叙述。一人数事或一人一事。写晋文公必然要写19年的流亡和城濮大战;写郑子产必须要记"作丘赋""铸刑鼎""不毁乡校""坏晋馆垣"。宫之奇在《左传》中出现两次,最重要的事情是劝谏虞公不要借道。石碏仅在隐公四年中出现过一次,他杀掉自己的儿子,大义灭亲,使他名垂青史。申包胥哭秦庭、烛之武退秦师、介子推不言禄、祁奚请勉叔向、晋灵公不君……正是通过这些代表性事件展现了人物的性格,开后代史传文学、小说以典型环境塑造典型人物之先声。

《左传》还善于把人物放在矛盾冲突中塑造,立体化地表现出人物的思想和性格。如僖公二十三年,写重耳流亡到齐国,暂且安定而不想离开,子犯与齐姜密谋,把他灌醉后带走。在双方的矛盾冲突中,写出重耳的安于现状、贪图安乐和子犯等的深谋远虑。重耳避难楚国,与楚成王的冲突,将楚成王施恩图报的心理和重耳自信自重、不卑不亢的态度表现得淋漓尽致。

2. 通过个性化的言行描写和典型的细节刻画人物

《左传》往往通过人物在历史事件中的言行展现人物的性格,绝少对人物进行外貌、心理等静态描写。如通过城濮大战前所说的"今日必无晋矣"表现出子玉的狂妄自大;郑庄公在制胜公叔段的过程中说了三句典型的话语:"多行不义必自毙,子姑待之。""无庸,将自及。""不义不暱,厚将崩。"写出他的阴险狡诈。重耳对僖负羁"受飧反璧",对怀嬴"降服而囚"的行为表现出他的成熟。

《左传》还运用细节描写表现人物的性格,揭示人物的内心世界。僖公三十三年殽之战之后,对晋元帅先轸有一段描写:

先轸朝,问秦囚。公曰:"夫人请之,吾舍之矣。"先轸怒曰:"武夫力而拘诸原,妇人暂而免诸国。堕军实而长寇仇,亡无日矣。"不顾而唾。①

通过先轸怒气冲冲的话语和在国君面前"不顾而唾"的细节,生动表现出这位老臣极度不满的心理状态,也显示出他的暴烈性格。

### (三)工于记言

刘熙载《艺概·文概》曰:"《左传》其言简而要,其事详而博,余谓百世史家类不出乎此法。"高度评价了《左传》的语言成就。

---

① 杨伯峻.春秋左传注[M].北京:中华书局,1990:499.

1. 行人辞令,理富文美

春秋各国外交使节往返频繁,为了使言辞发挥作用,不仅要说理透辟还要讲求辞令的修饰。《左传》行人辞令委曲达意,婉而有致。由于行人身份、心理及进谏对象不同,辞令风格各异,或委婉谦恭,不卑不亢,或词锋犀利、刚柔相济,但都具有共同的特点,用词典雅,委婉蕴藉。如僖公三十年,记叙了秦晋围郑,烛之武冒险说退秦师之事。全篇说辞仅125字,纵横捭阖,从不同角度分析了利害得失。烛之武牢牢抓住秦晋之间的矛盾,阐述了亡郑利于晋,不利于秦,存郑利于秦的道理。以晋不守信用的事例推论亡郑必将亡秦。说辞婉曲,层次明晰,句句在理,最终说服了强秦,拯救了郑国。

2. 叙述语言精练传神,词约义丰

如宣公十二年晋楚邲之战,写晋师溃败时的狼狈之状云:"中军、下军争舟,舟中之指可掬也。"①为争渡船逃命,先上船者以乱刀砍争攀船舷者手,落入船中的手指竟然"可掬"。写尽晋师争先恐后、仓皇逃命的紧张混乱场面。如写曹刿进谏用"乃入见"表现毅然决然,用"公将鼓之""公将驰之",表现庄公那种急于求成的急躁寡谋的心理。叙述语言随物赋形,逼真逼肖。

《左传》对后代史传、散文、小说产生了深远的影响。编年体例、叙事方式、蕴藉的语言为后代史传文学、散文所继承。奠定了中国古代小说的叙事方式和视角模式。丰富的史实情节,为后代小说和戏曲提供了大量的历史题材。刘勰称之为"实圣文之羽翮,记籍之冠冕"②。后世作家往往视为典范,奉为圭臬。

## 第三节 《国语》与《战国策》

《国语》首开史书的国别体例,按照地域不同记叙历史,突破了编年体的限制,集中叙述某国历史、人物生平始末。《战国策》承继国别体,以人物活动为中心组织记言、叙事,人物形象生动各异,语言铺张扬厉,开创了以人物为中心记叙历史的新格局。

### 一、《国语》

《国语》是中国第一部国别体史书,全书21卷,分载了周、鲁、齐、晋、郑、楚、吴、越八国的史事,起自周穆王(前1000),终于鲁悼公(前440),以记载言论为主,带有列国史料汇编性质。

#### (一)《国语》的成书

关于《国语》的作者,司马迁、班固都认为是左丘明,汉人又以《左传》和《国语》同一作者,记事年代大致相当,由此认为《国语》之作是为补充《左传》之不足,故又称《国语》

---

① 杨伯峻.春秋左传注[M].北京:中华书局,1990:739.
② 刘勰.文心雕龙[M].王运熙,周锋,译注.上海:上海古籍出版社,2010:70.

为《左氏外传》或《春秋外传》。① 至于《国语》本身,也可能不是一人手笔。各"语"风格不同,详略不同,多寡不均。周、鲁多平衍,晋、楚多尖颖,吴、越多恣放;《晋语》最长,共9卷,《齐语》《郑语》《吴语》最少,各1卷。当今学者大多认定此书为战国时人依据春秋各国史籍编纂而成。

《国语》的思想比较驳杂。如《鲁语》记孔子语含有儒家思想;《齐语》记管仲语则重霸术;《越语》写范蠡崇尚阴柔,功成身退,带有道家色彩。《国语》因所记对象不同而思想各有差异,有助于思想史的探本求源。《国语》记事总体不及《左传》详博,但与《左传》详略互异,可以相互参证,相互补充。如"骊姬之乱""齐姜醉遣重耳"可以补充《左传》之略;《吴语》和《越语》记载吴越两国斗争可以补充《左传》记事之缺。因此《国语》的史学价值仍然不能否定。

### (二)《国语》的文学价值

《国语》以记言为主,记事为辅,从文学价值上看虽不及《左传》,但在叙事文体的发展上亦有独特的贡献。《国语》长于对话,在记言中写人、叙事,提高了记言水平;国别体开创了"依地而述"的思路,初步实现了集中叙事,为纪传体的产生起到先导作用。

1. 记言中叙事写人,情节构思和人物刻画上时有成功之笔

《晋语八》中写叔向谏杀竖襄,故事生动,语言幽默,人物形象跃然纸上。

平公射鴳不死,使竖襄搏之,失。公怒,拘将杀之。叔向闻之,夕,君告之。叔向曰:"君必杀之。昔吾先君唐叔射兕于徒林,殪,以为大甲,以封于晋。今君嗣吾先君唐叔,射鴳不死,搏之不得,是扬吾君之耻者也。君其必速杀之,勿令远闻。"君忸怩,乃趣赦之。②

晋平公射鴳不死,命阍人襄去抓又没抓着,一怒之下,便要杀死阍人。叔向不是从正面劝谏,而是从反面讽刺。平公的喜怒无常,叔向的机智善谏,都给人留下深刻的印象。

《晋语》前四卷写晋献公诸子争位之事,宠妃骊姬谗言、太子申生冤死、公子重耳流亡,写得惊心动魄。尤其骊姬夜半而泣、里克夜半召优施皆带有想象和虚构性质。《吴语》《越语》以吴越争霸为中心,叙事波澜起伏。吴、晋之战,夫差连夜布万人方阵,中军白旗白甲,望之如荼;左军红旗红甲,望之如火;右军黑旗黑甲,望之如墨。三军呐喊,金鼓齐鸣,威震晋军。这段描写声色并茂,宛如后世小说笔法。

2. 记言逻辑缜密,形象生动

《国语》记言注重语言的形象性和逻辑性。如《周语上》记载了召公劝谏周厉王取消监谤之事。厉王因暴虐引来国人不满,便派卫巫监视,有敢议论政事者杀之,国人不敢说话,"道路以目"。召公谏诤厉王,以"防民之口,甚于防川"引出论题,正讲天子听政之道,并论述了"宣之使言"和"防民之口"的利弊。比喻贴切,道理清晰,极富有逻辑力量。

《晋语四》中记写了重耳在齐国流亡时,与舅父子犯的一段对话:

---

① 司马迁《史记·太史公自序》提出:"左丘失明,厥有《国语》。"班固《汉书·艺文志》中亦著录:"国语十三篇,左丘明撰。"王充《论衡·案书篇》:"《国语》左氏之外传也,左氏传经,辞语尚略。故复选录《国语》之辞以实。"

② 国语[M].胡文波,校点.上海:上海古籍出版社,2015:309.

醉而载之以行。醒,以戈逐子犯,曰:"若无所济,吾食舅氏之肉,其知厌乎?"舅犯走且对曰:"若无所济,余未知死所,谁能与豺狼争食?若克有成,公子亦无晋之柔嘉是以甘食,偃之肉腥臊,将焉用之?"遂行。①

此事在《左传》仅记录到"醒,以戈逐子犯",《国语》中的这段记载可补不足。子犯以生动的比喻概括出重耳所面临的两种命运,并运用了两个选言推理,让重耳最终做出了正确的选择,这个小插曲正是重耳思想转变的重要转折点。

3. 依地而述的记史方式为集中叙事提供了经验

《国语》开创了国别体体例,以历史记事的另一要素——空间作为记叙线索。这种"依地而述"的方式虽不如《左传》编年体"依时而述"条理清晰,但避免了那种在同一时间内记述多国史实的烦乱,可以集中叙事。集中叙述某国的历史,集中叙述某人的生平始末,是对编年体的超越,同时也是纪传体的先导。如《晋语三》写惠公,《晋语四》专写晋文公,《晋语七》专写悼公事,《吴语》主要写夫差,《越语上》主要写勾践等等。尤其是《吴语》,对吴王夫差故事的讲述更为集中,整篇没有一点其他事件的干扰,类似于吴王夫差的传记。这种集中篇幅写一人的方式,为传纪文学提供了可贵的经验。

## 二、《战国策》

《战国策》是继《国语》之后的第二部国别体史书,为战国史料汇编。记事上起战国之初,下迄秦并六国,共240年左右,主要记录了战国时代谋臣策士游说论辩时的政治主张和斗争策谋。

### (一)《战国策》的成书

《战国策》最初有《国策》《国事》《短长》《事语》《长书》《修书》等名称。西汉成帝时,刘向进行整理,按东周、西周、秦、齐、楚、赵、魏、韩、燕、宋、卫、中山十二次序,编订为33篇,共497章,以其"游士所辅用之国,为之策谋"②,因取名为"战国策"。

关于《战国策》的作者,《史记·田儋列传》记载:"蒯通者,善为长短说,论战国之权变为八十一首。"③《汉书》所载也大体相同。当今多数学者认为,此书可能是战国末或秦汉间人杂采各国史料编成。1973年,长沙马王堆汉墓出土的帛书,其中一种《战国纵横家书》,全书共27章,有10篇见于今本《战国策》,可见当时流行的此类策书还有更多的传本。

### (二)《战国策》的思想倾向

战国时期,诸侯皆欲"并天下,凌万乘",兼并激烈。除武力之外,各国间的外交活动非常活跃。尤其以苏秦、张仪为代表的纵横家,游走在各诸侯国之间,或主张合众弱以攻强秦,或主张事强秦以攻众弱,往往"扶急持倾,为一切之权",颇受各国君主的重视。《战国策》主要体现了纵横家的思想。

---

① 国语[M].胡文波,校点.上海:上海古籍出版社,2015:229.
② 何建章.战国策注释[M].北京:中华书局,1990:1355.
③ 司马迁.史记[M].北京:中华书局,1982:2649.

1. 突出表现了崇尚智谋和个人功利的价值观念

在政治观上,崇尚计谋策略,尊奉机巧权变。儒家奉行"以德服人",法家奉行"以力服人",而纵横家"以智服人"。策士的计谋策略能够"转危为安,运亡为存"①,成了决定一切的因素。苏秦挂六国相印、鲁仲连义不帝秦、蔡泽见逐于赵、秦王使人谓安陵君等等,都是史上有名的谋略篇章。

在人生观上,崇尚追求功名显达、富贵利禄,这与儒家的重义轻利观念针锋相对。苏秦曾慨叹:"贫穷则父母不子,富贵则亲戚畏惧。人生世上,势位富贵,盍可忽乎哉!"张仪也说"争名者于朝,争利者于市",直白地表达对名利的追逐。这种价值观念虽显得物质功利,但也反映出那个时代否定礼义,不为尊者讳的反传统思潮,彰显出对人的肯定以及对个人价值的追求。

2. 彰显了"贵士"思想

战国时代"士"阶层崛起,他们奔走于诸侯国之间,令"所在国重,所去国轻",具有重要的作用。《战国策》强有力地肯定了士的个人尊严和士的个人作用。如《齐策》中记颜斶面见齐宣王,王呼"斶前",斶亦呼"王前!"还滔滔不绝地论证了国无士则必亡的道理,发出了"士贵耳,王者不贵"的时代强音,张扬了士人精神。燕昭王虚心以郭隗为师,为求贤才,筑黄金台,肯定了士的价值。

战国时期百家争鸣,学术自由,各家思想相互影响,《战国策》以纵横家思想为主,又间杂儒、墨、道、法、兵家思想,也呈现出复杂多样的一面。

(三)《战国策》的文学成就

《战国策》形象地反映了战国时代波澜壮阔的社会生活,好似恢宏壮丽的时代画卷。与《左传》《国语》相较,《战国策》叙事生动、描写细密、人物刻画生动、语言圆熟,更具有文学色彩,达到先秦叙事散文的新水平。

1. 形神毕肖的人物形象塑造

《战国策》以人物游说活动及言论为中心,生动地描写了战国时期形形色色的人物群像。上自国君太后、公子王孙,下至说客策士、平民百姓。尤其是塑造了一系列"士"的形象,栩栩如生、光彩照人。纵横之士如苏秦、张仪;勇毅之士如聂政、荆轲;高节之士如鲁仲连、颜斶;等等,都形神毕肖、个性鲜明。在人物塑造上,呈现如下特点:

首先,善用虚构和想象进行文学描写。《战国策》虽为史书,但出于虚构依托的内容颇多,因而具有了浓郁的文学色彩。如书中描写得极成功的人物苏秦,其事迹言论有不少就是虚构的。

其次,善用跌宕起伏的情节刻画人物性格。《战国策》不满足于平铺直叙地叙述人物事件,在情节构思上有意追求奇特惊人。如冯谖弹铗而歌、唐雎不辱使命、鲁仲连义不帝秦等,在矛盾冲突中人物性格毕现。尤其是《燕策三》中的荆轲刺秦王,极尽跌宕腾挪之能事,情节跌宕。司马迁《史记·刺客列传》全文袭用,堪称古今第一文字。

再次,善于选择具有代表性的事件描写人物,为史传开体。《战国策》继承了《国语》

---

① 何建章.战国策注释[M].北京:中华书局,1990:1357.

相对集中编排同一人物故事的方法,一篇之中人物事迹相对集中,甚至选择了具有代表性的事件突出人物的性格特点。如《齐策四》冯谖客孟尝君,重点选择了具有代表性的三件事情:弹铗而歌,焚券市义,营造三窟。冯谖一生的主要事迹尽在其中,人物形象和性格得到了充分展示,几乎是一篇人物传记。《战国策》中的这类作品直接开启了以人物为中心的传记文学的先声。

2. 敷张扬厉、辩丽横肆的语言风格

《战国策》语言铺张扬厉,辩丽横肆,华美富赡,彰显出了战国纵横捭阖的时代风貌,也标志着先秦叙事散文语言运用的圆熟。在语言方面,有如下特点:

首先,善用比喻、寓言,寓理于形。《战国策》善于以生动形象的语言表达抽象的道理,增加文辞的说服力和感染力。《楚策四》载庄辛说楚襄王,运用四种譬喻:蜻蛉为五尺之童所黏捕,黄雀被王孙公子射杀,黄鹄被射者用网罗捕获,蔡灵侯因放荡逸乐被楚大夫发用绳索捆缚,由小到大,劝说楚顷襄王不要淫逸侈靡,免遭杀身之祸。形象生动,比喻贴切,说理充分。

《战国策》寓言丰富多彩①,切情入理,具有很强的现实性。《燕策二》苏代以鹬蚌相争,说赵惠王不应伐燕,以免强秦坐收其利;《齐策三》苏秦以桃梗和土偶谏孟尝君不要入秦;《齐策二》陈轸以"画蛇添足"劝说楚将昭阳知足。这些寓言大多即事编撰,比附现实,不仅令事理明白,也使文章生动有趣而富于文采。

其次,运用夸张、排比,气势纵横。章学诚《文史通义·诗教》评《战国策》"其辞敷张而扬厉,变其本而加恢奇焉,不可谓非行人辞命之极也"。《战国策》的文辞之胜与排比铺陈、行文夸饰有密切关系。如《秦策一》记苏秦游说秦惠王:

大王之国,西有巴、蜀、汉中之利,北有胡貉、代马之用,南有巫山、黔中之限,东有崤、函之固。田肥美,民殷富,战车万乘,奋击百万,沃野千里,蓄积饶多,地势形便,此所谓天府,天下之雄国也。以大王之贤,士民之众,车骑之用,兵法之教,可以并诸侯,吞天下,称帝而治,愿大王少留意,臣请奏其效。②

苏秦以排比句式铺陈了秦国的地形和物产,极尽夸张之能事,文势磅礴,雄肆酣畅。《战国策》辩丽横肆的文风,雄隽华赡的文采,标志着先秦叙事散文语言运用的新水平。

《战国策》较其他史书,虚构和夸饰成分较多,失之于历史,但得之于文学。在人物塑造、场面描写、语言运用上表现出对奇和美的追求,极富有文学色彩,对后代散文、史传、汉赋都有很大的影响。纵横恣肆的文风、富丽华赡的文采影响了后世作家贾谊、司马迁、苏洵、苏轼等;对汉赋的产生也起过促进作用,从汉赋主客问答的形式,铺张扬厉的风格,都可以看出对《战国策》的借鉴。

---

① 据熊宪光统计,《战国策》有寓言74则,其中有4则重复。(熊宪光·战国策研究与选译[M].重庆:重庆出版社,1988:81.)

② 何建章.战国策注释[M].北京:中华书局,1990:74.

### 作品学习

1.《晋公子重耳之亡》
2.《召公谏厉王止谤》
3.《冯谖客孟尝君》

## 《晋公子重耳之亡》鉴赏

本篇选自《左传》僖公二十三年、二十四年。主要记叙了晋公子重耳逃难流亡国外19年,最终返回晋国夺取政权的经过,形象地描写了重耳从胸无大志、贪图安逸的贵族公子逐渐成长为深谋远虑、沉稳老练的政治家的过程。叙事详明,情节曲折,人物鲜活,语言传神,是《左传》中的优秀篇章。

第一,高超的叙事艺术。文章所叙之事发生在僖公四年至僖公二十四年,时间跨度为20年;空间上北达黄河,南至长江,西接渭水,东到大海,既有中原华夏,又有北狄南夷;涉及事件繁杂,骊姬祸国、申生冤死、里克弑君、重耳流亡、夷吾即位、重耳即位,等等。面对人物多、时间长、空间广、头绪多的历史风云,作者选材布局繁简适当,叙述层次清楚、繁而不乱,体现出高超的叙事艺术。

在选材上:以人物为纲,选择具有代表性事件,清晰地展现了当时错综复杂的政治活动。重点选择了重耳19年的流亡经历和执政后的活动进行详细叙述,对重返晋国即位略写,繁简得当。重耳流亡"处狄十二年""过卫""及齐""及曹""及宋""及郑""及楚""送诸秦",一路风雨,历尽艰辛,所经之事繁多,但作者仅记一二件有代表性的事件,或是展示了重耳的成长,或是为以后事件的发生埋下伏笔,都与政治风云相关。如在齐国记"姜氏促行",使重耳认识到不能贪图安逸。在曹国记"曹共公观浴",为僖公二十八年伐曹埋下伏笔。在楚国记"楚成王求报",为僖公二十八年晋楚城濮之战中"退避三舍"交代了原因。回国后,记写了"寺人披告难""竖头须求见",两件事情虽小,但前者见出重耳对待政敌的态度,后者见出重耳对待留守大臣的态度,体现了重耳即位后如何安顿内部,巩固政权。

在布局上:打破时空限制,以倒叙起笔,以顺叙为主,补叙、插叙相结合,叙事井然有序,完整无缺。作者将不同年代不同地点的历史事件集合一处,叙述条贯缜析。本篇记载僖公二十三年,这是重耳流亡的最后一年,但文章以"晋公子重耳之及于难也"一语起,一直写到他流亡的最后一年,用倒叙的手法叙述了19年的流亡经历。然后连接二十四年他返国即位,前后衔接,时序条贯。在顺叙中还用"初"字领起,插叙了竖头须之事,表现了晋文公对留守晋国拥戴自己的臣子的态度。文末还补叙了季隗、叔隗之事,照应前文,交代了处狄之事的结果,表明重耳安顿家事。补叙了介之推之事,使重耳流亡之事更加完整。

第二,鲜活的人物形象。一是形象众多,性格鲜明。文章以重耳为中心,塑造了众多人物形象。上至君王、大臣,下至小吏、女性。贪欲的楚成王、猥琐的曹共公、机智的子犯、稳重的赵衰、高洁的介之推、果敢的姜氏,一众人物皆性格鲜明。其中以重耳最为突出,写出了他性格的多个侧面和成长的过程。重耳开始流亡时,还是一名思想幼稚、贪图安逸、胸无大志的贵族公子,在卫国欲鞭打给他土块的乡人,在齐国贪恋安逸不愿继续流亡。但在生活的磨难中他逐渐成长,面对楚成王的追问,不卑不亢;面对怀嬴发怒,能屈能伸。表现出了一个霸主所具有的气度。重耳是《左传》中塑造得最为精彩的人物。

第三,故事生动,多用对比。善于将历史事件化为生动有趣的小故事,强化人物性格,使人物血肉丰满。如"乞食野人"的故事写在卫国"野人与之块,公子怒,欲鞭之",以此显出重耳任性、不能受苦的贵族公子习气。"受飧反璧"的故事,写他在曹国,僖负羁赠送他晚餐,并置璧玉在其中。重耳接受了晚餐,归还了璧玉。"受飧"表示领情,"反璧"表示不贪,以此见出重耳的成长。"退避三舍"的故事,写重耳在楚国面对楚成王的求报,许诺"若以君之灵,得反晋国,晋、楚治兵,遇于中原,其辟君三舍;若不获命,其左执鞭弭,右属櫜鞬,以与君周旋",态度不卑不亢,表现出重耳维护国家利益的政治家气度。此外,还有"醉遣重耳""曹共公观裸""寺人披告难""竖头须请见""介之推不言禄"等生动的小故事,于趣味盎然之中显出人物性格。

善用对比之法,在矛盾冲突中描写人物。重耳胸无大志、贪图安逸,是在与子犯姜氏的对比中显现出来的。而各个诸侯王的特点也在对比中显现出。没有礼遇重耳的国家有:卫国、曹国、郑国等,皆为诸侯小国。而善待重耳的都是大国,齐桓公妻以女,宋襄公赠以马,楚成王享之,秦穆公纳之。在对待重耳的态度上两相比较,可以看出小国君王目光短浅,大国君王深谋远虑,而这些有远见的君王正是有这样的品质才能够称为春秋霸主的。

## 《召公谏厉王止谤》鉴赏

本篇选自《国语·周语上》,是《国语》中的名篇之一,记载了周厉王以肆意残杀来消弭不满言论,最终被国人驱逐而流亡之事。其中召公进谏所提出的"防民之口,甚于防川"的论点颇有见地,令人警省。全文叙事简明,语言生动,比喻贴切,说理周详。

首先,叙事清晰,简括有法。前段叙述了事件的起因:以"厉王虐,国人谤王"揭示出矛盾的双方,点明事件的根源。以"王怒""杀之""王喜"几个短句简略而形象地写出了厉王的暴虐昏庸;以"道路以目"形象地写出了国人敢怒而不敢言。在叙述起因中已经为"流于彘"的结局设下了伏笔。中段叙述了事件的发展:召公恳切劝谏,说明利害,厉王执迷不悟,毫不听从。末段叙述事件的结果,依然从矛盾双方叙述,最后以"流亡于彘"冷冷作结,文笔简劲,却余味无穷。全篇仅用250多字叙述了事件的前因后果,条理清晰,首尾呼应。

其次,比喻贴切,说理周详。召公进谏是全文的重点,充分显示了《国语》的记言特点。第一论以"防民之口,甚于防川"反面设喻,指出了防民之口有大害,正面提出观点"为民者宣之使言",比喻贴切,直切主题。第二论从正面讲天子听政应广开言路,广纳善言。承接前论怎样"宣之使言"。第三论正面设喻,以"土有山川""原隰衍沃"来比喻"口之宣言",将此与"财田衣食"等关系国计民生的大事紧密联系起来,承上论宣民言的利处。三论层层推进,逻辑谨严,比喻贴切,既具有形象性,又极富逻辑。尤其是"防民之口,甚于防川"之论,言简意赅,发人深省。重视民意,广纳善言是文章真正的命意所在。清代林云铭评:"召公所谏,语语格言。"(《古文析义》卷三)

## 《冯谖客孟尝君》鉴赏

本篇选自《战国策·齐策四》,记叙了冯谖为巩固孟尝君的政治地位而进行的种种外交活动,展现了冯谖异乎常人的奇谋异策和潇洒不羁的奇士风采。全文情节曲折,刻画精细,结构奇妙,颇具戏剧性。

首先,结构精妙,情节曲折生动。全文选择了具有代表性的三件事——弹铗而歌、焚券市义、营造三窟,展现冯谖的奇士、奇谋、奇计,在曲折的情节中刻画人物。开篇写冯谖初到孟尝君门下,声称"无能""无好",故作平庸,以此试探孟尝君。受到不平待遇后,他弹铗而歌,再三提出生活方面的要求,反映出不卑不亢、异于常客的奇士风采。欲扬先抑,有意蓄势、造成悬念。

"焚券市义"是全文的核心,此段情节跌宕起伏。孟尝君征求门下食客有谁能为他去薛地收债时,冯谖请命,孟尝君称赏他"果有能也"。此乃一折也——冯谖领命。冯谖在薛地收回债券后,焚券而归,孟尝君不悦。此乃二折也——矫命焚券。直到一年后,孟尝君罢相归薛,得到百姓的拥戴,才认识到冯谖为他"市义"的深意,因而由衷称赞。此乃三折也——市义复命。三起三伏的故事引人入胜,展现出了冯谖的远见卓识和果敢机智。

"营造三窟",写冯谖未雨绸缪,主动提出为孟尝君"复凿二窟",利用齐与魏的矛盾解决了齐王与孟尝君的矛盾,为巩固孟尝君的政治地位创造条件,展现了冯谖作为政治家的深谋远虑。

其次,刻画精细,善用对比手法。在人物的塑造上,善用对比烘托之法。通过冯谖与诸门客的对比、冯谖与孟尝君的对比、孟尝君与诸门客的对比刻画出不同人物的性格。冯谖三次弹铗而歌,诸门客由"皆笑之",到"皆恶之",认为冯谖不知足,反映出这些门客们的势利和平庸。而与之相对照,孟尝君却在听到冯谖无能无好的表白和弹铗而歌的要求后,笑而接受,并一一满足了冯谖的要求,表现出孟尝君的礼贤下士和宽容大度。正是孟尝君这种纳士的诚意,打动了冯谖,使他能够为自己竭尽才智。

在"焚券市义"一事上,冯谖和孟尝君对比鲜明。冯谖买义是为了取得民心,但孟尝君不悦,难以理解其中之意。两相对照,反映出冯谖的深谋远虑和孟尝君的见识浅近。

再次,语言简练,极富个性色彩。与《战国策》其他篇章铺张扬厉、夸张恣肆的文风不同,本篇语言简练明达,寥寥数语将事件叙述清楚,写出了人物的心理变化和性格特征。孟尝君初见冯谖,听其说无能、无好时,"笑而受之";冯谖弹铗而歌提出要求时,孟尝君"使人给其食用,无使乏";听闻冯谖领命收债时,"孟尝君怪之";冯谖焚券市义后,"孟尝君不悦",当在薛地受到拥戴时,"先生所为文市义者,乃今日见之"。简短的语句写出了孟尝君对待冯谖心理的变化,另一方面也写出孟尝君宽容纳士但见识不远的性格特点。

人物语言,极具个性。孟尝君试探冯谖才能时,冯谖仅以"客无好也""客无能也"作答,语句简练到极致,这与苏秦、张仪们的滔滔不绝,极尽夸饰之能事完全不同。极简之中现出人物的奇特和自信。三次"长铗归来乎",语气傲岸,写出冯谖的潇洒不羁。而当冯谖市义向孟尝君复命时,多用长句,侃侃而谈,理直气壮,显示出冯谖作为一个策士的从容和善辩。

### 延伸阅读

**1. 原典阅读**

(1)阅读《春秋左传注》(杨伯峻编著,中华书局,1981年版),了解《左传》的总体风貌及其叙事特点。

(2)阅读《左传译文》(沈玉成译,中华书局,1981年版),着重理解《左传》的内容及其文学特点。

(3)阅读《战国策集注汇考》(诸祖耿编撰,江苏古籍出版社,1985年版),着重体会《战国策》的文体特点及其铺张扬厉的语言风格。

**2. 研究文献阅读**

(1)阅读《中国早期叙事文研究》(王靖宇著,上海古籍出版社,2003年版),尝试从叙事学的角度来分析和阅读中国早期叙事文,了解中国叙事文的特色与精神。

(2)阅读《〈左传〉与中国古典小说》(孙绿怡著,北京大学出版社,1992年版),思考《左传》对中国小说的影响,进一步认识《左传》的文学特色与历史地位。

### 拓展训练

1. 钱锺书《管锥编》第一册(中华书局,1979年版,第164至166页)论《左传》之言:"上古既无录音之具,又乏速记之方,驷不及舌,而何其口角亲切,如聆謦欬欤?或为密勿之谈,或乃心口相语,属垣烛隐,何所据信依?如僖公二十四年介之推与母偕逃前之问答,宣公二年钅且麑自杀前之慨叹,皆生无傍证、死无对证者……史家追叙真人真事,每须遥体人情,悬想事势,设身局中,潜心腔内,忖之度之,以揣以摩,庶几入情合理。盖与小说、院本之臆造人物、虚构境地,不尽同而可相通……《左传》记言而实乃拟言、代言,谓是后世小说、院本中对话、宾白之椎轮草创,未遽过也。"请结合这段评论,思考历史叙事与文学叙事之间的相通之处,并撰写小论文。

2. 蒋寅、张宏生二人有同题论文《〈左传〉与〈战国策〉中说辞的比较研究》,见于《南京大学学报》1988年第1期。蒋文认为:"在陈说方式上,《左》以情理服人,《战》以声势夺人;在陈说内容上,《左》持之有故,信而可征,《战》则杜撰寓言,间杂鄙俚;在陈说态度上,《左》言辞恳切,彬彬有礼,《战》强词夺理,巧言令色;在辞令风格上,《左》平实典重,委婉蕴藉,《战》铺张扬厉,夸饰鄙俗。"张文认为:"《左传》和《战国策》辞令在表现形态上有文与野的不同;在层次逻辑上有密和疏的不同;在语言风格上有婉与恣的不同。"比较《左传》与《战国策》在说辞上的差异,并探讨产生这种差异的文化原因。

# 第四章　先秦诸子散文

> **文学史**

先秦诸子散文具有学术思想史与文学史的双重价值。诸子之书大多既是哲学巨著、中国古代学术思想的重要典籍，同时也是文学经典，具有浓厚的文学意味，在我国古代散文史上有着不可替代的重要地位，并与先秦历史散文、汉代散文一起形成了我国古代散文发展的第一个高峰期，影响深远。

## 第一节　语录体散文

诸子散文有语录体散文、论辩体散文以及专题论文。如果说《老子》《论语》开创了我国的语录体散文的先河，是语录体散文的典型代表，那么，《墨子》就是从语录体向论辩体散文的过渡。

### 一、《老子》

《老子》后又称《道德经》或《道德真经》，一般认为主要是由老子独立撰写而成的。老子，姓李，名耳，字聃。出生于春秋时期楚国苦县。

#### （一）《老子》成书

《老子》成书年代约在春秋末战国初。《老子》一书分为上下两卷，上卷以讲"道"开始，称"道经"，共37章；下卷以讲"德"开始，称"德经"，共44章。上下卷合称《道德经》，共计81章，5000多字，与司马迁《史记》所说基本相同。《老子》全书虽仅有5000多字，但是文约义丰，不但包含着十分丰富深刻的哲学思想，被道家与道教奉为最高的经典著作，而且具有浓厚的文学色彩，是先秦语录体散文的代表作之一。钱基博《中国文学史》云："独《老子》冠时独出，为诸子之祖。"[①]

---

[①] 钱基博.中国文学史[M].上海：上海古籍出版社，2011：31.

## (二)《老子》的文学成就

语录体的《老子》是话语的直接记录,没有人物对话和简单的背景交代,但也有一定的文学性。

### 1.《老子》文句富有诗歌的节奏韵味

老子以诗的笔触写文,阐发哲理,使文章富有诗歌的节奏韵味,其句子以三言、四言、五言为主,短促错落,随处用韵,富有节奏感,堪称哲学诗。朱谦之《老子校释·附录·老子韵例》云:"余以为《道德》五千言,古之哲学诗也。既曰诗,即必可以歌,可以诵;其疾徐之节,清浊之和,虽不必尽同于《三百篇》,而或韵或否,则固有合于诗之例焉为无疑。"① 当然,《老子》的韵脚又是较为自由的,"从《老子》韵例和风格,可以看出《老子》哲理诗是继承了《诗经·国风》,而进一步突破四言格式,创造了不拘一格的、因内容而异的诗歌体"②。如以下几章:

知其雄,守其雌,为天下谿。为天下谿,常德不离,复归于婴儿……知其荣,守其辱,为天下谷。为天下谷,常得乃足,复归于朴。

甘其食,美其服,安其居,乐其俗,邻国相望,鸡狗之声相闻,民至老死不相往来。

信言不美,美言不信。善者不辩,辩者不善。知者不博,博者不知。

天得一以清,地得一以宁,神得一以灵,谷得一以盈,万物得一以生,侯王得一以为天下正。

杂言相间,音韵和谐,有一定的节奏感。

### 2.《老子》一书寓情于理,情理交融

《老子》一书富有作者强烈的自我意识和愤世嫉俗的情感,并将哲理与情感完美地融合在一起,寓情于理,情理交融,在对哲理的阐发中散发着浓烈的抒情性。《老子》常常不是冰冷地宣讲道理,而是把主观情感有机地融合进去,所谓"戒多言而时有愤辞,尚无为而仍欲治天下"③。如《老子》三十八章云:

唯之与阿,相去几何?善之与恶,相去何若?人之所畏,不可不畏。荒兮,其未央哉!众人熙熙,如享太牢,若春登台。我独泊兮,其未兆;沌沌兮如婴儿之未孩;累累兮,若无所归。众人皆有余,而我独若遗。我愚人之心也哉。俗人昭昭,我独若昏;俗人察察,我独闷闷。澹兮其若海;飂兮若无止。众人皆有以,而我独顽且鄙。我独异于人,而贵守母。

"我"字的反复出现,在讲道理的同时把自我的形象展示得非常鲜明与突出,体现了浓厚的自我意识。

### 3. 形象化说理

《老子》往往赋予哲理以生动鲜明的形象,将深奥的理论具体化,通过比喻、象征、对比等方法来深化论点,雄辩有力。如第五章云:"天地之间,其犹橐籥乎!虚而不屈,动而

---

① 朱谦之.老子校释[M].北京:中华书局,1984:313.
② 古棣,关桐.老子十讲[M].上海:上海人民出版社,2009:50.
③ 鲁迅.汉文学史纲要[M].顾农,讲评.南京:凤凰出版社,2009:20.

愈出。"把天地之德比喻成一个大风箱,既说明了天地之德的虚静无为,也展示了它的巨大功用,形象生动。再如第八章云:"上善若水,水善利万物而不争,处众人之所恶,故几于道。"把善行比喻成水的品性,说明天地大道的处下不争,告诫人们应该虚静无为,顺乎自然。再如第七十七章云:"天之道,其犹张弓与!高者抑之,下者举之,有余者损之,不足者补之。天之道,损有余而补不足;人道则不然,损不足,奉有余。"以弓来比喻天道,把天道与人道作对比,既说明了天道的公正无私,也揭露了人道的自私自利,贴切形象,生动有趣。第六十章云:"治大国若烹小鲜。"以煎炸小鱼来比喻治理国家,希望统治者清静无为,要让民众休养生息,不要扰民生事。

老子还用比喻说理,从常见的事物中引申出哲理,把抽象的概念和理论化为具体可感的形象。如第十一章:"三十辐共一毂,当其无,有车之用。埏埴以为器,当其无,有器之用。凿户牖以为室,当其无,有室之用。故有之以为利,无之以为用。"从造车、制陶、建房利用空虚部分,引申出无的重要性,阐明了有无之间的辩证关系。通过言浅意深的论证,达到了形象化说理与哲理性思辨的高度统一。

老子还常用象征手法说理,如第五十二章:"天下有始,以为天下母。既得其母,以知其子。既知其子,复守其母。"以"母"象征天地大道,以"子"象征自然万物,天地大道育化自然万物,恰如母亲生养孩子。

## 二、《论语》

《论语》是记载孔子及其弟子言行的一部语录体散文集,是儒家学派的一部重要著作。孔子(前551—前479),姓孔,名丘,字仲尼,鲁国陬邑(今山东曲阜)人,祖籍宋国栗邑(今河南夏邑)。

### (一)《论语》成书

班固《汉书·艺文志》云:"《论语》者,孔子应答弟子时人及弟子相与言而接闻于夫子之语也。当时弟子各有所记。夫子既卒,门人相与辑而论纂,故谓之《论语》。"[①] 由此可知,《论语》是由孔子弟子及再传弟子纂录而成,编辑成书约在战国初年。传到汉代,出现了鲁《论语》、齐《论语》和古《论语》三种不同版本。今天通行的本子是以鲁《论语》为基础,参考齐《论语》编定而成的,共有20篇。每篇标题取自首章首句中的两到三个实字,题目不能概括每篇的内容,且各篇之间没有时间的先后关系,每篇内各章之间也没有共同的主题内容。

### (二)《论语》的文学特点

作为语录体散文集,《论语》所记录的大都是简短的语言片段,且标明为某人所说,有的还有简单的背景介绍。一般每章约有几十个字,言简意赅,形象隽永,内涵丰富,引人深思。

---

① 班固.汉书[M].北京:中华书局,1962:1717.

1.《论语》的形象化说理

《论语》常常使用比喻的修辞方法,形象生动地说明道理。如《子罕》篇多处运用比喻。孔子云:"岁寒,然后知松柏之后凋也!"比喻有道德的人能耐得住艰难困苦,受得住坎坷折磨。再如"逝者如斯夫,不舍昼夜",把时间比喻成流水,警醒人们要珍惜时间。孔子感慨:"吾未见好德如好色者也。"意即从未见过爱好道德就像爱好美色那样程度的人。孔子以堆土为山比喻人们的进德修业,需要坚持不懈努力:"譬如为山,未成一篑,止,吾止也。譬如平地,虽覆一篑,进,吾往也。"在《为政》篇孔子强调德治时,也用了非常形象化的比喻:"为政以德,譬如北辰,居其所而众星共之。"

除了比喻的修辞方法,《论语》还用具体可感、形象鲜明的事物,进行叙述、描摹,说明道理。如《雍也》:"知者乐水,仁者乐山;知者动,仁者静;知者乐,仁者寿。"形象说明智者和仁者的特征。《雍也》孔子赞扬颜回云:"贤哉回也!一箪食,一瓢饮,在陋巷,人不堪其忧,回也不改其乐。贤哉回也!"把颜回安贫乐道的德行凸显了出来。再如《述而》篇孔子自我表白:"饭疏食,饮水,曲肱而枕之,乐亦在其中矣。不义而富且贵,于我如浮云。""疏食""饮水""曲肱""浮云"四个形象,把自己"忧道不忧贫"的思想主张生动形象地表达了出来。在《为政》篇,当子游问孝时,孔子有感而发道:"今之孝者,是谓能养。至于犬马,皆能有养。不敬,何以别乎?"说明恭敬才能称得上是孝,形象地阐明道理。

2.通过人物的言行,展现出人物的性格特点

《论语》中通过对人物行为、语言的具体刻画描述,于细微中体会,使读者从精妙之处品味孔子的生活态度和人格精神,并潜移默化地受到孔子思想及人格的积极影响。如《侍坐》章不但写出了孔门师徒闲谈时活泼从容的气象,而且还从各人的谈话中表现了他们不同的性格。子路率直鲁莽,颜渊温雅贤良,子贡聪颖善辩,曾晳潇洒脱俗,都给人们留下了深刻印象。

3.《论语》具有故事性

《论语》中记载的不少生活片段,不但具有一定的情节和场面,甚至还有较为曲折的故事。《阳货》篇"子之武城":孔子以轻松幽默的方式表达了听到弦歌声后满意的心情,但是没想到子游却认真起来,严肃地质问老师,孔子这才郑重地告诫在场诸人,表明了自己真正的态度。再如"季氏将伐颛臾"(《季氏》)、"长沮桀溺耦而耕"(《微子》)、"子路从而后遇丈人"(《微子》)等章节,也都有场面描写和曲折的故事。如《阳货》:

阳货欲见孔子,孔子不见,归孔子豚。孔子时其亡也,而往拜之。遇诸途,谓孔子曰:"来,予与尔言。"曰:"怀其宝,而迷其邦。可谓仁乎?"曰:"不可。""好从事而亟失时,可谓知乎?"曰:"不可。""日月逝矣,岁不我与。"孔子曰:"诺。吾将仕矣。"

通过故事把孔子与阳货二人的性格都描绘得栩栩如生。

在语言上,《论语》言近旨远、词约义丰,给后代留下了大量的格言警句和成语,如"欲速则不达""祸起萧墙""血气方刚""三思而行""是可忍,孰不可忍""既来之,则安之"等,影响深远。

## 三、《墨子》

《墨子》一书是先秦墨家学派著作的汇编,由墨子自著与其弟子及其再传弟子记述墨

子言行两部分所组成。墨子具体生卒年待考,据班固《汉书·艺文志》云:"《墨子》七十一篇。名翟,为宋大夫,在孔子后。"

## (一)《墨子》成书

《墨子》编定成书大致在战国中期,西汉刘向整理成71篇。由于汉代独尊儒术,汉末大乱、魏晋社会动荡,墨家学说逐渐衰落,《墨子》71篇散乱不全,后逐渐流失。全书现存15卷,53篇,可分两大部分:一部分记载墨子言行,阐述墨子思想,主要反映了前期墨家的理论主张,编订时间应该较早;另一部分包括《经上》《经下》《经说上》《经说下》《大取》《小取》等6篇,一般称作"墨辩"或"墨经",着重阐述墨家的认识论和逻辑思想,包含许多自然科学的内容,反映了后期墨家的思想。

## (二)《墨子》的艺术成就

墨子主张"言无务为多而务为智,无务为文而务为察"(《修身》)。其文重视实用,不讲文采。但是《墨子》"在先秦散文发展史上却是不可缺少的一环,有一定的承前启后的作用,体现了从语录体到专论体的过渡"。①

### 1. 语录体向论辩体过渡的特征

《墨子》一书中大多数的篇目,都有较为集中鲜明的中心思想,且能够用明确的标题予以揭示,可以看作是独立成熟的议论文,如现存第一卷到第九卷的31篇中②,都是如此;所缺8篇,虽然看不到内容,但参考其他篇目,应该也不例外;第十二卷的《贵义》篇,以及十四卷、十五卷的11篇文章,也都用标题揭示了论点或者讨论的主题内容。同时,《墨子》中的多数篇章都是由墨子的若干段语录连缀而成,各段之间有一定的联系,各段之间连缀的方式较为灵活多变,或自设问答,或假设反对派的诘难,然后分别引"子墨子曰"一一解答,最后完成论证过程。总体来看,"《墨子》文章皆有头有尾,结构完整,层次分明,章法井然,已经有意识地在论说文中运用形式逻辑"③。如《非攻上》主要采用类比法展开驳论,由小到大,层层推进,逻辑清晰,阐明"攻国"为最大"不义"的道理,突出"非攻"主题,令人信服。

### 2. 比喻说理

《墨子》一书善用比喻来说理,大大增强了作品的形象性。在《兼爱上》篇,墨子认为圣人以治理天下为己任,必须明白乱自何处,才可有效治理;否则便难以实现治理,并以医生治病来比喻:"圣人以治天下为事者也,必知乱之所起,焉能治之。不知乱之所自起,则不能治。譬之如医之攻人之疾者然,必知疾之所自起,焉能攻之。不知疾之所自起,则弗能攻。治乱者何独不然?"《鲁问》篇,鲁阳文君问墨子:"有语我以忠臣者:令之俯则俯,令之仰则仰,处则静,呼则应,可谓忠臣乎?"墨子用比喻的方法告诉鲁君,那不是忠臣:"令之俯则俯,令之仰则仰,是似景也。处则静,呼则应,是似响也。君将何得于景与响哉?"用形象的比喻说明"俯仰者"并非忠臣。《亲士》篇为了说明"太盛难守"的道

---

① 褚斌杰,谭家健.先秦文学史[M].北京:人民文学出版社,1998:374.
② 墨子[M].毕沅,校注.吴旭民,标点.上海:上海古籍出版社,1995.
③ 褚斌杰,谭家健.先秦文学史[M].北京:人民文学出版社,1998:374.

理,墨子连续使用了10个比喻,有以物事喻,有以人事喻,把"太盛难守"的道理说得清楚明白,给读者留下深刻印象。

鲁迅先生说:"然儒者崇实,墨家尚质,故《论语》《墨子》,其文辞皆略无华饰,取足达意而已。"①《墨子》文章质朴无华,逻辑性强,有较高的文学价值。

## 第二节　论辩体散文

诸子散文发展到论辩体,单篇篇幅增长,论题相对集中,论辩内容增加,论辩手法多样,文学性大大增强。

### 一、《孟子》

《孟子》一书主要是记述孟子及其弟子言行的语录体散文集,一般认为是孟子与其门人共同的作品。孟子,姬姓,孟氏,名轲,战国时期邹国(今山东邹城)人。

#### (一)《孟子》成书

《孟子》约成书于战国中后期。《史记·孟子荀卿列传》云:"(孟子晚年)退而与万章之徒序《诗》《书》,述仲尼之意,作《孟子》七篇。"篇目分别是:《梁惠王》《公孙丑》《滕文公》《离娄》《万章》《告子》《尽心》,每篇均分为上下,全书共14卷。每篇取篇首两三个字为题目,由若干章节组成,章与章之间没有内在的联系。比起《老子》《论语》等书,《孟子》单篇篇幅大大增长,说理手法也更加多样化,文学性大为增强。

#### (二)《孟子》的艺术特点

《孟子》一书虽为语录体,但其多数章节已经形成了篇幅较长的对话,具有很高的艺术成就。

1. 气势充沛,文采飞扬

《孟子》一书,气势充沛,宽厚宏博,风格犀利,文采飞扬。《孟子》散文的重要风格特征是气势浩然。例如《滕文公上》"有为神农之言者许行"章,其行文特点是:一旦将对方纳入自己的思路,便铺张扬厉,纵横恣肆,步步紧逼,不给对方辩驳的机会。这种风格,源于孟子人格修养的力量,孟子曾说:"我善养吾浩然之气。"(《公孙丑上》)"养气"是指按照人的天赋本心,对仁义道德经久不懈地自我修养,久而久之,这种修养升华出一种至大至刚、充塞于天地之间的"浩然之气"。具有这种"浩然之气"的人,"说大人,则藐之"(《尽心下》),在精神上首先压倒对方,能够做到藐视政治权势,鄙夷物质贪欲,气概非凡,刚正不阿,无私无畏。写起文章来,自然就情感激越,词锋犀利,气势磅礴。气盛言宜,孟子内在精神修养上的浩然气概,是《孟子》气势充沛的根本原因。同时,《孟子》大量使用排偶句、叠句等修辞手法,来加强文章的气势,使文气磅礴,若决江河,沛然莫之

---

① 鲁迅.汉文学史纲要[M].顾农,讲评.南京:凤凰出版社,2009:20.

能御。

《孟子》大量使用排比手法,这不仅使文章文采斐然,也极大地增强了气势,提高了表达效果,词锋犀利,生动感人。在《滕文公下》:"居天下之广居,立天下之正位,行天下之大道,得志与民由之,不得志独行其道,富贵不能淫,贫贱不能移,威武不能屈,此之谓大丈夫。"孟子对"大丈夫"的定义,运用排比手法,体现了其强大的人格力量,怀抱道德的浩然之气。《尽心下》《公孙丑上》《梁惠王上》《告子下》等,都常用排比手法来论证说理,酣畅淋漓,令人信服。

2.擅长辩论,巧用逻辑推理

孟子好辩,且擅长论辩。《孟子》一书巧用逻辑推理,使对方"顾左右而言他";或以自己强大的气势,无可辩驳的自信,使对方瞠目结舌;他口若悬河,滔滔不绝,无往而不胜。《梁惠王下》,对于"好勇""好货""好色""好乐"的齐宣王,孟子都能辩证地加以分析,以"匹夫之勇"和"文王之勇""武王之勇",以及能否与民一起"好货""好色""与民同乐"来对答。再如《梁惠王下》:

孟子谓齐宣王曰:"王之臣,有托其妻子于其友而之楚游者,比其反也,则冻馁其妻子,则如之何?"王曰:"弃之。"曰:"士师不能治士,则如之何?"王曰:"已之。"曰:"四境之内不治,则如之何?"王顾左右而言他。

孟子巧妙灵活地运用类比推理的逻辑方法,欲擒故纵,反复诘难,毫无悬念地把齐宣王引入到自己预设的结论中,堪称经典。

除类比推理,孟子对二难推理也运用自如。如《公孙丑下》:

陈臻问曰:"前日于齐,王馈兼金一百,而不受;于宋,馈七十镒而受;于薛,馈五十镒而受。前日之不受是,则今日之受非也;今日之受是,则前日之不受非也。夫子必居一于此矣。"孟子曰:"皆是也。当在宋也,予将有远行,行者必以赆;辞曰:'馈赆。'予何为不受?当在薛也,予有戒心;辞曰:'闻戒,故为兵馈之。'予何为不受?若于齐,则未有处也。无处而馈之,是货之也。焉有君子而可以货取乎?"

通过孟子和陈臻的辩论,可以见出"孟子对二难推理的灵活运用和机智的反应,使其论辩更有左右逢源之妙"①。

3.运用比喻和寓言,形象化说理

东汉赵岐《孟子章句·题辞》云:"孟子长于譬喻,辞不迫切,而意已独至。"《孟子》在论辩中也常常使用比喻的修辞方法,把抽象的道理形象地表现出来,从而揭示事物的本质。《孟子》一书运用了很多的比喻,"据不完全统计,《孟子》全书二百六十章,共使用了一百六十多个比喻"②。这些比喻生动形象,准确贴切。如"古之君子,其过也,如日月之食,民皆见之;及其更也,民皆仰之"(《公孙丑下》);"仁则荣,不仁则辱。今恶辱而居不仁,是犹恶湿而居下也"(《公孙丑上》);"仁之胜不仁也,犹水胜火。今之为仁者,犹以一杯水救一车薪之火也;不熄,则谓之水不胜火,此又与于不仁之甚者也,亦终必亡而已矣"

---

① 袁行霈.中国文学史:第1卷[M].北京:高等教育出版社,2005:94.
② 褚斌杰,谭家健.先秦文学史[M].北京:人民文学出版社,1998:277.

（《告子上》）；"欲见贤人而不以其道，犹欲其入而闭之门也。夫义，路也；礼，门也。惟君子能由是路，出入是门也"（《万章下》）；等等。

《孟子》中有些讲故事的比喻，已经是寓言的雏形。如"五十步笑百步"（《梁惠王上》），告诫梁惠王他的政策和邻国的政策没有本质区别。这富含讥刺的比喻，具备独立的情节和寓意，其实可以看作是寓言了。① 再如《滕文公下》：

> 戴盈之曰："什一，去关市之征，今兹未能，请轻之，以待来年，然后已，何如？"孟子曰："今有人日攘其邻之鸡者，或告之曰：'是非君子之道。'曰：'请损之，月攘一鸡，以待来年，然后已。'——如知其非义，斯速已矣，何待来年？"

这个比喻也可以看作寓言的雏形。

《孟子》中完整成熟的寓言故事虽然数量不多，但也都富有深意，非常精彩。如《公孙丑上》中的"揠苗助长"、《告子上》中的"弈秋诲弈"、《万章上》中的"校人烹鱼"、《滕文公下》中的"王良与嬖奚""齐人学楚语"等。当然，其中最精彩的寓言莫过于《离娄下》中的"齐人有一妻一妾"了。这个寓言故事情节完整曲折，人物形象具有典型意义，场面富有戏剧性，显示了极大的表现力，对于某些追名逐利之徒表面上自我炫耀、冒充体面，而背地里丑恶肮脏、钻营舐痔的无耻行为，进行了极为辛辣的讥刺。

## 二、《庄子》

《庄子》又称《南华经》，现存33篇，分内篇、外篇、杂篇三部分。其中内篇7篇，外篇15篇，杂篇11篇。庄子，姓庄，名周，字子休（亦说子沐），宋国蒙（今河南商丘一带）人。

### （一）《庄子》成书

《汉书·艺文志》载"《庄子》五十二篇"，现在通行的《庄子》系晋代郭象的整理注释本。一般认为内篇为庄子本人所著，因为内篇思想连贯，风格比较一致，且有着较为完整的思想体系。而外篇和杂篇在思想倾向上存在着一定的差异，且多为内篇某种思想的发挥和引申，应当是道家后学所作。不过学界也有相反的观点，认为外篇、杂篇为庄子所作，内篇为庄子后学的作品。"但从总的倾向和风格看，内篇与外篇、杂篇基本上仍是统一的，都集中体现了庄子学派的思想。"②

### （二）《庄子》的文学性

鲁迅先生在《汉文学史纲要》中指出："（庄子）著书十余万言，大抵寓言，人物土地，皆空语无事实，而其文则汪洋辟阖，仪态万方，晚周诸子之作，莫能先之。"③金圣叹甚至称《庄子》为"天下第一奇书"。

---

① 陈蒲清.中国古代寓言史[M].长沙：湖南教育出版社，1983：2.陈蒲清认为："寓言必须具备两条基本要素：第一是有故事情节；第二是有比喻寄托，言在此而意在彼。根据这两条标准便可以给寓言划出一个比较明确的范畴。""寓言和比喻本来同源。寓言是用故事作为喻体，因而有情节；一般比喻则没有情节。"

② 褚斌杰，谭家健.先秦文学史[M].北京：人民文学出版社，1998：290.

③ 鲁迅.汉文学史纲要[M].顾农，讲评.南京：凤凰出版社，2009：21.

1. 丰富多彩的寓言故事

《庄子》一书有数量众多的寓言故事,其《天下》篇说"以天下为沈浊,不可与庄语,以卮言为曼衍,以重言为真,以寓言为广。"《寓言》篇亦云:"寓言十九,重言十七,卮言日出,和以天倪。"都提到了"寓言"。所谓"寓言",是指,常常借用假托的故事或比喻、拟人、夸张等手法说明某个道理或教训,多带有讽刺或劝戒性质的一种文学体裁。庄子对于运用寓言曾说:"亲父不为其子媒。亲父誉之,不若非其父者也;非吾罪也,人之罪也。与己同则应,不与己同则反;同于己为是之,异于己为非之。"(《寓言》)所谓"言出于己,俗多不受,故借外耳。肩吾连叔之类,皆所借者也"①。在诸子百家争鸣的时代,思想活跃,要想在争鸣中占有一席之地,使用寓言说理有着极为重要的作用。

《庄子》一书中寓言故事内容丰富,精彩纷呈。有的以揭露和批判为主,如揭露社会风气的虚伪自私(如《外物》篇中的"儒以《诗》《礼》发冢"、《秋水》篇中的"惠子相梁"),讽刺统治集团的暴虐无道(如《则阳》篇中的"触蛮之战"、《至乐》篇中的"髑髅论道"),鞭挞对一切功名利禄的追求(如《逍遥游》篇中的"许由不受天下"、《列御寇》篇中的"曹商使秦")。有的以歌颂和赞扬为主,如庄子对理想盛世和理想人物的热烈追求和赞颂,宣扬一种自由和超凡脱俗的人格,如《逍遥游》篇中的"藐姑射之神"、《齐物论》篇中的"至人神矣"、《秋水》篇中的"至德者"、《达生》篇中的"至人潜行不窒"等。

庄子常借助一些奇特的意象来寄寓深刻的哲理。如《逍遥游》篇中的鲲鹏、朝菌、蟪蛄、冥灵、大椿、藐姑射之神,《应帝王》篇中的儵、忽、混沌,《外物》篇中的大钩巨缁、大鱼等。生活中常见的意象如《逍遥游》篇中的蜩、学鸠、大瓠之种,《齐物论》篇中的蝴蝶、影子,《养生主》篇中"庖丁解牛",《人间世》篇中的螳螂、老虎、马,《大宗师》篇中的鱼,等等,都被庄子写得异彩纷呈,寄寓着深刻的哲理。

2. 奇伟诡怪的想象

庄子想象力非常丰富,奇特怪异,海阔天空,无所不包。他既善于凭空虚构超现实的形象和境界,又善于对现实事物进行虚拟、变形和改塑,随意编织出一个个异彩纷呈、奇妙动人的寓言故事,从而构成其寓言奇幻神秘的表象世界,以寄寓其深邃的哲思至理。因此,《庄子》一书也成为我国早期文学中富有浪漫精神和理想色彩的巨著。如《逍遥游》开端就描绘了一个奇妙的鲲鹏形象:"北冥有鱼,其名为鲲。"简短而惊人的语句,带着一种强大的气势引出鲲。阮元《尔雅注疏》云:"鲲,鱼子。凡鱼之子总名鲲。"在作者的想象下,小小的鱼子却成了"不知其几千里"之大的鱼,更为绝妙的是鲲又变化成为鸟,"其名为鹏""鹏之背不知其几千里也""其翼若垂天之云""鹏之徙于南冥也,水击三千里,抟扶摇而上者九万里,去以六月息者也"。至此,一个有不同凡响身世、奇异变化过程、超强飞翔本领的大鸟的形象展现了出来。而这样的大鹏也是"有所待"的——"去以六月息者也",还没有达到"逍遥游"的境界。作者为衬托大鹏雄伟瑰丽的形象,巧用心机,构思了蜩与学鸠、斥鷃的从旁讥笑,以及大年和小年、大智和小智的对比,作者的想象力令人叹为观止。

---

① 郭庆藩.庄子集释[M].王孝鱼,点校.北京:中华书局,1961:948.

3.异彩纷呈的梦文学

《庄子》一书中,有很多处写梦。庄子常常借梦阐述自己的思想理论,如上文提到《齐物论》篇中的"庄生梦蝶"故事。这段关于梦的描写,乃是千古以来为人们所激赏的写梦的经典之作。该文语言精练,形象生动鲜明,认为人不可能确切地区分真实与虚幻的界限,如果能超越生死、物我,则无往而不快乐,寄托着作者无拘无束、物我齐一的思想。《齐物论》:

梦饮酒者,旦而哭泣;梦哭泣者,旦而田猎。方其梦也,不知其梦也。梦之中又占其梦焉,觉而后知其梦也。且有大觉而后知此其大梦也,而愚者自以为觉,窃窃然知之。君乎,牧乎,固哉!丘也与女,皆梦也;予谓女梦,亦梦也。其言也,其名为吊诡。万世之后而一遇大圣,知其解者,是旦暮遇之也。

庄子这段话直接讨论梦与现实的关系,相当精彩。

在《人间世》中有"匠石梦见栎社树"这一则寓言,写匠石梦见栎社树之全过程,情节结构完整,想象丰富,并寓于对话和说理。作品的中心在于宣扬不材以长寿,寄社以全己,无用即大用的思想。有用之物才遭斧斤之害,有才之人乃遭嫉妒之恨、杀身之祸,而"无用"却可以颐养天年。表达了"有用""无用"之辩。《至乐》篇的"髑髅论道",写庄子梦中与髑髅的对话,说明生人之累与死者之乐,表现了庄子企图摆脱"贪生失理""忘国之事""斧钺之诛""不善之行""冻馁之患"等生人之累,希求无君臣上下、无四时之事,一切皆归于自然的政治思想和生命意识。此外,《外物》篇中"神龟托梦宋元君",《天运》篇中"师金答颜渊问",《田子方》篇中"臧丈人",《列御寇》篇中"郑人缓"等,均为《庄子》寓言中写梦写得较好的作品。庄子把写梦作为表达其思想主张的手段,赋予各种不同的梦境以哲学或思想意义。死人、髑髅、神灵、植物、动物、非生物等梦里的形象丰富多彩,作者通过梦幻构建出了一个"物化"的世界,丰富了梦的意蕴。

# 第三节　专题论文

战国晚期的专题论文篇幅更加宏大,论题明确集中,逻辑也更趋于合理,主要有《荀子》《韩非子》。

## 一、《荀子》

《荀子》是荀况的著作集,今存32篇。荀况,当时人尊称为荀卿。荀、孙音近,所以亦称孙卿,赵国人,其生卒年难以确考。

### (一)《荀子》成书

《荀子》一书,最早由汉代刘向编定,原称为《孙卿子》或《孙卿书》。《汉书》《隋书》均作《孙卿子》。《汉书·艺文志》云:"《孙卿子》三十三篇。名况,赵人,为齐稷下祭酒,有《列传》。"《隋书·经籍志》云:"《孙卿子》十二卷,楚兰陵令荀况撰。"后经过唐人杨倞订正注释,定名为《荀子》。《荀子》现存32篇,一般分为20卷,大部分是荀子自著,也有少数是其门人或他人作品。一般认为,前半部分为荀子自著,后半部分的《大略》《宥坐》《子道》《法行》《哀公》《尧问》6篇语录体文章是荀子门人所作。《荀子》中,《议兵》篇是记载荀子与临武君在赵孝成王前议兵事,《儒效》篇载有荀子对秦昭王询问事,《强国》篇记有荀子对答应侯事,这三篇也应该是荀子门人所记录而成。也有人认为《仲尼》篇观点与全书矛盾,应该是其他学派文章窜入。

### (二)《荀子》的文学特点

专题论文篇幅宏大,论题集中,逻辑性强。南宋陈骙在《文则》中说:"自有《乐论》《礼论》之类,文遂有论。"认为到了荀子《乐论》《礼论》等文章的出现,我国才算有了真正的议论文。

1. 形成了成熟的专题论文体制

在《荀子》一书中,除后面8篇外①,其余各篇都是独立完整的专题论文。每篇均有一个能够揭示全文主旨的标题,正文能围绕中心论点,层层深入地展开论证。诸子散文中,《老子》没有标题,《论语》《孟子》的标题往往是由首章首句的两三个实字组成,与内容并无内在联系,《墨子》的标题一般认为是墨家后学编订时加的。《庄子》每篇均有标题,也只有内篇题目能够概括文章中心。而《荀子》的标题不仅明确集中,而且往往还能够揭示出中心论点,这是议论文成熟的标志之一。如《劝学》劝人学习,《修身》论道德修养,《非十二子》评论各家学说,《王制》《王霸》阐释政治思想,《君道》《臣道》论述君臣纲纪,《性恶》论人性本恶,等等。

就结构与逻辑性而言,《荀子》文章大多是立意明确统一、结构完整、逻辑严密、论证合理的长篇巨制。如《荀子》开篇《劝学》,开门见山提出"学不可以已"的中心论点,接着从学习的意义、学习的作用、学习的内容、学习的方法和态度等几个方面展开论述。文章结构紧凑,段与段之间相互联系,环环相扣,全文意脉贯通,条理清楚,论证合理。其他如《修身》《王制》《不苟》《正名》《解蔽》《天论》等篇,也都是论证严密、条分缕析的专题论文。

2. 把比喻发展成为论证方法

《荀子》用许多日常生活中常见的事物为譬喻,深入浅出,生动巧妙地把抽象的道理具体化、形象化,使深奥的理论浅显易懂。据统计,仅《劝学》篇就运用了40多个比喻,全篇几乎由引类譬喻重叠构成,并且譬喻的运用手法多样,或正反为喻,或并列为喻,辞采缤纷。如《劝学》连用了5个自然物为比喻,从正面说明学习能够使得君子"知明而行无过",阐明了学习的重要意义:"青,取之于蓝而青于蓝;冰,水为之而寒于水。木直中绳,輮以为轮,其曲中规,虽有槁暴,不复挺者,輮使之然也。故木受绳则直,金就砺则利。"接着连用四个生活经验为比喻,从反面论证不学习则不能通理明道,以说明学习的重要性:"故不登高山,不知天之高也;不临深溪,不知地之厚也;不闻先王之遗言,不知学问之大

---

① 后面8篇:《成相》是一首政治抒情诗;《赋篇》是我国最早的赋体文学作品,包含《礼》《知》《云》《蚕》《箴》等五篇短赋以及《佹诗》《小歌》;《大略》《宥坐》《子道》《法行》《哀公》《尧问》6篇是语录体文章,一般认为是荀子门人所作。

也。干、越、夷、貉之子,生而同声,长而异俗,教使之然也。"接着再用四个比喻:"登高而招,臂非加长也,而见者远;顺风而呼,声非加疾也,而闻者彰。假舆马者,非利足也,而致千里;假舟楫者,非能水也,而绝江河。"从见、闻、陆、水等方面阐明在实际生活中利用和借助外界条件的重要性,从而说明人通过学习,就能弥补自己的不足,取得更为显著的成就。还有把正反比喻放在一起,对比效果明显:

积土成山,风雨兴焉;积水成渊,蛟龙生焉;积善成德,而神明自得,圣心备焉。故不积跬步,无以致千里;不积小流,无以成江海。骐骥一跃,不能十步;驽马十驾,功在不舍。锲而舍之,朽木不折;锲而不舍,金石可镂。蚓无爪牙之利,筋骨之强,上食埃土,下饮黄泉,用心一也。蟹六跪而二螯,非蛇鳝之穴无可寄托者,用心躁也。是故无冥冥之志者无昭昭之明,无惛惛之事者无赫赫之功。行衢道者不至,事两君者不容。目不能两视而明,耳不能两听而聪。螣蛇无足而飞,梧鼠五技而穷。

整段全为比喻,句式丰富多变,或层层递进,或两两重出,或对仗协韵;用作论证的比喻,既有正面事例,也有反面分析。《荀子》其他篇章使用的比喻虽不如《劝学》丰富多样,但也都颇为精彩,能够很好地阐明自己的主张。

3. 讲究修辞,富于文采

《荀子》一书非常讲究修辞方法的运用,除了比喻外,《荀子》还经常使用对比、排比、对偶、引用、设问等修辞方法来议论说理,既形象生动,文采斐然,又能恰到好处地表达自己的观点。如《天论》篇开头部分,综合运用了对比、排比、对偶等修辞方法:"天行有常,不为尧存,不为桀亡。应之以治则吉,应之以乱则凶。"《天论》中还有:

强本而节用,则天不能贫;养备而动时,则天不能病;修道而不二,则天不能祸。故水旱不能使之饥渴,寒暑不能使之疾,袄怪不能使之凶。本荒而用侈,则天不能使之富;养略而动罕,则天不能使之全;倍道而妄行,则天不能使之吉。故水旱未至而饥,寒暑未薄而疾,袄怪未至而凶。

对这两段话,褚斌杰、谭家健分析道:"两段文字,义理一正一反,字句工整相对,而一段之内,又叠用一连串并列句,排比与骈偶结合,显得紧凑绵密,详赡恳挚,而富于气势,美于诵读,便于记忆。"[①]

总之,《荀子》不仅对于修辞手法的运用纯熟自如,还善于把几种修辞方法综合在一起来议论说理,文辞斐然,生动有趣。

## 二、《韩非子》

《韩非子》又称《韩子》,该书现存20卷55篇,10余万言。与《史记》《汉书》以及《隋书》所记大致相符。作者韩非(? —前233),出身韩国贵族。

### (一)《韩非子》成书

《史记·老子韩非列传》云:"(韩非)故作《孤愤》《五蠹》《内外储》《说林》《说难》十余万言。"《汉书·艺文志》曰:"《韩子》55篇。名非,韩诸公子,使秦,李斯害而杀之。"

---

① 褚斌杰,谭家健.先秦文学史[M].北京:人民文学出版社,1998:321.

《隋书·经籍志》云:"《韩子》二十卷、目一卷。"可见该书在流传过程中,基本保存完好,几乎没有散佚。一般认为,《韩非子》55 篇中大部分为韩非自己的作品,也有少数为其门徒所作或他人作品窜入。这是先秦法家学派集大成著作。《韩非子》55 篇中,除《初见秦》等个别篇目外,其他篇目的题目均表明了该文主旨,比起《论语》《孟子》来说是较大的进步。

### (二)《韩非子》的寓言特色

韩非子说理文论题集中,结构严谨,论证严密,条理清晰,说理透辟。韩文中的长篇大论,如《五蠹》《显学》等,都写得波澜壮阔,把自己的观点发挥得淋漓尽致;而短篇往往则就一个问题深入论述,辞旨简洁爽利。总之,《韩非子》以论辩透彻、逻辑严密成为先秦说理散文论辩艺术的集大成者。韩文中最具文学意味的是寓言故事。陈蒲清认为《韩非子》有寓言 322 则[①],公木认为有 340 则[②],谭家健认为有 310 多则[③]。《韩非子》一书使用了 300 多则寓言故事,这个数量还是相当大的。运用寓言故事说理,富于说服力和生动性。《韩非子》寓言的题材来源广泛,内容丰富,形象复杂,思想意义深刻,创作手法多样,显示出了独特的魅力,在寓言创作上成就突出。

1. 创立寓言群,使寓言成为独立的文学体裁

《韩非子》寓言的组织形式是独特的,具有开创性。韩非以前,寓言还不是一种完全独立的文学体裁。《墨子》《孟子》寓言数量较少,《庄子》寓言数量增多,但都是为了表达思想、论证观点而列举的例证,寓言故事贯穿在应对辩难之中,没有取得独立的地位。从韩非开始有意识地系统收集、整理、创作寓言故事,分门别类,辑为各种形式的寓言故事集,创立了"寓言群"的形式,使寓言成为一种独立的文学体裁。《韩非子》中 300 多则寓言故事,其中有 200 多则集中在《内外储说》6 篇之中,还有 60 余则集中于《说林》中,其他则散见于《喻老》《十过》《五蠹》等篇。"说林"就是传说故事聚集如林,它又分为上、下两篇,共有 60 多则寓言故事,好似一本寓言故事专集。"储说"则是汇集储存的传说故事,它与"说林"相比,体制更复杂、编排更科学,而且大寓言群下又包含有一个个小寓言群,不仅在中国寓言史上具有独创性,而且在世界寓言史上也是罕见的,这标志着寓言这一文学体裁开始走向独立和成熟。

2. 蕴含着怨愤不平的感情色彩

韩非的寓言有着浓郁的感情色彩,具有激荡人心的感染力量。最能体现韩非感情色彩的寓言故事就是《和氏》篇中"和氏献璧",和氏三次献宝玉,先被楚厉王"刖其左足",又被楚武王"刖其右足",到楚文王时,经过三日三夜血泪哭泣后,文王才"使玉人理其璞而得宝",从这个悲剧过程中我们能强烈地感受到韩非寄寓其中的怨愤感情。同篇中,韩非还提及了另外两个故事,即"吴起枝解"与"商君车裂"。吴起阻止了楚国弱乱,商鞅使秦富国强兵,却都没有好下场。韩非寓言蕴含着强烈的怨愤之气。

---

① 陈蒲清. 中国古代寓言史[M]. 长沙:湖南教育出版社,1983:59 – 64.
② 公木. 先秦寓言概论[M]. 济南:齐鲁书社,1984:129.
③ 谭家健. 先秦散文艺术新探[M]. 北京:首都师范大学出版社,1995:328.

### 3.运用讽刺手法

《韩非子》寓言还常常使用讽刺手法,把批判的锋芒直指最高统治者以及不合理的社会制度。如《外储说左下》篇中的"西门豹治邺",把矛头指向那些贪赃枉法、损公肥私、剥削百姓的奸佞之臣,同时也讽刺最高统治者。再如《内储说上》篇中的"韩昭侯藏弊裤",讥讽了统治者的悭吝和贪卑。身为一国之君的韩昭侯不但连一条旧裤子都不肯赏赐给臣下,居然还发表了一通冠冕堂皇的高论。《说林上》篇中的"涸泽之蛇",揭露了在那个时代老实人受欺负,而奸诈搞权术的人却得到好处的社会弊病。《说林上》篇中的"卫人嫁女",指责某些官员贪赃枉法却不以为耻的丑恶嘴脸。针对"法先王"的观点,韩非子创造了"守株待兔"(《五蠹》)和"自相矛盾"(《难一》)这两则形象的寓言,给予尖刻的讥讽;针对人性自私的问题,韩非子举出了"夫妻祷者"(《内储说下》)的寓言,无情地揭示了夫妻关系中的自私。

### 作品学习

1.《齐桓晋文之事》
2.《逍遥游》

## 《齐桓晋文之事》鉴赏

首先,该文论题鲜明,主张"仁政"。文章开篇,孟子高举"王道"大旗,宣扬"保民而王"的主张。接着通过"以羊易牛"事例分析,劝导齐宣王要善于"推恩",将人所固有的"不忍"之心推到国家政事,就能实现"仁政"。然后用"缘木求鱼"做比喻,打消齐宣王武力征服天下的妄念。最后提出实施"仁政"的具体方案,令人信服。

其次,在论证艺术上,该文也颇有建树。一是层层递进展开论证。先提出"保民而王",再借"以羊易牛"一事肯定齐宣王有不忍人之心,足以称王天下;从"恩及禽兽",推论"恩及百姓",故应推恩保民。二是善用例证进行分析。如以"以羊易牛""挟太山以超北海""刑于寡妻,至于兄弟,以御于家邦"等为例,展开自己的论述。三是善于运用类比推理。以"一羽之不举,为不用力焉;舆薪之不见,为不用明焉",推出"百姓之不见保,为不用恩焉"的结论。还有正反对比,如"吾力足以举百钧,而不足以举一羽""故推恩,足以保四海,不推恩,无以保妻子"等。

再次,该文运用了较多的修辞方法进行论辩,如排比、对偶、反诘、比喻等,使得文章辞采斐然,词锋犀利,生动感人,增强了表达效果。

## 《逍遥游》鉴赏

《逍遥游》是《庄子》的开篇之作,具有较高的艺术成就。

首先,该文主题明确,形散而神不散。关于《逍遥游》的主题,用庄子自己的话说,那就是"乘天地之正,而御六气之辩,以游无穷者,彼且恶乎待哉!故曰:至人无己,神人无功,圣人无名"。这不仅是全篇之眼,而且是全书之纲,是我们理解把握庄子的一把钥匙。在主题句之前,均是不逍遥的形象;主题句之后的许由、藐姑射之神,则是逍遥的;最后的两段论辩,其实也是围绕逍遥游展开的。表面看来,是一个又一个的寓言故事,若断若连,其实主题非常明确,形散而神不散。如清人胡文英评价说:"前段如烟雨迷离,龙变虎跃。后段如清风月朗,梧竹潇疏。善读者要须拨开枝叶,方见本根。千古奇文,原只是家常茶饭也。"

其次,该文想象丰富。在庄子的笔下,本为"鱼子"的"鲲"却有方圆几千里之大,一变而为"鹏",鹏的背也方圆几千里,羽翼遮天蔽日,奋起南飞,击水三千里,扶摇直上九万里的高空。这想象何等丰富!

再次,本文体现了形象、恢诡的论辩风格。庄子的论辩不以逻辑推理取胜,而通过寓言故事的形式,以比喻、象征等艺术手法说理,富有形象,让读者从大量奇特荒诞的物象中体会、领悟道理。篇末庄子与惠子的两段论辩,偷换论题,故颇有诡辩色彩。对庄子的"逍遥游",惠子以大葫芦为喻,意谓"逍遥游"大而无当,不切实用,应该摒弃。庄子心领神会却不说破,先借"不龟手之药"故事,说明"逍遥游"不是无用,而是惠子不会运用;然后庄子认为水也可以漂浮葫芦,把葫芦连缀在一起做成腰舟,带在身上在江湖中自由漂流。可见庄子更追求身体的放松,心理的自由,精神的超脱,说明不为世所用、超越世俗之用才能达到真正的"逍遥"。

《逍遥游》语言如行云流水,汪洋恣肆,又跌宕跳跃,奇伟怪谲,最能代表《庄子》的语言风格。清方东树说:"大约太白诗与庄子文同妙,意接而词不接,发想无端,如天上白云卷舒灭现,无有定形。"正是对《庄子》一书语言风格的精当概括。

## 延伸阅读

**1. 原典阅读**

(1)阅读《老子校释》(朱谦之撰,中华书局,1984年版),注重体悟《老子》一书的诗意表达。

(2)阅读《论语译注》(杨伯峻译注,中华书局,1980年版),着重体会《论语》言近旨远、词约义丰的特点。

(3)阅读《孟子译注》(杨伯峻译注,中华书局,1960年版),注重体会《孟子》气势充沛、文采飞扬的特点。

(4)阅读《庄子集释》(郭庆藩撰,中华书局,1961年版),重点感悟《庄子》想象奇特的特征。

**2. 研究文献阅读**

(1)阅读《诸子概论》(陈柱著,广西师范大学出版社,2010年版),着重把握先秦诸子的思想主张以及在中国学术史上的地位和影响。

(2)阅读《先秦诸子思想精华与文学价值研究》(霍建波著,中国社会科学出版社,

2015年版),归纳总结先秦诸子在中国文学史、散文史上的地位和影响。

### 拓展训练

1.《史记·太史公自序》中《论六家要旨》云:"夫阴阳、儒、墨、名、法、道德,此务为治者也,直所从言之异路,有省不省耳。尝窃观阴阳之术,大祥而众忌讳,使人拘而多所畏;然其序四时之大顺,不可失也。儒者博而寡要,劳而少功,是以其事难尽从;然其序君臣父子之礼,列夫妇长幼之别,不可易也。墨者俭而难遵,是以其事不可遍循;然其强本节用,不可废也。法家严而少恩;然其正君臣上下之分,不可改矣。名家使人俭而善失真;然其正名实,不可不察也。道家使人精神专一,动合无形,赡足万物。其为术也,因阴阳之大顺,采儒墨之善,撮名法之要,与时迁移,应物变化,立俗施事,无所不宜,指约而易操,事少而功多。儒者则不然。以为人主天下之仪表也,主倡而臣和,主先而臣随。如此则主劳而臣逸。至于大道之要,去健羡,绌聪明,释此而任术。夫神大用则竭,形大劳则敝。形神骚动,欲与天地长久,非所闻也。"结合本章学习,查阅有关资料,以翔实的文本材料、鲜明的理论观点、清晰的逻辑思路、准确的语言表达,就先秦诸子学术思想上的利弊得失写一篇小论文。

2.刘熙载《艺概·文概》云:"周、秦诸子之文,虽纯驳不同,皆有个自家在内。"余秋雨在《中国文脉》中说:"先秦诸子,都是思想家、哲学家、教育家、社会活动家,没有一个是纯粹的文学家。但是,他们要让自己的思想说服人、感染人,就不能不运用文学手段。……思想家和哲学家在运用文学手段的时候,有人永远把它当作手段,有人则不小心暴露了自己其实也算得上是一个文学家。"结合上述评论与本章内容,以先秦诸子的文学共性为主题,写一篇观点明确、材料充实的小论文。

# 第五章　屈原与楚辞

**文学史**

战国后期出现的楚辞,是继《诗经》之后中国诗歌史上的第二座高峰。它开创了中国诗歌的浪漫主义传统,从此风骚并称,共同构成中国文学的两大渊源。南方楚文化的美学特质,屈原不同寻常的政治经历和高洁的人格,造就了光辉灿烂的楚辞,屈原成为中国文学史上第一位伟大的诗人,开启了中国诗歌由集体歌唱向个人著述发展的新纪元。

## 第一节　楚辞的形成及其文体特点

楚辞开创了中国文学发展的新时代。鲁迅先生曾经指出:"形成文采之所以异者,由二因缘,曰时与地。"[①]楚辞的出现和形成,与楚国地域文化以及南北文化的相互交融和渗透有着密切的关系。

### 一、楚辞产生的文化背景

#### (一)人神杂糅的楚国巫风文化是楚辞产生的文化基础

战国时期,楚国地处江、汉流域,地方广袤、土地肥美、江川沃野、物产丰饶。主要生活着芈姓楚贵族和被芈姓贵族所征服的濮、越、巴、蛮等南方土著。芈姓贵族源于中原,《史记·楚世家》称"楚之先祖出自帝颛顼高阳,高阳者,黄帝子孙"[②]。他们在夏商时期向南迁徙,至西周初,成王封熊绎于楚地,建楚国,都丹阳(今湖北秭归东南)。[③]

楚国地处偏远,较少受中原礼乐文化影响,被中原诸国视为蛮夷。楚国在习俗上"信

---

① 鲁迅.鲁迅全集:第9卷[M].北京:人民文学出版社,1981:372.
② 司马迁.史记[M].北京:中华书局,1982:1689.
③ 司马迁.史记[M].北京:中华书局,1982:1692.

巫鬼,重淫祀"①,表现出与中原文化不同的特点。和中原祭祀相较,它更少社会内容而多自然崇拜,多把山川日月神化,使神具有人的性格,巫觋降神,人神杂糅。② 在祭祀方式上,纵情而缺乏庄严。王逸《楚辞章句·九歌序》说:"其俗信鬼而好祠。其祠,必作歌乐鼓舞以乐诸神。"③这种巫风文化,既有夏商文化的遗习,更有当地土著的风气。巫文化影响到楚国的审美风气,其艺术多与祭神有关。中原文化以典重质实为基本精神,而楚文化则以绚丽浪漫为主要特征,情感激烈,形式华美。

巫风文化为楚辞的产生提供了条件,楚辞是现实理性思想和巫祭感性形式的美妙结合,上陈事神之敬,下见己之冤结,托之以讽谏,形成了楚辞的独特风格。

### (二)楚声、楚歌、巫歌为楚辞产生提供了丰富的养料

春秋战国,楚地音乐发达,乐歌被称为"南风"和"南音",乐曲有《涉江》《采菱》《劳商》《九辩》《九歌》《薤露》《阳春》《白雪》等曲目,丰富多彩。楚声、楚歌歌词,句式参差错落,音韵清亮明切,句尾多用"兮"字,已具有楚辞艺术形式的基本特征。如《孺子歌》:"沧浪之水清兮,可以濯吾缨。沧浪之水浊兮,可以濯吾足。"《越人歌》:"山有木兮木有枝,心说君兮君不知。"可见出自民间的楚声、楚歌,乃是楚辞的直接源头。

对楚辞形成影响最大的是"巫歌"。民间祭祀时往往使巫觋"作歌乐鼓舞以乐诸神",这种祭祀曲乐舞结合,想象丰富,富于浪漫情调。此外,还兼有故事情节,结构宏阔,讲究起伏,对屈原"楚辞"体诗歌的创造有直接影响。

巫歌为楚辞体的形成提供了素材和结构形式。屈原的《九歌》就是在民间祀神乐歌基础上写成的,首尾两章分别为迎神曲、送神曲,中间九章为娱神曲。借男女之情来吸引神灵,表达对神灵的向往。《招魂》则是根据民间招魂词的写法而创作。

巫歌中丰富的想象、特有的形式为楚辞体的形成提供借鉴。巫歌沟通神人,出入天地,富有神奇的想象和幻想,孕育着丰富的神话故事,为楚辞提供了养料。《九歌》中的神鬼,《离骚》中的天界,《招魂》中的地狱,以及《天问》中的玄思,等等,都能找到巫歌的痕迹。巫歌中的祭祀方式对楚辞的抒情方式有很大的影响。祭神时,巫师装扮成不同的神祇,载歌载舞,边唱边说。楚辞以故事性抒情,如《离骚》中的上叩天帝,下求佚女,问卜灵氛、巫咸降神;《招魂》中的巫阳下招等,即源于此。

### (三)楚辞的产生还与中原文化的影响和渗透有密切的关系

楚贵族源自中原,与中原有着广泛的交流。楚国虽偏居南方,却拥有"周之典籍",甚至"周太史"。楚国贵族须学习中原文化,《国语·楚语》记载,申叔时建议士亹用《诗》《书》《礼》《乐》《春秋》等教育太子④。楚国的王公卿士议事时也经常征引《诗》《书》之语。这些儒家典籍影响了楚国贵族的政治理想、历史观念和价值取向。

屈原作品中的一些历史故事和神话传说属于中原文化范畴。屈原诗中大量采用比

---

① 班固.汉书[M].颜师古,注.北京:中华书局,1962:1666.
② 国语[M].胡文波,校点.上海:上海古籍出版社,2015:378.
③ 洪兴祖.楚辞补注[M].北京:中华书局,1983:55.
④ 国语[M].胡文波,校点.上海:上海古籍出版社,2015:354.

兴手法，更是直接继承和发扬了《诗经》的传统。《诗经》影响了楚辞的形式、内容、创作主旨等。另外，战国时代散文的勃兴，特别是纵横家铺张词采的说辞，其气势、篇章、句式、词采等都对楚辞的形成和发展产生了影响。

## 二、楚辞的文体特点

楚辞作为一种新诗体，原是楚地的产物，首创此体者为屈原。继作者有宋玉、唐勒、景差等，均为楚人。

### （一）楚辞的名称

"楚辞"之名称，最早见于西汉《史记·酷吏列传》："（朱）买臣以'楚辞'与助俱幸，侍中，为太中大夫，用事。"①以后成为专称，指以战国时楚国屈原的创作为代表的新诗体。楚辞"书楚语，作楚声，记楚地，名楚物"（黄伯思语见《校定楚词序》），具有浓厚的地方色彩。至汉代，文人竞相模仿，"名章继作，通号'楚辞'"（朱熹《楚辞集注目录序》），"楚辞"便成为这种特定诗体的通用名称。

西汉成帝时，刘向在前人纂辑的基础上辑录屈、宋诸作及后人模拟之作成为一书，统题为"楚辞"。东汉王逸作《楚辞章句》，于是《楚辞》又作为这一诗歌总集的书名流传于世。

### （二）楚辞的文体特点

楚辞是战国时期产生于楚地的新诗体，具有独特的文体特点。就创作方法而言，大量引用楚地的风土物产和方言词汇，具有浓厚的地方色彩。就诗风而言，铺排夸饰，想象丰富，辞藻华丽，充满浪漫主义色彩。就体式而言，楚辞较之《诗经》篇幅极大增长，鸿篇巨制，内容恢宏，能够充分表达复杂的情感。句式也由四言为主变为长短不拘，参差错落，能更好地抒情达意。就语言而言，楚辞多用楚地的方言词语，如加入"兮""些"等字作为虚词叹语，这是楚辞的鲜明标志。

汉代常称"楚辞"为赋，有时也将"赋"称为"辞"，"辞""赋"通称，没有严格的文体界限。如《史记·屈原贾生列传》称屈原"乃作《怀沙》之赋"，又说："屈原既死之后，楚有宋玉、唐勒、景差之徒，皆好辞而以赋见称"②。《史记·司马相如列传》说："景帝不好辞赋。"《汉书·扬雄传》也说："赋莫深于《离骚》，辞莫丽于相如。"③可见，汉人对辞和赋两种文体，不相分别。后人沿袭，遂有"屈赋""骚赋"以至"楚赋"之称。后来把屈原的《离骚》作为楚辞的代表，于是，楚辞或称为"骚""骚体"。

# 第二节　屈原的生平及其作品

屈原自铸伟词，创造了崭新的楚辞体，成为中国文学史上第一个伟大的诗人，其高尚

---

① 司马迁.史记[M].北京：中华书局，1982：2491.
② 司马迁.史记[M].北京：中华书局，1982：2491.
③ 班固.汉书[M].颜师古，注.北京：中华书局，1962：3583.

的人格和瑰丽的诗篇光照后世。

## 一、屈原的生平

屈原(前340？—前278？)，名平，字原，出身于楚国贵族，与楚王同姓。其祖先屈瑕，为楚武王熊通之子，受封于"屈"地，乃以"屈"为氏。屈原生活在楚国由盛变衰的时期。

屈原的事迹见于《史记·屈原贾生列传》。据本传记载：怀王早年，屈原曾被信任，担任过左徒、三闾大夫之职。左徒仅次于令尹，相当于副宰相。他"入则与王图议国事，以出号令；出则接遇宾客，应对诸侯。王甚任之"，对内主张举贤任能，对外主张联齐抗秦，深得信任。但是上官大夫靳尚出于妒忌，趁屈原为楚怀王拟订宪令之时，在怀王面前进谗言，"怀王使屈原造为宪令，屈原属草稿未定。上官大夫见而欲夺之，屈平不与，因谗之曰：'王使屈平为令，众莫不知，每一令出，平伐其功，以为"非我莫能为"也。'王怒而疏屈平"。屈原被疏远之后，秦惠王派张仪到楚挑拨楚齐关系，许给怀王商于之地六百里，使楚国与齐国绝交。怀王绝齐，但不得秦地，怒而攻秦，结果丧师失地。第一次战于丹阳，损兵八万多人，丢掉汉中六百里土地。第二次又大败，国势大为削弱。后来秦昭王约定怀王在武关会面，屈原认为秦虎狼之国，不可信，不如毋行！由于怀王稚子子兰劝王行，结果怀王入武关，终客死在秦国。

顷襄王即位，任用子兰为令尹，因怀王客死于秦之事，屈原及楚人曾对子兰有所不满，子兰便让上官大夫在顷襄王前谗毁屈原，屈原又被流放到江南。公元前278年，秦将白起攻拔郢都，屈原万分悲愤，绝望至极，遂自沉汨罗江，传说为农历五月五日。从此这一天成为屈原的纪念日，赋予了端午节新的文化意义。①

屈原有两次放逐经历，一次是怀王二十五年左右，流放汉北一带。《九章·抽思》云："有鸟自南兮，来集汉北。"另一次是顷襄王十三年前后，流放江南。依据《哀郢》《涉江》两诗所述，屈原历经长江、洞庭湖、沅水、湘水等处。他的大部分诗篇是在两次放逐时期所写。

## 二、屈原的作品

《汉书·艺文志》著录25篇，未列篇名。王逸《楚辞章句》所见最早注本，所定属于屈原的作品为25篇：《离骚》《九歌》(11篇)、《九章》(9篇)、《天问》《远游》《卜居》《渔父》。汉代以后，不断有人对屈原作品进行甄别。现代的楚辞研究者多认为《远游》《卜居》《渔父》3篇非屈原本人所作，而《招魂》应属于屈原的作品。这样，屈原的作品总共是23篇。

屈原作品大致可以分为三类：一是政治抒情诗，有《离骚》《九章》(9篇)；二是借祭歌以抒情的诗，有《九歌》(11篇)、《招魂》；三是偏于哲理的抒情诗，有《天问》。

汉以后，屈原作品的注本很多，较有代表性的有宋代洪兴祖《楚辞补注》17卷，朱熹

---

① 参见闻一多《端午考》。(闻一多.闻一多全集：第1卷[M].北京：生活·读书·新知三联书店，1982：221—238.)北朝魏收《五日》诗云："因想苍梧郡，兹日祀东君。"似乎到南北朝，南方还保存着端午节祭祀东君的习俗。

《楚辞集注》8卷;清代王夫之《楚辞通释》14卷,蒋骥《山带阁注楚辞》6卷,戴震《屈原赋注》10卷等。近人则有姜亮夫《屈原赋校注》,刘永济《屈赋通笺》及游国恩主编的《离骚纂义》《天问纂义》等。

## 第三节 《离骚》

《离骚》是楚辞中最华美的乐章,亦是中国古代文学作品中最长的抒情诗。诗作情感深沉、文辞绚烂、结构宏大,感情奔放,是中国古代文学浪漫主义的典范,对后世文学产生了深远的影响。

### 一、《离骚》题解

《离骚》是屈原的代表作,带有自传性质。全诗共373句,2400多字,结构宏大,气势磅礴。

关于"离骚"二字,古来有数种解释。司马迁说:"离骚者,犹离忧也。"①认为是遭受忧患的意思。班固《离骚赞序》说:"离,犹遭也;骚,忧也。明己遭忧作辞也。"②认为"离"通"罹",即遭受之意。东汉王逸《楚辞章句·离骚经序》云:"离,别也;骚,愁也;经,径也;言已放逐离别,中心愁思,犹依道径,以讽谏君也。"③将其解释为离别的忧愁。另有认为"离骚"二字当释为"牢骚",据《汉书·扬雄传》记载,扬雄曾模仿《离骚》作《反离骚》,又模仿《九章》各篇作《畔牢愁》,"畔"即反叛,"牢愁"即牢骚。游国恩考证,"离骚"是"劳商"二字的异写,是古代楚地的一种歌曲名。今人多从司马迁、班固之说,两人离屈原时代最近,解释比较合乎诗人命意。

关于《离骚》的写作年代,尚无定论。主要有两说:一种认为是屈原在楚怀王朝流放江北时所作,一种认为是屈原在顷襄王朝流放江南时的作品。④《史记·屈原贾生列传》中记载"屈平疾王听之不聪也,谗谄之蔽明也,邪曲之害公也,方正之不容也,故忧愁幽思而作《离骚》"⑤。今人多认为是怀王时被疏远后所作。

### 二、《离骚》的思想内容

《离骚》是屈原自述生平的抒情长诗。诗人将自己的理想、遭际、热情、痛苦、孤独,甚至整个生命熔铸其中,是诗人心灵的歌唱。

诗歌记述诗人所处的政治环境和经历,表达了对美政理想的执着追求和存君兴国的

---

① 司马迁.史记[M].北京:中华书局,1982:2482.
② 洪兴祖.楚辞补注[M].北京:中华书局,1983:51.
③ 洪兴祖.楚辞补注[M].北京:中华书局,1983:2.
④ 主张前期说者有林庚先生(《诗人屈原及其作品研究》),汤炳正先生(《屈赋新探》)。主张后期说者有游国恩先生(《楚辞概论》)。另还有姜亮夫先生认为始作于前期而完成于后期(《屈原赋校注》)。
⑤ 司马迁.史记[M].北京:中华书局,1982:2482.

爱国情怀,展现了诗人的高洁人格。

### (一)"美政"理想的追求和深挚的爱国情感

在战国那个纷争的年代,屈原的理想就是实行"美政",振兴楚国。他的"美政"理想就是"举贤才而授能兮,循绳墨而不颇"。只有任用贤能之人,修明法度,才能强国。屈原认为君王要以"前圣""前王"为楷模,如"三后之纯粹""尧、舜之耿介""汤、禹俨而祗敬";要像大禹、商汤、武丁、周文王、齐桓公任用咎繇、伊尹、傅说、吕尚、宁戚一样,用贤兴国。屈原主张实施"德政","皇天无私阿兮,览民德焉错辅"。屈原还提出修明法度的主张,以改变楚国"偭规矩而改错""背绳墨以追曲""世溷浊而不分"的法度缺失的局面。

屈原坚持美政理想,目的在于"存君兴国"。他正道直行,竭忠尽智,却遭到谗佞之人的陷害,被怀王疏远。屈原没有放弃理想,没有屈从权贵,将个人生死置之度外,虽九死其犹未悔,唯将君国命运、百姓疾苦系于一心。"岂余身之惮殃兮,恐皇舆之败绩""余固知謇謇之为患兮,忍而不能舍也。指九天以为正兮,夫唯灵修之故也""长太息以掩涕兮,哀民生之多艰"。在那个朝秦暮楚,楚才晋用的时代,以屈原之才何国不容? 屈原内心也曾动摇,但当他远去国都,回望故乡时,"忽临睨夫旧乡。仆夫悲余马怀兮,蜷局顾而不行",他把自己的理想和热情深深地埋在楚国的土地上,他爱得深沉,不惜以生命殉国,以死明志。

### (二)独立不迁的高尚人格和放言无惮的批判精神

在理想与现实的矛盾中,屈原选择了理想,求索不已。在高尚与卑俗的对撞中,屈原选择了高尚,九死不悔。"纷吾既有此内美兮,又重之以修能",江离、白芷、秋兰、秋菊皆是诗人高尚人格的象征。面对楚国奸巧混浊的世风,屈原坚持操守,绝不媚俗。"鸷鸟之不群兮,自前世而固然;何方圜之能周兮,夫孰异道而相安""不吾知其亦已兮,苟余情其信芳""芳与泽其杂糅兮,唯昭质其犹未亏"。王逸在《楚辞章句序》中赞到:"今若屈原,膺忠贞之质,体清洁之性,直若砥矢,言若丹青,进不隐其谋,退不顾其命,此诚绝世之行、俊彦之英也!"①正是绝世俊彦,超群脱俗,使诗人陷入不被理解的孤独。但是他宁愿付出生命,也绝不向世俗妥协,"宁溘死以流亡兮,余不忍为此态""亦余心之所善兮,虽九死其尤未悔",这种独立不迁的人格自尊彪炳后世。

屈原放言无惮,指斥奸佞。他怨责楚王的昏聩和无信:"荃不察余之中情兮,反信谗而齌怒。""余既不难夫离别兮,伤灵修之数化。"对于那些贪佞误国的群小,他更是予以痛斥:"众皆竞进以贪婪兮,凭不厌乎求索。羌内恕己以量人兮,各兴心而嫉妒。""世溷浊而不分兮,好蔽美而嫉妒。"不被理解的孤独,不愿从俗的耿介,不可调和的批判,屈原突破了儒家明哲保身、温柔敦厚的处世原则,为中国文化增添了一股刚烈之气,熔铸为民族精神的重要特征。

## 三、《离骚》的艺术成就

《离骚》是中国文学史上的奇葩,鲜明的形象、浓郁的情感、丰富的想象、瑰丽的文辞

---

① 洪兴祖.楚辞补注[M].北京:中华书局,1983:48.

使其在文学星河中光彩夺目。

## (一)高大峻洁的自我形象

《离骚》以诗人自身为原型,塑造了一个高大峻洁的抒情主人公形象。司马迁说"其志洁,其行廉"。他不仅具有外在美,而且具有内在的人格美。从外在看,"朝饮木兰之坠露兮,夕餐秋菊之落英""制芰荷以为衣兮,集芙蓉以为裳""高余冠之岌岌兮,长余佩之陆离",饮食之异,服饰之奇,出淤泥而不染,衬托出诗人内在品质的高洁。

崇高的人格是《离骚》中屈原自我形象的突出特征:矢志不移、执着地追求理想,对丑恶深恶痛绝、决不妥协,自觉地维护高尚的人格。由于其行廉,他不被世俗所容,以生命来捍卫自己的理想。他有着"亦余心之所善兮,虽九死其犹未悔"的顽强毅力,"路曼曼其修远兮,吾将上下而求索"的精神,"宁溘死以流亡兮,余不忍为此态也"的"苏世独立","伏清白而死直兮"的高尚节操。

## (二)想象奇幻、浓情浪漫

屈原吸收了古代神话和楚国巫文化的精髓,广泛采用神话、神巫故事和寓言形式,打破时空界限,将历史、现实、天国、人间、自然、幻境交织在一起,创造出雄伟壮丽、奇幻莫测的艺术境界,具有浓厚的浪漫色彩。

吾令羲和弭节兮,望崦嵫而勿迫;路曼曼其修远兮,吾将上下而求索。饮余马于咸池兮,总余辔乎扶桑。折若木以拂日兮,聊逍遥以相羊。前望舒使先驱兮,后飞廉使奔属。鸾皇为余先戒兮,雷师告余以未具。吾令凤鸟飞腾兮,继之以日夜。飘风屯其相离兮,帅云霓而来御。

作品想象奇特、神思飞扬。在诗人笔下,羲和驾车、望舒开路、飞廉殿后、凤凰雷师随从,神灵飞腾令人惊心动魄。上叩天帝,下求佚女,问卜灵氛,巫咸降神的奇幻情节,构筑成了一幅幅瑰丽的画面,令人目不暇接。

《离骚》的浪漫根植于现实,通过幻想表达自己的执着、顽强与追求。"朝发轫于苍梧兮,夕余至乎县圃"的飞升天界,最终都回到了"世溷浊而不分兮,好蔽美而嫉妒"的人间真实中,诗人将现实与幻想交织在一起,谱写了一曲激越的悲歌。这种浪漫主义不是逃避现实,也不是向现实妥协,而是以坚韧执着的精神,唤起理想的光辉,鼓舞人的意志,激发人们追求与向往。

## (三)比兴象征、寄情于物

《离骚》继承发展了《诗经》的比兴手法,寄情于物,将物象的某些特质与人的思想感情、人格、理想结合起来并将其融为一体,创造出富于象征意味的形象。正如王逸所说:"《离骚》之文,依《诗》取兴,引类譬喻:故善鸟香草,以配忠贞;恶禽臭物,以比谗佞;灵修美人,以媲于君;宓妃佚女,以譬贤臣;虬龙鸾凤,以托君子;飘风云霓,以为小人。"[①]《离骚》有丰富绚烂的意象群,将喻体与本体融合,形成了具有整体意义的符号结构。香花香

---

① 洪兴祖.楚辞补注[M].北京:中华书局,1983:2-3.

草比喻高洁的品质,三求佚女比喻对明君的追寻①,美人难求比喻君臣遇合的艰难,恶禽臭物比喻奸佞小人,规矩绳墨比喻国家法度,将抽象的意识外化成生动的形象,"其称文小而其指极大,举类迩而见义远"②,采用了以物喻人的象征手法。

《离骚》中最突出的是香草美人意象。屈原大多以美人自拟,抒发了对君王的钟爱之心和难以遇合的哀怨,情感哀婉缠绵,如泣如诉。而"下求佚女"中又以美人来喻君王,表达了寻求明君的执着与艰难。两种比况皆来源于巫祭传统和原始宗教的情感体验,以男女之情象征君臣之义,以人神交接的艰难表达苦苦追求的不易。香草意象象征诗人高洁的品格和人格,比美人意象更高洁,更哀婉,更具有悲剧性。总之,《离骚》中的香草美人意象构成了一个复杂而巧妙的象征系统,形象地表达了不遇的哀怨和追求的执着,使得诗歌蕴藉而且生动,对后世影响深远。

### (四)句式参差、文辞瑰丽

《离骚》结构宏大,句式参差,打破了《诗经》四言的固定模式。以六、七言为主,间或有三言、十言的句子。尤其是用"兮"字作为虚词叹语,起伏跌宕,情味悠长,增加了诗歌的抒情性和韵律美。句中配以"之""于""而"等虚字协调音节,有散文化的趋势。

《离骚》词语繁富华美。运用双声、叠韵、重言铺排形容,双声叠韵词如"贪婪、陆离、婵媛、逍遥、委蛇、蜷局"等,重言词如"冉冉、崟崟、菲菲、暧暧、婉婉、邈邈"等,丰富了诗歌意蕴,增强了表现力和节奏美。另外还大量使用楚地方言词汇,如"侘傺""闾阖"等,词语丰富,具有地域特色。《离骚》瑰丽的文辞为汉代赋体文学的产生创造了条件。明代陈深评曰:"《离骚》凡字二千四百七十六,可谓肆矣。然气如纤流,迅而不滞;词如繁露,贯而不糅。"(《楚辞集评(批点本)》)

屈原作品的艺术成就对后世文学产生了巨大的影响,刘勰论曰"其衣被词人,非一代也"(《文心雕龙·辨骚》),李白诗云"屈平词赋悬日月,楚王台榭空山丘"③,鲁迅《汉文学史纲要》说屈原作品"逸响伟辞,卓绝一世""其影响于后世之文章,乃甚或在三百篇以上"④。与《诗经》相比,楚辞在艺术上达到了一个新的境界,对中国文学史产生了深远而广泛的影响。

## 第四节 屈原的其他作品

屈原的《九歌》《招魂》是在楚地祭歌的基础上创作的,凄清幽渺,瑰玮谲怪。《九章》与《离骚》主旨相近,直抒胸臆。《天问》则是以问难形式结构全篇,情感激越,独步古今。

---

① 关于三求佚女的喻义主要有求贤人说,王逸《楚辞章句》持此说;求贤君说,朱熹《楚辞集解》持此说;求贤后说,钱澄之《屈诂》中提出;求理想政治说,汪瑗《楚辞集解》中提出。
② 司马迁.史记[M].北京:中华书局,1982:2482.
③ 李白.李太白全集[M].北京:中华书局,1977:374.
④ 鲁迅.鲁迅全集:第9卷[M].北京:人民文学出版社,1981:370.

这些作品虽风格各异,但都情感真挚,想象奇幻,具有浓厚的浪漫主义色彩。

## 一、《九歌》

《九歌》是屈原在楚国民间祭歌的基础上加工而成的一组抒情诗,包括《东皇太一》《云中君》《湘君》《湘夫人》《大司命》《少司命》《东君》《河伯》《山鬼》《国殇》《礼魂》11篇。

关于《九歌》,王逸《楚辞章句·九歌》曰:

《九歌》者,屈原之所作也。昔楚国南郢之邑,沅、湘之间,其俗信鬼而好祠。其祠,必作歌乐鼓舞以乐诸神。屈原放逐,窜伏其域,怀忧苦毒,愁思沸郁。出见俗人祭祀之礼,歌舞之乐,其词鄙陋。因而作《九歌》之曲,上陈事神之敬,下见己之冤结,托之以风谏。①

可见,《九歌》是屈原放逐江南时所作②,根据民间祭歌而作,诗篇虽没有直接述及屈原的个人身世,但也曲折地反映了诗人的思想情感。

《九歌》之"九"并不是确指。闻一多先生认为:首尾两章分别为迎神曲、送神曲,中间的九章为娱神曲。③ 第一篇《东皇太一》祭祀天神,是主祭之神。中间九篇是祭祀陪祭之神。《云中君》祭云神丰隆,《湘君》《湘夫人》祭湘水之神,《大司命》祭主寿命之神,《少司命》祭主子嗣之神,《东君》祭太阳神,《河伯》祭河神,《山鬼》祭山神,《国殇》祭阵亡将士之魂,属于人鬼。最后一篇《礼魂》是祭祀结束后的送神曲。大致再现了祭歌的原始风貌。

与《离骚》的雄奇瑰丽不同,《九歌》风格上深情绵缈、清丽婉转。首先,抒情细腻,将恋情中各种微妙的心理变化描写得淋漓尽致。有"闻佳人兮召予,将腾驾兮偕逝"(《湘夫人》)的期盼,有"望夫君兮未来,吹参差兮谁思"(《湘君》)的等待,有"怨公子兮怅忘归,君思我兮不得闲"(《山鬼》)的疑虑,还有"横流涕兮潺湲,隐思君兮陫侧"(《湘君》)的感伤。将爱慕、思念、怨恨、怀疑、伤感等复杂情绪写得入木三分。

其次,情景交融,善于用景物来衬托人物的心理状态。《湘夫人》中"帝子降兮北渚,目眇眇兮愁予。嫋嫋兮秋风,洞庭波兮木叶下",秋风袅袅,黄叶飘落,凄清杳茫的水边秋景,构成了优美而惆怅的意境,使落寞之情更显得凄凉迷离,此句被后人称为"千古言秋之祖"(胡应麟《诗薮》内编卷一)。《山鬼》结尾描写了林深杳黑,雷雨交加,猿狖悲鸣,风木萧萧,那种压抑低沉的气氛,真切地表现了山鬼的孤独和绝望。

再次,《九歌》语言自然清丽,婉转有致。抒情写景,皆能曲尽其态,韵味悠长。后人赞之曰:"激楚扬阿,声音凄楚,所以能动人而感神也。"(陈本礼《屈原精义·九歌》)

---

① 洪兴祖.楚辞补注[M].北京:中华书局,1983:55.
② 关于《九歌》的写作年代,有早年说和晚年说。王夫之认为是怀王时流放汉北所作(《楚辞通释》卷二)。郭沫若认为是早年得志时所作(《屈原研究》)。蒋骥提出可能是暮年所为,未必同时而作(《山带阁注楚辞》)。
③ 闻一多.闻一多全集:第1卷[M].上海:生活·读书·新知三联书店:1982:266-278.

## 二、《九章》

《九章》是屈原所作的一组政治抒情诗的总题,包括《惜诵》《涉江》《哀郢》《抽思》《怀沙》《思美人》《惜往日》《橘颂》《悲回风》9 篇作品。"九章"之名最早见于刘向《九叹》,"叹《离骚》以扬意兮,犹未殚于《九章》"①,一般认为是刘向编辑《楚辞》时所加。

关于《九章》各篇的写作时间,朱熹认为"非必出于一时之言也"(《楚辞集注》)。细观各篇内容,《橘颂》为屈原早年作品,《惜诵》《抽思》是被怀王疏远后所作,其余 6 篇是在顷襄王时被放逐江南所作。这些诗多纪实,真实记录了屈原的生活经历和悲愤的心情。

《橘颂》用拟人化的手法描写了橘树的外在形貌之美,讴歌了它"受命不迁""深固难徙""苏世独立""秉德无私"的内在精神,这种高尚的品格正是作者人格的象征和理想的追求。此诗借物抒志,以物比人,开后代咏物诗之先河。

《涉江》写于屈原晚年流放江南之时。诗歌记载了诗人放逐江南时的凄苦,但他仍"不能变心而从俗兮,固将愁苦而终穷",这种矢志不渝、独立不迁的精神令人感佩。诗中描写了深山密林、岩穴幽邃、云气弥漫、杳无人烟等景象,衬托出诗人孤独而悲怆的心情,将情与景交融。这类风景描写,成为后世山水诗的滥觞。

《哀郢》是《九章》中最具有代表性的作品。作于白起攻破郢都(前 278)之后,抒写了诗人国破家亡的哀思及对人民苦难的同情。诗歌以质问苍天起笔,写出了国都残破,人民罹难的悲惨情景,情真而又激愤。诗人在流亡中,"望长楸而太息兮,涕淫淫其若霰。过夏首而西浮兮,顾龙门而不见",诗人一步一回首,心念故国,不忍离去。感情之深挚催人泪下。徐焕龙《楚辞洗髓》称"于《九章》中最为凄婉,读之实一字一泪也"。

《九章》在思想内容上与《离骚》相近,或抒写理想不得实现的愤懑,或表白正道直行、苏世独立的人格精神,或流露留恋故国,忧国忧民的愁苦之情。在表现手法上与《离骚》有所不同:多直抒胸臆,较少想象夸饰,文笔朴素。善于把纪实、写景与抒情相结合,在反复吟咏中表现复杂激烈的内心情感,散而不乱,跌宕有致。

## 三、《天问》

《天问》是屈原除《离骚》之外的另一篇长诗。全诗 370 多句,1500 余字,以问难形式对天地宇宙、历史人事提出 170 余问。无论在内容、形式、格调上都是千古奇文。

关于《天问》的创作与题旨,王逸《楚辞章句》中有论:"屈原放逐,忧心愁悴。彷徨山泽,……见楚有先王之庙及公卿祠堂,图画天地山川神灵,……因书其壁,呵而问之。""何不言问'天'?天尊不可问,故曰'天问'。"王逸认为《天问》是屈原被逐,过楚先祖祠堂,见壁上画图,呵而问天。虽有一定依据②,但不可尽信。

《天问》以"曰"字领起发问,从天地开辟、宇宙生成、阴阳变化、日月星辰等自然现

---

① 严可均.全汉文[M].北京:商务印书馆,1999:365.
② 参见陈子展《楚辞直解·天问解题》,有详细考证.陈子展.楚辞直解[M].南京:江苏古籍出版社,1988:511-513.

象,一直问到神话传说、历史兴衰,表现了屈原面对传统不盲从的独立人格和怀疑精神,也反映了屈原对真理的追求和探索精神。开篇即提出对宇宙生成的怀疑,执着不屈地发问,气势磅礴,奇气逼人。接着由对宇宙自然的发问,转向对历史兴衰的质问。尤其是关于天命人事的问难,反映了诗人对传统哲学、政治、伦理观念深刻的怀疑与批判,表现出大胆的探索精神和进步的历史观念。屈原在对天命之不公和人事之不平的质问时,内心充满了悲愤之情。

《天问》纯以问句构成,节奏铿锵,情感激越,是独步古今的一篇奇文。语言以四言为主,兼有三言、五言、六言、七言,偶有八言,全篇起伏跌宕,错落有致,极富于变化,为中国文学史上的杰作。

### 四、《招魂》

《招魂》独具特色,模仿民间招魂习俗写成,瑰玮谲怪,是一篇富有浪漫主义色彩的奇文。《史记·屈原贾生列传》云:"余读《离骚》《天问》《招魂》《哀郢》,悲其志。"[①]可见司马迁认为是屈原作品。王逸认为是宋玉所作,"怜哀屈原,忠而斥弃"[②],为招屈原之魂。现多认为是屈原作品。

关于《招魂》,清代林云铭《楚辞灯》说是屈原自招,近人大都认为是招楚怀王之魂[③],从作品中对宫室、陈设的描写来看,后说较为合理。顷襄王三年(前296),楚怀王客死于秦,"秦归其丧于楚,楚人皆怜之,如悲亲戚"[④]。屈原招怀王之魂,是对楚怀王客死于秦的悼念,亦是他关心楚国命运的表现。

全诗结构谨严,分为序言、正文、乱辞。序言借怀王之魂自述愁苦,天帝命令巫阳为之招魂。正文是巫阳的招魂辞,外陈四方之恶,内崇楚国之美。先叙述天地四方的可怕,四方不可停留。按照东、南、西、北、上、下方位顺序叙述,层次清晰。后叙说楚国之美好,以此来招引魂魄返归。采用逐层状物的铺叙方式,对饮食、宫室、游戏、女乐、陈设等极意铺陈,穷极奢华。乱辞以作者的身份,结合自己的处境,再次呼唤"魂兮归来"。

诗歌想象丰富,铺陈繁富。采用了楚地招魂的形式,创造了巫阳下招情节。外陈上下四方时,吸取大量的神话素材,写出地域特点,东方"十日代出,流金铄石",南方"雕题黑齿",西方"流沙千里""五谷不生",北方"增冰峨峨,飞雪千里",营造出阴森恐怖的气氛。内写楚国之美,极尽铺陈之能事,辞藻华美,表现出富丽豪奢的境界。陈子展谓此篇"铺陈周匝,词藻纷披,已导汉赋《二京》《两都》先路"[⑤]。

---

① 司马迁.史记[M].北京:中华书局,1982:2503.
② 洪兴祖.楚辞补注[M].北京:中华书局,1983:197.
③ 近人吴汝纶认为屈原招楚怀王之魂(《古文辞类纂校勘记》),郭沫若从之,认为"所叙的宫廷居树之美,饭食服御之奢,乐舞游艺之盛,不是一个君主是不够相称的"(《屈原研究》)。
④ 司马迁.史记[M].北京:中华书局,1982:1729.
⑤ 陈子展.楚辞直解[M].南京:江苏古籍出版社,1988:354.

## 第五节　宋玉及其楚辞创作

屈原之后,重要的楚辞作家是宋玉,后人将他与屈原并称为"屈宋"。宋玉的代表作《九辩》情辞哀婉,描摹细腻,开文学"悲秋"之传统。

### 一、宋玉其人及其作品

据《史记·屈原贾生列传》记载:"屈原既死之后,楚有宋玉、唐勒、景差之徒者,皆好辞而以赋见称。然皆祖屈原之从容辞令,终莫敢直谏。"在深受屈原影响的楚辞作家中,唐勒、景差无作品流传下来①,只有宋玉有作品传世。

宋玉生平不详,《新序》《韩诗外传》《襄阳耆旧记》等对其有零星记载,但难作信史。王逸说他是屈原的弟子,也无从考证。结合文献记载和他的作品,大致可以得知宋玉生活在楚怀王后期、顷襄王时期。他出身寒微,曾作过顷襄王的小臣,怀才不遇,遭奸佞谗害,与屈原的经历有相似之处。

关于宋玉的作品,《汉书·艺文志》记有辞赋16篇,篇目已不可考。《楚辞章句》录《九辩》和《招魂》2篇。《文选》收入5篇:《风赋》《高唐赋》《神女赋》《登徒子好色赋》《对楚王问》。《古文苑》载有《笛赋》《舞赋》等6篇。现在没有争议可以认定为宋玉所作的仅《九辩》一篇。②

### 二、《九辩》

《九辩》之名来源甚古,《离骚》《天问》《山海经》中都将它与《九歌》相提并论,说是夏启时的乐曲,实际应该是楚地的古乐曲。王夫之解释:"辩,犹遍也。一阕为之一遍。"(《楚辞通释》)所谓《九辩》是由多阕乐章组成的乐曲。

《九辩》全诗255句,关于其主旨,王逸说是宋玉为悲悼其师屈原而作。就作品本身来看,《九辩》是自悲生平,借悲秋抒发了"贫士失职而志不平"的感慨,塑造了一个坎坷不遇、憔悴自怜的才士形象。

诗歌开篇在凄凉悲怆的秋景中,叙述了贫士失官之后遭遇坎坷而无人理解,流落他乡,生活悲苦的经历。抒发了怀才不遇、功业无成的慨叹。诗中也有对楚国奸佞当道,君王昏聩的批判,如"岂不郁陶而思君兮? 君之门以九重! 猛犬狺狺而迎吠兮,关梁闭而不通"。但更多的是抒发自己生不逢时,难以与君王遇合的哀怨之情,没有屈原那样深广的忧愤,缺乏直言上谏的批判精神。

---

① 1972年山东银雀山汉墓出土竹简有唐勒对楚王问的赋体残简二十余枚,但残缺不全。
② 游国恩.游国恩学术论文集[M].北京:中华书局,1989:189-197.近年来也有学者认定其他作品为宋玉创作。姜书阁.先秦辞赋原论[M].济南:齐鲁书社,1983:119-131.朱碧莲.楚辞论稿[M].上海:三联书店,1993:194-209.

诗中也写出诗人对高洁品质的追求。"独耿介而不随兮,愿慕先圣之遗教。处浊世而显荣兮,非余心之所乐。与其无义而有名兮,宁穷处而守高。"诗人继承了屈原的精神,追随先贤,独立耿直,不与世俗妥协。与屈原将个人命运与国家命运相关联的博大胸怀相比较,更多带有文人洁身自好的个人追求。宋玉只是楚国的一名"小臣",与屈原出身王族,为王者之师的显赫地位不同,在心态上,缺少屈原高傲的自信和不屈的斗争精神,更多带有文人的自惜自怜和独善其身。《九辩》的哀愁,基调是"惆怅兮私自怜""穷处而守高",格局较小,但颇能引起后代怀才不遇文人的共鸣。

《九辩》在艺术上多有开拓。全诗将萧瑟的秋景与哀怨之情完美地交织在一起,意境圆融。以见秋景而生哀的抒情模式开中国文学"悲秋"传统。

宋玉的成就虽不及屈原,但他是屈原诗歌艺术的直接继承者,为后世所尊崇。杜甫诗云:"摇落深知宋玉悲,风流儒雅亦吾师。"(《咏怀古迹五首》其二)"风流儒雅"四字,是确切的评语。鲁迅也肯定《九辩》:"虽驰神逞想不如《离骚》,而凄怨之情,实为独绝。"① 在宋玉的作品中,物象描摹细致,抒情写景圆融,在楚辞与汉赋之间,起着承前启后的作用。

## 作品学习

1. 屈原《湘夫人》
2. 屈原《山鬼》

## 《湘夫人》鉴赏

《湘夫人》是屈原《九歌》组诗中的第四首,是祭湘水女神的诗作②,和《湘君》是姊妹篇。《湘君》以湘夫人的口吻抒发了会合无缘的凄凉和迷惘。而《湘夫人》则是以湘君的口吻表达了对湘夫人的心驰神往、祈之不来、盼而不见的惆怅心情。全诗将写景抒情和人物复杂的内心描写结合起来,虚实相生,情景交融,情思缠绵,婉转有致。

第一段写湘君带着虔诚的期盼等待湘夫人的到来。开篇"帝子降兮北渚,目眇眇兮愁予。袅袅兮秋风,洞庭波兮木叶下",帝子飘然而至,却似见未见。秋风袅袅,落叶飘飘之中,湘君凝神远望,无限愁思。诗人选择了极具代表性的景色描绘了一幅水天清秋的画面,以景衬情,景与情协,使惆怅落寞之情显得更加凄凉迷离。登高远望,不见伊人,"鸟何萃兮蘋中,罾何为兮木上",以鸟儿聚集在水草上,鱼网悬挂在大树颠这样反常的现象起兴,突出了充溢于人物内心的失望和困惑,大有所求不得、徒劳无益的意味。

第二段写湘君的渴望之情更加浓烈,甚至产生幻觉。"沅有芷兮澧有兰,思公子兮未

---

① 鲁迅.鲁迅全集:第9卷[M].北京:人民文学出版社 1981:375.
② 旧说认为湘君指舜帝,湘夫人指舜帝二妃娥皇、女英。今人多认为是一对湘水配偶神。

敢言",以花木兴起思念之情,与《越人歌》中"山有木兮木有枝,心说君兮君不知"异曲同工。在时间上,花木易衰,青春易逝。在空间上,沅水、澧水分隔两地,相去甚远。以此兴起对伊人的思念,更觉伤感。既然望而不见,不如上下求索。"朝驰余马兮江皋,夕济兮西澨。闻佳人兮召予,将腾驾兮偕逝",在四方求觅中,仿佛听到了佳人召唤,多想与她一起乘车而去。以痴情者的幻觉极写出思念的深挚和痛苦。

第三段写湘君幻想中与湘夫人如愿相会的情景。与前文的简笔点染不同,此段泼墨如注,用铺陈之法描写出了一个令人眼花缭乱的神奇世界,这是一个集合了所有香花香草营建的美丽高洁的宫室,这里充满了相遇的快乐与幸福,但这一切皆来自于幻觉,当九嶷山的众神来迎接时,一切又化为了泡影。这段最富有想象力和浪漫色彩,以虚拟相会的欢乐来反衬无法相见的痛苦,倍增其哀乐。

最后一段写湘君在绝望之余的决绝与不忍。"捐余袂兮江中,遗余褋兮澧浦",袂褋乃湘夫人的赠物,此时等待无望,捐袂遗褋,以表示决绝之情。但又于心不忍,还是徘徊等待吧。写出湘君复杂的心理变化:追求虽然痛苦,但还是忠于爱情而执着不悔。

这首诗在艺术上突出的特点是虚实相生、情景交融。湘君翘首期盼湘夫人是实,望而不见、遇而无缘的惆怅之情是实,执着追求和徘徊等待是实。但在情感的真实中虚构了一段幻想。第三段极写水中厅堂的华美艳丽,并以外部的流光溢彩烘托出快乐的气氛,这段虚写,如同水中之月,如梦如幻,为整首诗增加了浪漫色彩,同时也增加了凄凉之感,反衬出求之不得的悲苦。虚实生发,将一个痴情者的内心抒写得淋漓尽致。

## 《山鬼》鉴赏

《山鬼》是屈原《九歌》组诗中的第九首,着重描写了山中女神赴约不遇,失恋后孤独凄凉的情景,塑造了一个美丽、痴情的女神形象。

全诗以女神赴约、候人、失恋的顺序展开情节。第一段写山中女神赴约的欣喜之情。在幽静的山谷中,女神出现了,"被薜荔兮带女萝""乘赤豹兮从文狸,辛夷车兮结桂旗"。她身披薜荔、腰束女萝,乘着赤豹,花狸随从,辛夷木做的车上扎满了桂花。这样的装扮颇具山林女神的风采,既威严又娇娆。"既含睇兮又宜笑",写出女神此刻的神采,流波婉转,含情脉脉,嫣然一笑,顾盼生辉。女神为了赴约不仅装扮自己,还采摘鲜花准备赠送心上人。如此精心准备,痴情之心可见。

第二段写山中女神候人不遇时的惆怅之情。"余处幽篁兮终不见天,路险难兮独后来","我"在幽深的竹林中不见天日,道路艰难约会来迟。到达山上却不见所思念的人儿。此时,天色阴沉,云雾弥漫,雨滴飞洒。在这种凄风苦雨中,女神徒增美人迟暮之感。"岁既晏兮孰华予"年岁老去,怎能永葆年华呢?荣华易逝,青春难再,山神形象更具有人间气息,让人更觉情感亲切、真实。

第三段写女神失恋无望时的孤独与痛苦。为了宽慰年华不再的失落之感,她在山间采食灵芝来延年益寿。人生短暂,相思易老,这是人生永恒的惆怅。此时女神的心理从"怨公子兮怅忘归"的埋怨到"君思我兮不得闲"的怀疑,再到"君子我兮然疑作"的将信将疑,最后到"思公子兮徒离忧"的怨愤之情,将女神失恋时的微妙而又复杂的内心展现得淋漓尽致。尤其是结尾"雷填填兮雨冥冥"三句,寓情于景,雷鸣猿啼、风声雨声交织在一起,展现了一幅极为凄凉的山林夜景,更衬托出女神的孤独与无望,极具悲剧色彩。

《山鬼》特点明显:一是心理描写细腻,刻画了与女神约会过程中复杂的心理状态。二是情景交融,善于借助景物描写来烘托、渲染女神的情感变化。将萧飒之景与惆怅之情完美地结合起来,深情绵缈,感人至深。

### 延伸阅读

1. 原典阅读

(1)阅读《楚辞今注》(汤炳正、李大明、李诚、熊良智注,上海古籍出版社,1996年版),了解楚辞的基本内容、文体特点及其文学价值。

(2)阅读《楚辞选》(马茂元选注,人民文学出版社,1998年版),重点研读《离骚》《九歌》《天问》《九辩》等作品,感悟楚辞想象奇幻,文辞瑰丽的艺术特点。

2. 研究文献阅读

(1)阅读《屈原与楚文化》(潘啸龙,安徽文艺出版社,1991年版),了解屈原的思想发展及其与楚文化的关系。

(2)阅读《屈原辞研究》(金开诚,江苏古籍出版社,1992年版),了解《离骚》的诗歌结构及《九歌》的祭歌与娱神相结合的双重特征。

(3)阅读《楚辞与原始宗教》(过常宝著,东方出版社,1997年版),从原始宗教的角度,了解楚辞的生成、文本形态和文化功能。

### 拓展训练

1. 王逸《楚辞章句》论曰:"《离骚》之文,依诗取兴,引类譬喻。故善鸟香草,以配忠贞;恶禽臭物,以比谗佞;灵修美人,以媲于君;宓妃佚女,以譬贤臣;虬龙鸾凤,以托君子;飘风云霓,以为小人。"香草美人意象对后代文学影响深远。请以曹植《洛神赋》《美女篇》为例,分析曹植诗赋中对香草美人意象的继承与发展,撰写一篇小论文。

2. 屈原和庄子都是荆楚文化的代表,有"庄狂屈狷"之称。他们的创作是中国文学浪漫主义最重要的渊源,请比较两人浪漫主义精神的异同,课堂讨论。

3. 用楚辞体创作一首诗。

# 第二编　秦汉文学

秦灭六国，统一了中国，建立了我国历史上第一个中央集权的封建制国家。为了巩固统一的中央帝国，秦王朝进行了政治、经济、文化等一系列改革。废除旧的分封制，统一行政区划，设立郡县制；统一度量衡、文字和历法；修订新的法令制度。这些改革对于中国的历史发展具有积极的进步意义。然而，秦王朝所实行的一些政策，对文化发展来说却是一种摧残。为了一统天下，"史官非《秦记》皆烧之；非博士官所职，天下敢有藏《诗》《书》、百家语者，悉诣守、尉杂烧之；有敢偶语诗书弃市；以古非今者族"，造成了"秦世不文"。文学方面，值得一提的仅有《吕氏春秋》和写于秦统一之前的《谏逐客书》。

吕不韦及其门客撰著的《吕氏春秋》，取材广泛，体系完整，兼有儒、道、墨、法、农、阴阳等诸家思想学说。书中保存了大量先秦时代的文献和逸闻轶事，许多单独成篇的说理文，论说有力，思想深刻，常常以寓言故事为喻，文章形象生动。

李斯，战国时楚国人。秦代著名政治家。曾师事儒学大师荀卿，后入秦为吕不韦舍人。秦统一六国后，官至丞相。李斯的作品《谏逐客书》是给秦王嬴政的一篇奏议。文章从秦国统一天下的高度立论，反复阐明驱逐客卿的错误，写得理足辞胜，雄辩滔滔，因此打动了秦王，收回了逐客的成命，而《谏逐客书》也成为一篇脍炙人口的名文，千百年来被人们传诵。

汉代文学是在先秦文学基础上，在汉代现实生活土壤里发展起来的。从文体上看，主要有政论散文、史传散文、汉赋和诗歌。

汉代散文内容丰富，形式多样。主要有政论散文和史传散文。政论散文在西汉初最为发达，代表作有西汉初年贾谊的《过秦论》《陈政事疏》，晁错的《论贵粟疏》等。这些散文围绕国家、社会的重大问题，议论富于气势，又善用比喻、排比、对偶，富于文采。

《史记》和《汉书》是汉代史传散文的代表。《史记》是我国历史上第

一部纪传体通史,创立了本纪、表、书、世家、列传五体体例,语言生动,情节曲折,人物各具性格,是中国传记文学的奠基之作,被鲁迅誉为"史家之绝唱,无韵之离骚"。东汉班固的《汉书》,在思想上、艺术上虽比不上《史记》,但材料翔实,记事详细,不少传记也写得十分成功,其史传文学成就也有一定价值。

"赋"是汉代文学的主要形式,它经历了骚体赋、散体大赋、抒情小赋三个发展阶段。骚体赋比较短小,借鉴楚辞的形式,内容以抒情为主。代表作有贾谊的《吊屈原赋》《鵩鸟赋》等。枚乘的《七发》是向大赋发展的一篇赋作。汉武帝初年至东汉中叶,主要流行散体大赋,其文笔铺排夸张,辞采华丽,以歌功颂德为主。代表作有司马相如的《子虚赋》《上林赋》,还有西汉后期扬雄的《甘泉赋》《羽猎赋》《长杨赋》等。东汉早期的辞赋家有班固,代表作是《两都赋》。中后期张衡模拟司马相如和班固,作《二京赋》,艺术上瑰丽典雅。

东汉中叶之后,汉帝国由盛转衰,宦官专权,政治黑暗,社会动荡不安。赋作家开始借物咏怀、抒写忧愤,出现了抒情小赋。主要有张衡的《归田赋》、赵壹的《刺世疾邪赋》等。

汉代的诗歌主要有汉乐府和《古诗十九首》。"乐府"原是朝廷设立的一个掌管音乐的机构,后来人们把这个机构所收集和配乐演唱的歌词,称作乐府诗,或简称乐府。汉代的乐府诗,既有贵族、文人的创作,也包括相当一部分民歌,大都收在宋人郭茂倩所编《乐府诗集》中。

汉乐府继承并发展了《诗经》的优良传统,表现了汉代下层人民的生活,反映了他们对现实的不满、对封建政治和封建礼教的批判,以及对幸福的憧憬、理想的追求,具有广阔的社会内容,值得重视。汉乐府中的叙事诗,人物形象鲜明,富于个性。就其表现形式而言,西汉多杂言,东汉则以五言为主。此外,乐府诗章句自由,语言纯朴自然,富于感情。汉乐府诗标志着我国古代诗歌进入了一个新的发展阶段,对后世产生了深远的影响。

《古诗十九首》产生于东汉末年,作者大多是中下层知识分子,内容多写相思离别、浮生若梦、及时行乐等,表达了对现实的不满。《古诗十九首》有很高的艺术成就,刘勰说它是五言诗的冠冕,钟嵘称它"文温以丽,意悲而远,惊心动魄,可谓几乎一字千金"。

# 第一章　秦汉政论散文

> **文学史**

　　政论散文就是政论文,它是从政治角度阐述和评论现实社会问题或历史重大事件的文章。秦汉政论散文秉承先秦诸子哲理散文发展而来,它不同于先秦诸子散文深邃的思想性,主要是针对现实,着力于解决所面临的问题。

## 第一节　秦代政论散文

　　秦代历史短暂,在文学上的建树不多,引以为荣者,有统一前秦相吕不韦和门客所编的《吕氏春秋》、李斯的《谏逐客书》。前者理达文畅,后者辞采华美。秦统一后,出自李斯之手的泰山等地刻石文,为我国最早的石刻文体。

### 一、《吕氏春秋》

　　吕不韦,卫国濮阳(今河南安阳滑县)人。战国末年著名商人、政治家、思想家,官至秦国丞相。秦庄襄王以吕不韦为相国,封文信侯,食邑河南洛阳十万户,门下有食客三千,家僮万人。庄襄王卒,年幼的太子政立为王,吕不韦为相国,号称"仲父",专断朝政。执政时曾攻取周、赵、卫的土地,立三川、太原、东郡,对秦王政兼并六国的事业有重大贡献。后因嫪毐集团叛乱事受牵连,被免除相国职务,出居河南封地。不久,秦王政复命让其举家迁蜀,吕不韦担心被诛杀,于是饮鸩自尽。吕不韦主持编纂《吕氏春秋》(又名《吕览》),成书年代大约在秦始皇八年(前239)左右,有八览、六论、十二纪共20余万言,书成之日,悬于国门,声称能改动一字者赏千金。此为"一字千金"。

　　《吕氏春秋》为众门客集体编成,内容驳杂,它汇合了先秦各派学说,"兼儒墨,合名法",所以《汉书·艺文志》把它列为"杂家"。但该书所取各家学说中,道家、儒家、阴阳家思想更多一些,所以有人说它是新儒家、新道家。《吕氏春秋》在杂取各家为己用的过程中,也对各家学说进行了发展创造。吕不韦编纂此书的目的在于综合百家之长,总结历史经验教训,为秦国统治提供治国方略。

《吕氏春秋》有严密的体系,全书分为三个部分:纪、览、论。"纪"按春、夏、秋、冬一年四季的12个月分为12纪,如春分三纪,孟春、仲春、季春。每纪包括5篇文章,共60篇。"览"按照内容分为8览,每览8篇,共64篇(第一览《有始览》缺1篇,现有63篇)。"论"也是按内容分为6论,每论6篇,共36篇。还有1篇序意,即全书的序言(今本已残缺),放在12纪后。《吕氏春秋》全书共160篇,结构完整,自成体系。全书条理清晰,篇章划分十分整齐,从结构上把它组合成一个所谓"法天地"的完整体系。它的哲学思想、政治思想以及它所保留的科学文化方面的历史资料,是一份珍贵遗产。

《吕氏春秋》是产生于战国晚期的理论著作,出于众人之手,风格不一。总体特点一是文风平实畅达,有些短小的篇章,可以称得上优秀的文学散文。如《重己篇》《贵公篇》。二是创作了丰富多彩的寓言。全书大都化用中国古代的神话、传说、故事而来,加上作者创造的寓言共有200多则,在中国寓言史上具有相当重要的地位。在寓言的运用上,往往先提出论点,再引述寓言进行论证,如为了说明"因时变法",作者引用了"荆人涉澭""刻舟求剑""引婴投江"三个寓言。

## 二、李斯散文

李斯是秦代唯一的作家,主要作品《谏逐客书》。李斯,战国末年楚国上蔡(今河南上蔡西南)人。从荀子学帝王之术,后入秦,被吕不韦任以为郎,后劝说秦王政灭诸侯、成帝业,被任为长史。秦王采纳其计谋,遣谋士持金玉游说关东六国,离间各国君臣,又任其为客卿。秦王政十年(前237)下令驱逐六国客卿,李斯上《谏逐客书》阻止,为秦王政所采纳,不久官为廷尉。秦统一天下后,被任为丞相,与王绾、冯劫议定尊秦王政为皇帝,并制定有关的礼仪制度。他建议拆除郡县城墙,销毁民间的兵器,以加强对人民的统治;反对分封制,坚持郡县制;李斯上《焚书仪》,主张焚烧民间收藏的《诗》《书》、百家语,禁止私学,以加强专制主义中央集权统治。他还参与制定法律,统一车轨、文字、度量衡。秦始皇死后,他与赵高合谋,伪造遗诏,迫令始皇长子扶苏自杀,立少子胡亥为二世皇帝。后为赵高所忌,于秦二世二年被腰斩于咸阳闹市,并夷其三族。

李斯的《谏逐客书》,在文学方面很有特色:一是由远及近,论据充分,说理周密,逻辑明晰,论证严密有力。文章先叙述秦自穆公以来皆以客致强的历史,然后列举各种女乐珠玉虽非秦地所产却被喜爱的事实,说明秦王不应重物而轻人。由历史说到现实,由用物说到用人,极有说服力地论证了"泰山不让土壤,故能成其大;河海不择细流,故能成其深;王者不却众庶,故能明其德"的道理。劝秦王广泛任用愿意效忠于秦的各国人才,以完成统一天下的大业。二是写法上多铺陈排比,抑扬开阖,气势贯通,洋洋洒洒,如江河奔流,有纵横家气势。文多对偶,辞采华美,音节流畅,被誉为"骈体之祖"。

秦始皇统一中国之后,曾多次巡游各地并刻石表功,现存刻石共有7篇,大多出自李斯之手,以四言韵文写成。《峄山刻石》为东巡第一篇刻石文,先叙述秦王嬴政继承王位,接下来写始皇以为号,最后歌颂他统一天下的功绩。从总体上看,《琅琊刻石》是两句一韵,其他6篇是三句一韵,押韵四声分明,这是秦文学的独创。秦刻石文浑朴庄严,气魄雄伟,文字典雅,以浑朴为特色,贯以法家辞气。刻石文的体制,上承西周雅、颂及秦统一前的《石鼓文》,又有所变化和创新。

## 第二节 西汉政论散文

经历了秦亡和楚汉战争后,西汉政权得以建立。儒学逐渐用之于政治,与社会现实相联系。当时在思想界掀起了一场深刻的文化反思的思潮,探讨秦亡的教训,总结古今成败之理。儒家的陆贾、贾谊、刘安等人总结前代历史教训和诸子百家之说,其文铺张扬厉,有战国遗风。董仲舒的策对和刘向的秦议叙录,以巩固中央集权制为讨论重点,雍容典重,形成汉代议论文之风格。

### 一、陆贾的政论文

陆贾,楚国人,汉初政治家,汉代第一位力倡儒学的思想家,他融汇了黄老思想和法家思想,而最后归本于儒家的仁义观,对儒家思想有新的发展。班固将陆贾归入儒家,他在《汉书·艺文志》的儒家类列有"陆贾二十三篇"。陆贾早年随刘邦平定天下,口才极佳,常出使诸侯。刘邦即位之初,重武力,轻诗书,以"居马上得天下"自矜,陆贾建议重视儒学,"行仁义,法先圣",提出"逆取顺守,文武并用"的治国之策,总结秦亡及成败兴亡之理,著文12篇,奏于刘邦,每奏一篇,高祖无不称善,故名其书为"新语"。此书对贾谊、董仲舒的思想有开启之功,成为汉代确立儒家思想统治地位的先声。著作除《新语》12篇外,其他皆已失传,其《楚汉春秋》流传中散佚,清代茆泮林为之辑佚。

陆贾对"过秦"这一问题进行了深入探讨。在《新语》12篇中,陆贾多次论及秦失天下的原因。如《新语·道基》:"桓公尚德以霸,秦二世尚刑而亡,故虐行则怨积,德布则功兴。"又在《新语·辅政》言:"尧以仁义为巢,舜以禹、稷、契以为杖,故高而益安,动而益固。……秦以刑罚为巢,故有覆巢破卵之患;以赵高、李斯为杖,故有倾仆跌伤之祸。"总结秦失天下经验教训成了《新语》的重要内容。对陆贾的《新语》,后人评价很高,王充:"(《新语》)言可采行,事美足观,鸿知所言,参贰经传,虽古圣之言,不能过增。"(《论衡·案书语》)刘勰:"汉室陆贾,首发奇采,赋《孟春》而进《新语》,其辩之富矣。"(《文心雕龙·才略篇》)潘永因:"言语一科,岂尽悬河。清谈差胜,专对无多。词正鲁连,能排西帝;语新陆贾,可服南佗。"(《宋稗类钞》卷五)《新语》的论辩性有战国遗风,语言也有一定创新,前人的评价极为恰当。

《新语》的文学特色主要体现在三个方面:一是文章骈偶化的赋体特征。文章音韵和谐,偶句出现频繁,多用铺排笔法。二是语言的通俗性。全书语言平易流畅,极少艰涩难懂之语,论述清楚。三是"过秦"的主题取向。汉人著述,多言"过秦",而陆贾为之首,开风气之先。就结构而言,《新语》形式严密,全书分《道基》《术事》《辅政》《无为》《辨惑》《慎微》《资质》《至德》《怀虑》《本行》《明诫》《思务》共12篇,而以《道基》为全书的纲领,其余各篇自有中心,自具首尾。

## 二、贾谊的政论文

贾谊,洛阳人,西汉初年著名的政治家、文学家,他把汉代政论散文的创作推向一个新高度。贾谊年少时由河南郡守吴公推荐,被文帝召为博士。不到一年被提为太中大夫。23岁时,因遭群臣忌恨,被贬为长沙王太傅。后被召回长安,为梁怀王太傅,梁怀王坠马而死,贾谊深自歉疚,忧伤而死,时年33岁。《史记》《汉书》皆有其传。贾谊所著《新书》,又称《贾子》,是贾谊的政论文集,《汉书·艺文志》列入儒家,今存10卷58篇,其中《问孝》《礼容语上》两篇有目无文,实为56篇。《新书》集中反映了贾谊的政治经济思想,开篇为《过秦论》,总结了秦朝灭亡的历史教训,提出了一系列政治主张;《宗首》《藩强》《权重》等阐述了加强中央集权的思想;《大政》《修政》等提出了利民安民的民本思想。贾谊的政论散文评论时政,风格朴实峻拔,逻辑严密,感情充沛,议论酣畅,气势非凡,鲁迅称其为"西汉鸿文"(《汉文学史纲要》),体现了汉初知识分子在汉帝国大一统创始期之积极进取、力图建功立业的豪情壮志,代表了汉初政论散文的最高成就。

贾谊年少气勇,对当时的朝政多有议论,其奏事能切中要害,高瞻远瞩。《过秦论》是贾谊政论散文的代表作。本来只是一篇文章,后人分其为上中下三篇,上篇总论秦自孝公以迄始皇逐渐强大而后灭亡的原因:地理的优势、变法图强的主张、正确的战争策略、几代人的苦心经营等等。行文采用排比句式和铺陈手法,极尽夸张和渲染,语言上气势生动。接着笔锋陡转,运用对比的方法,写秦始皇以为"关中之固,金城千里",可成子孙"万世之业",竟然在转眼之间被"甕牖绳枢之子""材能不及中人"的陈涉轻而易举地将其灭亡,给人以强烈的心灵震撼,从而总结出秦亡的教训:"仁义不施,而攻守之势异也。"中篇重点分析秦在统一中国之后政策上的失误:在天下百姓归顺于秦、向往和平安定生活之时,始皇和二世非但不能安抚百姓守威定功,反而变本加厉,横征暴敛、严刑峻法,逼反人民。接着得出"牧民之道,务在安之"的结论。下篇指陈秦人在危难关头不能竭力挽救的原因,一是子婴的不才;二是秦王的暴政,导致君臣离心,士民不附,使子婴"孤立无亲,危弱无辅",束手就擒。说明秦人之亡,非在外力,而在于自身,"本末并失,故不能长"。上中下三篇,贾谊冷峻地分析了秦始皇治天下之过,秦二世和子婴守天下之过。三篇论说对象不一,思想也各有侧重。

《过秦论》的特色,一是环环相扣,层层剖析了秦朝亡国的原因,思维缜密,说理透辟,见解不凡。文章取名"过秦",实则是借此来警告汉朝皇帝切勿重蹈秦亡覆辙:"前事不忘,后事之师也。"二是此文虽为说理,有浓厚的战国纵横家遗风,但在遣词造句中又处处流露出诗人的气质,词语讲究,多用修饰,感情充沛,行文流畅,为汉初散文的典范之作。

贾谊的疏牍文也很有特色,其中的代表作是《论积贮疏》和《陈政事疏》。《论积贮疏》的主旨是建议汉文帝重视农业生产。全篇理论结合实际,紧紧围绕"积贮"的论题,从正反两方面逐层深入论证中心论点。文章先讲积贮的重要,接着指出当今天下"背本而趋末""公私之积犹可哀痛"的事实,并预言国无粮食蓄积的可怕后果,最终得出结论,国家应该把"积贮"看作"天下之大命"。这篇文章的特色是围绕中心论点,引古证今,理论结合实际,进行正反对照,并以确凿的论据,严密的逻辑,层层深入进行论证,把道理说得清楚透彻,有条不紊,令人信服,有战国纵横家之风。

《陈政事疏》(又名《治安策》)也是贾谊的著名作品。西汉初期,诸侯王几度叛乱,北方匈奴时常骚扰边境,社会矛盾突出。贾谊以强烈的忧患意识,写《陈政事疏》以系统阐述自己治国主张。贾谊驳斥了"天下已安已治"的谬论,指出了当时的社会危机和潜在隐患,表现了他深刻而尖锐的洞察力、见微知著的远见和对国事的关切。文章开篇就说:"臣窃惟事势,可为痛哭者一,可为流涕者二,可为长太息者六。"贾谊爱国感情深厚,故其文章感人。《陈政事疏》不仅以其政治思想被后人称赞,更以其文调势雅而被后人推崇。

贾谊的政论散文阐述了深刻的政治思想和高瞻远瞩的治国方略,鲜明地体现了汉初知识分子在大一统封建帝国创始时期积极用世的人生态度和昂扬向上的精神风貌。

## 三、晁错的政论散文

晁错,颍川(今河南禹县)人,西汉政治家、文学家。汉文帝时,任太常掌故,后历任太子舍人、博士、太子家令;景帝即位后,任为内史,后迁至御史大夫。晁错发展了前代"重农抑商"思想,主张纳粟受爵,增加农业生产,振兴经济;在抵御匈奴侵边问题上,提出"徙民实边"的战略思想,建议募民充实边塞,积极备御匈奴攻掠;政治上,进言削藩,剥夺诸侯王的政治特权以巩固中央集权,损害了诸侯利益,以吴王刘濞为首的七国诸侯以"请诛晁错,以清君侧"为名,举兵反叛。景帝听从袁盎之计,腰斩晁错于东市。

关于晁错的作品,《汉书·艺文志》记载有文 31 篇,多数已佚,较为完整的现存有 8 篇,散见于《汉书》的《爰盎晁错传》《荆燕吴传》和《食货志》,清人马国翰有其著作辑佚[①]代表作有《言兵事疏》《守边劝农疏》《论贵粟疏》《贤良文学对策》等。

晁错的《论贵粟疏》,继承了贾谊的重农思想,强调重农抑商,力主振兴汉室经济,进一步提出务农贵粟的主张。晁错细致分析农民与商人之间的矛盾,陈述农民流亡,粮食匮乏的严重状况。面对商人势力日趋膨胀,农民不断破产的局势,晁错提出重农抑商、入粟为官、拜爵除罪等一系列主张,建议文帝采贵五谷而贱金玉。立论契合时代热潮,提出解决问题的方法,深识幽显,见解透辟,能切中要害,剖析利弊,不发空论。其他文章也是如此,如《言兵事疏》提出"以蛮夷攻蛮夷"的观点,《守边劝农疏》和《募民实塞疏》提出"徙民实边"的积极防御策略,立论犀利,措施亦切实可行。其文内容正大,意境壮阔。其著论的出发点基于建功立业,落脚点是汉朝的长治久安,以强烈的历史责任感为汉朝的巩固和长治久安提议献策。

晁错的政论散文,具有战国策士的纵横家风气,力道遒劲,节奏明快,气势磅礴,语言明丽,意脉流转,其论多峭直而深刻。

## 四、《淮南子》

《淮南子》又名《淮南鸿烈》《刘安子》,是西汉皇族淮南王刘安招集门客修撰而成,实属一部论文集。著录内 21 篇,外 33 篇,内篇论道,外篇杂说。《汉书·艺文志》将其列入

---

[①] 马国翰.玉函山房辑佚书[M].扬州:广陵书社,2005:2732-2739.

"杂家",书中内容,以道家思想为主,兼收儒、法、阴阳家之言,集众家之说,牢拢天地,博极古今。该书在继承先秦道家思想的基础上,综合诸子百家学说之精华。近人梁启超说:"《淮南鸿烈》为西汉道家言之渊府,其书博大而有条贯,汉人著述中第一流也。"

《淮南子》先黄老而后六经,思想最近老子,淡泊无为。全书各篇所论问题不一,《原道训》《道应训》专门阐发"道"的含义,《天文训》《地形训》谈天文、地理之学,《览冥训》论道家的人体生理学与养生学,《兵略训》谈军事,还有论教育、祸福、民俗、政治历史、先秦学术,各篇主题不同,而以道家思想为纲纪。

《淮南子》的文学成就:一是大量的历史故事、神话传说、寓言故事等,极富有想象。二是对一些文学理论问题有着深刻的见解,包括文与质的关系、文学创作论、文学情感论等。三是语言上注重遣词造句,对偶、骈俪化倾向突出,运用多种修辞手法,使艰深的道理浅显易懂。

## 五、董仲舒的散文

董仲舒,汉广川(今河北景县)人,西汉思想家、哲学家、政治家。董仲舒在《对贤良策》中系统地提出了"天人感应""大一统"学说和"罢黜百家,表彰六经"的主张,得到武帝的赏识,任江都易王刘非国相。六年后,因言灾异之事被免,居家授徒十年,教授《公羊春秋》。汉武帝元朔四年,公孙弘又推荐董仲舒做胶西王刘瑞的国相。于四年后以年老有病为由还家,不再出仕,埋头著述。太初元年,董仲舒病卒于家中,葬长安东南郊。董仲舒著述甚丰,有100多篇文章、词赋传世,今存《对贤良策》《士不遇赋》《春秋繁露》及《全汉文》辑录的文章两卷。

董仲舒是西汉大儒,他以《公羊春秋》为依据,将周以来的天道观和阴阳、五行学说结合起来,融法、道、阴阳家的思想,建立了一个新的思想体系,成为汉代的官方统治哲学,对当时社会问题,给予了较为系统的回答。董仲舒著作影响最大的是《对贤良策》,属应答策对之作。董仲舒以儒雅谦恭的态度,侃侃论道,文章深奥宏博,有条不紊,从容不迫,给人以醇厚典雅之感。① 文章长于推论,思理细密;行文明晰晓畅,语言朴素无华,风格儒雅雍容。

## 六、桓宽、刘向的散文

桓宽,汝南(今河南上蔡)人,治《公羊春秋》。宣帝(刘询)时举为郎,官至庐江太守。武帝用桑弘羊之说,设榷酤(酒官卖)、盐铁(盐铁官卖)之法。汉昭帝时,召集天下贤良、文学60多人,辩论盐铁官营还是私营,议论得失。后来推衍"盐铁之议,增广条目,极其论难,著数万言",②即成《盐铁论》。《盐铁论》全书共10卷60篇,虽则各立标题,但内容仍互相连贯。《汉书·艺文志·诸子略·儒家类》著录"桓宽《盐铁论》六十篇"。《隋书》录"《盐铁论》十卷"。

---

① 韩兆琦.汉代散文史稿[M].太原:山西人民出版社,1986:63.
② 见《汉书·公孙贺列传赞》和《盐铁论·本议篇》。

桓宽整理盐铁之议,"欲以究治乱,成一家之法焉"①。意在施行儒家的道德政治,以农耕为本,以儒学思想治理社会。《盐铁论》的主题就是"广利农业",从根本上解决人民生活的疾苦问题,反对"权利广用",主张"稼穑富国"。《盐铁论》是我国历史上第一部有关盐铁问题专题论著,其结构严整、体制统一。各篇皆用对答体,彼此指责,互相诘难,表明观点。贤良文学与政府官员两种不同类型人物的形象形成了鲜明对比。作品中的人物善于持论,语言简洁明快,切中要害。行文气势磅礴,层层铺陈渲染,引类譬喻,句式多排比对偶,整齐而有变化,在西汉政论散文中独具一格。

刘向是西汉后期一位重要的经学家、目录学家,汉朝宗室,字子政,楚国彭城(今江苏徐州)人。官至中垒校尉,曾奉命领校秘书,所撰《别录》,为我国最早的图书分类目录。治《春秋穀梁传》。著《九叹》等辞赋33篇,大多亡佚。今存《新序》《说苑》《列女传》《战国策》等书,其著作《五经通义》有清人马国翰辑本,《山海经》系与其子刘歆共同编订。原有文集,已佚,明人辑为《刘中垒集》。

《新序》是刘向采集舜禹以至汉代史实,分类编撰而成的一部书,是刘向针砭时弊的力作。原书30卷,今存10卷,由北宋曾巩校订。《新序》收入了许多有名的故事,如"孔子北之山戎氏"(《杂事五》,《檀弓》作"孔子过泰山侧"),"齐大饥"(《节士篇》和《檀弓》同),"楚威王问"(《杂事一》,《文选》作"对楚王问",威王作襄王,称宋玉作,当出于伪托)等。书中的故事情趣横生,引人入胜,故有小说的意味。刘向生活在动荡的西汉后期,由于他敢于直言进谏,议论批评时政得失,故屡遭谗谤,仕途坎坷。

《说苑》是一部富有文学意味的重要文献,内容多哲理深刻的格言警句,叙事多含讽喻,故事性强,以对话体为主,除卷一六《谈丛》外,各卷多数篇目都是独立成篇的小故事,有情节,有人物对话,文字简洁生动,清新隽永,叙事生动,可以说开中国小说之先河,有较高的文学欣赏价值。

总之,西汉散文以政论为主,成就较高,是大一统政治格局下对现实问题的关注的结果,体现巩固新政权和建立新时代的思想形态。

## 第三节　东汉政论散文

东汉义人不满当时的世风、士风和学风,退隐著述,指斥时政,其政论文矛头直接指向当时社会的种种弊端,或抨击政治黑暗,指责豪门世族、门阀制度;或痛斥神学迷信的谶纬之风;或揭露社会矛盾,抒发心中的不平之气。他们的文章大都是发愤而作,富有批判精神。主要有桓谭的《新论》、王充的《论衡》、王符的《潜夫论》、荀悦的《申鉴》、仲长统的《昌言》、崔寔的《政论》等。

---

① 班固.汉书[M].北京:中华书局,1998:950.

# 一、《论衡》

王充,字仲任,会稽上虞(今属浙江)人,东汉中期伟大的思想家、哲学家和文学批评家。曾官治中,一生专力于学问。汉肃宗下诏公车征聘,因体力衰弱未就。汉和帝永元年间,病死在家中,时年近七十。生平著述有《论衡》85篇,20多万字,另《讥俗》《政务》《养性》,皆已失传。

王充以道家的自然无为为立论宗旨,以"天"为天道观的最高范畴,以"气"为核心范畴,由元气、精气、和气等构成庞大的宇宙生成模式,与天人感应论形成对立之势。他的哲学思想主张:天自然无为;天不能故生人;神灭无鬼;今胜于古;生死自然、力倡薄葬;反叛神化儒学,等。

《论衡》是王充的代表作品,也是中国思想史上第一部无神论著作。对当时学术问题,特别是社会的颓风陋俗进行针砭,观点鞭辟入里,石破天惊。《论衡》也是一部"实论"散文,用事实说话,援引历史和现实生活中的事例批驳各种虚妄之论,有着强烈的现实精神。王充辨伪范围非常广泛,从神学迷信思想,到世俗偏见,从历史到现实,从观念到政治。作者选取当时理论界的热点问题加以阐述,包括人的遭遇、命运、天性、才气、骨相等,围绕自身困扰而展开,体现了王充对现实的积极参与。

《论衡》中还有许多文学批评观点,认为文学批评的原则是真实,以真实反对虚妄。如《艺增篇》:

世俗所患,患言事增其实,著文垂辞,辞出溢其真,称美过其善,进恶没其罪。何则?俗人好奇,不奇,言不用也。故誉人不增其美,则闻者不快其意;毁人不益其恶,则听者不惬于心。闻一增以为十,见百益以为千,使夫纯朴之事,十剖百判;审然之语,千反万畔。墨子哭于练丝,杨子哭于歧道,盖伤失本,悲离其实也。①

王充最赞赏桓谭《新论》,以为《新论》"论世间事,辩照然否,虚妄之言,伪饰之辞,莫不证定"(《超奇篇》)。王充论文,追求真实,就受到桓谭"辩照然否"的真实性的影响。

文学批评还应当坚持"通俗"原则。《自纪篇》言:"口则务在明言,笔则务在露文。高士之文雅,言无不可晓,指无不可睹。观读之者,晓然若盲之开目,聆然若聋之通耳。"②这些都强调为文不可隐晦艰涩,要明白浅显。

文学批评还有"实用"原则。他认为为文必须有益于社会,"为世用者,百篇无害;不为用者,一章无补。如皆为用,则多者为上,少者为下"(《自纪篇》)。《论衡》针对社会虚妄而作,提倡"劝善惩恶",体现了实用。

文学批评还应以"创新"为原则。王充反对复古模拟,力求创新。《超奇篇》说:

故夫能说一经者为儒生,博览古今者为通人,采摭传书以上书奏记者为文人,能精思著文连结篇章者为鸿儒。故儒生过俗人,通人胜儒生,文人踰通人,鸿儒超文人。故夫鸿儒,所谓超而又超者也。以超之奇,退与儒生相料,文轩之比於敝车,锦绣之方於缊袍也,

---

① 黄晖.论衡校释[M].北京:中华书局,1990:381.
② 黄晖.论衡校释[M].北京:中华书局,1990:1196.

其相过,远矣。①

他认为"能精思著文连结篇章"的鸿儒才属于"作"的范畴,要有独立的见解,能创造性地写文章。《论衡》不作语言上的雕饰,通俗晓畅,接近口语,准确精练,用词朴实无华,行文不模仿前人,富有创新精神。

## 二、《潜夫论》

王符,生卒年月不详,安定临泾(今甘肃镇原)人。大约生于东汉和帝、安帝之际,卒于桓帝、灵帝之际。少好学,有志操,与马融、窦章、张衡、崔瑗等人相友善。其活动在黄巾起义之前。王符不苟于俗,不求引荐,游宦不获升迁,愤而隐居著书,终生不仕。著书30余篇,以抨击时政之得失。《后汉书·王符传》说:"以讥当时失得,不欲章显其名。"故题曰《潜夫论》。今存本35篇,《叙录》1篇,共36篇。全书以《赞学》始,以《五德志》叙帝王世系、《志氏姓》考谱牒源流而终。其余诸篇,分题论述国家用人、行政、边防等统治策略和时政弊端,批评当时迷信卜巫、交际势利等社会不良风气。"其指讦时短,讨谪物情,足以观见当时风政"(《王符传》),思想上"折中孔子,而复涉猎于申、商刑名,韩子杂说"(汪继培《笺〈潜夫论〉序》),大致以儒为体,以法为用。所以《文心雕龙》归之为"诸子",而《隋书·经籍志》则入于"儒家"。

王符的《潜夫论》,成书于东汉中期,是愤世嫉俗之作,内容丰富。一是为国富民的民本思想。如《务本篇》提出"凡为治之大体,莫善于抑末而务本,莫不善于离本而饰末。夫为国者以富民为本"②,认为为政首先要富民,其次才能教诲,富民则应以农桑为本。二是求贤选士的用人思想。他以治病喻治国,认为治理社会得不到贤人,就像治病得不到真药一样,英明君主应当选贤任能。三是主张积极实边。他认为土地乃"民之本""不可久荒以开敌心"(《实边》),有了土地,"百姓可富"(《劝将》)。故强调边地不可弃,对于"耕边入谷"的人,应当拜爵赐禄,以奖励实边有贡献者。四是反对谶纬迷信。他认为宇宙间万象变化,"莫不气之所为"(《本训》),并不是什么祥瑞符志和灾异谴告。不要"为巫所欺误",并说:"圣人不烦卜筮,敬鬼神而远之。"(《卜列》)五是重视教育。王符把正学与富民作为治道的两大关键。他说:"夫为国者,以富民为本,以正学为基。民富乃可教,学正乃得义,民贫则背善,学淫则诈伪,入学则不乱,得义则忠孝。"认为只有重视和办好教育,民众才能走正道,国家才能兴旺发达。

## 三、崔寔与仲长统的政论散文

崔寔,冀州安平(今河北安平一带)人,东汉末期著名作家,好典籍,桓帝初为郎。后拜议郎,与边韶、延笃著作东观。出为五原太守,征拜议郎,复与诸儒博士杂定《五经》。拜辽东太守。母卒归葬,服竟,召拜尚书。以世方阻乱,称疾不视事,免归。建宁中卒。《后汉书》本传说他"明于政体,吏才有余,论当世便事数十条,名曰《政论》,指切时要,言辩而确,当世称之。"他一生"所著碑、论、箴、铭、答、七言、祠文、表、记、书"各类著作凡10

---

① 黄晖.论衡校释[M].北京:中华书局,1990:607.
② 王符.潜夫论笺校正[M].汪继培,笺.彭铎,校正.北京:中华书局,1985:14.

类15篇,其中《政论》为代表作,全书已散佚,部分内容载于《后汉书·崔寔传》和《群书治要》,严可均《全后汉文》仅辑得残篇9篇。另著有《四民月令》,已佚,大部分内容保存在《玉烛宝典》中。

崔寔《政论》充满了现实性,主要揭露批判当时的社会弊端。面对天下之三患,他提出三个策略:一是任贤,二是安民,三是重赏罚。《政论》的特点,一是见解深邃,感慨深沉,批判性强,且富有现实针对性;二是分析事理深入浅出,清晰透彻,揭示现实,比喻形象生动,行文理性,充满拯时救世的激切之情。

仲长统,字公理,山阳高平(今山东邹城西南)人。东汉末年哲学家、政论家。博览群籍,善于文辞。任尚书郎,参与曹操军务,延康元年卒。著《昌言》,凡34篇,10余万言,以泄义愤。韩愈《后汉三贤赞》赞仲长统、王充、王符三人:"论说古今,发愤著书,《昌言》是名。友人缪袭,称其文章,足继西京。"①

《昌言》全书已佚,清代严可均辑佚两卷,不足两万字,编入《全后汉文》。《昌言》针对东汉末年的社会弊病,主张限制分田,控制土地兼并;反对外戚专权,要求体制改革,血缘关系不得介入权力中心;唯贤是亲,"核才艺以叙官宜"。在文章风格方面,《昌言》呈现出气势雄肆、感慨深沉、言辞激烈的特征。其一,批判力度加大,富含哲理性思考;其二,论证方式上直抒己见,极少引经据典;其三,情感激越,直接抒发情感,不加节制,信马由缰;其四,语言骈俪化倾向明显。

从总的趋势看,东汉政论散文向着体系化的方向发展,更具有现实针对性,着意追求通俗易懂、浅显明快的文章风格。

### 作品学习

董仲舒《对贤良策》

## 《对贤良策》鉴赏

《对贤良策》共3篇,见于班固《汉书·董仲舒传》,它集中反映董仲舒的思想,也成为后来汉武帝的治国理念。

汉代朝廷用人实行察举制度和征辟制,科目有孝廉、秀才、贤良文学(方正)等。贤良或文学,始于武帝时,《汉书·董仲舒传》:"武帝即位,举贤良、文学之士前后百数。"西汉后期,儒生往往借此取得出身。无论岁举孝廉、秀才还是诏举贤良文学,到朝廷以后均需经过考试。考试办法有对策(命题考试)和射策(抽签考试)两种。皇帝亲自过问,分别

---

① 韩愈.韩愈文集汇校笺注[M].刘真伦,岳珍,校注.北京:中华书局,2010:234.

## 第一章 秦汉政论散文

高下,授以官职。有时一策即毕;有时还有二策、三策。董仲舒当年被举荐到朝廷,参加策问连对三策,而授以江都相。董仲舒所对三策,即《对贤良策》,又名《天人三策》。

《对贤良策》的主要思想是:天人感应,君权神授;推明孔氏,抑黜百家;春秋大一统,尊王攘夷;建立太学,改革人才拔擢制度,反对任子訾选制。文章提出了教化是治国的根本,治理国家就应坚持道。道以仁义礼乐来体现,提出"独尊儒术"的建议。他说:"《春秋》大一统者,天地之常经,古今之通谊也。今师异道,人异论,百家殊方,指意不同,是以上亡以持一统;法制数变,下不知所守。臣愚以为诸不在六艺之科、孔子之术者,皆绝其道,勿使并进。邪辟之说灭息,然后统纪可一而法度可明,民知所从矣。"在这种情况下,董仲舒认为应该统一思想,提出以"六艺之科、孔子之术"来统一天下思想。

《对贤良策》一是立足公羊学,倡导尊儒,文章温文尔雅,充满经学气与神学气,对西汉后期的文章有重要影响。董仲舒的《对贤良策》,依据《春秋》,本于阴阳之气的变化,考察历代的发展,深明事理。二是长于推论,引经据典,多引《诗经》和孔子的言论作为自己的理论根据。刘熙载说:"汉家制度,王霸杂用,汉家文章,周秦并法。唯董仲舒一路无秦气。"(《艺概·文概》)"秦气"即霸气,他的文章充满了王者之气,所以行文显得圆润而少了情感激荡。三是文章贯通古今,逻辑严密,条理清晰,说理明畅。

### 延伸阅读

**1. 原典阅读**

(1)阅读《论衡校释》(黄晖撰,中华书局,1990年版),重点阅读《自纪篇》《佚文篇》《对作篇》《艺增篇》《超奇篇》,注重体会书中关于文学批评的观点。

(2)阅读《秦汉散文》(何明编,西苑出版社,2001年版),重点阅读政论散文部分,注重体会西汉和东汉散文的不同风格。

**2. 研究文献阅读**

(1)阅读《中国散文史》(陈柱著,东方出版社,2012年版),归纳总结秦汉散文在中国文学史上的地位、贡献及影响。

(2)阅读《中国古代散文研究》(孙以昭、陶新民编,安徽大学出版社,2001年版),归纳总结西汉散文的特点。

### 拓展训练

1. 从原著看,《淮南子》没有提到《吕氏春秋》,但事实上,正是《吕氏春秋》给予《淮南子》以最大和最直接的影响。两本书都是由上层贵族亲自主持,招揽众多学者集体写成。成书的过程都是先拟定计划,次分头撰写,最后综合编纂。书的结构统一,篇目规整,理事相连,言辞精审。两书都总结先秦各家学说,博采众家之长,形成一个能贯通天地人、体现综合性的庞大理论体系,为统一的封建大帝国提供全面的思想理论依据。《淮南子》的天人关系说,是吸收与综合道家及《吕氏春秋》天人关系说的结果。《淮南子》继承了《吕氏春秋》"法天地"的基本思想,并将其融入自身的哲学体系,又以"天人同构"与"天人相通"对其进行了完善与补充。所不同的是,《淮南子》成书之时,处于黄老盛行的文化氛围之中。另外,《淮南子》与《吕氏春秋》中所见寓言,更近于先秦诸子寓言。

请仔细阅读《吕氏春秋》和《淮南子》,结合本章学习,查阅有关资料,以翔实的文本材料、鲜明的理论观点、清晰的逻辑思路、准确的语言表达,就《淮南子》与《吕氏春秋》之关系写一篇小论文。

2.近几年来,两汉政论文越来越多地受到学界关注,请从"西汉政论与先秦诸子散文""西汉和东汉政论散文""西汉政论散文的审美"等自选一题,并结合学术史写一篇小论文。

# 第二章 汉赋

**文学史**

两汉是一个崭新的时代,新时代诞生了新文学,新文学又反映新时代。赋是汉代主要的文学样式,是"一代之文学"。它艺术化地表现了大汉帝国的气势,描绘了大汉帝国的精神风貌,它也是中国古代文学自觉时代的起点。汉赋的发展大致可分为三个阶段:西汉初年的骚体赋;西汉武帝至东汉中叶的散体赋;东汉中后期汉赋走向抒情化、小品化。

## 第一节 赋的起源和发展

赋的产生是文化、经济、政治发展的结果,是在先秦各种文学艺术与文化的基础上孕育、发芽、生根、成长起来的。

### 一、赋的概念

赋是介于诗和散文之间的有韵文体,它基本上是韵文,每句的字数虽无严格的限制,但一般比较整齐,近于诗;而在一些赋中,也有不押韵的散句,甚至可以议论,近于散文。文体研究者常常把它归入文的范畴,但也有人把它与诗文相区别,而当作一种特殊文体。①

赋的第一个意义是"敷陈其事"。《周礼·春官》:"诗六教,曰风、曰赋、曰比、曰兴、曰雅、曰颂。"郑玄注曰:"赋之言铺,直铺陈今之政教善恶。"②朱熹《诗集传》:"赋者,敷陈其事而直言之者也。"③赋具有"敷陈其事"的特点,是一种陈述、叙事、描绘的艺术手法。

---

① 曹道衡.汉魏六朝辞赋[M].上海:上海古籍出版社,2011:1.
② 十三经注疏[M].阮元,校刻.北京:中华书局,1980:796.
③ 诗集传[M].朱熹,注.王华宝,整理.南京:凤凰出版社,2007:3.

赋的第二个意义是诵诗。《楚辞·招魂》："人有所极,同心赋些。"王逸注云:"赋,诵也。"《汉书·艺文志》:"不歌而诵谓之赋。"是一种诵读的方式。如《国语·周语》中有"瞍赋,蒙诵"之语,《隐公元年》的"公入而赋""姜出而赋",《隐公三年》的卫夫人赋《硕人》,《僖公五年》士𥳑赋"狐裘龙茸,一国三公,吾谁适从",以及《文公六年》的秦人赋《黄鸟》等,都是"不歌而诵"。赋的第三个意义是"古诗之流"。班固《两都赋序》:"或曰:赋者,古诗之流也。"按曹道衡的说法,最早的"赋"或"诵"本来就是诗,是一个意思,只是后来这部分诗独立出来了,与诗区别开了。① 考察西汉司马迁、刘向所提到的屈原之"赋",按赵逵夫的说法,虽无"赋"之名,而实具赋之基本特征,但荀况的《赋篇》是诗而不是赋②,因而应据作品实际而定。

## 二、赋的发展和演变

一般认为赋的创作始于屈原,刘勰《文心雕龙·诠赋》:"赋也者,受命于诗人,拓宇于楚辞也。"说明屈原赋对汉赋的影响。西汉初年的赋,祖述屈原,抒情性强,在句型方面保留了楚辞的特点,连四言也用骚体,即带"兮"字,人们称之为骚体赋。到武帝时期,散体赋文体成熟,它不拘篇制,时空容量大,句型丰富,韵散结合,富于韵律美。散体大赋是汉代赋体文学的代表,作家有枚乘、司马相如。东汉中叶以后,汉赋的内容和体制都发生了变化,呈现抒情化和小型化。

### (一) 文体与体制的发展

赋作出现于战国后期,作为文体名称出现在西汉。司马迁把《怀沙》称之为赋,王逸的《楚辞章句》、刘向《别录》《汉书·艺文志》列了"屈原赋"之目,可见《楚辞》虽名"辞",却与赋有密切的关系。扬雄《法言·吾子篇》:"诗人之赋丽以则,辞人之赋丽以淫。"③他所批评的是司马相如等人,可见他心目中的辞人就是写赋的人,而班固又把屈原的作品说成了"诗人之赋"。所以,说到赋的源头,还在屈原那里。班固《艺文志》:"春秋之后周道浸坏,聘问歌咏不行于列国,学《诗》之士逸在布衣,而贤人失志之赋作矣。"司马迁《史记·屈原贾生列传》述及屈原作品也未用赋称,而称贾谊作品时已用"赋"这一名称了。他说贾谊"为赋以吊屈原""读《鵩鸟赋》,同生死,轻去就,又爽然自失矣",这里的"赋"皆指文体。

骚体赋内容上侧重于咏物抒情,且多抒发哀怨之情,近于《离骚》的情调。在形式上也与楚辞接近,常用带有"兮"字的语句,它从楚辞发展而来,所以称为"骚体赋"。西汉初年的赋保留下来的很少,所存以贾谊的作品为最早,贾谊的赋被班固列在"屈原赋之属",属于抒情类的赋。西汉初期,皇帝不喜辞赋,朝廷没有辞赋作家。但各诸侯国辞赋作家较多,如梁国的邹阳、枚乘、庄忌、淮南小山等。

汉武帝时,赋进入成熟期,骚体赋演变为大赋。武帝非常喜爱辞赋,"安车蒲轮"以征

---

① 曹道衡. 汉魏六朝辞赋[M]. 上海:上海古籍出版社,2011:6.
② 赵逵夫. 读赋献芹[M]. 北京:中华书局,2014:22.
③ 汪荣宝. 法言义疏[M]. 陈仲夫,点校. 北京:中华书局,1987:49.

枚乘,却死于途中。汉武帝削藩,诸侯国势力削弱,这些辞赋作家也由诸侯国聚拢到朝廷,司马相如、枚皋、严助、朱买臣、主父偃等,都得到了汉武帝的重视。从地方到京城,从诸侯王的门客而成皇帝身边的文人,其作品内容、风格也随之而变。司马相如从《子虚赋》到《上林赋》,就体现了这种内容上的变化。汉大赋内容上多夸耀帝国之盛,形式上铺张扬厉。

东汉时期,大赋与抒情小赋并行发展。大赋有班固的《两都赋》、张衡的《二京赋》,趋于写实。东汉初年,也有述志短赋,如冯衍的《显志赋》、班彪的《北征赋》,之后有张衡《思玄赋》《归田赋》等。东汉中期以后,咏物赋有傅毅的《舞赋》、马融的《长笛赋》、蔡邕《弹琴赋》、嵇康的《琴赋》等。

**(二) 风格的演变**

西汉初年,黄老思想占主导地位,统治者多为楚人,提倡楚文化,喜爱楚歌、楚舞,楚文化广为传播。《史记·高帝本纪》载:"高帝十二年冬,刘邦破英布,还沛郡,依楚声作《大风歌》,令儿童歌习之。"另有《留侯世家》载,刘邦欲立赵王如意为太子,为吕雉所阻,戚夫人涕泣,刘邦感伤地说:"为我楚舞,吾为若楚歌。"骚体赋就成为那个时代的文学主流,多抒发哀怨之情。

到了汉武帝时期,儒学思想独尊,经学一统天下。统一、强大、稳定和繁荣的帝国,疆域幅员辽阔,乃是汉大赋的现实基础。这一时期的大赋,以歌功颂德为主,包举宇宙,气势宏阔,铺张扬厉,虚构夸张。

东汉中叶以后,汉赋的内容和体制都发生了变化,出现了赋的抒情化和小品化。当时政治黑暗,外戚专权,党锢之祸,许多士大夫受到打压。学术上儒学衰微,道家思想抬头,文人的地位变化、心态变化使其更加关注自己的内心世界。赋的内容从歌功颂德变为抒写个人情怀,表现形式上不再追求纵横铺排和华丽辞藻,重在自然雅致。

# 第二节 西汉赋

西汉是辞赋兴盛的时代。汉初作家和作品数量不多,传世之作较少。到汉武帝时期,作家不断涌现,据《汉书·艺文志》统计,到西汉末年赋已达千篇以上。西汉初辞赋脱胎于《楚辞》,到司马相如、扬雄的赋,则体现出汉大赋的特点,多夸饰之词、排比句式,笔力浑雄刚健,气度不凡。西汉后期的赋趋于平实,文字流畅。

## 一、贾谊、枚乘和诸侯王国的骚体赋

汉初,惠帝、文帝、景帝都不喜好文学,文士不得重用,但在诸侯国却有许多喜好文士的诸侯王,如吴王、梁孝王、淮南王皆集聚文士,文士多奉命作赋。

**(一) 抒情感伤的贾谊赋**

贾谊是汉初最重要的辞赋作者,他的遭遇与屈原相类,被贬南楚之地,故渡湘水时作

《吊屈原赋》,以屈原自比,虽吊屈原,亦属自伤。赋作对屈原不幸遭遇表示同情,表达自己坚贞不屈的操守,抒写绝不同流合污的高尚人格,充满了怨恨之情。赋作有《离骚》的体式和表现手法,是典型的骚体赋。但句式多变,有明显的散化倾向,体现了由辞向赋的过渡。

贾谊任长沙王太傅时,有一天有鹏鸟飞到贾谊的屋子,鹏鸟是不祥之鸟,贾谊觉得自己命不久矣,于是写下这篇《鹏鸟赋》以自遣。① "万物变化兮,固无休息。斡流而迁兮,或推而还。形气转续兮,变化而嬗。沕穆无穷兮,胡可胜言!祸兮福所依,福兮祸所伏;忧喜聚门兮,吉凶同域。"②文中所言福兮祸兮、吉凶互化的思想,都是自己对生死、祸福的达观态度,有鲜明的道家倾向,实是愤极不平,自我宽慰。

在赋的体制上,贾谊对屈原的作品多有借鉴,《鹏鸟赋》主客问答的形式在《离骚》中已有。《吊屈原赋》前一部分多排比句,后一部分多反问和感叹,是上承《九章》而来。

### (二)以讽谏为主的枚乘赋

枚乘初为吴王刘濞的郎中,后为梁孝王刘武的门客。《汉书·艺文志》录枚乘赋9篇,今存《七发》《柳赋》《梁王兔园赋》,其中《七发》为代表作。《七发》写楚太子有疾,吴客往问之,吴客以音乐、饮食、车马、游宴、田猎、观涛、谈论等七件事启发太子戒奢从简,太子听后其病大愈。

《七发》一出,多有仿效,曹植有《七启》、张协有《七命》,"七体"的仿作者有40家,"七"成了辞赋的一种专体。《七发》首创汉大赋的体制:主客问答,铺陈夸张,层层推进,韵散相间,句尚排偶,寓意讽谏。不过《七发》还不像汉大赋那样堆砌重叠,铺叙过度,也少有奇僻字句,显示出由骚体向大赋演变的痕迹。

### (三)诸侯王国之骚体赋

汉高祖时,分封同姓子侄为诸侯王,他们效战国养士之风,大量招揽文士,形成了许多创作集团,所作辞赋不少。据《汉书·艺文志》载,有"庄夫子赋二十四篇""枚乘赋九篇""淮南王赋八十二篇""淮南王群臣赋四十四篇""长沙王群臣赋三篇",还有一些短篇的咏物杂赋,收集在《西京杂记》中。以诸侯王为中心的文学群体中,较有意义的作品,除枚乘的《七发》之外,还有淮南小山的《招隐士》(收录在《楚辞》中),全篇主要写景,但情寓其中,句式多变,有音乐之美,末尾是"王孙兮归来,山中兮不可以久留"。对人才需求的迫切,自然流露出来。邹阳的《上书吴王》写自己被囚狱中,身罹杀身之祸,但并不迎合媚上,哀求乞怜,而是继续谏诤,字里行间,显示了他"抗直""不苟合"的性格。文章历举史实,借古喻今,揭示了"人主沈谀谀则危,任忠信则兴"的道理。文中隐晦曲折地劝说吴王,文多隐语,常于言外见意。词采华丽,多用排偶,有战国策士说辞气味。

## 二、大赋的代表作家司马相如

汉武帝时期,辞赋创作进入鼎盛时期,此时作者作品众多。汉赋的代表作家司马相

---

① 见《鹏鸟赋并序》《史记·屈原贾生列传》和《汉书·贾谊传》。
② 全汉赋[M].费振刚,胡双宝,宗明华,辑校.北京:北京大学出版社,1993:2.

如,字长卿,蜀郡成都(今四川成都)人。口吃而善文,少时好读书击剑,景帝时,为武骑常侍。景帝不好辞赋,乃客游于梁,与梁孝王的文学侍从邹阳、枚乘等同游,著《子虚赋》。梁孝王死,相如归蜀,路过临邛,结识商人卓王孙寡女卓文君,慕相如之才,私奔至成都。武帝即位,读了他的《子虚赋》,深为赞赏,因得召见。又写《上林赋》以献,武帝大喜,拜为郎。后又拜中郎将,曾两次奉令出使西南,写有《喻巴蜀檄》《难蜀父老》等文。晚年为孝文园令,元狩五年卒。其事迹见《史记·司马相如列传》。

《汉书·艺文志》载"司马相如赋二十九篇",今存《司马文园集》仅有 6 篇,以《子虚赋》《上林赋》二篇最为有名,是汉赋的典范作品。《子虚赋》作于为梁孝王宾客时,《上林赋》作于武帝召见之际,前后相去 10 年。但两赋内容连属,构思一贯,结构谨严,实为一篇完整的作品。

《子虚赋》写子虚和乌有先生的对话,子虚夸耀云梦之事,乌有则斥他言过其实,反称齐国之美。《上林赋》写亡是公、子虚和乌有的对话,亡是公在听了子虚乌有的对话后,认为齐、楚之事都算不了什么,进而夸耀天子上林苑游猎盛况,最后讽谏,崇尚节俭。赋作以铺张开始,以讽谏作结。作品极度夸张和炫耀帝国物产、形胜,表现了对帝王权力的极度赞扬。如《上林赋》中借亡是公之口夸耀天子的上林苑范围之大,面积之广阔,再写其间的八条河流,不厌其烦,极力夸张。作者以夸耀的心态描写汉上林苑的壮丽、天子游猎的盛大,歌颂王朝的声威和气势,折射出汉帝国大一统的恢宏气象。赋作还对天子作"温柔敦厚"的讽谏,开创汉代大赋的一个基本主题。在形式上,摆脱了对楚辞的模仿,以"子虚""乌有""亡是公"为假托人物,设为问答,大量铺写,结构宏大,层次严密,语言富丽堂皇,句式亦多变化,加上对偶、排比手法的使用,使全篇气势磅礴,形成铺张扬厉的风格,确立了汉大赋的体制。

司马相如的《大人赋》写天仙之乐。据《史记》本传:"相如见上好仙道,因曰:上林之事,未足美也,尚有靡者,臣尚为《大人赋》。"相如顺势而为,以满足武帝自以为无所不能的幻想。《文心雕龙·风骨》评此赋时说:"相如赋仙,气号凌云,蔚为辞宗,乃其风力遒也。"可见其想象力丰富,气势豪迈。

### 三、东方朔、王褒的大赋

东方朔,字曼倩,平原厌次(今山东德州陵县)人。汉武帝即位,征四方士人,东方朔上书自荐,诏拜为郎,后任常侍郎、太中大夫等职,事迹见《史记·滑稽列传》《汉书·东方朔传》。《汉书·东方朔传》:"朔之文辞,此二篇最善。其余《封泰山》《责和氏璧》及《皇太子生禖》《屏风》《殿上柏柱》《平乐观赋猎》,八言、七言上下,《从公孙弘借车》,凡刘向所录朔书具是矣。世所传他事皆非也。"班固所言二篇指《答客难》和《非有先生论》。《艺文志》在"杂家者流"中记"《东方朔》二十篇",后人汇为《东方太中集》,收入《汉魏六朝百三家集》中,多数已佚,存 3 篇完整的作品。东方朔性格诙谐,言词敏捷,滑稽多智,常在武帝前谈笑取乐,"然时观察颜色,直言切谏"(《汉书·东方朔传》)。他曾言政治得失,陈农战强国之计,但武帝只是拿他开心,以俳优待之,始终没有得到重用,于是写《答客难》《非有先生论》,抒发自己怀才不遇的感慨和愤懑之情。《答客难》旨在说明自己身处大一统时代,进退、升降全凭皇帝的好恶。《答客难》写文人的不得志,后来文人竞相效仿,扬雄的《解嘲》、班固的《答客戏》等由《答客难》而来。

王褒,字子渊,蜀资中(今四川资阳)人,生卒年不详,是武帝以后、汉宣帝时期重要的辞赋作家。《汉书·艺文志》载"王褒赋十六篇",今存只有《洞箫赋》。

《洞箫赋》又名"洞箫颂",是现存最早的、以音乐为题材的作品。此赋详细描述箫之制作材料的产地情况,工匠的精工细作与调试,乐师高超的演奏,音乐的效果及其作用等。全文结构合理,布局完整。王褒以"生材、制器、发声、声之妙、声之感、总赞"的顺序来写洞箫,成为后来音乐赋的一个固定模式。赋中有不少片段,历来为读者赞赏。比如写箫声:

故吻吮值夫宫商兮,和纷离其匹溢。形旖旎以顺吹兮,瞋㖤㖑以纡郁。气旁迕以飞射兮,驰散涣以逾律。趣从容其勿述兮,骛合遝以诡谲。或浑沌而潺湲兮,猎若枚折;或漫衍而骆驿兮,沛焉竞溢。惏栗密率,掩以绝灭,霵霅晔踕,跳然复出。①

写吹奏时身体的动作("形旖旎以顺吹兮")以及面部的变化("气旁迕以飞射兮"),用比喻的手法描写乐声的特点,如"或浑沌而潺湲兮,猎若枚折"等。最后写乐声的美妙效果,以及对乐声的不同感受。《洞箫赋》对马融《长笛赋》、嵇康《琴赋》有一定的影响。

刘向,字子政,经学家、古籍整理大家,他的辞赋据《汉书·艺文志》诗赋类记载"赋三十三篇",大多散佚。有残文《请雨华山赋》,还有8篇皆为片言只语。刘向所留下来完整的一篇赋是收在《楚辞》里的《九叹》。王逸在《楚辞章句》的题解部分说:"《九叹》者,……追念屈原忠信之节,故作《九叹》。叹者,伤也,息也。言屈原放在山泽,犹伤念君,叹息无已,所谓赞贤以辅志,骋词以曜德者也。"刘向借屈原以自叹身世,写自己的心事。从艺术上来说,没有创新之处,不受后人重视。

### 四、扬雄之拟大赋

扬雄,字子云,西汉蜀郡成都(今四川成都郫县)人。年四十余始游京师长安,以文见召,奏《甘泉》《河东》等赋。王莽篡汉后,曾一度升迁,后免官,专心著述,卒年七十一。扬雄是继司马相如之后西汉最著名的辞赋家,汉赋"四大家"之一。扬雄早期以辞赋闻名,有赋12篇。晚年认为作赋乃"童子雕虫篆刻""壮夫不为",潜心著书立说,仿《论语》作《法言》,仿《周易》作《太玄》。

散体大赋初创时有很大的创造性,然司马相如之后,无不以司马相如的《子虚赋》《上林赋》为准则,扬雄模仿司马相如而作《甘泉》《羽猎》《长杨》《河东》四赋,是其代表作,人称"扬雄四大赋"。扬雄作赋,并非一味模拟。桓谭《新论》中说:"子云亦言,成帝时,赵昭仪方大幸,每上甘泉,诏令作赋,为之卒暴,思精苦,始成,遂困倦小卧,梦其五脏出在地,以手收而内之。及觉,病喘悸,大少气,病一岁。"(《全后汉文》卷一四)可见扬雄作赋时的全身心地投入。

《甘泉赋》开头叙述皇帝郊祀之事,然后写道中所见,描写甘泉宫周围环境,再正面描

---

① 全汉赋[M].费振刚,胡双宝,宗明华,辑校.北京:北京大学出版社,1993:143.

写甘泉宫。《河东赋》根据自己所行之处,写对古代遗迹的观感,开述行赋先河。《羽猎赋》专写狩猎之事,有一定的讽喻作用。《长杨赋》近乎议论文。四大赋寄寓了作者的讽谏之意,也暗含了以驰辞露才的方式寻求天子重用的目的。这些作品以宫廷生活为题材,语言华丽,"极丽靡之辞"。《逐贫》《解嘲》《解难》都有点滑稽为文的味道,可见受东方朔《答客难》的影响。

扬雄对辞赋理论也有贡献。他在《法言·吾子》中说:"诗人之赋丽以则,辞人之赋丽以淫。"认为赋以丽辞为讽谏服务,即以华丽的语言为手段,以达讽谏之目的。扬雄曾经对大赋的创作模式做过归纳:"雄以为赋者,将以讽也,必推类而言,极丽靡之辞,闳侈钜衍,竞于使人不能加也。"(《汉书·扬雄传》)就是说大赋的写作模式一般是欲讽先劝,即先对写作对象作面面俱到的描写,语言力求华丽繁复,大肆渲染,最后进行讽谏,引导君主远奢侈而勤政事、用节俭。扬雄的赋论对东汉时期的辞赋创作也产生了直接的影响。

### 五、刘歆赋风之转变

刘歆,字子骏,刘向之子,继父业整理皇家藏书。分类编目,撮《别录》之要而撰成《七略》,这是我国第一部综合性的图书分类目录,班固的《汉书·艺文志》即据此分类。他在儒学、天文历法、史学、诗赋等方面都堪称大家。

刘歆虽以经学著名,但在辞赋方面也有一定贡献。赋到了刘歆,不再是歌功颂德、供统治者取乐的工具,而是转向写景抒情。刘歆最著名的作品是《遂初赋》。此赋见于《古文苑》,《艺文类聚》和《水经注》中也保存了一些片段。此赋是刘歆出太原守,赴任途中历故晋之域,缅古怀今,针对当时的外戚和宠臣而发,实以历史影现实之作。《遂初赋》还写到了旅途的秋冬景色。作者写秋冬季节北地的山水风景,满目萧瑟,加上不得志的悲苦,情物相感,心情抑郁,情景交融。在此之前,赋篇写景,都是类型化的描写,图案式的铺陈,山川景物,只是帝王宫室、狩猎的背景,并没有作者情感的内心体验。而《遂初赋》状物写景以抒情,开风气之先,是汉赋的重要转变。

## 第三节 东汉赋

东汉初期,光武帝刘秀延揽英雄,励精图治,载兴炎运,四海咸安,而辞赋创作不多。东汉中叶以后,宦官外戚争权,政治日趋腐败,加以帝王贵族奢侈成风,横征暴敛,社会动乱频仍,民生凋敝。文人们失去了奋发扬厉的精神,失望、悲愤,忧国忧民的情绪成为他们思想的基调,由此,赋的题材有所扩大,思想内容、体制和风格都开始有所转变,歌颂国势声威、美化皇帝功业,专以铺采摛文为能事的大赋逐渐减少,而反映社会黑暗现实,讥讽时事,抒情咏物的短篇小赋开始兴起。

### 一、冯衍、班彪和杜笃的述志赋

冯衍,字敬通,京兆杜陵(今陕西西安东南)人。汉光武时,为曲阳令,迁司隶从事。

因与外戚显贵交通被贬黜,免官归里,潦倒而死。事迹见《后汉书·桓谭冯衍列传》,其传曰:"所著赋、诔、铭、说,《问交》《德诰》《慎情》、书记说、自序、官录说、策五十篇,肃宗甚重其文。"《隋书·经籍志》有《冯衍集》5卷,已散佚,明代张溥辑有《冯曲阳集》,收入《汉魏六朝百三家集》。哲学上提出"贵玄",主张追求玄虚,离尘绝俗,寂寞存神,隐约得道。

冯衍失意后,作《显志赋》以明心志。该赋体现老庄思想,亦更具批判精神。《显志赋》前有序文,自论作赋缘由及主旨,表示自己20余年来,虽然正身直行,好俶傥之策。但时莫能听用其谋,故喟然长叹,自伤不遭,只有退而幽居新丰之东,鸿门之上的祖茔。"历观九州山川之体,追览上古得失之风,悯道陵迟,伤德分崩。"(《显志赋序》)并眇然有思陵云之意。此赋主旨是抒发个人遭时不遇,政治上失意欲隐居山林,以寻知己。表现了作者忠而见疏后萌生退隐之情,抒发了其愤世嫉俗的强烈感情。

《显志赋》属于述志赋,写游览长安、周览四方所见所感,以及家居生活。赋文表现出了老庄思想,且对朝廷有强烈的批判。文中写道:"悲时俗之险陂兮,哀好恶之无常。弃衡石而意量兮,随风波而飞扬。纷纭流于权利兮,亲雷同而妒异;独耿介而慕古兮,岂时人之所意?沮先圣之成论兮,懑名贤之高风,忽道德之珍丽兮,务富贵之乐耽。"①表达对光武帝及朝臣的不满,有隐逸思想。"既俶傥而高引兮,愿观其从容"。赋文从体式上有模仿屈原《离骚》的痕迹,情感真切,能曲尽其妙。

班彪,字叔皮,扶风安陵(今陕西咸阳)人,出身儒学之家。西汉末年,避乱天水,依附于隗嚣,后至河西,为大将军窦融从事,劝窦融支持光武帝。东汉初,举茂才,任徐县令,因病免官。班彪才高,好著述,写成《史记后传》数十篇。建武三十年卒,终年52岁。他所著的赋、论、书、记、奏事共9篇,事迹见《后汉书·班彪列传》。

班彪的辞赋有《北征赋》《览海赋》《冀州赋》和《悼骚赋》等,其中《北征赋》全文见于《文选》,是其辞赋的代表作,其他赋作均见于《艺文类聚》等书,皆为残文。《北征赋》属述行赋,写他在西汉末年避难凉州,从长安行至安定时沿途的见闻,对当时百姓生活的困苦和动荡的社会状况有所反映。赋写战乱中,原野萧条、游子哀伤、政局维艰。该赋用楚辞的形式,重在抒情,与铺张扬厉的西汉大赋风格迥异,开东汉末年抒情小赋的先声。

杜笃,字季雅,京兆杜陵(今陕西西安东南)人,西汉御史大夫杜延年玄孙。建武中,坐事为美阳令所收。送京师,于狱中为《吴汉诔》,赐帛免刑。后仕郡文学掾。建初三年,车骑将军马防请为从事中郎,从击西羌,战没于射姑山。著《明世论》15篇,均已散佚。还有赋、诔、吊、书、赞、七言、女诫及杂文18篇,以《论都赋》最为著名、流传最广。

《论都赋》以京都为对象,颇具创意。东汉初,定都洛阳还是还都长安,成为当时热议的话题。杜笃以"关中表里山河,先帝旧京,不宜改营洛邑,乃上奏《论都赋》"②。在赋中他委婉地表明建都洛邑只是一时之计,终当还归旧都长安。此赋采取大赋主客问答的形式,开头以散文为序,正文以韵文展开,语多铺排,言辞委婉,作为疏章,奏谏国事,提高了赋体文学的政治品位,将文章经国济世的应用性与审美娱情的艺术性相结合,一定程度

---

① 全汉赋[M].费振刚,胡双宝,宗明华,辑校.北京:北京大学出版社,1993:259.
② 范晔.后汉书[M].李贤,等注.北京:中华书局,1965:2595.

上丰富了表现题材,在内容上直接启发了班固《两都赋》及其后京都赋的创作。

## 二、班固、张衡的大赋

班固,字孟坚,班彪之子,史学家,东汉前期最著名的辞赋家。除兰台令史,迁为郎,典校秘书,潜心20余年,修成《汉书》,当世重之。征匈奴为中护军,兵败受牵连,死狱中,事迹见《后汉书·班固传》。撰《白虎通德论》,善辞赋,著有《两都赋》《答宾戏》《幽通赋》等,以《两都赋》最为盛名。《隋书·经籍志》有《班固集》17卷,已散佚,明代张溥辑有《班兰台集》。

西汉都长安,东汉都洛阳,当时关中耆老希望复都长安,班固极力反对,"盛赞洛邑制度之美,以折西宾淫侈之论"(《后汉书》本传),并针对杜笃《论都赋》主张都长安而发,作《两都赋》。《两都赋》首见《后汉书》班固本传,《文选》则置之卷首。

《两都赋》虽分两篇,实则一篇。① 作品虚设西都宾和东都主人的对话,相互夸耀,在《西都赋》中,西都宾夸耀西都长安的富庶和娱乐景象,都城之壮观,天子游猎之威武,表现长安的繁华。在《东都赋》中,东都主人称颂光武帝开创基业,守法度,奢而不逾,俭而不侈,开办学校,实行道德教化。《西都赋》重在"炫耀",《东都赋》重在"法度"。在题材上,以京都为展现对象,侧重于人文景观的描绘,开启了京都大赋的创作风气。在结构上,改变了大赋"劝百而讽一"的模式,《东都赋》几乎通篇讽喻,改变了"劝"与"讽"篇幅相差悬殊的情况。艺术风格上注重夸饰,但又有一定的真实性,《西都赋》重历史真实,《东都赋》重现实性。客观地说,《西都赋》的艺术价值和史料价值都要高于《东都赋》。

总的来说,《两都赋》尽管在笔法、取义上模仿司马相如的《天子游猎赋》(《子虚赋》与《上林赋》的合称),然而其主题鲜明集中,结构前后呼应,语言典雅古朴,驰骋想象而又充满现实主义精神。

张衡,字平子,南阳西鄂(今河南南阳西北)人。他是东汉中后期又一赋家,也是一位著名的科学家。衡少善属文,游于三辅,后入京师,观太学,遂通五经,贯六艺。安帝闻衡善术学,诏拜郎中。顺帝永和初,出为河间相,永和四年卒(见《后汉书》本传)。今存《张河间集》,有赋13篇。

张衡模拟班固的《两都赋》作《二京赋》,精思傅会,十年乃成,因以讽谏。《二京赋》分《东京赋》和《西京赋》,以凭虚公子和安处先生的对答成篇。《西京赋》借凭虚公子之口,称颂长安条件的优越,宫殿的富丽,上林苑游猎之盛,昆明池戏水之乐,等等,充分展示西京品物之盛与繁华。《东京赋》借安处先生之口来否定西京的奢靡生活。从秦亡汉兴,总结出奢丽亡国的教训。然后铺叙东京的营建,重点描绘各种礼制大典活动,反映重礼法崇尚文德的思想。张衡逐句琢磨,逐节锤炼,铺张描写,洋洋洒洒,至数千言。赋至张衡,可以说把大赋的规模发展到了极致。《二京赋》把历史意识融入铺叙中,把民间歌舞、杂技之乐引入赋中,并加以生动细腻的描绘,记录武技、气功、歌舞、幻术,内容丰富多彩,演技神奇超绝,把民间杂技艺人的表演技巧写得非常生动。

---

① 龚克昌.中国辞赋研究[M].济南:山东大学出版社,2003:888.

除《二京赋》外,张衡的《思玄赋》《归田赋》开创了抒情小赋的先河。

安帝、顺帝时,外戚宦官专权,朝政日非。永和初,张衡被出为河间相,有了归隐田园的思想。《归田赋》就是张衡预想从仕途转向归隐的小赋。赋作文辞优美,感情真挚,明白晓畅自然,写田园生活,充满豪情逸致,写田园风光生气勃勃。赋作句式多变,用叠韵、重复、双关等修辞手法,生动活泼,是一篇比较成熟的抒情小赋。

### 三、傅毅、王延寿和马融的咏物赋

傅毅,字武仲,扶风茂陵(今陕西兴平)人。明帝永平中,在平陵习章句之学,作《迪志诗》自勉以明志。因为明帝求贤无诚意,士多隐居,而作《七激》以讽谏。章帝时,广召文学之士,任兰台令史,拜郎中,与班固、贾逵共典校书。作《显宗颂》10篇,文名显于朝廷。《后汉书》说他"早卒",事迹在《后汉书·文苑传》中。

傅毅的辞赋以《舞赋》最为著名。此赋录在《文选》卷一七、《艺文类聚》卷四三,《初学记》卷一五有节录。这篇赋是现存最早以舞名篇的赋作,其中写古代的舞蹈,描写细腻、生动、形象:

其始兴也,若俯若仰,若来若往。雍容惆怅,不可为象。其少进也,若翱若行,若竦若倾。兀动赴度,指顾应声,罗衣从风,长袖交横。骆驿飞散,飒擖合并。鶣鷅燕居,拉揩鹄惊。绰约闲靡,机迅体轻。姿绝伦之妙态,怀悫素之洁清。①

少女们舞蹈表演,时而像群鸟展翅飞翔,时而像鹭鸶延颈驻足,身子倾斜却未倒下,时而契合乐曲的节拍焦躁不安地跳动,时而手指目盼应和乐曲纹丝不动,她们轻柔的罗衣时而随风飘舞,时而长袖交错,流光溢彩。眼前五彩罗衣飘荡不绝,时而似回风流雪,时而如花团锦簇。她们舞步轻盈,时而像梁燕蹲姿悠闲优雅,时而像天鹅惊飞展翅翱翔。独舞体态娴雅柔美,轻盈迅捷似弩机发箭。借精妙绝伦的舞姿展现忠贞纯洁的品格。明黄宗羲所编《明文海》:"尝诵傅毅《舞赋》,遣辞洵美,写态毕妍。其后平子梁王之俦,抽毫并作,咸不逮兹。"②赋作形象地摹绘舞姿的旋转变化、进退俯仰和绚丽多彩,对后人研究舞蹈史很有价值。

王延寿,字文考,一字子山,南郡宜城(今湖北襄阳宜城)人,他是《楚辞章句》作者王逸之子。主要作品有《鲁灵光殿赋》《梦赋》《王孙赋》《桐柏庙碑》等。事迹见《后汉书·文苑列传》。

《鲁灵光殿赋》是王延寿周游鲁国时所作,叙述汉代建筑及壁画等。《后汉书·文苑传》:"后蔡邕亦造此赋,未成,及见延寿所为,甚奇之,遂辍翰而已。"赋作条理清晰,从外到内,先整体后局部,一步步引导读者去观览大殿;描绘细致,比如画梁雕栋的具体情状,壁画的内容等,都做了详细的刻画。这是我们今天能够看到的最早最完整的一篇描写宫殿的赋作。③

---

① 全汉赋[M].费振刚,胡双宝,宗明华,辑校.北京:北京大学出版社,1993:281.
② 见《四库全书》集部《明文海》卷三六,俞安期《歌赋》。
③ 龚克昌.中国辞赋研究[M].济南:山东大学出版社,2003:933.

## 第二章 汉赋

马融,字季长,扶风茂陵(今陕西兴平东北)人。曾拜校书郎、南郡太守等职,桓帝延熹九年,卒于家,时年88岁。东汉名将马援的从孙,东汉著名经学家,尤长于古文经学。遍注《周易》《尚书》《三礼》《论语》《孝经》等儒家经籍,注《老子》《淮南子》《列女传》《离骚》等,均已佚,清代马国翰《玉函山房辑佚书》、黄奭《汉学堂丛书》中有辑录。《后汉书》有传,明代张溥辑有《马季长集》传世。

马融亦长于辞赋,元初二年写《广成颂》讽谏汉安帝,请求安帝巡幸广成苑,讲武校猎,以显重视武力。延光三年,汉安帝巡幸泰山,马融献《东巡颂》,讨得安帝欢心,被提拔为郎中。马融写《西第颂》,吹捧梁冀,颇为正直人所羞。马融还有不少著述,包括赋、颂、碑、诔、书、记、表、奏、七言、琴歌、对策等各种文体,共21篇。他善弹琴,好吹笛,在音乐方面造诣很高,其《长笛赋》是描写音乐的著名赋作,收入《昭明文选》,后人广为传诵。

《长笛赋》是一篇颇具特色的咏物赋,它的基本构思和王褒的《洞箫赋》相似,但另有新巧别致之处。对所咏之物,先写用来制作长笛的竹子生长环境恶劣,再写制作之难,最后写笛声的悠扬美妙,从笛声中能体会出更为高深的象征意义。赋作对笛德、笛品的揭橥与开掘,使其在思想意蕴上明显有别于汉代其他乐器赋,故为中国古代音乐赋中的上乘之作。《长笛赋》语言自由灵活,有一定的创新性;句法上散赋、骚赋间杂,跌宕多变;修辞上通感手法的运用尤为成功,给人带来无限的联想。

### 四、赵壹、蔡邕和祢衡的抒情赋

赵壹,字元叔,汉阳郡西县人(今甘肃天水南)人,著名辞赋家。《后汉书》本传说赵壹著赋、颂、箴、诔、书、论及杂文16篇,今存赋2篇,以《刺世疾邪赋》影响最大。首先,赋作揭露和批判社会现实大胆有力,尖锐无情。作者把两汉以来专制社会的黑幕无情地披露出来,对这个"情伪万方"的封建社会绝不妥协。其次,以深邃的目光,洞察到当时的社会已经腐朽得无可救药。"伊五帝之不同礼,三王亦又不同乐。数极自然变化,非是故相反。德政不能救世溷乱,赏罚岂足惩时清浊?"另外,文风朴素平易,不事雕饰。

蔡邕,字伯喈,陈留圉(今河南杞县)人。通晓经史、天文、音律,擅长辞赋。曾拜郎中,校书于东观,迁议郎,后死于狱中。蔡邕著诗、赋、碑、诔、铭等共104篇。蔡邕赋作较多,明人张溥辑有《蔡中郎集》,其中赋14篇。《全汉赋》辑得赋18篇,包括残篇、存目等。

蔡邕辞赋以《述行赋》最为有名。汉朝末年,政治黑暗,文人地位下降,加之后有董卓之乱,义人心中积聚了不满与不平,遂以辞赋发泄。蔡邕的《述行赋》对当时政治昏乱的现象进行直接揭露,悲愤之情,溢于言表。此赋属"骚体",开头叙述旅途遭遇,心情郁闷,后写所行各地的史事,抒发感慨,最后回到现实,同情那些流离失所的百姓,直接抨击现实。

祢衡,字正平,平原郡(今山东德州临邑县)人。有文采和辩才,但性格刚直高傲,喜欢指摘时事,轻视别人。26岁时为黄祖所杀。传见《后汉书·文苑传下》。祢衡才思敏捷,写《鹦鹉赋》一挥而就,现仅存此赋。

黄射大会宾客时,有人献鹦鹉,黄射便要祢衡以此为题作赋来娱乐宾客。"衡因为赋,笔不停辍,文不加点"(《鹦鹉赋序》)。赋文先写鹦鹉的奇姿妙质,聪明卓异,再写鹦鹦被捉时临危不惧,最后写鹦鹉的心理和报主隆恩。全篇以物写人,以鹦鹉自比。写自己寄人篱下、失去自由的痛苦,诉说自己生逢乱世,漂泊沦落。"想昆山之高岳,思邓林之扶疏",暗衬自己有志难酬、有才无法施展的愤懑情怀。

**作品学习**

1. 枚乘《七发》
2. 司马相如《子虚赋》

## 《七发》鉴赏

《毛诗序》有言:"主文而谲谏,言之者无罪,闻之者足以戒。"汉赋的"劝百讽一",与此相同。《七发》是枚乘劝谏吴王刘濞而作,故文章的主旨含蓄。

《七发》通过所谈七个方面的事情,以消除烦恼、开阔心胸,以免"久耽安乐"而生病。文中只写了六种事情,第七种是言外之意。这六种活动是自然之音乐、山珍野味、骏马良御、山海的自然景观、校猎、观广陵之潮。最后是"要言妙道",尚未说出而太子之病即愈。

《七发》形式结构上一问一答。上承战国时期屈原《招魂》《大招》《卜居》和宋玉《风赋》等结构方式,主体部分由若干段落组成,或并列,或递进,以一线贯之,所谓"极声貌以穷文"(《文心雕龙·诠赋》)。《七发》铺采摛文,气势宏大,实开汉代大赋铺张扬厉的风气。一般辞赋作品以问为次,以答为主,而《七发》却一反故辙,以问为主。一般辞赋作品只二三问答而已,而《七发》问答却必至"七",后人模仿,遂成辞赋文学中一种新兴体裁——"七体"。还有"起、承、转、合"之章法结构,最后的"要言妙道",含蓄不尽,意重语轻,可谓言有尽而意无穷,令人回味不已。

《七发》在语言上,整散兼具、疏密相间。刘勰说:"枚乘摛艳,首创《七发》,腴辞云构,夸丽风骇。"(《文心雕龙·杂文》)明代孙月峰《评注昭明文选》说:"分条侈说,全祖《招魂》,然笔力却苍劲,自是西京格调。其驰骋处,真有捕龙蛇、搏虎豹之势,尤为千古杰作。"可见其语言上的独创性。

## 《子虚赋》鉴赏

《西京杂记》卷二曰:"司马相如为《子虚》《上林》赋,意思萧散,不复与外事相关,控引天地,错综古今,忽然如睡,焕然而兴,几百日而后成。"司马相如精心结撰,倾注了心血。《子虚赋》《上林赋》是两次写成,各自结构相对完整,各有独立主题。但两赋构思统一,具有完整的结构。

首先,作品内容丰富。《子虚赋》前三段写云梦泽的地理风貌和自然环境,中间四段写楚王游猎云梦之乐,最后一段写乌有先生对子虚的批判,点明讽谏的主题。前两部分列述奢侈淫游的种种表现,后一部分揭示淫逸奢侈的危害。赋的开头说:"楚使子虚使于齐,王悉发车骑与使者出田。"点明主要人物,交代事情背景。然后说"子虚过姹乌有先生",同乌有先生的对话,虽语句简单,却一波三折,引人入胜。赋的末尾乌有先生批评子虚不理解齐王与之田乃是知礼好客之举,齐王问楚地之有无,也是"愿闻大国之风烈"。而子虚反而以淫乐、侈靡为耀,也同样是顾盼生姿。

赋的主体部分是子虚的讲述,极力铺排楚国之广大丰饶,以至云梦不过是其冰山之一角。子虚所讲,铺采摛文,洋洋洒洒,极尽渲染之能事。

其次,在艺术上,确立了散体大赋的写作模式。一是以时间顺序,按以类相从的原则结构文章。吴王田猎一段,既有时间的先后顺序,又有空间的依次拓展。二是铺采摛文,展现新的时代风貌。赋中描绘山、水、植物、动物、宫殿等方面的词汇丰富多彩,动词、形容词的使用异彩纷呈,而且富有时代气息。三是句式骈偶中求变化,文势波澜起伏。骈偶句的使用,增强了文章的对称美、节奏感和音乐美,句法灵活,排比句、散句,间杂使用。四是夸饰的笔法。夸张虚构的笔法是散体大赋最明显的特色,构成了汉赋鲜明的浪漫主义色彩,给人一种自信、张扬的力量。赋作借助于丰富的想象,突出事物的某些特征,夸张虚构,增强表达效果和感染力。

再次,"曲终奏雅""劝百讽一"的写作模式。《汉书·司马相如传赞》:"扬雄以为靡丽之赋,劝百而风一,犹骋郑卫之声,曲终而奏雅,不已戏乎?"司马相如在赋中基本采用了这一模式:先是连篇累牍地堆砌辞藻,极尽夸张美饰之能事,最后以淫乐足以亡国,仁义必然兴邦的讽谏作为结尾,形成了"劝百讽一"的写作体制。

### 延伸阅读

**1. 原典阅读**

(1)阅读《全汉赋》(费振刚、胡双宝、宗明华辑校,北京大学出版社,1993年版),重点阅读贾谊、枚乘、司马相如、扬雄、班固、张衡和王粲的作品,注重体会汉赋总体上的风格和特点。

(2)阅读《两汉赋评注》(龚克昌等评注,山东大学出版社,2011年版),重点阅读西汉初年的骚体赋作品,注重体会从楚辞向汉赋过渡时期文学风格的逐步转变。

**2. 研究文献阅读**

(1)阅读《汉赋通论》(万光治著,中国社会科学出版社,2004年版),归纳总结汉赋在中国文学史上的地位及其对中国文学的贡献及影响。

(2)阅读《读赋献芹》(赵逵夫著,中华书局,2014年版),归纳总结汉王朝的兴衰与汉赋的发展及转变。

### 拓展训练

1.李白《大猎赋》:"白以为:赋者,古诗之流。辞欲壮丽,义归博远。不然,何以光赞盛美,感天动神?而相如子云竞夸辞赋,历代以为文雄,莫敢诋评。臣谓语其略,窃或褊其用心。《子虚》所言,楚国不过千里,梦泽居其太半,而齐徒吞若八九,三农及禽兽无息肩之地，非诸侯禁淫述职之义也。《上林》云：左苍梧，右西极，考其实，地周袤才经数百。《长杨》夸胡设网，为周陡，放麋鹿其中，以博攫充乐。《羽猎》于灵台之囿，围经百里而开殿门。当时以为穷壮极丽，迨今观之，何龌龊之甚也！但王者以四海为家，万姓为子，则天下之山林禽兽，岂与众庶异之？而臣以为不能以大道匡君，示物周博，平文论苑之小，窃为微臣之不取也。今圣朝园池遐荒，殚穷六合，以孟冬十月大猎于秦，亦将曜威讲武，扫天荡野，岂荒淫侈靡，非三驱之意耶？臣白作颂，折中厥美。"请结合本章学习，查阅有关资料，以翔实的文本材料、鲜明的理论观点、清晰的逻辑思路、准确的语言表达，就汉赋艺术性写一篇小论文。

2. 张衡《西京赋》有："乃使中黄之士，育、获之俦，朱鬐鬈鬘，植发如笋，袒裼戟手，奎踽盘桓。"写西京长安的摔跤活动。

李尤的《平乐观赋》："方曲既设，秘戏连叙。逍遥俯仰，节以鼗鼓。戏车高橦，驰骋百马。连翩九仞，离合上下。或以驰骋，覆车颠倒。乌获扛鼎，千钧若羽。吞刃吐火，燕跃鸟跱。陵高履索，踊跃旋舞。飞丸跳剑，沸渭回扰。巴渝隈一，逾肩相受。有仙驾雀，其形蚴虬。骑驴驰射，狐兔惊走。侏儒巨人，戏谑为耦。禽鹿六駮，白象朱首。鱼龙曼延，峨峨山阜。龟螭蟾蜍，击琴鼓缶。"（《艺文类聚》六三）是写西京长安民间的各种表演活动。

蔡邕《弹棋赋》："夫张局陈棋，取法武备。因嬉戏以肄业，托欢娱以讲事。设兹矢石，其夷如砥。采若锦缋，平若停水。肌理光泽，滑不可屡。乘色行巧，据险用智。"写西汉的一种棋类活动。

请搜集、阅读相关资料，就汉赋中各种民间活动，写一篇关于西汉民间娱乐活动的文章。

3. 刘勰《文心雕龙·诠赋》："诗有六义，其二曰赋。赋者，铺也。铺采摛文，体物写志也。"清人章学诚《校雠通义·汉志诗赋》："古之赋家者流，原本《诗》《骚》，出入战国诸子。假设问对，《庄》《列》寓言之遗也；恢廓声势，苏、张纵横之体也；排比谐隐，韩非《储说》之属也；征材聚事，《吕览》类辑之义也。"近人刘师培《论文杂记》一四云："诗赋之学，亦出于行人之官。"请查找相关资料，就汉赋起源与行人赋诗之关系，写一篇小论文。

# 第三章　汉代历史散文

**文学史**

汉代历史散文是在先秦历史散文基础上发展而来,取得了很高的成就。主要有司马迁的《史记》和班固的《汉书》。司马迁的《史记》是我国第一部纪传体通史,因人立传、集传成史,是历史与文学的统一,被鲁迅誉为"史家之绝唱,无韵之《离骚》"。继《史记》之后,班固的《汉书》,是第一部纪传体断代史,其中不少传记写得十分成功。东汉时期,史传散文还有袁康、吴平的《越绝书》,赵晔的《吴越春秋》,荀悦的《汉纪》,以及《东观汉记》等杂史。

## 第一节　司马迁和《史记》

《史记》是我国历史上第一部纪传体通史,由伟大的史学家司马迁撰写而成,创立了本纪、表、书、世家、列传的五体体例。

### 一、司马迁的生平及《史记》成书

司马迁(前145？—前87？)[①],字子长,夏阳(今陕西韩城)人。他的一生约与汉武帝相始终。这一时期政治一统,文化繁荣,国力强盛,时代为司马迁写《史记》创造了条件,也造就了司马迁这个文化巨人。

**(一)出身史官之家**

司马迁出身于世代史官之家,其"先周室之太史也""显功名于虞夏,典天官事"[②]。后来,到祖父司马喜,应世事变故而中断史官之职。其父司马谈于汉武帝建元年间担任

---

① 关于司马迁的生年,有景帝中元五年(前145)和武帝建元六年(前135)两种说法。目前学术界一般采用前一种说法。

② 司马迁.史记[M].北京:中华书局,1982:3295.

太史令,恢复了家族的史官传统。司马谈学问渊博,曾"学天官于唐都,受《易》于杨何,习道论于黄子"①。司马谈生当黄老思想流行的西汉前期,其思想兼采各家,而长于黄老之学,对于历史和学术思想有深厚的研究。司马迁在父亲的教导下,10岁开始阅读古代典籍,后来又师从孔安国学习古文《尚书》,从董仲舒学习《春秋》,学问日益精进。当时,司马谈曾撰写过一篇富有学术思想和政治意味的论文——《论六家要旨》,对阴阳、儒、墨、名、法、道等六家学派做了精辟的分析批判,提出了独到的见解,其目的是要集诸家而成一家,体现了司马谈的学术理想,也成了司马迁撰写《史记》的思想和理论指导,为后来撰写《史记》奠定了基础。

**(二)游历与出使**

20岁时,司马迁开始漫游,"上会稽,探禹穴,阙九疑,浮于沅、湘;北涉汶、泗,讲业齐、鲁之都,观孔子之遗风,乡射邹、峄;厄困鄱、薛、彭城,过梁、楚以归"②。他从长安出发,先到南郡、长沙,凭吊大诗人屈原的遗迹,屈原伟大的文学成就让司马迁由衷赞叹,其悲剧遭遇又让司马迁深感同情,不禁为之悲伤流涕。又南上九嶷山,调查舜帝南巡的传说。后顺长江东下,游庐山,到会稽考察大禹治水的功业。又到姑苏,考察春申君的宫室遗址。漫游江南之后,就渡江北上,到淮阴访问韩信故里,再到齐、鲁,参访孔子故乡,考察了这位圣人的遗风。游历了邹县、薛城以后,又到彭城、丰沛之地,考察楚汉战争的中心地带和刘邦、萧何等的故乡。后又到河南,经过睢阳、大梁,考察了信陵君的故事,再到夷门,听老百姓讲秦魏之战的历史,最后回到长安。这次游历范围很广,极大地开阔了司马迁的眼界,使他了解了各地的民俗风情、社会状况,收集到了大量史料。27岁时,司马迁任职郎中,开始了自己的政治生涯。后来,他随从武帝出游,奉命出使西南夷,"奉使西征巴、蜀以南,南略邛、笮、昆明"③后"尝西至崆峒,北过涿鹿,东渐于海,南浮江淮矣"④。这些经历,进一步增加了他对各地山川地理、历史掌故、人文风俗的了解,为撰写《史记》奠定了良好的基础。

**(三)父亲遗命**

司马迁的父亲司马谈有着继孔子作《春秋》,写一部体系完整的史书的愿望,他曾说:"夫天下称颂周公,言其能论歌文武之德,宣周邵之风,达太王王季之思虑,爰及公刘,以尊后稷也。幽厉之后,王道缺,礼乐衰,孔子修旧起废,论诗书,作春秋,则学者至今则之。自获麟以来四百有余岁,而诸侯相兼,史记放绝。今汉兴,海内一统,明主贤君忠臣死义之士,余为太史而弗论载,废天下之史文,余甚惧焉,汝其念哉!"⑤可惜的是,司马谈只做了撰写史书的准备,不幸于武帝元封元年(前110)病逝于洛阳,时司马迁36岁。司马谈

---

① 司马迁.史记[M].北京:中华书局,1982:3288.
② 司马迁.史记[M].北京:中华书局,1982:3293.
③ 司马迁.史记[M].北京:中华书局,1982:3293.
④ 司马迁.史记[M].北京:中华书局,1982:46.
⑤ 司马迁.史记[M].北京:中华书局,1982:3295.

临死时嘱咐司马迁:"余死,汝必为太史;为太史,无忘吾所欲论著矣。"①司马迁深感责任重大,矢志继承父亲的遗愿,"俯首流涕曰:'小子不敏,请悉论先人所次旧闻,弗敢阙。'"②三年后,司马迁继任太史令,他"故绝宾客之知,忘室家之业,日夜思竭其不肖之材力,务一心营职,以求亲媚于主上"③。他兢兢业业地为朝廷尽职,作为太史令,司马迁"䌷史记、石室、金匮之书",开始搜集资料,为撰写《史记》做准备。又过了三年,正式开始著述《史记》。

### (四)遭李陵之祸与"发愤著书"

正当司马迁全身心投入《史记》撰写的时候,一场飞来横祸降临到司马迁头上。天汉二年(前99),李陵抗击匈奴兵败投降,朝中"全躯保妻子之臣而随媒蘖其短"④。武帝问及司马迁对此事的看法,他认为李陵并非真心投降,"推言陵功,欲以广主上之意,塞睚眦之辞"⑤,替李陵辩解,结果触怒了武帝。武帝认为司马迁在替李陵游说,并借以诋毁二师将军李广利。于是司马迁被武帝下狱。由于司马迁"家贫,财赂不足以自赎,交游莫救,左右亲近不为一言"⑥,无奈之下,司马迁处在痛苦的生死抉择和矛盾当中。这时候,他想到了历史上的先辈,"西伯拘而演《周易》;仲尼厄而作《春秋》;屈原放逐,乃赋《离骚》;左丘失明,厥有《国语》;孙子膑脚,《兵法》修列;不韦迁蜀,世传《吕览》;韩非囚秦,《说难》《孤愤》。《诗》三百篇,大抵圣贤发愤之所为作也。此人皆意有所郁结,不得通其道,故述往事,思来者"⑦。他们都是在受迫害、受苦难的境遇中坚持著述,使著作传世,以成不朽。先辈们的悲剧遭遇感动着司马迁,再想到自己"草创未就"的《史记》,精神上获得了极大的鼓励,于是"就极刑而无愠色",为了完成不朽之作,接受了最为耻辱的宫刑,"隐忍苟活,幽于粪土之中而不辞",决心"发愤著书",完成《史记》。司马迁出狱以后,任中书令,他以顽强的意志,忍受着巨大痛苦,把自己的全部精力投入到继续撰写《史记》之中。

武帝太始四年(前93),司马迁曾写给任安一封信,信中说:"仆窃不逊,近自托于无能之辞,网罗天下放失旧闻,略考其行事,综其终始,稽其成败兴坏之纪,上计轩辕,下至于兹,为十表,本纪十二,书八章,世家三十,列传七十,凡百三十篇。"可见当时《史记》已经基本完成。自此之后,司马迁的事迹就不可考,大约于武帝末年去世。

## 二、《史记》的体例及内容

### (一)"五体"体例

《史记》记载了自黄帝至汉武帝时期三千年的历史,是我国历史上第一部纪传体通

---

① 司马迁.史记[M].北京:中华书局,1982:3295.
② 司马迁.史记[M].北京:中华书局,1982:3295.
③ 班固.汉书[M].北京:中华书局,1962:2729.
④ 班固.汉书[M].北京:中华书局,1962:2729.
⑤ 班固.汉书[M].北京:中华书局,1962:2730.
⑥ 班固.汉书[M].北京:中华书局,1962:2729.
⑦ 班固.汉书[M]..北京:中华书局,1962:2735.

史。全书共130篇,包括十二本纪、十表、八书、三十世家、七十列传,共计526500字。

"本纪"是全书的纲,它以王朝和帝王的更替为线索,按年代记载各个时期发生的重大事件。"世家"记载有爵位封地之家族的历史。"列传"是各种人物传记,其中所记载的人物,都是"扶义倜傥,不令己失时,立功名于天下"的人,也就是品行高尚,卓异出群,有志向、有才干,能不失时机地建立功业,在历史上产生了重要影响的人物。"表"分为世表、年表和月表,它按年月顺序,提纲挈领地列举历史大事,表现历史发展的线索,补充本纪、世家和列传的不足。"书"分门别类地记载典章制度和社会政治、经济、文化等方面的发展变化,具有专门史的性质。

《史记》开创了以人物为中心记载历史的先例。司马迁通过上述五种体例,囊括了上下几千年的历史变迁,记载了社会各阶层人物的事迹。《史记》之后,我国历代的正史基本上都沿用了司马迁开创的纪传体体例。

**(二)丰富的思想内容**

《史记》第一次把政治、经济、文化、法律、军事、道德、宗教、民族、天文、地理、学术等各个方面的内容都包容其中。其创作主旨为"究天人之际,通古今之变,成一家之言",在总结历史经验中表达自己独特的思想,被鲁迅誉为"史家之绝唱",其独特思想主要表现在:

一是重视并歌颂下层人民的力量。在《史记》中,司马迁给许多下层人物如刺客、游侠、卜医、日者之类立传,肯定他们在历史上的作用,歌颂他们身上的许多优秀品质。他还把被统治者诬为"流寇""盗贼"的农民起义的领袖陈涉列入"世家",这实属"破格"之举。《陈涉世家》歌颂陈涉所领导的农民起义,肯定其历史功绩。他说:"桀、纣失其道而汤、武作,周失其道而《春秋》作,秦失其政,而陈涉发迹,诸侯作难,风起云蒸,卒亡秦族。天下之端,自涉发难。"①在这里,他将陈涉与汤、武、孔子并列,高度评价并热情歌颂了陈涉在灭秦过程中的历史作用,留下了历史上第一篇有关农民起义的完整的历史文献。

在《史记》这座人物画廊里,我们不仅可以看到历史上那些有作为的王侯将相的英姿,也可以看到妙计藏身的士人食客、百家争鸣的先秦诸子、"为知己者死"的刺客、"已诺必诚"的游侠、富比王侯的商人大贾,以及医卜、俳优等各种人物的风采,给人以美的享受和思想上的启迪。

二是崇尚德治,反对暴政。司马迁在《史记》中用历史事实来说明"得民心者得天下,失民心者失天下"这一民本思想。他在《五帝本纪》《夏本纪》《殷本纪》中,都从历史的成败来说明"德治"的必要性。《五帝本纪》是《史记》的开篇,记载远古传说中相继为帝的五个部落首领——黄帝、颛顼、帝喾、尧、舜的事迹,同时也记录了当时部落之间频繁的战争,部落联盟首领实行禅让,远古初民战猛兽、治洪水、开良田、种嘉谷、观测天文、推算历法、谱制音乐等多方面的情况。五帝的统序为黄帝、颛顼、帝喾、帝尧和帝舜,诸侯归服黄帝是因为黄帝"修德",颛顼有天下是因有"圣德",帝喾有天下也是因为"其德嶷嶷",至于帝尧禅让天下于帝舜,也是因帝舜"厚德"。所以司马迁在《五帝本纪》中说:"自黄帝

---

① 司马迁.史记[M].北京:中华书局,1982:3310-3311.

至舜、禹,皆同姓而异其国号,以章明德。"①在《史记》中,司马迁还突出"德"在"合和万国"中的作用,"合和"义为"和睦"。对此,司马迁有着深刻的认识,他认为汉文帝以"贤圣,仁孝闻于天下",又说:"汉兴,至孝文四十有余载,德至盛也。"②对汉文帝"德"的称赞,其中包含着对"合和"的肯定。

司马迁在歌颂"德治"的同时,也反对"暴政"。在《夏本纪》中,他说"帝桀之时,自孔甲以来而诸侯多畔夏,桀不务德而武伤百姓,百姓弗堪,乃召汤而囚之夏台,已而释之。汤修德,诸侯皆归汤,汤遂率兵以伐夏桀"③。又说纣王"好酒淫乐,嬖于妇人,……百姓怨望而诸侯有畔者,于是纣乃重刑辟,有炮烙之法"④。桀、纣之亡,则是因暴虐不仁。

三是富国利民的经济思想。司马迁在《史记》中第一次系统地考察了商品经济的特征,还考察了经济与政治、经济与道德民俗的关系,提出了一整套发展生产,扩大交换、富国富家的经济理论,闪耀着朴素唯物史观的思想光辉。司马迁在《史记》中,首创经济史传,并重农工商虞。《货殖列传》以文景时期繁荣的商品经济为背景,描述了汉初经济的发展,肯定商人的历史作用,鼓励发财致富;《平准书》概述了汉武帝时期经济衰退的情况,讽刺当世的经济政策。两种背景,相反相成,形成鲜明对照,生动地描绘了汉初至武帝时代西汉经济的事势变化。《货殖列传》从经济发展之"势"的观点出发,认识到社会出现农工商虞的分工是不以人们的意志为转移的客观规律,"故待农而食之,虞而出之,工而成之,商而通之"⑤。司马迁不仅突破了重农抑商的传统观念,而且强调四业并重,缺一不可。司马迁考察了生产领域中的社会分工,并重农工商虞,认识到这是社会基本的经济结构,这一切都是司马迁超越前代思想家的卓越贡献。

四是民族统一思想。司马迁以其卓越的史识、宽阔的胸怀和宽广的眼界,站在历史和时代的高度,在《史记》中首创民族史传,如《匈奴列传》《朝鲜列传》《东越列传》《南越列传》《西南夷列传》《大宛列传》等,系统地记载了中国境内各民族的历史,在中国古代史上闪耀着夺目的光辉。司马迁认为,中国境内民族皆为黄帝子孙,都是兄弟,是一家人,他们的根是相同的。他在《史记》各篇民族列传以及《刘敬叔孙通列传》《韩信卢绾列传》《卫将军骠骑列传》《司马相如列传》《货殖列传》等许多传记及《平准书》中,详细记述了各民族之间的相互融合与友好往来,详细记述了各民族之间频繁的经济、文化交流,并对这种民族间的政治、经济、文化交流和民族融合予以热情歌颂。认为这对促进民族关系,加强民族了解,增强民族凝聚力,巩固与发展统一的多民族国家,都具有重大的作用。

总的说来,司马迁《史记》体大思精,有着宏阔而博大的内容。除以上内容之外,其进步思想还体现在战争观、义利观、人才观等方面,这也使得《史记》成了一部百科全书式的通史。

---

① 司马迁.史记[M].北京:中华书局,1982:45.
② 司马迁.史记[M].北京:中华书局,1982:473.
③ 司马迁.史记[M].北京:中华书局,1982:88.
④ 司马迁.史记[M].北京:中华书局,1982:106.
⑤ 司马迁.史记[M].北京:中华书局,1982:3254.

## 三、《史记》的文学成就

《史记》的文学成就主要体现在其成功的写人艺术、富有个性的语言风格和强烈的抒情性,这是《史记》能被誉为"史家之绝唱,无韵之《离骚》"的重要原因。

### (一)栩栩如生的人物形象

司马迁认识到人在历史发展中的主体地位,在《史记》中记述了各个不同历史时期,各种复杂社会环境中人的活动,刻画了刘邦、项羽、陈涉、李斯、张仪、范增、吕太后、张良、郦食其、陆贾、陈平、樊哙、韩信、萧何、汲黯、郑当时、曹沫、专诸、豫让、聂政、荆轲等众多的人物形象。据统计,《史记》中涉及的历史人物共有4000多个,让人印象深刻的就有百余人。

首先,司马迁善于选取典型事件,表现人物一生的际遇,突出人物性格。司马迁精心选取历史人物一生中最重要的、最有代表性的大事件,突出人物的主要性格特征。如《项羽本纪》对项羽这一骤起骤灭带有传奇色彩的英雄人物,主要写其生平中巨鹿之战、鸿门宴、垓下之围这三件典型事件,生动地表现了这一英雄人物威武刚强、激昂慷慨、视死如归的主要性格特征,也深刻地显示出影响他一生成败的内在因素。《廉颇蔺相如列传》主要写完璧归赵、渑池之会、将相和三件大事,突出了蔺相如机智勇敢的性格特征和以国事为重不念私仇的高贵品质。《李将军列传》着重写李广与匈奴大小70余战中的三次,以突出他英勇善战的英雄本色。

其次,司马迁还通过细节描写和场面描写,显现人物性格特征。司马迁选择富有表现力的细节,表现人物性格。如《陈涉世家》开头写陈涉佣耕垄上时与同伴们的对话,既表现了他有大志,也表现出他很自负,轻蔑别人。再如《项羽本纪》开头写项羽少年时奇异不凡的言行,《陈丞相世家》写陈平在乡里主持分祭肉分得很平均的故事,《李斯列传》写李斯见厕鼠仓鼠所食不同而发的感叹等,这些细节描写,为人物性格发展做了铺垫。司马迁对主要事件往往进行具体细致的描写,以表现人物的性格特征。如《魏公子列传》先写侯生毫不谦让地"直上载公子上坐"而"公子执辔愈恭",以及侯生"故久立与其客语"而"公子颜色愈和"。接着又写"至家,公子引侯生坐上坐""酒酣,公子起,为寿侯生前",以至"市人""从骑""宾客"对公子行为都感到惊异。作者通过这些具体描写,就把信陵君"仁而下士"的性格突出地表现了出来,给读者留下了深刻的印象。

司马迁还善于通过场面描写,在矛盾冲突中表现人物的性格特征。如《项羽本纪》中的"鸿门宴",就是通过对矛盾斗争的描写,揭示人物的不同性格:刘邦机敏精细狡诈,项羽坦率轻敌无谋。其他如范增、张良、樊哙、项伯等人的性格,也都在这场斗争中有所表现。还有《魏其武安侯列传》中写灌夫骂座和东朝廷辩;《李将军列传》中写李广面对十倍于己的强敌,神态自若,亲自用大黄弓射杀敌将;《刺客列传》中写易水送别和秦廷行刺,其场面或悲壮,或惊险,或头绪纷繁,或波澜壮阔,都写得细致逼真,有声有色,给人以身临其境之感。作者在场面描写时,往往用重笔浓墨去渲染气氛,造成强烈的艺术感染力。

再次,司马迁在《史记》中运用"互见法",完整表现人物性格。"互见法"就是在人物本传中着重表现他的主要特征,而其他方面的性格特征则放到其他人的传记中显示。运用这种方法,有时是为了避免重复,更重要的还是为了完整表现人物性格特征。如《项羽本纪》,主要是突出项羽喑呜叱咤、气盖一世的英雄形象,因此便把他一些缺点和政治上、军事上的错误,放在《淮阴侯列传》中去写,两相互补,使其性格更加完整。《魏公子列传》主要塑造一个能够礼贤下士的贵公子形象,因此就集中写信陵君如何"自迎夷门侯生"等故事,而把他因为畏秦而不肯收留亡命的虞卿和魏齐的故事,放到《范雎蔡泽列传》中去写,完整表现信陵君形象。

### (二)独特的语言风格

《史记》丰富而充实的思想内容,鲜明的人物形象,是通过独特的语言来表现的。

第一,个性化的人物语言。《史记》里的人物语言,无论独白、对话都富有个性。《项羽本纪》中写项羽见秦始皇时说:"彼可取而代也!"①《高祖本纪》中写刘邦见秦始皇时却说:"嗟乎!大丈夫当如此也!"②其语意思相同,都想登上帝王的宝座,但语气不同,表现出了不同的性格特点。在《张丞相列传》中,作者写周昌反对刘邦废太子时的对话:"臣口不能言,然臣期期知其不可。陛下虽欲废太子,臣期期不奉诏。"③"期期"是口吃的象声词,这段话把周昌又急又怒,越急越口吃的神态生动地表现了出来,使人如见其人,如闻其声。如《张仪列传》中写张仪在楚国游说不成,反被当作窃贼痛打,回家后夫妻间有这样一段对话:"其妻曰:'嘻!子毋读书游说,安得此辱乎?'张仪谓其妻曰:'视吾舌尚在不?'其妻笑曰:'舌在也。'仪曰:'足矣!'"④寥寥数语,写出了妻子抱怨中的关心、张仪幽默中的自信,表现了一个靠口舌取名利的纵横家的坚韧,读起来妙趣无穷。《史记》的人物语言富于个性化,善于表现人物的性格、志趣及在特定情境下的心理和情态。

第二,极富表现力的叙述语言。《史记》往往用极少的语言表现极丰富的内容,并生动地表现人物的情态、心理。如《项羽本纪》记载巨鹿之战总共不足200字,就把这场大战中楚军义无反顾的决心,英勇作战的情形,杀声震天的战斗场面,项羽使诸侯慑服的声威,全都生动形象地表现出来。语言非常简练,并富有形象性和表现力。再如《伯夷列传》用简洁的语言,记述伯夷、叔齐拒绝接受王位,让国出逃;武王伐纣的时候,又叩马而谏;等到天下宗周之后,又耻食周粟,采薇而食,作歌明志,后饿死在首阳山上。表现了他们积仁洁行、清风高节的崇高品格,记述惜墨如金,表现力强。

第三,广泛而丰富的语言修辞。司马迁继承先秦诸子散文和历史散文的语言成就,在《史记》中运用比喻、夸张等修辞手法。如《张仪列传》记载陈轸劝说秦惠王不要援救韩国和魏国,以下庄子杀虎的故事为喻,建议秦惠王先不要攻打他们,等韩魏两国两败俱伤的时候,再"兴兵而伐之",就能"大克之"。这一比喻贴切形象,蕴含的道理浅显易懂。司马迁在《史记》中还用夸张的修辞手法,表达作者的强烈情感,以突出事物的本质特征,

---

① 司马迁.史记[M].北京:中华书局,1982:296.
② 司马迁.史记[M].北京:中华书局,1982:344.
③ 司马迁.史记[M].北京:中华书局,1982:2677.
④ 司马迁.史记[M].北京:中华书局,1982:2279.

增强形象性和生动性。如《廉颇蔺相如列传》写蔺相如面对秦王强取和氏璧时的神态,"王授璧,相如因持璧却立,倚柱,怒发上冲冠"①。富于夸张性,把人物气愤不已的情绪状态表现了出来。《史记》中夸张手法不乏其例,如"屋瓦尽振""侧肩争门而入""掉臂不顾"等等,都产生了较强的艺术效果。除此之外,《史记》中还运用拟人、反问、设问、对比、双关、排比等修辞手法,这些修辞手法的运用对于记载事件、塑造人物、抒情表意起到了积极的作用。

在语言运用方面,《史记》还大量吸收来自民间的俗语、谚语和歌谣,使其语言更加生动活泼,摇曳多姿。

### (三)强烈的抒情性

《史记》不仅客观地叙述事实,而且饱含着司马迁强烈的爱憎情感。总览《史记》各篇传记,有的通篇借古人行事来抒发自己的愤世之情;有的是夹叙夹议,喷泻着慷慨之音;有的则插入一段淋漓尽致的悲悼惋叹。

一是对伟大、崇高、善良人物倾注无限的热爱、敬仰与褒扬。司马迁歌颂明君贤臣、德仁之士。如《五帝本纪》写黄帝"生而神灵,弱而能言,幼而徇齐,长而敦敏,成而聪明"②。《孝文本纪》中写文帝初即位就"施德惠天下,填抚诸侯四夷皆洽欢"③。在位期间政令宽省,废除酷刑;广开言路,积极纳谏;精兵简政,厉行节约;重视农业,轻徭薄赋;反省自励,以德治国。字里行间充溢着由衷的热爱。

司马迁在《史记》中,对自己所追慕和敬仰的人给予肯定和颂扬。他破例将孔子列入世家,在全文的记述尤其是篇末的评论中,充满对孔子的由衷敬仰和无比向往之情。司马迁推崇屈原的人格,在屈原本传中讴歌他疾恶如仇、正直不阿、忠贞敢谏、舍身为国的品德情操,着力颂扬屈原的人格、精神,为屈子鸣不平。《项羽本纪》记述了项羽英勇、壮烈的一生。《李将军列传》通过描写"飞将军"李广的机智勇敢、廉洁宽厚,以及有功不得封爵,最后被迫自刎的不幸遭遇,塑造了一位悲剧英雄的形象。此外,义无反顾的曹沫、荆轲,"敢犯颜色,以达主义"的袁盎,"不顾其身,为国家树长画"的晁错,"守法不阿意"的张释之,"不能容人之过""任气节,内行修洁,好直谏"的汲黯,对这些人物事迹的记述,无不渗透着司马迁饱满的褒扬之情。

司马迁在《史记》中,对社会上中下层人物和有一技之能的人士给予了称赞。刺客、游侠、倡优、商贾、医卜等人物,在司马迁笔下得到了热情的歌颂和肯定。还有普普通通的人物,如市井鼓刀屠者朱亥以及邯郸博徒毛公、卖浆者薛公,司马迁以饱满的热情刻画了他们的光彩形象。

二是对恶势力和卑鄙、奸邪、阴险人物的揭露和批判,表现作者极端鄙视和憎恨的感情。在《史记》中,司马迁以如椽之笔,深刻揭露汉代帝王的种种劣迹和丑恶本质。写汉高祖刘邦"不事家人生产作业""好酒及色"。为了逃命,三次将亲生儿女推下车去。面

---

① 司马迁.史记[M].北京:中华书局,1982:2440.
② 司马迁.史记[M].北京:中华书局,1982:1.
③ 司马迁.史记[M].北京:中华书局,1982:420.

对老父被杀的危险,大耍无赖:"吾翁即若翁,必欲烹而翁,幸分我一杯羹。"①得天下后,大肆剪除异己,杀害功臣。司马迁在《吕太后本纪》中,大胆写吕后对戚夫人的残害,字里行间却涌动着司马迁对吕后阴险、毒辣的愤激之情。《孝武本纪》以汉武帝为中心,记载其即位后40余年间祭祀天地山川鬼神的活动。同时,对围绕在他周围的李少君、齐人少翁、栾大和公孙卿等方士以方术行骗的描述,极为生动曲折,辛辣地嘲讽汉武帝敬鬼神、求长生、屡受欺骗的愚蠢行为。《平准书》《酷吏列传》又从侧面批判汉武帝黩武、兴利、任用酷吏等一系列弊政。暴露了汉武帝好大喜功、横暴残忍的性格,流露出司马迁的愤懑之情。

在《史记》中,司马迁还直接对历史人物不光彩的"行事"表达鄙视之情。《卫将军骠骑列传》对霍去病因裙带关系受宠及带兵作战时不顾士卒、自行玩乐进行批判。对卫青、霍去病媚附主上得以建功,司马迁以"天下之贤大夫毋称焉""其为将如此"二语论之,蔑视口吻直接流露于笔端。

三是对所写人物赋予深沉的人情味。垓下之围,项羽悲歌别姬,江边赠马与亭长、赠人头与故人,情调悲凉,表现了一个倔强英雄在穷途末路时对人生的眷恋,寄托了作者无限的惋惜之情。司马迁写刘邦好酒及色、无赖、大言、斤斤计较、小肚鸡肠,这些细节极富生活情趣。刘邦晚年还乡纵酒,与父老击筑歌怀,即席赋诗,作《大风歌》,令120小儿和习歌唱,描绘的是一幅胜利者的夕阳返照,一生戎马征尘,难得有这样的人生欢乐。君王与百姓同乐,极富有人情味。《魏公子列传》中,司马迁不仅以"公子"名篇。而且一篇之中,凡称"公子"147次,许多段落句句有公子,这不像在叙事,而是在娓娓讲故事,可以说每一个字都倾注了作者满腔热情的歌颂,魏公子的形象自然光彩照人。

总之,司马迁写历史人物,在饱含激情中,带有他自己的生活经验、生活背景和个人感情色彩。在历史实录之中注入了浓烈的感情,所以《史记》既是历史,又是文学,表现出了极强的抒情性。

《史记》作为历史散文,为后世的传记文学树立了光辉典范,后代散文家以之为楷模。唐宋八大家、明代归有光、清代桐城派的散文,都受《史记》的影响。《史记》对后世小说也产生了影响。唐宋传奇、明清小说的一些手法,都是对《史记》的继承。《东周列国志》《西汉通俗演义》也大都取材于《史记》。《史记》中众多人物的戏剧性故事,也成为后代戏剧的题材。

## 第二节 班固和《汉书》

《汉书》是东汉时期的历史著作,主要由班固编撰完成,是汉代重要的历史散文,具有一定的文学艺术成就。

---

① 司马迁.史记[M].北京:中华书局,1982:328.

## 一、班固的生平

班固(32—92),字孟坚,扶风安陵(今陕西咸阳东北)人,是班彪之子。祖上世代仕官,曾祖父班况,成帝时任越骑校尉。祖父班稚,哀帝时任西河属国都尉,后迁任广平相。父班彪、堂伯父班嗣,皆务为儒术,都是著名的学者。班彪曾续补《史记》,作后传。从小受良好的家庭教育,班固"年九岁,能属文诵诗赋,及长,遂博贯载籍,九流百家之言,无不穷究。所学无常师,不为章句,举大义而已。性宽和容众,不以才能高人,诸儒以此慕之"①。后入太学。

建武三十年(54),班彪病故,班固此时23岁,离开太学,返乡为父守丧,并立志继续父亲的著述。班固感到父亲"所续前史未详",于是反复思考,自永平(58—75)初年起,着手撰写《汉书》,专写西汉一代230年的历史。明帝永平元年(58),入东平王苍幕府,开始《汉书》写作。就在班固着手编撰《汉书》不久,永平五年(62)有人向朝廷告发班固"私改作国史"。被捕入京兆监狱,家中的书籍也被查抄。其弟班超赶至长安,上书汉明帝申说班固著述之意。汉明帝看到《汉书》初稿,很欣赏班固的才学,召他至校书郎,任命他为兰台令史。兰台是朝廷收藏图书之处,专门掌管和校定图书。

班固做了兰台令史,继续撰写《汉书》,并"专笃志于儒学,以著述为业"。先后历时20余年,至建初(76—84)中,完成了大部分著述任务。建初三年(78),班固迁任玄武司马。次年,章帝于洛阳北宫白虎观召集诸儒,讲论《五经》异同。班固担任记录,会后奉命执笔撰成《白虎通德论》(又称《白虎通义》),作为官方文件,产生了较大影响。

汉和帝永元元年(89),窦宪为车骑将军出征北匈奴,班固为中护军,汉军大获全胜。永元四年(92),窦宪因外戚篡权事发而被和帝夺了兵权,被迫自杀。班固也因与窦宪关系密切而受牵累被罢官。洛阳令种兢与班固有隙,借机将班固下狱。最后,班固死于狱中,年六十一岁。

班固去世时,《汉书》还有"表"及"天文志"尚未完成,和帝令其妹班昭在东观藏书阁续成之,"时《汉书》始出,多未能通者,同郡马融伏于阁下,从昭受读,后又诏融兄续继昭成之"。班昭、马续奉诏续撰,《汉书》得以完成。可以说,传世至今的《汉书》,是经由班彪、班固、班昭和马续四人撰写,历时几十年才毕其功。当然,其中最主要的部分是由班固完成的。

## 二、《汉书》的体例及思想

### (一)《汉书》的体例

《汉书》是一部杰出的历史散文著作,是我国第一部纪传体断代史。它有十二纪、八表、十志、七十传,共100篇,后人分为120卷。《汉书》主要记述汉高帝元年(前206)至王莽地皇四年(23)共230年的史事,全书80余万字。它承袭了《史记》的体例而有所变化,《史记》是本纪、世家、列传、表、书五体;《汉书》则是纪、表、志、传四体,改"书"为

---

① 范晔.后汉书[M].北京:中华书局,1965:1330.

"志",舍弃"世家",体例较为严整,为断代体"正史"定下了格局。后人把司马迁、班固并称"班马",《史记》《汉书》并称"史汉"。

就《汉书》体例而言,十二纪写西汉十二世君国大事,记明年月,多列事目,不写细节,起提纲作用。八表,有六个王侯表是从《史记》中的汉王侯表发展而来;《百官公卿表》比《史记》中的《将相名臣表》丰富得多,既叙述秦汉官制演变,又记录汉代三公九卿的任免;《古今人表》把远古至楚汉之际的人物列为九等。十志,是律历、礼乐、刑法、食货、郊祀、天文、五行、地理、沟洫、艺文等,记述古代政治、经济制度及文化思想。《汉书》的"十志"与《史记》的"八书"相比,增加了《刑法志》《五行志》《地理志》《艺文志》。《刑法志》第一次系统地叙述了法律制度的沿革和一些具体的律令规定。《地理志》记录了当时的郡国行政区划、历史沿革和户口数字,有关各地物产、经济发展状况、民情风俗。《艺文志》考证了各种学术派别的源流,记录了存世的书籍,它是我国现存最早的图书目录。《食货志》是由《平准书》演变而来,但内容更加丰富,有上下两卷,上卷谈"食",即农业经济状况;下卷论"货",即商业和货币的情况,是当时的经济专篇。七十传,先专传、合传,后类传,记载各种人物、各个民族及邻近诸国,最后传写王莽及《叙传》。《汉书》的《百官公卿表》记述秦汉分官设职的情况以及各种官职的权限和俸禄的数量,记录了当时的官僚制度。

### (二)《汉书》的思想

班固《汉书》有对忠臣良将的赞扬,对屈辱妥协之徒的鞭挞,对封建统治集团内部矛盾的暴露,表现出一定的进步思想。

第一,歌颂忠于朝廷的英雄。西汉时期,匈奴犯边,大肆虏杀边地百姓,掠夺财物。汉武帝时,改变汉初和亲政策,开始对匈奴实行反击和讨伐。班固在《汉书》中,赞扬了功于国家、民族的帝王将相、忠臣良将。《张骞传》叙述张骞出使西域,疏通邻国共击匈奴的壮举,表彰他两度共历十几年之久羁留匈奴而不失民族气节的事迹。《西域传》《冯奉世传》《赵充国传》塑造了一些御侮西羌的爱国名将形象。《赵充国传》写赵充国一心报国、冒死解围、克敌制胜、威德兼备、老当益壮、罢骑屯田的史迹。《苏武传》塑造了苏武忠贞不屈的爱国英雄形象。

第二,暴露统治集团内部矛盾。汉代统治集团内部存在着以王权为中心的权力纷争,往往形成不同的派系,互相倾轧、杀害。《汉书》中的一些纪传真实地、充分地反映了这种派系斗争。一是王子之间的争斗。如《武五子传》叙述汉武帝五个儿子对帝位继承的长期争夺。该传突出地反映了最高统治集团内部的权力冲突,暴露了封建专治制度的残酷。二是朝臣与官僚贵族之间的尔虞我诈,互相陷害。如《张汤传》《严助传》中记载张汤诣严助,《公孙弘传》《主父偃传》中记载公孙弘排挤主父偃,《贾捐之传》中的石显诬贾捐之,《杜周传》中的王章劾王凤,等等,在一定程度上反映了当时君主专制统治的现实。三是皇帝的嫡系与庶系之间的勾心斗角。如《外戚传》披露了汉宫深处"争宠相害"的种种阴谋和丑剧。霍光之妻指使女医淳于衍毒死许皇后,得立霍女为皇后,又教唆霍后毒害太子,赵飞燕姊妹在成帝刘骜后宫专宠10余年,李夫人"以色事人",陈皇后无子失宠、寡居长门宫,等等,无不暴露出封建帝王的淫恶阴毒,反映内宫争宠相害这一统治阶级内部斗争的特殊矛盾。

第三,大一统及正统思想。《汉书》是适应大一统的时代需要而编撰的。西汉后期,统一的汉皇朝由盛而衰,经绿林赤眉起义和王莽篡权,西汉灭亡,东汉兴起,班固写《汉书》,给大一统的汉王朝以突出的历史地位。《汉书》肯定大一统,从时间、地域、人事、思想文化诸方面详述汉代统一,歌颂一统大业。

第四,独尊儒学思想。《汉书》评司马迁曰:"其是非颇谬于圣人,论大道则先黄老而后'六经',序游侠则退处士而进奸雄,述货殖则崇势利而羞贫贱。"①这正表明班固以"圣人"之是非为准则,独尊儒家和"六经",把诸子、诗赋视为"'六经'之支与流裔"。把凡是结宾客、广交游的人都称为游侠,斥其为"背公死党",谈谋生之道,也强调封建等级,说"小不得僭大,贱不得逾贵",要求老百姓"贵谊(义)而贱利",反映了作者鲜明的儒家思想。

第五,怀疑谶纬和灾异说。汉代统治者有意宣扬天人感应论和五行灾异说,到西汉末东汉初,谶纬出现,使儒学进一步神学化、迷信化。在这样的背景下,班固在《汉书》中客观记录有关灾异、谶纬的史实,但对儒学的神学化、迷信化却表示怀疑和不满。如《眭两夏侯京翼李传》集中记了眭弘、夏侯始昌、夏侯胜、京房、翼奉、李寻等人专靠阴阳灾异推测人事的事迹,对这些人荒唐的言行,班固在赞语中作了评价:"汉兴推阴阳言灾异者,孝武时有董仲舒、夏侯始昌,昭、宣则眭孟、夏侯胜,元、成则京房、翼奉、刘向、谷永,哀、平则李寻、田终术。此其纳说时君著明者也。察其所言,仿佛一端。假经设谊,依托象类,或不免乎'亿则屡中'。仲舒下吏,夏侯因执,眭孟诛戮,李寻流放,此学者之大戒也。京房区区,不量浅深,危言刺讥,构怨强臣,罪辜不旋踵,亦不密以失身,悲夫!"班固认为,这些儒生自称可以预测未来,有的连自己的性命也无法保住,无一不是可悲的结局,告诫人们不要轻信伪说。

## 三、《汉书》的文学成就

作为史传散文,《汉书》忠实于历史的真实,但在描绘人物事件、选材剪裁、谋篇布局等方面也有一定的文学性。

### (一)恰当选材以表现人物

《汉书》记述了西汉230年的历史大事,反映了社会政治、经济、文化的方方面面,取材充实,采集前史遗事,旁贯琐事异闻,在真实的基础上对材料经过选择取舍,鲜明深刻地表现人物的思想性格。如《霍光传》涉及霍光生前身后有关的重要事件,作者则主要选取武帝托孤、辅政昭帝、废昌邑王、拥立宣帝四件大事加以集中描述,成功塑造了霍光忠于汉室、独操权柄、沉静详审而专横恣肆的形象。如"废昌邑王"一段,描写霍光发动的废昌邑王的宫廷政变,所选故事情节生动曲折,人物的语言动作惟妙惟肖。霍光先找老部下田延年、心腹将领张安世等预谋,见其周密谨慎;后报太后擅召群臣在未央宫聚议,见其专断威慑;采用明礼暗兵、突然袭击的办法监护了昌邑王、拘捕了昌邑群臣,可见霍光

---

① 班固.汉书[M].北京:中华书局,1962:2737-2738.

部署缜密得当,政治上谋略过人。再如《苏武传》表现苏武的爱国思想和民族气节,爱憎分明和刚强不屈的性格,从苏武一生的事迹中重点裁取,描述出使、羁留匈奴的艰苦生活。在羁留匈奴19年漫长岁月中,只选择诱降迫降、幽禁断食、流放牧羊、李陵舍劝等关键性事件做细致的描写,塑造苏武经过生死攸关、饥寒交迫、家破人亡的种种考验,矢志不改,忠于朝廷的形象。这些都得益于作者选择题材的典型性和对材料的精心剪裁。

### (二) 善用对比衬托主要人物

《汉书》在写人物的时,常常用对比的手法,形成强烈的对照,突出人物形象。如《朱买臣传》用对照的写法刻画朱买臣在贫与富、得与失的不同处境下的不同精神面貌。朱在家贫卖薪时为人坦直、朴实、乐观,其妻不堪贫耻、另适他人;朱"待诏"时为官吏人等所鄙夷不顾,及至发迹,乔装回乡捉弄地方官吏人等,使他们出尽丑态;故意让后车载故妻置府内给食,使她羞辱自缢;在官场上与忘恩负义的张汤勾心斗角、打击报复,终致张汤自杀。全篇前后层层对照,通俗生动,深刻地暴露他奸诈、刻薄、狭隘、报复的心理,形象鲜明。再如《董贤传》写董贤一朝得宠,步步飞黄腾达,荫妻庇亲;一旦失主,则日落千丈,死妻祸亲。《严延年传》以赵绣为两劾、张敞劝缓治、黄霸行宽恕、丞义畏毁上书、严母数责其多杀等情节表现严延年为官的冷酷残忍。《张禹传》以张禹接待彭宣和戴崇时截然不同的表现揭露其奢侈虚伪,等等,都巧妙地运用比衬,突出人物。

### (三) 章法严谨以突出主线

《汉书》的布局,多用顺叙的写法,按人物活动、事件发生的时间先后为线索进行记述。但也杂以插叙、倒叙、补叙、夹叙夹议、先叙后"赞"等笔法,灵活运用,使文章结构严谨,错落有致,主线突出,脉络分明。如《李夫人传》首段总括记述李夫人以"妙丽善舞"得宠,接着则倒叙她临死前的可怜情态,再具体写她死后武帝的无限思念,最后简略补叙李夫人家族被灭的结果。首尾完整,突出武帝与李夫人的关系,线索清晰。范晔评论《汉书》说:"固文赡而事详。若固之序事,不激诡,不抑抗,赡而不秽,详而有体,使读之者亹亹而不厌,信哉其能成名也。"①可见班固《汉书》在叙事方面内容真实、丰富,褒贬得宜,在篇章结构上有相当高的技巧;语句渊雅、精练、娓娓动听,使人读来津津有味,不忍释卷。

**作品学习**

1.《项羽本纪》
2.《苏武传》

---

① 范晔.后汉书[M].李贤,等注.北京:中华书局,1965:1386.

## 《项羽本纪》鉴赏

《项羽本纪》是《史记》中的名篇之一,记载了项羽生平事迹及其成败始末,生动展示了秦汉之际的风云变幻,通过塑造项羽这一性格复杂的悲剧英雄形象,歌颂他的丰功伟绩。

《项羽本纪》塑造了一个可歌可泣的悲剧英雄形象。第一,作品选取典型事件,表现人物性格。对项羽这一骤起骤灭、带有传奇色彩的英雄人物,作者主要抓住他生平中三件大事来写:巨鹿之战、鸿门宴、垓下之围。巨鹿之战写他在起义军处于劣势的危急时刻,破釜沉舟,渡河救赵,击破了乘胜前来的秦军主力,表现他叱咤风云、勇冠三军的英雄气概。鸿门宴写他在急欲"击破沛公军"时,轻信刘邦和解的言辞改变初衷,以致错失良机,为自己留下后患,表现了他的坦率重义和少于谋略。垓下之围写他被刘邦重重围困时,慷慨别姬,冲杀突围,不肯东渡,自刎乌江,既表现了英雄气概,也反映了他自矜功伐、至死不悟的性格特征。以这三个重大事件组成项羽传,生动地表现了这一英雄人物的性格特征。

第二,作者注重细节描写,预示人物性格的发展。《项羽本纪》开头写项羽小时候读书不成,学剑不成。他的叔叔项梁大怒。项羽就说:"书足以记名姓而已。剑一人敌,不足学,学万人敌。"项梁大喜,就教项羽兵法,项羽只能够做到对兵法一知半解,也不认真学习。秦始皇游览会稽郡,渡浙江时,项梁和项羽一块儿去观看,项羽竟然说"彼可取而代也"。通过项羽少年时奇异不凡的言行,可以看出项羽的豪迈不群,但同时也可见他性情的粗疏,为他日后的成功和失败都埋下了伏笔。这些细节描写,为此后项羽性格发展做了铺垫。

第三,突出场面描写,烘托气氛。《项羽本纪》中写项羽在垓下被围:"项王军壁垓下,兵少食尽,汉军及诸侯兵围之数重。夜闻汉军四面皆楚歌,项王乃大惊曰:'汉皆已得楚乎?是何楚人之多也!'项王则夜起,饮帐中。有美人名虞,常幸从;骏马名骓,常骑之。于是项王乃悲歌慷慨,自为诗曰:'力拔山兮气盖世,时不利兮骓不逝。骓不逝兮可奈何,虞兮虞兮奈若何!'歌数阕,美人和之。项王泣数行下,左右皆泣,莫能仰视。"①项羽在一筹莫展之际,听着帐外此伏彼起的楚歌,面对美人名马慷慨悲歌。此番描写营造了一种浓郁的悲剧氛围,令人感慨唏嘘。

第四,语言生动形象,表现力强。《项羽本纪》记载巨鹿之战:"乃遣当阳君、蒲将军将卒二万渡河,救巨鹿。战少利,陈余复请兵。项羽乃悉引兵渡河,皆沉船,破釜甑,烧庐舍,持三日粮,以示士卒必死,无一还心。于是至则围王离,与秦军遇,九战,绝其甬道,大破之,杀苏角,虏王离。涉间不降楚,自烧杀。当是时,楚兵冠诸侯。诸侯军救巨鹿下者十余壁,莫敢纵兵。及楚击秦,诸将皆从壁上观。楚战士无不一以当十。楚兵呼声动天,诸侯军无不人人惴恐。于是已破秦军,项羽召见诸侯将,入辕门,无不膝行而前,莫敢仰

---

① 司马迁.史记[M].北京:中华书局,1982:333.

视。项羽由是始为诸侯上将军,诸侯皆属焉。"①形象而又有力地表现了楚军的决心,战斗的激烈,项羽的声威。

总之,《项羽本纪》以其有血有肉的人物塑造,曲折多变的情节安排,质朴雄浑的语言,堪称史传散文的典范之作。

## 《苏武传》鉴赏

《苏武传》是《汉书》中最出色的名篇之一,它记述了苏武出使匈奴,面对威胁利诱坚守节操,历尽艰辛而不辱使命的事迹,生动刻画了一个"富贵不能淫,威武不能屈"的爱国志士的光辉形象。

首先,作品剪裁得法,详略得当。范晔《后汉书·班固传论》称赞班固"文赡而事详""详而有体"。《苏武传》详叙苏武出使匈奴被扣留的曲折经历,略叙回国以后的事迹,突出苏武的爱国主义精神。苏武在匈奴19年,作者没有逐年逐月记述事迹,而是详写匈奴方面劝降、逼降和苏武的拒降。卫律软硬兼施想迫使苏武投降,被苏武正气凛然地怒斥喝退,双方矛盾斗争激烈,场面紧张。匈奴企图用艰苦的生活条件来消磨苏武的斗志,把他囚禁于地窖中,使他备受饥寒,流放苏武到荒无人烟的北海牧羊。他手握汉节,在艰难困苦中不忘使命。李陵劝降一节,苏武与李陵的对答针锋相对,波澜起伏,非常精彩,人物之声气跃然纸上。这些情节的详写,有助于表现苏武留胡19年备受艰辛却坚守民族气节的爱国精神。而对苏武在匈奴娶胡妇生子的事情,也只在文章的后半部分略提一笔,没有做详细交代,属于略写。整个作品详其所当详,略其所当略,而且详中有略,略中有详,充分显示了作者在剪裁方面的精思。

其次,作品运用对比,突出人物性格。作者把苏武与张胜对比。张胜见利忘义、丧失骨气,衬托了苏武深明大义的民族气节;张胜遇事束手无策,对朝廷不负责任,衬托苏武临事不惧、对国家高度负责。作者还把苏武与卫律对比。以卫律卖国求荣的卑鄙心理,突出苏武崇高的民族气节。作者再把苏武与李陵对比。李陵计较一己恩怨,埋怨汉武帝对臣下刻薄寡恩,置国家民族利益于不顾,而苏武则置一家之恩怨于不顾,时刻为国家民族利益着想。两相对比,苏武的光辉形象已经活现在读者面前。

再次,人物语言精练准确,富于个性化。《苏武传》的人物语言富于个性化。作品中苏武的言语生动简洁,体现了作为汉朝使者的民族自豪感。如苏武与卫律的对话:"武骂律曰:'女为人臣子,为顾恩义,畔主背亲,为降虏于蛮夷,何以女为见!……若知我不降明,欲令两国相攻,匈奴之祸,从我始矣。'"苏武大义凛然喝斥卫律,语言极为生动,富有很强的感染力。面对李陵的劝降,苏武的回答是:"武父子亡功德,皆为陛下所成就,位列将,爵通侯,兄弟亲近,常愿肝脑涂地。今得杀身自效,虽蒙斧钺汤镬,诚甘乐之。臣事君,犹子事父也。子为父死,亡所恨。愿无复再言。"其语诚恳委婉,柔中有刚,简短的言辞包含着不容置疑的决心,致使李陵因自愧而泣下沾襟。对卫律、李陵的回答语气不同,正符合苏武和卫、李二人的关系。语言富于个性,毕肖其人。

---

① 司马迁.史记[M].北京:中华书局,1982:307.

### 延伸阅读

**1. 原典阅读**

(1) 阅读《史记》(司马迁撰,中华书局,1982年版),重点阅读本纪、世家、列传中的篇章,注重体会司马迁塑造人物形象的方法。

(2) 阅读《汉书》(班固撰,中华书局,1962年版),重点阅读本纪、世家、列传等篇章,注重体会《汉书》的叙事风格。

**2. 研究文献阅读**

(1) 阅读《〈史记〉与中国文学(增订版)》(张新科著,商务印书馆,2010年版),归纳总结《史记》在中国文学史上的地位及其对中国文学的贡献及影响。

(2) 阅读《班固美学思想及〈汉书〉人物传记研究》(朱家亮、李成军著,黑龙江教育出版社,2010年版),归纳总结《汉书》的写人艺术。

### 拓展训练

1. 清代刘鹗在《老残游记·自叙》中说:"《离骚》为屈大夫之哭泣,《庄子》为蒙叟之哭泣,《史记》为太史公之哭泣,《草堂诗集》为杜工部之哭泣,李后主以词哭,八大山人以画哭,王实甫寄哭泣于《西厢》,曹雪芹寄哭泣于《红楼梦》。"这是说,凡文学作品其最深层的内涵,就是熔铸作家的激情。清人刘熙载在《艺概》中也曾说:"学《离骚》得其情者为太史公。""叙事不合参入断语,太史公寓主意于情,肆于心而为文。"日本人斋藤正谦说:"读一部《史记》,……使人乍喜乍愕,乍惧乍泣,不能自止,是子长叙事入神处。"章学诚在《文史通义·史德》中说:"《离骚》与《史记》,皆深于诗者也。"鲁迅称《史记》为"史家之绝唱,无韵之《离骚》"。请在阅读《史记》本纪、世家、列传的基础上,结合本章学习,查阅有关资料,以翔实的文本材料、鲜明的理论观点、清晰的逻辑思路、准确的语言表达,就《史记》的抒情性写一篇小论文。

2. 自从《史记》《汉书》并列出现在史学领域,《史记》《汉书》的比较就成为学者们热议的内容,先后有《班马字类》《班马异同》《史汉方驾》《史记评林》《史记考异》《史记志疑》《史汉笺论》《史汉求是》等。各种观点林林总总,侧重点也不尽相同。作为"正史"的源头,两书有许多相同处,也有许多相异处,人们的喜好不一。大概东汉、魏、晋到唐,喜欢《汉书》的居多,唐以后喜欢《史记》的居多,而明、清两代尤然。这是两书文体各有所胜的缘故。但历来"班马"并称,《史》《汉》连举,可以说,"班马异同"已经成为一门学问。请阅读《史记》《汉书》,参考古今学者所论,就"班马异同"或"班马优劣"写一篇论文,谈谈自己的理解,表明自己的观点。

3. 宋人马存在《赠盖邦式序》中说:"子长生平喜游,方少年自负之时,足迹不肯一日休,非直为景物役也,将以尽天下大观以助吾气,然后吐而为书。今于其书观之,则其平生所尝游者皆在焉。南浮长淮,溯大江,见狂澜惊波,阴风怒号,逆走而横击,故其文奔放而浩漫;……泛沅渡湘,吊大夫之魂,悼妃子之恨,竹上犹有斑斑,而不知鱼腹之骨尚无恙乎?故其文感愤而伤激;北过大梁之墟,观楚汉之战场,想见项羽之喑鸣,高帝之谩骂,龙跳虎跃,千兵万马,大弓长戟,具游而齐呼,故其文雄勇猛健,使人心悸而胆栗;世家龙门,念神禹之鬼功,西使巴蜀,跨剑阁之鸟道,上有摩云之崖,不见斧凿之痕,故其文斩绝峻拔而不可攀跻;讲业齐鲁之都,睹夫子之遗风,乡射邹峄,彷徨乎汶阳洙泗之上,故其文典重温雅,有似乎正人君子之容貌。凡天地之间万物之变,可惊可愕,可以娱心,使人忧,使人悲者,子长尽取而为文章,是以变化出没,如万象供四时而无穷,今于其书观之,岂不信矣!"请结合《史记》的阅读,就游历实践和社会体验对司马迁撰写《史记》的影响写一篇小论文。

# 第四章　汉代乐府诗歌

> **文学史**

两汉是乐府诗的创始和繁盛时期。作为一种新的诗体,汉乐府是继《诗经》《楚辞》之后产生的诗歌典范,它不仅在我国古代乐府诗发展史上地位突出,而且在我国诗歌史、文学史上都有重大影响。在创作方法上,汉乐府继承并发扬了《诗经》的现实精神和《楚辞》的浪漫色彩,并体现二者融合;形式上突破《诗经》的四言格式,促成了杂言诗体的相对成熟,并发展成为后来的歌行体;汉乐府中的五言诗不仅直接影响了文人五言诗的形成,而且孕育了后来的七言诗。

## 第一节　汉代乐府诗歌概论

汉代乐府诗是我国诗歌史上继上古歌谣、《诗经》《楚辞》之后重要的文学样式,对后代文学影响甚大。

### 一、乐府机构与乐府诗

"乐府"本指朝廷设立的音乐机关,"乐"即音乐,"府"即官府。秦、汉均设有乐府和太乐两个机构,其中太乐掌管祭祀雅乐,乐府负责民间俗乐。东汉虽无乐府,但有相当于西汉乐府职能的音乐机关——黄门鼓吹署,也设有相当于太乐的太予乐署。秦朝虽有乐府机构,但并没有建立采集民间歌诗的制度,也没有相应的采诗人员,乐府诗歌的采集活动是从汉代开始的。

汉代人把由朝廷乐府机关(或东汉相当于乐府机关的黄门鼓吹署)收集、整理、保存下来的,合过乐的歌辞称为"歌诗"。魏晋之后,人们把汉代合过乐的"歌诗"称为乐府,乐府因此便由音乐机关的名称转化为诗体名称。在秦和西汉,乐府是官府机构名,魏晋南北朝转变为诗体名,同时,魏晋南北朝文人用乐府旧题或模仿乐府创作的诗歌,不管合乐不合乐,一概称为乐府。到了唐代,乐府指文人仿作的合乐或不合乐的一种古体诗,如元稹、白居易等人创作的新乐府。在宋代,词也称为乐府,如苏轼的词集就叫《东坡乐府》。到了元代,乐府也可指散曲,明清时期,戏曲中的传奇类作品,也可称为乐府。乐府一词含义丰富,不同时代所指的具体内容有所区别,但不管是诗、词,还是散曲、传奇,都与音乐有着密不可分的关系。

### 二、汉代乐府诗的保存与乐府诗的分类

汉乐府诗歌原本数量较多,《汉书·艺文志》著录西汉"歌诗二十八家,三百一十四篇"①,基本都是乐府诗。其中有文人作品,也有民歌。现存可以认定为西汉乐府诗的作品有《大风歌》《郊祀歌》19章20首、《安世房中歌》17首、《铙歌》18篇②,以及为数不多的几首民歌。东汉乐府诗创作的具体情况虽然不详,数量也应较为可观,然大多散佚。现存的两汉乐府诗约100篇左右,作者包括帝王、贵族、文人和无名氏等,其中50首左右的民歌是乐府诗的精华部分,最能代表汉代乐府诗的艺术成就。③

目前,学界一般认可的划分标准是按乐曲的性质进行分类。据记载,早在汉明帝时代,就"定乐有四品",东汉蔡邕也把乐府诗分为4类,《晋书·乐志》分为6类,唐吴兢《乐府古题要解》分为8类。宋代郭茂倩《乐府诗集》是目前所见收集、保存乐府诗最权威的著作,该书把乐府诗分为12类,分别是:郊庙歌辞、燕射歌辞、鼓吹曲辞、横吹曲辞、相和歌辞、清商曲辞、舞曲歌辞、琴曲歌辞、杂曲歌辞、近代曲辞、杂歌谣辞、新乐府辞。两汉乐府诗歌主要保存在《乐府诗集》的相和歌辞、杂曲歌辞、鼓吹曲辞与郊庙歌辞中,而以相和歌辞数量最多。

## 第二节　汉代乐府诗歌的题材内容

汉代乐府诗歌的题材内容相当广泛,几乎涉及当时社会生活的各个方面,可以说是汉代社会生活的实录,具有浓厚的生活气息。

### 一、表现婚姻爱情

汉乐府有不少诗歌描写了男女之间的感情生活,有的还反映了汉代的家庭婚姻制度。如《有所思》"当为一篇……叙男女相谓之言"(清庄述祖《汉铙歌句解》)。该诗描写了女主人公由爱到恨再到爱的情感变化历程,大胆直率,不加掩饰。先写女主人公的爱意,以准备礼物加以烘托,情意缠绵:"何用问遗君?双珠玳瑁簪,用玉绍缭之。"听说情郎变心后,则极写摧残礼物,表达其决绝之恨意:"闻君有他心,拉杂摧烧之。摧烧之,当风

---

① 班固.汉书[M].北京:中华书局,1962:1755.
② 曹道衡,刘跃进.先秦两汉文学史料学[M].北京:中华书局,2005:401,402,404.
③ 后人把乐府机关采集来的民歌和汉代模仿民歌创作的文人诗,都称作汉乐府民歌。汉乐府民歌与其他形式的乐府诗歌一起都叫乐府诗或直接称为汉乐府。

扬其灰。从今以往,勿复相思!相思与君绝!"当女主人公想起以前他们的幽会,又犹豫了。《上邪》篇则是爱的盟誓,以五种不可能出现的自然现象来表达对爱情的执着与坚定:"山无棱,江水为竭,冬雷震震,夏雨雪,天地合,乃敢与君绝!"《饮马长城窟行》描写思妇相思之苦,综合运用了比兴、顶真、对比等多种表现手法,艺术成就极高。再如《上山采蘼芜》《孔雀东南飞》两诗,对于古代妇女极度低下的社会地位给予深刻揭示。《上山采蘼芜》中的女主人公聪慧美貌,心灵手巧,仍然免不了被休弃的命运。《孔雀东南飞》中的刘兰芝美貌出众,心灵手巧,知书达理,勤劳善良,坚强自尊,机智沉着,具有倔强的反抗精神,其命运悲惨,最后与丈夫双双殉情。再如《陌上桑》《羽林郎》,通过女性与权贵的斗争,反映了汉代的社会问题。《陌上桑》中的使君作为地方长官,《羽林郎》中的冯子都作为当权者的家奴,凭权势横行霸道,光天化日之下调戏妇女。诗歌对女主人公罗敷和胡姬给予了赞美和肯定,对于豪强势力则进行了无情的嘲笑和鞭挞。

## 二、书写战争灾难

现存汉乐府中有几首诗与战争有关,有的直接描写战争及战后的悲惨景象,有的间接描写战争给普通家庭带来的深重灾难,表达了强烈的非战思想。《战城南》开篇描绘战后的凄惨景象:"战城南,死郭北,野死不葬乌可食。"意思是说城南城北都有战争,到处有流血和死亡;战斗过后,大地上横七竖八地堆满了尸体;成群乌鸦,争啄着这些无人掩埋的尸体。中间部分渲染战场的荒凉,并把批判的矛头指向了战争:战争不但直接吞噬了无数士兵的性命,而且严重破坏农业生产,给百姓生活带来了深重的灾难。结尾四句:"思子良臣,良臣诚可思,朝行出攻,暮不夜归。"与开头呼应,语气沉痛,使全诗充满了浓重的悲剧气氛。再如《十五从军征》一诗:

十五从军征,八十始得归。道逢乡里人:"家中有阿谁?""遥看是君家,松柏冢累累。"兔从狗窦入,雉从梁上飞。中庭生旅谷,井上生旅葵。舂谷持作饭,采葵持作羹。羹饭一时熟,不知贻阿谁。出门东向看,泪落沾我衣。

诗作描写了一位在边地服役65年的老兵返乡途中及到家之后的情景:他的家人早已死绝,庭院早已颓败,他孤苦无依,晚景凄凉。诗歌书写战争给普通士兵和家人带来的灾难,揭露汉代兵役制度的不合理性。该诗表现了强烈的反战思想,具有一定的典型意义。《饮马长城窟行》也和战争有关,该诗表达了战争对普通家庭造成的伤害和带来的苦痛。《巫山高》:"巫山高,高以大;淮水深,难以逝。我欲东归……临水远望,泣下沾衣。远道之人心思归,谓之何!"主要写征夫征战的辛苦,抒发了服役在外、有家不得归的无奈和悲伤。其他汉乐府诗作如《胡笳十八拍》《琴歌》《昭君怨》等,也和战争有关。

## 三、表现百姓艰难生活

汉乐府中一些诗歌描写下层百姓的贫寒悲苦,他们无衣无食,生存艰难,有的诗作还表达了一定的抗争思想。如《东门行》:

出东门,不顾归。来入门,怅欲悲。盎中无斗米储,还视架上无悬衣。拔剑东门去,舍中儿母牵衣啼:"他家但愿富贵,贱妾与君共哺糜。上用仓浪天故,下当用此黄口儿。

今非!""咄!行!吾去为迟!白发时下难久居。"

诗中的男主人公应该是一个城市贫民,他之所以要"拔剑东门去",铤而走险,做一些违法犯纪的事情,乃是为生活所逼。他有妻有子,但家里"盎中无斗米储,还视架上无悬衣",无法维持家人的基本生存,只有"出东门"!

《妇病行》写一个家庭的女主人在贫病交加中离世,丈夫带着几个年幼的孩子过着饥寒交迫的生活。最后丈夫感叹:"行复尔耳,弃置勿复道!"未来的生活,让他看不到一丝一毫的希望。这首诗集中描绘了汉代劳动大众的苦难生活,具有强烈的艺术感染力。

《孤儿行》写孤儿的苦难生活。父母去世前,他"乘坚车,驾驷马";父母去世后,受到兄嫂的虐待。他被兄嫂强迫去"行贾",辛苦奔波一年,年末到家,"不敢自言苦";他身心疲惫,面容憔悴,还得"办饭""视马"。最后"行汲""收瓜"两件事,写出了社会的冷漠与自私,充分展示了他悲苦、艰难的处境。

《平陵东》把批评的矛头指向了统治阶级——贪官污吏。他们暴力劫持良民,强迫百姓用钱财赎人,使百姓倾家荡产:"平陵东,松柏桐,不知何人劫义公。劫义公,在高堂下,交钱百万两走马。两走马,亦诚难,顾见追吏心中恻。心中恻,血出漉,归告我家卖黄犊。"该诗篇幅短小,情节简单,但含意深刻,揭露了"官府即盗贼,官府甚于盗贼"的现实,反映了百姓生活的无可奈何与度日艰难。

### 四、表达生命思考

两汉乐府诗中还有不少思考人生的作品,汉代人对于生命短促、生死无常、死亡的普遍性都有深入思考,并把这种思考融进作品,表达乐生恶死的愿望。如《薤露》:"薤上露,何易晞。露晞明朝更复落,人死一去何时归!"《蒿里》:"蒿里谁家地?聚敛魂魄无贤愚。鬼伯一何相催促,人命不得少踟蹰。"前者以露水易干比喻人生短暂,以露水能复落来反衬生命的不可逆转。后者写生命的短暂,"人命不得少踟蹰";写死亡的普遍性,"聚敛魂魄无贤愚"。两诗格调低沉,凄婉哀伤。《长歌行》也写生命的短暂和不可逆转:

青青园中葵,朝露待日晞。阳春布德泽,万物生光辉。常恐秋节至,焜黄华叶衰。百川东到海,何时复西归?少壮不努力,老大徒伤悲!

诗作谆谆告诫,希望人们能抓住有限的时光,努力向上,做出一番事业。全诗基调高昂,催人奋进。

汉乐府中还有一些诗作,采用寓言体抒发人生感慨,表达对人生的思考和态度,允满了奇思妙想。如《枯鱼过河泣》:"枯鱼过河泣,何时悔复及!作书与鲂鱮,相教慎出入。"该诗以鱼喻人,告诫人们要小心谨慎,以免重蹈覆辙。再如《蛱蝶行》:"蛱蝶之遨游东园,奈何卒逢三月养子燕,接我苜蓿间。持之,我入紫深宫中,行缠之,傅榱栌间。雀来燕,燕子见啣哺来,摇头鼓翼,何轩奴轩。"从蝴蝶的视角切入,写自己生命被毁灭的过程,令人深思。如《董娇娆》虚拟桃李树和洛阳女子的对话,诉说枝折花落的不平,责备人为的力量使青春早夭。再如《乌生八九子》,借自然界鸟禽、昆虫的遭遇,曲折反映现实社会中受迫害、受蹂躏者的凄惨命运,饱含着人生最深切的哀痛。

此外,汉乐府中还有一些游仙诗,如《王子乔》《长歌行》《董逃行》《步出夏门行》《善哉行》等,大多形成了一定的模式,如有仙人、游仙地点、神药、祥瑞之物、非凡的坐骑等,有的还描绘仙界的景色、凡人与仙人的对话等。汉乐府中的游仙诗取得了一定的成就,为魏晋时期游仙诗的发展成熟奠定了一定的基础。

## 第三节　汉代乐府诗歌的艺术特色

汉乐府前承《诗经》《楚辞》,后接建安风骨、正始之音,在诗歌发展史上独具特色,有着重要影响。

### 一、创作方法多样化

在创作方法上,汉乐府继承并融合《诗经》的写实精神和《楚辞》的浪漫色彩。班固《汉书·艺文志》评价汉乐府:"自孝武立乐府而采歌谣,于是有代、赵之讴,秦、楚之风,皆感于哀乐,缘事而发,亦可以观风俗,知薄厚云。"①意谓创作主体有感于现实生活中的悲哀或快乐,源自具体的事件而进行诗歌创作,具有很强的针对性和浓厚的生活气息。如表现婚姻爱情、书写战争灾难、表现百姓生活之艰难等,都体现了创作主体对现实生活的真实感受,体现了强烈的现实精神。而借寓言形式的人生思索、游仙诗等,则更多来自于创作主体的想象和虚构,富有强烈的浪漫色彩。《孔雀东南飞》一诗则主体写实,结尾写虚,将虚实融为一体。

### 二、叙事成就突出

汉乐府诗歌中有抒情诗,也有叙事诗,但成就更大、更突出的还是叙事诗。汉乐府无论是短制还是长篇,多是叙事诗,其情节化和故事性突出,叙事性强,叙事手法纯熟,并且出现了像《孔雀东南飞》那样在叙事技巧上炉火纯青的长篇杰作,标志着中国古代叙事诗已经完全发展成熟。

### 三、塑造了性格鲜明的人物形象

两汉乐府诗在刻画人物方面也取得了很大成就,塑造了一批栩栩如生的人物形象。《陌上桑》中的秦罗敷和《羽林郎》中的胡姬都是反抗强者的女性,罗敷以机智的言辞戏弄向她求婚的使君,演出一场幽默的喜剧;胡姬则是以生命抗拒权势家奴的调戏,具有悲剧主角的品格。一个聪明多智,一个刚烈坚贞,显示出两种不同的气质和性格。再如《孔雀东南飞》中的刘兰芝和《上山采蘼芜》中的女主人公,两人都是弃妇,都聪慧美貌、心灵手巧,但不同的是一个反抗精神很突出,一个性格较软弱,只能被动地接受命运的安排。

---

① 班固.汉书[M].北京:中华书局,1962:1756.

## 四、诗体上的创新

汉乐府形式自由,不拘一格。汉乐府突破了《诗经》的四言格式,促成了杂言诗体的相对成熟。比较而言,《诗经》的杂言诗,不但数量少,而且句式变化不大,影响较小。《楚辞》中的多数作品,句式也并不整齐,但有规律可循,形成了一定的模式,大致是以六七字为主,且间有"兮"字。汉乐府则自由灵活,毫无拘束。一篇之中,从一二字到十来字的句子都有,灵活多变。

此外,汉乐府中的五言诗不仅直接影响了文人五言诗的形成,而且孕育了后来的七言诗。除了杂言诗外,汉乐府中也有数量可观的五言诗,如《饮马长城窟行》《孔雀东南飞》《陌上桑》《十五从军征》《江南》等,它们和汉代文人诗《古诗十九首》一起,标志着五言诗体的发展成熟。

### 作品学习

1.《饮马长城窟行》
2.《孔雀东南飞》

### 《饮马长城窟行》鉴赏

本诗最早见于萧统《文选》卷二七,题为"乐府古辞"。徐陵所编《玉台新咏》卷一也收录此篇,题为蔡邕作,不可信。郭茂倩《乐府诗集》卷三八列在《相和歌辞·瑟调曲》,又称"饮马行"。

这是一首思妇诗,描写了女主人公对行役他乡的丈夫的缠绵思念与殷切期盼,感情真挚。长城窟是长城边地土穴之泉。唐人李善注道:"言征戍之客至于长城,而饮其马,妇思之,故为长城窟行。"

全诗运用多种艺术手法描写思妇的辛酸和痛苦。一是比兴。诗以比兴开头,先写河畔的青草,以绵绵青草引出对夫君的思念;以春天大自然的热闹、生机,反衬出少妇思君不得的悲凉。二是顶真。以顶真手法的循环往复,写思妇日夜思念的情状,象征少妇绵绵不尽的相思之情。三是对比。诗中有梦境与现实的对比,他人团聚与自己孤寂的对比,衬托思妇的凄凉、孤苦。

该诗景物描写颇有特点。如其中"青青河畔草"是以乐景写哀情,而"枯桑知天风,海水知天寒"是以哀景写哀情。同样是景物描写,又灵活多样,富于变化。全诗数次换韵,韵律流畅,文情相应,诗意淋漓酣畅。正如陈祚明《采菽堂古诗选》的评价:"此篇流宕曲折,转掉极灵,抒写复快,兼乐府古诗之长,最宜诵读。"

### 《孔雀东南飞》鉴赏

该诗始见于徐陵所编《玉台新咏》,题作"古诗为焦仲卿妻作"。宋代郭茂倩《乐府诗集》列入《杂曲歌辞》,题为"焦仲卿妻"。后人多以首句为题,作《孔雀东南飞》。该诗通过刘兰芝、焦仲卿夫妻双双殉情的爱情悲剧,表达百姓对美好婚姻生活的追求与向往,是我国文学史上最优秀的长篇叙事诗之一。

首先,生动的人物形象。诗歌中的几个主要人物都个性鲜明,给读者留下了深刻的印象。如刘兰芝是一位美丽聪慧、勤劳能干、纯洁善良的女性,她体贴丈夫,孝敬公婆,是封建社会劳动妇女的代表,她遇事沉着、果敢,有反抗精神。焦仲卿纯洁、笃实、正直,外柔内刚,对爱情忠诚专一。还有焦母和刘兄都是封建家长的典型代表:焦母专横、愚蠢、凶恶,刘兄则粗暴、势利、自私,他们都冷酷、无情、蛮横。诗中人物形象鲜明生动

其次,结构完整,情节曲折。该诗情节结构安排采取双线交替推进。一条线索在刘兰芝、焦仲卿夫妇与焦母、刘兄之间展开。仲卿求母,是第一次冲突,表现了焦母的专横和仲卿的软弱。兰芝辞婆,是第二次冲突,刻画了焦母的无情和兰芝的抗争。兰芝拒婚,是第三次冲突,在兰芝与其兄之间展开,突出表现兰芝坚贞的品格以及其兄的蛮横卑劣。仲卿别母,表达了焦母的顽固与仲卿的守约。这四次冲突,愈演愈烈,直至焦刘二人双双殉情。

另一条线索是刘兰芝与焦仲卿之间的感情纠葛。兰芝诉苦,表现了她对仲卿的信赖,也交代了矛盾冲突的背景。仲卿求母失败,夫妻之间话别,反映了仲卿的不舍、兰芝的温情。兰芝辞婆后,仲卿送别,表现夫妇之间的真挚感情。兰芝拒婚后,仲卿怨怼,兰芝表白,二人诀别,淋漓尽致地刻画了生死不渝的爱情。两条线索有主有从,互为因果,交替发展,完整紧凑地叙述故事,交代人物命运。

再次,比兴和铺陈手法的运用。诗篇开头,"孔雀东南飞,五里一徘徊"是"兴"的手法,用以引起刘兰芝、焦仲卿彼此的顾恋之情,布置了全篇的气氛。最后一段,在刘、焦合葬的墓地,松柏、梧桐枝枝叶叶覆盖相交,鸳鸯在其中双双日夕和鸣,既象征了刘、焦夫妇爱情不朽,又象征悲愤与控诉。双双合葬是刘、焦爱情的浪漫发展,升华了全诗主题。该诗还用铺陈手法,如开篇部分写刘兰芝出众的才艺,也显示了焦母的专横和无理取闹;辞婆前精心梳妆打扮,既写出了刘兰芝的美貌,更表达了她的自尊与倔强。

### 延伸阅读

**1. 原典阅读**

(1)阅读《乐府诗选》(曹道衡选注,余冠英审定,人民文学出版社,2000年版),主要阅读汉代乐府民歌与文人乐府诗部分。

(2)阅读《乐府诗集》(郭茂倩撰,中华书局,1979年版),重点体会乐府诗与音乐的关系。

**2. 研究文献阅读**

(1)阅读《两汉乐府诗研究》(陈利辉著,社会科学文献出版社,2013年版),着重理解《诗经》与汉乐府在题名、体式、题材之间的联系与区别。

（2）阅读《汉魏六朝乐府文学史》（萧涤非著，人民文学出版社，1984年版），重点把握汉魏六朝乐府诗发展史的基本风貌。

### 拓展训练

1. 明人许学夷《诗源辩题》卷三云："乐府之诗，当以汉人为首。"清人费锡璜《汉诗说·自序》云："夫诗不深入汉魏乐府，破其阃奥，而徒寻摘宋元字句之间，是犹溯水而不穷其源、登山而不极其巅，宜乎去雅而就郑，见伪而不见真也，正今之失。"牟愿相《小澥草堂杂论诗》"杂论诗"条说："汉乐府自为古奥冥幻之音，不受雅、颂束缚，遂能与三百篇争胜。魏、晋以下，步步模仿汉人，不复能出脱矣。"阅读上述三则材料，结合本章学习，就汉乐府在中国古代诗歌发展史上的成就和影响写一篇小论文。

2. 萧涤非《汉魏六朝乐府文学史》第三章说："窃谓在今日而谈乐府，其第一著即须打破音乐之观念。盖乐府之初，虽以声为主，然时至今日，一切声调，早成死灰陈迹，纵寻根究底，而索解无由，所谓入乐与未入乐者等耳。侈言律吕，转滋淆惑。故私意以为今日对于乐府之鉴别宜注意下列两点：①文学之价值；②历史之价值。前者为无时代性的，历万劫而不朽……后者为有时代性的，虽无永恒感人之力，然足考知一时代之风俗，或补有史之阙文。"请查阅相关文献资料，以汉乐府诗为例谈谈其文学价值和历史价值，并辨析文学价值"为无时代性的，历万劫而不朽"这一观点。

# 第五章　汉代文人诗歌

> 文学史

在以辞赋创作为主流的汉代，文人诗歌相对黯淡，主要沿袭《诗经》四言体和楚歌形式，缺乏新的创造与发展。如钟嵘《诗品序》所言："自王、扬、枚、马之徒，词赋竞爽，而吟咏靡闻。"①直至东汉，文人诗歌开始出现了新局面，五言诗发展，七言诗产生。班固的《咏史》是第一首文人五言诗，其后五言诗发展渐起，有张衡的《同声歌》、秦嘉的《赠妇诗》、赵壹的《疾邪诗》等。东汉末年《古诗十九首》的出现标志着汉代文人五言诗歌的最高成就。

## 第一节　四言诗与楚歌诗

在文人五言诗兴起之前，汉代文人在诗歌创作上沿用四言体和楚歌诗。四言诗多言志之作，承袭了《诗经》"刺"的精神；楚歌诗多抒情之作，抒发人生的慨叹，风格悲凉。这些诗作创新不多，但对五言、七言诗歌的发展有一定的促进作用。

### 一、四言诗

自武帝置五经博士后，《诗经》被列为儒家经典得到了文人重视。四言诗歌体式遂为文人所宗。具有代表性的四言诗有韦孟的《讽谏诗》《在邹诗》、韦玄成的《自劾诗》《戒子孙诗》、朱穆的《与刘伯宗绝交诗》、仲长统的《述志诗》。这些诗作虽有一定的时代内容和个人情感，但多规模雅颂，几无创新。

韦孟，汉初彭城人。曾为楚元王傅，后又辅元王子夷王、孙刘戊。楚王戊荒淫无道，无视民生，韦孟作《讽谏诗》以规劝。作为老臣，韦孟敢于直谏，直指弊端，"所弘非德，所

---

① 钟嵘.诗品[M].曹旭,集注.上海：上海古籍出版社,2011:14.

亲非俊。唯囿是恢,唯谀是信"①,表现出忠鲠之气。刘勰说:"汉初四言,韦孟首唱,匡谏之义,继轨周人。"②但是诗歌过于质实,兴寄全无。

汉代较好的四言诗是朱穆的《与刘伯宗绝交诗》和仲长统的《述志诗》。朱穆,汉桓帝时人,为人刚正不阿。刘伯宗为官后富贵骄奢,朱穆愤而作诗与旧友表示绝交,诗中将刘伯宗比作北山之鸱,"北山有鸱,不洁其翼。飞不正向,寝不定息",将自己比作凤,"凤之所趣,与子异域。永从此诀,各自努力"③,在对比中表现出蔑视权贵的傲岸之气。

仲长统乃东汉末之"狂生"④,怀才不遇,作《述志诗》二首,以此明志。其二云:"叛散五经,灭弃风雅。百家杂碎,请用从火。抗志西山,游心海左。"⑤既有对儒家传统思想的反叛,又有对逍遥无为人生的追求,是汉末儒学衰微下文人内心苦闷、心性转变的写照,为魏晋通脱之先。

汉代四言诗承袭雅颂精神,多以言志。或讽谏时事,或自责过失,或明言己志。内容上能见出汉代文人在思想、行为和心性上的变化。

## 二、楚歌诗

汉代因风气所重,楚歌盛行,始于上层,文人因之。项羽《垓下歌》、刘邦《大风歌》开其先声。武帝后辞赋创作成为主流,楚歌渐弱,但刘彻的《秋风辞》、梁鸿的《五噫歌》不失为佳作。汉代楚歌诗多以抒情为主,虽内容各异,情感不同,但总体上都表达了对人生的慨叹,其风格悲凉。

刘邦的《大风歌》是在灭英布叛军后宴请父老,酒酣之际所作:

大风起兮云飞扬,威加海内兮归故乡,安得猛士兮守四方?⑥

前两句气象宏大,写出风起云涌、群雄竞逐、衣锦荣归。第三句突转,表达了对治理天下的深切忧虑。全诗仅23字,写出了帝王的鸿业与忧患,胸怀阔大,感情深挚。宋萧岩肖《庚溪诗话》有评:"不事华藻,而气概远大,真英主也。"

项羽的《垓下歌》是在被重重围困中所做的绝命词。虽是穷途末路,但毫无纤弱之气,洋溢着无与伦比的豪气和对人生无常的叹息。

力拔山兮气盖世,时不利兮骓不逝。骓不逝兮可奈何,虞兮虞兮奈若何!⑦

力拔山、气盖世的西楚霸王,何等叱咤风云,而此时连自己的宝马和美人都无法保全。人生无常,失路之悲,一腔愤怒,万种低回。

汉武帝刘彻的《秋风辞》乃楚歌诗中的佳制:

秋风起兮白云飞,草木黄落兮雁南归。兰有秀兮菊有芳,怀佳人兮不能忘。泛楼船

---

① 逯钦立.先秦汉魏晋南北朝诗[M].北京:中华书局,1983:105.
② 刘勰.文心雕龙[M].王运熙,周锋,译注.上海:上海古籍出版社,2010:23.
③ 逯钦立.先秦汉魏晋南北朝诗[M].北京:中华书局,1983:181.
④ 范晔.后汉书[M].北京:中华书局,1965:1644.
⑤ 逯钦立.先秦汉魏晋南北朝诗[M].北京:中华书局,1983:87.
⑥ 逯钦立.先秦汉魏晋南北朝诗[M].北京:中华书局,1983:87.
⑦ 逯钦立.先秦汉魏晋南北朝诗[M].北京:中华书局,1983:88.

兮济汾河,横中流兮扬素波。箫鼓鸣兮发棹歌,欢乐极兮哀情多。少壮几时兮奈老何!①

这是泛舟宴饮中的即兴之作,同样以风云起兴,但与《大风歌》的苍茫雄放相较,显得清新婉转。在悲秋感物中怀人,在泛舟的欢快中抒发年华难再的幽思,一波三折,将一代雄主的复杂情思抒写得曲折而又缠绵。情致与文采,近乎文人。这样的作品,显示出楚歌诗在辞赋的影响下,由直抒胸臆、简洁质实发展为思致婉转,渐重文采。

东汉前期梁鸿的《五噫歌》可谓是楚歌诗的变体:

陟彼北芒兮,噫!顾瞻帝京兮,噫!宫阙崔嵬兮,噫!民之劬劳兮,噫!辽辽未央兮,噫!②

通过宫室崔嵬的帝京与劬劳艰辛的百姓之间鲜明的对比,指斥帝王穷奢极欲,连用五个"噫"字,情感激越。清代张玉榖《古诗赏析》云:"无穷悲愁,全在五个'噫'字托出,真是创体。"③

汉代楚歌诗直承屈骚,所抒发之情多与作者的政治生活密切相关,无出政治抒情之范围,创新较少。但在诗歌体式上,促进了五言、七言诗歌的发展。

五言诗句在汉初楚歌中已有使用。如戚夫人遭吕后囚禁时所做的《春歌》:

子为王,母为虏。终日舂薄暮,常与死为伍。相离三千里,当谁使告女?④

这首诗以子王母虏的差异与巨变,写出戚夫人的不幸与悲凄,令人唏嘘不已。在体式上没有使用常见的"兮"字句。除开头的两句,其余皆为五言诗句。

东汉张衡的《四愁诗》是楚歌诗的变体,亦是文人七言诗的先声:

我所思兮在太山。欲往从之梁父艰,侧身东望涕霑翰。美人赠我金错刀,何以报之英琼瑶。路远莫致倚逍遥,何为怀忧心烦劳。⑤

这首诗采用比兴手法,寄托了伤时忧世之感,意绪缠绵。形式比较整齐,除每章第一句夹有虚词"兮"字,其余诗句均为七言,大都采用上四字一节,下三字一节的形式,为文人七言诗的最早形态。

## 第二节 五言诗的起源与发展

五言诗起源于民间,在民间歌谣和两汉乐府歌辞中出现。因其节拍韵律与四言、杂言不同而受到文人的关注与模仿。从班固至东汉末年,渐趋成熟,《古诗十九首》代表这一时期文人五言诗的最高成就。

---

① 逯钦立.先秦汉魏晋南北朝诗[M].北京:中华书局,1983:93.
② 逯钦立.先秦汉魏晋南北朝诗[M].北京:中华书局,1983:165.
③ 张玉榖.古诗赏析[M].许逸民,点校.上海:上海古籍出版社,2000:136.
④ 逯钦立.先秦汉魏晋南北朝诗[M].北京:中华书局,1983:91.
⑤ 逯钦立.先秦汉魏晋南北朝诗[M].北京:中华书局,1983:180.

### 第五章　汉代文人诗歌

## 一、五言诗的起源

五言诗是中国古典诗歌的主要形式，它从民间歌谣中孕育，逐渐发展到文人写作，经过了一个长期的发展过程。

五言诗最初起源于民间，《诗经》中的《行露》《北山》《木瓜》等篇已有半章或全章都是五言的形式。如《行露》"谁谓雀无角，何以穿我屋？谁谓女无家，何以速我狱"。《木瓜》"投我以木桃，报之以琼瑶，匪报也，永以为好也"。但这不过是四言诗中偶然杂有一些五言诗句而已。

春秋末期出现的楚国民歌《孺子歌》"沧浪之水清兮，可以濯我缨。沧浪之水浊兮，可以濯我足"①。依然带有楚歌的兮字调，但已见五言雏形。秦始皇时的《长城歌》："生男慎勿举，生女哺用脯。不见长城下，尸骸相支柱。"②已是独立成篇的五言诗。

西汉时期，五言的歌谣越来越多。见于史书记载的有《汉书·外戚列传》中的戚夫人歌："子为王，母为虏，终日舂薄暮，常与死为伍。"《汉书·外戚列传》李延年《李夫人歌》："北方有佳人，绝世而独立。一顾倾人城，再顾倾人国。宁不知倾城与倾国，佳人难再得。"③《汉书·五行志》载成帝时的童谣："邪径败良田，谗口害善人。"④《汉书·贡禹传》载："何以孝悌为，财多而光荣。何以礼义为，史书而仕宦。"⑤五言形式在民间渐已成熟，古朴本色，绝少雕琢之迹。但文人往往认为五言是俳谐倡乐，非为正音，因此不屑使用。

直至东汉前期，班固著《汉书》，以史家特有之敏感，将五言歌谣载入史册，而且第一个运用五言这种新体式写诗，此后风气渐开。东汉中后期作者增多，促使五言诗成熟发展。到东汉末年、建安时期，迎来了五言诗的腾涌局面，五言逐渐成为中国诗歌最重要的形式之一。

## 二、东汉文人五言诗的发展

五言诗酝酿于西汉，而成熟于东汉。据现存资料，有史可考最早文人五言诗是班固的《咏史》。⑥这首诗以史官之笔法详细记叙了汉文帝时孝女缇萦，为赎免父亲刑罚请求为奴婢的故事。班固身为史家，老于掌故，叙事凝练，具有高度的概括性。但是过于质实，缺乏文采和形象性，所以钟嵘《诗品》评为"质木无文"。然作为五言新体，具有开创之功，从此五言诗正式登上文坛。

---

① 逯钦立.先秦汉魏晋南北朝诗[M].北京：中华书局，1983：21.
② 逯钦立.先秦汉魏晋南北朝诗[M].北京：中华书局，1983：32.
③ 逯钦立.先秦汉魏晋南北朝诗[M].北京：中华书局，1983：101.
④ 逯钦立.先秦汉魏晋南北朝诗[M].北京：中华书局，1983：126.
⑤ 逯钦立.先秦汉魏晋南北朝诗[M].北京：中华书局，1983：131.
⑥ 关于文人五言诗的产生，曾有起于枚乘说、李陵说、苏武说、卓文君说、班婕妤说等不同的说法。《文心雕龙·明诗》说："古诗佳丽，或称枚叔。"徐陵的《玉台新咏》卷一即将《西北有高楼》等9首古诗题为枚乘《杂诗》。萧统的《文选》录有李陵诗3首，苏武诗4首。《西京杂记》认为卓文君作《白头吟》以自绝。《文选》收有班婕妤的《怨歌行》。这些说法多为推测，没有确凿证据。

东汉安帝、顺帝之后，文人五言诗开始大量涌现，有张衡的《同声歌》、秦嘉的《赠妇诗》、郦炎的《见志诗》、赵壹的《疾邪诗》、蔡邕的《翠鸟》、辛延年的《羽林郎》、宋子侯的《董娇饶》等，这些诗作和班固的《咏史》相较，已有长足的进步，技艺渐趋成熟。

秦嘉的《赠妇诗》共3首，是留别妻子徐淑之作。秦嘉赴任洛阳，而妻子因病回母家，不能面别，由而抒发伤别之感。诗开端即语"人生譬朝露，居世多屯蹇。忧艰常早至，欢会常苦晚"，感慨生命短暂，处世多艰，忧多欢少，带有时代的乱离之感。诗中极写相思之情，"独坐空房中，谁与相劝勉。长夜不能眠，伏枕独展转""顾看空室中，仿佛想姿形。一别怀万恨，起坐为不宁"（其三）①。语言质朴，感情深挚。和班固重叙事不同，此诗将五言体式用于抒情。

辛延年的《羽林郎》写卖酒的胡姬面对权贵的调戏，义正辞严地拒绝，以维护自己的尊严。诗歌在内容、立意、结构、人物上都模仿乐府民歌《陌上桑》，可以看出文人五言诗正是从乐府歌辞中脱胎而来。宋子侯的《董娇饶》在对乐府民歌借鉴的基础上有所发展："洛阳城东路，桃李生路旁。花花自相对，叶叶自相当。"②开篇景物描写，以桃花生发诗情，虚构了桃李与采桑女的对话，抒写了人不如花，盛年难再的慨叹。文人在学习乐府五言诗的过程中，逐渐从叙事转向抒情。

此外还有一些无名氏的作品，如苏李诗、《古诗十九首》等。《昭明文选》卷二九载李陵《与苏武诗》3首，苏武诗4首。又《古文苑》卷四收录李陵《录别诗》8首，苏武《答诗》1首，《别李陵》1首。这21首诗均为五言体，后人称为"苏李诗"。据近代学者研究，这些诗作并非苏武、李陵二人所作，乃出自东汉文人伪托，真正作者已不可考。③ 苏李诗内容大都写朋友、兄弟和夫妻之间的离别之情，悲意慷慨，透露出哀伤惆怅的情绪，是游子寒士漂泊乱离，凄凉境况的写照。

汉末出现了一组无主名的诗作《古诗十九首》，代表了汉代文人五言诗的最高成就。这组诗继承了《诗经》《楚辞》的抒情传统，并革新其表现艺术，完成了五言诗由叙事向抒情的转变。此后经过建安、正始几代文人的努力，五言演进为完全的文人诗，成为中国古典诗歌中最重要的形式之一。

# 第三节 《古诗十九首》

《古诗十九首》的出现标志着五言诗发展到成熟阶段，使原来过于质朴的乐府叙事体民歌转向为优美宛转的抒情诗，开启了五言诗歌咏人生、反映现实、抒发情感的先河。

---

① 逯钦立.先秦汉魏晋南北朝诗[M].北京：中华书局，1983：186—187.
② 逯钦立.先秦汉魏晋南北朝诗[M].北京：中华书局，1983：198.
③ 历史上最早对"苏李诗"提出疑义的是晋宋年间的颜延之，其后还有刘勰、苏轼、洪迈等。清代著名学者如顾炎武、翁方纲、钱大昕、梁启超等，均认为"苏李诗"与苏武、李陵当时之事不切合，断定为伪作。其中尤以梁启超之论最具有说服力。

## 一、《古诗十九首》的名称和作者

《古诗十九首》之名,最早见于萧统的《文选》。所谓"古诗"本是晋南北朝对古代诗歌的统称,萧统编《文选》时,把无主名的19首五言古诗选编在一起,题作"古诗十九首",从此,"古诗十九首"便成了专门名称。

关于《古诗十九首》的作者和年代,文学史上众说纷纭。刘勰《文心雕龙·明诗》篇说:"《古诗》佳丽,或称枚叔,其《孤竹》一篇则傅毅之词。"①认为这组优美的《古诗》可能是西汉时代枚乘所作,其中《冉冉孤生竹》一篇,是东汉初年傅毅所作。而钟嵘《诗品》则说:"……旧疑是建安中曹、王所制。"②认为可能是曹植、王粲所作。两种说法中用了"或称""旧疑",可见在齐梁时期就已难以确定作者。

从诗歌发展上看,枚乘乃西汉初年人,傅毅与班固同时,其时不可能有《古诗十九首》这样的成熟之作。如果说《古诗十九首》产生于曹植、王粲时代,也有很多疑问。因为《古诗》里写到洛阳的几首,都不曾反映洛阳的残破,显然写在董卓焚烧洛阳以前,此时王粲尚幼,曹植未生。现代一般研究者认为这组古诗并非一人一时之作,但因风格、内容相近,被编辑在一起,其产生时代大约在东汉顺帝末到献帝前③,作者为中下层失意文人。

## 二、《古诗十九首》的思想内容

东汉末年,党锢纷争,社会动荡不安,下层文人们漂泊游宦,备受艰辛。在乱离奔走之中,饱尝了离家别亲之伤、仕途失意之悲、人生短暂之叹,因此将诸多情感集聚其中,发为吟咏。19首诗虽为不同时间、不同士人所作,但共同呈现出了一个基调、三种情感,即感伤基调下写出了三种"同有之情":离别、失意、忧虑人生无常。④ 诗歌深刻地再现了中下层文人在汉末社会大转变时期,追求的幻灭与沉沦,心灵的觉醒与痛苦。

### (一)抒写游子思妇的离别相思之苦

这类诗歌有:《行行重行行》《青青河畔草》《孟冬寒气至》《冉冉孤生竹》《客从远方来》《涉江采芙蓉》《庭中有奇树》《迢迢牵牛星》《凛凛岁云暮》《明月何皎皎》等,占19首中的一多半。《行行重行行》是《古诗十九首》中的第一首,以思妇的口吻抒发对远行在外丈夫的深切思念。首句五字,连叠用四个"行"字,极言游子越走越远,不仅是距离之远,也暗含了时间上的久远。以不断行走之步履、叠字的复沓为全诗奠定了悲凉感伤的基调。《明月何皎皎》则写游子夜不能寐的感伤。"忧愁不能寐,揽衣起徘徊""出户独彷

---

① 刘勰.文心雕龙[M].王运熙,周锋,译注.上海:上海古籍出版社,2010:23.
② 钟嵘.诗品集注[M].曹旭,集注.上海:上海古籍出版社,2011:91.
③ 关于《古诗十九首》产生的年代主要有东汉末年说、两汉说和建安说。主东汉末年说者如梁启超、罗根泽、游国恩、马茂元、李炳海、叶嘉莹等,认为大概不出于东汉后期数十年之间。至早在顺帝末年,至晚在献帝之前。两汉说者如隋树森、赵敏俐、张茹倩、张启成等。认为19首诗既有西汉之作,又有东汉之作。建安说者有胡怀琛、木斋。(木斋.初论古诗十九首产生在建安曹魏时代:从五言诗形成历程角度的探寻[J].山西大学学报:哲学社会科学版,2005,28(2):71-77.)
④ 叶嘉莹.汉魏六朝诗讲录[M].石家庄:河北教育出版社,1997:79.

徨,愁思当告谁"①,皓月当空,诗人徘徊难卧,孤独无诉。《孟冬寒气至》则以寒冬起兴,写出了思妇的痴情与愁苦。"客从远方来,遗我一书札。上言长相思,下言久离别。置书怀袖中,三岁字不灭。一心抱区区,惧君不识察。"三年前丈夫的一封书信,虽然字句简短,但思妇视如珍宝,思念之苦令人唏嘘不已。

《古诗十九首》的相思怀人之作,多从女性角度着笔,展现了主人公婉曲复杂的内心世界。"浮云蔽白日,游子不顾返"(《行行重行行》)写出了思妇对久出未归游子的疑虑之心。"荡子行不归,空床难独守"(《青青河畔草》)写出独守空床的寂寞。"过时而不采,将随秋草萎"(《冉冉孤生竹》)写出对年老色衰的担忧。

这些诗作借女性口吻抒写,多是揣度思妇心理而作。正如清代陈祚明《采菽堂古诗选》所论:"以我之怀思,猜彼之见弃。"汉末文人在切身的体验中,深切地感受到希望、失望、绝望交织的心理焦虑,他们抒写女性的不幸,不仅有真诚的理解与同情,也融入了自己饱经忧患与痛苦的人生体验。

**(二)抒发失意苦闷与人生感喟**

东汉末年,儒学衰微,"立德、立功、立言"的价值体系失去了存在的基础,皓首穷经的文士们失去了安身立命的精神支柱。政治黑暗,仕途受阻,人生的价值、人生的出路到底何在?他们深感痛苦与困惑。文人们对生命短促、人生无常的感伤,这时显得更为强烈。

在动荡不安的乱世中,文人们深切感受到人生的短暂。

人生天地间,忽如远行客。(《青青陵上柏》)

人生忽如寄,寿无金石固。(《驱车上东门》)

生年不满百,常怀千岁忧。(《生年不满百》)

人生非金石,岂能长寿考?(《回车驾言迈》)

人生寄一世,奄忽若飙尘。(《今日良宴会》)

诗歌集中思考人生问题,将生命短暂写得如此悲伤而又真切。文人们感慨于常年"青青"的"陵上柏",始终"磊磊"的"涧中石",感慨那永远不会变化的"金石",在物我的对比中,强化了自己的悲哀。人生如同朝露,如同飙尘,转瞬即逝。然而在短暂的人生中只有死亡是永恒的,"出郭门直视,但见丘与坟"(《去者日以疏》),"驱车上东门,遥望郭北墓"(《驱车上东门》)。还有世态炎凉、仕途失意是真实的,"不念携手好,弃我如遗迹"(《明月皎夜光》),"不惜歌者苦,但伤知音稀"(《西北有高楼》)。

面对社会动荡、人生短促、世事艰辛,文人们重新认识人生,寻求慰藉与解脱之道。文人们放浪情志,及时行乐。《驱车上东门》在比较中选择道路:"服食求神仙,多为药所误。不如饮美酒,被服纨与素。"神仙永生不过一场空梦,只有饮酒行乐才能浇愁。《生年不满百》将这种情感写得更加直露:"昼短苦夜长,何不秉烛游?为乐当及时,何能待来兹。"痛苦失意的文人们面对死亡,找到了一条更好的出路,及时行乐。他们甚至放浪形骸,以获得片刻的慰藉。"荡涤放情志,何为自结束?燕赵多佳人,美者颜如玉。"(《东城高且长》)这种人生态度虽然世俗消极,但确实是苦难中无奈的选择,折射出文人们对生

---

① 逯钦立.先秦汉魏晋南北朝诗[M].北京:中华书局,1983:329-334.

命的热爱与留恋。正如马茂元先生所说:"这类思想是庸俗而粗野的,它的气质是浪漫而颓废的,但其中却蕴藏着一种现实的、积极的因素。"①

文人们还写对荣誉地位的渴求。及时行乐难免内心空虚,文人们依然渴求人生价值的体现。《今日良宴会》云"何不策高足,先据要路津?无为守贫贱,辕轲长苦辛",《回车驾言迈》云"盛衰各有时,立身苦不早。……奄忽随物化,荣名以为宝",已超越了物质事功,而追求美名传世,精神不朽。

《古诗十九首》突破了传统题材,把目光从外在事功转向朴实无华的人生,从宗庙朝廷转向与人生相关的进退出处、友情爱情,第一次突显出"人"的主题,这正是《古诗十九首》的魅力所在。

## 三、《古诗十九首》的艺术成就

《古诗十九首》继承了诗骚、乐府的优秀传统,艺术技法更加圆熟。《文心雕龙·明诗》云:"观其结体散文,直而不野,婉转附物,怊怅切情,实五言之冠冕也。"②《诗品》云:"文温以丽,意悲而远,惊心动魄,可谓几乎一字千金。"③

### (一)融情入景,情景交融

《古诗十九首》最突出的特点就是长于抒情。"逐臣弃友、思妇劳人、托境抒情、比物连类、亲疏厚薄、死生新故之感,质言之,寓言之,一唱而三叹之"(王康《古诗十九首绎后序》),良非虚言。其抒情往往是委曲婉转,不径直言。或触物起兴,或融情入景,达到天衣无缝、水乳交融的境界。

首先,运用比兴,索物兴寄。《古诗十九首》继承了诗骚的抒情方式,善用比兴,映衬烘托。"胡马依北风,越鸟巢南枝""浮云蔽白日,游子不顾返",用自然之物兴起表达对游子不归的埋怨和疑虑。"冉冉孤生竹,结根泰山阿。与君为新婚,菟丝附女萝",以孤竹结根于泰山起兴,又以菟丝和女萝枝蔓缠绕为比,写出思妇托身于君子。"伤彼蕙兰花,含英扬光辉。过时而不采,将随秋草萎",以蕙兰花为比,唯恐草木凋零,美人迟暮,化用楚辞之境,深沉含蓄。《古诗十九首》往往选择时序更替的景物,创造凄凉之境,以抒发悲苦之情。如"回风动地起,秋草萋已绿"(《东城高且长》)、"凛凛岁云暮,蝼蛄夕鸣悲"(《凛凛岁云暮》)、"孟冬寒气至,北风何惨栗"(《孟冬寒气至》)、"青青河畔草,郁郁园中柳"(《青青河畔草》)等,以景衬情。《去者日以疏》中"白杨多悲风,萧萧愁杀人。思还故里闾,欲归道无因",以白杨在萧萧的风中寒立,烘托出游子归家无路的悲苦。《明月皎夜光》中"明月皎夜光,促织鸣东壁。玉衡指孟冬,众星何历历。白露沾野草,时节忽复易。秋蝉鸣树间,玄鸟逝安适",以描写秋夜之景入笔,抒写月下独徘徊的哀伤之情。明月星空,白露野草,秋蝉蟋蟀,清寂的秋夜与诗人的惆怅之情融合在一起。正如胡应麟在《诗薮》中所说:"兴象玲珑,意致深远,真可以泣鬼神,动天地。"

---

① 马茂元.古诗十九首初探[M].西安:陕西人民出版社,1981:24.
② 刘勰.文心雕龙[M].王运熙,周锋,译注.上海:上海古籍出版社,2010:23.
③ 钟嵘.诗品[M].曹旭,集注.上海:上海古籍出版社,2011:91.

其次，情景交融、物我合一。《古诗十九首》中的有些诗作已达到情景交融，物我合一的圆融境界。如《明月何皎皎》写到"明月何皎皎，照我罗床帏。忧愁不能寐，揽衣起徘徊"。皎洁的月光触动了游子的乡愁，无法入寐，索性在月光下徘徊。月光伴着游子孤独彷徨、泪下沾裳。皎洁的月光与羁旅的愁思完美地融合起来，已分不清哪一句是景语，哪一句是情语。再如《迢迢牵牛星》，情景圆融，天衣无缝。

迢迢牵牛星，皎皎河汉女。纤纤擢素手，札札弄机杼。终日不成章，泣涕零如雨。河汉清且浅，相去复几许！盈盈一水间，脉脉不得语。

全诗通篇描写牵牛星和织女星隔河相望，看似写景，其实真情蕴含其中。将两个星宿拟人化，分别比作游子与思妇。尤其是最后两句"盈盈一水间，脉脉不得语"，清浅的一水之间，只能脉脉相视，可望而不可即。无一句言自身，无一语不渗透情感，委婉缠绵，情景难分。

### （二）叙事抒怀，融情于事

《古诗十九首》善于通过叙事引发情感，通过生活情节来抒写内心活动，抒情中带有叙事意味，使情有所依，抒情主人公的形象更加鲜明突出。如第一首诗，"行行重行行，与君生别离"，开笔即叙述别离之事，正是有这样的"生别离"，思妇刻骨的思念之情才有基础，叙事为抒情张本。清人张玉穀在《古诗赏析》中评曰："首二，追叙初别，即为通章总提。"①

《客从远方来》则通篇只记写一件事情——用绮缎做被子，著以叙事引发抒情。

客从远方来，遗我一端绮。相去万余里，故人心尚尔。文彩双鸳鸯，裁为合欢被。著以长相思，缘以结不解。以胶投漆中，谁能别离此？

开端直叙其事，客人从远方来，送来了半匹有花纹的缎子。原来这是她的夫君不远万里让人捎来的。那缎子上还绣着一对鸳鸯，正好可以做一床合欢被呢。在被子里装上长相思（丝），在边沿上系着同心结，这样就可以如胶似漆长相守。诗歌以生动叙事和细节描写表现出女主人公的欣喜之情。再如《今日良宴会》：

今日良宴会，欢乐难具陈。弹筝奋逸响，新声妙入神。令德唱高言，识曲听其真。

主人公在宴会上听着美妙的乐曲，欢乐难以言说，听着听着，忽然明白了其中的"真意"。以叙事开头，在欢快的气氛中引发出对人生短暂、先据要路的思考。融情于事的手法，可以看出古诗对汉乐府五言叙事诗的借鉴，但乐府重在叙述，而古诗是借叙事抒发情感。

### （三）句平意远，意蕴丰厚

《古诗十九首》语言自然浅近，但含蓄蕴藉。不作艰深之语，不用冷僻之词，不用铺陈之法，而是用最明白晓畅的语言道出真情至理，从而形成深衷浅貌的语言风格。这正是文人五言诗语言成熟的标志。如谢榛《四溟诗话》卷三所评："平平道出，且无用功字面，若秀才对朋友说家常话。"

---

① 张玉穀.古诗赏析[M].许逸民,点校.上海:上海古籍出版社,2000:84.

《孟冬寒气至》:"客从远方来,遗我一书札。上言长相思,下言久离别。置书怀袖中,三岁字不灭。一心抱区区,惧君不识察",如同口语,写出思妇对三年前丈夫来信倍加珍惜,挚爱之情如可触及。《生年不满百》:"生年不满百,常怀千岁忧。昼短苦夜长,何不秉烛游!"人生不过百年,但总是怀着千年的忧愁。用"百年"和"千岁"荒谬地对接,构成强烈的对比,写出人生为名利所困。与其这样,不如及时行乐,秉烛夜游吧!直白的语言发出惊世骇俗之论。方东树《昭昧詹言》叹为:"奇情奇想,笔势峥嵘。"

《古诗十九首》虽为自然之语,但和汉乐府相较,已能看出文人的写作之功。它们创造性地吸取了《诗经》善用叠字的表现艺术将叠字用在前半句。

青青河畔草,郁郁园中柳。(《青青河畔草》)
迢迢牵牛星,皎皎河汉女。(《迢迢牵牛星》)
盈盈一水间,脉脉不得语。(《迢迢牵牛星》)

或是绘色,或是状形,或是摹态,无不意浓韵远,增加了诗歌的韵律美。

《古诗十九首》中已有对文辞美的追求。《行行重行行》中"胡马依北风,越鸟巢南枝",以胡马和越鸟尚且知道依恋故乡,兴起游子的思乡之情对仗工稳,始见作用之功。"回车驾言迈,悠悠涉长道。四顾何茫茫,东风摇百草"(《回车驾言迈》)已能见出诗人的构图之法,由一点"车"延伸为一线"长道",进而四顾扩展为一面"旷野",最终又落到一点"草"上,在描写景物上已有了美的追求。

## 四、《古诗十九首》的地位与影响

《古诗十九首》是中国文学史上早期文人五言诗的典范,它突破了汉代尊崇《诗经》《楚辞》,专尚四言、楚歌诗的风习,为五言新诗体的发展奠定了基础。刘勰称之为:"五言之冠冕。"(《文心雕龙·明诗》)明代王世贞称:"(十九首)谈理不如《三百篇》,而微词婉旨,遂足并驾,是千古五言之祖。"(《艺苑卮言》)陆时雍称:"(十九首)谓之风余,谓之诗母。"(《古诗镜》)

《古诗十九首》上承诗骚和乐府文学的传统,下启魏晋文学之新风,在诗歌史上处于重要地位。

就创作主体而言,先秦两汉以民歌为主,魏晋以后则以诗人的个人创作为主,"古诗"恰好是由群体创作向个体创作的过渡。从审美角度而言,《诗经》《楚辞》、汉乐府都是发抒天籁,较少雕饰,具有朴素的自然美,是不自觉的文学作品。汉赋则离开诗骚抒情言志的传统,片面追求藻饰。《古诗十九首》不同于诗骚、汉乐府之天予真性,可以看到炼字锻句、谋篇布局之迹,始见作用之功;又不同于汉赋之雕琢铺张,将情志与才藻结合起来,开创了中古诗歌才情并重,以气驭才的优秀传统。

《古诗十九首》开启了中国诗歌由"诗言志"向"诗缘情"的发展路径。在此之前诗歌内容多关注外在事功,而古诗开始关注个人生存价值,更多地抒写了下层文人们在乱离中的迷惘与痛苦,倾向内心世界的表达,重在抒情。《古诗十九首》开启了魏晋文学自觉时代的到来,对后代诗歌创作产生了深远的影响。

> 作品学习

1. 《行行重行行》
2. 《回车驾言迈》

## 《行行重行行》鉴赏

《行行重行行》是《古诗十九首》中的第一首，是一首代言体思妇诗，抒发女子对远行在外丈夫的深切思念。

这首诗四句一层。第一层叙写了游子在外，行行不已。首句五字，连叠用四个"行"字，"行行"即走啊走，言其远，"重行行"即不断地走啊走，极言其远，再进一层，不仅指空间上的遥远，也暗含了时间上的久远。以不断行走之步履、叠字的复沓为全诗奠定了悲凉感伤的基调。"与君生别离"，思妇抑制不住发出生离的相思之情。人世中离别最令人痛苦。江淹《别赋》"黯然销魂者，唯别而已矣"，在这样的乱世中，生离往往意味着死别。如果知是死别，一恸而绝，但生离却要永远念想，更痛苦，更悲哀。"相去万余里，各在天一涯"，相隔万里，天各一方。虽为夸张，但表达了对于远离的哀怨之情。

第二层叙写相隔遥远，会面无期。"道路阻且长"承上句而来，"阻"承"天一涯"，写出路途坎坷曲折；"长"承"万余里"，写出路途遥远。因此，"会面安可知"，当时战争频仍，社会动乱，加上交通不便，生离往往意味着死别，会面遥遥无期。诗人在极度思念中展开了丰富的联想，"胡马依北风，越鸟巢南枝"，胡马南来依然依恋北风，越鸟北飞后仍筑巢于南向的树枝，飞禽走兽尚且依恋故乡，更何况人呢？这两句用比兴手法，表面上喻远行君子，说明物尚有情、人岂无思的道理，但其中委婉地包含了对丈夫不知归家的一丝怨情。

第三层叙写相思之苦，由苦生疑。"相去日已远，衣带日已缓"，自别后，思妇容颜憔悴，日渐消瘦，衣带宽松，通过衣带渐宽婉曲表达思念之苦。由于相思之苦，思妇产生了猜疑，"浮云蔽白日，游子不顾返"，以浮云遮住太阳兴起了游子不归，是否移情的猜疑。看到太阳，思妇联想到自己的夫君，表现出痛苦之思。诗人由思念引起的猜测疑虑心理，反言思妇的相思之苦，深婉含蓄，意味无穷。

第四层叙写相思无果，勉强宽慰。"思君令人老，岁月忽已晚"，进一步形容离忧的深度，由于思念忧愁而变瘦、变老。"老"，具有双重意味。一指相去日远，年龄老去；一指衣带日宽，体貌消瘦，身心憔悴。"晚"，指行人未归，岁月已晚，表明春秋忽代谢，相思又一年，暗喻女主人公青春易逝，坐愁红颜老的迟暮之感。与其憔悴自弃，不如努力加餐，保重身体，以待来日相会。诗最后说"弃捐勿复道，努力加餐饭"，以期待和聊以自慰作结。用情更苦，立志更坚。

全诗首叙初别之情，次叙路远会难，再叙相思之苦，末以宽慰期待作结。结构严谨，层次分明。情感描写细腻，由思念到哀怨，由疑虑到痛苦宽慰，表现出思妇的特殊心理。

在艺术手法上,同一种相思之情,或显、或寓、或直、或曲、或托物比兴,抒写得层层深入,形象生动。语言朴素自然,通俗易懂,在淳朴清新的民歌风格中始见作用之功。

## 《回车驾言迈》鉴赏

《回车驾言迈》是《古诗十九首》中一首具有哲理性的抒情诗。诗人在景物荣枯更替中,慨叹时光流转、人生短暂,抒发了及早立身、追求荣名的人生思考,在人生的感悟和自励自警中抒发凄恻的情绪。

全诗共12句,分为两层。前四句为第一层,以景物起兴,抒发人生感喟。"回车驾言迈,悠悠涉长道。四顾何茫茫,东风摇百草。"回车远行,长路漫漫,抬头张望,但见旷野茫茫,阵阵东风吹动百草。春天本是良辰美景,万物更新,生机勃勃,而诗人笔下之春却充满一种悲凄之感。"迈""悠悠""茫茫""摇",叠字与单字交叠使用,渲染了苍茫凄清的气氛。尤其是"摇"字,堪称诗眼,生动地写出风动百草的样子,也表明诗人内心摇曳不定。此情此景使诗人思绪万千,草木荣枯,人生无常,年华易逝。在景物的营造上由一点"车"延伸为一线"长道",进而四顾扩展为一面"旷野",最终又落到一点"草"上,始见作用之功。

后八句为第二层,抒发了诗人对人生的感慨和对生命价值的思考。"所遇无故物,焉得不速老",由景入情,由眼前的景物引发出对人生的联想和感慨。冬去春来,百草萋萋,去年之草已触目皆非。草易枯荣,人又何尝不会很快地衰老呢?诗人用朴质而概括的文字写出了节序推移带给人最深切的体验和感悟。这两句是全诗的纽带,承上启下。既因景生发出对时光易逝的感慨,又开启了对人生的思考。"盛衰各有时,立身苦不早"。任何事物都有盛有衰,各有其时。百草"一岁一枯荣",人"生年不满百",如此短暂,应及早立身。"立身",犹言树立一生的事业,即指立德、立功、立言的三不朽事业。"苦",作懊恼、怨恨之意讲。万物盛衰有时,人生如此,所以希望自己能早日获得功名、成就事业。"人生非金石,岂能长寿考",将人生与坚固之金石作比较,慨叹人无长生,生命短促。既然生命如此短暂,即使及早立身也无金石之坚固永恒,那应该追求什么样的人生价值呢?在对生命脆弱的慨叹中引发出对人生意义的叩问。既然人生转瞬即逝,只有追求美名才会不朽。汉末社会乱离,士子们对生命价值的思索,或"不如饮美酒,被服纨与素"(《驱车上东门》),追求及时行乐;或"何不策高足,先据要路津"(《今日良宴会》),追求利禄声名。此诗对人生追索,已从物质享受上升为精神追求,表现出对于人生意义的初步思考。

### 延伸阅读

1. 原典阅读

(1)阅读《先秦汉魏晋南北朝诗》(逯钦立辑校,中华书局,1983年版),着重阅读汉诗卷,了解汉代文人诗的发展历程。

(2)阅读《古诗十九首集释》(隋树森编著,中华书局,1955年版),了解《古诗十九首》的内容,体悟诗中的情感意蕴。

2. 研究文献阅读

(1)阅读《古诗十九首初探》(马茂元,陕西人民出版社,1981年版),思考《古诗十九首》的作者、年代及其思想内容之间的关系。

(2)阅读《两汉诗歌研究》(赵敏俐,商务印书馆,2011年版),从中国诗歌发展史的角度思考西汉文人诗在诗歌史上的重要意义。

(3)阅读《汉魏六朝诗讲录》(叶嘉莹,河北教育出版社,1997年版),体会《古诗十九首》中的情感意蕴。

### 拓展训练

1. 清代沈德潜《说诗晬语》中云:"《古诗十九首》不必一人之辞,一时之作。大率逐臣弃妻,朋友阔绝,游子他乡,死生新故之感。或寓言,或显言,或反复言。初无奇辟之思,惊险之句,而西京古诗,皆在其下。"结合诗歌文本与汉末现实,分析《古诗十九首》的内容、艺术与中国传统文人生活之间的关系,进行课堂讨论。

2. 叶幼明说:"《古诗十九首》是我国诗歌由'言志'向'缘情'方向发展的开端,是由叙事向抒情方向转变的伊始""《古诗十九首》尽情地毫不掩饰地抒写个人情怀,为我国古典诗歌开拓了新的描写领域。"[①]结合先秦、两汉诗歌发展历程,分析《古诗十九首》的抒情特点,撰写一篇小论文。

---

① 叶幼明.古诗十九首在我国诗歌史上的地位[J].中国文字研究,1987(1):36-43.

# 第三编　魏晋南北朝文学

　　魏晋南北朝文学，是指汉末建安(196)到隋文帝统一中国(589)约400年间的文学，包括建安文学、正始文学、西晋文学、东晋文学、南朝文学和北朝文学几个阶段。

　　战乱和分裂是魏晋南北朝最显著的历史特征。但是，大分裂中有小统一，大破坏中有小建树。魏晋南北朝文学艺术就是从这乱世中走向自觉和繁荣。

　　魏晋南北朝文学具有鲜明的时代特征：

　　文学自觉与文学地位的独立。首先是对文学创作的重视。将文学视为"大业""盛事"，将其提高到"不朽"的高度，文人也以能文自衿，文学素养成为社会上层的必备素质。萧统、徐陵等对文学作品的收集、整理、编辑和品评，正是重视文学的直接结果；其次是对文学体裁的辨析。提出"盖奏议宜雅，书论宜理，铭诔尚实，诗赋日丽"（曹丕《典论·论文》），"诗缘情而绮丽，赋体物而浏亮"（陆机《文赋》）等经典之论。《文选》列举文体37种，《文心雕龙》把文章分为33类，提出"文""笔"之分。第三是文学理论的建树。出现曹丕《典论·论文》、陆机《文赋》、刘勰《文心雕龙》、钟嵘《诗品》、挚虞《文章流别论》以及梁元帝萧绎《金楼子·立言》等理论著作，提出"文气""滋味""风骨""兴会""形神"等概念范畴和理论体系，这些对文学创作实践的总结、对文学发展规律的论述、对文学艺术奥妙的揭示，从本质上将文学与其他学术领域剥离而实现其独立；第四是文人团体十分活跃。出现"建安七子""竹林七贤""二十四友""竟陵八友"等文学集团，有以王羲之、谢安、刘义庆、萧子良、萧统、萧纲等人为中心的文学交游，文学团体和文学交游的活跃，对这一时期文学创作实践的丰富、创作艺术的交流、文学影响的扩大和文学地位的提升发挥着积极的推动作用。

士族创作与文学领域的突破。士族门阀制度是魏晋南北朝时期十分重要的政治现象,士族的政治优势与艺术素养,巩固了士族文人文坛主力军地位,对文学领域的开拓、文学艺术的创新产生了重大影响。陶渊明创立了田园诗,谢灵运、谢朓完成了从玄言诗到山水诗的转变,这一时期还出现了文学与哲学的完美结合,表现更为深邃丰富的思维活动和内心世界,诗歌内涵更加深沉厚重,把读者带入一个更高层次的审美思考。门阀制度造成的士庶矛盾,也激发出庶族文人的不平之鸣,左思、鲍照等寒门作家在作品中表达了批判与抗争、抱负与愿望,气势雄健,独标一时。

新变之风与文学形式的发展。追求"新变"是魏晋南北朝文学的普遍风气。求新求变的创作风气,催生了一个又一个文学新景观,五言诗鼎盛发展,七言古诗实现创新,"永明体"问世,五言绝句及律诗已具雏形。追求语言修辞华美的"新变"之风,使得藻饰、骈偶、声律、用典等手段以及典雅精工的文学审美大行其道,一种可以充分发挥汉语语言形式美的骈体文乘势而兴,骈文、骈赋在梁陈两代进入高峰。小说这种新的文体在这时已初具规模,出现了志怪小说和志人小说。

魏晋南北朝文学的新变和创造,在文学史留下光彩夺目的一页。文学走出美刺教化的功利原则和天人合一的思想桎梏,创作视野投向美丽的自然和现实的人生,凸显了"人"的主题。这一时期的文人,不仅抒写忧国忧民、建功立业、个人寄寓,也善于表现自然之美、建筑之美以及器物之美、人体之美,还乐于抒发个人之愿、家国之忧以及宴饮之乐、交游之趣。随着文学题材的渐次开拓,文学体裁也全面发展,这个阶段成为五言诗的繁荣期、七言诗的发展期、抒情赋的高峰期、骈体文的成熟期,也是小说、律诗的草创期、文学理论的深化期。尤其是随着王褒、庾信等著名诗人相继入北,推动南北文风融合,开创了文学新局面。

# 第一章 魏晋诗歌

## 文学史

魏晋南北朝时期,文学日益摆脱经学的影响,获得独立的发展。鲁迅在《魏晋风度及文章与药及酒之关系》一文中,称魏晋是"文学的自觉时代",又说:"这时代的文学的确有点异彩。"而魏晋的诗歌创作,无疑在这一时期文学中占据着极为重要的地位。建安时代,曹氏父子、建安七子并世而出,为诗歌创作确立了"建安风骨"这一美学典范。曹魏后期,司马氏掌权,大肆屠杀异己,政治险恶。以阮籍、嵇康为代表的竹林七贤,以自己的独特创作,形成了与建安文学不同的风貌。两晋诗坛上承建安、正始,下启南朝,呈现出一种过渡状态。

## 第一节 建安诗歌

在中国文学史上,魏晋南北朝文学是从汉末建安时期开始的。建安(196—220)是汉献帝刘协的年号。公元196年,曹操"挟天子以令诸侯",胁迫汉献帝由洛阳迁都至许昌,独揽朝政大权;同时,作为文坛领袖,四处招揽人才,形成彬彬之盛的文学创作局面。建安时期并包括其后若干年的文学创作,习惯上被称为"建安文学",而最具特色、对后世影响较大的当为建安诗歌。

产生于乱世中的建安诗歌,代表作家有"三曹""七子"和女作家蔡琰等。与两汉的儒生相比,这是在动乱中成长的一代人。他们有着力挽狂澜的雄心和自信,在其作品中忧时伤乱、高扬政治理想、渴望不朽功业、哀叹人生短暂,其诗风历来被称为"慷慨悲凉"。刘勰《文心雕龙·时序》中说:"观其时文,雅好慷慨,良由世积乱离,风衰俗怨,并志深而笔长,故梗概而多气也。"这一评价较为中肯。

两汉时期,赋是文学的主流,文人创作主要集中于辞赋。时至汉末,为适应表达慷慨悲凉情感的需要,建安文人继承了汉乐府民歌的传统,并有所创新,创作了大量的五言诗,使之成为建安诗歌乃至中国古典诗歌的基本形式。文人创作的重心,亦从辞赋转移到诗歌,形成了中国文学史上第一次文人诗歌创作的高潮,并从此奠定了诗歌在中国古代文学中的主导地位。

## 一、曹操与曹丕

《文心雕龙·时序》说:"魏武以相王之尊,雅爱诗章,文帝以副君之重,妙善辞赋,陈思以公子之豪,下笔琳琅。并体茂英逸,故俊才云蒸。仲宣(王粲)委质于汉南,孔璋(陈琳)归命于河北,伟长(徐幹)从宦于青土,公幹(刘桢)徇质于海隅,德琏(应玚)综其斐然之思,元瑜(阮瑀)展其翩翩之乐。傲雅觞豆之前,雍容衽席之上。洒笔以成酣歌,和墨以藉谈笑。"钟嵘《诗品》亦云:"曹公父子笃好斯文,平原兄弟(曹植封平原侯)蔚为文栋。刘桢、王粲为其羽翼。次有攀龙托凤,自致于属车者,盖将百计。彬彬之盛,大备于时矣。"建安诗坛之盛况于此可见一斑。而作为文坛领袖,曹操古直悲凉,曹丕便娟婉约,曹植文采气骨兼备,三人对形成建安文学彬彬之盛的局面起到了至关重要的作用。

曹操(155—220),字孟德,沛国谯(今安徽亳州)人,汉末杰出的政治家、军事家和文学家。他自幼好学,又多才多艺,于戎马倥偬之余,常吟诗作赋。曹丕在《典论·自叙》中说曹操"雅好诗书文籍,虽在军旅,手不释卷"。王沈《魏书》中说他"文武并施,御军三十余年,手不舍书,昼则讲武策,夜则思经传,登高必赋,及造新诗,被之管弦,皆成乐章"。

曹操的文学成就主要表现在诗歌方面,现存诗20余首,兼有四言、五言和杂言,全是乐府诗,用乐府旧题写时事,抒写全新的时代感受,"借古乐写时事,始于曹公"①。

两汉乐府民歌反映现实的眼界比较狭小,而曹操借用其对汉末的重大历史事件进行反映。如《蒿里行》:

关东有义士,兴兵讨群凶。初期会盟津,乃心在咸阳。军合力不齐,踌躇而雁行。势利使人争,嗣还自相戕。淮南弟称号,刻玺于北方。铠甲生虮虱,万姓以死亡。白骨露于野,千里无鸡鸣。生民百遗一,念之断人肠。

《蒿里行》本是古代送葬时唱的挽歌,曹操在此以古题写时事,叙述东汉末年关东州郡将领讨伐董卓时由聚合到离散的整个过程,同时反映了长期的军阀混战对百姓、社会造成的深重灾难。这类作品,反映现实真实深刻,被后人称为"汉末实录"(钟惺《古诗归》卷七)。

有些作品抒写时光易逝、功业未就的苦闷以及想要招揽贤才,帮助建功立业的意志。如《短歌行》:

对酒当歌,人生几何?譬如朝露,去日苦多。慨当以慷,忧思难忘。何以解忧?惟有杜康。青青子衿,悠悠我心。但为君故,沉吟至今。呦呦鹿鸣,食野之苹。我有嘉宾,鼓瑟吹笙。明明如月,何时可掇?忧从中来,不可断绝。越陌度阡,枉用相存。契阔谈䜩,心念旧恩。月明星稀,乌鹊南飞。绕树三匝,何枝可依?山不厌高,水不厌深。周公吐哺,天下归心。

全诗感情充沛,带有浓厚的悲凉情调。

---

① 沈德潜.古诗源[M].北京:中华书局,1963:92.

其《步出夏门行·观沧海》是我国现存第一首完整的山水诗,写登山望海的景象:

东临碣石,以观沧海。水何澹澹,山岛竦峙。树木丛生,百草丰茂。秋风萧瑟,洪波涌起。日月之行,若出其中;星汉灿烂,若出其里。幸甚至哉,歌以咏志。

此诗为建安十二年(207),曹操北征乌桓凯旋而归,途经碣石山时所作。全诗气势雄伟,所以沈德潜说:"《观沧海》有吞吐宇宙之象。"(《古诗源》)

曹操又有游仙诗如《秋胡行》《精列》《气出倡》等,内容多抒写自己的人生苦闷,感叹生命的短暂与无常。曹操在开一代新诗风方面有重要贡献,而且使四言诗再次焕发光彩。

曹丕(187—226),字子桓,曹操次子。建安十六年(211)为五官中郎将、副丞相,建安二十二年(217)被立为魏太子。建安二十五年(220)曹操卒,继位为魏王兼丞相,同年十月,代汉自立,国号魏,定年号为黄初。在位7年,谥文,世称魏文帝。

曹丕博学多识,勤于著述。"少诵诗论,及长而备历五经四部、《史》、《汉》、诸子百家之言,靡不备览"(《典论·自叙》)。现存诗约40首,从内容上看,主要分为三类:一类为宴游诗,代表作《芙蓉池作诗》《于玄武陂作诗》,主要写自己前期作为贵公子的欢娱生活;一类为抒情言志之作,代表作《黎阳作诗》《煌煌京洛行》;一类写征人思妇的相思离别及思乡之情,代表作《于清河县见挽船士新婚与妻别》《杂诗》二首等。最著名的作品是《燕歌行》其一,是中国诗歌史上第一首成熟的七言古诗,对后代歌行体诗的发展有重大影响。

在艺术形式上,曹丕亦有较大的创造。他的诗歌体裁多样,三言、四言、五言、六言、七言、杂言均有创作,对中国诗歌形式的发展做出了重大贡献。

## 二、曹植

曹植(192—232),字子建,曹丕同母弟,曹操第四子。天资过人,才华横溢,10余岁便诵读诗、文、辞赋数十万言,出言为论,落笔成文,深得曹操宠爱。《诗品》称其为"建安之杰"。建安十六年,封平原侯,十九年徙林菑侯。本有希望当太子,但诗人气质太浓,恃才傲物,任性而行,最终败于曹丕。曹丕称帝后,曹植过着名为藩侯,实为囚徒的生活,魏明帝太和六年封陈王,同年病卒,年仅41岁,谥号为"思",世称陈思王。有《曹子建集》。后人将他与曹操、曹丕合称为"三曹"。

曹植的生活和创作以建安二十五年(220)曹丕称帝为界,分为前后两期,其作品的内容与风格均有明显的不同。

早年的曹植聪颖过人,才思敏捷,深受曹操宠爱,显得志得意满,昂扬乐观,作品充满浪漫情调。前期诗歌创作内容大致有三个方面:

一类作品主要抒发个人的理想怀抱,洋溢着乐观、浪漫的情调,代表作《白马篇》塑造了一位武艺精熟,渴望为国立功的游侠少年的形象,这实际上是作者自我形象的化身。《鰕䱇篇》则直抒胸臆:"驾言登五岳,然后小陵丘。俯视上路人,势力唯是谋。"呈现出一片豪迈气概。这些诗歌大多情调开朗,富于进取精神,同时洋溢着自信自负的少年意气。

一类反映社会现实。曹植自幼随父南征北战,动乱的社会深刻地影响了其前期的作品。代表作《送应氏》：

步登北邙阪，遥望洛阳山。洛阳何寂寞，宫室尽烧焚。垣墙皆顿擗，荆棘上参天。不见旧耆老，但睹新少年。侧足无行径，荒畴不复田。游子久不归，不识陌与阡。中野何萧条，千里无人烟。念我平常居，气结不能言。

此诗为建安十六年（211）曹植随父亲曹操西征马超，途经洛阳送别应氏兄弟所作。共二首，此为第一首，主要写洛阳遭董卓之乱后的荒凉景象。又如《泰山梁甫行》：

八方各异气，千里殊风雨。剧哉边海民，寄身于草野（墅）。妻子象禽兽，行止依林阻。柴门何萧条，狐兔翔我宇。

此诗作于建安十二年（207）作者随曹操北征乌桓途中。诗题"泰山梁甫行"原是挽歌，曹植此篇用旧题写时事，描写边远地区贫民的困苦生活，流露出作者对边地人民的同情。

一类为宴游及唱和赠答之作。主要写作为贵公子的宴游生活，代表作《公宴》《侍太子坐》《斗鸡》等，辞采华丽，显露出诗歌的娱乐性和社会交际功能。

后期的曹植，生活与创作均发生了重大变化。曹丕继位后，对其百般猜忌、迫害，过着名为侯王、实为囚徒的生活，年仅41岁便抑郁而终，谥号为思。其诗歌，主要述说自己的怀才不遇，表达由理想与现实的矛盾所激起的悲愤之情。黄初四年五月，曹植与诸王朝于京师，任城王曹彰暴薨；七月，曹植与白马王曹彪返国，监国使者又不许同路而行，曹植愤而作《赠白马王彪》。全诗共分七章，以感情活动为线索，主要抒写了曹植和白马王曹彪在回国途中被迫分手的悲愤情绪，揭露了骨肉相残的残酷，反映了统治阶级的内部矛盾。诗中感情悲愤而沉痛，是曹植后期的代表作之一。《野田黄雀行》则通过黄雀投罗的比喻，抒写了朋友遇难而自己无力援救的心情：

高树多悲风，海水扬其波。利剑不在掌，结友何须多？不见篱间雀，见鹞自投罗。罗家得雀喜，少年见雀悲。拔剑捎罗网，黄雀得飞飞。飞飞摩苍天，来下谢少年。

曹丕登位后，凡与曹植亲近的人都惨遭迫害，其中丁仪兄弟被杀，曹植却无力营救，此诗抒写了作者的悲愤之情。诗歌以幻想结束，表达了作者的愿望。再如《吁嗟篇》，作者以"转蓬"自喻，对流宕不定的生活表示强烈的不满。

作为建安文学杰出的代表，曹植兼擅各类文体、诗体，尤其长于五言，是中国文学史上第一个大力创作五言诗的诗人。他现存诗歌90多首，其中五言诗有60多首。其诗，钟嵘《诗品》评为"骨气奇高，词采华茂，情兼雅怨，体被文质"，达到了风骨与文采的完美结合。

曹植诗歌成就深得后人赞赏，钟嵘《诗品》说："陈思之于文章也，譬人伦之有周孔，鳞羽之有龙凤，音乐之有琴笙，女工之有黼黻。"南朝谢灵运说："天下才有一石，曹子建独得八斗，我得一斗，自古及今同用一斗。奇才敏捷，安有继之？"（李翰《蒙求集注》）张戒《岁寒堂诗话》说："韩退之之文，曹子建、杜子美之诗，后世所以莫能及也。"可供参考。

## 三、建安七子与蔡琰

代表建安诗风的作家除了曹氏父子外,还有"建安七子"与蔡琰。

### (一)建安七子

曹丕在《典论·论文》中评述当世文人,称:"今之文人,鲁国孔融文举,广陵陈琳孔璋,山阳王粲仲宣,北海徐幹伟长,陈留阮瑀元瑜,汝南应瑒德琏,东平刘桢公幹。斯七子者,于学无所遗,于辞无所假,咸自以骋骥騄于千里,仰齐足而并驰。以此相服,亦良难矣!""七子"之称最早当见于此。其中除孔融年辈较长,情况较为特殊外,其余六人都依附于曹操,参加了邺下时期的文学活动。①"七子"中诗歌创作成就较高的当为王粲、刘桢,钟嵘《诗品》列之于上品。

孔融(153—208),字文举,鲁国鲁县(今山东曲阜)人,孔子的二十世孙,是"七子"中年辈较高的一个。少有异才,秉性刚直,但又任情放纵,言论无所顾忌。历任北海相、少府、太中大夫等职。不满曹操的野心,政治上专与曹操作对,言辞激烈,后因屡次触怒曹操而被杀害。其诗歌虽流传不多,但也表现出慷慨激昂的情意。明人辑有《孔北海集》。

王粲(177—217),字仲宣,山阳高平(今山东邹县西南)人。曾祖王龚为汉太尉,祖父王畅为汉司空。年轻时就很有才名,是"建安七子"中创作成就最高的作家,被刘勰誉为"七子之冠冕"(《文心雕龙·明诗》)。西京扰乱,他避难荆州,依附刘表,但未被重用。后归曹操,为丞相掾,赐爵关内侯。他出身世家,少有才名,锐意进取,然生逢乱世,目睹当时社会的动乱,感慨较深,作品的现实性颇为强烈。今存诗23首,代表作《七哀诗》三首,尤以第一首最为著名:

西京乱无象,豺虎方遘患。复弃中国去,委身适荆蛮。亲戚对我悲,朋友相追攀。出门无所见,白骨蔽平原。路有饥妇人,抱子弃草间。顾闻号泣声,挥涕独不还。"未知身死处,何能两相完?"驱马弃之去,不忍听此言。南登霸陵岸,回首望长安。悟彼下泉人,喟然伤心肝。

此诗写于初平三年(192),因长安劫乱,诗人仓皇南下避乱荆州依附刘表,离开长安时所看到乱离景象、作诗表达自己的悲痛心情。以"出门无所见,白骨蔽平原"的经典描绘与"饥妇弃子"的特写场面,概括了战乱后生灵涂炭的惨象,揭露了战争给人民带来的巨大灾难。与曹操五言诗一样,都是历史的真实缩影。沈德潜评此诗为"少陵《无家别》《垂老别》诸篇之祖"②。清代吴淇说此诗:"盖人当乱离之际,一切皆轻,最难割者骨肉,而慈母于幼子尤甚。写其重者,他可知矣。"③《七哀诗》其二写久客荆州对家乡的思念,其三写边地的荒凉以及人民在战争中遭受的苦难。三首诗情调悲凉,语言简朴,颇能反映建安文学"世积乱离,风衰俗怨,并志深而笔长,故梗概而多气"④的特点。

---

① 王瑶.中古文学史论[M].北京:北京大学出版社,1998:229-246.
② 沈德潜.古诗源[M].北京:中华书局,1963.
③ 吴淇.六朝诗选定论[M].江俊,苈进德,点校.扬州:广陵书社,2009.
④ 刘勰.文心雕龙[M].詹瑛,义证.上海:上海古籍出版社,1989.

王粲还有一些在邺下时期与曹丕、曹植兄弟及其他文人唱和的作品,如《公宴诗》等。这些作品虽是"怜风月、狎池苑"之作,但在诗歌题材的开拓、诗歌技巧的探索等方面有积极的意义。

刘桢(?—217),字公幹,东平宁阳(今山东东平)人。博学有才,与魏文帝友善。诗歌创作以五言诗著名,语言简洁,注重气势。现存诗20余首。曹丕《典论·论文》说:"公幹有逸气,但未遒耳;其五言诗之善者,妙绝时人。"钟嵘《诗品》称赞他的诗"真骨凌霜,高风跨俗",并将其列为上品。诗歌多抒发个人情怀,并表现出高远志趣。代表作《赠从弟》三首,其中第二首最佳:

亭亭山上松,瑟瑟谷中风。风声一何盛,松枝一何劲。冰霜正惨凄,终岁常端正。岂不罹凝寒?松柏有本性。

作者勉励他的堂弟要有松柏一样的坚贞品质,不要因为环境的压迫而改变自己的操守。写得豪迈凌厉,颇有"挺立自持"(陆时雍《诗镜总论》)、"高风跨俗"的气概。此外,刘桢的《赠徐幹》,哀叹命运多舛,抒发愤懑与不平;《赠五官中郎将》四首,着重表现他与曹丕之间深厚的友谊,情词真切而又十分得体,亦是较著名的作品。

刘桢的诗歌主要以气势取胜,元好问《论诗绝句》评为:"曹刘坐啸虎生风,四海无人角两雄。"

此外,"建安七子"中陈琳、阮瑀、徐幹、应玚等人一些诗歌亦较为出色。陈琳(?—217),字孔璋,广陵射阳(今江苏)人。阮瑀(?—212),字元瑜,陈留尉氏(今河南开封)人。他们都曾为曹操掌管书记,当时军国檄文,多出自二人之手。诗歌创作亦较为突出,如陈琳的《饮马长城窟行》,借秦代筑长城之事,深刻地揭露了繁重的徭役给劳动人民带来的深重灾难,颇具典型意义。虽写历史题材,仍具有现实意义:

饮马长城窟,水寒伤马骨。往谓长城吏:"慎莫稽留太原卒!""官作自有程,举筑谐汝声。""男儿宁当格斗死,何能怫郁筑长城!"长城何连连,连连三千里。边城多健少,内舍多寡妇。作书与内舍:"便嫁莫留住。善待新姑嫜,时时念我故夫子。"报书往边地:"君今出语一何鄙!""身在祸难中,何为稽留他家子?生男慎莫举,生女哺用脯。君独不见长城下,死人骸骨相撑拄!""结发行事君,慊慊心意关。明知边地苦,贱妾何能久自全?"

本诗用乐府旧题,以秦代统治者驱使百姓修筑长城的史实为背景,通过官吏与筑城卒、丈夫和妻子的对话,写出了人民徭役之苦,夫妇别离之情。语言简洁生动,感情真挚,格调苍劲悲凉,十分接近乐府民歌的风格。阮瑀的《驾出北郭门行》描写孤儿在后母虐待下的悲痛遭遇,富有乐府民歌风味:

驾出北郭门,马樊不肯驰。下车步踟蹰,仰折枯杨枝。顾闻丘林中,噭噭有悲啼。借问啼者出,"何为乃如斯?""亲母舍我殁,后母憎孤儿。饥寒无衣食,举动鞭捶施。骨消肌肉尽,体若枯树皮。藏我空室中,父还不能知。上冢察故处,存亡永别离。亲母何可见,泪下声正嘶。弃我于此间,穷厄岂有赀!"传告后代人,以此为明规。

此诗亦模仿汉乐府民歌,语言朴素,其风格与汉乐府民歌《孤儿行》颇为接近。

徐幹(170—217),字伟长,北海(今山东寿光)人。为曹操司空军谋祭酒掾属、五官将文学。性恬淡,不重视官禄,以著述自娱。曹丕后论及徐幹时云:"观古今文人类不护细行,鲜能以名节自立,而伟长独怀文抱质,恬淡寡欲,有箕山之志,可谓彬彬君子矣!"今存诗4首,均为五言诗。其诗成就不高,钟嵘《诗品》列之于下品。较著名的为保存在《玉台新咏》中的《室思》,共分6章,描写思妇对远方爱人的思念。全诗情志缱绻,文辞凄厉哀婉,心理刻画细腻。"思君如流水,何有穷已时"二句,尤为后世推重。另一首诗《答刘桢》,表现他与刘桢的深厚友谊:

> 与子别无几,所经未一旬。我思一何笃,其愁如三春。虽路在咫尺,难涉如九关。陶陶朱夏德,草木昌且繁。

全诗语言浑朴,感情真挚,亦为佳作。

### (二)蔡琰和《悲愤诗》

蔡琰,生卒年不详,字文姬,陈留圉(今河南杞县南)人。东汉末年著名文学家蔡邕的女儿,博学能文,精通音律。初嫁河东卫仲道,夫亡无子,归母家。兴平(194—195)中,天下丧乱,为董卓部将所虏,辗转流落南匈奴12年,嫁左贤王,生二子。后为曹操赎回,再嫁同郡董祀。现存题为蔡琰所作诗3首:五言和骚体《悲愤诗》各1篇,骚体《胡笳十八拍》1篇。3篇的真伪问题尚有争议,一般认为五言《悲愤诗》确为蔡琰所作,其余两篇的真伪尚待进一步确定。

五言《悲愤诗》长达108句,540字,是我国文学史上第一首由文人创作的五言长篇叙事诗。全诗叙写作者"流离成鄙贱"的种种痛苦以及"常恐复捐废"的深切隐忧,反映了战乱中妇女的不幸遭遇,从一个侧面展现了东汉末年混乱的社会面貌,是汉末社会动乱和人民苦难生活的实录,具有史诗的规模和悲剧的色彩。如记述董卓部将掳掠平民的一节:

> 马边悬男头,马后载妇女。长驱西入关,迥路险且阻。还顾邈冥冥,肝脾为烂腐。所略有万计,不得令屯聚。或有骨肉俱,欲言不敢语。失意机微间,辄言"毙降虏。要当以亭刃,我曹不活汝!"岂复惜性命,不堪其詈骂。或便加捶杖,毒痛参并下。旦则号泣行,夜则悲吟坐。欲死不能得,欲生无一可。彼苍者何辜,乃遭此厄祸!

诗中既有高度的概括,也有细致的描写,深刻有力,触目惊心。其中第二段写与儿子分别时的情节,尤为沉痛:

> 存亡永乖隔,不忍与之辞。儿前抱我颈,问母"欲何之?人言母当去,岂复有还时?阿母常仁恻,今何更不慈?我尚未成人,奈何不顾思!"见此崩五内,恍惚生狂痴。号泣手抚摩,当发复回疑。

此段描写,感情真挚,写得深而婉,最为动人,使人如临其境,如见其人。

## 第二节 正始诗歌

正始是魏齐王曹芳的年号(240—249),文学史所言"正始文学",则包括从正始到晋武帝泰始年间这一时期的文学创作,即曹魏后期、魏晋之交的文学创作。

正始时期,司马氏重演曹氏威迫汉室的故技,魏国内部爆发了血腥的权力斗争。魏废帝曹芳继位时年仅8岁,政权落入曹爽和司马懿两位辅佐大臣手中,曹爽是曹操的养子曹真的儿子,而司马懿是靠着自己的军功取得地位的,二人之间展开了争权夺势的残酷斗争。司马懿于嘉平元年(249)发动政变,诛杀了曹爽及其周围的一大批名士,据史书记载这一次杀戮使"天下名士去其大半"。司马懿父子掌握朝政,废曹芳、弑曹髦,大肆诛杀异己,造成了政治上恐怖高压的气氛。政治的黑暗与恐怖之中,文人少有全者。何晏、夏侯玄、嵇康等相继被杀,刘伶、阮咸的放浪形骸,阮籍的曲折为文,借以发泄不满。司马氏集团为掩饰自己意欲篡权、政治上的不忠行为,又虚伪地提倡以孝治天下。面对恐怖的政治与虚伪的现实,正始名士精神上的压抑与痛苦则显得尤为突出。

魏晋之际著名的文人,有所谓的"正始名士"和"竹林名士"。前者的代表人物是何晏、王弼、夏侯玄等,主要成就在哲学方面;后者主要包括阮籍、嵇康、山涛、向秀、刘伶、阮咸、王戎七人。

## 一、竹林七贤

魏晋之际文学的代表作家是"竹林七贤"。"七贤"之称,始见于《世说新语·任诞》:

陈留阮籍、谯郡嵇康、河内山涛,三人年皆相比,康年少亚之。预此契者,沛国刘伶、陈留阮咸、河内向秀、琅琊王戎。七人常集于竹林之下,肆意酣畅,故世谓"竹林七贤"。

"七贤"之中,以阮籍、嵇康的诗歌创作成就最高,后文有述,这里先介绍其他几位作家。

向秀(227?—272),字子期,河内怀县(今河南武陟西南)人。官至黄门侍郎、散骑常侍。雅好读书,与嵇康、吕安等人相善,隐居不仕。喜谈老庄之学,曾注《庄子》,"妙析奇致,大畅玄风"(《世说新语·文学》)。注未成便过世,郭象承其《庄子》余绪,成书《庄子注》33篇。另著《思旧赋》《难嵇叔夜养生论》。

刘伶,生卒年不详,字伯伦,沛国(今安徽淮北)人。性嗜酒,好老庄之学。曾任建威将军王戎幕府下参军,竭力提倡无为而治,后因无所作为而罢官。泰始二年(266)朝廷请其再次入朝为官,遭拒。现存作品仅有《酒德颂》和《北芒客舍诗》。其作品生动地反映了魏晋名士崇尚玄虚、消极颓废的精神面貌,也表现出对"名教"礼法的蔑视及对自然的向往。

王戎(234—305),字濬冲,琅琊临沂(今山东临沂)人。"竹林七贤"中年龄最小的一位,长于清谈,历任吏部黄门侍郎、散骑常侍、河东太守、荆州刺史,因事被免,后又改任豫州刺史、建威将军等。据《晋书·王戎传》记载:王戎"幼而颖悟,神采秀澈""任率不修威仪,善发谈端,赏其要会"。既为"神童",同时又是典型的吝啬鬼,《世说新语》记载魏晋时期的吝啬鬼文章共有9篇,王戎就占4篇。存世的作品并不多。

山涛(205—283),字巨源,河内怀县(今河南武陟西南)人。山涛颇为司马氏集团所重用,是"竹林七贤"中官位最高的一位。早孤,家贫,好老庄之学。据《晋书·山涛传》记载,山涛"少有器量,介然不群。性好庄老,每隐身自晦。与嵇康、吕安善,后遇阮籍,便为竹林之交,著忘言之契"。嵇康后来因得罪司马氏而被治罪,临行前对儿子嵇绍说:"巨源在,汝不孤矣"。有集10卷,亡佚,今有辑本。

阮咸,生卒年不详,字仲容,陈留尉氏(今河南开封南)人。阮籍之侄,与阮籍并称为"大小阮",历任散骑侍郎。"任达不拘,与叔父籍为竹林之游,当世礼法之士者讥其所为""居母丧,纵情越礼"。(《晋书·阮咸传》)。又精通音律,善弹琵琶,时号"妙达八音"。存世作品仅有《律议》与《与姑书》。

## 二、阮籍与嵇康

"竹林七贤"中诗歌创作成就最高的是阮籍与嵇康。

阮籍(210—263),字嗣宗,陈留尉氏(今河南开封)人,建安七子之一阮瑀之子。曾为步兵校尉,故世称"阮步兵"。早年好读书,博览群籍,有济世志。《晋书》本传说他"本有济世志,属魏晋之际,天下多故,名士少有全者,籍由是不与世事,遂酣饮为常"。为人狂放不羁,任情自适,鄙弃礼法。正始年间曾任尚书郎、大将军曹爽参军,两次均以病辞归。司马氏执政,召为太傅府从事中郎,后相继为司马师、司马昭的僚属。阮籍生活在魏晋易代之际,统治阶级内部斗争极为尖锐复杂,遂酣饮为常,纵酒谈玄,不问世事,采取明哲保身的态度以避祸。一方面对曹魏后期统治阶级的昏庸、腐败极为不满,另一方面又不愿与司马氏集团同流合污,于是转而崇尚老庄思想,政治上采取谨慎避祸的态度,但内心极为苦闷。

阮籍的文学成就,主要是五言《咏怀诗》82首和四言《咏怀诗》13首。前者尤为著名,这些诗并非一时一地所作,内容大多抒发作者对现状的不满和无法解脱的矛盾苦闷心情,是其一生诗歌创作的总汇。作为组诗序诗的第一首,主要写夜深人静时诗人自己不平静的心情:

夜中不能寐,起坐弹鸣琴。薄帷鉴明月,清风吹我襟。孤鸿号外野,翔鸟鸣北林。徘徊将何见?忧思独伤心。

全诗写作者不眠之夜的所见、所闻、所感,所见者明月、清风;所闻者鸟鸣、鸿号,皆以动写静。"徘徊将何见?忧思独伤心",表现了诗人失望、痛苦、孤独和愁闷的心情,为整个五言《咏怀诗》定下了基调,亦可视为全部《咏怀诗》的总纲。清人方东树说:"此是八十一首发端,不过总言所以咏怀不能已于言之故。"[1]又如其三曰:

嘉树下成蹊,东园桃与李。秋风吹飞藿,零落从此始。繁华有憔悴,堂上生荆杞。驱马舍之去,去上西山趾。一身不自保,何况恋妻子!凝霜被野草,岁暮亦云已。

全诗言世事有盛有衰,繁华不能长久,以树木由繁华而至丁憔悴的过程,暗喻曹魏之际的政治状况,乱世即将来临,应该及早退隐,表达了作者对司马氏恐怖政治的忧惧。

有些《咏怀诗》,作者以史事揭露曹魏集团的日趋荒淫腐败,如其三十一:

驾言发魏都,南向望吹台。箫管有遗音,梁王安在哉?战士食糟糠,贤者处蒿莱。歌舞曲未终,秦兵已复来。夹林非我有,朱宫生尘埃。军败华阳下,身竟为土灰。

此诗借古喻今,主要借战国时期魏王荒淫失政而导致折兵丧地的故事以讽喻时政,对曹魏集团的荒淫进行揭露。

---

[1] 方东树.昭昧詹言[M].汪绍楹,注.北京:人民文学出版社,1961.

有些作品还表现了作者对虚伪卑劣礼法之士的怒斥与讽刺,如其六十七：

洪生资制度,被服正有常。尊卑设次序,事物齐纪纲。容饰整颜色,磬折执圭璋。堂上置玄酒,室中盛稻粱。外厉贞素谈,户内灭芬芳。放口从衷出,复说道义方。委曲周旋仪,姿态愁我肠。

本诗通过对"洪生"的穿戴、容饰及祭祀时表现的生动描绘,揭露了其虚伪的嘴脸,表明了作者对礼法之士的厌恶和憎恨。

有些诗抒发了自己的雄心壮志,如其三十九：

壮士何慷慨,志欲威八荒。驱车远行役,受命忘念自忘。良弓挟乌号,明甲有精光。临难不顾生,身死魂飞扬。岂为全躯士？效命争战场。忠为百世荣,义使令名彰。垂声谢后世,气节故有常。

与《咏怀诗》中多数诗篇发言玄远、旨意遥深不同,本诗主要歌颂了一位欲兼济天下、为国立功的爱国英雄形象。清人方东树说："《壮士何慷慨》,此即《炎光》篇而申之,……词旨雄杰壮阔,……皆有为言之。"认为阮籍是有为而发的。

阮籍是"竹林七贤"中内心最为苦闷的一位,生活于魏晋易代之际的政治高压之下,作诗亦不敢直言,常常借比兴、象征的手法曲折隐晦地表达自己的情感,抒发内心的苦闷。其诗歌,钟嵘在《诗品》中评为"言在耳目之内,情寄八荒之表""厥旨渊放,归趣难求",阮籍诗歌这种基本风格形成与特定的时代和身世有关。《文选》李善注说："嗣宗身仕乱朝,常恐罹谤遇祸,因兹发咏,故每有忧生之嗟。虽志在刺讥,而文多隐避,百代之下,难以情测。"但就诗歌创作精神而言,阮籍的《咏怀诗》与建安风骨仍一脉相连,严羽在《沧浪诗话·诗评》中说："黄初之后,惟阮籍《咏怀》之作,极为高古,有建安风骨。"

《咏怀诗》在艺术上兼容并蓄,远承《诗经》《离骚》,近取汉乐府、《古诗十九首》。这些诗抒感慨、发议论、写理想,开创了中国文学史上政治抒情组诗的先河,首创了我国五古抒情组诗的体例,对后世产生了重大影响。其后如左思之《咏史》八首,郭璞之《游仙》,陶渊明之《杂诗》《饮酒》,庾信之《拟咏怀》,陈子昂、张九龄之《感遇》以及李白之《古风》等均受其影响。这些作品虽时代不同,但其精神实质与艺术表现同《咏怀诗》大抵一脉相承。

嵇康(224—263,一说223—262),字叔夜,谯国铚(今安徽濉溪)人。他与曹魏宗氏沛穆王曹林之女长乐亭主结婚,是曹魏集团的女婿,曾为中散大夫,故世称"嵇中散"。嵇康"家世儒学,少有隽才。旷达不群,高亮任性,不修名誉,宽简有大量。学不师授,博洽多闻。长而好老、庄之业,恬静无欲。性好服食,尝采御上药。善属文论,弹琴咏诗,自足于怀抱之中"(《三国志·嵇康传》注引嵇喜《嵇康传》)。崇尚老庄,性格高傲刚直,不拘礼法。与阮籍同为"竹林七贤"的代表人物,思想上多有相近之处,但性格为人、处世态度颇有不同。面对司马氏集团的拉拢,阮籍虽持敷衍的态度,但内心极为痛苦,最终忧愤抑郁而终;而嵇康则刚肠嫉恶,轻肆直言,为钟会所忌恨,被司马氏所杀。作为"竹林七贤"中最具有人格魅力的人物,据说临刑之时,太学生3000人为之请命,索琴奏《广陵散》,从容就刑,死时年仅39岁。有《嵇中散集》,又鲁迅辑校之《嵇康集》。

阮籍在诗歌创作方面以五言诗见长,而嵇康则以四言诗著称。现存诗歌50多首,有四言、五言、七言和杂言,成就最高的是四言诗,几乎占其诗歌创作的一半。何焯《文选评》:"四言不为《风》《雅》所羁,直写胸中语,此叔夜高于潘、陆也。"他的四言诗能够脱出《诗经》的藩篱,既有高洁的志趣,又富于独特的风格,《赠兄秀才入军》十八首是其代表作,其九云:

良马既闲,丽服有晖。左揽繁弱,右接忘归。风驰电逝,蹑景追飞。凌厉中原,顾盼生姿。

又如其十四:

息徒兰圃,秣马华山。流磻平皋,垂纶长川。目送归鸿,手挥五弦。俯仰自得,游心太玄。嘉彼钓叟,得鱼忘筌。郢人逝矣,谁与尽言。

这组诗是作者为送兄长嵇喜从军而写的,主要想象嵇喜在军中的生活,实际上表达了作者自己的洒脱情趣。其九想象其兄在军中的戎马骑射生活,形象生动。《赠兄秀才入军》其十四,诗人想象嵇喜行军之暇领略山水乐趣的情景,实际上抒写自己纵心自然的情趣。尤其是"目送归鸿,手挥五弦"二句,写得潇洒脱俗,以凝练的语言传写出高士飘然出世、心游物外的风神,充分表现了作者高远的情怀。另作者因受吕安事件牵连入狱后而写的《忧愤诗》,可视为其绝命之作。诗中自述平生的遭遇和理想抱负,对自己无辜受冤表示极大的愤慨,表现了作者的志趣和耿直的性格。诗末说"采薇山阿,散发岩岫。永啸常吟,颐性养寿",表达了对自由生活的向往。

关于四言诗,钟嵘在《诗品序》中曾说"文约意广",最忌"文繁而意少"。自《诗经》后,唯曹操、嵇康和此后的陶渊明,开拓了四言诗的新境界,为四言诗的发展做出了突出贡献。四言诗由汉魏发展到晋末并形成新的美学品格,嵇康是做出过贡献的。

## 第三节　两晋诗歌

两晋包括西晋和东晋,历时 150 余年。公元 265 年,司马昭之子司马炎废掉了曹魏的最后一个皇帝,取代魏氏,建立了西晋。至公元 317 年,琅琊王司马睿在建康重新建立政权,西晋灭亡。西晋从建国到覆灭,大约只有 50 年的时间。西晋惠帝后期,发生了"八王之乱",继而"五胡乱华",晋室分崩离析。公元 317 年,晋室南迁,在建康重新建立偏安政权,史称东晋,至公元 420 年,刘裕篡晋自立,建立南朝宋政权,东晋历时百余年。

由于两晋政治环境与文化背景的差异,其诗歌创作亦有所不同。西晋 50 年,历经武、惠、怀、愍四帝,而文学的繁荣则在晋武帝太康时期和晋惠帝元康时期,而以太康文学为代表,这时期涌现出了众多的作家,有"三张、二陆、两潘、一左"之说。此外,较著名的还有晋初的傅玄、张华,西晋末的刘琨与郭璞。东晋时代,士族清谈玄理的风气日益兴盛,整个诗坛被玄风笼罩,出现了大量的"理过其辞,淡乎寡味"(钟嵘《诗品序》)的玄言诗,代表作家有许询、孙绰等。只有到了东晋末年,陶渊明才以其大量的田园诗创作给东晋诗坛带来了清新的空气。

## 一、晋初诗人

西晋初年最具代表性的作家是傅玄与张华,二者不仅为晋初重臣,而且对于太康诗风的形成,亦有一定的影响。

傅玄(217—278),字休奕,北地泥阳(今陕西铜川耀州)人。仕魏、晋两代,官至司隶校尉。思想较为开明,为人刚正。学识渊博,精通音乐。诗歌创作多模仿汉魏乐府,其中一部分为歌功颂德的郊庙歌辞;另一部分则继承汉乐府民歌反映现实的传统,多写男女爱情及妇女的不幸命运,反映当时的社会问题。语言较为朴素,与西晋盛行的风格有所不同。其中写得较为出色的有《豫章行苦相篇》,主要反映重男轻女的社会习俗给女子带来的痛苦,在当时具有一定的典型意义:

苦相身为女,卑陋难再陈。男儿当门户,堕地自生神。雄心志四海,万里望风尘。女育无欣爱,不为家所珍。长大逃深室,藏头羞见人。垂泪适他乡,忽如雨绝云。低头和颜色,素齿结朱唇。跪拜无复数,婢妾如严宾。情合同云汉,葵藿仰阳春。心乖甚水火,百恶集其身。玉颜随年变,丈夫多好新。昔为形与影,今为胡与秦。胡秦时相见,一绝逾参辰。

本诗依照旧题写新诗,用白描手法,写封建社会妇女备受歧视不公平的状况及其悲惨的命运。

傅玄诗歌创作,四言、五言、六言、七言及杂言,兼而有之。其中抒情小诗如《杂言诗》:

雷隐隐,感妾心;倾耳听,非车音。

此诗以男女爱情为题材,用比兴手法,仅仅12个字,便生动地写出了思妇对丈夫如醉如痴的思念情态,有较高的艺术成就。

张华(232—300),字茂先,范阳方城(今河北固安)人。西汉留侯张良的十六世孙,唐朝名相张九龄的十四世祖。少孤贫,出身寒微但官位显赫,晋时历任要职,官至司空,进封壮武郡公。后因拒绝参与赵王伦、孙秀的篡权阴谋而被杀。学识渊博,博闻强记,善作文章。所著《博物志》为现存中国第一部博物学著作,《四库全书》列在子部儒家类。诗歌创作多模仿前代文人,追求排偶和辞藻的华美,钟嵘《诗品》评为"其体华艳,兴托不奇,巧用文字,务为妍冶""儿女情多,风云气少"。代表作有《情诗》五首,均为夫妇相互赠答之作,如其三:

清风动帷帘,晨月照幽房。佳人处遐远,兰室无容光。襟怀拥虚景,轻衾覆空床。居欢惜夜促,在戚怨宵长。抚枕独啸叹,感慨心内伤。

主要写离妇思夫,构思精巧,堪称爱情诗中的佼佼者。再如其五:

游目四野外,逍遥独延伫。兰蕙缘清渠,繁华荫绿渚。佳人不在兹,取此欲谁与?巢居知风寒,穴处识阴雨。不曾远离别,安知慕俦侣?

尤其是后四句,作者用虫鸟知风雨做比喻,说明只有亲身经历过离别的人才能体会夫妇间的这种思念之情,写得深情绵邈,哀艳动人。

晋初两位诗人傅玄与张华,兼善于模仿,一个模仿汉魏乐府,一个模仿前代文人。这种创作风气,对于太康文学尤其是陆机的创作有着深远的影响。

## 二、太康诗人

西晋社会是典型的门阀士族社会。晋武帝太康年间(280—289),经济繁荣,政治稳定,与此同时,文学亦呈现出繁荣的局面。这一时期的文学称之为太康文学,代表作家有三张(张载、张协、张亢)、二陆(陆机、陆云)、两潘(潘岳、潘尼)、一左(左思)。

陆机(261—303),字士衡,吴郡吴县(今上海松江)人。出身于东吴世家大族。祖父陆逊,曾为东吴丞相,父亲陆抗,曾任大司马,家族地位显赫。少时曾任吴牙门将,吴亡,与弟陆云隐居故里,闭门苦读,十年不仕。太康十年(289),与弟云入洛,颇受著名诗人张华看重,云"伐吴之役,利获二俊",兄弟二人因此声名大振,人谓"二陆入洛,三张减价"。作为出身名门,又为亡国之臣的陆机,入洛后,颇受北方士族的轻视与猜忌。而陆机又有很强烈的家族自豪感,入吴后,历任太子洗马、著作郎、中书郎等职,后成都王荐为平原内史,世称"陆平原"。太安二年(303),为成都王后将军、河北大都督,起兵讨伐长沙王司马乂。战败被成都王司马颖所杀,年仅43岁。

陆机才冠当世,钟嵘在《诗品》中将其诗歌置于上品,并有"陆才如海,潘才如江"之评。其诗赋,在当时颇负盛名。

陆机在诗歌创作方面,最大的特点是模拟以及对形式技巧的追求,甚者表现于繁缛。陆机对以往的各类体裁,几乎都有模仿。如四言诗,在其《短歌行》中作者这样描述"来日苦短,去日苦长。今我不乐,蟋蟀在房",显然是对《诗经·唐风·蟋蟀》"蟋蟀在堂,岁聿云暮。今我不乐,日月其除"的模仿;再如屈原《离骚》中之名句"朝饮木兰之坠露兮,夕餐秋菊之落英",而陆机模仿为"朝采南涧藻,夕息西山足"(《招隐诗》)。陆机模拟《古诗十九首》而创作的《拟古诗》12首,满篇骈词俪句,用力几乎全在修辞,虽然总体水平不及原作,但在内容上沿袭原题,语言上变朴素为文雅,显示出诗歌创作文人化、贵族化的倾向。其中有些作品模拟得极为相似,其拟古之作被钟嵘在其《诗品》中列为"五言之警策"。

陆机诗歌创作另一个特点是繁缛,即追求辞藻华美与对偶工整,这与作者过分逞才炫博有很大关系。对此,前人多有评价。如《世说新语》刘孝标注引张华对陆机的批评说:"人之作文,患于不才;至子作文,乃患才多也。"钟嵘《诗品》引谢混语:"潘文烂若披锦,无处不善;陆文若排沙简金,往往见宝。"指出了陆机诗歌善于堆砌的特点。

陆机诗歌创作虽多模拟,重形式而轻内容,但亦有少量作品抒发了自己的真实情感,如《猛虎行》:

渴不饮盗泉水,热不息恶木阴;恶木岂无枝,志士多苦心。整驾肃时命,杖策将远寻。饥食猛虎窟,寒栖野雀林。日归功未建,时往岁载阴。崇云临岸骇,鸣条随风吟。静言幽谷底,长啸高山岑。急弦无懦响,亮节难为音。人生诚未易,曷云开此衿?眷我耿介怀,俯仰愧古今。

此诗是作者矛盾苦闷心境的真实写照,在西晋混乱的政局中,仕宦不得意,最终陷于"八王之乱"而被杀。尽管如此,但作者依然不改"耿介"之怀。

《赴洛道中作》二首,写作者离家到洛阳途中所见到的景物及自己的感触,其二云:

远游越山川,山川修且广。振策陟崇丘,安辔遵平莽。夕息抱影寐,朝徂衔思往。顿辔倚嵩岩,侧听悲风响。清露坠素辉,明月一何朗。抚枕不能寐,振衣独长想。

此诗写出了诗人的真实情感,既有对亲人及家乡的思念,又有对未来仕途的茫然,突出作者个人的孤独与寂寞。"清露坠素辉,明月一何朗",写景幽雅清丽,历来备受人们赞赏。

潘岳(247—300),字安仁,荥阳中牟(今河南中牟)人。与其侄潘尼以文学著称,世称"两潘"。少以才思敏捷见称,乡邑号为神童。举秀才,十年不得官。曾任河阳令、著作郎、散骑侍郎、给事黄门侍郎等职,为"二十四友"之一。司马伦专政时,中书令孙秀诬其谋反,被诛,夷其三族。原有诗文集,已佚。今存明人张溥辑《潘黄门集》。今存诗18首,收入《汉魏六朝百三家集》中。

潘岳是中国历史上有名的美男子,据《世说新语·容止·七则》记载:"潘岳妙有姿容,好神情。少时挟弹出洛阳道,妇人遇者,莫不连手共萦之。左太冲绝丑,亦复效岳游遨,于是群妪齐共乱唾之,委顿而返。"(刘孝标注引《语林》:"安仁至美,每行,老妪以果掷之满车。")后有成语"掷果盈车"。又《世说新语·容止·九则》:"潘安仁、夏侯湛并有美容,喜同行,时人谓之'连璧'。"从以上记载可看出,潘岳确实美貌。

潘岳人品有很大的缺陷,据《晋书·潘岳传》记载:"岳性轻躁,趋世利,与石崇等谄事贾谧,每候其出,与崇辄望尘而拜。"成语"望尘而拜"由此而来。贾后谋废太子司马遹,诬构之文,亦出自潘岳之手。

但在文学史上,潘岳与陆机齐名,均为太康文学的杰出代表。二人文风皆追求绮丽繁缛,注重诗歌技巧。现存诗18首,代表作为哀悼亡妻的《悼亡诗》三首,素为论者所赞赏。如其一:

荏苒冬春谢,寒暑忽流易。之子归穷泉,重壤永幽隔。私怀谁克从,淹留亦何益。僶俛恭朝命,回心返初役。望庐思其人,入室想所历。帏屏无仿佛,翰墨有余迹。流芳未及歇,遗挂犹在壁。怅恍如或存,回惶忡惊惕。如彼翰林鸟,双栖一朝只。如彼游川鱼,比目中路析。春风缘隙来,晨溜承檐滴。寝息何时忘,沈忧日盈积。庶几有时衰,庄缶犹可击。

此诗写作者离家赴任前对亡妻的悼念,表达了诗人哀怨欲绝的悲痛心情,全诗明净流畅,深婉动人。"悼亡"成为后代诗人追念亡妻的专用题目,可见其《悼亡诗》对后世的影响。

左思,生卒年不可确考,字太冲,齐国临淄(今山东临淄)人。出身寒门,博学能文,貌寝口讷。妹左棻因文才被召入晋武帝内宫,左思随之移居洛阳,官秘书郎。尝追随贾谧,为"二十四友"之一。永康元年,贾谧诛,左棻病逝,乃退居宜春里,专意典籍。后齐王司马冏命为记室督,辞疾不就。

作为太康时期的代表诗人,钟嵘《诗品》评左思诗"野于陆机",所谓"野",正是左思不同于潘岳、陆机之处,即作品没有对语言辞藻的雕琢以及繁缛的特点。出身于寒门的左思对当时门阀士族把持政权的现实极为不满,在一些作品中反映了这种不合理的现象,同时也表现了他蔑视权贵的反抗情绪。在诗歌创作方面,作品保存下来的很少,绝大多数见于《文选》和《玉台新咏》,代表作是《咏史》八首。

关于咏史诗,东汉班固始作,其《咏史》是现存最早的文人五言诗,但"质木无文"(钟嵘《诗品》)。建安以后作者如曹操、曹植、王粲、阮瑀等皆有创作,但写法大体是实咏史事,略抒感慨。左思的咏史诗则是借古讽今,抒发个人怀抱,既对前人的创作有一定的继承,同时又有创新,对中国诗歌的发展有很大贡献。《咏史》"或先述己意,而以史事证之;或先述史事,而以己意断之;或止述己意,而史事暗合;或止述史事,而己意默寓"①。沈德潜《古诗源》卷七云:"太冲《咏史》,不必专咏一人,专咏一事,咏古人而己之性情俱见。此千秋绝唱也。"②左思的《咏史》八首,并非写于一时,它反映了诗人由积极到消极的过程。如其一:

弱冠弄柔翰,卓荦观群书。著论准《过秦》,作赋拟《子虚》。边城苦鸣镝,羽檄飞京都。虽非甲胄士,畴昔览穰苴。长啸激清风,志若无东吴。铅刀贵一割,梦想骋良图。左眄澄江湘,右盼定羌胡。功成不受爵,长揖归田庐。

此诗应作于吴灭之前,其时诗人"壮志勃勃,急于有为,故气势极似孟子"③,此诗作抒发了诗人建功立业的雄心壮志及"功成身退"的人生理想。

左思虽志向远大,但出身寒微,在士族把持朝政,寒门庶族很难跻身于政治中心的西晋社会,他根本没有机会施展抱负,实现理想。因而,他在《咏史》诗中控诉门阀制度扼杀人才的罪恶,抒发寒微之士的郁愤不平之气,如其二:

郁郁涧底松,离离山上苗。以彼径寸茎,荫此百尺条。世胄蹑高位,英俊沉下僚。地势使之然,由来非一朝。金张藉旧业,七叶珥汉貂。冯公岂不伟,白首不见招。

作者以"涧底松"比喻出身寒微的人,以"山上苗"比喻世家大族子弟。涧底之松,纵然高大挺拔,只因"地势使之然",竟被山顶的小树苗所遮盖。由于门第的限制,有才能而出身寒微的人只能屈居下位,而世族子弟却依靠父兄基业窃居高位。再如其五:

皓天舒白日,灵景照神州。列宅紫宫里,飞宇若云浮。峨峨高门内,蔼蔼皆王侯。自非攀龙客,何为欻来游?被褐出阊阖,高步追许由。振衣千仞岗,濯足万里流。

表现了作者鄙视尘俗,傲视权贵,俯笑王侯,希望隐居的意志。

关于《咏史》诗,钟嵘《诗品》评为:"文典以怨,颇为精切,得讽谕之致。""典"主要指的是作品多引用史实;用史事来发泄对现实的不满,所以"怨";借古讽今又能做到深刻恰当,故曰"精切";诗能起到讽谕作用,故曰"得讽谕之致"④。并将其作品置于上品。左思的《咏史》诗,开创了咏史诗借咏史以抒怀的新路,在中国文学史上产生了巨大的影响。所以陈祚明在其《采菽堂古诗选》卷一一评为:"似孟德而加以流丽,仿子建而独能简贵。创成一体,垂式千秋。"杜甫的《咏怀古迹》五首以及唐代很多诗人大都取法于左思。

---

① 张玉榖.古诗赏析[M].许逸民,点校.北京:中华书局,2017:272.
② 沈德潜.古诗源[M].北京:中华书局,1963:142.
③ 吴淇.六朝诗选定论[M].汪俊,黄进逸,点校.扬州:广陵书社,2009.
④ 袁行霈.中国文学史纲要[M].北京:北京大学出版社,1986:48.

除《咏史》八首之外,左思还有《招隐诗》《杂诗》和《娇女诗》,代表了其诗歌创作的另一种风貌。《招隐诗》着力于景物的刻画,其中的"非必丝与竹,山水有清音",已悟出了自然的真美所在。而其《娇女诗》,则描摹了两个小女儿的娇憨天真之态,稚态可掬。诗中连用了很多当时的俗语,写出了两个小女儿的天真形象,表现了父亲对孩子的爱。此诗写得生动贴切,在题材上专写儿童,说明魏晋诗歌已经脱离教化观念的束缚而日渐走向日常生活。

## 三、刘琨与郭璞的游仙诗

永康元年(300),"八王之乱"爆发;306年,匈奴贵族刘渊作乱;317年,晋元帝仓皇南渡,建立东晋。在此期间,出现了刘琨和郭璞两位作家。

刘琨(271—318),字越石,中山魏昌(今河北无极)人。出身士族,是汉朝中山靖王刘胜的后裔。少负雄豪之气,好老庄,喜清谈,生活豪奢,嗜好声色,与陆机、潘岳、石崇等均为贾谧"二十四友"中之成员。西晋末年天下大变,历经国破家亡,萌发出个人对于国家、对于社会的责任感,思想发生了较大改变,后来参加卫国斗争,与祖逖有"闻鸡起舞"的故事传世。怀帝时出任并州刺史,愍帝时拜大将军,长期捍卫北方边疆,先后与刘聪、石勒作战,兵败被幽州刺史段匹䃅杀害,年仅48岁。曾有"一曲胡笳救孤城"的典故流世。著作原有集,已散佚。明人张溥辑为《刘中山集》。

诗歌创作现存仅《扶风歌》《答卢谌》《重赠卢谌》3 首,尽管数量不多,但在作品中流露出了效忠祖国、抗敌御辱的豪迈气概和英雄末路的悲凉感情,在诗坛上独树一帜。如《扶风歌》:

朝发广莫门,暮宿丹水山。左手弯繁弱,右手挥龙渊。顾瞻望宫阙,俯仰御飞轩。据鞍长叹息,泪下如流泉。系马长松下,发鞍高岳头。烈烈悲风起,泠泠涧水流。挥手长相谢,哽咽不能言。浮云为我结,归鸟为我旋。去家日已远,安知存与亡?慷慨穷林中,抱膝独摧藏。麋鹿游我前,猿猴戏我侧。资粮既乏尽,薇蕨安可食?揽辔命徒侣,吟啸绝岩中。君子道微矣,夫子固有穷。惟昔李骞期,寄在匈奴庭。忠信反获罪,汉武不见明。我欲竟此曲,此曲悲且长。弃置勿重陈,重陈令心伤。

此诗作于永嘉元年(307)刘琨出任并州刺史途中,历叙自己的所见所感,表达了自己的激愤、忧虑之情。感情真挚,语调苍凉,慷慨激昂,风格悲壮。钟嵘《诗品》曰:"善为凄戾之词,自有清拔之气。既体良才,文罹厄运。故善叙丧乱,多感恨之词。"①评价较为中肯。

后期所作的《答卢谌》和《重赠卢谌》,是刘琨的狱中绝笔,诗中表现出强烈的爱国之情及英雄末路之悲。其中《重赠卢谌》中的"何意百炼钢,化为绕指柔"为临死前名句。刘熙载在《艺概·诗概》中评为:"刘公幹、左太冲诗壮而不悲,王仲宣、潘安仁悲而不壮,兼悲壮者,其惟刘越石乎?"②金人元好问:"曹刘坐啸虎生风,四海无人角两雄。可惜并州

---

① 钟嵘.诗品[M].曹旭,集注.上海:上海古籍出版社,2011:310.
② 刘熙载.艺概[M].上海:上海古籍出版社,1978:74.

刘越石,不教横槊建安中。"(《遗山集》)刘琨诗感情深厚,清刚悲壮,风格雄峻,与建安风骨一脉相承。

郭璞(276—324),字景纯,河东闻喜(今山西闻喜)人。博学多闻,好古文奇字,精通天文、历算、卜筮,不善口才。曾为《尔雅》《方言》《穆天子传》《山海经》《周易》等古籍作注。东晋初年,担任著作郎,与王隐共撰《晋史》。后为大将军王敦的记室参军,因反对王敦谋反,被杀,年仅49岁。追赠弘农太守,有《郭弘农集》。

郭璞南渡后,才高位卑,仕途偃蹇,福祸难测。目睹晋室豪族争权夺利,不思北伐,故消极避世的思想较为突出。遂选择游仙题材以明志。诗歌今存游仙诗19首,其中9首为残篇。①

关于游仙诗,起源很早,《史记·秦始皇本纪》:"三十六年,使博士为《仙真人诗》。"建安、正始时期不断有人继作,其中以"游仙"名篇始于曹植。郭璞的游仙诗借游仙写失意之悲。钟嵘在《诗品》中评价为"辞多慷慨,乖远玄宗""坎壈咏怀,非列仙之趣也"。如其一:

京华游侠窟,山林隐遁栖。朱门何足荣,未若托蓬莱。临源挹清波,陵岗掇丹荑。灵溪可潜盘,安事登云梯?漆园有傲吏,莱氏有逸妻。进则保龙见,退为触藩羝。高蹈风尘外,长揖谢夷齐。

此诗表示对仕宦的蔑视以及对高蹈隐遁生活的赞美,"京华游侠窟,山林隐遁栖。朱门何足荣,未若托蓬莱",写出了对朱门的轻蔑与否定。再如其五:

逸翮思拂霄,迅足羡远游。清源无增澜,安得运吞舟?珪璋虽特达,明月难暗投。潜颖怨青阳,陵苕哀素秋。悲来恻丹心,零泪缘缨流。

"清源无增澜,安得运吞舟?珪璋虽特达,明月难暗投",表现了有才能的人士生不逢时的感慨。"潜颖怨青阳,陵苕哀素秋",比喻位低之人怨恨不能早日显达,富贵之人又怨恨地位太高容易遭受风险。此诗最能显示其"坎壈之怀",亦道出了中国古代知识分子的人生悲哀。

钟嵘《诗品》称其"始变永嘉平淡之体,故称中兴第一",刘勰《文心雕龙》亦云:"景纯仙篇,挺拔而为俊矣。"

## 四、许询、孙绰与玄言诗

晋室南移,文人意气更加消沉。起源于中朝的清谈之风,也被过江诸人带至东晋,并且风气日炽。钟嵘《诗品序》云:"永嘉时贵黄老,稍尚虚谈,于时篇什,理过其辞,淡乎寡味。""爰及江表,微波尚传,孙绰、许询、桓、庾诸公诗,皆平典似道德论,建安风力尽矣。"又《世说新语·文学》注引《续晋阳秋》云:"正始中,王弼、何晏好庄老玄胜之谈,而世遂贵焉,至江左李充尤盛。故郭璞五言,始会合道家之言而韵之。询及太原孙绰,转相祖尚,又加以三世之辞,而《诗》《骚》之体尽矣。"在此风气影响之下,文章朝着"精名理,善论难"(《中国中古文学史·魏晋文学之变迁》)的方向发展,更产生了"世极迍邅,而辞意

---

① 据逯钦立《先秦汉魏晋南北朝诗》;钟嵘《诗品》还存"奈何虎豹姿""戢翼栖榛梗"。

夷泰,诗必柱下之旨归,赋乃漆园之义疏"(《文心雕龙·时序》)的玄言诗赋。代表人物是许询、孙绰。

许询,生卒年不详,字玄度,高阳(今河北蠡县)人。长于五言诗,今存诗数首,多系残篇。

孙绰(314—371),字兴公,太原中都(今山西平遥)人,家于会稽。少以文才著称。原有集,已佚,明人辑有《孙廷尉集》。现存诗13首,皆反映了浓厚的老庄思想。如《答许询》首章:

仰观大造,俯览时物。机过患生,吉凶相拂。智以利昏,识由情屈。野有寒枯,朝有炎郁。失则震惊,得必充诎。

诗歌充满了玄理哲学,文学趣味全无。

玄言诗本身的艺术价值并不高,但在东晋诗坛占据主导地位达百年之久,并对后世诗歌发展有深远的影响,如谢灵运的山水诗,白居易诸人的说理诗,宋明理学家之诗。另外,玄言诗为诗歌说理所积累的经验值得关注。

## 作品学习

1. 曹操《蒿里行》
2. 曹丕《燕歌行》(其一)
3. 曹植《白马篇》
4. 阮籍《咏怀》(夜中不能寐)

## 《蒿里行》鉴赏

《蒿里行》是曹操五言诗的代表,诗题本是汉乐府民歌旧题,曹操以旧题写时事。

东汉末年,董卓叛乱,各路军阀一起兴兵讨伐董卓。初平元年(190),袁术、韩馥等推渤海太守袁绍为盟主,曹操为奋威将军,讨伐董卓及其爪牙。他们本打算在孟津会师,打出讨伐元凶,匡扶汉室,本期望群雄能齐心协力。然而"军合力不齐",这支联军的众位首领各怀私心,力不齐一,互相观望,裹足不前,唯恐在战斗中损失了自己的实力。"势力使人争,嗣还自相戕",为了争夺霸权,图谋私利,各路军阀之间竟然自相残杀,袁绍、公孙瓒等内部发生攻杀,开始了汉末的军阀混战。董卓被杀后,袁绍与异母弟弟袁术闹分裂,袁术据有淮南(淮河下游南部以至长江以北地区),于建安二年(197)在寿春(今安徽寿县)自立为皇帝,故诗云"淮南弟称号"。"刻玺于北方",主要指的是初平二年(191),袁绍谋立幽州牧刘虞为皇帝,为之刻玺。诗人对袁绍兄弟阴谋称帝、铸印刻玺、借讨伐董卓匡扶汉室之名,行争霸天下之实给予了无情的揭露,并对因此造成的战乱感到悲愤。

此诗前十句,作者用白描的手法,把关东各路军阀从聚合到离散的过程原原本本地记录下来,堪称"汉末实录"。然而,此诗的成功与价值不仅在此,自"铠甲生虮虱"以下,诗人将笔墨从记录军阀纷争的事实转向描写战争给人民造成的灾难,在揭露军阀祸国殃民的同时,表现出对人民的无限同情和对国事的关注和担忧,升华了诗歌的主题。

## 第一章 魏晋诗歌

"铠甲生虮虱,万姓以死亡",由于连年的征战,士兵长期不解甲,以至于铠甲上生满了虮虱,无辜的百姓也因连年战乱而大批死亡。"白骨露于野,千里无鸡鸣",满山遍野的尸骨曝露于旷野而无人收埋,千里之间没有人烟,听不到鸡鸣,这两句可谓是汉末乱世的经典描述。清人方东树《昭昧詹言》云:"'铠甲'四句,极写乱伤之惨,而诗则真朴雄阔远大。"

刘勰在《文心雕龙·乐府》中评论曹氏父子的诗曾说"志不出于滔荡,辞不离于哀思";钟嵘《诗品》评曹操的诗也说:"曹公古直,甚有悲凉之句。"均道出了曹操诗歌的特点,即感情沉郁悲怆,此诗可以作为这种风格的代表。

## 《燕歌行》(其一)鉴赏

曹丕的《燕歌行》共两首,此诗为第一首,是一首乐府诗,属《相和歌辞·平调曲》。此篇写妇女思念远方的丈夫,抒情委婉细致,音节和谐流畅。

宋玉《九辨》中有:"悲哉秋之为气也!萧瑟兮草木摇落而变衰。"汉武帝《秋风辞》说:"秋风起兮白云飞,草木黄落兮雁南归。兰有秀兮菊有芳,怀佳人兮不能忘。"此诗的前两句"秋风萧瑟天气凉,草木摇落露为霜"显然是化用了宋玉的名句,描绘出了深秋的景象。秋风萧瑟,天气转凉,草木摇落,白露为霜。开头两句,写出了一片深秋的肃杀情景,营造一种寂寞凄清的气氛,为主人公的出场做了准备。

"群燕辞归雁南翔,念君客游思断肠。"这里出现了诗歌的女主人公,诗人将燕子、鸿雁南归的现象与少妇所思念的丈夫远游不归对照起来写,表现了少妇思夫的浓烈而深切的感情。"慊慊思归恋故乡,君何淹留寄他方?"这两句写出了女主人公想象她的丈夫在外思念故乡的情景。但是,他为什么滞留他乡迟迟不归呢?诗中隐隐约约透露出对丈夫的担心。

"贱妾茕茕守空房,忧来思君不能忘,不觉泪下沾衣裳。"这几句写出了女主人公的日常生活状态:独守空房、茕茕孑立、孤苦无依。可见其忧愁之深、相思之切。"援琴鸣弦发清商,短歌微吟不能长。"写出了少妇借凄清悲婉的清商曲来排遣其内心的烦闷和忧愁。"不敢忘""不能长",委婉地表达了少妇思念丈夫的细腻感情。吴淇说:"(清商)其节极短促。长讴曼咏,不能逐焉。故云'不能长'。"(《六朝选诗定论》)刘履说:"忧来而不敢忘,微吟而不能长,则可见其情义之正,词气之柔。"(《选诗补注》)

"明月皎皎照我床,星汉西流夜未央。牵牛织女遥相望,尔独何辜限河梁。"第一句显然是化用了《古诗十九首》"明月何皎皎,照我罗床帏",夜已经很深了,女主人公却迟迟不能入眠。最后两句以牵牛织女不能相会的悲剧,借以表达自己夫妇不能团聚的哀伤。

曹丕的《燕歌行》是中国文学史上现存的第一首完整的文人创作的七言诗。虽句句用韵,亦存在着用韵单调的缺点,但它在我国诗歌发展史上的地位不可小觑。王夫之称此诗"倾情,倾度,倾声,古今无两",虽是溢美之辞,但此诗实为叠韵歌行之祖,对后世七言歌行的创作有很大影响。

## 《白马篇》鉴赏

《白马篇》是乐府歌辞,诗题又作《游侠篇》,属《杂曲歌·齐瑟行》。主要描写边塞游侠儿捐躯赴难、奋不顾身的英勇行为,寄托了诗人为国建功立业的雄心壮志。清代朱乾说:"此寓意于幽并游侠,实自况也。"(《乐府正义》卷一二)

"白马饰金羁,连翩西北驰。""白马""金羁",色彩非常鲜明。"连翩",原指鸟飞的样子,这里用来形容飞驰的骏马,不仅写出了壮士骑术的娴熟,同时也暗示了军情的紧急。从表面看,这里只见马,未见人,而人自在其中,用了借代和烘托的手法。清人沈德潜说,曹植诗"极工起调",这两句是非常明显的例子。

"借问谁家子,幽并游侠儿。少小去乡邑,扬声沙漠垂。"关于游侠,司马迁《史记》有《游侠列传》,云:"(游侠)救人于厄,振人不赡。仁者有乎?不既(失)信,不倍(背)言,义者有取焉。"而曹植笔下的游侠已不同于司马迁所描述的救人于患难、助人于穷困、不背言、不失信的人,而已成为为国效力的爱国志士。这个游侠儿,是幽州并州一带的游侠健儿,他从小就离开了家乡,名声在边塞传扬。

"宿昔秉良弓"以下八句,是补叙。作者从各个不同角度刻意铺陈"游侠儿"超群的武艺。诗人运用一连串对偶句使诗歌语言铿锵有力,富于气势。"控弦破左的"四句,用"破""摧""接""散"四个动词,从左、右、上、下不同方位表现游侠儿高超武艺。为后面游侠儿为国效力的英勇行为做了铺垫。

"边城多警急"以下六句,写出了游侠儿驰骋沙场,英勇杀敌的情景。边塞频频传来紧急的情况,匈奴、鲜卑的骑兵常常入侵……此诗写法有详有略。因游侠儿的武艺高超,前面已详写,此处作者仅用"长驱蹈匈奴,左顾凌鲜卑"二句,十分精练地写出了游侠儿的英雄业绩,重点突出。最后八句,揭示了游侠儿的内心世界,同时也写出了其能够克敌制胜的原因,是有为高超的武艺与崇高的思想品德。

曹植的诗歌"骨气奇高"(钟嵘《诗品》),此诗是非常典型的代表。

## 《咏怀》(夜中不能寐)鉴赏

《咏怀》共 82 首,是阮籍平生诗作的总题,不是一时所作。内容大多写自己对现状的不满和无法解脱的矛盾苦闷心情,情绪非常激愤,但也带有不少消极颓废的成分。《晋书·阮籍传》说:"作《咏怀》诗八十余篇,为世所重。"此处选录的是第一首,有序诗的作用,所以清人方东树说:"此是八十一首发端,不过总言所以咏怀不能已于言之故。"(《昭昧詹言》)

"夜中不能寐,起坐弹鸣琴",此二句化用王粲《七哀诗》诗句:"独夜不能寐,摄衣起抚琴。"写作者夜深人静时不平静的苦闷心情。阮籍早年有雄心壮志,《晋书·阮籍传》云:"籍本有济世志,属魏、晋之际,天下多故,名士少有全者,籍由是不与世事,遂酣饮为常。"但魏晋之际险恶的政治环境,使作者有志难伸(可参照《世说新语·任诞篇》),只能借诗歌曲折隐晦地来表达自己的情感。这里以"不能寐""起坐""弹鸣琴"着意写出了诗人的苦闷和忧思。

## 第一章　魏晋诗歌

"薄帷鉴明月,清风吹我襟。"清人吴淇说:"'鉴'字从'薄'字生出……堂上止有薄帷。……堂上帷既薄,则自能漏月光若鉴然。风反因之透入,吹我衿矣。"(《六朝诗选定论》)诗作通过环境描写营造了一种凄清气氛。同时,诗人写月之明、风之清,正衬托了自己的高洁不群,写景正是为了写人。这种描写,含蓄不尽,意味无穷。

"孤鸿号外野,翔鸟鸣北林。"这两句继续写景,写诗人所闻。写孤鸿在野外哀号,盘旋的飞鸟在北林上悲鸣。这里的"孤鸿""翔鸟"既是诗人的眼前之物、眼前之景,同时又是诗人自我的象征。以动写静,写出寂静凄清的环境,以映衬诗人孤独苦闷的心情。景中有情,情景交融。

"徘徊将何见?忧思独伤心。"诗人将笔触从写景回复到主观抒情,抒发了诗人孤独、苦闷、失望、痛苦、愁闷的心情,无限的忧思,孤独地徘徊,永恒的悲哀将会伴随其一生。

纵观《咏怀》全诗,实为阮籍一生思想情感的总汇。"厥旨渊放,归趣难求"(钟嵘《诗品》)是《咏怀》的总体风格。《咏怀》首创了我国五古抒情组诗的体例,自此之后,继作者不绝,如郭璞之《游仙》,陈子昂、张九龄之《感遇》,李白之《古风》,与《咏怀》是一脉相承的。

### 延伸阅读

**1. 原典阅读**

(1) 阅读《文选》(萧统编,李善注,岳麓书社,2002 年版),重点阅读诗歌部分,了解其编选范围,并体会其作为现存最早的一部古诗文总集对后世文学发展的影响。

(2) 阅读《玉台新咏笺注》(徐陵编,吴兆宜注,程琰删补,穆克宏点校,中华书局,2007 年版),重点阅读五言诗,了解其所收录的五言四句的短歌的价值。

(3) 阅读《世说新语校笺》(刘义庆撰,徐震堮注,中华书局,1999 年版),了解魏晋士人的逸闻轶事及魏晋风度的体现,了解魏晋南北朝志人小说的发展状况。

(4) 阅读《建安七子集》(俞绍初辑校,中华书局,2006 年版),重点阅读王粲、刘桢的诗歌,掌握建安七子在魏晋文学发展中的重要作用。

**2. 研究文献阅读**

(1) 阅读《魏晋风度及文章与药及酒之关系》(《鲁迅全集》第三卷,人民文学出版社,1956 年版),结合所学内容,查阅相关资料,了解魏晋风度的表现形态。

(2) 阅读《玄学与魏晋士人心态》(罗宗强著,浙江人民出版社,1991 年版),仔细阅读全书,了解魏晋政治高压下作为思想主流的玄学对不同时期士人心态的影响,及其不同时期的创作风貌。

(3) 阅读《论风流》(冯友兰著,选自《三松堂学术论文集》,北京大学出版社,1984 年版),重点阅读第 609—617 页,结合本阶段所学,了解"风流"的真切含义。

## 拓展训练

1. 结合《后汉书》《三国志》阅读,了解曹操、曹植、曹丕的性格,并结合其作品进行讨论。

2. 刘勰《文心雕龙·明诗篇》云:"暨建安之初,五言腾踊。文帝、陈思,纵辔以骋节;王、徐、应、刘,望路而争驱;并怜风月,狎池苑,述恩荣,叙酣宴,慷慨以任气,磊落以使才;造怀指事,不求纤密之巧;驱辞逐貌,唯取昭晰之能。此其所同也。及正始明道,诗杂仙心,何晏之徒,率多浮浅;唯嵇志清峻,阮旨遥深,故能标焉。若乃应璩《百一》,独立不惧,辞谲义贞,亦魏之遗直也。"请结合作品,讨论建安文学与正始文学的不同。

# 第二章 陶渊明

## 文学史

东晋百余年间,诗坛上盛行玄言诗。《文心雕龙》说当时文坛"诗必柱下之旨归,赋乃漆园之义疏"。而东晋末年陶渊明的出现及其田园诗创作,给诗歌注入了新的生机。他的诗歌平淡自然而又意蕴深厚,同时又蕴含着深刻的哲理,情、景、理完美地融合在一起。

## 第一节 陶渊明的生平及思想

陶渊明(365?—427),字元亮;一说名潜,字渊明,号五柳先生,浔阳柴桑(今江西九江)人。卒后,好友颜延之为其写了一篇《陶征士诔》,谥号为"靖节先生";又因曾任彭泽令,故称"陶彭泽"。曾祖陶侃是东晋初名将,曾镇守长江中游,都督八州军事,封长沙郡公,死后追赠大司马;外祖孟嘉做过征西将军,祖父陶茂曾任武昌太守,父亲陶逸做过安城太守,所以陶家算得上是一个有地位的贵族。陶渊明年幼时,父亲去世,家境便日渐败落。

陶渊明29岁开始出仕,任江州祭酒,不久即归隐。后来江州又召为主簿,未就任。晋安帝隆安二年(398),陶渊明到江陵,担任了荆州和江州刺史桓玄的幕僚。① 桓玄当时占据长江中上游,图谋篡晋,陶渊明意识到桓玄的野心,便又产生了归隐的想法。恰好就在他37岁这一年,其母亲离世,便回浔阳为母亲守丧。此后政局发生了急剧变化,晋安帝元兴元年(402),桓玄举兵东下攻入京师,次年篡位,改国号楚。元兴三年(404),陶渊明写了《荣木》一诗,对自己一事无成颇为不安。同年,刘裕起兵讨伐桓玄,入建康,任镇军将军,掌握大权,给晋王朝带来一线希望,这一年,陶渊明40岁,平生第三次出仕,出任刘裕的参军,在赴任途中写了《始作镇军参军经曲阿作》,诗中流露出作者的矛盾心情,一

---

① 关于陶渊明入桓玄幕的动机及与桓玄的关系,参见张芝《陶渊明传论》,上海棠棣出版社,1953年版.

方面有幻想与希望,另一方面又疑虑重重。刘裕建立政权后,集中力量讨伐异己势力,陶渊明感觉实现理想的希望比较渺茫,于是在晋安帝义熙元年(405),改任建威将军刘敬宣的参军。同年八月,又以"耕种不足以自给",求为彭泽县令,在官八十余日,十一月便辞官归隐。

陶渊明辞去彭泽令的原因,据《宋书》本传记载:"郡遣督邮至,县吏白:'应束带见之。'潜叹曰:'我不能为五斗米折腰向乡里小儿!'即日解印绶去职。"从此归隐田园,再也没做官。另《归去来兮辞》:"归去来兮,请息交以绝游,世与我而相违,复驾言兮焉求!"苏东坡说他:"欲仕则仕,不以求之为嫌,欲隐则隐,不以去之为高,饥则叩门而乞食,饱则鸡黍以迎客。古今贤之,贵其真也。"朱子《语录》说:"晋宋人物,虽曰尚清高,然个个要官职。这边一面清谈,那边一面招权纳货。陶渊明真个能不要,所以高于晋宋人物。"①

他是中国古代文学史上第一位田园诗人,被称为"古今隐逸诗人之宗"②,有《陶渊明集》。

## 第二节　陶渊明的文学创作

陶渊明的文学创作,在诗歌、散文、辞赋诸方面都有很高的成就,但对后世影响最大的是诗歌。其诗歌现存120多首,就其题材而言,不同研究者有不同的分法,如有的分为二类,田园诗和咏怀诗③;有的分为三类,田园诗、咏怀诗、哲理诗④;有的分为五类,田园诗、咏怀诗、咏史诗、行役诗、赠答诗⑤。但若概括起来,大致可分为田园、咏怀咏史两类,其中,价值最大、最具有代表性的是田园诗。

陶渊明羞愧于过去"心为形役"(《归去来兮辞》),"误落尘网"(《归园田居》其一),欣喜于自己"实迷途其未远,觉今是而昨非",并在其诗歌中有所反映,如《归园田居》其一:

少无适俗韵,性本爱丘山。误落尘网中,一去三十年。羁鸟恋旧林,池鱼思故渊。开荒南野际,守拙归园田。方宅十余亩,草屋八九间。榆柳荫后檐,桃李罗堂前。暧暧远人村,依依墟里烟。狗吠深巷中,鸡鸣桑树颠。户庭无尘杂,虚室有余闲。久在樊笼里,复得返自然。

东晋安帝义熙元年(405),陶渊明担任彭泽县令仅81天,便声称不愿"为五斗米向乡里小儿折腰",辞职归隐田园,此组诗即为作者归田后的作品。其第一首写从对官场生活

---

① 李道传.朱子语录[M].徐时仪,潘牧天,整理.上海:上海古籍出版社,2016.
② 钟嵘《诗品》:"文体省净,殆无长语。笃意真古,辞兴婉惬。每观其文,想其人德。世叹其质直。至如'欢言酌春酒''日暮天无云',风华清靡,岂直为田家语耶!古今隐逸诗人之宗也。"
③ 廖仲安.陶渊明[M].北京:中华书局,1963:67.
④ 钟优民.陶渊明论集[M].长沙:湖南人民出版社,1982:82-194.
⑤ 袁行霈.中国文学史:第2卷[M].北京:高等教育出版社,1999:63.

的强烈厌倦,到田园风光的无限美好,农村生活的舒心愉快,表达了对自然和自由的热爱,写出了陶渊明辞职归田的愉快心情和乡居的乐趣。再如《饮酒》其五:

结庐在人境,而无车马喧。问君何能尔,心远地自偏。采菊东篱下,悠然见南山。山气日夕佳,飞鸟相与还。此中有真意,欲辨已忘言。

此诗写出了悠游自在的隐居生活。第一句平平道出,第二句转折,第三句承上发问,第四句回答作结,结构安排得非常自然,难怪王安石大发感慨:"自有诗人以来,无此四句。"

陶渊明写躬耕生活的体验。如《归园田居》其三:

种豆南山下,草盛豆苗稀。晨兴理荒秽,带月荷锄归。道狭草木长,夕露沾我衣。衣沾不足惜,但使愿无违。

写归田后的劳动生活,并且表达了自己的意愿。再如《庚戌岁九月中于西田获早稻》:

人生归有道,衣食固其端。孰是都不营,而以求自安。开春理常业,岁功聊可观。晨出肆微勤,日入负耒还。山中饶霜露,风气亦先寒。田家岂不苦?弗获辞此难。四体诚乃疲,庶无异患干。盥濯息檐下,斗酒散襟颜。遥遥沮溺心,千载乃相关。但愿长如此,躬耕非所叹。

此诗写出了秋收后的愉快心情,同时表示了自己愿意长期躬耕的志趣。在作者看来,人生的终极皈依是道,而衣食确是人生之前提。

有的田园诗写出了自己的穷困和农村的凋敝。如《怨诗楚调示庞主簿邓治中》:"炎火屡焚如,螟蜮恣中田。风雨纵横至,收敛不盈廛。夏日长抱饥,寒夜无被眠。造夕思鸡鸣,及晨愿乌迁。"《归园田居》其四:"徘徊丘垄间,依依昔人居。井灶有遗处,桑竹残朽株。借问采薪者,此人皆焉如。薪者向我言,死没无复余。"晚年的陶渊明,物质生活陷入了饥寒交迫的境地,有时甚至到了乞食的地步,如《乞食》:

饥来驱我去,不知竟何之。行行至斯里,叩门拙言辞。主人解余意,遗赠岂虚来。谈谐终日夕,觞至辄倾杯。情欣新知欢,言咏遂赋诗。感子漂母惠,愧我非韩才。衔戢知何谢,冥报以相贻。

写出了向人乞贷,同时表示了自己的感激之情。

在有些作品中,陶渊明写出了与农人的交往。如《移居》二首:

昔欲居南村,非为卜其宅。闻多素心人,乐与数晨夕。怀此颇有年,今日从兹役。弊庐何必广,取足蔽床席。邻曲时时来,抗言谈在昔。奇文共欣赏,疑义相与析。

春秋多佳日,登高赋新诗。过门更相呼,有酒斟酌之。农务各自归,闲暇辄相思。相思则披衣,言笑无厌时。此理将不胜?无为忽去兹。衣食当须纪,力耕不吾欺。

这两首诗是作者在义熙六年(410)由上京迁至南里之南村时所写。第一首写朋友谈论的乐趣;第二首写出了农务之余与朋友诗酒流连之乐。另《归园田居》(其二)、《饮酒》(其三)亦对此有所表现。

除了田园诗,陶渊明的咏史诗、咏怀诗亦很出色。这些作品,继承了阮籍、左思的诗歌创作传统,围绕着出仕与归隐这一矛盾冲突,表现自己不与统治者同流合污的品格。

代表作有《饮酒》《拟古》《杂诗》《咏贫士》《咏荆轲》等。鲁迅先生指出,陶诗不但有"静穆""悠然"的一面,也有"金刚怒目"的一面,主要是指这类作品而言。如《读山海经》其十:

精卫衔微木,将以填沧海。刑天舞干戚,猛志故常在。同物既无虑,化去不复悔。徒设在昔心,良辰讵可待!

歌颂了精卫和刑天至死不屈的斗争意志,慨叹时光的消逝和良时的不可再来。《杂诗》其二:

白日沦西阿,素月出东岭。遥遥万里辉,荡荡空中景。风来入房户,夜中枕席冷。气变悟时易,不眠知夕永。欲言无予和,挥杯劝孤影。日月掷人去,有志不获骋。念此怀悲凄,终晓不能静。

作者将素月辉景荡荡万里之奇境与日月掷人有志未骋之悲慨融为一体,抒发了光阴流逝、生命有限,而志业无成、生命价值尚未实现之忧患意识。

陶渊明作品的最大的特点即为平淡自然。在陶诗中,极少夸张的手法,华丽的辞藻,而大多是质朴的语言。诗中所描写的对象,往往是最平常的,如鸡犬、桑麻、穷巷、村舍等,而且一切都平平淡淡。如"种豆南山下,草盛豆苗稀""春秋多佳日,登高赋新诗""秋菊有佳色,裛露掇其英",全都明白如话。苏轼说他是:"大匠运斤,不见斧凿之痕。"(《与苏辙书》)朱熹说他的诗:"不待安排,胸中自然流出。"(《朱子语类》)元好问说其诗:"一语天然万古新,豪华落尽见真淳。"(《论诗绝句》)但陶渊明的诗虽平淡却韵味隽永。如《读〈山海经〉》(其一)"众鸟欣有托,吾亦爱吾庐",《癸卯岁始春怀古田舍》(其二)"平畴交远风,良苗亦怀新",两个"亦"字,物我情融,耐人寻味。再如《郭主簿》"中夏贮清阴",一个"贮"字,便写出了夏日的清凉。正如苏轼所说"质而实绮,癯而实腴"(《与苏辙书》),评价十分精辟。

陶渊明的诗歌除了平淡自然外,又能做到情、景、理的统一。陶渊明写诗,并不是纯客观地景物刻画,而是把感情融入景物之中,做到情景交融。除此之外,陶渊明的诗歌还富有哲理色彩。陶诗中的"理"不是抽象的哲学说教,而是包含着生活中的情趣。如"人生归有道,衣食固其端"(《庚戌岁九月中于西田获早稻》),"落地为兄弟,何必骨肉亲"(《杂诗》其一),"吁嗟身后名,于我若浮烟"(《怨诗楚调示庞主簿邓治中》),"及时当勉励,岁月不待人"(《杂诗》其一),这些诗句言浅意深,富于哲理性。清人潘德舆说陶渊明"任举一境一物,皆能曲肖神理"(《养一斋诗话》),评价较为中肯。

## 第三节 陶渊明的文学地位和影响

作为东晋诗坛最杰出的诗人,陶渊明的诗文并未受到时人重视。到了唐代,陶渊明越来越受到重视,陶诗的价值亦为人所发现。到了宋代,特别是经过苏轼、朱熹的推崇,才真正确立了陶渊明在文学史上的崇高地位。

唐人学陶诗,不独在推出田园诗派,亦在揣摩、学习其艺术风格。其时,"王右丞有其清腴,孟山人有其闲远,储太祝有其朴实,韦左司有其冲和,柳仪曹有其峻洁,皆学焉而得其性之相近"(《说诗晬语》)。明人论陶,更得个中三昧。许学夷云:"靖节诗真率自然,倾倒所有,晋宋以还,初不知尚;虽靖节亦不过写其所欲言,亦非有意胜人耳。"(《诗源辨体》卷六)唐顺之云:"陶彭泽未尝较声律,雕句文,但信手写出,便是宇宙间第一等好诗。何则? 其本色高也。"(《答茅鹿门知县》)"本色"二字,的确能概括陶渊明其人其文。①

## 作品学习

1. 陶渊明《庚戌岁九月中于西田获早稻》
2. 陶渊明《读〈山海经〉》(其十)

### 《庚戌岁九月中于西田获早稻》鉴赏

本诗是体现陶渊明躬耕思想的重要诗篇,主要写庚戌岁秋收时的愉快心情和表示愿意长期躬耕的志趣。"庚戌"即晋安帝义熙六年(410),陶渊明46岁,是他弃官彭泽令归田躬耕的第六年。"西田"就是《归去来兮辞》中所说的"西畴"。旧历九月中收稻,应是晚稻。题中"早稻"二字,近人丁福保《陶渊明诗笺注》说:"一本'早'是'旱'字。"故"早稻"应作"旱稻",可供参考。

"人生归有道,衣食固其端",开篇两句直接展开议论,明确表达观点:人生的终极皈依是道,而衣食则是人生之前提。要想求得自身的安定,首先就要参加劳动。将传统文化之大义——道,与衣食并举,意义极不寻常。"孰是都不营,而以求自安。"诗人认为人生应以生产劳动、自营衣食为根本。在诗人看来,若为了获得衣食所资之俸禄,而失去独立自由之人格,他宁肯弃官归田躬耕自足。首四句语言简练、意蕴深邃。

接下八句,具体写出了农业生产劳动的艰辛。"开春理常业,岁功聊可观。"从开春就下田从事耕种,经过辛勤的劳动,到了秋天,终于有了一番还算可观的收成,可见收获之来之不易。"晨出肆微勤,日入负耒还"两句,由一年到头的劳动写到每天的劳动,每天从大清早就下田辛勤劳作,到日落才扛着农具回家。"山中饶霜露,风气亦先寒",写劳动时冒着风霜雨露和严寒,隐隐道出稼穑之艰难。"田家岂不苦? 弗获辞此难。"从此亦可以看出陶渊明躬耕意志之坚定。

后八句,写出了诗人的自我感受。"四体诚乃疲,庶无异患干。"这两句是说身体诚然疲劳,但这样才有可能避免意外的祸患。唯有弃官躬耕,才能免于祸患。"盥濯息檐下,斗酒散襟颜。"这两句是说劳动完了之后,在檐下洗濯休息,喝酒散心。"遥遥沮溺心,千载乃相关。""沮溺",长沮、桀溺,春秋时代的两位隐士,作者以此来表达自己的隐居意愿。"但愿长如此,躬耕非所叹。"但愿长期这样生活下去,并不为躬耕辛苦而叹息,再次表达

---

① 郭预衡.中国古代文学史:二.[M].上海:上海古籍出版社,1998:75.

了躬耕意志之坚定。

全诗叙述和议论相结合,语言平淡,意蕴深厚。清代邱嘉穗在《东山草堂陶诗笺》卷三评此诗说:"陶公诗多转势,或数句一转,或一句一转,所以为佳。余最爱'田家岂不苦'四句,逐句作转。其他推类求之,靡篇不有。此萧统所谓'抑扬爽朗,莫之与京'也。"较为中肯。

## 《读〈山海经〉》(其十)鉴赏

《山海经》是一部记述古代神话传说及海内外山川异物的典籍,汉代刘歆校订为18卷,晋代郭璞为它作注和图谶。陶渊明《读〈山海经〉》共13首,本诗原列第十,歌颂精卫和刑天至死不屈的斗争意志,慨叹时光的消逝和良时不可再来。

诗前半部分,歌颂了精卫和刑天。"精卫衔微木,将以填沧海。"精卫鸟含着微小的细木,要用它填平沧海。"衔""微"二字,均为传神之笔。上句"微木"与下句"沧海"对照,精卫口中所衔的细微之木与苍茫之大海,形成强烈对比。诗中通过突出精卫复仇之艰难不易,强化了其复仇决心之大。"刑天舞干戚,猛志固常在。"传说刑天与帝争神,帝断其首,乃以乳为目,以脐为口,操干戚而舞。刑天挥舞着盾斧,刚毅的斗志始终存在。刑天为了复仇,挥舞斧盾,誓与天帝血战到底。"舞""猛"二字,用笔极佳。诗歌前四句,歌颂了精卫和刑天百折不挠的坚强意志。

"同物既无虑,化去不复悔。""同物",言同为有生命之物。"化去",言物化,指精卫、刑天死而化为异物。此二句,上句言其生时,下句言其死后,精卫、刑天生前既无所惧,死后亦无所悔。这正是"猛志固常在"之充分发挥。"徒设在昔心,良辰讵可待。""在昔心",过去的壮志雄心。"良辰",指实现壮志的时候。此二句表面上感叹精卫、刑天徒存昔日之猛志,但复仇雪恨之时机,终未能等到,实际上是诗人自叹理想的无法实现。前人认为此二句是诗人的自白之语。

陶渊明《读〈山海经〉》组诗当作于刘裕篡晋之后,故本诗中"常在"的"猛志",不但包括其少壮时代之济世怀抱,同时亦应包括对刘裕篡晋之痛愤与复仇雪恨之悲怨。写得悲且壮,可与其《咏荆轲》相参照。

### 延伸阅读

**1. 原典阅读**

阅读《陶渊明集》(陶渊明著,逯钦立校注,中华书局,1979年版),重点阅读卷二、卷三、卷四,体会陶渊明诗歌创作内容充实,情感真挚,平淡自然,意韵深远的特点。

**2. 研究文献阅读**

(1)阅读《陶渊明的哲学思考》(袁行霈著,选自《国学研究》第一卷,北京大学出版社,1993年版),了解陶渊明思想,结合所学作品,体会其诗歌中所体现的哲理性。

(2)阅读《陶渊明论集》(廖仲安著,湖南人民出版社,1982年版),全面了解陶渊明,主要了解其诗歌创作及"不为五斗米折腰"的高洁人格。

(3)阅读《中国中古文学史》(刘师培著,人民文学出版社,1984年版),学习作者从政治、思想、风俗、时尚等方面将文学发展变迁的大势和文体文风的演变脉络结合起来进行论述的特点。

◆ 拓展训练

1.查阅相关资料,结合阅读陶渊明作品,探讨陶渊明及其创作在古代文学史上的地位及影响。

2.龚自珍《己亥杂诗》:"陶潜酷似卧龙豪,万古浔阳松菊高。莫信诗人竟平淡,二分梁甫一分骚。"请结合陶渊明的作品,谈谈你的看法。

# 第三章　南北朝诗歌

### 文学史

南北朝是指东晋灭亡到隋统一（420—589）的170年时间,是中国历史上的一个分裂时期。由于南北方长期处于对峙状态,在经济、政治、文化以及民俗风尚等方面存在着明显的差异,因此诗歌创作风貌亦有明显的不同。南朝包括宋、齐、梁、陈四个朝代,在诗歌创作方面远比北方繁荣,并对北朝诗歌创作产生了深刻的影响。

## 第一节　南朝文人诗

清人沈德潜《说诗晬语》卷上说:"诗至于宋,性情渐隐,声色大开,诗运一转关也。"[①]南朝在中国诗歌史上有着至关重要的作用,诗歌创作上开始追求语言、辞藻、对偶、声律,而忽略了情感表达。宋谢灵运的山水诗、鲍照的乐府七言诗;齐永明体开始注重对诗歌格律与对偶之追求;梁陈宫体诗极力写物——"体情之制日疏,逐文之篇愈盛。"

### 一、谢灵运、鲍照的诗歌创作

谢灵运、颜延之、鲍照是南朝刘宋时期最具有代表性的作家,合称为"元嘉三大家"。在山水诗的产生与发展过程中,杨方、李颙、庾阐、殷仲文和谢混等人,都曾有过一定的贡献。但真正大力创作山水诗,并在当时及对后世产生巨大影响的,则是谢灵运。

谢灵运（385—433）,祖籍陈郡阳夏（今河南太康）,出生于会稽始宁（今浙江上虞）。出身于东晋最显赫的世家大族。祖父谢玄,晋车骑将军,历史上著名的大胜前秦苻坚几十万大军淝水之战的主将。灵运父名瑍,生而不慧,为秘书郎,早亡。谢灵运18岁袭封康乐公,故世称谢康乐。谢灵运自小颖悟,好学,博览群书,文章之美,江左莫逮,从叔谢混非常赞赏他。晋末,先后任琅琊王大司马行参军、抚军将军、刘毅记室参军、卫军从事

---

[①] 沈德潜.说诗晬语[M].王宏林,笺注.北京:人民文学出版社,2011:128.

中郎。刘裕以宋代晋,由公爵降为侯爵,任散骑常侍。少帝时,卷入庐陵王刘义真与其兄少帝之间的政治斗争,多次诋毁执政大臣徐羡之等,出为永嘉太守。元嘉三年(426),文帝刘义隆即位,征其为秘书监,整理秘阁图书,并撰《晋书》。因不受重用,常称疾不朝。元嘉五年(428),免官还乡,乃纵游山水,又强索公湖,以广田宅。元嘉十年被杀,年49。

刘勰《文心雕龙·明诗》说:"宋初文咏,体有因革,庄老告退,而山水方滋。"谢灵运的山水诗,大多写于其任永嘉太守之后。在这些诗歌中,作者以富丽精工的语言,生动地描绘了永嘉、会稽、彭蠡湖等地的自然景色。如《登池上楼》:

潜虬媚幽姿,飞鸿响远音。薄霄愧云浮,栖川怍渊沉。进德智所拙,退耕力不任。徇禄反穷海,卧痾对空林。衾枕昧节候,褰开暂窥临。倾耳聆波澜,举目眺岖嵚。初景革绪风,新阳改故阴。池塘生春草,园柳变鸣禽。祁祁伤豳歌,萋萋感楚吟。索居易永久,离群难处心。持操岂独古,无闷征在今。

此诗作于景平元年(423),即作者被贬永嘉太守的第二年。主要写久病初起时登楼所见,同时也表现了不得志的感伤情绪。其中"池塘生春草,园柳变鸣禽"表现了诗人敏锐的感觉,的确不失为佳句。再如《登江中孤屿》:

江南倦历览,江北旷周旋。怀新道转迥,寻异景不延。乱流趋正绝,孤屿媚中川。云日相辉映,空水共澄鲜。表灵物莫赏,蕴真谁为传。想象昆山姿,缅邈区中缘。始信安期术,得尽养生年。

"江",指永嘉江。"孤屿",即孤屿山,在温州南四里永嘉江中。本篇写江中孤屿的秀媚景色,谢灵运的诗歌往往有佳句而无佳篇。在结构上,先叙出游,次写景,最后谈玄说理,总拖着一条玄言的尾巴,形成"叙事—写景—说理"的模式。再如《石壁精舍还湖中作》:

昏旦变气候,山水含清晖。清晖能娱人,游子憺忘归。出谷日尚早,入舟阳已微。林壑敛暝色,云霞收夕霏。芰荷迭映蔚,蒲稗相因依。披拂趋南迳,愉悦偃东扉。虑澹物自轻,意惬理无违。寄言摄生客,试用此道推。

这些作品均体现了谢灵运诗歌创作特点。

作为中国文学史上第一位大力创作山水诗的诗人,谢灵运对后世诗人如王维、孟浩然、杜牧、柳宗元等亦有深远的影响。

鲍照(414?—466),字明远,祖籍上党,后迁于东海(今山东苍山南)。与谢灵运、颜延之并称于时,但生平遭遇及文学创作与二人有很大的不同,当谢灵运大力创作山水诗时,鲍照却以自己的乐府七言闻名于诗坛。出身寒微,尝自叹"孤门贱生"(《解褐谢侍郎表》),一生备受压抑,但极有抱负。因得刘义庆赏识,擢为王国侍郎。孝武帝时,出任海虞令,迁太学博士,兼中书舍人。后又出为秣陵令,转永嘉令。最后任临海王刘子顼参军,在刘子顼举兵叛乱失败时,死于乱军中,故世称"鲍参军"。有《鲍参军集》。

鲍照今存诗200余首,主要有五言古体和乐府体两大类。五言古体以行旅及赠答酬唱等题材为主,成就不是很高。乐府体成就较高,尤其是七言与杂言,《拟行路难》18首及《拟古》8首是其代表作。作者在其作品中将满腔的抑郁不平之气和怨愤悲苦之情发泄出来,充满了寒士的不平,代表着整个寒族出身知识分子的共同心声。有些作品控诉

了压抑摧残人才的门阀士族们,如《拟行路难》18首其四和其六:

泻水置平地,各自东西南北流。人生亦有命,安能行叹复坐愁!酌酒以自宽,举杯断绝歌路难。心非木石岂无感?吞声踯躅不敢言。

对案不能食,拔剑击柱长叹息。丈夫生世会几时,安能蹀躞垂羽翼?弃置罢官去,还家自休息。朝出与亲辞,暮还在亲侧。弄儿床前戏,看妇机中织。自古圣贤尽贫贱,何况我辈孤且直!

其四主要写在门阀士族社会中自己的怀才不遇,并表现了强烈的愤慨不平。全诗比喻精当,突出一个"愁"字,正如沈德潜所说,此诗"妙在不曾说破,读之自然生愁"①。其六主要表现了作者怀才不遇和被压抑的激愤心情,同时对当时不合理的社会表现出了强烈的不满。中六句与前述官场生活的苦厄和不自由形成强烈地反差,表现了自己罢官后的天伦之乐,在表面的轻松背后,隐藏着失志后无可奈何的悲哀。末两句由宁静的家庭生活的叙写,一变而为牢骚愁怨的迸发,既有孤寒之士的人生隐痛,又有讽刺权贵的意味。这两首诗虽写下层知识分子失遇的苦闷,但均充满抗争精神。

鲍照还是南朝较早有意识写作边塞题材诗作的诗人,这是他对诗歌题材开拓的一大贡献。他的边塞诗主要以边塞征戍为主,表现边塞风光、沙场征战,抒发报国之志,代表作有《代出自蓟北门行》《拟古》其三、《代东门吟》等。虽然数量不多,但涉及的方面颇为广泛,如《代出自蓟北门行》:

羽檄起边亭,烽火入咸阳。征骑屯广武,分兵救朔方。严秋筋竿劲,虏阵精且强。天子按剑怒,使者遥相望。雁行缘石径,鱼贯度飞梁。箫鼓流汉思,旌甲被胡霜。疾风冲塞起,沙砾自飘扬。马毛缩如猬,角弓不可张。时危见臣节,世乱识忠良。投躯报明主,身死为国殇。

此诗着重写将士为国捐躯的壮烈情怀和诗人建功立业的愿望,与建安诗风颇为接近。其中"疾风冲塞起,沙砾自飘扬。马毛缩如猬,角弓不可张"四句,写沙场景象,雄峻有力,渲染出悲壮的情调。又如《代苦热行》着重写环境的险恶,战争的艰苦,表现出了对当政者的极度不满。将征人思妇之苦,融入边塞题材,亦是鲍照诗的一大特色。

鲍照又是七言歌行的创制者,在鲍照以前,七言诗亦有完整之作,如曹丕的《燕歌行》,但曹作句句用韵,节奏单一,不够流转变化。鲍照模拟和学习汉魏乐府,变曹丕《燕歌行》逐句押韵为隔句押韵,同时还可以自由换韵,对唐人影响甚大,为七言诗的发展开拓了更为宽广的道路。

## 二、永明体与沈约、谢朓

齐永明年间(483—493),中国诗歌发生了一次划时代的转变。当时诗歌发展的一个主要趋势便是文人们在创作中开始追求诗歌语言的形式美和音乐美,据《梁书·庾肩吾传》记载:"齐永明中,王融、谢朓、沈约文章始用四声,以为新变,至是转拘声韵,弥尚丽

---

① 沈德潜.古诗源[M].北京:中华书局,1963.

靡,复逾于往时。"①

魏晋以来,随着诗歌创作的逐步繁荣,作家创作开始注重诗歌的形式美和音乐美,特别是"永明体"产生以来,作家开始自觉地运用声律论进行创作,为后来律诗的形成奠定了基础。《南齐书·陆厥传》云:

> 时盛为文章。吴兴沈约、陈郡谢朓、琅邪王融,以气类相推毂。汝南周颙,善识声韵。约等文皆用宫商,将平上去入为四声,以此制韵,有平头上尾蜂腰鹤膝,五字之中,音韵悉异;两句之内,角徵不同,不可增减,世呼为"永明体"。

"汝南周颙,善识声韵",发现了四声,并将其运用到诗歌创作中,成为一种人为规定的声韵,这就是永明体产生的过程。四声是根据汉字发声的高低、长短而定的,在诗歌创作中,可以根据字词声调的组合变化,使声调按照一定的规则排列起来,达到铿锵、和谐,富有音乐美的效果。声律论的提出,对新体诗的产生起到了关键的作用。所谓新体诗,是与古体诗相对而言的,主要特征是讲究声律与对偶。因为这种新诗体最初形成于南朝齐武帝萧赜永明年间(483—493),故又称"永明体"。"永明体"的产生,对于完善诗歌艺术形式美起到了关键的作用,亦为后来律诗的形成奠定了坚实的基础。

在永明体产生的过程中,沈约起到了不可忽视的作用。沈约(441—513),字休文,吴兴武康(今浙江湖州德清)人。出身江东世族,历史上有所谓"江东之豪,莫强周沈"的说法。沈约著有《四声谱》(书已佚),"以为在昔词人,累千载而不寤,而独得胸襟,穷其妙旨,自谓入神之作"(《梁书·沈约传》),以四声规范诗歌与韵文。就其创作实践而言,李延寿说:"约论四声,妙有诠辩,而诸赋亦往往与声韵乖。"(《南史·陆厥传》载沈约答陆厥书)连沈约自己也难以达到要求,可见其难度之大。而从诗歌发展的角度来看,四声的发现与永明体的产生,对于增加诗歌艺术形式的美感,增强诗歌的艺术效果,具有积极的意义。

沈约又提出了著名的"文章三易"。"沈隐侯曰:'文章当以三易:易见事,一也;易识字,二也;易诵读,三也。'"

沈约的诗歌创作,钟嵘《诗品》以"不闲于经纶而长于清怨"来概括其特点,所叙者大抵为友谊、恋情、山水,常透露出一种感伤哀怨的情调。如《别范安成》:

> 生平少年日,分手易前期。及尔同衰暮,非复别离时。勿言一樽酒,明日难重持。梦中不识路,何以慰相思?

此诗表达了与友人别离时的深厚情感,前四句写少年离别之"易",后四句写老年离别之"难",同时又含有对人生进行反思的意味。又如《伤谢朓》:

> 吏部信才杰,文峰振奇响。调与金石谐,思逐风云上。岂言陵霜质,忽随人事往。尺璧尔何冤,一旦同丘壤。

诗中哀伤谢朓含冤而死,高度评价了谢朓的文才、人品,感情充沛。

齐武帝永明年间,当时稍有才名者,均为武帝次子竟陵王萧子良所网罗,形成了一个庞大的文学集团,号为"竟陵八友",包括萧衍、沈约、谢朓、王融、萧琛、范云、任昉、陆倕。

---

① 姚思廉.梁书·庾肩吾传[M].北京:中华书局,1973:691.

而谢朓是"竟陵八友"中创作成就最为突出的,同时亦是永明体创作中最为杰出的诗人。

谢朓(464—499),字玄晖,陈郡阳夏(今河南太康)人。东晋谢氏家族后裔。与谢灵运俱以山水诗见长,世称"小谢";又曾任宣城太守,世称"谢宣城"。官至尚书吏部郎。东昏侯永元元年(499),始安王萧遥光谋夺帝位,谢朓惧而密告东昏侯近臣,反遭始安王诬陷,下狱而死,年仅36岁。有《谢宣城集》。

谢朓的山水诗,较谢灵运又有很大的发展。作为齐梁时期创作成就最突出的诗人,沈约称其诗歌"二百年来无此诗也",钟嵘《诗品》亦称"谢朓古今独步"。他的有些作品写于游宦期间,出身于世家大族,又沉浮于政治漩涡之中,以致被逸失意,使其对仕途的险恶和现实的黑暗有着较为清醒的认识,因此常在诗歌中表现进退出处的犹豫、疑惧及苦闷心情,如《暂使下都夜发新林至京邑赠西府同僚》:

大江流日夜,客心悲未央。徒念关山近,终知返路长。秋河曙耿耿,寒渚夜苍苍。引领见京室,宫雉正相望。金波丽鸤鹊,玉绳低建章。驱车鼎门外,思见昭丘阳。驰晖不可接,何况隔两乡。风烟有鸟路,江汉限无梁。常恐鹰隼击,时菊委严霜。寄言罻罗者,寥廓已高翔。

此诗是作者因小人告密而奉齐武帝之命自荆州赴京邑建业途中所作,首二句"大江流日夜,客心悲未央",为全诗定下了悲怆的基调,写得气势非凡。中间部分作者将叙事、写景与抒情结合起来,既表达了对西府的眷恋之情,同时亦突出了其悲凉的心境。最后四句以比兴手法,表达了自己对时局和个人安危的思索,同时亦传达了其愤慨之情绪。

谢朓最突出的贡献,就是对山水诗的发展和新体诗的探索。他不同于谢灵运对山水景物做客观繁复地描写,而是在继承其细致、清新的特点之外,通过对山水景物的描写来抒发情感意趣,达到了情景交融的境界。同时避免了大谢诗的晦涩、平板及情景割裂之弊,摆脱了玄言的成分,形成了一种清新流利的风格。如《晚登三山还望京邑》:

灞涘望长安,河阳视京县。白日丽飞甍,参差皆可见。余霞散成绮,澄江静如练。喧鸟覆春洲,杂英满芳甸。去矣方滞淫,怀哉罢欢宴。佳期怅何许,泪下如流霰。有情知望乡,谁能鬒不变。

此诗写于作者刚离京赴宣城任太守旅途中,写登山临江所见到的春天晚霞之景以及遥望京师而引起的羁旅思乡之情。"余霞散成绮,澄江静如练"为千古名句,被后人称为"吞吐日月,摘摄星辰"之句。李白在《金陵城西楼月下吟》诗中赞叹道:"月下沉吟久不归,古来相接眼中希。解道澄江静如练,令人长忆谢玄晖。"再如《之宣城郡出新林浦向板桥》:

江路西南永,归流东北骛。天际识归舟,云中辨江树。旅思倦摇摇,孤游昔已屡。既欢怀禄情,复协沧洲趣。嚣尘自兹隔,赏心于此遇。虽无玄豹姿,终隐南山雾。

本诗是作者从建业赴宣城太守任时于途中所作,表现了远离京城可以全身远害的思想。诗的情调虽然欢快,但又隐藏着作者的忧虑。其中"天际识归舟,云中辨江树"两句,历来评价较高。清人王夫之在《古诗评选》卷五中曾评:"语有全不及情而情自无限者,心目为政,不悖万物故也。'天际识归舟,云中辨江树',隐然一含情凝眺之人,呼之欲出。

从此写景,乃为活景。"①

谢朓还有一些新体小诗,可以看出他对南朝乐府民歌的学习,尤其是一些五言四句的诗歌:

夕殿下珠帘,流萤飞复息。长夜缝罗衣,思君此何极?(《玉阶怨》)

绿草蔓如丝,杂树红英发。无论君不归,君归芳已歇。(《王孙游》)

佳期期未归,望望下鸣机。徘徊东陌上,月出行人稀。(《同王主簿有所思》)

严羽《沧浪诗话》评:"谢朓之诗,已有全篇似唐人者。"这类诗歌,可视作唐人绝句的滥觞,在诗歌史上处于承前启后的地位。

### 三、梁陈宫体诗

东晋是典型的门阀士族社会,到了南朝,门阀政治已向皇权政治回归。② 齐梁时期,以门阀家族为中心的文学集团,逐步向以宫廷和诸王势力为中心的文学集团转变,文坛的格局因此也发生了新的变化,南朝文学亦表现出新的特征。

齐梁时期,以皇室成员为中心的文学集团对文学尤其是诗歌发展的影响更深刻。其中规模最大、影响最显著的,主要有三大文学集团:南齐竟陵王萧子良文学集团,梁代萧衍、萧统文学集团,萧纲文学集团。③

竟陵王萧子良(460—494),齐武帝萧赜次子,好结文士。永明五年(487),正位为司徒,居建康鸡笼山西邸,一时天下文士纷纷归附。其中文学成就较为突出、在当时名声最高的无疑是"竟陵八友"。《梁书·武帝本纪》:"竟陵王子良开西邸,招文学,高祖(即后来的梁武帝萧衍)与沈约、谢朓、王融、萧琛、范云、任昉、陆倕等并游焉,号曰'八友'。"沈约、谢朓、王融前已有论述,他们同周颙等人创制了"永明体",在推动新体诗的发展方面贡献突出。

以梁武帝萧衍及昭明太子萧统为中心的文学集团,对梁代文学的繁荣有着重要的作用。萧衍(464—549),字叔达,南兰陵(今江苏常州西北)人。与齐帝室为同宗,趁齐内乱,起兵夺取帝位。晚年侯景作乱,被囚于台城,饥病而死。在齐时曾为"竟陵八友"之一,称帝后依然爱好文艺,对于文士和文学创作极为重视。现存诗90余首,多为模仿南朝民歌的乐府诗。其诗歌既阐扬佛理,又描写艳情,格调不高。但闺情诗亦不乏清丽、清怨之作,如《有所思》《拟轻轻青青河》《织妇》《捣衣》,其中《子夜四时歌》尤为出色,如:

江南莲花开,红光覆碧水。色同心复同,藕异心无异。(《夏歌》之一)

绣带合欢结,锦衣连理文。怀情入夜月,含笑出朝云。(《秋歌》之一)

这类作品,音节轻快优美,与吴声、西曲极为相似。对梁代诗风演变起到了极为重要的作用。

萧统(501—531),字德施,武帝长子。立为太子而早卒,谥"昭明",后人习称为昭明

---

① 王夫之.古诗评选[M].张国星,点校.保定:河北大学出版社,2008:271.
② 田余庆.东晋门阀政治[M].北京:北京大学出版社,1989.
③ 阎采平.齐梁诗歌研究[M].北京:北京大学出版社,1994:46.

萧统太子。常召集文士,进行诗赋创作与学术研讨。《文心雕龙》的作者刘勰亦曾参与其中。萧统主持编纂《文选》三十卷,是我国现存最早的一部诗文总集。《文选》汇集了历史上大量优秀的文学作品,为后代文人提供了较好的学习范本。在唐代,这部书受到高度重视。杜甫写给儿子的诗中,也叮嘱他"熟精《文选》理"。

梁代后期,以萧纲为中心的文人集团创作最为繁荣,影响亦更为深远。萧纲(503—551),即梁简文帝,字世缵,梁武帝第三子。中大通三年(531)立为皇太子,在东宫19年。太清三年(549)即帝位,做了3年的傀儡皇帝,大宝二年(551)为侯景所害。萧纲论文,主张"立身先须谨重,文章且须放荡"(《诫当阳公大心书》),又说:"未闻吟咏情性,反拟《内则》之篇;操笔写志,更摹《酒诰》之作;迟迟春日,翻学《归藏》;湛湛江水,遂同《大传》。"(《答湘东王书》)因其特殊的社会地位,在他身边自然形成了一个人数众多的文学集团。这个文学集团最突出的特征,就是大力创作宫体诗。

"宫体"之称,始于梁简文帝萧纲时。《梁书·简文帝纪》说萧纲:"雅好题诗,其序云:'余七岁有诗癖,长而不倦。'然伤于轻艳,当时号曰'宫体'。"代表作家有萧氏父子,徐摛、徐陵父子,庾肩吾、庾信父子。另外,徐陵曾编有《玉台新咏》一书,收录诗歌800余首,是一部专收描写妇女为内容的诗歌总集。由萧纲倡导而兴起的宫体文学,不但风靡梁、陈、隋、初唐,而且在晚唐、五代及至更后来的诗词中都有一定的痕迹。

宫体诗中也有一些较成功的作品,为后来诗人的创作提供了可以借鉴的经验。如:

游子久不返,妾身当何依!日移孤影动,羞睹燕双飞。(萧纲《金闺思》)

天霜河白夜星稀,一雁声嘶何处归?早知半路应相失,不如从来本独飞。(萧纲《夜望单飞雁》)

杨柳乱成丝,攀折上春时。叶密鸟飞碍,风轻花落迟。城高短箫发,林空画角悲。曲中无别意,并是为相思。(萧纲《折杨柳》)

除以上作家外,在梁陈时期,还出现了几位诗人,分别是江淹、吴均、何逊和阴铿,他们的作品内容较为健康,风格较清新,不同于宫体诗风。

江淹(444—505),字文通,济阳考城(今河南兰考)人。一生历宋、齐、梁三朝,入梁时间较短,主要活动在宋末和齐代。有《江文通集》十卷。

江淹的诗善于模拟,代表作有《效阮公诗》15首、《学魏文帝》《杂体诗》30首。其中模拟陶渊明的作品,长期混杂于陶集,几乎可以乱真。江淹往往在模拟古人的诗作中,寄托了自己的身世之感。

吴均(467—520),字叔庠,吴兴故鄣(今浙江安吉西北)人。出身寒门又好学多才,诗文自有清拔之气。耿直不阿的性格使其一生仕途不畅,居于下僚。梁武帝曾在《南史·何逊传》中说:"吴均不均,何逊不逊。"诗清拔有古气,时人多仿效他的文体,称为"吴均体"。代表性的作品《赠王桂阳》:

松生数寸时,遂为草所没。未见笼云心,谁知负霜骨。弱干可摧残,纤茎易陵忽。何当数千尺,为君覆明月。

此诗可能是一首自荐诗,王桂阳可能是当时的桂阳郡太守王嵘。全诗以松作比,托物言志,句句写松,却句句落实到人。说自己地位虽低,但志气很高。虽是自荐之诗,气格却绝不卑下,是作者高洁人格的极好写照。

又如《山中杂诗》之一:

山际见来烟,竹中窥落日。鸟向檐上飞,云从窗里出。

写出山居的幽静,沈德潜谓:"四句写景,自成一格。"

何逊(?—518?),字仲言,东海郯(今山东郯城西南)人。其家虽世代仕宦,但名位不高。8岁能诗,20岁左右举为州秀才。其诗素为时人所重,沈约尝云:"吾每读卿诗,一日三复,犹不能已。"(《南史·何逊传》)梁元帝亦云:"诗多而能者沈约,少而能者谢朓、何逊。"(《南史·何逊传》)

何逊诗现存90余首,有一少部分明显带有艳体诗的特点,如《咏舞》。绝大多数诗,意境清幽,写景抒情时语言平易晓畅,风格上与谢朓较为接近。如《相送》:

客心已百念,孤游重千里。江暗雨欲来,浪白风初起。

写出了诗人长期漂泊异乡的惆怅孤独之情,"江暗"两句,既写出了临别时江上的实景,同时又借景寓情。又如《咏早梅》:

兔园标物序,惊时最是梅。衔霜当路发,映雪拟寒开。枝横却月观,花绕凌风台。朝洒长门泣,夕驻临邛杯。应知早飘落,故逐上春来。

本诗作者借咏梅来表现自己坚定的情操和高远的志向,是南朝咏梅诗中较为出色的一首。

阴铿(?—565?),字子坚,武威姑臧(今甘肃武威)人。幼聪慧,五岁能诵赋。长大后博涉史传,尤善五言诗。先仕梁,入陈,为文帝所赏,官至晋陵太守、员外散骑常侍。他年辈虽较江、吴、何等人为晚,但其诗与何逊齐名,风格亦较为接近,世称"阴何"。代表作有《晚出新亭》《江津送刘光禄不及》:

大江一浩荡,离悲足几重。潮落犹如盖,云昏不作峰。远戍唯闻鼓,寒山但见松。九十方称半,归途讵有踪。(《晚出新亭》)

依然临江渚,长望倚河津。鼓声随听绝,帆势与云邻。泊处空余鸟,离亭已散人。林寒正下叶,钓晚欲收纶。如何相背远,江汉与城闉。(《江津送刘光禄不及》)

这两首诗皆以写景见长,前一首风格与何逊很相似。后一首另有特色,写追送刘光禄而不及见,目送帆影远去的怅惘情绪,于满目萧索中见出真情,堪称佳作。

何逊和阴铿的诗在构思与音韵上都颇用苦功,善于锻炼字句,对仗工整,讲究声律,对后来唐人颇有影响,尤其对杜甫影响更大。杜甫就曾赞美李白:"李侯有佳句,往往似阴铿。"(《与李十二白同寻范十隐居》)自己写诗亦是"熟知二谢将能事,颇学阴何苦用心"。

## 第二节　北朝文人诗

### 一、北地三才

北方十六国时期,战乱频仍,经济惨遭破坏,兼之典籍随文人南下,北方文坛,几乎一片荒芜。只有到了北朝后期,才出现了号称"北地三才"的三位作家:温子昇、邢邵、魏收。其中温子昇是北魏末期作家,邢邵当生于魏齐之际,魏收是北齐作家。他们能自觉学习南朝文化,对南北文学的合流起到过推动作用。

温子昇(495—547),字鹏举,祖籍太原(今属山西)。晋大将军温峤之后。历仕北魏孝明、孝庄等帝,官至散骑常侍、中军大将军。在北朝,其诗文名声皆著。济阳王(元)晖业曾自豪地说:"我子昇足以陵颜(延之)轹谢(灵运),含任(昉)吐沈(约)。"(《北史·文苑传》)其诗文传至梁朝,梁武帝盛赞之:"曹植、陆机复生于北土!"(《北史·文苑传》)其诗留传不多,在艺术上最为成熟的《捣衣》:

长安城中秋夜长,佳人锦石捣流黄。香杵纹砧知近远,传声递响何凄凉。七夕长河烂,中秋明月光。蠮螉塞边绝候雁,鸳鸯楼上望天狼。

全诗声调、用词以及杂用五言句的形式,都与南朝的某些作家相似。沈德潜评之为"直是唐人"(《古诗源》卷一四)。李白更有妙句"长安一片月,万户捣衣声"(《子夜吴歌》),或许是化用其意而来。作者亦有一些小诗,文辞简朴,如:

客从远方来,相随歌且笑。自有敦煌乐,不减安陵调。(《敦煌乐》)

路出玉门关,城接龙城坂。但事弦歌乐,谁道山川远。(《凉州乐歌》其二)

这些诗作显然受北朝民歌的影响。

邢邵(496—?),字子才,河间鄚(今河北任丘北)人。少居洛阳,十岁能文。初仕于魏,历任著作佐郎、中书侍郎等职。《北齐书·邢邵传》记载"邵雕虫之美,独步当时,每一文初出,京师为之纸贵""世论谓之温、邢"。北齐时官至太常卿兼中书监,摄国子祭酒,地位甚高。《颜氏家训·文章》记载:"邢(邵)赏服沈约而轻任昉,魏(收)爱慕任昉而毁沈约。每于谈宴,辞色以之。邺下纷纭,各有朋党。"《北齐书·魏收传》亦载邢魏二人互讥之事:"收每议陋邢邵文。邵又云:'江南任昉,文体本疏,魏收非直模拟,亦大偷窃。'收闻乃曰:'伊常于《沈约集》中做贼,何意道我偷任昉。'"从中可见北人学习南朝文学的情况。今存诗仅8首,大多近于齐梁体制,如《思公子》:

绮罗日减带,桃李无颜色。思君君未归,归来岂相识。

此诗从南朝民歌中脱化而来。但有些作品较多地保存了魏晋诗的余风,如《冬日伤志篇》:

昔日惰游士,任性少矜裁,朝趋玛瑙勒,夕衔熊耳杯。折花步淇水,抚瑟望丛台。繁华忽昔改,衰病一时来。重以三冬月,愁云聚复开。天高日色浅,林劲鸟声哀。终风激檐宇,余雪满条枚。遂游昔宛洛,踟蹰今草莱。时事方去矣,抚己独伤怀。

作者在此诗中面对昔日繁华的洛阳城因战乱而荒芜不堪,抚今追昔,感慨无穷。他的作品内涵较深,表现力较为丰富,南朝人在《北史》本传中称其为"北间第一才士"。

魏收(505—572),字伯起,巨鹿下曲阳(今河北晋州市南)人。由魏入齐,官至尚书右仆射,监修国史。现存诗14首,风格多模仿南朝,以《挟琴歌》最为出色:

春风宛转入曲房,兼送小苑百花香。白马金鞍去未返,红妆玉箸下成行。

此诗节奏轻快,色泽明丽,置于齐梁诗中,亦毫不逊色。

## 二、庾信、王褒的诗歌创作

在这一时期,庾信、王褒皆为由南入北的文人,他们为南北文风的交流与融合做出了杰出的贡献。

庾信(513—581),字子山,南阳新野(今属河南)人。自幼聪慧,博览群书。父为庾肩吾,庾氏父子在梁,与徐摛、徐陵父子并为"宫体"的倡导者,时称"徐庾体"。早期诗歌多奉和应制之作,风格伤于轻艳。庾信后期创作,主要以42岁出使西魏为期。梁元帝承圣三年(554),庾信奉使西魏,时值魏军南侵,江陵失陷。被扣留长安,不得不屈仕西魏,后又仕北周,官至骠骑大将军,开府仪同三司,故后人称他为"庾开府"。后陈、周通好,南北流寓之士,许还旧国,唯庾信、王褒,不得回国。据《周书》本传记载,他"虽位望通显,常有乡关之思"。出使北朝的特殊经历及心境,外加作为南人的文学艺术修养,使庾信后期的创作呈现出新的境界。杜甫在《戏为六绝句》中说:"庾信文章老更成,凌云健笔意纵横。"又在《咏怀古迹》中评论其:"庾信平生最萧瑟,暮年诗赋动江关。"杨慎在《升庵诗话》卷九说庾信的诗:"绮而有质,艳而有骨,清而不薄,新而不尖,所以为老成也。"皆为对其后期诗歌创作的精切评价。正是将北朝的背景、南朝的技法融合全新的人生体验,庾信才得以开创了绮艳、清新、老成的诗风,南北文学也才真正进入了融通的阶段。

庾信现存诗歌256首,绝大多数是后期的创作,其中虽有一些是奉和应制、宫体艳情之作,但已不是其诗歌的主流。后期的绝大部分作品感伤时变、感慨身世、魂牵故国,有强烈的"乡关之思",代表作是《拟咏怀》27首。其七曰:

榆关断音信,汉使绝经过。胡笳落泪曲,羌笛断肠歌。纤腰减束素,别泪损横波。恨心终不歇,红颜无复多。枯木期填海,青山望断河。

此诗塑造了一位容貌消瘦憔悴、内心悲痛欲绝的抒情主人公形象,主要抒发了作者在异国他乡怀念故国的思想感情。通篇对仗工整、用典明暗相交,艺术造诣极为精当。在其《代人伤往》其二中,作者写道"正是古来歌舞处,今日看时无地行",这种沧桑之感,使他更深刻地意识到个人命运与国家命运之间,如同"一马之奔,无一毛而不动;一舟之覆,无一物而不沉"(《拟连珠》其十九)。再如,其十一:

摇落秋为气,凄凉多怨情。啼枯湘水竹,哭坏杞梁城。天亡遭愤战,日感值愁兵。直虹朝映垒,长星夜落营。楚歌饶恨曲,南风多死声。眼前一杯酒,谁论身后名!

本诗悼念梁朝惨遭兵败而致覆灭的悲剧,万分悲痛却又无可奈何,只能把一切归诸天意。作者面对国家的灾难,多用关于天象、占卜的典故,表达了对梁朝灭亡的痛心。再如,其十八:

寻思万户侯,中夜忽然愁。琴声遍屋里,书卷满床头。虽言梦蝴蝶,定自非庄周。残月如初月,新秋似旧秋。露泣连珠下,萤飘碎火流。乐天乃知命,何时能不忧?

主要表现了诗人被迫羁留敌国多年后无可排遣的郁闷忧愁与思乡之情,感慨自己虽有才学,却于国无益,想学庄子的旷达,又不能做到。"露泣连珠下,萤飘碎火流"一联写景抒情,艺术上精美绝伦。

庾信后期诗歌创作,亦有不少五言绝句,无论数量和艺术性,都明显高于同时代诗人。

  玉关道路远,金陵信使疏。独下千行泪,开君万里书。(《寄王琳》)
  阳关万里道,不见一人归。唯有河边雁,秋来南向飞。(《重别周尚书》)
  石影横临水,山云半绕峰。遥想山中店,悬知春酒浓。(《山斋》)

  由南入北的经历,使庾信的艺术造诣达到"穷南北之胜"的高度,这在中国文学史上具有典型的意义。庾信汲取了齐梁文学声律、对偶等修辞技巧,并接受了北朝文学的浑灏劲健之风,从而开拓和丰富了审美意境,为唐代新诗风的形成做了必要的准备。[①]

  王褒(513?—576),字子渊,琅琊临沂(今山东临沂)人,出身名族。《周书》称他:"识量渊通,志怀沉静。美风仪,善谈笑,博览史传,尤工属文。"生平与庾信极为相似,初仕梁,江陵破,被掳入长安,因门第与文才,受到重视,被迫羁留北方。仕西魏、北周,官至太子少保、少司空,与庾信同为北方文坛的宗匠,二人对南北文风的交流与融合均起到了极大的作用。

  王褒诗现存49首,在梁时,曾作有七言诗《燕歌行》,描写南方春色、塞北苦寒、征夫思妇,均体现了梁代诗坛重文辞、重声律的特点。王褒后期,虽位尊而显,却流连佛道,心境更加绝望、消沉,诗歌中所表现出来的乡关之思,未有庾信的直接强烈。尽管如此,亦有一些抒发羁旅之情、故国之思和边塞风情的作品,代表作有五言诗《渡河北》《关山月》等。

  秋风吹木叶,还似洞庭波。常山临代郡,亭障绕黄河。心悲异方乐,肠断《陇头歌》。薄暮临征马,失道北山阿。(《渡河北》)

  此诗抒发了诗人怀念故国、感慨羁旅同时又无可奈何的悲哀,对仗工整、音韵和谐,同时又具有萧瑟悲凉的格调,体现了南北诗风融合的轨迹。

# 第三节 南北朝民歌

## 一、南朝乐府民歌

  南朝乐府民歌多辑入宋代郭茂倩《乐府诗集·清商曲辞》,另在《杂曲歌辞》《杂歌谣辞》中亦有一少部分。主要有吴歌和西曲两类,吴歌共326首,西曲共142首。《乐府诗集》卷四四引《晋书·乐志》说:"吴歌杂曲,并出江南。东晋以来,稍有增广。其始皆徒歌,既而被之管弦。盖自永嘉渡江之后,下及梁、陈,咸都建业(今江苏南京),吴声歌曲起于此也。"又卷四七引《古今乐录》说:"按西曲歌出于荆、郢、樊、邓之间,而其声节送和与吴歌亦异,故依其方俗而谓之西曲云。"由此可见,吴歌出于以建业为中心的江南地区,而西曲出于荆(今湖北江陵)、郢(今湖北江陵附近)、樊(今湖北襄阳)、邓(今河南邓县)一带。从时间上来看,吴歌产生于东晋及刘宋的居多,西曲产生于宋、齐、梁、陈的居多。除

---

[①] 袁行霈.中国文学史:第2卷[M].北京:高等教育出版社,2005:130.

此之外,江南好淫祀,故又有神弦歌,今存诗18首,是民间祀神的乐章。

南朝乐府民歌的内容,与多方面反映社会生活的汉乐府民歌不同,绝大部分内容写男女恋情。《乐府诗集·杂曲歌辞》引《宋书·乐志》云:

> 自晋迁江左,下逮隋、唐,德泽浸微,风化不竞,去圣逾远,繁音日滋。艳曲兴于南朝,胡音生于北俗。哀淫靡曼之辞,迭作并起,流而忘反,以至陵夷。原其所由,盖不能制雅乐以相变,大抵多溺于郑、卫,由是新声炽而雅音废矣。

南朝乐府民歌内容与风格发生了如此的变化,其原因是多方面的。南朝以来,长江中下游一带农业发达,商业经济繁荣,据《南史·循吏列传》记载,宋世太平之际,"凡百户之乡,有市之邑,歌谣舞蹈,触处成群"。又说齐永明时,"都邑之盛,士女昌逸,歌声舞节,袨服华妆,桃花绿水之间,秋月春风之下,无往非适"。南朝时期,社会思想观念亦发生较大的变化,自汉末以来,历经魏晋南北朝,思想界迎来了一个较为开放的时代。干宝《晋纪·总论》说,晋时女子"先时而婚,任情而动,故皆不耻淫逸之过,不拘妒忌之恶"。南朝统治阶级采集民歌的目的不同于汉代统治者"观风俗,知薄厚"(《汉书·艺文志》),而是完全为了纵情感官享乐。在这种风气之下,专咏男女之情的民歌自然容易被人们接受。

现存的吴声歌中,以《子夜歌》(42首)、《子夜四时歌》(75首)、《华山畿》(25首)和《读曲歌》(89首)最为重要。吴歌中基本内容是表现爱情,有的作品写出了痴情女子对负心男子的痛心谴责,如:

> 始欲识郎时,两心望如一。理丝入残机,何悟不成匹?(《子夜歌》)
> 常虑有二意,欢今果不齐。枯鱼就浊水,长与清流乖。(《子夜歌》)

有的表现了既得爱情的欢乐,如:

> 打杀长鸣鸡,弹去乌白乌,愿得连冥不复曙,一年都一晓。(《读曲歌》)

有的表现了坚贞不渝的爱情,如:

> 渊冰厚三尺,素雪覆千里。我心如松柏,君情复何似?(《子夜四时歌·冬歌》)

有的写出了思妇的刻骨相思,以至心生幻景,如:

> 夜长不得眠,明月何灼灼。想闻欢唤声,虚应空中诺。(《子夜歌》)

这些作品,作者以清新浅近的语言,表现真挚细腻的情感,富有浓郁的生活气息。

南朝乐府民歌中最感人的诗篇,是抒写生死不渝的《华山畿》25首。《古今乐录》云:"少帝时,南徐一士子,从华山畿往云阳。见客舍有女子年十八九,悦之无因,遂感心疾。……气欲绝,谓母曰:'葬时车载,从华山度。'母从其意。比至女门,牛不肯前,打拍不动。女曰:'且待须臾。'妆点沐浴,既而出。歌曰:'华山畿,君既为侬死,独活为谁施?欢若见怜时,棺木为侬开。'棺应声开,女透入棺,家人叩打,无如之何。乃合葬,呼曰神女冢。"有诗云:

> 懊恼不堪止,上床解腰绳,自经屏风里。(其六)
> 啼著曙,泪落枕将浮,身沈被流去。(其七)
> 不能久长离,中夜忆欢时,抱被空中啼。(其十七)
> 相送劳劳渚,长江不应满,是侬泪成许。(其十九)

有些作品通过以死殉情的方式表现了对封建礼教的抗争,有的作品表现了女子对爱情的专一执着。

同吴歌的缠绵悱恻相比,西曲则更多一些诙谐幽默的气息,如《那呵滩》:

闻欢下扬州,相送江津湾。愿得篙橹折,交郎到头还!

篙折当更觅,橹折当更安。各自是官人,那得到头还?

这是一组男女对唱的情歌,女子的歌唱,传达出真切的情思与天真的愿望;男子的对答,则表现出身不由己的遗憾和悲哀。再如《拔蒲》:

朝发桂兰渚,昼息桑榆下。与君同拔蒲,竟日不成把。

写得清新而含蓄。

《神弦歌》当是民间祭歌,写人神恋爱,如《娇女诗》:

北游临河海,遥望中菰菱。芙蓉发盛花,渌水清且澄。弦歌奏声节,仿佛有余音。

与传统乐府庄严典雅的祭歌不同,充满人情味。

除以上诗歌外,在南朝乐府民歌中还有一篇抒情长诗《西洲曲》,全诗用顶针句式勾联。通过对季节变换的描写,表现一位女子对所爱男子的深长思念,代表了南朝民歌的最高成就。

南朝乐府民歌体制短小,一般以五言四句为主,类似于五言绝句,往往出语天然,明白晓畅。《大子夜歌》说:"歌谣数百种,子夜最堪怜。慷慨吐清音,明转出天然。"另外,谐音双关语的运用亦是其一大特色。

## 二、北朝乐府民歌

北朝乐府民歌大多辑入宋人郭茂倩《乐府诗集·梁鼓角横吹曲》中,另有几篇收在《杂曲歌辞》和《杂歌谣辞》中,今存诗约70首。《乐府诗集·横吹曲辞》云:"横吹曲,其始亦谓之鼓吹,马上奏之,盖军中之乐也。北狄诸国,皆马上作乐,故自汉以来,北狄乐总归鼓吹署。其后分为二部,有箫笳者为鼓吹,用之朝会、道路,亦以给赐。汉武帝时,南越七郡,皆给鼓吹是也。有鼓角者为横吹,用之军中,马上所奏者是也。"从中可知,"横吹曲"是北方民族所做的用于马上演奏的军乐,因演奏乐器有鼓有号角,所以称为"鼓角横吹曲",又因是由梁代的乐府机关保留下来的,所以叫"梁鼓角横吹曲"。

北朝乐府民歌的内容、风格与南朝迥然不同,大多数产生于五胡十六国至北魏时期,其作者为鲜卑、匈奴、羌、氐、汉等各族人民。"我是虏家儿,不解汉儿歌"(《折杨柳歌》其四),可见北朝民歌大多是北方少数民族的歌唱,后来被通晓双方语言者翻译成汉语。如《乐府诗集》卷八六:"《乐府广题》曰:'北齐神武(高欢)……悉引诸贵,使斛律金唱《敕勒》,神武自和之。'其歌本鲜卑语,易为齐言,故其句长短不齐。"

与南朝乐府民歌比较,北朝民歌数量虽不多,但内容却远较南朝丰富,且差异明显,大体来说有以下几类:

一是反映战争生活的,揭露战争给人民带来的灾难。在南北对峙时期,南方相对来说较为安定,北方长期战争不断。战争是北朝乐府民歌中的一个重要内容。如《企喻歌》其四:

男儿可怜虫,出门怀死忧。尸丧狭谷中,白骨无人收。

又如《隔谷歌》：

兄在城中弟在外,弓无弦,箭无括,食粮乏尽若为活? 救我来! 救我来!

"男儿可怜虫,出门怀死忧",写出了男儿真可怜,出门之际已担惊受怕,心知必死无疑。后两句通过白骨遍野凄惨景象描述,揭示了造成男儿心理阴影的直接原因,亦反映出长期战争给北方人民带来的深重灾难和沉重的心理压力。后一首则写出了战士的困苦处境。再如《陇头歌》：

陇头流水,流离山下。念吾一身,飘然旷野。

朝发欣城,暮宿陇头。寒不能语,舌卷入喉。

陇头流水,鸣声幽咽。遥望秦川,心肝断绝。

这三首诗抒写北方人民因战乱漂泊异乡、流离失所的艰苦生活和思念故乡的情感。三首诗全以四言四句的小诗出之,篇幅短小,但意蕴丰富。

二是反映北地风光、游牧生活的诗歌。最典型的诗当属史载北齐时代斛律金(488—567)所唱的《敕勒歌》：

敕勒川,阴山下。天似穹庐,笼盖四野。天苍苍,野茫茫,风吹草低见牛羊。

敕勒,是当时居于朔州(今山西北部)的一个民族,又称高车。此诗仅27个字,将苍茫浩瀚的草原风光描绘出来,并反映了北方民族的生活面貌和精神面貌,具有无穷的魅力,确是"千古绝唱"。元好问说"慷慨歌谣绝不传,穹庐一曲本天然。中州万古英雄气,也到阴山敕勒川",对其做了很高的评价。

三是描写北方人民尚武精神的。如《折杨柳歌》其四：

健儿须快马,快马须健儿。跸跋黄尘下,然后别雌雄。

再如《企喻歌》其一：

男儿欲作健,伴侣不须多。鹞子经天飞,群雀两向波。

又如《琅琊王歌》其一：

新买五尺刀,悬著中梁柱。一日三摩挲,剧于十五女。

与南朝乐府民歌"了无一语丈夫风骨"(胡应麟《诗薮杂编》卷三)不同,以上诗歌"刚猛激烈"(胡应麟《诗薮杂编》卷三),实属北朝民歌的特点。

四是爱情诗,主要反映北人的爱情生活。北方各民族由于性格和习俗的差异,同时又很少或不曾受到礼教的束缚,因此北朝情歌亦有自己的特色:表达情感爽快直露、毫不遮掩。如：

驱羊入谷,白羊在前。老女不嫁,踏地呼天! (《地驱乐歌》其二)

门前一株枣,岁岁不知老。阿婆不嫁女,那得孙儿抱? (《折杨柳歌》其二)

谁家女子能行步,反著袂襌后裙露。天生男女共一处,愿得两个成翁妪。(《捉搦歌》)

月明光光星欲堕,欲来不来早语我! (《地驱乐歌》)

敕敕何力力,女子临窗织。不闻机杼声,只闻女叹息。问女何所思? 问女何所忆? "阿婆许嫁女,今年无消息!"(《折杨柳歌》其三)

此类作品与南朝民歌的含蓄委婉不同,表达情感大胆泼辣,毫无扭捏羞涩之态。

《木兰诗》是北朝唯一的长篇叙事诗,收录在《乐府诗集·梁鼓角横吹曲》中。关于此诗,宋初编的《文苑英华》题为唐韦元甫作,其他宋人著作也有认为是唐人作的,所以其作者及产生的时代尚有争议。① 因南朝陈代释智匠《古今乐府》已著录此诗,因此,其产生的年代不会晚于陈代。此诗在流传过程中,可能经过唐代文人的润色加工。

在此诗中,作者为我们塑造了一位勤劳能干、善良淳朴、勇敢机智的巾帼英雄木兰的形象,"事奇语奇"(《古诗源》卷一三),颇有传奇色彩。

北朝民歌在艺术上的最大特点是直抒胸臆,气盛词质。与南朝民歌在感情表达、语言风格、诗歌形式上均有明显的不同。同时,北朝民歌对当时和后世也有深远的影响,元好问《论诗绝句三十首》其七云:"慷慨歌谣绝不传,穹庐一曲本天然。中州万古英雄气,也到阴山敕勒川。"其《歧阳》诗"陇水东流闻哭声"便是化用《陇头歌辞》写成。另,在庾信、王褒、徐陵等人的作品中均出现了陇头流水意向,可见,北朝民歌对文人诗歌创作的影响。同时,北朝民歌对唐代的边塞诗和五、七言绝句,亦有直接的影响。

### 作品学习

1. 鲍照《拟行路难》(其四)
2. 谢朓《晚登三山还望京邑》
3. 佚名《西洲曲》

## 《拟行路难》(其四)鉴赏

《行路难》是乐府杂曲,本为汉代歌谣,晋人袁山松改变其音调,创制新词,流行一时。鲍照《拟行路难》是一组诗,共18首,大概不是一时所作,内容大多歌咏人世的种种忧患和抒发被压抑的不平之感。本篇原列第四,诗人以水流方向的不一,来比喻人生贵贱穷达不齐,并对自己的怀才不遇表现了强烈的愤慨不平情绪。

钟嵘《诗品》说鲍照"才秀人微,取湮当代",此诗即是诗人的不平之鸣。"泻水置平地,各自东西南北流。"首两句以泻水于地起兴,以水流方向的不一,喻指人生穷达的殊途。富含哲理,耐人寻味。"人生亦有命,安能行叹复坐愁!"紧承上文,既然人的贵贱穷达就好比水流的东西南北一样,是命中注定、不可勉强的,那又何必烦愁苦怨、长吁短叹不已呢? 表面上,是让人们放宽心胸,承认现实,其实蕴涵着无限的辛酸与愤慨。把社会生活中一切不正常的现象归之于"命",这本身就包含着无言的控诉。"酌酒以自宽,举杯断绝歌路难。""断绝",指歌声因举杯而断绝。满怀的悲愁岂是区区杯酒能驱散的? 诗人唱起了凄怆的《行路难》。"心非木石岂无感"一句陡然翻转,用反诘的语气强调指出:活着的心灵不同于无知的树木、石块,怎可能不曾感慨不平? 全诗之情感在此处达到高潮,

---

① 《木兰诗》的作者及产生的时代问题,大致可分为唐代说和唐代以前说两种,罗根泽《魏晋南北朝文学史》(南京大学教务处出版,1957 年 9 月第 1 次印刷,第 94 至 95 页)、萧涤非《汉魏六朝乐府文学史》(人民文学出版社 1984 年版,第 288 至 293 页),关于此问题有详细的介绍与考论。

悲愤之情宛如火山般即将喷射而出。可是,最后一句,他并未进一步发泄其感愤之情,而是"吞声踯躅不敢言"。"吞声",声将发而又止;"踯躅",停步不前的样子。以此句收束全诗,将已经爆发出来的巨大的悲慨重又吞咽下去。诗情跌宕,将诗人忍辱负重、矛盾痛苦的精神状态表现得淋漓尽致!

关于此诗,明代王夫之评论说:"先破除,后申理,一俯一仰,神情无限。"清代沈德潜评价说:"妙在不曾说破。"准确地指明了这首诗的艺术特点。伴随感情曲折婉转的流露,五言、七言诗句错落有致地相互搭配,韵脚由"流""愁"到"难""言"的灵活变换,自然形成了全诗起伏跌宕的气势格调。

## 《晚登三山还望京邑》鉴赏

《晚登三山还望京邑》是南朝诗人谢朓的代表作,写登山远望和因此引起的乡国之思。"三山"在今南京市西南长江南岸;"还望",回头眺望;"京邑",指南齐都城建康,即今南京市。

这是一首五言古诗,应作于齐明帝建武二年(495)谢朓出任宣城太守时。与此同时,作者还写了一首《之宣城出新林浦向板桥》,据《水经注》记载,江水经三山,从板桥浦流出,可见三山当是谢朓从京城建康到宣城的必经之地。

"灞涘望长安",汉末王粲因避乱离开长安时曾有"南登灞陵岸,回首望长安"的诗句,此处借用诗意。"河阳视京县",晋代潘岳在河阳做官时曾有"引领望京室,南路在伐柯"的诗句,此处借用诗意。此二句是以古人的望京比自己的望京,暗暗透露出怀乡之情。

"白日丽飞甍"以下六句写景。"白日丽飞甍,参差皆可见"二句写远望所见京城的壮丽建筑。仅此二句,便写尽满城的繁华景象和京都的壮丽气派。"余霞散成绮,澄江静如练。喧鸟覆春洲,杂英满芳甸。"白日西沉,灿烂的余霞犹如一匹散开的锦缎铺满天空,清澄的大江仿佛一条明净的白绸伸向远方。喧闹的归鸟覆盖了江中的小岛,各色野花开遍了芬芳的郊野。四句分别从一静一动两个角度描绘了一幅大自然美妙而充满生气的景象。以上六句亦可看出谢朓炼字上的功夫。

"去矣方滞淫,怀哉罢欢宴"二句转入抒写思乡之情。意为要离开这里了,但还是依恋不舍,姑且少作停留。"佳期怅何许,泪下如流霰。有情知望乡,谁能鬒不变?"此四句用泪下如霰和鬓发变白的夸张描写,突出离开京邑的伤感。结尾虽写远忧,但其实与开头相呼应。

全诗层次分明,语言清丽,风格清新秀丽。其中"余霞散成绮,澄江静如练"是历来传诵的名句。唐代李白有诗云"月下沉吟久不归,古来相接眼中稀。解道澄江静如练,令人长忆谢玄晖"(《金陵城西楼月下吟》)即为一例。

## 《西洲曲》鉴赏

本篇《乐府诗集》收入"杂曲歌辞"类,可谓南朝乐府之绝唱。全篇通过对季节变换的描写,表达江南少女对江北情郎的深长思念之情。感情表达极为细腻,"充满了曼丽宛曲的情调,清辞俊语,连翩不绝,令人'情灵摇荡'"。

"忆梅下西洲,折梅寄江北。"首二句,便一往情深。一开篇以"梅"牵出浓浓的情,将女主人公对情郎的思念表现得淋漓尽致。"单衫杏子红,双鬓鸦雏色。"此二句从服饰与鬓发两个方面写出了少女之美。"日暮伯劳飞,风吹乌臼树。"这里一方面写出了仲夏的季节,另一方面也暗示了女子孤单的处境。"树下即门前,门中露翠钿。"乌臼树下,乔木掩映,门中隐约露出女子头上之翠钿。"开门郎不至"以下八句,通过双关语"莲子"与"怜子","莲心"与"怜心",谐音表达了女主人公与情郎之间坦诚真挚的爱恋之情。采莲、弄莲、怀莲、叹莲,最富南朝民歌天然之情韵。莲子,成为爱情又一美好象征。"忆郎郎不至,仰首望飞鸿。""望飞鸿",双关望书信的意思,因古代有鸿雁传书的故事。鸿雁可传情,然而,"鸿飞满西洲",却没有传来情人的音讯,极写相思之深。"楼高望不见,尽日栏杆头。"作者在此以夸张手法表现主人公长时间扶栏眺望,望穿秋水。"栏杆十二曲,垂手明如玉",此二句写出了女子日日伫立凝望,其手皓洁,宛若明玉,同时又将女主人公不见情郎的失落、孤寂、惆怅之感准确细腻地表现出来。"卷帘天自高,海水摇空绿。"这两句当是承上面的"楼高望不见,尽日栏杆头"而来。忆郎不至,则登楼而望;然楼虽高而仍望不见,卷帘所见,唯有碧天自高,海水空自摇绿而已。"海水梦悠悠"四句主要写终日独自凭栏远眺,唯见海水之悠悠,不仅现实如此,连梦境亦如海水之悠悠。于是从"我"之愁推想到对方之愁亦必如此,因此唯有祈望南风把梦境中的对方吹向西洲,使"我"能在梦中与所爱之人会面。

歌辞音节和谐流畅,语言婉转动人,尤其是双关语的巧妙运用,呈现出成熟的艺术技巧,乃南朝抒情诗中的绝品。

## 延伸阅读

**1. 原典阅读**

(1)阅读《文选》(萧统编,李善注,岳麓书社,2002年版),重点阅读诗歌部分,了解其编选范围,及其中所收南朝作品与玄学的文学化倾向。

(2)阅读《乐府诗集》(郭茂倩著,中华书局,1998年版),了解其收录范围,掌握乐府诗的发展脉络及在文学史上的重要地位。

(3)阅读《玉台新咏笺注》(徐陵编,吴兆宜注,程琰删补,穆克宏点校,中华书局,2007年版),重点阅读梁代的诗歌创作(主要以宫体诗为主),了解其对宫体诗研究的重要意义。

**2. 研究文献阅读**

(1)阅读《中古诗人抒情方式的演进》(胡大雷著,中华书局,2003年版),结合文学史了解中古时期诗歌创作的风貌。

(2)阅读《门阀士族与永明文学》(刘跃进著,生活·读书·新知三联书店,1996年版),了解魏晋时期门阀士族制度,掌握永明文学的内容及发展历程。

(3)阅读《中国中古诗歌史》(王钟陵著,江苏教育出版社,1988年版),结合所学作品,体会中古文学尤其是诗歌中所体现的美学风格。

(4)阅读《南北朝文学史》(曹道衡、沈玉成著,人民文学出版社,1991年版),了解南朝刘宋时期以谢灵运为代表的山水诗创作,齐永明体,梁陈宫体诗,了解南北朝乐府民歌的不同风貌。

### 拓展训练

1. 查阅相关资料,了解晋宋之际政治的变化与文学的发展:晋宋之际士族、庶族各阶层的政治地位发生变化,并进而影响文学创作;山水文学兴盛,山水审美意识进一步发展;出现了中国文学史上第一位大力创作山水诗的诗人——谢灵运。查阅相关资料,了解谢氏的家族文化,谢灵运的人生悲剧,谢灵运的山水诗创作与其政治遭遇的关系,以及其山水诗艺术特色对中国诗歌发展的贡献及对唐诗的影响。查阅相关资料,了解鲍照的寒素情结及其乐府诗创作对古代诗歌的贡献,《拟行路难》在歌行体发展上对后世的影响。

2. 阅读齐永明体与梁陈宫体诗相关资料:了解沈约、谢朓对永明体的贡献,通晓永明体对声律方面的要求及与唐代近体诗的关系;了解"竟陵八友"等文学集团;全面掌握梁陈宫体诗的发展,并对其进行科学的评价。

3. 查阅相关资料,通晓南北对峙时期,南方、北方文学发展的不平衡及庾信、王褒由南入北,融合南北文风及对唐诗发展的贡献;分析体会南北朝乐府民歌的不同特点。

4. 关于《西洲曲》,郭茂倩《乐府诗集》收入"杂曲歌辞",认为是"古辞"。《玉台新咏》认为是江淹所作,但宋本不载。明清人编的古诗选本,或作"晋辞",或以为是梁武帝萧衍所作。关于此,很难成定论。查阅相关资料,对此进行讨论。

# 第四章　魏晋南北朝辞赋、骈文、散文

## 文学史

　　魏晋时期,"人的觉醒"带来了"文的觉醒","诗赋欲丽""赋体物而浏亮"等对于赋文体特征的论述逐渐清晰、完备。在作家创作中,对文学手法、技巧、辞藻的不断探索和积累,在魏晋南北朝形成了"丽"的传统。从建安开始,曹植、王粲等人的赋中已经表现出对文学技巧的重视。两晋赋的作家在骈偶对仗上则更进一步。南朝以后,文学的士族化对用典、对仗、声律、句式、篇幅渐趋严格的要求,骈赋和律赋的出现,与宫体诗共同成为南朝文学注重形式技巧的特征。

　　散文在魏晋时期有一个短暂的繁荣,在曹魏时期"好刑名""尚通脱"的风尚之下,曹操的散文以其率直简明、自由不羁的风格,在文坛上独树一帜。曹丕和曹植的散文,都能显现出自由率性的特征,而增加了词采斐然的新变。此后的魏晋散文,也沿着这样两个方向各自前行。"师心"和"骋词"成为魏晋以后散文的两大特征。"师心"的清新自然,在陶渊明的散文中有着鲜明的体现。而"骋词"一路,则造成了南朝骈文兴盛的局面。在骈文中,可以看到诗歌、辞赋、散文的共同影响,优秀的骈文以诗的情志、赋的结体、文的自然以及各体共有的表现手法和遣词技巧呈现出作家高度的艺术自觉和艺术成就。

　　在北方战乱之后北朝文学,以汉魏以来儒学正统的文学观念为内核,形成了质实浑朴的整体风尚。在辞赋创作中,北朝作家的创作更接近东汉魏晋时期的典正清丽,而与南朝的工巧靡丽不同。赋、颂结合是北朝赋的一大特征,而北朝抒情性赋作独特完整的风格,最终在庾信等作家的创作中展现出来。北朝散文从汉魏传统中来,与诗歌一样,在与南方的交流中渐趋骈丽,但其中实用恳切一脉,却形成了北方"气质"的特质。[①]"北朝三书"虽然不是有意而为的文学作品,但其在记述史地,阐说哲理的功用之外,也能援情入事,融情入景,寓情于理,成为古代散文的典范。

---

　　① 这里的"气质",出自《隋书·文学传》中"江左宫商发越,贵于清绮;河朔词义贞刚,重乎气质",指北朝文学质朴深厚,刚健有力的特征。(魏徵,等.隋书[M].北京:中华书局,1973:1730.)

# 第四章 魏晋南北朝辞赋、骈文、散文

## 第一节 魏晋南北朝辞赋

魏晋南北朝辞赋在东汉辞赋的基础上进一步发展变化。一方面,以班固的《两都赋》和张衡的《二京赋》所传承的大赋传统,在西晋产生了左思《三都赋》这样的鸿篇巨制,而后,传统大赋中都城、宫殿、射猎、礼制活动等以帝王、政治为中心的题材日益减少。同时,东汉以来,描写日常生活景物、事物,抒发作家内心情志的作品却日益增多,抒情小赋代替大赋而成为辞赋创作的主流。辞赋从"润色鸿业""劝百讽一"的以政治、教化为目的的文学样式转而回归到以言志抒情为功能的诗性文体。其在题材内容、状物抒情、语言辞藻等方面,经过魏晋南北朝的发展,成为与诗歌带有共同特点的、更接近文学本质的文学样式。这一过程,是魏晋南北朝文学观念及文学发展的整体特征在辞赋这一文体上的具体表现。

### 一、赋的内容多样化和个人化

从汉武帝时期散体赋形成以后,题材的类型化,成为这一文体的重要特征之一。西汉时期,散体赋以都城、宫殿、田猎、宴会等与政治核心人物——帝王——活动密切相关的内容为主。到了东汉,随着政治的日益衰落,以夸饰赞颂为主的大赋也迅速衰落,代之而起的是文人自身对政治中黑暗现象的抨击和对自身政治遭遇的感慨。其中,以张衡的《归田赋》,赵壹的《刺世疾邪赋》,蔡邕的《述行赋》等最为典型。祢衡的《鹦鹉赋》则借物喻人,抒发了在现实政治中的恐惧和怨恨,是咏物赋的杰出代表。

建安以后,赋的题材进一步拓广,其描写的内容也更多涉及作家日常生活。程章灿《魏晋南北朝赋史》中列举了建安作家赋作题目36种,其中既有传统的羽猎、藉田等,又有日常生活中的器物,如玛瑙勒、酒、扇、桔等,作家的日常活动如登台、投壶、征行等,还有现实中的人物、事件如寡妇、出妇、伤夭、愁霖等,以及自然景物如柳、槐、沧海、莺、白鹤等。这些日常生活中熟悉的题材,能更好地与作家情感结合起来,呈现出内容和主题的广泛化、日常化。其中以王粲的《登楼赋》和曹植的《洛神赋》最具代表性。

王粲的《登楼赋》作于客居荆州之时,《文选》将其归入"游览"类,在赋中,通过其登楼所见所思所感,表达了乱世之中文人深广的忧患意识。从题材和内容上都能见出明显的个人化特征。如果说,王粲在南下途中所做的《七哀诗》(西京乱无象)更多地反映了离乱之中民众的遭遇,那么《登楼赋》则是从个人的角度对"喟然伤心肝"一句的演绎和阐释。从文学传统上看,"登楼"和"登高"一样,有远望思乡之意。从《诗经》中的《陟岵》到汉乐府中的《悲歌》,都表达了对亲人故乡的思念。《登楼赋》将作家的活动与文学的传统结合起来,表达出既有时代特征又有作家个人色彩的情感。

《登楼赋》在写作上保留了汉代以来赋体的时空结构,以作者的感情变化贯穿于"登楼"这一活动中。通过景物描写,以原野美沃衬托"非吾土"的乡愁,以傍晚景物和鸟兽晚归来寄托自己生逢乱世,不能施展抱负的失落和时不我待的感慨。将自身的遭遇、情感与政治的治乱,有志之士的理想结合起来。使抒情主人公的形象完整丰富。

《登楼赋》以诗化的手法,将景物和人物的感情、志向结合在一起,在写景记事中充分表达了作者深沉强烈的感情,极具感染力。后世文学中,登高抒怀,成为一个重要的题材类型,与《登楼赋》的影响不无关系。

王粲之后,曹植的《洛神赋》,又一次将赋的个人化特征充分表现出来。用赋体来写女性形象,从战国后期宋玉的《神女赋》,到汉代司马相如的《长门赋》,蔡邕的《青衣赋》等,形成了赋的一个类型传统。到了曹植的《洛神赋》,更进一步将自己的精神世界与描摹对象完美地融合起来。从这一角度说,《洛神赋》中宓妃的形象与君王的形象以及作家的内心世界是三位一体。作家本人的人生理想、政治遭遇,都倾注在了"君王"与"洛神"隔水对望,心灵交通的场景中了。

《洛神赋》以丰富的想象,将自己的处境和理想完美结合起来。作家将《离骚》以来,浪漫主义文学中"美人香草"的隐喻发挥到新的高度,使内心的波澜与想象中"怨而不怒,哀而不伤"的场面之间形成了强大的张力,形成了作品撼人心魄的艺术效果。赋中对洛神形象生动传神、细密繁复地刻画,是作家对理想的执着追求的形象揭示。这与东汉以来诗赋作品中女性形象的塑造有着明显差异,是作家赋予传统题材极具个性特征的新意。赋中将现实中的景物和想象中的事物结合起来,赋予强烈深沉的个人感情,营造出了意象丰富,浑融完整的作品意境。其语言清丽优美、准确生动,句式节奏整齐而富于变化、声韵和谐,有类似诗歌的语言特征。

魏晋以后,赋的题材进一步开拓,抒情小赋成为与诗歌并兴,成为作家用来描绘自己人生际遇和抒发思想感情的有力工具。向秀的《思旧赋》,有感于好友嵇康、吕安的遭遇,改心易志,身不由己而无法明言。其文"情真意切,悲风凛冽"①,是作者本人现实处境的真切表现。西晋作家在辞赋题材的多样化上有更多开拓,如成公绥《天地赋》《啸赋》,陆机《祖德赋》《文赋》,木华《海赋》,潘岳《怀旧赋》《悼亡赋》等。在陆机赋中,对家族传统的书写是汉魏以来文学士族化过程对辞赋在题材上的影响。其《文赋》则是对作家创作经验的总结,成为一篇"文学创作专论"②。这与其作为当时杰出作家的个人才情和志趣有着密切的关系。

南朝赋题材内容的变化与诗歌类似,刘宋时期谢灵运在赋中描摹山水,有《山居赋》。鲍照的《芜城赋》以广陵战乱前后的对比,抒写人世沧桑之变。谢庄《月赋》,借曹植怀念应、刘,抒写个人的忧伤。宋、齐之间,江淹《恨赋》《别赋》超越了传统离别题材以具体事件寄托感情的写法,而以"恨""别"的情感为对象,描写了人的普遍情感。梁、陈以后,赋的内容受到宫体诗的影响,走入香艳、轻靡一派,曹道衡称其为"宫体赋"③。赋的题材的不断拓宽,与诗歌中发生的变化类似,都是作者在文学题材上求新的探索。

魏晋南北朝赋中,以抒情小赋最为繁荣。赋的题材从东汉赋主要抒写个人与政治的

---

① 徐公持.魏晋文学史[M].北京:人民文学出版社,1999:167.
② 徐公持.魏晋文学史[M].北京:人民文学出版社,1999:377.
③ 曹道衡,沈玉成.南北朝文学史[M].北京:人民文学出版社,1998:24.

### 第四章　魏晋南北朝辞赋、骈文、散文

矛盾进一步扩大,从作家日常生活中的事物出发,以人的全部的感情为表现对象,运用赋在写景状物、记人叙事上积累的技巧,将其题材内容扩展到社会生活的各个角落,而由于作家不同的社会阅历、个性气质、才情志趣,又表现出明显的个人化特征。

## 二、赋的抒情性的加强

在上述赋的题材多样化和个人化过程中,赋的基本要素如完整的时空结构、以铺陈描述为主的表现手法以及追求辞藻和声韵等基本特征得到了保留。而其表现的重心从写物造型为主向抒写作家内心活动,尤其是感情变化转移。这一变化,从张衡的《归田赋》到魏晋赋中已有明确地体现,赋中的景物和事物都是为抒情服务,而其组合也逐渐超越了自然的时空结构,变成了抒情意象的组合。

与张衡《归田赋》题材内容相近的,是陶渊明的《归去来兮辞》。从二者的对比中,可以看到,赋的抒情性的加强。

首先,在主题选取上,《归田赋》更多的是"言志",对儒道并用的人生观的描述是其主要目的,"谅天道之微昧,追渔父以同嬉",更多的是人生志向的选择。《归去来兮辞》则以"奚惆怅而独悲"的反问来引出脱离黑暗官场的喜悦之情。

其次,在赋的结构上,张衡的赋保留了传统赋的时空结构,以主人公白天到夜晚的活动形成相对完整的时空结构。而《归去来兮辞》则是一个开放的时空,以"归去来"为中心,以一个个场景来组织文章。通过"乘舟归去""携幼入室""流憩遐观"等场景的描写,不限于一时一地具体事件,而更多是以景物的组合来表达内心的喜悦和对"自然"的向往。

再次,在抒情方式上,《归田赋》更多地使用寓情于景的写法,通过景物和人物的活动,来表达作家的内心世界。而《归去来兮辞》中则更多以直接抒情的手法来表达作者的感情。开头一段,即以独白的方式,通过今昔对比,表达自己回归田园的欣喜和坚决。最后又以感叹和反问的方式,表达自己乘化归尽、乐天知命的人生态度所带来的喜悦,以"良辰孤往""植杖耘耔""东皋舒啸""临流赋诗"的想象,表达自得、快乐的感情。

陶渊明的赋,以抒情见长,屡被称道的是其《闲情赋》。在赋序中,作者说明是模拟张衡《定情赋》、蔡邕《静情赋》所作,取其"始则荡以思虑,而终归闲正"的写作目的,但其中"十愿"部分,着力于爱慕之情的渲染和心理活动的细致刻画,明显超出了前人创作,而以"情性"为其主题。

陶渊明还有《感士不遇赋》,对现实的黑暗作了深刻的批判,通过古今人物的"不遇",以"奚良辰之易倾,胡害胜其乃急"表达对现实的愤慨和决裂,是其"金刚怒目"一面在辞赋中的展现。在陶渊明的创作中,可以明显看到辞赋经过两晋的发展,其抒情性和抒情技巧的显著加强,成为抒情小赋发展的一个重要阶段,达到了前所未有的高度。

进入南朝以后,赋成为作家观念中是最重要的文学样式,《文选》中即以"赋"为各体之首。在整个重视文学技巧的背景之下,赋的抒情性整体上比魏晋时期有所减弱,但在个别作家身上,表现出对赋的抒情功能的重视。其中,以鲍照《芜城赋》最为典型。在刘宋作家中,鲍照的诗歌以其"遒丽""险俗"独树一帜;在赋中,其《芜城赋》无论从抒发的

情感,还是题材的选取,都是独特的。在抒情手法上,《芜城赋》以景物的描写、对比来突出感情。鲍照在景物描写中运用大量的夸张和想象突出景物特征,造成对比强烈的效果。在描写昔日的盛况时,用"是以板筑雉堞之殷,井干烽橹之勤,格高五岳,袤广三坟,崪若断岸,矗似长云"的比喻、夸张。在描写眼前的荒凉时,则用现实景物和想象中野外的妖、兽等来渲染恐怖衰败的气氛。另外,在《芜城赋》中,作者善于在景物描写中加入直接抒情的内容,在铺叙一系列景物之后,用精练警策的语句表达作家的感情。在描写广陵繁华之后,以一句"观基扃之固护,将万祀而一君。出入三代,五百余载,竟瓜剖而豆分"来表达兴亡倏忽的感慨。在"泽葵依井"一段之后,以"凝思寂听,心伤已摧"表达对世事变迁的愤慨。在赋末,以"歌曰"引起全篇"千龄兮万代,共尽兮何言"的感情的强调。体现作者在诗文上苍凉劲健、清新独创的共同追求。

陶渊明的辞赋总结了东汉到两晋抒情小赋的成就,以强烈的抒情性和清丽的文辞达到辞赋创作的又一个高峰。南朝赋的新变体则体现在《芜城赋》中,其抒情性的创新,表现为将人的某种共同感情作为描写的对象,借助景物和事件的调用、组合,抒发"人共有之情"。这一变化,与南朝文学的贵族化、精细化有着密切的关系,同时,与在玄佛合流的背景下,对"人"的性情、本体的进一步理解也有一定的关系。

### 三、赋与诗的合一

魏晋到南朝,赋的题材内容持续拓广,其抒情性也随之不断加强,整个魏晋南朝,赋和诗一起,成为作家创作中最常见的文学样式。赋与诗的合一,也是以其题材广泛、抒情多样的文体功能统一为基础的。建安时期,诗赋同题的现象是诗赋合一的重要表现,两晋以后,赋的语言中出现了一些诗的句式。到了南朝以后,赋的语言出现了"对偶精工""字句雕炼""音韵谐调"的新变,抒情性的加强、赋的句式的进一步整齐化、诗歌声律论的发展,对赋与诗的相互渗透产生了深远的影响。[①]

江淹是鲍照之后南朝辞赋的重要作家,其一生经历宋、齐、梁三朝,而创作活动高峰在齐永明以前,《南史》中有其"江郎才尽"的传说。其辞赋中代表性作品是《恨赋》和《别赋》。《恨赋》以人生的憾恨为对象,通过对历史上帝王、贤臣、美人、名士等不同人物的描绘,突出"自古皆有死,莫不饮恨而吞声"的主题。《恨赋》以四言句式为主,用骚体句式直接抒情,其抑郁感慨,能映衬出曹操、陶渊明以来四言诗的影子。

《别赋》则生动地描写了不同人物、环境下的"离别",围绕"黯然销魂者,唯别而已矣"这一主旨,组织画面,将"别虽一绪,事乃万族"的人生的普遍遭遇和感情表现出来。这样的结构,完全突破了汉魏以来赋的传统时空结构,而带有诗歌以不同场景共同衬托主题的结构特点。

在《别赋》中,江淹描绘了贵族、刺客、戍卒、行人、夫妇、神仙、恋人七种不同身份人物的离别,描绘了不同的离别场景。从内容上看,涉及游宴、边塞、行役、爱情、游仙等题材,这些题材,正是魏晋南北朝诗歌中常见的内容,是诗赋同题的另一种表现形式——题目

---

① 程章灿.魏晋南北朝赋史[M].南京:江苏古籍出版社,2001:237.

## 第四章 魏晋南北朝辞赋、骈文、散文

不同而题材相同。

在《别赋》中，江淹结合不同的离别场面，将不同的审美特征展示出来，可以看到诗歌技巧在赋中的熟练运用。七种离别，或华丽、或悲壮、或凄清、或怨愤、或缠绵、或洒脱、或婉曲，表现出不同人物、不同时节、不同事由的离愁别绪。如以下两段：

乃有剑客惭恩，少年报士，韩国赵厕，吴宫燕市，割慈忍爱，离邦去里，沥泣共诀，扼腕相视。驱征马而不顾，见行尘之时起。方衔感于一剑，非买价于泉里。金石震而色变，骨肉悲而心死。

下有芍药之诗，佳人之歌。桑中卫女，上宫陈娥。春草碧色，春水渌波，送君南浦，伤如之何！至乃秋露如珠，秋月如珪，明月白露，光阴往来，与子之别，思心徘徊。

在赋中不同审美特征的运用和展现，与江淹诗歌创作中拟古的积累紧密相关。可以看到在同一个作家身上，诗赋创作间的互相影响。

在《别赋》中，从个别段落的句式和节奏，也可以看到诗歌的影响。比如：

春宫閟此青苔色，秋帐含兹明月光，夏簟清兮昼不暮，冬釭凝兮夜何长！织锦曲兮泣已尽，回文诗兮影独伤。

七言和骚体的句式中，加入了作者工巧的对仗，其句式节奏也明显与当时流行的七言乐府诗有相似之处。这些特点，从文本结构、审美特征、句式节奏等方面，都表现出南朝诗、赋合一的发展趋势。

齐、梁以后，宫体诗盛行，其题材和技巧在赋体中产生了一些影响。赋与诗的界限在一些作品中已经比较模糊。庾信作为南北朝赋集大成的作家，其作品就很能体现南朝后期赋的特点。庾信赋中，有一些作于梁代的作品，这些作品大多是奉教酬和之作，题材多与女性生活有关，偏于轻艳哀怨，是宫体文学的代表。其中有些篇章，题目为赋，但其文本中有些部分，已经是诗的形式。如其在梁所作《春赋》的开头和结尾部分：

宜春苑中春已归，披香楼里作春衣。新年鸟声千种啭，二月杨花满路飞。河阳一县并是花，金谷从来满园树。……百丈山头日欲斜，三晡未醉莫还家。池中水影悬胜镜，屋里衣香不如花。

庾信入北以后，其赋中接近以七言为主的杂言诗的篇章基本没有出现。从形式上看，是诗赋合一趋势的弱化。这与南朝、北朝文学发展的不同过程有关。

从北朝赋的变化来看，其题材内容主要是对汉赋的继承，其中有一些都城赋，带有颂的性质，有明显的政治色彩。到北魏孝文帝以后，赋中出现一些感慨自身遭遇的内容，也多与作家的政治活动有关。另外，出现了一些带有寄托的咏物赋，如元顺的《蝇赋》、卢元明的《剧鼠赋》等。总体来看，体制上，有大赋和骚体赋，艺术特征上也以汉魏以来的传统为主，对南朝文学的接受较少。庾信入北以后，以家国之思为主题的创作与其在南朝养成的文学技巧结合起来，出现了《哀江南赋》这样的史诗性作品。《哀江南赋》着力描绘了梁代从侯景之乱到灭亡的整个过程，通过史实的记述和典故的运用，将叙述、议论和自己的身世之悲完美地结合起来，展示出个人遭遇与国家命运的密切关系，表达出作者深沉强烈的悲愤之情。可以说，《哀江南赋》在文学精神上继承了《诗经》《楚辞》以来直面

社会、批判现实的精神,是汉代人眼中"诗人之赋"的典型①。在形式上,《哀江南赋》多用四六句式,舍弃了在南朝流行的七言入赋的句式,这一方面符合北朝文学较为保守的赋的观念。另一方面,七言句式属于后起形式,与乐府民歌关系较大,而赋体在表现重大社会政治题材时,也多选用传统、典雅的四言和六言句式。总的来说,北朝赋与诗的关系不如南朝那样密切,这与北朝文学技巧发展的程度有关。

从建安时期到南北朝后期,辞赋沿着抒情化和艺术化的方向发展。在南朝重视技巧的文学风气下,赋与诗在技巧上出现了融合,积累了积极的经验,而随着南北文学交流的深入,北方文学关注社会、刚健质朴的文风也促进了辞赋技巧与精神内涵的结合。

## 第二节　魏晋南北朝骈文

骈文以其句式骈偶为最基本特点。而文章中的对偶、排比,在先秦散文中就已经出现。《尚书》中的"满招损,谦得益"就有对偶的出现。西汉文章中,也有偶句运用非常出色的,如贾谊《过秦论》等。东汉以后,在应用文体中大量出现了骈偶的形式,到了南朝,一般认为,在刘宋时期,以范晔《后汉书》传论为代表,骈文正式成熟。在辞赋中,对偶、排比这些基本的形式很早就完备,而在"文"中,骈文的形成要晚一些。在这里,采用狭义的"骈文"概念,即"散文""骈文"对举,"文"是指除去诗歌、辞赋以外的文体。②

### 一、骈文的特点

在除去诗、赋以外的文体中,骈偶句式的出现到骈文的形成,有一个漫长的过程。而魏晋时期,是这一过程的重要环节。刘师培在《论文杂记》中说:

建安之世,七子继兴,偶有撰著,悉以排偶易单行,即非有韵之文,亦用偶文之体,而华靡之作,遂开四六之先,而文体复殊于东汉。其变迁者一也。……魏代之文,则合二语成一意(或上句用四字,下句用六字,或上句用六字,下句用四字,或上下句皆用四字,而上联咸与下联成对偶,诚以非此不能尽其意也,已开四六之体)。由简趋繁(此文章进化之公例也),昭然不爽。其变迁者二也。……东汉之文,渐尚对偶(所谓字句之间互相对偶也)。若魏代之体,则又以声色相矜,以藻绘相饰,靡曼纤冶,致失本真(魏、晋之文,虽多华靡,然尚有清气。至六朝以降,则又偏重词华矣)。其迁变者三也。③

刘师培指出建安到曹魏,文章的三个变化:一是多用偶文,即骈偶句式的大量出现;二是二语合成一意,即骈偶句式上句和下句意义完整;三是声色相矜、藻绘相饰,即注重辞藻的选择。这是对魏晋以来,骈文发展基本特点的概括。到了南朝,骈文与诗歌在偶

---

① 扬雄《法言·吾子》:"诗人之赋丽以则,辞人之赋丽以淫。"(郭绍虞.中国历代文论选:第1册[M].上海:上海古籍出版社,1979:91.)

② 对于"骈赋"这一概念,这里需要说明,由于在辞赋中已经对其与诗歌的技巧等方面做了论述,本节不再涉及辞赋的内容,所谓"骈赋",不再单独提出。

③ 刘师培.论文杂记[M].北京:人民文学出版社,1984:117.

## 第四章　魏晋南北朝辞赋、骈文、散文

对等语言技巧上的发展基本同步。刘宋时的文章,骈俪程度超过了两晋,但是散句还占有一定的比例,同时声律理论还没有明确提出来,对音律也没有太多的注意。在这一时期,骈文还被认为是典雅的文体,其使用的范围也多在比较正式的场合。① 齐代以后,骈文的使用日益普遍,至陈代,则公私文体,几乎全部是骈文。同诗歌一样,骈文对声律的要求也越来越严格。到陈末,徐陵的《玉台新咏序》,则突出地表现出骈文这一文学形式"五色相宣、八音迭奏"的华美特色。

从骈文产生到成熟的过程可以看出,作为与"散文"相对的一种文体,它在发展、变化中不断地吸收魏晋南北朝文学发展的新因素,最终形成了在南朝流行最广,对后世影响深远的唯美文体。其特征可以描述为:

第一,骈偶是骈文的最基本特征。要求文章在句法上讲求对偶,对偶的要求也日益详尽,《文心雕龙·丽辞》篇中就提出了"言对""事对""正对""反对"等类型。第二,随着骈文对对偶要求的加强,其句式也逐渐固定为四字和六字。所以唐代以后,骈文也被称为"四六"。第三,由于对偶中"事对"的要求,与南朝文学的士族化特点一致,注重作家的知识积累,在骈文中对用典和用事有较多的要求,相应的比喻、夸饰、描摹物色的技巧也受到重视。第四,随着声律论的发展,对骈文的声律也有较多的要求。

骈文盛于南朝,与当时诗歌、辞赋一样,受到文学整体上题材较为狭窄,风格伤于轻艳的影响,其注重技巧的唯美追求,在一段时期内被认为是南朝文学偏重形式的畸形发展的产物。固然,受到对偶、句式、辞藻、声律的限制,使得骈文作家在形式上倾注了太多的精力,但是,一些作家仍然能运用这一新的文学形式,创作出高水平的,形神兼备、声辞俱佳的作品。骈文和宫体诗一样,是南朝文学在特殊阶段追求"新变"的产物,其对后代文学的发展产生了深远的影响。

## 二、日常文体的艺术化

按照前面提出的骈文的界限,"骈赋"不在本节讨论之列。在南朝文体观念中,诗赋以外的文体,大部分属于今天所说的应用文。骈文的佳作,往往出现在一些应用性文体中。在南朝书信中,有一些堪称美文的骈文篇章,如鲍照的《登大雷岸与妹书》,即是一封家书,写给其妹鲍令晖。鲍照的书信用骈文写成,也有交流文采的用意,所以在艺术上有很高的水准。

这篇书信作于宋武帝元嘉十六年秋,是鲍照去江州赴任临川国侍郎时在途中所作。信中将作者的感情与沿途所见景物结合起来,情景交融,受到魏晋以来的赋的影响,如:

向因涉顿,凭观川陆;遂神清渚,流睇方曛;东顾五州之隔,西眺九派之分;窥地门之绝景,望天际之孤云。长图大念,隐心者久矣。

南则积山万状,负气争高,含霞饮景,参差代雄,凌跨长陇,前后相属,带天有匝,横地无穷;东则砥原远隰,亡端靡际,寒蓬夕卷,古树云平,旋风四起,思鸟群归,静听无闻,极视不见。北则陂池潜演,湖脉通连,苎蒿攸积,菰芦所繁,栖波之鸟,水化之虫,智吞愚,强

---

① 曹道衡,沈玉成.南北朝文学史[M].北京:人民文学出版社,1998:22.

捕小,号噪惊眙,纷乎其中;西则回江永指,长波天合,滔滔何穷,漫漫安竭?创古迄今,舳舻相接。思尽波涛,悲满潭壑。烟归八表,终为野尘。而是注集,长写不测,修灵浩荡,知其何故哉?

在文章中,作者初入仕途,受到壮阔的景物的感召,心中的志向随之生发,但对前途的疑虑又因远行而更觉怅惘。由"长图大念,隐心者久矣"引出的景物描写,受到赋的影响,在次序上从南、东、北、西四个方向展开,各个方向的景物,又带有明显的感情色彩:南方的群山无边,隐含着对前途的疑虑;东方的旋风思鸟,衬托出内心的孤寂无依;北方弱肉强食的虫鸟,西方无穷无尽的江水,无不揭示出作者内心喜忧相参的复杂感情。文章以四六句式为主,景物描写中全用四言,而以对偶使两句一意,充分展示出"四言密而不促"①的表达效果。在语言运用上,能丰富形象而不流于生僻,可见作者求新求奇的艺术追求。文辞华丽而不繁缛重复,"在华美中显出清拔的古气"②。

宋初,骈文作为典雅文风的代表,常被用在比较正式的场合或者向比较尊贵的人投书呈论等。之后骈文广泛流行,出现了一些公文体裁的游戏文章。宋时袁淑的《鸡九锡文》《驴山公九锡文》等即是,到南齐,以孔稚珪的《北山移文》最为著名,成为南朝骈文的名篇。

关于《北山移文》的创作动机,《文选》吕向注认为是讽刺钟山隐士周颙应诏为官的行为,因为钟山在建康以北,所以称"北山"。"移文"是当时用于平级部门、官员之间的一种公文,有通告晓谕的功能。按之史实,事不可信,而更多的是朋友之间文字嘲戏的产物。③《北山移文》以"钟山之英,草堂之灵"山神的口吻,讽刺周颙先隐后仕,失其本心的行为。其最显著的特点是拟人的手法,通过想象,描绘出山川草木对"假隐士"的鄙夷和愤慨。其次是以对比映衬的手法,将其隐居时的从容高洁与其出仕时的急迫自满进行了比较,刻画出人物以隐求仕的虚伪面目。从骈文的技巧来看,这篇文章充分发挥了骈文四六句式错综变化的优势,叙述、描写完备简练、准确生动。又能以三言、五言句式调整节奏,生动活泼。其运用言对、事对、正对、反对等对偶形式,整齐而富于变化,造成含蓄典雅的效果,又能准确表达作者的态度、语气。词语的运用,能做到用韵适宜,声律和谐。

梁代骈文名篇中,以书信为多,如陶弘景《答谢中书书》,吴均《与朱元思书》《与顾章书》等,多以骈文形式写景抒情。丘迟的《与陈伯之书》则以书信的形式游说故人,用骈文的形式呈现出情、理、文的高度统一。张溥在《汉魏六朝百三名家集题辞》中称:"其最有声者,与陈将军伯之一书耳。"对本篇做了高度的评价。

北朝的骈文作家和高水平的作品较少,但在东魏北齐一些墓志中,也出现了骈文特征明显的篇章,其产生和发展都受到南方文学的影响。到了北朝后期,南北文学交流加深,出现了像《徐之才墓志》这样极具文采的骈文。北朝骈文中,以庾信《哀江南赋序》最

---

① 增订文心雕龙校注[M].黄叔琳,注.李详,补注.杨明照,校注拾遗.北京:中华书局,2000:440.
② 曹道衡,沈玉成.南北朝文学史[M].北京:人民文学出版社,1998:94.
③ 关于《北山移文》与周颙生平仕历的考证,见曹道衡《南北朝文学史》人民文学出版社1998年版,第196页。

### 第四章 魏晋南北朝辞赋、骈文、散文

为人称道,可以说,庾信在这篇文章中,集中了南朝骈文在写景、议论、抒情上的全部成就,以其学识才力,将骈文从南朝偏重形式的状态下解放出来,成为无往而不利的极具艺术性的文章形式。如:

日暮途远,人间何世!将军一去,大树飘零;壮士不还,寒风萧瑟。荆璧睨柱,受连城而见欺;载书横阶,捧珠盘而不定。钟仪君子,入就南冠之囚;季孙行人,留守西河之馆。申包胥之顿地,碎之以首;蔡威公之泪尽,加之以血。钓台移柳,非玉关之可望;华亭鹤唳,非河桥之可闻!

孙策以天下为三分,众才一旅;项籍用江东之子弟,人唯八千。遂乃分裂山河,宰割天下。岂有百万义师,一朝卷甲,芟夷斩伐,如草木焉!江淮无涯岸之阻,亭壁无藩篱之固。头会箕敛者,合纵缔交;锄櫌棘矜者,因利乘便。将非江表王气,终于三百年乎?

该文用典、对偶、辞藻均显示了骈文的最高水平。

## 三、诗、文、赋技巧的互相渗透

整个魏晋南北朝,"文学的自觉"和文学理论、文学技巧不断积累和发展,这些成果在诗、赋、骈文等文体中都有着充分的体现。从建安诗人创作中的诗赋同题情况,到两晋以后,文学士族化和贵族化过程中对作家知识的要求,都展示出魏晋南北朝文学追求"绮丽"的整体趋势。

在诗歌、辞赋和骈文的写作中,对典故、辞藻、声律的重视无处不在,作品典雅华丽的审美特征成为时代的风尚。在不同的文体中,文学技巧的运用产生了共同的效果。如,历来被认为是南朝骈文名篇的《与朱元思书》,其写景抒情,即具有诗歌和辞赋的一些主要特征。全文如下:

风烟俱净,天山共色。从流飘荡,任意东西。自富阳至桐庐一百许里,奇山异水,天下独绝。水皆缥碧,千丈见底。游鱼细石,直视无碍。急湍甚箭,猛浪若奔。夹岸高山,皆生寒树,负势竞上,互相轩邈,争高直指,千百成峰。泉水激石,泠泠作响;好鸟相鸣,嘤嘤成韵。蝉则千转不穷,猿则百叫无绝。鸢飞戾天者,望峰息心;经纶世务者,窥谷忘反。横柯上蔽,在昼犹昏;疏条交映,有时见日。

文章描写了富春江上的美丽风光,其中"望峰息心""窥谷忘反",则赋予景物以人的神情气质。作者的情趣和物象很好地融合在一起,具有了诗歌的意境;而其整齐的四言句式,偶句和散句的交错运用,明显具有诗歌的节奏和韵律;文中比喻、排比、拟人等修辞手法的运用,都是诗歌技巧在骈文中的展现。同样,这些特点,如前所述,在抒情小赋中也得到充分的展示。

可见,文学技巧的发展,对不同文体的发展都产生了深刻的影响,整个魏晋南北朝,可以认为,追求"绮丽"的文学审美特征,最先在诗歌中发展成熟,之后,又影响到辞赋创作,最后进入到骈文中。南北朝骈文,可以看作是唯美文学追求在应用文体中的表现,不仅诏令、奏议、书信、碑文、议论文等文体中存在这样的情况,在墓志等南北朝新兴的文体中,也出现了骈文的形式。

## 第三节　魏晋南北朝散文

相对于骈文在应用范围和文学技巧上的全面繁荣,魏晋南北朝散文的发展则呈现出时代和地区上的不平衡。作为在社会生活中运用极为广泛的文学形式,散文的变化与社会思想、政治、审美关系最为密切。东汉末年,随着政治的动荡,思想上统一的局面开始崩塌,随着五言诗、抒情小赋的繁荣,保守僵化的散文出现了新的变化。"建安风骨"对散文也产生了重大的影响,其中"清峻""通脱""骋词"的特点尤为显著。其流波所及,魏晋散文整体呈现出个性化的活泼的特征。西晋到南朝,骈文的形成和兴盛,使得散文的发展迟缓。南北分立的背景下,由于北方政治、文化处于多民族、多文化整合的过程中,其文学发展的进程与南朝不同,注重社会功能,注重表达简练的散文形式最早被入主中原的少数民族政权所接受,汉魏以来散文质实朴素的传统成为北朝散文的主要源流。在这样的背景下,北朝的应用性散文成为其文学存在和发展的主要形式,出现了《水经注》《洛阳伽蓝记》《颜氏家训》这些非文学文体的散文佳作,作家对散文艺术性的追求在这些应用文体中得到了充分的展示。

### 一、魏晋散文的新变

建安时期,诗歌和辞赋发生了巨大的变化,作家的个性化特征以及不同的审美追求在文学创作中得到了充分的表达。同样的变化,也出现在散文的创作中,其中,以曹操父子最具代表性。

鲁迅称曹操为"改造文章的祖师"[1],并将其散文的主要特点描述为"清峻""通脱",并说清峻是"简约严明","通脱"即"随便""想说甚么便说甚么"。[2] 从这两点来看,曹操的文章的确是对东汉主流文风的反动。他在《求贤令》中,就不顾东汉以来重视儒学道德的观念,提出:"若必廉士而后可用,则齐桓其何以霸世!今天下得无有被褐怀玉而钓于渭滨者乎?又得无有盗嫂受金而未遇无知者乎?"在其《让县自明本志令》中,则更是毫无顾忌地说出:"设使国家无有孤,不知当几人称帝,几人称王。""然欲孤便尔委捐所典兵众,以还执事,归就武平侯国,实不可也。何者?诚恐已离兵为人所祸也。既为子孙计,又己败则国家倾危,是以不得慕虚名而处实祸,此所不得为也。"

曹操的散文,除了上述两个特点以外,在说理和叙事上有些地方也呈现出建安文学"骋词"的特点,能详尽委曲,最后一语道破,可以看到两汉散文在议论和叙述方面的影响。

在曹丕的散文中,其"通脱"的一面以及"骋词"的一面也有充分体现。在《典论·自叙》中,曹丕回顾自己的经历,说明自己武艺高超,既有概括,又有具体事件,尤其是对自

---

[1] 鲁迅.而已集[M].北京:人民文学出版社,1973:82.
[2] 鲁迅.而已集[M].北京:人民文学出版社,1973:83.

## 第四章 魏晋南北朝辞赋、骈文、散文

己与邓展比试剑术的描写,表现出极高的叙事才能:

> 尝与平虏将军刘勋、奋威将军邓展等共饮。宿闻展善有手臂,晓五兵。又称其能空手入白刃。余与论剑良久。谓言:"将军法非也,余顾尝好之,又得善术。"因求与余对。时酒酣耳热,方食甘蔗,便以为杖,下殿数交,三中其臂,左右大笑。展意不平,求更为之。余言:"吾法急属难相中面,故齐臂耳。"展言愿复一交。余知其欲突以取中也,因伪深进。展果寻前,余却脚剿,正截其颡。坐中惊视,余还坐,笑曰:"昔阳庆使淳于意去其故方,更授以秘术,今余亦愿邓将军捐弃故技,更受要道也。"

而真正在应用文中将"骋词"发挥到极致的,是曹植,他后期所做的《求自试表》等,表现出情志与文采的高度结合。《文心雕龙·章表》说:"魏初表章,指事造实,求其靡丽,则未足美矣。……陈思之表,独冠群才;观其体赡而律调,辞清而志显,应物制巧,随变生趣,执辔有余,故能缓急应节矣。"①曹植的文章,已经有了骈文的一些特点,而表现出很强的文学性,预示了下一个阶段散文发展的方向。

正始时期,玄学流行,道家思想对传统儒学产生了强烈的冲击,在这个时期,散文普遍表现出道家学说影响下对社会政治的批判,思想锐利,言辞激烈,形成了"气盛词壮"的散文。其中以阮籍的《大人先生传》和嵇康的《与山巨源绝交书》最为突出。

在《大人先生传》中,阮籍在诗歌中寄托深远、言辞含晦的特征一变而为痛快淋漓、鞭辟入里。文章以"传"为名,实则借用了赋体虚设人物的写法,又带有议论文的特点。文章虚设了一位"大人先生",借用了司马相如笔下"大人"的称谓,通过这个介于神仙和凡人之间的角色,表达出对世俗"礼法之士"的愤慨。在文章中,阮籍充分展示了自己在辞赋、散文、诗歌以及玄学论文等方面的杰出才能,通篇出入文体,变化无端,是魏晋散文中结构最为复杂的篇章。文章中运用比喻非常精彩,继承了《庄子》文章的技巧,将暗喻和寓言结合在一起,造成了强烈的说理、抒情效果。在对"礼法之士"的谴责中,将他们比成虱子,描写他们得势的丑态和必将毁灭的结果:

> 且独不见夫虱之处乎裈之中乎?逃于深缝,匿乎坏絮,自以为吉宅也。行不敢离缝际,动不敢出裈裆,自以为得绳墨也。饥则啮人,自以为无穷食也。然炎丘火流,焦邑灭都,群虱死于裈中而不能出。汝君子之处寰区之内,亦何异夫虱之处裈中乎?悲乎!而乃自以为远祸近福,坚无穷已。

同时,文章也继承了东汉建安以来散文的骈偶化趋势,通过散句和偶句的交错使用,以强烈的节奏变化,加强了说理和抒情的效果。

与阮籍并称的嵇康,则用另一种方式演绎着建安以来散文的"通脱"和"骋词",嵇康的散文主要有两种类型,一种是论说文,以《养生论》和《声无哀乐论》为代表,这类文章可以看作是就玄学命题所做的论文。其中以大量偶句来造成说理的气势和效果,是魏晋论说文的杰作。另一种类型则是以书信形式表达自己人生志趣,以《与山巨源绝交书》最为典型。

这篇书信,其起因是山涛向朝廷推荐嵇康代替自己作选曹郎,在这篇书信中,嵇康拒

---

① 增订文心雕龙校注[M].黄叔琳,注.李详,补注.杨明照,校注拾遗.北京:中华书局,2000:307.

绝山涛的举荐,直接地表达了自己"薄汤武而非周孔"的政治立场和"越名教而任自然"的人生观。文章以自然直白的语言,坚决严明地表达了自己的态度和立场,成为其"师心以遣论"的突出代表①。与其论说文不同,嵇康在《与山巨源绝交书》中多用散句,以自然的节奏甚至戏谑游戏的笔法,在表达自己志向的同时,也讽刺了当时的社会政治。

其中"不堪者七、甚不可者二"的理由陈述尤为实出。可以说,嵇康在本篇中将散文句式的优势发挥得淋漓尽致,其于轻率随意中又具有严肃刚正的神情,语言活泼而辞气凌厉。《文心雕龙·书记》说:"嵇康绝交,实志高而文伟矣。"②在整个魏晋齐梁尊崇骈文的背景下,对其有这样的评价,可见这篇文章对后世的影响。

魏晋散文在散文发展过程中树立了一个典范,即以自由直率的方式,表达作家高远的志趣,无论其骈偶成分的多少,都能充分展示作家对文学技巧的高度熟练把握,是"西汉鸿文"之后古代散文发展的又一个高峰。

## 二、北朝散文与"北朝三书"

与南朝文学不同,北朝文学的发展与政治、文化的变化密切相关。经过十六国的动荡和战乱,北方少数民族政权在与汉文化的冲突、融合中始终处于矛盾、反复之中。十六国的前秦和后秦,在接受汉文化的深广程度上超越了同时的诸多少数民族政权,而夏和北魏的兴起又暂时割断了这一传统。到北魏统一北方以后,这种文化上的接受和冲突仍然持续着。在这样的背景下,北朝文学长期处于政治附庸的地位。北魏在孝文帝改制之前留存下来的作品,大多是应用性散文,其整体特征是延续了汉魏散文中质朴实用的一脉,偶尔出现的较有文采的作品,也多是诏令、碑、颂一类的文章,其文学成就也没有超过魏晋散文。孝文帝改制以后,随着对汉文化全面深入地接受,文学也随之发生了显著的变化,进而开始向南朝文学吸取了新的因素。文学技巧开始从诗歌、辞赋延伸到散文写作中。到北魏末年,出现了温子昇这样在文学创作上堪与南方比肩的作家。北齐以后,又有邢劭、魏收二人,与子昇并称"北地三才",他们的文学创作都接受了南方不同作家的影响,表现出绮丽的整体特征。在散文写作上,与南朝相似的是,散文的优秀篇章都出现在非文学作品中,其中以郦道元《水经注》、杨衒之《洛阳伽蓝记》、颜之推《颜氏家训》最为突出,并称"北朝三书"。

郦道元的《水经注》将地理著作与文学创作有机地结合起来,成为北朝文学的名作。郦道元(466?—527),字善长,北魏范阳涿(今河北涿州市)人,曾任治书御史、冀州镇东府长史、荆州刺史、河南尹等,后因触忤汝南王元悦,被害而死。道元一生好学,多有著述,今仅存《水经注》40卷。《水经》一书,相传为汉人桑钦所作,记述各地河流情况。郦道元以《水经》所记河流水道为纲,引用典籍,补充了大量内容,记载了各条河流流域内的自然环境和人文历史,其注文是《水经》原文的20倍。

古代散文中有很多山水景物的描写,但真正的山水散文的产生,是在两晋南北朝时

---

① 增订文心雕龙校注[M].黄叔琳,注.李详,补注.杨明照,校注拾遗.北京:中华书局,2000:575.
② 增订文心雕龙校注[M].黄叔琳,注.李详,补注.杨明照,校注拾遗.北京:中华书局,2000:346.

## 第四章　魏晋南北朝辞赋、骈文、散文

期。起初是在一些地理著作中描写山水景物,之后,随着山水田园诗的兴起,出现了以景物描写为主体的山水散文。《水经注》在这一背景下产生,书中一部分景物是他自己实地考察的结果,一部分来源于其他文献的记载,后一种情况,其文字也经过加工而自成一家。

《水经注》对山水景物的描写首先能够抓住不同地方景物的特点,写出山水的不同特征。写黄河孟门山,则突出其"水流交冲,素气云浮,往来遥观者,常若雾露沾人"的特点。写临安一带的钱塘江,则是"积石磊砢,相挟而上。涧下白沙细石,状若霜雪。水木相映,泉石争晖"。一动一静,各自不同,与辞赋中描写山水多以概括的方式不同,表现出作者对山水景物的细致体察。

另外,《水经注》在景物描写中还表现了作家对景物的感受,带有抒情色彩。在《济水》中,描写大明湖的景物,将景物对人的心理造成的影响揭示出来:

> 寺东北两面侧湖,此水便成净池也。池上有客亭,左右楸桐,负日俯仰。目对鱼鸟,水木明瑟。可谓濠梁之性,物我无违矣。

又如《巨洋水》中,则通过记述童年经历,对景物宜人之处做了详细的描绘,表达出作者内心的喜悦和祥和。

> 水色澄明,而清泠特异,渊无潜石,浅镂沙文,中有古坛,参差相对,后人微加功饰,以为嬉游之处。南北邃岸凌空,疏木交合。先公以太和中,作镇海岱,余总角之年,侍节东州。至若炎夏火流,闲居倦想,提琴命友,嬉娱永日,桂笋寻波,轻林委浪,琴歌既洽,欢情亦畅,是焉栖寄,实可凭衿。

这些片段,将自然景物与人的感受有机地结合起来,形成了情景相生的意境美,可以看到山水诗对这类山水散文的影响。

此外,《水经注》又能将山水景物与历史掌故、神话传说等结合起来,将自然景物与人文历史结合起来,内容丰富,意蕴深厚。《洭水》写贞女峡:

> 峡西岸高岩,名贞女山。山下际有石,如人形,高七尺,状如女子,故名贞女峡。古来相传,有数女取螺于此,遇风雨昼晦,忽化为石。斯诚巨异,难以闻信。但启生石中,挚呱空桑,抑斯类矣。物之变化,宁以理求乎?

《水经注》作为一部地理著作,其语言以简练准确为主,但其描写景物,吸收了诗歌、辞赋以及骈文的技巧,通过比喻、夸张等修辞手法,突出景物特点。在句法上以散驭骈,流畅自然。

杨衒之的《洛阳伽蓝记》传统上也归入史部地理类,不同的是,《水经注》记自然地理,《洛阳伽蓝记》描绘的是人文景观。杨衒之生平不详,在该书自序中称,作者在东魏武定五年(547)经过洛阳,看到战乱之后,都城残破,有感而发,写了这部著作。通过洛阳佛寺的兴废,哀悼北魏政权的覆亡,谴责了北魏后期奢靡淫逸的社会生态。《洛阳伽蓝记》分为城内、城东、城南、城西、城北五卷,记述了洛阳著名的佛寺以及相关的历史事件。从散文的角度看,出于内容的需要,其文学性也集中表现在状物和记事两个方面。

《洛阳伽蓝记》描写了佛寺建筑的宏丽精美,为宫室题材文学增加了新的内容。宫观赋是赋中的主要题材,而在《洛阳伽蓝记》中,描写的对象是佛寺,与其宗教功能相适应,

突出的是其奇特瑰丽、奇异精妙的特点。如其写永宁寺塔：

> 中有九层浮图一所，架木为之，举高九十丈。上有金刹，复高十丈，合去地一千尺。去京师百里，已遥见之。初掘基至黄泉下，得金像三十躯，太后以为信法之征，是以营建过度也。刹上有金宝瓶，容二十五斛。宝瓶下有承露金盘一十一重，周匝皆垂金铎。复有铁锁四道，引刹向浮图四角，锁上亦有金铎。铎大小如一石瓮子。浮图有九级，角角皆悬金铎，合上下有一百三十铎。浮图有四面，面有三户六窗，并皆朱漆。扉上有五行金铃，合有五千四百枚。复有金环铺首，殚土木之功，穷造形之巧，佛事精妙，不可思议。绣柱金铺，骇人心目。至于高风永夜，宝铎和鸣，铿锵之声，闻及十余里。

以精练准确的语言，叙述过程，描写结构，平实质朴之中写出了惊心动魄的奇观。其语言运用与《水经注》相似，以散句为主，铺陈夸饰，则用偶句，在北朝散文中有一定的代表性。

《洛阳伽蓝记》在写景之外，对与佛寺有关的人、事，有选择性地作了详尽的记述，表达了对一代兴亡的悲愤之情。

《洛阳伽蓝记》在描写和叙述上的成就代表了北朝散文的最高水平，从中可以看到北朝碑志文的深刻影响，其简练而有法度，铺排而不繁缛，同时又有着充实的内容和深刻的现实意义，展现出了北朝散文独特的风神样貌。

《颜氏家训》的作者颜之推是由南入北的作家。颜之推(531—591?)，字介，祖籍琅琊临沂(今属山东)，仕于梁武帝、梁元帝时，经历了侯景之乱。西魏攻陷江陵，颜之推被掳至关中，后亡入北齐，齐亡入周，后又入隋。颜之推一生经历了四个朝代，在北朝后期的动荡中度过一生，晚年写成了《颜氏家训》二十卷，被后人称为"家训之祖"。

颜之推青年时期生活在梁代，但与庾信不同，其文学创作却没有过多地沾染南朝绮靡之风。他在《颜氏家训·文章》中称："吾家世文章，甚为典正，不从流俗。"①所以，《颜氏家训》的文章，并没有太多的华辞丽藻以及文学技巧上的卖弄，而能以感情真挚、事理透彻见长。

从议论文的角度来看，《颜氏家训》有这样两个特点：首先是情理并重，循循善诱，在说理之中倾注了自己对子孙后代的关爱之情。如《序致》篇中，讲述写作本书的目的说：

> 夫圣贤之书，教人诚孝，慎言检迹，立身扬名，亦已备矣。魏晋已来，所著诸子，理重事复，递相模效，犹屋下架屋、床上施床耳。吾今所以复为此者，非敢轨物范世也，业已整齐门内，提撕子孙。夫同言而信，信其所亲；同命而行，行其所服。禁童子之暴谑，则师友之诫，不如傅婢之指挥，止凡人之斗阋，则尧舜之道，不如寡妻之诲谕。吾望此书为汝曹之所信，犹贤于傅婢、寡妻耳。

"提撕子孙"以下，用类比说理，举生活中的例子，来说明人容易接受与自己亲近的人的教诲，从而引出下文："追思平昔之指，铭肌镂骨；非徒古书之诫，经目过耳也。故留此二十篇，以为汝曹后车耳。"对自己至亲骨肉所说，更能体现出作为久经变乱的老人对年轻一代的关怀爱惜。

---

① 王利器.颜氏家训集解：增补本[M].北京：中华书局，1993：269.

## 第四章 魏晋南北朝辞赋、骈文、散文

其次，颜之推在书中记述所见所闻，用以说明所讲的道理，使得道德规范和社会现实密切地联系起来，使情、理、事互相融合，更加使人信服。在《教子》篇中，论及教子的原则，强调要有正确的价值观，否则会给子孙带来耻辱和灾祸：

人之爱子，罕亦能均，自古及今，此弊多矣。贤俊者自可赏爱，顽鲁者亦当矜怜。有偏宠者，虽欲以厚之，更所以祸之。齐朝有一士大夫，尝谓吾曰："我有一儿，年已十七，颇晓书疏，教其鲜卑语及弹琵琶，稍欲通解，以此伏事公卿，无不宠爱，亦要事也。"吾时俯而不答。异哉，此人之教子也！若由此业自致卿相，亦不愿汝曹为之。

通过"齐朝士大夫"的教子，说明自己的观点，又表明自己的态度，强调立德自强的重要性。

《颜氏家训》的语言有较多的骈偶句式，这与作者的南朝文学素养和受当时文学观念的影响有关，但其语言基本朴实流畅，没有当时文章中常见的华丽辞藻，加之叙事多用散句，语气从容，整体风格平易简练，典正真淳。这与其文学观念中的儒学思想也有一致之处。

### 作品学习

1. 王粲《登楼赋》
2. 陶渊明《归去来兮辞并序》
3. 江淹《别赋》
4. 嵇康《与山巨源绝交书》

## 《登楼赋》鉴赏

《登楼赋》是古代文学的名篇，它的动人之处首先在于真挚充沛的感情。王粲在东汉末年关中的战乱中南下荆州，投靠刘表，曾写下《七哀诗》记述途中的见闻和感慨。从赋中"漫逾纪以迄今"来看，这个时候大约在公元206年左右。他在荆州作客十余年，一方面是对故乡的怀念，另一方面，是对自己人生的感叹。这个时候，曹操已经统一了北方，政治上看到了安定和平的希望，王粲漂泊异乡，年齿渐长，他对政治理想的追求和对于故国的思念经过长期的郁积，在这个时候终于迸发出来。所以，在赋中他从思乡之情写起，进而将家国之思与对美好政治的向往联系起来，最后以自己理想抱负难以实现的愤懑结尾。文中表达的感情真挚细腻，将作者登高远望的复杂情感层次分明地呈现出来。

本篇在结构上继承了汉代以来赋体的完整的时空结构。从白天到黄昏到夜晚，构成了它的时间线索。以登楼四望到下楼和夜中不寐构成两个以时间顺序呈现的空间。时间上从白天到夜晚，空间上从开放到封闭，与作者感情的变化表现出内在的一致性。它在赋体的时空结构中填充了情感的内容，使得赋从以写景状物为重点转变为以抒发情感为中心，这是东汉以来抒情小赋发展成熟的体现。

在抒情技巧上，本篇的主要特色首先表现在以典型景物衬托情感。赋的开头，通过对

登楼所见的景物的描写,突出其广阔富庶,安定美好的特征,接着以"信美而非吾土兮",反衬自己对记忆中灾难深重的故国的思念。在最后一段中,又以黄昏时候动荡不安,萧瑟凄凉的景物来衬托自己年华虚度、报国无门的焦虑。这些景物,或从反面映衬,或从正面烘托,都与作者的感情有机地统一起来,是建安时期高度发展的文学技巧的充分表现。

其次,作者运用直抒胸臆的方法,将感情和景物结合起来,造成强烈的抒情性和节奏感。在"情眷眷而怀归兮,孰忧思之可任"这样强烈的感情表达之后,描写凭栏所见的景物,将强烈直露的情感转而为深沉含蓄。在对黄昏景物描写之后,以"心凄怆而感发兮"引起直接抒情,使文章的结尾进入一个情感的高潮,最后又以"夜参半而不寐兮,怅盘桓以反侧"这样的行动描写,留下有余不尽的回味。

另外,赋中还使用典故来加强抒情的深度和广度。通过"尼父在陈""钟仪楚奏""庄舄越吟""匏瓜徒悬""井渫不食"等典故,将个人的思乡和慷慨与古人的事迹和经典的记述统一起来,使得抒发的感情具有更为深广的代表性和典型性。

## 《归去来兮辞并序》鉴赏

本篇以"辞"名篇,实际上是对汉代以来"辞赋"这一概念的借用。从文体特征上看,楚辞重于抒情,汉赋重于状物,陶渊明本篇,是以想象中归隐之后的生活来表达对田园生活的追求、热爱,对人生理想的坚定、执着,接近于楚辞的特征。按照钱锺书先生的说法,陶渊明在序中说弃官在十一月,赋中对春天景物的描写应当是想象中的情景。本篇中虽然也有从归去到隐居生活的时空结构,但和汉魏以来的赋作相比,已经不是现实的连贯的时空,而是作者想象中不同生活场景的组合,其时空景物完全服从于作者感情表达的需要,带有为情造境的色彩。

与赋常用的借景抒情不同,本篇中的景物,始终与人物的活动密切相关。所有场景和景物,都有一个身处其中,怡然自得的人物作为灵魂。从文章开头"田园将芜胡不归"的自觉,到"问征夫以前路,恨晨光之熹微"的急切,首先将人物的内心和活动呈现出来。而之后的"乃瞻衡宇""松菊犹存"是人物的所见;"引壶觞以自酌,眄庭柯以怡颜"是人物的所为;"倚南窗以寄傲,审容膝之易安"是人物的所思所感。整篇文章,就是以这样的层次和次序,将人物对田园生活的热爱深刻传神地表现出来。

作者在文中所描写的景物和事件,都是田园生活中最普通、最常见的,而这些常见的景物事件中,因为有了人的观照、参与,才变成了理想境界的组成部分,成为作者构建精神世界的现实素材。这些素材,和他在诗歌中所描写的内容一致,成为形成陶渊明"平淡自然"的审美特征的重要途径。人物真实自然的情感和景物平常自然的特征融合在一起,成为本篇"诗境"的重要来源。

本篇的语言,也表现出作者擅长的平淡自然的特征。作者以简练准确的语言刻画出景物和事件的特征,使其具有恬静和美的感情色彩。全文以六字句为主,配合三字句、四字句、七字句等句式,节奏明快,韵律和谐。文中多用对偶,看似信手拈来,实则工整妥切,词意相生。同时"舟遥遥以轻飏,风飘飘而吹衣""木欣欣以向荣,泉涓涓而始流"等叠字的运用,生动活泼,清新流畅。

# 第四章 魏晋南北朝辞赋、骈文、散文

《归去来兮辞并序》以人物为中心,将情、景、事、理有机地结合在一起,运用诗歌的技巧,创造出宁静快乐,自然和谐的意境,是诗赋合流的典型篇章。

## 《别赋》鉴赏

将人的某种情感作为描写对象,是江淹对赋的题材的开拓和创新。离别之情是人生所经历的最为普遍的感情,佛教所说的"八苦"中,就有"爱别离苦"。江淹的《别赋》,就是围绕着"黯然而销魂者,唯别而已矣"这一主题展开。

在材料的选取上,为了表现"人同有之情",江淹分别描写了不同地位、不同身份的人的别离,通过这些人物所经历的离别,突出人们对离别的普遍感受。因为离别的主人公身份的不同,文中所描写的七种类型的离别,就具有极强的代表性,映射出南北朝时战乱频仍、聚散不定的社会现实。

在结构上,因为其所描写的是一种普遍的感情,所以文章采用了"总—分—总"式的结构。开头部分开宗明义,以"黯然销魂者,唯别而已矣"总括全文,引起感情。通过"别虽一绪,事乃万族"的过渡,引出主体部分。中间七段分别描写了富贵之别、侠客之别、从军之别、绝国之别、夫妻之别、方外之别、情侣之别,抒写特定人物同中有异的别离之情。末尾则通过"别方不定,别理千名,有别必怨,有怨必盈"的总结式描述,首尾呼应,突出主题。

在文章主体部分,即对于不同的离别的描写中,作者以环境描写和气氛渲染来刻画人的内在情感。选取不同的时节、场所、景物,突出描写离别的某一侧面,来烘托、刻画人的感情,在"悲"的情感氛围中,表现出因为不同的事件情景形成的不同的感情特征。这样的成就,一方面来自于江淹对古代作家的准确把握和广泛模拟,另一方面,也是作者生活经验和文学技巧的长期积累。

《别赋》在语言上受到南朝骈文的影响,句式整齐,文辞华美。作者继承了抒情小赋清新流利的语言特征,又加入了南朝文学注重偶对、整饬、音声和谐的特点。同时,它在语言上还借鉴了一些诗体的语言,比如"怨复怨兮远山曲,去复去兮长河湄"化用楚辞。"春宫閟此青苔色,秋帐含兹明月光,夏簟清兮昼不暮,冬釭凝兮夜何长!"则运用了七言诗的句式节奏。

## 《与山巨源绝交书》鉴赏

《与山巨源绝交书》是嵇康散文的名篇。山涛是嵇康的好友,"竹林七贤"之一,他从选曹郎升任其他官职的时候,想要推荐嵇康继任。嵇康不愿意参与司马昭把持的政权,就写了这篇文章,表面上是指责山涛不了解自己,实际上则表达了对政治现状的不满。

这篇文章初读之下,觉得有些杂乱,所写的事件,忽大忽小,忽古忽今,有圣贤言行,明君贤臣,也有洗脸小便、捉虱搔痒,时则典正,时则戏谑,随意涂抹,不可名状。颜延之说嵇康"龙性谁能驯",这篇文章,的确有些神龙见首不见尾的样子。魏晋文章一个重要的特点就是"通脱",在嵇康这篇文章中,将古今大事和日常琐屑熔于一炉,看似随意,却有着质实率真,自然动人的风味。

在本文看似随意的行文之中,其实贯穿了作者一贯的立场。这篇文章的核心在于

"非汤武而薄周孔",商汤伐桀,周武灭商,在以儒学为核心的传统观念中称为"革命",是"有道"政治战胜"无道"政治的典型。周公和孔子所代表的儒学传统,其所崇尚"礼法",是一个人为设置的等级制度,天下"有道"和"无道",只是由天子所代表的等级制度的稳定和动荡。所以,从老子开始,道家就反对这种以"天子"为唯一权威的社会结构,提出了"绝圣弃智""圣人不死,大盗不止"的激烈的主张。这些思想主张,成为嵇康在魏晋之际,反对司马氏借"名教"之名,行窃国之实的思想武器。在文章中,他处处以"自然""适性"来反对礼教的虚伪。开头即对山涛对自己前后不同的态度进行批评,认为他用世俗功利来引诱自己,是对自己人生观的不尊重。然后将自己与古代"能遂其志"的人比较,表达"荣进之心日颓,任实之情转笃",无心仕进的人生态度。为进一步表明立场,嵇康在文中排比了"必不堪者七,甚不可者二",将"任实之情"和"朝廷"对立起来。他列出的不愿做官的原因非常荒诞,诸如喜欢睡懒觉,喜欢到野外游玩,要抓虱子,不喜欢写文件,不喜欢吊丧,不喜欢俗人吵闹,不耐烦处理事务等。以这些琐碎之事与从政对立,从中做出取舍,表现自己"越名教而任自然"的人生观。又以"薄汤武而非周孔"的价值观和"刚肠疾恶,轻肆直言"的性格表达与官场中趋炎附势、虚伪欺诈的对立。最后以交友之道,贵在相知,朋友之间重在互相理解和包容为理由,提出与山涛绝交。因此,在本文看似杂乱的事象之下,其实有着明显的思想线索。刘师培说嵇康"文如剥茧,无不尽之意",也是针对这种说理的逻辑和层次的。这种内在的层次和逻辑,形成了文章内在的气韵,材料的丰富多样与气韵的充实连贯高度统一,呈现出魏晋散文"师心""使气"的特点。

本文在语言上也表现出了魏晋散文的特点。从东汉以来,散文中对偶句式逐渐增多,形成骈散结合的特点。本文运用了大量的对偶句式,造成显明的节奏感。同时,通过散句,在叙述描写中又增加了生动活泼的效果。其用典、比喻等修辞手法的运用,也使文章既淋漓尽致,又收放自如。层次结构的清晰完备和语言的简练、明白、准确,就形成了"清峻"的又一层含义。

### 延伸阅读

**1. 原典阅读**

(1)阅读《文选》(萧统编,上海古籍出版社,2007年版),了解《文选》的体例。重点阅读《归田赋》《洛神赋》《芜城赋》等篇。

(2)阅读《嵇康集校注》(嵇康著,戴明扬点校,中华书局,2014年版)、《阮籍集校注》(阮籍著,陈伯君点校,中华书局,2013年版)中的散文作品,重点学习《与山巨源绝交书》《大人先生传》。

(3)阅读《庾子山集注》(倪璠注,许逸民点校,中华书局,2004年版)中的《哀江南赋》等篇。

**2. 研究文献阅读**

(1)阅读《魏晋南北朝赋史》(程章灿著,江苏古籍出版社,2001年版),掌握这一时期赋的发展流变及主要特征。

## 第四章 魏晋南北朝辞赋、骈文、散文

（2）阅读《中国散文史》（郭预衡著，上海古籍出版社，2011年版），掌握魏晋南北朝散文发展的过程。

### 拓展训练

1. 钱穆在《读文选》一文中说："逮及建安，王仲宣《登楼赋》一出，而始格貌全新，体态异旧。此犹美人罢宴，卸冠佩，洗芳泽，轻装宜体，颦笑呈真。虽若典重有减，而实气韵生动。……古人著述，六艺百家，途辙分明，存其胸怀间，其辞则仿扬马，其情则追孔老，固未能空所依傍，豁见己真也。王粲《登楼》则不然，即就目前之景色，直抒心中之存抱，非经非子，不老不孔，而粹然惟见其为文人之文焉。"结合从东汉以来赋的变化历程，对比《登楼赋》和《归田赋》等东汉小赋，思考王粲《登楼赋》在文学史上的地位及其与建安文学整体特征的关系。

2. 《隋书·李谔传》记载，隋文帝即位以后，李谔向文帝上书，要求改革华丽浮艳的文风，他说："臣闻古先哲王之化民也，必变其视听，防其嗜欲，塞其邪放之心，示以淳和之路。……故能家复孝慈，人知礼让，正俗调风，莫大于此。……江左齐、梁，其弊弥甚，贵贱贤愚，唯务吟咏。……连篇累牍，不出月露之形；积案盈箱，唯是风云之状。世俗以此相高，朝廷据兹擢士。禄利之路既开，爱尚之情愈笃。于是闾里童昏，贵游总丱，未窥六甲，先制五言。……以傲诞为清虚，以缘情为勋绩，以儒素为古拙，以词赋为君子。故文笔日繁，其政日乱，良由弃大圣之轨模，构无用以为用也。损本逐末，流遍华壤，递相师祖，久而愈扇。"就这段文字，结合魏晋南北朝骈文和散文的特点，思考在散文和骈文中，文学技巧与社会功能的关系。

# 第五章　魏晋南北朝小说

> **文学史**

《庄子·外物》言"饰小说以干县令,其于大达亦远矣"①。这里的"小说"指没有什么深刻见解的观点、学说,鲁迅将其解释为"琐屑之言,非道术所在"②。班固在《汉书·艺文志》中列举九流十家,小说家居于最末,并称:"小说家者流,盖出于稗官。街谈巷语,道听途说者之所造也。"③仍指观点、学说,只是不登大雅之堂,卑之无甚高论罢了。传统的四部分类法中,将其分入子部。这与今天作为文学文体的"小说"一词意义上有很大不同。《汉书·艺文志》中所说的"街谈巷议""道听途说",则接近于今天小说的虚构性这一特点。

中国记叙文有着悠久的传统,从神话传说到先秦历史散文,积累了丰富的叙事经验。历史散文中,作者为历史人物"代言",其中一些细节描写,都带有明显的虚构特征。在《庄子》等诸子散文中,寓言故事也成为带有虚构内容的文学样式的重要来源。汉代以后《吴越春秋》《越绝书》等"杂史"著作的出现,更加强了历史散文中的虚构成分。接近于今天所说的"小说"。

到了魏晋南北朝,小说的写作大量涌现,出现了一大批小说作品,从其内容上,可以分为志怪小说和志人小说,以《搜神记》和《世说新语》最为典型。

## 第一节　志怪小说

"志怪小说"一词,最初见于明胡应麟《少室山房笔丛》一书,其卷三六有:"古今志怪小说,率以祖夷坚、齐谐。"④到鲁迅《中国小说史略》,志怪小说的名称最终确定下来。志

---

① 郭庆藩.庄子集释[M].王孝鱼,点校.北京:中华书局,1961:925.
② 鲁迅.中国小说史略[M].上海:上海古籍出版社,2006:1.
③ 班固.汉书[M].北京:中华书局,1962:1745.
④ 胡应麟.少室山房笔丛[M].北京:中华书局,1958:474.

### 第五章 魏晋南北朝小说

怪的"怪",指一切怪异之事,凡是日常生活中难以见到的事物,所谓"耳目之所未经",都属于"怪"的内容,既包括神灵、鬼、精怪这些虚幻的形象,也包括一切带有超现实特点的奇闻异事。记录这些神灵鬼怪和奇闻异事的小说,就被称为"志怪小说"。

## 一、志怪小说的繁荣

志怪小说的产生有一个漫长的过程,李剑国《唐前志怪小说史》认为"神话传说、迷信故事、地理博物传说"是志怪小说的三大源头。① 从《山海经》记载的古代神话传说开始,到《左传》等历史著作和《庄子》等书中的寓言故事,再到汉代的"杂史"类著作,其中的神怪、灵异和奇闻异事,构成了中国文学中志怪的传统。人们记录这些故事和传说,既是受到特定历史时期认识水平的限制,也是对文学的娱乐性认识的反映。

到了魏晋南北朝,在先秦两汉志怪文学的基础上,记录上述三个方面内容的作品大量出现,其数量远超前代,其所记录的题材内容和文学技巧也有了进一步的发展和提高。这与当时的社会环境有着密切的关系。

首先,魏晋南北朝宗教的发展极大地丰富了志怪作品的内容和主题。东汉后期,道教逐渐形成并发展,其教义中,除了神仙之外,对各种方术、鬼神的信仰,这为志怪小说的繁荣提供了条件。在一些志怪小说中,就能看到类似宗教法术的内容。如《搜神记》中所记的"宋定伯捉鬼"的故事,记"恐其变化,唾之"②,就与道教和民间方术中的厌胜驱鬼有类似的地方。魏晋南北朝同时也是佛教兴盛的时期,不论是对佛教教义的阐释还是宗教活动的兴盛,都为志怪小说提供了思想观念和题材内容的支持。志怪小说中很多鬼神惩恶扬善的故事,既受先秦以来中国传统鬼神观念的影响,也与当时佛教的轮回报应观念有一定的关系。志怪小说中有一些本身就是佛、道二教"自神其教"的产物。干宝《搜神记》序中,更明确指出其书的写作有"发明神道之不诬"③的目的。

其次,当时文人剧谈嘲戏之风,也为搜集和记录奇闻异事提供了需求和动因。汉末魏晋的清议、清谈,虽然内容不同,旨趣各异,但其中以人物和异事为主的内容,则促进了志怪小说对民间异事的记录和收集。《抱朴子》中记:"不才之子也,若问以《坟》《索》之微言,鬼神之情状,万物之变化,殊方之奇怪,朝廷宗庙之大礼,郊祀禘祫之仪品,三正四始之原本,阴阳律历之道度,军国社稷之典式,古今因革之异同,则怳悸自失,喑呜俯仰,蒙蒙焉,莫莫焉。"④反过来则说明"鬼神情状""殊方怪异"和《坟》《索》微言""宗庙大礼"一样,是对"才子"知识结构的共同要求。这样,从前被儒家所摒弃的"怪、力、乱、神"进入了士人的知识视野,成为一时风尚。

最后,魏晋南北朝文学观念和著述的流行也推动了志怪小说写作的发展。曹丕在《典论·论文》中,将文学创作与"立言不朽"相提并论。而传统"小说"观念中的"言论"

---

① 李剑国.唐前志怪小说史[M].天津:南开大学出版社,1984:17.
② 干宝.搜神记[M].北京:中华书局,1979:199.
③ 干宝.搜神记[M].北京:中华书局,1979:2.
④ 杨明照.抱朴子外篇校笺[M].北京:中华书局,1991:635.

含义,也容易与立言联系起来,于是,魏晋南北朝著述之风长盛不衰。《梁书·王筠传》称琅琊王氏"七叶之中,名德重光,爵位相继,人人有集"①,虽不免夸饰,也可见一时风尚。这些著述之中,就包括一些记录奇闻异事,作为谈论之资的作品。

在这样的社会风气下,出现了一大批志怪之书,魏晋时期志怪小说有《列异传》《神异传》《博物志》《搜神记》等近20种。南朝以后,这类作品数量更多,见于记载的有30多种,刘宋时有《搜神后记》《幽明录》等,梁代有《续齐谐》《述异记》《冥祥记》等。梁代作品中,其内容与佛教关系较为密切,胡应麟称"齐梁弘释典,多因果之谈"②,鲁迅则把这类作品称作"释氏辅教之书"③。

## 二、志怪小说的内容

魏晋南北朝的志怪小说,具有代表性的有西晋张华的《博物志》,东晋干宝的《搜神记》,宋王琰的《冥祥记》,刘义庆的《幽明录》等,以《搜神记》最具为典型。《搜神记》的作者干宝(? —336),新蔡(今属河南)人,一生勤于经史,颇有著述,曾著《晋纪》20卷。其著作大多散佚,只有《搜神记》一书基本保留了下来。《搜神记》原30卷,今本20卷,当是明代辑本,除了少数篇章之外,大部分可以认为是干宝原作。在《搜神记》序中,干宝声明这些故事是"考先志于史籍""收遗逸于当时"④而成,是以信史的态度去转载和记录这些奇闻异事,其目的在于"明神道之不诬""游心寓目而无尤焉"。⑤ 一是说明鬼神的真实存在,二是从异事中寻求美德和正义,使人在其中受到道德的浸染。由此,其中优秀的篇章就带有了以神异之事表达人生体验和道德教化的色彩。

《搜神记》中的故事,从内容上,可以分为以下几个方面:

在神异故事中,包含着对社会政治的反映和批判。在一些故事中,将社会现实中的腐朽荒谬,通过神话传说的方式传达出来,造成内容和效果间的张力,引起人们对社会现象的反思。如《范寻》一篇:

扶南王范寻养虎于山,有犯罪者,投与虎,不噬,乃宥之。故山名大虫,亦名大灵。又养鳄鱼十头,若犯罪者,投与鳄鱼,不噬,乃赦之。无罪者皆不噬,故有鳄鱼池。又尝煮水令沸,以金指环投汤中,然后以手探汤。其直者,手不烂,有罪者,入汤即焦。

在这个故事里,一方面,认为自然界事物本身有判断是非的本能,是道德观念的神灵化,"天道"靠天然之物为象征的神灵来体现。另一方面,将人事的是非交于自然去判断,其荒谬无端,正是古代社会简单粗暴的"人治"政治模式的写照。同样的特征,在《李寄》一篇中也有体现,李寄杀蛇,本身是一个与其身份年纪完全不符的壮举,而其中所暴露出的现实世界的愚昧、残忍,也是故事引起读者思索和感慨的地方。

《搜神记》在一些篇章中还表现了人的反抗精神和正直、诚信、坚贞等美德,是对人性

---

① 姚思廉.梁书[M].北京:中华书局,1973:486.
② 胡应麟.少室山房笔丛[M].北京:中华书局,1958:375.
③ 鲁迅.中国小说史略[M].上海:上海古籍出版社,2006:29.
④ 干宝.搜神记[M].北京:中华书局,1979:2.
⑤ 干宝.搜神记[M].北京:中华书局,1979:2.

美的展示和赞颂。在《干将莫邪》的故事中,作者通过复仇这一主题,对矛盾双方不同人物性格的刻画,充分地展示出对美好品德的颂扬。楚王的虚伪和贪婪,与赤比以死复仇的决心,以及客践行诺言,不惜生命的精神,形成鲜明的对照。将弱者复仇的坚韧决绝和慷慨悲壮表现得淋漓尽致。将人性的光辉呈现在读者面前。

在《韩凭夫妇》一篇里,韩凭之妻不甘屈服于宋康王的淫威,以死殉夫,表现出对爱情的忠贞不渝。在故事的结尾,作者通过神异事件,加强了对韩凭夫妇超越生死的坚贞爱情的赞颂:

王怒,弗听,使里人埋之,冢相望也。王曰:"尔夫妇相爱不已,若能使冢合则吾弗阻也。"宿昔之间,便有大梓木生于二冢之端,旬日而大盈抱。屈体相就,根交于下,枝错于上。又有鸳鸯雌雄各一,恒栖树上,晨夕不去,交颈悲鸣,音声感人。宋人哀之,遂号其木曰"相思树"。相思之名,起于此也。南人谓此禽即韩凭夫妇之精魂。

面对生人对死人设置的障碍,坚贞的爱情以树木、禽鸟的方式延续不息,受到世人的尊崇和纪念。陶渊明诗中"同物既无虑,化去不复悔"(《读山海经》),与本篇的主题一脉相承。晋人对神异故事的实录态度,在某种程度上也源于其中所蕴含的人的最纯粹的精神。

《搜神记》中记录的一些鬼神故事,反映出东晋时期人们鬼神观念的复杂性和矛盾性。首先,在大量故事中,都说明了鬼神的实有不虚。这是作者对鬼神态度的集中反映。在《阮瞻》一篇中,辩论中阮瞻以"无鬼"压倒对方,但对方即声称自己就是鬼,而且变化出许多恐怖的形状来恐吓他,阮瞻竟惊吓而死。这样的故事,是对当时人们鬼神实有观念的反映。其次,大量故事中表现出鬼神凌驾于人之上,能福人祸人的观念。在这类故事中,人对鬼神没有任何反抗能力,只能由其好恶,听之任之。另一方面,个别故事又表达了人对鬼神的反抗和支配,在《宋定伯》一篇中,宋定伯以自己的智慧让鬼变化成羊,将其在集市上卖掉。其他如宋大贤不畏恐吓,借"手搏"之机杀死狐妖的故事等,都表现了当时人们对鬼神的另一种态度。这些故事间的矛盾,是当时人们不同观念的冲突、融合在小说中的集中表现。

## 三、志怪小说的艺术价值

魏晋南北朝志怪小说在写作上的一个重要特点是实录的态度,即以记录真实事件的心态去书写这些神灵精怪的故事,因此,带有虚实结合的特征。叙述的严谨精练与内容的神奇怪异结合起来,形成与社会现实若即若离的状态,既有现实感又带有强烈的浪漫主义特征。

志怪小说的一些篇章运用了史传文学的形式,目的是借用这种常见的叙事文体来完成事件的叙述,但由于其志怪内容的奇异,叙事又带有想象奇特、形象奇丽的浪漫主义特征。也就是说,文本形式和叙述对象之间的反差,无意中造成了志怪小说介于现实和虚幻想象之间的超现实的审美特征。如其卷一《左慈》:

左慈,字符放,庐江人也。少有神通。尝在曹公座,公笑顾众宾曰:"今日高会,珍馐略备。所少者,吴淞江鲈鱼为脍。"放曰:"此易得耳。"因求铜盘贮水,以竹竿饵钓于盘中,须臾,引一鲈鱼出。公大拊掌,会者皆惊。公曰:"一鱼不周坐客,得两为佳。"放乃复饵钓之。须臾,引出,皆三尺余,生鲜可爱。

《后汉书·方术下》记左慈事迹,与《搜神记》相同,仅文字小异,可见,南朝时仍以志怪为信史而将其采入史书。在节选的开头部分,完全是史传的体例,人物名字籍贯,言之凿凿,所记宾客宴会,也是日常生活中常见场景,叙事之中,忽然从空水盘中钓出鲈鱼,而后一件一件事,都出人意料,层层递进,直至最后隐身羊群。一步步由真入幻,在日常生活经验中增加志怪内容,浑然一体,似是而非,引人入胜。这种以史传体制记述虚构内容的形式,成为唐传奇等后世小说常见的体制。

一些作品情节完整、构思巧妙,富有戏剧性,是对先秦以来叙事文学的继承和发展。情节的虚构既在情理之中,又曲折多变,使得作品所承载的思想内涵更为丰富。如《庐君》,300多字的故事里,戏言、求女、舍女、易女、投女、还女等情节依次展开,以戏言开篇,以践言达到高潮,以还女作为结尾的反转,整个故事环环相扣,一转三折。情节中又设置细节,张璞不忍弃女,又不愿牺牲全家,只好"上飞庐卧,使妻沉女于水"。这种掩耳盗铃式的做法,正表现了其内心的矛盾和无奈,为下文埋下伏笔。到其妻用亡兄的女儿代替自己的亲生女儿时,张璞又"怒曰",表达出自己对信义和道德的坚持,又为后面水神送还二女做了铺垫。其构思巧妙,前后照应,针脚绵密,为后世小说在情节设置上提供了借鉴。当然,魏晋南北朝小说仍处于小说文体的形成期,这样完整曲折的情节并不普遍。大多数的篇章"初具梗概",但基本都情节完整,简而有法,这也是史传文学对志怪小说的影响。

通过人物的语言和行动,塑造了一些特征鲜明的人物形象。《庐君》中的张璞,就是一个比较典型的例子。在《三王墓》中,对"客"的形象,也有完整的刻画。小说记述干将的儿子要为父报仇,被楚王搜捕,无计可施时,"客有逢者,谓:'子年少,何哭之甚悲耶?'曰:'吾干将、莫邪子也,楚王杀吾父,吾欲报之!'客曰:'闻王购子头千金,将子头与剑来,为子报之。'儿曰:'幸甚!'即自刎,两手捧头及剑奉之,立僵。客曰:'不负子也。'于是尸乃仆。客持头往见楚王,王大喜。客曰:'此乃勇士头也,当于汤镬煮之。'王如其言。煮头三日三夕,不烂,头踔出汤中,瞋目大怒。客曰:'此儿头不烂,愿王自往临视之,是必烂也。'王即临之。客以剑拟王,王头随坠汤中,客亦自拟己头,头复坠汤中。三首俱烂,不可识辨。"

通过语言和行动的描写,将这一疾恶如仇、行侠好义、以死践诺的侠客形象生动地展示出来。以语言和细节塑造人物,是史传文学中常用的手法,在志怪小说中,也被用来刻画超现实的人物和其他形象,产生了强烈的艺术效果。

志怪小说的语言也继承了史传文学简练准确、生动细致的特点。大部分小说运用白描的手法,与之相应的语言特征也以平实、简练为主。个别篇章借鉴了辞赋等其他文学样式语言,带有丰富多变的特征。如前引《韩凭夫妇》一篇末尾,对"相思树"和鸳鸯的描绘,虽然相对简略,但能看到辞赋的一些影响。

志怪小说对后世小说的影响极其深远。其中神灵精怪的形象,为唐传奇等后世小说的想象和虚构提供了借鉴,其情节和人物形象也对后世小说产生了积极的影响。虽然并

## 第五章 魏晋南北朝小说

不是"有意为小说",但其中虚构的内容、情节的设置、人物形象的塑造和语言运用为后世小说的发展奠定了基础。

# 第二节 志人小说

志怪之外,还有志人小说。志人小说的出现和盛行,与东汉以来品评人物的风气有着密切的关系。对人物的评议,起初偏重于道德品行方面,东汉应劭《风俗通义》中,就有一些记载名人轶事的内容。其后,东晋葛洪托名刘歆的《西京杂记》中,也有一些像《鹔鹴裘》《王嫱》等记录轶事的篇章。这些作品,一般都将记事和评议相结合,或者在故事中突出人物的特点。单纯记述轶事而不加评骘的则有东晋裴启的《语林》,郭澄的《郭子》,宋刘义庆的《世说新语》,梁殷芸的《小说》等。这些书大多散佚,仅在一些类书中有片段辑录。其中较为完整的是《世说新语》。

《世说新语》的作者刘义庆(403—444),宋武帝刘裕异母弟道邻之子,出继临川王道规,袭爵临川王。《宋书》记其"爱好文义,才词虽不多,然足为宗室之表",又"招聚文学之士,近远必至"。① 他的著作除《世说新语》以外,还有《徐州先贤传》《幽明录》《宣验记》《集林》等,以及文集8卷。其中《幽明录》和《宣验记》有后人辑录的佚文,其他大多散佚。

《世说新语》3卷,每卷分上下。全书分《德行》《言语》《政事》《文学》等36门,记载西汉到刘宋时的名人轶事。其所记述人物最早的是《贤媛篇》中陈婴之母,为秦汉间人,最晚的是《言语篇》和《文学篇》中所记的谢灵运、傅亮等宋初名人,以魏晋时期人物为主。

## 一、《世说新语》中的名士

《世说新语》以记录魏晋时期人物为主,从其身份来看,一类是活跃在当时政治领域的重要人物,比如王导、桓温、谢安等人。对这些人的记述中,反映出当时士族间政治上分分合合的复杂关系。另外一类人物是在玄学背景之下,在哲学思想上有所建树的人物,即所谓"清谈名士"。这一部分人物,是魏晋时期最为典型的群体。另外,书中还记述了一些文学家以及他们的文学见解。从他们身上可以看到,儒学的道德标准以及政治、思想、文学等方面的才能,在当时最为人们所注意,成为品评人物的重要标准。

从思想倾向上看,《世说新语》36门中,以"孔门四科"(德行、政事、言语、文学)为首,其思想框架有明显的儒学特征。其中对于政治人物的记述,也透露出儒学所重视的家国情怀和担当精神。如《德行篇》记陈蕃"陈仲举言为士则,行为世范,登车揽辔,有澄清天下之志"②。《言语篇》记王导:"当共戮力王室,克复神州,何至作楚囚相对?"另外,在人

---

① 沈约.宋书[M].北京:中华书局,1974:1477.
② 余嘉锡.世说新语笺疏[M].北京:中华书局,1983:1.

物言行中,对儒学强调的孝、忠、仁、信等品德也有较多地展示。

《世说新语》中表现最多的是被后世称作"魏晋风度"的士人言行。在这些名士身上,其言谈举止更多地受玄学观念的影响。最为典型的是《任诞篇》所记的"子猷访戴",其"乘兴而来,兴尽而返"的旷达洒脱,是魏晋玄学中"自然"观念在名士思想行动上的集中体现。通过这些名士们放诞不羁的言行,将这一时期人在与政治的矛盾中发现自我、认识自我的过程呈现出来。阮籍的"穷途之哭",刘伶的脱衣裸形,王孝伯"名士不必须奇才,但使常得无事,痛饮酒,熟读《离骚》,便可称名士",都是名士精神的集中体现。在玄学影响下,士人人生观中崇尚自然、追求个性、忠于内心真实,甚至对财富、欲望的追求放纵,都表现出在特定历史时期人对自身价值的重新思考和执着追求。

《世说新语》还记述了名士们谈玄的情景,成为当时思辨流行的士风的写照。这也从一个侧面反映出玄学社会思潮的复杂背景和状况。《文学篇》记殷浩、桓温、王导、谢尚等人谈玄的场景,通过桓温的评价,可见当时以玄学素养评判人物德行高下的风气,同时也可看到桓温在评价人物时表现出的政治倾向。对支道林的记述,则看到当时佛玄合流思想的轨迹,支遁援佛入玄,受到别人的质疑,后来将般若学用于讲解《逍遥游》,得到名士的推重。这些内容,都是当时思想界新变的反映。

总之,《世说新语》通过对名士的记述,展示出在当时社会衡量"名士"的基本标准:一是具有儒学的治世精神和道德操守;二是具有魏晋以来玄学人生观中追求率真个性、放旷洒脱的人生志趣;三是对思想、学术和文学、艺术有独到的造诣,在其中呈现出独特的个人气质。

## 二、人物的刻画与语言的精练

《世说新语》与《搜神记》等志怪小说不同,并不注重事件和情节的完整,而是以人物活动为中心,通过简洁精练的描述,对人物风神形貌最具特征的地方加以刻画。这样的手法,在先秦散文中已有运用,《论语》对人物言行片段的记述,《左传》中散见各年中的人物言行、细节的刻画,都是这种手法的实例。《世说新语》在继承前代散文写人手法基础上,又有所创新。

在一些篇章中,《世说新语》将人物的整体风貌与其典型言行结合起来,以事件突出人物性格特点。一般先对人物的性格特征有一总体描述,之后通过具体典型的事件,突出人物的独特性。前面提到的《德行篇》对陈蕃的描写:

陈仲举言为士则,行为世范,登车揽辔,有澄清天下之志。为豫章太守,至,便问徐孺子所在,欲先看之。主簿白:"群情欲府君先入廨。"陈曰:"武王式商容之闾,席不暇暖。吾之礼贤,有何不可!"

澄清天下的雄心壮志与礼贤下士的具体行动,共同表现出作为有政治抱负的士人典范所具有的志向和行动能力,突出其"言为士则,行为世范"的地位。

同样的手法,在表现人物一些细小性格上也得以运用,如《忿狷篇》:

## 第五章 魏晋南北朝小说

王蓝田性急。尝食鸡子,以箸刺之,不得,便大怒,举以掷地。鸡子于地圆转未止,仍下地以屐齿碾之,又不得,瞋甚,复于地取内口中,啮破,即吐之。王右军闻而大笑,曰:"使安期有此性,犹当无一豪可论,况蓝田耶?"

围绕人物"性急"的特点,以细节和别人的评价突出其个性。在《世说新语》中,名士风流是以含蓄蕴藉、不动声色的"雅量"为基本特征的,而王述却是反其道而行,从"食鸡子"这一小事反映人物性格的缺点。在这些例子中,先描述人物的性格特征,再以具体细节、事例加以说明,最后用自己或别人的评语对言行加以评判或阐释,完整细致,特征鲜明。

《世说新语》中运用最多的是通过对人物典型举止和语言的描写,表现人物的性格特征。《雅量篇》记:

谢公与人围棋,俄而谢玄淮上信至,看书竟,默然无言,徐向局。客问淮上利害,答曰:"小儿辈大破贼。"意色举止,不异于常。

谢安在下棋过程中,接到谢玄淝水之战胜利的消息"默然无言",淝水之战是东晋政权安危系之的大战,战前的忧虑和得胜的喜悦在谢安身上完全没有表现出来,其沉稳大气,从容超脱的风度跃然纸上。

桓公北征经金城,见前为琅邪时所种柳,皆已十围,慨然曰:"木犹如此,人何以堪!"攀枝执条,泫然流泪。

《言语篇》所记桓温对柳树的感慨,将其作为一代枭雄,急欲建立功业的心情和对人生短暂的感伤表现出来,再加上"攀枝执条,泫然流泪"的举动,将人物的内心活动生动地表现出来。

《名媛篇》中记谢道韫:

王凝之谢夫人既往王氏,大薄凝之。既还谢家,意大不说。太傅慰释曰:"王郎,逸少之子,人才亦不恶,汝何以恨乃尔?"答曰:"一门叔父,则有阿大、中郎;群从兄弟,则有封、胡、遏、末。不意天壤之中,乃有王郎!"

谢道韫既富才学,又有个性,还家归省,对夫家人物大加评议,尤其对自己的丈夫多有不满,"天壤之间,乃有王郎",表现出女性的自主意识和她鲜明的个性特征。

《世说新语》的文章篇幅短小,与其相应,语言运用上也呈现出精练含蓄、隽永传神的特点。在语言的运用上,与志怪小说一样,都受到史传文学语言准确简练的影响。同时,又受到玄学风气的影响,注重言外之旨,能通过人物语言,表达出独特的感情色彩。

《世说新语》还运用了一些口语,能做到生动传神,富有情趣。《规箴篇》记王衍:

王夷甫雅尚玄远,常疾其妇贪浊,口未尝言"钱"字。妇欲试之,令婢以钱绕床,不得行。夷甫晨起,见钱阂行,令婢:"举却阿堵物!"

《假谲篇》记温峤:

温公丧妇。从姑刘氏,家值乱离散,唯有一女,甚有姿慧。姑以属公觅婚,公密有自婚意,答云:"佳婿难得,但如峤比,云何?"姑云:"丧败之余,乞粗存活,便足慰吾余年,何敢希汝比?"却后少日,公报姑云:"已觅得婚处,门地粗可,婿身名宦尽不减峤。"因下玉镜台一枚。姑大喜。既婚,交礼,女以手披纱扇,抚掌大笑曰:"我固疑是老奴,果如所卜!"玉镜台,是公为刘越石长史,北征刘聪所得。

称钱为"阿堵物",称夫为"老奴",日常生活语言的运用,加强了人物言行的可信度,也反映出这一时期文学作品受适性自然的玄风影响。在温峤一篇中,各个人物的处境神情,也通过语言描写准确地刻画出来,生动深刻,耐人寻味。

《世说新语》作为魏晋南北朝志人小说的代表,在人物塑造、语言描写上达到很高的水平,对后世小说以及文学的发展也产生深远的影响。后世文学的题材、典故、成语等,都从《世说新语》中汲取了丰富的资源。

### 作品学习

1. 刘义庆《过江诸人》
2. 刘义庆《王子猷雪夜访戴》

## 《过江诸人》鉴赏

《过江诸人》选自《世说新语·言语第二》,作品通过对人物语言、神情准确生动地描写,反映了东晋南迁以后,士族人物的不同心态。文章篇幅短小,却内容丰富。"美日""蕙卉",突出的江南美好景物,天清气朗,花草繁茂,这个时候,这些位高权重的人物在江边饮宴,风景的秀丽和国家的衰败形成强烈的对比,物境与心境的冲突,自然引出周侯"风景不殊,山河之异"的感叹。诸人"皆相视流涕",则说明这种亡国之哀在当时南渡士族中的强烈和广泛。这时,写王导"愀然变色","愀然"是变色的样子,这四个字是重复强调王导的愤慨,使整个场面从悲哀转而为悲壮激烈。在他短短的一句话中包含了正反两面的意义,一是"戮力王室,克复神州"的正面鼓励,一是"楚囚相对"的警示。东晋建都建康,地属南方,所以用战国时楚国大夫钟仪作比,但东晋并未亡国,在场诸人也还没有成为"楚囚",言下之意,大家如果再不警醒,只怕想偏安一隅也不能长久。

作品用语精练、传神,可以说每一个字都富有深意。是《世说新语》锤炼语言的典型代表。同时,以景物衬托、对比映衬的方式,通过人物的典型语言、神态,塑造人物形象,也是这一篇写人的重要成就。

## 《王子猷雪夜访戴》鉴赏

"子猷访戴"的故事,出自《世说新语·任诞第二十三》,表现了王徽之任性率真的名士风流。在这个人物身上,体现出的是那个时代,对人的"自然"品性的重视。

## 第五章 魏晋南北朝小说

王徽之雪夜醒来，饮酒吟诗，自得其乐，这是自然环境引起的内心情感的愉悦，"忽忆戴安道"，这是人情的自然生发。雪夜乘舟，经宿方至，却又至门不入，他说"乘兴而行，兴尽而返"。这个"兴"说的是性情的自然。这个念头忽然生起，忽然消失，这是人的性情的"真"，而雪夜行舟的艰辛，所行的目的，并不在性情之中。在他看来，完全按照自己的兴致行事才是人生的真正自由，遵循生活规范和常理常情只是对个性的束缚。这种不求实效、率真任性的行为是对"至性天然"的人生理想的局部实践，十分鲜明地体现出当时士人所崇尚的"魏晋风度"。

与《过江诸人》以言语神情和生活中的片断场景描写人物不同，本文则是通过叙述完整事件来突出人物的个性。情节的完整、曲折，结尾的反转，景物环境的映衬，都为了突出人物放诞不羁、潇洒自然的个性。文章语言简练隽永，全文76字，却几经转折。眠觉、开室、命酒、赏雪、咏诗、乘船、造门、突返、答问，一连串的活动、细节都如在眼前，形神毕现，气韵生动。

### 延伸阅读

**1. 原典阅读**

（1）阅读《新辑搜神记》（李剑国辑，中华书局，2007年版），重点阅读教材中所提到的篇目，并了解《搜神记》成书过程及版本流传情况。

（2）阅读《世说新语笺疏》（余嘉锡著，中华书局，2016年版），重点阅读教材中提到的篇目，并了解刘孝标注中所包含的历史、文化、文学信息。

**2. 研究文献阅读**

（1）阅读《中国小说史略》（鲁迅著，上海古籍出版社，2006年版），掌握魏晋南北朝小说在中国古代小说发展过程中的地位和意义。

（2）阅读《唐前志怪小说史》（李剑国著，人民文学出版社，2011年版），掌握志怪小说形成、发展的过程，并了解古代小说研究的基本内容和方法。

### 拓展训练

1. 鲁迅在《中国小说史略》中说："中国本信巫，秦汉以来，神仙之说盛行，汉末又大畅巫风，而鬼道愈炽；会小乘佛教亦入中土，渐见流传。凡此，皆张皇鬼神，称道灵异，故自晋迄隋，特多鬼神志怪之书。其书有出于文人者，有出于教徒者。文人之作，虽非如释道二家，意在自神其教，然亦非有意为小说，盖当时以为幽明虽殊途，而人鬼乃皆实有，故其叙述异事，与记载人间常事，自视固无诚妄之别矣。"阅读这则材料，探讨《搜神记》《幽明录》等小说集的编纂目的以及魏晋时期人们对于鬼神精怪等的态度，从而理解志怪小说产生的认识背景。

2. 阅读以下几则《世说新语》的材料：

（1）陈仲举言为士则，行为世范，登车揽辔，有澄清天下之志。

（2）过江诸人，每至美日，辄相邀新亭，藉卉饮宴。周侯中坐而叹曰："风景不殊，正自有山河之异！"皆相视流泪。唯王丞相愀然变色曰："当共戮力王室，克复神州，何至作楚囚相对？"

（3）裴令公有俊容仪，脱冠冕，粗服乱头皆好。时人以为"玉人"。见者曰："见裴叔则如玉山上行，光映照人。"

（4）潘岳妙有姿容，好神情。少时挟弹出洛阳道，妇人遇者，莫不连手共萦之。左太冲绝丑，亦复效岳遨游，于是群妪齐共乱唾之，委顿而返。

（5）徐孺子年九岁，尝月下戏。人语之曰："若令月中无物，当极明邪？"徐曰："不然。譬如人眼中有瞳子，无此必不明。"

（6）阮籍遭母丧，在晋文王座，进酒肉。司隶何曾亦在座，曰："明公方以孝治天下，而阮籍以重丧显于公座，饮酒食肉，宜流之海外，以正风教。"文王曰："嗣宗毁顿如此，君不能共忧之，何谓？且有疾而饮酒食肉，固丧礼也。"籍饮啖不辍，神色自若。

从《世说新语》中查找类似描写人物的片段，总结出《世说新语》描写人物的常用手法，并理解人物形象所体现出的"魏晋风度"。

# 中国古代文学

（中）

主　编　张新科
副主编　付兴林　凌朝栋
编　者　（以章节编写顺序为序）
　　　　付兴林　樊文军　宫臻祥　许净瞳
　　　　王丽芳　凌朝栋　王晓红　张　虹
　　　　段永升

陕西师范大学出版总社

## 编委会

**主任** 张新科
**编委** （以姓名拼音音序为序）
　　　　韩宝育　贺卫东　胡安顺
　　　　李西建　梁向阳　苏仲乐

# 目录

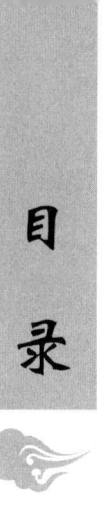

## 第四编　隋唐五代文学

### 第一章　隋及初唐诗歌 …………………………………………（ 3 ）
【文学史】………………………………………………………（ 3 ）
第一节　隋代诗歌 ………………………………………………（ 3 ）
第二节　贞观诗坛与"初唐四杰" ………………………………（ 5 ）
第三节　杜审言与沈、宋 ………………………………………（ 8 ）
第四节　陈子昂与张若虚等 ……………………………………（ 9 ）
【作品学习】……………………………………………………（ 11 ）
【延伸阅读】……………………………………………………（ 12 ）
【拓展训练】……………………………………………………（ 13 ）

### 第二章　盛唐文学 ………………………………………………（ 14 ）
【文学史】………………………………………………………（ 14 ）
第一节　张九龄及盛唐前期诗人 ………………………………（ 14 ）
第二节　孟浩然、王维及其他山水田园诗人 …………………（ 15 ）
第三节　高适、岑参和其他边塞诗人 …………………………（ 18 ）
【作品学习】……………………………………………………（ 23 ）
【延伸阅读】……………………………………………………（ 30 ）
【拓展训练】……………………………………………………（ 31 ）

### 第三章　李白 ……………………………………………………（ 32 ）
【文学史】………………………………………………………（ 32 ）
第一节　李白的生平及思想 ……………………………………（ 32 ）
第二节　李白诗歌的思想内容 …………………………………（ 35 ）
第三节　李白诗歌的艺术成就 …………………………………（ 37 ）
【作品学习】……………………………………………………（ 38 ）

· 1 ·

【延伸阅读】……………………………………………………………（39）
【拓展训练】……………………………………………………………（40）

## 第四章　杜甫……………………………………………………………（41）
【文学史】…………………………………………………………………（41）
第一节　杜甫的生平和创作道路………………………………………（41）
第二节　杜甫诗歌的思想内容…………………………………………（43）
第三节　杜甫诗歌的艺术成就…………………………………………（45）
第四节　杜甫在文学史上的地位和影响………………………………（47）
【作品学习】………………………………………………………………（48）
【延伸阅读】………………………………………………………………（49）
【拓展训练】………………………………………………………………（49）

## 第五章　中唐前期文学…………………………………………………（50）
【文学史】…………………………………………………………………（50）
第一节　元结、《箧中集》诗人及顾况…………………………………（50）
第二节　刘长卿、韦应物………………………………………………（52）
第三节　大历十才子和李益……………………………………………（53）
【作品学习】………………………………………………………………（55）
【延伸阅读】………………………………………………………………（56）
【拓展训练】………………………………………………………………（56）

## 第六章　新乐府运动和白居易、元稹…………………………………（57）
【文学史】…………………………………………………………………（57）
第一节　新乐府运动……………………………………………………（57）
第二节　白居易…………………………………………………………（59）
第三节　元稹……………………………………………………………（64）
第四节　张籍、王建和李绅……………………………………………（66）
【作品学习】………………………………………………………………（68）
【延伸阅读】………………………………………………………………（69）
【拓展训练】………………………………………………………………（69）

## 第七章　中唐其他诗人…………………………………………………（70）
【文学史】…………………………………………………………………（70）
第一节　韩愈……………………………………………………………（70）
第二节　孟郊、贾岛……………………………………………………（72）
第三节　刘禹锡、柳宗元………………………………………………（74）
第四节　李贺……………………………………………………………（77）

【作品学习】 …………………………………………………………………（78）
　　【延伸阅读】 …………………………………………………………………（80）
　　【拓展训练】 …………………………………………………………………（80）

**第八章　晚唐诗人** ………………………………………………………………（81）
　　【文学史】 ……………………………………………………………………（81）
　　第一节　杜牧 …………………………………………………………………（81）
　　第二节　李商隐 ………………………………………………………………（83）
　　第三节　温庭筠、韦庄和晚唐其他诗人 ……………………………………（85）
　　第四节　唐末写实和社会批判诗歌 …………………………………………（88）
　　【作品学习】 …………………………………………………………………（91）
　　【延伸阅读】 …………………………………………………………………（92）
　　【拓展训练】 …………………………………………………………………（92）

**第九章　古文运动和韩愈、柳宗元的散文** ……………………………………（93）
　　【文学史】 ……………………………………………………………………（93）
　　第一节　古文运动的兴起 ……………………………………………………（93）
　　第二节　韩愈的散文 …………………………………………………………（95）
　　第三节　柳宗元的散文 ………………………………………………………（99）
　　第四节　晚唐小品文作家 ……………………………………………………（102）
　　【作品学习】 …………………………………………………………………（103）
　　【延伸阅读】 …………………………………………………………………（104）
　　【拓展训练】 …………………………………………………………………（104）

**第十章　唐代传奇** ………………………………………………………………（105）
　　【文学史】 ……………………………………………………………………（105）
　　第一节　唐传奇的兴起 ………………………………………………………（105）
　　第二节　唐传奇的分期 ………………………………………………………（106）
　　第三节　唐传奇的艺术成就 …………………………………………………（108）
　　【作品学习】 …………………………………………………………………（109）
　　【延伸阅读】 …………………………………………………………………（110）
　　【拓展训练】 …………………………………………………………………（110）

**第十一章　唐五代词** ……………………………………………………………（112）
　　【文学史】 ……………………………………………………………………（112）
　　第一节　词的起源与早期民间词、文人词 …………………………………（112）
　　第二节　温庭筠、韦庄和花间词人 …………………………………………（113）
　　第三节　南唐词人与李煜 ……………………………………………………（115）

· 3 ·

【作品学习】………………………………………………………………… (117)
　　【延伸阅读】………………………………………………………………… (118)
　　【拓展训练】………………………………………………………………… (118)

# 第五编　宋代文学

## 第一章　北宋词 …………………………………………………………… (121)
　　【文学史】…………………………………………………………………… (121)
　　第一节　晏欧词风与令词创作 ……………………………………………… (121)
　　第二节　柳永词风与慢词兴盛 ……………………………………………… (123)
　　第三节　苏轼词风与门下创作群 …………………………………………… (125)
　　第四节　清真词风与大晟词人创作群 ……………………………………… (127)
　　【作品学习】………………………………………………………………… (128)
　　【延伸阅读】………………………………………………………………… (132)
　　【拓展训练】………………………………………………………………… (132)

## 第二章　南宋词 …………………………………………………………… (133)
　　【文学史】…………………………………………………………………… (133)
　　第一节　李清照与南渡词人 ………………………………………………… (133)
　　第二节　辛弃疾与辛派词人 ………………………………………………… (136)
　　第三节　姜夔与典雅派词人 ………………………………………………… (141)
　　【作品学习】………………………………………………………………… (146)
　　【延伸阅读】………………………………………………………………… (147)
　　【拓展训练】………………………………………………………………… (148)

## 第三章　宋代散文 ………………………………………………………… (150)
　　【文学史】…………………………………………………………………… (150)
　　第一节　宋代散体文 ………………………………………………………… (150)
　　第二节　宋代骈体文与赋体文 ……………………………………………… (163)
　　【作品学习】………………………………………………………………… (167)
　　【延伸阅读】………………………………………………………………… (170)
　　【拓展训练】………………………………………………………………… (170)

## 第四章　宋代诗歌 ………………………………………………………… (171)
　　【文学史】…………………………………………………………………… (171)
　　第一节　宋初三体 …………………………………………………………… (171)
　　第二节　欧阳修和梅尧臣、苏舜钦变革 …………………………………… (174)

第三节　王安石、苏轼等的开拓 ……………………………………（177）
　　第四节　江西诗派与两宋之际诗坛 ……………………………（180）
　　第五节　陆游等南宋中兴四大家 ………………………………（183）
　　第六节　南宋末年的诗歌 ………………………………………（188）
　【作品学习】 ………………………………………………………（191）
　【延伸阅读】 ………………………………………………………（194）
　【拓展训练】 ………………………………………………………（194）

## 第五章　宋代话本小说 …………………………………………（195）
　【文学史】 …………………………………………………………（195）
　　第一节　"说话"的兴盛 …………………………………………（195）
　　第二节　宋代话本创作概况 ……………………………………（196）
　　第三节　宋代话本小说的体制与思想内容 ……………………（197）
　　第四节　宋代话本小说的艺术价值 ……………………………（202）
　【作品学习】 ………………………………………………………（203）
　【延伸阅读】 ………………………………………………………（206）
　【拓展训练】 ………………………………………………………（206）

## 第六章　辽金文学 ………………………………………………（207）
　【文学史】 …………………………………………………………（207）
　　第一节　辽金文坛发展历程 ……………………………………（207）
　　第二节　一代文宗元好问 ………………………………………（211）
　　第三节　董解元与《西厢记诸宫调》 ……………………………（215）
　【作品学习】 ………………………………………………………（218）
　【延伸阅读】 ………………………………………………………（220）
　【拓展训练】 ………………………………………………………（220）

# 第四编　　隋唐五代文学

公元581年,杨坚建立了隋朝。8年后南进灭陈,使中国重新统一。由于隋朝延续不到30年,故隋代文学只能是从南北朝文学到唐代文学的一个过渡阶段。

唐代是中国封建社会经济文化高度繁荣发展的时期,共289年。从907年唐亡到960年,是历史上的"五代十国"时期。这一时期,只有"词"这种新兴的文学体裁,在社会环境相对安定一些的南唐、西蜀,得到了较为长足的发展。

隋唐五代文学,由于前之隋、后之五代,时间都不长,两者都属于转折时期。因此,只有唐代文学是这段文学的重点。

在唐代,整个文坛出现了百花齐放、全面繁荣的局面,各种文学体裁都得到了长足发展。其中,成就最突出的是诗歌。闻一多在《闻一多说唐诗》中曾说:"一般人爱说唐诗,我却要讲'诗唐',诗唐者,诗的唐朝也。"唐代文学的繁荣,正是以诗歌的突出成就为标志的。

第一是量大。据清代康熙年间彭定求等人编定的《全唐诗》所录,有诗人2200余人,诗作48900余首。这一数量不包括因年代久远而散佚的作品。今人王重民、孙望、陈尚君等搜集佚诗数千首,编入全唐诗外编、补编。在不到300年的时间里,诗歌创作取得的巨大收获,标志着唐诗是中国诗歌史上的新纪元。

第二是题广。从《全唐诗》作者小传所记诗人身份看,上自帝王将相、后妃宫女,下至贩夫走卒、倡优释道,几乎包括了社会各阶层。写诗被广泛运用到生活的各个领域,举凡奏章、信札、寓言、游记以及变文和其他通俗说唱文学,都可以用诗来表达。闻一多曾说:"凡生活中用到文字的地方,他们一律用诗的形式来写,达到任何事物无不可以入诗的程度。"(《闻一多说唐诗》)

第三是体备。唐诗不但具备了五言、六言、七言、杂言等多种形式,而且在齐梁新体诗的基础上正式形成了五、七言近体诗。此外,唐人对古诗、乐府歌行也有一些创造和发展。以古题乐府写时事和即事命篇新乐府诗的大量出现,尤为唐诗的一大特色。

第四是质高。和前后各代相比,唐诗最能将自然美和人工美相结合,既有脱口而出的天籁,又有推敲锤炼的匠心之作。鲁迅在《答杨霁云函》中说:"一切好诗,到唐已被做完。"唐代不仅出现了像李白、杜甫这样在世界上享有盛名的伟大诗人,还产生了王维、孟浩然、高适、岑参、白居易、韩愈、李贺、李商隐、杜牧等一大批优秀诗人,成为中国诗歌史上的黄金时代。

明代高棅的《唐诗品汇》将唐诗分为初、盛、中、晚四个时期。大致以高祖、太宗、高宗、武后、中宗、睿宗为初唐,玄宗、肃宗为盛唐,代宗、德宗、顺宗、宪宗、穆宗、敬宗为中唐,文宗、武宗、宣宗、懿宗、僖宗、昭宗、哀帝为晚唐。

唐代散文也是重要的成就之一。隋代的李鄂、王通,初唐的魏徵、陈子昂以及中唐前期的元结等人倡导改革,其所形成的良好局面再经过中唐的韩愈和柳宗元的积极努力,终于取得一定成功。一种内容充实、文道统一,反骈重散、反柔靡重质朴,词必己出、文从字顺的文学运动由此形成,并把我国的散文发展推到了一个新的阶段。晚唐时皮日休、陆龟蒙、罗隐等人的小品文,现实性强,笔调犀利流畅。鲁迅在《小品文的危机》中将其誉为"一塌糊涂的泥塘里的光彩和锋芒"。

唐代传奇小说的出现,标志着中国小说已进入成熟阶段。唐传奇在形式上注意了结构,在人物上注意了心理、性格的描写与形象的塑造,内容也由志怪述异扩大到人情世态的广阔生活。有名的作者如元稹、陈鸿、白行简、蒋防等;优秀的作品如《莺莺传》《长恨歌传》《李娃传》《霍小玉传》等。

讲唱文学——变文的诞生,对后世戏曲的繁荣奠定了基础。变文是指在敦煌发现的、唐代俗讲僧和民间艺人讲说故事的底本。变文最先出现于佛寺,由俗讲僧向听众衍述佛经中富有文学意味的神变故事。后来为招徕听众,逐渐增加一些非宗教性内容。讲唱者不限于俗讲僧,讲唱的地点也不限于寺院,出现了一些职业的民间艺人,讲唱以民间传说、历史故事和现实生活为题材。

词是隋唐之际新兴的一种合乐歌唱的诗体。词起源于民间,大约在盛唐时期开始出现,中唐以后文人仿作渐多。在晚唐和偏安的西蜀,产生了温庭筠、韦庄为代表的"花间词派"。稍后的南唐词,也是南唐君臣娱宾遣兴之作。南唐词的真正变化显著表现于南唐亡国之后。李煜以亡国之君的身份,过着"以眼泪洗面"的阶下囚生活,其词的内容表现出亡国之痛、故国之思,极沉痛深挚,表现手法上也以白描见长,语言上洗尽浓脂艳粉,在创造艺术形象上又有高度的概括力。至此,词从宫廷佐酒助欢的工具,变成抒情达意的文艺形式,词的境界为之扩大,为宋词的繁荣奠定了基础。

# 第一章　隋及初唐诗歌

## 文学史

自北朝以来,南方的文学风气就深深地影响了北方的创作。所以,隋唐的统一,政治和军事力量虽起自北方,但自隋初到唐睿宗景云约130年中,南朝诗风继续占据着主导地位。不过,在诗歌的表现形式方面,唐初宫廷诗人们汲取和总结了前代的经验,并且有所发明、有所发展,使之日臻丰富和完善,这对唐诗走向成熟有着重要的意义。而随着时代的发展,一代新的诗人对已经变得陈腐、缺乏生气的诗歌风气日益感到不满,发出强烈的要求变革的呼声。诗歌创作也随之逐步摆脱宫廷藩篱,终开一代新风,促进了唐诗发展高潮的到来。

## 第一节　隋代诗歌

隋朝立国短暂(581—618),二世而亡,前后不满40年,在文化方面没有太多的建树。但由北朝入隋的三位诗人——卢思道、杨素、薛道衡及隋炀帝杨广仍留下一些颇有特色的诗作。

卢思道(535—586)主要生活在北朝。他的诗曾得庾信的赞美。《从军行》是他的代表作:

朔方烽火照甘泉,长安飞将出祁连。犀渠玉剑良家子,白马金羁侠少年。平明偃月屯右地,薄暮鱼丽逐左贤。谷中石虎经衔箭,山上金人曾祭天。天涯一去无穷已,蓟门迢递三千里。朝见马岭黄沙合,夕望龙城阵云起。庭中奇树已堪攀,塞外征人殊未还。白雪初下天山外,浮云直上五原间。关山万里不可越,谁能坐对芳菲月?流水本自断人肠,坚冰旧来伤马骨。边庭节物与华异,冬霞秋霜春不歇。长风萧萧渡水来,归雁连连映天没。从军行,军行万里出龙庭。单于渭桥今已拜,将军何处觅功名?

诗歌采用了南朝歌行体"思妇—征夫"的内容结构,抒写了征人思妇互相思念的痛苦,并对追求功名的将军做了委婉的讽刺。语言清丽流畅,句法多用对偶,具有早期七言歌行的特色。

杨素(544—606)是隋朝开国大臣,非一般的文人,但诗写得很不错。他的《出塞》描写塞外荒寒景色:"荒塞空千里,孤城绝四邻。树寒偏易古,草衰恒不春。……风霜久行役,河朔备艰辛。薄暮边声起,空飞胡骑尘。"在一定程度上反映了他领兵出塞同突厥作战的生活体验。这首诗曾得到虞世基、薛道衡等著名诗人的酬和。他的《赠薛播州十四首》,回忆身世,怀慕知己,颇有隐微难言之痛。史传说这组诗"词气宏拔,风韵秀上",是有一定根据的。

薛道衡(540—609),字玄卿,河东汾阴(今山西万荣)人。曾官至襄州总管,播州刺史,后因忤逆炀帝被害。他是隋代艺术成就最高的诗人。《昔昔盐》是他最著名的作品:

垂柳复金堤,蘼芜叶复齐。水溢芙蓉沼,花飞桃李蹊。采桑秦氏女,织锦窦家妻。关山别荡子,风月守空闺。恒敛千金笑,长垂双玉啼。盘龙随镜隐,彩凤逐帷低。飞魂同夜鹊,倦寝忆晨鸡。暗牖悬蛛网,空梁落燕泥。前年过代北,今岁往辽西。一去无消息,那能惜马蹄。

诗虽然是写思妇悬念征人的传统主题,又夹杂了一些齐梁轻靡的词句,但是"暗牖悬蛛网,空梁落燕泥"一联,却能透过环境细节的描写,刻画出思妇孤独寂寞的心境,显出了艺术上的独创性。他的七言长诗《豫章行》,描写了闺中思妇缠绵悱恻的感情,结尾点出"不畏将军成久别,只恐封侯心更移",深刻地揭示了妇女内心的悲哀和恐惧。他和杨素的《出塞》中"绝漠三秋暮,穷阴万里生。寒夜哀笳曲,霜天断雁声"等句,也有边塞的悲壮气氛。他还有一首著名的小诗《人日思归》:

入春才七日,离家已二年。人归落雁后,思发在花前。

以计算归期的细微思想活动,委婉地表达了思家的深情,颇有含蓄不尽的风味。

以上诗篇可以看出,隋初诗风的确多少显示出南北文学开始合流的一点新气象。

隋炀帝(569—618)杨广"好为吴语",又"三幸江都",受南方文化特别是齐梁文学影响较深。他本人也是隋代后期最著名的诗文家,专门喜欢作宫体诗。《隋书·文学传序》称:"炀帝初习艺文,有非轻侧之论。暨乎即位,一变其风。"这一变化,正好代表了隋代文学变化的轨迹。倒是他的一些诗作清丽明快,带有浓郁的南方民歌风格,如《春江花月夜二首》:

暮江平不动,春花满正开。流波将月去,潮水带星来。

夜露含花气,春潭漾月晖。汉水逢游女,湘川值两妃。

诗写江南风物清丽明净,明代胡应麟以为"绝是唐律"(《诗薮·内编》),但是这类终究不是这一时期的主流。

有隋一代,未能完成南北文风的合流,整个文坛呈现出明显的过渡性质。

## 第二节　贞观诗坛与"初唐四杰"

在南北文学由对立走向融合的历史进程中，初唐的贞观时期是一个重要的发展阶段，上官仪和"初唐四杰"是有贡献的诗人。

唐初主掌贞观诗坛的，是唐太宗及其身边的北方文人和南朝人士。北方文人以关陇士人为主，入唐后多为史臣。他们的文学主张，受儒家崇古尚质的诗教说的影响较大，对南朝齐、梁文风持批判态度，但没有因此而否定诗的声辞之美，从而为唐诗艺术上的发展和新变留下了余地。魏徵《隋书·文学传序》说：

江左宫商发越，贵于清绮；河朔词义贞刚，重乎气质。气质则理胜其词；清绮则文过其意。理深者便于时用，文华者宜于咏歌。此其南北词人得失之大较也。若能掇彼清音，简兹累句，各去所短，合其两长，则文质斌斌，尽善尽美矣。

所谓"贵于清绮"，是对追求声律辞藻的南朝诗风的概括，偏重于诗的声辞之美；宜于歌咏是其所长，缘情绮靡而流于轻艳纤弱则为其所短。"重乎气质"，指北朝诗歌特有的真挚朴实的情感力量和气势；贞刚壮大是其所长，而表现形式的简古质朴或理胜其辞，则不能不说是一种缺憾。如何用南朝文学的声辞之美，来表现能体现新朝恢宏气象的刚健开朗的健康情思，是初唐诗人面临的难题，也是南北诗风融合的关键。

初唐的诗歌创作，主要以唐太宗及其群臣为中心展开，一开始多述怀言志或咏史之作，刚健质朴；而贞观诗风的新变，则起于对六朝声律辞采的模仿和掇拾，两者之间的合而未融是十分明显的。如唐太宗贞观四年（630）所作的《经破薛举战地》诗，言"昔年怀壮气，提戈初仗节。心随朗日高，志与秋霜洁"，气格刚健豪迈。可诗中的"浪霞穿水净，峰雾抱莲昏"一联，却是模仿六朝咏物诗的写景，工巧纤细，与全诗的气格颇不协调。杨师道和李百药是具有贞刚气质的北方文人，早年作诗善于吸收南朝诗歌的艺术技巧，较少合而未融的弊病。

但他们后来成为唐太宗器重的宫廷诗人，把诗作为唱和应酬的工具而琢磨表现技巧，多奉和应制之作，尽管声律辞藻的运用方面日趋精妙，可风格趣味已日益贵族化与宫廷化。

贞观诗风的宫廷化倾向，与受南朝文化的影响有很大的关系。太宗李世民是个爱好文艺的君主，现存的太宗诗里，感时应景、吟咏风月的多达50余首。上有所好，下必甚焉。虞世南等人所编的《北堂书钞》《文思博要》和《艺文类聚》等类书，成为宫廷诗人的作诗工具，以便于应制咏物时掇拾辞藻和事典，把诗写得华美典雅。这原为南朝文士作诗的积习，在虞世南和许敬宗等人的创作中均有所反映。

但贞观后期，介于贞观、龙朔之间，诗坛出现了一位重要作家上官仪，形成一种诗风"上官体"。

上官仪（608？—664），字游韶，陕州（今河南陕县）人。他于贞观初进士及第，召授弘文馆直学士，成为新生代的宫廷诗人；高宗朝官至三品西台侍郎，地位很高而名噪一时。

与早有诗名的杨师道、李百药、虞世南等前朝耆老不同,他是在唐代成长起来的作家,其贞观年间所作的应制诗,就以属对工切和写景的清丽婉转而显得很突出。如《早春桂林殿应诏》中的"风光翻露文,雪华上空碧"一联,即体现出诗人的杰出写景技巧和善于营构明秀灵动之诗境的能力。

《旧唐书》本传说:上官仪"工于五言诗,好以绮错婉媚为本。仪既贵显,故当时多有效其体者,时人谓为'上官体'。"

上官仪在诗歌体制方面的创新,主要在体物图貌的细腻、精巧方面。他以高度纯熟的写景技巧,洗削了南朝诗的浮艳雕琢;但诗的题材内容还局限于宫廷文学应制咏物的范围之内,缺乏慷慨激情和雄杰之气。由于朝中诗人大多功成名就,志得意满,生活接触面也比较狭窄,这方面的变革只能由处于社会中下层的一般士人来承担。

初唐的一般士人中,王绩(589—644)是诗风较为独特的一位,他是隋朝大儒王通的弟弟,在隋、唐之际曾三仕三隐,心念仕途,却又自知难为高官,故归隐山林田园,以琴酒诗歌自娱。他的诗歌创作,多以平淡自然的话语表现自己的隐逸生活,如《野望》:

东皋薄暮望,徙倚欲何依。树树皆秋色,山山唯落晖。牧人驱犊返,猎马带禽归。相顾无相识,长歌怀采薇。

以冷眼旁观世事而化解心中不平的方式,创造出了一种宁静淡泊而又朴厚疏野的诗歌境界。但这种平浅自然的隐逸诗风,是易代之际都会有的,并不构成初唐诗发展的一个环节。

在当时,真正能反映社会中下层一般士人的精神风貌和创作追求的,是被称为"初唐四杰"的四位诗人。他们是王勃(650—676),字子安,绛州龙门(今山西河津)人;杨炯(650—693),华州华阴(今陕西华阴)人;卢照邻(634?—683),字升之,幽州范阳(今河北涿州)人;骆宾王(640—684?),婺州义乌(今浙江义乌)人。

"四杰"作诗,重视抒发一己情怀,作不平之鸣,因此在诗中开始出现了一种壮大的气势,一种慷慨悲凉的感人力量。如王勃《游冀州韩家园序》所说:"高情壮思,有抑扬天地之心;雄笔奇才,有鼓怒风云之气。"这种壮思和气势,在他们创作的较少受格律束缚的古体和歌行中表现得尤为充分。特别是卢、骆的七言歌行,气势宏大,视野开阔,写得跌宕流畅,神采飞扬,较早地开启了新的诗风。如卢照邻的《行路难》:

君不见,长安城北渭桥边,枯木横槎卧古田。昔日含红复含紫,常时留雾亦留烟。春景春风花似雪,香车玉舆恒阗咽。若个游人不竞攀,若个倡家不来折?倡家宝袜蛟龙帔,公子银鞍千万骑。黄莺一一向花娇,青鸟双双将子戏。千尺长条百尺枝,月桂星榆相蔽亏。珊瑚叶上鸳鸯鸟,凤凰巢里雏鹓儿。巢倾枝折凤归去,条枯叶落任风吹。一朝零落无人问,万古摧残君讵知?人生贵贱无终始,倏忽须臾难久恃。谁家能驻西山日,谁家能堰东流水?汉家陵树满秦川,行来行去尽哀怜。自昔公卿二千石,咸拟荣华一万年。不见朱唇将白貌,唯闻青棘与黄泉。金貂有时须换酒,玉尘但摇莫计钱。寄言坐客神仙署,一生一死交情处。苍龙阙下君不来,白鹤山前我应去。云间海上邈难期,赤心会合在何时?但愿尧年一百万,长作巢由也不辞!

诗人从渭水桥边的枯木所引发的联想写起,备言世事艰辛和离别伤悲,蕴含着强烈的历史兴亡之叹,其眼光已不局限于宫廷而转向市井,其情怀不局限于个人生活而进入沧海桑田的感慨,进而思索人生的哲理。所以此诗的后半部以"人生贵贱无终始,倏忽须臾难久恃"的议论为转折,跨越古今,思索历史和人生,夹以强烈的抒情,将世事无常和人生有限的伤悲,抒写得淋漓尽致。胸怀开阔了,气势壮大了。卢照邻的《长安古意》也写得很出色:借对古都长安的描写,慨世道之变迁而伤一己之湮滞。就描写内容和抒情结构而言,骆宾王的《帝京篇》与《长安古意》很相似,可思路更为开阔。诗从当年帝京长安的壮观与豪华写起,首叙形势之雄奇、宫阙之壮伟,次述王侯、贵戚、游侠、倡家之奢侈无度。但很快就进入议论抒情,评说古今而抒发感慨,以浓烈的感情贯注于对历史人生的思索之中,从而使诗的抒情深化,带有更强的思想力量,形成壮大的气势。在诗中,作者还直接抒发了自己对沉沦下僚而"十年不调"的强烈不满,这种愤愤不平,使诗的内在气势更加激越昂扬。宫廷诗人应制咏物时以颂美为主的写诗倾向,至此完全转向了独抒怀抱的慷慨多气。

七言歌行是七言古诗与骈赋相互渗透和融合而产生的一种诗体,在发展过程中又吸收了南朝乐府和近体诗的一些影响。"四杰"的歌行体,尤其是卢、骆的长篇歌行体力作,不仅实现了描写场景和题材由宫廷走向市井的转变,而且出现了壮大的气势和力量。七言歌行以五、七言为主而夹杂少量三言的体式,本身就有一种流动感,骈赋中间的蝉联句式,往往能使全篇的气势为之一振。所以"四杰"中的卢、骆、王等人往往用它来铺写抒情,夹以议论,情之所至,笔亦随之,篇幅可长可短,句式参差错落,工丽整练中显出来流宕和气势。这是一种更适合于表现他们所追求的刚健骨气的抒情诗体。

相对于歌行体而言,当时渐趋于成熟的五言律,因追求对偶的整齐和声律的谐调,常表现出一种感情的相对稳定。但是,"四杰"所写的五言律,也透露出一种非常自负的雄杰之气和慷慨情怀,这主要反映在他们的羁旅送别诗和边塞诗中。"四杰"的送别诗,于伤别之外,有一种昂扬的抱负和气概,使诗的格调变得壮大起来,如王勃的《送杜少府之任蜀川》:

城阙辅三秦,风烟望五津。与君离别意,同是宦游人。海内存知己,天涯若比邻。无为在歧路,儿女共沾巾。

这是"四杰"送别诗中最有名的一首。虽意识到羁旅的辛苦和离别的孤独,但没有伤感,没有惆怅,只有真挚的友情和共勉,心境明朗,感情壮阔,流露出一种好男儿志在四方的英雄气概。

五言律在宫廷诗人手里,多用于酬唱和咏物,而到了王、杨时代,创作题材已从台阁移至江山与塞漠。如杨炯的《从军行》:

烽火照西京,心中自不平。牙璋辞凤阙,铁骑绕龙城。雪暗凋旗画,风多杂鼓声。宁为百夫长,胜作一书生。

边塞是当时士人幻想建功立业的用武之地,尽管"四杰"中的王、杨、卢都从未到过边塞,然而他们在诗中表现的立功边塞的志向和慷慨情怀,却显得十分强烈,这种激扬文字的书生意气是构成其诗歌"骨气"的重要因素,也是"四杰"诗风与宫廷诗风迥然有异的内在原因。

## 第三节 杜审言与沈、宋

唐高宗、武后时期，以主文词为特点的进士科的勃兴，为一般士人中有文才者的升迁创造了条件。与"四杰"同时或稍后的一批初唐著名诗人，如杜审言、李峤、宋之问、沈佺期等，都是由进士科及第而先后受到朝廷重用的士人作家。他们入朝做官时写的那些分题赋咏和寓直酬唱的"馆阁体"诗，虽在内容上与以前的宫廷诗人的作品无太大差别，但在诗律和诗艺的研练方面有很大进展，为唐代近体诗的定型做出了贡献。

杜审言（654？—708？），字必简，原籍襄阳，从祖辈起即迁居巩县（今属河南）。他是杜甫的祖父，为人恃才謇傲，在当时与李峤、苏味道和崔融并称"文章四友"。四人中，数杜审言最有诗才，胡应麟《诗薮》说："初唐无七言律，五言亦未超然。二体之妙，杜审言实为首倡。"杜审言现存的 28 首五言律诗，除一首失粘外，其余的完全符合近体诗的粘式律。他在五律方面的成就已超过了杨炯，使五言律诗的创作首先达到了较高的艺术水准。杜审言最有名的五律，是他早年在江阴任职时写的《和晋陵陆丞早春游望》：

独有宦游人，偏惊物候新。云霞出海曙，梅柳渡江春。淑气催黄鸟，晴光转绿蘋。忽闻歌古调，归思欲沾巾。

把江南早春清新秀美的景色写得极为真切，由此引起的深厚的思乡之情，全融入明秀的诗境中，显得极为高华雄浑。尤其是颈联的"云霞出海曙，梅柳渡江春"，生动地写出了春的气息，给人以壮阔而又生机勃发之感。

五律的定型是由宋之问和沈佺期最后完成的。宋之问（656？—712），字延清，汾州（今山西汾阳）人；沈佺期（656？—714），字云卿，相州内黄（今河南内黄）人。他们出生年晚于杜审言，因有文才受到赏识而选入朝中做官，是武后时期有代表性的馆阁诗人。置身宫禁而优游卒岁的馆阁生活，使他们的诗歌创作多限于应制酬唱和咏物、赠别，点缀升平，标榜风雅，难免有辞藻文饰内容贫乏之弊。同时，也使他们有较为充裕的时间琢磨诗艺，于诗律方面精益求精，回忌声病，约句准篇。除了一联之中轻重悉异之外，还要求上一联的对句与下一联的出句平仄相粘，并把这种粘对规律贯穿全篇，从而使一首诗联与联之间平仄相关，通篇声律和谐。元稹《唐故工部员外郎杜君墓系铭并序》说："唐兴，官学大振，历世之文，能者互出。而又沈、宋之流，研练精切，稳顺声势，谓之为律诗。"这是最早有关"律诗"定名的记载，故沈、宋之称也就成为律诗定型的标志。

各种律诗体式的定型，为诗歌艺术的发展创造了有利条件。尽管沈、宋等人在任职馆阁期间所写的应制五律和七律鲜有可观者，但磨练出了一套律诗的声律技巧，一旦他们因政治变故而遭谪贬，有了不吐不快的真情实感之后，就容易写出情韵俱佳的优秀的作品。杜审言写得最好的五律，是在中宗复位时因他曾依附武后男宠二张（张昌宗、张易之）而被流放峰州后创作的。与此同时，宋之问和沈佺期也因相同的缘由而被流放岭南，他们同样也写出了较好的作品。如宋之问的五律《度大庾岭》：

度岭方辞国，停轺一望家。魂随南翥鸟，泪尽北枝花。山雨初含霁，江云欲变霞。但令归有日,不敢恨长沙。

未到贬所而先想归期,一种含泪吞声的悲怆情思表现得真切细腻,见不到任何着意文饰的痕迹,尽管诗律和对仗是十分工整的。他的《渡汉江》亦复如此:

岭外音书断,经冬复历春。近乡情更怯,不敢问来人。

这是一首写得十分精彩的五绝,具有声情并茂、意在言外的艺术感染力,与后来盛唐诗人的作品已相去不远了。

在当时,七言律写得较好的是沈佺期,他的成名作是写思妇的七律《古意呈乔补阙知之》:

卢家少妇郁金堂,海燕双栖玳瑁梁。九月寒砧催木叶,十年征戍忆辽阳。白狼河北音书断,丹凤城南秋夜长。谁为含愁独不见,更教明月照流黄。

辞采华丽,声韵流转,粘连对仗的技巧很高,但有拼凑痕迹。其艺术感染力远不如他于流贬途中写的《遥同杜员外审言过岭》:

天长地阔岭头分,去国辞家见白云。洛浦风光何所似,崇山瘴疠不堪闻。南浮涨海人何处,北望衡阳雁几群。两地江山万余里,何时重谒圣明君。

与他流放岭南所作的五言律相同,此诗表达一种无可奈何的伤感心境,不用典故,无意修饰,却写得有情有景。声律和谐流畅而蕴含深厚,是早期七言律的成熟之作,被后人称为初唐七律的样板。

总之,经过杜审言和沈、宋等人的不懈努力,在武后至中宗景龙年间,唐代近体诗的声律体式已定型,出现了一批较为成功的作品。

## 第四节 陈子昂与张若虚等

作为在武后时期才登上诗坛而崭露头角的诗人,陈子昂与沈、宋等人同属于受重视的新进庶族士人,有着相同的被起用的社会政治文化背景。然而,当馆阁诗人醉心于应制咏物、寻求诗律的新变时,陈子昂的诗歌创作却表现出明显的复古倾向,主张恢复古诗比兴言志的风雅传统,这使他的诗呈现出与当时朝中流行的馆阁体完全不同的精神风貌。陈子昂对风骨的追求,提出的诗美理想,对于唐诗的变革具有关键性的意义,成为盛唐诗歌行将到来的序曲。与此同时,在诗歌意境的创造方面,张若虚和刘希夷的诗歌提供了成功的经验。

陈子昂是一位对唐诗发展有重大影响的诗人。唐高宗显庆四年(659),他出生于梓州射洪(今四川射洪县)一个富有的庶族地主家庭,从小养成了豪家子弟驰侠使气的性格。他青年时期折节读书,21岁时入长安游太学,次年赴洛阳应试,不幸落第西归,在家乡过了一段学仙隐居的生活。武则天临朝称制的永淳二年(683),他再次赴洛阳应试,登进士第,授将仕郎。由于两次上谏疏直陈政事受到武则天的赏识,被擢为秘书省正字,官至右拾遗。他曾慷慨从军,随乔知之北征同罗、仆固,后又随武攸宜军出击契丹,因相处不和解职还乡。返乡后,他被县令段简诬陷入狱,于久视元年(700)死在狱中,年仅

42岁。

复归风雅,是陈子昂振起一代诗风的起点,集中体现为他创作的《感遇诗三十八首》。这些诗非一时一地之作,但基本上都作于诗人入仕之后,其中有很多首与作者的政治活动有直接的关系,具有强烈的政治倾向。如武后时期重用酷吏,大开告密之门,朝臣中往往有因一言失慎而被杀者,弄得人人自危。陈子昂在《谏刑书》和《谏用刑书》里对此加以劝谏,认为滥杀无辜将酿成祸乱。

陈子昂是个政治色彩很浓的诗人,借《感遇诗三十八首》来恢复风雅比兴美刺的兴寄传统,使诗歌创作具有较强的思想性和干预现实的作用,这是其所得。其失则在于这种复古,易重蹈古诗以论理寄托感慨的构思方式,简单地将抽象思辨附着于感性形象之上,以诗言理而缺乏艺术感染力。

在《感遇诗三十八首》里,有一部分是袒露作者侠肝义胆的述怀言志之作,将匡时济世的人生抱负化为慷慨悲歌的情思,具有昂扬壮大的感情气势。如《感遇诗三十八首》其三十六:

本为贵公子,平生实爱才。感时思报国,拔剑起蒿莱。西驰丁零塞,北上单于台。登山见千里,怀古心悠哉。谁言未忘祸,磨灭成尘埃。

此诗作于陈子昂第一次随军北征期间,诗人亲临沙场,情动于中而形于言。这种兴寄方式,已突破了古诗美刺比兴的传统局限,表现了建安诗人梗概多气的诗风,虽在表现形式上有受阮籍《咏怀诗》影响的痕迹,但没有兴寄无端的苦闷,而是蕴藏着壮伟情怀,展现出不甘平庸、积极进取的精神风貌。从"四杰"开始的那种渴望建功立业的昂扬情调,在陈子昂的这类兴寄之作里更显激越,带有壮怀激烈、拔剑而起的豪侠之气。

为实现自己建功立业的理想,陈子昂于神功元年(697)再次从军,随建安郡王武攸宜北征契丹,军次渔阳。由于建议未被采纳而钳默下列,因登蓟北城楼,有感于从前此地曾有过的君臣际遇的往事,他写了题为《蓟丘览古赠卢居士藏用》的组诗。

写完这组诗后,诗人不由得潸然泪下、浩然弥哀,吟出了千古绝唱《登幽州台歌》:

前不见古人,后不见来者。念天地之悠悠,独怆然而涕下。

在天地无穷而人生有限的悲歌中,回荡着目空一切的孤傲之气,形成反差强烈的情感跌宕。自悠悠天地而言,将与英雄业绩同其长久;而自己人生有限,一旦抱负落空,只能空留遗恨而已。于是产生了怆然涕下的巨大悲哀,这种一己的悲哀里,蕴含着得风气之先的伟大孤独感,透露出抚剑四顾茫茫而慷慨悲歌的豪侠气概。

壮伟之情和豪侠之气,最能体现陈子昂诗歌创作的个性风采,这正是被称为唐诗风骨的东西,也是他倡导的风雅兴寄中能反映一个时代士人精神风貌的新内容。提倡风骨和兴寄,对于当时诗风的变革有积极的推动作用,陈子昂较早地在创作中自觉到了这一点,并有十分明确的理论表述。他在《与东方左史虬修竹篇序》里说:

文章道弊五百年矣。汉魏风骨,晋宋莫传,然而文献有可征者。仆尝暇时观齐梁间诗,彩丽竞繁,而兴寄都绝,每以咏叹。思古人常恐逶迤颓靡,风雅不作,以耿耿也。一昨于解三处见明公《咏孤桐篇》,骨气端翔,音情顿挫,光英朗练,有金石声。遂用洗心饰视,发挥幽郁。不图正始之音,复睹于兹。可使建安作者,相视而笑。

## 第一章 隋及初唐诗歌

在这篇诗序里,陈子昂第一次将汉魏风骨与风雅兴寄联系起来,反对没有风骨、没有兴寄的作品。这样,复归风雅的目的就不只是美刺比兴,而是要追踪多悲凉慷慨之气的建安风骨,寄托济世的功业理想和人生意气,与片面追求藻饰的齐梁宫廷诗风彻底地划清了界限。其次,他提出了一种"骨气端翔,音情顿挫,光英朗练"的诗美理想,要求将壮大昂扬的情思与声律和辞采的美结合起来,创造健康而美丽的文学。

经过90余年的发展,初唐诗歌在题材范围的扩大、体物写景技巧的成熟、声律的完善和风骨的形成等诸多方面,已为唐诗艺术的繁荣奠定了基础。与此同时,在纯美诗境的创造方面,张若虚和刘希夷提供了成功的经验。

张若虚是初、盛唐之交的一位诗人,大致与陈子昂等人同时登上诗坛。由于史传无确载,其生平事迹不详,只知他是扬州人,做过兖州兵曹,与贺知章、张旭和包融齐名,被称为"吴中四士"。他的诗仅存2首,但一篇《春江花月夜》就奠定了他在唐诗史上的大家地位。

这是一首长篇歌行,采用的是乐府旧题,可作者已赋予了它全新内容,将画意、诗情与对宇宙奥秘和人生哲理的体察融为一体,创造出情景交融、玲珑透彻而无迹可寻的诗境。

相类似的诗境创造,在刘希夷的诗里亦能见到。他的代表作《代悲白头翁》,触景生情,以落花起兴:

洛阳城东桃李花,飞来飞去落谁家。洛阳女儿好颜色,坐见落花长叹息。今年花落颜色改,明年花开复谁在?已见松柏摧为薪,更闻桑田变成海。古人无复洛城东,今人还对落花风。年年岁岁花相似,岁岁年年人不同。寄言全盛红颜子,应怜半死白头翁。此翁白头真可怜,伊昔红颜美少年。公子王孙芳树下,清歌妙舞落花前。光禄池台文锦绣,将军楼阁画神仙。一朝卧病无相识,三春行乐在谁边?宛转蛾眉能几时,须臾鹤发乱如丝。但看古来歌舞地,唯有黄昏鸟雀悲。

在深微的叹息声中,有一种朦胧的生命意识的觉醒,有对自然的周而复始与青春年华的转瞬即逝的领悟,诗人写出了广为传诵的名句"年年岁岁花相似,岁岁年年人不同"。花相似而人不同的意象,深藏着诗人对生命短促的悼惜之情。这种带有青春伤感的情思贯穿全篇,并通过对红颜美少年与半死白头翁的对比描写而愈显浓烈,创造出兴象鲜明而韵味无穷的诗境。

张若虚和刘希夷在诗歌意境创造上取得的进展,如将真切的生命体验融入美的兴象,诗情与画意相结合,浓烈的情思氛围,空明纯美的诗境等,表明唐诗意境的创造已进入炉火纯青的阶段。那种兴象玲珑的盛唐诗的随之出现,也就是十分自然而然的了。

### 作品学习

1. 张若虚《春江花月夜》
2. 陈子昂《登幽州台歌》

## 《春江花月夜》鉴赏

张若虚的《春江花月夜》是一首七言古诗,用乐府旧题,却洗去宫体诗的铅粉,诗风清丽朗净。空灵朦胧的春江花月夜,弥漫着游子思妇深挚缠绵的相思,以及诗人对宇宙人生深邃邈远的思索。

本诗紧扣春、江、花、月、夜五个字,描绘了一幅浩瀚幽邃、恬静美妙的巨幅画卷。全诗可分为两大部分:从开头到"但见长江送流水"为第一部分,描写月光中春江花林,以及产生的联想感慨。从"白云一片去悠悠"到结束为第二部分,写春夜游子思妇的离愁别恨。最后四句将题中五字全部收束,"情"字总括全篇。

这首诗极善于铺陈渲染,充满诗情画意,将意境和情思之美渲染得淋漓尽致。它又十分重视声情谐和。全诗三十六句,四句一转韵,抑扬顿挫,一唱三叹,与诗情同步,相得益彰。

全诗融诗情、画意、哲理为一体,空灵邈远,心醉神迷。诗中弥漫着淡淡的哀伤,深挚的情感,幽邃的哲思,清丽隽永,耐人回味,这正是该诗艺术上的成功之处。不愧被闻一多先生誉为"诗中的诗,顶峰上的顶峰"(《唐诗杂论·宫体诗的自赎》)。

## 《登幽州台歌》鉴赏

陈子昂随建安王武攸宜东征契丹,多次献破敌之策,不但不被采纳,反而降职。他悲愤满腔,"因登蓟北楼,感昔乐生、燕昭之事,赋诗数首。乃泫然流涕而歌曰:'前不见古人……'"(卢藏用《陈氏别传》)。此诗抒发了陈子昂怀才不遇,报国无门的孤寂悲愤。

诗人独立苍茫,登台远眺,一个"前"字与"后"字将无尽的时空串联起来。他恰巧站在历史的接点处,再联系两个"不见",面对苍茫原野,无尽岁月,心中的悲怆孤独可想而知。

这是一首登临怀古之作,表达出诗人对人生深刻的体验和哲理的反思:人生有限而时间永恒,个人渺小而宇宙无穷,岁月易逝而功业难就。绝世独立、俯仰古今,这也是此诗最撼动人心之处。

## 延伸阅读

**1. 原典阅读**

(1)阅读《初唐四杰集》(中华书局,1975年版),重点阅读王勃、杨炯、卢照邻、骆宾王的诗歌,注重其题材内容和诗歌风格。

(2)阅读《陈子昂集》(上海古籍出版社,2013年版),重点阅读陈子昂诗歌,注重领会陈子昂提出的诗歌理论。

**2. 研究文献阅读**

(1)阅读《初唐四杰和陈子昂》(沈惠乐、钱伟康编,上海古籍出版社,1987年版),归纳总结初唐四杰与陈子昂在诗歌和理论方面所取得的成就,以及对诗歌发展做出的贡献。

（2）阅读《初盛唐诗歌的文化阐释》（杜晓勤著，东方出版社，1997年版），归纳总结南北朝至盛唐的文化转型与诗歌演进轨迹。

### 拓展训练

1.《新唐书·陈子昂传》："唐兴，文章承徐、庾余风，天下祖尚，子昂始变雅正。初，为《感遇诗》三十八章，王适曰：'是必为海内文宗。'乃请交。子昂所论著，当世以为法。"陈子昂《与东方左史虬修竹篇序》："文章道弊五百年矣。汉魏风骨，晋宋莫传，……齐梁间诗，彩丽竞繁，而兴寄都绝，每以咏叹。思古人常恐逶迤颓靡，风雅不作，以耿耿也。"又"骨气端翔，音情顿挫，光英朗练，有金石声。"卢藏用《右拾遗陈子昂文集序》："道丧五百岁而得陈君。"杜甫《陈拾遗故宅》："终古立忠义，感遇有遗篇。"请结合陈子昂的作品和诗美理想，探究其为诗歌所做出的贡献，以及在初唐诗坛的地位影响，写一篇小论文。

2.唐元稹云："唐兴，官学大振，历世之久，能者互出。而又沈、宋之流，研练精切，稳顺声势，谓之为律诗。由是而后，文体之变极焉。"元方回《瀛奎律髓》："宋之问，唐律诗之祖。诗未尝不佳……字字缜密。"明胡应麟《诗薮》："沈七言律，高华胜宋；宋五言排律，精硕过沈。"明王世贞《艺苑卮言》："五言至沈、宋，始可称律。"请结合宋之问、沈佺期的作品，比较研究二人诗歌的艺术成就，找出各自所长，以及沈、宋对律诗做出的贡献，写一篇小论文。

# 第二章 盛唐文学

**文学史**

唐玄宗开元、天宝年间,直至"安史之乱"爆发前,经济繁荣,国力强盛,涌现出许多天赋极高又秉受时代雄风英气的诗人。他们"既闲新声,复晓古体;文质半取;风骚两挟;言气骨则建安为传,论宫商则太康不逮"(殷璠《河岳英灵集》)。至此,唐诗经过100多年的准备和酝酿,达到了全盛的高峰。虽然,按四段论划分,盛唐为时最短,但成就却最高。这一时期,不仅出现了李白、杜甫这样的双子星座,还出现了山水田园诗派与边塞诗派二水分流的景观。诗人们笔参造化、巧夺天工,将自然美、人工美完美地统一在一起,气协律而出,情因韵而生,创造出声律风骨兼备、广为传诵的优秀诗篇。感情炽烈、气势奔放、意境雄浑,是盛唐诗的主要特征。即使是恬静优美、静穆明秀之作,也同样生气弥漫、余香悠长。这就是为后人艳羡称道的"盛唐之音"。

## 第一节 张九龄及盛唐前期诗人

初唐之后,唐代文学进入盛唐时期。最早迈步盛唐诗坛的一批诗人声名虽不及王、孟、高、岑、李、杜,但却成为酝酿、逗起盛唐气象的先行者。其中成就较高者当属张九龄。

### 一、张九龄

张九龄(678—740),字子寿,韶州曲江(今广东韶关)人。武后神功年间进士,玄宗时官至中书侍郎同平章事,迁中书令。为官举贤授能,刚正不阿。开元二十五年(737),为李林甫排挤,贬荆州长史。有《曲江集》,存诗200余首。

张九龄论诗主张以性情为重,以兴寄为主。《岁除陪王司马登薛公逍遥台序》云:"必有以清涤孤愤,舒啸佳辰,寄文翰以相宣,仰风流而未泯。""又以为岘山故事,感羊祜以兴言,湘水遗风,怀屈原而可作。"他的《感遇十二首》,均以芳草美人的意象托物言志,抒写自己高洁脱俗的品格操守。其一云:"兰叶春葳蕤,桂花秋皎洁。欣欣此生意,自尔为佳节。谁知林栖者,闻风坐相悦。草木有本心,何求美人折。"诗意运用楚辞比兴寄托手法,以芬芳的兰、桂喻贤者之自守自尚、不求喧嚣闻达的内美与追求。此种手法常见于诗中,如"江南有丹橘,经冬犹绿林。岂伊地气暖,自有岁寒心。可以荐佳客,奈何阻重深!"(《感遇十二首》其七)抒发奸佞当道、有志难伸的忧愤苦闷和洁身自赏的情志。张九龄一些写景抒情的五律不仅声韵圆润流畅,而且展示出高华开旷的盛唐气象,如《湖口望庐山瀑布水》《望月怀远》等。

胡应麟在《诗薮》中云:"唐初承袭梁隋,陈子昂独开古雅之源,张子寿首创清淡之派。盛唐继起,孟浩然、王维、储光羲、常建、韦应物,本曲江之清淡,而益以风神者也。"张九龄作为盛唐先驱,其清淡秀雅的诗风与陈子昂的古奥直雅有所不同,对王、孟山水田园诗派有不容忽视的影响。

### 二、张说

张说(667—730),字道济,一字说之,洛阳人。他德高才俊,名重朝野,历仕武则天、中宗、睿宗、玄宗四朝,曾任宰相,封燕国公。《旧唐书》本传称道他"喜延纳后进",张九龄、王翰等许多著名文士常游其门下。他还是继"四杰"之后著名的骈文家,与许国公苏颋并称"燕许大手笔"。以其地位与成就,张说实为盛唐前期文学界的领袖人物。有《张燕公集》,存诗350余首。

张说一生功业文学俱获成功。他的诗以抒写王霸志怀为主,显现出政治家的风采与气度,如《巡边在河北作》。缘于志向抱负,张说尤为喜吟历代风云人物,《邺都引》为这方面的代表作。

总之,英雄志士与倜傥豪气是张说诗歌中所呈现的鲜明特征,这正是盛唐诗歌最显著的精神内蕴。张说以其仕途与文学的成功,成为领导盛唐初期群伦的重要力量,其诗作的意义值得重视。

### 三、贺知章

贺知章(659?—744?),字季真,越州永兴(今浙江萧山)人。他是唐代高寿的诗人,活了80多岁。开元中曾任太子宾客、秘书监。其性格豪放开朗,放诞嗜酒,自号"四明狂客"。存诗19首。诗虽不多,但有几首却十分有名,如《回乡偶书》《咏柳》。

### 四、王湾

王湾(生卒年不详),洛阳人。先天年间(712—713)进士,开元十七年(729)仍在职。殷璠《河岳英灵集》称道其"词翰早著,为天下所称"。留世作品10首,其中以《次北固山下》最为有名。

## 第二节　孟浩然、王维及其他山水田园诗人

山水田园诗派是指以王维、孟浩然、储光羲、常建、祖咏等为代表的一批诗人所形成

的诗歌流派。该派诗人以描写山水景色、田园风光为主要题材,着意于表现清淡自然、静穆明秀的意境,在创造情景交融、物我契合的诗境,发掘和开拓自然美、阴柔美方面做出了重要贡献。

## 一、孟浩然

孟浩然(689—740),湖北襄阳人。40 岁以前,隐居家乡鹿门山,闭门苦读,为科考入仕做准备:"为学三十载,闭门汉江阴。"(《秦中苦雨赠袁左丞贺侍郎》)开元十六年(728)西入长安求仕,因无权贵援引而落第:"当路谁相假,知音世所稀。"(《留别王维》)此后到吴越闽湘一带游历,饱览山水名胜,创作了不少旅行纪游山水诗:"山水寻吴越,风尘厌洛京。扁舟泛湖海,长揖谢公卿。"(《自洛之越》)韩朝宗任山南采访使时,意欲向朝廷举荐他,因与友朋宴聚,爽约未能成行。开元二十五年(737),张九龄为荆州长史,曾邀其入幕,但他不久即辞职归家。开元二十八年(740),王昌龄访游襄阳,孟浩然饮酒食鲜,背疽复发而卒,终年 52 岁。

孟浩然是盛唐以布衣终老的一位诗人,他的节操风采赢得了李白的赞赏:"我爱孟夫子,风流天下闻。红颜弃轩冕,白首卧松云。醉月频中圣,迷花不事君。高山安可仰,徒此揖清芬。"(《赠孟浩然》)其实,孟浩然的隐逸应分两个阶段区别对待:40 岁之前是以隐求不隐,40 岁以后可谓是以隐求志趣。

孟浩然现存诗 260 余首,其题材主要写田园村居生活、游赏山水行踪、独居隐逸情怀,形式以五律短制居多,总体格调既有平淡之味,如《过故人庄》;又有壮逸之气,如《临洞庭湖赠张丞相》;还有孤清之意,如《夏日南亭怀辛大》《夜归鹿门歌》。

徐献忠说:"襄阳气象清远,心惊孤寂,故其出语洒落,洗脱凡近,读之浑然省净,真彩自复内映。虽藻思不及李翰林,秀调不及王右丞,而闲淡疏豁,翛翛自得之趣,亦有独长。"(胡震亨《唐音癸签》卷五引)此评可谓深得孟浩然山水田园诗的真趣。

## 二、王维

王维(701—761),字摩诘,祖籍山西祁县,后随父迁蒲(今山西永济)。王维年少聪慧,多才多艺,诗、书、画、乐兼擅。15 岁即游学长安,开元九年(721)进士及第,释褐太乐丞,因伶人私舞黄狮贬济州司仓参军,后改官淇上。曾献诗张九龄希求汲引,官右拾遗。开元二十五年(737)秋,以监察御史赴河西节度使幕犒军,任节度判官。以殿中侍御史知南选,于开元二十九年(741)北归。后筑辋川别业隐居终南山,盘桓啸咏,过着半官半隐的生活。天宝十四载(755)安史之乱爆发,次年长安沦陷,因扈从不及为叛军俘获,服药、佯为喑哑,仍被署以伪职。乱平,因曾作《凝碧池》诗表忠君恋阙及其弟削职疏救,得以赦免,后累官至尚书右丞。但他痛感名节亏侮,"在京师,日饭十数名僧,以玄谈为乐,斋中无所有,唯茶铛、药臼、经案、绳床而已。退朝之后,焚香独坐,以禅诵为事"(《旧唐书·王维传》),以此化淤消痛、弥罪报恩。所谓"一生几许伤心事,不向空门何处销"(《叹白发》),即是其晚年所为与心态的写照。

王维早年受母亲奉佛和社会佞佛的影响,加之年少丧父、中年丧妻,以及仕途受挫、避祸全身的需求,笃志修禅的思想日渐滋长:"少年不足言,识道年已长。事往安可悔,余生幸能养。誓从断荤血,不复婴世网。浮名寄缨珮,空性无羁鞅。"(《谒璿上人》)为养家糊口,他逗留官场,而不能像陶渊明一样毅然辞官归隐,甚至在《与魏居士书》中说陶渊明"一惭之不忍",终致"屡乞而多惭",还申明:"我则异于是,无可无不可。"这种主动中的被动、积极中的消极人生观、哲学观是其后半生半官半隐、亦官亦隐的思想基础。

王维存诗400余首,题材广阔,内容丰富,主要有游侠边塞诗、相思别友诗和山水田园诗。

王维的游侠、边塞诗写出了倜傥豪爽的气概、苍凉雄壮的风光,前者如《少年行四首》其一、其二,后者如《使至塞上》。王维的相思、别友诗写得一往情深、感人肺腑,前者如《九月九日忆山东兄弟》,后者如《送元二使安西》。

但王维对唐诗贡献最大、对后世影响最深远的是山水田园诗,他在这方面所表现出的创作力,成就了他的文学地位。苏轼在《书摩诘蓝田烟雨图》中云:"味摩诘之诗,诗中有画;观摩诘之画,画中有诗。"王维的山水田园诗正是在诗情与画意的交错渗透、情趣与禅理的相互生发中,创造出了玲珑剔透的艺术美。

首先,以诗人气质入诗。所谓诗人气质不仅指对客观事物有极其敏锐的感觉,而且主要指对现实生活所持有的热情、激情。只有对生活怀有深挚的眷顾流连,才能深入细致地观察生活、反思生活,于平常平淡中发现、提炼新意,于常景常境中升华、创造出独特的意境。王维的诗单纯优美而不寒俭枯涩,恬静平和而不死气沉沉,绝少尘迹而不孤单寂寥,清而实腴,语淡味浓。如果缺少对现实的关注、观察,没有热爱生活的情趣、激情,是难以写出真情勃发、美感洋溢的好诗的。《渭川田家》即典型地体现出这一创作特色。

其次,以画家气质入诗。阮阅《诗话总龟》卷八言:"顾长康善画而不能诗,杜子美善作诗而不能画。从容二子之间者,王右丞也。"此一论述道出了王维兼擅诗画的个人素养。苏轼所说的"诗中有画",正指出了兼具诗情画才的王维诗歌创作的艺术特征。所谓"诗中有画",即以景语入诗,用文字代替绘画所使用的线条、色彩来描绘形象、配置景象、构造意境。前人关于王维"诗中有画"的评论,多强调其融绘画技巧入诗一面,即讲求景物的选择、位置的布局、色彩的鲜明谐调。但事实是,王维在其山水田园诗中所追求的是一种高远的意境,他没有斤斤于毫发毕肖,而是创造出某种画外意境和情趣,不仅诗中有画,且画中有情,诗情画意,水乳交融。这方面的代表作有《终南山》《汉江临泛》《新晴野望》等。

再次,以音乐家气质入诗。王维的诗不仅具有"诗画"的特点,而且还具有"声画"的特点。所谓有"声画",指王维携带着他敏感的音乐素养,能捕捉自然界的各种音响,在诗歌创作中于动中传静、静中见动,呈现出一般诗歌难以表现的音乐美、动态美。音乐上的高深造诣,使王维在诗中更能精确地感受和表现自然界的各种声响。这方面的代表作如《山居秋暝》。

最后,以佛家气质入诗。佛教有通过"禅定""止观"的方式来体悟佛理的做法,即修行者屏除杂念,静心观照,浑然忘我,唯存一念于物境,久而久之,就可以达到观照明净无碍、与自然契合交融、身心安适自如的状态。王维诗中"山中习静观朝槿"(《积雨辋川庄作》)、"审象于静心"(《绣如意轮像赞并序》),就是指这种通过凝神静观以体悟佛理的方法。由于诗人的心境极为淡泊、虚静,不含任何杂念,所以对自然山水最神奇、最微妙的动人之处,往往会有一种特别的心会。一草一木,一泉一石,触处皆见性,触处皆是美。当他把这些形诸歌诗,就能表现出一种空灵清静的禅悦之境。其中不仅融化了诗人主观领悟到的"空""寂"禅理,也揭示了客观存在的澄淡幽静之美。如《酬张少府》《终南别业》《鹿柴》《竹里馆》《辛夷坞》。

综上所述,王维兼有诗人、画家、音乐家、佛家四种气质,但呈现在他山水田园诗中却是浑融契合的整体印象。刘熙载《艺概·诗概》说王维诗"好处在无世俗之病",即没有"恃才骋学,做身分,好攀引"之弊,而是自然流露真性情。山水田园诗到王维手中,从内容到形式都创造了澄淡精致的风格美,达到了对此前田园诗、山水诗的交汇融合和总结提高。

### 三、裴迪、储光羲、常建、祖咏

当时与王、孟诗风比较接近的,还有裴迪、储光羲、常建、祖咏等人。在盛唐文化氛围的涵育、滋养下,他们都有各自不同的生活理想,但也有相似的审美追求,即诗歌多写山林、寺观,表现幽寂之景和方外之趣。

裴迪与王维为道友、诗友,早年曾隐居终南山,以诗唱和,今存诗中有《辋川诗二十首》,如《华子冈》。

储光羲的田园诗以《田家杂兴八首》《田家即事》《同王十三维偶然作十首》等为代表,如前者其二反映诗人隐身于田园中的优游不迫、怡然自乐的情怀。《钓鱼湾》是一首与田园风光相关的小诗,写得清新自然、生动可喜:小舟与绿杨,春花与春情交织相映,潭清与水浅、荷动与鱼散果因相从,细微处见精心、动态处显生机。

常建今存诗60首,以边塞诗和山水诗最具特色。其山水诗好以光和影写清幽冷僻的景象和深幽空寂的感觉,如《宿王昌龄隐居》。常为人称道的是他的《题破山寺后禅院》。

祖咏与王维友善,情趣亦相投。其山水诗具有语言省净、意蕴丰厚的特点,如《终南望余雪》。

## 第三节　高适、岑参和其他边塞诗人

与王维和孟浩然等山水田园诗人同时活跃于盛唐诗坛的,是一群动辄以公侯卿相自许、热衷功名富贵、不惧苦寒生死、渴望杀敌拓边的豪侠型才士。仕进道路和仕宦境况虽各有不同,但他们的人生态度、价值追求、担当意识明显有别于山水田园诗人,鲜明地呈现出骏发激越、慷慨雄大、向往边塞、直面军旅的精神风貌。由这批诗人形成的诗派通常称之为盛唐边塞诗派。代表人物有高适、岑参、王昌龄、李颀、王之涣等,其中以高适、岑参的成就为最高,时人并称"高岑"。

## 第二章 盛唐文学

### 一、高适

高适是盛唐边塞诗的杰出代表,其诗在反映现实的深度方面超过了同时代的其他诗人,高昂雄伟的志气与直面现实的勇气使其诗特具一种慷慨悲壮的美。

高适(700—765),字达夫,渤海蓨县(今河北景县)人。他早年困顿,开元中曾入长安求仕,并于开元十八(730)至二十一年(733)北上蓟门,漫游燕赵。之后约有10年滞留宋州,过了多年"混迹渔樵"的落拓浪游生活。天宝八载(749),应试举有道科中第,授封丘尉。三年后弃官入河西节度使哥舒翰幕府,为掌书记。安史乱起后,高适从玄宗至蜀,拜谏议大夫。此后官运亨通,做过淮南节度使和蜀、彭二州刺史。代宗即位后,先后入朝为吏部侍郎、刑部侍郎,进封渤海县侯。在盛唐诗人中,高适是唯一做到高官而封侯者。《旧唐书》本传说:"有唐以来,诗人之达者,唯适而已。"

高适早年的诗,颇多沉沦不遇的悲慨,如其《宋中别周、梁、李三子》云:"曾是不得意,适来兼别离。如何一尊酒,翻作满堂悲。"又如《宋中十首》其一中,对昔日梁孝王广揽人才之盛事中断不再发出感慨:"梁王昔全盛,宾客复多才。悠悠一千年,陈迹唯高台。寂寞向秋草,悲风千里来。"高适的这类诗,往往将豪壮之气融贯于苍凉之中,从而形成慷慨悲歌的鲜明特色,如《送蔡山人》:"斗酒相留醉复醒,悲歌数年泪如雨。"又如《古大梁行》:"暮天摇落伤怀抱,倚剑悲歌对秋草。"醉醒、歌泪之中,展现的是志士沉沦的失意和急切用世的雄心。

高适在入仕之前,曾有过很长一段沉沦贫困的生活体验,这增加了他了解下层人民生活的机会,也为入仕后表现其在吏职与民困之间矛盾、痛苦的心境提供了现实的土壤,如《封丘县》。

高适的诗歌既有抒发政治抱负,感叹怀才不遇、壮志难酬的作品,也有关心现实、指陈时弊,表达对国计民生关注忧虑的作品。但他的边塞诗以及这类诗中所表现出的对戍边守土士卒的关心同情和表达宣泄的报国豪情、忧时愤慨,成为其诗歌创作区别于他人的特色和亮点。在《蓟门行五首》中,他既赞扬士卒们奋不顾身的牺牲精神:"胡骑虽凭陵,汉兵不顾身。"也对战士们久戍不归的处境寄予同情:"羌胡无尽日,征战几时归。"他常常以敏锐的眼光发现边防军旅中存在的问题,并予以揭露。如《蓟中作》云:"一到征战处,每愁胡虏翻。岂无安边书,诸将已承恩。惆怅孙吴事,归来独闭门。"又如《塞上》云:"边尘涨北溟,虏骑正南驱。转斗岂长策,和亲非远图。"对边将恃恩骄惰、无计安边,胡虏反复无常、背盟毁誓,朝廷虑浅乏谋、争斗和亲等问题予以抨击。尤其是当他把士卒的生活与降虏比较时,更感到骨鲠在喉、气愤难平:"戍卒厌糟糠,降胡饱衣食。关亭试一望,吾欲泪沾臆。"(《蓟门行五首》其二)并指出"边兵若刍狗,战骨成埃尘"(《答侯少府》),"言及沙漠事,益令胡马骄"(《睢阳酬别畅大判官》),对朝廷不恤士卒、不念亡魂,边将御敌失策、资敌狂骄的错误做法提出了严肃批评。总的来说,政治家冷峻的目光使高适对边塞战争存在的问题有着清醒而准确的判断,《燕歌行》就是集中反映边塞问题的代表作。

高适还写有一些赠别诗,于其中显示出气魄雄健、境界壮阔的特点,如《别董大》。

## 二、岑参

与高适同样有入幕经历而又以边塞诗享誉当时和后世的诗人,非岑参莫属。杜甫在《寄彭州高三十五使君适虢州岑二十七长史参三十韵》中云:"高岑殊缓步,沈鲍得同行。意惬关飞动,篇终接混茫。"高、岑并称肇始于此。严羽后来在《沧浪诗话》中亦云:"高、岑之诗悲壮,读之使人感慨。"高、岑遂并肩驰名而不废。

岑参(715—770),祖籍南阳,出生于江陵(今属湖北)。他出身于一个官僚家庭,曾祖父、伯祖父和伯父都做过宰相,其父岑植也做过两任刺史。岑参15岁时父亡,家道随即中落。曾隐居嵩山读书,20岁求仕长安而无果,后往来两京间,时而漫游交友,时而隐读备试。天宝三载(744)进士登第,授右内率府兵曹参军。与高适一样,岑参对低职微官颇不满意,怀着"丈夫三十未富贵,安能终日守笔砚"(《银山碛西馆》)、"功名只向马上取,真是英雄一丈夫"(《送李副使赴碛西官军》)的抱负,于天宝八载(749)首次出塞,赴龟兹(今新疆库车)担任安西四镇节度使高仙芝的掌书记。两年后返回长安,与高适、杜甫等结交唱和。天宝十三载(754),封常清任安西节度使,遂二度出塞,先到北庭(今新疆吉木萨尔),后到轮台(今属新疆),受到封的赏识和重视。安史之乱爆发,封常清被召回朝,岑参遂留轮台任伊西北庭度支副使。肃宗至德二载(757),他辗转凤翔,经裴度、杜甫等人推荐,任右补阙,又历任起居舍人、虢州长史等职。永泰元年(765)出任嘉州(今四川乐山一带)刺史,因蜀地兵乱,滞留汉中,两年后方赴任。次年秩满罢官,流寓成都,卒于客舍。

岑参前后两度出塞,在边地生活达六年之久,对边塞的军旅征战、民风民俗、音乐歌舞、自然风光十分熟悉并有较深体会。尽管边塞艰危困苦、环境恶劣严峻、生活单调寂寞,但岑参怀着昂扬的斗志、乐观的精神、健朗的心境面对这一切,并以诗歌如实记载下了奇异美妙的感受和豪迈进取的风采,一扫以往征戍诗寂寥哀怨、辛苦惨烈的传统格局,极大地开拓了边塞诗的表现内容和审美格调。他写军旅生活,豪气不凡:"侧身佐戎幕,敛衽事边陲。自随定远侯,亦著短后衣。近来能走马,不弱并州儿。"(《北庭西郊候封大夫受降回军献上》)写出军征战,威猛动地:"上将拥旄西出征,平明吹笛大军行。四边伐鼓雪海涌,三军大呼阴山动。"(《轮台歌奉送封大夫出师西征》)即使是那些常常坠入悲切情调的送别诗,他也写得健举高旷:"醉后未能别,醒时方送君。看君走马去,直上天山云。"(《醉里送裴子赴镇西》)这些雄健快慰的豪言壮语,典型地体现出盛唐诗人和诗歌的特质。著名的《走马川行奉送封大夫出师西征》,用流走豪迈的语调和奇特传神的手法,集中表现了边塞将士慷慨报国的英雄气概和不惧艰险的乐观精神。

岑参边塞诗中最为显眼亮丽的是对边塞风光景物的着意描写。杜甫在《渼陂行》中说:"岑参兄弟皆好奇。"的确,岑参携带着新奇的眼光,观察和发现有别于江南内地的异域风光,大凡飞沙走石、坚冰长风、大热奇寒、火云飞雪、奇花异草等,他都准确捕捉、艺术再现,使其诗歌充满奇情壮采、瑰伟神力。如写风沙:"银山峡口风似箭,铁门关西月如练。双双愁泪沾马毛,飒飒胡沙迸人面。"(《银山碛西馆》)写火山和火山云:"火山突兀赤亭口,火山五月火云厚。火云满山凝未开,飞鸟千里不敢来。平明乍逐胡风断,薄暮浑随塞雨回。缭绕斜吞铁关树,氤氲半掩交河戍。"(《火山云歌送别》)写热海:"侧闻阴山胡儿语,西头热海水如煮。海上众鸟不敢飞,中有鲤鱼长且肥。岸傍青草常不歇,空中白雪遥旋灭。蒸沙砾石燃虏云,沸浪炎波煎汉月。"(《热海行送崔侍御还京》)其中尤以《白雪歌送武判官归京》写雪景最为瑰丽壮观、神采飞扬。

岑参以边塞生活为题的七绝,亦时见佳制,如《逢入京使》。

殷璠《河岳英灵集》论岑诗道:"参诗语奇体峻,意亦造奇。"岑参诗在艺术表现上,利用七言歌行纵横跌宕、舒卷自如的体式优长而加以变化创新,形式与乐府趋近,但完全脱弃乐府故题而因事立题。用韵不拘故常,依据所写内容及抒情需要变化旋律,有基本上一韵到底的如《白雪歌送武判官归京》,有两句一换韵的如《轮台歌奉送封大夫出师西征》,有三句一换韵的如《走马川行奉送封大夫出师西征》,显示出奔腾跳跃、参差错落的语言美。声韵亦极尽变化,或轻快平稳,或急促劲折,音节响亮,调高意远,声韵文情互助滋补,收到了相得益彰、声情并茂的审美效果。

### 三、王昌龄

王昌龄(？—756),字少伯,京兆万年(今陕西西安)人。开元十五年(727)进士及第,为秘书省校书郎。开元二十二年(734)登博学宏词科,为泗水县(今河南荥阳西北)尉。因"不护细行,屡见贬斥"(《旧唐书》本传)。开元二十七年(739)获罪贬岭南,翌年北归,任江宁丞(今江苏南京江宁区)。约于天宝初,再贬龙标(今湖南黔阳西南)尉。后人因称之"王江宁"或"王龙标"。安史之乱时,避乱至谯郡(今安徽亳州),为亳州刺史闾丘晓杀害。著有《王昌龄集》,存诗180余首。

王昌龄是盛唐官位卑下而声名卓著的杰出诗人,他和许多著名诗人孟浩然、王维、李白、高适、岑参等都有交往唱酬,当时即获"诗家天子王江宁"之美称。他擅长七绝,五七言绝句几占诗歌半数。

王昌龄的诗以三类题材居多为好,即边塞、闺情宫怨和送别。

王昌龄的边塞诗具有很强的透视力和高度的概括力,其取胜处不在于对战事做精描细绘,而是笔酣墨饱,大处着笔,视广思长,能于寥寥数句中翻滚历史的思绪、蕴含热忱的思考,突破了六朝以来边塞诗就乐府旧题敷衍的固有程式,使之更富时代性、更具表现力。这些诗中有的对守边将士不畏久战、舍身许国壮志豪情予以热情讴赞,如《从军行七首》其四;也有对战斗过程和胜利喜悦的呈现,如同上诗题其五。

王昌龄诗也有对军中阴暗面的暴露、揭斥。将军统帅刻薄寡恩、忘情绝意,或对亡魂英灵弃置不顾,或倒功为过、赏罚失律,如《从军行七首》其三:"表请回军掩尘骨,莫教兵士哭龙荒。"《塞下曲四首》其四:"功勋多被黜,兵马亦寻分。更遣黄龙戍,唯当哭塞云。"《塞上曲》:"五道分兵去,孤军百战场。功多翻下狱,士卒但心伤。"边塞生活裹挟着失节义、不公平、非合理的问题,在王昌龄笔下成为窥透畸形社会万象的一扇窗户。尤其是他对边塞征战历史问题的反省追讨,令人倍觉切中要害、痛快淋漓、苍劲有力,如被后人誉为唐人压卷绝句的《出塞》。

王昌龄还在边塞诗中将笔触深入到士卒的内心世界,表现戍边守土这类群体的乡心温情,如《从军行七首》其一、其二。

闺情宫怨也是王昌龄擅长用力的一类题材。与边塞诗苍凉豪迈的风格有所不同,这部分诗较为深挚婉曲,细腻地表现了封建社会一部分女性当青春和生命遭受摧残压抑时痛苦失望的内心世界。王昌龄善于提炼情思和物色,并使两者聚合映带、互衬引发,且充分利用绝句起、承、转、合的章法特点,蓄势备力,巧作转折,抖尽思致,句圆境浑。《闺怨》和《长信秋词五首》是这方面的代表作。

王昌龄是专事七绝的圣手,他留存下来的七绝约有70余首,且篇篇上乘出彩。其七绝艺术上突出的特点表现在:首先是绪密而思清,深婉而隽永。他善于捕捉生活中的场景氛围和抒情主人公刹那间起伏跳动的心理过程,揭示其复杂、深刻内心世界,如《从军行七首》其一、其二、其四及《闺怨》等。其次是充分利用绝句的结构体势,精心构思,用意良苦,巧作陡转,开拓诗境。如《出塞》、《闺怨》、《长信秋词五首》其三、《芙蓉楼送辛渐》等诗中的第三句"但使龙城飞将在""忽见陌头杨柳色""玉颜不及寒鸦色""洛阳亲友如相问"等,都能极尽蓄势待发、转折拓展之能事,使全诗开阖跌宕、精妙无垠。再次是重视语言的锤炼精选,但又出之自然,绝去生涩险怪。如《出塞》中的"但使"、《从军行七首》其一中的"更吹"、《闺怨》中的"忽见"、《长信秋词五首》其三中的"犹带"等等,均为平常家语,但却被诗人运用自如且精警有力,收到了很好的艺术效果。总之,王昌龄的绝句代表了盛唐绝句的最高成就,后人对此多有称道。如明王世贞《艺苑卮言》云:"七言绝句,王江宁与太白争胜毫厘,俱是神品。"清陆时雍《诗镜总论》云:"王龙标七言绝句,自是唐人骚语。深情苦恨,襞积重重,使人测之无端,玩之无尽。"

### 四、王之涣、王翰、李颀、崔颢

王之涣(688—742),字季凌,晋阳(今山西太原)人。他少有侠气,为人以孝、义著称,又"慷慨有大略,倜傥有异才"(靳能《王之涣墓志铭》),与王昌龄、高适等均有交往。开元末出任文安县(今属河北)尉,后因不屑于"屈腰之耻"而拂衣去官。王之涣今存诗6首,均为绝句。有名的首推《登鹳雀楼》,其《凉州词二首》其一是唐代边塞诗的名篇,亦被视为唐诗的"压卷"之作。

开元时期另一诗人王翰也有《凉州词二首》,其一亦为盛唐边塞诗之绝唱。

李颀(690?—751?),郡望赵郡(今河北赵县),家住颍阳(今河南登封西)。开元二十三年(735)登进士第。入仕后新乡县尉的职任,令其倍感失落。因久不得迁,秩未满去官,隐居事佛学道。李颀今存诗120余首,其中最具特色的是边塞诗、赠别诗和描写音乐的诗。其诗擅长七古,气势奔放,酣畅恣肆,为盛唐七古之代表。李颀的边塞诗数量不多,但立意高远,指陈切实,格调郁怆,如《古从军行》。李颀交游甚广,赠别唱酬诗写得别具一格,如《别梁锽》,用简洁、明快、传神的笔墨抓住梁锽的形貌眼神、勇猛行为、果决风格、喧呼醉态、身手风采以及失意潦倒时我行我素、绝不介怀的潇洒风度、健朗精神,予以准确勾画,使一个有正气、有个性、有能力、有胸襟的人物形象鲜明夺目、呼之欲出。李颀描写音乐的诗《听董大弹胡笳声兼寄语房给事》,对中唐韩愈、白居易、李贺等人显然产生了直接影响。作者调动多种表现手法,或旁衬或通感,或夸张或想象,或以声写声,或以色写声,或绘形写声,或写演奏者迟速往复的高超指法,或写胡笳音声感天动地的审美效果,将董大通神明、惊天地、撼魂魄的绝世琴技写得酣畅淋漓、神飞心驰、壮美俏丽。李颀描写音乐的才情手法于此可见。

崔颢(704—754),在当时享有盛名,殷璠《河岳英灵集》言他:"年少为诗,名陷轻薄,晚节忽变常体,风骨凛然,一窥塞垣,说尽戎旅。"他从军后写的《古游侠呈军中诸将》《赠王威古》等诗,具有用思妙巧、运笔畅快的特点。为崔颢赢得"唐人七律第一"(严羽《沧浪诗话》)的诗是《黄鹤楼》。据《唐诗纪事》记载,李白游黄鹤楼时,怅然道:"眼前有景道不得,崔颢题诗在上头。"遂为之搁笔。后游金陵,另作《凤凰台》欲较胜负。

## 作品学习

1. 张九龄《望月怀远》
2. 张说《邺都引》
3. 贺知章《咏柳》
4. 王湾《次北固山下》
5. 孟浩然《过故人庄》
6. 孟浩然《临洞庭湖赠张丞相》
7. 王维《使至塞上》
8. 王维《九月九日忆山东兄弟》
9. 王维《送元二使安西》
10. 王维《终南山》
11. 王维《山居秋暝》
12. 王维《终南别业》
13. 常建《题破山寺后禅院》
14. 高适《封丘县》
15. 高适《燕歌行》
16. 高适《别董大》
17. 岑参《走马川行奉送封大夫出师西征》
18. 岑参《白雪歌送武判官归京》
19. 王昌龄《从军行七首》(其四)
20. 王昌龄《从军行七首》(其五)
21. 王昌龄《出塞》
22. 王昌龄《长信秋词五首》(其三)
23. 王之涣《登鹳雀楼》
24. 王之涣《凉州词二首》(其一)
25. 王翰《凉州词二首》(其一)
26. 李颀《古从军行》
27. 崔颢《黄鹤楼》

## 《望月怀远》鉴赏

该诗首联大气包举,海天同辉,呈现出一种浑融高华的壮美气象,不愧为千古名句。领联用流水对,深情绵邈而又本色纯真。颈联紧扣两个细节动作,写无处不在、无时不生的怨忧。尾联由颈联翻出,顺时而生奇思妙想,意欲以梦中相会消解、满足浓郁的思慕之情。

## 《邺都引》鉴赏

诗人才兼文武,故于文才武略之士多所仰慕期许。诗以奔放苍劲之笔概括魏武一生功勋与文章,结尾于繁华消歇、人去台空中流露出痛惜伤悼之情。诗中对于古人壮伟功业的缅怀,其实正是诗人不甘平庸、激志效仿的写照。此诗比初唐卢、骆等人的歌行高出一筹,变铺采摘文为简约凝练,题意集聚,以气驱词,情饱笔酣。故沈德潜在《唐诗别裁集》中评价道:"声调渐响,去王杨卢骆体远矣。"

## 《咏柳》鉴赏

此诗构思巧妙,连环作合。首句将初春吐金披绿的柳树比拟成妆扮停当的少女,领联紧承上句再度生发,将千条万缕的柳丝拟化为少女翠绿的裙带。颈联既承接前二句又关合物色柳态,以问句转出新意,创构新境。尾联顺势吐纳,戛然一语,点醒点活题旨,诗意回环浑成。全诗生机盎然,玲珑透彻,令人叹止。

## 《次北固山下》鉴赏

诗写旅途所见所感,运笔经济而精彩,一句一画面,不断有所发现与体悟,淡淡乡愁与浓浓欣喜交互叠映而有所侧重。首联描述行旅方式与途经环境,青山、绿水点出江南冬末春初山水独有色相。领联描写江潮高涨、水岸齐平、风顺帆悬、舟行平稳的意境,可谓笔酣墨饱、神畅意达,极具韵致与气象。颈联触景生悟,感性中灌注理性会通,在准确把握昼夜交替、冬去春来景色变换中,揭示了万物周流、寓新于旧、推陈出新的宇宙哲理,给人无穷启示。尾联以归雁传书表达旅愁乡情,回应首联,收束全篇。全诗虽裹挟在乡思羁况中,然作者心悦神畅、诗境高远宽厚的特色则十分鲜明。据说当时宰相张说非常欣赏颈联,将其书写在政事堂上,让朝中文士以之为楷式。

## 《过故人庄》鉴赏

此为一首描写田园风光、农村生活的小诗,作者娓娓而道,如话家常,无拗口烦冗之词,有质朴亲切之味。首联交待造访故人村庄家舍的因由,普通"鸡黍"见出农家特色,一邀即至显现真纯至情。领联写村外远望景象,绿树环抱着村庄,青山斜出侧傍着城郭。颈联写进入农家后与老友叙谈的场面,酒宴饭桌摆放安置在临近打谷场和菜园子的地方,推杯换盏时说的全是庄稼桑麻长势之类的话。尾联总束全篇,变被动受邀为主动申请预约,等到重阳佳节来临之日,"我"还要到你庄舍来做客赏菊。最后看似漫不经心的两句,却显露出诗人做客之愉快、故人款待之热情、主客交流之融洽、农家环境气氛之宜人。沈德潜在《唐诗别裁集》中称赞孟诗"语淡而味终不薄"。此诗无炫奇猎异之处,整体匀称,真彩内映,呈现出平淡、自然之美,却又醇馥四溢、耐人咀嚼。

## 《临洞庭湖赠张丞相》鉴赏

此诗约作于开元四年(716)或五年(717),表面看是一首山水诗,但从功用讲其实是一首干谒诗,其投赠对象为时任岳州(今湖南岳阳)刺史的张说。诗的前半部分聚焦洞庭湖的水光天色、壮伟气势:八月的洞庭水涨湖满与岸平齐,宽广深邃的湖水涵纳辉映着天空宇宙,水汽蒸腾笼罩周边云泽梦泽,波涛激荡拍打撼动着岳阳城楼。刘辰翁评前四句道:"起得浑浑称题,而气概横绝,朴不可易。"(高棅《唐诗品汇》卷六十引)胡应麟亦称道领联为"壮语"(《诗薮》内编卷四)。前四句的确写得雄浑壮伟、大气磅礴,典型地体现出盛唐气象。后四句由前四句生发导引,紧扣湖水,彰显诗用,但却自然得体,浑化无迹:想要渡过宽广浩瀚的洞庭湖却苦于没有船和桨,家居不仕深感愧对圣明的君主和开明的时代,独坐湖岸眼见垂钓者频频有所收获,徒然生出羡慕那些从水中被钓上湖岸的鱼啊。干谒诗既要清晰陈情达意,又要不失尊严不露寒乞相。诗的后四句即是向张说表明希求援引出仕之意,但却将此意巧妙地潜藏遮掩在描写洞庭湖的云影水波中,可谓深得此类诗之要旨。当然由此也可见出,前期的孟浩然是有着强烈的用世之志的。

## 《使至塞上》鉴赏

诗写奉使出塞途中所见所闻,境界扩大,意境雄壮,构景新奇,格调健朗,尤其是颈联,以粗犷而精准的笔墨勾勒广袤的沙漠、孤直的烽烟、远奔的河流、浑圆的落日,给人以如在眼前的壮伟美感,透露出诗人出塞赴边的豪迈气概。《红楼梦》第四十八回"滥情人情误思游艺,慕雅女雅集苦吟诗"中有香菱谈学诗的一段体会论及此诗,她说:"据我看来,诗的好处,有口里说不出来的意思,想去却是逼真的;有似乎无理的,想去竟是有理有情的。……我看他《塞上》一首,那一联云:'大漠孤烟直,长河落日圆。'想来烟如何直?日自然是圆的。这'直'字似无理,'圆'字似太俗。合上书一想,倒像是见了这景的。若说再找两个字换这两个,竟再找不出两个字来。"由香菱的评论中,不难体会此诗写景如画、以俗为雅的创作特色。

## 《九月九日忆山东兄弟》鉴赏

此为王维17岁客居京城长安的一首思亲怀乡之作,感情真挚,手法高妙。第一句两个"异"字的叠用,突出强调了离乡背井、举目无亲的孤独感、陌生感;第二句以凝练之笔道人所未道,点醒佳节之于游子数倍于平常的思亲浓情;三、四句别开生面,变主为客,诗从对面飞来,在渲染家乡重九登高、插戴茱萸的习俗氛围时,凸现出兄弟们于饱览山巅秋景之际对自己的深情挂念。此种以虚带实、折进一层的手法开拓了诗境,强化了情感张力。

## 《送元二使安西》鉴赏

此诗在唐代即"被于歌",成为送行时演唱的金曲,有《渭城曲》《阳关三叠》之美誉。一、二句写送别的地点、时间、天气、环境,以"朝雨""青青柳色"暗写伤感、惜别之意;三、四句写将别时分的殷勤劝酒、依依难舍、真情关怀,再多喝一杯酒、多携带一份温暖吧,你一路西向出了阳关将置身在荒无人烟的戈壁沙漠,再也见不到能陪你喝酒、伴你同行的故人至交了。酒之于送别的功用、意义被王维用浅近之语揭晓点透。李东阳《麓堂诗话》评曰:"王摩诘'阳关无故人'之句,盛唐以前所未道。此辞一出,一时传诵不足,至为三叠歌之。后之咏别者,千言万语,殆不能出其意之外。"

## 《终南山》鉴赏

该诗运用夸张、细笔、虚实结合等多种手法,从多个层面描写了终南山的高峻、绵远、宽大,以及山中神奇迷人的景色。首联写远望中高耸、迤逦的终南山;颔联写行走在山间所见白云、青霭的动态变幻,体察入微,用笔精细,以轻灵之笔写生活常景,道人所难道;颈联写终南山的宽大,以及立定山巅所见众壑阴晴暗明的奇异景象;尾联以实写虚、以有限带无限,巧写终南山的宽广、诗人对终南山的留恋。

## 《山居秋暝》鉴赏

该诗描写秋山傍晚优美宜人的环境和诗人沉浸享受的心境。首联点明时间、地点、季节、天气;颔联、颈联分别从景物、人情两方面着笔,突出外物之素洁纯净,渲染人情之和谐自在,由此借物芳而明志洁、以人和而望政通。尤其是那在石质涧底上清冽甘泉的叮咚作响、翠绿茂密竹林中传出的浣衣归来女子银铃般的笑声,以及顺流而下的渔舟在宁静的荷池中所激荡的水声、穿过荷丛所产生的摩挲声,都为纯朴安静的山林景色增添了活力、动感,可谓绘形绘态、以动写静、以静衬动、动静相生互彰;尾联抒发诗人面对此景此情的感受和诉求——尽管春花消歇,山间却自有我留恋的充足理由。这首诗的重要艺术手法,一是以自然美、人情美来表现诗人的人格美及其理想中的社会美,二是传声写动、突显生机,三是素色构境、对比映衬。

## 《终南别业》鉴赏

诗人好闲尚静,专门居家南山脚下。兴致勃发时独往寻趣,禅悦兴味唯自知自品。溯流于溪尽水穷之处,便席地仰观峰峦间蒸腾飘起的白云。在羊肠道上偶尔碰到一位山翁野叟,长时间攀谈笑乐以致忘记返家。这种率兴不滞、随遇自处、不求人知的趣尚追求,在其《辋川集二十首》中,有着更为纯粹的表现。

## 《题破山寺后禅院》鉴赏

诗写古寺见闻与感受,表面看句句写景,实则处处隐含佛理禅趣,收到言在此而意在彼之功效。诗人在山光潭影构成的清幽和谐环境中,眼见日朗林高、曲径幽深、禅房花绽、鸟飞潭清,耳闻古寺钟磬之音悠扬如缕、宏稳透肺,从而身心进入一种涤尽尘念、思恬情悦的纯净境界。殷璠《河岳英灵集》中称赞常建诗"其旨远,其兴僻,佳句辄来,唯论意表",所论甚是。

## 《封丘县》鉴赏

该诗运用质朴自然、毫无矫饰的语言,直抒胸臆,一气贯注,肝胆照人,回荡着感人的力量。全诗四句一层共分四段,不堪作吏是全篇的主旨。起头四句,从高处落笔,自叙本来面目,说明不堪作吏的缘由,愤慨之情溢于言表。第二段从客观现实申诉不堪作吏的实情,与第一段形成强烈对照,感情转为沉痛压抑。第三段拓展第二段内容,表明力图摆脱这种不堪、意欲归隐的愿望。第四段就第三段的意思急转急收,因一时不能摆脱做官的客观障碍,也就更加向往归隐,与第一段遥遥照应。整首诗结构严谨而又波澜起伏,感情奔放而又回旋跌宕,歌行至此已成为一种淋漓酣畅、一泻千里的富有个性的抒情诗体了。

## 《燕歌行》鉴赏

依据诗序"开元二十六年,客有从御史大夫张公出塞而还者,作《燕歌行》以示适,感征戍之事,因而和焉",这首诗虽是针对御史大夫兼河北节度副使张守珪军中事而作,但诗中所触及之事并非专就一时一地具体事件而发,而是融合其边塞见闻,高度概括了当时军中生活的诸多方面,具有极强的现实性。这首诗的基调苍凉慷慨,从始至终弥漫着浓郁的悲壮气氛。征战士卒高度的爱国热忱,为国献身的精神十分感人。但由于主帅的骄兵轻敌、贪图享乐,致使战事不利、身陷重围、拼死力斗、慷慨赴难。诗的前四句写"汉将"怀着爱国的激情,抱着为国却寇、建功立业的雄心壮志,奔赴边疆。"摐金伐鼓下榆关"以下四句,写边情危急,唐军将士急速驰赴边关的情景,将士们没有丝毫退缩,表现出大无畏的英雄气概。"山川萧条极边土"以下八句,以浓墨重彩之笔渲染悲剧气氛:胡骑猖獗,大兵进犯,战士们奋勇杀敌而主将怀抱美人帐中享乐;经过激战,我军损失惨重而未能驱敌解围。"铁衣远戍辛勤久"以下四句,写士兵久戍难归,思亲念归的深情和滞留战场的无奈无以宣泄,曲折地表达了对边将的不满。"相看白刃血纷纷"以下四句,写士卒为国牺牲的高尚气节,借对汉代李将军的赞扬,指斥带军边帅不恤士卒的罪过。在艺术成就上,叙事、写景、抒情、议论融为一体,笔墨简洁,不事藻饰,议论精警深刻,闪现着政论的色彩;多处运用对比手法,如天子的眷重与将帅的儿戏、士卒的苦战与将军的享乐、汉代将军的体恤士卒与今日将军的忘生失忧等,都形成了鲜明的对比,强化了诗歌的厚度和深度;"蒙太奇"对接手法的使用,使悬置天南地北的征人与思妇,超越时空阻隔,互相照应对比,形成情感张力,场景画面既生动又感人;对偶句的大量运用,不仅增加了音韵美,而且增强了表现力、感染力。殷璠《河岳英灵集》评论高适诗云:"诗多胸臆语,兼有气骨。"的确,全诗悲怆雄壮,风骨凌然,以质直见长,以手法取胜。

## 《别董大》鉴赏

该诗可谓苍凉与开旷、迷惘与爽朗兼具,尤其是后两句,既是劝慰朋友,也是自勉自励,表现出对各自才能、人格、前途的充分自信。在唐人的赠别诗篇中,那些凄清缠绵、低回流连的作品,固然感人至深,但如此种慷慨悲歌、发自肺腑的诗作,却又以其真挚情意、坚定信念,为灞桥柳色、渭城风雨涂上了另一层豪迈健美的色彩。毫无疑问,高适的《别董大》即是这类风格的佳篇。

## 《走马川行奉送封大夫出师西征》鉴赏

该诗是为送别即将出师征讨播仙城的封常清而作。一开篇即是对黄沙弥天、夜风震吼、斗石乱滚的恶劣天气的勾画,接着写匈奴仗势侵凌叛乱、我军大将迅即出战迎敌。从"将军金甲夜不脱"到"幕中草檄砚水凝"几句,既写危急时刻将军夜不卸甲、士兵军纪整肃顶风急行,又写汗蒸雪融、水结成冰、砚墨凝固的细节和奇异景象。通过一幕幕不同场景的描写,展示出唐军将士触风犯雪、勇往直前、所向无敌的斗志,表达了诗人对这些尽职尽责、守疆卫国将士们的敬佩和礼赞。全诗通过想象、夸张、烘托、细节描写、句句押韵和两句一转韵等多种艺术手法,创造出奇句横叠、豪气冲天、风发泉涌的审美格调和艺术境界。

## 《白雪歌送武判官归京》鉴赏

这是一首客中送别僚友的诗,但全诗将送别的功能与浓墨重彩歌咏奇寒飞雪的精神相结合,分别写送别前、饯别时、送行时、送别后之寒天雪景,脉络清晰,气象壮美。诗人写边地飞雪,却以南国春天里盛开的梨树取譬作喻,不仅以蕾蕾怒放的洁白梨花状出银装素裹的北国世界,更以温暖和煦的骀荡春风和娇艳圣洁的梨花消解了边地的寒气冷意,使人形成一种感觉的对换、跳转,不觉其寒,反倒觉得冷得新奇、冷得精彩、冷得壮美和令人惊喜。诗中用细笔写凛冽寒风中红旗的特异之处,不仅从色彩对比中突出整个银白世界中的一点猩红,更令人惊奇的是那呼啸劲风中纹丝不动、凝固坚挺的整面红旗。诗章最后两句,以景结情,虚处传神,在峰回路转的马蹄印迹间留下了难舍、牵挂、忧念的浓挚情怀。这几处的描写皆为避实返虚,通过联想、虚构、夸张等手法,把平凡甚至苦寒的生活景象转变为美的视觉形象和艺术画面,并借此传递出诗人顶风斗雪、不惧俏寒的豪迈乐观精神。

## 《从军行七首》(其四)鉴赏

此诗开篇大气包举,摄景雄阔壮远,总揽西北边陲要隘。后两句聚焦于战地的特殊、战斗的频繁、战争的艰苦,以及在此境况下戍边将士誓死破敌的顽强斗志和报国雄心。即便最后一句"作归期无日看"(沈德潜《唐诗别裁集》),视为"愤激之词"(黄叔灿《唐诗笺注》),但也难掩其悲壮激烈、雄风豪气。

## 《从军行七首》(其五)鉴赏

开篇第一句避实就虚、以景喻事,用敌我双方厮杀时天昏地暗的景象,暗示战斗的惨烈严酷;第二句写我军危急关头,机智灵活、悄没声息地潜派驰援部队;三、四句写先头部队夜战奇袭所取得的功效——已生擒了敌方统帅,瓦解了敌人战力。以短小的绝句承载战争的内容,此诗最见构思、功力。对前线战斗场面不做具体描写,而辅之以景色烘托;以偃旗息鼓的增援部队的表现,传输我军机智果敢、迅捷凌厉的军威神勇。笔墨经济省净,效果出奇精彩。

### 《出塞》鉴赏

此诗意境深远浑厚,思想深刻尖锐。诗人以悠久苍茫的历史为纵览对象,以边塞征战问题为关注重心焦点,既揭示了边关守战的长久艰辛,又对拓土卫国的士卒前赴后继、劳命送死表示深切同情,更对守边备胡代乏良将致使边无宁日、战无终时表达强烈不满,可谓唱出了历史的诉求、时代的心声、志士的睿识。施补华《岘傭说诗》评此诗道:"意态绝健,音节高亮,情思悱恻,百读不厌也。"

### 《长信秋词五首》(其三)鉴赏

此诗托借汉代班婕妤在长信宫侍奉太后、洒扫庭院之事而作,表达了对失宠宫女遭遇不公、处境不堪的深切同情,由此揭示了为锦衣玉食、富丽堂皇的表面假象所遮蔽的无数宫女的不幸命运,控诉了埋葬青春、幸福、自由的封建后宫制度,其中也多少寄托着诗人怀才不遇的失意情怀。诗中劳作间隙,人与团扇同病相怜、惺惺相惜、相告吐露的画面尤为感人。而最后两句美丽的"玉颜"与丑陋的"寒鸦"两相比拼,所出现的人不如鸟、丑鸟犹且飞临昭阳宫沾恩带泽的扭曲结局,更令人感到世间毫无公正、丧尽公平的沉痛和悲哀。王昌龄这类以《长信秋词》组诗形式反映宫女遭遇和痛苦的诗歌,对中唐王建、王涯等人宫词的大量创作有导夫先路之功效。

### 《登鹳雀楼》鉴赏

该诗境阔志高,借登览望远表达高远开朗胸襟、发抒奋进追求哲理,催人上进,自来为励志佳篇。首两句写登楼所见——傍山沉坠的夕阳和咆哮奔向大海的黄河,无不展现出恢宏壮美、生气勃勃。三、四句由实入虚,在前两句铺垫的基础上,揭响望远必再登高、境升方可锐进的哲理。通篇偶对而不觉其巧,用笔疏朗而意脉紧凑连贯。

### 《凉州词一首》(其　)鉴赏

此诗即是唐人薛用弱《集异记》中所记,为王之涣与高适、王昌龄三人"旗亭赌画",让诗人挣足颜面的那首诗。前两句写戍防边地高入云端的地势和戍守将士驻扎环境之险恶。后两句由此生发,以春风不度既咏边地之荒寒,更暗蕴皇恩之虚伪不实、不均——永远也刮不到玉门关外戍边将士的身边。尽管诗中不无讽刺和怨言,但视界开阔,意象鲜明,音调响亮,接转自然,故怨叹中自饶遒壮骏爽之气。

### 《凉州词二首》(其一)鉴赏

诗写边地战士在激越欢快的琵琶声中开怀痛饮的场面,以及其举重若轻、视死如归的大无畏情怀。诗中葡萄美酒、夜光杯、琵琶、战马等富有塞外战地特色的意象群的连用迭出,为戏谑轻松抒发豪荡磊落的情怀打下基础,故三、四句所吐露的几令人下泪的酸涩体味,亦为密集美奂的节奏声色充分消解,并化为热血男儿的劲健清刚之气,从而释放出调激声朗、境美情爽的审美效果。

## 《古从军行》鉴赏

该诗在艺术性上自有成就,但思想性更胜一筹,可以说把唐代边塞诗的思想性开掘提升到前所未有的高度。诗中既描写了边兵白天、黄昏、夜晚的戍防劳作,又写了他们生存、生活环境之荒凉苦寒,更写了他们舍生忘死、连年征战的毫无意义。其中,对"胡雁""胡儿"的关注显现出作者客观公正的立场和宽大博爱的人文精神,从来边塞诗只立足于我方视角看待问题,绝少涉及敌对一方的感受,此诗是一个大的突破。"闻道""应将"两句用托古讽今的手法,揭露了最高统治者皇恩虚伪、人性丧尽的丑恶嘴脸。诗章最后两句,以小小"蒲萄"与无数性命的强烈对比,谴责了战争的残酷性和战争目的的荒谬性。总之,这首诗思想深刻、感情沉痛、章法整饬、以偶间散、平仄互换、音韵婉转,成为盛唐边塞诗不可多得的精品。

## 《黄鹤楼》鉴赏

该诗打破定格,以古歌行入律,前用散调变格,后归整饬严谨,以拙为巧,气脉流走,神韵超然,无斧凿痕。诗从楼的命名由来着想,借传说落笔,然后生发开去。仙人跨鹤,本属虚无,现以无作有,说它"一去不复返",就有岁月不居、古人未睹之憾;仙去楼空,唯余天际白云,悠悠飘荡千载,照见世事茫茫之慨。颈联忽一变而为历历在目的晴川烟树,长满洲渚的碧绿芳草,这一纵目远眺,不但由仙入凡,笔趋现世当下,而且诗境延展开阔、文势遂生波澜,同时也为尾联抒发乡关何处、归思难禁之情创设机关、铺垫道路,使得诗章于结尾重归开头那种渺茫不可见的境界。

### 延伸阅读

**1. 原典阅读**

(1)阅读《孟浩然诗集笺注》(佟培基笺注,上海古籍出版社,2000年版),重点阅读其山水、田园诗,注重体会其创作特点。

(2)阅读《王维集校注》(陈铁民校注,中华书局,1997年版),重点阅读其山水、田园诗,注重体味其创作特色。

(3)阅读《高适诗集编年笺注》(刘开扬笺注,中华书局,1981年版),重点阅读其边塞诗,注重体味其边塞诗的思想性。

(4)阅读《岑嘉州诗笺注》(廖立笺注,中华书局,2004年版),重点阅读其边塞诗,注重体察其边塞诗的艺术性。

(5)阅读《王昌龄诗注》(李云逸注,上海古籍出版社,1984年版),重点阅读其七言绝句诗,注重把握其七言绝句的艺术特点。

**2. 研究文献阅读**

(1)阅读《山水田园诗派研究》(葛晓音著,辽宁大学出版社,1993年版),总结盛唐山水田园诗派的风格特点,并比较王、孟山水田园诗的差异。

(2)阅读《唐代边塞诗的文化阐释》(任文京著,人民出版社,2005年版),总结盛唐边塞诗的审美特征,并比较高、岑边塞诗的不同。

(3)阅读《盛唐文学的文化透视》(霍松林、傅绍良著,陕西师范大学出版社,2000年版),总结盛唐文学与儒、释、道三家的关系及盛唐文学的时代精神。

### 拓展训练

1. 闻一多在《唐诗杂论·孟浩然》中说:"隐居本是那时代普遍的倾向,但在旁人仅仅是一个期望,至多也只是点暂时的调剂,或过期的赔偿,在孟浩然却是一个完完整整的事实。""孟浩然原来是为隐居而隐居,为着一个浪漫的理想,为着对古人的一个神圣的默契而隐居。"试结合唐代的隐逸之风和孟浩然的价值追求,谈谈你对这一论述的理解。

2. 苏轼在《书摩诘蓝田烟雨图》中说:"味摩诘之诗,诗中有画;观摩诘之画,画中有诗。"试结合有关诗歌,谈谈王维山水田园诗的创作特色。

3. 元代陈绎曾在《诗谱》中有云:"高适诗尚质主理,岑诗尚巧主景。"试结合高适、岑参的诗歌,谈谈两人诗风的差异性。

4. 明代王世贞《艺苑卮言》云:"七言绝句,王江宁与太白争胜毫厘,俱是神品。"又胡应麟《诗薮》云:"李作故极自然,王亦和婉中浑成,尽谢炉锤之迹;王作故极自在,李亦飘翔中闲雅,绝无叫噪之风,故难优劣。"试结合有关诗歌,谈谈王昌龄七言绝句的创作个性。

# 第三章 李白

**文学史**

李白(701—762),字太白,祖籍陇西成纪(今甘肃天水),先世于隋末罪迁中亚,李白因之诞生于中亚碎叶城(今吉尔吉斯斯坦的托克马克附近,唐代属安西都护府管辖),5岁时随父迁居至四川绵州昌隆县(今四川江油)青莲乡,自号青莲居士。李白是盛唐文化孕育出的杰出诗人,也是继屈原之后我国文学史上又一位伟大的浪漫主义诗人,更是古乐府的集大成者。李白主要生活在开元、天宝盛唐之际,此时唐帝国社会空前繁荣,却又危机四伏,他的诗歌是时代精神的体现,号称"诗仙",其诗歌具有鲜明的个性特征,与杜甫并称"李杜"。

## 第一节 李白的生平及思想

### 一、李白生平

李白的一生可分为五个时期。

**(一)25岁以前蜀中生活时期(705—724)**

李白幼年所受的教育比较驳杂,"五岁诵六甲,十岁观百家"(《上安州裴长史书》),"十五观奇书,作赋凌相如"(《赠张相镐二首》其二),"十五好剑术,遍干诸侯"(《与韩荆州书》),学习内容广泛,多才多艺。李白性倜傥,喜纵横术,甚至有"少任侠,手刃数人"(魏颢《李翰林集序》)的记录,他自己也有"结发未识事,所交尽豪雄……托身白刃里,杀人红尘中"(《赠从兄襄阳少府皓》)的诗句流传于世,可见其为人处世有侠士作风。同时,蜀中地区道教气氛浓郁,李白家附近的紫云山更是道教圣地,环境对李白神仙道教思想影响甚大,他追随"任侠有气,善为纵横学"的赵蕤居青城山学道,后又与道友共游峨眉山。李白的青少年时期就在读书习剑、学道漫游隐居中度过,特别是漫游,既开阔了眼界,又孕育了诗人浪漫不羁的性格,为后来浪漫主义诗风的形成奠定了坚实的基础。

## (二)25—42岁第一次漫游时期(725—742)

开元十三年(725),25岁的李白东出夔门,"仗剑去国,辞亲远游"(《上安州裴长史书》),先后游历洞庭、襄汉、庐山、金陵、扬州等地,并折回湖北,在安陆娶故相许圉师的孙女,在此定居,开始了"酒隐安陆,十年蹉跎"(《送从侄耑游庐山序》)的生活。此时他以安陆为中心开始了他干谒和漫游生活,先后北游洛阳、太原,东游齐鲁,南游安徽、江浙,足迹遍及大半个中国。开元十八年(730)前后,他西入长安,隐于终南山,以试终南捷径,但这些活动也未见效。李白带着失败的心情离开长安,再次漫游,经梁宋,游历河南、湖北、山西一带,后移居山东任城,与孔巢父等人隐居徂徕山,号称"竹溪六逸"。这一时期,他的创作热情高涨,作品数量增多,其作品在思想上、艺术上都达到自成一家的境地,初步形成感情强烈、想象丰富、形式自由奔放、语言清新活泼的诗风,个性化特征逐渐趋于成熟。

## (三)42—44岁供奉翰林时期(742—744)

这是李白生活和创作重要的转折时期。可能是由于李白的名声,也可能是受人推荐,天宝元年(742),李白被唐玄宗征召入京,任翰林待诏。李白对此次被招充满希望,以为施展政治抱负的机会来了,临行前兴奋异常:"仰天大笑出门去,我辈岂是蓬蒿人。"(《南陵别儿童入京》)初入长安,李白受到前辈贺知章的激赏,赞叹道:"此谪仙人也!"玄宗也曾给他殊遇:"降辇步迎,……御手调羹以饭之。"(李阳冰《草堂集序》)此时的唐王朝已经开始走下坡路,玄宗纵情享乐,过着腐朽的荒淫生活,宠幸奸相李林甫,把政权交给他,几乎不理朝政。李林甫口蜜腹剑,妒贤嫉能,陷害忠良,把类似张九龄这样的贤臣排挤出朝廷,政治越发黑暗。李白对此大失所望,心情苦闷,再加之他蔑视权贵,傲岸不羁的性格遭到权贵佞臣的谗毁,致使玄宗对其日渐疏远。李白毅然上书请还,玄宗即命赐金放还。

天宝三载(744)三月,李白怀着沉痛的心情,"五噫出西京"(《经乱离后天恩,流夜郎忆旧游书怀赠江夏韦太守良宰》),离开了长安。3年的长安生活,使李白深入接触了上层社会,他初步体察到统治集团的腐败和政治的黑暗,开始写出一些抨击现实的诗篇,作品内容和风格方面均有所突破,进入了其创作的高潮期、成熟期。

## (四)44—55岁以东鲁、梁园为中心的漫游时期(744—755)

天宝三载(744)春,李白离开长安,重新开始他的漫游生活。李白出京后不久,便在洛阳与杜甫相识,与杜甫结下了千古传颂的深厚友谊。又在汴州遇见了高适,三人联袂同游梁宋(今河南开封一带)数月,登临怀古,诗酒逍遥。其后又与杜甫同游东鲁,情同手足,"余亦东蒙客,怜君如弟兄。醉眠秋共被,携手日同行"(杜甫《与李十二白同寻范十隐居》),即描写了他们当时兄弟般亲密无间的生活与情谊。

许氏夫人死后,李白续娶宗室于梁园,并以梁园、东鲁为中心,北游燕赵,南游江浙。天宝十载至十二载,李白游幽燕,看到安禄山骄横跋扈,其割据谋叛的活动此时已极为猖獗,李白预感到安禄山行将叛乱,忧虑不安。不久即南下,往来于宣城、金陵、广陵间。理想破灭的失望和对祸乱将作的深忧使他内心的痛苦更甚于前。尽管如此,李白积极入世、希望建功立业的心情并没有消退,他相信自己还能"东山高卧时起来,欲济苍生未应晚"(《梁园吟》)。对黑暗现实不屈服、不妥协的叛逆精神仍是这一时期创作的积极基调。这一时期是其创作的高峰期,代表作有《将进酒》《梦游天姥吟留别》《答王十二寒夜独酌有怀》等,标志着诗人对现实的揭露批判深广有加。

### (五)55—62 岁安史之乱时期(755—762)

天宝十四载(755),安史之乱爆发,李白"有策不敢犯龙鳞,窜身南国避胡尘"(《猛虎行》),避地剡中,隐居庐山,但国家动乱、生灵涂炭的惨象又使其内心无比痛苦。至德元年(756),玄宗第十六子永王李璘由江陵率师东下,路经庐山,以复兴大业之名请李白参与其幕府,李白欣然应允,入李璘府做了幕僚。然而,李白并不了解永王与其兄肃宗之间争夺王位的矛盾。至德二年(757),永王璘兵败被杀,李白因此获罪下浔阳狱。乾元元年(758)改判长流夜郎,李白沿长江西上,次年至巫山一带幸遇天下大赦获释,著名的《早发白帝城》就作于此时。上元二年(761)秋,已年届 61 岁的李白听说李光弼率百万大军追讨史朝义,他拟赴淮南李光弼幕为征讨史朝义效力,打算以此洗刷误上李璘贼船的耻辱,后因病而返,次年冬病逝于族叔当涂(今安徽马鞍山)县令李阳冰家里,结束了他极富传奇色彩的一生。

## 二、李白的思想

李白的思想十分驳杂,儒、释、道、任侠思想在李白身上均有体现。李白自幼接受的不是儒家正统思想,其一生经历曲折,所受影响是多方面的,所以他思想的多元性、复杂性在古代文人中非常突出,恰如龚自珍所言:"儒、仙、侠实三,不可以合,合之以为气,又自白始也。"(《最录李白集》)

在中国传统思想文化中,儒家思想一直处于统治地位,对封建社会的士人产生深刻的影响。儒家思想在李白身上是根深蒂固的,但儒家思想在李白身上又带有积极的个性色彩。他接受儒家经时济世的思想,积极入世,"济苍生""安社稷","苟无济代心,独善亦何益"(《赠韦秘书子春》)。由此,他为自己设计出一种主导他一生的人生理想:"功成、名遂、身退。"这一理想在实践过程中尽管屡遭挫折,却矢志不渝,直至晚年年迈体衰还希望为平定叛乱效力,足以证明儒家思想对其影响之深。但同时也应该认识到,李白身上的儒家思想带有强烈的个性化特征,狂傲不羁,飘逸洒脱,敢于蔑视封建秩序,敢于嘲笑孔丘向封建偶像挑战,这反映了他对儒家思想传统束缚的突破。

李白自幼熟读老庄,很早接触道教,道家思想也给李白打上了比较深的印记,服食炼丹、求仙学道几乎贯穿其一生。"家本紫云山,道风未沦落。"(《题嵩山逸人元丹丘山居》)"十五游神仙,仙游未曾歇。"(《感兴八首》其五)在他近乎千首的诗中有 100 首与神仙道教有关,崇尚自然、追求自由、蔑视王侯富贵都是道家思想的表现,其核心在于对生命和自由的热爱。道家和道教信仰给予了李白面对世俗挫折时极强的自我解脱能力,他的不少诗所表现出的人生如梦及时行乐的思想,性格中的狂放不羁,气质中的飘逸洒脱也都是以此为重要基础的。

李白身上还充满任侠色彩。任侠是盛唐社会的时代风尚,李白不可避免地也受到此种思想的影响,他自己也说:"儒生不及游侠人,白首下帷复何益!"(《行行且游猎篇》)事实上,"以武犯禁""羞伐其德"这种游侠精神在李白身上也是存在的。这种任侠思想表现在行为上就是"轻财重施""存交重义"。同时,李白青年时期游说干谒的行为具有浓厚的纵横家色彩,其豪放的诗风,恣肆的文风,未尝没有受纵横家文气的影响。

## 第二节　李白诗歌的思想内容

李白生活的时代主要是在唐王朝鼎盛时期,受盛唐昂扬向上的社会风气的影响,李白以巨大的才情和高涨的创作热情为后世留下了近千首诗歌,其题材广泛,内容博大精深,多方面反映了个人及时代精神风貌。

### 一、抒发自己的理想抱负

纵观李白的一生,他有着高远的政治抱负和积极入世的精神,"济苍生""安社稷"是其一生占主导地位的思想,他常以历史上的管仲、乐毅、张良、诸葛亮、谢安等谋士自比,借此表达自己济世安民的远大志向。他希望如"鱼水三顾合,风云四海生"(《读诸葛武侯传书怀赠长安崔少府叔封昆季》)的诸葛亮般得遇明主,也希望君臣之间礼让谦敬:"秉烛唯须饮,投竿也未迟。如逢渭川猎,犹可帝王师。"他也常借对历史人物的敬仰表达政治抱负,他羡慕姜子牙"宁羞白发照清水,逢时吐气思经纶。广张三千六百钓,风期暗与文王亲"(《梁甫吟》);颂扬谢安"暂因苍生起,谈笑安黎元。余亦爱此人,丹霄冀飞翻。遭逢圣明主,敢进兴亡言"(《书情赠蔡舍人雄》)。

李白这类题材的诗歌中常常隐含对自己才干和谋略的极端自信,他相信自己"长风破浪会有时,直挂云帆济沧海"(《行路难三首》其一)。面对迫害,他有"大道如青天,我独不得出"(《行路难三首》其二)这样的悲愤茫然之语,但更多的是勇往直前的"天生我材必有用,千金散尽还复来"的乐观精神和"安能摧眉折腰事权贵,使我不得开心颜"(《梦游天姥吟留别》)的强烈不满与反抗。但当自己的理想愿望不能实现时,他又希望像功成不受封赏的鲁仲连那样谢绝封赏功成身退:"意轻千金赠,顾向平原笑。"(《古风五十九首》其十)

### 二、表现对现实的不满

李白一生关心国事,"中夜四五叹,常为大国忧"(《经乱离后天恩流夜郎忆旧游书怀赠江夏韦太守良宰》),他既能以豪迈的气概驰骋瑰丽的想象,表现盛唐绚丽多彩的社会生活与奋发向上的时代风尚,也能对社会的矛盾和危机毫不留情地进行揭露和批评。如代表作《古风五十九首》其二十四、《乌栖曲》就是对统治集团政治腐败和荒淫享乐进行的批判和揭露。特别是供奉翰林三年,李白深切感受到了理想与现实之间的差距,他对统治阶级奢侈享乐、穷兵黩武、好大喜功的行为进行无情的嘲讽与辛辣的讽刺:"借问此何为?答言楚征兵。渡泸及五月,将赴云南征。怯卒非战士,炎方难远行。长号别严亲,日月惨光晶。泣尽继以血,心摧两无声。困兽当猛虎,穷鱼饵奔鲸。千去不一回,投躯岂全生!如何舞干戚,一使有苗平!"(《古风五十九首》其三十四)李白生性刚正不阿,不愿与世俗同流合污,他在诗中毫不隐晦地表达自己的高尚心志:"安能摧眉折腰事权贵,使我不得开心颜"(《梦游天姥吟留别》)、"乍向草中耿介死,不求黄金笼下生"(《设辟邪伎鼓吹雉子班曲辞》)。李白甚至将讽刺的矛头直指最高统治者,玄宗晚年为了长生不老,求仙访道不顾百姓死活,李白借秦皇、汉武以讽之:"秦皇按宝剑,赫怒震威神。逐日巡海右,驱石驾沧津。征卒空九寓,作桥伤万人。但求蓬岛药,岂思农扈春。力尽功不赡,千载为悲辛。"(《古风五十九首》其四十八)他甚至把唐玄宗比作殷纣王和楚怀王:"殷后乱天纪,楚怀亦已昏。"(《古风五十九首》其五十一)

### 三、书写对下层民众的关心

由于长期漫游与隐逸生活,李白与广大劳动人民交往的机会并不多,但他能目光下移,写了一些反映民生疾苦的作品,表现出对下层人民关心的赤子之心。如《丁都户歌》描绘了江南船工纤夫的艰险劳动,并给予深切的同情,其中"吴牛喘月时,拖船一何苦!水浊不可饮,壶浆半成土"是对下层人民艰苦生活的真实写照。又如《秋浦歌十七首》其十四:"炉火照天地,红星乱紫烟。赧郎明月夜,歌曲动寒川。"生动地描绘了冶炼工人的劳动场景,极富诗情画意。再如《宿五松山下荀媪家》真切写出了农民的勤苦生活。

李白对下层民众的关心也表现在广大戍边将士的关爱上,如《子夜吴歌四首》其三:"长安一片月,万户捣衣声。秋风吹不尽,总是玉关情。何日平胡虏,良人罢远征。"抒发戍边将士久戍难归的哀怨之情。李白对下层民众的关心还表现为对妇女的同情。如《长干行》:"郎骑竹马来,绕床弄青梅。同居长干里,两小无猜嫌。十四为君妇,羞颜未尝开。低头向暗壁,千唤不一回。"真切地描绘了天真烂漫的少女成为少妇后望夫早归的心境。《白头吟》:"覆水再收岂满杯,弃妾已去难重回。古来得意不相负,只今唯见青陵台。"写卓文君被弃,谴责男子之负心。

### 四、歌颂祖国的壮丽河山

李白一生除了供奉翰林的一年多时间外,大半时间过着漫游生活,足迹遍布黄河、长江流域的山山水水,祖国的名山秀水刺激了诗人的创作激情,他以诗人的独特诗笔讴歌祖国名山大川,长江、黄河、峨眉山、庐山、天姥山、天门山等均被诗人摄入笔端,这些壮丽诗篇总是气势雄伟神奇秀丽,充分表现了诗人对大自然的无比热爱与追求自由的个性。《蜀道难》《望天门山》《望庐山瀑布》《梦游天姥吟留别》《庐山谣寄卢侍御虚舟》《西岳云台歌送丹丘子》等名篇家喻户晓;"西岳峥嵘何壮哉!黄河如丝天上来"(《西岳云台歌送丹丘子》)、"黄河西来决昆仑,咆哮万里触龙门"(《公无渡河》)等歌颂黄河的诗句更是耳熟能详;"登高壮观天地间,大江茫茫去不还"(《庐山谣寄卢侍御虚舟》)、"猛风吹倒天门山,白浪高于瓦官阁"(《横江词六首》其一)等描绘长江的诗句脍炙人口。这些诗歌在歌颂祖国大好河山的同时,既熔铸了诗人的性格,也倾注了诗人的情感及审美理想。李白笔下大气磅礴赞美祖国山水的作品,可以说挥之即来,俯拾即是,这些作品往往呈现出壮美与优美两种意境。前者如《蜀道难》《梦游天姥吟留别》《庐山谣寄卢侍御虚舟》等，表现出大气磅礴、雄奇浪漫的诗歌美；后者如《白云歌》《独坐敬亭山》《山中问答》等，具有自然明快优美的情韵。

## 第三节 李白诗歌的艺术成就

李白诗歌现存900多首，内容丰富，风格多样，艺术造诣极高。李白曾称自己的诗是"兴酣落笔摇五岳，诗成笑傲凌沧州"（《江上吟》），杜甫对李白给予极高评价——"白也诗无敌，飘然思不群"（《春日忆李白》）、"笔落惊风雨，诗成泣鬼神"（《寄李十二白二十韵》）。李白诗歌之所以取得如此高的艺术成就，是由于他独特的创作方法。

### 一、神奇瑰丽的想象

清代沈德潜在《唐诗别裁集》中评李白诗说："太白七古想落天外，局自变生。大江无风，波浪自涌。白云从空，随风变灭。此殆天授，非人可及。"赵翼《瓯北诗话》评李白："自有天马行空，不可羁勒之势。"这些评语旨在说明李白诗歌想象丰富出人意表。李白的诗歌创作，充满了发兴无端的澎湃激情和神奇想象，他对客观事物的描写不以细致的描写和刻画见长，而是运用丰富的想象、大胆的夸张、神奇的比喻抒情达意。这种神奇瑰丽的想象往往借助梦境、神话传说、幻想加以表现，令人叹为观止，代表作如《蜀道难》《梦游天姥吟留别》等，尤其是《蜀道难》，诗人一生从未经过他描写的蜀道，也从没到过"青泥何盘盘"的青泥岭，但他凭借自己神奇瑰丽的想象，给后人留下千古绝唱。

李白的想象常借助拟人、移情等艺术手法，如《劳劳亭》："天下伤心处，劳劳送客亭。春风知别苦，不遣柳条新。"伤别离本是古代诗歌常写不衰的主题，要以短短20字写出新意实属不易，作者充分发挥其出人意表的想象力，赋予春风以人的情感，借春风有情来写离别之苦，使人耳目一新。李白还常把神奇的想象与大胆的夸张结合起来，如"飞流直下三千尺，疑是银河落九天"（《望庐山瀑布二首》其二）、"燕山雪花大如席"（《北风行》），这样的夸张使读者印象深刻，使艺术美感得以凸现。

### 二、强烈的主观色彩

李白诗歌，个性鲜明，作品常留下浓厚的自我表现色彩，抒发主观情感时经常以"自我为中心"，仕途不顺时说："大道如青天，我独不得出！"（《行路难三首》其二）兴奋快乐时说："我觉秋兴逸，谁言秋兴悲。"（《秋日鲁郡尧祠亭上宴别杜补阙范侍御》）发愁时说："高阳小饮真琐琐，山公酩酊何如我。"（《鲁郡尧祠送窦明府薄华还西京》）抒写理想时说："天生我材必有用，千金散尽还复来。"（《将进酒》）抒发追求自由的心情时说："仰天大笑出门去，我辈岂是蓬蒿人！"（《南陵别儿童入京》）"大鹏一日同风起，扶摇直上九万里。"（《上李邕》）凡此，均表现出一种豪放不羁、傲岸不屈的主观意志。当他的理想与黑暗现实发生无法解决的矛盾时，他的诗歌主观色彩就更强烈，代表作如《宣州谢朓楼饯别校书叔云》)。李白在那些描绘雄奇壮伟山水景观的诗中,也往往倾注了强烈的主观感情,代表作如《望天门山》。

### 三、豪放率真的抒情方式

与李白豪放的个性相关联,李白诗歌的抒情方式豪放率真,直率奔进。作为一位感情充沛的诗人,李白诗歌情感一旦爆发往往是直抒胸臆,一任情感的宣泄,一气呵成丝毫不加节制,如代表作《答王十二寒夜独酌有怀》。这首诗从"君不能狸膏金距学斗鸡"开始关于人生议论部分,情感趋于高亢,强烈感情的宣泄既像火山喷发,又如大河奔流,起伏跌宕,一泻千里,纵横驰骋,毫不掩抑收敛。同样风格的代表作《将进酒》也有异曲同工之妙。赵翼在《瓯北诗话》中评价李白诗歌"自有天马行空,不可羁勒之势",所指的正是这种抒情方式及其艺术效果的呈现。

### 四、清新自然的语言风格

李白诗歌的语言任情真率,清新自然。李白说:"清水出芙蓉,天然去雕饰。"(《经乱离后天恩流夜郎忆旧游书怀赠江夏韦太守良宰》)这两句诗恰如其分地概括了李白诗歌清新自然、不事雕琢的语言风格。杜甫也由衷地赞美李白诗歌所具有的"清新""俊逸"的风格特点:"白也诗无敌,飘然思不群。清新庾开府,俊逸鲍参军。"(《春日忆李白》)李白继承了陈子昂在《与东方左史虬修竹篇序》中所提出的文学主张,他鄙薄六朝以来浮艳绮靡的文风,倡导清新自然的文风,"自从建安来,绮丽不足珍"(《古风五十九首》其一)。李白诗歌语言清新,不拘于格律,不雕琢于文字,明白晓畅,朴素自然。如《静夜思》《赠汪伦》等,随手拈来,便给人以浑然天成的美感。《古朗月行》《子夜吴歌》《早发白帝城》等,语言浅近,由衷而出,脱口而成,清新自然却又豪放有力地表达了深厚的感情,给人留下深刻的印象。

李白以其神奇瑰丽的想象,强烈的主观色彩,豪放率真的抒情方式,清新自然的语言风格开拓了诗歌艺术的新境界,使他的诗歌成为中国诗坛乃至世界文坛的一朵奇葩,并对中国后世诗坛产生了积极深远的影响。

**作品学习**

1. 李白《蜀道难》
2. 李白《将进酒》

### 《蜀道难》鉴赏

《蜀道难》本为南朝乐府旧题,属于乐府"相和歌辞"中的"瑟调曲"。李白沿用乐府旧题,以浪漫主义的手法和丰富的想象,艺术地再现了蜀道峥嵘、高峻、崎岖的面貌和不可攀越的磅礴气势,并由此表现了对社会问题的忧虑和关切。

诗歌以写蜀道之难为中心,全诗可分为三层,"噫吁嚱"至"然后天梯石栈相钩连"为第一层,从侧面写蜀道开辟之艰难。诗人从蚕丛及鱼凫古老的传说起笔,追溯了蜀秦隔绝的漫长历史,"尔来四万八千岁,不与秦塞通人烟",以"五丁开山"强调蜀道开辟之不易。第一层以神话传说为全文造势,点染了蜀道神奇之色彩。

第二层从"上有六龙回日之高标"至"使人听此凋朱颜"写蜀道山势之高危。作者通过黄鹤、悲鸟、古树、夜月、空山、枯松、绝壁、飞湍、瀑流等一系列景象的描写,动静相衬虚实相生把蜀道行走之难写到极致!

第三层从"连峰去天不盈尺"至结尾,把蜀地形势的险要与当时的政治形势结合起来,看似规劝友人不可久留,及早回家,实写政治局势的险恶,以引起当权者的警惕。

这首诗构思奇特,想象非凡,唐人殷璠《河岳英灵集》称此诗"奇之又奇,自骚人以还,鲜有此体调",说明了同时期的诗人对这首诗的由衷赞叹。

## 《将进酒》鉴赏

《将进酒》原是汉乐府短箫铙歌的曲调,"将(qiāng)"意为"请""愿","将进酒"即为请进酒、愿进酒,题目就是"劝酒歌"。诗歌约作于天宝十一载(752),李白与好友岑勋、元丹丘登高饮宴而作此篇。

诗篇发端是两组排比长句,韶光易逝,如黄河奔腾入海一去不回;人生苦短,从青春至衰老也只是朝暮间的事;面对滚滚滔滔的黄河及永恒的大自然,人的生命何其渺小!这是李白式悲叹,至此郁积在诗人心中的炽烈感情喷涌而出,气势豪迈,形成一种先声夺人的气势。既然人生如此短暂,就应当在得意之时及时行乐,行乐的方式就是饮酒,为了饮酒行乐就不要吝惜钱财,喝酒必定是美酒,连同饮酒的杯子都是金杯,饮酒也不是几杯足矣,而是要杀牛宰羊大摆筵席,并且要喝三百杯,何其任性豪迈!喝到尽兴时还要为大家高歌一曲,接下来就是诗中包孕酒歌的写法,何其快哉!为了使情感达到极致,诗情达到狂放,李白以豪纵之语作结:"五花马,千金裘,呼儿将出换美酒。"既然"千金散尽",那用什么来买酒呢?那就用"五花马,千金裘"来换取美酒,以图一醉方休。全诗感情抒发痛快淋漓,句式错落有致,节奏快慢得当,艺术手法高超,确为李白作品中上乘佳作。

## 延伸阅读

**1. 原典阅读**

(1)阅读《李太白全集》(王琦注,中华书局,2015年版),重点阅读本章文学史所涉及的作品,注重体会李白诗歌的艺术魅力。

(2)阅读《李白全集编年笺注》(安旗、薛天纬等笺注,中华书局,2015年版),重点阅读本章文学史所涉及的作品,注重体会诗歌后面的注解,进一步理解李白诗歌的内涵。

(3)阅读《李白集》(郁贤皓编选,凤凰出版社,2014年版),重点阅读本章文学史所涉及的作品,注重体会诗歌后面的注解和品评。

**2. 研究文献阅读**

（1）阅读《盛唐文学的文化透视》（霍松林、傅绍良等著，陕西师范大学出版社，2000年版），总结李白诗歌人生如梦主题生成的原因与消解方式。

（2）阅读《李白精讲》（王运熙等著，复旦大学出版社，2008年版），总结李白作品中的积极浪漫主义精神。

（3）阅读《李白评传》（周勋初著，南京大学出版社，2005年版），总结李白的文学思想。

### 拓展训练

1. 严羽在《沧浪诗话·诗评》中说："观太白诗者，要识真太白处。太白天才豪逸，语多卒然而成者。学者于每篇中，要识其安身立命处可也。"谈谈你对这段话的理解。

2. 晚唐诗人皮日休对李白曾有这样的评价："言出天地外，思出鬼神表，读之则神驰八极，测之则心怀四溟，磊磊落落，真非世间语者，有李太白。"（《刘枣强碑文》）请结合该评论谈谈你对李白其人、其诗的理解。

3. 李阳冰《草堂集序》云："陈拾遗横制颓波，天下质文翕然一变，至今朝诗体，尚有梁、陈宫掖之风。至公大变，扫地并尽。今古文集，遏而不行。唯公文章，横被六合，可谓力敌造化欤。"请结合该评论谈谈李白对文坛的贡献。

4. 刘熙载在《艺概》中说："太白诗以《庄》、《骚》为大源，而于嗣宗为渊放，景纯之俊上，明远为驱迈，玄辉为奇秀，亦各有所取，无遗美焉。"请结合李白的作品谈谈你对这句话的理解。

# 第四章  杜甫

> 文学史

杜甫(712—770),字子美,京兆杜陵(今陕西西安)人,后迁居河南巩县。自号少陵野老,被后人尊称为"诗圣",是唐代的集大成者,与李白合称"李杜"。杜甫的诗歌多描述社会现实和重大历史事件,其诗被称为"诗史"。因曾经担任过左拾遗和检校工部员外郎二职,故后世称其"杜拾遗""杜工部"。他在成都浣花溪畔建成了一座草堂,世称"杜甫草堂",故世人也称他"杜草堂"。

杜甫生于盛世,活在乱世,他既目睹了繁花似锦的开元时代,也经历了家国残破的天宝、大历时代。他以现实世事为砖,用所思所感为水,大笔如椽,构建着儒家士人道济天下、救庇万民的诗歌大厦。

## 第一节  杜甫的生平和创作道路

### 一、读书游历时期(712—745)

杜甫出生于河南巩县,他的祖父是初唐著名"文章四友"之一的杜审言。受盛唐漫游风气的影响,开元十八年(730),杜甫曾游晋地至郇瑕(今山西猗氏)。第二年,漫游吴越。开元二十三年(735),杜甫赴洛阳应举,不第。次年,游齐赵,作《望岳》诗。天宝三载(744),杜甫在洛阳结识了大他11岁的李白,至此成为至交好友。同年,杜甫还认识了高适,三人同游梁宋,饮酒论诗。很快,李、杜二人为了求仙问道便作别高适,渡过黄河前往王屋山寻访道士华盖君,又至东鲁寻找另一位道士董炼师。天宝四载(745)夏,北海太守李邕来到齐州,与李、杜等人一起游赏山水风光,宴饮欢聚。35岁之前的杜甫一直处于读书游历的生活状态,纵有不如意,也未曾彻底打破他的仕途之念,他仍然抱有传承家业、科举出仕,实现自己的个人价值和社会价值的希望。

## 二、困顿长安时期(746—755)

天宝五载(746),杜甫再次来到长安应考。然而次年的制举考试却被奸相李林甫玩弄于指掌间,李林甫故意黜落了所有举子,声称野无遗贤。之后近10年时间,杜甫一直在长安寻求出仕的机会,却毫无着落。他向玄宗进献《三大礼赋》《封西岳赋》等,得到待制集贤院的任命。困顿长安、穷困潦倒的杜甫与下层百姓的情感逐渐贴近,他越来越理解百姓的痛苦和辛酸。这期间,杜甫写下100多首针砭时弊的作品,如《兵车行》《丽人行》《前出塞》《后出塞》等。直到天宝十四载(755),授河西尉,不拜,改任右卫率府胄曹参军。

## 三、亲历国难时期(756—759)

天宝十五载(756)六月,叛军陷潼关,唐玄宗奔蜀,太子亨北走灵武,即帝位,改元至德。杜甫听闻肃宗登基,遂从鄜州三川县(今陕西富县西南)奔赴灵武行在,途中被叛军俘获,掳至长安,创作了《春望》《哀江头》《月夜》《悲陈陶》《悲青坂》等作品。至德二载(757)五月,杜甫逃离长安,官拜左拾遗,宰相房琯得罪,杜甫抗疏救房琯惹怒肃宗。乾元元年(758)六月,坐房琯党,贬为华州(今陕西华县)司功参军。年底,杜甫暂离华州,至洛阳、偃师探亲。乾元二年(759)春,杜甫自东都归华州,途中见到战乱带给百姓的无穷灾难和艰辛生活,作《洗兵马》、"三吏""三别"。是夏,华州及关中大旱,杜甫写下《夏日叹》和《夏夜叹》,忧时伤乱,咏叹国难民苦。七月,因对污浊的时政痛心疾首而弃官远走秦州。

## 四、避乱蜀中时期(759—766)

乾元二年(759)十二月末,杜甫携家至成都,寓居浣花溪。杜甫弃官入川,虽是为了躲避战乱,其生活在严武的照顾下也相对安定,之后一段时间作了《卜居》《堂成》《蜀相》《江畔独步寻花七绝句》《杜鹃行》《桃竹杖引赠章留后》《茅屋为秋风所破歌》等名篇。广德二年(764)春,严武表荐杜甫为节度参谋、检校工部员外郎,赐绯鱼袋。这是杜甫一生得到的最高官职,不久他又辞职回到草堂。从上元元年(760)春到代宗永泰元年(765)初夏,杜甫大部分时间均在草堂中度过,他在这5年中写下了430首诗,几乎占其全集的三分之一。永泰元年(765)四月,严武去世。五月,杜甫携家离开了成都。沿长江经嘉州(乐山)、戎州(宜宾)、渝州(重庆)、忠州(忠县)、云安(云阳)慢慢漂泊,于唐代宗大历元年(766)到达夔州(奉节)。在此他得到夔州都督柏茂琳的照顾,全家得以暂住。这一时期的作品有《壮游》《昔游》《遣怀》《咏怀古迹五首》《秋兴八首》等。

## 五、暮年南行时期(768—770)

大历三年(768),杜甫离开夔州,乘舟出峡东下。先到江陵,又转公安,岁暮漂泊到岳州(今湖南岳阳)。大历四年(769)正月,杜甫过洞庭湖,沿湘江南下由岳州到潭州(今湖南长沙),又由潭州到达衡州(今湖南衡阳)。杜甫想要投奔衡州刺史韦之晋,韦却调任潭州刺史,等他折回潭州后,韦已病逝,杜甫的希望再次落空。大历五年(770)四月,湖南兵马使臧玠在潭州作乱,杜甫携眷又逃往衡州,但行至耒阳,遇江水暴涨,由耒阳到郴州,需逆流而上二百多里,洪水未退,只得折回潭州。暮秋时节,杜甫离开潭州北上。入冬,杜甫在由潭州驶往岳州的一条小船上去世,时年 59 岁。他的灵柩殡于岳州,43 年后才由其孙杜嗣业归葬河南偃师。

## 第二节 杜甫诗歌的思想内容

杜甫现存诗歌 1400 多首。诗人以饱含激情的笔触记录着他的所见所闻、所思所感,从各个角度艺术地再现了他生活的那个时代的社会状况和民俗民情。

### 一、描写安史之乱,表达强烈的政治热情和书史精神

晚唐孟棨《本事诗》道"杜逢禄山之难,流离陇蜀,毕陈于诗,推见至隐,殆无遗事,故当时号为诗史"。从他的诗作中可以窥见一代史情,他的诗歌反映了中唐时期大量重要的历史事件。天宝十五载(756),潼关沦陷于安禄山叛军之手,宰相房琯上疏请缨收复京城,分兵三路平叛,自请为兵马大元帅。肃宗同意后,房琯自督中军为前锋,进至咸阳陈陶斜,在中渭桥以北之地,中军、北军与安守忠叛军相遇。房琯作为一介书生只会纸上谈兵,坚持以古代车战法作战,组织牛车两千乘为中路主力,以马、步兵两翼夹护,欲建奇功。安守忠顺风纵火焚烧牛车,大肆鼓噪,牛马惊恐乱奔,人畜车马东冲西踏,唐军大败,死伤 4 万余人。房琯带余部狼狈逃回,监军使宦官邢延恩敦促其反攻。于是房琯又督率南军,与安守忠军战于青坂,再吃了一次大败仗。被羁长安城中的杜甫闻讯,既悲且愤,写下了《悲陈陶》《悲青坂》二诗。

至德二载(757)九月,李俶、郭子仪向回纥借兵攻向长安,击败安军,收复西都。十月,郭子仪率唐军和回纥兵与安军在陕郡(今河南三门峡西)城西新店打了一场遭遇战,击败安军,安庆绪弃洛阳逃往邺城(今河南安阳),唐肃宗借此收复东都,杜甫闻喜讯写下《收京三首》《喜闻官军已临贼境二十韵》。乾元元年(758)九月,唐肃宗命朔方节度使郭子仪、淮西鲁灵、镇西北庭李嗣业等七节度使,率步兵 20 万赴邺城讨伐安庆绪,李光弼、王思礼助之。乾元元年冬,肃宗在洛阳阅兵,杜甫写下《观兵》表达了自己期望官兵收复邺城的心愿。

是年十一月,九节度使围攻邺城。杜甫写了《洗兵马》,描述了不断传来的好消息以及诸将的功业,畅想着即将到来的大胜利。杜甫的忧来自于国家,喜亦是来自于国家,他的身上展现了儒家知识分子所具有的以天下为己任的社会责任感和忧患意识。九节度围邺城的行动却败在了唐肃宗的生性多疑上,他忌讳郭子仪和李光弼,任用了无能宦官鱼朝恩,致使唐军大败。九位节度使只能沿途征兵,试图补充兵力以图再战。而杜甫既见到百姓家破人亡妻离子散的惨烈景象,也看到了黎民虽然饱受痛苦却依然奋勇救国的爱国之情,遂有了"三吏""三别"之作。大历元年(766),吴璘杀渝州刺史刘卞,杜鸿渐讨

平之。大历三年(768),翟封杀开州刺史萧崇之,杨子琳讨平之。此二事皆不见载于正史,杜甫闻知,感慨挥毫,于是后人可以通过《三绝句》了解安史之乱以后蜀中混乱的社会状况。

## 二、描摹普通百姓的喜怒哀乐,展现儒家士人的安民思想

杜甫的爱国除了忧心国事、一饭不忘君,他也时刻牵系着百姓的安危苦难,"穷年忧黎元"是他一贯的坚持。安史之乱以前,杜甫已经看到了繁荣盛世背后的乱象,名作《兵车行》描写了统治者开边战争带给人民无穷的痛苦。战乱之时,一旦遇上自然灾害,国家掌控调度各方面抗灾的力量就会显得萎弱,无法像和平时期那样迅捷有效。杜甫看到久雨伤农,故写下《九日寄岑参》《秋雨叹三首》,庄稼歉收,米价高涨,人民生活困难,杜甫忧心忡忡,心中却充满了无法救助百姓的无力感。《自京赴奉先县咏怀五百字》写出了乱世众人的无力自保之苦。即使是在生活稍微安定的蜀中,杜甫也一直关注着普通民众。《最能行》写水手出没风浪之中的危险;《负薪行》写贫女因为贫穷只能采薪养家,无力置办嫁妆于是老而不嫁;《驱竖子摘苍耳》则是同情到自己园子里摘苍耳的孩童;《喜雨》写尽了久旱逢雨时他为农民欢欣雀跃的情绪。他的这番为民呼吁、怜悯百姓的情怀,让后世文人敬佩不已,公认杜甫为"诗圣"。

与同情百姓相对的,便是杜甫对于统治阶级不恤百姓的丑恶行径的痛恨和批判。他不会因为惦念君王便为尊者讳,而是直书于诗文,让读者了解他的痛心和愤怒。《前出塞》写杜甫怒对玄宗的开边无度、害民无数。《丽人行》则写出了杨贵妃家族姊妹兄弟的骄奢淫逸、炙手可热之状。杜甫的情绪很好地通过意象的对比来展现,字里行间充斥了反感与讥嘲。而在《自京赴奉先县咏怀五百字》中,杜甫比上两首诗还要刻骨地揭露了唐玄宗君臣的荒淫腐败,世家贵戚的奢侈无度。"朱门酒肉臭,路有冻死骨",成为一针见血指出贫富差距的名句,人人皆知,千古传诵。

## 三、描摹祖国的山川风景,表达对大唐盛世繁华的赞美

杜甫书写了他的一生所见,社会民情只是其中的一类风景,祖国的大好河山也是他描写赞颂的主要对象。从开元十八年(730),杜甫第一次离家远游开始,他便用眼睛饱览山河的壮美秀逸,用心体会隐士能吏的安贫乐道。

安史之乱开始以前,杜甫或独自游历,或与好友结伴同行,《游龙门奉先寺》写出了洛阳奉先寺的高寒,《登兖州城楼》描述了齐鲁平原的开阔,《乐游园歌》《城西陂泛舟》叹美了全盛时期的长安那壮丽宫阙、华美园囿、静水流深。

唐代描写乐游原美景的诗作很多,最脍炙人口的是李商隐的《登乐游原》,他写出了晚唐江河日下气息奄奄的薄暮之景。杜甫于天宝十载(751)写作《乐游园歌》,此时唐王朝正处于畸形的狂欢盛况中,这首诗写出了不坠青云之志的诗人那深深的失望和大唐的盛世风华。经历战乱的诗人旅居蜀中,晚年更是四处迁徙,但他仍然对山川风物饱含热情,《望岳》写尽了华山的高耸险峻,《剑门》也写出了蜀山的奇险雄壮。在秦州写了《铁堂峡》,离开秦州到同谷又写了《赤谷》《盐井》《积草岭》《凤凰台》等。

在他长年的壮游经历中,杜甫接触到祖国无比丰富的文化遗产和壮丽河山,不仅充实了他的生活,也扩大了他的视野和心胸,他的山水诗展现了唐代诗歌独有的雄阔气魄。

### 四、赏鉴各种艺术门类作品,咏叹中国传统艺术的魅力

杜甫不仅描述山川之美,也懂得欣赏书画之道,他对于书法、绘画、音乐、舞蹈等艺术门类的赏鉴和咏叹,体现了一位受到传统儒家文化教育的精英士人的素养。《冬日洛城北谒玄元皇帝庙》赞叹了画圣吴道子在洛阳玄元庙墙壁上所画的山水人物之精彩绝伦,《送许八拾遗归江宁觐省》则生动描摹了顾恺之在江宁(今江苏南京)瓦棺寺墙壁上绘制的维摩诘图。书画作品可以近距离长时间地把玩品味,故而杜甫写了许多题画诗。《画鹰》《天育骠图歌》《戏为韦偃双松图歌》《戏题王宰画山水图歌》《殿中杨监见示张旭草书图》《李潮八分小篆歌》等诗,都写出了他对于书画的独到见解。尤其是《李潮八分小篆歌》中"书贵瘦硬方通神"的体认,影响了宋以后无数书法家。《丹青引赠曹将军霸》更是公认的名篇。而《观公孙大娘舞剑器行》则通过追忆过往和书写当下来表现两代舞蹈家的舞艺之美,堪称唐代描写舞蹈的杰作。

杜甫不仅赏鉴艺术,对于艺术家们也饱含热情地与之交往,他有很多以艺术为媒介进行交流的好友,诗书画三绝的郑虔得到了《送郑十八虔贬台州司户,伤其临老陷贼之故,阙为面别,情见于诗》,李龟年遇杜甫也使他写了《江南逢李龟年》。李白与他志同道合,一同游山玩水、寻访僧道隐士,故而李白常常出现在其诗中,《赠李白》《梦李白》《不见》《冬日有怀李白》《春日怀李白》《天末怀李白》《寄李十二白二十韵》等,都是为李白而发。李杜的交谊延续到生命末期,展现了古代士人的君子之交,固若金石,光照千古。

### 五、吟咏古人、历史,借由表达自己深刻的儒家思想

杜甫写当代人物,也吟咏古人古史,他的咏史诗蕴含了很典型的儒家思想,其《蜀相》《八阵图》《咏怀古迹》等,赞美了诸葛亮、王昭君等历史人物的高尚节操和聪明才智,侧面展示了他对于当代人士不当行为的贬斥。杜甫除了咏史,还有不少咏物诗,他通过对于各类物象的描述,表达了自己或褒或贬或怜或叹的不同情绪。《骢马行》是借马匹来赞美在艰难险阻世情面前展现情操品德的人,《瘦马行》则书写了自己对末路英雄的慨叹。《杜鹃》讽刺了为官不忠之人,而《蒹葭》则讥刺了不能坚持操守的人。《病柏》伤叹被小人摧折的直节之士,《古柏行》则伤感良才不能物尽其用,《白小》则哀叹上层者诛求过甚、细物也不能免祸全身的现状。杜甫通过描写一系列动植物的不正常生长状态,表达了一个易感多思者对于各种社会现象的关注。

## 第三节 杜甫诗歌的艺术成就

杜甫诗歌的主要风格为沉郁顿挫。罗宗强认为:"沉郁顿挫风格的感情基调是悲慨。"他又说:"沉郁,是感情的悲慨壮大深厚;顿挫,是感情表达的波浪起伏、反复低回。"

这种诗风的构成并不仅依靠作者的情感去充实,而是杜甫运用了多种艺术技巧精心结撰而成。除此诗风以外,杜甫诗歌还有清新秀静、明丽通透、狂放不羁等多种风格,这些艺术风格都是他博采众家以后结合自己的写作习惯创造的。清人杨伦曾经评论道:"自六朝以来,乐府题率多模拟剽窃,陈陈相因,最为可厌。子美出而独就当时所感触,上悯国难,下痛民穷,随意立题,尽脱去前人窠臼。"(《杜诗镜铨》)杜甫的各种诗体均能尽脱前人窠臼,他学习前人和同时人的诗歌技艺,归纳提炼,熔铸己诗。

## 一、内容与形式的完美结合

杜甫常常将一些典型事例进行高度的艺术概括,使其笔下的人物具有既鲜活又典型的特点。如他写作《丽人行》时选择了杨氏姐妹的奢华生活与艳丽装扮,以这个陡然富贵的家族成员的社会表现来展示当时唐朝上层贵族们的腐朽无耻。"三吏""三别"更是选取了乱世中的离乱之人,老中青三个年龄段的普通民众在民不聊生的战乱年代连存活苟安的简单要求都难以达到,字里行间的斑斑血泪真是触目惊心,诗人的心痛和焦虑蕴含其中。

杜甫写动植物、山川风景均能高度概括,以平常语道平常事,使之具有独特而恒久的魅力。宋周紫芝《竹坡诗话》曾经以自己的创作经历评价杜甫《与任城许主簿游南池》一诗道:"暑中濒溪与客纳凉,时夕阳在山,蝉声满树,观二人洗马于溪中,曰此少陵所谓'晚凉看洗马,森木乱鸣蝉'者也。此诗平日诵之,不见其工;惟当所见处,乃始知其妙。作诗正要写所见耳,不必过为奇险也。"

## 二、对仗极为工稳

近体诗、古体诗、乐府诗中都有他精心对偶的成果,而最能体现这一点的是他的律诗创作。律诗在杜诗中占有极重要的地位。杜甫扩大了律诗的表现范围,应酬、咏怀、羁旅、宴游、山水、时事等无物不可入诗。杜甫用对仗扩大了律诗容纳的空间,把律诗写得纵横恣肆,极尽变化之能事,合律而又看不出声律的束缚,对仗工整而又看不出对仗的痕迹。如被杨伦称为"杜集七言律第一"的《登高》,全诗在声律句式上又极精密、考究。八句皆对,首联句中自对。严整的对仗被形象的流动感掩盖起来了,严密变得疏畅。杜甫把律诗写得浑融流转,无迹可寻,写来若不经意,使人忘其为律诗。又如《春夜喜雨》前两联用流水对,将春雨神韵一气写出,无声无息且应时而来,末联写出了眼前一新的惊喜,格律严谨而浑然一气。

## 三、讲求炼字炼句

杜甫对语言艺术的运用十分成功。他广泛吸取了民间俗语、口语,融合文学性语言,使诗歌贴近社会、切合生活。马积高曾概括其语言特色为凝练苍劲、通俗自然、丰富多彩、概括准确。如《江村》首联第一句"清江一曲抱村流"中,"曲"字描述出了江水在村外流转蜿蜒的情境,而"抱"字则迅速在纸上抹出了村外江水清亮、绕村而行的画面。而杜甫极为人称道的一联出自《秋兴八首》其八"香稻啄余鹦鹉粒,碧梧栖老凤凰枝",展现了他对于字句的不俗锻炼,使得律诗具有了新鲜的美感。

### 四、意象使用密集

杜甫对于诗歌意象的选择密集且略显个性化。曾有研究者统计常在杜诗中出现的意象,出现频率较高的有古塞、秋云、猿啸、残炬、急峡、危城、孤舟、落花、落日等自然景观,以及织女、老妇、老农、嫠妇等普通百姓,还有官吏、将军、恶少等权贵势力,这些意象都围绕着杜甫试图展现乾坤涌乱、贵族荒淫、军阀霸道、生灵涂炭的社会现实而不断出现在其诗句中。他借由这些意象表达自己哀时伤世、悲天悯人的人文情怀。而正是这些沉重情感的表达,使得杜诗的语言趋于"沉郁顿挫"。吴沆《环溪诗话》中道:"凡人作诗,一句只说得一件事物,多说得两件。杜诗一句能说得三件、四件、五件事物;常人作诗,但说得眼前,远不过数十里内,杜诗一句能说数百里,能说两军州,能说满天下,此其所为妙。"

以上几点艺术技巧结合起来就形成了杜诗独特的艺术魅力。杜甫的诗兼备众体,除五古、七古、五律、七律外,还写了不少排律、拗体,运用的艺术手法多种多样,是唐诗思想艺术的集大成者。杜甫继承了汉魏乐府"感于哀乐,缘事而发"的精神,摆脱了乐府古题的束缚,创作了不少"即事名篇,无复依傍"的新题乐府。白居易曾经评价杜甫之作:"贯穿古今,尽工尽善,殆过于李。"有人品味此语认为杜诗之所以尽善尽美,主要是由于他的出处劳佚,喜乐悲愤,好贤恶恶,均见之于诗,透过诗语即可以看到他的仁民爱物、忠君忧国、伤时念乱的情怀。元稹则是这样评价杜甫的艺术成就:"至于子美,盖所谓上薄风骚,下该沈、宋,言夺苏、李,气吞曹、刘,掩颜、谢之孤高,杂徐、庾之流丽,尽得古今之体势,而兼人人之所独专矣。"(《唐故检校工部员外郎杜君墓系铭并序》)

## 第四节　杜甫在文学史上的地位和影响

后人尊称杜甫为"诗圣",可以说,人们认可他用诗歌为人民呼喊,为历史存真,为官僚剥皮的行动,给了他诗歌史上最高的评价。杜甫以其高超的诗歌艺术技巧、极富魅力的人格影响了后世的文人墨客。

第一,杜甫身上集中了中国文化传统中仁民爱物、忧国忧民的情怀,他关心民生疾苦的思想和他在乐府诗创作方面所取得的成就,直接影响了中唐时期元稹、白居易等人的新乐府创作。研究者都认为杜甫的乐府诗,促成了中唐时期新乐府运动的发展。杜甫的爱国情操影响了宋代诗人,尤其是南渡时期的一代文人。明末清初的顾炎武、钱谦益等人也有明显的学杜倾向。

第二,杜甫在诗艺方面给予后人大量可以取法的元素。他善于运用古典诗歌的许多技巧,并加以创造性地发展。李商隐的诗文创作技巧受益于杜诗,故能在晚唐的诗坛上展现其独特的文字魅力,甚至吸引了北宋初年一批追随者学习模仿。到了宋朝中期,杜甫的声名达到了顶峰,王安石、苏轼等人对杜甫推崇备至,黄庭坚、陈师道等诗人脱离了中晚唐诗人的影响,专门探究杜诗奇峭的一面,形成了宋朝影响最大的"江西诗派"。陆游、文天祥也都在一定程度上受到了杜甫的影响。

第三,杜甫相关资料的整理行为绵延不绝,近千年来,治杜之风不绝。宋代出现了许多杜诗的编年、分类、集注之类的专书,如王洙《杜工部集》、郭知达《九家集注杜诗》、鲁编次与蔡梦弼会笺的《杜工部草堂诗笺》、徐居仁编辑的《分门集注杜工部诗》等。史家也未曾忘记杜甫,"两唐书"、《唐才子传》中都有杜甫的传记。两宋以后,诗话笔记中评点、解释杜诗的文字也非常丰富。当今有关杜甫的传记和新的研究专著也层出不穷。

第四,杜甫对于后世艺术见解的影响主要体现在其书法创作观上。杜甫善书法,楷、隶、行、草众体兼工,整体以意行之,他精于赏鉴,欣赏古朴雄壮的书风,注意书写中的速度、节奏、笔势等。杜甫对于唐代书家的赞扬,对于曹霸、张旭的评价都使他在书画史上留下声名。杜甫的《李潮八分小篆歌》是唐以后的书法家、评论家、诗学研究者们常常引用的名篇例证。其中的"书贵瘦硬方通神"影响了无数的书法创作者,奠定了杜甫在书法理论史上的重要地位。

### 作品学习

1. 杜甫《兵车行》
2. 杜甫《春夜喜雨》

### 《兵车行》鉴赏

这首叙事诗开篇即摹写人民送别亲人奔赴战场的惨状。杜甫在诗中借征夫与老人的对答,倾诉了人民对战争的痛恨,揭露了唐玄宗长期以来的穷兵黩武。这样的不义之战给人民造成了巨大的灾难。全诗寓情于事,通过对百姓的痛苦和哭诉的描写、渲染表达了自己对于不义之战的抗拒和反对。杜甫在叙述次序上参差错落前后呼应,变化开阖井然有序,并巧妙运用过渡句和习用词语,造成了回肠荡气的艺术效果。《兵车行》是诗人自创的乐府诗,他以新题写时事,为中唐时期元稹、白居易等人兴起的新乐府运动做出了开创性的贡献。

### 《春夜喜雨》鉴赏

杜甫以春日成都一夜细雨,来于风起之时,无声润物,万物欣然生长,借此表达了自己的喜悦之情。春雨本属平常物候,而他精辟地概括了初春夜雨的状态,读者读至此可以看到一个深夜不曾入眠,独自默默欣赏春夜细雨和远处之景,家人均已入睡而心中满是幸福和安宁的诗人形象。直至南宋陆游以一联"小楼一夜听春雨,深巷明朝卖杏花"鲜明地描述出了他卧床听沙沙雨声的场景,才没让杜甫专美于前。

## 第四章 杜甫

### 延伸阅读

**1. 原典阅读**

(1)阅读《杜诗详注》(仇兆鳌注,中华书局,1979年版),重点阅读《秋兴八首》《自京赴奉先县咏怀五百字》《丽人行》《后出塞》,注重理解书中的典故注解,并结合《杜诗镜铨》(杨伦笺注,中华书局,1962年版)、《读杜心解》(浦起龙著,中华书局,1961年版)、《钱注杜诗》(钱谦益笺注,上海古籍出版社,2009年版)体会清代学者的杜诗注释特点。

(2)阅读《杜诗全集校注》(萧涤非主编,人民文学出版社,2014年版),重点阅读书中的律诗校勘部分,理解杜诗所用典故。

**2. 研究文献阅读**

(1)阅读《杜甫评传》(莫砺锋著,南京大学出版社,1993年版),结合《杜甫评传》(陈贻焮著,北京大学出版社,2003年版)、《杜甫传》(冯至著,人民文学出版社,1980年版),比较学者和诗人对杜甫创作理解的不同,认真领会现代学者对杜甫的评价。

(2)阅读《剑桥中国隋唐史》(崔瑞德编,中国社会科学出版社,2007年版),了解国外汉学家对杜甫人生以及诗歌创作的看法。

### 拓展训练

1. 运用所学的古汉语知识,写出杜甫《登高》一诗的平仄。
2. 熟读《登岳阳楼》,拟写一首律诗。
3. 《庚溪诗话》卷上云:"少陵诗非特纪事,至于都邑所出,土地所生,物之有无贵贱,亦时见于吟咏。如云:'急须相就饮一斗,恰有青铜三百钱。'丁晋公谓:'以是知唐之酒价也。'"你是如何理解陈岩肖这段评价的?
4. 《苕溪渔隐丛话》卷六载:"《后山诗话》云:'鲁直言:杜之诗法出审言,句法出庾信,但过之耳。苕溪渔隐曰:老杜亦自言"吾祖诗冠古",则其诗法乃家学所传云。'"你认为这段评价正确吗?为什么?

# 第五章　中唐前期文学

> 文学史

从唐玄宗天宝十四载(755)"安史之乱"爆发到唐文宗大和九年(835)"甘露之变"为唐代中期。中唐是唐诗的继续繁荣时期，就气势的恢宏、兴象的饱满、成就的高超而言，中唐远不及盛唐，但是就个性的鲜明、内容的丰富、流派的纷呈而言，中唐则超越了盛唐。

中唐诗歌分为前后两个时期，前期是以大历十才子等人为代表的大历诗坛，后期是以元白、韩孟两大诗派以及刘禹锡、柳宗元等人为代表的元和诗坛。中唐大历前后处于盛唐诗歌向中唐诗歌转折阶段，这一时期的代表诗人有刘长卿、顾况、韦应物、李益和大历十才子。这些诗人成长于盛唐，目睹过盛唐社会的祥和安定，亲历过安史之乱的生离死别。因此诗人们一面努力积极反映现实，揭露社会矛盾，如元结、顾况等人诗歌反映社会现实，开了元白新乐府运动的先声；一面又畏祸自保，隐逸山水，如刘长卿、韦应物主要以山水诗见称。而李益则继承了盛唐边塞诗的传统，但诗歌亦没有盛唐边塞诗的雄浑与激情，充满了衰飒的思乡情怀。这一时期，形成流派的诗人群体是"大历十才子"，他们的诗歌具有感伤的色彩。

## 第一节　元结、《箧中集》诗人及顾况

### 一、元结

元结(719—772)，字次山，河南(今洛阳附近)人。早年入长安应试不第，曾经历过一段"耕艺山田""与丐者为友"的生活。天宝十二载(753)登进士第。安史之乱，曾率邻里一起逃难。肃宗乾元二年(759)，由苏源明推荐，召入长安，上《时议》三篇，陈述兵势，遂擢山南东道节度参谋，后拜道州刺史。

元结写作诗歌有自己鲜明的理论主张。他对诗歌提出了明确的政治要求：第一，内容上要"极帝王理乱之道，系古人规讽之流"(《二风诗论》)，反对"拘限声病，喜尚形似"(《箧中集序》)的淫靡诗风。第二，诗歌功用上，要求诗歌能够"上感于上，下化于下"

(《系乐府序》),能够劝世济俗,改变社会风气。这也开了白居易新乐府诗歌理论的先声。

元结的诗歌内容实践了他的理论主张。早期的乐府诗,如他的《悯荒诗》是诗人见了淮阴一带水灾,便托言采录"冤怨时主"的隋代民歌,谴责帝王的穷奢极欲。诗有云:"更歌曲未终,如有怨气浮。奈何昏王心,不觉此怨尤。遂令一夫唱,四海欣提矛。"结尾直言百姓怨恨,而帝王昏聩,不知体恤百姓苦难,因此警告帝王要提防百姓作乱暴动。诗写得触目惊心,表达了其直梗的爱国情感。《系乐府十二首》写于天宝十载(751),是系列组诗,其中《贫妇词》写出了贫妇哭诉无门的悲惨生活。其他如《去乡悲》《农臣怨》从不同侧面写了农村凋敝、百姓背井离乡的生活状态,实则是汉乐府诗歌精神的继承与发扬。

元结最令人称道的两首诗是《舂陵行》和《贼退示官吏》,这两首写于唐代宗广德二年(764)。广德元年(763),元结受任道州刺史,次年五月来到任所。安史之乱平定后,统治集团更加残酷地剥削人民,在岭南激起了被称为"西原蛮"的少数民族的反抗,道州被占领。道州原有4万多户人家,几经兵荒马乱,剩下的还不到原来的十分之一。人民困苦不堪,而官府的横征暴敛却有增无减。元结目睹民不聊生的惨状,上书为民请命,在任所修建民舍、提供耕地、免减徭役,并有感而发写下《舂陵行》和《贼退示官吏》两诗。

## 二、《箧中集》诗人

乾元三年(760),元结集其亲友沈千运、赵微明、孟云卿、张彪、王季友等五言古诗共24首,命名为《箧中集》。这个诗人群体,以另类的面目出现在了诗坛上。他们在创作心态、审美取向和文学主张上,与盛唐诸位诗人相比较大相异趣,他们诗中没有盛唐诗中那种慷慨豪雄情调,而以悲愤写人生疾苦,以凄楚寒酸、局促狭小的"小家子气",来对抗诗坛上盛行的恢宏、明朗、贞刚、壮大的盛唐气象。元结主张诗应有规讽寄托,有益政教,故将这群诗人的作品选录其中以警时人。

## 三、顾况

顾况(727—815?),字逋翁,苏州人。至德二载(757)进士。德宗时官秘书郎。他性格傲岸,"不能慕顺,为众所排"(皇甫湜《顾况诗集序》),"虽王公之贵与之交者,必戏侮之"(《旧唐书·顾况传》)。李泌做宰相时,他迁著作郎,泌死,他作《海鸥咏》一诗嘲诮权贵,所以被贬饶州司户参军,晚年定居茅山,自号华阳真逸,有《华阳集》。

他与元结一样,也提倡写作乐府诗歌,重视诗歌的教化意义。他根据《诗经》的讽谕精神写了《上古之什补亡训传十三章》,其中有直接反映现实的,如《囝》揭发了闽吏取闽童做阉奴这种残害人民的罪行。其他如《上古》一章同情农民稼穑之苦;《采蜡》一章讽刺统治者的享乐生活,同情采蜡者的悲惨遭遇。这些诗形式上模拟《诗经》四言体,但能自立新题,描写时事。他效法《诗经》"小序"体例,取诗中首句一二字为题,并标明主题,如"囝,哀闽也""采蜡,怨奢也",开了白居易新乐府"首章标其目"的先河。他学习古乐府写的《公子行》《弃妇词》也是富有现实意义的作品。

顾况的新乐府诗在诗体上比较多样,由于吸收了民歌俚曲的特点,语言也较通俗流畅。他的《竹枝词》更是直接学习江南民歌的作品。

## 第二节 刘长卿、韦应物

### 一、刘长卿

刘长卿(709？—790？)，字文房，郡望河间(今属河北)，籍贯宣城(今属安徽)。进士及第后曾任海盐令，但不久便贬官到南巴(今广东境内)，北归后任监察御史、检校祠部员外郎等职，但不久又一次被诬陷贪赃，再贬睦州司马，直到德宗时才又任随州刺史。据独孤及《送长洲刘少府贬南巴使牒留洪州序》说，刘长卿性格傲岸耿直，所以常被诬谤，屡遭贬谪，身世坎坷。有《刘随州集》。

生活的坎坷、仕途的不顺以及战后的萧条混乱，使刘长卿的诗歌蒙上了浓重的感伤情调。诗歌内容上，一是较多哀叹与绝望。如"绛老更能经几岁，贾生何事又三年"(《岁日见新历因寄都官裴郎中》)，"寂寂江山摇落处，怜君何事到天涯"(《长沙过贾谊宅》)等，以贾谊自况，同病相怜。二是写强烈的反差在他心头留下了深深的痛苦。如"废戍山烟出，荒田野火行"(《奉使至申州伤经陷没》)，"处处蓬蒿遍，归人掩泪看"(《穆陵关北逢人归渔阳》)等。三是写作一些与佛教人士交往的诗歌，以表达他在现实生活中的无奈和解脱。如"倘许栖林下，甘成白首翁"(《登思禅寺上方题修竹茂林》)，"如今渐欲生黄发，愿脱头冠与白云"(《酬灵澈公相招》)等。这些诗无不流露出一种灰蒙蒙的感伤情调。

他的诗集中五律200余首，题材多为别恨和羁愁，对仕途的失望使他更加亲近自然，对山水景物有比较细腻的感受，并能用灵秀圆美的笔致把这种感受表现出来。如《碧涧别墅喜皇甫侍御见访》，写荒村返照中萧萧飘落的枯叶，一场秋雨后被冲毁的野桥，山涧涨水后向田中横流的涧水，是一幅荒凉寒寂的山居图。艺术表现上，意境冲淡平远，多使用寒水、夕阳、雪夜、荒村等意象与寂寂、杳杳、寥寥等语词来呈现荒疏萧瑟之景与悲凉哀愁之情。所以，明人胡应麟《诗薮》屡将刘长卿与钱起相提并论，称他们的诗"气骨顿衰"。

刘长卿曾自许为"五言长城"(权德舆《秦刘唱和诗序》)，他确有不少五言律绝写得很出色。他非常注意锤炼字句，尤其善于捕捉精巧贴切的自然意象，并选择富于色彩、声音效果的动词或形容词把它们连缀成一句或一联，所以他的诗中多有佳句，如"苍山隐暮雪，白鸟没寒流"(《题魏万成江亭》)，"山开斜照在，石浅乱流难"(《却归睦州至七里滩下作》)；他还善于摆落意象之间的系连词，使之直接缀合，赢得更大的联想空间，如"寒渚一孤雁，夕阳千万山"(《秋杪江亭有作》)，"乱声沙上石，倒影云中树"(《湘中纪行十首》其十)，在语言的精炼和意象的富赡上，颇有些南朝谢灵运、谢朓的味道。他的五绝《逢雪宿芙蓉山主人》，意脉流贯而又富于变化，空间上由远而近，时间上由日暮至夜晚，内容丰富而层次分明。

### 二、韦应物

韦应物(737—792？)，京兆万年(今陕西西安)人，曾任左司郎中、江州刺史、苏州刺史。有《韦苏州集》。与顾况、刘长卿不同,他出身贵族,一生仕途也比较顺利。所以,虽然他也受佛道思想影响,仰慕一种淡泊脱俗、远离尘世的生活,但他毕竟身居高官,生活优越,传统价值观念还比较坚定,也比较注意自己的社会角色和社会责任。

韦应物身经乱离,深受儒家思想影响,其诗歌在内容上首先是颂扬卫国将士,反对军阀割据,关注民生疾苦。如《睢阳感怀》歌颂张巡在安史之乱中坚守睢阳的忠义精神,《广德中洛阳作》斥责官军残害百姓的暴行,《始至郡》同情江州百姓遭饥荒而流离的痛苦,《夏冰歌》揭露王公贵族的奢侈等。他常在批评官吏时,把自己摆进去接受良心的谴责,如"甿税况重叠,公门极熬煎"(《答崔都水》),"开卷不及顾,沉埋案牍间。兵凶久相践,徭赋岂得闲?"(《高陵书情寄三原卢少府》)均展现了一个诗人的正义感和责任感。

韦应物无力扭转当时的社会状况,转而通过诗歌抒写自己隐逸退避思想。这类诗歌在诗里写隐逸、写田园、写山林,表现自己对淡泊悠闲人生的向往。他不仅在人格上要"等陶""慕陶"即向陶渊明看齐,而且作诗也要"效陶体",因而他的诗里很有一些类似陶渊明以白描手法创作的田园诗,如《观田家》《种瓜》等。

韦应物也在通过诗歌抒发与和尚、道士之间的友情,表现出对世外生活的向往,如《寄全椒山中道士》。全诗语言简洁,平淡无奇,然感情跳荡反复,形象鲜明自然,寄托了诗人深挚的情愫和淡远的情趣。

韦应物最为人所称道的是他的山水田园诗,批评家所谓的陶、韦以及王、孟、韦、柳并称,即是根据这类诗歌。但是,他和王、孟毕竟不同。由于"身多疾病思田里,邑有流亡愧俸钱"(《寄李儋元锡》)的生活体验,他的田园诗并不仅仅是寄托洁身自好、乐天知命的思想,而且还流露出对农民劳苦的关怀。如其《观田家》,比王维的《渭川田家》、孟浩然的《过故人庄》更接近劳动人民的感情,生活气息也比较浓厚。

## 第三节　大历十才子和李益

### 一、大历十才子

所谓"大历十才子",众说不一,据姚合《极玄集》和《新唐书》载:十才子为李端、卢纶、吉中孚、韩翃、钱起、司空曙、苗发、崔洞(一作峒)、耿湋、夏侯审。他们的生平大都不详,因大历初年在长安参加重要的唱和活动而为世人所瞩目。

"十才子"齐名的一个重要原因,还在于主要创作倾向和诗风的相近。十才子大多是失志失意的中下层士大夫,也多半是权门清客。他们的诗歌诗境狭窄,虽经历了战乱但很少反映社会的动乱和人民的疾苦,大多是唱和、应制之作。歌颂升平,吟咏山水,称道隐逸是他们诗歌的基本主题。他们借自然山水表现个人内心的感受,在自然山水中寻求心灵的平静,使痛苦消融。因此,他们诗歌的感情基调是低沉、伤感的,与盛唐诗歌明朗高扬而广阔的气象已大异其趣了。

他们有一定的艺术修养,擅长创作五言律诗,但都缺乏鲜明的艺术特色,有一种向六朝(尤其是二谢)诗风回归的趋向。这批诗人大都推崇谢灵运、谢朓,其诗中常有这样的表示,如"芙蓉洗清露,愿比谢公诗"(钱起《奉和王相公秋日戏赠元校书》),"愿同词赋客,得兴谢家深"(卢纶《题李沆林园》),"君到新林江口泊,吟诗应赏谢玄晖"(韩翃《送客还江东》),"若出敬亭山下作,何人敢和谢玄晖"(耿湋《贺李观察祷河神降雨》)等。他们推重二谢,是因为二谢诗中那些描写自然山水的句子清丽秀美、精巧典雅,而他们学习二谢,也正在于词语的修饰和形式的精美。此类追求导致他们的创作有形式主义倾向,诚如《四库全书总目·钱仲文集提要》指出:"大历以还,诗格初变,开、宝浑厚之气,渐远渐漓。风调相高,稍趋浮响,升降之关,十子实为之职志。"

"大历十才子"总体成就不高,但钱起、卢纶的一些小诗颇具特色。

钱起(722—780?),吴兴(今浙江湖州)人,大历十才子之一,被誉为"大历十才子之冠"。其诗多为赠别应酬、流连光景、粉饰太平之作,与社会现实相距较远。然其诗具有较高的艺术水平,风格清空闲雅、流丽纤秀,尤长于写景。《省试湘灵鼓瑟》最为有名,是诗人进京参加省试时的试帖诗。此诗既紧扣题旨,又能驰骋想象,天上人间,幻想现实,无形的乐声得到有形的表现。全篇为之生辉的是结尾两句"曲终人不见,江上数峰青",《旧唐书·钱徽传》称这十字得自"鬼谣"。

卢纶(748—799?),字允言,河中蒲(今山西永济)人。诗多送别酬答之作,但反映军旅生活的作品《和张仆射塞下曲二首》是其最负盛名的作品。前一首通过李广的典故赞美将军英武善射,后一首写一次雪夜追击的场面,表现将军指挥若定、士卒勇武出击的英雄气概。二诗字里行间充溢着英雄气概和昂扬的精神,读之使人振奋。

## 二、李益

李益(750?—830?),字君虞,祖籍凉州姑臧(今甘肃武威市凉州区),后迁河南郑州。大历四年(769)进士,初任郑县尉,久不得升迁,建中四年(783)登书判拔萃科。因仕途失意,后弃官在燕赵一带漫游,贞元十三年(797)任幽州节度使刘济从事。因有边塞生活的经历,以边塞诗作名世,诗风豪放明快,擅长绝句,尤工于七绝。

李益的边塞诗是盛唐边塞诗的余响,诗中也有慷慨激昂的壮语,如《夜发军中》"边马枥上惊,雄剑匣中鸣",《送辽阳使还军》"平生报国愤,日夜角弓鸣",《塞下曲》"请书塞北阴山石,愿比燕然车骑功"等,抒发了他渴望建功立业的豪情壮志。但其边塞诗主要格调受中唐时代氛围的影响偏于感伤,主要抒写边地士卒久戍思归的怨望心情,不复有盛唐边塞诗的豪迈乐观情调。如其《从军北征》抒发久戍边地将士的乡思,如怨如慕、如泣如诉,其凄婉低沉的风格代表了中唐边塞诗的特点,与盛唐边塞诗明显有别。

李益的诗歌体现出从盛唐到中唐的过渡,既有盛唐诗风的残留,也深受大历世风诗风的影响,诚如刘勰《文心雕龙·时序》篇所言"歌谣文理,与世推移""文变染乎世情"。

## 第五章　中唐前期文学

**作品学习**

1. 元结《舂陵行》（并序）
2. 刘长卿《逢雪宿芙蓉山主人》
3. 韦应物《滁州西涧》
4. 李益《夜上受降城闻笛》

### 《舂陵行》（并序）鉴赏

此诗作于唐代宗广德二年(764)，时元结任道州(今湖南道县)刺史。诗序用记叙的手法点明主题及写作缘由。诗中形象地描写了战乱之后道州人民伤亡疲敝的情形，谴责了官吏们的严刑苛敛，也表现了宁愿守官，利用自己的官员身份保护百姓，也不愿老百姓卖儿卖女缴纳苛捐杂税的循吏精神。诗末说，"何人采国风，吾欲献此辞"，说明他是有意为民请命的。杜甫在《同元使君舂陵行》诗中说："观乎舂陵作，欻见俊哲情。复览贼退篇，结也实国桢。贾谊昔流恸，匡衡常引经。道州忧黎庶，词气浩纵横。两章(指《舂陵行》及《贼退示官吏》)对秋月，一字偕华星。"对此诗予以高度评价。

### 《逢雪宿芙蓉山主人》鉴赏

诗人用白描的手法和极其省净的笔墨，以画入诗，勾勒了一幅以寒寂清冷的暮雪山村为背景的风雪夜归图。全诗四句，每句都是一个独立画面，连属起来，又构成一幅疏密得宜、动静相映的风雪夜归图，充分显示出诗人高超的写景艺术。这首诗无一字抒情，但所描绘的景物中又没一处不是寄寓着诗人那种孤寂落寞的情怀。景中有情，情见画外，景物的真实与人物的情感达到了高度的和谐统一。

### 《滁州西涧》鉴赏

作者任滁州刺史时，游览至滁州西涧，写下了这首诗情浓郁的小诗。此诗写寻常物，平常景，却意境幽深，并蕴含了诗人不在其位、不得其用的无奈与忧伤情怀。谢叠山云："'幽草'、'黄鹂'，此君子在野，小人在位。'春潮带雨晚来急'，乃季世危难多，如日之已晚，不复光明也。末句谓宽闲寂寞之滨，必有贤人如孤舟之横渡者，特君不能用耳。此诗人感时多故而作。"(高棅《唐诗品汇》引)

### 《夜上受降城闻笛》鉴赏

这首诗抒发了久戍边关的征人的思乡之情。这首诗艺术上的成功，就在于把诗中景色、声音、感情三者融为一体，将诗情、画意与音乐美熔于一炉，组成一个完整的艺术整体，创造出凄凉、哀愁、空灵的意境，而又有含蕴不尽的特点。

### 延伸阅读

**1. 原典阅读**

（1）阅读《大历诗略笺释辑评》（乔亿著，天津古籍出版社，2008年版），品味大历诗风，总结其在诗学史上的意义。

（2）阅读《李益诗注》（范之麟注，上海古籍出版社，1984年版），重点阅读李益的边塞诗，注重体会中唐边塞诗与盛唐边塞诗的异同。

（3）阅读《刘随州集》（刘长卿撰，上海古籍出版社，1993年版），重点阅读刘长卿的山水诗，注重体会其山水诗的特色。

（4）阅读《戴叔伦诗集校注》（蒋寅校注，上海古籍出版社，2010年版），重点阅读《与极浦书》，体会戴叔伦的诗学观念。

**2. 研究文献阅读**

（1）阅读《中唐诗文新变》（吴相洲著，学苑出版社，2007年版），归纳总结中唐诗歌新变的表现以及影响诗风新变的诸要素。

（2）阅读《中唐诗歌之开拓与新变》（孟二冬著，北京大学出版社，2006年版），概括总结时代对诗风转变的影响。

（3）阅读《大历诗人研究》（蒋寅著，北京大学出版社，2007年版），归纳大历诗的诗史、流派，并对大历诗本身的历史演变和它承前启后的具体路径做分析。

### 拓展训练

1. 陆时雍《诗镜总论》概括中唐诗境曰："中唐诗近收敛，境敛而实，语敛而精。势大将收，物华反素。盛唐铺张已极，无复可加，中唐所以一反而之敛也。"请结合作品谈谈你对这一评价的理解。

2. 胡应麟《诗薮·内编》卷五论七律云："诗至钱、刘，遂露中唐面目。……刘即自成中唐，与盛唐分道矣。"你如何理解这一评价？

3.《四库全书总目提要》评价韦应物诗歌创作道："五言古体源出于陶，而化于三谢，故真而不朴，华而不绮。"宋濂《宋文宪公集》又说："一寄秾鲜于简淡之中，渊明以来，盖一人而已。"请结合作品谈谈韦应物诗歌的艺术价值和艺术风格。

# 第六章　新乐府运动和白居易、元稹

## 文学史

元和(806—820)、长庆(821—824)前后约30年是唐诗发展的第二个高峰。这时诗坛上崛起了一大批杰出的诗人,并形成了影响深远的诗歌流派。白居易《馀思未尽,加为六韵,重寄微之》言:"诗到元和体变新。"诗人们着力于创新,努力开辟新途径、探寻新技法、阐发新理论,创作出大量富有创新性、写实性的作品。此时文坛上出现了以白居易、元稹为代表的元白诗派,他们重写实,尚通俗,在文学史上掀起了一次轰轰烈烈的新乐府运动。

## 第一节　新乐府运动

### 一、新乐府运动的兴起

在中唐诗坛上有一批诗人掀起了一股新诗潮,以乐府——特别是新题乐府的形式,来反映社会问题,针砭政治弊端,以期达到实际的社会效果。同时在艺术表现上,这群诗人也大多努力以平易浅切的语言、自然流畅的意脉来增加诗歌的可读性。这批诗人包括张籍、王建、元稹、白居易、李绅等人。文学史上把这一新诗潮称为"新乐府运动"。

"新乐府"概念的形成,始于李绅的《乐府新题二十首》,系统提出新乐府这个概念的则是白居易,新乐府是与汉代乐府相对而言的,就是采用新题写时事的乐府式的诗歌。其特点:一是用新题。建安时期曹操等诗人已经开始通过乐府诗反映东汉末年的社会状况,如《蒿里行》《薤露行》等,但这些乐府诗使用的是汉乐府旧题,题目与内容不统一。新乐府诗根据叙事内容自创新题,故名为"新乐府"。二是写时事。建安以后也出现了一些自创题目的乐府诗,如曹植的《白马篇》属于乐府新题,但这首诗是用来抒发诗人建功立业的强烈愿望,内容与时事无关。三是不以是否入乐为标准。它们虽借乐府的名称,实际上是"未尝被于声"的徒诗,但从文学上讲又体现了汉乐府的精神,本质上算是真正的乐府诗。

中唐时期社会危机日益加深,宦官专权、朋党争斗、藩镇割据、异族入侵,各种矛盾日益尖锐,人民生活极端贫困,统治阶级日益腐化,从而激发了志士仁人的改革热情。文学领域内的古文运动和新乐府运动,随之而兴。早在安史之乱前后,杜甫就曾以乐府风格的诗篇针砭现实,《兵车行》《丽人行》等摆脱古题,"即事名篇,无复依傍"(元稹《乐府古题序》),其实已是一种新题乐府。虽"新乐府"的观念这时还没明确,但却给新乐府运动以直接启示。另外大历以来的形式主义诗风,从反面激励新乐府诗人追求风雅比兴。统治者为巩固统治采取的"纳谏"态度,也鼓励了新乐府诗人的创作。从贞元末至元和初,张籍、王建、元稹、白居易、李绅诸人先后步入仕途。他们彼此唱和,相互呼应,热情地以诗歌形式宣传自己的政治主张,反映各种严峻的社会问题,试图把诗歌作为有力的政治工具来使用。

## 二、新乐府运动的理论

白居易总结我国自《诗经》以来的现实主义诗歌创作经验,并在此基础上建立了现实主义的诗歌理论。白居易对于诗歌的见解形成于元和初年,在他与元稹"揣摩当代之事"而写成的《策林》中,就有一篇《采诗以补察时政》,系统地谈到了诗的功能与作用。《新乐府序》《秦中吟序》《寄唐生》等诗文也提出了一些文学见解。而《与元九书》更是一篇最全面、最系统、最有力的宣传现实主义、批判形式主义的宣言。

首先,强调诗歌的政治与社会功能。在《读张籍古乐府》中,他通过表彰张籍来宣扬自己的观点:"风雅比兴外,未尝著空文。读君学仙诗,可讽放佚君;读君董公诗,可诲贪暴臣;读君商女诗,可感悍妇仁;读君勤齐诗,可劝薄夫敦。上可裨教化,舒之济万民。下可理情性,卷之善一身。"也就是说,诗要写得有"讽""感""劝"的实际效用。白居易明确地提出诗应"为君为臣为民为物为事而作,不为文而作也"(《新乐府序》)。针对当时的社会特征,他特别强调"为民",认为诗歌应该反映人民疾苦——"惟歌生民病""但伤民病痛"。他认为诗歌必须为政治服务,必须负起"补察时政""泄导人情"的政治使命,从而达到"救济人病,裨补时阙""上下交和,内外胥悦"的政治目的。他响亮地提出了"文章合为时而著,歌诗合为事而作"的主张,将诗歌与政治、与人民生活密切结合,其最终的目的,是要借诗歌帮助国君实现善好的政治秩序与社会风俗。

其次,为实现诗歌的政治、社会功能,白居易反对"嘲风雪、弄花草"(《与元九书》),要求诗人反映现实问题,"讽兴当时之事"(《乐府古题序》)。在《与元九书》中,他说:"事物牵于外,情理动于内,随感遇而兴于咏叹。"在《策林》六十九中,他说:"大凡人之感于事,则心动于情,然后兴于嗟叹,发于吟咏,而形于歌诗矣。"文学是现实生活的反映,诗歌要为政治服务就必须关心政治,主动从现实生活中汲取创作源泉。

再次,为了充分地发挥诗的功用,更好地达到"救济人病,裨补时阙"的政治目的,白居易强调内容与形式的统一,主张形式必须服从内容、为内容服务。在《新乐府序》中他提出诗歌创作的标准:"其辞质而径,欲见之者易谕也。其言直而切,欲闻之者深诫也。其事核而实,使采之者传信也。其体顺而肆,可以播于乐章歌曲也。"他"不求宫律高,不务文字奇",而力求做到语言的通俗平易,音节的和谐婉转。这对于"雕章镂句"的时代风尚以及"温柔敦厚""怨而不怒"的传统诗教都是一个革新。由于白居易等人的提倡和推动,诗歌的通俗化向前推进了一大步。

最后,白居易还阐发了诗歌的特性,并结合这种特性强调诗的教育作用和社会功能。在《与元九书》中提出:"感人心者,莫先乎情,莫始乎言,莫切乎声,莫深乎义。诗者,根情,苗言,华声,实义。"诗人以果木成长过程为喻,形象地、系统地提出了诗的四要素。"情"和"义"是内容,"言"和"声"是形式,其中尤以"实义"为最重要。"义"即《诗经》的"六义",主要指"美刺"精神。"实义"即以义为果实,也就是要"经之以六义",使诗具有美刺的内容。因为只有这样的诗才能感人至深,并感人为善,从而收到"补察时政""泄导人情"的效果,所以说"莫深乎义"。

白居易的诗歌理论,呼吁诗人正视广阔的社会生活,自然有再度扩展诗歌题材的作用。在其呼吁下,不少诗人写下了反映社会面貌和民生疾苦的诗篇,使更多人认识到社会的弊病,其中一些具有真实感受的优秀之作,还表现了人对人应有的同情和友爱。

# 第二节　白居易

## 一、白居易的生平和思想

白居易(772—846),字乐天,自号香山居士,又号醉吟先生,曾官太子少傅,后人因称白香山、白傅或白太傅。原籍太原,祖上迁居下邽(今陕西渭南)。

白居易少年时代是在战乱中度过的,期间两河藩镇屡屡叛乱,相继称王,甚至还发生了朱泚占据长安称帝、德宗出逃奉天的大事,十二三岁便离乡到越中避乱。德宗贞元十六年(800),他考中进士,贞元十八年(802)应拔萃科试,入甲等,授秘书省校书郎,与元稹一道开始了仕宦生涯。元和元年(806)应制举时,白居易与元稹闭门思考现实社会种种问题,写下了75篇"对策"。这些后来被编为《策林》的政治短论,涉及了当时社会种种问题,如反对横征暴敛、主张节财开源、禁止土地兼并、批评君主过奢等等,都反映了白居易对社会的责任感和对政治的参与热情。这一年,他被任命为盩厔(今陕西周至)县尉,元和二年(807)冬被召回长安任翰林学士,元和三年至五年任左拾遗。元和五年(810),白居易任满改授京兆府户曹参军,次年因母丧而回乡守制三年半,后返长安,任太子左赞善大夫。

任左拾遗的三年,是白居易一生中为实现自己"兼济天下"政治主张的时期,也是他创作的黄金时期。白居易从他的正义感和政治进取心出发,对时政提出了强烈的批评。《与元九书》说:"自登朝来,年齿渐长,阅事渐多,每与人言,多询时务,每读书史,多求理道。……是时皇帝初继位,宰府有正人,屡降玺书,访人急病。仆当此日,擢在翰林,身是谏官,月请谏纸。"他屡次上书,反对宦官领兵掌权,指责皇帝的过失,在朝廷上以论事激切、扶正不阿著称。又创作了包括《秦中吟十首》《新乐府五十首》在内的大量政治讽谕诗。对这段在其政治与文学生涯中最有光彩的历史,直到多年后白居易还颇为自豪。

白居易的讽谕诗锋芒尖锐,刺痛了权豪贵近的心,险恶的政治处境使他产生了退避思想。元和十年(815),宰相武元衡被平卢节度使李师道的刺客刺死,大臣裴度也被刺客重伤,白居易上书急请捕贼,反而因越职言事而获罪,被贬江州司马。这一打击,使他早年的生活理念、政治理想逐渐动摇,遂由兼济转向独善其身,并开始向佛道思想靠近。此后,他又任过忠州、杭州、苏州刺史,秘书监,河南尹,太子少傅等职。越到晚年,他受佛教的浸染就越深,最后闲居洛阳,与香山僧如满结火社,诗酒唱酬、啸咏山水,捐钱修寺、疏浚河道。75岁卒于洛阳。有《白氏长庆集》。

## 二、白居易诗歌的思想内容

白居易一生存诗文3800多首(篇),为唐代诗人之最。他在44岁时曾将自己此前所作的诗歌进行分类:"仆数月来,检讨囊帙中,得新旧诗,各以类分,分为卷目。自拾遗来,凡所遇所感,关于美刺兴比者;又自武德讫元和,因事立题,题为《新乐府》者,共一百五十首,谓之讽谕诗。又或退公,或卧病闲居,知足保和,吟玩性情者一百首,谓之闲适诗。又有事物牵于外,情理动于内,随感遇而形于叹咏者一百首,谓之感伤诗。又有五言、七言、长句、绝句,自百韵至两韵者,四百余首,谓之杂律诗。"(《与元九书》)晚年又把其余的诗歌分为"格诗""律诗"两大类。将诗歌分为讽谕诗、闲适诗、感伤诗、格律诗不尽恰当,但能反映出白居易诗歌创作的基本情况。

四类诗中,价值最高最为白居易看中的就是"美刺兴比"的讽谕诗。这类诗歌共有170多首,批判性、战斗性都很强,是白居易现实主义诗歌的代表作。其中《秦中吟十首》《新乐府五十首》,属于"篇篇无空文,句句必尽规"的有为之作。

从"惟歌生民病"的目的出发,讽谕诗首先广泛地反映了人民痛苦,体现出诗人极大的同情心。这首先表现在对农民的关切,尤其是农民面对的土地问题和赋税问题,如《观刈麦》中描写了农民"足蒸暑土气,背灼炎天光"的辛勤劳动,以及"家田输税尽"而不得不拾穗的农妇。诗人在质朴的叙述中饱含着深切的同情,也因此为自己不事农桑而岁有余粮深感羞愧。诗人用对赋敛的痛恨之心把田家、贫妇和自己三方联系在一起,突出了诗歌对横征暴敛的批判意义。《采地黄者》中农民在遭受天灾后过着牛马不如的生活,而地主的马却有"残粟":"愿易马残粟,救此苦饥肠!"所以诗人得出结论:"嗷嗷万族中,唯农最苦辛!"《重赋》中写下层民众"幼者形不蔽,老者体无温;悲喘并寒气,并入鼻中辛"。诗人直接斥责贪官污吏不顾人民死活,勒索求宠的罪行:"夺我身上暖,买尔眼前恩。"《缭绫》中也以"丝细缲多女手疼,札札千声不盈尺"写出农妇的艰辛。

其次,讽谕诗抨击、揭露统治者骄奢淫逸以及由此而欺压人民的罪行。中唐政治腐败的根源之一,就是宦官专权,《新唐书·宦官传序》载:"左右神策、天威将军,委宦者主之,置护军中尉、中护军,分提禁兵,是以威柄下迁,政在宦人,举手伸缩,便有轻重。"在《轻肥》一诗中,白居易将讽刺、批判的矛头直接指向炙手可热、气焰熏天的宦官。

不收实物而收现钱的"两税法"是中唐的另一个弊政,给农民带来了沉重的负担。《重赋》揭露了两税法的真相——"敛索无冬春",对农民的憔悴做了描绘。在《赠友》一诗中,作者质问道:"私家无钱炉,平地无铜山。胡为秋夏税,岁岁输铜钱?"为了换取铜

## 第六章 新乐府运动和白居易、元稹

钱,农民只有"贱粜粟与麦,贱贸丝与绵",结果是"岁暮衣食尽""憔悴畎亩间"。

名为购物"而实夺之"的"宫市"是中唐的另一弊政。所谓宫市,是指皇帝派宦官到市场上采购所需的物品,随便给点钱或东西,实际上是掠夺人民财物。因为直接关涉皇帝和宦官的利益,所以很少有人敢过问,白居易却写出了《卖炭翁》,并明确标明主旨"苦宫市也"。

中唐的弊政,还有"进奉"。所谓进奉,就是地方官出于各种利益或目的,向皇帝额外进献榨取的财物的行为,进奉的财物归皇帝个人享用。白居易《论裴均进奉银器状》说当时地方官"每假进奉,广有诛求",又《论于頔裴均状》也说"莫不减削军府,割剥疲人(民),每一入朝,甚于两税",可见"进奉"害民之甚。白居易的《红线毯》虽自言是"忧农桑之费",其实是讽刺"进奉"的。对于统治阶级的荒乐生活本身,白居易也进行了抨击,如《歌舞》《买花》等,都是有的放矢之作。

再次,白居易还注意到边疆无休止的战争给千万百姓带来的负担与痛苦。著名的《新丰折臂翁》写了一位在天宝年间逃过兵役的老人,当时宰臣"欲求恩幸立边功",发动对南诏的战争,无数被强征去当兵的人冤死异乡,这位老人"偷将大石捶折臂",才留得残命。诗中借老翁之口说道:"此臂折来六十年,一肢虽废一身全。至今风雨阴寒夜,直到天明痛不眠。痛不眠,终不悔,且喜老身今独在。不然当时泸水头,身死魂孤骨不收。应作云南望乡鬼,万人冢上哭呦呦。"这位命运悲惨的老人,却以欣喜口吻自庆侥幸,让人读来更觉悲哀、悲凉。同时,也让人从中感受到诗人的目的不仅在记叙一桩往事,而是在揭露战争带给广大人民的无穷苦难。

最后,反映妇女痛苦、关心妇女命运,也是白居易讽谕诗的主题之一。如《井底引银瓶》《母别子》《上阳白发人》等。后者表现的是长期幽闭深宫中的宫女不幸的一生,诗中熔叙事、抒情、写景、议论于一炉,描述生动形象,很有感染力,在唐代以宫女为题材的诗歌中,堪称少有的佳作。

44岁被贬江州司马,白居易的思想开始发生变化,他在《与杨虞卿书》中说:"今且安时顺命,用遣岁月。或免罢之后,得以自由,浩然江湖,从此长往。"从此闲适生活成了白居易诗歌的主要内容。这些闲适诗有明朗自然的气脉和平易流畅的语言,让人读来有亲切的感觉。他的闲适诗追求自然淡泊、悠远平和的风格,有些悠长的理趣。像《大林寺桃花》不仅写出了在山寺看见迟开桃花的惊喜,还蕴含了人间事"别有一番天地"的理趣。《问刘十九》短短20字,写得简练朴素,既真挚幽默,又热情诙谐,极富生活情趣,给人以无限艺术美的享受。

白居易的"闲适诗",像上述几首那样写得很出色的还有一些。但类似的情怀写得太多,未免重叠复出,令人有雷同之感。尤其是他总爱在诗里表白自己的淡泊高雅,哀叹自己的衰老孤独,谈论佛禅的理趣,就给人境界不高、题材不广、创造性不足的缺憾。

讽谕、闲适之外,白居易还有比较重要的一类"感伤诗"。唐宣宗李忱写诗悼念白居易时说:"童子解吟《长恨》曲,胡儿能唱《琵琶》篇。"《长恨歌》《琵琶行》是公认的白居易这类诗的代表作。

《长恨歌》作于元和元年(806)。据陈鸿《长恨歌传》揣度,白居易写《长恨歌》的本意是要"惩尤物,窒乱阶,垂于将来",这可以说也有"讽谕"的意味。而且,《新乐府》中的《李夫人》诗中,特别提到"伤心不独汉武帝,自古及今皆如斯。君不见……泰陵一掬泪,马嵬坡下念杨妃,纵令妍姿艳质化为土,此恨长在无销期",也可视为是《长恨歌》创作主观意图的一个注脚。所以,《长恨歌》从写杨贵妃入宫到安史之乱,都对君主的耽色误国和贵妃的专宠任性有所讽刺。但是,这一意图并没有贯穿到底。白居易在描述杨、李爱情悲剧本身时,又抱着同情态度,用了许多动人的情节和语言把这场悲剧写得缠绵悱恻,这样就出现了双重主题彼此纠缠的状况。特别是诗中对玄宗与贵妃二人生死相恋、梦魂萦绕的那种带神话色彩的反复渲染,更把前一个主题大大地冲淡了。所以,《长恨歌》留给读者的主要不是"惩尤物"式的道德教训,而是对刻骨铭心的爱情的伤悼、感慨、礼赞。

《长恨歌》的艺术魅力在于:首先,诗人善于通过景物、声音、色彩来创造悲剧性的气氛,处处突出这一爱情悲剧的"长恨",如赐死贵妃后唐玄宗幸蜀路上"黄埃散漫风萧索,云栈萦回登剑阁。峨眉山下少人行,旌旗无光日色薄",惨淡的日色,萦回的栈道,满天的黄埃,无光的旌旗,冷落寂寥的峨眉山,烘托了悲剧主人翁悲惨凄凉的心境;又如唐玄宗"天旋日转"回京城后"夕殿萤飞思悄然,孤灯挑尽未成眠。迟迟钟鼓初长夜,耿耿星河欲曙天",夕殿萤飞,孤灯独伴,长夜钟鼓,耿耿星河,这些意象都能给人以孤单寂寞的审美感受,写出了唐玄宗从早到晚痛苦深挚的情思。而杨贵妃在楼阁玲珑的仙山"玉容寂寞泪阑干,梨花一枝春带雨",写她的眼泪和孤寂既丰润又形象。其次,这样的长篇一气舒卷,在结构上每段末二句都摄总下文,全诗场景的转换天衣无缝。从杨贵妃"三千宠爱在一身"的专宠,到"宛转蛾眉马前死"的悲惨结局,再到"圣主朝朝暮暮情"的深沉思念,一直到请道士寻杨氏芳魂"上穷碧落下黄泉",一环紧扣一环,情节的发展令人感到真实可信。最后,全诗用婉转的声调,通畅的意脉,清丽的语言,抒写缠绵悱恻的情思,言意和谐,声情并茂,读来就像触摸一匹光滑柔软的锦缎,感觉既细腻又酣畅。如写杨贵妃的娇柔说:"回眸一笑百媚生,六宫粉黛无颜色。春寒赐浴华清池,温泉水滑洗凝脂。"写她赐死时的景况说:"六军不发无奈何,宛转蛾眉马前死。花钿委地无人收,翠翘金雀玉搔头。"连她的死也死得"宛转",死后的景象既惊心又华贵。又如写她在仙界的寂寞说:"玉容寂寞泪阑干,梨花一枝春带雨。"这位贵妇的眼泪也是那样哀婉美丽。

写于元和十一年(816)的《琵琶行》,则是一首感伤自己生平坎坷的抒情叙事诗。开头记述诗人秋夜在江州浔阳江头送客,听见江上琵琶声,于是便请弹琵琶的女子相见:"千呼万唤始出来,犹抱琵琶半遮面。转轴拨弦三两声,未成曲调先有情。"在听了一曲琵琶后,女子诉说了自己的身世。原来她与白居易一样来自京都,也有一番由繁华而凄凉的遭遇,同病相怜的白居易深有感触:"我闻琵琶已叹息,又闻此语重唧唧。同是天涯沦落人,相逢何必曾相识。"最后,沉浸在哀伤中的女子再弹一曲,声音越发凄凉悲切,而同样沉浸在伤感中的白居易听罢,更是泪下沾襟。

此诗在艺术上的特点是:首先,叙事层次分明,前后照应。如先写琵琶女出场,再写弹琵琶,接着写身世,最后作者自述遭遇。其次,抒情与叙事的高度结合。这是一首叙事诗,也是一首抒情诗,很多语言本身就兼有叙事和抒情的特点,如"我闻琵琶已叹息,又闻此语重唧唧。同是天涯沦落人,相逢何必曾相识""未成曲调先有情""似诉平生不得意"

"低眉信手续续弹,说尽心中无限事""别有幽愁暗恨生,此时无声胜有声"等。再次,在叙事方面注意详略变化,烘托内容的部分略写,描写音乐和身世的部分则为重点;第一次写音乐很详细,第二次写音乐只用一句"凄凄不似向前声";第一次写邀请琵琶女相见时很细致,而请她弹琵琶、讲身世,则一概省去。详写的地方细致生动,略写的地方一笔带过。

### 三、白居易诗歌的艺术成就和影响

白居易的讽谕诗在艺术方面成就极高,主要有以下几方面的特点。

其一,主题集中。或"一吟悲一事",或"首句标其目,卒章显其志",使作品主题思想集中、明确、突出。《秦中吟十首》,每篇题目点明所咏之事,每诗只选取最典型的材料,集中描写,突出主题,不旁敲侧击、涉猎他事,具有非常明确的目的性,使人读后一目了然。如在《重赋》中集中揭露了中唐"无名税"的弊端,对地方官吏以"羡余"为名横征暴敛、不惜加重百姓生活负担而讨取皇帝欢心的丑恶嘴脸予以无情暴露。《歌舞》集中描写了朱紫公侯们"日中为一乐""红烛歌舞楼"的醉生梦死生活,结句却是"岂知阌乡狱,中有冻死囚"的对比与浩叹。《新乐府五十首》有意取法《诗经》体例,前设总序,每篇效《关雎》之例,取首句为题,以为此篇所咏之事。每篇题下有小序,标明题旨,明确"美刺"目的,不另出他意,篇末则呼应小序题旨,以增强所咏之事的针对性,从而使主题思想显豁无遗。如《上阳白发人》《新丰折臂翁》等。

其二,融浓烈的情感和警策的议论于叙事之中,叙事在先,抒情于后,二者相辅相成。这种表现手法仍与卒章显志、突出主题息息相关。如那首"忧蚕桑之费"的《红线毯》诗。诗人开篇先是作一般叙事:"红线毯,择茧缲丝清水煮,拣丝练线红蓝染。染为红线红于蓝,织作披香殿上毯。"对由蚕茧制成红线毯的复杂工艺过程及其艰难程度进行了详尽的叙述——这需要付出多大的代价啊!孰知辛苦织就的红线毯将作何之用?"美人踏上歌舞来",原来是用于供给皇帝取乐的宫女们跳舞用的。最后诗人不无激愤地怒斥宣州太守道:"宣州太守知不知?一丈毯,千两丝。地不知寒人要暖,少夺人衣作地衣!"

其三,运用强烈而鲜明的对比手法,塑造出鲜活的人物形象。在许多讽谕作品里,白居易往往先将当权者穷奢极侈、醉生梦死的豪华生活淋漓尽致地描摹出来,然后在作品的结句赫然树起一个对立面——广大劳动人民的凄惨遭际。通过这种强烈对比,使封建社会内大基本阶级的尖锐对立鲜明地呈现在人们面前。如《轻肥》等。

调动诸如肖像描写和心理刻画及叙事、写景、抒情等多种艺术手段来创作讽谕诗,也是白居易所惯用的手法。以《卖炭翁》为例,诗人先对卖炭翁做了一番肖像描写:"满面尘灰烟火色,两鬓苍苍十指黑。"简短的14个字就把其外貌特征活灵活现地勾勒出来了,使人如见其人。接下来进行了心理刻画:"可怜身上衣正单,心忧炭贱愿天寒。"揭示了卖炭老人特殊的矛盾心理:一方面因衣不蔽体而希求天暖,另一方面又担心天暖会影响木炭的卖价。随后对其入长安城卖炭经过及被太监公开掠夺的不幸遭遇做了具体生动的描述。其中掺杂着简洁的景物描写,如"牛困人饥日已高,市南门外泥中歇"。最后,诗人含蓄地抒发了自己的愤懑之情:"一车炭,千余斤,宫使驱将惜不得。半匹红纱一丈绫,系向牛头充炭直。"多种艺术手段的综合运用,于此便可略见一斑。

其四,深入浅出的诗歌语言和灵活通俗、生动自然的表现形式有机地结合在一起,增强了诗歌的感染力,使诗歌一经诞生,即刻不胫而走,遍传天下。白居易能随时把当时广泛流传着的民歌谣谚(如口语、俗语、俚语等)融入自己的作品中去,既增强了诗歌的人民性,又为广大群众所喜闻乐见,易于接受。

白居易对新题乐府诗下的功夫很大,影响也很大。他有意识地继承杜甫诗歌的创作精神,也是杜甫之后杰出的现实主义诗人。他继承并发展了《诗经》和汉乐府的现实主义传统,沿着杜甫开创的道路进一步从文学理论和创作实践上掀起了一个波澜壮阔的现实主义诗歌高潮。

## 第三节 元稹

### 一、元稹的生平

元稹(779—831),字微之,河南(今河南洛阳)人,8岁丧父,少经贫贱,接触下层,自言幼时目睹混乱的政局:"心体悸震,若不可活,思欲发之久矣。"(《叙诗寄乐天书》)这是他早期在政治上与权奸斗争并积极创作新乐府的生活基础。25岁与白居易同科登第,并成为终生诗友。元稹在监察御史任上,与权奸做斗争,受打击遭贬,因而转与宦官妥协,后官至宰相,为时论所非。元稹是新乐府运动的中坚力量,与白居易齐名,世称"元白"。有《元氏长庆集》。

### 二、元稹的诗歌

元稹在理论和实践两方面推动了新乐府运动的展开。元和四年(809),元稹看到李绅所作的《乐府新题二十首》,觉得"雅有所谓,不虚为文",所以深有感触,便选了其中特别与现实弊病有关的诗题创作了《和李校书新题乐府十二首》。他总结杜甫"即事名篇,无复依傍"的乐府诗创作经验,反对"沿袭古题",主张"刺美见事"(《乐府古题序》)。这种理论主张与白居易的理论一致。

元稹存诗800余首,其中成就较高的是乐府诗,反映面相当广泛。有反映农民痛苦生活的,如《田家词》写农民在安史之乱后为官军长期输送军粮带来的沉重负担和内心痛苦,批判统治者将农民逼上家破人亡绝境的罪行。有哀叹民生的,如《织妇词》:"东家头白双女儿,为解挑纹嫁不得。檐前袅袅游丝上,上有蜘蛛巧来往。羡他虫豸解缘天,能向虚空织罗网。"将织妇被剥削被奴役的痛苦与羡慕蜘蛛的巧为方式关合呈现,发出人不如虫的感叹;有鞭挞奸佞的,如《华原磬》以两种乐器的对比,暗指君主不辨正声邪声,而小人佞言媚上,导致天下大乱;有批判边政的,如《西凉伎》写边陲的繁荣与衰败变化,指斥"连城边将但高会",却不能安定边疆的现象;有关注社会变迁的,如《法曲》写安史之乱前后习俗的变化,痛惜雅正风习的消失。

## 第六章 新乐府运动和白居易、元稹

可以看出,元稹的乐府诗是针对现实政治而写的,他所涉及的面很广,反映了士大夫对国家命运的忧患意识,而这种意识又同儒家所谓"正礼作乐而天下治"、规劝君主以整顿伦理纲常为治国之本的思想密切相连。由于这是从理念出发来写的诗,所以在艺术上很粗糙,议论多而缺乏形象,语言也较夸饰浮靡,不够简洁生动。相较而言,元诗无论内容的深度和广度,或是人物的形象性、生动性,都不及白居易。这主要局限于他的世界观。如在《上阳白发人》中,元稹竟说"此辈贱嫉何足言",读之令人反感;《西凉伎》中只是说"连城边将但高会,每听此曲能不羞",对他们"养寇固恩"的不可告人的目的却不敢揭穿。

元稹的代表作品是叙事长诗《连昌宫词》,通过连昌宫的兴衰变迁,穷究安史之乱前后朝政治乱的缘由。诗歌先通过宫中老人诉说连昌宫今昔变迁,然后通过作者与老人的一问一答,探讨"太平谁致乱者谁"及朝政治乱的因由,最后得出"努力庙谋休用兵"的结论。这首诗的情节写得真真假假,假中有真,真假相衬,互相对照。正如陈寅恪所指出的那样:"连昌宫词实深受白乐天、陈鸿长恨歌及传之影响,合并融化唐代小说之史才诗笔议论为一体而成。"(《元白诗笺证稿》)在我国叙事诗的发展史上,《连昌宫词》有独具一格的特色。

乐府诗外,元稹最为人称道的是悼亡诗,其《遣悲怀三首》写得情深思远、哀婉动人。其《离思五首》其四云:"曾经沧海难为水,除却巫山不是云。取次花丛懒回顾,半缘修道半缘君。"运用"索物以托情"的比兴手法,以精警的词句,赞美了夫妻之间的恩爱,表达了对韦丛的忠贞与怀念之情。

元稹早年因诗传唱宫中而被宫中人称为"元才子"(《旧唐书》本传)。所传唱者大抵是些艳丽的小诗,如白居易所称赞的那样——"声声丽曲敲寒玉,句句妍辞缀色丝"(《酬微之》)。这类诗其实才是元稹真正爱好和费心创作的,所以在情感表达的细腻、意象色彩的明丽上很有特色。元稹受大历、贞元诗风影响较深,如《春晓》云:"半欲天明半未明,醉闻花气睡闻莺。狂儿撼起钟声动,二十年前晓寺情。"把诗人在朦胧的回忆中旌摇荡的情怀刻画得十分感人。

另有一首小诗《行宫》,也写得含蓄有味:"寥落古行宫,宫花寂寞红。白头宫女在,闲坐说玄宗。"明代瞿佑的《归田诗话》评曰:"《长恨歌》凡一百二十句,读者不厌其长;元微之《行宫》诗才四句,读者不觉其短,文章之妙也。"的确取得了以少胜多的成就。

除上述体制短小的诗外,元稹还写了不少长篇排律。在《酬乐天余思不尽加为六韵之作》中,元稹不无自矜地注解道:"乐天曾寄予千字律诗数首,予皆次用本韵酬和,后来遂以成风耳。"这是为写诗而写诗,一味铺陈排比,是最没有诗意的押韵文字。可是,因为这种诗可以显示博学强记、显示铺排的本领,所以在当时颇有影响,造成了一种玩弄文字游戏的风气,在元和时风靡一时,被称为"元和体"诗。后来,元稹在仕途上一帆风顺,政治上日趋保守,虽也写下不少闲适诗篇,但大多只是谈佛言道,排遣个人情怀,表现自己的高雅与清旷而已。

## 第四节　张籍、王建和李绅

### 一、张籍

张籍、王建是新乐府运动的先驱,二人古题、新题参用,他们的乐府诗合称"张王乐府"。

张籍(766？—830？),字文昌,苏州(今属江苏)人,贞元十五年(799)进士,曾任水部郎中、国子司业。有《张司业集》。他为人热情诚恳,交游很广,与以韩愈为首的诗人群体和以白居易为代表的诗人群体都有密切的关系。正如他自称的"学诗为众体"(《祭退之》),他既写有像《城南》这样颇似孟、韩的作品,还写有《宿江店》《雪溪西亭晚望》这样近似大历十才子诗风的作品,也写有《野老歌》《废宅行》这样反映现实、通俗晓畅的乐府诗。

白居易《读张籍古乐府》称赞张籍"尤工乐府诗,举代少其伦",还称赞他"风雅比兴外,未尝著空文"。由于张籍长期贫病交加——"长安多病无生计,药铺医人乱索钱"(《赠任道人》),所以他对下层人民的苦难深有体会。正因如此,他的乐府诗题材很广泛,但最集中的主题是人民疾苦。有的描写下层百姓的困苦生活,尤其是官府的赋税过重所造成的压迫,如《野老歌》揭露了统治阶级横征暴敛的罪行,真实地反映了当时社会生活的本质。《估客乐》主题与写作手法和《野老歌》相类。《山头鹿》则写道:"山头鹿,角芰芰,尾促促。贫儿多租输不足,夫死未葬儿在狱。早日熬熬蒸野冈,禾黍不收无狱粮。县家唯忧少军食,谁能令尔无死伤。"

有的写战争给百姓所带来的痛苦,如《董逃行》描述了战争中"重岩为屋橡为食,丁男夜行候消息"的紧张状况;《征妇怨》描述了战争后"万里无人收白骨,家家城下招魂葬"的凄惨景象;《凉州词》更指斥"边将皆承主恩泽,无人解道取凉州",表达了民众渴求安定统一的愿望。

有的反映妇女悲惨的命运,如《山头鹿》中"贫儿多租输不足,夫死未葬儿在狱"的贫穷农妇;《促促词》中"自执吴绡输税钱",夫妇不能团圆的女子;《别离曲》中"不如逐君征战死,谁能独老空闺里"的闺中思妇;《离妇》中"薄命不生子,古制有分离"的弃妇。而最具代表性的则是《征妇怨》,写因战争失去丈夫和儿子后征妇内心的绝望。

此外,张籍乐府诗还写了一些民间日常生活的题材,如《白鼍鸣》写人们久旱之中终于盼来降雨的情景:"天欲雨,有东风,南溪白鼍鸣窟中。六月人家井无水,夜闻鼍声人尽起。"而《江南行》则描写了江南各种具有显著地方特点的风土人情,宛如一幅民俗画卷。

读张籍的乐府,很容易感受到其中一部分作品的民歌风味,像《长塘湖》《云童行》《白鼍鸣》都宛如民谣,《山头鹿》《春水曲》的开头起兴也很像民歌,而《春别曲》"长江春水绿堪染,莲叶出水大如钱。江头橘树君自种,那不长系木兰船",则完全仿民歌写成,十分生动有趣、轻松自然。在他的乐府中很容易感受到平实通俗的语言风格,看不到什么生涩难通的词句,也看不到什么深奥难解的典故,平平道来,语意贯通,流畅明白。就连他的五言律诗,也受到这种语言风格的影响,写得轻快而不生涩,如《夜到渔家》等。

## 二、王建

王建(766？—830？),字仲初,颍川(今河南许昌)人,与张籍是朋友,年岁相仿,经历也大体相同,曾任县丞、县尉等低级官职,后任陕州司马。有《王司马集》。

其《自伤》诗说:"四授官资元七品,再经婚娶尚单身。"可见他一生都很潦倒,但这也使他接近了人民。他的诗风与张籍相似,乐府诗也常针砭现实,反映民生疾苦,如《水运行》写官府运粮船队"西江运船立红帜,万桌千帆绕江水",而农民却"去年六月无稻苗,已说水乡人饿死";《送衣曲》写妻子给丈夫送征衣的沉痛心情——"愿身莫著裹尸归,愿妾不死长送衣";《田家行》写农民种麦养蚕,全被官府拿走,心里痛苦万分却还心生侥幸,因为可以免得卖牛抵租;《水夫谣》写纤夫的辛勤劳作、艰辛生活及痛苦心里,幻想"我愿此水作平田,长使水夫不怨天"。在这些尖锐指责官府与朝廷盘剥百姓的诗歌中,表现了诗人的正义感与同情心。

王建也有以俗语民歌入诗的趋尚,如《园果》:"雨中梨果病,每树无数个。小儿出户看,一半鸟啄破。"读来浑如儿歌。《祝鹊》:"神鹊神鹊好言语,行人早回多利赂。我今庭中栽好树,与汝作巢当报汝。"行文有如口语。《古谣》:"一东一西陇头水,一聚一散天边霞,一来一去道上客,一颠一倒池中麻。"则完全是从民间谣谚中脱化而来。此外,像《神树词》《田家留客》及绝句《江陵道中》《雨中寄东溪韦处士》,也都有民歌那种通脱流利、自然明快的风味。

在艺术上,张王乐府也有不少共同的特点。他们都好用七言歌行体,篇幅都不长却又都好换韵,绝少一韵到底,令人有急管繁弦之感;他们也好在诗的结尾两句用重笔来突出主题,但主观的议论较少,往往利用人物的自白,或只摆一摆事实,便戛然而止;语言方面也都通俗明晰,诗意明白晓畅。但张籍诗以情意悠长胜,王建诗以描写细致为长;张籍诗主观性强于客观,王建诗客观性强于主观。

另外,王建还以写宫女生活的《宫词一百首》著名。他的这些诗带有七绝连章组诗的性质,写得清丽新巧,对宫中奢华生活颇多渲染,能带给人较深的感触。

## 三、李绅

李绅(772—846),字公垂,亳州(今属安徽)人。与元稹、白居易交游甚密,他一生最闪光的部分在诗歌,他是文学史上第一位有意识地以"新题乐府"为标榜,与传统古题乐府相区别的诗人。作有《乐府新题二十首》,已佚。著有《悯农二首》,写劳动的艰辛及劳动果实来之不易,流传甚广。

张籍、王建、李绅的诗歌在元稹、白居易之前就已表现出了不同于大历、贞元诗风的新变化,后来他们又成为以元、白为代表的新诗潮的重要成员。张、王之不同于元、白,在于他们没有提出鲜明的理论主张,其创作沿用乐府古题的也比较多,关涉现实政治的尖锐性还不那么突出,因此所谓"新乐府"的特征尚未得到凸现。这一新诗潮要到元稹、白居易创作出大量新题乐府诗,并提出诗要"为君为臣为民为物为事而作,不为文而作也"(白居易《新乐府序》)的纲领时,才算真正形成。但也正是因为他们不以一种鲜明的理论为指导,故其乐府创作的内容较为宽泛,而不仅仅是政治性的。

### 作品学习

1. 白居易《轻肥》
2. 白居易《卖炭翁》
3. 元稹《田家词》
4. 张籍《野老歌》

#### 《轻肥》鉴赏

诗题"轻肥",取自《论语》,用以概括豪奢生活。唐代中叶以后,宦官骄奢跋扈,操纵朝政,乃至废立皇帝。而人民苦难深重,元和三、四年,江南大旱,民不聊生。诗人将这两事合在一起,深刻揭露了当时的社会矛盾,表现出诗人对宦官奢侈骄横的痛恨和对人民的同情。这首诗运用对比的手法,先淋漓尽致地描绘出内臣行乐图,已具有暴露意义;结尾笔锋骤然一转,呈现江南"人食人"的惨象,增强了诗篇的表达效果,从而把诗的思想意义提到新的高度。

#### 《卖炭翁》鉴赏

这首诗的小序是"苦宫市也"。人民以"宫市"为苦,"宫市"给人民带来了苦难。所谓"宫市",指皇宫需要的物品,派官员到市场上去采购,派去的官员叫"宫使"。中唐时期,宦官专权,横行无忌,连这种采购权也被宦官抓去了。篇中"黄衣使者"和"宫使",便都是指的宦官。此诗不发议论,更没有露骨的讽刺,是非爱憎即见于叙事之中。前半部分写"卖炭翁"伐薪烧炭劳动的艰辛,后半部分写"卖炭翁"的遭遇,揭露"宫市"的黑暗。两部分通过"卖炭翁"这个人物形象联系起来,达到反映民生疾苦和揭露现实黑暗的目的。

#### 《田家词》鉴赏

诗写农民在安史之乱后为官军长期输送军粮带来的沉重负担和内心痛苦,批判统治者将农民逼上家破人亡绝境的罪行。全诗用农民自述的口吻、白描的手法叙事,在貌似平和顺从的话语里,表现了农民痛苦的心声,蕴含着农民的血泪控诉,因而具有更大的真实性和感人肺腑的力量。

#### 《野老歌》鉴赏

此诗写一个农家老夫在高额的苛捐杂税的重压之下,最后过着依靠拾橡实填饱肚皮的生活,表现了农民在租税剥削下的悲惨生活,并与富商大贾的奢侈生活对比,反映了不合理的社会现实。全诗语言朴实,感情沉郁,运用对比手法,揭露了统治阶级横征暴敛的罪行,真实地反映了当时社会生活的本质。

### 延伸阅读

**1. 原典阅读**

(1)阅读《白居易集笺校》(朱金城笺注,上海古籍出版社,1988年版),重点阅读白居易的讽谕诗,品味其讽谕诗的内容及创作特色。

(2)阅读《元稹集》(修订本)(冀勤点校,中华书局,2000年版),重点阅读元稹的乐府诗,概括总结其乐府诗的特色。

(3)阅读《元白诗笺证稿》(陈寅恪著,上海古籍出版社,1978年版),品味元白诗的历史时代背景,理解陈寅恪"以诗证史"的特点。

**2. 研究文献阅读**

(1)阅读《白居易集综论》(谢思炜著,中国社会科学出版社,1997年版),重点阅读关于白居易生平、思想资料,理解白居易生平思想对其创作的影响。

(2)阅读《白居易资料汇编》(陈友琴编,中华书局,2005年版),系统了解从中唐到清末文人学者对白居易及其作品的评价。

(3)阅读《〈长恨歌〉及李杨题材唐诗研究》(付兴林、倪超著,中国社会科学出版社,2013年版),概括以李杨故事为题材的唐诗的整体风貌,总结李杨题材唐诗背后的文化内涵,对《长恨歌》主题进行辨析思考。

(4)阅读《新乐府诗派研究》(钟优民著,辽宁大学出版社,1997年版),了解新乐府发展演进过程,理解白居易新乐府诗创作的时代意义。

### 拓展训练

1. 辛文房《唐才子传》评价白居易诗歌云:"公诗以六义为主,不赏艰难。每成篇,必令其家老妪读之,问解则录。后人评白诗'如山东父老课农桑,言言皆实'者也。"请结合作品分析白居易新乐府诗的特点。

2. 洪迈《容斋随笔》有云:"《长恨歌》不过叙明皇迫怆贵妃始末,无他激扬,不若《连昌宫词》有鉴戒规讽之意。"你同意这一观点吗?试论述之。

3. 陈寅恪《元白诗笺证稿》云:"微之以绝代之才华,抒写男女生死离别悲欢之感情,其哀艳缠绵,不仅在唐人诗中不多见,而影响及于后来之文学者尤巨。"请结合作品分析之。

# 第七章　中唐其他诗人

> **文学史**

与元白诗派基本同时出现的还有以韩愈、孟郊等诗人为代表的韩孟诗派,但两个诗派的审美倾向大异其趣。赵翼《瓯北诗话》云:"中唐诗以韩、孟、元、白为最。韩、孟尚奇警,务言人所不敢言;元、白尚坦易,务言人所共欲言。"两大诗派外的刘禹锡、柳宗元独树一帜,也取得了不俗的成就。

## 第一节　韩愈

### 一、韩愈的生平和思想

韩愈(768—824),字退之,河阳(今河南孟县)人,郡望昌黎,所以后人称他为韩昌黎。贞元八年(792)中进士,4年后被宣武节度使任命为观察推官。贞元十八年(802)授四门博士,除监察御史,因上书言关中灾情被贬为阳山(今属广东)令。元和初任江陵府法曹参军,国子监博士,后随宰相裴度平淮西之乱,迁刑部侍郎,又因上表谏宪宗迎佛骨被贬潮州刺史。穆宗时,任国子监祭酒,兵部、吏部侍郎等。有《昌黎先生集》。

在中唐,韩愈可以说是非常重要的文学家。一方面他有大量杰出的诗文作品;另一方面,他作为文坛诗坛领袖,广交文友,提携奖掖,不遗余力,在他周围聚集了不少志趣相投、风格相近的文人。他不仅大力称赞比他年长的孟郊,还奖拔比他年轻的贾岛,又鼓励李贺这位天才诗人,并为他因避父讳而不得参加科举而大声疾呼;此外,他还与皇甫湜、卢仝、樊宗师、刘叉、李翱等有密切交往。这样,他与他周围的这些文人便形成了一个文学集团,并以他本人为主将,掀起了很有影响的新诗潮。

### 二、韩愈的诗歌创作

韩愈诗歌创作的内容主要集中在以下几个方面:

一是反映现实社会问题。如《汴州乱》《归彭城》《龊龊》等诗,反映了藩镇兵将叛乱的历史事件,对人民疾苦也有所接触。《谢自然诗》《送灵师》等诗表现了他反对佛老、斥责神怪迷信的思想。其他许多咏怀、赠答的诗,抒发了自己和朋友们怀才不遇或遭受贬谪的牢骚愤懑。《此日足可惜赠张籍》,前人曾认为"仿佛《彭衙》、《北征》光景"(俞玚)。今天看来,虽然他爱国忧民的思想深度、艺术语言的朴素亲切不及杜诗,但他关怀现实的态度,长篇叙事的规模,在叙事中融合抒情、议论的特点,确有和杜诗相似之处。

二是表现个人失意、抒写悲愤。如《左迁至蓝关示侄孙湘》,抒发了作者被贬潮州后内心郁愤以及前途未卜的感伤情绪。再如《八月十五日夜赠张功曹》,表达了作者遇赦而未能调回京都的愤懑与无奈。

三是描写山水景物。如《山石》,全诗用素描式的散文笔调,描写了从黄昏、深夜到天明寺里山间的景色。一句一景,如展画图,具有鲜明的南方风土色彩。清淡的笔触中,有时点染了极浓丽的色彩,给人一种非常新鲜的感觉。

韩愈的诗歌在中唐诗坛上是一个特殊的存在,在艺术方面有其独特的表现。

以气势见长,是韩愈诗歌的特点之一。大历、贞元以来,诗人局限于抒写个人狭小的伤感与惆怅,他们笔下的自然景物也多染上了这种情感色彩;他们观察细致、体验入微,但想象力不足,气势单薄。而韩愈的诗则以宏大的气魄、丰富的想象,改变了诗坛上的这种纤巧卑弱现象。他的诗大都气势磅礴,如《南山诗》扫描终南山的全貌,春夏秋冬、外势内景,连用五十一个"或"字,把终南山写得奇伟雄壮、气象万千。韩愈总能借助于离奇的想象和险怪的物象在壮浪纵恣、混涵汪洋之中加入许多不和谐的因素,使其所创造的审美境界动荡不安,神秘渊深,给人一种原始的、野性的、毫无秩序的审美战栗。

有意避开前代的烂熟套数,语言和意象力求奇特、新颖,甚至不避生涩拗口、突兀怪诞,是韩愈诗歌的又一特色。如《永贞行》中"狐鸣枭噪""䴗睒跳踉""火齐磊落""蛊虫群飞""雄虺毒螫"、《送无本师归范阳》中"众鬼囚大幽""鲸鹏相摩窣""奸穷怪变得"这一类描写,以及"夬夬""阗阗""兀兀""喁喁"等叠字,都有些匪夷所思,充满光怪陆离;过去人们认为可怖的如"鬼""妖""阴风""毒螫",丑陋的如腹疼肚泄、打呼噜、牙齿脱落,惨淡的如荒蛮、死亡、黑暗等事物和景象,在韩愈手里都成了诗的素材,甚至主要以这一类素材构造诗的意境,这无疑引起了诗歌的变革。

以文为诗、以议论为诗,是韩愈诗歌的又一特点。通常人们讲究诗歌的含蓄不露,可他偏要用议论来陈述自己的思想感情;诗应以诗自身的美学要求来创作,可他偏要用写古文的方法来写诗。他以文为诗表现在以古文的章法来组织诗歌的结构,以古文起承转合的方式作为诗歌的衔接过渡方式。如他的代表作《山石》,从上山到下山的所见所闻所感,给读者交代得一清二楚。它一开始就写沿着山石荦确的小径来到山寺时,已是蝙蝠乱飞的黄昏时刻了。接下来写在山寺的所见所闻,"无处不断,无意不转",完全是桐城派写古文的笔法。时间从头天的黄昏到次日的凌晨,空间从山脚到山顶的寺庙再到下山,迤逦断续,脉络清晰。又如《八月十五日夜赠张功曹》,全诗分为三大节:"纤云四卷天无河"到"不能终听泪如雨"为第一节,前三句在清风浩月的夜景中流露出淡淡的哀伤,以逗出第二段张署的歌辞,引出第二节;从"洞庭连天九疑高"到"天路幽险难追攀"为第二节,是张署即兴唱歌,这是全诗的核心所在,韩愈的一肚皮牢骚借张署的歌辞全盘发泄出来,这就是方东树所说的"正意、苦语、重语";"君歌且休听我歌"到最后为第三节,韩愈用故作旷达的语言表达自己愤激的心情。这首诗的章法安排颇见匠心,借别人的酒杯浇自己心头的垒块,完全是古文"反客为主"的章法。

但是,从另一方面说,韩愈诗歌也给后世开启了弊端。一是他逞奇矜博,喜用生僻字和冷涩词,虽有出奇制胜的效果,但过分使用则会破坏诗歌阅读的连贯性,造成整体意境的割裂支离。像《山南郑相公樊员外酬答为诗其末咸有见及语樊封以示愈依赋十四韵以献》的"呀豁疾掊掘"、《征蜀联句》的"焮堞燲歔燨,抉门呀拗閛"之类,不仅"徒聱牙辖舌,而实无意义"(赵翼《瓯北诗话》),而且也影响了后世诗人把诗当炫耀奥博的工具而忽视表达情感的功能,形成以学问为诗的陋习。二是由于他太过分地刻意求新,用一些丑恶怪诞的意象,破坏了人们长期养成的审美习惯,有时还引起人的厌恶感。三是由于他有意变化句式,好发议论,以文为诗,有时便忽略了诗歌本身的韵味、格律。

当然,韩愈的诗中也有自然流畅、平易明白的,如《早春呈水部张十八员外》,但这不是韩诗的主要特色,韩愈诗歌的主要特色就是气势宏大,尚险好奇,瑰丽奇崛。在这一方面,他使唐诗乃至宋以后的诗歌发生了很大变化,正如叶燮《原诗》所说:"韩愈为唐诗之一大变,其力大,其思雄,崛起特为鼻祖。宋之苏(舜钦)、梅(尧臣)、欧(阳修)、苏(轼)、王(安石)、黄(庭坚),皆愈为之发其端。"

## 第二节 孟郊、贾岛

### 一、孟郊

孟郊(751—814),字东野,武康(今浙江德清)人,他是韩孟诗派中较为年长的一位。早年屡次参加科举而不得中,直到46岁才进士及第,又过了4年才当上一个小小的溧阳尉。元和初年又当过河南水陆转运从事、试协律郎,元和九年(814)得暴疾而死。一生沉沦下僚,郁郁寡欢,饥饿、穷蹇、疾病、羁旅、丧偶、失子、衰老接踵而来,使他受尽了苦难生活的磨难。有《孟东野诗集》。

孟郊的诗很受韩愈推崇,当时人已有"孟诗韩笔"的称誉。孟郊自己也说:"诗骨耸东野,诗涛涌退之。"(《戏赠无本二首》其一)可见韩、孟两人的诗是各具特色、旗鼓相当的。

在内容上,孟郊的诗超出了大历、贞元时代那些狭窄的题材范围。他诗的主旋律是中下层文士对穷愁困苦的怨怼情绪,这是他坎坷的生活遭遇决定的;但他还是能透过个人的命运看到一些更广阔的社会生活,并以诗来反映这些生活。首先是直接描绘当时的社会现实。孟郊在诗中尖锐地揭示了贫富之间的不平等。如《寒地百姓吟》以"高堂捶钟饮,到晓闻烹炮"与"霜吹破四壁,苦痛不可逃"两相对照,并以飞蛾扑火象征劳动人民悲惨绝望的命运,由此显现出诗人心情的沉痛。《贫妇词》《织妇词》对劳动妇女的劳苦深表同情,而且以织妇口吻对受剥夺的境况提出质问:"如何织纨素,自着褴缕衣?"他写这种诗常有很深刻的心理体验,如《寒地百姓吟》中"寒者愿为蛾,烧死彼华膏"之句,实非泛泛记述民间疾苦者可比。应该说,在杜甫之后,孟郊又一次用诗歌深入地揭露了社会中贫富不均、苦乐悬殊的矛盾。在《杀气不在边》《吊国殇》《感怀》等诗中,孟郊对当时藩镇割据、内战不息的时局予以关注,谴责统治者"擅摇干戈柄""铸杀不铸耕"的罪恶行为。

孟郊的一生,"拙于生事,一贫彻骨。裘竭悬结,未尝免眉为可怜之色"(《唐才子传》)。因此,他那些强烈表现自我悲慨和贫寒生活的诗作,也写得十分动人,如《秋怀》抒写老病哀怨与穷愁境遇,也写出了冷酷无情的世道人心。诗里所写的虽是个人的境遇,但仔细体会,不难看出其中的生活体验与他那些反映人民疾苦的诗篇有相通之处。

孟郊还有一些诗描写了平凡的人伦之爱,如《结爱》写夫妻之爱,《古怨》写夫妻忠贞,《杏殇》写父子之爱,《游子吟》写母子之爱,《归信吟》写两地思念,都是人间的至性文字,但这些题材已经在很长时间内被诗人们忽视了。其中《游子吟》是一首真挚深沉、感人至深的小诗,是千百年来流传的杰作。

孟诗最突出的艺术特征是奇崛、冷峻、瘦硬、苦涩。所谓奇崛是指构思的奇特,骨力峭拔,诗境奇险。他的诗思常常迥出常情,朴里藏巧,如《答友人赠炭》。通常情况下,奇崛、冷峻、瘦硬和苦涩是连在一起的,不大喜欢孟郊的苏轼也称道他"诗从肺腑出,出辄愁肺腑"(《读孟郊诗》),如《秋夕贫居述怀》《苦寒吟》等。他喜欢选用坚硬的东西作为喻体,使无形或柔软的本体也具有坚硬的特性。另外他也喜欢选用劲健、狠重的动词和形容词,这样使他的诗语显得硬挺峭拔。当然,孟郊也有平易朴素、自然流畅的诗作,但这些诗作在当时并不太引人注目,倒是上述风格的诗作,在内容上、语言上都显示了元和年间诗歌创作的新变化、新特点。

## 二、贾岛

贾岛(779—843),字阆仙,范阳(今河北涿州)人,早年出家为僧,法号无本,后还俗应进士试,屡试不第,只任过长江(今四川蓬溪县)主簿、普州(今四川安岳县)司仓参军一类低级官职。他在唐朝官职虽小诗名却很大,释无可《吊从兄岛》说:"诗名从盖代,谪宦竟终身。"

他和孟郊同以"苦吟"著名,苏轼《祭柳子玉文》有言"郊寒岛瘦",以"瘦"字评岛。所谓"瘦",从诗境来说是指幽僻而不壮阔,从诗情来说是指孤峭而不热烈,从诗语来说是指清寒而不丰腴。如他自己十分自负的两句诗:"独行潭底影,数息树边身。"(《题诗后》自注)一位独行的清瘦诗人,一潭清澈见底的寒水,以及潭水中倒映着的诗人瘦影,还有他那或如孤云野鹤般行走,或在树边小憩的神情,用不着再写什么心理活动,就知道他形影相吊的孤寂,他那孤寂中流露出来的清高,和在这冷漠人世的身心佛怠。这两句诗既是写心性也能代表其诗风。他自己似乎也偏爱这两诗的神韵,在《风蝉》一诗中又说:"故里客归尽,水边身独行。"

他屡试不中,一生很不得志,所以张籍《赠贾岛》以"挂杖傍田寻野菜,封书乞米趁朝炊"这样的诗句来描绘他的潦倒。因此,苦吟与苦境,是形成他诗歌内容和语言特色的两大原因。贫困不得志,使他的诗时时透出一种萧瑟之气来,悲愁苦闷之词比比皆是。像《朝饥》叹无烟无米,《斋中》怨"所餐类病马,动影似移狱",《下第》叹"泪落故山远,病来春草长。知音逢岂易,孤棹负三湘",都显得很衰飒。

另一方面,他毕竟当过和尚,当和尚就得在清寒的生活中保持空寂宁静的心灵境界,并以此为高雅,不宜过分怨怼讥讽。所以,贾岛的诗在叹息愁穷困顿之余,又不免要寻找精神的寄托与安慰,于是要借山水来顾影自怜;而这山水林泉在他悲愁的主观心境的投射观照中,也变得寂寞、衰飒与清冷。诸如"几蜩嘿凉叶,数蛩思阴壁"(《感秋》),"柴门掩寒雨,虫响出秋蔬"(《酬姚少府》),"空巢霜叶落,疏牖水萤穿"(《旅游》)。残叶枯木、孤蝉寒蛩、落日黄昏,这些意象表现了贾岛凄清的内心世界,也构成了他诗歌的衰飒境界。当然,贾岛也有像《剑客》那样显示豪气的诗,但那是极少数。

　　苦吟决定了他诗歌的第二个特点,即对语言、形式的讲究。贾岛总是极细心地在有限的格律形式内安排最能表现内在情感与外在景色合一的意象,并精心选择具有音声、色彩、情感效果的动词或形容词,来构成对仗工巧、韵律和谐的诗句。在他的笔下,五言律诗有了新的发展,在意象的选用、节奏的安排等方面,都不再有粗糙的成分;尤其中间对仗的两联,更成为精心锤炼的重点,总是力图写得精巧而优美。这一点,比大历、贞元诗人更高明了些,如以"推敲"闻名的《题李凝幽居》。中四句的动词用得尤其精巧,颔联的"宿"与"敲"在第二字,颈联的"分"与"动"在第三字,错落开来,使节奏有了变化;而一联中一动一静、一虚一实的搭配,也使感觉有一种起伏。尤其是"敲"字的使用,不在意时会觉得平淡,但与鸟宿树上的静态相配,一静一响、一暗一明,这"敲"字就很有味道,比起"推"字来,不仅突出了夜深人静时清脆的叩门声,还暗示了对前句出现的宿鸟的惊动,更增添夜的静谧感。

　　说到贾岛,就应该提到姚合,他们都是中唐诗风向晚唐诗风转化中的枢纽人物,后人常以"姚贾"并称。姚合(775?—846?),陕州(今河南陕县)人,元和十一年(816)进士,曾任武功主簿,所以人称"姚武功"。其实他后来还当过金州、杭州的刺史和秘书少监等高职。有《姚少监诗集》。姚合在晚唐也有一定的影响,但他比贾岛的诗歌取径更狭,诗情更淡,景多为细碎清幽的小景,情多为闲散恬淡的闲情,如《武功县中作》。

　　贾岛、姚合的诗歌,已经偏离了元和时代韩愈等人力图以新气格、新意象、新形式改造诗风的主流诗潮,在内容上走向了抒发个人的孤寂凄清心境、表现闲适淡泊情趣的狭窄道路,在艺术上走向了以五言律体为主,迁就格律并且偏重中间两联字句的工巧、精警、清丽的狭窄道路。这种诗风影响了晚唐甚至宋代的不少诗人。

## 第三节　刘禹锡、柳宗元

### 一、刘禹锡

　　刘禹锡(772—842),字梦得,洛阳人;柳宗元(773—819),字子厚,河东(今山西永济)人。贞元九年(793),二人同登进士第,10年后,又一起由地方调入京城,刘禹锡为监察御史,柳宗元为监察御史里行。顺宗永贞元年(805),刘、柳以极高的政治热情参加了王叔文为首的革新集团,刘任屯田员外郎,柳任礼部员外郎,在短短四五个月中,推行了一系列改革措施,使政局为之一新。但就在是年八月,在以宦官为首的保守势力的联合反击下,革新运动惨遭失败,刘禹锡被贬朗州(今湖南常德)司马,柳宗元被贬永州(今属湖南)司马,10年后又分别迁官更为遥远的连州(今广东连县)和柳州(今属广西)。长期的贬谪生涯,沉重的政治压抑和思想苦闷,使柳宗元享年不永,47岁即卒于柳州贬所。有《柳河东集》,存诗160余首。刘禹锡后又转徙夔州、和州刺史,晚年迁太子宾客,分司东都,与白居易唱和,世称"刘白"。有《刘宾客集》,存诗800余首。

由于特殊的政治经历,刘禹锡在诗歌创作内容方面也别具特色。首先是寓犀利于婉曲的讽刺诗。刘禹锡的讽刺诗大多写于政治革新运动失败以后。作为革新集团的中坚,他被政治斗争的风浪无情地抛到了凄凉的"巴山楚水"之间。但他并没有屈服、消沉,而是将满腔的愤怒凝为一首首寄兴深微的讽刺诗,对迫害革新志士的保守势力予以冷嘲热讽。由于身为戴罪之臣,处于动辄得咎的孤危境地,他在写作讽刺诗时只能将犀利的内容寄寓在婉曲的形式之中。他的讽刺诗往往是寓言诗和讽刺诗的结合,即在寓言诗的外壳里藏有讽刺诗的内核,如《聚蚊谣》《昏镜词》《养鸷词》《有獭吟》《飞鸢操》等。

其次,刘禹锡的咏史怀古诗为人所称道。这些诗以简洁的文字、精选的意象,表现他阅尽沧桑变化之后的沉思,其中蕴含了很深的感慨,如《西塞山怀古》《乌衣巷》《石头城》《蜀先主庙》等都是名篇。《西塞山怀古》是刘禹锡怀古咏史中的翘楚,题为怀古,实为鉴今,将矛头指向了中唐时期割据一方的军阀。前四句寓理于事,后四句寄慨于景。情、景、理水乳交融,构成雄伟壮阔的场面和深邃雄奇的意境,不仅气韵沉雄,寄慨遥深,而且笔势纵横开阖,意脉流转贯通,浑然一体。刘禹锡最为人所熟知的咏史怀古诗是《金陵五题》,即《石头城》《乌衣巷》《台城》《生公讲堂》《江令宅》,借古喻今,情、景、事、理融为一体,以大自然的永恒和人事的沧桑之变相比衬,抒发怀古叹今之感慨。

再次,刘禹锡的山水诗,也改变了大历、贞元诗人襟幅狭小、气象萧瑟的格调,而常常写一种超出空间实距的、半虚半实的开阔景象,如"水底远山云似雪,桥边平岸草如烟"(《和牛相公游南庄醉后寓言戏赠乐天兼见示》),"野草芳菲红锦地,游丝缭乱碧罗天"(《春日书怀寄东洛白二十二杨八二庶子》)。

此外,还应该提到他受民歌影响所写的一些诗篇。刘禹锡先后被贬朗州、连州、夔州、和州,后又曾任职苏州等地,这些地方民歌盛行,所以刘禹锡常常收集民间歌谣,学习其格调进行诗歌创作。刘禹锡的民歌体诗歌涉及人民生活的方方面面:有描绘劳动场面的,如《竹枝词九首》其九;有表现爱情生活的,如《竹枝词九首》其一、其二。

这些民歌体的诗歌吸收了当地民歌健康朴素的思想感情和丰富多彩的表现手法,并将它与文人诗的写作技巧糅合起来,或多或少地达到了风景画与风俗画的融合,人情美与物态美的融合,诗意与哲理的融合,雅声与俚歌的融合。

刘禹锡被白居易誉为"诗豪",乃源于虽经历了一系列的政治打击,但其诗中却常常表现出高扬开朗的精神。如《秋词二首》其一:"自古逢秋悲寂寥,我言秋日胜春朝。晴空一鹤排云上,便引诗情到碧霄。"《同乐天登栖灵寺塔》:"步步相携不觉难,九层云外倚栏杆。忽然语笑半天上,无限游人举眼看。"《酬乐天扬州初逢席上见赠》:"沉舟侧畔千帆过,病树前头万木春。"《酬乐天咏老见示》:"莫道桑榆晚,为霞尚满天。"均释放出健举的力量、昂扬的气魄。由于有了含蓄深沉的内涵、开阔疏朗的境界和高扬向上的情感,刘禹锡的诗歌便显得既清峻又明朗。

## 二、柳宗元

柳宗元留下来的诗歌仅160多首,但历来评价很高。尤其是宋代大诗人苏轼对其不吝称道:"柳子厚诗在陶渊明下,韦苏州(应物)上。退之(韩愈)豪放奇险则过之,而温丽靖深不及也。所贵乎枯淡者,谓其外枯而中膏,似淡而实美,渊明、子厚之流是也。"(《评韩柳诗》)又说,柳宗元、韦应物的诗是"发纤秾于简古,寄至味于淡泊"(《书黄子思诗集后》)。

柳宗元诗尤其是被贬之后所创作的山水诗,确实兼有简洁、靖深、温丽、含蓄之长,在自然、朴实的语言中蕴含了幽远的情思。柳宗元被贬之地永州、柳州山水秀丽,在政治上遭受打击、心情压抑的情况下,他感到山水对心灵的安慰,不仅写下了许多优美清新的山水散文,还把这些山水景色融入诗中,如"梅岭寒烟藏翡翠,桂江秋水露鲷鳙"(《柳州寄丈人周韶州》),"蒹葭淅沥含秋雾,橘柚玲珑透夕阳"(《得卢衡州书因以诗寄》),"山腹雨晴添象迹,潭心日暖长蛟涎"(《岭南江行》),"山城过雨百花尽,榕叶满庭乱莺啼"(《柳州二月榕叶落尽偶题》),这些富有南方风味的自然景象给柳宗元的诗增添了一种新颖绮丽的美感。同时,这些景象在柳宗元主观心理的作用下,呈现出静谧旷远的意趣,成为构成柳诗独特意境的重要元素。

柳诗中常常出现的是一种空旷孤寂的意境,如《中夜起望西园值月上》,在寒夜中呈现了诗人所感受到的孤独与寂寞。诗人也有借雪景写人生遭际的,如著名的《江雪》,大约作于柳宗元被贬永州的第二年冬天。永贞改革失败后,他精神上受到了很大的刺激和压抑,但他并不屈服。于是,他借描写山水景物来寄托自己清高而孤傲的情感,抒发自己在政治上的失意、郁闷、苦恼。

柳宗元毕竟不能忘怀现实政治和自身遭遇,失败的悲愤和被贬的怨艾始终萦绕在他心头,因此他创作了大量抒发悲愤情怀的诗歌,如《登柳州城楼寄漳汀封连四州刺史》。而当激愤到了极点时,他也会写出《笼鹰词》《行路难》这样借困在笼里的雄鹰和追日而死的夸父来比喻自己的悲壮诗歌。

作为一位政治改革家,在"利安元元""辅时及物"思想的影响下,柳宗元创作了一些关注现实、反映现实的作品。如《田家三首》第一首,诗中形象而深刻地描写了农民的悲惨遭遇,体现了诗人对劳动人民的深切同情;第二首反映了夏秋之交农村景象的萧条和农民生活的贫困,同时揭露了封建官府的横征暴敛;第三首写农村秋收后的情景和诗人晚上投宿农家受到殷勤款待的经过,描写了农村秋日的美景,赞颂了农民的勤劳和淳朴。全诗叙事朴实周到,于平淡简朴的语言中含寓着深远的忧愤之情。

刘禹锡、柳宗元的诗,虽不像以孟郊、韩愈及李贺为代表的和以元稹、白居易为代表的两大诗派那样具有十分显著的创新特征,但他们在扩展和加深诗歌内在意蕴方面是有着特出成就的。从表面上,人们很容易察觉形式、语言和内容的变化,却不太容易体会到诗歌内蕴含量的变化及与此相关的观物体验方式的变化。事实上,诗歌内蕴含量的扩展和加深往往是直接影响诗歌艺术性的原因。中国诗歌讲究以含蓄取胜,以意境取胜,因此,刘禹锡、柳宗元在诗歌发展史上的地位也是十分重要的。

## 第四节 李贺

### 一、李贺的生平

李贺(790—816),字长吉,生于福昌(今河南宜阳),是个早熟的天才,也是个不幸的诗人。《新唐书》说他"系出郑王后",算是皇家宗室,但谱系已远,沾不上皇恩了。他父亲当过县令,而他却由于父名"晋肃",与"进士"谐音,便不能参加进士考试,只当上个从九品的奉礼郎,27岁就怏怏而死。有《李长吉歌诗》。

### 二、李贺诗歌的内容

李贺仕途不顺,加之所处时代动荡,各种社会矛盾激化,所以其诗歌内容首先就是对统治者罪行的揭露。如《公无出门》深恶痛绝地描绘了藩镇割据、分裂国土、破坏统一,以致造成"天迷迷,地密密。熊虺食人魂,雪霜断人骨"的社会惨状;《吕将军歌》通过对比对宦官专权弊端予以揭露;《猛虎行》则将专横跋扈的藩镇比作吃人的老虎。李贺的锋芒所向,直刺最高统治集团。

李贺诗歌在揭露统治者罪行的同时,对处于被统治地位的下层人民予以同情。如《感讽五首》其一,对中唐两税法弊端予以揭露,对人民寄予深切同情;《黄头郎》写船夫离别家乡、奔波四海的艰辛;《平城下》诉说戍卒的疾苦;《宫娃歌》《三月过行宫》抒发被幽闭的宫女的哀怨和对人身自由的渴望。这方面最为人关注的是《老夫采玉歌》,全诗用笔锋利,含义深刻,描写具体形象,格调深沉动人。

李贺是一位在政治上很有抱负、有勃勃雄心的青年诗人,虽然生活道路曲折,但他从没有放弃理想和对理想的追求。反映在诗歌中一个突出的内容,就是渴望为国家做一番大事业。早熟的天赋曾使李贺心中充满浪漫的理想,如《雁门太守行》表现了李贺对当时叛乱不定、国无宁日现实的不满,以及热切希望朝廷重用贤才、维护国家统一和安定的爱国思想。

可是,冷酷的现实却给他一次次打击,使李贺的理想被击得粉碎,心头充满悲凉。浪漫的理想和困顿的现实之间的冲突,使李贺心中充满忧郁,这种忧郁又转化为一种深沉的生命意识。人生短促,光阴易逝,遂成为其诗歌的一大主题。李贺羸弱多病,对这一主题尤其敏感。怀才不遇,是其诗歌的又一主题。理想与现实条件之间的差距越大,痛苦就越深。而人在现实中屡遭挫折之后,又会更强烈地感受到生命短促、时光易逝的悲哀。生命与理想的两重主题交织在一起,构成了李贺诗的主旋律,致使其常在诗中反复咀嚼来自生命与理想的忧郁和痛苦。如《金铜仙人辞汉歌》,诗人借金铜仙人辞汉的史事,来抒发兴亡之感、家国之痛和身世之悲。

面对无奈的现实,李贺有时把解脱痛苦的希望寄托在虚无缥缈的神鬼世界,著名的《天上谣》《梦天》及《瑶华乐》《上云乐》,都曾描绘了他心中虚构的欢乐、神奇、美丽的世界。《天上谣》虚构了一个尽善尽美的仙境,表达了诗人心怀壮志而生不逢时的感慨和因宝贵的青春年华被白白浪费而心生的愤恨,表现出诗人对理想境界的向往和追求。诗中运用神话传说,创造出种种新奇瑰丽的幻境,想象富丽,具有浓烈的浪漫气息。

### 三、李贺诗歌的艺术特色及影响

丰富、奇特的想象是李贺诗歌最显著的特点,正如杜牧所说,"鲸吸鳌掷,牛鬼蛇神,不足为其虚荒诞幻也"(《李长吉歌诗叙》)。如《金铜仙人辞汉歌》中在诗人的想象中,铜人可以下泪,而且清如铅水;兰草可以悲伤,而且能够"送客";苍天、荒月,乃至长安大道、渭河波声,仿佛也有了生命。李贺诗中的想象,不只是丰富而不落俗套,而且奇特又情趣盎然,如《神仙曲》中的海上神山,居然还藏有仙经、宝卷;神山还是天帝亲自选定的仙人居地,其间的神仙生活还充满了现实世界的人情味。李贺诗歌想象力的丰富、奇特,最典型的例子就是《李凭箜篌引》,诗人凭借想象的翅膀,飞向天庭,飞上神山,把读者带进更为辽阔深广、奇丽绚丽的境界。

构思新颖、精巧,是李贺诗歌的又一主要艺术特色。他的诗不同凡响,超出一般诗人写诗的常轨,这与他毫无羁绊的想象分不开,与他呕心沥血、别具匠心的艺术构思也有直接关系。无论写景咏物,还是抒情叙事,他都不落窠臼;无论是历史人物、神话传说、骏马宝剑,还是新笋小松、毒蛇猛虎,他都巧妙地结合现实立意。如他的《马诗二十三首》,全都以马兴感,借马喻人,因马寓情,但构思上"所命止一绪,而百灵奔赴"(方拱乾《昌谷集注序》),各首立意不尽相同。有的写马质不凡,有的写马无明主;或斥其主人使用不当,或叹其备受折磨。首首出新,篇篇精巧,流露出诗人复杂的思想情绪,尖锐的批判锋芒,以及渴望重任、为国立功的抱负。

语言瑰丽生动、凝练警策,是李贺诗歌又一显著特色。李贺在语言的运用上,可以说是"无一语不经百炼"(叶衍兰),因而他的诗歌语言大多数"光夺眼目,使人不敢熟视"(陆游),有些甚至达到炉火纯青的地步。如其代表作《雁门太守行》,诗中色彩瑰丽而不凝滞,气势悲壮而不衰凉,节奏沉郁而不纷乱,无怪乎韩愈一见而惊起,大为赞赏。

独特的艺术形象,又构成李贺诗歌的一大特色。他所写的人物、所写的自然现象,乃至所写的鬼魂形象,无一不是尽态极妍、形神兼备。如《苏小小墓》中那个忧伤悱恻的鬼魂形象、《神弦曲》中的狐仙鬼怪形象等。

李贺的诗在文学史上有一定影响,晚唐杜牧、李商隐、温庭筠的诗,或在意境,或在手法,或在语言上受过他的影响。南宋、金元也有一些诗人刻意模仿他的诗歌,但是他们的仿效往往并不成功。

### 作品学习

1. 韩愈《左迁至蓝关示侄孙湘》
2. 孟郊《秋怀二首》(其二)
3. 刘禹锡《乌衣巷》
4. 刘禹锡《望洞庭》
5. 柳宗元《江雪》
6. 李贺《金铜仙人辞汉歌》(并序)

## 第七章　中唐其他诗人

### 《左迁至蓝关示侄孙湘》鉴赏

元和十四年(819)正月,唐宪宗命宦官从凤翔府法门寺真身塔中将所谓的释迦文佛的一节指骨迎入宫廷供奉,并送往各寺庙,要官民敬香礼拜。时任刑部侍郎的韩愈看到这种礼佛行为,便写了一篇《谏迎佛骨表》。劝谏阻止唐宪宗,指出信佛对国家无益,结果触怒了唐宪宗,韩愈被贬为潮州刺史,责求即日上道。韩愈情绪十分低落,满心委曲、愤慨、悲伤。潮州州治潮阳在广东东部,距离当时的京师长安有千里之遥。韩愈只身一人,仓促上路,走到蓝田关口时,他的妻儿还没有跟上来,只有他的侄孙前来送行,所以他写下这首诗,抒发了自己内心的郁愤以及前途未卜的感伤情绪。

### 《秋怀二首》(其二)鉴赏

诗人以饱蘸一生的辛酸苦涩抒写老病哀怨与穷愁境遇,也写出了冷酷无情的世道人心。诗中运用一系列清冷悲凉之意象,构建出寒瘦奇峭的诗境。诗里所写的虽是个人的境遇,但仔细体会,不难看出其中的生活体验和他那些反映人民疾苦的诗篇有相通之处。

### 《乌衣巷》鉴赏

此诗是组诗《金陵五题》中的第二首。这首诗语言浅显,而含义非常丰富。作者用情景交融、虚实相生、古今对比的艺术手法,创造了一个有机、深邃的意境。通过王谢这些士族的旧迹变为寻常百姓家的历史变迁,表达了人们心灵深处常有的对一切繁华与高贵都会被时间洗刷净尽的无常之悲及无奈叹息。全诗弥漫着凄凉的人生感和深沉的历史感,韵味无穷。

### 《望洞庭》鉴赏

全诗选择了月夜遥望的角度,把千里洞庭尽收眼底,抓住最有代表性的湖光和山色,轻轻着笔,通过丰富的想象、巧妙的比喻,独出心裁地把洞庭美景再现于纸上,表现出惊人的艺术功力。

### 《江雪》鉴赏

此诗作于作者被贬永州期间。柳宗元笔下的山水诗有个显著的特点,那就是把客观境界写得比较幽僻,而诗人的主观心情则显得比较寂寞,甚至有时不免过于孤独、冷清,不带一点人间烟火气。这首《江雪》正是这样,诗人只用了20个字,就描绘了一幅幽静寒冷的画面:在下着大雪的江面上,一叶小舟,一个老渔翁,独自在寒冷的江心垂钓。而老翁在孤舟中垂钓的生动形象,曲折地反映了诗人在政治革新失败后不屈而又孤独的心态。清代吴其昌《删订唐诗解》评价本诗:"清极峭极,傲然独往。"

### 《金铜仙人辞汉歌》(并序)鉴赏

这首诗大约作于元和八年(813),当时作者24岁,因病辞去奉礼郎职务,由京赴洛途中所作。自从天宝末年爆发安史之乱以后,唐王朝一蹶不振。唐宪宗虽号称"中兴之主",但实际上他在位期间,藩镇叛乱此伏彼起,西北边陲烽火屡惊,国土沦丧,疮痍满目,民不聊生。诗人那"唐诸王孙"的贵族之家也早已没落衰微。面对这严酷的现实,诗人的心情很不平静,急盼着建立功业,重振国威,同时光耀门楣,恢复宗室的地位。却不料进京以后,到处碰壁,仕进无望,报国无门,最后不得不含愤离去。此诗诗人借金铜仙人辞汉的史事,抒发兴亡之感、家国之痛和身世之悲,其以景衬情、通感拟人手法的运用,使该诗体现出极大的创造性。

## 延伸阅读

**1. 原典阅读**

(1) 阅读《李贺诗集疏注》(叶葱奇疏注,人民文学出版社,2015年版),重点阅读《李凭箜篌引》《雁门太守行》《天上谣》《金铜仙人辞汉歌》,注重体会李贺诗歌的艺术特色。

(2) 阅读《刘禹锡集笺证》(瞿蜕园笺证,上海古籍出版社,1989年版),重点阅读刘禹锡咏史怀古诗,品味其咏史怀古诗的特色。

(3) 阅读《刘禹锡诗集编年笺注》(蒋维崧等笺注,山东大学出版社,1997年版),理解政治经历对刘禹锡诗歌创作的影响。

**2. 研究文献阅读**

(1) 阅读《韩孟诗派研究》(毕宝魁著,辽宁大学出版社,2000年版),了解韩孟诗派形成的政治文化背景,理解韩孟诗派的艺术追求。

(2) 阅读《刘禹锡评传》(卞孝萱、卞敏,南京大学出版社,2011年版),了解刘禹锡的生平及思想,品味刘禹锡思想对其创作的影响。

(3) 阅读《柳宗元评传》(孙昌武著,南京大学出版社,2007年版),了解柳宗元的生平及思想,品味柳宗元生平、思想对其创作的影响。

## 拓展训练

1. 赵翼《瓯北诗话》说:"至昌黎时,李杜已在前,纵极力变化,终不能再辟一径。惟少陵奇险处,尚有可推扩,故一眼觑定,欲从此辟山开道,自成一家。此昌黎注意所在也。然奇险处亦自有得失。"请结合韩愈的诗歌,谈谈你对其诗歌艺术特色的理解。

2. 苏轼在《祭柳子玉文》中评价孟郊、贾岛诗风,曰:"郊寒岛瘦。"请结合孟郊、贾岛的作品谈谈你对这一评价的理解。

3. 沈德潜《说诗晬语》评曰:"游山诗,永嘉山水主灵秀,谢康乐称之;蜀中山水主险隘,杜工部称之;永州山水主幽峭,柳仪曹称之。略一转移,失却山川其面。"胡应麟在《诗薮》外篇中称:"柳子厚清而峭。"请结合柳宗元诗歌,总结其山水诗的艺术特色。

4. 《唐音癸签》有云:"禹锡有诗豪之目。其诗气该今古,词总华实,运用似无甚过人,却都惬人意,语语可歌,其才情之最豪者。"请结合刘禹锡诗歌谈谈你对这一评价的理解。

5. 毛先舒《诗辨坻》说:"大历以后,解乐府遗法者,惟李贺一人。设色浓妙,而词旨多寓篇外。刻于撰语,浑于用意。"请结合具体作品,谈谈李贺诗歌的艺术特色。

# 第八章　晚唐诗人

## 文学史

从文宗大和(827)年间到唐王朝灭亡约80年时间属于唐代晚期。晚唐社会混乱,政局逐渐走向崩溃。影响晚唐诗所表现的是一种带有浓郁感伤情绪的美。李商隐的诗歌,于感叹身世、忧时悯乱中,已经流露出浓厚的感伤气氛。此时的杜牧、皮日休、陆龟蒙等各家诗派都致力于艺术形式的精工雕琢,以苦闷象征代替功利目的,集中于感觉和情绪心理的抒发,以哀怨悱恻为美、以悲凉萧瑟为美、以淡泊情思为美、以幽艳细腻为美,追求韵外之致。诗篇精工典丽,富于联想和暗示。

晚唐诗的气势和境界不如盛唐诗那么宏放阔大,抒情写意也不似中唐诗那么铺陈张扬,它们更注重微妙的心理和细腻的感受。明胡应麟在《诗薮》中说:"盛唐句如'海日生残夜,江春入旧年';中唐句如'风兼残雪起,河带断冰流';晚唐句如'鸡声茅店月,人迹板桥霜',皆形容景物,妙绝千古,而盛、中、晚界线斩然。故知文章关气运,非人力。"盛唐的境界阔大,中唐的意境萧瑟,晚唐的则美丽而纤细。三者中虽有才气、力度大小的区别,但它们在审美趣味上各有千秋,在对语言、色彩、结构等的讲究上,晚唐诗人确有超过前辈的地方。叶燮《原诗·外篇》云:"论者谓晚唐之诗,其音衰飒。……盛唐之诗,春花也。……晚唐之诗,秋花也。江上之芙蓉,篱边之丛菊,极幽艳晚香之韵,可不为美乎?"

## 第一节　杜牧

### 一、杜牧的生平

杜牧(803—852),字牧之,号樊川,京兆万年(今陕西西安)人。唐文宗大和二年(828)进士,曾任弘文馆校书郎、左补阙、监察御史,武宗会昌后,曾任黄州、池州、睦州刺史,大中年间回长安任职,官至中书舍人。有《樊川文集》。

作为宰相杜佑之孙,杜牧青年时的政治抱负非常大:"岂为妻子谋,未去山林藏。平生五色线,愿补舜衣裳。"(《郡斋独酌》)因此,他很早就注意研究"治乱兴亡之迹,财富兵甲之事,地形之险易远近,古人之长短得失"《上李中丞书》。生活在多事之秋的晚唐,目击当时国势的衰颓,边疆的狼烟烽火,内地藩镇的分裂割据,杜牧曾多次上书献策,力主削平藩镇和收复河陇。同时他也关心民生疾苦,在地方为官期间勤政爱民。这些是他的诗歌能够反映现实的思想基础。

## 二、杜牧的诗歌创作

杜牧今存诗400余首,诗歌的一个重要内容是抒写自己的壮志与理想,表现爱国忧民的思想感情。杜牧具有经邦济世的抱负和忧国忧民的情怀,他的古诗多反映这方面的内容。如《感怀诗》《郡斋独酌》,概括了安史叛乱以来的史实,对藩镇割据、外族入侵、国家动乱、生民憔悴等现象表现了深沉的慨叹,同时也表达了自己的报国壮志,忧愤之情溢于言表。再如《早雁》以北方惊飞南来的早雁,比喻因遭受回鹘侵凌而流亡的边地百姓,对广大人民寄寓了同情,表达了对朝廷的不满情绪。

杜牧的祖父杜佑是著名史学家,著有《通典》一书。受祖父的影响,杜牧熟知历史,创作了大量的咏史诗。他的咏史诗有的讽刺统治者的荒淫奢侈,《过华清宫三绝句》是这方面的代表作。其一描写送荔枝入长安一事。关于唐明皇与杨贵妃荒淫误国,杜甫以来的不少诗人已做过充分反映。此诗也表现了这一主题,却选取了新颖角度,收到了独特效果。诗人紧紧抓住"荔枝来"这一具体而又典型事件来概括历史,内涵十分丰富。在描写上,写红尘,写妃子笑,十分形象地写出了贵妃恃宠致乱,不加任何议论而褒贬自明。其二、其三分别描写杨贵妃《霓裳羽衣舞》与安禄山《胡旋舞》之事,以"舞破中原始下来""风过重峦下笑声"分别作结,点出结果,引人沉思。

杜牧喜作翻案文章,借怀古咏史推翻历史上传统的定论,提出自己的独到见解。如《赤壁》通过赤壁战场遗迹的描绘,抒发了自己郁郁不得志的感慨。后二句对周瑜的嘲讽,诗人一改以往传统的"周郎妙计安天下"的格调,用诙谐讥刺的口吻、反说其事的艺术手法,提出火烧赤壁的成功,只不过得之于天意与偶然的时机而已,立意精警,语言形象,含蕴无尽。《题乌江亭》一诗,杜牧提出了自己对历史事件的推想。项羽因兵败自刎,说明项羽的胸怀不够宽广,缺乏大将风度。然后进一步提出假设,如果当时项羽回到了江东,重整旗鼓,那么几年之后很可能会卷土重来。诗人其实是在批评项羽不善于把握机会,不善于听取别人的建议,不会用人。在此杜牧强调了兵家不仅要有远见卓识,而且还应该有博大的胸怀,应该做到"胜不骄,败不馁"。

杜牧写景抒情的七言绝句,艺术上有很高的成就。一些登临咏怀之作,别人写来大抵是流连山水,描摹自然,而杜牧写来却常常融合了对自然、社会、历史的感触,总有一种伤今怀古的忧患意识。这些作品大都是七言绝句,有的通过写景怀古以寄慨。如《泊秦淮》,前两句情景交融、虚实相生,形象地表现了晚唐衰败没落的时代本质和气氛。后两句用一曲亡国之音《玉树后庭花》把历史和现实绾合起来,表现出诗人对国家命运的关切和忧虑,也蕴含着对世道人心的思考和愤慨。

## 第二节 李商隐

### 一、李商隐的生平

李商隐(813—858),字义山,号玉溪生,怀州河内(今河南泌阳)人,唐文宗开成二年(837)进士。少年得志,却长期沉沦下僚,一生为寄人篱下的文墨小吏。有《李义山诗集》。

李商隐3岁左右,随父亲李嗣赴浙。不到10岁,李嗣去世。李商隐只得随母还乡,过着艰苦清贫的生活。在家中李商隐是长子,因此也就同时背负上了撑持门户的责任。李商隐在文章中提到自己在少年时期曾"佣书贩舂",即为别人抄书挣钱,贴补家用。19岁以文才得到牛党令狐楚的赏识,改从令狐楚学骈文章奏,被引为幕府巡官,并经令狐绚荐举,25岁中进士。次年,李党成员泾原节度使王茂元爱其才,辟为书记,以女妻之。牛党的人因此骂他"背恩"。此后牛党执政,他一直遭到排挤,在各藩镇幕府中过着清寒的幕僚生活,潦倒至死。在个人生活方面,李商隐是一个极重感情的人。据苏雪林《李义山恋爱事迹考》,李商隐早年有几段曲折的爱情经历,但都没有结果;婚后,他与妻子感情极好,然而妻子却在他39岁时去世。因此,在他心灵中,爱情带来的痛苦也是极深的。李商隐特殊的人生经历,养成了他忧郁感伤的性格,敏心多愁,对他的诗歌创作产生了很大影响。

### 二、李商隐诗歌的思想内容

首先,李商隐创作了大量的政治诗。李商隐关心社会,对政治倾注了极大的热情,他的各类政治诗不下百首,在其现存的约600首诗中,占了六分之一,比重非常高。把政治上的感触和生活上的抒情紧密地联系在一起,通过个人的身世遭遇、日常生活的歌咏而表现出自己对现实重大问题的肯定或批判,这是李商隐大量政治诗中的主要内容。如大和九年(835)甘露之变发生后,他曾写了《有感二首》《重有感三首》。李商隐的朋友刘蕡,因反对宦官而被贬至死,李商隐写下了《哭刘蕡》《哭刘司户蕡》《哭刘司户二首》,一再叹息"空闻迁贾谊,不待相孙弘""一叫千回首,天高不为闻",反复为其鸣不平。再如"甘露之变"3年后诗人写了《行次西郊作一百韵》,诗歌由具体局部的事件和问题,延伸到对唐王朝开国以来的盛衰历史,以及政治、经济、军事等方面问题的全方位考察与思考,视野开阔,气势宏大。

李商隐部分政治诗是以咏史的形式出现的。李商隐的咏史诗历来受到推重,他常常在诗中借古讽今,抨击君主的荒唐误国。如《隋宫》以隋宫为题材,讽刺隋炀帝杨广的荒淫亡国。此诗写隋炀帝为了寻欢作乐,无休止地出外巡游,奢侈昏庸,开凿运河,建造行宫,劳民伤财,终于为自己制造了亡国的条件,成了和陈后主一样的亡国之君。讽古是为喻今,诗人把隋炀帝当作历史上以荒淫奢华著称的暴君的典型,来告诫晚唐的那些荒淫腐朽、醉生梦死的统治者。全诗采用比兴手法,写得灵活含蓄,色彩鲜明,音节铿锵。

李商隐生活在晚唐那种国势颓危的氛围下,这不能不使他对历史抱有更多的批判意识,对政治怀有更多的拯救意绪,对荒淫误国者含有更多的痛恨心理,讽刺也就特别尖锐。如《马嵬》诗中每一联都包含鲜明的对照,再辅以虚字的抑扬,在冷讽的同时,寓有深沉的感慨。他的《龙池》诗更为尖锐地揭露玄宗霸占儿媳的丑行,连本朝皇帝也不留情面,不稍讳饰。

李商隐怀抱壮志,但难以施展,正如崔珏《哭李商隐》所言:"虚负凌云万丈才,一生襟抱未曾开。"因此,李商隐还创作了大量感怀诗,借以抒发自己壮志难酬的苦闷。如《安定城楼》,诗中以贾谊、王粲怀才不遇自比,抒发自己忧伤国事的心情、欲回天地的怀抱和郁郁不得志的苦闷,还对嫉贤妒能之辈予以辛辣的讽刺。由于政治上的失意,他的感怀诗多以感叹个人沦落为主要内容,如《登乐游原》表达了诗人为了排遣忧愁,驱车登古原,登古原而见美好的落日,见落日易逝而倍增惋惜和惆怅之情。何焯曾言此诗:"迟暮之感,沉沦之痛,触绪纷来,悲凉无限。"

另外,李商隐也常以咏物的形式抒怀,如早年所写《初食笋呈座中》,以嫩笋为象征,抒发了对社会的愤慨和自己前途的忧虑。《回中牡丹为雨所败二首》,以被雨所败的牡丹象征自己,表现了自己的不幸遭遇。《落花》则是借助片片落花,倾诉出怀才不遇之感。《蝉》抓住蝉的生活特点、处境、遭遇来咏叹,达到了出神入化的境界。而且句句寄托自己命运遭遇的不幸、生活处境的艰难,以及对社会不平的愤慨,把蝉、树、"我"三者的关系,通过景、情、理的抒写,融为一个有机整体。

李商隐诗中,最为后人称道的是他的爱情诗。李商隐的爱情诗,有些抒情对象是很明显的,甚至有些是诗人自己直接点明的;有些并未点明,诗人可能有某种难言之隐,故意用"无题"或以篇首二字为题,以求隐晦。李商隐的爱情诗格调凄美,感情真挚,主要表现男女主人公爱情实现的艰难,异地相思的无限痛苦。如《无题》(相见时难别亦难)(飒飒东风细雨来)(昨夜星辰昨夜风)等。

李商隐在爱情诗中反复咏叹那种深沉的相思苦痛,渲染浓郁的悲剧气氛,表达了在重压下难以实现而又苦苦追求的理想,对美好事物消失而产生的憾恨以及无所依托的悲哀。这种悲剧性的调子之所以成为李商隐诗中反复咏叹的主题,一方面固然同他爱情生活的不幸遭遇有关;另一方面,这些长期郁积在诗人胸中的思想感情,包含了诗人在政治、社会方面的体验和感受,在那些含蓄隐晦的清词丽句中,分明含有某种更深一层的人生态度和情绪,从而使诗成为表现诗人身世和情怀的一种象征,甚至表现了那个时代知识分子的社会心理。于是,爱情的咏叹与人生的感怀,在诗中得到了和谐的统一。这些诗作为晚唐的一种时代情绪、社会心理,具有一定的认识价值和特殊的社会意义。

## 三、李商隐诗歌的艺术成就和影响

特殊的生活经历使李商隐常被一种感伤抑郁的情绪纠结包裹,这种感情基调影响了他的审美情趣。他擅长用精美华丽的语言,含蓄曲折的表现方式,回环往复的结构,构成朦胧幽深的意境,来表现心灵深处的情绪与感受。在他的无题诗(包括以篇首数字为题而实际仍为无题的诗)中,这种特点尤其显著。

首先,善于从前代小说、诗歌和神话中吸取素材,巧用典故,也非常善于捕捉富于情感表现力的意象。如《无题》(相见时难别亦难),最后一联用了两个典故"蓬山"和"青鸟"。李商隐使用包括典故在内的各种意象时,都经过精心的选择。一方面,这些意象大都是色彩秾丽或神秘谲诡、本身就带有一定美感的,诸如"云母屏风""金翡翠""绣芙蓉""舞鸾镜匣""睡鸭香炉""红烛残花""凤尾香罗"等等,使诗歌呈现出一种令人目眩的视觉效果;另一方面,这些意象又大都蕴含有一定的哀愁、彷徨、伤感等感情色彩。如《板桥晓别》:"回望高城落晓河,长亭窗户压微波。水仙欲上鲤鱼去,一夜芙蓉红泪多。""水仙"句暗用琴高事,还将"留恋处,兰舟催发"的现实幻化成"水仙欲上鲤鱼去"的境界。"一夜芙蓉红泪多"中的"红泪"暗用薛灵芸事,将送行暗喻为水中芙蓉,以表现她的美貌,又由红色的芙蓉进而想象出她的泪应该也是红泪。用传奇的笔法来写普通的离别,将现实与幻想融为一片,创造出色彩缤纷的童话式幻境。

其次,李商隐的诗章法曲折变化。通篇往往吟咏的是一种情绪,而在不同角度上叠加重复,犹如人在徘徊缠绵不休。如《无题》(相见时难别亦难)写离别、写相思,先用春蚕吐丝、蜡炬滴泪喻两情之深,再借晓镜、夜吟写相思之苦,最后又以通信表相爱。全诗回环起伏,紧紧围绕着别愁离恨来制造浓郁的伤感气氛。再如《无题》(来是空言去绝踪),诗人精心制造了一种幽冷的氛围。在这里,实景与幻境,千里与咫尺,希望与失望,聚合与分离,这些曲折萦回的描写,使人的感情也随之忽喜忽怒,忽而惊喜所爱已在身边,忽而感叹所爱相距路途之远。在七绝《夜雨寄北》中,结构章法同样使用得非常巧妙。近体诗一般要避免字面的重复,这首诗有意打破常规。"期"的两见,一为妻问,一为己答,突出别离之苦。特别是"巴山夜雨"的重出,一为过去,一为今宵,用过去之苦反衬出今宵之欢,不仅构成了音调与章法的回环往复之妙,且确切地表现了时间和空间回环往复的意境之美,达到了内容与形式的完美结合。

再次,李商隐诗意境和情思朦胧,在内涵上也就往往具有多义性。李商隐诗歌的多义性,其根本原因在于把心灵世界当作表现对象。他一反盛唐诗歌用情景交融、虚实相生来表现外部世界的一事一物的传统,而退回内心,展现心灵世界中的幻觉、体验和情感。如著名的七律《锦瑟》。

李商隐的诗歌,特别是他的爱情诗,对后世有巨大的影响,晚唐的韩偓等人,宋初的西昆派诗人,清代的黄景仁、龚自珍等人的诗风都受到了他的影响。唐宋婉约派词人,元明清爱情戏曲作家,也都不断地向他学习。

## 第三节 温庭筠、韦庄和晚唐其他诗人

晚唐时期严峻、冷酷的现实使诗人陷入极度的苦闷、彷徨之中。士人向外部世界的进取受到限制,于是情感内转,把关注点转向自己的内心世界。这时绮艳诗风盛行,许多

诗人偏爱男女之情的题材，辞藻追求香艳。温庭筠、韩偓、唐彦谦等都是绮艳诗风的代表。

## 一、温庭筠

温庭筠（812？—866），本名岐，艺名庭筠，字飞卿，并州祁县（今山西祁县）人。出生于没落贵族家庭，富有天才，文思敏捷，每入试，押官韵，八叉手而成八韵，有"温八叉"之誉。温庭筠多次进士科考均落榜，一生恨不得志，行为放浪。曾任随县和方城县尉，官至国子监助教。然恃才不羁，又好讥刺权贵，多犯忌讳，取憎于时，故长被贬抑，终生不得志。其诗辞藻华丽，浓艳精致，内容多写闺情，少数作品对时政有所反映。

温庭筠诗歌的题材多选用比较香艳的内容，而辞藻也比较绮艳、繁缛，这些特点与李商隐有接近之处。加之两人都怀才不遇，身世坎坷，生活的遭遇也比较相似，故当时二人并称为"温李"。

温庭筠创作了大量乐府歌行，这些作品风格秾艳绚丽，辞采繁缛，如表现男女之情的《懊恼曲》。温庭筠这些绮艳的作品，就艺术精神讲，与李商隐的作品还是有明显差异的。温庭筠写男女之情，往往只着眼于一般的爱情体验，不像李商隐那样贯注着深刻的人生反思；温诗更注重刻画形貌，没有李商隐那样高度的内心化追求。

温庭筠的律诗和绝句，或抒身世之慨，或咏史怀古，或写物绘景，或写羁旅行役之思、朋友酬赠之情。这些作品善于创造意境，富于情韵，且刻画细腻，属对工稳。如其最负盛名的《商山早行》，用清丽的意象，将远行在外之人的辛苦艰难、羁旅愁思表现得宛在眼前。

温庭筠有些咏史之作，笔调苍凉，抒发了内心的感慨、孤愤，如《苏武庙》《经五丈原》《过陈琳墓》《蔡中郎坟》等。这些作品将身世之慨与咏史融合，诗情愤郁，有一定的成就。

## 二、韦庄

韦庄（836—910），字端己，京兆杜陵（今陕西西安）人，乾宁元年（894）进士，曾任右补阙，后为西川节度使王建掌书记，前蜀建国，任吏部侍郎兼平章事（宰相）。有《浣花集》。

韦庄诗多以伤时、感旧、离情、怀古为主题，抒发了对唐末王朝衰亡、社会动乱的感慨，如"才喜中原息战鏖，又闻天子幸巴西"（《闻再幸梁洋》）、"老去不知花有态，乱来唯觉酒多情"（《与东吴生相遇》）、"绿杨千里无飞鸟，日落空投旧店基"（《汴堤行》）等等。韦庄的叙事长诗《秦妇吟》通过一位从长安逃难出来的女子即"秦妇"的叙说，正面描写黄巢起义军攻占长安、称帝建国，与唐军反复争夺长安以及最后城中被围绝粮的情形。思想内容比较复杂，一方面对起义军的暴行多有暴露，另一方面在客观上也反映了起义军掀天揭地的声威及统治阶级的仓皇失措和腐败无能；一方面揭露了唐军迫害人民的罪恶，另一方面又夹杂着对他们剿贼不力的谴责。它选择典型的情节和场面，运用铺叙而有层次的手法，来反映重大历史事件的复杂矛盾，布局谨严，脉络分明，标志着中国诗歌叙事艺术的发展。韦庄因此诗而被称为"秦妇吟秀才"。

## 三、韩偓和司空图

韩偓(842—923),字致光,号致尧,晚年又号玉山樵人,万年县(今陕西西安)人。李商隐称赞其诗"雏凤清于老凤声"。其诗多写艳情,称为"香奁体"。有《香奁集》。

《香奁集》虽写艳情,但诗歌通过对女性容止情态描摹、闺怨情怀抒发、日常生活描写,展现了晚唐女性群体的形象、心理以及生活状态。部分诗歌在描写女性的同时,对文人自身生活也多有涉及,一定程度上展示了末世文人的心路历程。

韩偓不仅是写作"香奁诗"的名家,也是题咏景物的能手。他的写景诗句,不仅刻画精微,构思新巧,且能透过物象形貌,把握其内在神韵,借以寄托自己的身世感慨,将咏物、抒情、感时三者融为一体,具有较强的感染力。如《惜花》,近人吴闿生认为其中暗寓"亡国之恨",虽不能指实,但着实写得幽咽迷离、凄婉入神,交织着诗人自己的身世怀抱。

另外,韩偓有不少诗篇涉及时事,如《故都》《感事三十四韵》等,写朱温强迫昭宗迁都洛阳和废哀帝自立等一系列重大历史事件,堪称反映一代兴亡的诗史。"天涯烈士空垂涕,地下强魂必噬脐"(《故都》)、"郁郁空狂叫,微微几病癫"(《感事三十四韵》),写来哀感沉痛,在当时诗人中显得很突出。

司空图(837—908),字表圣,河中(今山西永济)人,咸通十年(869)进士,官至知制诰、中书舍人,后隐居中条山,自号耐辱居士。朱全忠称帝,召他为官,他不食而死。

司空图的诗主要写他在中条山王官谷隐居生活的闲情逸致,以及各种山水田园胜景。他赞美王维、韦应物的诗是"澄澹精致,格在其中"(《与李生论诗书》),这其实也是他诗歌的风格特征。他的诗善于写情绘状,而清新自然;淘洗熔炼,而不落人工痕迹;淡中有浓,朴处见华,含蓄蕴藉,富有"韵外之致"。如"坡暖冬生笋,松凉夏健人"(《下方》)、"川明虹照雨,树密鸟冲人"(《华下送文浦》)等等。他写的最好的诗,还是那些抒发隐居避世而又不忘朝廷安危、充满压抑痛苦感伤心情的诗篇,生动真切,韵味深厚,如《华下》:"故国春归未有涯,小栏高槛别人家。五更惆怅回孤枕,犹自残灯照落花。"总的来讲,他的诗歌社会内容较为贫乏,在唐诗中地位不高,而影响较大的是他的诗歌理论。

司空图诗论的核心观点,见于他的几篇书信。他在著名的《与李生论诗书》一文中,在钟嵘诗歌"滋味"的基础上,进一步提出诗歌的"味外之致"的理论:

文之难,而诗尤难。古今之喻多矣,而愚以为辨于味而后可以言诗也。江岭之南,凡足资于适口者,若醯,非不酸也,止于酸而已;若醝,非不咸也,止于咸而已。华之人以充饥而遽辍者,知其咸酸之外,醇美者有所乏耳。

诗歌的"味"用譬喻来说,不能够酸只是酸、咸只是咸,而要达到一种"咸酸之外"的"醇美",或者说是一种"味外之旨"。也即诗歌运用生动的语言,描写具体的景象,但是诗歌真正的醇美之处,并不在这些具体的景象上,而在于由这些具体的景象所构成的,存在于这些具体景象之外的艺术境界中,可以让读者用自己的想象去补充、去丰富的韵味。

在《与李生论诗书》中,司空图提出一种与"味外之致"相似的说法:

近而不浮,远而不尽,然而可以言韵外之致耳。

在《与极浦书》中,也有相似的理论:

戴容州云:"诗家之景,如蓝田日暖,良玉生烟,可望而不可置于眉睫之前也。象外之象,景外之景,岂容易可谈哉?"

所谓"味外之旨""韵外之致",所谓"象外之象,景外之景",都指的是艺术境界所具有的含蓄不尽、意在言外的特点。

司空图还认为诗歌艺术意境的创造,必须做到"思与境偕"。他在《与王驾评诗书》一文中提出"思与境偕"之说:

然河汾蟠郁之气,宜继有人。今王生者,寓居其间,浸渍益久,五言所得,长于思与境偕,乃诗家之所尚者。则前所谓必推于其类,岂止神跃而色扬哉?

"思",可理解为创作中的神思,即艺术思维活动,但侧重于创作主体的情志意趣活动;"境",则是激发诗情意趣并且表现的创作客体境象。"思与境偕"说的是诗人在审美创造中主体和客体、理性与感性、思想与形象的融合,达到了天衣无缝的最高水平。"境"与"思"偕往,相互融会,因而生成了作品的意境。"思与境偕"是诗人们理想的,但又难以企及的高境界。

列于司空图名下的诗论著作尚有著名的《二十四诗品》。《二十四诗品》又名《诗品》,"品"是指"品格"的意思,即是诗歌的艺术境界。它把诗歌风格分为雄浑、冲淡、纤秾、沉着、高古、典雅、洗炼、劲健、绮丽、自然、含蓄、豪放、精神、缜密、疏野、清奇、委曲、实境、悲慨、形容、超诣、飘逸、旷达、流动二十四品,在各品之下各以十二句四言诗加以解释,如《纤秾》:

采采流水,蓬蓬远春。窈窕深谷,时见美人。碧桃满树,风日水滨。柳阴路曲,流莺比邻。乘之愈往,识之愈真。如将不尽,与古为新。

这首诗展现在读者面前的不是一个静止的平面,而是一个活跃的空间:溪流潺潺,鸟雀欢飞,碧桃垂柳,斜阳余晖,幽谷美人。这样一个富有动态美感、情思高远的空间,可以引起读者丰富的联想,并用自己的生活经验去补充它,使之具有无穷的余味。

《二十四诗品》中还有一些著名的论断,如"不著一字,尽得风流"(《含蓄》)、"超以象外,得其环中"(《雄浑》)、"生气远出,不著死灰"(《精神》)、"离形得似,庶几其人"(《形容》)、"真予不夺,强得易贫"(《自然》)等等,均与司空图的言外之旨理论一致。

## 第四节 唐末写实和社会批判诗歌

唐末统治极其黑暗,土地兼并日益严重,出现了"富者田连阡陌,贫者无立锥之地"的局面。阶级矛盾激化,农民起义不断爆发,这时的唐帝国已是千疮百孔、风雨飘摇了。随着士人逐渐察觉到社会问题的严重性,传统的社会责任感与政治参与意识也愈来愈强烈,这使一部分人认真地考虑国家的危亡和一个稳定的文化价值系统的失落。于是,在文学领域里,主张发扬儒学传统,强调文学作品应具有服务于社会政治现实的实用功能,又成为颇为流行的思潮。在诗歌创作方面,以皮日休、聂夷中、杜荀鹤、罗隐等为代表的诗人,继承白居易新乐府运动精神,用诗歌关注社会问题,反映民生疾苦,抨击统治者的荒淫残暴,掀起了晚唐诗坛最后的一抹亮色。

## 一、皮日休

皮日休(834?—883?),字逸少,后改字为袭美,居鹿门山,道号鹿门子,又号闲气布衣、醉吟先生,襄阳(今属湖北)人。咸通七年(866),入京应进士试不第,退居寿州(今安徽寿县),自编所作诗文集《皮子文薮》。咸通八年(867)登进士第,曾在苏州刺史崔璞幕下做郡从事,后入京任著作佐郎、太常博士。僖宗乾符二年(875)出为毗陵副使。后参加黄巢起义军,任翰林学士。黄巢败亡后,皮日休下落不明。

皮日休虽曾投身于农民起义,但其政治、学术、文艺思想基本上仍属于传统儒家的范畴。在晚唐各种文学思潮的斗争中,他以韩愈的继承者自居。他说:"昌黎道未著,文教如欲骞。其中有声病,于我如铤铧。是敢驱颓波,归之于大川。"其抱负与声口,同韩愈之"障百川而东之,回狂澜于既倒"是非常相似的。在晚唐,他可算是最积极的重振儒家文化的呼吁者。在《正乐府序》中他说:"诗之美也,闻之足以观乎功;诗之刺也,闻之足以戒乎政。"在这种思想的指导下,皮日休创作了《三羞诗》《正乐府十篇》《喜鹊》《蚊子》等讽谕诗。

《正乐府十篇》仿照白居易的新乐府而作,创作目的是期望王者从中"知国之利病,民之休戚"(《正乐府序》)。这组诗歌内容丰富,广泛地反映了当时的社会状况,尤其是写出了农民在兵役、赋税、徭役压迫下悲惨的生活。如《橡媪叹》写农妇的苦辛,《农父谣》写农民的不易。

皮日休这一类诗歌不仅在内容方面学习白居易,在艺术方面也与白居易乐府诗的那种简朴的语言和平易的形式相类似,但由于偏重政治议论,较缺乏艺术趣味。

白居易在欲行"兼济之志"时写乐府诗,过后则大写闲适诗。与此相类,皮日休咸通十八年(877)入苏州幕府,结识隐居其地的陆龟蒙,两人诗酒唱和、歌咏风物,写了600多首诗,编为《松陵唱和集》。不过,这些诗歌与《皮子文薮》中的诗歌相比缺乏现实性。

## 二、聂夷中

聂夷中(837—?),字坦之,河东(今山西运城)人。咸通十二年(871)中进士。由于时局动乱,他在长安滞留很久,才补得华阴尉。到任时,除琴书外,身无余物。《唐才子传》载:"性俭,盖奋身草泽,备尝辛楚,率多伤俗闵时之作,哀稼穑之艰难。适值险阻,进退维谷,才足而命屯,有志卒爽,含蓄讽刺,亦有谓焉。古乐府尤得体,皆警省之辞,裨补政治,乐而不淫,哀而不伤,正《国风》之义也。"

其诗歌内容主要集中在两个方面,一是对贵族公子的讽刺,如《公子行二首》(其二)"一行书不读,身封万户侯",揭露了门阀制度的黑暗——那些不学无术、无功受禄的豪门贵族,却能被封为万户侯。对享特权却无知的豪门贵族子弟,鞭挞和讽刺得入骨三分,寄寓着诗人对当时政治昏暗的愤慨。二是对农民痛苦的同情,如《杂怨二首》表现连年战乱造成人们家庭离散的痛苦,写得情真意切、感人肺腑。诗人喜欢采用短篇五言古诗和乐府的形式,以质直的语言、白描的手法,寥寥几笔,将触目惊心的社会现象暴露在人们眼前,冷峭有力。如《田家》,刘永济《唐人绝句精华》评道:"此诗刺剥削者不知人民劳苦,但知夺取人民辛勤之果实也。夷中又有五古《咏田家》一首,……尤为沉痛。"

聂夷中的诗作,风格平易而内容深刻,在晚唐靡丽的诗风中独树一帜。

## 三、杜荀鹤

杜荀鹤(846?—907?),字彦之,自号九华山人,池州石埭(今安徽石台县)人。他出身寒微,中年始中进士,仍未授官,乃返乡闲居。后朱温取唐建梁,任以翰林学士,知制诰,故入《梁书》。有《唐风集》,存诗300多首。

杜荀鹤生于唐末乱世,遭遇坎坷,困于蒿莱,对人民的苦难有深切体会。他自己说"诗旨未能忘救物"(《自叙》)、"言谈关时务,篇章见国风"(《秋日山中见李处士》),故而对晚唐的混乱黑暗,以及人民由此所受的苦痛,颇多反映。如《再经胡城县》中酷吏的残忍、县民的含冤,可说是这一时期社会生活的真实写照。再如《旅泊遇郡中叛乱示同志》,写的是880年,黄巢起义军占领长安,唐僖宗逃往四川的史实,正如诗中所言"正是銮舆幸蜀年"。这时候各地军阀不仅没有接受教训,反而趁火打劫,烧杀掳掠,肆无忌惮,诗人如实地用诗歌记载下了当时的情形。

杜荀鹤更多的诗篇描写的是农民遭受的苦难,如著名的《山中寡妇》《乱后逢村叟》等。

杜荀鹤勤奋苦吟,专攻近体,他能以浅近的语言,鲜明的形象,在严整的格律诗中反映丰富的现实生活。虽然杜荀鹤没有写作乐府诗歌,但他的创作精神与新乐府运动一脉相承。

## 四、罗隐

罗隐(833—910),字昭谏,新城(今浙江富阳)人,曾十次应试都没能考中进士,只好浪迹天涯,最后东归吴越,投靠钱镠。有诗集《甲乙集》和《谗书》等。罗隐的《河中辞令狐相公启》中所谓"歌者不系声音,惟思中节;言者不期枝叶,所贵达情",阐明其诗歌创作态度。他的诗歌对晚唐社会进行了尖锐的批判,正如《唐才子传》所说:"诗文凡以讥刺为主,虽荒祠木偶,莫能免者。"

罗隐思想深刻敏锐,善于借寓言、历史故事的旧话新说来揭示被人们忽略了的现象,如《西施》。历来咏西施的诗篇多把亡吴的根由归之于女色,客观上为封建统治者开脱或减轻了罪责。罗隐这首小诗的特异之处,就在于反对这种传统观念,破除了"女人是祸水"的论调,闪射出新的思想光辉。

同时,罗隐在诗歌中对晚唐民众也予以了同情。如《蜂》赞美了蜜蜂辛勤劳动的高尚品格,也暗喻了诗人对不劳而获的人的痛恨和不满。再如讽刺小诗《雪》,瑞雪兆丰年,但对贫困的人民来说,却成了灾难。该诗表达了诗人对统治者的满腔愤怒和不满,流露出诗人对广大贫苦人民的深切同情。

晚唐批判性的诗歌,在揭露社会黑暗、反映下层百姓艰辛苦难方面,具有以前少见的尖锐、大胆,这确实为晚唐文学带来了一股生气。

## 第八章　晚唐诗人

**作品学习**

1. 杜牧《早雁》
2. 杜牧《江南春》
3. 李商隐《安定城楼》
4. 李商隐《无题》

### 《早雁》鉴赏

　　唐武宗会昌二年(842)八月,北方回鹘入侵,边民纷纷逃亡,杜牧时任黄州刺史,闻此而忧之,写下此诗。全诗运用比兴象征手法,借雁抒怀,以早雁惊飞四散南逃潇湘比喻北方人民因回鹘入侵而避乱难逃的苦难生活,对他们有家而不能归的悲惨处境寄予深切的同情;又借汉言唐,对当权统治者昏庸腐败、不能守边安民进行讽刺。

### 《江南春》鉴赏

　　此诗最大的特点是,把美丽如画的江南自然风景和烟雨蒙蒙中南朝的人文景观结合起来。在烟雨迷蒙的春色之中,渗透出诗人对历史兴亡盛衰的感慨和对晚唐国运的隐忧,表现出诗人深广的概括力和含蓄的意蕴,以及清丽俊爽的艺术风格。

### 《安定城楼》鉴赏

　　唐文宗开成三年(838),李商隐继进士及第后参加吏部博学宏词科考试时,受到朋党势力的排斥,不幸落选,失意地再回到泾源。正是春风吹柳、杨柳婆娑的季节,诗人登上泾源古城头——安定城楼,纵目远眺,看到朝政的混乱,腐败势力的横行,有理想和才干的人无从施展自己的抱负,心中不禁生出哀国忧时和自伤身世的无穷感触,于是写下这首七律遣怀。诗中以贾谊、王粲怀才不遇自比,抒发自己忧伤国事的心情、欲回天地的怀抱和郁郁不得志的苦闷,对嫉贤妒能之辈亦给予辛辣的讽刺。

### 《无题》鉴赏

　　此诗表现了暮春时节一对热恋情人难舍难分、柔肠寸断的离别情景,书写了两人别后那种刻骨铭心的相思和彼此细致入微的体贴之情,表达了爱情波折中坚贞不屈、不懈追求的信念。开头两句从离情别恨写起;颔联由相别转到相思,这是诗人挥洒热泪书写出来的盟誓;颈联由相思转入相忆;结尾两句,笔锋一转,别开生面,在无望中生出希望,无望的爱情悲剧在美丽而神妙的传说境界中获得实现,使爱情悲剧的情感获得了进一步的升华。诗歌写得婉转曲折、含蓄隐晦,具有迷离恍惚、朦胧多义的意境美。

## 延伸阅读

**1. 原典阅读**

（1）阅读《李商隐诗集疏注》（叶葱奇疏注，人民文学出版社，1985年版），重点阅读《锦瑟》《无题》《安定城楼》《夜雨寄北》等，概括李商隐诗的艺术特色。

（2）阅读《杜牧集系年校注》（吴在庆撰，中华书局，2008年版），重点阅读杜牧咏史怀古诗，归纳杜牧咏史怀古诗的特色。

（3）阅读《韦庄集校注》（李谊校注，四川省社会科学院出版社，1986年版），重点阅读《秦妇吟》，理解其内容和艺术特色。

（4）阅读《皮日休诗文选注》（申宝昆选注，上海古籍出版社，1991年版），重点阅读皮日休正乐府诗，体会皮日休进步思想。

**2. 研究文献阅读**

（1）阅读《李商隐研究》（吴调公著，骆冬青主编，上海古籍出版社，2010年版），了解李商隐诗的渊源及对后世的影响，理解李商隐的审美观念，归纳政治环境、生平思想对其创作的影响。

（2）阅读《杜牧评传》（王西平、张田著，陕西人民出版社，1987年版），重点了解杜牧的文学思想及杜牧诗歌的艺术成就。

## 拓展训练

1. 刘克庄《后村诗话》云："牧于律中常寓少拗峭，以矫时弊。"杨慎《升庵诗话》也说，（杜牧）"诗豪而艳，宕而丽，于律诗中特寓拗峭，以矫时弊"。请结合杜牧的律诗分析之。

2. 元代辛文房《唐才子传》载："商隐工诗，为文瑰迈奇古，辞难事隐。及从楚学，俪偶长短，而繁缛过之。每属缀，多检阅书册，左右鳞次，号'獭祭鱼'。而旨能感人，人谓其横绝前后。……后评者谓其诗'如百宝流苏，千丝铁网，绮密瑰妍，要非适用之具'。斯言信哉。"请结合作品谈谈你对这一评价的理解。

# 第九章　古文运动和韩愈、柳宗元的散文

## 文学史

唐代散文的发展与诗歌的发展并不同步,中唐时期韩愈、柳宗元发起"古文运动",唐代散文才迎来了它的黄金时期。

## 第一节　古文运动的兴起

### 一、古文运动先驱者的文学主张

古文作为文体最初是由韩愈提出的。所谓"古文",是针对"时文"即魏晋以来形成、至初盛唐仍旧流行的骈体文而提出的一个概念,指先秦两汉时质朴自由,以散行单句为主,不受格式拘束的文体。韩愈《题欧阳生哀辞后》说:"愈之为古文,岂独取其句读不类于今者邪？思古人而不得见,学古道则欲兼通其辞。"《师说》说:"李氏子蟠,……好古文,六艺经传皆通习之,不拘于时,学于余。"它们都正式提出了古文的名称,并被后世所沿用。韩愈等人举起"复古"的旗帜,提倡学古文、习古道,以此宣传自己的政治主张和儒家思想。这主张得到了柳宗元等人的大力支持和社会上的广泛反应,逐渐形成了群众性的浪潮,形成一次压倒骈文、影响深远的"运动"。

唐初文风,沿南朝骈俪之习,王勃、杨炯等即对之揭斥挞伐。如杨炯指斥龙朔文风是"争构纤微,竞为雕刻""骨气都尽,刚健不闻"(《王勃集序》);陈子昂明确举起复古的大旗,提出应继承"汉魏风骨",反对"采丽竞繁,而兴寄都绝"(《与东方左史虬修竹篇序》)的作品,对文风的转变也起了一些促进的作用;陈子昂以后,"属词,皆以经典为本。时人钦慕之,文体一变"(《旧唐书·文苑传》);天宝中期以后,元结、李华、萧颖士和继之而起的独孤及、梁肃、柳冕、权德舆等人,以复古宗经相号召,以古文创作为旨归,从文体的角度倡导改革。

萧颖士以为"平生属文,格不近俗,凡所拟议,必希古文","魏晋以还,未尝留意"(《赠韦司业书》)。李华则认为"文章本乎作者,而哀乐系乎时。本乎作者,六经之志也;

系乎时者,乐文武而哀幽厉也"(《赠礼部尚书清河孝公崔沔集序》)。他的文章"大抵以《五经》为泉源","非夫子之旨不书"(《赵郡李公中集序》)。独孤及在宗经之外,主张"先道德而后文学"(梁肃《常州刺史独孤及集后序》引),对"饰其辞而遗其意""天下雷同,风驱云趋"的"俪偶章句"予以抨击(《赵郡李公中集序》)。梁肃继承了独孤及的观点,认为:"文之作,上所以发扬道德,正性命之纪;次所以财成典礼,厚人伦之义;又其次所以昭显义类,立天下之中。"强调文章要有利于教化,并在此基础上提出了文气说:"文本于道,失道则博之以气,气不足则饰之以辞。盖道能兼气,气能兼辞,辞不当则文斯败矣。"(《补阙李君前集序》)这一主张的重心在于强调文章的内容、气势和骨力,是对当时空洞浮靡文风的一种批判。此一主张,对其弟子韩愈的文气说显然具有直接影响。柳冕以儒道为根本的文学思想,更系统提出了以文明道的观点,极力突出文章的教化功用:"文章之道,不根教化,别是一枝耳。当时君子,耻为文人。"(《谢杜相公论房杜二相书》)"君子之儒,学而为道,言而为经,行而为教。"(《答荆南裴尚书论文书》)。

从李华、萧颖士到独孤及、梁肃,再到柳冕,围绕文体文风的改革进行了反复的理论探讨,他们提出的宗经复古、以道领文、充实文章内容而反对浮靡文风等观点,在当时具有积极意义。这些先贤从理论上和创作实践两个方面为韩愈领导的古文运动的出现做好了准备。

## 二、古文运动形成高潮的原因

古文运动是借助于儒学复兴运动而发展起来的,而儒学复兴运动的兴起又是当时社会经济、政治和阶级变动的结果。历时8年的安史之乱,使盛唐时代强大繁荣、昂扬雄阔的气象一去不返,唐王朝国力渐衰,并随之产生了一系列的社会问题:藩镇割据、牛李党争、宦官专权、佛老蕃滋、民贫政乱以及吏治日坏、士风浮薄等等,整个社会已处于一种表面稳定实则动荡不安的危险状态。

面对严峻的局面,一部分士人怀着强烈的忧患意识,慨然奋起,思欲变革,以期王朝中兴,表现出改革现实的强烈愿望。永贞元年亦即贞元二十一年(805),以王叔文为首,柳宗元、刘禹锡、吕温等为中坚的一批进步士人,发起了一场旨在打击宦官集团的政治革新运动,实施了一系列改革措施,"自天宝以至贞元,少有及此者"(王鸣盛《十七史商榷》卷七四),使贞元弊政,廓然一清。与强烈的中兴愿望相伴而来的,是复兴儒学的思潮。韩愈、柳宗元将复兴儒学思潮推向高峰。韩愈最突出的主张是重新建立儒家的道统,越过西汉以后的经学而复归孔、孟。他以孔孟之道的继承者和捍卫者自居,"使其道由愈而粗传,虽灭死而万万无恨"(《与孟尚书书》)。当然,韩愈弘扬儒家道统的基本着眼点,在于"适于时,救其弊"(《进士策问十三首》其二),解救现实危难。在韩愈看来,当时最大的现实危难乃是藩镇割据和佛老蕃滋,前者导致中央皇权的极大削弱;后者作为儒家思想的对立面,以紫乱朱,使得人心不古,同时寺庙广占良田,僧徒不纳赋税,严重影响了国家的财政收入。围绕这一核心,韩愈撰写了以《原道》为代表的大量政论文,明君臣之义,严华夷之防,对藩镇尤其是佛、老进行了不遗余力的抨击。

柳宗元也是重新阐发儒家义理的重要理论家,与韩愈有所不同的是,他对所谓儒家

## 第九章 古文运动和韩愈、柳宗元的散文

"道统"没有多大兴趣,也不排斥佛教,他更重视的乃是源于啖、赵学派不拘空名、从宜救乱的经世儒学。柳宗元在《送徐从事北游序》中指出:"得位而以《诗》《礼》《春秋》之道施于事,及于物,思不负孔子之笔舌。能如是,然后可以为儒。儒可以说读为哉!"这些观点鲜明地体现了柳宗元等人通经以致用的治学特点。

中兴的愿望促成了儒学的复兴,促成了政治改革。正是在这样的背景下,文体文风的改革得到了发展。换言之,是经世致用的需要促成了文体文风改革高潮的到来。李汉《昌黎先生集序》记载当时的情况:"时人始而惊,中而笑且排,先生益坚,终而翕然随以定。"由此可见韩愈力倡古文宁为流俗所非也绝不改弦易辙的胆力和气魄。在这一过程中,韩愈还以文坛盟主的地位,对从事古文写作的人予以大力扶持和称赞,在他周围,聚集了张籍、李翱、李汉、皇甫湜、樊宗师、侯喜等一批古文作者,声势颇为强盛。柳宗元当时身在南方贬所,创作古文的声势和影响虽不及韩愈,却也不是默默无闻。据《旧唐书》本传载:"江岭间为进士者,不远数千里皆随宗元师法,凡经其门,必为名士。著述之盛,名动于时。"至此,由儒学复兴和政治改革所触发、以复古为新变的文体文风改革高潮便到来了。

## 第二节 韩愈的散文

### 一、韩愈的散文主张

在继承前人成果的基础上,韩愈提出了更为明确、更具有现实针对性的古文理论。概括来讲,韩愈的古文理论有如下内容:

其一,确立了文章的形式与内容的关系——"文以明道"。韩愈强调"修其辞以明其道"(《争臣论》),"愈之为古文,岂独取其句读不类于今者邪?思古人而不得见,学古道则欲兼通其辞。通其辞者,本志乎古道者也"(《题欧阳生哀辞后》),"然愈之所志于古者,不惟其辞之好,好其道焉耳"(《答李秀才书》)。显然韩愈学古文是为了学古道,换句话说,要学古道就必须学古文。道是目的,文是手段;道是内容,文是形式。柳宗元虽也主张文以"明道",但在"道"的具体内容上,是和韩愈不尽相同的。韩愈所谓"道",多伦理性质,他的"传道"文章封建色彩较重。柳宗元虽也谈儒道,同样是为封建地主阶级说教,但他的唯物论思想和政治革新的主张却是很突出的。由此可见,出于相同的政治目的,韩、柳二人不约而同地走向了以文明道、反对不切实际的文体文风的路途。他们将文体文风的改革作为其政治实践的组成部分,赋予文以强烈的政治色彩和鲜明的现实品格,去其浮靡空洞而返归质实真切,创作了大量饱含政治激情、具有强烈针对性和感召力的古文杰作。

其二,重道亦不轻文。韩愈多次提道:"愈之志在古道,又甚好其言辞。"(《答陈生书》)"沉潜乎训义,反复乎句读,砻磨乎事业,而奋发乎文章。"(《上兵部李侍郎书》)并提出"文从字顺"(《南阳樊绍述墓志铭》)的创作要求。这是一种较为正确、客观的文学

观念。

其三,强调创新。韩愈认为,学习古文应"师其意不师其辞","若皆与世浮沉,不自树立,虽不为当时所怪,亦必无后世之传也",所以为文要"自树立,不因循"(《答刘正夫书》)。在文章体式上,他主张写"古文",但同时又强调"词必己出"(《南阳樊绍述墓志铭》),而不是简单地模拟古文。在《答李翊书》中,韩愈概括了他追求创新的三个阶段,最后达到随心所欲、"浩乎其沛然"的自由境界。

其四,重视作家的道德修养和文章的情感力量。在著名的《答李翊书》中,韩愈指出:"养其根而俟其实,加其膏而希其光;根之茂者其实遂,膏之沃者其光晔。仁义之人,其言蔼如也。……道德之归也有日矣,况其外之文乎?""根""膏",都是比喻道德修养。有了良好的道德修养,文章才能充实,才能光大。在此基础上,韩愈还发展了孟子的"养气说"和梁肃的"文气说"。他提出了一条为文的普遍原则"气盛宜言":"气,水也;言,浮物也。水大而物之浮者大小毕浮。气之与言犹是也,气盛则言之短长与声之高下者皆宜。""气"是修养的结果,其中既有"仁义之途""诗书之源"等道德因素的贯注,又有源于个性秉赋和社会实践的精神气质、情感力量。当这种"气"极度充盈喷薄而出时,文章就会写得好,就有动人的力量。由此出发,韩愈进一步强调"郁于中而泄于外"的"不平之鸣"(《送孟东野序》)。主张"喜怒窘穷、忧悲愉佚、怨恨思慕、酣醉无聊"等"勃然不释"(《送高闲上人序》)之情的畅快宣泄。

## 二、韩愈散文的思想内容

韩愈的古文创作取得了高度的艺术成就,为散体文的创作打开了全新的局面,使之呈现出旺盛的艺术生命力。李汉在《昌黎先生集序》中说:(韩愈)"大拯颓风,教人自为。时人始而惊,中而笑且排,先生益坚,终而翕然随以定。呜呼!先生于文,摧陷廓清之功,比于武事,可谓雄伟不常者矣!"

韩愈的散文内容丰富,题材广泛,形式多样,表现力强。他把新型的"古文",应用于论、说、传、记、颂、赞、书、序等各种文体,无不取得卓越成就,产生了广泛的影响。

韩愈是古文运动的领袖,他有着重建道统、攘斥佛老的巨大热情,推重儒家的礼制思想,强调尊王攘夷,维护君臣、父子的伦常秩序。从此出发他创作了一系列的哲学论文,如《原道》《原性》《原人》《原鬼》等,来阐明其道统思想。其著名论文《原道》提倡道统,攘斥佛老,强调建立一整套以"先王之教"为核心的儒家礼制秩序。这篇文章追溯了儒家道统的源流,勾勒了佛老盛行冲击儒学的历史面貌,揭露了佛老学说的虚伪性和僧道的寄生性。文章结构严谨,气势磅礴,很能体现韩愈议论文的特色。他的哲学论文,往往以"原"名题,论述时追本溯源,高屋建瓴,痛快淋漓,思想的深刻和批判的尖锐均很突出。韩愈之主张儒道复兴,并不是纯粹出于理论的追求,而是基于改革现实的深刻愿望,因此他的文章有着强烈的现实关怀,字里行间贯注着对社会人生的满腔热情。对于儒学精神,他常能以全身心去体会,展现其中鲜活的生命力。对于儒道之不行于世,他有着强烈的感激怨愤,并将这种情感真实地形诸笔墨,使读者真切地领略作者生气淋漓的性情。这是韩愈古文拥有丰富的审美魅力和巨大感染力,不同于一般理论著述的重要原因。

### 第九章 古文运动和韩愈、柳宗元的散文

同时韩愈还创作了大量的政论文,发表自己对时政的看法。在《平淮西碑》中,他通过对宪宗依靠裴度平定淮西叛乱的高度赞扬,表达了尊王攘夷、维护中央集权、反对割据的鲜明立场;其《论佛骨表》则力斥宪宗佞佛之非,义正词严。同时,他强调政治上当用贤使能,使贤者在位。《师说》是以赠序形式写的政治论文,针对当时社会上耻于从师的风气有感而发,文章通过正反两方面论证,阐明他的师道观。《进学解》《杂说》都是韩愈抒写怀才不遇之慨的政论杂文。《杂说》是一组寄慨遥深、变化多端的文字。其四《马说》,通篇以千里马不遇伯乐为喻,尖锐批判执政者既不识才又不爱才,甚至糟蹋人才的昏昧,表现作者的自命不凡,寄托自己怀才不遇的感慨。全文通体写喻,叙中有议,文笔矫健,说理透辟。它以精深的议论、绘声绘色的叙述和满怀不平的抒情,把作者深沉的苦闷与喷薄欲出的激愤形象地传达了出来。

为指导古文运动,韩愈写了一系列的文学论文,阐明自己的古文理论,这主要是一些书、序,著名的如《送孟东野序》《荆潭唱和诗序》《答李翊书》《答刘正夫书》等。作者往往结合对方所议,阐述个人见解,议论精深却又平易亲切,短小精悍又突出重点,娓娓而谈而又气势酣畅。它们在推动古文运动,指导古文写作方面发挥了很大作用。

韩愈的叙事散文主要有传记散文与应用散文。传记散文如《张中丞传后叙》,记叙了抗击安史乱军的英雄张巡、许远、南霁云等人可歌可泣的英雄事迹,歌颂了他们英勇不屈的战斗精神,也驳斥了一些人对他们的诬蔑。这篇传记叙事、议论、抒情三者结合,以生动的叙述为主,间以雄辩的议论,同时贯以深挚的抒情。全文叙事波澜迭起,刻画人物栩栩如生,议论理直气壮,不容置辩,是继承《史》《汉》传记,为当代英雄人物立传的优秀传记散文。

应用散文主要是一些墓志、碑、铭类文字。其中韩愈为至爱亲朋,特别是文坛挚友所写的墓志,感情真挚,发自肺腑,如《柳子厚墓志铭》写柳宗元的人品、政绩、文学、辞章,深长情义随处可见。另外《南阳樊绍述墓志铭》,赞扬樊宗师的古文成就,阐述为文价值。樊宗师是韩愈古文运动理论的忠实拥护者和积极实践者,与韩愈是志同道合的朋友,所以全文感情真挚,十分感人。

韩愈的抒情散文,也写得很好。如《祭十二郎文》,通过亲人死别的哀痛,深刻地抒写凄凉的人生感怀。悼念亲人,固然是哀痛的,但韩愈特殊的家庭环境,坎坷的身世,使他与亡侄的亲情有了特殊的意味,在这篇伤逝怀人的文字中,更多地倾注了韩愈的人生感怀,承载了他本人志士摧抑、世路无常、心境凄凉的哀痛。茅坤誉此文为"祭文中千年绝调",其实这已经不是一般意义的祭文。韩文的气势与深情奠定了其基本的审美风格,前人称韩文如海,正是道出韩文基本的特点。此外,他还写了一些很有感情的赠序文,《送李愿归盘谷序》就是其中很有名的一篇。

## 三、韩愈散文的艺术成就和影响

敏锐地发现问题,以及气势强烈是韩文最突出的特点。韩愈为文主张"气盛言宜",他的文章往往笔力雄健,词锋震烁,感情激烈,以义正词严的气势强烈地震撼读者,如《论佛骨表》。此文直接抨击宪宗的佞佛之举,斥佛骨为"朽秽之物",指责宪宗佞佛为"伤风

败俗,传笑四方,非细事也",希望"以此骨付之有司,投诸水火,永绝根本"。在韩愈其他的论说文中,其抗击流俗的胆识与气势也同样十分感人。如《师说》针对当时士大夫阶层耻于从师的社会风气,论证从师之必要,并提出"吾师道也"的主张。韩愈的"抗颜为师"在当时引起流俗的很大非议,这篇文章体现了他直道而行的勇气。

韩文气势之中贯注着深厚的感慨、浓烈的感情,如《张中丞传后叙》,韩愈对中伤张巡、许远的种种不实之词,深感愤怒,他义正词严地为张、许辩护:"守一城,捍天下,以千百就尽之卒,战百万日滋之师,蔽遮江淮,沮遏其势,天下之不亡,其谁之功也!当是时,弃城而图存者,不可一二数;擅强兵坐而观者,相环也。不追议此,而责二公以死守,亦见其自比于逆乱,设淫辞而助之攻也。"这段文字,气势强盛,词锋峻利,其中饱含着作者对忠臣烈士的衷心景仰和对流俗之言的强烈愤慨,千百年后读来,仍能使人心感奋,激动不已。

语言极富表现力是韩文的第二大特点。韩愈作文,追求"惟陈言之务去",体现出积极的创新态度,同时又强调"文从字顺",这就使其语言形成了极具表现力的新面貌。韩愈的古文句式丰富多变,很善于表达曲折复杂的情感。如《进学解》:

先生口不绝吟于六艺之文,手不停披于百家之编。记事者必提其要,纂言者必钩其玄。贪多务得,细大不捐。焚膏油以继晷,恒兀兀以穷年。先生之业,可谓勤矣!

这段文字运用了铺陈的手法对国子先生勤勉为学进行描写。运用排偶句式,又注意穿插一些摇曳荡漾变化多端的散句,整段文字奇偶相间,骈散兼行,协调统一,使文章非常富有表现力。

同时,韩文还创造出许多生动的词汇,有些被后世长期使用,已经成为成语,如"业精于勤荒于嬉,行成于思毁于随"、贪多务得、细大不捐、跋前踬后、形单影只、刮垢磨光、含英咀华、动辄得咎、曲尽其妙、自强不息、一发千钧、蝇营狗苟、深居简出等。韩文语言又力求新颖独到,他大量运用比喻和比拟,善于活用词类,有意错综词序,大量运用虚词和感叹词,善于用对话形式及对比句、反诘句,使文章句法灵活,节奏多变,气势雄壮,摇曳多姿。由于多种手法的交错使用,使其语言缓急相间,舒卷自如。既文从字顺合于规范,又生动活泼、新颖独到,大大增加了文章的气势、色彩和表现力,成为新体古文典范性的语言,他也成为我国古代屈指可数的语言大师之一。

构思巧妙、善于叙事描摹是韩文的又一特点。韩文集众家之长,变态百出,如《毛颖传》为一支毛笔立传,以俳谐的笔法传达深刻的现实感慨,其立意构思,既展示了丰富的才学,又表现了奇幻为文的深厚艺术功力。其《进学解》以东方朔《答客难》、扬雄《解嘲》的问答形式,通过师生对话,讽刺执政者不公不明、不识贤愚,表达自己因遭遇坎坷而产生的不平之鸣,嬉笑怒骂,构思新奇。其《送穷文》通过人与穷鬼的对话,以穷鬼忠贞不二的表白,刻画自己被穷鬼相缠的狼狈;又通过将五种优异的品格比喻为五个穷鬼,抒发了自己怀才不遇的愤郁与无奈,以及"惟乖于时,乃与天通"的倔强兀傲,构思取法扬雄之《逐贫赋》而更怪怪奇奇,神采焕发,读来令人拍案叫绝;而立意于君子固穷,较之扬雄又有了更高的境界。

韩文还很善于叙事描摹,刻画了许多生动的文学形象。《试大理评事王君墓志铭》中

### 第九章 古文运动和韩愈、柳宗元的散文

的"天下奇男子"王适给人留下深刻的印象,文中详细地叙述了他骗婚的经历。此外如《张中丞传后叙》中的张巡、许远、南霁云,《蓝田县丞厅壁记》中的崔斯立,《柳子厚墓志铭》中的柳宗元,《国子助教河东薛君墓志铭》中的薛公,《进学解》中的国子先生,无不栩栩如生。

韩愈的古文成就对后世产生了深远的影响,《新唐书·韩愈传赞》说:"自愈没,其言大行,学者仰之若泰山北斗云。"欧阳修说:"韩氏之文之道,万世所共尊,天下所共传而有之。"(《记旧本韩文后》)苏轼说:(韩愈)"文起八代之衰,而道济天下之溺;忠犯人主之怒,而勇夺三军之帅。"(《潮州韩文公庙碑》)这些都不是虚誉。

## 第三节 柳宗元的散文

### 一、柳宗元的散文主张

柳宗元的古文理论没有韩愈全面、系统,但在有些方面比韩愈更深入,主要表现在以下几个方面:

其一,对"文以明道"进行了更明确、更清楚的阐述。他也强调为"明道"而作文,不为文而文,而这个"道"的本原就是儒家之道。但柳宗元比韩愈更重视"道"的现实性,他明确指出:文章所要"明"的"道",必须"及乎物"。他在《报崔黯秀才论为文书》中说:"圣人之言,期以明道,学者务求诸道而遗其辞。……道假辞而明,辞假书而传。"柳宗元比较注重治世之道即"辅时及物"(《答吴武陵论〈非国语〉书》)、"利于人,备于事"(《时令论》)的"理道"(《与李翰林建书》),从社会需要出发,重在经世致用,比韩愈的"道"较有进步意义。

其二,柳宗元和韩愈一样很重视文学创作中人品与文品的统一。他在《报袁君陈秀才避师名书》中说:"大都文以行为本,在先诚其中。"因此,他非常强调作家的自身修养,提倡严肃的创作态度。在《答韦中立论师道书》中,他详细叙述了自己文章的写作过程:

故吾每为文章,未尝敢以轻心掉之,惧其剽而不留也;未尝敢以怠心易之,惧其弛而不严也;未尝敢以昏气出之,惧其昧没而杂也;未尝敢以矜气作之,惧其偃蹇而骄也。抑之欲其奥,扬之欲其明,疏之欲其通,廉之欲其节,激而发之欲其清,固而存之欲其重,此吾所以羽翼夫道也。

对作者的创作态度提出了十分严肃的、全面的要求。

其三,柳宗元特别重视文学作品的内容和形式、思想性与艺术性的完美统一。他在《送豆卢膺秀才南游序》中说:

君子病无乎内而饰乎外,有乎内而不饰乎外者。无乎内而饰乎外,则是设覆为阱也,祸孰大焉;有乎内而不饰乎外,则是焚梓毁璞也,诟孰甚焉!于是有切磋琢磨、镞砺栝羽之道,圣人以为重。

他在这里说的"有乎内"和"饰乎外",从作者来说,是指文章作者的内在思想修养和

道德品质;从文章来说,则是指作品的内容和形式、思想性和艺术性。

## 二、柳宗元散文的思想内容

柳宗元古文创作,众体兼长,其古文创作大体包括论说文、寓言、游记、传记。

他的论说文雄深雅健,《封建论》是其政论文的代表作,是针对当时藩镇割据的社会现实而发的。它从分析社会发展入手,论述了封建制的建立与郡县制的代兴,都是一种必然趋势,进而指出藩镇割据的弊端。文章坚定地肯定郡县制,否定封建制,认为郡县制的根本优点,在于可以选贤任能,而秦朝推行郡县而夭折的原因,不在于郡县制本身,而在于为政之道的残暴与专制。在柳宗元之前,郡县与封建的争论在历史上相沿已久,论者各执一端,莫衷一是。苏轼高度评价柳宗元此文:"昔之论封建者,曹元首、陆机、刘颂,及唐太宗魏徵、李百药、颜师古,其后有刘秩、杜佑、柳宗元。宗元之论出,而诸子之论废矣。虽圣人复起,不能易也。……柳宗元之论,当为万世法也。"(《东坡志林》)此外柳宗元的《贞符》《时令论》《断刑论》《天说》《天对》等也是很优秀的论说文,并产生了很大的影响。

柳宗元还创作了不少书信体形式的文学论文,如《答韦中立论师道书》。这封信谈了两个问题,一个是论师道,一个是论写作。论写作这一部分,通过总结自己的写作经验来阐发古文理论。它是柳宗元文学理论的代表作,在我国文学理论发展史上占有重要的地位。

柳宗元的寓言,结构精巧而极富哲理意味。柳宗元寓言的内容是"高度的哲理性与强烈的政治性相结合的","现实针对性很强,往往是对当时重大政治问题之讽喻"(孙昌武《柳宗元传论》)。《三戒》《蝜蝂传》《罴说》等是代表。《三戒》由三则小寓言组成,其中《临江之麋》写麋鹿因主人宠爱而忘乎所以,最终被狗吃掉的小故事,讽刺恃宠而骄、依仗放纵的奴才。《黔之驴》写庞然大物的蠢驴,徒有其表,终于被虎吃掉,讽刺社会上一些外强中干的小人。《永某氏之鼠》写群鼠在旧房主的纵容下肆无忌惮、胡作非为,最后被新房主彻底消灭。既讽刺了某氏的纵恶惩凶,更批判了猖獗一时的阴类恶物,矛头直指当时社会上那些作威作福的官僚及其奴才。这组作品是柳宗元到永州后写的作品,其中当寄寓着作者深刻的现实人生感慨。从艺术上看,这些作品皆故事生动,语言精练,善于抓住细节来刻画神情,如《黔之驴》中老虎对驴始而试探,终则完全看破的过程,写得惟妙惟肖;《临江之麋》写小鹿之天真无知,家犬虽怀杀机而怯于主人不敢发作之态,"然时啖其舌",都十分生动。

柳宗元的山水游记,是中国古代山水游记中的精品,也是柳宗元散文创作成就最高、影响最大的一类。柳宗元在被贬永州期间,经常游山历水以排遣内心的痛苦,创作了不少山水游记。永州的山水风光,并没有真正抚平柳宗元内心的创伤,他曾言"嘻笑之怒,甚于裂眦;长歌之哀,过于恸哭"(《对贺者》)。因此,山水之游是对柳宗元内心悲情的宣泄而非化解,奇山异水,往往使他更深地自伤怀抱,感郁无已。

《永州八记》是柳宗元山水游记的代表作,是他在元和四年(809)、七年(812)先后两次游历永州西山,按照游历的顺序所写的八篇游记:《始得西山宴游记》《钴鉧潭记》《钴鉧

### 第九章 古文运动和韩愈、柳宗元的散文

潭西小丘记》《至小丘西小石潭记》《袁家渴记》《石渠记》《石涧记》《小石城山记》。其写作用意,不是模山范水,而是融贯了很深的意趣。作者笔下的景物,很多都是自身精神怀抱的寄托与象征,如第一篇《始得西山宴游记》写西山的特出,在于它超出培塿的高峻,象征了作者自己迥脱流俗的精神世界。《小石城山记》中的小石城山,以及《钴鉧潭西小丘记》中的小丘,则是不为世人所重的奇异景致,它们象征了作者虽才华卓异而被弃遐荒的人生悲剧。

柳宗元在传记文学上也取得了很高的成就,《种树郭橐驼传》《梓人传》《宋清传》《童区寄传》《河间妇传》《段太尉逸事状》等是其中的代表。

### 三、柳宗元散文的艺术成就

首先,柳宗元的论说文,虽无韩愈之文那种纵横排宕的气势,但识见高深,且出之以深刻详密的逻辑思辨,形成了峻洁雄健、无可置辩的文风,同样取得了极高的成就。

其次,柳宗元的寓言既表现了对先秦以来寓言艺术的继承,又显示出积极的创新特色。在先秦散文中有很多寓言,但这些寓言往往是作为议论的手段运用的,多用于阐发道理,寓意多指向理性思考。柳宗元的寓言表现了对人生社会的反思,寄托了作者深厚的现实感慨,因此着力发展了讽刺的艺术,虽然只有寥寥数篇,却对先秦寓言有新的发展:一是他的寓言有了全新的情节,二是有了典型化的形象,三是十分讲究语言表现形式。同时,柳宗元寓言的寓意不是针对一事一理,而是表达了作者深刻的现实感慨,因此,呈现出寄兴深微的特点,读来回味深长。此一点与先秦寓言有很大的差异。柳宗元的寓言标志着我国寓言文学的完全成熟,并以其卓越的成就对后世寓言文学的发展产生了深远的影响。

再次,从具体的艺术表现上看,柳宗元的山水游记在景物描写方面常能极写其奇异,如《钴鉧潭西小丘记》:

其石之突怒偃蹇,负土而出,争为奇状者,殆不可数。其嵚然相累而下者,若牛马之饮于溪;其冲然角列而上者,若熊罴之登于山。

又如《钴鉧潭记》:

钴鉧潭在西山西。其始盖冉水,自南奔注,抵山石,屈折东流。其颠委势峻,荡击益暴,啮其涯。故旁广而中深,毕至石乃止。流沫成轮,然后徐行。

有些则深刻地传达孤清高绝、离尘脱俗的意趣,如《至小丘西小石潭记》写石潭之"悄怆幽邃"十分入神:

全石以为底,近岸,卷石底以出,为坻,为屿,为嵁,为岩。青树翠蔓,蒙络摇缀,参差披拂。

潭中鱼可百许头,皆若空游无所依。日光下澈,影布石上,怡然不动;俶尔远逝,往来翕忽,似与游者相乐。

潭西南而望,斗折蛇行,明灭可见。其岸势犬牙差互,不可知其源。

柳宗元对孤清幽独之境的描写,不仅出之以清淡之景,而且能够通过色彩绚丽之景来传达,如《袁家渴记》描写袁家渴的风光:"每风自四山而下,振动大木,掩苒众草,纷红骇绿,蓊勃香气;冲涛旋濑,退贮溪谷;摇飏葳蕤,与时推移。"这样的"纷红骇绿"之景,同

样传达了幽清孤绝的意趣。

柳宗元的游记为山水赋予了灵性，又不同于一般的拟人，而是寄托了高绝的意趣。因此，他以高度的艺术提炼来描写山水，或晶莹雅洁，或意态峥嵘，语言也富于特色，字句凝练，清峻自然，体现了很高的造诣。

最后，柳宗元的人物传记虽取法史传，但多有突破，手法更为灵活。《段太尉逸事状》生动地记录了正直官吏段秀实的三件逸事：严惩残害百姓的士卒无赖、卖掉自己的坐骑替农户交租、拒收藩镇朱泚的贿赂。突出了段秀实反对藩镇、反对豪强、同情人民的优良品德，客观上暴露了中唐军阀割据自重、土地高度集中、兵痞无赖害民等社会现象。并且文章通过对比反衬的手法来塑造人物形象，突出人物品德，使段秀实其人栩栩如生，给人留下深刻印象。《种树郭橐驼传》形式上是一篇人物传，但带有寓言和传奇的特色，文中对郭橐驼形象的刻画，受到《庄子》畸人形象的影响，这与文中取意于老庄哲学、要求与民休息的主张是很协调的。

## 第四节　晚唐小品文作家

唐代古文运动在晚唐趋向衰落，骈文恢复了统治地位。古文运动，是对骈文的革新运动，但是骈散文之间并无绝对严格的分界线，完全从形式着眼来反对骈文，意义不大。古文运动当时之所以产生广泛的影响，与韩柳散文内容的深广有密切的关系。韩柳以后，社会矛盾进一步激化，藩镇割据、宦官专权、朋党之争愈演愈烈，唐帝国局势日益艰危，并且还爆发了数次农民起义。道统的宣传既无补于统治阶级的没落和崩溃，士大夫的振作和希望也渐趋破灭，不少知识分子伤感颓废，精神空虚，消极避世，沉迷声色。与之相应，诗风衰飒，文风柔靡，形式主义文风又重新抬头。再加上后起的古文家片面发展了韩愈的古文理论，把古文引上狭小、琐细的道路，这样形式主义的骈文就轻易地恢复了统治地位。

在散文衰落的同时，晚唐小品以其鲜明的时代特征受到后人喜爱和称赞。小品文是"散文品种之一。短小灵活，简练隽永，具有议论、抒情、叙事的多重功能，偏重于即兴抒写零碎的感想、片断的见闻和点滴的体会，是一种轻便自由的文学形式"（《中国大百科全书》）。这一时期，小品文的代表作家有罗隐、皮日休、陆龟蒙等人。

### 一、罗隐

罗隐其文集名《谗书》，是在咸通八年（867）编撰成册的，多为"愤闷不平之言，不遇于当世而无所以泄其怒之所作"（方回《谗书跋》），罗隐自己也认为是"所以警当世而戒将来"的（《谗书重序》）。因此罗隐的小品文多刺世的严肃主题，如《英雄之言》通过刘邦、项羽的两句所谓"英雄之言"，深刻地揭露了那些以救民涂炭的"英雄"自命的帝王的强盗本质，最后更向最高统治者提出了警告。类似这样的光辉思想在罗隐的杂文中是不时流露的。《秋虫赋》讽刺封建社会的法网，"绳其小而不绳其大"！多数弱势群体是少数强势者的午餐。强势者有种种特权,即使犯法也能逃脱。《说天鸡》《汉武山呼》《三闾大夫意》《叙二狂生》《梅先生碑》等篇,也都是嘻笑怒骂,涉笔成趣,显示了他对现实的强烈批判精神和杰出的讽刺艺术才能。

## 二、皮日休

黄巢入长安,皮日休任翰林学士,后不知所终。他胆识过人,要"上剥远非,下补近失"(《皮子文薮序》)。他的小品文极敢放言,在明代以前独一无二,有《皮子文薮》传世。皮日休的小品文针对现实有感而发,往往三言两语击中要害,具有尖锐泼辣、锋芒毕露的光彩。如《读司马法》,一针见血地指出了"古之取天下也以民心,今之取天下也以民命"的社会状况,在藩镇割据、战乱不息的晚唐具有强烈的现实意义。再如《鹿门隐书六十篇》其五十九则,直截了当地对吏治的腐败问题予以揭露——"古之置吏也,将以逐盗;今之置吏也,将以为盗",表现出对统治者的强烈不满。

## 三、陆龟蒙

陆龟蒙(?—881),字鲁望,苏州人,农学家、文学家,别号天随子、江湖散人、甫里先生,与皮日休交好,世称"皮陆"。曾任湖州、苏州刺史幕僚,后隐居松江甫里,编著有《甫里先生文集》等。

陆龟蒙的小品文主要收在《笠泽丛书》中,针对现实,论颇精切。如《野庙碑》,借描述土木偶像的形象和评议鬼神的罪过来讽刺官吏,说他们"平居无事,指为贤良,一旦有天下之忧,当报国之日,则恛挠脆怯,颠踬窜踏,乞为囚虏之不暇"。其《记稻鼠》上承《硕鼠》之旨,指出老百姓要对付大贪官与小贪官两种老鼠,则民"不流浪转徙,聚而为盗,何哉"!谴责官僚地主残酷剥削人民的罪行,把当时的统治集团比作贪婪的老鼠,揭示了官逼民反的道理。这简直是人民要扬长而去或是揭竿而起的先声了。而《田舍赋》《后虱赋》《登高文》《冶家子言》等,也都是忧时愤世之作,文笔出色。

鲁迅说:"唐末诗风衰落,而小品放了光辉。但罗隐的《谗书》,几乎全部是抗争和愤激之谈;皮日休和陆龟蒙自以为隐士,别人也称之为隐士,而看他们在《皮子文薮》和《笠泽丛书》中的小品文,并没有忘记天下,正是一塌糊涂的泥塘里的光彩和锋芒。"(《小品文的危机》)这段话,可作为晚唐小品的定评。

### 作品学习

1. 韩愈《师说》
2. 柳宗元《始得西山宴游记》

## 《师说》鉴赏

《师说》作于唐贞元十八年(802)韩愈任四门博士时,这篇文章是韩愈写给他的学生李蟠的。《师说》是一篇说明教师的重要作用、从师学习的必要性以及择师的原则的论说文。此文抨击当时"士大夫之族"耻于从师的错误观念,倡导从师而学的风气,同时,也是对那些诽谤者的一个公开答复和严正驳斥。作者表明任何人都可以做自己的老师,不应因地位贵贱或年龄差别,就不肯虚心学习。文末以孔子言行作证,申明求师重道是自古已然的做法,时人实不应背弃古道。这些见解迄今仍有进步意义,但在当时却引起轩然大波。

## 《始得西山宴游记》鉴赏

柳宗元于永贞元年(805)被贬为永州司马。永州僻远而多山水之胜,作者寄情于山水,寻幽探胜,于元和年间写下了一系列山水游记,其中有八篇最著名,合称《永州八记》。本篇为《永州八记》的第一篇,作于元和四年(809)。本文从"始得"二字着意,记叙了作者发现和宴游西山的经过,描写了西山的怪特,抒发了对怀才不遇的愤懑和现实丑恶的无奈。

### 延伸阅读

**1. 原典阅读**

(1)阅读《韩愈文集汇校笺注》(刘真伦、岳珍校注,中华书局,2010年版),重点阅读《进学解》《答李翊书》《师说》《杂说》《祭十二郎文》等,归纳韩愈散文的艺术特色。

(2)阅读《柳宗元集》(尚永亮、洪迎华编选,凤凰出版社,2007年版),重点阅读《永州八记》,归纳其在山水游记发展史上的地位。

**2. 研究文献阅读**

(1)阅读《韩学研究》(张清华著,江苏教育出版社,1998年版),重点了解韩愈发起古文运动的时代背景、政治思想及文学思想。

(2)阅读《韩愈柳宗元文学评价》(黄云眉著,山东人民出版社,1957年版),了解韩愈、柳宗元散文创作历程及其在散文发展史上的地位和影响。

(3)阅读《文章并峙壮乾坤:韩愈柳宗元研究》(蒋凡著,上海教育出版社,2001年版),重点了解韩愈、柳宗元的生活、思想及学风的异同,掌握韩愈、柳宗元的文学观、政治观。

(4)阅读《晚唐小品文选注》(廖世杰、樊修章选注,上海古籍出版社,1995年版),重点阅读皮日休、陆龟蒙、罗隐的作品,品味晚唐小品文的特色。

### 拓展训练

1. 苏洵《上欧阳内翰第一书》有云:"韩子之文如长江大河,浑浩流转,鱼鼋蛟龙,万怪惶惑,而抑绝蔽掩,不使自露,而人望见其渊然之光,苍然之色,亦自畏避,不敢迫视。"请结合作品论述韩愈散文的艺术特色。

2. 刘熙载在《艺概·文概》中所说:"柳州记山水,状人物,论文章,无不形容尽致;其自命为'牢笼百态',固宜。"请结合作品谈谈你对这一评价的看法。

# 第十章　唐代传奇

> 文学史

小说在唐以前经历了由萌芽到初步发展的阶段,唐传奇是一种前所未有的新型小说,它的崛起和兴盛,写下了中国小说叙事文学发展史上的光辉篇章,标志着古代文言小说的成熟。

## 第一节　唐传奇的兴起

唐传奇指唐代流行的文言短篇小说,是中国文言小说的高峰,作者大多以记、传名篇,以史家笔法,传奇闻轶事。[①]

在唐代"传奇"只是某些单篇作品或小说集的专称,如裴铏所著小说集就叫《传奇》。以"传奇"为小说作品之名,始于元稹的名作《莺莺传》,原名"传奇",宋人将其收入《太平广记》时改为《莺莺传》。受元稹《传奇》即《莺莺传》影响,宋人将说话及诸宫调等曲艺中,把写爱情的体裁称为"传奇"。后来南戏及明清戏曲均有"传奇"之称,"传奇"成为戏剧与某种小说共用的名称。

把"传奇"作为唐人文言小说的统称,被认为是一种小说的体裁约定俗成地沿用下来,现存资料最早见于元代陶宗仪的《南村辍耕录》:"稗官废而传奇作,传奇作而戏曲继。"即将唐传奇与宋、金戏曲、院本等相并列。

传奇小说中可以清楚地看到魏晋南北朝时期"志怪"小说的身影,但在文体规范上已经超越了志怪小说,在创作实践中已经改变了六朝那种"凡变异之谈,盛于六朝,然多是传录舛讹,未必尽幻设语"[②]的实录观,在"传奇"创作中运用虚构手法,塑造出众多具有

---

[①] 王梦鸥.唐人小说概述[M]//静宜文理学院中国古典小说研究中心.中国古典小说研究专集3.台北:联经出版事业公司,1981.
[②] 胡应麟.少室山房笔丛[M].上海:上海书店出版社,2001.

"要妙之情"的人物形象,达到了"至唐人乃作意好奇,假小说以寄笔端"的效果。鲁迅先生《中国小说史略》也明确指出,传奇与志怪相比,"其尤显者乃在是时则始有意为小说"。唐传奇建立了完整的小说结构,情节较为复杂,内容偏于反映人情世态,人物形象的塑造、人物心理的刻画,也有了显著提高。由此,唐传奇宣告着中国文言小说开始进入了成熟阶段。

## 第二节 唐传奇的分期

### 一、唐传奇发轫期

唐传奇的发展与唐诗不同步,诗歌方面所说的初、盛唐时期即从初唐的武德年间至大历末,为唐传奇发轫期。由六朝志怪小说演变为唐人传奇小说的过渡期,这一时期唐人小说数量少,而且带有较浓的述异语怪性质,内容与六朝志怪相近,但唐人小说已以单篇的传奇文出现。如武德初期的《古镜记》、太宗时期的《补江总白猿传》和高宗仪凤年间的《游仙窟》。

王度(581?—618?)的《古镜记》是唐代现存最早的一篇小说作品,以古镜为线索,连缀12个怪异小故事而成,记述古镜降妖伏魔的灵异事迹,带有浓厚的六朝小说色彩。作品依托他人以第一人称来叙事,结束了以往文言小说一律采用第三人称叙事的局面。无名氏的《补江总白猿传》写梁将欧阳纥妻子被白猿掳去,纥冒险入山杀死白猿,救出妻子,后来妻子生子相貌类猿,精于书艺,据说是影射当时著名书法家欧阳询的。

张鷟的《游仙窟》是唐传奇发轫期艺术成就最高的作品。该文以第一人称的自述方式,叙述奉使河源,途中投宿"神仙窟"(妓院),与窟中女主人崔十娘、五嫂宴饮欢娱的情事。《游仙窟》从篇幅来说可称唐传奇之冠;叙事、描写大量采用骈语,人物对话多用诗歌,形式上与一般单行散句的传奇小说差异较大。该篇传奇在作者生前已经传入日本,后在国内失传,近代学者又从日本抄回,始有传本。

### 二、唐传奇兴盛期

唐代宗到宣宗百年间,这一时期是唐传奇的繁盛期。唐传奇的大部分作品都产生在这个时期,也产生了许多传奇大家,如白行简、元稹、蒋防等。传奇题材更加广泛,以爱情题材的作品成就最为突出。《李娃传》《莺莺传》与《霍小玉传》一起,享有"唐代三大传奇"的美誉。

白行简作于贞元十一年(795)的《李娃传》是一篇完全摆脱志怪气息的社情小说。白行简(776—826),字知退,白居易之弟,元和二年(807)进士,历任秘书省校书郎、左拾遗、司门员外郎等职。《李娃传》根据民间说唱故事《一枝花》加工创作而成,写荥阳生进京应试,与名妓李娃邂逅相爱,资财耗尽,被老鸨设计赶出,流浪街头,做了挽郎,每歌必情动于中,十分感人。后在东西两肆唱歌比赛中恰好被父荥阳公发现,痛遭鞭笞,手足伤残,沦为乞丐,风雪之日被李娃所救,李娃精心呵护勉励之下,荥阳生身体康复,发愤苦读,两年后中制举,授成都府参军。此后其父态度转变,接纳李娃为儿媳,李娃治家有方,生四子,皆为大官,被封汧国夫人。

《李娃传》为日后传奇小说所热衷的士子与妓女爱恋题材提供了范本。在人物形象塑造上,人物性格不是一次成型,有一个渐变展开的过程。结尾部分做了理想化的处理,以符合大众心理的大团圆结局结束。此外,《李娃传》全篇散行,不用诗歌。

元稹创作于贞元二十年(804)的《莺莺传》据说是根据自己的情感生活体验创作的,具有很强的自传色彩。小说中的张生,贞元年间游普救寺,偶遇暂寄居于此的崔家母女。恰巧其时蒲州发生兵变,张生设法保护了崔家上下,崔夫人设宴答谢张生并让莺莺出拜张生。莺莺表现出一个名门女子所持有的端庄、娴静、娇羞和矜持,张生惊其美艳动人,转托莺莺婢女红娘送去两首《春词》逗其心性。莺莺当晚即作《明月三五夜》相答,暗约张生在西厢相见。但是当张生如约前来,她却端服严容,责之以非礼。当张生绝望之时,她又主动积极,自荐枕席,后张生牵于功名,赴京应考,滞留不归,相思心切的莺莺寄去长书,莺莺书信一段如下:

明年,文战不胜,遂止于京。因贻书于崔,以广其意。崔氏缄报之词,粗载于此,曰:"捧览来问,抚爱过深。儿女之情,悲喜交集。兼惠花胜一合,口脂五寸,致耀首膏唇之饰。虽荷殊恩,谁复为容。睹物增怀,但积悲叹耳。伏承使于京中就业,进修之道,固在便安。但恨僻陋之人,永以遐弃。命也如此,知复何言!自去秋以来,常忽忽如有所失。于喧哗之下,或勉为语笑,闲宵自处,无不泪零。乃至梦寐之间,亦多叙感咽离忧之思,绸缪缱绻,暂若寻常。幽会未终,惊魂已断。虽半衾如暖,而思之甚遥。一昨拜辞,倏逾旧岁。长安行乐之地,触绪牵情,何幸不忘幽微,眷念无斁。鄙薄之志,元以奉酬。至于终始之盟,则固不忒。鄙昔中表相因,或同宴处;婢仆见诱,遂致私诚;儿女之心,不能自固。君子有援琴之挑,鄙人无投梭之拒。及荐寝席,义盛意深。愚陋之情,永谓终托。岂期既见君子,而不能定情,致有自献之羞,不复明侍中帻,没身永恨,含叹何言!倘仁人用心,俯遂幽劣,虽死之日,犹生之年。如或达士略情,舍小从大,以先配为丑行,谓要盟之可欺,则当骨化形销,丹诚不泯,因风委露,犹托清尘。存没之诚,言尽于此。临纸呜咽,情不能申。千万珍重,珍重千万!玉环一枚,是儿婴年所弄,寄充君子下体所佩。玉取其坚润不渝,环取其终始不绝。兼乱丝一绚,文竹茶碾子一枚。此数物不足见珍,意者欲君子如玉之贞,俾志如环不解。泪痕在竹,愁绪萦丝。因物达诚,永以为好耳。心迩身遐,拜会无期。幽愤所钟,千里神合。千万珍重!春风多厉,强饭为佳。慎言自保,无以鄙为深念。"

这封书信情真意切,感人至深,但张生不为所动,最终与莺莺决绝。《莺莺传》塑造了一个形象鲜明、性格突出的女性,莺莺既渴望爱情,又对爱情没有把握,从而构成她在行为上的一再矛盾和反复,即心口不一。对爱情的渴望导致其对礼教的突破愿望,对结局的担忧又使她每次热情之后变得冷淡。两人的结合过程对莺莺来讲是一个情与礼产生冲突之后,最终情胜于礼的心理历程。

金代董解元以《莺莺传》作为蓝本,创作了长篇讲唱文学《西厢记诸宫调》,世称《董西厢》;元代王实甫则创作出元杂剧的杰作《西厢记》。

蒋防(792—835),字子微,其传世之作《霍小玉传》为唐传奇写士子娼女爱情悲剧之最杰出者。[①] 小说男主人公为大历、贞元年间著名诗人李益。

京师长安来了一位应举的青年才俊,即诗人李益,自命风流倜傥,请媒求取佳人。他通过老鸨的撮合,结识了一位可爱忠贞"求一好儿郎格调相称者"的妓女霍小玉。才子佳人喜结良缘,霍小玉自知本出自娼家,难以欢爱长久,李益写下"引谕山河,指诚日月"的忠诚誓言。然在李益科举中第之后,外地任职,因父母之命与一富家女子结婚,不能返回长安与霍小玉再续前缘。小玉相思成疾,生活陷于困顿,李益回到长安后,小玉再三请见,都被刻意回避。一位黄衫客挟他来到小玉住处,小玉已病入膏肓,痛斥李益,发誓报复,而后卒。之后李益因为莫名其妙的嫉妒心休掉了妻子,之后续娶的妻妾关系都是如此下场。《霍小玉传》全篇结构严谨,层次清晰而又巧于穿插。人物语言符合身份且个性色彩十足。

这一时期除了上述以爱情为题材的传奇作品,还有借寓言、梦幻以讽谏社会的杰作,如沈既济的《枕中记》和李公佐的《南柯太守传》。

### 三、唐传奇衰落期

晚唐时代唐传奇开始退潮,出现了由盛转衰的局面。这一时期单篇优秀传奇的数量减少,出现了较多的传奇专集,包括以传奇为主兼有志怪的集子。如袁郊的《甘泽谣》、皇甫枚的《三水小牍》、裴铏的《传奇》、李复言的《续玄怪录》。

晚唐由于藩镇割据,对抗朝廷,各自蓄养武士,下层人民不满现实,寄希望于游侠出现铲除邪恶,行侠仗义。所以这一时期游侠小说开始崛起,涌现出了一批描写豪侠之士的传奇作品,内容涉及扶危济困、除暴安良、快意恩仇、安邦定国等多方面。杜光庭的《虬髯客传》是晚唐游侠小说中成就最高的一篇。

《虬髯客传》以杨素宠妓红拂与李靖私奔的爱情故事为主线,二人在赴太原途中与隋末豪侠虬髯客相逢,结为至交。虬髯客志向远大,欲谋帝王之位,但见到李世民后,为其英雄气概所折服,遂与李靖、红拂辞别,退避海上,去扶余另谋出路。

现存的大部分唐传奇作品都收录在宋代初年所编的《太平广记》一书里。

## 第三节 唐传奇的艺术成就

唐传奇标志着中国古代短篇文言小说创作的成熟,讲究情节的传奇性与现实性的有机统一,将情节的虚构、想象与作品的艺术性融为一体。鲁迅在《中国小说史略》中说:"文笔是精细的,曲折的,至于被崇尚简古者所诟病;所叙的事,也大抵具有首尾和波澜,不止一点断片的谈柄;而且作者往往故意显示着这事迹的虚构,以见他想象的才能了。"

---

[①] 卞孝萱.唐代文史论丛[M].太原:山西人民出版社,1986.

唐传奇的出现标志着我国古代文言短篇小说的成熟。传奇成为宋以后文言短篇小说的主要形式。它吸收志怪的想象、借鉴史传文学叙事状人的技巧，形成了人物形象鲜明、情节曲折离奇、抒情气氛浓郁、语言精练华丽的艺术特点。

唐代传奇小说开拓了文学的视野和表现领域。突破了传统抒情诗歌以作者主观世界为中心的表现方式，将视线和笔触投向更为广阔而丰富多彩的大千世界，预示了唐以后文学发展的大趋势，即叙事文学将逐步走向文坛中心，逐渐取代抒情文学的地位，而成为文坛盟主。

唐传奇对后世的小说、戏曲影响极大，很多著名的唐传奇被后来的白话短篇小说家和戏曲家所移植和改编。陈鸿写了传奇《长恨歌传》，内容是安史之乱和唐明皇、杨玉环的悲欢离合。后来便有利用这篇传奇和白居易的《长恨歌》改编的一系列戏曲。元代的王伯成创作了说唱文学——诸宫调《天宝遗事》、白朴则写下了杂剧《梧桐雨》，清代洪昇的《长生殿》登上了这一素材的顶峰。唐传奇中的《霍小玉传》《南柯太守传》《枕中记》被明代著名的戏曲家汤显祖改编成《紫钗记》《南柯记》《邯郸记》，这三个戏曲和汤显祖最著名的作品《牡丹亭》一起，被合称为"玉茗堂四梦"，或"临川四梦"。陈玄佑的《离魂记》被元人郑光祖改编成杂剧《倩女离魂》。元稹《莺莺传》的后面，跟着一连串的戏曲，其中最著名的便是元人王实甫的杂剧《西厢记》。

### 作品学习

1. 李朝威《柳毅传》
2. 白行简《李娃传》

## 《柳毅传》鉴赏

这篇传奇描写了一段书生与龙女婚恋的爱情故事，广为流传。故事线索井然，分为四部分：一是柳毅传书。柳毅落第过泾阳，路遇龙女，同情其受夫家虐待的不幸遭遇，遂为传书。二是龙女得救。柳毅将书传入洞庭龙宫，钱塘君血战泾阳，救回龙女。三是柳毅拒婚。洞庭君答谢柳毅，宴席上钱塘君逼婚，柳毅拒绝。四是伉俪相偕。柳毅重返人间，连娶二妻，均早逝。后终娶龙女，夫妻恩爱。

传奇最成功之处，在于塑造了一众栩栩如生的人物形象。柳毅的正直无私、见义勇为、不畏强权却也情深的形象深入人心。龙女美丽动人，温顺善良，勇于挣脱婚姻枷锁，追求自己的幸福。钱塘君刚直暴烈，疾恶如仇，鲁莽直率。

这篇传奇充满了浪漫主义色彩。随着人神相恋的主题展开，人间、水府、仙山、天界，时空转换，虚实交错。加之精彩的渲染，龙女放牧，柳毅入洞庭，富丽堂皇的龙宫，虚无缥缈的仙山，钱塘与泾阳的战斗等无不充满浪漫的奇情壮采。

情节跌宕起伏，引人入胜。传奇先是围绕"书信"进行，托书、受书、传书、救女。接着围绕"婚姻"展开,逼婚、拒婚、连娶、终娶龙女。曲折离奇,环环相扣。

## 《李娃传》鉴赏

《李娃传》是白行简根据民间流传的话本《一枝花》改编而成的,是唐代著名的传奇。该传奇充满了生活气息,现实感很强,展现了唐代都市的风俗人情。在思想内容和艺术技法上都取得较高的成就,对后世戏剧、小说产生深远的影响。

传奇描写了长安娼妓李娃和荥阳公子郑生之间的爱情婚姻故事。从李娃和郑生相遇结合,到老鸨和李娃合计弃郑生,郑生沦落行乞,李娃呵护郑生,最终夫荣妻贵大团圆。情节曲折,结构完整,描写细腻,形象生动。

《李娃传》最成功之处是塑造了一系列鲜活生动的人物形象。李娃虽然有妓女逢场作戏的职业习惯,但心地善良,忠于爱情。对郑生科考亦有高超的见识,辅助郑生功成名就。当郑生成功时,她提出离去,表现出她对门阀制度有清醒的认识。郑生是贵族公子,性格软弱,但忠于爱情,不顾门阀阻隔,勇敢地和李娃结为夫妇,这是对严苛的门阀制度的挑战。郑父是门阀宗法势力的代表,把侮辱门楣的儿子活活打伤,弃之不顾。当儿子做官时,又要父子如初,充分显示出他的冷酷无情,虚伪势利。

李娃和郑生的爱情婚姻,展示了唐代门阀制度对自由婚恋的阻隔。情节安排娼妓出身的李娃被封为国夫人,实在是对封建门阀制度的挑战和冲击。但传奇结尾依旧落入金榜题名、夫荣妻贵的大团圆俗套,有一定的局限性。

### 延伸阅读

**1. 原典阅读**

(1)阅读《唐宋传奇集》(鲁迅校录,王中立译注,天津古籍出版社,2002年版),重点阅读唐宋传奇,注重唐宋小说创作题材、发展脉络,以及艺术特色。

(2)阅读《唐人小说》(汪辟疆校录,上海古籍出版社,2016年版),注重阅读汪辟疆给每篇加的按语,以及对故事源流的考证。

**2. 研究文献阅读**

(1)阅读《唐宋传奇作者暨其时代》(张长弓著,商务印书馆,1951年版),归纳总结传奇作者的社会立场和历史时期。

(2)阅读《唐宋传奇说微》(王珏著,四川教育出版社,2003年版),归纳总结唐宋传奇的文化背景,以及其中的爱情、游侠、政治、传统故事。

### 拓展训练

1.《红楼梦》中多次提及《西厢》,宝、黛二人偷读《西厢》,黛玉"自觉词藻警人,余香满口。虽看完了书,却只管出神,心内还默默记诵"。贾仲明《录鬼簿续编》评价元王实甫《西厢记》:"新杂剧,旧传奇,《西厢记》天下夺魁。"其中"旧传奇"指的就是元稹的《莺莺传》,《莺莺传》是《西厢记》的故事原型。作者根据自身经历而写,说明莺莺始乱终弃,还振振有词。鲁迅先生《中国小说史略》云:"篇末文过饰非,遂堕恶趣。"王实甫《西厢记》改悲为喜,崔张二人结为夫妇,提出"愿普天下有情的都成了眷属"的主题,对后世文学产生深远的影响。试探寻从唐传奇《莺莺传》到元杂剧《西厢记》的成书过程,并对比崔莺莺与张生形象的转变及意义,写一篇小论文。

2. 李朝威《柳毅传》在晚唐已流传颇广。唐末裴铏所作《传奇》中《萧旷》一篇,已言"近日人世或传柳毅灵姻之事"。唐末传奇《灵应传》亦言及钱塘君与泾阳君之战。宋代苏州又有柳毅井、柳毅桥的附会。后世多有将其改编成戏曲,诸如元代尚仲贤《柳毅传书》,李好古《张生煮海》,明代黄惟楫《龙绡记》,许自昌《橘浦记》,清代李渔《蜃中楼》等。梳理归纳一系列龙女与书生的爱情故事,以《柳毅传》为例,探讨戏曲对传奇的改编特色,写一篇小论文。

# 第十一章　唐五代词

> **文学史**

词的兴起和发展可以追溯到唐及五代,词是姹紫嫣红的唐代文苑中一朵迟放的奇葩,它是在宋代大放异彩的音乐文学。20世纪敦煌曲子词的发现证明词最初源于民间,晚唐温庭筠等的大量词作的出现,产生了不同于诗的婉约为宗的花间词风格。

## 第一节　词的起源与早期民间词、文人词

词又称曲子词、长短句、诗余,是随着隋唐燕乐的兴盛而起的一种音乐文艺,有乐始有曲,有曲始有词。从音乐角度说,词是燕乐发展的副产品;从文学角度说,词是诗、乐结合的新体式。燕乐的兴盛是词体产生的必要前提,词体的成立是乐曲流行的必然结果。①

雅乐、清乐、燕(宴)乐,分别代表了历史上三个不同的音乐时代。先秦的古乐称雅乐,《诗经》中的篇章即是雅乐。汉魏六朝的音乐称为清乐,乐府诗就是配合清乐的歌词。在北朝的魏、齐、周诸代,由于南北分裂对峙,北方少数族人统治地区,中原旧乐同西域胡乐逐渐融合,形成和南方清乐不同的北方系统。燕乐即宴飨之乐,隋唐燕乐不复限于朝廷,已扩大到一般公私宴集和娱乐场所,成为雅乐之于俗乐的总称。

一般认为词是"曲子词"的简称,起源于民间,具有长短句的形式特点,是"倚声填词"的,是合乐的,所倚所合之乐就是上文所讲燕乐。教坊曲是唐代燕乐的典型代表,崔令钦《教坊记》所录324曲,演变为唐五代词调的有79曲,另有40余曲入宋后转为词调。

敦煌曲子词《云谣集杂曲子》的发现,填补了一段重要的词史空白,它选辑于唐末,早于《花间集》30年,其中有20多首为盛唐时作品。朱祖谋在《跋云谣集杂曲子》中说:"其为词朴拙可喜,洵倚声中椎轮大辂。"敦煌曲子词具有民间词的淳朴,情感率真而语言通俗生动,少含蓄之趣,多生活气息。如《菩萨蛮》:

---

① 吴熊和.唐宋词通论[M].杭州:浙江古籍出版社,1989.

## 第十一章 唐五代词

枕前发尽千般愿,要休且待青山烂。水面上秤锤浮,直待黄河彻底枯。白日参辰现,北斗回南面。休即未能休,且待三更见日头。

又如《望江南》:

莫攀我,攀我太心偏。我是曲江临池柳,者人折了那人攀,恩爱一时间。

情感真实,风格清新朴素,带有浓厚的生活气息和民间风味。唐圭璋在《〈云谣集杂曲子〉校释》中认为《云谣集》的体制特点:令慢词兼有,单双叠并行,字数不定,平仄不拘,韵脚不限,平仄通叶等。

随着民间词的传播,开始出现诗人创作的文人词。文人词大约出现在中唐时期,标志着词的发展进入一个新阶段。中唐文人词,主要汲取民间词的表现形式,形式比较短小,具有清新、明朗、活泼的特色。如张志和大历八年(773)在湖州所作《渔父五首》其一:

西塞山前白鹭飞,桃花流水鳜鱼肥。青箬笠,绿蓑衣,斜风细雨不须归。

这是一首单调27字词作,把江南的水乡风光和渔人生活描写得极富诗情画意,清新脱俗。

胡马,胡马,远放燕支山下。跑沙跑雪独嘶,东望西望路迷。迷路,迷路,边草无穷日暮。(韦应物《调笑令》)

边草,边草,边草尽来兵老。山南山北雪晴,千里万里月明。明月,明月,胡笳一声愁绝。(戴叔伦《调笑令》)

江南好,风景旧曾谙。日出江花红胜火,春来江水绿如蓝。能不忆江南?(白居易《忆江南》)

江南忆,最忆是杭州。山寺月中寻桂子,郡亭枕上看潮头。何日更重游?(白居易《忆江南》)

江南忆,其次忆吴宫。吴酒一杯春竹叶,吴娃双舞醉芙蓉。早晚复相逢?(白居易《忆江南》)

韦应物和戴叔伦的《调笑令》反映了边塞景象。白居易三首《忆江南》说明文人运用韵文新体裁已经得心应手,词体更显稳定了。

## 第二节 温庭筠、韦庄和花间词人

晚唐五代衰乱,一般文化学术日益萎弱,但适应女乐声伎的词,在部分地区城市商业经济发展的基础上,却获得了繁衍的机运。尤其是五代十国,南方形成几个较为安定的割据政权。割据者既无统一全国的实力与雄心,又无励精图治的长远打算,苟且偷安,借声色和艳词消遣,在西蜀和南唐形成两个词的中心。西蜀立国较早,收容了不少北方避乱文人。前蜀王衍、后蜀孟昶,皆溺于声色。君臣纵情游乐,词曲艳发,故词坛兴盛也早于南唐。

后蜀赵崇祚,于广政三年(940)编成《花间集》10卷,选录18位"诗客曲子词",凡500首。作者中温庭筠、皇甫松生活于晚唐,未入五代。孙光宪仕于荆南,和凝仕于后晋,其余仕于西蜀。《花间集》是最早的文人词总集。它集中代表了词在格律方面的规范化,标志着文辞、风格、意境上词性特征的进一步确立,以其作为词的集合体与文本范例的性质,奠定了以后词体发展的基础。

欧阳炯在《花间集序》中描述西蜀词人的创作情景:"绮筵公子,绣幌佳人,递叶叶之花笺,文抽丽锦;举纤纤之玉指,拍按香檀。不无清绝之词,用助娇娆之态。自南朝之宫体,扇北里之倡风。"在这种生活背景和文艺风气下从事创作,所写的是供歌筵酒席演唱的侧艳之词,自然是缛采轻艳,绮靡温馥。花间词把视野完全转向裙裾脂粉,花柳风月,写女性的姿色和生活情状,特别是她们的内心生活。言情不离伤春怨别,场景无非洞房密室、歌筵酒席、芳园曲径。此外,虽也写郊游中的男女邂逅、女道士的春怀、宫女的幽怨等等,但中心仍然是男女情爱。与这种情调相适应,在艺术上则是文采繁华,轻柔艳丽。所谓"镂玉雕琼,拟化工而迥巧;裁衣剪叶,夺春艳以争鲜"(《花间集序》)。崇尚雕饰,追求婉媚,充溢着脂香腻粉的气味。尽管花间词的具体作家之间互有差异,但在总体上有其一致性。

温庭筠(812?—870?),本名岐,字飞卿,太原祁(今山西祁县)人。他出身于没落贵族的家庭,长期出入歌楼妓馆,"能逐弦吹之音,为侧艳之词"(《旧唐书·本传》),为当时士大夫所不齿,终身困顿,到晚年才任方城尉和国子监助教。

温庭筠在《花间集》中被列于首位,入选作品 66 首。他是第一个努力作词的人,把词同南朝宫体与北里倡风结合起来,成为花间派的鼻祖。温词风格并不单一,有一些境界阔大的描写,如"江上柳如烟,雁飞残月天"(《菩萨蛮》);也有一些较为清新疏朗,甚至通俗明快之作,如《梦江南》"梳洗罢,独倚望江楼。过尽千帆皆不是,斜晖脉脉水悠悠,肠断白蘋州"。但就总体而言,温词主人公的活动范围一般不出闺阁,作品风貌多数表现为秾艳细腻,绵密隐约。如《菩萨蛮》:

小山重叠金明灭,鬓云欲度香腮雪。懒起画蛾眉,弄妆梳洗迟。照花前后镜,花面交相映。新贴绣罗襦,双双金鹧鸪。

把美人的睡眠、懒起、画眉、照镜、穿衣等一系列娇慵的情态,以及闺房的陈设、气氛、绣有双鹧鸪的罗襦,一一表现出来,接连给人以感官与印象刺激。它没有明白表现美人的情思,只是隐隐透露出一种空虚孤独之感。从应歌出发,温庭筠的这类作品,可算最为当行。它的艺术特征,首先不表现于抒情性,而是表现于给人的感官刺激。它用诉诸感官的密集而艳丽的辞藻,描写女性及其居处环境,像一幅幅精致的仕女图,具有类似工艺品的装饰性特征。由于诉诸感官直觉,温词内在的意蕴情思主要靠暗示,显得深隐含蓄。

西蜀词人韦庄,与温庭筠齐名,《花间集》收其词 48 首。温、韦二人同时擅长写诗,韦庄受白居易影响较深,与温庭筠远绍齐梁、近师李贺不同。韦词有花间词共同的婉媚、柔丽、轻艳的特征。如"红楼别夜堪惆怅,香灯半卷流苏帐。残月出门时,美人和泪辞"(《菩萨蛮五首》其一),清丽秀艳,温柔缠绵,即是较为典型的花间作风。但韦词又常常以其清疏的笔法和显直明朗的抒情,异于温庭筠等人。温词客观描绘,虽可能时或寓有沦落失意的苦闷,却非常隐约,只是唤起人一种深美的联想而已。韦词则直抒胸臆,显而易见。温词意象迭出,一两句能包含多层意蕴,韦词则一首词围绕一件事从容展开。温

词绵密而韦词疏朗,温词雕饰而韦词自然。如《女冠子》:

四月十七,正是去年今日。别君时,忍泪佯低面,含羞半敛眉。不知魂已断,空有梦相随。除却天边月,没人知。

这首词回忆与情人一场难堪的离别。脱口而出,用白描作直接而分明的叙写,不惜重重迭迭的意象隐约暗示。真切动人,畅发尽致。

韦词的抒情,同时又具有深婉低回之致。"似直而纡,似达而郁"(陈廷焯《白雨斋词话》),取得相反相成的效果。如《菩萨蛮五首》其二:

人人尽说江南好,游人只合江南老。春水碧于天,画船听雨眠。垆边人似月,皓腕凝霜雪。未老莫还乡,还乡须断肠。

全篇集中从风景和人物两方面渲染江南之令人陶醉。但开头"人人尽说"点出"江南好"系从他人口中所出,设下伏笔。结尾"未老莫还乡",以顺承的词气进行翻转,反跌出"还乡须断肠"的喟叹。暗示中原战乱,有家难归之痛。外在劲直旷达,而内含曲折悲郁。

## 第三节 南唐词人与李煜

南唐词的兴起比西蜀稍晚,主要词人有元老冯延巳(904？—960),中主李璟(916—961),后主李煜(937—978)。南唐君臣沉溺声色与西蜀相类,但文化修养较高,艺术趣味也相应雅一些。所以从花间词到南唐词,风气有明显的转变。

冯延巳,字正中,词作数量居五代词人之首。其词虽然仍以相思离别、花柳风情为题材,但不再侧重写女子的容貌服饰,也不局限于具体的情节,而是着力表现人物的心境意绪,造成多方面的启示与联想。如《谒金门》:

风乍起,吹皱一池春水。闲引鸳鸯香径里,手挼红杏蕊。　　斗鸭阑干独倚,碧玉搔头斜坠。终日望君君不至,举头闻鹊喜。

虽是写女子的闺怨,并且展开一些具体情节,但词中集中表现的女子为怀人所苦而不胜怨恨的心理,却不为闺情或具体人事所限。冯延巳还有些词,连字面也不涉及具体情事,只是表达一种心境:

谁道闲情抛掷久？每到春来,惆怅还依旧。日日花前长病酒,不辞镜里朱颜瘦。

河畔青芜堤上柳,为问新愁,何事年年有？独立小桥风满袖,平林新月人归后。(《鹊踏枝》)

下笔虚括,写出一种怅然自失、无由解脱的愁苦之情,郁抑惝恍,若隐若现,惆惘的具体内容与缘由,则留待读者想象。冯延巳仕宦显达,耽于逸乐,政治上碌碌无为。谓其词"皆贤人君子不得志发愤之所作也",固然不足信,但其时南唐受周、宋威胁,岌岌可危,冯延巳自身在朋党倾轧中屡遭贬斥,内心有着忧患危苦意识自属难免。他写出这种具有典型性的、由作者整个环境遭遇以及思想性格所造成的心境,给读者提供了广阔的想象空间,比起花间词,内涵要广阔得多。王国维说:"冯正中词虽不失五代风格,而堂庑特大。"(《人间词话》十九)他不仅开启了南唐词风,而且影响到宋代晏殊、欧阳修等词家。

南唐中主李璟,存词4首。词中蕴含的忧患意识比冯延巳更深:

菡萏香销翠叶残,西风愁起绿波间。还与韶光共憔悴,不堪看。　　细雨梦回鸡塞远,小楼吹彻玉笙寒。多少泪珠无限恨,倚阑干。(《摊破浣溪沙》)

美好之物的凋残和环境的森寒,被写得很突出。这种忧患之感,在阔大的背景和"菡萏""玉笙"等芳洁名物的衬托下,较之冯延巳所表现的怅然自失,更具庄严意味,与李煜后期"林花谢了春红""罗衾不耐五更寒"那种悲慨更为接近了。

李煜,字重光,25岁嗣位南唐国主,39岁国破为宋军所俘,囚居汴京3年,被宋太宗赐药毒死。今存词30余首。他多才多艺,诗文书画音乐均有很高造诣。其词在题材内容上前后期虽有所不同,但无论前期后期,都有其一贯特点,那就是"真"。这位"生于深宫之中,长于妇人之手",阅世甚浅的词人,始终保有较为纯真的性格。在词中一任真实情感倾泻,而较少理性的节制。他的后期词写亡国之痛,血泪至情;前期词写宫廷享乐生活的感受,对自己的沉迷与陶醉,也不加掩饰。如《玉楼春》:

晓妆初了明肌雪,春殿嫔娥鱼贯列。笙箫吹断水云间,重按《霓裳》歌遍彻。　　临风谁更飘香屑,醉拍阑干情味切。归时休放烛花红,待踏马蹄清夜月。

李煜词的本色和真情性,在三方面显得很突出:其一,真正用血泪写出了他那种亡国破家的不幸,非常感人;其二,本色而不雕琢,多用口语和白描,词篇虽美,却是丽质天成,不靠容饰和辞藻;其三,因纯情而缺少理性节制。他在亡国后不曾冷静地自省,而是直悟人生苦难无常之悲哀:"人生愁恨何能免""无奈朝来寒雨晚来风""自是人生长恨水长东",把自身所经历的一段破国亡家的惨痛遭遇泛化,获得一种广泛的形态与意义,通向对于宇宙人生悲剧性的体验与审视。王国维说:"词至李后主而眼界始大,感慨遂深,遂变伶工之词而为士大夫之词。"(《人间词话》十五)正是由于李煜以其纯真,感受到了"人生长恨""往事已空"那种深刻而又广泛的人世之悲,所以其言情的深广超过其他南唐词人。如:

春花秋月何时了?往事知多少。小楼昨夜又东风,故国不堪回首月明中。　　雕栏玉砌应犹在,只是朱颜改。问君能有几多愁?恰似一江春水向东流。(《虞美人》)

词中不加掩饰地流露故国之思,并把亡国之痛和人事无常的悲慨融合在一起,把"往事""故国""朱颜"等长逝不返的悲哀,扩展得极深极广,滔滔无尽。一任沛然莫御的愁情奔涌,自然汇成"一江春水向东流"那样的景象气势,形成强大的感染力。著名的《浪淘沙》也是写他对囚徒生活的不堪和无限的故国之思:

帘外雨潺潺,春意阑珊。罗衾不耐五更寒。梦里不知身是客,一晌贪欢。　　独自莫凭阑,无限江山。别时容易见时难。流水落花春去也,天上人间。

从生活实感出发,抒写心底的深哀巨痛。"流水落花春去也",美好的东西总是不能长在;"别时容易见时难",又扩展为一种普遍的人生体验,也是寄慨极深、概括面极广,能引起普遍的共鸣。

李煜秉承晚唐以来温庭筠、韦庄等花间词人的传统,将词推进到新的历史时期。内容上,李词扩大了词的表现领域;艺术上,李词在谋篇布局、意象选取等方式、技巧上,均做了很多有益的探索。

## 作品学习

1. 温庭筠《梦江南》(梳洗罢)
2. 李煜《虞美人》(春花秋月)
3. 李煜《浪淘沙》(帘外雨潺潺)

### 《梦江南》(梳洗罢)鉴赏

这首词描写一位思妇登楼远眺,苦盼丈夫归来,却最终失望落寞。她梳妆后,倚楼相望直到日暮,看千帆过尽,却独不见心上人。她的孤独、痛苦、相思、哀怨、期盼、失望等种种情愫都融入这脉脉余晖,悠悠江水。

此词在温词中别具一格,清丽疏朗,绵远悠扬,含蓄蕴藉,委婉曲折。"余晖"句情思荡漾,空中传恨,将相思之情晕染入斜晖江水中,滚滚滔滔,无穷无尽。寓情于景,将抽象的情思形象化,很具有感染力。

### 《虞美人》(春花秋月)鉴赏

李煜原为南唐国主,降宋后,沦为阶下囚。《乐府纪闻》:"后主归宋后,与故宫人书云:'此中日夕只以眼泪洗面。'每怀故国,词调愈工。……其赋《虞美人》有云:'问君能有几多愁?恰似一江春水向东流。'旧臣闻之,有泣下者。七夕,在赐第作乐,太宗闻之,怒。更得其词,故有赐牵机药之事。"

这首词是李煜的代表作。诗人阶下囚般度日如年的绝望,使他厌倦了生命中的一切美好。帝王与囚徒,昔日与今时,故宫犹在与憔悴容颜形成鲜明的对比。强烈的亡国之恨,故国之思溢于字里行间。声声泪、字字血,痛彻心扉,"真所谓以血书者也"(王国维《人间词话》)。

本篇用白描的手法写景抒情,情景相生,不加掩饰,直抒胸臆。"一江春水向东流"比喻极妙,将亡国之恨、故国之思比作滚滚东流、无穷无尽的江水。愁情深远,千古绝唱。

### 《浪淘沙》(帘外雨潺潺)鉴赏

李煜降宋,渡江北上时写下《渡江望石城泣下》:"江南江北旧家乡,三十年来梦一场。……云笼远岫愁千片,雨打归舟泪万行。兄弟四人三百口,不堪闲坐细思量。"与本词异曲同工,只不过词写得更为绝望。

这首词借伤春抒发故国之思。上阕分别从听觉、视觉、触觉三个方面写醒来时的感受,凄清寒凉。接着回顾梦中欢乐,这短暂的欢愉在冰冷的现实面前,一触即破。下阕直抒故国之思。对已逝江山的无限眷恋,和已成永诀的残酷现实,只会让囚居中的诗人更加绝望悲慨,痛不欲生。结尾处,花落、水流、春去正预示着诗人悲剧人生无可挽回的落幕。

李煜善用典型的物象表达深刻的哲理。如"流水落花春去也",三事皆难重返,表达别后江山已成永诀之意。其次,善于细节描写。五更寒、梦中欢、莫凭阑等,真切地表达出诗人痛苦的心迹。再次,善用对比和比喻手法。梦与醒、别与见、易与难、天上与人间等,都强烈地流露出诗人今昔之叹。再如以潺潺细雨比喻愁思之多,五更清寒比喻处境的凄凉,流水落花春去比喻美好的事物一去不返。

### 延伸阅读

1. 原典阅读

(1)阅读《温庭筠词集·韦庄词集》(上海古籍出版社,2010年版),重点阅读温庭筠和韦庄词,注重体会两人词的风格。

(2)阅读《花间集校注》(赵崇祚编,杨景龙校注,中华书局,2015年版),注重体会晚唐五代时期词的主体风格。

(3)阅读《南唐二主词笺注》(王仲闻校订,陈书良、刘娟笺注,中华书局,2013年版),重点体会李璟、李煜词的艺术特色。

2. 研究文献阅读

(1)阅读《〈花间集〉接受史论稿》(李冬红著,齐鲁书社,2006年版),归纳总结《花间集》在词史的地位影响。

(2)阅读《唐五代名家词选讲》(叶嘉莹著,北京大学出版社,2007年版),归纳总结唐五代时期代表词人的艺术成就和在词史的地位影响。

### 拓展训练

1. 王国维《人间词话》对温庭筠、韦庄和李煜词多有评判。"温飞卿之词,句秀也。韦端己之词,骨秀也。李重光之词,神秀也。"又"张皋文谓飞卿之词'深美闳约',余谓此四字唯冯正中足以当之。刘融斋谓'飞卿精艳绝人',差近之耳"。又"词至李后主而眼界始大,感慨遂深,遂变伶工之词而为士大夫之词。周介存置诸温、韦之下,可谓颠倒黑白矣。'自是人生长恨水长东','流水落花春去也,天上人间',《金荃》《浣花》能有此气象耶?"再有周济《介存斋论词杂著》:"毛嫱,西施,天下美妇人也。严妆佳,淡妆亦佳,粗服乱头,不掩国色。飞卿,严妆也。端己,淡妆也。后主则粗服乱头矣。"请结合具体词作,谈一谈你对三位词人艺术风格的认识,比较研究三者的异同得失。

2. 王国维对李煜词颇为推崇,"词人者,不失其赤子之心者也。故生于深宫之中,长于妇人之手,是后主为人君所短处,亦即为词人所长处"。又"客观之诗人,不可不多阅世;阅世愈深,则材料愈丰富、愈变化,《水浒传》《红楼梦》之作者是也。主观之诗人,不必多阅世;阅世愈浅,则性情愈真,李后主是也"。又"尼采谓:'一切文学,余爱以血书者。'后主之词,真所谓以血书者也。宋道君皇帝《燕山亭》词亦略似之。然道君不过自道身世之戚,后主则俨有释迦、基督担荷人类罪恶之意,其大小固不同矣"。请结合马令《南唐书》,写一篇关于李煜词的小论文。

# 第五编 宋代文学

960年,后周诸将发动陈桥兵变,拥立宋州归德军节度使赵匡胤为帝,建立宋王朝。1125年金国大举南侵,导致靖康之耻,北宋灭亡。康王赵构于南京应天府即位,建立了南宋。绍兴和议后与金国以秦岭——淮河为界,1234年联蒙灭金,1235年爆发宋元战争,1276年元朝攻占临安,崖山海战后,南宋灭亡。宋是一个长期与少数民族政权辽(907—1125)、西夏(1032—1227)、金(1115—1234)、大理(938—1254)等相对峙的朝代。

宋代文学以宋高宗南渡为界限,自宋朝立国至南渡(960—1127)为北宋文学,自南渡至南宋灭亡(1127—1279)为南宋文学。宋辽金文学指的是两宋和辽金政权时期发生的文化现象。宋代的文学是继唐代之后我国文学史上又一个文学创作的繁荣时期。

宋代词:在词史上,宋词占有无与伦比的巅峰地位,一向被推为是有宋一代文学的代表。《全宋词》收录词人1300余家,词作2万余首。宋初几十年的词坛,染指词的创作者很少,且主要承袭晚唐五代婉约绮丽的词风,在形式上以小令为主,内容多写男女柔情、风月闲愁。宋仁宗时,词的创作进入繁盛期,柳永大量创作长调慢词,将市民形象、都市风情、羁旅生活等写入词中,宋词发展至此一大变。苏轼以诗为词,扩大了词的题材,开拓了词境,在婉约词家之外别立豪放一宗,完成了词的第二次变革。北宋晚期,词体文学呈多元发展态势,其中堪称词坛领袖的是婉约派的集大成者周邦彦。南渡之后,苏轼开创的新词风得到南宋前期词人们的继承和发扬。出现了张元干、张孝祥、岳飞、李纲等抗金名臣志士,以激昂慷慨的词章奏响了爱国最强音。风气所及,连工于离愁别恨的女词人李清照、以云山高士自诩的朱敦儒等人,南渡后的作品也大大充实了社会内容。辛弃疾的崛起,标志着这股强劲新词流发展到了顶峰。雄踞南宋词坛近百年辛派词人群体,将词体的表现功能发挥到了最大限度。姜夔、吴文英在艺术上苦心探索和极致追求,形成了宋代格律词派。南宋末年的刘克庄、文天祥、刘辰翁等"遗民"用词书写爱国情怀,可称为辛派的殿军。

宋代散文：宋代散文继续沿着中唐古文运动道路发展，取得了辉煌的成就。"唐宋八大家"中，宋人占了六位：欧、王、曾、"三苏"，可见成就之大。北宋初期，散文呈现出朴素务实的创作倾向。以柳开、王禹偁成就最高。宋代散文繁荣，始于北宋中叶。欧阳修重振韩柳文统，大力提倡散文革新。之后，欧阳修的同道和门生王安石、曾巩、苏氏父子等大力创作，使宋代散文的创作达到最高峰，形成了明白晓畅、平易近人而又轻便实用的散文风格。宋代叙事、抒情散文均有发展，文赋、笔记文多有佳作。

宋代诗歌：宋诗是中国古代诗史上继唐代之后又一座诗歌高峰。北宋前期的诗风，基本上是中晚唐诗风的延续。宋初诗坛出现"白体""西昆体""晚唐体"；欧阳修、梅尧臣、苏舜钦、王安石、苏轼真正开创了宋诗的新局面；黄庭坚及其追随者，形成宋代规模最宏大、影响最深远的江西诗派；随后的南宋中兴四大家，又把宋诗推向新的辉煌，陆游用诗唱出抗金恢复的时代最强音，杨万里、范成大诗歌描绘江山风物、农村生活，自成一家。南宋后期，诗坛总体上一片萧条，永嘉四灵和江湖派诗人创作成就不大。到了南宋灭亡前后，民族英雄文天祥及汪元量、谢枋得、郑思肖等爱国诗人的创作，使宋诗发展现出了最后一道亮色。

宋代讲唱文学、戏曲和话本小说：讲唱文学中以鼓子词和诸宫调艺术性较高。宋代戏曲主要有杂剧和南戏，宋杂剧没有作品流传，南戏作品中可以肯定为南宋时所作的只有《张协状元》一种。在说话艺术基础上产生的话本，是用口语和比较浅俗的文言写成，是我国白话小说的发端，对明清白话小说的创作产生了很大影响。

两宋时期的北方中国，文学也取得了较高的成就。金代的文学，与整个中国文学的发展流程保持着同样的步调，有些方面甚至占据着领先的地位。如董解元的《西厢记诸宫调》，就代表了当时说唱文学的高峰。金末诗人元好问，也足以与南宋诸大家相提并论。

# 第一章 北宋词

> **文学史**

北宋词正处于词之兴起的重要阶段,歌词丰富,体式多样,声韵格律与风格题材成熟。晏殊、欧阳修的词作,继承了五代时期以小令为主体的文本体式、以柔情为主的题材取向和以柔软婉丽为美的审美规范。晏殊写男女恋情,显得纯净雅致。其词的情感基调雍容和缓,淡淡的忧愁中时而透漏出自我解脱的气度以及对生命的忧思。这构成了晏殊词"情中有思",即浓情中渗透着理性沉思的特质。欧阳修称词为"以其余力游戏",在词的新变方面颇有贡献:一是扩大了词的抒情功能,抒发自我的人生感受;二是改变了词的审美趣味,朝着通俗化的方向迈进。

## 第一节 晏欧词风与令词创作

### 一、晏欧词风

#### (一)晏殊

晏殊(991—1055),字同叔,临川人,13岁就受到宋真宗的赏识,赐同进士出身,为东宫伴读。在政治上无所建树,谓之太平宰相,一生志得意满,发现和培养了许多优秀的人才,如范仲淹、欧阳修、梅尧臣、张先等。其文学成就是多方面的,尤以《珠玉词》为世所称,现存词130多首。

1. 晏殊词的题材大多为娱宾遣兴、流连光景之作

晏殊词有的描写男欢女爱、春花秋月,有的抒写伤春怨时、离情别恨,多有清新之辞、娴雅之气。其词还融入了自己的主观情感与人生体悟,具有士大夫的气质,可谓由"伶工之词"向"士大夫之词"的过渡者。晏殊也是北宋专攻令词并以此名世的第一人。

2. 晏殊词的风格温润秀洁,雍容典雅,语言清丽自然,音律婉转和谐

他善于捕捉瞬间情景,即景传情,构造缠绵悱恻的情词,多有继承南唐的风格和形

式,尤其受到冯延巳词风影响较大,学习冯词的明丽与疏朗,脱去了花间派的脂粉气,多所创新,不愧为"北宋倚声家初祖"(冯煦《蒿庵论词》)。代表作有《浣溪沙》(一曲新词酒一杯)、《蝶恋花》(槛菊愁烟兰泣露)、《破阵子》(燕子来时新社)。

### (二)欧阳修

欧阳修(1007—1072),字永叔,号醉翁,晚年又号六一居士,庐陵(今江西吉安)人。欧阳修受晏殊提携与发现较多,天圣八年(1030)正月,他在京城开封参加晏殊主持的礼部省试,名列第一。他的小令与晏殊齐名,号称"晏欧"。欧阳修词作有两种版本,一种是《欧阳文忠公近体乐府》3卷,《全宋词》从中录入171首,23首未录;另一种是《醉翁琴趣外篇》6卷,去其重复,《全宋词》录入66首,两者合计237首。

1. 欧阳修前期词,多为艳词

其中包括小令、慢词等。《踏莎行》(候馆梅残)抒写离愁别恨,向来被认为是欧词中具有代表性的佳作。而《蝶恋花》(庭院深深深几许)与前者均有语淡情深的"深婉"特色。

2. 欧阳修后期词或伤时念远,或放浪形骸,或徜徉山水

这一时期主要是欧阳修遭受贬谪打击以后,内心感慨加深,用词来自叹身世、感喟人生。如《浪淘沙》(把酒祝东风)。同时,他也有受人关注的描绘山水景物的小词,如描写颍州西湖的《采桑子》(轻舟短棹西湖好)和另外一首《采桑子》(清明上巳西湖好)。

3. 欧阳修对词的创新求变

欧阳修继承了五代词人的词风,同时亦有所革新。这主要表现在两方面:一是扩大了词的抒情功能,沿着李煜词所开辟的方向,进一步用词来抒发自我的人生感受;二是改变了词的审美趣味,朝着通俗化的方向开拓。①

## 二、令词创作

宋初杰出词人晏殊、欧阳修等,皆继承南唐词风,在小词中抒情达意,伤离念远。晏、欧所写,同样带有鲜明的主观情感,唯宋初社会环境大大不同于唐末五代,宋初词人大都高官厚禄,生活舒适。他们没有唐末五代文人的家国濒临困境之压抑和绝望。所以,宋初小令别具一种雍容富贵的气度、平缓舒徐的节奏、雅致文丽的语言。如晏殊在亭台楼阁之间"一曲新词酒一杯"地观赏景色,虽有"无可奈何花落去"之丝丝缕缕的闲愁,终不掩"太平宰相"雍容华贵之气度。欧阳修则能在"狼藉残红"的暮春季节,发现大自然另一种清新寂静之美。宋初小令词人的努力,使歌词又向典雅净洁的方向迈进一步。晏殊之高远、欧阳修之疏俊,皆被后辈雅词作家所景仰与承继。② 这一时期小令作者为数众多,除了晏欧词风颇具典范性之外,主要有王禹偁、潘阆、林逋、宋祁、范仲淹、张先等。王禹偁有《点绛唇》(雨恨云愁);潘阆存《酒泉子》10首,又名《忆余杭》;林逋《全宋词》辑录其词3首,如《霜天晓角》;寇准存词4首,如《阳关引》;钱惟演《全宋词》录2首,如《木兰

---

① 袁行霈.中国文学史:第三卷[M].北京:高等教育出版社,2014:29.
② 陶尔夫,诸葛忆兵.北宋词史[M].杭州:浙江人民出版社,2005:70-71.

花》;范仲淹《全宋词》录其词5首,如《渔家傲》《苏幕遮》等。这些小令作家,具有以下几点共性:首先,这些词人的视野都比较开阔,多种题材都可以入词。其次,就沿袭发展而言,从直抒胸臆的角度来看,他们更多地接受了"南唐词人"的影响;从题材的活跃、语言风格的清丽平易来看,他们又接受了中唐文人词乃至敦煌词的影响,是二者的有机结合。再次,小令上片写景、下片抒情的情景交融形式,缅邈深婉的抒情风格,含蓄精练的表达方式,在这一时期都臻于成熟。[①]

## 第二节 柳永词风与慢词兴盛

慢词是宋词的主要体式之一,它与小令一起成为宋代词人最为常见的曲调样式。慢词是指依慢曲所填写的调长拍缓的词,其产生早于唐代中叶。慢词是在小令达到高潮之后全面兴起的。比较早接触并进行慢词创作的词人有欧阳修、张先、柳永等人。在慢词体制的发展过程中,影响最大的词人便是柳永,他开创了"俚俗词派",是中国词史上第一个专业词人。他的求新、求变的慢词创作,一是包括新声、新音、新词;二是形式上有新的创造;三是内容上有新的开拓;四是艺术上有新的进展;五是语言上有新的变化。

### 一、柳永词风

#### (一)柳永词风

柳永(980?—1053?),原名三变,字耆卿,又字景庄,因家族内排行第七,俗呼柳七。祖籍河东(今山西永济),后迁居崇安(今福建崇安)。父亲柳宜,曾仕南唐,归宋官终工部侍郎,叔父柳宏任光禄寺卿。柳永少年时代曾一度随父生活在汴京,流连坊曲,过着歌舞寻欢的浪漫生活。他虽有意仕进,也有人向宋仁宗举荐,终因他是"填词柳三变",仁宗便让他"且去填词"而失意仕途。柳永词集《乐章集》存词213首。

柳永对北宋词的发展做出了很多贡献,甚至影响了宋词发展的方向。

其一,词的体式变化,即慢词的发展与词调的丰富。

柳永大力创作慢词,从根本上改变了唐五代以来词坛上小令一统天下的局面,使得慢词与小令两种体式平分秋色,齐头并进。他不仅从音乐体制上改变和发展了词的声腔体式,而且从创作方向上改变了词的审美内涵和审美趣味,即变"雅"为"俗",着意运用通俗化的语言表现世俗化的市民生活情调,在词中开拓出另一番境界。

其二,内容和语言上的新变。

他的词作首先表现了世俗女性大胆而泼辣的爱情意识。其次是表现了被遗弃的或失恋的平民女子的痛苦心声。在词史上,柳永也许是第一次将笔端伸向平民妇女的内心世界,为她们诉说心中的苦闷幽怨。再次是表现下层妓女的不幸和她们从良的愿望。另外,柳永的部分词作还展现了北宋承平之世繁华富庶的都市生活与多彩多姿的市井风

---

[①] 陶尔夫,诸葛忆兵.北宋词史[M].杭州:浙江人民出版社,2005:107.

情,这在柳永之前的词作中是不曾见过的。最后,在语言的表达方式上,柳永也进行了大胆的革新,他不像唐末五代以来文人词那样只是从书面的词汇中提炼高雅绮丽的语言,而是充分运用现实生活中的日常口语和俚语入词。

其三,表现方法的变化。

柳永为适应慢词长调体式的需要和市民大众欣赏趣味的需求,创造性地运用了铺叙和白描的手法。

### (二)柳永词的影响与地位

柳永在词史上的影响是巨大而又深远的。他的词在当时可以说是雅俗共赏,为各个阶层所接受与喜爱。究其原因,一是语言浅近,易于被接受。正如《碧鸡漫志》卷二称柳词"浅近卑俗,自成一体,不知书者尤好之"。《避暑录话》卷下更称:"凡有井水饮处,皆能歌柳词。"二是大量创制新调,符合了人们的审美需求。在艺术欣赏方面,人们的审美心理永远是"喜新厌旧"的,柳永"新声"的出现,正好给人们带来全新的艺术享受。三是"艳冶"的话题,迎合了人们的性心理。《艺苑雌黄》说:"柳之《乐章》,人多称之。然大概非羁旅穷愁之词,则闺门淫媟之语。"

柳永在词史上的地位集中体现在两方面:一是慢词形式的大量创制和运用,从而使其成熟并得到推广,成为两宋词坛上的主要创作形式;二是民间文学与语言的汲取,以及俚俗词派的创立。[①]

## 二、慢词兴盛

柳永在词的创意和创调方面都充分表现出他的创新精神。他是第一位对宋词进行全面革新的大词人,对后来词人的影响甚大。不仅一般词人向柳永学习,而且著名词人,如苏轼、黄庭坚、秦观、周邦彦等,也受惠于柳永。

1. 柳词对苏词的启示

在词调的创用、章法的铺叙、景物的描写、意象的组合和题材的开拓上都给苏轼以启示,因此苏轼作词,一方面力求在"柳七郎风味"之外自成一家;另一方面,又充分吸取了柳词的表现方法和革新精神,从而开创了豪放词的一代新风,把词推向了一个新的历史阶段。

2. "婉约之宗"秦观深受柳永词风的影响

秦观慢词创作成绩斐然,其《淮海集》及其他文献中辑录出来的词作共100余首。其中前期写离愁的名篇如《满庭芳》(山抹微云),恋情词如《鹊桥仙》(纤云弄巧)等。秦观这些词作一是承继了北宋词"诗庄词媚"传统婉约词风格,达到了炉火纯青的境界;二是多融合情景来写,含蓄蕴藉,饶有情致,力求维护词体的本色;三是秦观婉约词是宋代词风发展过程中的重要转折点,他也影响了婉约词派的词人,如周邦彦、李清照等。

3. 对其他词人的影响

凡是涉足词坛的文人,多数都从事过慢词的创作。慢词形式逐渐得到了文人们认

---

[①] 陶尔夫,诸葛忆兵.北宋词史[M].杭州:浙江人民出版社,2005:265-267.

可,形成了创作风气。如王安石是北宋政治家、文学家,虽然不以词名世,也创作了诸多慢词,《全宋词》辑录其29首,其中较为有名的作品《桂枝香》(登临送目),属于意理与形神兼胜之作。还有推崇柳永,并刻意学习柳词风格的王观,其词集《冠柳集》虽仅存16首,却有诸多与柳永词风相近的作品,如《庆清朝慢》(调雨为酥),富于俗语的《天香》和更加口语化的《红芍药》等。再如司马光出色的慢词《锦堂春》(红日迟迟),张耒风格近似秦观词风的《风流子》(亭皋木叶下)等。

## 第三节　苏轼词风与门下创作群

苏轼在北宋词坛的出现,不仅创作了大量词作名篇,而且在词学发展历史上,有了非凡的建树。他是继柳永之后对词体全面进行革新的词坛名家,使词从欧阳修的诗余艳科上升到了文学殿堂,提高了词的文学地位,从先前与音乐之间的隶属关系演变为独立的抒情诗体。他对词的贡献可以概括为如下几点:一是主张诗词一体的词学观,创作方面提出词自成一家;二是扩大了词的表现功能,开拓了词的境界,改革了词体发展的方向;三是将写诗时常用的题序和典故等表现手法移植到词中,形成以诗为词的创作方法;四是从婉约柔美的传统风格,逐渐转变为奔放豪迈的风格;五是发现和培养了诸多的苏门创作群。

### 一、苏轼词风

苏轼(1037—1101),字子瞻,号东坡居士,四川眉山(今属四川)人。他出身于文学世家,其父苏洵是古文名家。苏轼曾与弟弟苏辙随父进京,兄弟俩中同榜进士。父子三人,世称"三苏",而苏轼影响最大。苏轼的文学艺术成就是多方面的,为宋文、宋诗、宋词发展做出了很大的贡献。其《东坡全集》150卷、《东坡乐府》3卷。存诗2700多首,词360余首。

1. 以诗为词的手法

苏轼作为北宋词坛上词学革新的主将,能够打破传统成规:一是其创作的某些词不合音律;二是苏轼词与传统的词风不合。最初指出苏轼"以诗为词"手法的是他的学生陈师道:"子瞻以诗为词,……要非本色。"(《后山诗话》)苏轼打破传统成规,其一反时人审美情趣的做法,正是他对北宋词坛的重要贡献。

2. 变革词体的方向

苏轼词的内容改变过去多写男女爱情、离愁别绪等的传统,而在词中怀古、悼亡、山水、田园、仕途失意等,无不可入词。例如《江城子·密州出猎》写他希望立功疆场、以身报国的豪情与狂放。从而扩大了词的表现领域,提高了词的境界,使词从以娱乐为主,转变为以抒发个人的人生感受为主,从而具有了与诗相同的功能与作用。再如《定风波》(莫听穿林打叶声)本来表现的是个人偶然遇雨的一件小事,但是这其中一方面表现了作者旷达的人生态度,又蕴含着深刻的人生哲理,其内容与境界均超乎前贤的作品。

#### 3. 豪迈奔放的风格

在风格上，苏轼打破了以婉约为主的传统，又有豪放、清旷、幽美等特点。他多样性的风格，使词多姿多彩，不再是单一的一种风格。例如《水龙吟·次韵章质夫杨花词》属于传统的婉约词，而《念奴娇·赤壁怀古》则是豪放色彩浓郁的另一类。

#### 4. 摆脱了音乐对词的束缚

在词与音乐的关系上，打破了以词附属于音乐的传统，使词成为独立的抒情文体。苏轼的词，正如李清照在《词论》中评论的"皆句读不葺之诗尔"。由于创作在一定程度上摆脱了音乐的束缚，这使得苏轼的词具有更大的自由度，因而更能表现出他的艺术个性。

#### 5. 艺术手法，变化多样

一般传统的词作，往往上阕写景，下阕抒情，情从景出，情景交融。而苏轼的词则打破了这种程式，既有借景抒情之作，更多的则是随机应变，变化多样，无一定规，将叙事、抒情、写景、议论等融为一体。

#### 6. 语言高度诗化

苏词写作，如同写诗，大量引用典故，甚至词汇来源于经典著作；大量使用"人间""天涯"等抽象词汇，将读者从具体的生活范围引向抽象的思考；大量使用"千古""万里"等数量词，使词的气势更有起伏。

## 二、苏门创作群

苏轼以诗为词的变革，影响着北宋词坛的发展，备受词人的关注。苏轼善于发现和提携晚辈词人，他扩大词的内容，丰富词的表现手法，开创的豪放词风影响到一批青年作家众星捧月般地聚拢在他周围，较有代表性的"苏门四学士"与"苏门六君子"，均在诗、词、文方面受到他的指导与帮助，为北宋后期词坛繁荣做出卓越贡献。

苏门创作群成就较为突出的有黄庭坚、张耒、晁补之、秦观四人，合称"苏门四学士"。在这"四学士"之外，加上陈师道、李廌，则成为"苏门六君子"。苏门创作群虽然受到苏轼诗文词的影响，就词创作而言，各具其面，并非完全与苏轼词相类似，然而在苏门创作群的词作里，也能看出一些学习苏轼词的痕迹。这一点清人刘熙载《艺概》卷四云："东坡词在当时鲜与同调，不独秦七、黄九，别成两派也。晁无咎坦易之怀，磊落之气，差堪骖靳，然悬崖撒手处，无咎莫能追蹑矣。"[1]黄庭坚《念奴娇》（断虹霁雨）代表了他豪放俊逸之风格，他曾经自诩这首词"或以为可继东坡赤壁之词"（《苕溪渔隐丛话》后集卷三十一）。而张耒流传下来的几首词中，却没有苏轼豪放气势，倒是与柳永词风极为相近，如其《秋蕊香》（帘幕疏疏风透）、《风流子》（木叶亭皋下）。晁补之则是苏门作词最多的弟子，他政治上与苏轼相近，他"驾驭文字、典故的能力，及整首词畅达的气势，很像他的老师苏轼"[2]。宋人王灼《碧鸡漫志》中认为"晁无咎、黄鲁直皆学东坡，韵制得七八"。晁补

---

[1] 刘熙载.艺概[M].上海：上海古籍出版社，1978：109.
[2] 唐圭璋.唐宋词鉴赏辞典：唐、五代、北宋[M].上海：上海辞书出版社，2007：955.

之创作的《八声甘州·扬州次韵和东坡钱塘作》就有学习东坡的痕迹。而在前面六人中，秦观的词成就最高，影响最大，但是其词风接近柳永。他创作忧伤哀怨、缠绵悱恻的艳情词，格外得心应手，成为婉约词派集大成的词人。其他的几位苏门弟子或多或少接受了苏轼"诗化"词风的影响。此外，贺铸、李之仪、毛滂、唐庚、叶梦得等众多作家，其创作都有着向苏轼"诗化"靠拢的倾向。① 苏轼的词体解放精神直接为南宋辛派词人所继承，形成了与婉约词平分秋色的豪放词派。②

## 第四节　清真词风与大晟词人创作群

北宋词坛后期，除了以苏轼为领袖的苏门词人群以外，还有另一位词坛主帅便是周邦彦。他与曹组、万俟咏、田为、徐伸、江汉等词人曾在大晟府供职，因而形成了大晟词人群。周邦彦在音律、句法和章法上建立起严整的艺术规范。他们与苏门词人群各自开辟了不同的创作方向：周邦彦注重词的协律可歌，情感的抒发有所节制而力避豪迈，对词艺的追求重于对词境的开拓。

### 一、清真词风

周邦彦(1056—1121)，钱塘(今浙江杭州)人，被称为钱塘才子，字美成，号清真居士。他几乎与苏门秦观、黄庭坚同时登上词坛。元丰六年(1079)向神宗献《汴都赋》，铺陈汴京盛况，歌颂王朝新政，因而深得赏识，步入仕途。由于周邦彦与新党关系密切，新党执政，他即返朝任职，旧党执政，他便流转各地任职。先后经历五位皇帝，深得神宗、哲宗、徽宗三位皇帝的赏识任用，最终官至大晟府提举。有《清真集》传世，又名《片玉词》，存词206首(本集127首，补遗79首)③；另据孙虹、薛瑞生考证为185首④。周邦彦在词创作上具有以下几方面的成就：

1. 漂泊羁旅之感的主题

周邦彦一生几度往返于朝廷与地方之间的仕途中，深感人在旅途漂泊流落的孤寂与辛酸，心情压抑苦闷，常流露在词作中，如"憔悴江南倦客"(《满庭芳》)、"京华信漂泊"(《 寸金》)等。

2. 为咏物词开启门径

在他之前，柳永、苏轼虽亦有少量咏物词，但周邦彦不仅创作数量多，而且所咏对象也相当多样，诸如春雨、杨柳、梅李等均融入了他的悲苦愁情与漂泊沦落的身世之感。如"粉墙低，梅花照眼，依然旧风味"(《花犯》)。

---

① 陶尔夫,诸葛忆兵.北宋词史[M].杭州：浙江人民出版社,2005：349.
② 袁行霈.中国文学史.第三卷[M].北京：高等教育出版社,2003：88.
③ 陶尔夫,诸葛忆兵.北宋词史[M].杭州：浙江人民出版社,2005：419.
④ 周邦彦.清真集校注[M].孙虹,校注.薛瑞生,订补.北京：中华书局,2002.

### 3. 章法结构回环往复,细致严密

周邦彦词的创作严格遵循艺术规范,使学词模仿者有法可依,因此,"作词者多效其体制"(张炎《词源》)。周词在章法结构上吸收柳永词的铺叙长处,却打乱其时间顺序,将倒叙、插叙等方法相结合,时空结构具有跳跃性,甚或回环往复。

### 4. 善于融化前人诗句入词

周邦彦往往数句化用成形的语言,甚或诗的意境也成为他创作新词意境的基础,这成为他有代表性的语言技巧。如他溧水做官时写的《满庭芳》(风老莺雏)上阕就大段点化《琵琶行》诗意,使读者由白居易的遭遇反思词人的处境与心情,获得了"天涯沦落人"的丰厚文化意蕴。①

### 5. 精通音乐与格律

据《宋史·周邦彦传》云:"好音乐,能自度曲。"他是一个精通音乐的人,因而他对词的创作也很遵循四声格律,能够将词调声情与宫调音色有机协调结合起来。

## 二、大晟词人创作群

宋徽宗崇宁四年(1105)九月,北宋词发展史上出现了一件具有里程碑意义的重大事件,即朝廷"专置大晟府"(《宋史》卷一二九·乐志)掌管音乐。府中网罗一批懂音乐、善填词的艺术家,一时形成创作风气,后人称他们为"大晟词人"。前后20多年,任职大晟府的艺术家人数众多。据陶尔夫、诸葛忆兵先生统计,有姓名可考的大晟府职官有29人之多。其中7人有词传世,收入《全宋词》,即周邦彦,字美成,号清真居士,存词186首;晁端礼,字次膺,存词142首;万俟咏,字雅言,号大梁词隐,存词27首;晁冲之,字叔用,存词16首;田为,字不伐,存词6首;徐伸,字干臣,存词1首;江汉,字朝宗,存词1首。7人存词共计约360余首。"大晟词人"是一个很松散的创作倾向概念,指凡被任命为大晟府官职、有词作传世的词人。大晟词人实际上是徽宗的御用文人群,其作品多为粉饰太平的大晟谀颂词,即歌颂徽宗朝的社会繁荣,充满儒家的音乐思想,点缀升平等。②

### 作品学习

1. 晏殊《浣溪沙》
2. 欧阳修《蝶恋花》
3. 柳永《望海潮》
4. 苏轼《念奴娇·赤壁怀古》
5. 周邦彦《满庭芳》

#### 《浣溪沙》鉴赏

晏殊的精神生活潇洒出尘,在谈笑杂出的歌乐场合,他心灵的触角也常常无端地伸

---

① 陶尔夫,诸葛忆兵.北宋词史[M].杭州:浙江人民出版社,2005:445-446.
② 陶尔夫,诸葛忆兵.北宋词史[M].杭州:浙江人民出版社,2005:449-453.

向人心的深处,从繁盛中体会孤独,在歌乐中品味空虚,于是一缕轻烟薄雾似的哀愁就涌入笔端,化为幽怨动人的小词。这首《浣溪沙》大约正是写于某次宴饮歌乐之后,从中流露出一种深沉的人生感慨。①

起句写对酒听歌的场景,本是极为雅致的行为,但思绪忽然想及去年此时的天气和今日面对之旧亭台。人生便在这种反反复复的相同生活中一日日消逝,惶惑之情不觉滋生。这是晏殊式的人生反省,不需要强烈的生活激变,也不需要突然的心灵撞击,只在不经意间淡淡泛出,让你感受到灵魂的颤动。这是与李煜的大喜大悲迥然不同的一种表现方法,但它们所揭示的人生无常与永恒的关系,却是毫无二致的。接下以今日夕阳西下无再回之时,更反衬出人生有限与岁月无情的尖锐矛盾。晏殊则是冷静面对,除了一丝无可奈何的感觉掠过心际,再没有无穷无尽的悲愁荡漾心底。整个上片,实际上和唐人刘希夷《代悲白头翁》"年年岁岁花相似,岁岁年年人不同"的意蕴大体相似,不过表现方式要委婉含蓄得多。

接着的是传诵千古的名句"无可奈何花落去,似曾相识燕归来"。此句可谓情致缠绵,音调谐婉,也是工巧浑成、流利含蓄的对句。这是用虚字构成工整的对仗,其唱叹传神方面表现出词人的巧思深情。以花之一开一落与燕之春来秋去象征人事,并以花落之"无可奈何"与燕来之"似曾相识",形成无情与有情的对比,从而凸现出人生与自然界有常与无常的恒久规律。从语言上说,也是妙语天成,不见修饰,是词人即兴顿悟而成。

结句"小园香径独徘徊",则是在惋惜、欣慰、怅惘之余的独自沉思。此句以一种含蓄、内敛的举动表现出思考的状态,而且把这种思考安排在小园香径之中,颇见其优雅幽静之思。从持酒听歌到香径徘徊,晏殊始终把这一份思索和伤感安置在美丽的氛围中,在美丽中思索,在美丽中伤感。只是提供一种优雅的状态,其他都听任读者去体味,这大约是晏殊继承南唐词关注人生的主题而又加以改造之处。词在晏殊等人的手里,婉约的意味是越来越重了。②

## 《蝶恋花》鉴赏

此首词写闺怨伤春之情。上片写深闺寂寞,开始三句写女主人身处幽深的庭院,帘幕重重,周围烟柳丛丛簇簇,这些都使她幽居生闷,孤独寂寞之情可以想见。接着二句写公子王孙身份的丈夫走马章台,冶游不归,不可寻觅,让她不免心生愁怨。

下片前三句,"雨横风狂"喻青春被毁的悔恨,"门掩黄昏"比韶华逝去的寂寞,"无计留春"感人生易老之痛。结二句"问花""不语"写女子的痴心与绝望;"乱红飞过秋千去"谓女子触目惊心而无可奈何。下片整体上写三月暮春天气,风狂雨骤,又是黄昏时刻,女主人只得掩门独守空房,不禁发出惜春的悲叹,所系的是春光,也是她的青春年华。因花而有泪,因泪而问花,花不仅不语,反而纷纷飘落,不去理会她,还有意似的飘飞过秋千而去,赋花以人性,语浅意深,自然浑成,耐人寻味。

---

① 彭玉平.唐宋词举要[M].北京:商务印书馆,2014:171.
② 彭玉平.唐宋词举要[M].北京:商务印书馆,2014:172-173.

## 《望海潮》鉴赏

柳永长年浪迹都市,对都市的自然景观和人文景观都有比较真切的感受,又雅擅慢词,适合尽情描写他的所见所感。北宋范镇曾很有感慨地说:"仁宗四十二年太平,镇在翰苑十余载,不能出一语咏歌,乃于耆卿词见之。"(祝穆《方舆胜览》)可见柳永在都市题材上的开拓之功。而这首《望海潮》尤称城市风物的扛鼎之作。此词的创作年代据考证,为宋真宗景德元年(1004)之前,也是《乐章集》中所能考订作年最早的一首词。

杭州是柳永屡曾踏足之地,他写杭州,能在历史与现实的交汇中,展示其无可替代的风物景观,融入了自己深厚的赏爱心情。笔法纵横恣肆,占尽词坛风流。起三句用远景概括展示杭州的地理优势与悠久的古城风貌,时空跨越之大,震人心魄。"形胜""繁华"四字,为通篇主旨,以下锦绣文字均由此生发。"自古"二字贯穿古今。"烟柳"三句,写市区景观,由外到内,视觉由平视到俯视,既展示了城市环境的旖旎如画、幽雅宜人,又展现了城市人口的密集和繁华。接下"云树"三句,又由市内走笔郊外,描写钱塘江雄武壮观的自然风貌。"绕""卷"二字极富动感。"市列珠玑"三句,直接"繁华"二字,极言市民之富裕及攀竞豪奢之风。上阕由古到今,由景及物,由物及人,笔法弛张有度,视点动宕得奇。

西湖是杭州最负盛名的自然景观,故下阕起句即点出西湖清景,从湖山全景、四时风光、昼夜笙歌、湖中人物四个方面,点面结合,勾画出西湖的如画美景,最后将笔墨定格在"千骑拥高牙"的孙沔身上,美盛繁华,至斯而极。煞拍"异日"二句,直落笔意,虽是投赠之词的例句,也不免雅趣消弭,让人扼腕。全词意象鲜明夺目,诗情画意,目不暇接。层次井然,近景与远景、自然与人文交替,以开朗广阔的大自然和深长悠远的历史作背景,将优美壮观的自然景观和生气蓬勃的市民活动场面统摄笔端,笔墨铺张扬厉,情意淋漓尽致。

《望海潮》是柳永所创的新声,钱塘江中秋前后潮水的奔涌为天下奇观,调名当取其意。①

## 《念奴娇·赤壁怀古》鉴赏

这首词是苏轼于1082年贬官黄州团练副使后的作品,最能代表其作品的独特风貌。上片写景,由景入情,引出对古代英雄的怀念。开篇"大江东去"二句,大气包举,笼罩全篇,反映出词的主导思想:历史上的"风流人物"都免不了要被浪花"淘尽",更何况无声无息的碌碌凡夫!无穷的兴亡感慨由此生发。次二句以精练的笔墨点出时代、人物、地点,为英雄人物的出场做好铺垫。"人道是"三字,既烘托出古代战场家喻户晓、世代相传的声名,同时又暗中交代这个"赤壁"并非当年真正鏖战之地,只是人们的传说而已。"乱石穿空"三句是词人目击之奇险风光,令人惊心动魄:穿空的乱石、拍岸的惊涛、如雪的浪花,都似乎是在向后代显示着当时的威烈,诉说着当年"风流人物"所建立的丰功伟绩。这三句,有仰视、俯视之所见,有远景、近景之交叉,有色彩,有声响。全词只这三句正面描写赤壁景色,但却写得意态纵横,精神饱满,古战场的声势被和盘托出,渗透到全篇的每一角落,只待人物出场了。"江山如画"两句,一笔收束,总上启下,自然地由古代战场

---

① 彭玉平.唐宋词举要[M].北京:商务印书馆,2014:149-150.

过渡到古代英雄人物。

下片可分为两段。从"遥想"到"灰飞烟灭",刻画周瑜少年英俊,从容对敌的雄姿,抒写作者赞佩与向往之情。"遥想"二字兼承"周郎赤壁"与"多少豪杰",过渡巧妙自然。词人抓住儒雅名将周瑜的某些典型的性格行为特征,"小乔初嫁"以衬托其"雄姿英发","羽扇纶巾"以表现其举止风雅,"谈笑间"以显示其谋略智慧,寥寥几笔,就把人物写得栩栩如生。从"故国神游"到结尾是又一层,这五句既表现出作者对理想境界的"神游",又反映出作者对人生所持的虚无态度。就全篇而言,贯穿始终的并不是"人间如梦",而是对"风流人物"的赞美,对远大理想的追求,以及因政治失意而产生的牢骚与愤慨。瑰丽雄奇的自然风光,雄姿英发的英雄人物,对人生理想的追求,这三者有机地交织在一起,从而构成这首词高旷豪迈的风格。它那永世不衰的、激动人心的艺术力量也就产生于此。

这首词艺术上最突出的特点之一,便是它创造性地刻画了历史上的英雄人物,把登临怀古词推进到一个新的水平。此前,词主要是用来描写男女风情及羁旅闲愁的。苏轼这里把吊古伤今提高为对历史上英雄人物的唱叹与赞美。另外,这首词还发展了情景兼融这一传统艺术手法。[1]

## 《满庭芳》鉴赏

清真自哲宗元祐八年(1093)知溧水,至绍圣三年(1096)离任,前后三年多。这首词是他在溧水任上写的,通过不同的景物来写出哀乐无端的感情,有中年伤于哀乐的感慨。

一开头写春光已去,但他没有伤春,反而在欣赏初夏的风光。雏莺在风中长成了,梅子在雨中肥大了。这里化用了杜牧"风蒲燕雏老"(《赴京初入汴口》)及杜甫"红绽雨肥梅"(《陪郑广文游何将军山林》)诗意。"午阴嘉树清圆",则是用刘禹锡《昼居池上亭独吟》"日午树阴正"句意,"清圆"二字绘出绿树亭亭如盖的景象。以上三句写初夏景物,体物极为细微,并反映出作者随遇而安的心情,极力写景物的美好,显得这里也可留恋。但接着就来一个转折"地卑山近,衣润费炉烟",正如白居易贬官江州,在《琵琶行》里说的"住近湓江地低湿",溧水也是地低湿,衣服潮润,炉香熏衣,需时良多,"费"字道出衣服之潮,则地卑久雨的景象不言自明。那么在这里还是感到不很自在吧。接下去又转了:这里比较安静,没有嘈杂的市声,连乌鸢也自得其乐。小桥外,溪水清澄,发出溅溅水声。但紧接着又是一转:"凭栏久,黄芦苦竹,疑泛九江船。"白居易既叹"住近湓江地低湿,黄芦苦竹绕宅生",词人在久久凭栏眺望之余,也感到自己处在这"地卑山近"的溧水,与当年白居易被贬江州时的环境相似,油然而生出沦落天涯的感慨。由"凭栏久"一句,知道从开篇起所写景物都是词人登楼眺望所见。感慨之兴,歇拍微露端倪,至下片才尽情抒发。

下片开头,以社燕自比。社燕在春社时飞来,到秋社时飞去,从海上飘流至此,在人家长椽上作巢寄身。瀚海,大海。词人借海燕自喻,频年漂流宦海,暂在此溧水寄身。既然如此,"且莫思身外,长近尊前",姑且不去考虑身外的事,包括个人的荣辱得失,还是亲近酒樽,借酒来浇愁吧。词人似乎要从苦闷中挣脱出去。这里,点化了杜甫"莫思身外无穷事,且尽生前有限杯"(《绝句漫兴》)和杜牧"身外任尘土,樽前极欢娱"(《张好好

---

[1] 陶尔夫,诸葛忆兵.北宋词史[M].杭州:浙江人民出版社,2005:330-331.

诗》)。"憔悴江南倦客,不堪听急管繁弦",又作一转。在宦海漂流已感疲倦而至憔悴的江南客(作者为钱塘人),虽想撇开身外种种烦恼事,向酒宴中暂寻欢乐,如谢安所谓中年伤于哀乐,正赖丝竹陶写,但宴席上的"急管繁弦",怕更会引起感伤。杜甫《陪王使君晦日泛红就黄家亭子二首》有"不须吹急管,衰老易悲伤"诗句,这里"不堪听"含有"易悲伤"的含意。结处"歌筵畔",承上"急管繁弦"。"先安簟枕,容我醉时眠"则未听丝竹,先拟醉眠。他的醉,不是欢醉而是愁醉。丝竹不入愁人之耳,唯酒可以忘忧。"容我"二字,措辞婉转,心事悲凉。一结写出了无可奈何、以醉谴愁的苦闷。①

### 延伸阅读

1. 原典阅读

(1)阅读《二晏词笺注》(张草纫笺注,上海古籍出版社,2008年版),主要阅读其词集的名篇,体会父子二人词的思想内容与艺术特点。

(2)阅读《柳永词集》(谢桃坊导读,上海古籍出版社,2009年版),重点体会柳永慢词兴盛的原因。

(3)阅读《东坡乐府笺》(龙榆生校笺,上海古籍出版社,2009年版)、《苏轼词编年校注》(邹同庆、王宗堂著,中华书局,2002年版),重点了解苏轼在词境开拓方面的贡献。

(4)阅读《欧阳修词校注》(胡可先、徐迈校注,上海古籍出版社,2015年版),重点体会欧阳修词在唐五代基础上如何推陈出新。

(5)阅读《清真集校注》(孙虹校注,中华书局,2002年版),重点体会周邦彦在词创作方面的重要成就。

2. 研究文献阅读

(1)阅读《北宋词史》(陶尔夫、诸葛忆兵著,浙江人民出版社,2005年版)总结各个创作群体对词风发展的贡献。

(2)阅读《唐宋词通论》(吴熊和著,上海古籍出版社,2010年版)、《唐宋词流派史》(刘扬忠著,福建人民出版社,1999年版)总结北宋词的风格流派及其特点。

### 拓展训练

1. 阅读《诗词写作常识》(钱志熙、刘青海著,中华书局,2010年版)、《诗词写作教程》(张海鸥著,中山大学出版社,2011年版)、《唐宋词格律》(龙榆生著,上海古籍出版社,2010年版),依照明确的词牌格律要求写两首词。

2. 阅读《宋词鉴赏辞典》上下册(夏承焘等撰,上海辞书出版社,2003年版)、《唐宋词举要》(彭玉平著,商务印书馆,2014年版)等,总结鉴赏宋词的方法,写一篇小论文。

---

① 唐圭璋.唐宋词鉴赏辞典[M].上海:上海辞书出版社,1988:1001-1003.

# 第二章　南宋词

> **文学史**

宋钦宗靖康元年十一月(1126),金兵攻破汴梁,靖康二年(1127),金主先后拘禁徽、钦二帝并废其帝号,是为"靖康之变",北宋就此灭亡。同年,康王赵构在南京即位,宋室群臣南渡,后定都临安,享国153年。时代的震荡带来了词坛的嬗革,南宋词因而呈现出与北宋词不同的新变与特点。一方面,家国的覆亡,政治的苟安,军事的积弱,社会的腐靡,酿就了南宋词中漂泊感怀的忧生之叹,慷慨豪壮的报国之志,沉郁激切的刺世之篇,从李清照、叶梦得、朱敦儒、向子諲、张元干、张孝祥、岳飞、李纲等南渡词人,到辛弃疾、陈亮、刘过、陆游、刘克庄等辛派词人,以或婉约、或劲健、或清真、或苍雄的词笔纪实写心,赋予了宋词更为高标的气骨和更为广阔的视域;另一方面,江南富庶的经济、秀丽的风土、繁荣而多元的思想文化促进了文学自身的发展,姜夔、吴文英等词人在词情的雅化、词语的美化、词艺的深化、词律的精细化等方面进行了苦心探索和极致追求,形成了宋代又一个格律词派。而南宋末年的"遗民"词人,在大厦已倾的阴影里,以血泪为词,构成了南宋词坛悲凉怨抑而不乏浩然正气的余脉。

## 第一节　李清照与南渡词人

南北宋之交的词人经历了"靖康之难"的巨变,身逢山河破碎,生活颠沛流离,词风均有明显的前后期变化,悲愤激切、忧患苦难,成为南渡后词的新主题。这一时期最具有典型性和代表性的词人是李清照,此外叶梦得、朱敦儒、向子諲、张元干、张孝祥等词人也体现出鲜明的个性色彩和浓郁的时代特征。岳飞、李纲等抗金名臣志士,则以激昂慷慨的词章奏响了爱国最强音。

### 一、李清照

#### (一)生平

李清照(1084—1155?),号易安居士,齐州济南(今山东济南)人,出身书香门第,父亲李格非是苏轼门生、著名学者与文人；母亲是状元王拱辰的孙女。李清照18岁嫁与太学生赵明诚，夫妻志趣相投，后因政治动荡退居青州，在搜集金石文物和诗词唱和中度过了安闲的前半生。"靖康之乱"中，二人被迫南奔。1129年，赵明诚在赴湖州太守任途中病逝，李清照从此在战乱中辗转漂泊，受人欺骗诬陷，晚景凄凉，客死于金华、临安一带。

### （二）创作

现存词近50首，文10余篇，另有文论著作《词论》一部，提出了"词别是一家"的著名论断。其词集于诗文集外单行，名《漱玉词》或《漱玉集》《易安词》。

一般将李清照的创作以其飘零南渡、丈夫去世为界，分为前后两期。其前期词作的主要内容有：

其一，纯真少女的娇憨情态。为读者生动地呈现了她待字闺中、无忧无虑的少女生活，对爱情朦胧而美好的向往。如《点绛唇》（蹴罢秋千）、《如梦令》（常记溪亭日暮）、《如梦令》（昨夜风疏雨骤）。

其二，相知相守的美满甜蜜。婚后的李清照与丈夫斗茶赏花，笑语游憩，有一些词作反映了此时闲适、愉悦、欢欣的幸福生活，如《减字木兰花》（卖花担上）、《浣溪沙》（绣面芙蓉一笑开）等。

其三，婚后小别的寂寥相思。赵明诚婚后多次外出访友或任职，李清照闲居在家，常常以词为笺，抒发对丈夫的思念之苦，如《凤凰台上忆吹箫》（香冷金猊）、《一剪梅》（红藕香残玉簟秋）等。这些词以委婉细腻之笔，倾吐与丈夫相互惦念的伉俪深情，正是"一种相思，两处闲愁"，是"轻盈精妙的相思曲"[①]，哀而不伤，清新秀丽。

靖康之难后，李清照遭受了国破、家亡、夫逝的三重巨大磨难，词作的题材内容和风格境界也随之剧变，其后期词大致有两类内容：其一，嗟叹身世，抒写暮年独居的孤苦凄凉，与丈夫生死永诀的泣血之悲；其二，关注时事，刻画忧惧愤懑的家国之痛，灰冷凝滞的时代之殇。这两类内容实际上在许多词作中是融为一体的，如《武陵春》（风住尘香花已尽）中的"物是人非事事休，欲语泪先流"，《菩萨蛮》（风柔日薄春犹早）中的"故乡何处是，忘了除非醉"，《添字丑奴儿》（窗前谁种芭蕉树）中的"伤心枕上三更雨，点滴霖霪，点滴霖霪，愁损北人不惯起来听"。故国梦远，乱离仓惶，余生忧患，寂寞终老，词人将所有的沉重情感打并入词，酿就了格外深沉悲慨的词境。

### （三）艺术

李调元《雨村词话》给了李清照极高的评价："易安在宋诸媛中，自卓然一家，不在秦七、黄九之下。……盖不徒俯视巾帼，直欲压倒须眉。"李清照的词被推为宋代婉约词的集大成者——"婉约以易安为宗，豪放惟幼安称首"（王士禛《花草蒙拾》），形成了"易安体"这一独特体式，后代词人多有模拟。而"易安体"最突出的特点是用寻常语、白描手法，写清新意境，抒真率之情。

其一，言情至微，以女性作家细腻的笔触来宣泄真情，往往抓住自然界与社会人生的

---

① 袁行霈.中国文学史：第三卷[M].北京：高等教育出版社，2003：134.

细微变化,来表现情感的微妙变化和复杂难言的心境。如《南歌子》(天上星河转):"旧时天气旧时衣,只有情怀不似旧家时。"由换季更衣的一个小细节兴起物是人非之感,再如《武陵春》下阕的"见舟兴愁",都是以精微曲折的笔法写出了作者对生活细致而敏锐的体察。

其二,善用白描手法状物写景叙事,不用过多的渲染,不用生新的技巧,甚至不以华丽辞藻修饰,而是以简练干净的笔法准确生动地描写出文学形象。如《如梦令》:"昨夜雨疏风骤,浓睡不消残酒。试问卷帘人,却道'海棠依旧'。知否?知否?应是绿肥红瘦。"以33个字简笔勾勒,活画情境,将浓浓伤春愁思融入一个小小的生活片段中。

其三,语言清浅自然,经过精心雕琢却不露痕迹,富于生活气息。如名句"莫道不消魂,帘卷西风,人比黄花瘦"(《醉花阴》)、"寻寻觅觅,冷冷清清,凄凄惨惨戚戚"(《声声慢》)、"多少事欲说还休。新来瘦,非干病酒,不是悲秋"(《凤凰台上忆吹箫》),用语寻常,细读却能感受到语言结构的玲珑精巧。"她常把典雅的语言用得自然,把俚俗的语言用得雅致,两者相融,别有风致。"①

其四,词境清疏淡雅,婉约中带有清刚之气。如《怨王孙》(湖上风来波浩渺)、《鹧鸪天》(暗淡轻黄体性柔)、《摊破浣溪沙》(病起萧萧两鬓华)等词,无论是写景、状物还是抒情,都做到了情浓语淡,画面隽雅,柔而不弱,婉而不媚。而《渔家傲》(天接云涛连晓雾)更是逸思绝尘,意境开阔,被清人黄苏评为"浑成大雅,无一毫钗粉气,自是北宋风格"(《蓼园词选》)。

## 二、其他南渡词人

### (一) 朱敦儒

朱敦儒(1081—1159),字希真,洛阳人,词集名《樵歌》。早年他是放浪形骸、醉卧繁华的"山水郎",词风婉丽明快,如《鹧鸪天》(我是清都山水郎);中年他变成了乱离逃亡、漂泊潦倒的"孤雁",词风变为悲慨苍凉,如《卜算子》(旅雁向南飞);晚年看遍沧桑,忘怀红尘,又变为逍遥自在的"瘦仙人",词风疏朗畅达,如《西江月》(日日深杯酒满)。后人称其独特风格为"朱希真体"。

### (二) 张元干、陈与义与主战派爱国词人

张元干(1091—1161?),字仲宗,号芦川居士、真隐山人,有《芦川词》,代表作如《贺新郎》(梦绕神州路),以词作支持朋友胡铨的抗金主张,全词感情激越,意气昂扬。陈与义(1090—1138),字去非,号简斋,有《无住词》,词作多感慨南渡,回忆早年生活,或者即事起兴,寄寓山河之思。如《临江仙·夜登小阁忆洛中旧游》,上阕追忆二十余年前的洛阳宴饮,下阕写人事沧桑,乱世惊梦,托出兴亡之感,词情沉痛而超旷。而岳飞、李纲、胡铨等抗金名臣不以词作著称,但《满江红》(怒发冲冠)等作品却堪称抗金救国的时代最强音,词中所传达的爱国思想和奋发精神流芳千古,濡溉后人。

---

① 章培恒,骆玉明.中国文学史:中[M].上海:复旦大学出版社,1996:427-428.

### (三) 南渡词人的共同特点

其一，生活际遇上，南渡前多在繁华都市中度过，生活优越、安定、闲适；南渡后乱离飘零，深受国破家亡之苦。

其二，题材内容上，前期多抒写流连光景、吟风弄月的生活；后期多密切关怀国家命运，表达人生忧患，现实感、时代感大大加强。

其三，词艺词风上，由轻灵、绮丽、柔婉转向慷慨悲凉、沉郁感怀，技巧臻于成熟，步入全新境界。

## 第二节　辛弃疾与辛派词人

南宋前期，词坛上崛起了另一位伟大的爱国词人，他就是辛弃疾。辛弃疾是整个宋代词坛词作最多、艺术成就最高的一位词人。他的创作在内容上丰富多样，无所不包；在体式上勇于创新，各体俱备；在艺术上以文为词，境象宏阔；在风格上兼收并蓄，以豪放为主。受辛弃疾影响，南宋词坛出现了一个创作倾向相近的流派，被称为辛派词人，其成员主要有陈亮、刘过、陆游、刘克庄等。他们传辛弃疾豪放词风之衣钵，以雄豪悲壮、恣肆昂扬为风骨，以抗敌爱国、感抚时事为内容，在创作技巧上重视"以文为词"，使词更进一步散文化、议论化。

### 一、辛弃疾

#### (一) 生平

辛弃疾(1140—1207)，字幼安，号稼轩，山东东路济南府人，豪放派词人，与苏轼合称"苏辛"，与李清照并称"济南二安"。他的一生可以大致分为三个阶段：第一阶段，抗金战斗期(23岁之前)。辛弃疾由祖父辛赞抚养成人，当时济南已为金兵所占，辛弃疾自小受到辛赞的民族大义教育，"每退食，辄引臣辈登高望远，指画山河，思投衅而起，以纾君父所不共戴天之愤"(《美芹十论》)。由此立下光复中原的壮志，22岁加入耿京的反金斗争，第二年耿京被杀，辛弃疾率领250名骑兵直捣金兵营地，生擒叛徒，又率万人南下归宋，展示出非凡的才干和勇气。第二阶段，辗转任职期(24—42岁)。因为是投诚而来，又坚决主战，辛弃疾受到朝廷多方猜忌，仅被任命为江西签判，后来虽有升迁，但都是地方官；屡次上疏请战，从未被采纳。第三阶段，罢官闲居期(43—68岁)。辛弃疾任地方官时兢兢业业，为百姓谋福利，严惩贪官污吏，因此遭人嫉恨，43岁任江西安抚使时被诬免官。此后20余年的大部分时间他闲居江西、福建农村(上饶、铅山一带)，终至含恨逝世，但他从未放弃过报国的激情和功业的追求，"直使便为江海客，也应忧国愿年丰"(《新居上梁文》)。

#### (二) 创作

存词629首(据唐圭璋《全宋词》、邓广铭《稼轩词编年笺注》统计共626首，孔凡礼

《全宋词补辑》3首),有《稼轩词》和《稼轩长短句》两个本子。辛弃疾继承了苏轼"写其所怀"的词学主张,在《鹧鸪天》词中明确宣言:"不妨旧事从头记,要写行藏入笑林。"他将自己的平生经历、行藏出处、思想精神、人格个性全部通过词作表达出来,因此他的词作在题材内容方面具有空前绝后的广度、深度和力度,心随意纵,恣肆挥洒,无事无物无意不可入词,继苏轼之后又一次开辟了宋词发展的无疆领域。辛词在创作内容上大致可分为以下几类:

1."壮士心"——对统一中原、济世安邦的雄心壮志的书写

贯穿辛词始终的灵魂和基调就是渴望祖国山河统一的热切愿望,这类词也最能体现辛弃疾的英雄本色,将词坛爱国主义主题发挥到淋漓尽致的境界。如《鹧鸪天》(壮岁旌旗拥万夫)回忆了青年时代率众起义、杀敌抗金、突围南渡的战斗经历,借以表现矢志抗战、渴求北伐的呼声。《破阵子》(醉里挑灯看剑)则将现实中的压抑消解于梦境,热情讴歌了梦想中抗金部队声势浩大的军容声威和奋勇直前的战斗精神。《南乡子》则写道:"年少万兜鍪,坐断东南战未休。天下英雄谁敌手?曹刘。生子当如孙仲谋。"老当益壮,依然不减壮士情怀。辛弃疾是北方人,因此收复中原对他来说不仅仅是一种政治意识,更是一种深植于血脉的家国情怀,融"归乡梦"入"复国志",因此这种激情比别的词人来得更为厉烈醇厚。

2."英雄泪"——对报国无门、壮志难酬的悲愤之情的抒发

辛弃疾智勇双全,文韬武略,一生都以恢复中原为己任,却一生都不被重用,后期更是投闲置散超过二十年,这令他感到极大的打击和痛苦,因此将一腔愤郁不平之气发泄于词作。登临、咏史、思乡、送别,都可以成为他激发心中郁结的触媒。如《水龙吟·登建康赏心亭》:"落日楼头,断鸿声里,江南游子。把吴钩看了,栏杆拍遍,无人会,登临意。"南归经年,却始终得不到能真正施展才干的职位,登楼销忧,却更添游子之恨。因此下阕说:"可惜流年,忧愁风雨,树犹如此。倩何人唤取,红巾翠袖,揾英雄泪。"国家即将如大树凋零,谁可抚慰我这无人理解无人呼应的悲愁!《贺新郎·别茂嘉十二弟》则在与族弟把臂话别中痛切感怀"将军百战身名裂",将满腔憾恨化为壮士悲歌、杜鹃啼血,正如唐圭璋先生所言:"本词借古代许多离别之事概括出蕴蓄着无限血泪的家国之恨。"①

3."忠臣恨"——对南宋王朝主和派的昏庸软弱进行揭露、鞭挞和抨击

投降苟安是南宋朝廷对外政策的主流,主战派呼声日益式微,对此辛弃疾痛恨不已,《贺新郎》(把酒长亭说)把批判矛头对准南宋朝廷,说南宋君臣"剩水残山无态度",一味吟风弄月,不思进取。而《摸鱼儿》(更能消几番风雨)中的"君莫舞。君不见、玉环飞燕皆尘土"是直接警告那些投降派的奸邪小人,必然被历史的巨轮碾为尘土。《水龙吟·甲辰岁寿韩南涧尚书》态度更激烈:"渡江天马南来,几人真是经纶手?长安父老,新亭风景,可怜依旧!夷甫诸人,神州沉陆,几曾回首!算平戎万里,功名本是,真儒事,公知否?"用《世说新语》"新亭对泣"之典,讽刺主和派软弱无能,丧权辱国。

---

① 丁放,余恕诚.唐宋词概说[M].合肥:安徽教育出版社,2002:307.

4."隐逸情"——对农村田园生活和隐逸情趣的表现

辛弃疾闲居江南农村长达20余年,一生词作的一半以上创作于这一时期。明山秀水的自然风光与宁静朴素的农村生活给辛弃疾焦躁的心灵以温情的抚慰,也给他的闲居生活赋予了无限的趣味。这类词作或摹写纯美清丽的田园风光,或描写和谐淳朴的农村生活,或抒写恬淡愉快的闲适心境,风格大多轻快生动,清爽宜人,但有时也将自己的牢骚郁闷化入词中。如《清平乐·村居》描画了一幅其乐融融的农人家居图,碧草如茵,风景如诗;《鹧鸪天》(陌上柔桑破嫩芽)是春日的蓬勃生机,不同于"城中桃李愁风雨"的活泼野趣;《西江月·夜行黄沙道中》则是夏日的清凉静谧,"稻花香里说丰年"的收获喜悦。这些词作代表了农村词的革新与发展,充分地展现了自然田园的风物美、人情美,也投注了词人对生活富于热爱、富于情趣的态度。

辛弃疾词作题材非常广泛,此外还有旨在谈禅说理的哲理词,描写传统相思的艳情词等,前者如《木兰花慢》(可怜今夕月),用屈原《天问》体,向月亮提出六个问题,王国维《人间词话》评其"直悟月轮绕地之理,与科学家密合",而《青玉案》(东风夜放花千树)则引出"众里寻他千百度,蓦然回首,那人却在、灯火阑珊处"的哲思,被王国维用来比喻"成大事者"的第三重境界,广为周知。后者如《祝英台近·晚春》《鹧鸪天·代人赋》等,写相思爱情却无绮靡华艳之气,而显得清婉脱俗。

## (三)艺术特点

《四库全书总目提要》说辛弃疾"能于剪红刻翠之外,屹然别立一宗",自苏轼开创豪放词风以来,南渡词人虽间有佳作,但并没有得到强有力的继承和发展,直至稼轩,不仅大量创作了具有豪放阔大风格的作品,而且在词的艺术手法、格调体式等方面进行了极富个人特色的创造,打开了宋词创作的广阔天地,成为"豪放词派"的宗主和扛鼎人物。辛词被时人和后人推尊为"稼轩体",早在南宋人范开编《稼轩词甲集》之时,在《稼轩词序》中对其特点已有较全面的论述。《南宋词史》用六个字来概括"稼轩体"的特色:雄豪、博大、隽峭。[1] "雄豪"是就词境词格而言,"博大"是就词艺词风而言,"隽峭"是就语言用典而言。具体可概括为以下三点:

1. 雄豪壮阔的审美境界

这是"豪放词"最主要的艺术特征,也是辛弃疾心怀天下、气度卓然人格的外在表现。具体有三:

其一,善于在词中塑造一系列奇伟不凡的形象,包括人物形象、社会形象和自然物象,以抒写宏壮抱负和胸襟。其一,最夺人眼目的首先是词中生动鲜明的英雄形象,词中的抒情主人公本身就是一位豪迈不羁的悲剧英雄,"辛弃疾的英雄个性、生命情怀,正刻印在他的稼轩词里"[2]。另外,辛词中多写功勋盖世、名垂千古的英主、名臣、将帅,如汉武帝、刘备、孙权、刘裕、屈原等。其二,辛词中形成了密集的军事意象群,诸如武器、铁马、

---

[1] 陶尔夫,刘敬圻.南宋词史[M].哈尔滨:黑龙江人民出版社,1992:145.
[2] 袁行霈.中国文学史第三卷[M].北京:高等教育出版社,2014:105.

旌旗、将军、奇兵等军事意象频繁出现,构成了词史上罕见的军事景观。① 其三,辛词中多壮观雄健的自然物象。传统词离不开柔山秀水、亭台小园,境象精致而狭窄,而辛词笔下的山水是"问千丈、翠岩谁削""万里长鲸吞吐""水随天去秋无际",多描写辽阔远大的场景,给人以震撼之感。

其二,多用浪漫的夸张、想象、拟人、比喻等超现实笔法,呈现出变幻多姿的浪漫主义特征。如《一枝花·醉中戏作》"千丈擎天手,万卷悬河口",以夸张的形象比喻青年时期非凡的抱负与气概;《沁园春》(叠嶂西驰)"我觉其间,雄深雅健,如对文章太史公",以《史记》文风比喻山景给人带来的感觉;《沁园春·将止酒戒酒杯使勿近》则以人与酒杯的对话贯穿全词,场景活灵活现,天真奇丽如童话,洋溢着一种异乎寻常的激情状态。

其三,章法大开大阖,笔势跌宕不羁。首先,打破上下阕界限,熔描写、叙事、抒情、议论于一炉,纵横挥洒,笔墨飞舞。如《破阵子》(醉里挑灯看剑),上片"沙场秋点兵"之后,直贯下片"马作的卢飞快,弓如霹雳弦惊",天衣无缝,浑然一体。其次,善用比兴手法,打破用典常规,纵横古今,上天入地,信手拈来。如《贺新郎·别茂嘉十二弟》,历史与现实,宇宙与人事,纷至沓来,杂入词人悲慨,"成为历史、现实与大自然的和声共振"②"沉郁苍凉,跳跃动荡,古今无此笔力"(陈廷焯《白雨斋词话》卷一)。

2."以文为词"的艺术手法

继苏轼"以诗为词"、周邦彦"以赋为词"之后,辛弃疾进而"以文为词",将古文词赋惯用的章法、句式以及议论、对话等具体手法移植于词的创作,从而进一步打破了诗、词、文的界限,推动了三种文学样式互相借鉴、相互融汇的大趋势。

其一,融古文、辞赋章法结构入词。如《贺新郎·别茂嘉十二弟》"尽是集许多怨事"(宋代陈模《怀古录》卷中),与江淹《恨赋》《别赋》相近;《沁园春·将止酒戒酒杯使勿近》模仿汉赋主客问答体,类似于东方朔《答客难》、扬雄《解嘲》;《木兰花慢》(可怜今夕月)用屈原《天问》体;而《祝英台近·晚春》《清平乐·村居》则借鉴了散文叙事手法,以事件陈述结纂全篇。

其二,融古文句法、词汇入词。辛弃疾创造性地在词作中灵活运用经史子集中的句式和语汇,如《南乡子·登京口北固亭有怀》"天下英雄谁敌手"三句化用了《三国志》曹操的话;《西江月·遣兴》"近来始觉古人书,信着全无是处"原出自《孟子·尽心下》。而《贺新郎》(其矣吾衰矣)的开头"其矣吾衰矣"和结尾"知我者,二三子"都来源于《论语·述而》。再如"我见青山多妩媚,料青山、见我应如是""不恨古人吾不见,恨古人、不见吾狂耳"这类古文句法、语气词的运用在辛词中比比皆是。

其三,大量用典。辛词用典的密度与自由度直追文赋,因之成为稼轩体的主要特征之一,大大增强了辛词在艺术上的雅化特征,加大了词作的内涵和容量。但是,过度使事用典也造成了意义的晦涩难懂,以至于后人有"掉书袋"之讥。岳飞之孙岳珂在《桯史·稼轩论词》中,就批评过稼轩"用事多"的弊病。

---

① 王兆鹏.唐宋词史论[M].北京:人民文学出版社,2000:192.
② 陶尔夫,刘敬圻.南宋词史[M].哈尔滨:黑龙江人民出版社,1992:150.

3. 多姿多彩的艺术风格

辛弃疾兼容百家,才情洋溢,因此造就了稼轩体的包罗万象、生机勃郁。周济说"辛宽姜(姜夔)窄",既是说辛词题材的广阔无垠,体裁的各式兼备,更是说稼轩词风的博大万有,无所不能。辛词以豪放风格为主,但也有《清平乐·村居》的清新自然,《祝英台近·晚春》的婉丽柔美,《西江月·遣兴》的幽默诙谐,《丑奴儿近·博山道中效李易安体》的俚俗平易,《念奴娇·赋雨岩效朱希真体》的放旷闲逸,体现出多样纷呈的风格情调。"有的'委婉清丽',有的'秾纤绵密',有的'奋发激越',有的'悲歌慷慨',其丰富多彩也是两宋其他词人的作品所不能比拟的。"①

总之,辛弃疾是整个两宋词史成就、地位最高的词人,无论是词作内容境界、表现手法,还是语言的丰富性、深刻性、创造性和开拓性,都堪称独领风骚,空前绝后。

## 二、辛派词人

辛派词人或与稼轩同声相应,或传其衣钵,是指南宋词坛上与辛弃疾有着相同或相近的创作趋向的词人群体。在创作内容方面,多直面现实,抒发忧国忧民的爱国主义情怀;在词风词境方面,承继稼轩豪放恣肆风格,多宏阔意象、雄豪意境;在技巧手法方面,学习稼轩"以文为词",虽重音律,但不似格律词人在辞藻和音韵方面的精雕细琢。

### (一) 陆游

陆游(1125—1210),字务观,号放翁,存词130余首,有《放翁词》。陆游"有意做诗人",词作不多,但激情豪迈,堪称豪放派中坚力量。其词作大致有三类:其一,抒功业抱负,内容有类于其爱国诗作,如《诉衷情》(当年万里觅封侯),痛诉报国无门,气骨凛然。其二,寄人生感慨,多借山水风物来抒怀,如《卜算子·咏梅》,其实也正是词人一生高尚情操的形象写照。其三,咏闺情相思,或者借闺思比兴,暗藏政治诉求,或者直写爱情,如《钗头凤》(红酥手),感情真挚,缠绵悱恻,格调亦高。

### (二) 张孝祥

张孝祥(1132—1169),字安国,别号于湖居士,有《于湖词》,词学苏轼,《六州歌头》(长淮望断)直抒忠愤,在急弦促拍中传达出壮士忧国的慷慨激情;而《念奴娇·过洞庭》意境更近苏词,在广袤山河之中寻找精神寄托,词风萧散明澈。

### (三) 陈亮

陈亮(1143—1194),字同甫,号龙川,有《龙川词》,存词74首(据《全宋词》)。他为人豪侠仗义,与辛弃疾交情甚笃。其词作多表现抗战复国、救世安邦的思想情怀,风格与稼轩词相近,如名作《水调歌头·送章德茂大卿使虏》,横空而来,气势浩大,极富感召力量,但往往因为过分外露缺乏内敛而失之蕴藉。陈亮是理学大家,又长于政论,在词作中亦好发议论,其词中所论政事大多与他的政论文相互呼应,可以说不仅"以文为词",更近于"以词为文"。

---

① 邓广铭.稼轩词编年笺注[M].上海:古典文学出版社,1957:33.

### （四）刘过

刘过（1154—1206），字改之，号龙洲道人，有《龙洲词》。他精通兵法，曾于光宗朝上书宰相请求北伐，但屡试不中，潦倒江湖，布衣终生。刘过词"狂逸之中，自饶俊致，虽沉着不及稼轩，足以自成一家"（《艺概》卷四），风格在豪放狂逸之中又多有丰饶韵致。代表作《沁园春》（斗酒彘肩），以天马行空的幻想编了一个幽默奇诡的故事，来向辛弃疾解释不能赴约的原因，可谓词中绝调。但其为人过于坦荡不羁，写词有时不守音律，有时造语疏豪，对辛派后劲的粗率有一定影响。

### （五）刘克庄、刘辰翁与"辛派后劲"

13世纪下半叶，南宋王朝在异族入侵的风雨飘摇中渐渐落下帷幕，这一时期活跃于词坛的词人生活在这个战火绵延、腥风血雨的时代，大多身历亡国之患，成为元蒙统治的"遗民"。大厦倾覆之际，刘克庄、刘辰翁、陈人杰、文天祥、蒋捷等词人继承了辛弃疾的如炬情怀和如山风骨，关怀现实，抨击时变，以宏肆之笔，写悲壮之音，被称为"辛派后劲"，其中以刘克庄成就最高。刘克庄（1187—1269），字潜夫，号后村，存词200余首，有《后村居士长短句》。他的词作"不涉闺情春怨"，几乎全部关涉国家命运题材，展现了一幅辽阔的宋末社会生活画卷。代表作如《玉楼春》（年年跃马长安市），词风雄豪，但有时语言粗疏，锤炼不足。刘辰翁（1233—1297），字会孟，别号须溪，有《须溪词》，其词作继承稼轩遗风但刚雄之气远逊，特点在于吸收了杜甫以诗为史的创作精神，用词作书写了一部亡国的血泪史，如《柳梢青·春感》勾勒了临安城惨遭元军铁蹄蹂躏的情景。蒋捷（生卒年不详），字胜欲，南宋亡后，深怀亡国之痛，隐居不仕，人称"竹山先生"，有《竹山词》，在宋末词人中独树一帜，合其两长，"兼融豪放词的清奇流畅和婉约词的含蓄蕴藉，既无辛派后劲粗放直率之病，也无姜派末流刻削隐晦之失"[①]。如《一剪梅·舟过吴江》《虞美人·听雨》等，格调清新如洗，意脉流转如泉，堪称佳作。

## 第三节　姜夔与典雅派词人

与南宋大词人辛弃疾同时著称于词坛的，还有另外一位大词人——姜夔，与辛弃疾并称当时两大词风的领袖人物。姜夔词追求"清空""骚雅"的风格特征，重视审音协律、句琢字炼，音节谐美婉转，语言清刚凝练。而吴文英、史达祖、高观国等词人创作近乎姜夔之"雅词"，追求高雅脱俗的艺术情趣，词的题材以爱情、咏物为主，讲究寄托，形成了宋代又一个格律词派。直至宋末元初，"遗民"词人中张炎、周密、王沂孙等亦属姜夔传人，其词作往往通过咏物寄托亡国悲恨，延续了姜词精雕细刻、音律精严、语词典雅的艺术追求。

---

[①] 袁行霈.中国文学史:第三卷[M].北京:高等教育出版社,2014:155.

## 一、姜夔

### (一) 生平

(1154？—1221？)，字尧章，号白石道人。他少年丧父，家境贫寒，屡试不第，终生未仕，四处转徙，先后北游淮楚、南涉潇湘，后来客居合肥、湖州，晚居西湖，卒葬西马塍。他生性高洁自许，耿介正直，如孤云野鹤，飘然不群，43岁时向朝廷上《大乐议》《琴瑟考古图》，45岁又上《圣宋铙歌鼓吹十二章》，希望谋得前程，但依然科举落空，从此绝意于仕途，靠卖字和朋友接济为生，当朝贵族张鉴曾想为其买官，但姜夔拒绝了，范成大想送其一块膏腴之田，也被婉拒。他多才多艺，精通音律，能自度曲，此外诗词、散文、书法无不著称，是继苏轼之后又一难得的艺术全才。虽一生布衣，但与诸多名流交好，萧德藻妻之以侄女，范成大赠之以歌姬，连辛弃疾、朱熹、杨万里都对其相当推重。

### (二) 创作

姜夔存词80余首，有《白石道人歌曲》传世，词虽不多，但篇篇质量上乘；题材广泛，涉及感时、抒怀、咏物、恋情、写景、记游、节序、交游、酬赠等各个方面。其中艺术成就较高的大致有以下三类：

1. 恋情词

姜夔早年在合肥曾有一段恋情，同心离居，忧伤终老，此后20多年的余生从未摆脱相思之苦。如《鹧鸪天·元夕有所梦》："肥水东流无尽期，当初不合种相思。梦中未比丹青见，暗里忽惊山鸟啼。 春未绿，鬓先丝，人间别久不成悲。谁教岁岁红莲夜，两处沉吟各自知。"情致玲珑委婉，深切入骨。再如《踏莎行》(燕燕轻盈)、《长亭怨慢》(渐吹尽枝头香絮)等。姜夔爱情词应不限于写合肥恋人，但合肥恋词最受称赏，无疑是其爱情词的核心。

2. 咏物词

南宋咏物词蔚然成风，而姜夔应算个中翘楚。其长处在于能遗貌写神，并不致力于对物象具体形貌的描摹，而是用空灵飘逸之笔勾勒物象最具代表性的姿仪风骨，并将自己的身世之感、忧国之情融入其中，借景寄情，借物写心，因此含蕴隽永，风味遥深。如《齐天乐》咏蟋蟀，《念奴娇》咏荷，《暗香》《疏影》咏梅，皆是如此。

3. 感怀词

这一类词或感慨身世，描写漂泊羁旅的生活，如《忆王孙》(冷红叶叶下塘秋)；或忧国伤时，抒发不忘君国、系念时事的胸怀，如《永遇乐》(云隔迷楼)；或倾吐怨艾，流露不得用世的苦闷，如《点绛唇》(燕雁无心)；或寄情闲适，表达超凡脱俗的个性，如《石湖仙·寿石湖居士》。姜夔一生寄寓权贵之门，看遍世态炎凉，身世之感打并入家国之悲，熔铸成词中幽冷寂落的情感氛围。如《玲珑四犯·越中岁暮闻箫鼓感怀》中所叹："文章信美知何用，漫赢得、天涯羁旅。"

### (三) 艺术特征

姜夔词风格独具，艺术思维方式和手法色调都别具一格，杨万里在《送姜尧章谒石湖先生》一诗中赞姜夔之诗"吐作春风百种花,吹散濒湖数峰雪",也可作为其词风的形象写照。因此姜词别立"清空""典雅"一宗,历来评价甚高,而且影响卓著,向风慕义者绵延不绝。

1. 词风:清空骚雅

张炎在《词源》中评论白石词风:"词要清空,不要质实。清空则古雅峭拔,质实则凝涩晦昧。姜白石词如野云孤飞,去留无迹;吴梦窗词如七宝楼台,眩人眼目,碎拆下来,不成片段。"(《词源·卷中》)所谓清空,应指意念的空灵含蓄,对事物的描写避免直接刻画,而是虚处着笔,侧面烘托,淡笔勾勒,遗貌写神,也就是如张炎所说"野云孤飞,去留无迹"。如《暗香》"但怪得、竹外疏花,香冷入瑶席"。不写梅花具体形貌,而是以竹枝映衬疏花,浮出梅花冷艳姿色;以瑶席映衬冷香,透出梅花高洁品性,着墨寥寥而形神毕现,体现了空灵含蓄的特点。

张炎又评姜词:"不唯清空,又且骚雅,读之使人神观飞跃。"(《词源·卷下》)所谓骚雅,主要是指姜词继承了《诗经》《楚辞》的文学传统,多用比兴寄托,寄情寓志。如《暗香》《疏影》,其主旨向有怀人、伤时、失志、忧国等多解,于写梅之外寄托遥深。而《点绛唇》(燕雁无心)于摹写山水之中,潜藏对唐末隐逸诗人陆龟蒙之追思,表达对自身郁郁不得志际遇的深深感怀。

2. 词境:幽韵冷香

刘熙载评:"姜白石词幽韵冷香,令人挹之无尽。拟诸形容,在乐则琴,在花则梅也。"(《艺概》卷四)白石词喜用一种独特的冷色调来描写风物,处置感情,从而实现了词境的冷化和雅化。《念奴娇》中的"嫣然摇动,冷香飞上诗句",正是他词境的精妙写照。"'冷'字在白石词中出现11次,除'冷香'外,还有'冷云''冷红''冷月'等。'香'字出现16次,与'冷香'相关或最为接近的有'寒香''幽香''暗香'等。"如"波心荡、冷月无声"(《扬州慢》)、"淮南皓月冷千山,冥冥归去无人管"(《踏莎行》)、"数峰清苦,商略黄昏雨"(《点绛唇》)、"千树压、西湖寒碧"(《暗香》)、"想佩环、月夜归来,化作此花幽独"(《疏影》)等,都是以清雅之笔,营造出冷寂词境和内心深处的一种苦寒效果。

3. 词律:音节谐婉

姜夔自谓作词"音节谐婉"(《暗香》词前小序),他精通音乐,对词的审音协律非常重视,其词格律严密,用字精工。他亦擅长自度曲,其17首词自注有工尺谱,是今存唯一的宋代词乐文献[①]。而且姜夔之自度曲是先作词,后谱曲,尊重格律但并不僵化刻板,因此更可舒卷自如,从容行止,实现文字、音乐与情感的和谐共舞。

4. 词体:独立小序

继张先、苏轼在词前小序方面的尝试和发展之后,姜夔对这种体式更有创造性的探索,不仅多用词序,而且姜夔的词前小序不止于交代创作缘起,其自身往往也具有独立的艺术价值,类似于一篇精美的小品文,结构圆美,情韵俱佳。如《念奴娇》《一萼红》的词前小序,词与序一韵一散,珠联璧合。但周济也批评其"小序甚可观,苦与词复"(《宋四

---

① 袁行霈.中国文学史:第三卷[M].北京:高等教育出版社,2014:149.

家词选序论》），认为其有时重复了词境词意，陷于累赘。

## 二、吴文英

### (一) 生平与创作

吴文英(1207？—1269？)，字君特，号梦窗，晚号觉翁。一生布衣，困顿终生，长期充当权贵的幕僚，经历、个性与姜夔相似，虽因与贾似道的交往颇受人非议，但为人狷介磊落，并非钻营牟利之徒。有《梦窗词》，存词约350首，其数量在宋词史上仅次于辛弃疾、苏轼、刘辰翁(据《全宋词》统计数据)。

吴文英词作中最有代表性的题材内容主要有两类，一是忧念国事，二是追忆爱情，其余多为咏物、交游、宴饮、应酬之作。前者如《八声甘州·灵岩陪庾幕诸公游》《高阳台·丰乐楼分韵得"如"字》，伤时悼世，意脉沉痛；《瑞龙吟》《绕佛阁》《三姝媚》《古香慢》四首词应作于宋亡之后，是亲见元兵入临安而感慨时事之作(据杨铁夫《吴梦窗事迹考》)[①]。后者如《风入松》(听风听雨过清明)，悼念亡姬，情深意浓；《唐多令》(何处合成愁)，羁旅怀人，细腻清灵；《莺啼序》(残寒正欺病酒)，追怀热恋，怅然独悲。

### (二) 艺术与评价

《四库全书总目提要》云："词家之有吴文英，如诗家之有李商隐。"吴文英一生致力于词，力求自成一格，但宋词发展至此，无论是内容还是词境都已经少有拓展空间了，因此他另辟蹊径，在艺术技巧方面苦心孤诣，争奇斗巧。

1. 构思之奇——虚实互化，时空交错

其一，梦窗词多有奇特想象，构筑如梦如幻的境界。其自号就是因为他好用"梦""窗"二字。粗略统计，其词中"梦"字有170处之多，有醉梦、幽梦、昨梦、新梦、春梦、冷梦、孤梦、断梦、寒梦、正梦、别梦、残梦、倦梦等。《风入松》中"黄蜂频扑秋千索，有当时、纤手香凝"，亦真亦幻。黄蜂飞扑秋千，是眼前实景；亡姬纤纤玉手在秋千上残留的芳泽其实早已消散，本是由于苦苦追思而产生的幻觉，而加以"有"字，绾合今昔，贯通虚实，令人瞬间堕入词境。

其二，打破时空变化的惯常次序，将不同时空的情事剪接到同一幕场景，往往采用突变性的意脉结构。"时空场景的跳跃变化不受理性和逻辑次序的约束，且缺乏必要过渡与照应，情思脉络隐约闪烁而无迹可求。这强化了词境的模糊性、多义性。"[②]这类似于现当代文学中的意识流手法。如《齐天乐》："三千年事寒鸦外，无言倦凭秋树。"这是一句之间的时空跳转，瞬间由此情此景腾跃入苍茫远古，"寒鸦"是当下，由寒鸦的消逝徐徐展开三千年的过往；"倦凭"又是眼前，刹那折回现实思绪，对三千年古史的感慨与对当今国事的感慨妙合无垠，堪称高调。

---

① 吴熊和.唐宋词通论[M].北京：商务印书馆，2003：259.
② 袁行霈.中国文学史：第三卷[M].北京：高等教育出版社，2003：193-194.

**2. 修辞之奇——色彩秾艳,造语新异**

或许是长期寓居生活造成的心灵压抑,或许是别出机杼的艺术追求,梦窗词的修辞方式和语言运用呈现出一种生新奇异的面貌。叶嘉莹在《嘉陵论词丛稿·拆碎七宝楼台——谈梦窗词之现代观》一文中认为吴词具有现代性,一是叙述往往使时空为交错之杂糅;二是修辞但凭一己之感性所得,而不依循理性所惯见习知的方法。

其一,他在词语搭配时往往打破语法和修辞惯例,凭主观感受进行令人意想不到的组合,喜欢出奇想、用奇字、作奇语。比如他写烛光摇曳用"滟蜡","滟"字是形容水光的,却用来形容烛光;再如"伴窗里嚼花灯冷",灯盏是圆形的,像人的口唇,灯芯在灯盏边闪动,如同"嚼花"。还有"荒翠""老红"之类,形容词用得非常奇特。

其二,喜欢用富于色彩感和装饰性的形容词和意象,而且色彩多秾艳而不同寻常。如写床帐是"绀纱帐"(红黑色),还有诸如"蓝云""鸦绿"之类,用色沉重而压抑,造成了一种心理上的怪异感。

**3. 风格之奇——密丽深幽,晦涩曲折**

吴文英词语言华丽,意象稠密,意绪遥深,形成了密丽深幽的词风,因此张炎称之为"质实"。这种风格尤受清人推崇,《四库全书总目提要》:"绵丽为尚……用笔幽邃……犹之玉溪生之诗,藻采组织,而神韵流转,旨趣永长,未可讥其獭祭也。"但其过度雕绘、堆砌辞藻、词义晦涩之缺陷,也广受诟病。

## 三、其他姜派传人

### (一)张炎

张炎(1248—1322?),字叔夏,号玉田,晚号乐笑翁,存词约300首,有词集《山中白云词》。故与姜白石并称"双白"。其词论著作《词源》是文学史上第一部词学专著。张炎以"清空""雅正"为词学主张与创作追求,其词风格最像姜夔,又独具清旷俊逸之气。如《八声甘州》:"载取白云归去,问谁留楚佩,弄影中洲?折芦花赠远,零落一身秋。"咏物写景词以《解连环·孤雁》《南浦·春水》闻名,因而被称为"张孤雁""张春水"。张炎的词对清人影响很大,甚至有"家白石而户玉田"之说。朱彝尊《解佩令》自言"不师秦七,不师黄九,倚新声、玉田差近"。清代的浙西词派虽然标榜姜夔,但实际上词风近张炎者多。

### (二)王沂孙

王沂孙(1240?—1290?),字圣与(或作予),又字咏道,号碧山,又号中仙,有《碧山乐府》,又名《花外集》,存词60余首。尤工于咏物,常用典故、比兴、拟人等手法,使物象具有丰富的社会人生意蕴。因此,其词往往有深远的寄托和象征隐喻意味,如《眉妩·新月》《齐天乐·蝉》等,物我浑融,将常见的客观景物赋予时代意义,贯注了宋末遗民历尽沧桑、复国无望的凄凉心境。

### (三)周密

周密(1232—1298?),字公谨,号草窗、蘋洲,又号四水潜夫,与吴文英并称南宋"二窗"。有《蘋洲渔笛谱》（又名《草窗词》），存词150余首。其词着意于意趣的醇雅，远承周邦彦，近袭姜夔，又学习了梦窗词风，还有一些借鉴苏辛的成分，故其词风格多样，骚雅清空与密丽深涩兼而有之。集中《一萼红·登蓬莱阁有感》被誉为压卷之作，另外《曲游春》《玉京秋》等词风飘逸，都值得一读。

### （四）史达祖

史达祖（生卒年不详），字邦卿，号梅溪，有《梅溪词》，今存112首。亦为姜夔羽翼，词风与白石有神似之处，其特点一是工于炼字，善于熔裁警句，诸如"做冷欺花，将烟困柳"（《绮罗香》），"断浦沉云，空山挂雨"（《齐天乐·秋兴》），"画里移舟，诗边就梦"（《齐天乐·湖上即席分韵得"羽"字》）等，都令人涵咏，别有韵致。二是在咏物方面有所新变，视角独特，意境醇雅，其最有代表性的作品就是咏燕的自度曲《双双燕》和咏春雨的《绮罗香》，前者被推许为咏燕绝调。

**作品学习**

1. 李清照《声声慢》
2. 辛弃疾《摸鱼儿》
3. 姜夔《扬州慢》

## 李清照《声声慢》鉴赏

这首词是李清照晚年名作，全篇通过描写庭院秋景来抒发悲秋之情，写透了作者国破家亡、夫死寡居、漂泊流徙、暮年无依的深悲巨恸。这首词主要的艺术特点有三：

其一是用叠字，押险韵，营造出幽咽苦涩的声韵效果。其开篇连用14个叠字的手法向来备受称道，明代吴承恩辑《花草新编》："首起十四叠字，超然笔墨蹊径之外，岂特闺闱，士林中不多见也。"①再加上后文"梧桐更兼细雨，到黄昏，点点滴滴"，连绵而下，今人胡云翼赞其如"大珠小珠落玉盘"。所选用叠字主要是舌尖音、唇齿音，发音急促，交错摩擦，嘈嘈切切，传达出作者凄惶难安的心境。而词押仄声韵，又使用了像"黑"字这样的险韵，突出了悲切黯哑、起伏不平的声情效果。陈廷焯《白雨斋词话》说："'黑'字不许第二人押。"

其二，层层铺叙，意脉连绵，结构谨严完美。开篇14个叠字总括词意，奠定了全词的感情基调，意思可分为三层："寻寻觅觅"写若有所失的茫然失措，"冷冷清清"写寻无获的冰冷结果，"凄凄惨惨戚戚"写因寻而无获的结果而产生的内心感受。家国、爱情、青春、梦想、安宁、积蓄……李清照失去了她人生中的一切，无处追寻，空留一片残破。因为"乍暖还寒"，所以心情烦乱，饮酒暖身暖心，却酒淡不敌风急。仰望碧空，雁逢旧识，可还是当年"雁字回时"的信使？坐拥黄花，菊添新愁，再难觅过往"帘卷西风"的情事。枯坐

---

① 王仲闻.李清照集校注[M].北京:人民文学出版社,1979:66.

窗前,黄昏听雨,这是独居的老年人最平常的生活状态,声声刺心,日复一日,所有的苦难刺激只能默默吞咽,尽藏心底。因此,最后一句"怎一个愁字了得"是不结之结,画龙点睛,言已尽,意无穷。这首词打破了上下阕界限,前后一气连贯,顺承而下,情思如行云流水,结构如圆转珍珠。

其三,语言雅俗结合,流畅自然。全词不用典故,不用生僻字词,而是大量运用口语词汇、口语句式,消除了与读者的隔膜之感,直诉心声,感人肺腑。另外,又以清淡之笔构筑了满园菊花、梧桐细雨等独具意味的文学情境,引发读者多一重联想,完成了诗情的细化、深化与美化。

## 《摸鱼儿》鉴赏

本篇作于淳熙六年(1179)春。辛弃疾时年40岁,南归已17年,这17年中作者不但没有得到重用,实现救国之志,反遭朝廷猜忌排挤,被接连迁职十几次。此番由湖北转运副使调官湖南,依然担任主管钱粮的小官,离前线越来越远,作者十分失望,一腔郁闷,发于文字。这首词继承了屈骚"香草美人"的比兴传统,用春情相思、落花佳人来比兴,隐喻现实斗争和政治情怀,笔法纵横不群又曲折尽致,缠绵悱恻又荡气回肠。

陈廷焯评此词曰:"词意殊怨,然姿态飞动,极沉郁顿挫之致。起处'更能消'三字,是从千回万转后倒折出来,真是有力如虎。"(《白雨斋词话》卷一)开篇"更能消几番风雨?匆匆春又归去。惜春长怕花开早,何况落红无数",起笔劲健飞逸,语意却悲抑哀凉,千回百转:开了一半的残花,还能经得起几次风吹雨打?今春又是如此匆匆断送。"风雨"在这里具有多义性,既是自然界中的风雨,又象征着作者所遭受的政治打击。而"落红"也正代表着作者心中美好理想的凋零,困顿蹉跎,转眼已至不惑之年,我还有时间、有机会去实现"致君尧舜上"的价值追求吗?"春且住"是绝望之中的无理之求,而春天是永远不会给作者以答复的,只有那蜘蛛痴狂如我,还在徒劳地吐丝织网,妄图把春天暂且留住。

下阕用汉武帝时陈皇后失宠幽居的典故,比喻自己的失意被弃。以男女比君臣,以恋情寄理想,以佳人而自喻,这是古典诗词源远流长的比兴传统。而词人最担心的却不是君王的冷遇,更不是要跟玉环、飞燕那样阿谀奉承、飞扬跋扈的小人争宠,他最担心的是国家会在奸臣佞徒的作威作福中落到什么样的下场?"君莫舞"三句,正是对这些小人的警告:你们不要太得意忘形,你们的下场一定会和杨玉环、赵飞燕之流一样,被历史的巨轮碾为尘土,落得骂名千古!而最后三句提醒不要登高远望,因为那惨淡夕阳在烟雾蒙蒙中向下沉落的景象真是令人断肠!"夕阳"向来是国势衰微的隐语,这一幅图景寄托了辛弃疾对腐败颓废南宋朝廷的深深忧虑。

此词采用了婉约旧体的形式,实质上却是"有力如虎",以阳刚浑雄的如椽之笔,罗织香草美人的柔婉意象,组织成缠绵多丽的凄艳词章,体现了辛词摧刚为柔、语媚意深的特殊风格。

## 姜夔《扬州慢》鉴赏

本词前有小序,对创作时间、地点以及缘起均作了交代。金兵曾两次大举南侵,扬州也因此两次遭受战火洗礼,一座软红十丈、繁华如梦的名城只剩得"四顾萧条,寒水自碧",触发作者感慨,因作此词。此序语言凝练,意境隽雅,本身就是一则精美小品。

词的上片先写慕名已久的古扬州城,却是以一片荒凉残破的景象呈现在自己眼前,枯木森森,荠麦青青,清角悲吹,愁绕空城。陈廷焯评价:"写兵燹后情景逼真。'犹厌言兵'四字,包括无限乱伤语。他人累千百言,亦无此韵味。"(《白雨斋词话》)词的下片则巧妙用典,大胆想象:纵然才华横溢如杜牧,如若重游扬州,面对今日的萧条破败,也应该触目惊心,无言以对了;纵然有妙龄女郎歌唱他绝妙的诗作,纵然有青楼美梦激发他联翩的灵感,恐怕也会情思枯竭、无从下笔了。虽然二十四桥这一风景名胜还得以幸存,可是它现在的境况怎样呢?繁华落尽,玉人无踪,空对着波浪轻摇,月色寒凉。纵使冬去春回,万物复苏,艳红的芍药花盛开了,可是赏花人又何在呢?只能是"岁华尽摇落,芳意竟何成",自开自落,徒增悲伤。

这首诗最突出的高妙之处有二:其一,抒情写意点到即止,含蓄蕴藉。姜夔认为诗词创作要做到"句中有余味,篇中有余意"(《白石道人诗说》),这首词即是成功的范例,选用意象淡笔点染,以境出之,给读者留下无尽的想象空间。如词人在表现城池颓败的时候,选用了"废池乔木""荠麦青青""清角吹寒"这些景物,并将其统摄于一个"空"字,如电影中的空镜头,引人遐思。其二,处处对比,在落差中产生诗歌的张力和感染力。如"过春风十里"与"尽荠麦青青","杜郎俊赏"与"重到须惊","二十四桥仍在"与"波心荡、冷月无声",绚艳"桥边红药"与寂寥"知为谁生",都是以乐景反衬哀情,冲击强烈,发人深省。总之,这首词融情入景,韵味无穷;今昔对比,虚实相生;化用前人诗境又能独出机杼,语言清雅畅达,音韵流转谐美,传颂千古,实至名归。

### 延伸阅读

**1. 原典阅读**

(1)阅读《李清照集校注》(王仲闻校注,人民文学出版社,1979年版),体会李清照前后期词风的变化与个人艺术特色。

(2)阅读《稼轩词编年笺注》(邓广铭笺注,古典文学出版社,1957年版),重点阅读教材中提到的篇目,感受辛词的艺术成就与多样风格。

(3)阅读《姜白石词编年笺校》(夏承焘笺校辑著,中华书局,1958年版),重点阅读教材中提及的篇目,品味姜夔词的艺术魅力。

**2. 研究文献阅读**

(1)阅读《南宋词史》(陶尔夫、刘敬圻著,黑龙江人民出版社,1992年版),梳理南宋词坛的发展脉络与流派特征、名家名作。

(2)阅读《南宋名家词选讲》(叶嘉莹著,北京大学出版社,2007年版),掌握南宋词坛名家的代表作品、风格特色。

(3)阅读《辛弃疾词心探微》(刘扬忠著,齐鲁书社,1990年版),深入把握辛弃疾著名词作中呈现出的作者的思想情感与艺术追求。

## 拓展训练

1. 请查阅夏承焘《李清照词的艺术特色》(见《月轮山词论集》)、傅庚生《傅庚生说〈声声慢〉叠字》(见《中国文学欣赏举隅》)等资料,分析《声声慢》(寻寻觅觅)的声调特点和语言艺术。

2. 王国维在《人间词话》中提出:"有有我之境,有无我之境。……有我之境,以我观物,故物我皆著我之色彩。无我之境,以物观物,故不知何者为我,何者为物。"你认为辛弃疾《水龙吟》(楚天千里清秋)中的景物描写是"有我之境"还是"无我之境"?请说明理由。

3. 苏轼和辛弃疾向来被作为豪放词的领军人物,但词风在具体表现上又有种种差异,王国维《人间词话》曰:"东坡之词旷,稼轩之词豪。"请试写一篇小论文,论述苏、辛豪放词的异同。

4. 张炎《词源》云:"姜白石词如野云孤飞,去留无迹;吴梦窗词如七宝楼台,眩人眼目,碎拆下来,不成片段。"你是否认可这段评论中对姜、吴二人的褒贬?请结合姜夔与吴文英的创作谈谈你自己的看法。

# 第三章 宋代散文

## 文学史

中国古代散文至宋代,在沿袭唐代散文发展路径的基础上又有了进一步的新变。总体而言,宋代散文的发展与宋王朝实施开明的文化政策密切相关。北宋统治者有鉴于唐王朝灭亡的教训,为了加强中央集权,避免军阀割据,实行了一系列开明的政策。如广取人才,优待文士;广开言路,立不杀之诫等,使文人充分发挥自己的才能,散文呈现出繁荣景象。

宋代散文是我国古代散文发展史的一个重要阶段。有宋一代300多年间,文坛上出现了众多的散文作家。据《全宋文·序》载,《全宋文》共收录两宋时期散文作家逾万人,作品超出10万。[①]如此浩繁的作品数量,足见宋代散文创作之盛。

从文学总体成就上讲,由于宋代生产力的发展和文化的全面繁荣,其散文成就也超过了唐代。"唐宋八大家"中,宋朝就有欧阳修、苏洵、苏轼、苏辙、曾巩、王安石6位,可见宋代散文成就之高。他们平易自然、质朴流畅的文风,奠定了元明清三代散文的基础。散体文之外,骈文也是宋代散文中风靡一时的文体。欧阳修、曾巩、王安石、苏轼、汪藻等都是四六文的重要作家。宋代骈文受古文创作思想的影响,文风由华靡富赡而趋于疏淡朴实,平易晓畅。宋代的赋体文学发展出现了新变,不少古文家以散文笔法对传统赋体进行改造,于是出现了一种新的散体赋,又称文赋。宋代作家的文集中,大多都有赋作,而欧阳修、梅尧臣和苏轼等则是其中成就最高者。

## 第一节 宋代散体文

宋代散体文的发展经历几个发展阶段,各个阶段散体文的文风、题材内容和写作手法各有特点,正如刘勰《文心雕龙·时序》所云:"文变染乎世情,兴废系乎时序。"

---

① 曾枣庄,刘琳.全宋文[M].上海:上海辞书出版社,2006:1.

## 一、北宋初期的复古文风

宋代散体文的第一个时期为北宋初期,即太祖建隆初年到真宗乾兴年间(960—1022),约60年。宋初散体文整体上呈现出朴素务实的创作倾向。北宋初期,以柳开、王禹偁、穆修、石介等人为代表,反对唐末五代以来的浮靡文风,欲将散体文引向健康的发展道路。其中柳开、王禹偁成就最高。

宋初最先倡导古文的作家有四人,号称高、梁、柳、范。据《宋史·文苑传·梁周翰传》载:"五代以来,文体卑弱,周翰与高锡(《香祖笔记》卷十作"高弁")、柳开、范杲习尚淳古,齐名友善,当时有高、梁、柳、范之称。"四人之中,柳开影响最大。《宋史·尹洙传》云:"自唐末五代,文体卑弱,至宋初,柳开始为古文。"柳开正是看到四六文的卑弱衰颓之弊,才大力提倡古文的。

柳开(947—1000),原名肩愈,字绍先(一作绍元),号东郊野夫,大名(今属河北)人。柳开为人粗狂,自称"师孔子而友孟轲,齐扬雄而肩韩愈"(《上符兴州书》),故名肩愈(继承韩愈),字绍元(继承柳宗元)。柳开为文,以孔、孟、扬雄、韩愈、柳宗元为宗,复兴古道,反对宋初华靡文风,为宋初古文风气的倡导者。其《应责》曾云:"吾之道,孔子、孟轲、扬雄、韩愈之道;吾之文,孔子、孟轲、扬雄、韩愈之文也。"并进一步提出他对古文的主张,"古文者,非在词涩言苦,使人难读诵之,在于古其理,高其意,随言短长,应变作制,同古人之行事,是谓古文也。"柳开对古文的主张很通达,然其古文作品却未能达到他自己的理想,未免"词涩言苦"。柳开提倡孔、孟、扬、韩古道,推崇"古其理,高其意",明白晓畅的散文,对宋初文风的转变有一定的积极意义,然其散文成就不高,故影响不是很大。从柳开现存的散文来看,其《汉史扬雄传论》《扬子剧秦美新解》《代昭君谢汉帝书》《上窦僖察判书》等都是很有新意的文章。

北宋初期,约与柳开同时的另一位诗文革新运动先驱则是王禹偁。王禹偁(954—1001),字元之,济州巨野(今山东省巨野县)人。王禹偁出身贫寒,家境虽贫,然志向远大。王禹偁为人刚直,誓言要"兼磨断佞剑,拟树直言旗"。其为文著述,多涉民间疾苦,政事得失。《上太保侍中书》云:"少苦寒贱,又尝为州县官,人间所病,亦粗知之。"《宋史》本传亦云:"为文著书,多涉规讽,以是颇为流俗所不容,故屡见摈斥。"王禹偁古文,以政论散文著称,且有自己明确的主张。其《答张扶书》提出为文要"传道而明心"的主张。既要"传道而明心",文就不能写得"句之难道""义之难晓",行文务必平易晓畅,明白自然。王禹偁推崇韩愈古文,就是推崇其平易自然的一面。他说:"吾观吏部之文,未始句之难道也,未始义之难晓也。……如能远师六经,近师吏部,使句之易道,义之易晓;又辅之以学,助之以气,吾将见子以文显于时也。"(《答张扶书》)这不仅是王禹偁对张扶的教导,同时也是王禹偁自己的文学主张,即文章既要写得内容充实,而且还要明白易晓;既要有"气",还要有"学"。王禹偁与柳开相比,其可贵之处在于能够很好地以其古文创作践行自己的主张。其政论文名篇《应诏言事疏》和《朋党论》皆是如此。王禹偁除政论文外,一些"代拟"体、杂记、史论,也有一定的时代特色和现实意义。

北宋初期,倡导并创作古文者,还有穆修、张景等人,皆能羽翼柳、王,反对骈体四六文之浮靡文风。《梦溪笔谈》卷一四云："往岁士人,多上对偶为文,穆修、张景辈始为平文,当时谓之古文。"穆、张二人在柳、王之后,然沈括却说"始为"者,大概是因为一般士人仍"多上对偶为文"。穆、张二人虽倡导古文,但文风有"拙涩"之弊,这与当时士大夫为文"求深""务奇"的创作追求有关。宋初这批古文家的创作实践,为宋代文风之转变和确立,做好了准备。

## 二、北宋中后期散体文的分化

第二个时期为北宋中后期,即仁宗天圣初至徽宗宣和末(1022—1127),约100年。这一时期,伴随着宋代社会政治改革,散文创作内容也出现了分化,呈现出了异彩纷呈的局面,在艺术上形成了宋代散文的鲜明特色。总体而言,以欧阳修、曾巩、王安石、苏氏父子等人为代表的散文作家大力创作,形成了宋代散文自然平易、流畅清新的新文风。北宋时期的政论散文表现出了更强烈的现实功利性,即为现实政治服务,议论纡徐有致,逻辑清晰。苏轼的散文创作标志着宋代古文运动的最高成就和彻底胜利,其散文的主要特点是"辞达"和"通脱"。

宋仁宗在位期间,正是北宋王朝政策得失显现出后果之时。一方面,宋初广取人才、广开言路的积极政策已见实效;另一方面,冗官冗费、因循苟安的政策弊害已显。大批寒门庶士经科举之路步入仕途,享受着优厚的待遇,故而对国计民生非常关注,参政议政的热情日益高涨。庆历年间,以范仲淹为代表的政治改革家掀起了朝政改革运动,史称"庆历新政"。伴随着"庆历新政"的实施,一批文人士大夫不满"时文",提倡改革文风,掀起了轰轰烈烈的诗文革新运动。于是,在散文领域,以古文言事、论政、议兵、论道成为时代风气。这一时期,古文以绝对的优势压倒"时文",文坛涌现出了一大批杰出的古文大家。从这一时期古文的思想内容来看,大致有如下几个方面。

### (一)范仲淹等人的论政议兵之文

范仲淹(989—1052),字希文,北宋著名文学家、政治家、军事家。他为政清廉,体恤民情,刚直不阿,力主改革,屡遭奸佞诬谤,数度被贬。皇祐四年病逝于徐州,终年63岁,谥文正,有《范文正公集》。范仲淹一生的主要功绩在政治和军事方面,然对于文章也有所主张,如其《奏上时务书》中就提出改革文风的主张:

> 臣闻国之文章,应于风化。风化厚薄,见乎文章。是故观虞夏之书,足以明帝王之道;览南朝之文,足以知衰靡之化。……伏望圣慈,与大臣议文章之道,师虞夏之风。况我圣朝千载而会,惜乎不追三代之高,而尚六朝之细。然文章之列,何代无人?盖时之所尚,何能独变?大君有命,孰不风从!可敦谕词臣,兴复古道;更延博雅之士,布于台阁,以救斯文之薄,而厚其风化也,天下幸甚。①

这里尚"虞夏之书",黜"南朝之文";尊"三代之高",贬"六朝之细",名为"兴复古道",实乃以之革除"时文"之弊,并希望宋仁宗能够"敦谕词臣","以救斯文之薄,而厚其风化"。范仲淹提倡"兴复古道",主要针对政教风化而发,是就文章之"质",也即内容的革新。

---

① 范仲淹.范仲淹全集[M].李勇先,王蓉贵,校点.成都:四川大学出版社,2007:200.

范仲淹古文的主要内容多涉政治。以其《述梦诗序》为例,此文本非论政之文,然而也表达了自己的政治见解。文中对唐代两次政治改革的重要人物提出了自己的看法,认为李德裕"独立不惧",王叔文"知书好论理道",元稹"无所畏避",而刘禹锡、柳宗元、吕温等则是"涉道非浅"的"非常之士",最后指出评价人物功过,不应以"其成败而书之"的观点。范仲淹对这些人物的肯定和赞扬,实寓有自己政治革新失败的身世之感,感情真挚而强烈。

范仲淹最为世人传诵的古文名篇是《岳阳楼记》,此文也体现了范仲淹古文言事论政的特色。《岳阳楼记》是范仲淹于庆历六年(1046)九月十五日,应好友巴陵郡太守滕子京之请,为重修岳阳楼而写的。文章通过对洞庭湖的侧面描写衬托岳阳楼之壮观。本文命意在于借作记之机劝慰被贬的好友滕子京。滕子京是被诬陷擅自动用官钱而遭贬,范仲淹在文中含蓄规劝他要"不以物喜,不以己悲",并试图以自己"先天下之忧而忧,后天下之乐而乐"的博大胸襟、济世情怀和乐观精神感染老友。《岳阳楼记》超越了单纯写山水楼阁的狭境,将自然界的晦明变化、风雨阴晴和"迁客骚人"的"览物之情"结合起来写,从而将全文的重心放到了纵议政治理想方面,扩大了文章的境界。《岳阳楼记》以赋法入古文,铺排状物与议论相结合,形成了独特的风格,这也充分体现了宋代散文的时代特征。

与范仲淹同时的尹洙、石介、苏舜钦等,也是庆历新政的支持者。尹洙(1001—1047)论文与范仲淹同尚"古道"。尹洙古文最主要的当属论兵之作,其《叙燕》《息戍》《兵制》诸篇便是代表。石介(1005—1045),字守道,主张文章必须为儒家的道统服务,曾作《怪说》等文,抨击宋初浮华文风。石介提倡古文古道,不遗余力。其贡献有二:一是为儒家争"正统",力排佛、老;二是为古文争地位,力斥骈文。石介几乎言必称"道",他排列出了一个比韩愈更详尽的儒家"道统"的谱系,其中包括伏羲、神农、黄帝、少昊、颛顼、唐尧、虞舜、夏禹、汤、文、武、周公、孔子(《尊韩》),以及孟轲、扬雄、王通、韩愈等"贤人"(《与士建中秀才书》)。石介《怪说》将佛、老聃及杨亿之西昆体合称为"三怪",并主张禁绝,他指出佛老之说乱俗,杨亿之文害政。石介指斥杨亿之言未免偏激,其狂诞之气近于柳开,然石介之古文成就高于柳开。《宋史》本传称其"为文有气",从其《怪说》《根本》《明禁》《是非辩》《复古制》《辨惑》等文来看,这一特点还是相当突出的。石介古文多针对现实而作,心有所愤激,发而为文,不仅有"气",且明白易晓,与杨亿等人"浮华纂组"之时文大相异趣。苏舜钦(1008—1048)在政治上倾向于以范仲淹为首的改革派,其古文与穆修并称,然成就高于穆修。苏舜钦不受当时浮艳文风的束缚,与穆修等致力于古文和诗歌的创作,对同时的许多作家有过积极影响。宋荦《苏子美文集序》云:"(子美)文章雄健负奇气,如其为人。"苏舜钦为文,勇于言事,与石介相似,其《乞纳谏疏》《论五事》《上范公参政书》等,都能针对时政"道人所难言"。最能体现苏舜钦"雄健负奇气"特点的要数《答韩持国书》了,此文意气甚盛,写得慷慨激愤,豪放不羁。

### (二)欧阳修、曾巩、王安石的政事之文

真正将诗文革新运动推向高潮,并取得重要成就的古文家则是以欧阳修为代表的一批作家,而欧阳修成就最高,影响也最大。欧阳修不仅与穆修、尹洙、石介、苏舜钦等人同时从政,倡导古文,而且还培养了如曾巩、王安石、苏氏父子等一大批重要的古文大家,从而彻底改变了北宋的文风,使单行散句之古文成为文坛的主流,对宋代散文的发展产生

了重要的影响。

欧阳修（1007—1072），字永叔，号醉翁、六一居士，吉州永丰（今江西吉安）人。后人将其与韩愈、柳宗元和苏轼合称"千古文章四大家"。与韩愈、柳宗元、苏洵、苏轼、苏辙、王安石、曾巩并称为"唐宋散文八大家"。欧阳修是在宋代文学史上最早开创一代文风的文坛领袖。北宋诗文革新运动，继承并发展了韩愈的古文理论。欧阳修的散文创作的卓越成就与其古文理论相辅相成，从而开创了一代文风。

嘉祐二年（1057），欧阳修利用知贡举的机会，对太学体①"险怪奇涩"之文大加贬黜，于文风之改革影响甚大。《宋史》本传云："时士子尚为险怪奇涩之文，号太学体。修痛排抑之，凡如是者辄黜。毕事，向之嚣薄者伺修出，聚噪于马首，街逻不能制。然场屋之习，从是遂变。"沈括《梦溪笔谈》卷一九评价说："嘉祐中，士人刘几，累为国学第一人，聚为险怪之语，学者歙然效之，遂成风俗。欧阳公深恶之。会公主文，决意痛惩，凡为新文者，一切弃黜。时体为之一变，欧阳之力也。"欧阳修在痛斥险怪文风的同时，又能奖掖质朴之文。曾巩与苏氏父子等人，都得到了欧阳修的提携。

欧阳修论文常与道并举，近于韩愈。欧阳修自称："我所谓文，必与道俱。"（见苏轼《祭欧阳文忠公文》）韩愈等人言道，是作为朝政改革的理论依据，而欧阳修之所谓道，更与时事政治密切相关。他在《与张秀才第二书》中云：

君子之学也务为道，为道必求知古。知古明道，而后履之以身，施之于事，而又见于文章而发之，以信后世。其道，周公孔子孟轲之徒常履而行之者是也。其文章，则六经所载而取信者是也。

又云：

孔子之后，惟孟轲最知道，然其言不过于教人树桑麻、畜鸡豚，以谓养生送死为王道之本。……其事乃世人之甚易知而近者，盖切于事实而已。

欧阳修言道，虽从周公孔子说起，然最终的落脚点则在"切于事实"。韩愈论道，已被视为"形而下"了。欧阳修接近韩愈，则更注重实际。以此思想认识发而为文，欧阳修的文章则能时时从实际出发，不空谈道，表现于文风方面，便是内容充实，平易自然。

欧阳修的政论文全从实际出发，直言不讳，尤其是吏治与军事方面，在做谏官期间，提出了不少改革的建议和措施。最有代表性的当属《朋党论》，此文从驳斥朝廷写起，进而驳斥在朝天子。

欧阳修此文，列举史实，针砭时弊，严正质直，直言不讳，无所顾忌。欧阳修如此文风，尽显其人格与胆气。欧阳修政论古文如此，其他各体杂文亦如此。这方面的文章如《记旧本韩文后》《答陕西安抚使范龙图辞辟命书》《与荆南乐秀才书》等。严正质直，平易自然是欧阳修政论古文的一大特色，同时也是宋代散文的共同特点。

---

① "太学体"是指北宋时流行的一种官廷文体，具有险怪艰涩的特点，始作俑者是以激烈讨伐时文出名的太学讲官石介。石介视西昆为寇仇，作《怪说》三篇，猛烈抨击杨亿"穷妍极态，缀风月、弄花草，淫巧侈词，浮华纂祖"，提出了"文恶辞之华于理，不恶理之华于辞"的论调。他的这种论调在太学生中影响极大，形成了"太学体"。

欧阳修古文的第二个特点是"纡余委备""容与闲易"。关于这一特色,苏洵《上欧阳内翰第一书》中说得很明确:"执事(指欧阳修)之文,纡余委备,往复百折,而条达疏畅,无所间断。气尽语极,急言竭论,而容与闲易,无艰难劳苦之态。"欧阳修《与高司谏书》是这一古文特色的代表作。这封信写于 1037 年,欧阳修时年 30 岁。这封书信本是在欧公极为愤激的情绪中写成,但下笔之际,却从容不迫。作者先追述自己对高司谏位列御史及其贤名的不解,进而指出高司谏身为谏官,却对朝廷的不合理举措"俯仰默默",其所为非君子所当为,但引而未发。接着说:"自足下为谏官来,始得相识。侃然正色,论前世事,历历可听,褒贬是非,无一谬说。噫!持此辩以示人,孰不爱之?"本想指责其"谬说",但又先称其"论前世事"而"无一谬说",一再曲折,仍引而不发。此后才说:"是予自闻足下之名及相识,凡十有四年,而三疑之。今者,推其实迹而较之,然后决知足下非君子也。"所谓"实迹",就是范仲淹被贬,而高若纳不仅不谏,反说其当贬。行文至此,本该破口大骂了,但文章又转而叙写范仲淹为人及遭贬之缘由,将郁结之气再一次压制下去。文章在痛陈高若纳所为之后,责其为"不材谏官""君子之贼",身为谏官,不言就该引咎辞职;既不辞职,而又"昂然自得",便是"不复知天下有羞耻事"之人。文章在"往复百折"之后,才骂他无耻。文章写得"纡余委备""容与闲易",如此,实乃欧阳修古文之一大特色。其他如《读李翱文》《答吴充秀才书》等篇,也都如此。

欧阳修古文的第三个特点是言简而意深。欧阳修之文,虽"纡余委备""往复百折",但并非不求简练。"言简而意深"是欧阳修文的另一特色。作于宋仁宗庆历六年(1046)的《醉翁亭记》,便是一篇"言简而意深"的典范之作。《醉翁亭记》的语言高度概括,含义丰富。首先,是作者在开篇仅用"环滁皆山也"五字,高度概括了滁州一代的地理形势特点和醉翁亭所处的优美环境,给人留下无限的想象空间。其次,文中首创的"醉翁之意不在酒""水落石出",不仅被同时代和后来的作家所用,而且还凝固成稳定性强、规范性高的成语,发挥了它们的引申意义。再次,《醉翁亭记》的语言凝练精粹,晶莹润畅。如写晨昏景象之异,只用两句就概括殆尽:"日出而林霏开,云归而岩穴暝。"林、岩、晨气、暮霭,均是山间习见之物,以此下笔,切景切情。同时,"出""开"联属,"开"是"出"的后果;"归""暝"联属,"归"是"暝"的前提。动词用得出神入化,互为因果,使变化着的山景逼真欲现,恍若在即。滤沥文词水分,浓缩语言容量,使片言能明百意,只字足敌万语,达到妙造精工的地步。

以上几点,是欧阳修古文的主要特征。欧阳修不仅是文学家,而且还是史学家。其史学著作和学术著作也都独具特点,然与其古文相同的一点则是笔端常带情感。史学著作如《五代史·伶官传序》,于史家之文中,抒写自己强烈的感慨,自司马迁之后,甚为少见。学术著作如《集古录跋尾》,大多篇章也是感情充沛,有如杂文。其中的《唐华阳颂跋尾》是一篇金石题跋,本应只谈学术,不动情感,而欧阳修却能旁敲侧击,口诛笔伐,将其写成一篇力辟佛老的绝妙文章。欧阳修此类文章,在历代序跋中,别具特色。

与欧阳修并称的曾巩,也是一位成就显著的古文大家。曾巩(1019—1083)为政廉洁奉公,勤于政事,关心民生疾苦,文学成就突出,其文"古雅、平正、冲和",位列唐宋八大家,世称"南丰先生"。曾巩为人为文,与欧阳修相似,后人论文常以"欧曾"并称。清人何良俊《四友斋丛说》卷二三云:"曾南丰文,严正质直,刊去枝叶,独存简古。故宋人之文,当称欧苏,又曰欧曾。"①这里,何良俊不仅将欧苏、欧曾并称,而且也指出了曾巩古文的特点是"严正质直""独存简古"。曾巩文学上主张先道而后文,但比欧阳修更重于道。其文道观直接影响了古文创作,形成质朴无华、自然流畅的特色。曾巩文章的这一特色在其不同题材的古文中均有体现。其政论文章如《上欧蔡书》,赠序杂记之文如《赠黎安二生序》等,学术、艺术文章如《战国策目录序》《墨池记》等,都写得朴实无华,自然晓畅,纵论古今,只是学者气更为浓厚一些。《宋史》本传云:"曾巩立言于欧阳修、王安石间,纡徐而不烦,简奥而不晦,卓然自成一家,可谓难矣。"这一评价,比较中肯,而"纡徐""简奥"也概括了曾巩古文的主要特点。客观而论,曾巩古文成就前不及欧阳修,后不逮王安石。

王安石(1021—1086),字介甫,号半山,临川(今江西抚州市临川区)人,北宋著名的思想家、政治家、文学家、改革家。王安石是熙宁变法的主持者,一生功绩主要在政事,其古文内容最主要的方面便是政论。王安石论文主张文道合一,以道为主,重质轻文。他在《上人书》中云:

尝谓文者,礼教治政云尔。其书诸策而传之人,大体岊然而已。而曰"言之不文,行之不远"云者,徒谓"辞之不可以已也",非圣人作文之本意也。……且自谓文者,务为有补于世而已矣。所谓辞者,犹器之有刻镂绘画也。诚使巧且华,不必适用;诚使适用,亦不必巧且华。要之以适用为本,以刻镂绘画为之容而已。

王安石将文章与"礼教治政"等同起来,以"圣人作文之本意"为旨归,而且对于"言之不文,行之不远"的观点也持否定态度。他认为作文一定要"有补于世",而"诚使适用,亦不必巧且华",重视文章的社会教化治理功能。这就使其文章成为表达"礼教治政"的工具,一定程度忽视了文学的审美本质。王安石之所以追慕古人文风,是因为他对"近世之文"不满:"某尝患近世之文,辞弗顾于理,理弗顾于事。以襞积故实为有学,以雕绘语句为精新,譬之撷奇花之英,积而玩之,虽光华馨采,鲜缛可爱,求其根柢济用,则蔑如也。"(《上邵学士书》)王安石学习古人,主要是学习孟子、韩愈,其次是扬雄。刘熙载《艺概·文概》指出,王安石学孟、韩、荀、扬,一方面是"取其自然",另一方面则是"力去陈言"与"好为其难"。"取其自然"是王安石古文时代特征的表现,而"力去陈言""好为其难"则是王安石古文个人审美取向的表现。这样的审美取向,似与欧、曾等人所追求的"简古"接近,遂形成王安石古文"词简而精"的个性特色。这一特色在书信碑志文中都有体现,如《伤仲永》《答司马谏议书》《王逢原墓志铭》《平甫墓志》等。王安石政论杂记之文,虽"词简而精",但并非全为短篇。如其《上仁宗皇帝言事书》,洋洋洒洒,长达万言。篇幅虽长,然从遣词造句来看,也写得简明扼要,条理清晰,长而简古。王安石古文的另一特色则是长于说理,不仅上面所举论事之文如此,其叙记之文也如此。如《游褒禅山记》《鄞县经游记》等。

与王安石同时的另一位古文家则是司马光。司马光文章质朴实在,光明磊落,如其为人。司马光一生的主要功绩在于史学方面,编纂了《资治通鉴》,而其在古文创作方面

---

① 何良俊.四友斋丛说[M].上海:上海古籍出版社,1996:207.

也有自己的主张与特点。司马光在文与道的关系上,主张"文以明道",先道而后文,与欧、曾、王等人接近。司马光文风平易简明,恳切真诚,《与王介甫书》《谏院题名记》等皆是代表。

### (三)三苏等人的学者之文

欧阳修之后,三苏登上文坛。苏洵、苏辙之文虽都各有特色,然成就不及苏轼。三苏之文学成就,苏轼最高,影响也最大。

苏轼(1037—1101),北宋重要的文学家、书画家、美食家,字子瞻,号东坡居士。宋仁宗嘉祐(1056—1063)年间进士,其诗、词、文、赋均成就极高,且善书法和绘画,是中国文学艺术史上罕见的全才,也是中国数千年历史上公认的文学艺术造诣最杰出的大家之一。著有《苏东坡全集》《东坡乐府》等。

苏轼散体文汪洋恣肆,明白畅达,与欧阳修并称欧苏,为"唐宋八大家"之一。苏轼古文成就主要有两方面:其一,是论事之文;其二是各体杂文。

苏轼的论事之文,上承贾谊、陆贽等人,谈古论今,驰骋纵横,"滔滔汩汩"。其内容主要包括以下几个方面:一是策论。苏轼生当朝政改革时期,故策论每每能针对时弊,发而为文,言辞激切,最有时代特色。如《御试制科策》便是针对朝廷用人问题所作,抨击君权,胆识过人。二是应制之文。如《策略》《策别》《策断》等,虽为应试而作,但也都是有为之语。其《策别》之一《课百官》中有《厉法禁》篇,就针对时政,一方面主张行赏当"自下而上",用罚则"自上而下";一方面又主张"决壅蔽",对当时因循苟且,贿赂成风的弊政揭露得非常深刻。这些都是具有民主性的开明思想,在当时来说是相当大胆的观点。另外,苏轼的《教守战策》(见《策别》之《安万民》)层次分明,论证严密,也是论事之文的代表作。苏轼的论事古文的总体特点是针砭时弊,滔滔汩汩,明白晓畅,论证严密,思路清晰。对于这一特点,苏轼的《上皇帝书》有充分体现。此文云:"臣之所欲言者三,愿陛下结人心,厚风俗,存纪纲。"开门见山,提纲挈领,言简意赅,提出自己的主要观点。之后,对这三个观点分别展开论述,语言激切,行文流畅,纵横捭阖,文风直追贾谊、陆贽等人,钟惺认为"东坡之文似战国"。关于这一点,罗大经《鹤林玉露》乙编卷三云"《庄子》之文,以无为有;《战国策》之文,以曲作直。东坡平生熟此二书,故其为文横说竖说,惟意所到,俊辨痛快,无复滞碍",言苏轼之文得《庄子》《战国策》之法。对于这一点,苏轼自己也有总结:"吾文如万斛泉源,不择地皆可出。在平地滔滔汩汩,虽一日千里无难。及其与山石曲折,随物赋形,而不可知也。所可知者,常行于所当行,常止于不可不止,如是而已矣!其他,虽吾亦不能知也。"(《文说》)叶适《习学记言序目》卷五十云:"独苏轼用一语、立一意,驾虚行危,纵横倏忽,数千百言,读者皆如其所欲出,推者莫知其所自来。虽理有未精,而词之所至莫或过焉。盖古今议论之杰也。"叶适虽对苏轼所持之"理"有异议,然对其行文"驾虚行危,纵横倏忽"的语言艺术大加赞赏,直推其为"古今议论之杰"。

苏轼的杂文,则能涉笔成趣,流畅自然,明快自由,"姿态横生"。苏轼《答谢民师书》称赞谢民师"诗赋杂文"云:"大略如行云流水,初无定质,但常行于所当行,常止于所不可不止。文理自然,姿态横生。"虽说是评价谢民师,却也可看作苏轼的"夫子自道"。从苏轼的记、序、书信等杂文创作来看,确实达到了这样的艺术高度。如《文与可画筼筜谷偃竹记》本不过是一篇绘画题记，却写出了文与可高明的画论、高超的画技和高尚的画品，写出了作者自己与文与可的友谊之深、情感之厚；文章看去好像随笔挥写，却是形散神凝，很好地体现了苏轼杂记文"初无定质"，而"常行于所当行，常止于所不可不止"的艺术特色。其他如《记承天寺夜游》写于元丰六年（1083）苏轼贬居黄州之际，文虽甚短，但年、月、日、时、人、景皆具，只一句"何夜无月，何处无竹柏，但少闲人如吾两人耳"，便将贬居生活的无聊、落寞自然而然地寓于夜游之中，情景交融，了无痕迹。贬居而不作"凄凄之文"，这一点与欧阳修一脉相承。

苏轼文章各体皆擅，名篇众多，除以上诸篇外，政论如《省试刑赏忠厚之至论》，史论如《留侯论》《贾谊论》，杂记如《喜雨亭记》《超然亭记》，传记碑志如《方山子传》《潮州韩文公庙碑》，书信如《答谢民师书》，杂说如《日喻》等，都是历代传诵之作。苏轼古文总体特色是明快自然，情理互融，浅易流畅。

苏洵（1009—1066），字明允，自号老泉，眉州眉山（今四川眉山）人。苏洵古文以论兵见长，纵横古今，直切时弊，极有深度。如《权书·六国论》从"古人以往成败之迹"讲起，进而将六国败亡之迹与当代政事相联系，为北宋朝廷提出了建议："夫六国与秦皆诸侯，其势弱于秦，而犹有可以不赂而胜之之势。苟以天下之大，而从六国破亡之故事，是又在六国下矣。"除论兵之文外，苏洵写得最多的还是论政之文。其论政之文同其论兵之文一样，常有新见。如关于"任相"问题的《衡论·远虑》《任相》等便是。"任相"之外，苏洵对朝廷取士问题也相当关心。如《广士》一文，针对朝廷的取士、用人等存在的问题提出了严厉的批评。欧阳修曾称赞苏洵古文"博辨宏伟""大究六经百家之说，以考质古今治乱成败、圣贤穷达出处之际，得其精粹""纵横上下，出入驰骤，必造于深微而后止"。欧阳修准确地指出了苏洵古文的特色。苏洵古文又有"温淳""雄刚"和"简切"的特点。苏洵在《上田枢密书》中曾概括自己的文章特色："数年以来，退居山野，与世俗日疏阔，得以大肆其力于文章：诗人之优柔，骚人之清深，孟、韩之温淳，迁、固之刚雄，孙、吴之简切，投之所向，无不如意。"这一自评，较为客观。其《木假山记》《名二子说》等篇，皆能做到随遇而发，"投之所向，无不如意"。其《送石昌言使北引》则能娓娓道来，情深意婉，达"温淳""简切"之境。

苏辙（1039—1112），字子由，苏洵之子，苏轼之弟。与父亲苏洵、兄长苏轼齐名，合称"三苏"，著有《栾城集》等。苏辙一生学问，深受父兄影响。苏辙古文主张："文者，气之所形。然文不可以学而能，气可以养而致。"（《上枢密韩太尉书》）苏辙认为"养气"既在于内心的修养，但更重要的是依靠广泛深厚的人生阅历。因此赞扬司马迁"行天下，周览四海名山大川，与燕赵间豪俊交游，故其文疏荡，颇有奇气"。苏辙古文，长于政论和史论。《新论》三篇，是政论文代表，针对当时朝政的三大弊端"冗吏""冗兵""冗费"而发，纵论天下大事，论述精当。《宋史》本传称其"论事精确，修辞简严"，于此可见一斑。史论如《历代论》，其中论汉光武、唐代宗等，皆分析透彻，论述全面，立论稳妥。苏辙古文文学性更强，写得自由洒脱的则是他的书信杂记。如其19岁时写的《上枢密韩太尉书》，写得不卑不亢，说自己初至京师，"非有求于斗升之禄；偶然得之，非其所乐"，而所愿者乃"一睹贤人之光耀，闻一言以自壮"。既没有李白《上韩荆州书》的纵横使气，也没有韩愈

《上宰相书》的屈节卑躬。在仕途广于唐代的宋朝,这样的文风体现了士人的精神风貌,具有鲜明的时代特点。另有《上昭文富丞相书》《上曾参政书》等皆为年少气豪之作。苏辙的杂记文,汪洋澹泊,造语奇特,有秀杰深醇之气。为人所称道者有《黄州快哉亭记》《庐山栖贤寺新修僧堂记》等。《黄州快哉亭记》,融写景、叙事、抒情、议论于一炉,于汪洋澹泊之中贯注不平之气,鲜明地体现了其散体文的风格。其《庐山栖贤寺新修僧堂记》造语之奇,被王士禛《香祖笔记》卷一二赞为:"颖滨《栖贤寺记》造语奇特,虽唐作者如刘梦得、柳子厚妙于语言,亦不能过之。"苏辙古文特点,苏轼《答张文潜书》云:"子由之文实胜仆,而世俗不知,乃以为不如。其为人深不愿人知之,其文如其为人,故汪洋澹泊,有一唱三叹之声,而其秀杰之气,终不可没。"茅坤《苏文定公文钞引》云:"苏文定公(即苏辙)之文,其镵削之思或不如父,雄杰之气或不如兄,然而冲和澹泊,遒逸疏宕,大者万言,小者千余言……西汉以来别调也。"茅坤虽承袭苏轼之说,然更为客观地概括了苏辙的文风特点。

三苏之后,黄庭坚、晁补之、陈师道、秦观、张耒、李廌苏门后学登上文坛,世称"苏门六君子"。然其学问文章并非同于苏轼,而是各有特色。实际上,宋代散文发展到苏轼,已达到了顶峰,此后诸子,实难望其项背。

黄庭坚、晁补之、陈师道三人论文都标榜"经术"。黄庭坚文流传于当时的为数不少,最可称道者乃在叙、记诸篇。如《伯夷叔齐庙记》《出芳亭记》《与润甫贤宗书》等,融佛、老之理于一炉,写得简洁明了,要言不繁,比较接近苏轼的传统。而宋神宗称赞晁补之之文"是深于经术者"(《宋史》本传)。晁补之古文,"博辨隽伟",并为苏轼所称道。晁补之古文创作数量最多的是政论与史论,然而其较为出色的文章则在序记方面。《新城游北山记》最为人所传诵。全文几乎没有议论,只写一路见闻,绘声绘色,穷形尽相。这与此前的欧阳修、王安石等喜在文中发议论形成鲜明对比,体现了晁补之古文的个性特点。陈师道在主张"经术"方面,与黄、晁二人相近,其"安贫乐道,于诸经尤邃《诗》《礼》"(《宋史》本传)。其古文则以论事见长,文风"简严密栗"。《四库全书总目提要》云:"其古文在当日殊不擅名,然简严密栗,实不在李翱、孙樵下。殆为欧、苏、曾、王盛名所掩,故世不甚推。弃短取长,固不失为北宋巨手也。"这里将陈师道与李翱、孙樵并称,评价甚高。陈师道古文,较有特色的在于书信,《与少游书》《与鲁直书》等都可见其为人。如其《与鲁直书》状其为人,笃于友情,全用家常语,读来亲切自然,诚挚感人。

秦观、张耒、李廌三人,古文的共同特点有二:其一是长于议论,其二是喜欢言"理"。《宋史》本传称:(秦观)"长于议论,文丽而思深。"《宋史·李廌传》载苏轼翻阅李廌所著后,云:"张耒、秦观之流也。"在苏轼看来,秦、张、李三人文风相近,都长于议论。秦观的主要成就在词而不在古文,但其古文在当时也颇有影响。秦观古文主要是论事,其次是题跋、记序。论事之文以《朋党论》为代表,尽显议论特色。题跋、记序之文,以《书晋贤图后》和《法帖通解》为代表,立意新颖,行文蹊径,自然随便,与欧阳修同类文章近似。张耒古文受到苏轼称赞,谓其文"汪洋冲淡,有一唱三叹之声"。张耒论文主张:一是文以明理;二是自然而有情性。张耒"明理"之文大多言事论政之作,如《论法》上下、《本治论》上下等,行文明白晓畅。其自然而有性情之文则多题跋、记序之作,如《粥记赠邠老》《书赵令畤〈字说〉后》等,不求深务奇,写得自然随性,如同白话。李廌古文,以议论著称。其文章今存者,多论事之作。《宋史》本传云:(李廌)"喜论古今治乱,条畅曲折,辩而中理。"其《兵法奇正》《将才》《将心》等篇,议论奇伟,可为代表。李廌于古文创作,也有较系统的见解。他提出的"体、志、气、韵"(《答赵士舞德茂宣义论宏词科书》)与"气、词、理、意"(《陈省副集序》)等观点,尤其是"义""法"并举,对后代文论有一定影响。

### (四)周、张、二程的道学之文

北宋中后期,周敦颐、张载、程颢、程颐等以道学自高的古文家,虽不以文章名,然其道学之文对当时和后世都有一定的影响。

《朱子语类》卷一三九云:"刘子澄言:本朝只有四篇文字好:《太极图》《西铭》《易传序》《春秋传序》。"朱熹所标举的"四篇文字"即周、张、二程之文。这四篇文字,在古文家眼里未必好,然在道学家眼中确实是好文章。道学家之古文,重道轻文,甚或认为作文害道。因为文道观不同,其古文特点也与古文家不同。

周敦颐(1017—1073),原名敦实,别称濂溪先生。程朱理学代表人,学界公认的理学鼻祖,称"周子",道学著作有《太极图说》《通书》等。其《爱莲说》为世人所传诵,具有重要文化意义。周敦颐为文明确指出"文辞,艺也。道德,实也"(《通书·文辞》),重道轻文之意甚明。周敦颐虽重道,却也讲究行文。《爱莲说》乃是其卜居庐山,筑室濂溪后所作,以莲为"花之君子"自况。莲"出淤泥而不染",援引佛殿,取譬设喻,不露痕迹。这是周敦颐古文的特色之一。周敦颐以君子之儒自居,故以莲花自喻。

张载(1020—1077),理学创始人之一,理学支脉"关学"创始人,字子厚,凤翔郿县(今陕西眉县)横渠镇人,学者称横渠先生。张载一生主要业绩在道学,其论道常与政事密切相关。张载为时传诵的《西铭》,虽为哲学说教,但也可看作其政治主张,从思想内容方面看,此文论证了封建秩序的合理性,立意甚高。其中讲"民胞物与",要求绝对服从君亲的统治,作为维护封建统治的理论,宋代道学,比汉代神学更深一层。张载道学之文,写得"雅洁",很受清代桐城派古文家的欣赏。姚鼐《古文辞类纂》,箴铭一类,只选两家,而以《西铭》为首,就是因为其"雅洁"文风符合桐城派"义法"。

程颢、程颐,世称"二程",二人著作编为《河南程氏遗书》。二程的道学之文多"以语录为文"。他们对于熙宁新法持坚决反对态度,与张载相似。程颢的《遗书》、程颐的《易传》和《春秋传》,都旨在宣扬圣人之道,"以圣人为师",大讲"开物成务之道"和"经世之大法"。宋人道学之文的本色,于此可见。《遗书》卷一八《伊川语录》提倡"儒者之学"而贬抑"文章之学",甚至提出"作文害道"的观点。这样的文道观指导下的道学之文,已接近"理学腐语"了。金元以后,道学之文,往往如此。

## 三、南宋政论散体文之勃兴

宋代散体文的第三个时期为南宋时期,即高宗建炎元年至祥兴二年(1127—1279),约100年。两宋之际,社会形势发生了很大变化,内忧外患,朝政腐败至极,权奸政治取代了文人政治。与此同时,金人大举南侵,导致"靖康之变"。这对宋王朝从上至下都是一场灾难,朝政混乱不堪,举国上下,议论纷纷。有识之士群情激奋,指摘弊政,要求抗金,士庶同声。于兵荒马乱之际,文士们虽无意于文,然无论是言事论政,还是野史纪实,抑或是各体杂文,都多与抗金救亡相联系,内容充实,情绪激昂,极富时代特征。

南宋散文作家继承了北宋散文家经世致用的传统,以抗敌复国为主题的政论文得到了长足的发展,说理、论辩锋芒毕露,具有理直气壮、逻辑严谨、文笔流畅的特点,但因偏重说理,而形象性较弱,艺术感染力不强。相反,一些纪实之文和杂文序记等,则写得细致生动,趣味横生,艺术性较强。

**(一)言事论政之文**

南宋初期的言事论政之文,最有代表性的是一批坚持抗金的士大夫之作,如宗泽、李纲、胡铨、岳飞。这些作家上书言事,大多情绪激昂,志气慷慨,这与北宋中后期的"学者之文"与"道学之文"明显不同。宗泽文章,上书言事,"详明恳切";李纲为文磊落光明,自然简当;胡铨文章议论"剀切动人""愤激作气"(赵翼《廿二史札记》卷二四"和议"条);陈东之文,为天下计,切直中允。杨时古文内容有二:一是批判王安石"经义",一是反对靖康和议,史称其文"凡所论列,皆切于世道"。杨时文章引征古今,直陈时弊,明白透辟。胡寅之文,直陈时弊,是是非非,胆力与文采兼具。与以上古文家相反,有一批学者,如叶梦得、陈与义、孙觌、张嵲、汪藻等多主和反战,文章以叶梦得和汪藻为代表。

绍兴十年(1140),宋金达成和议,秦桧当权,朝政黑暗,文禁甚严,因为从高宗之后的孝宗到宁宗几代,政局始终不稳定,故文人士大夫上书言事者,仍代不乏人。此时言事论政作家有范成大、杨万里、陆游、辛弃疾、周必大、楼钥、朱熹、吕祖谦、陈傅良、叶适、陈亮等,然范、杨、陆三人以诗名,辛以词名,周、朱、吕诸人以道学名。尽管其古文都各有特色,但最能代表南宋中期古文特色的则是陈傅良、叶适、陈亮三人,而尤以陈亮为最。

陈亮(1143—1194),字同甫,世称龙川先生。史称其"为人才气超迈,喜谈兵,议论风生,下笔数千言立就"。朱熹与陈亮曾多有论辩,评价陈亮文章云:"才太高,气太锐,论太险,迹太露。"这个评价是比较准确的。陈亮论事之文,最著者如《酌古论》《陈子课稿》和《上皇帝四书》,《上皇帝四书》最能代表其文特色。此文是淳熙五年的上书,是一篇洋洋洒洒的大文章。作者历数春秋以下至南渡以来历朝历代政策之得失,以及当今大计,在朝臣都务守和议之时,陈亮却力倡恢复,言辞激切,肆无忌惮,史称此书上后,"大臣尤恶其直言不讳"。朱熹所评的"气太锐,论太险,迹太露",在这篇上书中得到了充分体现。

南宋中后期的古文创作,尤为称道的是殉国志士之文。宋元之际,以身殉国且甚负文明者有文天祥和谢枋得。此二人都深受南宋儒学影响,当国破家亡之际,都在抗金救亡中以身殉国。所存遗文,最能体现这一历史时期的时代气息和爱国精神。文天祥(1236—1283),字宋瑞,号文山。吉州吉水(今江西吉安)人。元至元十九年,不屈而死。著有《文山先生文集》。文天祥古文如《指南录序》《指南录后序》和《正气歌序》等,都是南宋之末殉国志士的代表作品,也是文天祥的传世之作。这些作品,指陈时事,直抒胸臆,慷慨悲歌,发自肺腑,感人至深。如《正气歌序》,写作此文时,文天祥已身陷囹圄,身为囚徒,自述因于"土室"的遭遇,所记诸般,历经愁苦,国破家亡,九死一生,发而为文,沉痛不已。"愁苦之词易工",文天祥本就工于辞章,又叙自身经历感慨,其词之工,非常人所能及。谢枋得(1226—1289)字君直,号叠山,信州弋阳(今属江西)人。史称谢枋得

"性好直言,一与人论古今治乱事,必掀髯抵几,跳跃自奋,以忠义自任"。谢枋得不满时文,以古文自任,文章有自己的特点。元周应极《叠山先生行实》云:"枋得平生无书不读,为文章高迈奇绝,汪洋演迤,自成一家。"最能代表谢枋得文章特色的有《上程雪楼御史书》《上丞相刘忠斋书》《与参政魏容斋书》等篇。其中上刘忠斋一书,慷慨愤激,尤有特色。此文写得极为豪壮,自称"愚儒",而实为刚烈之士。文章不仅"披肝沥胆",而且义正辞严。前人所赞"高迈奇绝,汪洋演迤"之特色,于此可见。其他如真德秀、魏了翁的儒者之文,深受道学影响,文学成就不高。然真德秀选编的《文章正宗》,于学术方面影响甚大。

南宋时期,言事论政古文总的特点是明白晓畅,坦率简易,切中时弊,感情浓烈。

### (二) 野史纪实之文

两宋之际,尤其是南宋初,野史纪实之文的大量出现,是史无前例的文学现象。据鲁迅所说的"野史"之中,仅见于《三朝北盟会编》和《靖康稗史》的已不下百种。徐梦莘《三朝北盟会编》自序云:"呜呼,靖康之祸,古未有也。……摭厥造端误国首恶,罪有在矣。追至临难,无不恨焉。……搢绅草茅,伤时感事,忠愤所激,据所闻见,笔而为记录者,无虑数百家。"这些野史纪实之文皆因作者"伤时感事,忠愤所激"而作,故而写得自然真切,感情充沛,细致深刻。

到了南宋中后期,尤其是秦桧专权之后,文禁更加严格,对于私家之史,屡伸禁令,故而纪实之文,著作渐少。南宋初期,一度勃兴的纪实之文,确乎难以为继。此一时期,成就较高的作品如洪迈《容斋随笔》、范成大《揽辔录》、周煇《北辕录》、楼钥《北行日录》等,尚有可取之处。

### (三) 各体杂文

南宋初期,各体杂文也大多能指摘时弊,慷慨激昂,简洁明快。岳飞的杂文最有代表性。其《广德军金沙寺壁题记》与一般的寺观题记不同,不讲殿宇规模、僧众情况,而是借题发挥,大讲"复三关,迎二圣",反对议和,力主抗金,充溢着豪情壮志,气势雄直奔放。此外,李清照《金石录后序》、孟元老《东京梦华录序》也都写得很有时代气息。

南宋中后期,各体杂文有所分化:道学家的讲学之文体现了学术风气的变化;古文家的序记和各派的题跋等,则较广泛地体现了社会风气与作家的个人生活情趣。道学家之杂文,如朱熹、陆九渊等较有特色。以朱熹《送郭拱辰序》为例,这篇序文,虽出自道学家朱熹之手,然没有道学气,倒写得很有情致。这是朱熹杂记文的一个特点。古文家的杂文,如陈亮、陆游、辛弃疾、徐梦莘等皆各具特色。其中,陆游《烟艇记》《书巢记》《居室记》等,写得十分别致,《入蜀记》则更有特色,而其为世人所非议的却是写给韩侂胄的《南园记》。辛弃疾《跋绍兴辛巳亲征诏草》则非常有时代特色。此跋写于嘉泰四年(1204)三月,正当韩侂胄准备北伐,辛弃疾再次被起用之时。跋文甚短,然概括历史教训极深,上言"绍兴之初",下道"隆兴之后",一方面指责高宗事仇之耻,一方面指责孝宗和议之非。跋文反对苟安,意气之盛,与其言事之文一脉相承。

## 第二节 宋代骈体文与赋体文

宋代的骈体文与赋体文虽不及散体文成就高,然也各有其特点和贡献。

### 一、宋代骈体文

所谓四六文,乃是骈文的一种,也有以此称骈文者。此种骈文全篇以双句为主,注重对偶声律,多以四字、六字相间成句,故称四六文。四六文常用于表章奏记的撰写。西晋陆机《演连珠五十首》,每首都是四六骈句成章的短小韵文,为今存可见较早的四六骈文短章的滥觞。四六文形成于南朝,盛行于唐宋。宋初从徐铉到杨亿,可谓骈文发展的极盛时期。台阁之臣的奏议章表等,大多以四六文出之,这与当时文恬武嬉的政治需求相适应。然以柳开为首的作家,对这种文风大为不满,曾强烈抵制而提倡古文。但由于其矫枉过正,且没有创作实绩,故而在杨亿等人的倡导下,四六文遂风行一时。宋初四六文的特点如《宋史·文苑传》所云"属对精切、致意缜密""繁富冗长、不达体要"。

宋初四六文创作,首推徐铉。徐铉(916—991),字鼎臣,广陵(今江苏扬州)人。初事南唐,官至吏部尚书。南唐亡后,随李煜入宋,命为率更令,累官至散骑常侍,世称徐骑省。曾奉旨与句中正、葛湍、王惟恭等同校《说文解字》,于宋太宗雍熙三年(986)完成并雕版流布,世称"大徐本",又曾编纂《文苑英华》《太平广记》等。淳化二年(991)因疾而卒,年76岁。著有《骑省集》(即《徐公文集》)30卷。徐铉的文章以四六文为主,承晚唐骈俪之风,体格孤秀。今观徐铉所作无论是制、册、表、奏,抑或是序、记、碑、铭,皆为典型的四六文章。徐铉四六文名篇《吴王李煜墓志铭》,对李后主一生功过事迹秉笔直书,盖棺论定,立言得体。其中有"始营因垒之师,终后涂山之会"之句,措辞得体。太宗赵光义读后也深为感叹,告诫臣下,赞赏徐铉是不忘旧主的骨鲠之臣。徐铉笔下的李后主施周公仁政,以王道治国,以孔子纲常道德处世,始终如一从不背离。篇末"孔明罕应变之略,不成近功;偃王躬仁义之行,终于亡国",以孔明、徐偃王之典对李煜被杀,南唐亡国表达了深沉的感慨,用典贴当,足称当时大手笔。

徐铉之后,杨亿、刘筠、钱惟演等人,诗文专以李商隐为宗,互相唱和,辞藻华艳,偶对精工,编有《西昆酬唱集》①。参加唱和的17位作者并不都是秘阁里的编纂人员,他们的政治立场和创作风格也不完全一致,如杨亿反对真宗搞劳民伤财的祀神求仙,是个"忠清鲠良之士"(苏轼《议学校贡举状》)。杨亿等人之骈文亦有西昆体之风,偶对工整,典赡富丽,虽不足语文章上乘,然亦有雅健者,如《驾幸河北起居表》云:"师人多寒,感恩而皆同挟纩;匈奴未灭,受命而孰不忘家!"

---

① 宋真宗景德二年(1005)九月,真宗命杨亿等着手编纂一部名为《历代君臣事迹》的千卷巨著(后改名《册府元龟》,今存)。参加编纂工作的人都会聚在收藏皇家古籍的秘阁里,他们在工作和闲暇之时,经常作诗往来唱和。后来杨亿于大中祥符元年(1008)秋,把他们在秘阁三年中互相唱和的诗篇汇集成册,为了标榜他们的身份地位,杨亿根据《山海经》和《穆天子传》记载昆仑山之西有玉山册府的典故,把诗集定名为《西昆酬唱集》。

北宋初骈文,以晚唐李商隐为宗,格调不高,藻丽华赡,注重偶对用典,因此遭到优人挦扯之讥,然其运用之广泛,远超于古文。《容斋三笔》卷八《四六名对》云:"上自朝廷命令、诏册,下而缙绅之间笺书、祝疏,无所不用。"宋代科举考试亦设博学宏词科,所试多为四六文。南宋绍兴以后,增至十二体,即制、诰、诏书、表、露布、檄、箴、铭、记、赞、颂、序,于此可见四六文在宋代应用之广泛。

北宋中后期,受诗文革新运动的影响,骈文开始散文化。宋代骈文散文化之端,自欧阳修始。

欧阳修骈文有如下几个特色:一是不求切对之工,而以文体为属对;二是叙事明白晓畅,不用典故、陈言,纯以自己语言出之;三是以平淡文字倾吐衷肠,不以浮靡之辞,充塞篇章。这就与杨亿等人效法李商隐之西昆体之章,大异其趣了。因此有人说欧阳修四六文为宋代第一,若从这几点来看,是有一定道理的。

苏氏父子是继欧阳修之后,在四六文创作实践方面,不重广征博引、使事用典,而以述事畅达委曲为尚的一批作家,实乃变革骈文风气三十年来所未有。欧公之体,王安石、曾巩、刘敞、苏轼、苏辙,无不效之。王安石为文雄健峭拔,凌轹无前,在唐宋古文八大家中独具风格。他的四六文颇为后人称道,论者谓其"谨守法度",与"雄深浩博,出于准绳之外"的苏东坡四六分为两派:南宋汪藻、周必大踵武安石,而孙觌、杨万里则追踪苏轼。苏轼骈文以《谢量移汝州表》《乞常州居住表》《到昌化军谢表》等为代表,诸表皆以骈文出之,声泪俱下,情感真挚,措辞优美。

至南宋时期,骈文作家尤多。汪藻、孙觌、周必大、王安中、綦崇礼、洪氏父子(洪浩、洪迈等)、陆游、杨万里、真德秀等,皆为当时有名的骈文家。

南宋初期骈文作家,首推汪藻为巨擘。然汪藻的骈文没有沿袭欧、苏的散文化发展路径,而是写得格律精密,明白洞达,曲当情事。其《隆祐太后告天下手书》,以骈文叙都城失守,二帝蒙尘之时事,层次分明,立言得体,气势悲壮。《鹤林玉露》称此文:"事词的切,读之感动,盖中兴之一助也。"其他如《建炎三年三月十一日德音》云:"惟八世祖宗之泽,岂汝能忘?顾一时社稷之忧,非予获已。"《直斋书录解题》赞此文:"格律精严,一字不苟措,可推为集大成者也。"此文不仅"格律精严",而且感情浓烈,胸怀天下,格调甚高。这与北宋初西昆体骈文之格局大相径庭。

除汪藻外,还有周必大和真德秀也堪称大家。周必大著《文忠集》二百卷,其四六文之佳作如《谢复益国公表》《贺王德言除工部侍郎启》《谢刘守再送朱墨钱启》等。真德秀有《西山集》。孙松友云:"南宋骈体,西山为一大家,华而有骨,质而弥工,不染词科之习。"如《谢宣召入学士院备顾问表》"结茅屋于云边,已甘终老;瞻玉堂于天上,若隔前生",写得格律工稳,质朴而情感深沉。与周、真同时者,骈文作家还有洪迈《容斋五笔》,文辞博洽;杨万里《诚斋集》,数对工切,精妙自然;陆游《渭南集》,文笔清新,流畅自然;叶适《水心文集》,叙事流畅;楼钥《攻愧集》,文辞精博,均有可称道者。至李刘《四六标准》,流丽妥帖,近于纤仄,成就不高。

此外,宋代骈文创作除以上各家外,还出现了许多骈文批评著作。如王铚成书于宣和四年的《四六话》,"所论多宋人表启之文,大抵举其工巧之联,而气格法律,皆置不道。

故宋之四六日卑。然就一朝风气而言,则亦多推阐入微者,如诗家之有句图,不可废也"①。谢伋《四六谈尘》则成书于绍兴十年,"其论四六,多以命意遣词分工拙,所见在王铚《四六话》上。其论长句全句,尤切中南宋之弊"②。王应麟《辞学指南》是专为士子科举考试而作,篇章组织,系统性很强,现附刊于《玉海》中。其《困学纪闻》中也多有批评四六文之作。相国杨囦道也有《云庄四六余话》。宋人笔记中,也多有批评四六文之作,如《容斋五笔》《墨庄漫录》等皆是。

刘麟生指出宋代骈文的特点有六:一曰散行气势,于骈句中见之;二曰用虚字以行气;三曰用典而仍重气势;四曰用成语以行气势;五曰喜用长联;六曰多用议论以使气。③这六点揭示了骈文散文化的特色,即以散文之法入骈文,使骈文更有气势。然不能概括有宋一代骈文的总体特色。若从总体上而论,北宋初骈文辞藻华艳,偶对精工,气格卑弱;北宋中后期,骈文散化,以气势胜,且情感浓烈,明白晓畅;南宋时期,则大体又归于格律精密,然明白洞达,曲当情事。

## 二、宋代赋体文

宋代赋体之文的发展也经历了几个阶段,而且各有时代特色,然总体成就不及古文。

北宋初期,科举考试沿袭唐代,仍以诗赋试为主,此时之赋以律赋为主,其次为骈赋。著名赋家如田锡、徐铉等。徐铉《木兰赋》《新月赋》等,以骈俪之词,抒悱恻之思,虽风骨卑弱,然有情韵。田锡之赋,多留恋风景,而情韵全无,不及徐铉。西昆体作家之赋体文,如刘筠《大酺赋》、钱惟演《春雪赋》、丁谓《大蒐赋》,虽为骈体,然能脱去俗套,有所创新。此一时期,以唐代韩、柳等古文家相标榜,以赋体之文抨击现实、指摘时弊,其赋作更有时代特色,代表作家为王禹偁。在王禹偁之前有朱昂、梁周翰、宋白等,与王禹偁同时或稍后的有张咏、路振、杨侃、王曾等人。现以王禹偁赋为例,以见这一时期赋作特色。

王禹偁《小畜集》收赋22篇,其中古赋5篇,律赋14篇,又有《吊税人场文》《续戒火文》《诅掠剩文》3篇文赋。王禹偁律赋在北宋初期很有名,李调元称其"一往清泚"(《赋话·新话五》)。王禹偁赋风格近白居易,尤其是古赋,如《籍田赋》《三黜赋》等。《籍田赋》是写封建社会的一种隆重典礼,但其语言清新淡雅,以叙为主,夹杂议论,饶有情味。如"三推而舍,或五或九,隆杀之义有伦;尔公尔侯,贵贱之班相亚""神农斫木之功,我其申矣;后稷播时之利,我得兼之",这种散文般的偶对之句,正是白居易律赋的语言风格,而王禹偁却将其用到骈赋之中,对宋代律赋也产生了一定的影响。王禹偁因曾贬商州,再贬滁州,又出知齐州,故作《三黜赋》。其赋云:"屈于身兮而不屈于道,虽百谪而何亏!"语言质朴,可见其刚正人格。王禹偁赋最有价值者在于《吊税人场文》等三篇文赋。《吊税人场文》云:"夹口镇多暴虎,路人遇而罹害者十有一二焉。行役者目其地曰'税人场',言虎之搏人犹官之税人,因为文以吊之。"此赋命意与《礼记·檀弓》"苛政猛于虎"、

---

① 永瑢.四库全书简明目录[M].上海:上海古籍出版社,1985:875.
② 永瑢.四库全书简明目录[M].上海:上海古籍出版社,1985:877-878.
③ 参刘麟生.中国骈文史[M].上海:商务印书馆,1936:95-97.

柳宗元《捕蛇者说》同，而其抨击之广，忧愤之深，又超越了前人。《续戒火文》则系《左传》所谓"夫兵，犹火也，弗戢，将自焚"之义的推广。两赋皆有袭前人之意，不逮《诅掠剩文》构思新颖。《诅掠剩文》赋云"豪之羡、贵之羡，皆民之羡也"，深刻揭露了豪贵之家剥削人民的本质，以赋来讽刺社会现实，在宋人讽刺小赋中也算是上乘之作了。

北宋中后期，随着诗文革新运动的深入发展，不同体制、不同风格的赋体之文也都相继出现。就体制而言，范仲淹、叶清臣等人赋作多为骈体，然范之律赋也颇有名。到欧阳修等大力倡导古文后，作者多作骚体与文赋，宋代赋体文的特点也逐渐确立。就内容而言，此时赋体文（除律赋外）以抒情为主，写宫殿、典礼、山岳、都会等，题材广泛，赋体作家有梅尧臣、欧阳修、王安石、范仲淹、刘敞、司马光、范镇、周邦彦、崔伯易、邵雍等，赋作多杂以议论说理，以表达自己的政见，艺术上特色不突出。这一时期，赋作成就最高者当推苏轼，其次是梅尧臣与欧阳修。

苏轼之赋，从内容上看，多写某种人情物理，描写生动，分析透辟，而很少涉及社会问题、抒发政治见解；从艺术上看，则多能达到"大略如行云流水……长行于所当行，常止于不可止，文理自然，姿态横生"的境界；就体式而言，各体兼具，而以文赋为最好，前后《赤壁赋》即为代表。此二赋艺术上最大的特点就是构思新颖，行文极尽变化之妙，将作者的心灵由矛盾、悲伤转而获得超越、升华的复杂过程生动形象地展现出来。赋写于苏轼被贬为黄州团练副使，两度游览黄州赤壁（赤鼻矶）之时。作者将游记散文的写法运用到赋中，把情与景、主观与客观、古与今、现实与幻想巧妙地融合在一起。这在前赋中表现尤为突出。作者先由眼前美景引出遗世独立的情感，再由客之吹箫，转到乐极生悲，自然产生出对英雄功业和人生短暂的哀叹，然作者并未因此消沉下去，而是由此推宕开去，终以达观的处世态度，自我宽慰作结。文情变化，自然而曲折，臻于"行云流水"之妙境。后赋构思相对简单，然后段由黄鹤楼引发联想，以道士化鹤入梦顺接孤鹤东来，又与前赋"飘飘乎如遗世独立，羽化而登仙"相照应，浑然一体。此二赋想象之奇特，构思之精巧，行文之流畅多变，确实超越了前代文赋，虽韩、柳也不能及。苏轼两赋都能打破常规写法，可以说是游记，也可说是杂文，与其古文创作一脉相承。行文自然流畅，随意所至，而"文理自然，姿态横生"。其中叙事、抒情、问答、议论有机融合，韵文散句交相辉映，不拘格套，既不同于徘体，又不同于骚体。前人称宋人之赋为"文赋"，到苏轼《赤壁赋》出现后，更有人断称其"直文耳"。《赤壁赋》不仅是"文"，而且更接近杂文小品。罗大经《鹤林玉露》甲集卷六云："太史公《伯夷传》、苏东坡《赤壁赋》，文章之绝唱也。其机轴略同。"罗大经将此赋与司马迁《伯夷传》并提，指为"文章绝唱""机轴略同"，准确地概括了此赋的特点。苏轼其他文赋和骚赋也常有新颖独到之处，如其《滟滪堆赋》等便是。

梅尧臣和欧阳修同为北宋诗文革新运动的代表人物，然其赋体之文所继承的传统又有所不同。从艺术取向上说，欧阳修主要汲取韩愈、李翱纡徐委曲的一面，而梅尧臣则学习柳宗元平淡的一面。从内容上讲，欧阳修与韩愈近，主要以赋来抒写个人对生活的感悟而杂以理趣；梅尧臣则似柳宗元，多借客观事物的描写以寄托意绪。这种区别与其二人的人生遭际不无关系。梅尧臣《宛陵先生集》中存赋19篇。其赋大多托物寄意的讽世之作，如《述酿赋》《南有嘉茗赋》《凌霄花赋》《矮子石榴赋》等，或叹世俗之浇薄，或讥世风之奢侈,或戒骤居高位者,或以为自警,不一而足。在宋赋中,如此集中地以赋来反映社会问题,除梅尧臣外,别无他人。梅赋在艺术上的突出特色是语言简洁,自出机杼,不为空言,《凌霄花》《灵乌》等赋便是。其赋不足之处在于每一篇赋,内容较为单薄,缺乏艺术概括;议论过多,而形象描写较少;语言过于瘦硬,而情韵稍差。欧阳修《欧阳文忠公集》今存赋23篇,有古赋、近体赋等,《秋声赋》为其代表。此赋虽为文赋,但作者能从虚处传神,杂以诗与骈体赋、骈体文的写法,抒发了自己安分知足,自甘隐退的澹泊情感。所谓秋声即秋风、秋虫、秋叶等的声音,作者巧妙地避开了一般的写法,运用想象,把实物所发出的萧瑟之声虚化为混茫的秋声,并借助比喻等手法加以状写,从而摆脱了对物象的描摹而进入到传神的艺术境界。

两宋之交与南宋初期,几乎著名作家如宗泽、周紫芝、李纲、李清照、陈与义、张九成、刘子翚等人都有赋作流传。除陈与义外,其他作家多受苏轼和张耒、晁补之等人影响,赋杂议论,语言平易,然其内容又有着大动荡的时代特色,多涉时政,托物言怀。以李纲、李清照、刘子翚、陈与义最有代表性。李纲赋多踵武苏轼,为人刚正,赋作有一股浩然正气,如《江上愁心赋》《南征赋》皆能忧国伤时,艺术上也别开生面。刘子翚(1101—1147),字彦冲,是一位理学家,故赋作饶有理趣。然其《哀马赋》却由朝廷失去良马而引发朝廷不能养将帅之叹。赋文简劲有气,情绪慷慨激昂。李清照今存《打马赋》一篇,此赋将打马游戏当作一场战争来写。前人评此赋云:"易安落笔即奇工,打马一赋,尤为神品,不独下语精丽也。"(《王士禄《宫闺氏籍艺文考略》引《神释堂脞语》)易安以打马游戏生发联想,故而将一个游戏题材升华成表现崇高爱国思想的作品。从这个角度来说,确乎赋中"神品"了。陈与义赋作与前几位不同,其《觉心画山水赋》虽无多少社会内容,然构思奇特,将一幅画的构思与创作过程艺术地展现在读者面前。

南宋中晚期,赋作内容与风格与初期相似,主要沿着欧、苏等人所开辟的平易道路发展,苏轼赋喜发议论的特点进一步推拓。故而,赋越来越接近文了。此时期赋作虽多,然成就不及北宋神宗前后。陆游、范成大、杨万里、张孝祥、刘过等人,赋作多涉时政,夹叙夹议,抒写爱国情怀和报国无门的苦闷等。南宋末期,刘克庄、洪咨夔、李曾伯、俞德林等,都能关心民生疾苦,写过大声疾呼、抨击黑暗现实的赋作。另外,这一时期的一些咏物刺世之赋也较有特色,如刘克庄《诘猫赋》、洪咨夔《烘蚤赋》、李曾伯《避暑赋》等,均能借咏物来讽刺时事,很有时代特色。

**作品学习**

1. 苏轼《文与可画筼筜谷偃竹记》
2. 欧阳修《秋声赋》
3. 汪藻《隆祐太后告天下手书》

### 《文与可画筼筜谷偃竹记》鉴赏

元丰二年(1079)七月七日,苏轼在晾晒书画时,发现故友文与可送给自己的一幅《筼筼谷偃竹图》,见物生情,写就了这篇杂记。此记既是一篇文艺随笔,提出了"胸有成竹"的文学批评观点,同时也是一篇悼念性的记人散文,表现了朋友间真挚的友情。此记写法独特,构思精妙,很好地体现了苏轼杂记古文的艺术特色。

首先,写法新颖,不拘格套,"行云流水,初无定质"。苏轼此记非一般的绘画题记,它实际上是一篇纪念文章,表现对于一位诗人兼书画家的朋友、亲戚的追怀、悼念,因此完全打破了一般绘画题记的常规写法。文章构思新颖,不拘格套:作为纪念文章,而不介绍文与可生平爵里;作为画论,又不先讲画的内容来历,而从竹子写起。再写下去,也是随意所至,无拘无束,确乎"行云流水,初无定质"。此文写得平易自然,随意随心。

其次,夹叙夹议,议论精辟。文章劈头的一段议论,提出十分精彩的画竹主张。"胸有成竹"的成语,就出自此篇。但议论又不能发挥过多,否则便离开了追怀、悼念逝者的主题。所以下面紧接着指出:"与可之教予如此。"点明追怀对象文与可。果真是文与可这么告诉苏轼的吗?苏轼本身也是诗人兼书画家,他和文与可有着共同的艺术爱好。文与可关于画竹的主张,实际上也是苏轼的主张。其实绘画作诗,原理本来相同,都讲求形象的气韵生动,而不追求外在体貌的形似。苏轼很谦虚,他说这些艺术见解是文与可告诉他的。苏轼还讲述了艺术理论与艺术实践的关系问题,并且将其提高到一般的认识论原理上来强调实践的重要性。苏轼在肯定文与可的艺术理论的同时,进一步肯定其艺术实践的"操之"甚"熟",因而得心应手、挥洒如意。文章总是紧扣着追怀、悼念文与可这一主旨。

再次,语言朴素自然,叙述往事,如话家常。在记叙人物语言的时候,仅仅三言两语,就表现出人物的性格特征,十分生动。记中云:"予诗云:'汉川修竹贱如蓬,斤斧何曾赦箨龙。料得清贫馋太守,渭滨千亩在胸中。'与可是日与其妻游谷中,烧笋晚食,发函得诗,失笑喷饭满案。"这里所引的诗紧扣筼筜谷产竹,描写文与可爱山爱竹并喜欢吃竹笋。《史记·货殖列传》曾记载"渭川千亩竹",那里的人因而很富有。这里借用"渭滨千亩",来表示洋州盛产竹子。全诗意思是洋州竹子多如蓬草,遍地都是,斧头逮着竹笋就砍,想来是太守清贫贪馋,把渭水边上千亩竹林都吃进了肚里。这是开玩笑的话,所以文与可打开信封读完这首诗,那时他正和妻子在筼筜谷烧竹笋进晚餐,不由得大笑起来,口中的饭喷了一桌子。这一段简短的描述,亲切自然,乃是话家常,十分形象生动地刻画了文与可豁达爽朗的思想性格,也表现了苏轼同他的亲密关系,但更重要的还是突出了文与可的品德。

最后,抒发感情,皆出自肺腑,无矫揉造作之态,真实感人。整篇文章生活气息浓厚,感情色彩强烈,深切地抒发了悼念之情。文章末段以交代文章的写作缘由作为全篇的结束。文与可于元丰元年(1078)十月被任命为湖州知州,翌年正月病逝。这年七月七日,苏轼晾晒书画,看到了好友送给他的《筼筜谷偃竹图》,感伤故旧不禁痛哭失声。他放下画卷,便写下这篇纪念之文。文章借用曹操与桥玄交往的典故,来说明他在这篇文章中记述当年与文与可的"戏笑之言",也为了显示他们之间的"亲厚无间"。作者对逝者的追怀之深切、悼念之沉痛也就充分表现出来了。

## 《秋声赋》鉴赏

宋仁宗嘉祐四年秋,欧阳修时年53岁,虽身居高位,然宦海沉浮,政治改革艰难,故心情苦闷,乃以"悲秋"为主题,有感于人生短暂、大化无情,于是写下了这篇著名的《秋声赋》。

第一,写法新颖,意境传神。此赋虽为文赋,但着重从虚处传神,将诗歌、骈体赋、骈体文的写法融入其中。如开篇状写秋声:"初淅沥以萧飒,忽奔腾而砰湃;如波涛夜惊,风雨骤至。其触于物也,铮铮铮铮,金铁皆鸣;又如赴敌之兵,衔枚疾走,不闻号令,但闻人马之行声。"全用短句,骈散结合,语言豪迈,想象丰富。其实所谓秋声,不过是秋风、秋虫、秋叶之声,如照实写来,就会落入前人写秋之赋的俗套。作者别出新意,运用想象、比喻等手法,将这些萧瑟之声虚化为一篇混茫之秋声,有如波涛夜惊,呼啸奔腾,又如金戈铁马,秋夜行军。气势磅礴,浑然一气,从而摆脱了形似的俗套而进入传神的艺术境界。

第二,章法多变,纡徐委备。此赋以"有声之秋"与"无声之秋"的对比作为基本结构框架,精心布局,纡徐委备,文势一气贯穿而又曲折变化。作者从凄切悲凉的秋声起笔,为下文铺写"有声之秋"蓄势;然后由草木经秋而摧败零落,写到因人事忧劳而使身心受到戕残,由自然界转到社会人生,这是"无声之秋"。最后归结出全篇主旨:"念谁为之戕贼,亦何恨乎秋声!"由此而引发出一种安分知足,自甘恬退的豁达态度,又高出普通悲秋赋一筹。

第三,熔写景、抒情、记事、议论为一炉,显示出文赋自由挥洒的韵致。此赋虽短小,却体现了作者简括有法的叙事技巧。议论迂徐有致,写法曲折变化,语句圆融轻快,情感节制内敛。语气轻重和谐,节奏有张有弛,语言清丽而富于韵律。作者将秋之色、之容、之气、之意与自己的人生体验融为一体,让读者在欣赏优美文字带来的艺术美感时,自然而然地进入传神的艺术境界之中。

## 《隆祐太后告天下手书》鉴赏

《隆祐太后告天下手书》是汪藻骈文的代表作。清四库馆臣纪昀校《浮溪集》云:(汪)"藻工于俪语,所作代言之文,如《隆祐太后告天下手书》《建炎德音》诸篇,皆明白洞达,曲当情事。诏命所被,无不凄愤激发。天下传诵,以比陆贽。说者谓其制作得体,足以感动人心,实为辞令之极则;固不独其格律精密。"这样的评价未免过誉,然而却指出了汪藻骈文的几个特点:

其一,汪藻骈文"工于俪语""格律精密"。这不仅是其骈文的特色,也是两宋之际骈文的共同特点。两宋骈文,从形式的发展嬗变来看,经历了一个由偶对精工、辞藻华艳,到以散入骈、明白晓畅,再到工于骈偶、格律精严的发展过程。汪藻生于两宋之际,其骈文正好代表了这一时期骈文的最高水平。从这个角度而言,纪昀赞其骈文"擅绝一时",基本不差。

其二,汪藻骈文行文"明白洞达,曲当情事"。两宋之际,内忧外患,士大夫作骈文,内容多涉时政,文杂议论,往往明白洞达,曲当情事。汪藻可为此时代表。这一时期杂文集北宋初期和中后期骈文两方面创作成果:一是形式方面,格律精严,曲当情事,而去掉了北宋初骈文辞藻华艳的弊病;一是内容方面,议论时事,明白洞达,革除了北宋初骈文晦涩难懂的弊病。

其三,汪藻骈文感情浓烈,"无不凄愤激发"。汪藻骈文的这一特点,带有鲜明的时代特色。金兵入侵,使得宋朝廷半壁江山沦陷,有识之士皆力主抗金,恢复中原。而以骈词俪语来写时政,不用典故,感情愤激,慷慨激昂,是这一时期骈文的共同特点。汪藻此篇很好地体现了南宋骈文的时代特色。

### 延伸阅读

**1. 原典阅读**

(1)阅读《唐宋八大家文钞》(张伯行选,商务印书馆,1936年版),重点阅读宋六家的散文作品,体会宋代散文的总体特点。

(2)阅读《欧阳修全集》(李逸安点校,中华书局,2001年版),重点阅读欧阳修的政事之文,体会欧阳修古文的特点。

(3)阅读《苏轼文集》(孔凡礼点校,中华书局,1986年版),重点阅读苏轼的杂文,体会其杂文"姿态横生",明快自由、流畅自然的风格。

(4)阅读《杨万里集笺校》(辛更儒笺校,中华书局,2007年版),重点阅读杨万里骈文,体会南宋骈文之特点。

**2. 研究文献阅读**

(1)阅读《宋代散文史论》(马茂军著,中华书局,2008年版),注意从文学史的发展角度把握宋代散文的发展脉络。

(2)阅读《赋史》(马积高著,上海古籍出版社,1987年版),注意把握宋代赋体文学的流变规律及其原因。

(3)阅读《宋四六话》(彭元瑞著,中华书局,1985年版),重点体会宋代四六文的文体特征、写作方法和艺术成就。

(4)阅读《宋四六研究略述》(施懿超,《文学遗产》,2004年第2期),把握目前学界对宋代四六文的研究状况,思考新的研究方法和路径。

### 拓展训练

1. 小论文:从王安石《答司马谏议书》看其古文艺术成就。
2. 小论文:试析苏轼《赤壁赋》的文体学特色。
3. 小论文:试析汪藻骈文的艺术成就。

# 第四章　宋代诗歌

**文学史**

宋诗是继唐诗之后又一座诗歌高峰,在中国诗史上占有重要的地位。宋初诗坛主要是模仿唐人,出现了"白体""西昆体""晚唐体";欧阳修与梅尧臣、苏舜钦崛起后,到王安石、苏轼时,宋诗呈现出不同于唐诗的独特风貌——"宋调"得以确立凝定;江西诗派继起,建立起新的创作范式和审美规范;随后的南宋中兴四大家,又把宋诗推向新的辉煌;宋末诗坛总体呈下滑趋势,但文天祥等人的诗歌,却给宋诗增添了另一道耀眼的光芒。

## 第一节　宋初三体

宋太祖、太宗、真宗三朝(960—1022)历60余年的宋初诗坛,是依然被唐风笼罩的时期,此阶段的诗歌创作基本可以视为是中晚唐诗的余响。南宋严羽说:"国初之时,尚沿袭唐人。"(《沧浪诗话》)洵为确论。在晚唐艳丽诗风延续和中唐简淡诗风的复现两条线索的交织中,前后接踵出现的"白体""晚唐体""西昆体"三派诗人,分别师法中晚唐的白居易、贾岛和姚合、李商隐,形成了"白体"之浅俗、"晚唐体"之清幽、"西昆体"之富丽的多样化风格。

### 一、白体诗人的创作

"白体"是学习白居易而形成的一种诗风。宋初士大夫承晚唐五代之余风,效法并推崇白居易的创作,继承了白居易后期的唱和诗和轻松休闲的闲适诗,以吟咏性情见长,语言浅近率意,不事雕琢,形成了平易浅切、通俗易懂的创作特点。主要代表人物有李昉、徐铉和王禹偁等人,以王禹偁成就为最大。

王禹偁(954—1001)字元之,济州巨野(今山东巨野)人,晚年被贬于黄州,世称王黄州。曾任左司谏、翰林学士等职。他遇事敢言,多次指责时弊,因而屡遭贬谪,一生愤懑不平。

王禹偁被宋人看作是白体诗人,但事实上却要复杂的多。早期他仿效白居易和朋友作唱和诗,以此怡情遣兴、竞较诗艺。总体上虽对偶工切,平易流畅,但却语近意浅,内蕴贫狭。晚年自编《小畜集》舍弃了早年许多优游酬唱之作,可以看出其对早年诗作进行了深刻的反省。王禹偁诗风的转变是在淳化二年(991)至淳化四年(993)谪居商州期间。这一时期,是他政治生涯中的第一次挫折,但同时也是他的诗歌创作发生重大变化,创作力空前旺盛,成就最高的时期。被贬商州以后,他在模仿白居易唱和、应酬的白体诗外另辟蹊径、独树一帜,对白居易的讽谕诗于心有戚戚焉,所谓"予自谪居多看白公诗"(《不见阳城驿》序)。

　　与前辈白体诗人相比,王禹偁更多地继承了白居易"惟歌生民病"的现实诗歌传统,创作了《对雪》《感流亡》《秋霖二首》《畲田词五首》《乌啄疮驴诗》等一系列反映社会现实、充满忧国忧民情怀的诗篇。其中,《对雪》描画了"阒寂荒陂里"的"河朔民"和"牢落穷沙际"的"边塞兵"的悲惨境地;《感流亡》表达了对旱灾侵袭下"道粮无斗粟,路费无百钱"和"妇死埋异乡,客贫思故园……襁负且乞丐,冻馁复险艰。唯愁大雨雪,僵死山谷间",百姓流离失所的凄惨境遇的深刻同情。更难能可贵的是,诗人将自身情感与百姓疾苦联系起来,在感情上对惨境中的人民产生强烈共鸣,以严以自剖的精神进行深刻的省察,"自念亦何人,偷安得如是!深为苍生蠹,仍尸谏官位。謇谔无一言,岂得为直士"(《对雪》),"尔为流亡客,我为冗散官"(《感流亡》),并将批判的矛头,指向尸位素餐的上层官僚。

　　"八年三黜",仕途上的坎坷遭际,注定躬行儒道、有强烈兼济之志的王禹偁不愿像晚年的白居易那样"知足保和,吟玩性情",促成他在诗歌创作中由师法白居易的讽谕诗进而向倡导学习杜甫面向现实的创作精神转变。他自称"本与乐天为后进,敢期子美是前身"(《自贺》),表明由"学白"进而"学杜"的转变。对杜诗艺术境界的探求导致了对浅俗平易的白体诗风的超越。他的诗歌最终形成了平易清丽与沉郁峻拔兼具的诗风。作于商州时期的著名诗篇《村行》:"马穿山径菊初黄,信马悠悠野兴长。万壑有声含晚籁,数峰无语立斜阳。棠梨叶落胭脂色,荞麦花开白雪香。何事吟余忽惆怅,村桥原树似吾乡。"语言晓畅自然,而意深词练,情感深沉,已略具杜诗的表现特点。

　　作为白体诗人,王禹偁接受白居易是兼收并蓄、承袭与超越并具的。由于仕途上的坎坷、由白诗转学杜诗的经历等原因,其较早超越了宋初君臣孜孜追求的闲适之风,具有开启一代新风尚的重要作用。清人吴之振说"元之独开有宋风气,于是欧阳文忠得以承流接响"(《宋诗钞·小畜集钞》),这个评价是合乎事实的。揭示了王禹偁诗歌在宋初诗坛独步异响的面貌及对宋代文坛的直接影响,尤其是对以欧阳修为开端的宋代诗文革新运动的导启作用。

## 二、晚唐体诗人的创作

　　继白体诗之后,在太宗后期至真宗时,诗坛上盛行"晚唐体"。这一流派诗人有两个群体。一是希昼、保暹、文兆、行肇、简长、惟凤、惠崇、宇昭、怀古等九位僧人,他们又被称为"九僧诗派"。其中惠崇的成就较高。二是潘阆、魏野和林逋等隐士。这个诗派主要以唐人贾岛、姚合的诗风为典范,而贾岛、姚合被宋人视作晚唐诗人,故称"晚唐体"。

晚唐体诗人中,寇准是较为特别的一位。寇准(962—1023),字平仲,华州下邽(今陕西渭南)人。不同于九僧、林逋等身处下层,寇准官至宰相,是宋初著名的政治家。寇准以风节著称于时,但是他写的诗却很少涉及这方面的内容,诗思多在山林泉石间,摹写幽静而淡远的生活和情趣,含思凄婉,形成了清苦的诗风与凄怨的情调。《苕溪渔隐丛话》谓:"忠愍公诗,含思凄婉,盖富于情者也。"如:

高楼聊引望,杳杳一川平。远水无人渡,孤舟尽日横。荒村生断霭,深树语流莺。旧业遥清渭,沉思忽自惊。(《春日登楼怀归》)

杳杳烟波隔千里,白蘋香散东风起。日落汀洲一望时,愁情不断如春水。(《追思柳恽汀洲之咏,尚有遗妍,因书一绝》)

第一首以远水孤舟、荒村断霭构成一幅萧疏的图画,衬托着作者怀乡的寂寥情思。第二首抒写女性的相思之愁和盼归之意,含思凄婉。皆貌若清淡而中实膏腴的,整体格调与林逋、魏野之作大体无异。

从总体上看,宋初"晚唐体"的诗风比较冲淡闲逸,与姚贾寒苦僻涩的诗风相比有所变化。由僧人和隐逸文人组成的"晚唐体"以清苦工密的吟唱与"元白体"末流的平庸浅俗形成一种对抗,具有一定的革新意义。

由于"白体"诗人流于浅俗平庸,"晚唐体"又失于小巧琐碎,于是,纠偏救弊的"西昆体"应运而起。

## 三、西昆体诗人的创作

与晚唐体基本同时活跃于宋初诗坛的另一个诗派是西昆体。这一诗派的形成,以杨亿编的《西昆酬唱集》为标志。从真宗景德二年(1005)起,杨亿、刘筠、钱惟演、李越、李维、李宗谔等馆阁学士奉命编纂大型类书《册府元龟》,闲暇时以诗酬唱,后杨亿将17人唱和的247首诗合编为册,杨亿根据《山海经》和《穆天子传》记载昆仑山之西有玉山册府的典故,把诗集取名为《西昆酬唱集》。西昆体代表作家有杨亿、刘筠、钱惟演,他们三人的诗占全集的五分之四以上。诗集刊行后,风靡一时。后来欧阳修曾回忆说:"自杨刘唱和,《西昆集》行,后进学者争效之。风雅一变,谓之昆体。由是唐贤诸诗集几废而不行。"(《六一诗话》)

西昆体诗人最推崇唐代诗人李商隐,他们"宗法李商隐,词取妍华,而不乏气象""锻炼新警之处终不可磨灭"(《四库全书总目提要》)。所作诗歌多为步趋李商隐诗体的近体,以雕章丽句为宗旨,注重音节和谐,词采精丽,属对工巧,用事缜密,形成了典丽华艳之风,是表现才学功力的诗歌。其典雅诗风和堂皇气象实为变革宋初白体诗风末流流于浅俗平庸,"晚唐体"失于小巧琐碎的努力的体现,也正好迎合和满足了北宋帝国正处在上升时期的社会审美需求。

宋初诗坛从"白体"到"西昆体"的嬗变,体现了宋诗审美意识的变化。他们以富丽、华美、渊博、深隐来矫正"白体"的过分浅显平易,从而透露出宋诗崇学尚典的文人意趣和宋代文学雅俗分流的发展趋势。

## 第二节 欧阳修和梅尧臣、苏舜钦变革

宋仁宗以后,作为北宋文学复古的重要组成部分的诗歌复古运动,一改宋初诗坛唐风笼罩的状况,形成了自己的独有风貌,开拓了宋诗创作的新阶段。在宋诗形成的历史进程中,主要的代表人物是欧阳修、梅尧臣、苏舜钦、石延年等。

### 一、欧阳修诗歌创作

作为北宋诗文革新运动的宗师,欧阳修在诗、文、词、文论等方面都取得了巨大成就,现存诗 871 首(李逸安点校《欧阳修全集》)。欧阳修深受韩愈和李白的影响:从韩愈那里,主要继承了"以文为诗"的创作手法;从李白身上,继承了其豪放飘逸的歌行体。欧阳修诗歌开创了北宋的诗风,主要表现在"以文为诗",即以散文家的气度、腕力写诗,把散文的特点引入诗歌创作中,使原有的诗形和风貌有所演变,因此他的诗歌散文化特色就表现得很明显。如清代方东树在《昭昧詹言》中说:"欧公作诗,全在用古文章法。"

欧阳修"以文为诗"的创作特点具体体现在:

其一,对传统诗歌题材的新开拓上。一方面是政治社会意识的强化,另一方面是对日常起居中琐细事物的关注和描摹。欧阳修诗题材丰富,现实性强,涉及的社会范围、生活领域极为广泛,尤其善于把表现民生疾苦与评论国事联系起来。如《边户》"自从澶州盟,南北结欢娱。虽云免战事,两地供赋租。将吏戒生事,庙堂为远图。身居界河上,不敢界河渔",对宋王朝买静求安做了委婉的嘲讽。如《食糟民》一诗,"嗟彼官吏者,其职称长民。衣食不蚕耕,所学义与仁。仁当养人义适宜,言可闻达力可施。上不能宽国之利,下不能饱尔之饥",强烈控诉田家种糯官酿酒、饥民还来就官买糟食的极端不公,抨击了腐败政治。欧阳修晚年作品中,绝大多数是有关个人交谊往来、家居日常感兴,以及对日常器具杂物的描述和鉴赏。通过对这类琐小主题,对极平常之事或极具体之物尽情刻画,实现物象到意象的升华,抒发阔大的襟怀、宏肆的议论,实可为"宋人诗主理"(杨慎《升庵全集》卷七十"唐人诗主情""宋人诗主理")的滥觞。如《画眉鸟》诗:"百啭千声随意移,山花红紫树高低。始知锁向金笼听,不及林间自在啼。"其中"始知锁向金笼听,不及林间自在啼",表达了美好生活始于自由的深刻思想,富有哲理。

其二,内容的议论化。诗歌内容的议论化不仅在本来就流利开张、便于铺叙的古体诗中有,在格律精严的律诗中也有相当普遍的体现。欧诗的议论有其独特之处,主要体现在能和较强的形象与较强的抒情相结合,使诗歌的理性深度得以增强。如《啼鸟》一诗,以象喻的手法托物抒情,曲折地展现了人情世态,表达了爱憎,为读者留下了联想的空间。而诗中"我遭谗口身落此,每闻巧舌宜可憎"两句,直抒胸臆,体现出了欧诗议论的特点。又如《重读〈徂徕集〉》紧紧围绕石介被诬事件,将议论自然穿插在强烈的抒情中,如"谗诬不须辩,亦止百年间。百年后来者,憎爱不相缘。公议然后出,自然见媸妍",很有感情色彩。

其三,以散文句式、句法入诗。如《晚泊岳阳》一诗"卧闻岳阳城里钟,系舟岳阳城下树。正见空江明月来,云水苍茫失江路。夜深江月弄清辉,水上人歌月下归;一阕声长听不尽,轻舟短楫去如飞",以悠闲的笔触叙写晚泊岳阳城外的见闻,句句写景,展示出广阔无垠、苍茫一片的空间。泊舟唱晚自然会令人顿起漂泊江湖的万千思绪。而缕缕情思,却又深藏不露。前四句叙写目睹耳闻时空景色,后三句为诉诸听觉而引起的联想,想象在理,意近韵远,反复咏唱,令人低回欲绝,一唱三叹而有遗音,具有其抒情散文的特点。

其四,语言通俗易懂,语句平易流畅,用类似散文的语言入诗,绝少险、怪、异之语。如《和王介甫明妃曲二首》第一篇首四句"胡人以鞍马为家,射猎为俗。泉甘草美无常处,鸟惊兽骇争驰逐",就是用散文的语言来描写与胡人的游猎生活,以暗示胡、汉之异。亦即胡适所说"作诗如谈话"。又如《别滁》一诗"花光浓烂柳轻明,酌酒花前送我行。我亦且如常日醉,莫教弦管作离声",用明白晓畅的语句,勾画出众僚友乡亲为地方官送行时依依不舍的饯别场面,同时字里行间也流露出诗人终获平反昭雪、移镇要藩时舒坦开朗的情怀。言简意赅,如同说话,却又诗味盎然。

宋诗以文为诗、以议论为诗、哲理化的基本特征在欧阳修等人诗中已然具备。

## 二、苏舜钦的诗歌创作

苏舜钦(1008—1049),字子美,原籍梓州铜山(今四川中江),生于开封。欧阳修集其诗文编为《苏子美集》。与梅尧臣、欧阳修齐名,时称"苏梅"或"欧苏"。

苏舜钦出自名门,祖父苏夷简与岳父杜衍皆曾任宰相,使他自幼就受到了政治气息的熏染,政治社会意识尤为强烈。苏舜钦平生慷慨有大志,以报国救民为己任,纵论时政得失,"群小为之侧目"(《宋史·苏舜钦传》)。前期题材以政治诗为主,意境开阔,以雄豪奔放的风格见长。其诗多同情民间疾苦,愤世忧国,流露出高昂的激情,揭露社会黑暗也更为大胆和直率。他的《庆州败》记叙了宋王朝与西夏战争的失败,揭露了任用只识"酣觞大嚼"的"乳臭儿"和他们在敌人面前"涕洟"求饶的丑态,痛心疾首地批评了朝廷在边防措施上的松懈和将领的无能。《吴越大旱》写道一方面饥荒病疠使"大旱千里""死者道积",另一方面官府为了应付与西夏的战争,仍无情搜括粮食,驱使丁壮劳力上战场,致使"三丁二丁死,存者亦乏食",人民除了承受天灾之外,还要承受"暴敛""驱力""鞭笞"三重人祸,最后并以"胡为泥滓中,视此久戚戚。长风卷云阴,倚柂泪横臆"之句,表述了自己内心的痛苦。《城南感怀呈永叔》同样写出民间由于饥荒而出现的惨状:"十有七八死,当路横其尸。犬豕咋其骨,乌鸢啄其皮。"并以"高位厌粱肉,坐论搀云霓"与之相对照,直斥权势者的无能与无耻。这一类作品往往采用古体诗的形式,笔力雄健、语言犀利,在当时产生了相当的影响,具有惊人的震撼力。

苏诗总体风格是豪放超迈,情感激越,意象雄奇。欧阳修曾评论其诗云:"子美气尤雄,万窍号一噫。有时肆颠狂,醉墨洒滂霈。譬如千里马,已发不可杀。"(《水谷夜行寄子美圣俞》)十分生动地形容了苏舜卿诗歌的艺术面貌。他的不足之处在于缺少含蓄,气势有余而稍欠精练,语言有时显得粗糙和生硬。

苏舜钦后期的创作以写景抒情诗为主,雄放不羁,意境开阔,情趣盎然。如《淮中晚泊犊头》:"春阴垂野草青青,时有幽花一树明。晚泊孤舟古祠下,满川风雨看潮生。"这类作品具有向唐诗回归的倾向。

### 三、梅尧臣的诗歌创作

梅尧臣(1002—1060),字圣俞,宣城(今属安徽)人。宣城古名宛陵,故世称宛陵先生,著有《宛陵集》。

在诗歌创作方面,梅尧臣明确主张"因事有所激,因物兴以通"(《答韩三子华、韩五持国、韩六玉汝见赠述诗》),"不书儿女书,不作风月诗。唯存先王法,好丑无使疑"(《寄滁州欧阳永叔》)。决心要继承《诗经》以来的风雅传统,发挥诗歌干预生活、批判现实的作用。同时注重诗歌的艺术性,"作诗无古今,唯造平淡难"。梅诗的"平淡"具备如下特点:构思奇巧而取材平平,用意深远而出之淡然,感情深厚而语句平淡,寓奇峭于朴素,外枯中膏,淡而有味。

梅尧臣存诗2800多首,其中有相当一部分是反映底层民众的困苦生活、揭露社会不平现象的。如《汝坟贫女》,这首诗自注:"时再点弓手,老幼俱集。大雨甚寒,道死者百余人,自壤河至昆阳老牛陂,僵尸相继。"与作者同时的司马光《论义勇六札子》之《第一札子》有载:"康定、庆历之际,赵元昊叛乱……国家乏少正兵,遂籍陕西之民,三丁之内选一丁以为乡弓手……闾里之间,惶扰愁怨……骨肉流离,田园荡尽。"(《温国文正司马公文集》卷三十一至卷三十二)此可以与诗歌所写互相印证。作品通过汝河边上一位贫家女子的悲怆控诉,再现了一个由于征集乡兵,而致使贫民家破人亡的悲剧。梅尧臣诗题材集中,仅以"田家"为题者就有多首,如《田家语》通过农家人的口吻,反映了沉重的赋税、徭役、天灾和吏治的腐败,给种田人家带来的灾难和痛苦。再如流传甚广的小诗《陶者》:"陶尽门前土,屋上无片瓦。十指不沾泥,鳞鳞居大厦。"可谓言简意赅,对比强烈,让人过目不忘。他还写了不少反映政治斗争的诗。如《襄城对雪》之二、《故原战》《闻欧阳永叔谪夷陵》《闻尹师鲁谪富水》等。其中作于景祐年间的《猛虎行》一诗,近似一篇寓言。范仲淹、欧阳修等围绕用人行政问题和宰相吕夷简作斗争,范仲淹等失败了,此诗借物寓意,以猛虎来讥刺当朝权臣陷害范仲淹、欧阳修这样的忠良。

梅尧臣诗作中有不少写景之作,笔触细致,颇有新意。如写故乡宛溪的诗《东溪》:

行到东溪看水时,坐临孤屿发船迟。野凫眠岸有闲意,老树着花无丑枝。短短蒲茸齐似剪,平平沙石净于筛。情虽不厌住不得,薄暮归来车马疲。

此诗抓住事物最动人的瞬间和最富于特征的形态,以简练平淡的语句,勾画出事物的形象。既描摹了清淡平远而又生意盎然的自然景象,又写出了恬静自得,不愿车马征逐,奔走钻营的人物心情。"野凫眠岸有闲意,老树着花无丑枝"是流传甚广的名句。欧阳修认为梅诗"覃思精微,以深远闲淡为意",这些诗句已经开创了宋诗以新颖工巧取胜的途径。

另外,在梅尧臣的诗作中,还有一些悼亡诗,写得感情真挚,有很强的感染力。如《悼亡三首》《书哀》等。

梅诗声名甚高,就连皇亲国戚都常以好酒来换取梅诗,其诗还远播到西南少数民族地区,那里的百姓还将其《春雪诗》织在弓衣上。南宋刘克庄则称梅尧臣为宋诗的"开山祖诗",可见其影响之大。

## 四、名臣诗人及理学诗人

北宋仁宗、英宗朝,在以欧阳修为首的诗歌复古运动蓬勃开展的同时,另有两股力量作为它的辅翼和助流而存在。一派是由范仲淹等名臣构成的名臣诗人群,另一派是以邵雍为首的理学诗派。这两派从不同方面对作为主流的诗歌复古运动做了有益的补充和发展。

# 第三节 王安石、苏轼等的开拓

经过百余年的孕育和欧阳修等人的革新,到神宗、哲宗两朝(习惯上以哲宗的年号"元祐"来指称),王安石、苏轼相继主盟诗坛,宋诗进入了全盛的发展时期,创作形成第一个高峰。与"唐音"并称的"宋调",即宋诗不同于唐诗的时代特色最终凝定确立。

## 一、王安石的诗歌创作

王安石(1021—1086),字介甫,晚号半山。临川(今江西抚州)人。有《临川集》130卷、《唐百家诗选》等行世。

作为一代著名政治家,王安石的文学事业具有与其政治经历、政治态度不可分割的特征。他强调文学的实际功能,认为"文贵致用",文学应当有补于世。在"适用为本"的同时,也不反对审美特质,认为"辞者,犹器之有刻镂绘画也",并声明"不适用,非所以为器也",将文辞视为补世的形态。这种文学主张,对于进一步推动诗文革新运动起了良好的作用。

王安石存诗1500多首,诗歌创作以退居江宁为界,大致划分为前后两个时期。

前期诗歌主要以杜甫的创作思想为主导,以政治诗为主。由于他少年时即随父游宦,22岁进士及第后又长期担任地方官,接触面很广,揭露时弊、关心时事和同情劳动人民的疾苦成为这一时期诗歌的主要题材,具有明显的写实精神。《河北民》描写了宋朝和辽、夏交界地区广大人民在天灾人祸双重折磨下的悲惨生活。这里的人民"生近二边长苦辛",经年劳作,"输与官家事夷狄",遭遇"大旱千里赤",仍然催逼河役,以致流落南方。南方也是"丰年自无食",同样陷入困境。《感事》诗中"原田败粟麦,欲诉嗟无赖",是对当时人民贫困潦倒生活的真实反映,同时指出宋代国势的积弱和内政的腐败。其他如《收盐》《兼并》《省兵》《发廪》等诗篇,都反映了当时政治、经济、军事、社会等方面的危机以及带给人民的灾难。这些政治诗辞意激烈,率直畅达,体现出强烈的"有补于世"的功用色彩,成为他后来变法革新的舆论先导。

王安石还写了大量以咏史和怀古为题材的诗篇,表现了对国事朝局的关注和感慨,皆有感而发,寓意深刻。对历史人物和历史事件表达了新颖的看法,并抒发了自己的政治或人生观念。如《商鞅》："自古驱民在信诚,一言为重百金轻。今人未可非商鞅,商鞅能令政必行。"这不仅是替商鞅翻案,也是为变法正名,表现了他对于变法的坚定决心。《贾生》："一时谋议略施行,谁道君王薄贾生？爵位自高言尽废,古来何啻万公卿。"诗中流露出在政治主张得以推行的前提下不必计较个人得失的精神。

王安石的《明妃曲二首》更是传诵一时的名作,其一云：

明妃初出汉宫时,泪湿春风鬓脚垂。低徊顾影无颜色,尚得君王不自持。归来却怪丹青手,入眼平生未曾有。意态由来画不成,当时枉杀毛延寿。一去心知更不归,可怜着尽汉宫衣。寄声欲问塞南事,只有年年鸿雁飞。家人万里传消息,好在毡城莫相忆。君不见咫尺长门闭阿娇,人生失意无南北!

这首诗中,值得注意的不仅在于其以使人耳目一新的"意态由来画不成,当时枉杀毛延寿"的新见解,一扫历代描写王昭君这位绝代佳人留恋君恩、怨而不怒的传统偏见,而在于结句"君不见咫尺长门闭阿娇,人生失意无南北"托古寓今,更深层地、委婉含蓄地表现了自己在政治重重阻力之下的孤独心绪。此诗一出,欧阳修、梅尧臣、司马光、曾巩、刘敞等人争相唱和,为以王昭君故事为题材的诗歌开创了一个新局面。

王安石56岁退居江宁,退出政治舞台之后,随着政治生涯和环境的变化,他的诗歌创作随之发生了很大的变化。前期诗歌中洋溢着的政治热情和百折不屈的斗争精神已逐渐消退,心情渐渐趋于平淡,大量的写景诗取代了政治诗的位置,诗风也由畅发议论、刚朗劲健而变为精雅悠淡、含蓄深沉,体现出向唐诗的复归。

这一时期王安石的诗歌有近500首,将近存世诗歌总数的三分之一。他倾注全部精力讲究艺术技巧,走上杜甫"老去渐于诗律细"之路。诗歌注重对仗、用典和声律的精益求精,吸收王维诗歌的取境之长,追求诗歌的艺术美,形成既新奇工巧又含蓄深婉的风格特征,严羽在《沧浪诗话》中标举其这一时期的诗风为"王荆公体"。王安石晚期诗歌受到极高的赞扬,黄庭坚说："荆公暮年作小诗,雅丽精绝,脱去流俗。"(胡仔《苕溪渔隐丛话》前集卷三十五)叶梦得也说："王荆公晚年诗律尤精严,造语用字,间不容发。然意与言会,言随意遣,浑然天成,殆不见有牵率排比处。"(《石林诗话》卷上)

这一时期王安石的作品多律诗和绝句,写得精深华妙,突过前人。如《书湖阴先生壁》：

茅檐长扫净无苔,花木成畦手自栽。一水护田将绿绕,两山排闼送青来。

这是王安石题在湖阴先生居室墙壁上的一首诗。湖阴先生是他的邻里,也是一位"贫敝古人风"的隐士。"一水护田将绿绕,两山排闼送青来"是王安石自己得意的诗句,也是后人所激赏的名句。

在宋诗的发展过程中,王安石不仅推动了宗杜、学杜之风的兴盛,而且以其深邃的思想、新颖的见解,及后期诗歌对艺术技巧、字句锤炼的新的探索,乃至喜欢用典,在散文化的长篇里发议论之习,在宋诗独特风貌的形成和发展中产生了较大的影响。

## 二、苏轼的诗歌创作

苏轼一生创作的诗歌数量极多,流传至今的有 2800 多首。① 朱自清在《宋五家诗钞》中说:"子瞻气象宏阔,铺叙婉转,子美之后,一人而已。"他的诗是宋诗达到最高境界的一座丰碑。

苏轼主张诗歌创作"须要有为而作"(《东坡题跋》卷二《题柳子厚诗》),要针砭时弊、反映社会现实和民生疾苦,发挥诗歌"救时""疗饥""伐病"的社会功用。在诗歌创作中苏轼也坚持了这一原则。他的笔始终触及现实的矛盾,表达了对国家命运和人民疾苦的关切。如《荔枝叹》《吴中田妇叹》《许州西湖》诸篇。在惠州贬所中所作《荔枝叹》不仅揭露了汉唐官吏争献荔枝,使人民"颠坑仆谷相枕藉",造成"惊尘溅血流千载"的罪行,更难能可贵的是诗人从汉唐进贡荔枝之事联想到当朝权贵"争新买宠"、谄媚无耻的行径,直指时政腐败,具有强烈的时代性和现实针对性。通篇直写而有开合,纪昀谓为"波澜壮阔,不嫌其露骨"(见《苏文忠公诗集释粹》卷十五)。

但更多的时候,苏轼对这类题材与主题的处理,使用了他自己特别擅长的侧面讽刺手法。如《山村五绝》其四:"杖藜裹饭去匆匆,过眼青钱转手空。赢得儿童语音好,一年强半在城中。"这首诗描写许多农民老老小小争着跑到城里去借青苗钱,可是拿到手以后,随即把它胡乱花掉了,剩下来的唯一收获,就是孩子们因为常常进城,学会了一些城里人的口音。意在讽刺青苗法的执行不当,导致农民漂泊不定、劳苦异常的困境。诗人的口吻是幽默的,笔法是尖利的,心情是沉重的,其中蕴含着哲理批判的意味。

在苏诗里数量最多对后人影响也最大的是那些通过描绘日常生活经历和自然景物来抒发人生情怀的作品。这些作品中有相当一部分以庄禅超时空的观照框架理解俗世人生,带有很强的哲理性,因而把古诗中常见的一些题材提升到很高的层次上,诗的内涵显得深厚,同时也表现出旷逸豁达的人生态度。

人生到处知何似?应似飞鸿踏雪泥。泥上偶然留指爪,鸿飞那复计东西。老僧已死成新塔,坏壁无由见旧题。往日崎岖还记否?路长人困蹇驴嘶。(《和子由渑池怀旧》)

东风未肯入东门,走马还寻去岁村。人似秋鸿来有信,事如春梦了无痕。江城白酒三杯酽,野老苍颜一笑温。已约年年为此会,故人不用赋招魂。(《正月二十日与潘、郭二生出郊寻春,忽记去年是日同至女王城作诗,乃和前韵》)

前一首写怀念故人,后一首写重游旧地。故人也罢,旧地也罢,无不是往事如烟消散,纵然有些微痕迹,勾起回忆,亦已是如梦的恍惚。大自然犹如永恒的坐标,以年年春风,对匆匆过客。因此,对生命的短暂,对人事的得失,也就没有眷念、悲哀的理由,只要在世,且放宽胸怀,平常而自然地生活下去,这就是随缘自适的人生。

苏轼的诗有时能结合生活中所接触的情景,表现他对事物的新颖见解,而不失诗的趣味。如《题西林壁》:"横看成岭侧成峰,远近高低各不同。不识庐山真面目,只缘身在此山中。"从不同的方位可以看到山的不同面目,这本是寻常生活中的现象,诗人却从此

---

① 中华书局 1982 年出版的《苏轼诗集》点校本,包括补编、他集互见,辑佚诗共 2823 首。

引申出具有一定普遍意义的哲理:局外人有时会比局中人更容易看到事物的真相。如《饮湖上初晴后雨》其二:"水光潋滟晴方好,山色空濛雨亦奇。欲把西湖比西子,淡妆浓抹总相宜。"妙处不仅在于以短短四句极写西湖之美,还因其中蕴含着深刻哲理:作者用"淡妆浓抹"的比喻、用"亦"与"总"的言外之意,暗示着读者要善于发现、善于认识和善于欣赏生活中的多姿多彩的美。这就是前人认为表现了宋诗特征的理趣。苏诗中的理趣,又与别家不同,他诗中的理趣与具体客观事物紧密结合,是从具体事物内部挖掘出来的,而不是将抽象的哲理演绎硬附于事物之上。

苏轼的诗各体兼备,尤擅七言古体和律、绝。其题材广阔,无事不可入诗。正如当时人评论说:"世间故实小说,有可以入诗者,有不可以入诗者,唯东坡全不拣择,入手便用,如街谈巷说、鄙俚之言,一经坡手,似神仙点瓦砾为黄金,自有妙处。"(朱弁《风月堂诗话》)散文化、议论化是苏诗的特点,各种题材,他都能恰当地点染,触处生春,无不如意。赵翼《瓯北诗话》说:"以文为诗,自昌黎始,至东坡益大放厥词,别开生面,成一代之大观。"

苏轼以其卓越的才华和丰赡的学识,使诗歌创作达到宋诗的最高峰。他往往能"出新意于法度之中,寄妙理于豪放之外"(《书吴道子画后》),自出新意而不离法度,风格放旷而时寓妙理,在题材的广泛、形式的多样和意蕴的深厚等方面都出类拔萃,形成气魄宏大、内容丰富、学问广博、见识超拔的"东坡体",并进一步发展了以文为诗、以议论为诗、以才学为诗的特点,从而确立了宋诗的独特风貌。

## 第四节　江西诗派与两宋之际诗坛

北宋元祐以后,党争日益激烈,当时的重要诗人几乎都被卷入其中,并影响到他们的诗歌创作。除了苏轼,苏门弟子是此期诗坛的主要力量。黄庭坚、秦观、晁补之、张耒,号称"苏门四学士"。北宋南宋更迭之际(1101—1162),是宋代社会最为动荡的时期,这一时期诗歌走入了明显的低谷,然诗风显示出空前的广泛的一致与稳定。由黄庭坚所创立、以艺术个性而名世的江西诗派在两宋之际逐渐发展演变,成为宋诗史上影响最大的一个诗歌流派,其流波所及,直至清末同光体。

### 一、黄庭坚的诗歌创作

黄庭坚(1045—1105),字鲁直,自号山谷道人,又号涪翁,洪州分宁(今江西修水)人。宋英宗治平四年(1067)进士。历任北京(今河北省大名县)国子监教授、知太和县(今属江西省),召为校书郎、秘书丞兼国史编修官。绍圣二年(1095),以校书郎为《神宗实录》检讨官,迁著作郎,后以修《神宗实录》不实的罪名,贬官涪州别驾。宋徽宗即位,一度被起用,后又被除名。徙永州,未闻命而卒,年61岁。有《山谷内集》《山谷外集》《山谷别集》传世。

黄庭坚在诗歌方面影响很大,与苏轼齐名,时称"苏、黄"。苏轼对于他特加赞赏,"以为超逸绝尘,独立万物之表,世久无此作",因此名誉益高。黄庭坚的崇拜者很多,后又形成了"江西诗派",黄庭坚被尊为"江西诗派"之宗师。

在作诗的主张与方法上黄庭坚提出了"点铁成金""夺胎换骨"一说。

自作语最难,老杜作诗,退之作文,无一字无来处。盖后人读书少,故谓韩、杜自作此语耳。古之能为文章者,真能陶冶万物,虽取古人之陈言入于翰墨,如灵丹一粒,点铁成金也。(《答洪驹父书》节选)

诗意无穷而人才有限;以有限之才追无穷之思,虽渊明、少陵不得工也。不易其意而造其语,谓之换骨法;窥入其意而形容之,谓之夺胎法。(惠洪《冷斋夜话》引黄庭坚语)

这里所谓"点铁成金",是指诗人在"陶冶万物"的基础上,赋予古人语辞以新的新鲜精妙的意蕴。所谓"夺胎换骨",换骨是意同语异,用前人的诗意,再用自己的语言出之;夺胎是点窜古人诗句,借用前人诗意,改为自己的作品。"夺胎换骨",是体味、模拟古人的诗意而进行新的加工创造。这是北宋后期诗人面对唐代及北宋前辈诗人丰富经验,不甘依靠前人门户,而力图另辟新径的一种努力。此法进一步推进了宋诗偏重知性、"以才学为诗"的倾向。

黄庭坚为了摆脱前人束缚,提出"以俗为雅,以故为新"的口号,作为写诗的不二法门。所谓"以俗为雅",就是在诗歌创作中吸收俗语、口语,使诗歌变得矫健、拙朴,避免意象的陈旧和滑熟。所谓"以故为新",就是对前人的诗歌加以模拟、学习,进行创造性的转化,要求诗人须转益多师,重视前人的文化成果。

黄庭坚作诗力求好奇。在材料选择上避免熟滥,他觉得作诗若要卓然自立,必须排除陈言,反对俗调。人家常用的字眼、鄙俗的调子,一概要洗除干净,方可显出自己的特性。他说过:"宁律不谐,而不使句弱;宁用字不工,而不使语俗。"有意造拗句,押险韵。在用事用典上,用奇事怪典。喜欢从一些冷僻的书籍中引用;如果是人们熟悉的,他则尽量用得出人意料。譬如《弈棋呈任公渐》中"湘东一目诚甘死,天下中分尚可持"二句,前句是用《南史》所载湘东王萧绎盲一目而对此尤为忌讳的故事,说棋盘上有一块棋仅一眼,死而心甘;后句转折,用《史记》中刘邦、项羽以鸿沟为界相持不下的故事,说虽死了一块棋,大局尚未定胜负,犹可支撑争战,都用得很新颖妥切。

在句法方面,黄庭坚喜欢多用拗句。所谓"拗句",主要在格律诗体中把一句或一联的平仄加以改变,与此同时,也把诗句的语序组织加以改变,使音节和文气不顺畅,这样就有意造成一种不平衡、不和谐的效果,犹如书法中生硬屈折的线条,给人的奇峭倔强的感觉。

他的《寄黄几复》是广为传诵的名篇:

我居北海君南海,寄雁传书谢不能。桃李春风一杯酒,江湖夜雨十年灯。持家但有四立壁,治病不蕲三折肱。想得读书头已白,隔溪猿哭瘴溪藤。

一、二句表面看来很平常,实际暗用了《左传》僖公四年"君处北海,寡人处南海"的典故和衡山回雁峰雁不南飞的故事。三、四句完全用习见的词汇构成,但组成对句以后却很新鲜;句中不用动词系连,纯粹以名词性意象对映,在一寒一暖的景象中写出往年相聚的快乐和别后的孤单。五、六句再转写黄几复的处境,先用《史记·司马相如列传》中

"家徒四壁立"的典故写他的贫寒,再反用《左传》定公十三年"三折肱,知为良医"的成语,感叹他久沉下僚。最后再借想象描绘一幅凄凉图景,并暗用了李贺《南园》"文章何处哭秋风"的诗意,表现自己的不平。

  黄庭坚的诗以讲究法度、刻意求深求异的写作方法和生新瘦硬的风格为主要特点,当时就被称作"山谷体"或"黄庭坚体"。黄庭坚的诗歌创作一扫前人陈词滥调,给宋诗带来了一种新的变化,鲜明地体现了宋代诗坛的审美风范。他的作诗方法,讲究字斟句酌,法度井然,便于他人效仿,他的诗论也有的放矢,有法可依。于是在北宋末年,黄庭坚受到众多青年诗人的拥戴追随。不少诗人由学苏转而学黄,或同师苏、黄,如"天下奇才"潘大临、王直方等。大批诗人更是直接学习黄庭坚,经黄庭坚亲手指导的学生有三洪——洪朋、洪刍、洪炎及徐俯等人。他们许多人虽未亲炙黄庭坚,但也通过各种方式学到黄庭坚的诗法。如饶节、谢逸等人,他们通过与王直、徐俯交游,组成不定期的诗社探讨诗法。直到宋徽宗崇宁四年(1105)黄庭坚去世,以黄庭坚为核心的诗歌流派已逐渐形成。

  南宋初年吕本中作《江西诗社宗派图》,并刊行《江西宗派诗集》,首列黄庭坚、陈师道、陈与义三人,以下有潘大临、谢逸、徐俯、江端本等20多人。"江西"即宋代的江南西路,黄庭坚及诗派中的二谢等11人是江西人。所谓"宗派",原是禅宗的名词,可能因当时禅宗流行,黄、陈等人都习禅甚深,所以吕本中借用这个名词来称呼诗派,江西诗派的名称从此确立。诗派成员多数学杜甫,宋末方回又把杜甫和黄庭坚、陈师道、陈与义称为江西诗派的"一祖三宗"。诗派成员大多受到黄庭坚直接或间接的指点,他们的诗歌创作也或深或浅地受到黄诗的影响,江西诗派以黄庭坚的诗歌理论和创作为代表,基本倾向是一致的。强调"以故为新",主张"夺胎换骨""点铁成金",去摹古、变古、追求瘦硬奇拗的诗风,这也是江西诗派的共同特征。江西诗派影响遍及整个南宋诗坛,余波一直延及清末的同光体诗人。

## 二、陈师道的诗歌创作

  与黄庭坚并称的是陈师道(1053—1102),为苏门六学士之一。字履常,一字无己,号后山居士,彭城(今江苏徐州)人。元祐初苏轼等荐其文行,起为徐州教授,历仕太学博士、颍州教授、秘书省正字。他一生安贫乐道,闭门苦吟,有"闭门觅句陈无己"之称。

  陈师道因其生活圈子狭小,诗歌思想内容主要是描写和抒发个人寒士生活,写得情真意切。宋人陈振孙称其诗"真趣自然",清人卢文弨更进一步说道:"后山之诗,于淡泊中醇醇乎有醇味。其境皆真境,其情皆真情,故能引人之情,相与流连往复,而不能自已。"

  夫妇死同穴,父子贫贱离。天下宁有此?昔闻今见之。母前三子后,熟视不得追。嗟乎胡不仁,使我至于斯!有女初束发,已知生离悲。枕我不肯起,畏我从此辞。大儿学语言,拜揖未胜衣。唤爷我欲去,此语那可思?小儿襁褓间,抱负有母慈。汝哭犹在耳,我怀人得知?(《别三子》)

  去远即相忘,归近不可忍。儿女已在眼,眉目略不省。喜极不得语,泪尽方一哂。了

知不是梦,忽忽心未稳。(《示三子》)

前一首写因贫困难以养家,妻子带着三个孩子随岳父远去蜀地的情景。后一首写四年后将妻儿们接回到身边,得以重新团聚,表达诗人思亲、见亲的全程心灵感受。语言自然,情真意挚,感人至深。

陈师道在诗歌艺术上自成一家,有着自己的风格追求。他提出诗应该"宁拙毋巧,宁朴毋华,宁粗毋弱,宁僻毋俗"。故在其创作中坚持"朴拙"为主要特征的艺术风格。陈师道作诗苦吟,求奇拙,锤炼辛苦,刻意求深。又要求简缩字句,以求"语简而意工"。因过于追求言简意赅而把诗句压缩过甚,以至语意破碎,意僻语涩。陈师道的缺点也是刻意求新造成的。虽说陈师道的诗最终自成一体,但毕竟与黄诗有一层渊源关系,因此他和黄庭坚并称为"黄陈"。

## 第五节 陆游等南宋中兴四大家

南宋前期(1163—1207),是南宋较为稳定、繁荣的时期,宋诗创作形成第二个高峰期。抗敌、北伐成为诗人表现的重大主题,爱国诗的大量涌现,使宋诗在这方面成为超越前代并给后世以莫大影响的典范。这是这一时期的主要贡献。以陆游为代表的中兴诗人,纷纷从江西诗派的束缚下解脱出来,形成自己的风格。陆游的"从军乐"、杨万里的"诚斋体"、范成大的田园诗,均能独树一帜,在文学史上占有一席之地。除爱国、抗战之外,对农村下层民众生活的描述,也是他们的共同题材。诗歌语言也开始趋于通俗、自然和口语化。杨万里的"活脱",陆游的平易,范成大的明白如话,包括以朱熹为代表的理学家诗歌的平直质朴,均使这一时期的诗歌表现出与前几个时期以及唐诗截然不同的面貌。

### 一、陆游诗歌创作

陆游(1125—1210),字务观,号放翁,越州山阴(今浙江绍兴)人。其父陆宰,是很有民族气节的官员和学者,朝廷南渡后,他便回到家乡著书酬志。陆游自幼就受到良好的家庭教育,立下了抗战复仇的壮志。29岁参加进士考试,名在前列,却因触犯奸臣秦桧而被除名。孝宗时,赐进士出身,历任夔州通判、提举江南西路常平茶盐公事、权知严州等地方官,还参赞王炎、范成大幕府军事,后来做过朝议大夫,礼部郎中。65岁那年罢官,即回老家山阴闲居,死时86岁。

陆游的生活经历创作大致可分为三个时期:第一期是从少年到中年(46岁)入蜀以前,为读书学诗、科举失意、初仕罢归时期。这一时期存诗仅200首左右,此期的创作受江西诗派的影响较大,偏重形式技巧,以"藻绘"为工。第二期是入蜀以后,到他65岁罢官东归,为入蜀从军、东归宦游、再遭免职时期。前后近20年,存诗2400余首。这一时期是陆诗创作臻于成熟的关键时期,也是他创作最为辉煌的高峰期。他的诗风逐渐跨越了江西诗派的藩篱,形成了博大宏肆、雄浑苍劲的主导风格,这是其创作中具有的本质性变化。第三期是66岁以后在山阴农村闲居20年。陆诗的内容和风格较之前又有所变化。自然风光、田园景物、农村生活成为诗中表现的主题,风格也趋于闲适自然、古朴平淡,但诗人的爱国热情始终不衰,仍在一定程度上保持着中期的主导风格。此期存诗近6500首,是他创作的又一丰收期。在陆游三个时期的诗中,始终贯穿着炽热的爱国主义精神,中年入蜀以后表现尤为明显,不仅在同时代的诗人中显得很突出,在我国文学史上也是极罕见的。

陆游生活在南宋前期,中原大好河山沦于敌手,南宋统治者却屈膝事敌,不思恢复,这种妥协乞和的政策和行为,激起了当时广大人民和爱国志士的愤慨。他们强烈要求抗击金兵侵略,雪耻御侮,收复中原,恢复祖国统一。这一时代的呼声构成了陆游诗歌的基本主题。清代赵翼称陆游的作品"言恢复者十之五六"(《瓯北诗话》)。一方面他渴望万里从戎、以身报国的豪壮理想。早年就立志"上马击狂胡,下马草军书"(《观大散关图有感》),"平生万里心,执戈王前驱。战死士所有,耻复守妻孥"(《夜读兵书》);中年亦"报国计安心,灭胡心未休"(《枕上》),"逆胡未灭心未平,孤剑床头铿有声"(《三月十七日夜醉中作》);到了老年仍在诗中发出了奋激铿锵的声音"一闻战鼓意气生,犹能为国平燕赵"(《老马行》)。

作为一个有强烈责任感的爱国志士和诗人,陆游对造成山河破碎,人民流离失所,签订丧权辱国条约,苟延残喘的统治当局和卖国投降派产生了强烈的憎恨和愤懑。他在许多诗歌中都愤怒地谴责南宋统治者苟安误国的罪行。在《醉歌》中,他揭露了"战马死槽枥,公卿守和约"的投降政策,因而造成了"穷边指淮肥,异域视京洛"的危险局面。在晚年《追感往事》中大胆揭露朝廷主和派结党营私、排斥陷害坚持抗金的爱国将士的罪行:"公卿有党排宗泽,帷幄无人用岳飞。"他的《关山月》更是反对和议、批判苟安的名作,诗中痛斥了南宋朝廷文恬武嬉、不恤国难的态度,同时也表现了爱国将士报国无门的苦闷以及中原百姓切望恢复的愿望,体现了诗人忧国忧民、渴望统一的爱国情怀。

在投降派当道的南宋,陆游心怀"忧国孤臣泪,平胡壮士心"但却"报国欲死无战场",长期遭到冷酷现实的扼杀,一生多次被贬。陆游诗歌爱国主义情感的另一表现就是因报国无门、收复无望而产生的壮志难酬的悲愤之情。如"少携一剑行天下,晚落空村学灌园。交旧凋零身老病,轮囷肝胆与谁论"(《灌园》),"志士凄凉闲处老,名花零落雨中看"(《病起》)等,其中代表作为七律《书愤》:

早岁那知世事艰,中原北望气如山。楼船夜雪瓜洲渡,铁马秋风大散关。塞上长城空自许,镜中衰鬓已先斑。出师一表真名世,千载谁堪伯仲间。

这首诗是陆游一生感情经历的艺术概括,抒发了自己报国无门、壮志难酬、虚度年华的满腔激愤。

由于破敌卫国的宏愿在现实中难以实现,诗人便通过梦境或醉酒的幻化境界来寄托他的殷殷报国之志。清代赵翼曾评陆游记梦诗道:"核计全集共九十九首。人生安得有如许梦!此必有诗无题,遂托之于梦耳。"陆游自己也有"梦不出心境"(《记梦》)的诗句。其实诗人是借梦境来表达现实中不可实现的向往。他经常在诗歌中以写梦的方式来追忆"铁马秋风""气吞残虏"的戎马生涯,如"梦觉空山泪渍衿,西游岁月苦骎骎。"(《梦至小益》),"梦回松漠榆关外,身老桑村麦野中"(《感旧》),"梦里都忘闽峤远,万人鼓吹入平凉"(《建安遣兴》)。在梦中常常梦到"腥臊窟穴一洗空,太行北岳元无恙"(《九月十六日夜梦驻军河外,遣使招降诸城,觉而有作》),"三更抚枕忽大叫,梦中夺得松亭关"(《楼上醉书》)等,寄托其"尽复汉唐故地"的理想。《九月十六日夜梦驻军河外,遣使招降诸城,觉而有作》一诗为陆游49岁在四川嘉州时作。诗人做了一个痛快淋漓之梦:将士们顶风冒雪,英勇杀敌,一举恢复了太行、北岳直至天山的广阔地区,把金国侵略者的窟穴一扫而空,被解救的人们斗酒欢宴,高唱胜利的凯歌。这正是诗人日思夜想的场景。作于84岁时的《异梦》一诗叙述了自己在梦中披甲上阵,挥戈杀敌,战斗于敷水潼关一带,在悲壮慷慨的战歌声中恢复了中原故土,"山中有异梦,重铠奋雕戈。敷水西通渭,潼关北控河。凄凉鸣赵瑟,慷慨和燕歌"。甚至在老病僵卧之时,诗人尚有"夜阑卧听风吹雨,铁马冰河入梦来"(《十一月四日风雨大作》)的奇情壮思。

如果说以表现民族意识为主要内容、以豪放悲壮为感情基调的这类作品构成了陆游诗歌的主旋律,那么以细腻冲淡的笔法、闲适恬和的情调写自然景物和日常生活,则构成了陆游诗的另一种旋律。他的诗作题材十分广泛,"凡一草一木、一虫一鱼,无不剪裁入诗",无论是对农村的平凡生活,还是书斋的闲情逸趣,都有细致入微的描绘。如《游山西村》:"莫笑农家腊酒浑,丰年留客足鸡豚。山重水复疑无路,柳暗花明又一村。箫鼓追随春社近,衣冠简朴古风存。从今若许闲乘月,拄杖无时夜叩门。"这是对农家宁静的村景、淳厚简朴生活的礼赞,"从今若许闲乘月"云云,似乎意味着诗人难以在社会中完成自己的人格理想,转而在闲常的生活中追求一种完美的人生境界。

陆游曾前后在农村度过了30多年,对人民的愁苦酸辛有深切了解,关注劳动人民生活疾苦成为其诗作的一个重要内容。如《农家叹》:

有山皆种麦,有水皆种粳。牛领疮见骨,叱叱犹夜耕。竭力事本业,所愿乐太平。门前谁剥啄?县吏征租声。一身入县庭,日夜穷答榜。人孰不惮死?自计无由生。还家欲具说,恐伤父母情。老人傥得食,妻子鸿毛轻。

全诗通过对人民生活现状的描绘,深刻地揭示了官府苛取、豪绅兼并掠夺的情状,形象地描绘了老百姓因朝廷、官吏和豪绅互相勾结,被层层压榨的悲惨境地。

陆游年轻时经历过一段不幸的爱情生活,大约20岁时与唐琬结为夫妻,婚后两人"琴瑟甚和",后却被迫离婚,不久唐氏即抑郁而死。在以后的40年间,陆游一直把悲痛深藏心底,偶尔也形诸篇咏。陆游的20余首爱情诗,准确地说,皆是悼念前妻唐琬的诗歌。如《沈园》二首:

城上斜阳画角哀,沈园非复旧池台。伤心桥下春波绿,曾是惊鸿照影来。

梦断香消四十年,沈园柳老不吹绵。此身行作稽山土,犹吊遗踪一泫然。

其一对亡妻的哀悼,是通过对沈园景物的具体描写加以寄托。其二转入对亡妻的直接怀念。沈园别后,唐琬即"泱泱而卒"。40年后,诗人以75岁高龄前来凭吊亡妻的遗踪,这泫然的泪水中包含的感情是多么持久、强烈。陈衍在《宋诗精华录》里评前引七律一首与此二首说,"古今断肠之作,无如前后三首者"。又说,"无此绝等伤心之事,亦无此绝等伤心之诗。就百年论,谁愿有此事?就千秋论,不可无此诗"。陆游的爱情诗虽然数量很少,但却是古代爱情诗中不可多得的精品,在爱情主题已基本上从诗歌转移到词的宋代,它们尤其值得重视。

陆游诗歌取得的突出艺术成就,主要体现在:

其一,陆游的诗既具有现实主义的精神,又具有浪漫主义的色调。陆游的经历、抱负与杜甫都有相似之处,这使他学杜能"得其骨""得其心"(《宋诗钞》)。他的诗全面深刻地反映了南宋社会的生活面貌,是时代的一面镜子,被称为一代"诗史",这方面他主要是继承了杜诗的现实精神。陆游的性格与气质又与李白有相似之处,在反映现实的手法上,他又形成了自己的特色:不重情节画面,而是把事实压缩在极其精练的诗句内,着重抒写自己的主观感受,具有高度的概括性和强烈的抒情性。同时他又常常通过奇丽的梦境和幻想来表达爱国情思,极力突出诗人的自我形象,情感炽热,神采飞扬,被称为"小太白",与李白的浪漫气息相当接近,因而在表现手法上更多有李白浪漫奔放的特点。陆游将杜甫与李白的长处兼收并蓄,并在所处的社会环境下融进了强烈的自我情感,因而"其声情气象自是放翁,正不必摹仿李杜"。

其二,多样化的诗歌风格。陆游广泛师法前人,兼容多样风格,他不但能兼采古代优秀诗人的成就,而且善于向当代诗人学习。凡《诗经》之风雅,屈原之浪漫,陶渊明之淳朴,王维之静穆,岑参之恣肆,李白之壮浪,杜甫之沉郁,梅尧臣之古淡,苏轼之飘逸,黄庭坚之学力,曾几之规矩,吕本中之流转,都能在陆诗中找到痕迹。然而陆游并不是简单地模仿古人。他主张"功夫在诗外"(《示子遹》),认为诗的妙处,来自于丰富的生活经历和对现实世界的深切感受,而不可能在闭门造车、模拟古人中求得。在集大成的同时,陆游也善于创新,最终形成自己的风格。杜甫之沉郁顿挫与李白之飘逸奔放对其影响尤大,他善于把这两种不同的艺术风格有机地熔为一炉,并铸造成自己的独特诗风:既沉郁悲壮,又恢宏雄放。

其三,各体皆工,犹长七言。从体裁形式上说,陆游的诗诸体皆备,尤其长于近体诗,其中又以七律成就最高。清人沈德潜《说诗晬语》说:"放翁七言律,对仗工整,使事熨帖,当时无与比埒。"洪亮吉认为,"七律之多,无有过于宋陆务观者""诗家之能事毕,而七律之能事亦毕"。

## 二、杨万里诗歌创作

杨万里(1127—1206),字廷秀,号诚斋,吉水(今属江西)人。绍兴二十四年(1154)进士,历任太常博士、宝谟阁直学士等职,韩侂胄当政时,因与其政见不合,遂隐居15年不出,最后忧愤成疾而终。

杨万里的诗歌创作经历了三个阶段的转变,开始学江西诗派后又认识到其流弊,而转学唐代诗人,随后又对之作了否定。杨万里重视观察自然,从日常生活汲取诗材,启发诗思,达到了他所主张的"古今百家景物万象皆不能役我而役于我"的境界,形成了他独特的诗歌风格,人们称之为"诚斋体"。

"诚斋体"的特点主要表现在:一是构思新颖独特,善于敏感地发现与迅速地捕捉在自然万物与日常生活中出现的常人所不能发现或容易忽略的富于情趣与美感的景象。如《夜宿东渚放歌》诗的第二首:"天公要饱诗人眼,生愁秋山太枯淡。旋裁蜀锦展吴霞,低低抹在秋山半。须臾红锦作翠纱,机头织出暮归鸦。暮鸦翠纱忽不见,只见澄江净如练。"这首诗在构思和写法上都很别致。把转瞬即逝的千变万化的云霞自然美景捕捉住,并生动传神地表现出来。

二是注意在这些景象中融入自己的主观领悟与体验,使之带有一种与众不同的理趣,即所谓"不是胸中别,何缘句子新"(《蜀士甘彦和寓张魏公门馆,用予见张钦夫诗韵,作二诗见赠,以以谢之》)。如《过松源晨炊漆公店六首》之五:"莫言下岭便无难,赚得行人错喜欢。正入万山圈子里,一山放出一山拦。"借助景物描写和生动形象的比喻,通过写山区行路的感受,说明一个具有普遍意义的深刻道理:人们无论做什么事,都要对前进道路上的困难做好充分的估计,不要被一时的成功所陶醉。

三是语言通俗活泼,风格爽朗轻快。如"万山不许一溪奔,拦得溪声日夜喧"(《桂源铺》),"最是杨花欺客子,向人一一作西飞"(《都下无忧馆小楼春尽旅怀》),"接天莲叶无穷碧,映日荷花别样红"(《晓出净慈送林子方》),"泉眼无声惜细流,树阴照水爱晴柔。小荷才露尖尖角,早有蜻蜓立上头"(《小池》)。这些诗歌所使用的都是家常语言,没有什么奇崛险要的字句,但是运思巧妙,联想丰富。

杨万里也有少数反映广阔的社会生活的诗,这类诗虽为数不多,但其中也有些写得比较好。如《悯农》"已分饥饿度残岁,更堪岁里闰添长",写出了农民艰难度日的困苦;如《插秧歌》"田夫抛秧田妇接,小儿拔秧大儿插。笠是兜鍪蓑是甲,雨从头上湿到胛。唤渠朝餐歇半霎,低头折腰只不答。秧根未牢莳未匝,照管鹅儿与雏鸭",生动地描写了紧张的"雨中插秧图"。淳熙元年,杨万里奉命迎接金使者,他从临安到淮河,面对宋、金划淮而治的现实,很有感慨,写成《初入淮河四绝句》,含蓄曲折地抒发了国土沦丧、南北分裂的悲愤心情,表达了收复失地、统一祖国的愿望。

## 三、范成大诗歌创作

范成大(1126—1193),字致能,号石湖居士,吴郡(今江苏吴县)人。绍兴二十四年(1154)进士,历任处州知府、礼部员外郎、中书舍人、四川制置使、参知政事等职。孝宗曾命为特使,赴金国交涉改变接纳金国诏书礼仪等事,竭力维护宋廷威信,全节而归。晚年隐居石湖。著有《石湖居士诗集》。

最能代表范成大诗歌创作成就的是他出使金国时所作72首绝句和反映农村社会生活图景的田园诗。

宋孝宗乾道六年(1170),他奉命出使金国时创作的一卷七言绝句,感情深婉。使金诗凡72首,记载了他出使途中的所见、所闻和所感,诗中或痛惜中原的残破景象,或揭露金人落后而野蛮的民族压迫,或景仰古代抗敌报国的仁人志士,或谴责失地误国的统治集团,或反映北方遗民渴求恢复的愿望,或表达诗人爱国的深情以及尽节报国的决心,内容相当广泛,是诗人爱国思想的集中体现。

州桥南北是天街,父老年年等驾回。忍泪失声询使者,几时真有六军来?(《州桥》)
平地孤城寇若林,两公犹解障妖祲。大梁襟带洪河险,谁遣神州陆地沉?(《双庙》)

范成大的田园诗将《诗经·豳风·七月》的农事诗、陶渊明恬静闲适的山水田园诗,以及唐代诗人的农家词、农谣等作品结合在一起,成为中国古代田园诗的集大成者。如表现农民疾苦、抨击官吏凶残的《大暑舟行含山道中》《缫丝行》《催租行》《后催租行》

《黄罢岭》《劳畲耕》等,揭示了贫富悬殊的现实,表现了对人民苦难的深切同情。范成大晚年创作的组诗《四时田园杂兴》是他田园诗的代表作,共 60 首,原分春日、晚春、夏日、秋日、冬日 5 组,每组 12 首,反映了农村生活的各个方面。

梅子金黄杏子肥,麦花雪白菜花稀。日长篱落无人过,唯有蜻蜓蛱蝶飞。
昼出耘田夜绩麻,村庄儿女各当家。童孙未解供耕织,也傍桑阴学种瓜。
新筑场泥镜面平,家家打稻趁霜晴。笑歌声里轻雷动,一夜连枷响到明。
采菱辛苦废犁锄,血指流丹鬼质枯。无力买田聊种水,近来湖面亦收租。

60 首七言绝句分别描绘了春、夏、秋、冬四季不同的田园景色,将农家的生活环境、季节气候、风土民俗、耕种收获以及痛苦与欢乐,真实生动地展示出来,超越了以往同类题材的诗作,对南宋以后的田园诗产生很大影响。作者在组诗的小序中说,这些诗是他隐居石湖时,"野外即事,辄书一绝"而成,也就是由亲身经历、亲眼观察所得,所以全然没有过去那种模拟、生硬的痕迹,较之中年所写的使金 72 绝句,笔调更为自然流畅,轻松而犀利,显露了较有个性的风格。

尤袤(1127—1194),在当时也是著名的诗人,但他未能自成一家,作品大多已经散佚。从残存的 50 多首诗来看,其诗风细润圆转,比较接近于范成大。

## 第六节　南宋末年的诗歌

南宋后期(1208—1279),除了于金亡之际出现的北方诗人元好问外,属于南宋疆域内几乎没有一个重要的诗人出现。先后活跃在诗坛上的"永嘉四灵"和"江湖诗派",诗宗贾岛、姚合,重新走宋初的沿袭晚唐诗风的老路,虽也写出一些清新可读的作品,但总体来说,宋诗也如当时的政局,已是风雨飘摇,每况愈下。直至南宋灭亡前后,以文天祥、汪元量等爱国志士以血泪凝成的"正气歌"留名汗青,使宋诗才有了最后一道引人注目的亮光。

### 一、永嘉四灵

宋光宗绍熙年间,"永嘉四灵"登上诗坛。"永嘉四灵"是指永嘉(今浙江温州)的四位诗人,因每人的字或号中都有个"灵"字而得名。其中,徐照(？—1211),字道晖,又字灵晖。徐玑(1162—1214),字致中,又字文渊,号灵渊。赵师秀(1170—1220),字紫芝,号灵秀。翁卷(生卒年不详),字续古,一字灵舒。

"四灵"或为布衣,或任微职,都是命运落拓的贫寒之士。他们把人生遭遇和情趣与自己最为接近的贾岛、姚合作为楷模,以五律为写作的主要体裁,苦心雕琢推敲,锤炼字句,表现一种凄清落寞的心境和自然淡泊的高逸情怀。他们的创作才情并不高,由于生活阅历较为狭窄,所以诗境也较为单薄,大都是些题咏景物、唱酬赠答之作。宋末方回批评"四灵"说:"所用料不过'花、竹、鹤、僧、琴、药、茶、酒',于此数物一步不可离,而气象小矣。"(《瀛奎律髓》卷十)这话确实击中了"四灵"的要害。

"四灵"学贾岛、姚合苦思苦吟的功夫,有些诗句确实写得很精致。"四灵"主要写五律诗,特别注重推敲中间二联,留下了许多精巧的诗句。比如徐照的"流来天际水,截断世间尘"(《题江心寺》),徐玑的"光逼流萤断,寒侵宿鸟惊"(《中秋步月》),翁卷的"数僧归似客,一佛坏成泥"(《信州草衣寺》),赵师秀的"野水多于地,春山半是云"(《薛宅瓜庐》),等。

"永嘉四灵"诗风简约清逸,以"自吐性情""贵精不求多,得意不恋事"作为诗歌创作主张,反对"以道学为诗",反对晦涩诗风,尤其反对江西诗派,在当时的诗坛得到广泛的反响,并对稍后的江湖派诗人产生了很大的影响。

## 二、江湖诗人

"四灵"之后,又出现了一批漂泊江湖的诗人,以干谒公卿、献诗卖文为生。从宋理宗宝庆元年(1225)起,临安书商陈起为他们刻印诗集,总称《江湖集》,"江湖诗人"因之而得名。这批诗人多为平民布衣,身份卑微。他们相互酬唱,以江湖习气相标榜,创作倾向大致相似。江湖诗人虽然也推崇贾岛、姚合的诗风,崇尚苦吟的作诗之法,但比"四灵"的诗歌取材要广泛,境界也更加开阔。其中成就较高的是戴复古与刘克庄。

戴复古(1167—1248),字式之,号石屏,黄岩(今浙江台州)人,一生以布衣的身份游历四方,著有《石屏诗集》。

他终身布衣,生活窘困,晚年隐居故乡石屏山下。戴复古诗歌从内容来看,比"四灵"更关心现实问题,像《织妇叹》《庚子荐饥》等,指责时弊都很尖锐。不少诗关心国政,对南北分裂的局面深感痛惜。

有客游濠梁,频酌淮河水。东南水多咸,不如此水美。春风吹绿波,郁郁中原气。莫向北岸汲,中有英雄泪。(《频酌淮河水》)

横冈下瞰大江流,浮远堂前万里愁。最苦无山遮望眼,淮南极目尽神州。(《江阴浮远堂》)

第一首借游濠梁、酌淮水起兴,抒发自己渴望恢复中原、统一国土的强烈愿望。第二首表达了对国耻不报、国土不归的悲愤之情。

戴复古的诗很少用典,这一点与"四灵"颇为相近,如《思家》:

湖海三年客,妻孥四壁居。饥寒应不免,疾病又何如。日夜思归切,平生作计疏。愁来仍酒醒,不忍读家书。

全诗以白描笔触一贯到底,略无事典,但生活细节之真切,家庭情感之真挚,都通过朴素平淡的语言一一道出。

戴复古的写景诗清新自然,颇有情趣。如《江村晚眺》,"数点归鸦过别村,隔滩渔笛沉相闻",真切朴素,江村晚景如在眼前。

刘克庄(1187—1269),字潜夫,自号后村居士,莆田(今福建莆田)人。淳祐间赐同进士出身,官至工部尚书,在江湖诗人中,是少有的达到显达地位的一个,也是江湖诗人中比较独特的一位。他最初学"四灵",后来感觉他们的格局太小,批评说:"永嘉诗人极力驰骤,才望见贾岛、姚合之藩而已。"(《瓜圃集序》)所以又转而广泛学习其他中晚唐诗人如王建、张籍、李贺、许浑等的境界;同时他又觉得晚唐诗"捐书以为诗失之野"(《韩隐君诗集序》),于是又采用一些江西诗派的方法,化用典故,推敲对偶声律,力图使诗歌达到既轻快灵动,又不失深沉绵密的境界。所以他的诗比"四灵"要充实,气势也开阔些。

刘克庄许多诗涉及现实政治,如乐府体《国殇行》《苦寒行》《军中乐》等,都揭示了赋敛残暴、百姓困苦的社会问题。

官军半夜血战来,平明军中收遗骸。埋时先剥身上甲,标成丛冢高崔嵬。姓名虚挂阵亡籍,家寒无俸孤无泽。乌虖诸将官日膴,岂知万鬼号阴风!(《国殇行》)

与刘克庄、戴复古同时及稍后,有高翥、方岳、叶绍翁等江湖诗人。叶绍翁的诗中不乏豪宕磊落之作,如《题鄂王墓》。但其最为人称道的,却是一些既清丽又带有理趣的绝句,如《游园不值》:"应怜屐齿印苍苔,小扣柴扉久不开。春色满园关不住,一枝红杏出墙来。"字句精丽,长于白描,境界远胜"四灵",在历代读者中广为传诵,深受喜爱。

## 三、宋末诗歌

南宋祥兴二年(1279),厓山被元军攻占,南宋灭亡。宋元易代之际,出现了文天祥、谢翱、谢枋得、林景熙、郑思肖等一批坚守民族气节的爱国诗人。

文天祥(1236—1283),字宋瑞,号文山,庐陵(今江西吉安)人。宋理宗宝祐四年中进士第一名,官至右丞相兼枢密使。蒙古大军进逼临安时,他出使谈判,被无理扣押。后脱险南逃,组织义军力图恢复失地,再度因兵败被俘,押到大都(今北京)囚禁四年。尽管忽必烈一再威胁利诱,他始终不屈,最后被杀。著有《文山先生全集》。

文天祥前期诗歌比较平庸,诗风近于江湖派。但当他投身于抗元斗争,历经沧桑之后,诗风大有变化,不仅内容变得充实丰富,情感变得深沉厚重,语言也更沉着凝练。在文天祥后期的诗篇中,反复表达了他对民族危亡的深沉忧患,如"山河千古在,城郭一时非"(《南安军》),"故园水月应无恙,江上新松几许长"(《苍然亭》),等。同时,文天祥曾在两次被迫北行途中目睹了战火之后留下的种种惨象,为此他写下了不少纪实的作品,如"烟火无一家,荒草青漫漫"(《发淮安》),"烟横古道人行少,月堕荒村鬼哭哀"(《越王台》),这些诗有力地控诉了蒙古军队的暴行,凝聚着民众的苦难和诗人的血泪。

文天祥德祐以后的爱国诗作主要收集在《指南录》和《指南后录》中。前者收集了从进入元营谈判至兴兵收复失地时期的作品。后者收集了从被俘至囚系大都期间的作品。其中包括传诵千古的《过零丁洋》:

辛苦遭逢起一经,干戈寥落四周星。山河破碎风飘絮,身世浮沉雨打萍。惶恐滩头说惶恐,零丁洋里叹零丁。人生自古谁无死?留取丹心照汗青!

短短八句诗,高度概括了自己的一生经历,融叙事、抒情、言志为一体,慷慨悲壮感人至深,表现出不朽的忠义情怀和英雄气概。特别是尾联,饱含人生哲理,至今脍炙人口,传诵不衰。

文天祥的诗歌深受杜甫的影响,他在大都狱中集杜诗为五言绝句200首,又集杜诗为《胡笳十八拍》。集杜诗不仅需要深厚的诗文功底,而且要有很高的思想境界,这样才能真正将杜诗思想艺术的精髓提炼出来,并赋予新的意义,真正做到"切题意,情思连续,句句精美,打成一片"(沈雄《古今词话》)。文天祥对于杜诗思想章法的深刻理解,以及他独特的人生经历与处境,使得他的集杜诗情真意切,沉郁顿挫,成为浑然天成的全新作品,达到了"但觉为吾诗,忘其为子美诗"(《集杜诗自序》)的水平,也达到了历来集杜诗很难逾越的历史高度:

孤矢暗江海,百万化为鱼。帝子留遗恨,故园荠丘墟。(《祥兴》第三十四)
握节汉臣回,麻鞋见天子。感激动四极,壮士泪如雨。(《至福安》第六十二)
长啸下荆门,胡行速如鬼。门户无人持,社稷堪流涕。(《荆湖诸戍》第六)

翠盖蒙尘飞,仗钺奋忠烈。千秋沧海南,事与水云白。(《行府之败》第七十四)

汪元量(1241—1317?),字大有,钱塘(今浙江杭州)人。他是供奉内廷的琴师,元灭宋后,跟随被掳的三宫去北方,后来当了道士,自号水云,又南归钱塘,不知所终。汪元量的特殊经历,使他对由于国家的覆亡所带来的耻辱有他人所不及的痛切感受,他的诗中有不少感慨深沉的作品。尤其是《醉歌》10 首、《越州歌》20 首、《湖州歌》98 首,用七绝联章的形式,每一首写一事,组合成相互衔接的流动画面,分别记述了南宋皇室投降的情形、元兵蹂躏江南的惨状和他北上途中所见所闻,广泛地反映了南宋亡国前后的历史,因此有"宋亡之诗史"之称。

汪元量的诗受江湖诗人的影响,不常用典,不多议论,每每以朴素的语言白描叙事,却让人感受到强烈的悲恸。如《醉歌》中"乱点连声杀六更,荧荧庭燎待天明。侍臣已写归降表,臣妾佥名谢道清"一首,据实直书谢太后屈辱地签署降书一事,既包含愤慨,也包含着悲悯;《湖州歌》中"谢了天恩出内门,驾前喝道上将军。白旄黄钺分行立,一点猩红似幼君"一首,写年仅 6 岁,却是国家的象征的皇帝赵㬎作为俘虏离开内宫时的情形,字面极其平淡,而内心的伤痛却无比沉重;《湖州歌》中另一首,"太湖风卷浪头高,锦柁摇摇坐不牢。靠着篷窗垂两目,船头船尾烂弓刀",写被掳的宫女面对元兵的亮闪闪的弓刀吓得不敢睁开眼睛,也是表面上着力不多,实际凝聚了作者内心深处的血泪。

在宋元之际,有一大批遗民诗人写兴亡的感叹,如谢枋得、谢翱、郑思肖、林景熙、萧立之、文及翁等。他们或是写沉痛的故国之思,如谢翱《秋夜词》:"愁生山外山,恨杀树边树。隔断秋月明,不使共一处。"或是写悲愤的民族之情,如林景熙《读文山集》:"书生倚剑歌激烈,万壑松声助幽咽。世间泪洒儿女别,大丈夫心一寸铁。"或是抒发自己坚贞不屈的意志,如谢枋得《武夷山中》:"十年无梦得还家,独立青峰野水涯。天地寂寥山雨歇,几生修得到梅花?"或是表现失却故国的怅恨情思,如萧立之《茶陵道中》:"山深迷落日,一径窅无涯。老屋茅生菌,饥年竹有花。西来无道路,南去亦尘沙。独立苍茫外,吾生何处家。"这些诗篇或悲愤或愁苦,都充满了沉郁苍凉的气氛,从而改变了南宋后期诗歌纤弱秀婉的风气。因为时代的巨变,使许多文人无法再沉浸在恬淡闲适的人生情趣中,也无暇在追踪古人的风格技巧和雕琢字面中悠然吟唱,于是,以自然朴素的语言抒写自然涌发的"哀"与"愤"的情感,成为宋元之际遗民诗的基本特点。他们为宋代文学谱写下悲切而又高亢的最后一个音符。

### 作品学习

1. 林逋《山园小梅二首》(其一)
2. 苏轼《和子由渑池怀旧》
3. 陆游《书愤五首》(其一)

### 《山园小梅二首》(其一)鉴赏

这首《山园小梅》是林逋的代表作,是一首脍炙人口的写梅花的诗。诗的独特之处在于,意在咏梅而全诗无一梅字,却又在字里行间无处不见梅。首联赞叹梅花与众不同的品质:在众芳凋零的严寒时节,唯有梅花傲然绽放,鲜妍明丽,在小园中独领风骚。梅花以其凌寒独自开的天然秉性深得文人雅士赏爱,并被赋予孤傲高洁的人格象征。颔联最为世人称道。上句轻笔勾勒出梅之"骨":"疏影"状其轻盈,翩若惊鸿;"横斜"传其妩媚,迎风而舞;"水清浅"显其澄澈,灵动温润。下句浓墨描摹出梅之"韵":"暗香"写其无形而香,随风而至;"浮动"言其款款而来,飘然而逝,颇有仙风道骨;"月黄昏"则以朦胧静谧的环境烘托出梅之"暗香浮动"。五代南唐江为有残句:"竹影横斜水清浅,桂香浮动月黄昏。"林逋只改了两个字,便使梅花形神俱现,将梅花的气质神韵写尽写绝。

"疏影""暗香"这两个新颖的意象,鲜明又微妙地表现出梅花的神清骨秀、高洁端庄、幽独闲静的气质风韵。由于两词所在的诗句极佳地捕捉并传达出梅花之魂,遂成为历代诗人咏梅诗中最脍炙人口的佳句。南宋著名词人姜夔的两首咏梅的著名自度曲词牌,即以《暗香》《疏影》为名。

上二联皆实写,下二联虚写。"霜禽"指白鹤,"偷眼"写其迫不及待之情。为何如此?因为梅之色、梅之香充满了诱惑的美;"粉蝶"与"霜禽"构成对比,虽都是会飞的生物,但一大一小,一禽一虫,一合时宜一不合时令,画面富于变化,"断魂"略显夸张,用语极重,将梅之色、香、味推到"极致的美"。

尾联"微吟"实讲"口中梅"也。这里的"微"言其淡泊雅致,如此咀嚼,虽不果腹,然可暖心、洁品、动情、铸魂,表达出了诗人愿与梅花化而为一的生活旨趣和精神追求。至此,诗人对梅的观赏进入了冯友兰所说的"天地境界",看到的则是和"霜禽""粉蝶"一样迫不及待和如痴如醉的诗人——一个梅化了的诗人。苏轼曾在《书林逋诗后》说:"先生可是绝伦人,神清骨冷无尘俗。"此诗之神韵正是诗人幽独清高、自甘淡泊的人格写照。

## 《和子由渑池怀旧》鉴赏

嘉祐六年(1061)冬,苏辙送苏轼至郑州,分手回京,作诗寄苏轼,这是苏轼的和作。苏辙19岁时,曾被任命为渑池县主簿,未到任即中进士。他与苏轼赴京应试,宋仁宗嘉祐二年(1057),苏轼与弟苏辙同榜中进士。嘉祐六年(1061),苏轼任凤翔鉴判,十一月苏轼兄弟在郑州西门外送别,苏辙想到五年前赴京赶考曾路经渑池,同住县中僧舍,同于壁上题诗。如今其兄西行赴任必经渑池,因而作《怀渑池寄子瞻兄》。诗云:"相携话别郑原上,共道长途怕雪泥。归骑还寻大梁陌,行人已度古崤西。曾为县吏民知否?旧宿僧房壁共题。遥想独游佳味少,无言骓马但鸣嘶。"苏轼途中重经渑池,当年寺中奉闲和尚已去世,寺已改建新塔,五年前所题的壁上诗已拆毁无存,作《和子由渑池怀旧》一诗,以和苏辙所作。

前四句一气贯串,自由舒卷,超逸绝伦,散中有整,行文自然。首联两句,以雪泥鸿爪比喻人生。一开始就发出感喟,有发人深思、引人入胜的作用,并挑起下联的议论。次联两句又以"泥""鸿"领起,用顶针格就"飞鸿踏雪泥"发挥。鸿爪留印属偶然,鸿飞东西乃自然。偶然故无常,人生如此,世事亦如此。他用巧妙的比喻,把人生看作漫长的征途,所到之处,诸如曾在渑池住宿、题壁之类,就像万里飞鸿偶然在雪泥上留下爪痕,接着就又飞走了；前程远大，这里并非终点。人生的遭遇既为偶然，则当以顺适自然的态度去对待。果能如此，怀旧便可少些感伤，处世亦可少些烦恼。苏轼的人生观如此，其劝勉爱弟的深意亦如此。此种亦庄亦禅的人生哲学，符合古代士大夫的普遍命运，亦能宽解古代士大夫的共同烦恼，所以流布广泛而久远。

后四句照应"怀旧"诗题，以叙事之笔，深化雪泥鸿爪的感触。五、六句言僧死壁坏，故人不可见，旧题无处觅，见出人事无常，是"雪泥""指爪"感慨的具体化。尾联是针对苏辙原诗"遥想独游佳味少，无言骓马但鸣嘶"而引发的往事追溯。回忆当年旅途艰辛，有珍惜现在与勉励未来之意，因为人生的无常，更显人生的可贵。艰难的往昔，化为温情的回忆，而如今兄弟俩都中了进士，前途光明，更要珍重如今的每一时每一事了。在这首早期作品中，诗人内心强大、达观的人生底蕴已经得到了展示。全诗悲凉中有达观，低沉中有昂扬，读完并不觉得人生空幻，反有一种眷恋之情荡漾心中，犹如冬夜微火。于"怀旧"中展望未来，意境阔远。诗中既有对人生来去无定的怅惘，又有对前尘往事的深情眷念。

此诗的重心在前四句，而前四句的感受则具体地表现在后四句之中，从中可以看出诗人先前的积极人生态度，以及后来处在颠沛之中的乐观精神的底蕴。全篇圆转流走，一气呵成，涌动着散文的气脉，是苏轼的名作之一。

## 陆游《书愤五首》(其一)鉴赏

这首诗写于南宋孝宗淳熙十三年(1186)春。当时诗人62岁，退居在山阴。想那山河破碎、中原未收而"报国欲死无战场"，感于世事多艰、小人误国而"书生无地效孤忠"，于是，诗人郁愤之情便喷薄而出。"书愤"者，抒发胸中郁愤之情也。

"早岁那知世事艰，中原北望气如山"，这是对青年时代的回忆，也是现实心情的写照。写诗人少年时，意气风发，气壮如山，决心驱逐强敌，收复中原，但不知道世事艰难，驱逐金统治者并不是一件容易的事情，此联乍看起来，像是写"早岁"的意气之"豪"，实际上是写如今的心头之"愤"，此为一愤。

"楼船夜雪瓜洲渡，铁马秋风大散关"两句分叙两次值得纪念的经历：隆兴元年，主张抗金的张浚以右丞相都督江淮诸路军马，楼船横江，往来于建康、镇江之间，军容甚壮。但不久，张浚在符离大败，狼狈南撤，次年被罢免。诗人的愿望成了泡影。追忆往事，怎不令人叹惋！另一次使诗人不胜感慨的是乾道八年(1172)事。王炎当时以枢密使出任四川宣抚使，积极筹划进兵关中恢复中原的军事部署。但是这年九月，王炎被调回临安，北征又一次成了泡影。从诗艺角度看，这两句诗也足见陆游浩荡诗才。"楼船"与"夜雪"，"铁马"与"秋风"，意象两两相合，便有两幅开阔、壮盛的战场画卷。意象选取甚为干净、典型。此联以暗写方式抒发了忧愤之情，此为二愤。

"塞上长城"句，诗人用典明志。这是对晚年境况的描摹，也是对壮志未酬的感叹。此联从自许甚高与年事渐高的对比中，激发出了悲愤。上两联写自己主观"气如山"和客观环境"世事艰"之间的矛盾，本联则是写自身心高与年老之间的矛盾。自许为"塞上长城"，是他毕生的抱负。"塞上长城"，典出《南史》，南朝宋文帝杀大将檀道济，檀在临死前怒叱："乃坏汝万里长城！"陆游虽然没有如檀道济的被冤杀，但因主张抗金，多年被贬，

"长城"只能是空自期许。诗人壮志未酬的苦闷全悬于一个"空"字。宏志落空,奋斗落空,一切落空,而揽镜自照,却是衰鬓先斑,皓首蟠蟠!两相比照,何等悲怆?此联以明写方式书了悲愤之情,此为三愤。

"出师一表真名世,千载谁堪伯仲间。"诗人将前面所书之愤情予以汇合,迸发出慷慨的激愤之词。诗人盛赞诸葛亮的《出师表》,在于感叹世无英雄,也在于自勉誓作志士。陆游希望自己和更多的人像诸葛亮那样,为了"兴复汉室,还于旧都"而"鞠躬尽瘁,死而后已"。"千载谁堪伯仲间",明为叹无人可与伦比,实为说自己要与之并肩踵武。这一联总赅上意,凝聚而后升华,气锐力足,格调昂扬。

这首诗如标题所示,是书"愤",其"愤"为:一愤中原沦陷,生灵涂炭;二愤投降派屈辱求和,误国殃民;三愤壮志未酬,鬓发已斑。诗人对于"愤"的"书"法,按一生行事,分别陈述。全诗未着一个"愤"字,可是字字含愤,句句连愤,不仅书了愤之情,还点明了愤之源。

## 延伸阅读

**1. 原典阅读**

(1) 阅读《全宋诗》(傅璇琮等主编,北京大学出版社,1998年版),重点阅读宋代诗歌名家作品,注重体会宋代诗歌特点。

(2) 阅读《苏轼诗集》(王文浩辑注,孔凡礼点校,中华书局,1982年版),注重体会苏轼诗歌的特点。

(3) 阅读《剑南诗稿校注》(陆游撰,钱仲联校注,上海古籍出版社,1985年版),注重体会陆游诗歌的特点。

**2. 研究文献阅读**

(1) 阅读《江西诗派研究》(莫砺锋著,齐鲁书社,1986年版),总结江西诗派的形成过程、创作特点等。

(2) 阅读《陆游诗研究》(李致洙著,文史哲出版社,1991年版),分析陆游诗歌内容和艺术特征。

(3) 阅读《宋初诗派研究》(赫广霖著,齐鲁书社,2008年版),总结宋初诗派的形成、特征,进一步体会它们在唐宋诗风转型中所具有的重要意义和价值。

## 拓展训练

1. 比较欧阳修、王安石的《明妃曲》,并分析两位作家的创作个性。

2. 江西诗派的风格与特点是什么?对此后的诗歌的影响有哪些?尝试写成小论文,对之进行分析。

3. 钱锺书认为陆游创作记梦诗的原因是"爱国情感的极度膨胀",谈谈你的理解,写一篇小论文。

# 第五章  宋代话本小说

**文学史**

在宋代，除了诗、文等雅文学发生重大变化外，俗文学的发展演变也成为文学史上极为重要的现象。这种发展以"说话"在唐五代基础上的演进为具体内容。宋代"说话"伎艺的繁荣与市民阶层的逐步壮大密切相关。《东京梦华录》卷二"朱雀门外街巷"条载京城一带娱乐繁盛的景况："出朱雀门东壁亦人家，东去大街麦秸巷、状元楼，余皆妓馆，至保康门街。其御街东朱雀门外，西通新门瓦子，以南杀猪巷亦妓馆。以南东西两教坊，余皆居民或茶坊。街心市井，至夜尤盛。"①经济繁荣，城市富庶，为市民阶层的享乐生活提供了良好的物质条件。"说话"伎艺便是城市勾栏瓦舍中最为流行的一种娱乐表演形式。

## 第一节  "说话"的兴盛

"说话"就是讲故事，然而说话人在讲故事的过程中，常常会引述诗词与骈文，因而说话这种伎艺在宋代当与吟诵相配合。从事"说话"这项民间伎艺的人被称为"说话人"。"说话"在唐代就已经产生，但其具体情况已不很清楚。

到了宋代，"说话"伎艺甚为发达，而且逐渐成为两宋市民所喜爱的民间艺术之一。据《东京梦华录》卷五"京瓦伎艺"条记载："崇、观以来，在京瓦肆伎艺，……孙宽、孙十五、曾无党、高恕、李孝详，讲史。李慥、杨中立、张十一、徐明、赵世亨、贾九，小说。"②这是说宋徽宗崇宁、大观年间，仅讲史、小说两家就有如此多的知名说话人，足见宋人对"说话"伎艺的喜欢程度。南宋灌圃耐得翁《都城纪胜》"瓦舍众伎"条也载：

说话有四家：一者小说，谓之银字儿，如烟粉、灵怪、传奇、说公案，皆是搏刀赶棒及发迹变泰之事。说铁骑儿，谓士马金鼓之事。说经，谓演说佛书。说参请，谓宾主参禅悟道等事。讲史书，讲说前代书史文传、兴废争战之事。最畏小说人，盖小说者能以一朝一代

---

① 孟元老.东京梦华录笺注[M].伊永文,笺注.北京：中华书局,2006：99-100.
② 孟元老.东京梦华录笺注[M].伊永文,笺注.北京：中华书局,2006：461.

故事,顷刻间提破。合生与起今、随今相似,各占一事。①

这里明确说,宋时"说话"有四家。但具体是哪四家,又不甚确切。鲁迅先生认为:《都城纪胜》所谓的"说话"四家当指小说、说经说参请、说史、合生,而小说一家又分三类,即银字儿、说公案和说铁骑儿。②

宋代的"说话"伎艺主要的讲说对象则是一般市民,是说话人在"瓦舍"中为市民提供的娱乐消费,因此属于市民文学一类。"瓦舍"又称瓦子、瓦肆等,《梦粱录》卷一九"瓦舍"条载:"瓦舍者,谓其来时瓦合,出时瓦解之义,易聚易散也。"③这种俗文学的内容深受唐代志怪、传奇小说的影响,以迎合普通市民的欣赏趣味。如罗烨《醉翁谈录》甲集卷一《小说开辟》云:

夫小说者,虽为末学,尤务多闻。非庸常浅识之流,有博览该通之理。幼习《太平广记》,长攻历代史书。烟粉奇传,素蕴胸次之间;风月须知,只在唇吻之上。《夷坚志》无有不览,《琇莹集》所载皆通。动哨、中哨,莫非《东山笑林》;引倬、底倬,须还《绿窗新话》。④

由此可见,宋人"说话"不仅于《太平广记》所收六朝至唐代的志怪、传奇之文多有借鉴,而且还从《夷坚志》和《绿窗新话》等宋人志怪、传奇作品中汲取营养。

"说话"伎艺在宋代虽然很繁荣,但是现在所见的话本最早的也不过是元代所刊⑤。罗烨《醉翁谈录》虽然收录了大量话本的名目,但我们现在很难区分哪些是宋话本,哪些是元话本。即便如此,正是因为宋代"说话"的盛行,才为元代出现如《三国志通俗演义》和《水浒传》那样的小说奠定了基础。所以,宋代"说话"伎艺的繁荣在中国文学史上是一个十分重要的文学现象。而说话人所使用的底本,保存下来,就是我们现在所称的话本。如此说来,话本又包括了说话四家的所有内容,而不仅仅是"小说"一家。这是话本与话本小说在宋元时期的区别。然从保存至今的话本小说内容来看,话本小说似乎涵盖了宋元时期说话四家的所有内容。这四家之中,"小说"和"讲史"最受时人欢迎,故留下的作品也最多。

## 第二节 宋代话本创作概况

宋话本小说之所以会兴起而至繁荣,固然是由于城市中"说话"伎艺的兴盛。而其深层次的物质基础则是北宋百年承平所带来的经济繁荣,尤其是城市手工业和商业的发展,促进各行各业的兴起,使市民阶层空前扩大。市民的文化娱乐消费也随之丰富起来。于是,使用当时白话的说书人,在"瓦舍""勾栏"中,应运而生。宋代的统治者也爱好并提倡"说话",这也是话本小说兴起与繁荣的重要原因。明郎瑛《七修类稿》卷二二云:

---

① 灌圃耐得翁.都城纪胜[M].上海:古典文学出版社,1956:98.
② 鲁迅.中国小说史略[M].上海:上海古籍出版社,1998:73.
③ 吴自牧.梦粱录:三[M].上海:商务印书馆,1939:178.
④ 罗烨.醉翁谈录[M].上海:古典文学出版社,1957:3.
⑤ 关于这一点,可参看章培恒.关于现存的所谓"宋话本"[J].上海大学学报,1996(1).

"小说起宋仁宗,盖时太平盛久,国家闲暇,日欲进一奇怪之事以娱之,故小说得胜头回之后即云话说赵宋某年,闾阎淘真之本之起亦曰'太祖太宗真宗帝,四帝仁宗有道君',国初瞿存斋过汴之诗有'陌头盲女无愁恨,能拨琵琶说赵家',皆指宋也。"①这里不仅说到宋朝帝王对小说的钟爱程度,而且还指出了小说具有"得胜头回"的体制特点。上有所好,下必甚焉,于是小说之盛,一直延续到南宋。

宋代话本就是说话人讲述各种故事时所使用的底本。"话本的文字往往比较简略,只记录唱词和主要的故事情节。讲唱时则由说话人灵活运用,可以增添许多细节,描述得更详尽,甚至可以扩展若干倍。说话人师徒相传,不断对原有话本进行修改补充,因此话本往往不是某一个人的创作,而是许多无名作者的集体创作。"②话本小说的作者,除了说书人之外,还有科举失意的知识分子。这些人因为晋身无门,为了生计,往往加入到"书会"中,被称为"书会才人"。这些人学识渊博,既自己编写话本,又依据说话人的讲唱,把口头流传的话本加以润色,写成专供阅读的书面文学作品,这便是宋元时期的白话小说。

从相关文献记载来看,宋元时期话本小说创作甚为繁荣,数量众多,但因遭到后代统治阶级的歧视和损毁,大部分已经散佚。据《醉翁谈录》《也是园书目》《宝文堂书目》等著录,就有大约140篇短篇小说题目,然保存下来的却不多。现存的宋代话本小说主要保存在《京本通俗小说》和《清平山堂话本》中。明代熊龙峰刊刻的小说以及冯梦龙的《喻世明言》《警世通言》《醒世恒言》中收录了不少的宋代话本小说。从《绿窗新话》《醉翁谈录》等著作中,尚可窥见一些失传话本小说的故事梗概。讲史和说经话本保留至今的更少。《永乐大典》中原收平话26卷,但现在已无法见到。现存的只有《梁公九谏》《五代史平话》《大宋宣和遗事》《全相平话五种》(分别是《武王伐纣平话》《七国春秋平话(后集)》《秦并六国平话》《前汉书平话(续集)》《三国志平话》)。另有《永乐大典》卷五二四四所收《薛仁贵征辽事略》平话1种。说经话本则只有《大唐三藏取经诗话》1种。而这些讲史和说经话本,大多只有一些情节概要,文字也较粗糙,但必定已经具备长篇小说的面目了,为元明时期长篇小说的兴盛奠定了良好的基础。

## 第三节 宋代话本小说的体制与思想内容

宋代话本小说不仅有独特的体制,而且其思想内容也相当丰富,在中国古代小说发展史上具有承前启后的重要意义。

### 一、话本小说的体制

话本小说作为说话艺人"说话"时所用的底本,故具有口传文学与书面文学相结合的特色。话本小说必须适应"说话"的实际情况,因此具有特殊的体制。一部完整的话本小说,一般包括下面几个部分。

---

① 郎瑛.七修类稿[M].上海:上海书店出版社,2001:229.
② 北京大学中文系.中国小说史[M].北京:人民文学出版社,1978:67-68.

## (一)入话

话本小说开头,在正文之前一般有简短的"入话",又称"得胜头回"或"笑耍头回"。"入话"一般以诗、词或几句韵语来充当,其作用有的是点明主题,概括大意,如《董永遇仙传》的"入话""典身因葬父,不愧业为佣。孝感天仙至,滔滔福自洪",便是概括大意。有的是抒发感慨,从正面或反面衬托故事内容,如《张子房慕道记》的"入话"。有的与正文故事或类似,或略有关涉,其目的在于等候听众,或借以集中在座听众的注意力,如《柳耆卿诗酒玩江楼记》《西湖三塔记》的"入话"。《西湖三塔记》引苏轼《饮湖上初晴后雨》一诗为"入话",仅仅是因为苏轼名高,且该诗与所讲故事发生地点西湖有关,以引起听众的注意。"入话"一般情况下都会标明,但也有个别例外,如《洛阳三怪记》开篇就没有标明"入话"二字,而直接以诗开头。

一般而言,话本小说开头的诗词或其后又引的诗词以及解释等,都属"引入正话"的"入话"部分,是不可分割的。"入话"只是"正话"的引子,属附加成分,因而可多可少,可长可短,体制灵活。

## (二)头回

话本小说有很多都在"入话"与"正话"之间,插入一段与"正话"相类或相反的短故事,以衬托或反衬"正话"。这段故事独立存在,本身就能作为一回书,因其位置在"正话"之前,故而称为"头回",也称"得胜头回""笑耍头回""得胜利市头回"等。如《刎颈鸳鸯会》在说完"头回"故事之后,明确云:"权做个'笑耍头回'。"

所谓"头回",即冒头的一回书,是说话艺人的专门术语。《东京梦华录》卷五"京瓦伎艺"条云:"杖头傀儡任小三,每日五更头回小杂剧,差晚则看不及矣。"这里所说的"头回",即"笑耍头回",是说书未入"正话",先讲一个小故事,以资笑乐。对于"得胜",鲁迅《中国小说史略》解释为:"听话者多军民,故冠以吉语曰'得胜'。""头回"一般讲一个小故事,如《清平山堂话本》中的话本大都如此,但也有讲两三个故事的,如《喻世明言》中的《李秀卿义结黄贞女》的"头回"便讲了3个小故事。

总而言之,无论是"入话"还是"头回",都属话本小说的附加成分,或为渲染气氛,或为肃静场面,或为等待聚集听众,或为调动听众情绪,其目的都是为讲"正话"服务的。因其与"正话"内容关系密切,对凸显"正话"主题思想有重要作用,所以成为话本小说体制的重要组成部分。

## (三)正话

"正话"是"说话"的主体,于话本小说文本而言,则是正文、正题部分,也称为"正传"。

话本小说的"正话"一般包括散文和韵文两部分,且以散文为主。散文部分是说话人用当时口语叙述故事内容,刻画人物形象,带有浓厚的现场说书特色,如常使用"话说""却说""单说""话休絮烦"等套语,用于彰显说书层次,使得故事情节条理清晰,体现出与一般散文迥然不同的"话文"特色。韵文部分往往穿插诗、词或骈句、偶句等,或渲染气氛,或表人外貌,或状物写景,或承上启下,也用专门套语如"正是""但见""怎见得""常言道""古人云""有诗为证"等引入。韵文在小说中的作用是疏通文脉,衬托说话人所讲的主要内容,以补充散文叙述之不足,从而增强说话的艺术感染力。

篇幅较短的话本小说,"正话"一般不分回,但也有少数篇目分回。如《碾玉观音》就分上、下两回,两回之间以套语相接。上回讲到崔宁、璩秀秀逃往潭州,一年后的一天遇到一个汉子"从后大踏步尾着崔宁来"便煞住:"正是:谁家稚子鸣榔板,惊起鸳鸯两处飞。这汉子毕竟是何人?且听下回分解。"话本小说分回,在紧要处戛然而止,为听众留下悬念,以调动其下回听书的情绪,这是长篇话本常用的套路。

**(四)篇尾**

话本小说"正话"故事结束后,篇末则往往用几句整齐的韵语或诗词来点明小说主题,评论故事,就是"篇尾"。篇尾也不是"正话"的组成部分,而是附加成分。如《杨温拦路虎传》的篇尾即为两句七言句:"能将智勇安边境,自此扬名满世间。"而一般的篇尾则是以四句的古诗居多,如《错斩崔宁》篇尾:"善恶无分总丧躯,只因戏语酿鞭危。劝君出话须诚实,口舌从来是祸基。"《碾玉观音》篇尾:"咸安王捺不下烈火性,郭排军禁不住闲磕牙。璩秀娘舍不得生眷属,崔待诏撇不脱鬼冤家。"此三篇篇尾,前者的作用是颂扬总结,而后二者则是劝戒与总结。有的篇尾则既非劝戒、评价或总结,而是对"说话"内容做出交代,有直接点出篇名的如《洛阳三怪记》"话名叫作《洛阳三怪记》";有交代故事来源的,如《勘皮靴单证二郎神》"原系京师老郎传流,至今编入野史";有说完篇尾诗词后,又宣布散场的,如《简帖和尚》便是在《南乡子》词后宣布:"话本说彻,且作散场。"

综上所述,话本小说具有独特的体制,一般都包括入话、头回、正话、篇尾四部分,在中外小说中独树一帜,具有很强的民族特色和市井色彩,从而成为中国小说史上的一朵奇葩。

## 二、短篇话本小说的思想内容

宋代话本,有长短之分。长的一般用来讲述长篇历史故事,称为"平话",如《三国志平话》等;短的则多用来讲一些短小离奇的故事,称为"小说",如《快嘴李翠莲记》等。短篇话本的情节集中,往往一次就可说完。"平话"则由于故事长且繁复,故往往要分为很多场次才能讲完。宋代话本小说的思想内容非常丰富,较为全面地反映了宋代社会现实和底层人民的生存状态。

其一,揭露和反映统治阶级对下层市民的压迫和剥削,以《碾玉观音》为代表。该话本通过主人公璩秀秀被咸安郡王戕害致死的故事控诉了封建阶级的罪恶。作品揭露了封建统治阶级对市民阶层的压迫,也歌颂了秀秀为争取婚姻自由而斗争的精神。透过《碾玉观音》可以看到南宋小手工业者遭受封建势力迫害的实际生存状态,凸显了小手工业者与统治阶级的尖锐矛盾。

其二,揭露封建礼教迫害女性的罪恶,批判封建伦理道德的不合理性。如《快嘴李翠莲记》,它历来被视为市民女性反抗封建伦理道德压迫和女性争取独立人格的经典范本。个性鲜明的李翠莲可谓是家喻户晓,她以嘴快不饶人而著名。故事的内容主要是讲她向代表封建统治秩序和尊严的父母、兄嫂、媒人、丈夫、公婆等公然表达自己的意见与不满,体现了她鲜明的叛逆性格和独立的个性精神。

其三,表现对美满爱情婚姻的追求,反映新旧婚姻观念的冲突。如《闹樊楼多情周胜仙》写富商的女儿周胜仙与在樊楼卖酒的范二郎相爱,但遭到父亲阻拦,终于悲惨死去的故事。小说中周胜仙渴望婚姻自主,不讲门第观念,而其父却以对方是否"大户"作为衡量婚姻的标准,并将周胜仙主动把范二郎带回家的追求自主爱情的举动斥为"辱门败户"的勾当。这完全是新旧两种婚姻观念的冲突,批判了以周胜仙父亲为代表的封建婚姻爱情观,而极力赞扬了周胜仙争取爱情独立自由的斗争精神。《志诚张主管》和《鸳鸯灯》等表现了封建婚姻制度对女性的迫害以及她们大胆的反抗。《张氏夜奔吕星哥》《张浩私通李莺莺》等肯定并赞扬了青年男女违背父母之命,热烈追求爱情自由、婚姻自主的精神。《苏小卿》则赞扬了苏小卿与双渐不计门第的真挚爱情。以上这些作品,有批判,有歌颂,充分表达了社会下层小市民的爱情婚姻诉求,有一定的进步意义。

其四,以批判贪官横行、地痞为非的腐败政治为主题的"公案"题材。两宋时期,大城市表面上歌舞升平,一片繁华景象,然而在这繁华景象的掩盖下,吏治腐败,政治黑暗,社会底层的小工商业者和广大农民深受大地主、大商人和封建官僚的迫害。在这种社会背景下,出现了不少"公案"题材的话本小说,其中《错斩崔宁》即为代表。小说主要讲述刘贵因经商亏本,从岳父处得了十五贯钱,回家后醉酒笑对妾室陈二姐说十五贯为卖陈二姐所得。陈二姐信以为真,赶回家去告知爹娘。路上遇到卖丝后得了十五贯钱的青年崔宁,两人结伴而行,崔宁好心帮衬。不想刘贵当晚恰好被贼人所杀,钱财被抢。陈氏嫌疑最大,邻居发现后追赶陈氏,在与其同行的崔宁身上正好搜出十五贯钱,于是将二人扭送官府。临安府尹对案情毫不耐烦,一心结案了事,于是酷刑逼迫崔、陈二人承认自己是凶手,遂使二人被判斩刑。其后刘贵大娘子被山大王掳到山上,得知偷十五贯钱并杀死刘贵的是这个山大王。刘娘子告官后,将山大王处斩。小说客观上揭露了封建吏治的黑暗腐败,草菅人命,滥杀无辜。又如《简帖和尚》写一个和尚见皇甫松的妻子杨氏貌美,命人送一封匿名简帖给她,引起皇甫松的怀疑,就经官把妻子休了。杨氏走投无路,濒临绝境,终于被迫落入了和尚精心安排的圈套。最后真相大白,和尚受到惩处,杨氏和皇甫松再成夫妻。这个故事情节曲折,引人入胜,表现手法巧妙,生活气息浓厚,语言通俗生动,也是小说家中公案话本的代表作。其他如《错认尸》讲乔俊贪色败家,高氏泄恨害命,而最终家破人亡之事。《错勘赃》讲谢小桃和倘都军私通,借官府陷害丈夫之事。《宋四公大闹禁魂张》则比较深入地暴露了剥削阶级的卑劣灵魂。

其五,反映宋代民族矛盾,表现民族气节。这类作品虽不是很多,但也值得关注。如《杨思温燕山逢故人》便是其中的代表。

## 三、宋代"平话"的思想内容

宋代"平话"多用来演讲长篇历史故事,故属说话四家中之"讲史"一类。《武林旧事》卷六《诸色伎艺人》篇列出的各类著名艺人就有500多人,而"演史"艺人25人、"小说"艺人52人。[①] 宋代"讲史"的专门艺人名不见经传者数量就可想而知了。据此推之,宋代当时流行的"讲史"话本应该很多。遗憾的是,现存的宋代"平话"数量却很少。如

---

① 周密.武林旧事[M].李小龙,赵锐,评注.北京:中华书局,2007:180-182.

《新编五代史平话》①《全相平话五种》《大宋宣和遗事》《薛仁贵征辽事略》②等。从内容上看,讲史话本的基本情节大多来自历史记载,其主题思想也复杂而多样。

1. 谴责无道昏君与歌颂有道明君并存

《大宋宣和遗事》记载的宋徽宗,重在暴露其横征暴敛,宠幸佞臣,迷信道教,昏庸误国。《前汉书平话》深刻谴责了野心家吕后,她阴险毒辣,残忍暴虐,窃国篡权。《五代史平话》则深刻揭露了封建帝王和割据势力的罪恶,他们为了满足个人称王称霸的私欲,不惜发动战争,致使人民颠沛流离,无辜丧生。与谴责无道昏君相反,讲史话本还有歌颂和赞扬有道明君的。《武王伐纣平话》中对行儒家"仁政""王道"的周文王、周武王进行了歌颂,对暴虐无道的殷纣王则给予痛斥,歌颂了武王伐纣的正义性。《七国春秋平话》同样从正反两方面来描写,一是对失政虐民,身死国灭的齐湣王的斥责;一是对内施仁政,外布恩德,终致国富民强的燕昭王的赞颂。《秦并六国平话》中也同样将"宽仁爱人"的汉王朝与"严刑峻法"的秦王朝做对比,揭示汉"享国长久"的原因,褒贬态度不言而喻。

2. 诛斥奸佞小人与赞扬忠义之士并举

《醉翁谈录·舌耕叙引》云:"说国贼怀奸从佞,遣愚夫等辈生嗔;谈忠臣负屈衔冤,铁心肠也需下泪。"③这充分说明了说话人技艺之高超,同时也说明这类故事本身具有极强的感染力。诛斥奸佞,颂扬忠义,既体现了话本小说作者对国家政治清明的向往,同时也符合听众的审美心理需求。《大宋宣和遗事》虽对宋徽宗的荒淫误国进行了鞭挞,同时又将宋朝的失政归罪于蔡京、童贯、高俅、杨戬等人,对这些不忠不义的奸佞之人做了深刻的批判。《五代史平话》对梁将王彦章的忠勇义烈之举做了极高的赞扬,写他兵败被俘时,唐主李存勖亲自为他释缚敷创,然而王彦章终不肯降,以致李存勖在斩杀他的时候,也为其忠烈而感动流涕。像王彦章这样的忠勇义烈之士,不仅是统治者所需要的,而且也是老百姓所敬佩的。

3. 反映底层民众的悲惨遭遇

《五代史平话·晋史下》中对民众苦难生活的描写:"是岁,晋境春夏旱,秋冬水蝗大起,竹木叶皆尽;兼是朝廷搜刮民谷,督责严急,有坐匿谷抵死者,县官往往纳印自劾去;民之馁死者,数十万口,流亡不可胜数。"再如《秦并六国平话》中对秦末陈胜、吴广揭竿起义的描写;《大宋宣和遗事》中对统治阶级恣意享乐,而百姓不堪科敛之苦,才爆发了方腊等人领导的起义等,都较为生动地再现了下层民众的苦难,也从客观上揭示了农民起义爆发的原因。尤其是宣和五年"花石纲"扰民的描写:"又使民夫增修万岁山,重运太湖石,自苏、杭起程达汴。人家有一丁,著夫一名,两丁著夫两名。民不聊生!两河岸边,死丁相枕,冤苦之声,号呼于野。"民众为了生存,不得已铤而走险,于是举起了起义的大旗。再如《五代史平话》对白甲军的记述:"将帅专事俘掠,不加存恤,民皆失望,逃入山谷,操农器为兵,积纸为甲,时人唤做'白甲军'。周军讨之,屡为所败。"这不仅写出了农民起义造反的正义性,而且写出了起义军的声威和力量。

---

① 现存的《新编五代史平话》可能是"说五代史"的一种底本。
② 现保存在《永乐大典》中,明代《文渊阁书目》著录。
③ 罗烨.醉翁谈录[M].上海:古典文学出版社,1957:5.

4. 反抗民族压迫情绪的流露

《大宋宣和遗事》对金兵南下在汴京一带奸淫掳掠的暴行做了深刻的揭露,同时对抗金英雄如李纲、宗泽、姚仲平等极力赞扬,对投降金人的李邦彦等人则严厉斥责。《五代史平话》中对石敬瑭为了满足自己做皇帝的私欲,割让燕云十六州土地,投降契丹,称儿纳贡的无耻行径进行了强烈谴责和鞭挞。这些都是讲史话本反对民族压迫,反对民族侵略战争情绪的深情流露。

此外,讲史话本也有宣扬迷信甚至是糟粕的东西,讲史话本中往往极力神化封建帝王,如对汉高祖、汉文帝、石敬瑭、刘志远、郭威等人。再者,讲史话本往往站在统治阶级的立场上看待问题,因此对农民起义或是历史上起到进步作用的人物,多持否定态度。

## 第四节　宋代话本小说的艺术价值

宋代的话本小说,在中国文学发展史上,以其独特的艺术形式,在文言与白话、雅与俗之间,起着承前启后的作用。鲁迅在《中国小说的历史的变迁》中将宋代话本小说称为"平民底小说",并评价说:"这类作品,不但体裁不同,文章上也起了改革,用的是白话,所以实在是小说史上的一大变迁。"因话本来自民间,所以从一开始,它就带着广大市民的思想情感及其喜闻乐见的艺术形式而问世。

其一,话本的突出成就是塑造了一大批社会最底层的小人物艺术形象,尤其是女性形象,体现了女性意识的觉醒。宋话本小说塑造人物形象的方法主要是通过尖锐的矛盾冲突、人物的行动、人物的生长环境和经历等进行刻画,而很少对人物作静态的肖像描写。如《碾玉观音》中的璩秀秀大胆的反抗与崔宁的犹豫优柔;《闹樊楼多情周胜仙》中周胜仙的聪敏大胆,执着坚定;《快嘴李翠莲记》中李翠莲的心直口快,大胆泼辣等,都是将人物的行动与其出身、经历和性格结合起来,并将人物放置在典型的环境中,于激烈的矛盾冲突中反复皴染,使其性格特征凸显出来。在此前的小说中,这些小人物大多是以配角身份出现的,然而在宋话本中,他们成批地以主人公的身份汇入小说里,在曲折情节的矛盾迭宕中,突出他们的个性,表达他们的愿望,歌颂他们的正直和反抗精神,这也是中国小说史发展的"一大变迁"。其中,最有争议的女性形象则是《西湖三塔记》中的白衣娘子。在小说中,白衣娘子实为白蛇精,她看上了护送迷路女儿卯奴(实为乌鸡精)回家的临安府公子哥奚宣赞。于是强留奚宣赞,并结为夫妻。在这个故事中,她是婚姻的执掌者,女权主义的代表,虽以白蛇精的身份出现,然其体现了男权社会中女性自我意识的觉醒。尽管小说最后以奚宣赞的叔叔道士奚真人施法将其镇于西湖石塔中作结,但对于女性掌握自己婚姻的描述客观上具有一定的进步意义。

其二,故事情节曲折离奇,具有浓厚的民间故事色彩。话本小说是诉诸听觉的文学,要以各种方式"竦动听闻",生动丰富的故事,紧张曲折的情节,便成为抓住听众注意力的主要方法,因此也成为宋话本小说最突出的艺术特色之一。《碾玉观音》以璩秀秀和崔宁的爱情故事为中心结构全篇,以郭排军和玉观音这一人一物为故事情节发展的引线,以璩、崔二人两次出逃、两次同居、两次被抓构成波澜起伏、曲折多变的情节。小说以郭排军的两次告密,掀起两次大波澜。主人公的悲剧命运牵动着听众的心,奇崛诡异、变化无常的情节,让听众在惊诧中被牢牢地吸引住。其他如《闹樊楼多情周胜仙》也以女主人公生而能死,死而复生,复又死去的故事情节紧紧地揪住听众的心,其情节的离奇曲折、跌宕起伏、扣人心弦,在宋话本中也很有代表性。

其三,语言风格朴素生动,明快泼辣,诗词曲文有机结合,雅俗共赏。这表现在两方面:一是叙述语言雅俗共赏;二是人物语言的个性化特色鲜明。就语言的雅俗共赏而言,翻开话本,其时代的口语触目皆是。此外,话本小说一般都有"入话"和结尾诗,"入话"或用诗,或用词,灵活多样,主体部分以散文为主,而常常杂以词曲和诗,语言明快而活泼。如《简帖和尚》的"入话"就用《鹧鸪天》引入,中间部分以活泼的散文语言为主,而夹杂有绝句和《望江南》《南柯子》《踏莎行》《诉衷情》等词。就人物语言的个性化而言,明快泼辣者则如《快嘴李翠莲记》中李翠莲的语言,能够很好地体现人物的性格特征。话本中用对话的方式,插入许多段快板式的唱词,酣畅活泼。宋话本中诸如此类的语言,俯拾皆是。纯熟通俗的白话,流畅生动的叙述,大量民间口语、谚语、俗语的运用,标志着白话小说语言的成熟。话本小说开了后世白话小说之先河,可谓元明清三代白话小说语言之先导。

其四,精心构思,善用巧合,构建故事情节。宋话本小说的另一艺术特色是以巧合的艺术手法,推动故事的发展,增强情节的波澜。《错斩崔宁》堪为代表。小说中,"巧合"在推动故事情节的发展中起到了至关重要的作用。可以说,整部小说都是以"巧合"的艺术构思来完成情节的发展的,主人公的命运也始终牵动着听众的心。然而,这些"巧合"背后,其实也透露着必然性的东西。如陈二姐之所以听到"典身"被卖的玩笑话后便信以为真,是由其社会地位卑下和当时典卖妇女的社会现实决定的;十五贯银子的"巧合",能够断送两条无辜的生命,是由宋代吏治的腐败,官吏的昏聩武断决定的。这种偶然性的"巧合"之中所反映的必然性因素,带有普遍性,具有一定的思想深度,发人深省。其他如《闹樊楼多情周胜仙》《碾玉观音》也充满了巧合,"巧合"手法的运用,使小说情节更为曲折生动,引人入胜。

宋代话本小说在小说史上占有重要的地位。它继承并发展了前代说唱文学的创作经验,确立了白话小说这一崭新的文学体裁,形成了民众喜闻乐见的文学风格,从而为后代通俗小说的繁荣打下了良好的基础。元朝以后,不少通俗小说便是根据宋代话本加工改编的,尤其是明代的拟话本小说的创作,不仅在形式上直接继承话本小说,而且许多素材和内容也采自宋话本小说。从后代长篇小说创作来看,罗贯中《三国志通俗演义》、施耐庵《水浒传》、吴承恩《西游记》、许仲琳《封神演义》、余邵鱼《列国志传》和冯梦龙的《新列国志》,便是对《三国志平话》《宣和遗事》《大唐三藏取经诗话》《西游记平话》《武王伐纣平话》和《七国春秋平话》等宋话本小说的继承。另外,宋话本小说对明中叶以后文人独立创作的小说,以及元代以来的喜剧和弹词、鼓词等,也有重要的影响。

## 作品学习

1.《快嘴李翠莲记》
2.《碾玉观音》

## 《快嘴李翠莲记》鉴赏

《快嘴李翠莲记》选自《清平山堂话本》卷二,此书是明代嘉靖年间洪楩刊印,"清平山堂"是洪楩书斋的名称。洪楩,字子美,钱塘人,南宋洪迈的后裔,做过主簿。洪楩用清平山堂之名刊印的话本,共有《雨窗集》《长灯集》《随航集》《欹枕集》《解闲集》《醒梦集》6集,共60篇,又名《六十家小说》。原书已散佚,现存29篇,大多是宋元话本。《快嘴李翠莲记》体现了宋代话本小说多方面的成就和特色,现简要分析如下:

其一,该话本所写李翠莲的故事在宋代话本小说题材中具有代表性,涉及宋代妇女的爱情问题、婚姻问题和家庭问题。"说话"艺人不但反映妇女的不幸命运、痛苦遭遇,而且还表现她们的反抗和斗争精神。在封建社会,妇女所受到的限制、压抑、凌辱、迫害最为深重,因而她们的反抗也最为坚强,斗争最为勇敢。这又使得当时的人们非常感动,而"说话"艺人也便倾注了更多的心血去塑造这些坚强勇敢的女子形象,使得男子在她们面前相形见绌,显得胆小怕事、软弱无能。《快嘴李翠莲记》借李翠莲爱情、婚姻方面与封建礼教思想所产生的各种激烈冲突,较为全面地触及宋代社会的爱情婚姻、礼教思想、门第观念、家庭矛盾等多方面的问题,在同类题材中具有一定的代表性。

其二,李翠莲的人物形象鲜明生动。《快嘴李翠莲记》塑造了一个敢于向统治秩序挑战、蔑视封建礼教、争取人格独立的光辉女性形象。话本围绕李翠莲出嫁前后四天之内发生的事情来描写她的反抗斗争。这种在矛盾冲突中塑造人物形象的手法在宋话本中很有典型性。封建社会的女子出嫁是终身大事。"三从"的中心是"从夫",委身于男人。这既不是自由结合,又没有男女平等可言。女子在爱情婚姻问题上,根本不能掌握自己的命运和未来。相反,封建礼教对她们却有种种苛刻的要求和规定。她们只能听人摆布,被当作礼品、玩物,或者被看成生产劳动和传宗接代的工具。《快嘴李翠莲记》紧扣李翠莲出嫁前后的活动来展开故事,抓住了矛盾、冲突的实质,抓住了一切纠纷的社会根源。尖锐的矛盾冲突,导致李翠莲终于被婆家"休"了。李翠莲遭到这样极不公平的待遇,她理直气壮,认为自己行得端、走得正,被"休"有什么要紧,干脆一刀两断,既不懊悔,也不悲伤。她本以为回到娘家,日子会好过些,没想到舆论压力又让她喘不过气来。父母兄嫂觉得很不光彩,时常抱怨,她感到在娘家无法待下去,只好选择一条出家的道路。她以为出家了,就逍遥自在了,再也不受什么"三从四德"的约束了,可她没想到还有更加严酷的宗教清规,她不仅被剥夺了说话的权利,而且连生存的权利也几乎被剥夺了。李翠莲的悲剧结局,让我们看到了封建社会对女性爱情权、生存权的剥夺。虽然如此,她的反抗性格、斗争精神却给人们留下了深刻难忘的印象。

其三,语言通俗平易,韵散相间,粗犷泼辣,富有个性化。该小说的语言风格,与宋元的讲唱文学的文体适应性有密切的关系。讲唱文学是一种韵散夹用、且说且唱的叙事形式,韵文部分可分为"乐曲体"和"诗赞体"两类。本篇即用"诗赞体",它类似诗歌,但平仄不严,用韵较宽,更接近口语化。顺口成章,开言成对,反应敏捷,是个性化的语言,又是语言的个性化,具有质朴粗犷的风格。这篇话本把李翠莲的"快嘴",用快板的形式来表现,内容与形式和谐统一,也可见出早期话本说唱兼有的痕迹。所谓"快嘴",实质上是不满意"三从四德"的束缚,要发表意见,自我做主。这是一种反抗行为,也是一种斗争方式。李翠莲能干活,肯吃苦,封建阶级当然允许,并且赞扬鼓励,而要自由说话议论,跟别人争辩,那就叫放肆、撒泼、不成体统,是绝对禁止的。李翠莲可不管这一套,她放开喉咙,爱说就说,大讲特讲,语言极富个性,充分凸显了李翠莲的心直口快、敢于反抗的斗争精神。

其四,对世态人情的讽刺,亦是本篇的主要特色。封建社会的宗法制度,是以人伦关系、血缘关系为表征的,要做到父子有亲,君臣有义,夫妇有别,长幼有序,朋友有信等。话本小说把故事的矛盾放在李翠莲与周围人的人际关系,特别是人伦关系上去展开,对比更为强烈,冲突更显尖锐,使人物在特殊的环境中表现出独特的命运。李翠莲在强大的封建势力面前,她的个人反抗毕竟是很脆弱的,因而悲剧就不可避免。小说通过人物与社会之间的激烈冲突,塑造出李翠莲这个追求个性解放的富有反抗斗争精神的下层妇女形象,揭露和讽刺了封建婚姻、礼教的虚伪和反动,对宋元时期统治阶级借程朱理学以束缚妇女的一套清规戒律也做了深刻的鞭挞。

## 《碾玉观音》鉴赏

《碾玉观音》是宋代话本小说中反映统治阶级残酷迫害下层市民题材的代表作,其曲折离奇的故事情节,生动鲜明的人物形象,为我们呈现了宋代社会较为丰富的社会生活场景,具有多方面的艺术价值和社会意义。

其一,曲折离奇,引人入胜的故事情节。该话本以碾玉观音为线索,情节曲折离奇,富有浪漫色彩。全文分为上下两部分。上篇是故事的开端和发展,碾玉观音使璩秀秀与崔宁相爱并结为夫妻,远走他乡。正文前的"入话",渲染出一种匆匆春将归去的气氛。这就自然而然地带出故事中人物游春赏春的情节。下篇是故事的高潮、结局和尾声,碾玉观音使秀秀鬼魂与崔宁又回行在,得以报仇雪恨。内容虽不乏封建性的糟粕,但却通过璩秀秀挣扎反抗和她从脱逃到死后婚姻爱情多次被毁灭的不幸遭遇,揭露出封建统治阶级对劳动人民的残酷迫害,暴露出封建统治者奢侈无度、权力无边、残忍无道的本性,表现出劳动人民不畏强暴、坚持反抗、百折不挠的斗争精神,反映了下层劳动人民尤其是广大妇女要求解放、追求幸福的强烈愿望。

其二,主人公璩秀秀的形象鲜明而丰满。璩秀秀是故事的主人公。她心灵手巧,大胆泼辣,为争取婚姻自由,敢于逆封建礼教而动,勇于同封建统治者争斗,表现出古代妇女在封建统治和封建礼教的双重压迫之下,宁死不屈的反抗精神,放射出人性美的熠熠光辉。她不但年轻貌美,而且有一手绣出花来能"引教蝶乱蜂狂"的本领。当郡王府里失火,"府中养娘,各自四散"的时候,她撞见崔宁,主动要求结为夫妻。

年轻人婚姻自由,这在封建社会哪里容得,于是只好私奔。这时秀秀抛弃了一切念头,毅然到了潭州,以碾玉为业,自食其力。然而,这一最低最起码的生活要求也要遭到摧残和迫害。封建统治者的权势像一张大网,无所不在,网住了他们。由于被发现,他们被押回了王府。面对封建统治者的淫威,秀秀毫不屈服,最后被无情地杀害了。但是她的鬼魂依然到建康和崔宁一同居住,并设法惩处郭立,报仇雪恨,表现出坚韧不拔、追求幸福自由的斗争精神,形象生动感人。

其三,《碾玉观音》巧设悬念,具有浓厚的浪漫主义色彩,这在宋代话本小说中也很有代表性。璩秀秀与崔宁,在人间相亲相爱,趁郡王府失火,逃亡潭州。不料,好景不长,却被赶往潭州办差的郭排军撞见。郭排军告密后,郡王派人将璩、崔二人抓回。小说此处对秀秀被打杀埋入后花园之事,仅用"捉进后花园里去"一语轻轻宕过,巧妙地把人鬼世界连接起来,让人不知不觉。在秀秀报仇之后,才作为尾声,予以说明。这样,整个故事波澜起伏,离奇古怪,但却衔接紧密,浑然一体。这种奇幻的情节,大胆的想象,看似于事无据,荒诞不经,实则于情却通,有其现实的根基。从中反映出封建统治者凶残无度,也表达出下层人民要求做人权利、追求幸福生活的强烈愿望。

其四,巧妙有致的韵语运用,也使小说别有特色。如上篇开头,一连借用《鹧鸪天》《仲春词》《季春词》和王安石、苏轼、邵雍等人的诗词共 10 首来讨论"春归去"的原因,实为话本的"入话",以引出小说人物咸安郡王。这些诗词韵语,或写景状物,或渲染气氛,或衔接结构,或抒发评论,无不恰当自如,富有情致。话本的"正话"部分穿插的诗词韵语就更多了。整个作品语言接近口语,明白晓畅,通俗易懂。

### 延伸阅读

**1. 原典阅读**

(1) 阅读《清平山堂话本校注》(洪楩辑,程毅中校注,中华书局,2012 年版),重点体会话本小说的体制。

(2) 阅读《京本通俗小说》(黎烈文标点,商务印书馆,1925 年版),重点体会话本小说的情节安排特点及语言特色。

(3) 阅读《冯梦龙全集》(魏同贤主编,凤凰出版社,2007 年版),重点思考话本小说在人物形象塑造方面的特点。

(4) 阅读《二刻拍案惊奇》(凌濛初原著,石昌渝点校,江苏古籍出版社,1990 年版),重点关注明代拟话本小说与宋话本小说之间的承继关系。

**2. 研究文献阅读**

(1) 阅读《中国小说史略》(鲁迅著,上海古籍出版社,1998 年版),把握中国古典小说的发展脉络及各时期小说的特点。

(2) 阅读《话本小说史》(欧阳代发著,武汉出版社,1994 年版),掌握话本小说的特点及其发展历程。

(3) 阅读《中国小说史学史长编》(胡从经著,上海文艺出版社,1998 年),掌握中国古典小说各个时期的艺术成就和塑造人物手法的异同。

### 拓展训练

1. 结合《西湖三塔记》的内容,以"女性意识的觉醒"为题,分析宋代话本小说中女性角色的思想和行为,写一篇小论文。

2. 选取《五代史平话》中的一个朝代故事,从话本小说的视角分析其艺术价值和思想意义,写一篇小论文。

# 第六章 辽金文学

**文学史**

辽(916—1125),后梁末帝贞明二年由契丹族领袖耶律阿保机建国于中国北方地区,宋徽宗宣和七年为金人所灭,与北宋对峙了166年。契丹国初建时,崇勇力,尚武功,民风粗犷豪放,不事文治,但至辽圣宗耶律隆绪时,随着疆域的不断扩大,封建制统治的正式确立,接收汉文化的影响愈来愈广泛、深入。涌现一批以汉文从事写作的契丹贵族和接受契丹统治的汉族文人,诗、词、文皆有涉猎,而创作风格以质朴雄健、浅白自然为主。

金(1115—1234),女真族完颜部首领阿骨打于宋徽宗政和五年(1115)称帝建国,1125年灭辽,1127年灭北宋,迁都中都后占据了华北以及华中大片地区,称霸东亚,和南宋对峙了109年。清阮元《金文最》序文曰:"金之奄有中原,条教诏令,肃然不振。故当大定(1161—1189)以后,其文章雄健,直继北宋诸贤。"金朝御中原地区,文学传统直承北宋,受辽文学影响也比较大。金诗多踵武宋代江西诗派,但别有激情澎湃之气;金词或学苏轼的豪迈雄浑,或学姜夔的骚雅圆熟,又吸收了北方游牧民族任情率真的特点;金文沿袭了宋文的情理兼重、条理井然之余,文风多显得酣畅淋漓。此外更值得一提的是,金代在通俗文学领域别开奇葩,在北宋杂剧的基础上发展了院本,直接影响了元杂剧的产生,说唱文学领域也有巨大突破。金院本都已失传,说唱文学留有董解元《西厢记诸宫调》与无名氏《刘知远诸宫调》,前者艺术斐然,对后世的戏曲和说唱文学影响卓著。

## 第一节 辽金文坛发展历程

辽金文学与两宋文学并行发展,共同构成了10世纪至13世纪初期中国文学的大格局。辽与金都是少数民族建立的政权,文化根基相对薄弱,其汉语文学之花从荒原萌蘖到渐次开放,呈现出了阶段性和渐进性的历史面貌。

## 一、辽代文学

顾敦鍒先生把辽代文学的发展分为三期:胚胎期,生长期,全盛期。[①] 胚始期包括太祖、太宗两朝,契丹贵族开始濡染汉文化,出现了一些民间歌谣和名诗人,如耶律倍。耶律倍(899—936)身为辽太祖阿保机长子,十分推崇汉文化,开辽代帝王诗歌创作风气之先。现存《海上诗》1首,利用汉字"山"与契丹文"可汗"的形同义异,隐喻自己身为皇太子却因太后的权威而被耶律德光取而代之,形象鲜明,含意幽微。

生长期,包括从世宗到兴宗五朝,诗文创作增多,风格更明显,代表作家如赵延寿。赵延寿(?—948)本是后唐人,降契丹后为上将军,授枢密使,故其诗文多慷慨凛然之气,如《失题》:"黄沙风卷半空抛,云重阴山雪满郊。探水人回移帐就,射雕箭落著弓抄。鸟逢霜果饥还啄,马渡冰河渴自跑。占得高原肥草地,夜深生火折林梢。"

全盛期,包括道宗和天祚帝二朝,这一时期的创作者群体上至帝王后妃,下至臣子僧人,创作题材、体裁都大大丰富了,其中尤以萧观音为文坛翘楚。

总而言之,辽代文学保存下来的作品不多,成就较弱。其特征有四:一是作品多出于契丹贵族之手;二是女性文学地位突出;三是受佛教影响大;四是风格率真激切,质朴清新,民歌多辛辣、口语化。

### (一) 萧观音

萧观音(1040—1075),辽道宗耶律洪基的第一任皇后,才貌双全,工诗能书,善弹琵琶,能自制歌词,被道宗誉为"女中才子"。太康初年因宫闱倾轧被诬与伶官赵唯一有私情而被赐死。她的诗文全载于王鼎所撰《焚椒录》中,其诗风格壮阔,表现出不让须眉的心胸抱负,如陪丈夫出猎所作《伏虎林应制》:"威风万里压南邦,东去能翻鸭绿江。灵怪大千俱破胆,那教猛虎不投降。"而词作多抒写对君王的相思幽怨之情,风格凄清婉丽,如著名的《回心院》词十首之一:"扫深殿,闭久金铺暗;游丝络网空作堆,积岁青苔厚阶面。扫深殿,待君宴。"清代徐轨《词苑丛谈》评价这一组词:"怨而不怒,深得词家含蓄之意。"

### (二) 萧瑟瑟

萧瑟瑟(?—1121),名讳不详,小字瑟瑟,天祚帝耶律延禧之文妃。聪慧娴雅,擅骑射,工文墨,能歌诗,且心怀大局,关怀时事。辽末女真族侵扰日炽,她忧虑国事,作诗进谏,如《讽谏歌》:"勿嗟塞上兮暗红尘,勿伤多难兮畏夷人。不如塞奸邪之路兮,选取贤臣。直须卧薪尝胆兮,激壮士之捐身。可以朝清漠北兮,夕枕燕云。"反而遭到天祚帝忌恨,被奸佞所诬而赐死。还有《咏史》诗,亦为政治诗,借前代史事讽谏天子,同样不事雕琢、见解卓然,体现出契丹贵族女子关心国祚、积极参政的特点。

### (三) 寺公大师

寺公大师(生卒年不详),有《醉义歌》1首,载于耶律楚材《湛然居士文集》卷八,楚材序云:"辽朝寺公大师者,一时之豪俊也。贤而能文,尤长于歌诗,其旨趣高远,不类世间

---

[①] 顾敦鍒.辽文学[J].之江学报,1934(3).

语,可与苏、黄并驱争先耳。"原作是契丹文,由耶律楚材译成汉文。这是辽代存诗中篇幅最长的一首,为七言歌行体,长达120句,借重阳节饮酒抒写了万事皆空、渴求隐逸的人生感慨,以佛道思想来消解人生苦闷。全诗结构大开大阖,抒情恣肆磅礴,想象自由丰富,多用汉文典故,是辽代诗歌艺术中里程碑式的作品。

### (四) 王鼎、萧韩家奴

王鼎《〈焚椒录〉序》和萧韩家奴《对策》是辽代散文中文学性较强的两篇。王鼎(?—1106),字虚中,道宗朝进士,官至观书殿学士,为人刚正不阿,当朝辞章多出其手。著作留存《焚椒录》1卷,为其大安五年(1089)谪居镇州时作。书中详细记载了萧观音被诬陷致死的经过,其序文有条不紊说明了材料来源的真实性和"直书其事"的写作宗旨,严谨畅达而饱含情味。萧韩家奴,生卒不详,字休坚,涅剌部人,中书令萧安抟之孙,统和十四年入仕,官至归德军节度使,著作有《六义集》。道宗时诏天下言治道之要,韩家奴有《对策》一道,所论切中时弊,条分缕析,语言精当。

## 二、金代文学

学术界多将金代文学分为初期、中期、后期三个历史阶段。金太祖收国元年(1115)到海陵王完颜亮正隆六年(1161)为初期,这是一个承前草创、启后规模的历史时期。由于金统治者忙于征服辽宋的战争,无暇顾及文治,来自辽、宋的旧臣、使者、遗民是此期文坛的主力。"他们多以诗词抒发被迫仕金后的痛苦心情和故国之思,如宇文虚中、高士谈、吴激、施宜生等,使这一时期的文学带有浓厚的民族矛盾色彩。"[①]代表诗作如高士谈《不眠》:"不眠披短褐,曳杖出门行。月近中秋白,风从半夜清。乱离惊昨梦,飘泊念平生。泪眼依南斗,难忘去国情。"纯用白描,倾吐思念故国之情,语言朴素而感情深挚。而金朝本土文学家也开始在文坛占据一席之地,如邓千江词《望海潮·献张六太尉》,写"营屯绣错,山形米聚,襟喉百二秦关"的名城兰州雄姿,歌咏金王朝国力强盛、军士骁勇,被明人杨慎评为"金人乐府第一"(《词品》卷五)。

从金世宗完颜雍大定元年(1161)至金章宗完颜璟泰和八年(1208)年,是金代文学的第二个阶段,文学的个性开始形成。这一时期与南宋以和为主,政治比较稳定、经济文化进一步发展兴盛,作家多已经安于形势,民族情绪转为平和,不再致力于抒写家国之悲和对异族的排斥。蔡珪、王庭筠、党怀英、周昂等作家被元好问称为"国朝文派"(《中州集》卷一),这些人多位居高官,以文学创作为消遣,作品内容狭窄,风格或闲雅清淡,或任情重真,在雕章琢句方面用功颇深,初步形成了金代诗文的独特风貌。

从完颜永济大安元年(1209)至金哀宗端平元年(1234),是金代文学的第三个阶段,也是成就最高的时期。金代后期国势渐颓,与蒙古、南宋连年战争不断,社会动荡不宁,百姓困苦不堪,而诗文创作却蔚为大观,风格纷呈,达到时代的高峰,以赵秉文、杨云翼、王若虚、李纯甫、雷渊等为文坛主力。这一时期忧时伤乱、直面现实成为诗歌主调,如赵元《修城去》《邻妇哭》控诉百姓疲累不堪,家破人亡;宋九嘉《途中书事》3首写饥民逃荒,

---

[①] 罗斯宁,彭玉平.宋辽金元文学史[M].广州:中山大学出版社,1999:259.

困踬惨切,皆纯用白描,出语平朴却感人至深。而元好问更是将这一新气象发扬光大,成为金文学集大成的一代宗匠。

### (一)宇文虚中

宇文虚中(1079—1146),初名宇文黄中,字叔通,别号龙溪居士。本为宋臣,因才华出众,出使金国被扣留,官至礼部尚书、翰林学士承旨,一度主持金朝文坛。金熙宗皇统六年(1146)图谋携宋钦宗南归,事败被杀。《中州集》存其诗50首,《宋代蜀文辑存》录其长文短简12篇。宇文身为南宋忠臣,其诗多以思国怀乡为内容,以沉郁激愤为情调,如《在金日作三首》其一:"满腹诗书漫古今,频年流落易伤心。南冠终日囚军府,北雁何时到上林?开口摧颓空抱朴,胁肩奔走尚腰金。莫邪利剑今安在,不斩奸邪恨最深!"直抒胸臆,字字泣血。其他如《上乌林天使》《中秋觅酒》《己酉岁书怀》《过居庸关》《安定道中》等皆如是。宇文虚中词作仅存《迎春乐·立春》《念奴娇》两首,亦是写"故国莺花又谁主,念憔悴,几年羁旅""干戈浩荡,事随天地翻覆"的忧国叹世情思,语言清疏淡雅却感慨遥深。

### (二)吴激、蔡松年

吴激(1090—1142)和蔡松年(1107—1159)是金初成就最高的词人,词作齐名,号为"吴蔡体"。吴激词如《人月圆》:"南朝千古伤心事,犹唱后庭花。旧时王谢,堂前燕子,飞向谁家? 恍然一梦,仙肌胜雪,宫髻堆鸦。江州司马,青衫泪湿,同是天涯。"将沦为金朝歌姬的宋朝宫女与自身遭遇相比,以梦幻一般空灵蕴藉的语言托出内心极其深重的矛盾、痛苦和屈辱,用典出神入化,写意举重若轻。正如清人陈廷焯所评:"金代词人,自以吴彦高为冠,能于感慨中饶伊郁,不独组织之工也。"(《白雨斋词话》卷三)蔡松年词如《鹧鸪天·赏荷》:"秀樾横塘十里香,水花晚色静年芳。胭脂雪瘦熏沉水。翡翠盘高走夜光。 山黛远,月波长,暮云秋影蘸潇湘。醉魂应逐凌波梦,分付西风此夜凉。"描写荷塘月色,形神具备,意境清新舒雅,文笔韵致悠长,颇得白石词的清空意趣。而《念奴娇》(离骚痛饮)则以气势豪宕、词境深厚见长,直追苏轼词豪放风骨,被元好问赞为"公乐府中最得意者。读之则其平生自处,为可见矣"(《中州集》卷一)。

### (三)党怀英

党怀英(1134—1211),字世杰,号竹溪,官至翰林学士承旨,世称"党承旨",为金章宗明昌年间文坛宗主,著有《竹溪集》10卷。诗、词、文兼擅,赵秉文为其作墓志云:"公之文似欧阳公,不为尖新奇险之语;诗似陶谢,奄有魏晋。"(《金史·党怀英传》)其诗以山水诗最佳,对景物的观察细致入微,用字用词凝练传神,如"潮吞淮泽小,云抱楚天低"[《奉使行高邮道中(其一)》]以拟人手法写淮南风景壮阔,"岸引枯蒲去,天将远树来"[《奉使行高邮道中》(其二)]动词运用生新而恰切,都颇得唐人山水诗遗泽。其词亦擅长写景状物,如《月上海棠》(傲霜枝袅团珠蕾),写秋景袅然如画,被况周颐评为"融情景中,旨淡而远"(《蕙风词话》卷三)。而其文多歌功颂德之作,如《曲阜重修至圣文宣王庙碑》,陈述皇帝盛德,质胜于文,语言平易。

### (四)赵秉文

赵秉文(1159—1232),字周臣,金世宗大定二十五年进士,官至礼部尚书,与杨云翼同为文坛领袖30年,时号"杨赵"。晚年归田,号闲闲老人,所著有《闲闲老人滏水文集》传世。其诗亦以描绘自然景物见长,"七言长诗笔势纵放,不拘一律。律诗壮丽,小诗精绝,多以近体为之。至五言,则沉郁顿挫,似阮嗣宗,真淳古淡,似陶渊明。"(《中州集》卷十七《闲闲公墓铭》)其绝句如《春游》(四首选一):"无数飞花送小舟,蜻蜓款立钓丝头。一溪春水关何事,皱作风前万叠愁。"以风动涟漪喻无形之愁,翻新前人诗意而自成意趣,可谓轻巧精绝。其词如《青杏儿》:"风雨替花愁。风雨罢,花也应休。劝君莫惜花前醉,今年花谢,明年花谢,白了人头。 乘兴两三瓯。拣溪山好处追游。但教有酒身无事,有花也好,无花也好,选甚春秋。"语言浅白通俗,风格闲疏萧散,似乎已开后世元曲明快显豁、自然酣畅的先声。其散文艺术成就不如诗词,如《适安堂记》等,重于义理,长于辨析,颇有宋文遗风。

### (五)王若虚

王若虚(1174—1243),字从之,号慵夫,又号滹南遗老,与元好问为好友,有《滹南遗老集》传世。其散文以诗论和文论著称,多有精辟独到观点,集中在其文集的三卷《诗话》和四卷《文辨》中。他推崇苏轼,反对江西诗派。论文以"意"为主,重"求真",主张作诗作文自然天成,反对一味追求古意:"夫文章须求真是而已,须存古意何为哉!"他对文体的看法是"定体则无,大体须有""惟史书实录,制诰王言,决不可失体,……其他皆得自由"。他论诗文主张"平易""典实",反对"苦无义理,徒费雕镂"之作。这些观点不仅在金代文论中具有代表性,对元代的文论和创作也有很大影响。另外,他的杂文也较有成就,如《焚驴志》等,以寓言形式针砭时弊,对元明杂文小品起到了一定启示作用。

总之,金代文学以雄健任情为总体风格,充分体现了中国文学的多样性、个性化和发展性。"以保持华实相扶、骨力遒上为其特色,也不免生硬粗率、苦少蕴藉的弊病。"①

## 第二节 一代文宗元好问

元好问(1190—1257),字裕之,号遗山,太原秀容(山西忻县)人。少年时师从当世宿儒路择、郝天挺,积累起深厚的学养及才力。金宣宗兴定五年(1221),元好问进士及第,历任国史院编修、镇平内乡南阳县令、尚书省令史、翰林知制诰等职。金亡后,元好问被俘,囚于山东聊城4年,之后回到故乡秀容,归隐不仕。山河破碎、流离转蓬的命运激起了他对国家深沉的爱和对社会的强烈关注,致力于搜集金代史料近20年,编纂了金国史书《壬辰杂编》和金诗总集《中州集》,为保存金代文学创作做出了巨大贡献。

元好问是金代最杰出和最重要的作家和评论家,存诗1400首左右,词380余首,散曲

---

① 詹杭伦.金代文学思想史[M].成都:科学出版社,1990:5.

10首左右,散文250余篇,其作品数量为金人之首。而元好问的创作不仅数量丰赡,体式完备,其艺术成就也卓绝于一时,生动展现了金元易代之际的社会全景,徐世隆在《遗山集》序文中称其"作为诗文,皆有法度可观,文体粹然为之一变。大较遗山诗祖李、杜,律切精深,而有豪放迈往之气;文宗韩、欧,正大明达,而无奇纤晦涩之语;乐府则清雄顿挫,闲婉浏亮,体制最备,又能用俗为雅,变故作新,得前辈不传之妙,东坡、稼轩而下不论也"①。他是后人公认的"一代宗工"(《金史·元好问传》)。他是宋金对峙时期北方文学当之无愧的文坛盟主,金元文学承前启后的纽带和桥梁。

## 一、元好问的诗歌及诗论

元好问是金代最杰出的诗人,文学成就以诗歌创作最为突出。他的诗歌内容博大精深,题材丰富多样,体裁无所不工,而其独特的"以诗论诗"的《论诗三十首》更是我国历代论诗诗中的艺术瑰宝。

### (一)"丧乱诗"

"丧乱诗",又称纪乱诗,是指反映战乱给国家、人民带来深重苦难的诗歌。"国家不幸诗家幸,赋到沧桑句便工"(赵翼《题遗山诗》,《瓯北集》卷三三)。"丧乱诗"以宏大的思想胸襟和一流的艺术功底奠定了元好问在文学史上的历史地位。如《癸巳五月三日北渡》三首:

道旁僵卧满累囚,过去旃车似水流。红粉哭随回鹘马,为谁一步一回头。

随营木佛贱于柴,大乐编钟满市排。房掠几何君莫问,大船浑载汴京来。

白骨纵横似乱麻,几年桑梓变龙沙。只知河朔生灵尽,破屋疏烟却数家。

这组诗写于金哀宗天兴二年(1233),汴京陷落后,诗人被蒙古兵羁押至聊城,亲眼所见蒙古兵大肆掠夺财物,强抢妇女,悲愤之意,倾泻笔端。同样的诗篇还有《雁门道中书所见》《岐阳三首》《壬辰十二月车驾东狩后即事五首》《癸巳四月二十九日出京》等,堪称金代末世的"诗史"。

### (二)咏史述怀诗

对现实的深切关怀反作用于对历史的观照洞察,元好问的咏史诗喜写名垂青史的英雄人物和可歌可泣的抗敌斗争,风格苍雄阔大。如写赤壁之战:"孙郎矫矫人中龙,顾盼叱咤生云风。疾雷破山出大火,旗帜北卷天为红。"(《赤壁图》)写北汉太原守城战:"君不见系舟山头龙角秃,白塔一摧城覆没。薛王出降民不降,屋瓦乱飞如箭镞。"(《过晋阳故城书事》)写刘项之战:"虎掷龙拏不两存,当年曾此赌乾坤。一时豪杰皆行阵,万古河山自壁门。"(《楚汉战处》)

诗人渴望能像古代英雄那样力挽狂澜,扫平宵小,拯救国家,理想与现实的巨大落差使得他更觉人生无常,悲愤填膺。他的述怀诗有杜甫后期作品沉郁顿挫的情味。如《雨后丹凤门登眺》:"绛阙遥天霁景开,金明高树晚风回。长虹下饮海欲竭,老雁叫群秋更

---

① 纪昀.四库全书总目[M].下.北京:中华书局,1965:1421.

哀。劫火有时归变灭，神嵩何计得飞来？穷途自觉无多泪，莫傍残阳望吹台！"再如，"草棘荒山雪，烟花故国春。聊城今夜月，愁绝未归人"（《十二月六日二首》），"断霞落日天无尽，老树遗台秋更悲"（《出都二首》），"济水有情添别泪，吴云无梦寄归魂"（《秋夜》），等等，皆是将强烈的主观感受融入诗歌意境，字字泣血，产生了极富力度的悲剧审美效果。

### （三）写景咏物诗

元好问的写景咏物之句，或者构思奇丽，气魄宏伟，或者轻灵洒脱，自然天成，都能神貌兼具，细致生动，跃然纸上，若临其境。前者如写黄华山飞瀑："湍声汹汹转绝壑，雪气凛凛随阴风。悬流千丈忽当眼，芥蒂一洗平生胸。雷公怒激散飞雹，日脚倒射垂长虹。骊珠百斛供一泻，海藏翻倒愁龙公。"（《游黄华山》）咏咸阳古剑："古剑咸阳墓中得，抉开青云见白日。蛟龙地底气如虹，土花千年不敢蚀。洪炉烈焰初腾精，横海已觉无长鲸。世上原无倚天手，匣中谁解不平鸣？"（《蛟交分》）其笔力雄健如太白、韩愈歌行。后者如"杨柳挽春出新意，小梅留雪弄余寒"（《东园晚眺》），"寒波澹澹起，白鸟悠悠下"（《颍亭留别》），"林高风有态，苔滑水无声"（《山居杂诗》），等等，纯用白描，写景清新细丽，又充盈着一种生动跳脱的动态之美。

### （四）论诗绝句

元好问《论诗三十首》直承杜甫《戏为六绝句》以组诗写诗论的手法，通过30首七绝系统论述了对建安以来诗歌的评价。他的诗论主张主要有：第一，倡导淳朴自然，反对雕琢过甚。因此他推崇陶渊明"一语天然万古新，豪华落尽见真淳"，而批评过分执着于声律技巧是"切响浮声发巧深，研摩虽苦果何心"。第二，重视写作中的独创精神和宏大视野，反对闭门造车、抄袭模拟。所以他称道陈子昂扫荡齐梁诗风、开一代之先声的功绩，以为"论功若准平吴例，合着黄金铸子昂"，讥讽闭门觅句的陈师道是"可怜无补费精神"。第三，激赏刚健雄伟、风骨兼具的文风，反对浮艳软媚、萎靡不振。比如他盛赞《敕勒歌》中的"中州万古英雄气"，李白的"笔底银河落九天"，曹植、刘桢的"曹刘坐啸虎生风"，而挖苦穷愁苦吟的孟郊是"诗囚"、诗风柔弱的秦观是"女郎诗"。而《论诗三十首》本身就是文质和谐、语言优美的诗歌文本，正好佐证了他在诗歌创作方面的追求。这种以诗论诗的形式引发了后人更多的模仿，清代王士祯就有《戏仿元遗山论诗绝句三十六首》。

### （五）艺术总结

其一，在诗艺方面，遗山诗兼收李太白之飘逸浪漫，杜子美之沉郁精严，苏东坡之豪放洒脱，韩昌黎之纵横捭阖，而又以学杜甫为主。他曾精研杜诗而著成《杜诗学》一书。

其二，在诗风方面，元好问早期多受科场困顿、世态炎凉，风格多犀利率真，雄奇奔放；中期历经国祚动荡、漂泊离析，诗风更沉郁圆熟，遒劲痛切；而晚年心境渐趋平静，风格倾向于平易自然、清淡高远。

其三，在诗体方面，遗山对于七古、七律、七绝、五古等都有深厚的造诣，其中七律尤见工力，受杜甫影响极大。清代诗论家赵翼评曰："七言律则更沉挚悲凉，自成声调。唐以来律诗之可歌可泣者,少陵十数联外,绝无嗣响,遗山则往往有之。"(《瓯北诗话》卷八)又称其古体诗"构思宜渺,十步九折,愈折而意愈深,味愈隽,虽苏、陆亦不及也"(《瓯北诗话》卷八)。

其四,在诗语方面,遗山诗语言精练纯熟,却又不见雕琢痕迹,呈现出一种自然清新之美,正如元代学者郝经所言"巧缛而不见斧凿,新丽而绝去浮靡"(《遗山先生墓铭》),而《金史》本传也评其"奇崛而绝雕刿,巧缛而谢绮丽"。

## 二、元好问的词曲创作

元好问也是金代最杰出的词人,存词数量居金人之冠。若论题材之丰富,在同代亦是无人能及,抒怀、咏史、山水、田园、闺情、咏物、赠别、酬答、纪实,达到了"无意不可入,无事不可言"(刘熙载《艺概》卷四)的地步,是继辛弃疾之后对词境有较大开拓的词人。而在风格上,遗山词善于熔铸众体,"既清雄顿挫,又闲婉浏亮""纵横超逸,感情豪放,步韵苏、辛;缠绵婉曲,风流蕴藉,又似周、秦"。①

与其诗风相似,豪放雄阔是遗山词的主要风格,这也与他对苏辛的推崇不无关系。如《水调歌头·赋三门津》:"长风怒卷高浪,飞洒日光寒。峻似吕梁千仞,壮似钱塘八月,直下洗尘寰。万象入横溃,依旧一峰闲。"壮笔如椽,涂抹出三门峡山河表里的奇丽图景。再如《临江仙·自洛阳往孟津道中作》:"今古北邙山下路,黄尘老尽英雄。人生长恨水长东。幽怀谁共语,远目送归鸿。  盖世功名将底用,从前错怨天公。浩歌一曲酒千钟。男儿行处是,未要论穷通。"长歌当哭,抒写了英雄无用、空老京华的激愤情绪。这些词作笔法与情调都与苏辛类似,"其清旷不如苏,其雄豪不如辛,但悲凉沉咽则往往过之"②。

而遗山词中亦不乏化刚入柔、深婉绵丽之作,典型如咏双雁和并蒂莲的两首脍炙人口的《摸鱼儿》,寓情于物,韵致翩翩,正如张炎所赞"深于用事,精于炼句,风流蕴藉处,不减周秦"(《词源》卷下)。再如"杏花开过雪成团。惜朱颜,负清欢。只道今年,春意已阑珊。却是地偏芳信晚,红数点,小溪湾"(《江城子》),"把酒留春,醉扶红袖花前倒。落花风扫,红雨深芳草。又恨春迟,又恨春归早。花应笑、惜春人老。枉被春风恼"(《点绛唇》),"镜中冉冉韶华暮,欲写幽怀恨无句。九十花期能几许。一卮芳酒,一襟清泪,寂寞西窗雨"(《青玉案》)。这些词句或咏花事,或写闺情,缠绵悱恻之余,又别有一种萧疏清刚之气。

有论者将元好问词的艺术成就总结为四点:其一,淡中求奇,别开生面;其二,豪气纵横、浓墨泼洒;其三,淳朴清丽,词意隽永;其四,托物寄意,格调凄婉。③ 总之,遗山词熔豪放与婉约于一炉,化刚健与婀娜为一体,博采众长,刚柔相济,形成了多姿多彩又自成一家的词风,足以与两宋大家媲美。

元好问所处的时代,散曲已然产生,但与词的界限尚不明显。元好问精通音乐,不仅

---

① 赵慧文.元遗山词概论[J].晋阳学刊,1990(5).
② 郭预衡.中国古代文学史:第三册[M].上海:上海古籍出版社,1998:318.
③ 赵兴勤,王广超.元好问词艺术初探[J].徐州师范学院学报,1983(1).

开始了散曲的创作,而且还自创曲牌,现存散曲作品中的《双词·三奠子》《双调·小圣乐·骤雨打新荷》都是他自制的新调,对散曲的发展与传播功绩卓著。元氏曲风与其词风相近,语言自然真淳,风格豪俊旷放,如:"人生有几,念良辰美景,一梦初过。穷通前定,何用苦张罗。命友邀宾玩赏,对芳樽浅酌低歌。且酩酊,任他两轮日月,来往如梭。"(《骤雨打新荷》)"十年种木,一年种谷,都付儿童。老夫惟有,醒来明月,醉后清风。"(《人月圆》)作者的潇洒襟怀和雄逸气度一览无余。元好问对散曲的开创之功不可忽视,赵义山亦赞他"在由词而曲的演化阶段所处的这种开启者的地位,是应当在文学史上大书一笔的"①。

### 三、元好问的散文创作及其他贡献

元好问的散文也有较高成就,与其诗词的雄豪洒脱风格一以贯之,以笔法健达、辞藻富赡为显著特征。如《送秦中诸人引》抒写超然情志,《济南行记》描绘秀美山水,颇有苏轼、欧阳修散文的风味。

此外,元好问为了"以诗存史",保存金源一代的文献,编成《中州集》10卷,后附《中州乐府》1卷。这是一部金代诗歌总集,全书收录金代251位诗人的诗作2062首,词115首,而且为每位作者撰写了小传,填补了中国文学史此段的空白,具有重大文献价值和文学价值。

元好问还编撰有小说《续夷坚志》4卷202篇,这是一部志怪小说集,抱着"以小说存史"的目的,记叙"中原沉陆之事",艺术地再现了宋、金、蒙交战时期的社会实况、民间惨状,回顾历史,感怀现实,其中的战争描写独具特色,在中国文言小说发展史上有着重要意义。

## 第三节 董解元与《西厢记诸宫调》

董解元,生平事迹不详。据元代钟嗣成《录鬼簿》和元末陶宗仪《辍耕录》记载,他主要活动于金章宗时期(1190—1208),应是一位与"秦楼谢馆"歌伎艺人为伍的不羁才士(据作品开头部分的自述唱词)。明汤显祖评本《董西厢》说他名"朗",不可考。"解元"是当时对读书人的泛称。董解元有《西厢记诸宫调》传于世,又称为《西厢搊弹词》或《弦索西厢》,通称"董西厢",是今存宋金时期唯一完整而又足以体现当时说唱文学水平的作品,也是王实甫《西厢记》之前咏唱崔莺莺与张生爱情故事最完美的篇章。

### 一、诸宫调的概念

诸宫调是宋、金、元流行的说唱艺术之一,有说有唱,以唱为主,因为它用多种宫调的曲子联套演唱,所以称为诸宫调,又称"话儿""话本"。王灼《碧鸡漫志》卷二云:"熙、丰、

---

① 赵义山.元散曲通论[M].成都:巴蜀书社,1993:180.

元祐间……泽州孔三传者,首创诸宫调古传,士大夫皆能诵之。"吴自牧的《梦粱录》卷二十"妓乐"条也载:"说唱诸宫调,昨汴京有孔三传编成传奇灵怪,入曲说唱。"可见北宋时期已有创作和表演诸宫调的民间艺人,可惜作品今已不传。因为女真族青睐于说唱文学这种艺术形式,诸宫调在金代比同期而异域的南宋更为流行,取得了长足发展。《西厢记诸宫调》曲文中明确提到了当时《郑子遇妖狐》《井底引银瓶》《离魂倩女》《柳毅传书》等8种诸宫调曲目,元杂剧《诸宫调风月紫云亭》中也提及《三国志》《五代史》《六臂哪吒》等多种,可见金诸宫调内容题材非常广泛,但今天留存下来的,除了《西厢记诸宫调》完本之外,只有12世纪初敷演后汉高祖刘知远发迹变泰故事的《刘知远诸宫调》(作者不详)残卷5则。

## 二、《西厢记》故事流变

"董西厢"的故事源头在于唐代元稹所作的传奇《会真记》(又名《莺莺传》)。小说写了一个"才子佳人"式的恋爱故事,张生与莺莺在普救寺邂逅相爱,赴考中举后却始乱终弃,给莺莺造成了深刻的侮辱和伤害。但是,元稹对张生的卑劣无情,非但不加指斥,还称赞他"善补过",有严重的思想缺陷。西厢故事在长期流传过程中思想与情感倾向发生了很多变化,宋以后的诗词、说唱文学、杂剧、南戏都有以崔张故事为题材的作品。北宋苏门学士秦观、毛滂写过《调笑转踏》词(也称《调笑令》),鄙夷张生、同情莺莺的感情倾向已初露端倪。而赵令畤的《商调·蝶恋花》鼓子词则明确对张生表示谴责。后来,西厢故事被多次搬上舞台,出现了《莺莺六幺》《红娘子》《张珙西厢记》《崔莺莺西厢记》等剧目,但都失传了,只有董解元《西厢记诸宫调》和王实甫《西厢记》保留至今。王实甫《西厢记》又称"王西厢",是立足于董解元作品基础上再创作的成果。

## 三、"董西厢"主题思想与人物形象的创新

《西厢记诸宫调》的出现,使得西厢故事的主题思想、情节设置和人物塑造都发生了重大变化,可以说是对《会真记》原作的颠覆性再造。首先,将传统的男子负心故事变为青年男女为争取自由结合同封建势力斗争并取得胜利的故事,将始乱终弃的悲剧变成了姻缘得谐的喜剧。其次,将主要矛盾冲突从"花红易衰似郎意,水流无限似侬愁"的单纯情爱冲突转向婚恋自由与传统礼教之间的社会对抗,大大拓展和深化了作品的思想深度。再次,对真挚不渝的爱情进行了热烈讴歌,并不避"有伤风化"之嫌。作品开头,董解元就开宗明义:"曲儿甜,腔儿雅,裁剪就雪月风花,唱一本儿倚翠偷期话。"(卷一【仙吕调·尾】)表现出非凡胆识和洒脱气概。最后,作品对故事中的人物进行了大刀阔斧的改动和再创造,成功地塑造了两组对立的人物形象,深刻地表现了新的主题。

### (一)张生

"董西厢"将张生由一个轻弃爱人、系念功名的古板"书蠹"改造为爱情至上、充满活力的志诚君子。卷一叙述他在爱上莺莺之后"不以进取为荣,不以干禄为用,不以廉耻为心,不以是非为戒。夜则废寝,昼则忘餐。颠倒衣裳,不知所措",这"四不"与元稹传奇中"非礼不可入"的张生形象大相径庭。而且,张生有胆识,有谋略,有担当,在孙飞虎乱军

围寺之际挺身而出保护莺莺一家的安全,定下妙计,休书请兵,退贼解围。之后在老夫人的要求下赴京赶考,功成名就后如约归来,婚事不谐时宁愿自尽,体现了对爱情的忠诚和强烈追求。

### (二)崔莺莺

莺莺的形象与之前作品相比得到了极大的发展,性格特征变得细腻而鲜明。她自小被禁锢于深闺,在"治家严肃"的母亲教养下成长为一个知书识礼、羞怯含蓄而内心却向往爱情的少女。在礼教规范长期的压制下,她对张生并非一见倾心,而是因其请兵退贼、月下联吟、琴曲寄心等举动慢慢坠入爱河。作品最出色的地方是以细致的笔触写出了莺莺心理和性格的发展变化过程,从开始的以礼严拒"五常中礼义偏大",到后来的下定决心主动赴约"报德难从礼",展现了她内心中真情和礼教的激烈冲突,最终对爱情和自由的向往战胜了长期以来的桎梏,表现了人格的成长。而张生赴京赶考,爱情横生变故之后,她也并没有像《会真记》中的形象那样逆来顺受,哀戚终生,而是大胆地夜会张生,矢志同死,以生命抗争。

### (三)老夫人与郑恒

老夫人和郑恒在《会真记》和其他作品中并没有被赋予太多的褒贬含义,仅仅是故事的附庸而已。而董解元首先将老夫人塑造成了一意阻挠莺莺与张生自由结合的典型的封建势力的代表,作为反面人物加以揭露和批判。而郑恒则是破坏他人真挚爱情的丑恶人物,"平白地混赖他人妇",最后落得"自耻怀羞,投阶而死"的下场。作者在正反两组人物的对峙中淋漓尽致地展现了戏剧冲突,并表达了鲜明的爱憎,从而第一次赋予了崔张故事以鲜明的反抗精神,使故事推陈出新,焕发生机。

### (四)红娘与法聪

作者还塑造了红娘和法聪这两个下层人物的宝贵形象。红娘在《会真记》里只是个影子,而在"董西厢"里却光彩熠熠,成为活跃的人物。她热心为崔张恋情而奔走,穿针引线;在恋情被发现、老夫人责骂她与莺莺,要拆散莺张二人时,她勇敢机智地据理力争:"夫人罪妾,夫人安得无咎?失治家之道,外不能报生之恩,内不能蔽莺之丑,取笑于亲戚,取谤于他人。"说服老夫人最终答应了婚事。法聪则是个凛然无惧、见义勇为的平凡僧人,他"不会看经,不会礼忏,不清不净,只有天来大胆"。在"白马解围"中他仗义送信,冲锋陷阵,为崔张爱情发展提供了契机;在老夫人第二次赖婚后,也对张生表现出同情和支持。此外还有重恩重义、对张生两次大力施援的白马将军杜确。这些人物形象表现了作者的思想进步倾向,也为此后戏曲小说里同类人物的塑造提供了先例。

## 四、"董西厢"的艺术成就

其一,结构的宏伟和情节的曲折多变。选用14种宫调,谱成193套曲,将3000字的《莺莺传》扩充为长达5万余字的说唱文学作品。比原著更增加了君瑞害相思、莺莺探病、长亭送别、私会团圆等许多情节,使简单的爱情故事变成了波澜起伏的宏阔长卷。在故事紧要关头,又故意盘马弯弓,扣人心弦。充分发扬了说唱文学曲词与道白相结合的特色,用曲词倾吐心绪渲染情境的同时,间以说白复述情节,使故事脉络分明,传叙清晰,情文兼美。

其二,擅长人物内心的刻画和景物情境的铺陈点染。如张生应试高中之后长久无音讯,莺莺以物寄情,作者用《越调》套曲来刻画莺莺的凄婉复杂心境和浓烈氤氲的情思。其中【水龙吟】一支曲云:

露寒烟冷庭梧坠,又是深秋时序。空闺独坐,无人存问,愁肠万缕。怕到黄昏后,窗儿下甚般情绪!映湖山侧左,芭蕉几叶,空阶静听疏疏雨。

一自才郎别后,尽日家凭栏凝伫。碧云黯淡,楚天空阔,征鸿南渡,飞过蒹葭浦。暮蝉噪烟迷古树。望野桥西畔,小旗沽酒,是长安路。

从独坐空闺写到凝望长安,以情感为脉络,景物渐次展开,有条不紊,情与境浑融无迹,极具诗情画意。

其三,语言雅俗共赏,质朴畅达又俊逸流丽。作者将民间生动活泼的口语俚语,与古典诗词里的句法词汇熔于一炉,写成风格独特的曲词。如写《长亭送别》:

【大石调·尾】莫道男儿心如铁,君不见满川红叶,尽是离人眼中血!

【黄钟宫·尾】马儿登程,车儿归舍,马儿往西行,坐车儿往东拽,两口儿一步离得远如一步也。

【仙吕调·瑞莲儿】衰草萋萋一径通,丹枫索索满林红。平生踪迹无定着,如断蓬。听塞鸿,哑哑的飞过暮云重。

语言字字本色,充满浓郁的生活气息,又洗丽如画,兼具诗词情味。

### 作品学习

1. 元好问《岐阳三首》(其二)
2. 元好问《水调歌头·与李长源游龙门》

## 《岐阳三首》(其二)鉴赏

金哀宗正大八年(1231),蒙古军进攻陕西凤翔,四月,凤翔城破,金军败溃,关中人民举家奔向河南逃难,流民遍地,横尸无数。当时元好问赴河南南阳为县令,对此情形感到无比沉痛,写下《岐阳三首》。岐阳,即凤翔之古称。这是元好问"丧乱诗"中最悲怆的诗篇,字字带血,句句含泪,令人不忍卒读。

本诗抒写了战争给人民带来的深重灾难。首联写古来号称"百二秦关"的强秦旧域,如今已成不毛之地,连野草都不生长了,十年来战火频仍,昔日的繁华都会早已是暗淡残破。百二,《史记·高祖本纪》:"秦,形胜之国,带河山之险,县(悬)隔千里,持戟百万,秦得百二焉。"裴骃《史记集解》引苏林曰:"秦地险固,二万人足当诸侯百万人也。"形容陕西地区地势险要。一个"暗"字,生动地点染出岐阳城天日无光的昏暗之景。颔联写西望岐阳,音信断绝,只闻得东流陇水带来的苍凉呜咽之声,进一步渲染了凄冷惨烈的氛围,令人揪心于岐阳城的状况。颈联是全诗最富力度和神采的名句,野蔓尚且"有情萦战骨",反衬了侵略者的冷血无情,惨无人道;岐阳已然是一座空城,一座死城,残阳为何还要多此一举,为它倾洒那苍白的余晖呢?在阴沉暗淡的色泽中,以大自然的生机来反衬这座人间地狱的死寂。在极度的悲凉愤郁中,作者不由发出了对浩浩苍天的直接控诉:为什么要叫蚩尤这个战神在人间兴兵作乱呢?"五兵"指剑、矛、弓、戟、戈,在这里代指战争。在这个"无理之问"中,诗人的激烈情绪达到顶峰,旗帜鲜明地表达出了反战、反侵略的主张。

这首诗歌在写作手法上有三个特点:第一,直面现实,再现鲜活战争图景。以诗写史,秉笔记录重大事件,因此视界阔大,气势沉雄。第二,笔法婉曲,借精心构建的特殊意境传达感情。全诗并没有直接控诉战争,而是借逝水、战骨、残阳、空城等情感金蕴深浓的意象,渲染了连年战祸的悲惨气氛,从而反战意绪呼之欲出。第三,对仗工稳,字字精警凝重。"西望"对"东流","有情"对"无意",反衬强烈,联翩而下。通篇用字用词沉着考究,声律工稳,"声调茂越,气色苍浑"①,深得子美遗风。

## 《水调歌头·与李长源游龙门》鉴赏

元好问诗词皆擅写山水景物,他胸怀济世安邦大志,但无奈国势衰颓,山河倾覆,当权无能,怀抱利器而无所用,只能聊度浮生,寄情山水,故往往于山水游赏之中寄托忧国叹世心情。这首《水调歌头·与李长源游龙门》即是如此,抒写词人游伊河龙门段时的所见所感。李长源,金代诗人,词人好友。

上片以写景发端,龙门观水,两岸壁立,惊涛飞溅,壮观景象飒沓而来,开出全篇的浩荡气概。而第二句却陡然一转,写"秋气静高林",以静衬动,对比强烈,洗人耳目,又彼此呼应,绘出一幅宏大又绚美的秋光水势图。而下句"回头洛阳城阙,尘土一何深"则是一转再转,画面再一次突变,将远在北面的洛阳城污浊喧嚣、尘土飞扬的景象与此地山明水秀、云林如画的景色形成鲜明对照。如此,作者的人生追求和审美取向跃然纸上。下一句"神光牛背"出自《世说新语》王夷甫为人所辱依然不减风华、淡然不与之计较的典故。"春风马耳"语出李白《答王十二寒夜独酌有怀》中的"世人闻此皆掉头,有如东风射马耳"。词人借此表明自己对外界议论从容处之,无所萦怀。而下句曰"一笑青山底,未受二毛侵"。"二毛"源出《左传》,指生出白发,谷颜憔悴。美景当前,自然无限,当须放松心怀,享受清风秋色,又何必因外界的纷扰和人生的困顿而苦闷不已呢?

下片进一步抒发感慨,龙门胜景,似山阴道上一般应接不暇(典出《世说新语·言语》),应该彻底放下忧怀,在这个"平生梦想佳处"携一壶美酒,与山花山鸟为伴,沉醉于这澄澈纯粹毫无杂质的"山水清音",这才是生命中最珍贵的天籁之音。这一段传达了词人不慕荣利、忘怀尘俗、洁身自好、返璞归真的思想感情,是作者在国事凋敝和世事寒凉的双重打击下为自己找寻到的人生救赎。

---

① 钱锺书.谈艺录[M].北京:中华书局,1984:172.

这首词在艺术上的特点有三：其一，巧用对比，笔势连转，利用画面和意绪的多重变换与剪接造成了令人惊艳的效果。写奇景，出奇笔，成奇趣，这也是遗山词的一个重要审美追求。其二，词境恢宏阔大又自然清新，上阕写龙门山水动人心魄，下阕写山花山鸟又摇曳生姿，雄健中不乏深婉。其三，多用典故成句但化用无痕，古朴雅致又不失晓畅直白。上阕连用三典，下阕后半直接拈来杜甫诗"船经一柱观，留眼共登临"以及左思诗"非必丝与竹，山水有清音"，用典的密度和力度不逊辛弃疾，但却丝毫不见板滞与晦涩，与词境融合圆美，语如己出。

## 延伸阅读

**1. 原典阅读**

（1）阅读《全辽金诗》（阎凤梧、康金声主编，山西古籍出版社，1999年版），重点阅读教材涉及的名家名作，体会辽金诗歌的总体特点。

（2）阅读《元好问全集》（姚奠中主编，李正民增订，山西古籍出版社，2004年版），把握元好问诗词文的个人风格、艺术成就。

（3）阅读《董解元西厢记》（凌景埏校注，人民文学出版社，1962年版），了解"董西厢"的故事脉络与艺术特点。

**2. 研究文献阅读**

（1）阅读《辽金元文学研究》（李修生等主编，北京出版社，2001年版）中的辽金文学部分，掌握辽金文学的总体特征和发展历程。

（2）阅读《金元词通论》（陶然著，上海古籍出版社，2001年版）中的金词部分，梳理金词的时代特色与发展脉络。

（3）阅读《元好问研究论略》（李正民著，社会科学文献出版社，1999年版），重点读其中元好问诗歌研究、词研究、散文研究部分，整理元好问主要的文学成就。

## 拓展训练

1. 请在元好问《论诗三十首》中任选一首，联系你学过的文学史知识，谈谈你对其中诗论观点的认识。

2. 请结合《岐阳三首》（其二）等具体作品分析元好问"丧乱诗"的艺术成就。

3. 阅读董解元《西厢记诸宫调》全本，在其思想倾向或者艺术特点中任选一个角度，写一篇漫谈式的小论文。

# 中国古代文学

（下）

主　编　张新科
副主编　雷　勇　兰拉成　王建科
编　者　（以章节编写顺序为序）
　　　　王建科　姚秋霞　杨明贵　邵金金
　　　　雷　勇　赵海霞　胡世强　兰拉成
　　　　魏　强　张青飞　雷　捷

陕西师范大学出版总社

## 编委会

**主任** 张新科
**编委** （以姓名拼音音序为序）
韩宝育　贺卫东　胡安顺
李西建　梁向阳　苏仲乐

目 录

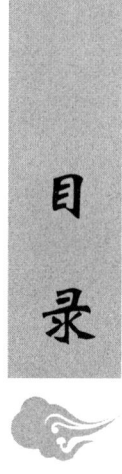

# 第六编　元代文学

## 第一章　元代杂剧 ……………………………………………………（ 3 ）
【文学史】 ……………………………………………………………（ 3 ）
第一节　元杂剧概述 …………………………………………………（ 3 ）
第二节　伟大的戏曲家关汉卿 ………………………………………（ 5 ）
第三节　王实甫和《西厢记》 …………………………………………（ 9 ）
第四节　白朴、马致远与元前期杂剧作家 …………………………（ 13 ）
第五节　郑光祖、秦简夫与元后期杂剧作家 ………………………（ 19 ）
【作品学习】 …………………………………………………………（ 21 ）
【延伸阅读】 …………………………………………………………（ 24 ）
【拓展训练】 …………………………………………………………（ 24 ）

## 第二章　元代南戏 ……………………………………………………（ 25 ）
【文学史】 ……………………………………………………………（ 25 ）
第一节　南戏的演变与体制 …………………………………………（ 25 ）
第二节　高明和《琵琶记》 ……………………………………………（ 26 ）
第三节　四大南戏及其他 ……………………………………………（ 29 ）
【作品学习】 …………………………………………………………（ 31 ）
【延伸阅读】 …………………………………………………………（ 32 ）
【拓展训练】 …………………………………………………………（ 32 ）

## 第三章　元代散曲 ……………………………………………………（ 33 ）
【文学史】 ……………………………………………………………（ 33 ）
第一节　散曲的兴起和特点 …………………………………………（ 33 ）
第二节　关汉卿、马致远与元前期散曲作家 ………………………（ 37 ）
第三节　张可久、乔吉与元后期散曲作家 …………………………（ 42 ）
【作品学习】 …………………………………………………………（ 45 ）
【延伸阅读】 …………………………………………………………（ 48 ）
【拓展训练】 …………………………………………………………（ 48 ）

## 第四章　元代诗文 （49）
- 【文学史】 （49）
  - 第一节　耶律楚材、刘因与元代前期诗文作家 （49）
  - 第二节　元诗四大家与元代中期诗文作家 （52）
  - 第三节　萨都剌、杨维桢与元代后期诗文作家 （53）
- 【作品学习】 （55）
- 【延伸阅读】 （56）
- 【拓展训练】 （56）

# 第七编　明代文学

## 第一章　明代长篇小说 （59）
- 【文学史】 （59）
  - 第一节　《三国演义》与历史小说的繁荣 （60）
  - 第二节　《水浒传》与英雄传奇小说 （65）
  - 第三节　《西游记》与明代神怪小说 （73）
  - 第四节　《金瓶梅》和世情小说 （80）
- 【作品学习】 （84）
- 【延伸阅读】 （86）
- 【拓展训练】 （86）

## 第二章　明代短篇小说 （88）
- 【文学史】 （88）
  - 第一节　冯梦龙及其"三言" （88）
  - 第二节　凌濛初及其"二拍" （92）
  - 第三节　《剪灯新话》及明代文言小说 （93）
- 【作品学习】 （95）
- 【延伸阅读】 （96）
- 【拓展训练】 （96）

## 第三章　明代戏曲 （97）
- 【文学史】 （97）
  - 第一节　明代杂剧 （97）
  - 第二节　明代传奇的繁荣与发展 （102）
  - 第三节　汤显祖及其《牡丹亭》 （108）
- 【作品学习】 （114）
- 【延伸阅读】 （115）
- 【拓展训练】 （115）

## 第四章　明代诗文 （117）
- 【文学史】 （117）

  第一节 明代前期诗文 ············································· (117)
  第二节 明代中期诗文 ············································· (121)
  第三节 明代后期诗文 ············································· (126)
 【作品学习】······················································· (132)
 【延伸阅读】······················································· (134)
 【拓展训练】······················································· (134)

第五章 明代的散曲与民歌 ············································· (135)
 【文学史】························································· (135)
  第一节 明代前、中期散曲 ········································· (135)
  第二节 明代后期散曲 ············································· (139)
  第三节 明代民歌 ················································· (141)
 【作品学习】······················································· (144)
 【延伸阅读】······················································· (145)
 【拓展训练】······················································· (145)

# 第八编 清代文学

第一章 清代诗歌 ······················································· (148)
 【文学史】························································· (148)
  第一节 清代前期诗歌 ············································· (148)
  第二节 清代中期诗歌 ············································· (154)
  第三节 龚自珍的诗歌 ············································· (158)
  第四节 清代后期诗歌 ············································· (159)
 【作品学习】······················································· (163)
 【延伸阅读】······················································· (164)
 【拓展训练】······················································· (164)

第二章 清代散文 ······················································· (166)
 【文学史】························································· (166)
  第一节 清代前期散文 ············································· (166)
  第二节 清代中期散文与骈文 ······································· (169)
  第三节 清代后期散文 ············································· (171)
 【作品学习】······················································· (173)
 【延伸阅读】······················································· (174)
 【拓展训练】······················································· (174)

第三章 清代词 ························································· (175)
 【文学史】························································· (175)
  第一节 清代前期词 ··············································· (175)

第二节　清代中期词 …………………………………………………（178）
　　第三节　清代后期词 …………………………………………………（179）
　【作品学习】……………………………………………………………（181）
　【延伸阅读】……………………………………………………………（183）
　【拓展训练】……………………………………………………………（183）

第四章　清代戏曲 …………………………………………………………（185）
　【文学史】………………………………………………………………（185）
　　第一节　清代初期戏曲 ………………………………………………（185）
　　第二节　洪昇及其《长生殿》 ………………………………………（187）
　　第三节　孔尚任及其《桃花扇》 ……………………………………（189）
　　第四节　清代中期戏曲 ………………………………………………（190）
　　第五节　清代后期戏曲 ………………………………………………（192）
　【作品学习】……………………………………………………………（193）
　【延伸阅读】……………………………………………………………（195）
　【拓展训练】……………………………………………………………（195）

第五章　清代小说 …………………………………………………………（196）
　【文学史】………………………………………………………………（196）
　　第一节　清代初期的白话小说 ………………………………………（196）
　　第二节　蒲松龄及其《聊斋志异》 …………………………………（198）
　　第三节　吴敬梓及其《儒林外史》 …………………………………（201）
　　第四节　曹雪芹及其《红楼梦》 ……………………………………（205）
　　第五节　清末四大谴责小说 …………………………………………（210）
　【作品学习】……………………………………………………………（213）
　【延伸阅读】……………………………………………………………（215）
　【拓展训练】……………………………………………………………（215）

第六章　清代俗文学 ………………………………………………………（217）
　【文学史】………………………………………………………………（217）
　　第一节　清代弹词与鼓词 ……………………………………………（217）
　　第二节　清代散曲 ……………………………………………………（218）
　　第三节　清代小曲 ……………………………………………………（220）
　【作品学习】……………………………………………………………（221）
　【延伸阅读】……………………………………………………………（224）
　【拓展训练】……………………………………………………………（224）

后记 …………………………………………………………………………（225）

# 第六编　元代文学

元朝是我国历史上第一个由少数民族建立起来的、大一统的、多民族的中原王朝。它接受汉族文化,转化为封建国家。随着社会的发展,文学也呈现出新的面貌。

杂剧和南戏是元代文学的光辉代表,虚构性的叙事文学第一次居于文坛的主导地位。在中国古代文学的演进历程中,元代文学处于一个新的转折期:即新兴的通俗的戏剧小说开始取代传统的典雅的诗文词赋的正宗地位,从此,叙事性文学逐渐成为文坛创作的主流。

在元代文学中,大放异彩的是元曲。它包括叙事体的杂剧和抒情体的散曲,因二者皆以曲词为主合乐歌唱,故统称为曲。元曲一向与唐诗、宋词并举,为元代文学之主流,亦是一代文学之代表,为中国文学增添了新的光辉。在元曲中,成就最为辉煌的是杂剧,它是中国戏剧成熟的标志,也是元代文学最高峰的标志。元代的戏剧艺术,除了崛起于北方而后又盛行全国的杂剧以外,还有一直在南方流行的南戏。南戏是南戏文、南曲戏文的简称,与北方杂剧相对而言。南戏的形式至元末基本定型,与杂剧相比,其体制比较自由灵活。元代后期出现的著名南戏有高明创作的《琵琶记》以及元末明初流行的《荆钗记》《刘知远白兔记》《拜月亭记》《杀狗记》四大传奇,后四者又简称为荆、刘、拜、杀。它们共同反映了元末明初南戏发展的盛况,标志着这一时期南戏创作所达到的艺术水准,也为明清传奇的繁荣奠定了基础。其中《琵琶记》代表了南戏创作的最高成就,被誉为"南戏之祖"。

散曲作为元代韵文的主体,其成就也颇为引人注目。散曲是与剧曲相对而言的,它是金元时期北方兴起的可合乐歌唱的一种新型抒情诗体,在元代又被称为乐府。散曲突破了传统的诗歌审美意识的窠臼,表现手法大多用铺陈白描,形式自由灵活,语言通俗流利,风格泼辣明快,显示出强大的艺术活力。在体式上,散曲大体上可以分为小令和套数两种。和杂剧创作相似,元代散曲的发展也以元成宗大德年间为界分为前后两个时期。前期元曲作家的活动主要集中在北方的大都,最有成就的是关汉卿、马致远、白朴、张养浩等人。他们的作品真率爽朗,风格浑朴自然,带有浓厚的市井生活气息,最能体现散曲通俗化、口语化的当行本色。其中马致远的散曲成就居全元之冠。后期元曲作家的活动中心转移到了南方的临安,此时出现了许多专写散曲的作家,较为著名的有张可久、乔吉、睢景臣等。他们的作品大多含蓄凝练,风格清雅典丽,格律谨严,辞藻雕琢,逐渐脱离了前期俚俗生动、质朴坦率的曲之原味,体现了元代散曲由通俗化向文人化发展的趋势。

　　元曲大力发展的同时,通俗文学的另一重要样式——白话小说在元代继续盛行。在继承唐宋以来说话伎艺的基础上,元代话本小说的创作达到了相当高的水平。由于元代话本与宋代话本之间区别甚微,很难确指,又往往有前人创作后人再加工润色等情况,所以一般统称为"宋元话本"。宋元话本小说在中国文学史上的地位是不可忽视的。

　　相对于源于民间的戏剧小说创作所取得的辉煌成就而言,有元一代正统的诗文创作要逊色许多。元代前期的诗、词、散文,北方主要是继承金朝的传统,由金入元的元好问继续领导文坛,重要作家有刘因、姚燧、卢挚等,他们的作品较多地反映了金元易代之际残酷的社会现实,风格粗浑豪放;南方则主要是秉承江湖诗派的余绪,由宋入元的赵孟頫、戴表元、邓牧等逐渐成为当时文坛创作的主体,他们的作品多伤时悯乱之作,情调感伤沉痛,风格清丽典雅。其中邓牧的政治批判散文别开生面,他对君权专制和贪酷官吏的抨击是前所未有的,具有一定的思想深度和批判力度。元代中期,随着元仁宗延祐初年科举制度的恢复,诗文创作也活跃起来,出现了虞集、杨载、范梈、揭傒斯等所谓"元诗四大家",尊奉唐音,步武前人,作诗讲法度,求工炼,对明代的拟古诗风有一定影响。元代后期,作家们的写实倾向大大增强,主要诗人有王冕、杨维桢等。王冕的诗广泛地反映了元末的社会现实,刚健浑厚,质朴自然;最能代表杨维桢诗歌成就的是"铁崖体",它标新立异,别具一格,想象奇崛,气势飞动,与李贺的诗风一脉相承。另外,值得重视的是,在民族文化的交流和融合中,还涌现出一批成就较高的少数民族诗人,如契丹人耶律楚材、维吾尔族人贯云石、回族人萨都剌、雍古部人马祖常等,他们笔力遒劲,声调雄放,标奇竞秀,为元代文学发展做出了重要的贡献。

# 第一章　元代杂剧

> 文学史

中国古典戏剧的形成走过了漫长的道路。元代之前,先秦时期的歌舞、汉魏百戏、隋唐戏弄、宋金院本、诸宫调等逐渐发展,到了元代,戏剧达到黄金时期。元代杂剧是其中的代表,出现了关汉卿、王实甫、马致远等众多的杂剧作家,给中国文坛带来新的面貌,而且许多作品都已经是戏剧中的不朽经典。

## 第一节　元杂剧概述

### 一、元杂剧兴盛的原因

元杂剧之所以能在很短的时间内迅速崛起并兴盛一时,主要原因在于以下几个方面:

第一,都市经济的繁荣、通俗文艺的发展、戏剧演出的社会化和商业化以及市民阶层的娱乐需求,为元杂剧的繁盛提供了必要的物质条件和群众基础。

第二,元代以前的诸种歌舞伎艺,尤其是宋、金以来戏剧事业本身的进步,为元杂剧的产生提供了丰富而深厚的艺术实践。

第三,最高统治者对歌舞戏曲的爱好和提倡,鼓励了元杂剧的发展。

第四,大批具有较高文化修养的文人沦落下层,成为书会才人,这些创作主体对剧本创作的直接介入,有效地提高了元杂剧的艺术品位,这是元杂剧得以繁盛的根本保证。书会的组织、民间艺人和文人的合作对元杂剧的兴盛起了推进的作用。

第五,大批受过良好教育并且富有才情的女子沦为艺妓,参加戏曲演出,提高了元杂剧的表演水平。

第六,元杂剧是一种形式精美、富有艺术感染力的戏剧艺术。元杂剧是在金院本和诸宫调的直接影响之下,融合各种表演艺术而形成的一种完整的戏剧形式,并在唐宋以来话本、词曲、讲唱文学的基础上形成了成熟的文学剧本,成为广大人民群众最喜爱的文艺形式之一。

第七，元朝的疆域广大，交通发达，密切了国际和国内各民族之间的关系。各民族之间的文化交流，特别是北方诸民族乐曲的传播，对杂剧的兴盛也有一定的作用。

## 二、元杂剧的体制形式

元杂剧是以宋杂剧和金院本为基础，把唱、念、科、舞等艺术结合起来表演故事，并用北曲演唱的一门综合性的舞台艺术。元杂剧具有韵文和散文相结合的结构完整的文学剧本，剧本一般都有固定的体制。

(1)结构体制：四折一楔子，题目正名。剧本的结构，通常是由四折组成，或外加一个楔子；在剧末正戏结束之后，有"题目正名"，用来概括剧情、标明剧名。

(2)角色体制：旦、末、净、杂。元杂剧的角色大致可分为旦(正面女角色)、末(正面男角色)、净(喜剧角色或反面人物)、杂(杂七杂八角色的总称)四类，其表演已呈现出虚拟化和程式化的倾向。

(3)音乐体制：杂剧一般一折戏只能唱同一宫调的一套曲子，而且一本戏只能由主要角色独唱，正末(男主角)主唱为末本，正旦(女主角)主唱为旦本，其他角色只有说白。

(4)文学要素：剧本韵散结合，每折均由曲词、宾白(杂剧以唱为主，故说白称为"宾白")、科范(演员的动作、表情等)组成。

## 三、元杂剧的发展概况和分期

1. 元杂剧作品和现存作品概况

元杂剧作家作品如林似海，当时就有"词山曲海"之称。元末钟嗣成《录鬼簿》著录元代(实际为至顺元年即1330年以前作品)杂剧剧目452本，著录作家152人，除散曲作家外，有作品可考的杂剧作家80多人。明初贾仲明(一说无名氏)《录鬼簿续编》著录元明之际杂剧剧目156本，补充著录元明之际的作家71人(其中有散曲作家)。明初朱权《太和正音谱》著录元代杂剧剧目538本，其中有少量明初作品。今人傅惜华《元代杂剧全目》[①]汇编有关资料，收录元代杂剧剧目550种，元明之际佚名作品187种，共737种。袁行霈主编之文学史据庄一拂《古典戏曲存目汇考》[②]认为元杂剧有530多种，南戏有210多种。

现存作品《元曲选》(明人臧懋循编)和《元曲选外编》(近人隋树森编)大体囊括了现有传本的元代全本杂剧作品，共162种，有学者认为后者其中包括五六种明初作品。

2. 元杂剧的发展分期

元杂剧的历史大致可分为前后两期。元杂剧的前期，大抵是指从金朝灭亡至元仁宗延祐年间(1314—1320)。这是元杂剧的鼎盛时期。大都(今北京)是前期杂剧创作的中心，剧作家也主要是北方人。元杂剧前期大家纷出，佳作迭现。出现了杰出的戏剧家关汉卿、王实甫、马致远、白朴，著名的杂剧作家高文秀、杨显之、纪君祥、石君宝等。他们创

---

① 傅惜华.元代杂剧全目[M].北京：作家出版社，1957.
② 庄一拂.古典戏曲存目汇考[M].上海：上海古籍出版社，1982.

作了《窦娥冤》《救风尘》《西厢记》《汉宫秋》《梧桐雨》《墙头马上》《李逵负荆》《赵氏孤儿》等优秀剧作。这些作家多半经历了元初社会的剧烈动荡,对人生有着深切的洞察与体认,一旦成文,便非同凡响,他们所写的作品多以历史传说、公案故事、水浒故事为题材,大都真实地反映了社会现实的种种矛盾,既具有深刻的思想内容和强烈的时代精神,又具有浓郁的生活气息和高度的审美价值。由于此期的每个杂剧大家都有自己独特的艺术风格,他们共同构成了前期剧坛绚丽多姿的局面。

元杂剧的后期,是指元仁宗延祐以后至元朝灭亡。这是元杂剧由鼎盛逐步走向衰微的时期。后期杂剧创作的中心由大都南移到临安(今杭州),其中重要作家多是流寓在南方的文人,也有部分作家是南方人。这一时期除少数作品成就较高外,大部分作品的思想性和艺术性都不如前期。后期的著名剧作家有郑光祖、乔吉、宫天挺、秦简夫等,优秀作品有《倩女离魂》《两世姻缘》等。此时元朝统治稳固,剧作家们多取材于家庭道德、神仙道化、才子佳人等主题,宣扬封建教化、因果报应、超然物外等思想的作品日益增多,艺术上也愈来愈讲求曲词的华美典丽和情节的曲折离奇,这些都在很大程度上削弱了前期元杂剧的现实批判精神,再加上南戏的迅速发展,元杂剧的衰落已不可避免。

还需指出的是,元代周德清《中原音韵序》中第一次把关汉卿、郑光祖、白朴、王实甫并列,关、郑、白、马后来便被称为"元曲四大家"。

## 第二节　伟大的戏曲家关汉卿

### 一、关汉卿的生平

关汉卿是中国戏剧史上最伟大的作家,是元代杂剧的奠基人和前期剧坛的领袖。在元杂剧作家中,他创作年代最早、作品最多、影响最大。《录鬼簿》说他是大都人,号已斋叟,曾任太医院尹。关于他的籍贯,还有祁州(今河北安国)、解州(今山西运城)等几种不同的说法,但通常以《录鬼簿》为据;关于他的仕宦情况,元代太医院并无院尹官名,关汉卿叙及本人生活情况的散曲亦全无与此有关的痕迹。关汉卿生卒年及生平均不详,主要活动在大都一带。关汉卿不乐仕进,交游甚广,与书会才人、青楼艺妓均有交往,时相切磋。同时他又多才多艺,精通音律,能歌善舞,这对他的戏剧创作大有裨益。作为在金元易代之际沦入市井间的落魄文人,关汉卿长期混迹于行院勾栏,这既培植了他倜傥风流、桀骜不驯、狂放不羁的个性,又使他充分接触下层社会,对被压迫者的不幸遭遇感同身受。他还亲自参与演出,"躬践排场,面敷粉墨",获得了丰富的舞台体验,这使他的戏剧创作更具有当行本色。

### 二、关汉卿的作品和创作风貌

关汉卿一生创作了60余种杂剧,保存至今的有18种。按题材内容大致可分为三类:

社会剧、爱情婚姻剧、历史剧。第一类是揭露社会黑暗,歌颂人民反抗斗争精神的社会剧(或谓公案剧),以《窦娥冤》《鲁斋郎》《蝴蝶梦》为代表;第二类是反映妇女悲惨命运并大力颂扬女性在抗争中的智慧和胆略的爱情婚姻剧(或谓爱情风月剧),以《救风尘》《望江亭》《谢天香》为代表;第三类是采用历史题材,借以表达作者对现实社会认知的历史剧,以《单刀会》《西蜀梦》为代表。按矛盾冲突、人物命运、故事结局来分,可分为悲剧、喜剧、正剧等。

### 三、《窦娥冤》和关汉卿的悲剧创作

#### (一)《窦娥冤》的思想内容

《窦娥冤》的全名是《感天动地窦娥冤》,是关汉卿最为杰出的公案剧作品,也是元杂剧中最著名的悲剧。它的故事原型出自《汉书·于定国传》和《搜神记·东海孝妇》,作者直接把这个故事移植到吏治腐败的现实社会之中,但摆脱了一般公案剧或清官戏的窠臼,包容了更丰厚的思想内涵,具有了更强烈的批判功能。此剧主要写封建社会中一个安分守己、纯洁善良的普通妇女的悲剧命运。通过窦娥这位无辜女子被封建礼教、泼皮无赖、贪官污吏戕害致死的悲惨一生,深刻地揭露了封建统治的黑暗腐朽和官吏的凶狠残酷,热情地歌颂了被压迫者感天动地、勇敢不屈的抗争精神,广泛地反映了元代社会的复杂矛盾及真实面貌。《窦娥冤》其主旨是通过窦娥的受冤,揭露社会的不公正。

作品是通过两个方面来突出这一主题的:一方面强调窦娥的弱小、善良、无过失,另一方面突出各种社会因素对她造成的种种不幸,这两种相反的情况构成了作品的悲剧特征,也构成了窦娥的冤屈。《窦娥冤》实际上也表现了人类社会一种普遍的现象——善与恶的斗争。例如:

【正宫·端正好】没来由犯王法,不提防遭刑宪,叫声屈动地惊天。顷刻间游魂先赴森罗殿,怎不将天地也生埋怨。

【滚绣球】有日月朝暮悬,有鬼神掌着生死权。天地也,只合把清浊分辨,可怎生糊突了盗跖颜渊。为善的受贫穷更命短,造恶的享富贵又寿延。天地也,做得个怕硬欺软,却元来也这般顺水推船。地也,你不分好歹何为地?天也,你错勘贤愚枉做天!哎,只落得两泪涟涟。

这两支曲子充分表现了窦娥在蒙受巨大冤屈的情况下,对向来号称公平公正的天地的埋怨,这种埋怨实际上也表现了窦娥的绝望,这样就将善的毁灭张扬到了极致,从而引起了人们对恶的憎恶。

#### (二)《窦娥冤》的艺术成就

(1)成功地塑造了窦娥这一典型的艺术形象。首先,写出了窦娥性格的丰富性。在她身上,既有善良温驯、孝顺忠贞的一面,又有刚强倔强、反抗邪恶的一面,她的形象是二者的对立统一。同时这些优秀品质还和一些封建伦理道德观念糅合在一起,使之成为下层女子的典型代表。其次,写出了窦娥性格的流动性。窦娥从恪守妇道的平凡女子转变为敢于叱责天地、痛斥官府的反抗者,其性格是随着现实矛盾斗争的发展而逐渐变化的,

作者对这一转变过程进行了精心描述,既有连续性,又有阶段性,极富层次感。

(2)作者采用现实主义与浪漫主义相结合的创作手法,营造出浓郁的悲剧氛围,收到了良好的艺术效果。《窦娥冤》深刻地揭示了窦娥悲剧产生的社会根源与必然性,反映了封建社会具有本质意义的重大问题,主题鲜明,具有深刻的现实主义精神;而窦娥在刑场上的三桩誓愿竟然一一应验,以及结尾的鬼魂诉冤与清官断案,显然是超现实的幻想性描写,反映了下层民众的美好愿望,带有强烈的浪漫主义色彩,同时也深化了主题,使作品的悲剧气氛更加浓重。

(3)剧本矛盾高度集中,情节紧凑,冲突迭起,而又环环相扣。全剧以窦娥的悲剧命运为中心来组织戏剧矛盾,写了形形色色的矛盾冲突,但作者把构思布局的重点放在两条主线上:一条是窦娥与以张驴儿为代表的社会恶势力的冲突;另一条是窦娥与以桃杌为代表的封建官府的冲突,其中又以后者为主,其他的矛盾冲突都服从于主线的安排。这样就使得情节集中,结构谨严。在关目的安排上,作者也是匠心独具,剧情发展既层次分明,给人以移步换形的紧凑感,又高潮迭出,给人以变幻莫测的紧张感,这就使整个剧情显得跌宕起伏,摇曳多姿。

(4)语言通俗平易,明快洗练,形成了独特的雅俗共赏的语言风格,表现了关汉卿杂剧语言艺术的共同特色。

## 四、《救风尘》与关汉卿的喜剧创作(婚姻爱情剧)

关汉卿的喜剧创作可分为两类:一为表现弱者反抗恶势力,代表作有《救风尘》《望江亭》。一为表现一般的婚姻爱情,代表作为《拜月亭》《调风月》,其特点是肯定女性对于婚姻的自主选择。

《救风尘》全称《赵盼儿风月救风尘》。所谓"风月救风尘",就是利用妓院中追欢卖笑的风月手段去解救沦落在风尘中的姐妹。故事描写汴梁妓女宋引章,受了周同知的儿子、阔商人周舍的欺骗,嫁给他后备受凌辱和摧残,只好写信求救于同行姐姐赵盼儿。赵闻讯后,准备了花红财礼,前往郑州,依凭自己的美丽和机智,赚取了周舍给宋引章的休书,从而救出了受难的姐妹,惩罚了无耻的恶棍。这部作品的特点是将恶势力放在被愚弄的地位上,他们貌似强大,最终却大倒其霉。剧中主角妓女赵盼儿,是个机智、老练而富有义气的女性。她曾经有过幻想,憧憬着同一个知心的男人过自由、幸福的生活,这样的幻想终于在残酷的现实里一次又一次地破灭了。但她用智慧救了姐妹宋引章。在这部作品里,通常为社会道德所批评的色相,成为代表正义一方的必要和合理的手段。

《救风尘》的喜剧性体现在故事情节的喜剧性、人物设计的喜剧性、人物行动的喜剧性和人物语言的喜剧性等诸多方面。

《望江亭》里的主角谭记儿是在潭州为官的白士中的妻子,身份和赵盼儿不一样,但由于她是寡妇改嫁,因此十分珍视她与白士中的爱情。当她听到杨衙内拿了皇帝的势剑金牌要来取她丈夫的首级时,她不但毫无惧色,而且胸有成竹地对付了这个恶霸。谭记儿是一个勇敢、智慧地捍卫自己幸福的女性形象。《金线池》里的妓女杜蕊娘,《谢天香》里的妓女谢天香,《调风月》里的婢女燕燕,都是聪明伶俐、为追求幸福生活而斗争的女性形象。

## 五、《单刀会》与关汉卿的历史剧创作

关汉卿的历史剧《单刀会》《双赴梦》《哭存孝》，在反映民间心理的同时，更多地表现了作者个人的人生情怀，带有较浓厚的文人化的气息，亦可说是元代文人的"心史"。

《单刀会》的剧情很简单，剧作演叙鲁肃设宴约关羽过江，企图强迫他交出荆州。关羽明知其意，却不肯示弱，单刀赴会，怒斥鲁肃，智退伏兵，安然归去。剧中通过描绘关羽的英雄业绩、慷慨豪情，突出了英雄主义的主题。同时，作品也突出地抒发了作者对历史和人生的深沉感慨。《单刀会》具有一种抒情诗剧的特点，剧中通过描绘关羽的英雄业绩、慷慨豪情，突出了英雄主义的主题。作品也突出地抒发了作者对历史和人生的深沉感慨。如关羽过江时那一段脍炙人口的唱词，对于剧情并不重要，实是作者借剧中人物来抒情：

水涌山叠，年少周郎何处也？不觉的灰飞烟灭，可怜黄盖转伤嗟。破曹的樯橹一时绝，鏖兵的江水犹然热，好教我情惨切！（云）这也不是江水，（唱）二十年流不尽的英雄血！【驻马听】）

元朝称原在金人统治下的北中国人民为"汉儿人"，作者通过对历史英雄关羽维护汉家事业的歌颂，一定程度上流露了民族感情；同时描写了他对敌斗争的勇敢和智慧，鼓舞了人们向压迫者斗争的勇气和信心。《西蜀梦》（又名《双赴梦》）和《单刀会》一样，也是三国戏，塑造的是三国时蜀国关羽、张飞等人的形象。《西蜀梦》写关羽战死荆州，张飞又中途遇害。刘备遂尽起西蜀之师，为两人报仇雪恨的故事。这一类作品较多地反映了民间的英雄崇拜心理和价值观。

《哭存孝》写五代南唐大将李存孝为康君立、李存信谗间致死的故事，是历史题材的作品。作者在歌颂历史英雄人物的同时，也表现了他英雄史观的历史局限。与此相联系，他还在《哭存孝》中肯定李克用等以镇压黄巢农民军起家的历史人物，表现了他的阶级局限。

总之，关汉卿的剧作在内容上涉及多种多样的社会层面和人物，并深刻地揭示了社会的黑暗面，表达了对恶势力的批判与憎恨；集中反映了社会中受压迫的弱者的生活遭遇和生活理想，热情赞美他们的美好品格；在反映社会对弱者的压迫的同时，始终表现出顽强的斗争精神和对美好人生的执着追求。这是关汉卿剧作的可贵之处，同时也是关汉卿之所以成为戏剧大家的一个重要因素。

## 六、关汉卿杂剧的艺术成就

（1）关汉卿是一位熟悉剧场、演员、观众的剧作家，剧作具有鲜明的剧场性，是"场上之曲"。在人物塑造方面，关汉卿的杂剧创造了一大批栩栩如生、性格鲜明的人物形象，大大丰富了中国古代戏剧文学形象的画廊。关剧中活跃着众多风神独具的戏剧人物，其中最为光彩夺目者是来自社会各个阶层的女性形象。他的杂剧不但能写出不同阶级或阶层的人物的不同特点，而且能写出同一阶层人物的不同风貌，有时甚至写出了人物性

格的丰富性和立体感。题材广泛,人物形象丰富多样,善于在人物对比中去塑造人物形象,在强烈的戏剧冲突中去揭示人物的性格特征。

(2)入戏快,迅速"聚焦"主要矛盾,引起观众兴趣,关目处理灵活。能根据生活发展的逻辑和主题的需要来安排故事情节,收到了突出主干、深化主题的效果。如《窦娥冤》。

(3)注重戏剧冲突,注意处理戏剧冲突的节奏,重视舞台效果,注意场面的冷热调剂。如《蝴蝶梦》《救风尘》。

(4)善于设置悬念,解决悬念的方式奇特:既在情理之中,又出人意料。如《蝴蝶梦》《救风尘》。在剧作结构方面,关汉卿的杂剧大多缜密而精巧,紧凑而多变,富于戏剧性效果,具有引人入胜的魅力。其作品大抵都能做到结构完整,开阖自如,首尾照应,开头不拖沓,结尾不松懈;戏剧冲突一环紧扣一环,悬念迭出,剧情的发展往往既出人意料之外,又在情理之中。这些都保证了他的优秀作品具有长久的舞台生命力。

(5)角色设置妥当,情节集中紧凑;注意角色配置,注意角色之间、人物性格之间的冲突,注意人物性格、形象的对比。

(6)剧作"务为滑稽",重视喜剧性,科诨逗笑。

(7)本色、当行的戏剧语言。语言自然、真切、质朴,曲词宾白等符合演出要求,人物(角色)语言个性化。在戏剧语言方面,关汉卿一向以本色当行著称,他是元代杂剧作家中本色派的代表人物。所谓本色,是指语言质朴自然、生动活泼,既具有浓厚的生活气息,又富有典雅的艺术韵味,"文而不文,俗而不俗",毫无雕琢的痕迹。所谓当行,是指善于运用语言来刻画人物,无论是曲词还是道白,皆符合人物的身份、地位,充分体现了人物语言的个性化。正如王国维在《宋元戏曲考》中所说:"关汉卿一空倚傍,自铸伟词,而其言曲尽人情,字字本色,故当为元人第一。"

## 第三节 王实甫和《西厢记》

《西厢记》被元末明初的贾仲明誉为"天下夺魁"之作,代表了元代爱情剧的最高水准,在中国戏剧史上占有重要地位。关于《西厢记》的作者,向来众说纷纭,一般认为是王实甫。王实甫,名德信,大都人,生平事迹不详,一生共创作了14种杂剧,现在全本流传下来的有《西厢记》《丽春堂》《破窑记》3种。王实甫的剧作多以儿女风情故事为主,有浓郁的抒情气氛,语言清丽华美,是文采派的典范。

### 一、西厢故事的演变

1. 元稹的《莺莺传》:封建社会多情少女的悲歌

《西厢记》最早源于唐代元稹的传奇小说《莺莺传》(又名《会真记》),主要写的是张生对莺莺"始乱之,终弃之"的悲剧故事,宣扬了女人是祸水的传统论调。

2. 唐宋其他文人笔下的崔张故事

到了宋代,崔张故事已被改编成多种文艺样式而在社会上广泛流传。秦观、毛滂都有以此为内容的歌舞曲《调笑转踏》,赵令畤(德麟)据此改写为鼓子词《商调蝶恋花》,皆为西厢故事输入了新鲜的血液。赵的《商调蝶恋花》将西厢故事改变成说唱,但在情节上并无改动。只是将《莺莺传》结尾肯定张生抛弃莺莺的行为作为悲剧处理,这比起《莺莺传》来是一种进步。至于在具体描写上,虽也略有发展,但未能脱离原来的框架。此外,民间艺人还创作有南宋话本小说《莺莺传》、宋官本杂剧《莺莺六幺》、金院本《红娘子》等,可惜都已失传。自宋至金,崔张故事代代相传,从未间断。

3.《董西厢》:才子佳人自主婚姻的颂歌

对西厢故事的思想主题、情节内容和人物形象都做了创造性改造的是金代董解元的说唱文学《西厢记诸宫调》(又称《董西厢》)。《西厢记诸宫调》作者董解元,其名不详。"解元"是当时对士人的泛称。他主要活动于金章宗(1190—1208)时期(见《录鬼簿》和《辍耕录》)。诸宫调是一种兼具说、唱而以唱为主的曲艺。因其用多种宫调的曲子联套演唱而得名。据《碧鸡漫志》等书记载,北宋已有诸宫调,但现存最早最完整的诸宫调作品是《西厢记诸宫调》。《西厢记诸宫调》在西厢故事流变中的贡献如下:

第一,它改变了《莺莺传》的悲剧格局,代之以二人私奔而最终获得团圆的喜剧性结尾,从而使其主题上升到追求婚姻自由、反对封建礼教的时代高度。作品对爱情和礼教的矛盾冲突做了着力铺叙。

第二,《西厢记诸宫调》中的人物形象较原著也有诸多突破,而具有了崭新的个性特征。张生由背信弃义的负心郎变成了对爱情忠贞不渝的正面人物,不但变张生的抛弃莺莺为二人终于结合,而且将张生改成了一个忠于爱情、得不到莺莺宁可自杀的青年;莺莺由哀婉凄切、逆来顺受的柔弱女子变成了敢于冲破封建束缚的典型形象,莺莺由原作中纯粹被动的角色转变为主动接近心上人,不惜以自己的生命殉于爱情的人物形象。红娘在原作中是个次要的角色,在《西厢记诸宫调》里却成为很活跃的人物。莺莺的母亲在原作中只起了介绍莺莺与张生相见的作用,对他们的爱情从未加以干涉,在《西厢记诸宫调》中却成为阻碍崔张结合的礼教的象征,从而使整个作品贯穿了礼教与私情的冲突,在很大程度上改变了原作的面貌。

第三,从艺术形式和技巧来看,《莺莺传》原作只有3000余字,《西厢记诸宫调》却成了50000余字,大大地丰富了原作的情节。其中的张生闹道场,崔张月下联吟,莺莺探病,长亭送别,梦中相会等场面都是新加的;并随着这些情节的增加,人物的感情更为复杂、细腻,性格也更为丰满。在文字的运用上,作者既善于写景,也善于写情,并善于以口语入曲,使作品更为生动并富于生活气息。其后元杂剧注重人物思想感情的刻画,走的就是这种路子。

第四,《西厢记诸宫调》中的矛盾冲突也有了发展变化,由崔张二人之间的恩恩怨怨转移到他们为追求爱情幸福而与讲究世家大族体面的崔老夫人的矛盾斗争上。这些新的变化,极大地丰富了作品的思想内容,为元杂剧《西厢记》的创作提供了蓝本。

王实甫《西厢记》直接取材于金代董解元的《西厢记诸宫调》,把作品主旨升华为"愿普天下有情的都成了眷属"。同时又对《西厢记诸宫调》做了新的改变:第一,删减了许多不必要的情节,使结构更完整,情节更集中。例如,在《西厢记诸宫调》中,孙飞虎兵围普救寺一事占了相当长的篇幅,它实际上是游离于主线之外的,王实甫毅然将它压缩得很短,这样就使主线更为分明突出。第二,使主要人物的立场更鲜明,从而加强了戏剧冲突。在《西厢记》中,实际上存在着两个阵营,一以张生、崔莺莺、红娘为代表,一以老夫人为代表。王实甫将这两个阵营的人写得泾渭分明,态度毫不含糊,并以此来展开矛盾冲突。第三,在情节安排、艺术手法的运用上,更为精致完美,并增加了一些喜剧色彩。例如,利用景物来表现情感是《西厢记诸宫调》的一大特点,王实甫在《西厢记》中也大量运用了这一手法,但比较一下两部作品的"长亭送别"就可以看出,王实甫写得更细腻、更优美。

王实甫在前人的基础上,对崔张故事进行了带有总结意味的再创造,以代言体的戏剧形式予以完美表现,写成了《西厢记》杂剧(又称《王西厢》)。从此以后,流传已久的西厢故事就基本定型了。

## 二、《西厢记》五本全貌

《西厢记》的全名是《崔莺莺待月西厢记》,全剧通过描写崔莺莺与张生的爱情故事,展现了崔、张、红娘等追求婚姻自主的叛逆者同以老夫人为代表的封建礼教的维护者之间的尖锐冲突,深刻地揭示出人生体验和追求的差异性,热情地歌颂了青年男女争取爱情婚姻自由的合理性与正当性,尤其是作者明确地提出了"愿普天下有情的都成了眷属"的进步理想,更是对传统婚姻制度的大胆挑战,具有鲜明的反礼教倾向。

《西厢记》五本名目如下:

第一本:《张君瑞闹道场杂剧》:末本,亦名"焚香拜月"(金圣叹)。

第二本:《崔莺莺夜听琴杂剧》:旦末合本,亦名"冰弦写恨"(金圣叹)。其中一、三、四折莺莺唱,二折红娘主唱,楔子惠明唱。

第三本:《张君瑞害相思杂剧》:旦本(红娘主唱),亦名"诗句传情"(金圣叹)。

第四本:《草桥店梦莺莺杂剧》:旦末合本,亦名"雨云幽会"(金圣叹)。其中一折张生主唱,二折红娘主唱,三折莺莺主唱,四折张生、莺莺同唱。

第五本:《张君瑞庆团圆杂剧》:旦末合本,亦名"天赐团圆"(金圣叹)。其中一折莺莺主唱,二折张生主唱,三折红娘主唱,四折张生、红娘和莺莺同唱。

## 三、《西厢记》人物论

1. 多情小姐崔莺莺

《西厢记》深刻的思想内容是通过剧中的具体人物形象体现出来的。剧中的女主人公崔莺莺是我国戏剧史上最为光彩夺目的女子形象之一。

她的性格具有多面性、丰富性和真实性。她既是一个温柔美丽的相国小姐,又是一个充满叛逆精神的贵族少女。一方面,作为青春萌动的少女,她对男女之间的自由恋爱有发自内心的渴求,对张生的爱是相当热情、相当自觉的;另一方面,作为"小梅香伏侍得勤,老夫人拘系得紧"的名门闺秀,她又受过严格的封建教养,有时显得优柔寡断、言行不一。可以说,正是情爱意志与道德理念的冲突酿成了崔莺莺的矛盾性格。她既要与老夫人做坚决的斗争,也要逐步摆脱自身封建意识的束缚。作品细致生动地描写了崔莺莺思想性格不同的侧面,层次分明地写出了崔莺莺由青春觉醒到对情爱自主的衷心企盼、再由朦胧抗争到自觉地走上叛逆道路的曲折历程,这是符合人物发展的性格逻辑和历史真实的。

2．"疯魔才子"张君瑞

男主人公张生是一个对爱情执着专一的"志诚种",他敢于冲破门第悬殊的世俗偏见去追求相国小姐;他的痴情有时近似疯魔,为了爱情甚至可以抛弃功名,直至身染重病。他以他的至诚打动了莺莺的芳心,并赢得了爱情的最终胜利。白马寺解围,又表现出他临危不惧、见义勇为的美好品质。同时他为人憨厚老实、热情诚恳,还具有浓重的书呆子气,颇富喜剧色彩。

3．崔张爱情的"撮合山"红娘

红娘是剧中最为活跃的角色,也是中国戏剧史上最为成功的婢女形象。她出身卑贱,心地善良,机智泼辣,聪明伶俐,而且有胆识,有主见。她极富正义感和乐于成人之美,主动为崔张这对有情人牵针引线,一面积极地为张生出谋划策,一面引导莺莺走上反抗之路,其间即使蒙受了主人的无端猜疑和指责,也毫不计较。当二人事发之后,面对老夫人的威严,她挺身而出,据理力争,挽狂澜于既倒,迫使老夫人应允了这桩婚事。在她身上,体现了下层人民的美德,深受人们的喜爱。

4．慈爱的"狠毒娘"老夫人

有人认为老夫人是封建礼教势力的代表,她"阴险、狡猾","表面上是爱女儿的","但实际上爱的是相国家谱"。但我们要理解老夫人,老夫人与崔莺莺对于人生、爱情的理解有所不同。不同的选择,是古今中外的人们面临的人生悖论。

## 四、《西厢记》的戏剧冲突与艺术成就

(1)《西厢记》的结构宏伟而紧凑,严整而巧妙,两种冲突、两组矛盾、两条线索相互交织、相互制约。一是以莺莺、张生、红娘为一方同以老夫人为另一方的冲突,这是贯穿全剧的主线;二是莺莺、张生、红娘之间的性格冲突,这构成了作品的辅线。两条线索有主有次,并行交织,使得相互之间的矛盾得以充分展开,有力地推动了情节的发展,也使得人物性格更为丰满生动。作者还善于利用悬念编织情节,巧妙地设置了"赖婚""酬简""哭宴"等一系列悬念,真可谓一波未平一波又起,曲折跌宕,扣人心弦,增强了作品的戏剧效果。

(2)《西厢记》的人物个性鲜明,血肉丰满,成功地塑造了莺莺、张生、红娘、老夫人等戏剧典型。首先,作者善于通过错综复杂的戏剧冲突来完成人物形象的塑造,达到了人物性格与戏剧冲突的完美统一。其次,作者善于通过心理活动的描写来揭示人物的性格,惟妙惟肖,纤毫毕现,这样就大大开掘了人物隐秘奥妙的内心世界。最后,作者还善于通过动作描写来刻画人物,《西厢记》的人物动作大都不甚复杂,却能很好地揭示出人物的精神状况和心理态势,蕴含丰富的潜台词。

(3)《西厢记》的语言自然而华美,典雅而富丽,具有诗意浓郁、情趣盎然的独特风格。

作者善于把质朴活泼的民间口语和精练隽永的诗词语言熔铸在一起，雅俗并行，本色而又有文采，生动活泼而又雅致清新；《西厢记》中的不少曲词善于渲染气氛，创造出诗一般的意境，具有浓郁的抒情意味；《西厢记》的人物语言也都是高度个性化和充分戏剧化的，完全切合戏剧角色的身份、地位、教养和性格，如莺莺的语言妩媚蕴藉，张生的语言文雅热烈，红娘的语言鲜活泼辣，惠明的语言粗犷豪爽，都表现得恰如其分。王世贞称《西厢记》是北曲的"压卷"之作，王实甫也确实堪称文采派的典型范式。

（4）《西厢记》对杂剧的体制也有所创新。它打破了元杂剧一本四折、外加一楔子的通例，是由五本二十折组成的大型连台杂剧。它也打破了每折只能由一人主唱到底的成规，在必要时一折戏可由不同人物轮番主唱。体制的革新，大大丰富了戏剧的艺术表现力。

## 第四节　白朴、马致远与元前期杂剧作家

元杂剧最初是在中国北方产生并兴盛起来的。成书于元至顺元年（1330）的《录鬼簿》记载了56位前辈作家的籍贯，这56位前辈作家除一人籍贯不详外，其余均为北方人。这些作家以大都为中心，形成包括河北、山西、山东以及河南和安徽北部的北方戏剧圈，其中大都（17人）、真定（7人）、东平（5人）、平阳（6人）四个地方最为集中。值得注意的是，这四个作家群之间进行着频繁的交流。

在元代北方戏剧圈中，除关汉卿、王实甫这一对双子星座外，在艺术上独树一帜的还有白朴、马致远、纪君祥、杨显之、尚仲贤、郑廷玉、康进之、高文秀、李好古、石君宝、李潜夫等，他们共同创造了元杂剧的辉煌。

### 一、白朴的杂剧《梧桐雨》和《墙头马上》

白朴和马致远的代表作《梧桐雨》和《汉宫秋》，均写得文采繁富，意境深邃，具有深厚的诗味，受到文坛的激赏。关、王、马、白，亦被誉为元剧的"四大家"。亦有的把关、白、马、郑誉为元曲四大家。

1. 白朴的生平和创作

白朴（1226—？），字太素，号兰谷；原名恒，字仁甫，祖籍隩州（今山西河曲），后迁居真定（今河北正定）。父白华，曾任金朝枢密院经历官、判官，又是著名文士；伯父白贲是金泰和三年进士；叔父为僧。白朴出生时，金王朝已经在南宋和蒙古的两面夹击下处于岌岌可危的状态，八九年后，为蒙古所灭。

白朴幼年居于开封，开封陷落后，"仓皇失母"[①]，只好随父亲挚友元好问到山东聊城。元、白两家为通家之好，白朴长期得到元好问的教育，对他的道德文章影响很大。战乱后，白朴随父亲定居真定（今河北正定）。其父白华训诫子弟读书，而不许出仕，所以白

---

① 王博文.白兰谷天籁集序[M]//白朴.白朴戏曲集校注.王文才,校注.北京：人民文学出版社,1984.

朴终身布衣而倾全力于文学创作。20多岁时,白朴在真定一带已以博学能文闻名。25岁时,白朴离开真定,游历燕京一带,或流连于青山绿水之间,或在风月场中,结识书会才人关汉卿等,与著名歌妓天然秀亦有密切交往。元世祖至元十六年(1279)元灭南宋统一中国,第二年,已年过50的白朴随元军南下,迁居南京,并先后漫游九江、扬州、杭州等地。①

白朴出生于具有浓厚文学气氛的家庭,少年时又随著名诗人元好问学诗词古文,在传统的文人文学方面有相当好的素养。在元代,他是最早以文学世家的名士身份投身于戏剧创作的作家。他的杂剧、散曲和词均取得了很大的成就。词集《天籁集》收词105首;流传下来的散曲有小令36首,套数4套,附于《天籁集》后。剧作见于《录鬼簿》著录的有15种,主要以历史传说和爱情故事为内容,完整留存的有《墙头马上》与《梧桐雨》两种。另有《东墙记》,经明人篡改,已非原貌;此外还有两种剧本残存有曲词。从内容来看,白朴的杂剧大半是写男女情事的。

2. 爱情喜剧——《墙头马上》

《墙头马上》与关汉卿的《拜月亭》、王实甫的《西厢记》、郑光祖的《倩女离魂》并称为元代的四大爱情剧。这是一部爱情喜剧,取材于白居易新乐府诗《井底引银瓶》:"妾弄青梅倚短墙,君骑白马傍垂杨。墙头马上遥相顾,一见知君即断肠。"在白朴杂剧之前,同样取材于此诗的已有宋官本杂剧、金院本等多种②,虽均无剧本存世,但可以想见白朴的《墙头马上》与这些早期剧作是有继承关系的。这部作品具有强烈的反礼教意义,通过李千金与裴少俊这对青年男女争取恋爱自由婚姻自主的斗争,肯定了他们的合理要求,表现了一定的民主思想。

在白居易的诗中,描写了一个少女与情人私奔而最后遭遗弃的故事,其主题在诗的小序中明言为"止淫奔",是为道德教化而作的。《墙头马上》的情节与此大略相似:洛阳总管李世杰的女儿李千金在花园墙头看到骑在马上的裴尚书之子裴少俊,二人一见钟情,李当夜随裴私奔,在裴家后花园暗住七年,生一儿一女。裴尚书发觉后,逼裴少俊休了她。后裴少俊中状元,以母子之情打动李千金,夫妇才得以重聚。但杂剧的主题则完全与白居易原诗相背,是热情赞美男女间的自由结合,从"止淫奔"变成了"赞淫奔"。

李千金是剧中最重要和最具个性的人物。她不但一开始就主动约裴少俊幽会,声称"既待要暗偷期,咱先有意,爱别人可舍了自己",而且自始至终都是理直气壮地为自己的私奔行为辩护,用泼辣的语言回击裴尚书等人对于自己的指责。总之,通过李千金这一人物的行动和语言,剧本对自由的爱情、非礼的私奔、男女的情欲都做出率直坦露、毫无畏怯的肯定和赞美,比之《西厢记》更有一种勇敢的气派。这一人物形象与她剧中身份实际是不相符的,在她身上更多地表现出市井女子的性格和市民社会的市俗化趣味。③ 剧中着力塑造了大胆追求爱情,勇敢地同封建家长进行抗争的李千金的光辉形象。她虽为

---

① 郭预衡. 中国古代文学史[M]. 上海:上海古籍出版社,1998:393.
② 参见宋周密《武林旧事》,有记载宋官杂剧《裴少俊伊州》、金院本《鸳鸯简》、《墙头马》都有敷演。
③ 章培恒,等. 中国文学史:下卷[M]. 上海:复旦大学出版社,1996:46.

贵族小姐，却与莺莺的矜持、犹豫迥然不同，她的性格特点是泼辣率直，敢作敢为，大胆执着，刚强不屈，有着强烈的自尊心和反抗性。面对公公的压力和辱骂，敢于理直气壮地进行争论，保持了自己的尊严。

与这样的人物形象及思想情趣相适应，《墙头马上》的艺术风格和语言与《梧桐雨》明显不同。《梧桐雨》以深沉的意境见长，《墙头马上》则以紧凑、生动的情节安排取胜，擅长通过戏剧场面刻画人物形象，如在第三折中裴尚书、院公、两个小孩之间的见面就特别有趣，这种喜剧性的场面极具魅力。语言以本色通俗、朴素生动为主要特点。

3. 抒情诗剧——《梧桐雨》

白朴的代表作《梧桐雨》，全名《唐明皇秋夜梧桐雨》，这显然与《长恨歌》"春风桃李花开日，秋雨梧桐叶落时"有关联。此剧所写唐明皇与杨贵妃事，长久流传于民间，并为历代文人骚客瞩目。白居易的《长恨歌》，是以这个故事为题材的最著名的诗篇；此外，《长恨歌传》《明皇杂录》《开天传信记》《高力士外传》《梅妃记》《杨太真外传》等笔记、小说以及大量的诗文散曲说唱文学，都从不同侧面记写了这个故事。宋金以降，这个故事又成为舞台演出的重要节目，金院本《击梧桐》、宋元南戏《马践杨妃》、杂剧《唐明皇哭香囊》（关汉卿）、《杨太真华清宫》、《杨太真霓裳怨》（庚吉甫）、《罗光远梦断杨贵妃》（岳伯川）等都是敷演这个故事的。白朴还有杂剧《唐明皇游月宫》，已失传，就其题材而论，当是《梧桐雨》的姊妹篇。

关于《梧桐雨》的主题，众说纷纭。或谓歌颂李、杨爱情，或谓讽刺玄宗朝政得失，或谓借李、杨故事抒发沧桑之叹、盛衰之感。李、杨故事在民间之所以长久流传，并且引起历代文人不断改写的原因主要有两点：一是这一爱情故事的主角不是一般人物，一个是帝王一个是妃子，身份地位都很特殊；二是这个爱情故事的发展过程与一个巨大的历史事件——安史之乱相联系，与一代盛衰相联系。①《梧桐雨》剧作的重心是作者以自己的体验为依据，来摹写唐明皇的内心世界：由于政治上的失败，他从权力的顶峰跌落，失去繁华的生活，失去貌如天仙的杨妃和如梦如幻的爱情，在寂寞与孤独中回味着往日的美好日子，感受着今日的哀伤与苍老，产生了一种对盛衰荣枯无法预料和把握的幻灭感；而这种幻灭感，也交织着作者因金国的灭亡而产生的人世沧桑和人生悲凉之感。作者把爱情幻灭和家国盛衰交织在一起。②

《梧桐雨》的艺术成就突出表现在三个方面：一是成功地运用了对比的手法，写出剧中主人公在安史之乱前后的不同处境和心境，形成强烈的反差，提示了作品的主题。

二是"梧桐"这一叙事意象在剧中具有重要的构思作用，是李、杨爱情的见证者。"梧桐"连接了李隆基与杨玉环的过去和现在："当初妃子舞翠盘时，在此树下；寡人与妃子盟誓时，亦对此树；今日梦境相寻，又被它惊觉了。"古代诗文中，梧桐的形象本身就包含着伤悼、孤独、寂寞的意蕴。

三是写景写情融为一体，以情景交汇的艺术效果表现人物的性格、处境，特别是心理

---

① 郭预衡.中国古代文学史[M].上海：上海古籍出版社，1998：395.
② 章培恒，等.中国文学史：下卷[M].上海：复旦大学出版社，1996：47.

状态,剧作具有浓厚的抒情性。第四折中唐明皇周围的景物是"秋虫""西风""落叶""秋雨"和"梧桐",而梧桐又正是当年他与贵妃"并肩斜靠"之处,如今怀念着过去的月夕花朝,在秋雨之中更显出人亡物在的凄楚。这一切都与此时唐明皇的处境与心境融在一起。全剧以一曲【黄钟煞】结尾,写尽了"雨和人紧厮熬""雨更多,泪不少"的情和景。

## 二、马致远的杂剧创作

1. 马致远的生平与创作

马致远,晚号东篱,以示效陶渊明之志。大都人。他的年辈晚于关汉卿、白朴等人,生年当在至元(1264)之前,卒年当在至治改元到泰定元年(1321—1324)之间。曾任浙江省务提举。早年颇有抱负,曾混迹于官场多年,经历过"二十年漂泊生涯","世事饱谙多","人间荣辱都参破"。后寄寓西湖,隐居成道。马致远也是元曲四大家之一,号称"曲状元"。一生共创作杂剧15种,现存7种,《破幽梦孤雁汉宫秋》为历史剧,其他有《荐福碑》《青衫泪》《岳阳楼》《黄粱梦》《任风子》《陈抟高卧》。

《荐福碑》也是马致远的早期剧作,写落魄书生张镐时运不济,一再倒霉,甚至荐福寺长老让他拓印庙中碑文,卖钱作进京赶考的盘缠,半夜里都会有雷电把碑文击毁。后时来运转,在范仲淹资助下考取状元,飞黄腾达。剧中多处表现出对社会现状的不满,如"这壁拦住贤路,那壁又挡住仕途"。《青衫泪》是由白居易《琵琶行》敷演而成的爱情剧,虚构白居易与妓女裴兴奴的悲欢离合故事,中间插入商人与鸨母的欺骗破坏,造成戏剧纠葛。在士人、商人、妓女构成的三角关系中,妓女终究是爱士人而不爱商人,这也是落魄文人的一种自我陶醉。

2. 历史剧——《汉宫秋》

这部剧作是马致远的代表作,它讲述了一个帝王爱情悲剧,也是一个民族悲剧。作者以历史上的昭君出塞故事为题材,对有关史实进行了创造性的改编,流露出一定的民族感情与沉痛的忧伤情绪。它以胡、汉民族矛盾为背景,叙写了昭君为汉室江山挺身而出,毅然出塞和藩,以至投江殉国的悲剧故事,歌颂了昭君崇高的民族气节,谴责了怯懦无能、贪生怕死的汉朝文武大臣,鞭挞了诌佞奸贪、卖国求荣的毛延寿,在民族压迫深重的元代,其价值取向是难能可贵的。该剧剧情哀婉动人,曲词清丽典雅,具有浓烈的抒情性。

3. 神仙道化剧

马致远写得最多的是"神仙道化"剧,占他创作总量的三分之一。《岳阳楼》《陈抟高卧》《任风子》以及《黄粱梦》,都是演述全真教事迹,宣扬全真教教义的。这些道教神仙故事,主要倾向都是宣扬浮生若梦、富贵功名不足凭,要人们摆脱家庭妻小在内的一切羁绊,在山林隐逸和寻仙访道中获得解脱与自由。剧中主张回避现实矛盾,但另一方面,剧中也对社会现状提出了批判,对以功名事业为核心的传统价值观提出了否定,把人生的"自适"放在更重要的地位,这也包含着重视个体存在价值的意义,虽然作者未能找到实现个体价值的合理途径。

在众多的元杂剧作家中,马致远的创作最集中地表现了当代文人的内心矛盾和思想苦闷,并由此反映了一个时代的文化特征。马致远剧作中对人物形象的塑造并不突出,戏剧冲突通常缺乏紧张性,而自我表现的成分却很多。

## 三、大都作家群的杂剧创作

前期大都作家群中,除关汉卿、王实甫、白朴和马致远外,较有名的还有纪君祥(《赵氏孤儿》)、杨显之(《潇湘夜雨》)、石子章(《竹坞听琴》)、王仲文(《救孝子烈母不认尸》)等人。

纪君祥的《赵氏孤儿》产生了广泛的影响。纪君祥,大都人,生卒年代及生平事迹均不详。所作杂剧共6种,仅有《赵氏孤儿》完整传存。这个剧本很早就传入欧洲,1754年,法国启蒙思想家伏尔泰把它改编为歌剧《中国孤儿》,并注明"五幕孔子的伦理"。这部剧作确实歌颂了中国的传统道德,但应该注意到,它真正吸引人的地方是剧中人物在道德完成中所表现出的人格力量。

《赵氏孤儿》是元代历史剧中成就最高的剧作,也是一出正气浩然、壮烈感人的悲剧。《赵氏孤儿》主要是根据《左传》《史记·赵世家》所记春秋晋灵公时赵盾与屠岸贾两个家族矛盾斗争的历史故事敷演而成,并强调了屠岸贾作为"权奸"和赵氏作为"忠良"之间的道德对立。剧中写赵盾全家被屠岸贾抄斩,赵盾之子赵朔为驸马,也被逼自杀,其妻亦被囚禁并在此时生下赵氏孤儿。赵朔门客程婴将孤儿偷带出宫时,被奉屠岸贾之命把守宫门的韩厥发现,但韩厥不愿献孤儿以图荣进,遂放走程婴,自刎而死。继而屠岸贾下令杀死全国出生一个月至半岁的婴儿,程婴与赵盾友人公孙杵臼商量,以自己的儿子冒充赵氏孤儿,然后出面揭发公孙收藏了孤儿。公孙与假孤儿被害,真孤儿得以保全。孤儿长大后程婴向他说明真相,他杀死屠岸贾,终于报了大仇。

全剧围绕"搜孤救孤"这一中心,展开了正义与邪恶、忠与奸的惊心动魄的较量,在风口浪尖的激烈冲突中,塑造了一系列为挽救无辜而见义勇为、前赴后继的戏剧人物形象。全剧始终洋溢着磅礴高昂的正义精神,具有强烈的悲壮美。

## 四、河北作家群和山东作家群的杂剧创作

元代河北真定和山东东平的文化生态值得关注。河北作家尚仲贤(河北真定人)创作了人神相恋剧《柳毅传书》,郑廷玉(河北涿州人)创作了喜剧作品《看钱奴》,李文蔚(河北真定人)创作了水浒剧《燕青博鱼》。

元代山东作家群创作了最具特色的水浒剧。高文秀(山东东平人)的《李逵负荆》、康进之(山东棣州人)的《黑旋风双献功》对《水浒传》的成书亦有影响。李好古(山东东平人)《张生煮海》、武汉臣(山东济南人)《老生儿》的剧作各有特色。

《李逵负荆》是现存6种元代水浒剧中最优秀的作品,也是一出轻松、幽默的喜剧。本剧最为成功之处是通过一系列误会性的冲突与喜剧性的场面,塑造了李逵这个个性鲜明的人物形象。疾恶如仇、见义勇为以及对梁山事业的忠诚和热爱构成了他性格的基本核心,李逵行侠仗义,坦荡磊落,既天真憨厚,又粗鲁莽撞,既正直、豪爽,又暴躁、轻信,在粗豪中显细致,于狡黠中见淳朴,其性格的不同侧面巧妙地组合在一起,使之成为一个可

笑而又可爱的喜剧形象。

## 五、山西作家群的杂剧创作

石君宝的《秋胡戏妻》在前代传说的基础上，结合元代的现实生活，大胆进行改造加工，是一部借古讽今、探讨夫妻情爱关系的作品。石君宝的杂剧《秋胡戏妻》与前代有关秋胡戏妻的传说和作品相比，有许多明显的不同。

第一，石君宝把秋胡的身份改变为"又无钱又无功名"的穷秀才，原来故事中秋胡离家是为了求取功名官职，而石作改为娶亲三日就绳索套定，充军服役。这一改动使剧作增加了时代的特征，说明整个知识阶层"逢着末劫"，文人的主体性和主动性都没有了，他是被强行拉走当兵的，这里隐含着元代知识分子无可逃避的命运悲剧，生存于悲剧性的社会之中，个人的命运也只能是悲剧性的，文人处于"九儒十丐"的社会底层。

第二，改《列女传》中秋胡游宦五年为十年，增加了李大户骗娶梅英和抢亲的情节。刘向《列女传》中秋胡"去而宦于陈，五年乃归"，《西京杂记》说"鲁人秋胡，娶妻三月，而游宦三年"，而《秋胡戏妻》中改为十年方归。秋胡与妻子的记忆随时间流逝而变得模糊，各自的面貌亦随岁月的更替而有较大改变。《秋胡变文》中记载秋胡学习、仕宦"又经三载，通前六秋，忽成九载"之后，才在"第九载三月三日早朝"之时，提出要回到家乡看望母亲和妻子，石君宝对这一时间拉长的做法有所吸收，变九年为十年。以前的秋胡故事和诗歌中无李大户，亦无梅英被逼婚事。

第三，除增加了罗大户外，还增加了李大户、罗大户妻等人物，便于构成强烈的戏剧冲突，展开戏剧情节。并且罗梅英这时有了自己的名字，而在以前的故事中是以"妇人""秋胡之妇""贞女"等等来指称的。当了大官、衣锦荣归的秋胡调戏采桑妇的描写，更具戏剧化特色。

第四，从戏剧性和叙事结构的角度看，《秋胡戏妻》中"戏"字是一大法眼，"戏妻"是全剧的戏眼所在，包含着悲剧性和喜剧性的双重因素。石君宝第一次把秋胡故事最为有趣、最有叙事张力的"戏妻"二字轻轻拈出，放在题目正名之中，可谓匠心独运，别具法眼。通过桑园惊艳、作诗撩拨、觅浆搭话、言语求欢、动作求欢、黄金相诱、性命威胁等情节，来叙写"戏妻"的经过。

第五，《秋胡戏妻》的特异之处，还在于它塑造了一个勤劳善良、机智泼辣、具有独立生活主见的少妇形象。其一，她有自己的婚姻幸福观，有自己选择丈夫的标准。其二，梅英有自己的家庭观和财富观，她认为"贫无本，富无根"，家庭贫富是可以改变的，金钱功名是可以争取的。其三，从戏剧的角度看，梅英的性格特征主要是通过三场大的冲突展现出来的。一是第二折中与父母、李大户的逼婚相抗争，二是桑园中拒绝种种诱惑，三是第四折中索要休书。

在元代杂剧中，塑造的动人妇女形象为数不少，如《西厢记》中的莺莺，《窦娥冤》中的窦娥，《救风尘》中的赵盼儿，《调风月》中的燕燕，《墙头马上》中的李千金等，但是以都市风月女性为多，而大笔书写农村普通家庭女性的作品却为数极少，恐怕只有石君宝的《秋胡戏妻》。在这个意义上说，这本杂剧在中国戏剧史上有着较为特殊的意义，是应该充分肯定的。①

## 第五节　郑光祖、秦简夫与元后期杂剧作家

### 一、杂剧南移与衰落

元统一全国后,由于南方城市经济的固有优势,北方杂剧作家纷纷漫游或迁居南方,南方籍文人也纷纷染指杂剧创作。大致到元祐年间以后,杂剧创作活动的中心逐渐由大都转移到杭州。此时到元末是元杂剧的后期阶段。

元后期杂剧作家作品的数量明显不及前期多,尤其是杰出作家和优秀作品的数量,更难以和前期相比。所以,一般认为元后期杂剧创作已呈现衰退状态,但这一时期也有新的时代特点的重要作品。

元杂剧在城市经济发达的南方未能获得更大的发展并最后衰落,有多方面的原因:

第一,杂剧虽然在元统一以后成为全国性的文艺样式,但它毕竟原产于北方,和北方的方言、音乐、民俗文化有密切的联系。杂剧创作的中心转移到南方以后,对它的继续生长必然有所不利。

第二,虽说杂剧作为主要戏曲种类的地位一直延续到明代前期,但它最后还是被从南戏发展起来的传奇所取代,这和地方文化的背景显然有很大的关系。

第三,元代后期尽管有不少南方文人参与杂剧创作,但最重要的作家如郑光祖、秦简夫、乔吉、宫天挺,都是流寓江浙一带的北方人。也就是说,南方最有才华的文人并没有进入杂剧的领域。所以,我们看到元后期江浙一带的诗文创作有很显著的发展,文人的自我意识不断强化,但这些在杂剧中的表现并不突出。

第四,自元中叶以后,蒙古统治者认识到儒家思想体系在巩固封建政权方面的作用,开始大力提倡中国传统的以"三纲五常"为核心的伦理道德,提倡程朱理学,有意识地利用杂剧褒奖和推广那些宣扬孝悌忠信、有利于封建统治秩序的杂剧作品,像鲍天祐的《史鱼尸谏》,就曾由朝廷下诏,"诸路都教唱此词"(明朱有燉《元宫词》)。这些都造成元后期杂剧中鼓吹陈腐的道德的内容明显增多。

但与此同时,在商业高度发达的南方城市所形成的元后期杂剧,又不可避免地受这种地域文化特点的影响,反映商人的社会活动以及生活理想,渗透了活跃的时代因素。像无名氏的《来生债》,虽是站在传统的农业社会价值观的立场来抨击金钱的罪恶,说"这钱呵使作的仁者无仁,恩者无恩,费千百才买的居邻。这钱呵动佳人有意郎君俊,糊突尽九烈三真。这钱呵将嫡亲的昆仲绝了情分",但这里确实写出了金钱的力量对封建伦常秩序的严重破坏。而秦简夫的《东堂老》则是从正面写商人的形象,对他们通过辛勤劳动积聚财富的谋生方式给予高度评价,成为文学史上引人注目的作品。

---

① 石君宝.石君宝戏曲集[M].黄竹三,校注.太原:山西人民出版社,1992.

## 二、郑光祖与《倩女离魂》

1. 郑光祖的生平与创作

郑光祖,字德辉,平阳襄陵(今山西临汾)人,生卒年不详。《录鬼簿》说他"以儒补杭州路吏。为人方直,不妄与人交","名香天下,声振闺阁,伶伦辈称郑老先生"。周德清《中原音韵》把他与关汉卿、白朴、马致远并列,后人称为"元曲四大家"。剧作见于著录的有18种,今存8种:《倩女离魂》《王粲登楼》《㑇梅香》《周公摄政》《三战吕布》《智勇定齐》《伊尹耕莘》《老君堂》。

2. 《倩女离魂》的文化意蕴

《倩女离魂》是郑光祖最优秀的剧作,也是元后期最杰出的爱情剧。它取材于唐人陈玄祐的传奇小说《离魂记》,极富浪漫主义色彩。

这部剧作写王文举与张倩女原系"指腹为婚",但张母嫌文举功名未就,不许二人成婚。文举被迫上京应试,倩女忧念成疾,灵魂离开躯体去追赶王文举,与之相伴多年。王文举中状元后,携倩女魂归至张家,离魂与病卧之身重合为一,遂欢宴成亲。作者对剧作的主要情节——离魂的处理相当出色:倩女的灵魂,无拘无束,自由自在,实际上是倩女痴情的升华和结晶,它象征着女性对爱情婚姻自主的热烈追求;倩女的躯体,备受煎熬,幽怨悱恻,正是处于封建桎梏下现实女性痛苦心态的真实写照。离魂的巧妙构思,确实蕴含着深刻的思想,闪耀着叛逆的光华。

郑光祖巧妙地利用故事原有的情节,从两方面写出旧时代女子在礼教扼制下的精神生活。一方面,倩女的离魂为追求自由的爱情和婚姻,也为了防备对方登第后另娶高门,大胆私奔,追赶情人;在受到王文举所谓"有玷风化"的指责时,她以"我本真情"为对抗的理由,坚决不肯回家。离魂代表了妇女们内在的欲望和情感的力量。而另一方面,倩女的身躯辗转病床,苦苦煎熬,寸步难行;当王文举寄信到张家,说要和妻子(即倩女魂)一同回来时,病中的倩女之身并不知内中真情,以为他另有婚娶,不由得悲恸欲绝,这一个倩女形象反映了妇女们在婚姻方面受抑制、受摧残而不能自主的可悲事实。所以,这一剧作不仅情节离奇,而且在离奇的情节中表现了较为深刻的内涵。在根本上,它指出了人的天然情感的不可抑制,正如倩女所唱的"你不拘箝我可倒不想,你把我越间阻越思量",伸张了人们追求自由幸福的权利。

3. 《倩女离魂》的艺术特色

首先是构思奇特,情节新颖。作品写倩女,一会儿是魂,一会儿是身,一会儿在外地,一会儿在家里,两两映照,相得益彰,同时这些虚虚实实、扑朔迷离的情节,造成了强烈的悬念。其次是描摹人物心理,细致入微。再次是曲词秀美婉转,清丽流便,充满浓厚的抒情气息。第二折写离魂月夜追赶王文举的情景,曲词和宾白水乳交融,如行云流水,一气呵成,把倩女焦急盼望的心理,慌忙赶路的情形,以及江岸月夜的景色都描绘得十分细致逼真。尤其是写离魂追到江边的几支曲,充满了诗情画意。

## 三、秦简夫的《东堂老》

1. 作者和《东堂老》的内容

秦简夫,大都人,后流寓杭州,生平不详。剧作见于著录的有5种,今存3种:《东堂老》《剪发待宾》《赵礼让肥》。

《东堂老》是元后期杂剧中具有独特意义的作品。该剧演叙浪子扬州奴挥霍荡尽房屋钱财,东堂老帮他恢复家业的故事。剧中写富商赵国器因儿子扬州奴不肖,临终前向人呼"东堂老"的好友李实托子寄金。后扬州奴交结无赖、肆意挥霍,终于沦为乞丐,他所卖出的家产被李实用赵国器所留下的银钱买进。

2.《东堂老》的成就

《东堂老》的成就有四:

其一,严肃地提出了每个家庭都要面临的子弟教育问题,反映了富商大贾希冀家庭财产后继有人的问题;塑造了一个败家子的形象,一个浪子回头者的形象。在《东堂老》楔子中,赵国器在临死之前,对"有古君子之风"的李实述说了心中的担忧。剧作通过赵、李的对话,把郁积在人们心头的家产承继问题得以形象的展现。作品对扬州奴的转变亦写得合情合理,生活教训了他,东堂老点化了他,才使他浪子回头。

其二,正面描写了一个忠于友谊、诚实可信、见财不昧的儒商形象。正末东堂老是弃儒经商之人,他身上具有中国古代文化所提倡的君子之风,信守朋友之托,看重言诺之义。作者通过东堂老这一形象,传达了他对于儒学与现实生活结合问题的思考。

其三,剧作形象展示了城市经济发展后金钱在社会人生中的重大作用,赞美了经商致富的人生道路和商人阶层注重实际、刻苦耐劳的进取精神,表现了元代社会中商人和手工业者的人生观和金钱观。除《东堂老》外,郑廷玉的《看钱奴》、武汉臣的《老生儿》、张国宾的《汗衫记》等亦讲述了商人不同的生存故事。在《东堂老》中,作者借李实之口表达了商人的金钱财富观,以及财富在人生中的重大作用。

其四,作品取材现实,反映都市生活的一个侧面;舞台性强,关目安排近情近理,人物设置具有对比性,剧作充满浓郁的生活气息和喜剧意味。

### 作品学习

1. 关汉卿《窦娥冤》(第三折)
2. 关汉卿《救风尘》(第三折)
3. 关汉卿《单刀会》(第四折)
4. 王实甫《西厢记》(第三本第二折)
5. 王实甫《西厢记》(第四本第三折)
6. 纪君祥《赵氏孤儿》(第三折)

## 《窦娥冤》(第三折)鉴赏

《窦娥冤》全名《感天动地窦娥冤》,共四折一楔子。《窦娥冤》是关汉卿的代表作,也是我国古典悲剧的典范性作品。该剧写窦娥幼年抵债给蔡婆婆做童养媳,婚后丈夫早死,婆媳相依为命。地痞无赖张驴儿父子胁迫与她婆媳成亲,窦娥坚决不从。张驴儿欲药死蔡婆婆以逼窦娥就范,不料却毒死了自己父亲,遂又以此要挟窦娥,诬告于官。贪官桃杌不问青红皂白严刑拷打,窦娥为救婆婆屈招罪名,竟被冤判了死刑。窦娥临死前发下三桩誓言,后都灵验。3年后,她当了大官的父亲为她平反昭雪。窦娥的悲剧不仅是一个善良者被毁灭的悲剧,而且是一个抗争者被毁灭的悲剧。它不仅使人产生悲哀之情,更令人激起悲壮之气。因此,《窦娥冤》是中国式的悲剧。

第三折戏写窦娥负屈含冤被押赴刑场惨遭杀害的经过,是全剧的高潮。情节较简单,但剧作家为了突出主题,对场面做了精心安排,对气氛加以铺张渲染,着力描写了窦娥行刑时的控诉与抗争,充分表现了窦娥的反抗性格,热情歌颂了被压迫人民刚正不屈的斗争精神,同时揭露和抨击了封建社会"官吏每无心正法,使百姓有口难言"的黑暗现实,具有强烈的现实意义。窦娥临刑前发下三桩誓愿:一要血溅白练,二要六月飞雪,三要亢旱三年。三桩誓愿一桩比一桩激烈而严厉。她不仅要昭示冤情,而且要迫令大自然改变常态来显示她的冤情之深,反抗之烈。这是窦娥生命最后一刻的抗争,也是对封建统治的有力挑战。三桩无头愿先后奇迹般地实现,表明窦娥正义抗争的力量,寄托了人民的理想和愿望。

本折突出的艺术成就:其一是成功塑造了窦娥的光辉形象,生动地刻画了她善良厚道又刚强不屈的性格,展现了她从相信天命到觉醒,继而奋起反抗的过程,说明了人民是不甘欺凌压迫的,深化了全剧的主题。其二是运用了浪漫主义的表现手法,以丰富的想象和夸张设计了三桩誓愿,让窦娥的反抗精神支配天地,获得天从人愿的结果,显示了《窦娥冤》"感天动地"的题意。其三是剧情发展有张有弛,跌宕起伏。途中哭诉场面,高亢激越,紧张急促;诀别场面,哀婉凄楚,徐缓低回;发誓场面,激情如潮,气势磅礴。其四是戏剧语言质朴自然,生动准确又酣畅淋漓,充分表现了本色派的特征。

## 《救风尘》(第三折)鉴赏

此剧为关汉卿喜剧的代表作。它的题目正名为:"安秀才花柳成花烛,赵盼儿风月救风尘。"所谓"风月救风尘",是指主人公赵盼儿以"风月"为手段,去解救同是沦落风尘中的姐妹。剧作虽是喜剧,其中也有悲剧意味。剧中写汴京妓女赵盼儿与宋引章结为姐妹,引章为浮浪子弟周舍的花言巧语所蒙骗,欲嫁与他以脱离风尘苦海。赵盼儿深知周舍之流的不可靠,劝说引章不要上当。引章执意要嫁,随周舍到了郑州。不出赵盼儿所料,周舍百般凌辱、虐待引章,在忍无可忍的情况下,引章写信求助赵盼儿,请她来郑州解救自己。赵盼儿准备好花红羊酒,赶到郑州,用计智赚周舍,救出引章,并帮助她与老实的秀才安秀实结为夫妻。《救风尘》写赵盼儿的侠义行为,一人一事,主题清楚,在结构上经过精心锤炼。此剧构思奇巧,曲词本色当行,体现了剧作家对下层妇女的深切同情,是思想性、艺术性结合得相当完美的杰作。第三折是喜剧性最强烈的一折。

## 《单刀会》(第四折)鉴赏

这是关汉卿著名的历史剧。剧作有力地突出了大义凛然的孤胆英雄关羽的形象,寄寓了作者强烈的民族意识。此剧结构布局独特,曲词慷慨苍凉,流传极为广泛,至今还活跃于各剧种戏曲舞台之上。它不仅是京剧红生戏的著名剧目,也是许多地方戏的保留剧目。剧写鲁肃为索回荆州,定计约关羽过江赴会,在席间暗设埋伏,欲加害关羽。他与司马徽、乔国老等一起商议时,遭到众人的责难。乔公与司马徽盛赞关羽忠义勇武,从侧面渲染关羽的英雄气概。不料鲁肃不听劝告,执意要计捉关羽。这里选的是剧作的第四折,写的是关羽充分估计了双方形势之后,义无反顾,从容赴会。他只带了周舍和几个随从,驾一叶小舟过江。宴会上,通过一番激烈的辩论,充分展示了关羽维护汉室基业的决心和威武的气势。最后在关平的接应下,关羽不辱使命,顺利渡江,回到了自己的驻地。

## 《西厢记》(第三本第二折)鉴赏

《西厢记》全名《崔莺莺待月西厢记》,共5本21折,属于多本连演型。该剧取材于唐代元稹的《莺莺传》,以金代董解元《西厢记诸宫调》为蓝本改写而成。王实甫的《西厢记》,较《西厢记诸宫调》情节结构更合理,矛盾冲突更集中,人物形象更鲜明,曲白也更优美动人。最值得重视的还是全剧的主题"愿普天下有情的都成了眷属"。有如青年男女的共同呐喊,鼓舞着后世叛逆者反对封建礼教的斗争。这里所选的是第三本第二折,俗称"闹简",是"旦本"戏,为红娘主唱。第三本题作《张君瑞害相思杂剧》。这一折为张生在老夫人"赖婚"之后,日夜思念莺莺,抑郁而病。莺莺派红娘去探望张生病情,张生遂请红娘给莺莺捎回一封简帖,莺莺猛地发现红娘在监视自己,叫住红娘,大发其火。当红娘说要将张生简帖拿去给老夫人看时,莺莺才又转而求红娘帮助遮掩。此折写人物细微的心理情态,极为传神。

## 《西厢记》(第四本第三折)鉴赏

这折戏习称"长亭送别",又称"哭宴"。崔莺莺和张生相爱,经过重重波折,不顾礼教束缚私定终身暗中结合。崔老夫人出于"遮丑"不得不认许婚事,但她不甘心把相国小姐下嫁白衣书生,就逼迫张生上京应试博取功名,以维护其家世利益,"送别"就是在此背景下展开剧情的。全折可分为四个层次:一是送别路上的场面,由科白和【端正好】等三支曲子组成,突出写莺莺愁苦哀怨的心境;二是饯别的场面,由科白和【脱布衫】以下八曲组成,刻画崔张二人缠绵依恋又无可奈何的情态、心理,突出莺莺轻名贱利鄙视世俗观念的思想性格;三是临别叮咛的场面,由科白和【四边静】以下六曲组成,表现莺莺对张生的关怀爱护和担心他"停妻再娶妻"的忧虑;四是末二曲写分手的场面,描绘莺莺伫立目送、依依难舍的情景。整折戏通过描写崔张浓厚的离愁别恨,进一步揭露了封建礼教的冷酷和门第观念的无情,歌颂了崔张坚贞的爱情,突出了莺莺的叛逆性格,深化了全剧的反封建主题。

这折戏体现了《西厢记》独特的艺术风格特色。首先是细腻的心理刻画。剧作家准确地把握了人物在送别环境中潜在的性格冲突和内心矛盾,生动地展现了人物微妙的心理状态。写作方法上:一是善于以景物衬托人物的心情,如【端正好】一曲描绘萧索凋零的深秋景象,渲染凄清悲凉的气氛,烘托了莺莺浓重的离愁;【一煞】和【收尾】两曲,写莺莺目送张生远去时,只见青山疏林淡烟暮霭,耳闻夕阳古道传来秋风马嘶声,生动展现了莺莺"离愁渐远渐无穷"的心境。二是善于通过细节和情态的描写揭示人物的心理,如【脱布衫】写张生的蹙额愁眉,【小梁州】写两人目光相遇,都非常生动细致地表现了人物的心情。三是让人物触景生情,直抒胸臆,直接揭示人物的内心。如【滚绣球】写莺莺见到柳丝而妄想它能系住张生的马,见到疏林则恨不得让它挂住斜晖,"听得道一声去也,松了金钏;遥望见十里长亭,减了玉肌";【叨叨令】写莺莺见到车儿马儿,更引发了她的满腔激愤。其次,本折语言既优美典雅又生动活泼。曲词熔铸了许多古典诗词的丽词雅句,流畅自然,优美和谐,具有音乐美感,充分显示了文采派的语言特色。

## 《赵氏孤儿》(第三折)鉴赏

《赵氏孤儿》是一部扣人心弦的历史悲剧。王国维在《宋元戏曲考》中曾指出,元杂剧中"最有悲剧之性质者,则如关汉卿之《窦娥冤》,纪君祥之《赵氏孤儿》"。以为将此二剧"列之于世界大悲剧中,亦无愧色也"。早在18世纪,此剧便流传到欧洲,法国大文豪伏尔泰还将其改变为《中国孤儿》。剧写晋灵公时,奸臣屠岸贾专权,残酷陷害忠臣赵盾,将赵氏满门抄斩。赵盾之子赵朔为晋灵公驸马,也含恨自杀。后公主生下遗腹子赵武,即赵氏孤儿。为了斩草除根,屠岸贾下令在全国搜寻赵氏孤儿。程婴冒险从宫中救出孤儿,又将自己亲生幼子冒充赵氏孤儿,藏于老臣公孙杵臼家中,并向屠岸贾出首。屠杀死假赵氏孤儿,公孙杵臼撞阶自尽。屠将程婴收为门客,并将程婴之子程勃(实即真赵氏孤儿赵武)认作义子收养。20年后,赵氏孤儿长大成人,程婴痛说真相,赵武遂杀了屠岸贾,为赵氏家族报了血海深仇。这个戏围绕着"搜孤""救孤"展开矛盾冲突,情节紧凑,波澜起伏,既丝丝入扣,又惊心动魄。第三折为程婴假意出首,带屠岸贾到公孙杵臼家搜孤,是全剧高潮所在。

### 延伸阅读

**1. 原典阅读**

(1) 阅读《元曲选》(臧懋循编,中华书局,1979年版),重点阅读与课本内容相关的重要作家作品。

(2) 阅读《元人杂剧选》(顾学颉选注,人民文学出版社,2010年版),掌握重点作家作品。

(3) 阅读《全元戏曲》(王季思主编,人民文学出版社,1999年版),了解元代戏曲基本面貌。

**2. 研究文献阅读**

(1) 阅读《宋元戏剧史》(王国维著,商务印书馆,1915年版),总结中国戏剧史的重要著作。

(2) 阅读《元杂剧史》(李修生著,江苏古籍出版社,1996年版),归纳总结关汉卿杂剧的艺术成就。

(3) 阅读《元杂剧与元代社会》(郭英德著,北京师范大学出版社,1996年版),归纳总结元杂剧与元代社会的关系。

(4) 阅读《元杂剧的文化精神阐释》(高益荣著,中国社会科学出版社,2005年版),从文化精神角度认识元杂剧。

### 拓展训练

1. 《窦娥冤》"感天动地"的悲剧效果主要表现在何处?试对比分析。

2. 郭沫若先生在《〈西厢记〉艺术上之批判与其作者之性格》一文中评价《西厢记》:"《西厢》是超过时空的艺术品,有永恒而且普遍的生命。《西厢》是有生命之人性战胜了无生命的礼教底凯旋歌、纪念塔。"请结合作品说说你的看法。

3. 试析纪君祥《赵氏孤儿》的悲剧性。

# 第二章　元代南戏

> 文学史

元代戏剧除杂剧外,还有南戏。如果说杂剧主要是北方北曲的话,南戏则是南方南曲,呈现出与杂剧不一样的风格。其中最有代表性的作品是高明的《琵琶记》。

## 第一节　南戏的演变与体制

南戏是南曲戏文的简称,因其主要用南曲演唱,为了区别元代兴起的北曲杂剧,后人称之为"南曲戏文",亦简称戏文,是宋元时用南方歌曲演唱的戏曲形式。它最初流行于浙江温州(旧名永嘉)一带,故又称"温州杂剧""永嘉杂剧"或"永嘉戏曲",经过长期发展,到元末趋向成熟,后来演化为明清戏剧的主要形式——传奇。

南戏产生于宋代,繁荣于元代末年。关于南戏产生的年代,祝允明《猥谈》说是北宋"宣和之后,南渡之际",旧题徐渭作的《南词叙录》则说始于南宋光宗朝,两者相差六七十年。又据刘埙《水云村稿》所述,南宋咸淳年间,所谓"永嘉戏曲"在江西南丰一带已经很流行。南戏最初是在温州一带民间歌舞的基础上形成的,此外,它吸收了宋词、诸宫调、唐宋大曲和宋杂剧的艺术成就而形成。然而,在宋代,南戏一直不为士大夫所重视,有时还遭到禁止,创作水平也未能得到显著提高,宋代南戏剧目留存极少,也和这有一定关系。元灭南宋以后,北方剧作家大批南下,杂剧占领了南方舞台,南戏虽不能与成就较高的杂剧相比,但仍有一定的民间基础,在南方的民间依然活跃。并且,北杂剧的南下使得南北戏曲有了更多的交流、融汇,对南戏产生了较大的影响,一些北方作家还参与了南戏声腔的改造和剧本的编写,这都使得南戏的艺术成就得到了明显的提高。到元末,《琵琶记》等剧本的出现,标志着南戏达到了成熟的阶段,并且为明清传奇的兴起奠定了基础。

南戏剧本保存下来的很少,宋元南戏由于长期流行于民间,不受文人士大夫重视,有剧本流传的仅19种,不足存目的十分之一,有残文佚曲流传的为130种左右。现存的南戏剧本,除《张协状元》《小孙屠》《宦门子弟错立身》等少数几种,大都经过明人不同程度的修改。《猥谈》和《南词叙录》中著录的最早的南戏剧目是《赵贞女蔡二郎》和《王魁》，但剧本已失传。现存最早的南戏剧本是《永乐大典戏文三种》，即《张协状元》《小孙屠》《宦门子弟错立身》。《张协状元》一般认为是宋代的作品，《小孙屠》和《宦门子弟错立身》则应是元代的作品。流传至今的十几种南戏剧本中，元末明初流行的《荆钗记》《白兔记》《拜月亭记》《杀狗记》这四大南戏和高明的《琵琶记》较为著名。

南戏的体制与杂剧有很大不同，它在各方面都比杂剧要自由。它的曲调配合虽有一定的惯例，却没有严密的宫调组织，以南方歌曲为主，有入声，曲词组织一般有引子、过曲、尾声；其剧本结构也不像杂剧那样因为受音乐限制而形成"四本一楔子"的固定模式，而是以人物的上下场的界线分场，可长可短，以出为单位，可十几出至几十出，第一出为副末开场介绍剧情，从第二出开始才是正戏；在演唱方面，它也不像杂剧那样每本戏规定只能由一个角色主唱，而是各个角色均可演唱，还可合唱、伴唱等，能把曲、白、科有机地结合起来；在角色上，它主要有生、旦、净、丑、末、杂。到了明代，杂剧渐渐衰微，从南戏发展而来的"传奇"终于取代了它的地位，这和南戏的自由体制有一定的关系。

## 第二节　高明和《琵琶记》

高明(1305？—1359？)，字则诚，自号菜根道人，浙江瑞安(今温州)人。生卒年不详。其弟高旸生于大德十年(1306)左右，高明的生年当距此不久；卒年有至正十九年(1359)和明初两说。他出身于书香门第，自少即以博学著称，是理学家黄溍的弟子，受儒家思想影响较大。至正五年(1345)中进士后，曾在浙江、福建等地任职，先后任处州录事、江浙行省椽吏、浙东阃幕(统帅府)都事、福建行省都事等职，为官清廉，不畏权贵。曾参与征讨元末起义军，后避乱隐居明州(今宁波)，以词曲自娱。作品有南戏《琵琶记》《闵子骞单衣记》，另有诗文集《柔克斋集》，保留下来的诗文有50多篇。

从高明的诗文中可看出，他对仕途险恶有一定的认识，同情百姓，向往留恋田园生活。另外，他也写了些表彰孝子节妇的诗文，希望通过宣扬儒家传统道德来纠正"恶化"的风俗、调和社会矛盾，这不仅是他的社会理想，也是他创作《琵琶记》的基础。

《琵琶记》取材于宋代南戏《赵贞女蔡二郎》，是对《赵贞女蔡二郎》的改编。《赵贞女蔡二郎》写赵五娘和蔡伯喈的故事。蔡伯喈即蔡邕，东汉末著名文人。民间传说中的蔡伯喈只是假借了历史人物之名而已，主要故事情节是作者的再创作。根据元曲及民间其他艺术资料所提及的情况，我们可以知道早期民间流传的蔡、赵故事的梗概：蔡伯喈上京赶考，一去不回，不顾父母，又遗弃妻子，致使神天震怒，最后被暴雷震死，是个不忠不孝的反面人物；赵五娘则孝顺公婆，勤俭持家，艰辛度日。公婆去世，她罗裙包土，替公婆筑坟，然后背着琵琶上京寻夫，蔡伯喈却不相认，还放马踩踹。赵五娘是个孝顺贤惠但命运悲惨的妇女形象。

赵贞女蔡二郎的故事在宋代就已成为民间传唱和戏文的题材，至《琵琶记》，高明从主题到人物都进行了重大改造，将蔡伯喈弃亲背妇的负心故事改变为蔡伯喈全忠全孝、大团圆结局的故事,于是作为反面人物的蔡伯喈就被改造成一个忠孝双全的正面人物,把他抛弃家庭、停妻再娶处理为被人胁迫而不得已,宣传了"忠孝节烈"的封建伦理道德观念。

《琵琶记》这部作品不仅为书生的负心开脱,更是把主题转到弘扬忠孝方面,高明在《琵琶记》的开头写道:

秋灯明翠幕,夜案览芸编,今来古往,其间故事几多般。少甚佳人才子,也有神仙幽怪,琐碎不堪观。正是不关风化体,纵好也徒然。论传奇,乐人易,动人难,知音君子,这般另眼儿看。休论插科打诨,也不寻宫数调,只看子孝与妻贤。骅骝方独步,万马敢争先?

在这个开场词中,作者批评一般的戏剧"少甚佳人才子,也有神仙幽怪,琐碎不堪观",宣称"不关风化体,纵好也徒然",表明他有意识地利用戏剧作为道德教化的工具。然而,作者的创作意图和作品的客观效果存在一定的矛盾,蔡伯喈饿死父母,停妻再娶;身在朝廷,心在江湖,身不由己,非忠非孝。因此,作品也触及一些较为深刻的社会问题,引发人们的思考,让人们看到了作品所体现的悲剧性。

据钱南扬《元本琵琶记校注》,此剧共42出。在这部《琵琶记》中,通过蔡伯喈的遭遇,作者主观上描写了封建士大夫的孝,把孝与功名连接在一起,但客观上又揭示了"忠"与"孝"这封建时代两大基本伦理观念的冲突。在蔡伯喈赴考之前,他的家庭风平浪静,生活和谐。当皇帝"出榜招贤"以后,尽管蔡伯喈不想去赶考,无意于功名,但蔡父不同意,并以"脱白挂绿,济世安民,这才是忠孝两全"为理由,迫使他上京赴考。考中状元以后,牛丞相强迫他入赘相府,他因已有妻室不肯入赘,牛丞相不从,并以不得违背圣旨为由,用君命和权势来使他屈服。蔡伯喈思念父母、妻子,于是向皇帝辞官,被皇帝以"孝道虽大,终于事君"的理由驳回。辞考不从、辞婚不从、辞官不从,使蔡伯喈无法照顾家庭、奉养父母,结果父母在饥荒中死去。这就是所谓"只为三不从,做成灾祸天来大"。这"三不从"为他的忘恩负义找到了借口和外因,成全了他忠孝的美名,但"三不从"也让人看到由于他的软弱、忍让等,使他失去了主宰自己命运的权利,这不仅使其生活在矛盾、苦闷之中,也造成了家庭的悲剧。在封建时代正统观念中,忠、孝原为一体,但作者却注意到两者之间的矛盾,尤其是政治权力的绝对要求对家庭伦理的破坏,这反映了知识阶层在维护家庭和服务于政权之间常常会出现两难选择。"三不从"的情节反映了以蔡公、皇帝、牛丞相为代表的纲常伦理对蔡伯喈个人意志的压迫。"三不从"的叙写,不管是作者的主观意图还是作品的客观体现,它都揭示了现存道德体系的不完善乃至虚伪和罪恶,对父母的孝、对妻子的义与功名富贵不能两全的悲剧,使蔡伯喈陷入终身遗恨之中。

赵五娘是《琵琶记》中着力刻画的人物之一。她孝顺、善良,在饥荒年岁,典尽衣衫,自食糠秕,独自奉养公婆,后又安葬筑坟,忍受了常人无法承受的磨难,体现了古代劳动妇女的优秀品德,是古代劳动妇女的典型形象。

封建时代的平民阶层,一些妇女往往是家庭的真正支撑者,她们坚韧不拔、忘我牺牲、奉养老人、抚育子女,使丈夫能够在外界获得成功。在这个过程中,她们往往需要忍受巨大的痛苦,赵五娘的形象就具有一定的代表性及典型意义。《琵琶记》所刻画的赵五娘,被丈夫遗弃却必须奉养公婆,家境贫寒、遭遇灾年、被冤枉猜疑……生活在苦难之中,却忍别人所不能忍。她原本希望"偕老夫妻,长侍奉暮年姑舅",甘守清贫的生活,但这样的生活也无法持续,面对蔡公逼试,她也曾想要拉伯喈去劝说蔡公,但欲行又止,生怕被责不贤。伯喈被迫赴试后,照看公婆的责任全部落在她的身上。礼教的熏陶,家庭的责任,使她不得不咬紧牙关,只能做个贤惠的孝妇。从作者的本意来说,对赵五娘这样的人物是有同情的,她尽心尽力、自食糟糠,却无法把握自身的命运。赵五娘的不幸,也是礼教纲常所造成的,作品通过严酷处境的描写,突出了她的美好品格,但这个品格是以男性社会要求妇女以自我牺牲来维持家庭为核心的。作者在赵五娘的性格中加入明确的道德自觉与道德说教,赵五娘的种种行为就是"代夫行孝",这是妇女的本分,原因是"奴须是你孩儿的糟糠妻室",这就超越了对生活本身的关注而成为理念的表达,成为一种道德宣讲。

《琵琶记》在艺术上取得了较高的成就。作品的戏曲冲突颇有特色,结构上是双线交叉的结构,它的情节虽然存在某些漏洞,但总体而言,整部剧情对赵五娘和蔡伯喈不同遭遇的双线并行发展的处理收到了良好的效果。一条线是蔡伯喈离家后在京城中状元,享受荣华富贵,步步陷入功名的罗网,无奈又纠结;另一条线是赵五娘在家中的种种苦难,她含辛茹苦,在饥荒年月苦苦挣扎。作品中许多场面不断交错出现,相互映衬,对比强烈,一贵一贱,一乐一苦,表现出人物性格和命运的巨大差异,给观众以强烈的感受。

《琵琶记》在人物塑造上也取得了较大的成功,作品能够注重人物的心理刻画。从人物形象来说,虽然夹杂了一些理念化的成分,包括道德说教,但无论是赵五娘的默默忍受苦难,还是蔡伯喈进退两难的矛盾心理,都有其真实的生活基础。作者为了达到"动人"的目的,较为细腻地展现了他们的性格特色和细微的心理活动,使之有血有肉,不因为说教的目的而变得苍白空洞。尤其是善于描写环境,以凄苦的环境烘托苦情,以情动人,塑造了赵五娘历尽苦难的悲剧形象。

《琵琶记》的语言以质朴自然为主,不论曲和白都比较接近口语,"都在性情上着工夫,并不以词调巧倩见长"(毛声山评本《琵琶记·前贤评语》引汤显祖语),同时兼有文采之美,兼顾不同人物的身份和具体环境,能够比较深入地写出人物的心理和感情活动。如赵五娘的曲词多质朴自然,蔡伯喈的曲词多文雅绮丽,牛小姐的曲词则雍容华贵。整体上看,作品在语言个性化方面把握较好,大多符合人物的身份。

在声调格律方面,《琵琶记》成为各家曲谱选录的主要对象,人们谱曲也大多以它为依据。它改变了早期南戏不讲究宫调配合的做法,根据剧情的需要,考虑不同曲牌的特点,以及相互间合理的搭配,使之更加和谐。对句格、四声的运用,也比较严密细致。

《琵琶记》对后来戏曲的影响很大,它不仅是戏曲史上传演最广的作品之一,也是人们案头阅读的重要对象。它使南戏从民间俚俗的艺术形式发展到成熟的阶段,并且影响了整个明代的戏曲,是明代戏曲的先声,因而被日本青木正儿称为"南戏中兴之祖"(《中国近世戏曲史》)。

## 第三节 四大南戏及其他

"四大南戏"指《荆钗记》《刘知远白兔记》《拜月亭记》《杀狗记》,简称"荆、刘、拜、杀"。它们是元末明初南戏的代表作,这些剧作的传世剧本都经过明人的修改加工,已非原貌。"四大南戏"是明清两代戏曲舞台上非常受欢迎的剧目,其中以《拜月亭记》的成就最高。

《荆钗记》一般多认为是元人柯丹邱所作。全剧共48出,剧本写宋朝穷书生王十朋和大财主孙汝权分别以一支荆钗和一对金钗为聘礼,向富家女钱玉莲求婚,钱玉莲因王十朋是"才学之士",留下了他的荆钗。娶了钱玉莲之后,十朋赴京考中状元,万俟丞相想招他为婿,被他严词拒绝,于是遭到报复,被调至烟瘴之地潮阳任职。十朋在登第之后,曾去书给家中报喜,但家书被孙汝权截去,改为"休书",说已入赘万俟丞相家,提出与玉莲离异,玉莲不信"休书"是真,继母又威逼她改嫁孙汝权,无奈之下,玉莲投江自杀,被人救起。王十朋闻知玉莲死讯,誓不再娶。几经磨难后,夫妻二人仍以荆钗为缘,得以团聚。

《荆钗记》的开场"家门"声明此剧是为表彰"义夫节妇"而作,它的宗旨是提倡夫妇间的相互忠信,作品歌颂了坚贞不渝的爱情,对孙汝权之流也进行了揭露和谴责。在这个意义上,王十朋被塑造为与早期南戏中富贵易妻的蔡伯喈、王魁、张协等人物相对立的形象,剧中写他误闻玉莲死后立誓不再娶,甚至不顾别人"不孝有三,无后为大"的劝诫,更是把维护对亡妻的"义"和维护自身的情感放在了礼教规范和家族整体利益之上。而钱玉莲出于"烈女不更二夫"的信条自杀,虽是一种典型的"节妇"形象,但更多的是重情重义,体现了"富贵不能动其志,威逼不能移其情"的美好品质。剧作批判了当时社会上普遍存在的"富贵易妻""喜新厌旧"的不良风气,也反映了诸多涉及家庭伦理、家庭矛盾的社会问题。

《荆钗记》以荆钗为道具展开冲突,情节曲折,结构精巧,戏剧性很强,有较好的演出效果。但文辞较为粗糙,多用俚俗语言。

《刘知远白兔记》共33出,作者不详,是"永嘉书会才人"在《五代史平话》和《刘知远诸宫调》等作品的基础上编撰而成的,带有民间文学的特点,现存的几种明代加工本情节稍有差异。刘知远为五代后汉开国皇帝,出身低微但登上皇帝宝座,他的传奇故事一直是人们喜闻乐道的。《刘知远白兔记》中所叙的故事与史书记载有所不同:刘知远未发迹时落魄潦倒,后被李文奎收留做佣工,李文奎见他身有帝王之相,就将女儿李三娘嫁给他。入赘李家后,刘知远不堪忍受三娘兄嫂李洪一夫妇的欺侮,被迫从军,被岳师府招赘,建立功业,从而"发迹变泰"。而李三娘在李文奎死后,因不肯顺从哥嫂改嫁,受尽欺凌,日间挑三百担水,夜间推磨到天明,在磨房生下儿子咬脐郎后,托人送至刘知远处。16年后咬脐郎长成,外出打猎,因追猎一只白兔,遇到了在井边汲水的母亲,母子相会,终于全家团圆。

《白兔记》体现了作者"贫者休要轻相弃,否极终有泰时,留与人间作话题"的创作意图,是一部平民意识明显的作品,体现了下层民众的愿望。作品也成功地塑造了李三娘这一角色,她淳朴、善良、勤劳,是个个性突出又具有典型性的农村妇女形象。李三娘的遭遇在封建社会里很有代表性,能反映底层妇女的悲惨境况。而对于刘知远形象,作者更多体现出民间传奇的特点,他命运的改变正是底层民众内心的向往。另外,剧中写李洪一夫妇的贪婪狠毒,以种种刁钻的方法欺凌刘知远和李三娘,亦表现出民众鲜明的爱憎。

此剧富有民间文学的特色,语言质朴顺畅,刻画人物、编排情节生动自然,许多细节散发出古代农村生活的气息,如"报社""祭赛"等出。

《拜月亭记》(又名《幽闺记》),全剧共40出,前人多认为是元人施惠所作,尚难确定。原本已佚,比较接近原貌的是明世德堂刻本,其他传本大多题为《幽闺记》。《拜月亭记》是根据关汉卿的同名杂剧《闺怨佳人拜月亭》改编而来,人物、情节、主题思想均与关作大略相同,曲文也有部分沿袭,此剧虽是改编之作,却受到很高评价,是四大传奇剧中成就最高的作品。

《拜月亭记》以金末战乱为背景,描写了蒋世隆、王瑞兰在战乱中历经悲欢离合的爱情故事。金主听信谗言,杀了主战派大臣陀满海牙,并将之满门抄斩。海牙儿子兴福在逃亡途中被秀才蒋世隆所救,并与之结为兄弟,后来兴福上了山寨。金主迁都汴梁,广大民众随之南逃。兵部尚书王镇的女儿王瑞兰在逃难时与母亲失散,邂逅书生蒋世隆,于是在战乱中结为夫妇,后其父王镇出使回来在旅店偶遇瑞兰,反对女儿嫁给穷愁潦倒的世隆,强行将瑞兰带走,瑞兰被迫与蒋世隆分离,随父回家。蒋世隆的妹妹瑞莲也在战乱中失散,遇到王夫人,被认作义女,到了王镇府中。战乱停息后,王镇一家在汴京团聚,王瑞兰思念蒋世隆,焚香拜月,祈祷夫婿平安、早日团聚,被瑞莲窃听,始知彼此原是姑嫂。不久,朝廷开科取士,蒋世隆和结义兄弟兴福分别中了文、武状元,王镇奉旨把他俩招赘为婿,于是夫妻兄妹大团圆。

关汉卿的《闺怨佳人拜月亭》以四折的短小体制写两对青年男女在战乱时代背景中的婚恋故事,难以将情节充分展开。而到了南戏《拜月亭记》中,由于扩大了规模,又不受主唱角色的限制,因而在描写上能够更加生动、细腻,更注重人物心理的刻画,以及抒情写意,剧情的发展也显得起伏跌宕、波澜层叠,这是它的成功之处。

《拜月亭记》在悲剧性的事件中增添了很多喜剧成分,成功运用了许多巧合、误会、偶然,而且这些巧合、偶然以战乱为背景,就有了生活的依据,具有了真实性,加上机智有趣的对话,以及插科打诨的手法,使这出戏表演起来有更多的娱乐性。

《杀狗记》全剧共36出,相传为元末明初徐仲由所作,与后期杂剧作家萧德祥的《杀狗劝夫》情节大致相同。剧中写东京富家子弟孙华交结市井无赖柳龙卿、胡子传,日夜沉湎于酒色,并受他们的挑拨而将胞弟孙荣赶出家门。孙华妻杨月贞为了劝夫悔改,杀了一条狗扮为人尸放在门外,使酒醉归来的孙华误以为祸事临门。他的那帮市井朋友不但不肯应邀帮忙,反向官府告发,还是弟弟孙荣不计前嫌,为他"埋尸"避祸,还在官府面前主动承担杀人罪名。最后真相明了,兄弟重归于好。这是一出家庭伦理剧,强调了稳定的家庭秩序的重要,提倡"亲睦为本""孝友为先""妻贤夫祸少"等伦理信条。虽然说教意味较浓厚,但却是针对因财产争执而使宗法家庭遭到破坏的现实,这是当时人们广泛关注的社会问题,有着很现实的意义。另外,杨月贞杀狗劝夫的贤妻形象的客观意义也值得肯定。在艺术上,此剧较为粗糙。全剧结构比较松散,语言通俗、质朴,具有民间文学的特点,但锤炼不够,运用典故也过多。

### 作品学习

高明《琵琶记》第二十出"五娘吃糠"

## 《琵琶记》第二十出"五娘吃糠"鉴赏

《琵琶记》中的赵五娘是恪守"三从四德""有贞有烈"的传统妇女形象,在饥荒的年月自食糠秕、孝敬公婆、甘愿忍辱负重,剧中第二十出"五娘吃糠"就是其形象特征最好的写照。本出上半场一出场就先写出了生存环境的恶劣和赵五娘的无奈与艰难:"乱荒荒不丰稔的年岁,远迢迢不回来的夫婿。急煎煎不耐烦的二亲,软怯怯不济事的孤身己。"饥荒的年月,贫苦的生活,使她几乎要卖了自己,但自己是不能卖的,因为还要照顾公婆,日子再艰难她也要扛下去,行孝是她的本分,原因很简单:"奴须是你孩儿的糟糠妻室!"本出戏文中,最值得称道的是一连用了三支【孝顺歌】来详细描写五娘吃糠的情景,并以糠自比,吃糠行孝:

【孝顺歌】呕得我肝肠痛,珠泪垂,喉咙尚兀自牢嘎住。糠!遭砻被舂杵,筛你簸扬你,吃尽控持。悄似奴家身狼狈,千辛万苦皆经历。苦人吃着苦味,两苦相逢,可知道欲吞不去。(吃吐介)(唱)

【前腔】糠和米,本是两倚依,谁人簸扬你作两处飞?一贱与一贵,好似奴家共夫婿,终无见期。丈夫,你便是米么,米在他方没寻处。奴便是糠么,怎的把糠救得人饥馁?好似儿夫出去,怎的教奴,供给得公婆甘旨?(不吃放碗介)(唱)

【前腔】思量我生无益,死又值甚!不如忍饥为怨鬼。公婆年纪老,靠着奴家相依倚,只得苟活片时。片时苟活虽容易,到底日久也难相聚。谩把糠来相比,这糠尚兀自有人吃,奴家骨头,知他埋在何处?

这三支曲子,把赵五娘的苦楚表现得淋漓尽致,写赵五娘触物生情、从糠的难咽想到自己和糠一样受尽颠簸的命运,又从糠和米想到自己和丈夫的分离,引起对丈夫的思念和埋怨,以及对未来生活的悲观绝望。以通俗的口语抒写心中所想,委婉尽致,生动细腻。朝廷"皇榜招贤"和公公逼试,将她与夫婿"簸扬作两处飞",她守礼行孝,却"吃尽控持"。这段五娘吃糠的苦情戏,不仅歌颂了赵五娘的传统美德,而且揭露了封建社会和伦理纲常带给女性的痛苦。戏文的下半场,既赞扬了乡邻张广才的急人之难、好义乐施,又借张广才之口赞扬了赵五娘的贤惠,反映了作品的价值取向和主旨。

### 延伸阅读

1. 原典阅读

（1）阅读《元本琵琶记校注》（高明撰，钱南扬校注，上海古籍出版社，1980年版），了解南戏的体式、体制，并理解《琵琶记》中的人物形象。

（2）阅读《宋元四大戏文读本》（俞为民校注，江苏古籍出版社，1988年版），了解四大南戏的主要内容。

2. 研究文献阅读

（1）阅读《戏文概论》（钱南扬著，上海古籍出版社，1981年版），归纳总结戏文概念，了解南戏（戏文）起源、发展情况，比较戏文与杂剧体制的不同。

（2）阅读《南戏论丛》（孙崇涛著，中华书局，2001年版），收入研究论文23篇，可重点阅读《中国南戏研究之检讨》《中国南戏研究再检讨》《宋元南戏简述》《明人改本戏文通论》《关于"南戏"与"传奇"的界说》等篇。

（3）阅读《宋元南戏考论》（俞为民著，台湾商务印书馆，1994年版）。

### 拓展训练

《琵琶记》通篇强调"子孝""妻贤"，并赞扬"有贞有烈赵贞女，全忠全孝蔡伯喈"，但徐渭却说："《琵琶》一书，纯是写怨：蔡母怨蔡公，蔡公怨儿子，赵氏怨夫婿，牛氏怨严亲，伯喈怨试，怨婚，怨及第，殆极乎怨之致矣！"剧中的蔡伯喈也曾想辞考、辞官、辞婚，但"三不从"却把他推入两难选择，在成就其忠孝美名的同时，也让他承载了家庭的悲剧和个人内心极大的痛苦，君臣父子的纲常伦理支配和规范着蔡伯喈的行为，个人的情感、个体的命运无不屈从于封建伦理，剧中不仅体现出了"忠"与"孝"的矛盾，也让读者看到了皇权政治对家庭伦理的破坏。结合剧中蔡伯喈的形象及其悲剧意蕴，就戏文的"忠""孝"内涵及封建伦理道德的虚伪与矛盾展开讨论。

# 第三章　元代散曲

> 文学史

　　"元曲"一词,包括两种文学体裁:一是杂剧,一是散曲。散曲是金元之际兴起的诗歌体裁,有其独特的存在意义和鉴赏价值。作为"一代之文学",散曲在风格和韵味上迥别于诗、词。大体说来,"诗、词贵韵雅,散曲贵俚俗;诗、词贵含蓄,散曲贵直露;诗、词贵庄洁,散曲贵谐谑;诗、词创新求奇贵在不失大方,散曲却提倡以尖巧来出奇制胜"。"诗词的美感往往出自思辨,元散曲的审美却端赖于其自身的风调。"①散曲能在有元一代成长壮大并高度繁荣,同元代的社会文化环境有莫大关系。在商品经济活动中日益壮大的市民阶层的接受趣味,为散曲创作注入了新的审美活力与艺术营养;元代封建传统观念的束缚与控制较为松动,客观上纵容了散曲在思想内容上的离经叛道倾向。散曲兴盛以后,曲坛上作者如林。他们驰骋才思,以曲体抒发感情,反映生活,使散曲逐渐与诗、词呈现出鼎足三分之势。

## 第一节　散曲的兴起和特点

　　散曲是有元一代文苑里的一棵奇葩。② 元人罗宗信《中原音韵序》开宗明言第一句话就是:"世之共称唐诗、宋词、大元乐府,诚哉。"③这是今所见最早将唐诗、宋词、大元乐府并称的人。所谓"世之共称",一可足见当时持此论者甚多,二可证明其已与唐诗、宋词形成鼎峙之势。"大元乐府"就是后人所习称的"元曲",包括两种不同的文学体裁:一是杂剧,有曲有白,是代言体的综合艺术,属于戏剧的范畴;另一种就是散曲。散曲是元代新出现的韵文体裁,以叙事、抒情为主。它继承了中国古典诗歌的传统,与唐诗、宋词一脉

---

① 史良昭.元曲三百首注评[M].西安:太白文艺出版社,1997:前言6.
② 梁乙真.元明散曲小史[M].北京:商务印书馆,1934:1.
③ 罗宗信.中原音韵序[M]//中国戏曲研究院.中国古典戏曲论著集成(一).北京:中国戏剧出版社,1959:177.

相承,而又有所变革、有所发展,同时还从俚歌俗谣以及宋元时蓬勃发展起来的说唱、戏曲等文艺形式中吸收了丰富的养料,最终形成了独特的诗歌形式。①

"散曲"一词最早见于明朱有燉编纂的戏曲别集《诚斋乐府》。在定名之前,又称"北曲"②"新诗体""词余""乐府""俚歌""散套""清曲"……称名颇多。散曲称名之复杂,说明它的文体意识存在着不确定性和无法自觉的某种文类问题。而"乐府"这一元人自我作祖的专称,强调了它必经文学之陶冶,与"原为一切诗歌之叶乐者"③的乐府之本义也相去甚远,透露出它与民歌谣曲、街市俚调貌合情殊的意味。④ 被称作"词余"的散曲与词也确实有一定的渊源关系。"首先,它与词一样,是长短句的诗歌形式,这种形式顺应诗歌发展更趋语体化的倾向,也符合诗歌合乐的要求。而曲与词相比,则更能尽长短之变,尤其是曲有衬字,依句法变化更为丰富。其次,曲与词都是依声填词的诗歌形式,从音乐上可以找到词与曲的渊源关系。⑤ 据《中原音韵》所记,曲有十二宫三百三十五个曲调。其中出自大曲的十一调,出自唐宋词调的七十五调,出自诸宫调的二十八调。"⑥这些都可以看到散曲从词演化而来的痕迹。

甚至可以说,散曲是宋词与民歌俗曲互相渗透融合的产物。原产生于民间、配乐歌唱的"词",自中唐以后逐渐从民间作者的口头转入文人手中,经过题材和艺术上的改造提升,成为"别具一家"的新诗体,在宋代取得了统治地位。到了南宋后期,由于政权衰微和政治腐败,封建士大夫开始脱离社会现实、片面追求形式美,把词作为庸常生活的点缀品。⑦ 经过姜夔、吴文英等格律派诸家的陶冶后,词的体裁日益严格,音律愈加讲究,已成为一种"不可被之弦管"的用以吟诵的体裁,逐渐向脱离音乐的单纯书面文学的方向发展,以致失去了诗体解放的原始意义,亦不复有最初的蓬勃朝气。这最终使原来妇幼皆晓的通俗文学与普通民众完全隔绝开来。⑧ 在这种情况下,词走到了精致之极而不得不

---

① 邓绍基.元代文学史[M].北京:人民文学出版社,1991:295.
② 曲有"南曲""北曲"之分。南曲兴起于南宋,流行于浙东一带。北曲兴起于金、元,随着元蒙统一全国,由北方流行到南方。元朝一代,是北曲盛行的时代。乡土习俗、语音腔调不同导致"南曲""北曲"的音乐风格差异明显。南曲用五声音阶,声调比较柔和婉转,文字比较婉约雅致,音乐以江浙一带语音为准,有平上去入四声,以箫、笛为主要伴奏乐器;北曲用七声音阶,声调比较刚劲质朴,文字比较奔放利落,用韵以"中原音韵"为主,无入声,以琵琶、三弦为主要伴奏乐器,故有"弦索调"之称。(参见章荑荪.诗词散曲概论[M].合肥:安徽教育出版社,1989:160.)
③ 任讷.散曲概论(卷一)[M].北京:中华书局聚珍仿宋版,1931:14.
④ 丁淑梅.中国散曲文学的精神意脉[M].北京:中国文联出版社,2001:1.
⑤ 最早研究元北曲音乐渊源的是王国维。他在《宋元戏曲考·元杂剧之渊源》中考定,元曲曲牌中出于大曲者11调,出于唐宋词者75调,出于诸宫调者28调,计114调,占曲牌三分之一。(参见王国维.宋元戏曲史[M].上海:上海古籍出版社,1998:63-65.)当代学者赵义山在《元散曲通论》中认为,元北曲出于唐宋大曲14调,出于唐宋词者107调,出于唐宋教坊曲者7调,出于诸宫调者30调,出于宋戏艺及金院本者15调,可能出于宋俗曲者4调,计177调。(参见赵义山.元散曲通论(修订本)[M].上海:上海古籍出版社,2004:57.)
⑥ 邓绍基.元代文学史[M].北京:人民文学出版社,1991:296.
⑦ 周成村.散曲漫谈[M].长沙:岳麓书社,1999:4.
⑧ 朱彝尊,汪森.词综[M].上海:上海古籍出版社,1981:5.

变的当口。人民群众必然要寻找一种能够担当起抒情咏物任务的新的诗歌体裁。① 市井歌伎乐工一方面在旧的歌曲——"词"中求变化,另一方面在新起的民间小调中挖掘材料。散曲就这样在民间逐渐萌发起来。

宋金以降,北方民间小曲融汇了南北民歌、曲艺说唱以及契丹、女真、蒙古等兄弟民族的乐曲,以其清新活泼的风格与贴近生活的表现内容而使人一新耳目。而弦索乐器上宫调的约定俗成与规范化,又使原先"唱曲有地所"的地域化格局得以被打破。依胡曲番乐与中原汉族地区原有的音乐相结合后产生的新曲新调填词,而被之弦索,发之歌咏,供歌唱而非吟诵,这就是最初的散曲。明人徐渭在《南词叙录》里曾对由乐曲的变化导致词的衰落、"曲"的繁兴有过精当的论述:"今之北曲,盖辽金北鄙杀伐之音,壮伟狠戾,武夫马上之歌,流入中原,遂为民间之日用。宋词既不可被管弦,世人亦遂尚此,上下风靡。"徐渭的这一看法大致是符合实际的。在民歌俚曲基础上发展起来的散曲一变而代兴,开始了元曲勃兴的时代。散曲大俗大雅,介在微芒,便是"文而不文,俗而不俗",以变化灵动与朴拙浑厚见长,气象一新,独标异格,成为中国古代韵文文体的最后一种形式,为业已叠彩纷呈的诗歌史更增异色,丰富和发展了中国古典诗歌美的形式和内涵。② 总的来说,散曲兴起于宋金元对峙时期的中国北方。它是中国古典诗坛不断推陈出新的成果,也是宋金时期北方各少数民族与汉民族文化相互融合的产物。

到了元代,文人写散曲已成为相当普遍的现象。这样,散曲就由"俗谣俚曲"正式成为文坛上被实际承认了的新的诗歌样式。

虽然广义的元曲包括杂剧和散曲,但散曲是诗的变体,元人重视的恰恰是所谓"大元乐府"的散曲,更何况散曲又是戏曲之本基,它不仅产生在剧曲之前,并且促进了戏曲的形成和发展。③ 与这种自由化、个性化的解放相适应,散曲在格律与字句上也有较大自由,如韵部放宽、平仄通押、不避重韵、活用衬字等。尤其是衬字的加入,在古典诗歌创作实践中开辟了一条在整体稳定中求得局部变异的蹊径,使句式更符合诗歌语体化的趋向,也将白话的优势发挥得淋漓尽致。

和词一样,原作为合乐之歌词的散曲,随着历史的变迁,逐渐发展成为和近体诗词一样的案头欣赏文学。散曲与格律诗词相比较,有许多共同之处,也有其本身固有的许多特点。明人王骥德在《曲律》中说:"吾谓诗不如词,词不如曲,故是渐近人情。夫诗之限于律与绝也,即不尽于意,欲为一字之益,不可得也。词之限于调也,即不尽于吻,欲为一语之益,不可得也。若曲,则调可累用,字可衬增。诗与词,不得以谐语方言入,而曲则惟吾意之欲至,口之欲宣,纵横出入,无之而无不可也。故吾谓:快人情者,要毋过于曲也。"他认为,从艺术表现上来说,曲比之于诗词,更显得自由,也更便于表现生活,抒发感情。

作为音乐文学的一个品类,散曲的体制主要有小令、套数两种体制。散曲有小令和

---

① 从艺术渊源来看,中国古代诗歌无论是《诗经》《楚辞》、汉魏乐府,还是近体诗、词,都可以合乐歌唱,都属古时歌曲的歌词。
② 王星琦.元明散曲史论[M].南京:南京师范大学出版社,1999:1.
③ 王星琦.元明散曲史论[M].南京:南京师范大学出版社,1999:2.

套数两种形式。燕南芝庵在《唱论》中说:"成文章曰'乐府',有尾声名'套数',时行小令唤'叶儿'。套数当有乐府气味,乐府不可似套数。"①小令,又称"叶儿",是散曲篇制的基本单位,也是散曲中最早产生的体制,是由民间小唱发展而来,也有不少是从唐宋词、大曲、诸宫调演化而来的。"散曲"一词本专指小令,是相对于套数而言的。其名称源自唐代的酒令,相当于词的一片、一阕。一支曲调,通常就是一首小令。单片只曲,调短字少是其最基本的特征。

小令中还有带过曲和重头小令。作家在创作散曲时,如果意犹未尽,可以在宫调相同、音律衔接的基础上,再用别一、二首曲牌,组成一篇,这就叫"带过曲"。带过曲最多不可超过三调,不然可作套曲。带过曲还必须一韵到底,不可换韵。两调的如【双调·雁儿落带得胜令】【正宫·脱布衫带小凉州】【双调·沽美酒带太平令】【中吕·快活三过朝天子】。三调的如【南吕·骂玉郎带感皇恩采茶歌】,都是常用曲牌。

重头小令是小令中的一种联章体,由同题同调、内容相连、首尾句法相同的数支小令组成。支数不限,最多可达百支,用以合咏一事或分咏数事。如张可久的【中吕·卖花声】《四时乐兴》,以四支同调小令分咏春、夏、秋、冬,构成一支组曲。

套曲,又称"套数""散套""大令"。套数之体式特征最主要的有三点:一、由同宫调的两个以上只曲组成。异宫调的曲牌如果管色相同,可以借宫。二、一般情况下,每套末应有尾声,如以带过曲作结,尾声可省略。三、全套必须同押一韵。套数是从唐宋大曲、宋金诸宫调发展而来。受南方音乐的影响,元末出现了南北合套,更丰富了套曲的形式。套曲是为了适应复杂的内容,合数支曲所组成的格式。在套曲中既可抒情,也可叙事,可以包括比较广泛的内容,不过从整体上看,它仍然与诗、词一样以抒情为主。同时,由于套曲的形式与剧套以及诸宫调等说唱形式相似,所以与小令相比,就语言和意境而论,更明显地带有戏剧、说唱等文学形式的特征。

散曲作为继诗、词之后出现的新诗体,在它身上显然流动着诗、词等韵文文体的血脉,继承了它们的优秀传统。然而,它更有着不同于传统诗、词的鲜明独特的艺术个性和表现手法,这主要表现在三个方面②:第一,灵活多变伸缩自如的句式。第二,以俗为尚和口语化、散文化的语言风格。第三,明快显豁自然酣畅的审美取向。总之,比之传统的诗、词,散曲身上刻有较多的俗文学的印记。它是金元之际民族大融合带来的乐曲变化、传统思想和观念相对松弛、知识分子地位下降、普通民众的欣赏趣味反馈于文学创作等一系列因素形成合力的产物。散曲以其散发着泥土气息和滋味的清新形象,迅速风靡了元代文坛,也使得中国文学的百花园里又增添了一朵艳丽的奇葩。

自散曲兴起以后,曲坛上作者如林。他们驰骋才思,以曲体抒发感情,反映生活,做出了显著成绩。据不完全统计,现存元代散曲小令3800多首,套曲470余套。散曲作家有200余人。需要指出的是,元散曲实际的创作数量是惊人的,仅在它的早期就有"词山

---

① 燕南芝庵.唱论[M]//中国戏曲研究院.中国古典戏曲论著集成(一).北京:中国戏剧出版社,1959:160.
② 袁行霈.中国文学史:第三卷[M].北京:高等教育出版社,2005:292-293.

曲海"和"三千小令"的记录。有元一代散曲作品的总量究竟达到了几位数,至今仍无法估测。① 遗憾的是,由于种种原因,散曲作品严重散失,传存至今者已不到5000篇。② 散曲作家大致可分为三类:一是身居高位的达官显宦,如杨果、刘秉忠、王恽、卢挚、张养浩;二是沉沦下僚的府曹小吏,如马致远、张可久等;三是终生不仕的文人,此类作家中,乔吉最为典型。

## 第二节  关汉卿、马致远与元前期散曲作家

元散曲创作的前期是《录鬼簿》所载"前辈已死名公"活动的时期,创作中心在大都。作家大都是北方人,既有杂剧作家、书会才人,也有达官贵人、文人雅士。早期的散曲还有较明显的受词影响的痕迹,至关汉卿、马致远的时代,散曲真正成熟并步入繁荣,散曲的题材特征、曲体风格正式形成,"文而不文,俗而不俗"的曲体语言也基本定型下来。此时从事散曲创作的主要是杨果、卢挚等兼作诗文和关汉卿、马致远等兼写杂剧的作家,专攻散曲的情况还不多见。作品的题材较之后期也偏于狭窄,最初多写男女恋情、歌咏四时风光,带有刚从民歌俚曲中脱胎出来的明显印记,同时也出现了以诗词绳曲的现象。

前期散曲的风格或质朴或清雅,以质朴本色、泼辣浑厚为主要特征。主要作家有关汉卿、王和卿、白朴、马致远、卢挚、张养浩等。作家中最著名的是关汉卿和马致远。

关汉卿留下的散曲作品数量不多,但是作为早期的作家,他擅长运用活泼灵动、豪放风趣的语言,为文人散曲建立一种独特的艺术风格。关汉卿散曲不及杂剧成就大,但写景抒情,佳作仍多,有的隽永清丽,有的豪放泼辣,艺术表现自然活泼,确立了散曲迥别于剧曲的、以自咏自娱为主的表现形式,为"本色派"风格的代表。《全元散曲》存其小令57首、套数13首。关汉卿的散曲,同他的杂剧有些地方是相通的:豪爽而带老辣,富有热爱人生、热爱生活的激情,对世事具有一种智慧的洞察力,常表现出诙谐的个性。语言虽以质朴自然为主,但在写爱情题材时,也有一种尖新流丽的特点。

关汉卿自称"普天下郎君领袖,盖世界浪子班头"。他的著名套数【南吕·一枝花】《不伏老》可视为自我的一篇宣言,我们也可以把它看作是关汉卿的一首自嘲诗。通过风趣的语言,铺陈的结构,真实而又不无夸张地再现了"我"一生的生活道路、思想性格、爱好特长,表明了"我"不伏老,希望终生浪迹青楼的意愿,旷达中包含着深沉的忧愤,个体形象中隐寓着有元一代知识分子的时代悲凉。第一曲是总括之笔,概括"我"的风流浪子生活。"折柳攀花""眠花卧柳",指出了"我"生活的独特性。"浪子风流",概括出"我"的思想性格的总特征。"半生""一世",强调时间之长,暗示自己"不伏老"的决心。第二曲具体描写"我"的浪子生活,明确地表达了自己"不伏老"的意愿。第三曲描写"我"的

---

① 杨栋.中国散曲学史[M].北京:高等教育出版社,1998:8.
② 隋树森《〈全元散曲〉自序》云:"共辑得元人小令3853首,套数457套,残曲在外。"后来虽偶有佚曲发现,综合统计仍未超过5000首。见《全元散曲》,中华书局1964年版。

丰富阅历,进一步表明"不伏老"的决心。第四曲是全曲的重点,具体描写"我"的浪子生活和精巧的技艺,表明"不伏老"的顽强意志和坚强性格。

从这篇散套的内容来讲,作者之所以"不伏老","愿朱颜不改常依旧",原因是要在"花中消遣,酒内忘忧",这实为用笙歌掩盖隐痛,用疏狂遮蔽牢骚。题目说"不伏老",可见人实际已经老了。表面说了那些豪言壮语,内心却很悲凉。这里面隐含着时代的苦闷和愤激,作品中的"我"有关汉卿自己的影子,也包括了与关汉卿同命运的书会才人的形象。

关汉卿散曲创作最多的题材是男女恋情,尤其以刻画女子细腻微妙的心理活动见长。如【双调·沉醉东风】:

咫尺的天南地北,霎时间月缺花飞。手执着饯行杯,眼搁着别离泪。刚道得声"保重将息",痛煞煞教人舍不得。"好去者望前程万里!"

这首曲写送别的场面和依依不舍的感情,真挚动人。男女离别的场面,是古代诗词中的常见题材,如柳永《雨霖铃》:"执手相看泪眼,竟无语凝噎。"周邦彦《蝶恋花》:"执手霜风吹鬓影,去意彷徨,别语愁难听。"此曲刻画入微处,可与柳词、周词相埒。但柳词、周词以含蓄蕴藉见长,关曲则有真率直白之味。整首小令只有50余字,明白如话,没用一个典故,然而情感却表现得深沉、真挚而强烈,从中我们可以看出关氏散曲自然本色的审美风格。

又如他的【仙吕·一半儿】:

碧纱窗外静无人,跪在床前忙要亲。骂了个负心回转身。我虽是话儿嗔,一半儿推辞一半儿肯。

此曲写的是男欢女爱,笔墨似乎有些粗俗,但其实写得真切感人,符合男女青年谈情说爱的行动和方式。此外,曲中情节转折颇多。起首两句的"静无人"与"忙要亲",是静动徐疾的气氛上的转折。男子情意绵绵兴不可遏,女子却骂他"负心",说明两人之间曾发生过误会或小摩擦,这是显晦正衬的用笔上的转折。女子"话儿嗔"且已"回转身",又心生悔意、怜意,以至"一半儿推辞一半儿肯",则是意象上的转折。从前半的动作叙写到后半的神情描摹,实现了艺术效果上的转折。元散曲求尖新、求奇巧、求化俗为雅或化雅为俗,往往都带有这种"多转折"的特点。

王和卿,生卒年不详,大名(今属河北)人。陶宗仪《辍耕录》记载其为人滑稽佻达,常与关汉卿互相讥谑,早于关氏去世。钟嗣成《录鬼簿》列他于"前辈名公",称他为"王和卿学士"。现存小令21首,套数1篇,另有两个残套。其作品带有滑稽调笑的特点,反映了作者疏狂放荡的个性。但有的作品从总体上看趣味不高,如【双调·拨不断】《王大姐浴房内吃打》【双调·拨不断】《胖妻夫》《咏秃》《胖妓》等,谑而鄙俗,更多地表现了市民意识和文化中庸俗的一面,但也透射市井文人的那种乐观、活泼、无所顾忌的个性,显示出散曲的娱乐性特征。王和卿今存的散曲多为小令,似乎器局不大,但他是一位富于独创性、具有良好气质的艺术家,有些作品取材于日常生活,寥寥数语,就能勾勒出一幅人物和小景的速写,洋溢出活泼、浓郁的意趣。如【仙吕·醉扶归】《失题》这首曲子勾画出女子闹别扭,男子沮丧、懊恼的情景,着墨不多,却风趣盎然。

## 第三章 元代散曲

白朴散曲附于词集《天籁集》后,内容多写恋情和风景,风格以婉丽隽美为主。现存小令 37 首,套数 4 套。白朴的散曲,和关汉卿、王和卿有所不同。他既受市井艺术的影响,又保持着对传统文学的爱好,所以俚俗和工雅在其作品中同时存在。如【小石调·恼煞人】《无题》套数写恋人相思之苦,既出现"残霞照万顷银波,江上晚景寒烟"这样文雅的景物描绘,又出现"狗行狼心,全然不怕天折挫"这样的市井咒骂。白朴自幼饱经丧乱,入元后不愿出仕而徙家金陵,与诸遗老放情山水之间,以诗酒为乐,一心追求高逸与潇洒。【双调·沉醉东风】《渔夫词》、【仙吕·寄生草】《饮》等作品都投射出作者的这番情思。如【仙吕·寄生草】《饮》:

长醉后方何碍,不醒时有甚思?糟腌两个功名字,酰渰千古兴亡事,曲埋万丈虹霓志。不达时皆笑屈原非,但知音尽说陶潜是。

虽名饮酒,但所谈都不是饮酒的乐趣。诗人对现实不满,只有向酒里寻求解脱。醉能遣百愁,功名、兴亡、志向,这些常人难以忘怀的事情,都可借酒了之。结语"笑屈原非","说陶潜是",都旨在点出"醒不如醉",饱含沉痛悲愤,表现了诗人对现实的强烈不满。其内容大致可分为叹世、写景与描写恋情三类,部分作品抒发了内心的抑郁之情,表现了对现实的愤慨和对遁世归隐生活的向往。白朴散曲的风格较为朴实俊秀,文字清丽婉约,具有浓郁的诗意。

再看他的一首小令【中吕·喜春来】《题情》:

笑将红袖遮银烛,不放才郎夜看书。相偎相抱取欢娱。止不过赶应举,不及第待何如!

小令寥寥数句,将青年男女调笑传情的一幕表现得栩栩如生,使一位娇憨、顽皮且多情的少女形象跃然纸上。末两句出人意表:既有强词夺理的风趣,又是在情在理的妙语;既深肖女孩子家的身口,又可隐见男青年的态度,可谓是神来之笔。需要指出的是,曲中这种将生活的欢娱放在功名之上,认为"及第"并不能实现人生价值的观点,也真实地反映出白朴一类文士的人生态度。

在元代前期的散曲家中,马致远是历来评价最高的一个。贾仲明《凌波仙》词称其为"曲状元",朱权《太和正音谱》亦称道其曲词"如朝阳鸣凤"。元、明人先后交誉,如出一口,这足以说明,在散曲方面以马致远为领袖群伦的魁首,是当时文苑之公论。其【双调·夜行船】《秋思》历来被推为曲套数之冠,周德清《中原音韵》称之为"万中无一";其【越调·天净沙】《秋思》也被周德清誉为"秋思之祖",王国维《宋元戏曲考》亦称其"纯是天籁"。马致远的散曲,在元代前期曲家中也算最丰富的了。任中敏《东篱乐府》辑有小令 104 首,套数 17 套,残套 5 套;隋树森《全元散曲》辑有小令 115 首,又据明抄本《阳春白雪》后集 4,比《东篱乐府》多辑套数 2 套。① 经研究考辨,学者对马致远散曲作品留存数量有了较一致的认识,即现存小令 115 首,散套 18 套,残套 5 套。

最能代表马致远思想倾向和艺术风格的是套数【双调·夜行船】《秋思》。这篇套数由 7 支曲子组成,是一篇隐士的内心独白,典型地反映了元代知识分子的某些精神层面。

---

① 刘益国.马致远散曲校注[M].北京:书目文献出版社,1989:2.

他把秋来万物凋零转化为时间流逝的符号,从时间的概念上去探讨人生的意义和价值,他肯定隐逸者的陶情山水,否定世俗中的争名逐利,并把这种认识上升到悟破功名富贵、离绝是非宦海,超然尘外、与世无争,齐生死、等是非的人生态度和处世哲学的高度来加以咏赞讴歌,显然属同类题材中的压卷之作。就思想主题看,这篇套曲确实表现出作者旷世达观、甘老泉林的人生态度,但深层意蕴里却充溢着悲愤与不平。他的旷世达观实际上是"葫芦提一向装呆",是一种自欺欺人式的超然,自娱娱人式的达观,这和陶渊明道德完善式的隐逸是有所不同的。

马致远的小令【越调·天净沙】《秋思》向来脍炙人口:

枯藤老树昏鸦,小桥流水人家,古道西风瘦马。夕阳西下,断肠人在天涯。

首三句通过叠用九个名词,完成了画面的组接,启发读者联想画面以外的含义。秋郊夕阳下,一片萧杀凄凉,藤缠老树,乌鸦返巢——寻找依傍。草木飞禽如此,人何以堪?这景象怎能不撩动旅人的归思呢?第二句目光一转,豁然开朗,那水畔桥边不是有一户人家吗?也许一家人已过桥渡水回到温暖的家里,炉火已升起缕缕炊烟,正忙着做晚饭。小桥流水,村舍人家,显得宁谧而温馨,反衬游子思家不能归的哀伤。置身斯情斯景之中,自然归思愈迫,哀愁更浓。第三句,目光回到自身,又并列三种意象:古道、西风、瘦马。长时间的漂泊已使这位游子的马瘦得不堪一骑,也许他正牵着这匹瘦马疲惫不堪地行走在西风割面的古道上吧!刚才那人家还依稀可见,而自己却在西风古道上漂泊。于是更觉古道之寂,秋风之寒,马更瘦,人更乏,一种穷途之感隐约其间。放眼望去,古道蜿蜒,瘦马踯躅,周遭一片寂寞荒凉。这三组景象,情味不同,却以夕阳为底色,构成一幅极具悲感意味的晚秋图景。前四句,作者借物象已把天涯羁旅之情烘托得淋漓尽致,至第五句"断肠人在天涯"戛然而止,使作者的一腔思乡之苦、际遇之悲喷涌而出。正是因为他漂泊天涯,时逢秋序,身对秋凋,目对秋萧,触景生情,对物感怀,因愁而悲,从而委婉地表达出天涯羁旅的愁思和对自己漂泊无依的人生以及老之将至的怨戚。至于曲中的游子是作者自己还是别人,也不必说明,因为他的形象概括了羁旅天涯的人最典型的感受。

在元代前期,还有像卢挚、张养浩、王恽等一批曾在官场中取得较高地位的文人,也以散曲著名。他们的创作,同前者既有相通之处,又有较明显的差异。他们很少写市井风流放浪的生活,而表现传统士大夫思想情趣的内容要多些,从艺术风格上说,他们或偏于工丽,或偏于质朴,但俚俗的语言用得比较少。

卢挚(1242—1314),字处道,一字莘老,号疏斋,涿郡(今河北涿州市)人。至元五年(1268)进士,官至翰林学士承旨。平生足迹遍及豫、陕、浙、皖、湘、鄂、赣诸行省,与名曲家马致远、女艺人朱帘秀有唱和。诗文名擅天下,有《疏斋集》,已佚。散曲与姚燧齐名,世称"姚卢"。《全元散曲》录存其小令120首,多为写景抒怀之作,尤擅写田舍风光,风格清新活泼,怀古亦其所长。作品语言雅洁而飘逸,神韵潇洒而清淡,既含诗词的意境,又有散曲的清灵。在趋向传统诗词的艺术意趣方面,表现得较突出。贯云石说他的作品"如天女寻春,自然笑傲"。卢挚喜欢将前人诗词中的佳句融化入曲,以增添雅丽。试以小令【双调·蟾宫曲】《商女》为例:

水笼烟明月笼沙,淅沥秋风,哽咽鸣笳。闷倚篷窗,动江天两岸芦花。飞鹭鸶青山落霞,宿鸳鸯锦浪淘沙。一曲琵琶,泪湿青衫,恨满天涯。

全曲对"商女"的正面描述只有"闷倚篷窗"与"一曲琵琶"两句,而以大量笔墨游走其左右,这就是所谓"借叶衬花法"。曲中"借叶"的手段,一是借助景色的烘衬,烟水寒月,秋风鸣筘,江天芦花,映合商女凄凉的处境和心境,是正衬;落霞飞鹜,鸳鸯眠沙,则从秋景恬美的一面反映出女子的漂泊孤寂。二是借助前人成句的意象,如首句用杜牧《泊秦淮》的名句,立即使人联想到"隔江犹唱后庭花"的秦淮商女;结句用白居易《琵琶行》的诗意,又让人想起浔阳空船、沦落天涯的琵琶女子。烘染景色,化用故实,不仅凸显出"商女"本身的形象,也代表了作者的感想和同情。

张养浩(1270—1329),字希孟,号云庄,又称"齐东野人",山东济南人。曾任监察御史、礼部尚书,以切直敢谏著称。英宗至治元年(1321)弃官归隐。文宗天历二年(1329),陕西关中大旱,被召为陕西行台中丞,治旱救灾,卒于任上。文集有《归田类稿》,散曲集有《云庄休居自适小乐府》,计存小令161首,套数3支。张养浩散曲题材多样,风格上豪迈和婉丽兼而有之。他在政治上颇有抱负,但是宦海沉浮,深感仕途险恶。张养浩现存的散曲,多为归隐林泉时所作,回首官场中的尔诈我虞、风波惊险,有万千感慨,而笔下的挖苦讽刺,更显得深刻和尖锐。如一组【朱履曲】《无题》中写道"才上马齐声儿喝道,只这的便是送了人的根苗","拽着胸登要路,睁着眼履危机","里头教同伴絮,外面教歹人揪,到命衰时齐下手"等,写官场犹如陷阱,令人不寒而栗。又如在【红绣鞋】《警世》中把仕途比作深坑,把做官的欲念看作是害人的根苗。这是他在元蒙贵族统治下为官的痛苦经验,反映了汉族官吏受压抑的现实。相比于宦海纷争,隐居田园的生活则显得清闲舒适。如【朝天子】《无题》:

柳堤,竹溪,日影筛金翠。杜蘩徐步近钓矶,看鸥鹭闲游戏。农父渔翁,贪营活计,不知他在图画里。对着这般景致,坐的,便无酒也令人醉。

该曲写江南水乡的美丽风光,农夫渔翁在醉人的景色中过着勤劳自在的生活,风格婉丽清新,其艺术特色与卢挚清丽的作品相似。

张养浩散曲中间亦有关怀民生疾苦的作品,表现了悲天悯人的态度,是杜甫、白居易等诗人忧国忧民的精神在散曲中的再现。"路逢饿莩须亲问,道遇流民必细询"(【中吕·喜春来】),"恨不得把野草翻腾做菽粟"(【南吕·一枝花】《喜雨》),表现了他对人民生活的关怀,这种关怀的出发点是儒家的经世济民思想。另外,此类作品艺术上较多汲取前代诗人、词家的成就,与关汉卿、马致远等书会才人之作有别。【中吕·山坡羊】《潼关怀古》是他最优秀的曲作:

峰峦如聚,波涛如怒,山河表里潼关路。望西都,意踌躇。伤心秦汉经行处,宫阙万间都做了土。兴,百姓苦;亡,百姓苦。

这首小令是作者晚年到陕西赈灾时写的九首怀古曲之一。作者由潼关的险要形势联想到历代王朝的兴替,从历史上的治乱兴衰又联想到老百姓的痛苦。他指出统治者你争我夺,无论是谁当皇帝,始终是老百姓遭殃受苦,揭示出封建王朝兴亡背后的历史真相:"兴,百姓苦;亡,百姓苦。"凝结于这八个字中的历史感慨,鞭辟入里,精警异常,闪烁着耀眼的思想光辉。

## 第三节　张可久、乔吉与元后期散曲作家

散曲同杂剧一样,到了元代后期,许多出生于北方的作家纷纷南下,散曲创作的中心逐渐南移至杭州。随着散曲创作的繁荣和发展,创作队伍发生了明显的变化。一是出现了张可久、乔吉、贯云石、徐再思等专攻散曲的作家;二是散曲创作出现了诗词化、规范化倾向,这一倾向在作品的题材、思想情调以及艺术表现等方面都有体现。元散曲创作的大繁荣,唤起了人们对它的重视。于是,在元后期,相继出现了一批理论著作和散曲总集,形成了这个时期第三个特点。理论方面,除了周德清的《中原音韵》对北曲的用韵及作法做出总结外,燕南芝庵的《唱论》归纳论述了北曲的歌唱方法和声乐特点,钟嗣成的《录鬼簿》对部分散曲作家的生平、创作情况做了著录和评论。这个时期,除了散曲别集外,散曲总集也纷纷问世,流传至今的即有杨朝英编选的《乐府新编阳春白雪》《朝野新声太平乐府》、无名氏的《类聚名贤乐府群玉》《梨园按试乐府新声》4种,其中尤以杨朝英的两种最有影响,世称"杨氏二选"。

张可久,字小山,生卒年不详,庆元路(今浙江鄞县)人。《录鬼簿》把他列为"方今才人相知者",而他称马致远为"先辈",故知他生活年代比马致远等前期曲家为晚。张可久一生沉抑下僚,郁郁不得志,曾任过典史一类小吏。后落魄江湖,足迹遍及江南各地,晚年久居杭州,致力于散曲尤其是小令的创作。著有《今乐府》《苏堤渔唱》《吴盐》《新乐府》等,近人辑为《小山乐府》6卷。今存小令855首,套数9篇,为元人散曲作家中唯一专作散曲、曲集最早流传、作品数量最多、后世散曲选本选入作品最多的一位,与乔吉并称元散曲两大家。作品内容丰富、题材广泛,可分为写景纪游、抒写恋情、咏物怀古、道情说理、赠答送别几类,风格清新秀丽,讲究辞藻、格律、韵味,善于融化诗词语汇和意境,显示简淡清雅、委婉蕴藉的韵致。如【中吕·普天乐】《西湖即事》:

蕊珠宫,蓬莱洞。青松影里,红藕香中。千机云锦重,一片银河冻。缥缈佳人双飞凤,紫箫寒月满长空。阑干晚风,菱歌上下,渔火西东。

这首描写西湖美景的佳作,以红绿相映、彩锦斑斓来形容西湖的妖娆,以游人翩翩、渔歌缕缕来极写西湖的风韵情致,将西湖夜景的幽静、神秘、芬芳、清雅通过浓墨重彩描绘出来,一派人间天堂的胜境,令人神往之至。又如【越调·凭栏人】《江夜》:

江水澄澄江月明,江上何人挡玉筝?隔江和泪听,满江长叹声。

江上听琴,水声乐韵,最易引人遐想。江水澄澈,江月皎洁,水月映照,空灵明净。水流淙淙,如筝声隐隐;水光粼粼,如美人抚筝。作者提笔就虚拟出听者和弹者,打破四周的寂寥,引人进入天地无言、万籁和声的"春江花月夜"之中,使人顿觉心腑清灵、耳目透爽。接下来以背面傅粉的艺术方法,烘托筝声之哀怨、悲凉,让人觉得在幽怨的弹者和唏嘘的听者之外,还有一个隔岸静观、沉思默想的游者,读者仿佛也能听到他发出的一声深沉的叹息。

张可久的【南吕·一枝花】《湖上归》套,写得尤其美妙:

## 第三章 元代散曲

长天落彩霞,远水涵秋镜。花如人面红,山似佛头青。生色围屏,翠冷松云径,嫣然眉黛横。但携将旖旎浓香,何必赋横斜瘦影。

【梁州】挽玉手留连锦英,据胡床指点银瓶。素娥不嫁伤孤另。想当年小小,问何处卿卿。东坡才调,西子娉婷,总相宜千古留名。吾二人此地私行,六一泉亭上诗成。三五夜花前月明,十四弦指下风生。可憎,有情,捧红牙合和伊州令。万籁寂,四山静,幽咽泉流水下声,鹤怨猿惊。

【尾】岩阿禅窟鸣金磬,波底龙宫漾水精。夜气清,酒力醒。宝篆销,玉漏鸣。笑归来仿佛二更,煞强似踏雪寻梅灞桥冷。

湖光山影,灿烂明丽,在清幽绝伦的背景映衬下,与女伴携手同行,可谓湖美人美,交相辉映。良辰美景之中,携美人行乐、看花、饮酒、吟诗、赏月、听月,占尽诗情画意,人间之乐莫过于此。时至深夜,月落波心,萧寺钟鸣。更阑酒醒,尽欢归去,此种风流胜过孟浩然踏雪寻梅之风雅。整套曲逸畅欢快的心境与淡雅明净的湖景交融一起,提炼出旷远高雅的意境。同时值得注意的是,此套曲文采斐然,或巧妙运用典故,或化用前人诗词,圆熟自然,恰到好处。

贯云石(1286—1324),维吾尔族人。本名小云石海涯,号酸斋。出身将门,善骑射,后弃武从文,师从姚燧,诗词古文,俱有可观,被杨维桢誉为"一代词伯"。仁宗时,官至翰林侍读学士。后称疾辞官,浪迹于江、浙一带,变名易姓,与汉族士大夫交游,制作了大量散曲,著称于当时。后人把他和徐再思的散曲合编为《酸甜乐府》,现存小令70多首,套数8套。其散曲题材多样,笔法清逸,颇似马致远,有"天马脱羁"之评。

由于贯云石特殊的身世背景与生活经历,使他的散曲创作产生了一种难得的风格,既有北方豪士的飒爽英风,又兼江南文人的飘逸之气。如【中吕·红绣鞋】《无题》:

挨着靠着云窗同坐,偎着抱着月枕双歌,听着数着愁着怕着早四更过。四更过情未足,情未足夜如梭。天哪,更闰一更儿妨甚么!

此曲写男女欢会时的景况和心情,手法大胆泼辣。叠用八个动词、八个衬字,俏皮佻达,生动有趣,音节抑扬有致,结语精警,继承了散曲创作前期的本色作风。

贯云石的【双调·殿前欢】则表达了生存的迷惘和对历史的反思:

楚怀王,忠臣跳入汨罗江。《离骚》读罢空惆怅,日月同光。伤心来笑一场,笑你个三闾强,为甚不身心放。沧浪污你,你污沧浪。

作者对屈原投江所持的态度在正统士人看来,简直是不可思议。表面上看似荒诞不经,实则是冷峭苦涩的反话,是以玩世不恭的姿态蔑视现实。能发人之所未发,是此曲最精警之处。

他的一首套数【中吕·粉蝶儿】《西湖游赏》,写杭州美丽的自然风光、繁华的城市景象和文人沉醉于"花浓酒艳""乐事赏心"的享乐生活,对认识当时江南文学风气很有意义。

乔吉(1280—1345),字梦符(一作孟符),号笙鹤翁,又号惺惺道人。太原人,流寓杭州。博学多才,无意仕进,穷愁潦倒,寄情诗酒,散曲作品中多啸傲山水和青楼调笑之作。与张可久齐名,有"曲中李杜"之称。刘熙载在《艺概》中称他为"曲中翘楚"。有散曲集

《惺惺道人乐府》《文湖州词集》《乔梦符小令》传世，计存小令 208 首、套数 11 篇。作品善于锤炼，典丽工雅而不失自然清健。作品取材大抵围绕其 40 年落拓漂泊的生涯，写男女风情、离愁别绪、诗宴酒会，歌咏山川形胜，抒发隐逸襟怀，感叹人生短促、世事变迁，往往呈现出一个洒脱不羁的江湖才子的精神面貌。

一些寻常景物和瞬间，经他惺松的醉眼的打量，便呈露出萧瑟的诗意，如【双调·折桂令】《风雨登虎丘》：

半天风雨如秋，怪石于菟，老树钩娄。苔绣禅阶，尘粘诗壁，云湿经楼。琴调冷声闲虎丘，剑光寒影动龙湫。醉眼悠悠，千古恩仇。浪卷胥魂，山锁吴愁。

融情于景，是中国诗歌常用的表现手法。此曲的特点，即是将虎丘群景有意识地外化为诗人的怀古意绪。奇石古木，以及"苔绣""尘粘""云湿"，无不投射出岁月沧桑之感；而"琴调冷""剑光寒"两句，更是巧妙地将古迹的历史与现状融合沟通。在一种风雨凄迷的空间中，诗人"千古恩仇"的浩茫心宇，使读者难免怆然改容。

乔吉在语言锤炼上很下功夫，善于用新颖别致的语言传达敏锐的感受。他喜欢把"娇""劣"二字组合起来形容女子，如"翠织香穿逞娇劣"(【越调·小桃红】《花篮髻》)、"桃李场中，尽劣燕娇莺冗冗"(【双调·折桂令】《贾侯席上赠李楚仪》)，表现出女性活泼而刁蛮的性格。又譬如写景的句子，"山瘦披云，溪虚流月"(【双调·折桂令】《泊青田县》)、"蕉撕故纸，柳死荒丝"(【双调·折桂令】《拜和靖祠双声叠韵》)既有一种尖新感，又有一种淡雅的韵致。同时，乔吉擅长把工丽的语言和俚语、口语揉打成一片，如【中吕·满庭芳】《渔父词》之一：

江声撼枕，一川残月，满目遥岑。白云流水无人禁，胜似山林。钓晚霞寒波濯锦，看秋潮夜海熔金。村醪窨，何人共饮，鸥鹭是知心。

此曲着眼于夜景描绘，写出了渔父泛舟、暮钓、晚眺、夜饮等生活图景。绘景细腻，气度从容。"钓晚霞寒波濯锦，看秋潮夜海熔金"两句，分别从李商隐《拟意》"濯锦桃花水"和廖世美《好事近》"落日水熔金"句意化出，诗人炼字炼意功力之深厚由此可见一斑。总的来说，乔吉的散曲既保持了本色特征，又趋向于工整清丽，由此形成鲜明的个人风格。

睢景臣，字景贤，一作嘉贤，扬州人，生卒年不详。大德七年(1303)赴杭州居住。博学多知，仕途上却不得志。《录鬼簿》说他"心性聪明，酷嗜音律"。撰有杂剧《屈原投江》等 3 种，今佚。散曲今存套数 3 篇。其代表作是【般涉调·哨遍】《高祖还乡》套数，《录鬼簿》赞此套曲"制作新奇"。所谓"新奇"，在曲中体现在四个方面：一是角度新颖，一切景象由作为旁观者的乡巴佬口中道出，使本拥有无上威严的帝王反而出了洋相；二是构思独特，使帝王"还乡"的盛事变成了一幕自曝"根脚"的闹剧；三是谐谑巧妙，作者运用变形、杂糅的艺术手法勾画出刘邦装腔作势的面目；四是语言活泼，取得了嬉笑怒骂皆成妙文的效果。"真命天子"的神话，"帝王之尊"的光环，在辛辣的嘲笑揶揄中荡然无存。过人的胆略，精巧的构思，生动活泼的语言，使此曲在我国文学史上获得了很高的声誉。需要指出的是，传统诗体实在难以做到像本曲这样语言生动、形象丰满、声气酷肖、讽刺辛辣。

元代后期较著名的散曲作家还有徐再思、杨朝英等,就不一一叙述了。

**作品学习**

1. 关汉卿【南吕·一枝花】《不伏老》
2. 马致远【[越调·天净沙】《秋思》
3. 马致远【般涉调·耍孩儿】《借马》
4. 张养浩【中吕·山坡羊】《潼关怀古》
5. 睢景臣【般涉调·哨遍】《高祖还乡》
6. 乔吉【双调·水仙子】《寻梅》
7. 徐再思【双调·水仙子】《夜雨》

## 【南吕·一枝花】《不伏老》鉴赏

在元蒙黑暗统治下,读书人被列为仅高于乞丐的第九等贱民。他们没有出路,沦入勾栏妓院中,与被压迫、被侮辱的人们生活在一起。关汉卿并不以此为耻。在这套曲子中,他故意夸张地描写自己在勾栏妓院中的浪漫生活,实际上是表示他对当时社会的反感。他还宣布自己是个"蒸不烂煮不熟捶不扁炒不爆响珰珰一粒铜豌豆",至死也不改向"烟花路儿上走"的决心。这种倔强的性格,对当时的社会来说,是有一定斗争意义的。这是关汉卿一组著名的自述心志性情的套曲,也是他风流放诞生活的自我表白和桀骜不驯性格的真实写照。作品用第一人称,极力叙写"我"混迹烟花、饱经风月的浪子生涯,笔调酣畅淋漓。这一"浪子"形象既带有作者本人的影子,更是对书会才人群体精神的集中概括。作者故示狂诞,实际上是对社会现实的抗议;寄迹风月,实际上是对传统道德的反叛。外表形式的放荡不羁、玩世不恭投射出的是百折不挠、顽强抗争的意志与刚毅倔强、永不妥协的铮铮风骨。但作品中也流露出一定的消极颓废思想与游戏人生的生活态度。

此曲的艺术特点:

第一,此曲把真切的现实与浪漫的夸张紧密结合在一起,从而刻画出一个理想化、性格化的"浪子"形象,形成了独特的"这一个"。

第二,全篇行文恣肆,挥洒自如,风格豪放明快,气势磅礴有力,情感浓烈奔放,充分体现了散曲审美取向的特色。

第三,全曲的语言诙谐洒脱,活泼生动,句式灵活多变,伸缩自如,具有口语化、散文化的特点。在行文中,大量使用衬字,采用对偶、排比、对比、比喻等修辞手法,增强了文章的表现力。

## 【越调·天净沙】《秋思》鉴赏

马致远号为"曲状元",其散曲的艺术成就在整个元代是最高的,是元曲豪放派的主将。其作品开拓了散曲的题材领域,提高了散曲的艺术表现力,风格疏宕宏放,语言清新俊丽,能创造出不同于诗词的独特意境,并显示出散曲语言由俗转雅的趋向,小令【越调·天净沙】《秋思》是其散曲中的代表作品。

这是元人描写自然景物的名作,曾被称为"秋思之祖"(见周德清《中原音韵·小令定格》)。作者把秋天傍晚几种特有的景物集中在一起,创造出一个萧瑟苍凉的意境,很好地表达出旅人彷徨悲苦的心境,抒发了漂泊天涯的游子悲秋思乡的情怀。

《秋思》的艺术特点:

第一,精心选景,巧妙构思,构筑出鲜明的意象。起首三句,作者精心选取常见而富于特征的九种自然景物,勾勒出萧瑟苍凉的暮秋黄昏图,同时每种景物都构成一种意象,意象与意象之间没有任何词语的连接,纯以意象并置与意象叠加的方式构成流动的画面,渲染出天涯游子的无限愁思。曲中意象众多却不散乱,密集却不拥挤,又共同组合成相得益彰的有机整体,显示出构思的巧妙。

第二,融情于景,情景相生,创造出深邃的意境。全曲重在抒情,却又主要写景,景中生情,情景交融,创造出一种清冷悲凉的艺术境界,含蓄蕴藉,韵味无穷。同时又将飘泊天涯的孤寂、落寞与无奈抒写得淋漓尽致,成为游子思归的绝唱。王国维的《人间词话》称这首小令"寥寥数语,深得唐人绝句妙境",正指出了它在造境方面的特色。

## 【般涉调·耍孩儿】《借马》鉴赏

这套曲是马致远的名作。作者通过细腻的心理刻画和生动的细节描绘,把一个爱马如命的悭吝人写到了穷形极相的地步。语言诙谐幽默,有些地方采取戏曲中的旁白、背唱的手法,这是当时散曲作品里所少有的。

## 【中吕·山坡羊】《潼关怀古》鉴赏

张养浩著有散曲集《云庄休居自适小乐府》,收小令161首,套数2套。他的散曲有的揭露了仕途险恶、世态炎凉,有的抒写了归隐林泉的超脱闲适,有的表现了对民生疾苦的关怀与同情,尤其是他把咏史怀古引入散曲创作,扩大了散曲的表现内容。

张养浩是元散曲豪放派的大家,风格豪放飘逸,行文自然朴实,散文化和诗化的倾向较为突出,在一定程度上显现出文人雅化的特色。小令【中吕·山坡羊】《潼关怀古》是其代表作品。

(1)此曲的思想内容:此曲是作者晚年出任陕西行台中丞赴关中赈灾时所作。作者途经潼关,凭吊历史遗迹,追思历代盛衰,充满了深沉的历史感慨和强烈的忧患意识,表现了对民众苦难的深切同情,尤其是"兴,百姓苦;亡,百姓苦"的议论,揭示了封建王朝更替的实质,大大深化了主题,立意高远,精警遒劲。无论是思想性还是艺术性,这首小令都是元曲中不可多得的上乘之作。

(2)此曲的艺术特点:

第一,写景、抒情、议论和咏史紧密结合。前三句写景,气势雄浑;接着转入怀古,寄寓深沉;最后转入议论,鞭辟入里,其中又有沉郁苍凉的情感贯穿其间,整支曲子层层深入而又一气呵成。

第二,历史与现实、吊古与伤今紧密结合。作者俯仰今古,咏叹兴亡,以"潼关""西都"两个有着丰富内涵的古迹把历史和现实衔接起来,驰骋想象,纵横古今,使全曲具有了深沉的历史感和强烈的现实性。因此,此曲名为怀古,实是伤今,有着深刻的现实意义。

第三,全曲以奔放浩荡的气韵、痛快犀利的笔墨,在悲凉旷达的艺术氛围中,创造出诗一般的深邃意境,风格豪放,感情沉郁,意蕴精深,语言凝练,发人思索。作者把潼关形势的险要和封建统治阶级的罪恶紧紧结合起来。秦王朝和汉王朝兴起的时候,统治者都曾残酷地奴役人民为他们建筑华丽的宫殿。而他们经常进行的战争,又往往使这些宫殿毁于一旦。这首曲通过"宫阙万间"的化为焦土,指出封建王朝无论兴亡,都只会给人民带来痛苦的慨叹。吊古伤今,同情人民命运,这在元曲中是少见的。

## 【般涉调·哨遍】《高祖还乡》鉴赏

(1)词曲的思想内容:关于汉高祖刘邦衣锦还乡的故事,《史记》《汉书》都有记载,而睢景臣却虚应浩实,别出机杼,以一个乡民的口吻娓娓道来。这是历来传诵的元曲名篇。其"新奇"之处在于处于君道尊严的封建时代,能够不从歌功颂德的角度来写汉高祖"威加海内兮归故乡"的盛况,而从一个与他过去有瓜葛的乡民眼中,写出他装腔作势的可笑嘴脸。首先写高祖还乡前乡民们忙乱不堪、胡乱折腾的景象,接着写豪华显赫、威严无比的仪仗排场在乡民眼里却只是荒唐滑稽,最后写不可一世、目中无人的汉高祖原来竟是过去在乡里敲诈勒索、胡作非为的刘三。这样就剥落了笼罩在汉高祖身上华丽高贵的衮衣,还原出其流氓无赖的本相。对至高无上的皇权进行了如此大胆的否定和辛辣的讽刺,充分显示出作者超人的胆识和深刻的历史洞察力,此曲不愧为绝妙的讽刺文学杰作。

(2)此曲的艺术特点:钟嗣成在《录鬼簿》说:"维扬诸公俱作《高祖还乡》套数,惟公[哨遍]制作新奇,诸公者皆出其下。"

① 构思新颖,视角独特。作者选取一个没见过多少世面但又曾与刘邦有过交往的乡民作为叙述者,采用戏剧代言体的形式,让一切景象都看在他眼中,并由他的口中讲出,于是所有的场景都像在哈哈镜中一样变了形,变得极其滑稽可笑:"衣锦还乡"的隆重场面成了装腔作势的闹剧,趾高气扬的皇帝也不过是地痞无赖,唯其如此,作品的揭露才更为无情,嘲弄才更为痛快,从而产生了强烈的讽刺效果。

② 叙事井然,形象鲜明,喜剧色彩浓烈。此曲按时间顺序依次铺叙人物场景,展开情节冲突,从准备接驾到仪仗出现,直至刘邦的出场和露底,情节被推向高潮,作品至此也戛然而止,全篇层次分明而又层层推进,叙事畅条而又井然有序。作品的人物形象也十分鲜明,刘邦还乡时的傲慢无人、装腔作势与昔日的丑恶行径,在强烈的反差中得到凸现,乡民的懵懂无知、诙谐幽默与正直坦率的性格也跃然纸上。

③ 语言通俗本色,生动活泼。全篇的整个语言表述过程,都是在乡民的独白、旁白和对白中完成的,都是地地道道的俚言口语,粗犷朴野,辛辣犀利,嬉笑怒骂,皆成妙文,充分表现出散曲的当行本色,令人读来兴趣盎然,痛快淋漓。

构思的巧妙决定了作品嬉笑怒骂的基调。唯其是乡下人的眼中所见,心中所想,因而乡官的忙乱,皇帝仪仗的稀奇古怪,处处都显得莫名其妙和好笑。这对于那些炫耀"天威显赫"的封建皇帝来说,是极有嘲讽味道的。【三煞】以下,认出了这位"觑得人如无物"的"大汉"的本来面目,曲词急转直下,变为愤怒的揭露与斥责,指名道姓,把他过去耽酒、欠借、暗偷、明抢的根底一一细数,虽然夹有一点轻视农业劳动的思想,但主旨还是破除套在皇帝头上的"神圣"的光环。这样的作品,在封建时代是不可多得的。

### 【双调·水仙子】《寻梅》鉴赏

这曲妙在写出了一个"寻"字。踏破铁鞋,忽然发现,真有豁然开朗之感。"冷风来何处香?"写得含蓄有味,与姜尧章诗"梅花雪里无人见,一夜吹香过石桥"异曲同工。

### 【双调·水仙子】《夜雨》鉴赏

写旅人的秋夜愁怀,情景交融。起三句鼎足对,贴切自然,没有一点锤炼的痕迹,见出作者的功力。

## 延伸阅读

**1. 原典阅读**

(1)阅读《元明清散曲选》(王起主编,洪柏昭、谢伯阳选注,人民文学出版社,1988年版),通过感受评注者的审美体验,培养散曲鉴赏素养。

(2)阅读《元曲选》(赵义山选注,上海古籍出版社,2008年版),了解元代曲坛的主要作家作品概况,掌握元曲的艺术特色。

**2. 研究文献阅读**

(1)阅读《中国古代散曲史》(李昌集著,华东师范大学出版社,1991年版),了解散曲兴起的社会文化生态,掌握散曲的文体意义和其在发展过程中形成的主要风格流派。

(2)阅读《散曲通论》(羊春秋著,岳麓书社,1992年版),了解散曲发展的历史脉络,掌握散曲创作和鉴赏技巧。

(3)阅读《元散曲通论》(赵义山著,上海古籍出版社,2004年版),掌握散曲的体制与特征,了解元散曲的作家构成与群体风貌,了解元散曲研究的基本文献。

## 拓展训练

1. 与词相比,元散曲有何不同特点?(从结构形式、音韵、语言、艺术风格等方面进行比较)

2. 试述【越调·天净沙】《秋思》的艺术特点。

3. 钟嗣成在《录鬼簿》里说:"维扬诸公俱作《高祖还乡》套数,惟公[哨遍]制作新奇,诸公者皆出其下。"试结合《史记·高祖本纪》《汉书·高帝纪》等史书以及其他文学作品,谈谈你对这篇作品思想主旨的理解。

# 第四章　元代诗文

> 文学史

在元代,诗文仍是文人传情达意的主要文体。在 134 年的岁月里(自蒙古灭金,统一北方算起),元代文人们留下了卷帙浩繁的诗文作品,2013 年中华书局出版的《全元诗》收录了近 5000 位诗人的 14 万首诗,数量超越了唐宋两代。当然在艺术成就上,元代诗文自无法与唐宋诗文比肩,这也是它们光彩被元杂剧所掩盖的主要原因。但作为元代主要的文学体裁,元代诗文更加真实全面地记录了当时的社会状况及文人的感情和心理。在艺术上,元代诗文远学汉魏,近师唐宋,推动了中国诗文的发展。理学诗在元代基本成型,丧乱诗、宫体诗、乐府诗、竹枝词等诗歌题材在元代均得到了发展,尤其少数民族作家崛起并创作了大量具有民族风情的诗作,丰富了中国文学的面貌,流风余韵直至明代,是中国诗文发展的重要一环。

元代诗文大略可以分为三个时期,第一时期从元灭金统一北方(1234)到至元三十一年(1294)忽必烈去世,这是元代诗文发展的初期;第二时期自元成宗元年(1295)到元明宗天历年(1329),是元代诗文的中期;第三时期自元宁宗至顺(1332)到元代灭亡(1368),是元代诗文发展的末期。

## 第一节　耶律楚材、刘因与元代前期诗文作家

公元 1234 年,蒙古军队攻灭金国,统一了北方,到 1276 年攻灭南宋统一全国,这 30 多年中原大地仍笼罩在战火之中。"国家不幸诗家幸",在战火的阴霾之下,诗文创作却异常繁荣。混乱的社会局势造成了文人生活经历差异,而这又促使这一时期诗文呈现异彩纷呈的面貌。这一时期的诗人大略可分为三个群体:第一个群体是金朝遗民诗人,金朝政权虽然彻底覆灭,但它却为蒙古王朝留下了大量的遗民诗人,改朝易代并没有让他们文学创作中断,在故国沦亡之后,他们继续用文学记录了前朝旧事,这一群体以元好问和"河汾诸老"为代表;第二类是蒙古重臣,以耶律楚材为代表;第三类是元朝的下层官

僚,以刘因为代表。关于元好问,我们在辽金文学部分再作介绍。

## 一、耶律楚材

耶律楚材(1190—1244),字晋卿,号湛然居士,契丹族人,金灭辽国后,其祖耶律德元归顺金朝。耶律楚材17岁时就在金朝入仕,受任开州同知。公元1218年,蒙古族攻破燕京,耶律楚材降元并受到成吉思汗的重视,成吉思汗把他留在身边,以备咨询。由于成吉思汗的赏识,耶律楚材逐渐进入蒙古权力核心,成吉思汗去世后,他又先后辅佐托雷和元太宗,均受到重用,成为蒙古开国时期政治地位最高的契丹人。耶律楚材雅好文艺,诗文兼擅,有《湛然居士集》传世,存诗600余首,是元代早期重要的文学家。

耶律楚材创作时间主要集中在入元之后,在追随成吉思汗西征的过程中,他写作了大量西域诗,生动地描写了西域的风土人情,风格清新淳朴。如《西域河中十咏》(选其二):

寂寞河中府,遐荒僻一隅。葡萄垂马乳,把榄灿牛酥。酿酒无输课,耕田不纳租。西行万余里,谁谓乃良图。

寂寞河中府,遗民自足粮。黄橙调蜜煎,白饼糁糖霜。漱旱河为雨,无衣垄种羊。一从西到北,更不忆吾乡。

诗中描写了河中府(约为今沙马尔罕地区)的地域风情,这里有甘美的饮食(葡萄、马乳、黄橙、白饼),没有压迫和盘剥,人民生活富足安适,是一片世外桃源似的乐土。中国文学自《诗经》起就已有边塞题材,经由汉乐府发展,到唐代达到顶峰。边塞诗多写边塞的苦寒,如"胡天八月即飞雪",和士兵离乡戍边的苦闷,如"不知何处吹芦管,一夜征人尽望乡"。耶律楚材以乐观欣赏的情调写边地的淳朴民生,改变了传统边塞诗的审美面貌,之所以会有如此情调,应与耶律楚材的民族身份相关,这也是元代诗人对中国文学的特殊贡献。

除诗歌外,耶律楚材还创作有游记散文集《西游录》,此集共两卷,记录了他追随成吉思汗西征时的见闻,风格简约雅洁,对后世的游记散文产生了一定的影响。

## 二、刘 因

刘因(1249—1293),字梦吉,号静修,保定容城人。至元十九年(1282)应召入朝,为承德郎,右赞善大夫,不久告病归乡,后屡招不出,至元三十年卒于家,追谥文靖。刘因是元代前期重要的文学家和理学家,他精研程朱理学,并有独到见解。他在文学创作方面也卓有成绩,有《静修集》传世。在诗学理论方面,刘因尊崇陶渊明、谢灵运、李白和杜甫,不满于晚唐诗歌,提倡风骨,反对浮靡的诗风。刘因的诗歌在题材上约分为以下几类:

第一,伤时叹史。刘因的家族与金朝有一定的渊源,他的祖父曾仕金,并随金南迁,其父刘述也终身不仕元朝。承家族遗志,刘因诗作中多表达对金朝的怀念,如《七月九日往雄州》称:"洒落规模余显德,承平文物记金源。"另在《陈氏庄》之后的注文中写道:"陈氏,先父之外家也。金章宗每游猎,必宿其家。"有种隐隐的遗民情感。刘因的一些诗作中也表达出对南宋王朝灭亡的慨叹,如他以白沟为题写了《白沟》和《渡白沟》(一为七言律诗,一为七言古诗)。公元1051年,连年征战的宋辽达成和议,史称"澶渊之盟",将白沟定为宋辽的分界线,拉开了宋王朝耻辱外交的序幕,割地赔款换来的和平却让宋代帝王更加不思进取,最终失去了江山。刘因这些诗在表达宋朝灭亡惋惜的同时,也传达出历史兴亡的深沉思索,格调高古,"一声霜雁界河秋,感慨孤怀几千古"。宋辽之争已尘埃落定,但白沟作为界河却永远镌刻在历史之中,屈辱退让的白沟见证了宋王朝的退让和懦弱,也见证了宋朝一代不如一代的悲哀。

第二,闲情雅致。作为一位远离仕途的文人,刘因有大量的时间和精力流连山水,体察风物,身处乱世,他对世事变迁和生命的脆弱深有感触,隐居的世界和残酷的现实形成鲜明对比,他的一些诗作中也生动地传达出闲趣幽怀。当然这种幽怀并非如陶潜般纯粹,而沾染了一丝忧伤和无奈。如《观梅有感》:"东风吹落战尘沙,梦想西湖处士家。只恐江南春意减,此心原不为梅花。"诗人观赏梅花陨落,联想到隐居西湖以梅为妻的隐士林逋,而此时江南正遭兵燹之厄,恐怕曾经风流自适的隐居之地也不能见到梅花了吧,诗人借此表达了向往隐居的幽怀。刘因另有《南楼》一诗,诗旨可与《观梅有感》相映发:"登临秋思动乡关,展尽晴波落照间。叹老自非缘白发,爱闲元不为青山。几经分合世良苦,不管兴亡天自闲。初拟凭阑浩歌发,壮怀空与白鸥还。"颔联明确声明诗人心曲,自己隐居山林并非是愿与青山白鸥做伴,而是逃避战乱的无奈选择。

除了耶律楚材和刘因外,元代初期的知名诗文家还有王恽、姚燧和赵孟頫。

王恽(1227—1304),字仲谋,号秋涧,卫州汲县人,博学能文,有《秋涧集》100卷传世,共存诗3126首。王恽的诗内容广泛,记录了易代之际民生的苦难,如《挽漕篇》《棹歌》《农里叹》,也有歌颂刺杀权相阿合马的河北义士王著的《侠客行》,以及描写行旅及地域风景的《过沙沟店》和《汴梁清明》等。王恽主张诗歌创作"平淡而有涵蓄,雍容而不迫切",其诗歌风格也大体类此。

姚燧(1238—1313),字端甫,号牧庵,洛阳人,仕元,先后任陕西、四川、中兴等路儒学提举,江西行省参知政事等,有《牧庵集》36卷传世。姚燧以散文见称于世,黄宗羲曾将他和虞集并称为"元文两大家",他长于写碑铭昭诰,其中墓志铭刻画精妙,最具文学特点。代表作有《中书左丞姚文献公神道碑》《巩昌路同知总管府事李公神道碑》《太华真隐褚君传》等。

赵孟頫(1254—1322),字子昂,号松雪道人,湖州人,是宋朝宗室秦王赵德芳之后。宋亡后,被元朝征召,历任翰林侍读学士和翰林侍讲学士,荣际五朝,名满四海,元英宗治至二年(1322)卒于家,追封魏国公,谥文敏。赵孟頫是元代著名的书画家和文学家,他以书画擅名后世,但诗文创作也取得了很高的成就,戴表元曾将他的诗与鲍照和谢灵运并举,而元仁宗也将他比作唐之李白、宋之苏轼。赵孟頫有《松雪斋集》10卷传世,其中诗4卷,存诗506首。赵诗题材广泛,由于宋裔仕元的特殊人生经历,他的各类诗作中均传达出一种深沉的幻灭感,这种感情没有被时光稀释,反而随着岁月推移日渐强烈。如仕元之初,他写《罪出》一诗,表达了他仕途的苦闷:"谁令堕尘网,宛转受缠绕。昔为水上鸥,今如笼中鸟。"另如他著名的《岳鄂王墓》借咏史来抒怀:"鄂王坟上草离离,秋日荒凉石兽危。南渡君臣轻社稷,中原父老望旌旗。英雄已死嗟何及,天下中分遂不支。莫向西湖歌此曲,水光山色不胜悲。"手握重兵、能征善战的一代名将尚且无法左右时局,一个落魄的皇裔又能做些什么?赵孟頫似乎要借此来抹去心中的惭愧,但这种努力却无济于事。西湖风景依旧,但江山却已易主,一曲清歌、一副旧景,却让旧朝覆灭的黍离之悲再上心头。晚年《自警》一诗对自己的人生进行了更加彻底的否定:"齿豁头童六十三,一生事事总堪惭。惟余笔砚情犹在,留与人间作笑谈。"

## 第二节 元诗四大家与元代中期诗文作家

元仁宗皇庆、延佑年间,虞集、杨载、范梈、揭傒斯等人崛起诗坛,他们来自东南地区,长期供职于翰林院,交往密切,酬唱往来,产生了较大的影响,时人将其称为"元诗四大家"。馆阁之气浓厚,应酬之作偏多是四家诗作的通病,但他们尊崇唐诗,力矫宋诗理学之病,让元诗走出了江西诗派的阴影,显示出时代风貌,对元代诗歌的发展亦有巨大贡献。

虞集(1272—1348),字伯生,号道园,世称邵庵先生,抚州崇仁人,成宗大德年间入京,任大都路儒学教授,文宗时任奎章阁侍书学士,参加《经世大典》的编写工作,元顺帝至正八年卒于家,谥文靖,追封仁寿郡公。虞集创作宏富,据说一生创作诗文有万篇之多,但散佚比较严重,现代学者杨镰先生考定其存诗应在 2000 首以上,是元代存诗最多的诗人之一。虞集认为诗歌情感应得"性情之正",即与儒学所要求的"温柔敦厚"相吻合,诗风上主张"嗜欲淡泊,思虑安静",故尤其推重陶渊明、王维、韦应物和柳宗元的诗歌。作为长期任职朝廷的大臣,虞集创作了不少应酬送别之作,这些诗作格调雍容和缓,情绪内敛深沉,颇与他的阁臣身份相符,如《送袁伯长扈从上京》:"日色苍凉映赭袍,时巡毋乃圣躬劳。天连阁道晨留辇,星散周庐夜属橐。白马锦鞯来窈窕,紫驼银瓮出葡萄。从官车骑多如雨,只有扬雄赋最高。"较之这些规矩整饬的送别诗,虞集一些抒怀诗别有韵味。由于身处政治旋涡,对元朝民族政治的高压有切肤之痛,他也创作了一些叹老嗟卑、退隐归田的诗歌,这类诗歌数量很多,成就也最高。如他的一首为人熟知的无名诗:"我因国破家何在,君为唇亡齿亦寒。南渡岂殊唐社稷,中原不改汉衣冠。温温雨气吞残壁,泯泯江湖击坏栏。万里不归天浩荡,沧波随意把钓竿。"诗中隐隐传达出传统文人生在文化落后王朝的苦闷。另一首《院中独坐》:"何处它年寄此生,山中江上总关情。无端绕屋长松树,尽把风声作雨声。"苏轼贬居黄州时,曾将"穿林打叶"之声比作政治风波的余音,虞集此诗中的"风雨"显然也是他在政治重压中的心境映射。

杨载(1271—1323),字仲弘,浦城人。他 40 岁时受人举荐入朝,受任翰林国史编修官,延佑二年(1315)登首科进士第,历任梁州同知、宁国路总管府推官,有《杨仲弘集》8 卷传世。杨载诗歌取法汉唐,他认为:"诗当取材于汉魏,而音节则以唐为宗。"杨载诗歌以题画、送别、应酬之作居多,诗歌沉雄典实、声律圆润。其诗以《宗阳宫望月分韵得声字》最为时人称道:

老君台上凉如水,坐看冰轮转二更。大地山河微有影,九天风露寂无声。

蛟龙并起承金榜,鸾凤双飞载玉笙。不信弱流三万里,此身今夕到蓬瀛。

全诗高旷空灵,传神地写出了澄澈透明、纤尘不染的月色。前三句纯写月色,末句诗人出现,与月色合二为一,意境高远,声律温润,在杨载的诗作中堪称压卷。杨载作诗在炼字造句上颇下功夫,故诗中多有佳句,如"风雨五更鸡乱叫,江湖千里雁相呼","窗间夜雨消银烛,城上春云压彩旗"等,但也有意境不整、割裂不全的弊病,往往有佳句而无佳篇。

范梈(1272—1330),字亨父,临江清江人。家贫早孤,由母亲抚养成人,后游京师,卖卜为生,受举荐入朝,任翰林院编修,并先后在海北、江西、闽海三道廉访司任职。范梈居朝日短,仕履简单,热衷诗文创作,有《范德机诗集》7卷传世,存诗524首。范梈工古体,尤好歌行,诗歌风格变化多样,揭傒斯称他的诗:"如秋空行云,晴雷卷雨,纵横变化,出入无联。又如空山道者,辟谷学仙,瘦骨崚嶒,神气自若。又如豪鹰掠野,独鹤叫群,四顾无人,一碧万里,差可仿佛耳。"传世名作有《秋日集咏奉和潘李二使君浦编修诸公十韵》《王氏能远楼》《题黄隐君秋江钓月图》等。

揭傒斯(1274—1344),字曼硕,龙兴富州人。他出生于书香名门,延佑元年被荐为翰林编修,预修《经世大典》,并为《辽史》和《金史》的总裁官之一,死后追封豫章郡公,谥文安。揭傒斯雅好文艺,据说他的文才受到元文宗的赏识,每逢中书省举荐儒臣,他必问:"其才何如揭曼硕?"有《揭文安集》14卷传世。揭傒斯诗长于古乐府,近体诗师法李白,有唐人风致。在长期的馆阁生涯中,他创作了大量描绘文臣馆阁生活的诗歌,如《忆昨四首》,以追忆的口吻回顾了天历间的馆阁文臣聚会的盛况,诗风雍容典雅。揭傒斯另有一些表达思乡之情的诗作,写得清新质朴,温婉可读。如《梦武昌》:"黄鹤楼前鹦鹉洲,梦中浑似昔时游。苍山斜入三湘路,落日平铺七泽流。鼓角沉雄遥动地,帆樯高下乱维舟。故人虽在多分散,独向南池看白鸥。"

## 第三节 萨都剌、杨维桢与元代后期诗文作家

元代后期,统治渐趋腐败,创作主体也开始由台阁大臣转向普通官员和文人,他们一方面通过乐府诗的创作纠正中期元诗四大家的台阁风气,另外也热衷于从民间歌谣中汲取文学的养料,仿民歌的竹枝词在元代后期风行一时。这一时期的代表作家是萨都剌和杨维桢。

萨都剌(1272—1355),字天锡,号直斋,回族人,其先祖曾追随忽必烈征伐天下,后以世勋镇守云、代,萨都剌出生于代州(山西代县),少年时家道中落,泰定四年(1327)中进士,历任翰林国史院,江南诸道行御史台掾等职。萨都剌一生创作了大量诗歌作品,有《雁门集》传世,是元代后期最具影响力的少数民族诗人。他的诗歌主要分为以下几类:

第一,时事诗。萨都剌青年时曾外出经商,中年又长期在外做官,出市井,入宫廷,履迹遍布大江南北,因此,他目睹了元末民生的艰难与上层政治的混乱,并创作了大量反映社会现状的事实诗。如《早发黄河即事》描写了在饥荒、赋税、劳役和匪患重压下农民的悲惨生活:"短褐常不完,粝食常不周。丑妇有子女,鸣机事耕畴。上以充国税,下以祀松楸。去年筑河防,驱夫如驱囚。人家废耕织,嗷嗷齐东州。饥饿半欲死,驱之长河流。"《鬻女谣》描写了一个被出卖女子的悲惨遭遇,写出了饥荒中农民破产的现实。除了反映民生疾苦外,萨都剌还写作了一些政治讽刺诗,用以揭露元代统治的昏聩和残暴。如《记事》写了蒙古贵族为了争夺皇权,骨肉相残的事情。《古河堤》诗讽刺了当时的权臣伯颜。

第二,宫体诗。萨都剌中进士后,曾在翰林院任职,受到京城诗风的影响,他此时创作了大量的宫体诗(今存8首)。这些诗作虽承续了前代同题诗的传统,但在题材上予以进一步开拓,并融入诗人自我想象,自成一格,为萨都剌赢得了广泛的赞誉。如《四时宫

词四首》其三:"宫沟水浅不通潮,凉露瑶街湿翠翘。天晚不闻青玉佩,月明偷弄紫云箫。离宫夜半羊车过,别院秋深鹤驾遥。却把闲情望牛女,银河乌鹊早成桥。"此诗承前代宫体诗主题,描写了望幸不至妃嫔的怨恨,但全诗却褪去了前代宫词浓重的哀怨情调,哀怨却不绝望,这个盼望了一夜的女子虽未得到君王的临幸,但依然弄紫箫,欣赏着天上的牛郎星和织女星。这组诗的第二首也有这样的特点:"主家恩爱有时尽,贱妾心情无限思。又向晚凉新浴罢,琵琶自拨断肠词。"

第三,竹枝民歌。萨都剌虽出生于北地,但中年之后却长期流连于江南地区。由于杨维桢的推动,江南之地文人的民歌创作蔚然成风,受到这种文学风气影响,萨都剌也写作了不少清新流利的乐府诗和竹枝曲。乐府诗如《芙蓉曲》:

秋江渺渺芙蓉芳,秋江女儿将断肠。绛袍春浅护云暖,翠袖日暮迎风凉。鲤鱼吹浪江波白,霜落洞庭飞木叶。荡舟何处采莲人,爱惜芙蓉好颜色。

此诗情致雅淡,意象清丽。似无情而有情,有所思而不怨,含而不露,词婉意清。类似的诗作还有《越溪曲》。他现存《竹枝词》一首:"湖上美人弹玉筝,小莺飞渡绿窗棂。沈郎虽病多情在,倦倚屏山不厌听。"调清词浅,在民歌的基础上加入了文人的审美趣味。

杨维桢(1296—1370),字廉夫,号铁崖、铁笛道人,山阴人。泰定四年(1327)进士,长期沉沦下僚,历任天台县尹、绍兴钱清场盐司令、江西儒学提举等职,晚年弃官隐居,浪迹浙西山水,卒于明洪武三年(1370)。杨维桢是元末最重要的诗人,他以鲜明的创作风格著称于时,时人将其诗作称为"铁崖体"。杨维桢的诗歌以古乐府最为著名,另外竹枝词、宫词和香奁诗也为时人所称道。

乐府诗肇自汉代,它善以质朴的语言叙事,风格淳朴天然且内容贴近生活现实,故为历代文人所看重,用以纠正诗坛的浮靡风气或板滞空洞的台阁习气。元代之前的历代文人均有乐府诗创作,虽然代有革新,但整体风格并未脱离乐府诗的审美旨趣。杨维桢的乐府诗并非是简单的旧题翻新,而是大胆地对此类题材进行革新,将李贺诗风融入乐府,创造出瑰丽奇崛的乐府新风貌,代表诗作有《鸿门会》和《五湖游》,如《鸿门会》:

天迷关,地迷户,东龙白日西龙雨。撞钟饮酒愁海翻,碧火吹巢双狻猊。照天万古无二乌,残星破月开天余。座中有客天子气,左股七十二子连明珠。军声十万振屋瓦,排剑当人面如赭。将军下马力拔山,气卷黄河酒中泻。剑光上天寒彗残,明朝画地分河山。将军呼龙将客走,石破青天撞玉斗。

"鸿门宴"是楚汉相争的重要事件,较之前代咏鸿门宴的诗作,杨维桢此诗以奇崛的想象和奇诡的词汇营造出惊心动魄的诗境,还原了鸿门宴的紧张氛围,产生了强烈的历史代入感。全诗以"天地""黄河""太阳""彗星"等意象来形容鸿门宴中人物的行动,生动地再现了这次宴会的紧张气氛,透露出此宴对天下大势的影响,诗末以"石破青天"来形容范增击碎玉斗的动作,照应开头天昏地暗的局势,意味着天下大势已经明朗。

除乐府诗外,杨维桢也模仿当时民歌创作了一些竹枝歌和香奁诗,在当时文坛产生了较大的影响,也受到了后世评论者的激赏,翁方纲称:"廉夫自负五言小乐府在七言绝句之上。然七言竹枝诸篇,当与小乐府俱为绝唱。刘梦得以后,罕有伦比。而竹枝尤妙。"代表作有《西湖竹枝歌四首》《小游仙二十首》《春侠词》《秋千曲》等。其中《西湖竹枝歌四首》在当时产生了巨大影响,有上百人写了和作,几成一时诗坛盛况。另一首《席上作》也清新可观:"江南处处烽烟起,海上年年御酒来。如此烽烟如此酒,老夫怀抱几时开。"此诗据说是作于张士诚招揽杨维桢之时,张士诚看了此诗后,明白了杨维桢的心意,便将他放归故里。此诗清新质朴,传唱一时。

### 作品学习

1. 刘因《白沟》
2. 刘因《山家》
3. 萨都剌《上京即事五首》(其三)
4. 王冕《墨梅》

## 《白沟》鉴赏

　　白沟为河北省境内的一条河,在北宋时曾被作为宋辽的分界线。此诗是刘因游历白沟时所作,是一首咏史怀古诗。诗的首联用了赵简子"宝符藏山"的典故,说明赵太祖将收复幽燕之地的希望寄托给后代儿孙,但儿孙却只图苟安,没能继承先祖的遗志。颔、颈、尾三联具体说明了北宋历代帝王攻伐幽燕之地的失策。宋太祖意图攻伐幽燕地区,但缺乏优秀的将领,加之赵普的阻谏,伐辽之事最终搁浅。宋真宗和辽国签订了檀渊之盟,将燕云十六州彻底割给辽国,国界南移,版图缩小,是宋辽外交的败笔。宋徽宗时期,金国大举入侵,致使衣冠南渡,半壁江山拱手让人。诗人认为宋徽宗虽然是北宋王朝覆灭的亲历者,但他的先人们也要对此承担一定的责任。全诗从白沟切入,用八句诗就隐括北宋发展的历史,且表述从容,毫无促迫之感,刘因卓越的创作能力也借此可见。另外,作者以总分的模式结构全诗,有宋人以文章为诗的痕迹。

## 《山家》鉴赏

　　这是一首清新质朴的山林绝句,全诗描写了诗人酒醉归家的过程。首句写诗人骑着马踏碎了路面积水映照出的云霞,巧妙地写出诗人是在雨后的傍晚回家,也暗示了诗人整日欢畅的聚会;第二句视角上转,诗人袖子上落满了花瓣。这两句非常生动地写出了诗人的醉态,他的视线摇摆不定,时上时下。第三、四句描写了诗人到家时的情形,他刚到家门还没有叫门,童子就打开了门。诗人对童子的未卜先知感到一丝惊奇,随即明白他归家惊起了宿鸟,而它们的喧闹为童子传递了消息。全诗动静结合,以映照在积水上的云霞、自开自落的花朵、归林的宿鸟衬托出山林之安逸静谧,而诗人马蹄踏碎了落霞、衣袖阻断了落花、归家惊动了宿鸟,似乎打破了自然的平静,但却让自然的静更让人印象深刻,有"鸟喧林逾静"的风致。

## 《上京即事五首》(其三)鉴赏

　　《上京即事》是萨都剌晚年记录蒙古草原牧民生活的组诗,共5首,此处选第三首。在传统汉族文人的诗歌中,少数民族的生活一直是被嘲笑和厌弃的,作为少数民族诗人,他对游牧生活有天然的亲近之感,这让他能够以审美的目光来审视少数民族的生活。这首诗内容很简单,描绘了傍晚时分牧民放牧的画面:落日时分,牛羊在草原上自由地觅食,草原上被啃食过的青草散发出清新的草香气,牧民帐中乳酪的甜香也开始在草原上弥漫。这静谧甜美的风景被一阵狂风所破坏,漫天狂风卷起的沙粒如雪花般弥漫,于是草原的牧民迅速地放下了毡帘。全诗朴质平淡,与草原牧民的生活非常贴合。而诗中甜美与恶劣的景色构成了巨大的张力,让此诗在淡雅中蕴奇崛之气,使它超越了元代其他的写景诗。

## 《墨梅》鉴赏

《墨梅》是一首题画诗,题写在他的画作《墨梅图》上。图上仅有一枝斜出的梅枝,花瓣下密上疏。全诗清新淡雅,前两句写墨梅的由来,它是用墨色渲染而成,生动之处在于这两句诗在艺术的世界里赋予梅花以生命。后两句浅直精辟,不但道出了水墨画传情达意的艺术宗旨,同时也传达出个人的操守和气节。

### 延伸阅读

1. 原典阅读

(1)阅读《元诗选》(顾嗣立编,中华书局,1987年版),了解元代诗歌的基本状况。

(2)阅读《全元文》(李修生编,凤凰出版社,2004年版),了解元代散文的基本情况。

2. 研究文献阅读

(1)阅读《元代文学史》(邓绍基主编,人民文学出版社,1991年版)中有关元代诗文的章节,梳理元代诗文发展线索和基本成就。

(2)阅读《中国散文史》(郭预衡著,上海古籍出版社,2011年版)中册有关元代散文部分的论述,了解元代散文发展情况,分析元代散文之特色。

### 拓展训练

1. 明人胡应麟在《诗薮》评元诗四大家的诗风:"皆雄浑流丽,步骤中程。然格调音响,人人如一,大概多模往局,少创新规。视宋人藻绘有余,古淡不足。"结合元诗四大家的诗作谈谈你对此看法的理解,完成一篇小论文。

2.《四库全书总目提要》评价杨维桢:"以横绝一世之才,乘其弊而力矫之,根抵于青莲(李白)、昌谷(李贺),纵横排奡,自辟町畦。其高者或突过古人,其下者亦多堕入魔趣。故文采照映一时,而弹射者亦复四起。"请结合杨维桢诗歌创作特点谈谈对此看法的理解,完成一篇小论文。

# 第七编　明代文学

　　明代从太祖朱元璋洪武元年(1368)开国,到崇祯十七年(1644)思宗朱由检自缢,前后共计277年。就文学而言,这是文学史上又一个收获季节,虽然诗、词等传统文学样式在这个时期已失去了唐、宋时的光彩,但小说、戏曲等新的形式则像雨后春笋般地繁荣成长起来,并结出了丰硕的成果。

　　根据明代文学发展的实际情况,大体上可以弘治、正德前后为界分为前后两个时期。明前期文学有个显著特点,就是著名作家和优秀作品几乎都集中在元明之际(元末明初),建国初则很少有得力之作。嘉靖以后,文坛面貌焕然一新,长篇白话小说和戏曲成为创作的主流,并产生了许多优秀的作家和作品,文学创作形成了空前繁荣的局面。

　　朱元璋开国之初,在政治上极力强化君主独裁,将军政大权独揽于一身。至永乐和宣德年间,又建立内阁制度,削弱诸王权力,进一步巩固和发展了中央集权制度。

　　在思想文化方面,大力提倡程朱理学,实行八股取士制度,思想文化界呈现了一派沉闷压抑的气氛。

　　明代从正德(1506—1521)年间开始朝纲日坏,朝政日非。嘉靖、万历以后,政治危机继续发展,嘉靖末年,已呈现出了军政败坏、财政崩溃的局面。隆庆、万历年间,统治者在缓和社会矛盾和挽救政治危机方面做了一些努力,其中最为重要的就是张居正的改革。他们采取了一系列改革措施,如澄清吏治、平均赋税、制止兼并、清查土地、清查边军积弊和巩固国防等,这些措施对推动生产发展、巩固封建统治等都起了一定的作用。但到了万历中期,改革派又逐渐被排斥。万历后期引人注目的事件是党争,到了天启年间魏忠贤把持朝政,大批杀害东林党人,党争越来越激烈。天启、崇祯年间,各种社会矛盾更加激化,明朝统治者又通过"辽饷""剿饷""练饷"等名目,横征暴敛,使人民倾家荡产,到处流亡。加上水、旱、疾病等灾害不断发生,从而引起了明末如火如荼的农民大起义,明王朝也就在农民起义的洪流中覆亡。

明代中后期思想文化活跃,其中影响最大的是王学。弘治、正德年间,思想家王阳明进一步发展了宋代陆九渊的"心学",创立了自己的思想体系,在思想界产生了巨大的影响。此后,心学流布天下,在嘉靖、万历期间形成了多种派别,其中泰州学派亦称王学左派,从王畿、王艮、颜钧、罗汝芳,到何心隐、李贽,越来越具有离经叛道的倾向。明代"狂禅"之风甚盛,他们强调本心是道,本心即佛,敢于用"本心"去推倒偶像的崇拜和教义的束缚,洋溢着一种叛逆的勇气和张扬个性的精神。心学与禅宗相结合在社会上广泛传播,促使人们在思想观念、思维方式上发生了变革,开始用批判的精神去对待传统、人生和自我,为明代掀起复苏人性、张扬个性的思潮创造了一种气氛,启发了一条新的思路,提供了一种理论武器。

明代各种文学体裁所达到的成就相当不平衡。概言之,散文、诗、词相当以往各个时期来说处于一种衰退的状态,而适应当时社会和文化思想而兴起的小说、戏曲和民间文学则有着巨大的成就,产生了很多优秀的作品,成为明代文学的主流。

被称为"明代四大奇书"的《三国演义》《水浒传》《西游记》和《金瓶梅》标志着明代长篇小说所取得的最高成就。明代其他长篇小说成就不一,但在创作上都积累了不少经验和教训,为清代小说的繁荣创造了条件。

短篇小说方面,"三言""二拍"是宋元话本小说的继承和发展,其内容较宋元话本更复杂,体现了时代的特点,艺术上也更趋成熟。

明代杂剧呈衰落之势,更多成为文人抒写性情的工具。徐渭的《四声猿》代表了明代杂剧创作的最高成就。传奇剧在明代成为一时之盛,成绩斐然。嘉靖年间,以《宝剑记》《浣纱记》《鸣凤记》为代表的"三大传奇"问世,标志着传奇体制的初步定型。吴江派和临川派的出现则代表了传奇剧的繁荣。汤显祖的《牡丹亭》则成为明传奇的杰出代表。

明代诗文较为逊色,成就不及唐宋,但出现了众多旗帜鲜明的文学流派,如前七子、后七子、唐宋派、公安派、竟陵派等。晚明的小品文,在散文发展史上占有重要地位。明末一些爱国作家的诗文也取得了一定的成就,代表人物有陈子龙、夏完淳等。

明代散曲在元曲的基础上有所发展,出现了陈铎、冯惟敏和薛论道等散曲名家。民歌则时代特色极为鲜明,冯梦龙收集整理的《山歌》《挂枝儿》最有代表性。

# 第一章　明代长篇小说

## 文学史

元末明初，《三国演义》和《水浒传》的诞生标志着中国古代白话长篇小说的正式形成。嘉靖元年(1522)《三国志通俗演义》刊刻问世，接着《水浒传》等也相继刊行，这引起了极大的社会反响，在它们的影响下，嘉靖、万历两朝白话小说创作开始兴盛，随着《西游记》和《金瓶梅》的相继问世，白话长篇小说创作进入了繁荣期。从万历二十年(1592)到明亡，短短50余年间刊印行世的作品就有100余部。就题材而言，明代的长篇小说分为历史演义、英雄传奇、神怪小说和世情小说四大类型，其代表作分别是《三国演义》《水浒传》《西游记》和《金瓶梅》，研究者称之为"四大奇书"。

就文体而言，明代白话长篇小说都属于章回体，这种文体主要有以下几个特点：

首先，分回标目。白话长篇小说一般篇幅都比较长，这就要求作家把作品分成长短大体相等的段落，并标上回数和题目，这就形成了章回体。

其次，"说书体"叙事。主要表现在两个方面：其一，小说中或明或暗都有一个全知全能的"说书人"，他们承担了小说叙事的职能，同时又能调控叙事的流程，直接干预叙事。[①] 其二，小说中保留了说书人的套语，如"话说""且说""却说""只见""但见"之类，仍然是作者叙事时进行描写的主要方式，而用"欲知后事如何，且听下回分解"这样的套语来结束一个故事，引起另一个故事，也是小说结构上必不可少的方式。

最后，文备众体。从文体的角度看，韵散结合是白话长篇小说的又一重要特征，一般而言，叙事部分用散体文，而写景、状物或描写人则多用韵文。

---

① 鲁德才.古代白话小说形态发展史论[M].天津:南开大学出版社,2002:66-67.

# 第一节 《三国演义》与历史小说的繁荣

## 一、素材来源及成书

《三国演义》是历史演义的开山之作,也是我国古代成就最高的长篇历史小说。其创作素材主要来源于两个途径:其一是关于三国史事的历史文献。《三国演义》的早期版本多题署"晋平阳侯陈寿史传,后学罗本贯中编次",这就表明了该小说与史著的渊源。陈寿的《三国志》提供了关于三国历史最早最完整的记录,也为《三国演义》提供了基本的人物原型和史事框架。裴松之为《三国志》做的注,更为《三国演义》提供了丰富的素材。司马光的《资治通鉴》以编年为线,博采兼收,集前代史料之大成,将三国历史熔铸成一幅完整且宏伟的历史画卷,这对《三国演义》的结构布局产生了深远影响。朱熹的《通鉴纲目》一反以曹魏为正统的做法,转以蜀汉为正统,对《三国演义》的创作倾向以及全书叙事角度的选择都有决定性影响。其二是民间不断流传的三国故事和创作。据文献记载,隋代民间文艺表演中已有三国题材的节目,如隋炀帝观赏的水上杂戏中就有"曹瞒浴谯水,击水蛟""刘备乘马渡檀溪"等名目。唐宋时期,三国故事在民间的流传更为广泛,李商隐《娇儿诗》中说到"或谑张飞胡,或笑邓艾吃",可见晚唐时期三国故事已为人们所熟知。据《东京梦华录》记载,北宋时期已有专讲三国故事的科目,且出现了霍四究这样"说三分"的名家。金元时期,出现了不少"三国戏",如《三战吕布》《隔江斗智》《赤壁鏖兵》《单刀会》等,现知元代及明初三国题材杂剧剧目就有60种之多,这些作品为《三国演义》的创作提供了许多生动的故事情节。元至治年间(1321—1323)还出现了刊本《全相三国志平话》,这成为《三国演义》创作的重要蓝本。

《三国演义》的完成者是罗贯中,其生平事迹不详。明人贾仲明的《录鬼簿续编》对他有简单的介绍:"罗贯中,太原人,号湖海散人。与人寡合,乐府、隐语,极为清新。"面对丰富、复杂的史料和民间创作,罗贯中主要做了两个方面的工作:其一,以史实为依据,剔除来自民间创作中过于荒诞、鄙俗的成分以及不符合人物性格的情节;其二,精心提炼情节,增强小说的文学性。《三国演义》的成功之处就在于,在尊重历史、使情节框架合乎史实的前提下,充分发挥想象,将这些来自史书、民间的各种素材整理、提炼成一个又一个生动的故事情节,从而使小说的艺术性大大提高。

《三国演义》在明代前期主要以抄本形式流传,现存最早刊本是刻于嘉靖年间的《三国志通俗演义》。该本24卷,每卷10回,共240回。明刊本留存至今的还有《三国志传》和《李卓吾先生批评三国志》,其中《李卓吾先生批评三国志》将240回合并为120回。清康熙年间,毛纶、毛宗岗父子对回目和正文都做了较大修订,并加上自己的评语,毛氏父子的评改使作品的艺术性有了较大提高,"毛本"也成为后来最流行的版本。

## 二、《三国演义》的思想倾向

《三国演义》据史而演义,描述了东汉末到西晋初百余年的历史,艺术地再现了这一时期的政治、军事、外交斗争。作品的叙事视角主要聚焦在刘备一方,或者说作者是站在刘备集团的立场上来审视这段历史的,因此,"拥刘反曹"是小说最明显的情感取向。小说着重描写的是蜀、魏两大集团的矛盾斗争,而刘备一方始终被放在正统地位,对刘备集团的主要人物作者都给予正面的、充分的展示,特别是对仁君贤相的代表人物刘备、诸葛亮,忠义的化身关羽,骁勇的战将张飞、赵云、马超等,作者都不惜笔墨,做了精心的刻画,使他们成为家喻户晓的艺术形象。面对史家或尊曹或尊刘的争执,面对民间比较一致的拥刘反曹倾向,罗贯中按自己的标准做出了判断和抉择,即用政治的天平来衡量时,他肯定了魏、蜀、吴三方在争取人心、重视人才方面各有其正确的战略和策略,小说不仅对刘备、孙权,也对曹操的雄才大略予以肯定;但用道德的标准来衡量时,天平就明显地向刘备一方倾斜。小说中反复强调:"天下者,非一人之天下,乃天下人之天下,惟有德者居之。"这是罗贯中政治伦理思想的核心,而刘备就是"德"的代表。从历史记载和民间传说看,刘备与曹操虽然都是雄居一方的军阀,但刘备比较仁厚,曹操比较奸诈,刘备有意识地高举"仁义"的旗帜与曹操抗衡,他曾对庞统说:"今与吾为水火者,曹操也。操以急,吾以宽;操以暴,吾以仁;操以谲,吾以忠。每与操反,事乃可成耳。"从《三国志》和裴松之注看,刘备的劣迹不多,而且留下了携民渡江、三顾茅庐等佳话。相反,曹操却有不少恶行,如"宁叫我负人,毋人负我"的自白,"割发代首""梦中杀人""借人头压军心"的诡计,为报父仇而杀人数万,"泗水为之不流"的暴行,等等。由此可见,"拥刘反曹"主要体现的是作者"善善恶恶"的伦理道德观念,带有明显的民间色彩,也体现了儒家明君仁政的社会理想。

与拥刘反曹倾向密切相关的是小说中的"忠义"观念。在开宗明义的第一回就大写特写了"桃园结义"这一情节,刘、关、张结义的誓词是:"同心协力,救困扶贫,上报国家,下安黎庶。"在这里,"上报国家"指"忠","同心协力"为"义",可以说,桃园结义的道德内容就是"忠义"。作者崇尚的是"忠"和"义"的完美结合,但从小说的具体描写来看,作者更强调的是"义"。一般来说,"义"可以从两方面理解:一是统治者标榜的"义",它和"忠"连在一起,常被称为"春秋大义";二是民间推崇的知恩必报、哥们义气,也被称为"小义"。在《三国演义》中,关羽是"义"的代表,他的"义"是融二者为一体的。首先,关羽的"义"突出表现在他与刘备的关系上。在"桃园结义"时,刘、关、张就立下誓言:"背义忘恩,天人共戮。""屯土山关公约三事"之后,关羽受到了曹操非常优厚的礼遇,"封侯赐爵,三日一小宴,五日一大宴,上马一提金,下马一提银"。而这一切都无法改变关羽对刘备的忠心和义气,在知道刘备下落后,关羽毅然"挂印封金",留下曹操的一切赏赐,千里走单骑,过五关斩六将,以超人的气魄实现了"义不负心,忠不顾死"的诺言,一个富贵不能淫、威武不能屈的义士形象从此耸立在世人面前。但是,关羽的"义"又时常和"忠"产生矛盾,这主要体现在华容道"义释曹操"这件事上。关羽明知军令在身,却甘冒杀头之险,弃盖世之功,置刘备的一统大业于不顾,放走了惶惶垂泪的曹操,这突出地表现了他为"义"而甘于牺牲自我的精神。在关羽身上,大义和小义、自我形象和对集团的责任心之间发生了激烈的冲突,但从艺术上来看,这有利于展示人物复杂的性格,同时也更能体现作者的观念。

## 三、类型化的人物塑造

《三国演义》成功的原因是多方面的,而塑造出一系列鲜活的人物形象应是最主要的成绩。被毛氏父子称为"三绝"的曹操、诸葛亮、关羽自不待言,就连一些过场人物如杨修、张松、秦宓等也无不形象鲜明,给读者留下难忘的印象。作品写人的特色是将历史人物传奇化,即将传奇手法运用于历史小说,突出人物的超人之勇、超人之智,使小说中的人物形象"大"于现实中的人,因此个性突出,具有很强的形象冲击力。

《三国演义》在塑造人物形象方面有一个鲜明的特征,就是专门突出人物性格中的某一个特点,并把这一特点写到极致,如曹操之奸、刘备之仁、诸葛亮之智、关羽之义等,研究者将这种方法称为"性格强化"法。这种方法突出了人物的性格特征,因而塑造出的人物个性鲜明,易于给读者留下深刻的印象。"性格强化"法在小说中的运用主要表现为两种形式:

其一,对于性格比较复杂、性格内涵比较丰富的人物,集中突出他们某一方面的特点,或者突出某一方面的才能,并运用夸张、渲染的手法或传奇性的故事和情节,将这一性格特点或才能强化到常人难以企及的程度。曹操被毛氏父子称为"古往今来奸雄中第一奇人",作为奸雄的典型,他具有"似乎忠""似乎顺""似乎宽""似乎义"等多种性格特征,但作者着笔最多的是他的奸和雄。曹操第一次亮相时,作者就对他做了"有权谋""有机变"的概括介绍,接着写他装病欺父,说明他从小就机敏奸诈;写他杖责权宦之叔,又突出了他不畏权贵的胆识;引用许劭"治世之能臣,乱世之奸雄"的评论,则进一步为这种形象定了调子。寥寥数笔,曹操形象已活灵活现地出现在了读者面前。此后作者用了一系列富于传奇色彩的故事,对曹操展开细致的描写,其中杀吕伯奢一事是刻画曹操形象颇为得力的一笔。曹操杀吕伯奢家人一事有一定的历史根据,但各种记载中都没有提到杀吕伯奢本人,只是误杀了吕伯奢之子及其家人。在《三国演义》中则变成曹操因误会杀了吕氏一家,在发现误杀后又凶残地杀了伯奢本人。陈宫问他为什么杀吕伯奢,他的回答是:"宁教我负天下人,休教天下人负我。"这样一改动,就把误杀变成明知故杀,突出了曹操残忍的性格和极端利己的品性。接着小说又用一系列生动的故事反复渲染了曹操的这种品性,使其成为小说中最成功的统治者典型。被称为"古今来名将中第一奇人"的关羽形象也是这样塑造出来的。

其二,对于性格内涵比较单一的人物,则集中笔墨突出他们这一方面的性格和才能,使人物性格得以强化。在《三国演义》中,用这种方法塑造出来的人物比较多,如善于运筹帷幄的徐庶、庞统;善于统军用兵的周瑜、陆逊、司马懿;善于料人料事的郭嘉、荀彧;武功将略超群绝伦的张飞、赵云、黄忠;冲锋陷阵骁锐莫当的马超、许褚、黄盖、周泰;还有善于文藻的、善于应对的、善于舌辩的、善于知人的、善于治烦理乱的等等,不可胜数。这些人物都是某一种性格特点(道德品质或才能)的体现。在塑造这些形象时,作者大多使用传奇性的故事和情节来突出他们的性格,如"夏侯惇拔矢啖睛""祢正平裸身骂贼""张永年反难杨修"等等,都给读者留下了极深的印象。

为了突出人物性格,《三国演义》在人物塑造方面还大量使用了对比、衬托的手法。

毛氏父子将这种方法概括为"正衬"和"反衬"两种。所谓"反衬",就是对不同的性格类型进行对比,这可以加大人物性格之间的反差,从而起到突出人物性格的作用。这种手法用得最多、最好的是在表现曹操和刘备这两个主要人物的性格方面。在汉末群雄中,曹操是一个非常杰出的人物,这在与袁绍的对比中已得到了很好的体现。然而与刘备对比,曹操丑恶的一面就暴露无遗。在作者笔下,刘备无论是在政治上,还是在道德上都胜曹操一筹。如同是爱才,曹操拉拢关羽的办法无非是上马金、下马银,金钱美女,高官厚禄而已,刘备与关羽却是同生死、共命运,以兄弟义气和国家大事为重;曹操想要徐庶归附自己采用的是囚禁其母、逼其就范的方法,而刘备虽然离不开徐庶,却因其母遭难而不忍挽留;曹操见张松其貌不扬,便摆出一幅傲慢恣肆的架子,拒人千里,而刘备则相见以礼,待为上宾,使他在义气的感召下献出了西川地图;祢衡当面骂操,曹操顿起杀机,便派祢衡去荆州劝说刘表投降,以便借刀杀人,而刘备却不愿将"妨主"的的卢马转送他人,嫁祸于人。同时,作者还从理性的高度对两人的人生哲学做了比较,曹操的名言是"宁教我负天下人,休教天下人负我",刘备则宣称"吾宁死,不为不仁不义之事"。在这些对比中,两人高下不辨自明。

所谓"正衬",是将相同或相近的性格进行对比,以突出二者的差异。小说中诸葛亮形象的成功就得力于此。诸葛亮是小说的中心人物,在他出场之前作者就用大量笔墨为他做了铺垫,如徐庶就是作者为了衬托诸葛亮而特意设置的。接着,作者用长达10余回的篇幅将周瑜和诸葛亮做了对比,周瑜是赤壁之战的英雄,他精通韬略,机智勇敢,在众寡悬殊的严峻形势下,沉着应对,计谋迭出,竟将老谋深算的曹操玩弄于股掌。然而,在与诸葛亮的斗智中,他却总是捉襟见肘,力不从心,他精心制定的计策,总是被诸葛亮一眼看穿;他谋取荆州的各种措施,也总是被诸葛亮一一化解。尽管他竭力争取主动,但劳神费力一番,却要么功亏一篑,要么弄巧成拙,临终前那"既生瑜,何生亮"的悲叹,强烈地表达了他力图压倒诸葛亮却又无可奈何的心情。而诸葛亮在一次又一次的斗智中,却总是从容不迫,气定神闲,游刃有余,在这种"才与才敌"的对比中,二人高下自分,而诸葛亮作为"智慧"化身的形象就更为突出了。

总的来看,《三国演义》写人物的笔墨不够细致,人物的性格内涵也不够丰富,一定程度上还存在"类型化"的问题。但《三国演义》中的形象往往对既定类型有所突破,使得人物更加鲜活生动。以张飞而论,这个形象在长期的民间演唱中已经定型为莽汉,《三国演义》保留了这个特征,但又从两个向度做了进一步挖掘,一方面把张飞与沉稳多智的诸葛亮关联、对照来写,如三顾茅庐、新野之战等,愈显其莽撞;另一方面又写他偶然间的计谋与沉稳,如取巴郡时"猛然思得一计"便骗过了宿将严颜,又如"智取瓦口隘",不但用计,而且还做戏,这就在莽汉的"类型"中凸现出了"这一个"张飞。作者在叙述历史故事的同时,注意到了描绘人物,注意到人物个性的差异,这种意识对促进小说艺术的发展起了很大的作用。

## 四、以智谋为核心的战争叙事

在中国古代小说中,《三国演义》以描写战争见长,素有"形象的百年战争史""真正的战争文学"之称。全书所写大小战役多达40余次,具体的战斗场面有上百个之多,这些战役和战斗场面都描绘得惊心动魄,各有特色。总的来看,《三国演义》描写战争的特色主要体现在以下几个方面:

第一,"全景"式地展示战争,重在经验教训的总结。作者主观上有总结战争经验的目的,因此他描写的战争与一般战争题材小说只知千篇一律地重复两军如何安营扎寨、对阵交锋的程式化写法不同,而是善于根据战争的不同情况做不同的艺术处理,尤其是突出战略战术上的较量。书中凡是描写成功的大小战役,总是把"人谋"放在首位,善于抓住决定战争胜负的关键环节来进行描写。

第二,以人为中心,通过战争来完成人物形象的塑造。《三国演义》作者写战争的一个特点就是"没有为情节而情节,而是在人物性格的冲突中构成矛盾,展开情节,又在情节的发展中铸造人物性格"[1]。作者始终把对人物的刻画放在中心位置,通过战争来展现人的灵魂,"让人物性格、神态通过战争充分地反映出来"[2],因而既使战争描写起伏跌宕,又使人物形象生动、鲜明。如官渡之战是袁、曹两大军事集团的一次决战,但小说的重点却是塑造两大集团首领的形象。一场大战结束了,两个主人公的形象也就这样鲜明地树立在读者面前。

第三,以"智谋"为核心,重在对哲理性内容的阐发。与我国其他古典长篇小说相比,《三国演义》对读者还有一种独特的吸引力,这就是除了文学审美的魅力之外,还能满足读者益智求知的欲望,这也是小说广泛流传的重要原因。《三国演义》的智慧主要通过五花八门的各种"计"来体现的,如连环计、苦肉计、美人计、反间计等等,中国古代兵法中所谓的三十六计在小说中大多都得以再现。如空城计,是对古代军事史上众多空城计战术的形象概括,作品中对司马懿心理的描写突出了诸葛亮的知己知彼,比较好地揭示了运用这一战术的根本原则,因此,虽出于文学虚构,但却比任何兵书中的记载更深刻、更形象。

第四,从各个角度审视战争过程,相"犯"而"不犯"。毛氏父子说:"作文者以善避为能,又以善犯为能。不犯之而求避之,无所见其避也;唯犯之而后避之,乃见其能避也。"(《读三国志法》)毛氏认为《三国演义》很善于运用这种辩证法,就是故意写同一类人物,却能写出不同的性格;故意写同一类型的事件,却能写出不同的情节。如"火攻",《三国演义》中写过不少次,但每次都不相同。在这些火战中,烧法各不相同,而且都写得生动逼真。

第五,笔法灵活多变,曲尽其妙。《三国演义》描写战争的方法灵活多变,作者善于根据不同的战争状况做出不同的艺术处理,因此,他笔下的战争丰富多彩,变化多端,具有无穷的魅力。

---

[1] 曹学伟.夷陵之战的情节和人物塑造[M].//中国《三国演义》学会.三国演义学刊(二).成都:四川省社会科学院出版社,1986:260.
[2] 杨子坚.《三国演义》描写战争的艺术[J].南京大学学报,1983(2):42-49.

### 五、其他历史演义小说

以《三国志通俗演义》的刊行为标志,嘉靖以后历史小说创作步入了鼎盛期,据不完全统计,有明一代创作的历史演义小说将近40部,不同的作家用不同的方式对历史小说创作做出了自己的探索。

嘉靖时期出版的历史演义多"署名"罗贯中,除各种版本的《三国志通俗演义》外,还有《隋唐两朝志传》《残唐五代史演义传》等。嘉靖、万历时期,一些书商纷纷加入创作队伍,其中率先创作和出版历史演义的是熊大木,他先后编创出版了《大宋中兴通俗演义》《唐书志传通俗演义》和《全汉志传》等。在他的影响下,一些小说家与书坊大肆创作与出版历史小说,主要有无名氏的《京板全像按鉴音释两汉开国中兴传志》,甄伟的《重刻西汉通俗演义》,明周氏大业堂的《重刻京本增评东汉十二帝通俗演义》,诸圣邻的《大唐秦王词话》等。晚明时期又出现了《开辟衍绎通俗志传》《盘古志传》《有商志传》《有夏志传》等。这个时期的小说家大多把小说当成史学的附庸,主张历史小说创作应该"羽翼信史"(张尚德《三国志通俗演义引》),因此多采用"按鉴演义"的创作模式,艺术性普遍不高。其中成就较高的是列国系列小说。建阳书商余邵鱼首先采用编年叙事的方式编撰了《列国志传》,第一次完整地叙述了周朝800年的历史。冯梦龙在此基础上进行了改编和重写,创作了《新列国志》,使小说的艺术品位大大提升。清乾隆年间蔡元放又对《新列国志》"稍为评骘,条其得失而抉其隐微"(《东周列国志序》),改名为《东周列国志》,从而成为《三国演义》之外影响最大的一部历史演义小说。

崇祯以后,以当代重大事件为题材的"时事小说"成为小说创作中的一个热点。就题材而言,这类小说主要集中在三个方面:首先是以魏忠贤阉党祸国殃民为内容的小说,主要有《警世阴阳梦》《魏忠贤小说斥奸书》和《皇明中兴圣列传》;其次是关于辽东战事的小说,有《辽东传》《近报丛谭平虏传》和《辽海丹忠录》等,主要写明廷内部主战、主和两派之间的激烈斗争,以及在此情形下在辽东进行的抗清战争;第三类是关于李自成等起义军的小说,主要有《新编剿闯通俗演义》《定鼎奇闻》和《铁冠图演义》。时事小说所关涉的内容大体上与时代相平行,作者要迅速地反映国家大事,且成书迅疾、即时刊刻,因此具有一定的新闻性;就创作方法而言,这类小说注重实录,对真实性的要求远较历史演义为高。但其共同缺陷则是忽视了小说的艺术性,创作成就都不高。

## 第二节 《水浒传》与英雄传奇小说

《水浒传》是古代英雄传奇小说的代表作。"英雄传奇"是历史小说的一支,鲁迅称之为"叙一时故事而特置重于一人或数人者"。"历史演义"和"英雄传奇"既有相同之处,又有较大区别:从创作主旨上看,历史演义是据史演义,意在演述历史事件,反映历史发展概貌,记述朝代兴亡,总结历史经验教训;英雄传奇则着重描绘英雄人物的传奇事迹,渲染他们的武勇和力量,反映特定时期的社会生活,寄托作者的情思。从作品题材看,历史演义的主要事件和人物多有所本,实多虚少,作家的创作往往受历史真实制约;英雄传奇则多撷取民间传说故事,主要人物和事件或有历史影迹,但多为虚构,作家可以充分想象,随心创作,不受历史的拘束。从艺术上看,历史演义多采用编年体写法,或记述一代史事,或通演古今事,人物多为帝王将相,具有历史感;英雄传奇则采用纪传体写法,人物多为草泽英雄,可真可幻,基本结构模式是以某个英雄人物或英雄群体为线索,展开故事,铺排历史。

## 一、"水浒"故事的流传与发展

和《三国演义》一样,《水浒传》也不是由某一作家向壁虚构而横空出世,而是经历了长时期的民间演化和复杂的累积、聚合过程。

《水浒传》讲述的是宋江等梁山好汉充满传奇色彩的人生故事。关于北宋末年的宋江起义,正史中仅有零星记载,如《宋史·徽宗本纪》载:"淮南盗宋江等犯淮阳军,遣将讨捕;又犯东京、江北,入楚海州界,命知州张叔夜招降之。"《张叔夜传》说:"宋江起河朔,转略十郡,官兵莫敢撄其锋。"《东都事略·侯蒙传》说:"(宋)江以三十六人横行河朔,官军数万无敢抗者,其才必过人。"对宋江其人、义军的人数和事迹都没有明确记载。

南宋时期,宋江的故事在民间广泛流传。宋末元初,画家龚开的《宋江三十六人赞》完整地记录了宋江等36人的姓名和绰号,其《序》说:"宋江事见于街谈巷语,不足采者。虽有高如李嵩辈传写,士大夫亦不见黜。余年少时壮其人,欲存之画赞。"可见当时民间流传的宋江等人的故事,已引起士大夫的注意。当时水浒故事还成为艺人说唱的重要内容,以水浒故事为题材的话本和戏剧也大量出现,南宋罗烨《醉翁谈录》所记的说话名目中有"石头孙立""青面兽""花和尚""武行者"等,应该是一些相对独立的水浒故事。

在元代,水浒故事成为创作热点,宋江等人的故事逐渐成型。《大宋宣和遗事》中最早涉及了水浒故事,虽行文简略,但已有了《水浒传》中"杨志卖刀""智取生辰纲""宋江私放晁盖""宋江杀惜""征方腊"等故事的雏形。元代还出现了一批水浒戏,其中《双献功》《燕青博鱼》《还牢末》《争报恩》《黄花峪》与小说有所不同,康进之的《李逵负荆》则与《水浒传》第七十三回内容一致。在这些戏里,水浒故事和人物形象日益丰富起来,水浒英雄由36人发展到72人,又发展到108人,对梁山泊的描写也接近了《水浒传》。这些都为《水浒传》的最后成书做了准备。

《水浒传》的写定者究竟是何人,历来有不同的说法。明代嘉靖间高儒的《百川书志》最早著录此书,说"《忠义水浒传》一百卷,钱塘施耐庵的本,罗贯中编次",同时代人郎瑛《七修类稿》说:"《三国》、《宋江》二书,乃杭人罗本贯中所编。予意旧必有本,故曰编。《宋江》又曰钱塘施耐庵的本。"稍后田汝成《西湖游览志余》和王圻《稗史汇编》都记为罗贯中作。明万历时期胡应麟《少室山房笔丛》则说是施耐庵作。施耐庵生平不详,仅知是元末明初人,曾在钱塘(今浙江杭州)生活。

《水浒传》的版本比较复杂,大致可以分为繁本和简本两个系统。繁本细节生动、文学性强,但没有征王庆、田虎故事,故又称"文繁事简本"。现知最早的版本是高儒《百川书志》所著录的《忠义水浒传》,100卷。现存较完整的早期百回本是万历己丑年(1589)

天都外臣序本和万历三十八年(1610)容与堂刊《李卓吾先生批评忠义水浒传》。繁本中还有120回本,增入了征王庆、田虎故事,并在文字上做了增饰,袁无涯刊行,书名为《李卓吾先生批评忠义水浒全传》。简本叙事简约,细节描写少,文字比较粗糙,但有征王庆、田虎故事,故又称"文简事繁本",简本回目不一,有115回、120回、124回等多种,现存较早的有明万历年间余象斗刊《水浒志传评林》。

明末金圣叹将繁本从第七十一回处截断,将原书的第一回改为"楔子",将第七十一回中的"忠义堂石碣受天文"部分保留下来,自己加上一段卢俊义惊噩梦的情节,作为结局的第七十回。此外,金圣叹还对前七十回的行文做了较多修订,使其在艺术上更为成熟,从而成为后来最通行的版本。同时,金圣叹对此书所做的大量评点,代表了中国古代小说理论的最高成就。

## 二、草莽英雄的颂歌

《水浒传》揭露了当时社会的黑暗,突出了"官逼民反"的主题。作为英雄传奇的典范之作,《水浒传》的内涵十分复杂,其中既有封建社会主流意识形态的渗透,如突出梁山好汉的"替天行道",强调其"忠义",其中"忠"是对朝廷、对君主的忠诚,"义"是对朋友、对弱者的义气,二者皆以儒家的道德观念为基础,同时又体现了下层民众的理想和文化心态。小说描绘了广阔的市井社会,又比较细致地表现了活跃于市井社会和山林、江湖间的游民的生活、奋斗和理想,其中既有反抗社会黑暗、不公的一面,如鲁智深的"禅杖打开生死路,戒刀杀尽不平人";也有痛快淋漓的物欲追求,如书中着意渲染的梁山好汉的大碗喝酒、大块吃肉;还有非理性的凶险的破坏力量,如李逵将众生砍得血肉横飞的两把板斧。这些成分复杂地交融在一起,因此,从不同层面看,都可以得出不同的结论。总的来说,《水浒传》主要表现的是民间理想,对官方正统的意识形态具有巨大的冲击力、破坏力,作品浓墨重彩地描写并颂扬了众好汉的反叛行为,如一曲洪钟大吕的反叛者的颂歌,几百年来震撼着国人的心灵。

《水浒传》主要展现了中国下层民众普遍推崇的侠义精神,作品最吸引读者之处就在于充分运用了传奇手法,精心塑造了一系列具有非凡特质的侠义英雄形象。其中如武松、鲁智深、林冲等,都久远地活在中国民众的心中。

武松是勇敢和力量的化身,也是寄托了下层民众侠义理想的最完美的义侠形象,在某种意义上,武松可看作整个梁山的缩影——慷慨重义、神武好胜、快意恩仇、重人伦、轻女色,梁山好汉群体推重的义侠素质,都集中突出地体现在武松身上。武松故事主要集中在第二十三回到三十二回,从柴家庄宋江夜遇武松开始讲起,接下来便讲述了著名的武松打虎的壮举,写出他的神勇好胜,从此这位打虎英雄就开始了一系列除强锄暴的行动:斗杀西门庆、醉打蒋门神、大闹飞云浦、血溅鸳鸯楼、夜走蜈蚣岭……打虎突出了他的神威和无所畏惧,也表现了他的争强好胜,为他的一生定下了调子;快活林写了武松的知恩图报、锄强扶弱;大闹飞云浦、血溅鸳鸯楼则将复仇之神的形象体现得最为完美。

鲁智深是最受读者敬重的一位英雄,侠义精神在他身上体现得最为纯正。与李逵、武松等英雄不同,鲁智深不受狭隘的义的束缚,而是以扶弱锄强为宗旨,他的人生格言就是"杀人须见血,救人须救彻",他疾恶如仇,敢作敢为,无所顾忌,从他的身影在水浒世界里出现的那一刻起,一路散发着奋身忘我的精神。"禅杖打开生死路,戒刀杀尽不平人",展示了人间最充分的侠义精神。他奋身干预的事情,没有一件和他切身相关,或者关涉到他个人利害,而他无不慷慨赴之,这才是十足烈火真金的路见不平拔刀相助。

在小说中,林冲也是一个给读者印象很深的人物,在他身上最充分地体现了"逼上梁山"的主题。他本是东京八十万禁军教头,待遇优厚,生活舒适,自然安于现状、怯于反抗。高衙内明目张胆地调戏他的妻子,他虽然感到耻辱,却不敢公然与之对抗。在高俅父子的多次阴谋陷害下,他被发配充军,甚至被贬斥到大军草料场时,尚没有明确的反抗意识。但残忍的高俅父子并不因为他一再退让而放手,竟然又派人赶来害他。在家破人亡,实在忍无可忍的情况下,他才愤然而起,杀死仇人,决然走上反抗的道路。林冲故事揭示了社会现实的黑暗和残酷,同时也表现了人生的压抑和愤懑,在小说第六回林冲说道:"男子汉空有一身本事,不遇明主,屈沉在小人之下,受这般腌臜的气。"这集中体现了作者对黑暗政治的不满。

## 三、宋江形象——解读《水浒》的一把钥匙

宋江是水泊梁山的灵魂,也是《水浒传》中最为奇特、也最为后人毁誉不休的人物。对宋江的评价,影响最大的是明末思想家李贽和著名小说批评家金圣叹,两人先后对《水浒传》做了评点,都对《水浒传》称赞不已,但对宋江的看法却截然不同。李贽高度评价了宋江,认为宋江是"忠义"之人,甚至对他投降朝廷、接受招安的行为也大加赞扬,他在《忠义水浒传序》中说:"独宋公明者,身居水浒之中,心在朝廷之上,一意招安,专图报国,卒至于犯大难,成大功,服毒自縊,同死而不辞,则忠义之烈也!"金圣叹则持相反态度,认为宋江是一个"万万必无忠义之心"的"强盗",是朝廷的叛臣逆子。之所以有如此大的差异,这与评论者的立场有一定关系,但更重要的是因为宋江形象本身就充满了矛盾。如在对王法的态度上,他知法、守法,但又不断地犯法;在对落草的态度上,自己迟疑不决,但却不时拉他人甚至逼他人上梁山;在对朝廷尽忠方面,也常常是言行不符。如冯文楼先生所说:"宋江的一生似乎总处在自我'矛盾'的纠缠中。他的行为看似出于自为的选择,而实则却身不由己,常常陷入两难的困境之中而无力自拔。"① 宋江形象为什么会存在如此多的矛盾? 要解答这个问题,还必须将宋江形象放在他产生的文化背景中去考察。

宋江的故事从北宋末年开始流传到元末明初基本定型,历经数百年,而宋江这一文学形象也因此融入了不同历史时期的社会理想、人生价值和各个阶层的审美情感,带有多个阶层的特征以及不同时代的思想倾向与道德标准。从历史人物到文学典型,在这个变化过程中各种文化都在这个人物形象身上打上了自己的烙印。作者在创作时对来自不同层面的文化都有所吸收,同时也注入了自己的思想、情感。《水浒传》在塑造宋江形象时,首先取材于历史上义军首领宋江的史事和南宋以降的相关传说,这决定了宋江身为盗魁、统领群雄的基本身份及特征;其次,在具体表现这一人物名重江湖的领袖气质及

---

① 冯文楼.四大奇书的文本文化学阐释[M].北京:中国社会科学出版社,2003:203.

行事时,又隐括了"义侠"的特征;最后,在写定过程中又融入了不同社会阶层的人生信条和价值理想。在这个矛盾而复杂的人物形象上,作者寄托了自己的理想,并集中大量笔墨从多层面、多角度来塑造这一心目中的英雄形象。总的来看,作者在塑造宋江形象时主要做了两项工作:

第一,突出了宋江的义气和人格魅力。在宋江出场时,作者便赞道:"年及三旬,有养济万人之度量;身躯六尺,怀扫除四海之心机。志气轩昂,胸襟秀丽。刀笔敢欺萧相国,声名不让孟尝君。"接着又加上一段宋江"济人贫苦,周人之急,扶人之困,以此山东、河北闻名,都称他做及时雨"的总体评价,定下了对宋江这个人物热烈赞颂的基调。而后,全书从多个侧面展开了叙述:通过他的赈助贫苦,写他的心性善良、富有同情心,与周通、李忠、王英一班打家劫舍的强人拉开了距离;通过他的私放晁盖,写他过人的义气,突出了他最为江湖好汉看重的品质;在第二十三回中又借叙述他与柴进对待武松的不同,写出了他性格中一种持久的魅力,以及与出身下层的好汉间天然的亲和力,这又与同样颇有江湖声望的柴进拉开距离;江州法场获救后智取无为军一节,则写出他的领袖群伦的气质及智谋,与鲁智深这种纯粹的江湖豪侠显示出层次的不同;至于写他反复言说待到异日招安赴边庭一刀一枪博个功名,则是为了展示他胸襟眼光超越于李逵辈乃至晁盖。此外,书中还通过江湖中各色强人闻宋江之名莫不望风而拜,通过柴进这种前朝皇室后裔对宋江的格外礼敬,通过秦明、黄信等远离宋江家乡的军官得知对手是宋江时立刻改容相向,通过一系列类似情节的反复渲染,写出了宋江强烈的个人魅力和巨大的号召力。正是由于这些全方位、多角度的刻画,作品给读者留下了一个令人信服的印象:只有以宋江为核心,梁山大寨才能形成巨大的凝聚力,吸纳各方各色好汉,使梁山的事业兴盛发达。

第二,强化了宋江对朝廷的忠。这从梁山前后三位寨主的设置上就能看出端倪:第一任寨主王伦,不忠不义,与好汉们格格不入,因此只能被好汉们毫不留情地除去;第二任寨主晁盖,重义但不讲忠,这不符合作者的理想,只好将他排除在108人之外;宋江则完全不同,他对朋友义,但同时也对朝廷忠,这才是作者认可的梁山领袖。宋江"自幼曾攻经史",这使他与一般的血性江湖汉子自然地形成差异,这种差异一方面表现在"长成亦有权谋",即虑事周密,富有谋略;另一方面,传统的经史教育使他必然将追求青史留名视为终极理想。面对官逼民反的社会现实,宋江同情和支持晁盖为首的义军,对梁山兄弟仗义相待。但宋江从小受传统儒家文化的熏陶,"忠君报国"的正统观念在他思想中根深蒂固,因此,在他看来,造反是"上逆天理,下违父教"的。他祈求"博得个封妻荫子,青史留名",所以既反贪官污吏,又不想真正推翻封建统治,"宁可朝廷负我,我忠心不负朝廷"。走上招安之路,可以说是宋江这一人物思想逻辑发展的必然结果,激烈的反叛也好,屈辱的招安也好,最终都要指向这一目标,因此书中的宋江最终死得那样凄凉,却也那样坦然,成为文学史中独一无二的"这一个"。

## 四、《水浒传》的艺术成就

自《水浒传》诞生之日起,人们不论对它的思想内涵是毁是誉,对它的艺术成就的高度赞扬却是众口一词。

### (一) 人物塑造方面的突出成就

《水浒传》的成就首先体现在人物塑造方面。作品以传奇手法为主,但又有所超越,塑造了一系列具有非凡特质的英雄形象。

第七十一回梁山泊英雄排座次以前,是全书的主体部分,这部分在梁山聚义的大框架中,分别插入了史进故事、鲁达故事、林冲故事、杨志故事、武松故事、宋江故事、杨雄故事、石秀故事等一系列英雄列传,形成了列传连环体的叙事体制,就长篇小说的结构而言,这种从史书纪传体衍生出来的叙事体制还不够成熟,但却非常有利于集中塑造一些英雄人物的形象。容与堂本《忠义水浒传》署名李卓吾的评语称赞小说的人物"形容刻画来,各有派头,各有光景,各有家数,各有身份",甚至"已胜太史公一筹"。金圣叹也赞道:"《水浒传》写一百八个人性格,真是一百八样。"这些赞誉之词固属夸张,但《水浒传》的确成功地塑造出了相当数量的个性鲜明的人物形象,如宋江、李逵、林冲、鲁智深、武松等,皆须眉毕现,栩栩如生。

《水浒传》主要是用类型化的手法来塑造人物。如在塑造李逵形象时,作者以戏剧化乃至喜剧化的手法全力突出了李逵粗鲁质朴、性如烈火这一特征。这种充分类型化的手法也用于塑造书中其他人物。这些人物形象一般来说性格不够复杂,前后变化较少,描写角度单一,但这都是由英雄传奇这一文类的艺术特质决定的。所谓传奇手法,就是要抓住人物一二特征,重笔刻画,突出其非凡的气质或技能,与庸常人生拉开距离,以此来强烈地打动读者。

但还应看到,《水浒传》塑造人物并非一味类型化,而是在此基础上力求丰富变化。这一点在塑造武松这一人物形象时尤其突出。武松是作者精心塑造的一个英雄形象,小说通过一系列传奇式故事突出了他的勇武,使其最具"超人"特质。但值得注意的是,《水浒传》塑造武松,除了大力描绘其神武过人外,又从其他几个侧面来展开这一人物形象,务求使其更为饱满。书中还反复描写武松慷慨坦荡、不拘行迹、心高气傲等性格。此外,《水浒传》还通过其他情节成功地写出了武松的精细与遇事沉着,以及强烈的快意恩仇心理:在他得到张都监"抬举"时对其一片赤诚忠心,而一旦明白遭了暗算,复起仇来也异常残酷狠毒。在武松身上体现了比较明显的江湖习气,用现代眼光来看,在道德上也有很多矛盾之处,如对待张青、孙二娘、施恩等的态度,鸳鸯楼的滥杀,孔家庄的无理取闹等,但这些在当时都是英雄人物的组成部分,作者多侧面、多角度地展示了这一切,从而使武松形象更加血肉饱满。

此外,作者还能注重在一些不引人注目的细微之处,揭示出人物性格的某种特质。如"林教头风雪山神庙"一回中林冲探看草场住处火盆的举动,写出林冲特有的谨慎细致;又如二十三回中,武松从柴家庄辞行,宋江殷殷相送,二人于路上小酒店结拜后,出了店,"武松堕泪,拜辞了自去",接下来书中道:"宋江和宋清立在酒店门前,望武松不见了,方才转身回来。"淡淡一笔,却十分传神动人,有此一笔,宋江便和柴进待武松的粗枝大叶、有始无终形成了鲜明对照,揭示出宋江深得江湖好汉之心的魅力所在。由这些笔墨,正可以看出《水浒传》在塑造人物上超越一般英雄传奇的过人之处。

### (二)情节设置与叙事艺术

作为英雄传奇的典范之作,《水浒传》在叙事安排上也与此文类相适应。如叙事节奏讲求情节大幅度、快节奏的起伏,矛盾冲突往往没有太长酝酿,总是很快就进入高峰,并且高峰接连不断,解决也很利落,气氛紧张热烈。如鲁智深的四回,写了五件事,就有六次高潮;再如宋江发配江州,一路上波澜迭起,行文始终保持着惊险趣味。但《水浒传》在此基础上又能一定程度地注意到张弛相间的处理技巧,如为人称道的"武十回",在浓墨重彩地渲染武松打虎的惊险壮举后,转入阳谷县中兄弟相逢的骨肉温情的叙述,其结果便如金圣叹所说:"上篇写武二遇虎,真乃山摇地撼,使人毛发倒卓。忽然接入此篇,写武二遇嫂,真又柳绿花朵,使人心魂荡漾也。"既有利于多角度地刻画人物,又会给读者带来丰富的审美感受。

《水浒传》在叙事视角上采用的是全知叙事,这也是与此书描绘人物众多、场景转换频繁、各大局部间中心人物转换频繁的列传连环体叙事体制相适应的。但作者出于一些特殊的艺术需要,在局部也运用了限知叙事,例如智取生辰纲一节,为了制造悬念,黄泥冈上一系列变故全从杨志所见所感写出,在对智取全过程的叙述结束后,再转回全知叙事,用补叙手法点明卖枣客人和卖酒者的身份,并揭出吴用计谋的谜底。

### (三)口语化的语言

《水浒传》的艺术成就还突出表现在语言的流利纯熟。与《三国演义》的半文半白相比,《水浒传》几乎全用白话,开了小说语言口语化的先河。

《水浒传》的语言是从讲史家和小说家的话本语言发展而来的,本来就有口语化的基础,又经过作者的反复加工提炼,形成了出色的文学语言。它具有洗练、单纯、明快、生动和通俗的特点,色彩浓烈,造型力强。无论叙事、写人、绘景,往往寥寥数笔,就神情毕肖。

《水浒传》中的人物语言大多具有个性化的特点。如小说中好汉们初见宋江时的语言就非常精彩。如柴进说:"大慰生平之念,多幸,多幸!"很符合他的贵族出身。鲁智深说"多闻阿哥大名",表现了这个粗犷豪爽的英雄对宋江的亲切和仰慕。李逵则说:"我那爷,你何不早说这些个,也教铁牛欢喜欢喜!"几句话就传神地把天真、粗莽、憨直的李逵性格显示了出来,这样的语言是其他英雄口中绝没有的。

《水浒传》中运用白话写人物对话,不仅具有浓厚的生活气息,而且还可以传达出隐微复杂的内涵,更利于刻画人物。在第四十五回中,潘巧云借家中为先夫做道场,与寺中和尚裴如海眉目传情,为石秀发觉。石秀出来与二人相见:

那和尚虚心冷气动问道:"大郎贵乡何处?高姓大名?"石秀道:"我姓石名秀,金陵人氏。因为只好闲管,替人出力,以此叫做拼命三郎。我是个粗卤汉子,礼数不到,和尚休怪!"

这一问一答,看似寻常,实则意在言外。裴如海直觉出石秀的精明厉害,故"虚心冷气"地询问,客气中带着试探。而石秀的回答,则貌似粗鲁中透着轻蔑,轻蔑中又带着警告,寥寥数语写出了石秀豪迈中的精细,精细中的刻薄,是典型的石秀式语言,充分个性化,且含义丰富。

《水浒传》对打斗场面的叙述更为精彩。武松打虎的描写历来被人称颂,无须赘述,小说第三回鲁达拳打镇关西中的一段文字也同样精彩,小说写道:

扑的只一拳,正打在鼻子上,打得鲜血迸流,鼻子歪在半边,却便似开了个油酱铺,咸的、酸的、辣的,一发都滚出来……

提起拳头来,就眼眶际眉梢只一拳,打得眼棱缝裂,乌珠迸出,也似开了个彩帛铺的,红的、黑的、绛的,都绽将出来……

又只一拳,太阳上正着,却似做了个全堂水陆的道场:磬儿、钹儿、铙儿一齐响……

这和《三国演义》中常见的"又斗一百合"之类的概述性叙述截然不同,三拳便如三个慢镜头,时间似乎是静止的、停顿的,感受则突出出来,而对感受的描写既有叙述者外在的视觉观察("红的、黑的、绛的"),又有对郑屠内在味觉("咸的、酸的、辣的")和听觉("磬儿、钹儿、铙儿")的想象和叙述,既幽默、俏皮,又生动、形象,这种从容灵活的叙事及其生动强烈的艺术效果,是运用文言无论如何也做不到、达不到的。

《水浒传》中描绘景色的地方并不多,但如"林教头风雪山神庙"中片段也颇为精彩。"严冬天气,彤云密布,朔风渐起,却早纷纷扬扬卷起一天大雪来",当时林冲"迤逦背着北风而行,那雪下得正紧"。正如鲁迅所言,这样的描写很有"神韵"。又如武松景阳冈打虎一节,写景阳冈上的落日、破庙、乱林、狂风,也很简洁地描绘了饥虎出没的景物气氛。这种描写虽然简略,但在早期的小说创作中是难能可贵的。

## 五、明代其他英雄传奇小说

《水浒传》对后来的文学创作产生了深远的影响。它刊行后不久,唐顺之、王慎中等人就称赞它"委曲详尽,血脉贯通,《史记》而下,便是此书"(李开先《一笑散》)。金圣叹则把它和《离骚》《庄子》《史记》、杜诗并列,称之为"第五才子书"。它的流传,带动了一大批相关题材戏曲、小说的问世。传奇有李开先的《宝剑记》、陈与郊的《灵宝刀》、沈璟的《义侠记》等。小说中,《金瓶梅》就是从《水浒传》派生演变出来的。清代还出现了《水浒后传》《后水浒传》和《结水浒传》(《荡寇志》)等续书。在《水浒传》的引领下,明代英雄传奇小说佳作不断,成就较高的有《杨家府演义》《隋史遗文》《于少保萃忠全传》等。

《杨家府演义》,8卷58则,题"秦淮墨客校阅,烟波钓叟参订",多认为作者是纪振伦。[①] 作品主要讲述了杨家五代人与辽、西夏等国英勇作战的故事,主要包括杨令公撞死李陵碑、杨六郎镇守三关、杨宗保大破天门阵、十二寡妇征西等,最后以杨怀玉举家上太行作结。全书以杨家将抵御外寇、保卫边疆为主线,歌颂他们的"世代忠勇",同时又不断穿插了朝廷内部的忠奸斗争,鞭挞了那些卖国求荣的奸臣。本书的最大成就是塑造了杨家英雄的群像。如老英雄杨业,智勇双全、身经百战,对朝廷忠心耿耿,却遭到奸臣潘仁美的陷害,兵败不屈,绝食三日,撞李陵碑而死,是一位令人敬仰、同情的悲剧英雄;六郎杨延昭,雄才大略,治军征战颇有乃父之风,他一生备受奸臣压抑,却从不以身家为念,忍

---

[①] 关于《杨家府演义》的作者有三说:一是万历年间秦淮墨客,即纪振伦,字春华,生平不详;二是熊大木;三是明代无名氏。

辱负重,披肝沥胆,使大宋千里边防固若金汤。其他如杨宗保、杨文广等也都给读者留下很深印象。特别值得注意的是,《杨家府演义》还塑造了一大批叱咤风云的女英雄形象,在国家危亡之际,她们同男子一起并肩作战,表现了可贵的爱国精神,更为突出的是,杨门女将在智慧、武功方面往往强于男性,成了很多关键性战役中的主力,这体现了作者在女性观方面的进步。

《隋史遗文》,12卷60回,今存崇祯年间"名山聚本",作者袁于令。《隋史遗文》是明代隋唐历史题材小说的代表作,袁于令的贡献在于认识到了史书与小说的不同性质,并对小说的文学特质加以强调。他在《隋史遗文序》中说:"史以遗名者何?所以辅正史也。正史以纪事,纪事者何?传信也。遗史以搜逸,搜逸者何?传奇也。传信者贵真……传奇者贵幻……。"与同题材的其他小说不同,《隋史遗文》抛弃了以李世民为中心的叙事模式,全书以秦琼为中心,以他坎坷的经历来联络其他人物和事件,塑造出了一批栩栩如生的草莽英雄形象。《隋史遗文》的重点是人物形象的刻画,因此以对人物的言行举止、心理活动的精细描写为特点。书中的主角是秦琼,在小说中他是一个集勇将、义士、豪侠、孝子于一身的人物,其性格核心是正直英勇、是非分明、义重如山。为了突出这些品格,作者虚构了一系列带有传奇色彩的故事,随着故事的展开,这一传奇英雄的形象也清楚地站立在读者面前。作者在塑造秦琼形象时强化了细节描写和心理描写,如为了写秦琼的"微时光景",作者用了3回的篇幅写了秦琼落难潞州的故事,通过王小儿讨账、秦琼草房弹铜作歌、当铜卖马等细节写了秦琼的落拓和隐忍,不仅使人物形象更为生动,同时也使人物有了丰富的内涵。

《于少保萃忠全传》,又名《大明忠肃于公太保演义传》,10卷40回,孙高亮著。小说通过于谦一生行事,描述了他个人的品德、业绩、交往、功过及其他,并由于谦的命运变迁,贯穿起宣德、正统、景泰、天顺、成化等前后数代的历史演变。小说作者出于对同里乡贤"勋著天壤,忠塞宇宙"的崇敬与缅怀,将于谦的"精神、德业、种种丛备,与夫国事及他人交涉于公者""衷彩演辑,凡七历寒暑,为《旌功萃忠录》"(林从吾《旌功萃忠全传原序》)。本书主要通过土木堡之役,表现了于谦"属多难以驰驱,矢孤忠于板荡。社稷是守,力推城下之要盟;樽俎不惊,坐镇道旁之流议。返皇舆于万里,维国祚以再安"的不世之功,刻画出于谦睿智廉洁、爱国恤民、力挽狂澜的民族英雄形象。

## 第三节 《西游记》与明代神怪小说

神怪小说的题材多来自神化的历史事件、通俗化的宗教故事或民间传说,故事主角自然是神仙妖魔之属,因此鲁迅称之为"神魔小说"。鲁迅在《中国小说史略》中指出:"历来三教之争,都无解决,互相容受,乃曰'同源',所谓义利邪正善恶是非真妄诸端,皆混而又析之,统于二元,虽无专名,谓之神魔,盖可赅括矣。"近年来,一些学者对这个概念的准确性提出了质疑,主张以"神怪小说"取而代之。现存于世的明代神怪小说刊本约有30余种,代表作是《西游记》。

## 一、《西游记》的成书与版本流传

《西游记》也是一部世代累积与文人创作相结合的作品。自唐到明,在900多年的时间里,故事情节与人物逐渐积累、丰富,同时原本真实的取经故事也由历史走向了神异。

《西游记》取材于唐代僧人陈玄奘去印度取经的故事。历史上的玄奘是著名的高僧,他贞观三年(629)前往印度求取佛经,直至贞观十九年(645)回到中土,带回佛经657部,在当时震惊朝野,他奉命在慈恩寺设立"译场",进行大规模的佛经翻译活动。玄奘口述西行的见闻,由弟子辩机写成《大唐西域记》,在介绍他西行经历时加上了一些神异色彩。稍后玄奘弟子慧立、彦悰又写了《大唐大慈恩寺三藏法师传》,更增加一些离奇怪诞的故事。唐朝末年的《独异志》《大唐新语》《开天传信记》等作品,以及宋代的《异僧·玄奘》等笔记小说都记载并敷衍了这个取经故事。

在唐五代寺院中的"俗讲"中,取经故事已完全从历史中剥离出来,逐渐被演义成一种情节完整的神话传说故事。在成书于北宋时期的《大唐三藏取经诗话》中,第一次出现了猴行者,他本是"花果山紫云洞八万四千铜头铁额猕猴王",化身为白衣秀士,保护唐僧取经。这就是孙悟空的雏形。在《诗话》里还出现了"深沙神",是《西游记》中沙僧的雏形。《诗话》的出现,标志着玄奘取经的历史事件已经被完全转化为记述"西游"历程的神话传说。

自宋代至明初,"西游"故事在通俗文艺中广泛传播。宋代南戏中有《陈光蕊江流和尚》,金院本中有《唐三藏》,至元代还出现了吴昌龄的《唐三藏西天取经》、无名氏的《二郎神醉射锁魔镜》《二郎神锁齐天大圣》以及元末杨景贤的《西游记》等杂剧。在这些戏剧中,叙事的重点已经从"取经"移至神魔之争,故事的主角也由虔诚的圣僧变为降妖伏魔的孙行者。特别值得注意的是,在杨景贤的《西游记》杂剧中,"朱八戒"第一次出现在取经队伍中,而孙行者也拥有了"齐天大圣"的称号。此外,在现存的一个元代磁枕上发现了唐僧骑白马师徒四人取经的图案。这些都说明到了元代,取经队伍的基本成员已经聚齐,"西游"故事本身也趋于定型。

大约在元明之际,曾经有一部篇幅较长、以平话或者词话面貌出现的《西游记》流行于世,该书已佚,在《永乐大典》一三一三九卷"送"韵"梦"字条中,尚存"梦斩泾河龙"一段文字,约1200字,相当于今本《西游记》的第九回。另外,在朝鲜发现的《朴通事谚解》中载有"车迟国斗圣"的片断和八条注解,其中有一条注写道:"法师往西天时,初到师陀国界,遇猛虎毒蛇之害,次遇黑熊精、黄风怪、地涌夫人、蜘蛛精、狮子怪、多目怪、红孩儿怪,几死仅免。又过棘钩洞、火炎山、薄屎洞、女人国及诸恶山险水,怪害患苦,不知其几。此所谓刁蹶也。详见《西游记》。"可见,《西游记》的主要故事情节在当时已经基本完备了。

以上述故事为基础,长篇小说《西游记》的作者进行了全面的再创造,使故事情节更为生动、合理,描写更加丰富、细腻,人物形象更加鲜明、丰满,这部杰出的文学巨著得以最终完成。

《西游记》大约成书于明代中叶,其作者为谁争议颇多。到乾隆年间,才有人提出《西游记》的作者是吴承恩,后经胡适、鲁迅等认定,吴承恩著《西游记》便逐渐成为一种基本的文学常识。吴承恩,明正德、嘉靖时人,字汝忠,号射阳山人,淮安府山阳(今江苏淮安)人。明天启年间《淮安府志·人物志》记载:"吴承恩,性敏而多慧,博极群书,为诗文下笔立成,清雅流丽,有秦少游之风。复善谐剧,所著杂剧几种,名震一时。"吴承恩一生困顿于科场,直到中年以后才补为岁贡生,授长兴县丞。又因被诬贪赃而丢掉职位。所著诗文多亡佚,后人辑为《射阳先生存稿》4卷。

现存最早的《西游记》版本是明万历年间金陵世德堂刊行的《新刻出像官板大字西游记》,100回。稍后万历、崇祯间另有3种百回本,即《新镌全像西游记传》《唐僧西游记》和《李卓吾先生批评西游记》。明代还有两种简本,即朱鼎臣编辑的《唐三藏西游释厄传》和杨致和编辑的《西游记传》,其篇幅为百回本的四分之一左右,一般认为是百回本的删节本,其中朱本中多出"唐僧出身传"一节。清代刊行的《西游记》基本上都是百回本。比较重要的版本是清康熙初年印行的《新镌出像古本西游证道书》,该本卷首有伪托虞集的序,并增加了唐僧出身故事,编为第九回《陈光蕊赴任逢灾 江流僧复仇报本》,将原书的第九、十、十一回压缩成两回,同时还对明代百回本的文字做了很多修改,使小说文本更趋成熟与完善。

## 二、丰富、复杂的思想内涵

《西游记》问世后得到了读者的广泛好评,但对于小说的主旨、意蕴,却一直没有定论。小说写的是唐僧西天取经,但文字间又充满道家的丹鼎之说;小说颂扬大闹天宫、反抗皇权的"妖猴",但又赞扬降妖伏魔之举;小说文本中颇多戏谑宗教之语,但也有不少演述教义的文字。多种看似矛盾的要素在小说文本中共存,从而使作品有了被多元阐释的可能性。

在长期的传播过程中,《西游记》首先是作为一部带有游戏性质的通俗小说而存在的。鲁迅就认为它是一部"游戏之作"。无论是伶俐的悟空、愆懒的八戒,还是耳软心慈的唐僧,甚至是那些无名小妖们的一言一行,都会让读者们发出轻松的微笑。而那些五光十色的法宝,令人眼花缭乱的斗法,以及西方世界那些神奇的国度、奇幻的景色,无疑都大大满足了读者尚奇好幻的阅读期待。金箍棒、芭蕉扇、人参果,法宝层出不穷;盘丝洞、火焰山、女儿国,风情处处不同;三打白骨精、大闹盘丝洞、真假美猴王,斗法神幻奇绝。在作者精心构筑的这个魔幻世界中,读者无不为之心驰神往。作品的文本到处都洋溢着这种天真的幽默和奇幻的想象,这使文本既符合大众阶层文化娱乐的需要,也满足了读者对于彼岸世界和未知领域的质朴猜想。

在轻松、快乐的故事中,《西游记》作者还表现出一种强烈的入世情怀,是是非非,爱憎分明,包含有明显的讽世、骂世因素。小说《西游记》的一个重要的转变就是将孙悟空变成全书的主人公,这一形象的塑造与其角色地位的转换绝非作者的心血来潮。上天入地、扫荡群魔的齐天大圣,一定程度上折射出作者的人生理想。在小说中,作者所塑造的神仙、妖魔也都浸润着时代的特征。如乌鸡国王被狮猁怪化身的道人骗取信任,被推入井中害死,失去王位;车迟国虎、鹿、羊三个妖怪变成的道人欺上压下,残害人民,无恶不作。从他们身上,我们可以看到明代道士邵元节、陶仲文的影子。当读者读到比丘国王以小儿心作药引,阿难、伽叶索要"人事",以及那些菩萨佛祖的侍童、坐骑下凡肆虐人间时,联想到明代社会现实的种种黑暗,就不难品味作品文字背后的锋芒所向了。

和绝大多数小说不同,《西游记》在必要的叙述、描写之外,还大量引用了宗教性文字,这又为小说染上了一层哲理寓意的色彩。这大致可以分为两个层次:一个是以"心"为核心的"心猿意马"象喻系统;一个是以"金公、木母、黄婆"为核心的道教内丹养炼象喻系统。这也激发了读者从哲理寓意层面讨论小说创作主旨的热情。如在明清时代,许多文人学者都提出了自己的见解,他们或者认为《西游记》是宣扬道家、儒家或佛家思想的一家之言,或认为《西游记》是一部宣扬三教合一的作品,还有人认为《西游记》是在阐述儒家诚意正心的书。时至今日,这种研究成果仍在不断出现。①

总之,《西游记》的文本中既包含有特定的宗教和哲学思想,也不乏社会批判意识和人文情怀,更具有浓郁的大众趣味和质朴气息。小说在基本象征构架中吸纳了丰富的附加性文化元素,在读者理解的世界中,这些元素或隐,或显,或协调,或冲突,使同一文本表现出复杂的主旨意蕴。

### 三、两个不朽的艺术形象

《西游记》的成功,与其充满魅力的人物形象是密不可分的。其中,尤以孙悟空与猪八戒的形象最见光彩。如果说在悟空身上寄托着作者的希望和理想,那么在八戒身上则体现出作者对人性的敏锐观察和宽容的幽默情怀。

在早期的取经故事中,悟空是下界妖怪,神通胆识也都有限。如《大唐三藏取经诗话》中的悟空是"八万四千铜头铁额猕猴王";元代《二郎神锁齐天大圣》中的孙悟空在得知二郎神前来捉拿的时候,竟然低声下气地求饶,其人格形象也不光彩。到了《西游记》中,孙悟空形象出现了质的飞跃。他是天地孕育的灵猴,在闯龙宫、闹地府、败天兵、大闹天宫这一系列精彩的故事中充分展现出他好胜自尊、不畏强暴、热爱自由的基本性格特征。在前七回,争取自由始终是一个反复回响的主旋律。孙悟空东海学艺,是为了跳出三界五行,要超越死亡对生命的限制;学艺归来的美猴王神通广大,为保花果山洞天福地,下东海借金箍棒;因为阎王要强拘魂魄,便大闹地府,涂改生死簿,使"九幽十类尽除名";而闹天宫的根本原因同样是天宫试图将不服天地管束的孙悟空收服。在美猴王的身上驰骋着对自由的热爱与反抗的激情。在悟空通过反抗争取自由的道路失败以后,小说转向了第二主题,为自由而战的美猴王转变成为信仰而战的孙行者。唐僧西行取经的途中,悟空功劳最大,信念也最坚强。一路上天入地,降妖伏魔,经历了无数的险阻,一次次将唐僧众人从妖怪手中救出。在悟空的身上,看不到软弱和退缩,作者用浓墨重彩描绘出一个充满理想主义色彩的英雄形象。不仅如此,作者还写出了悟空性格的某种微妙变化。在经历了大闹天宫的辉煌和五百年被压的劫数之后,作为行者的悟空更加深沉和清醒了,他经常是师徒四人中唯一能够识破妖怪或是菩萨设下的考验、骗局者。可是他

---

① 陈洪."六大名著"导读[M].北京:生活·读书·新知三联书店,2013:148–159.

的忠肝义胆、慧眼彻识,却一再遭到被误解、被冷落、被放逐的命运。这种对比与变化让细心的读者体会到了作者某种落寞与神伤,为一部以情节、冲突见长的传奇作品增添了厚重的人文情怀。

在《西游记》中,猪八戒形象也得到了大大加强。无论是在早期的《诗话》还是后来的杂剧中,八戒虽已具备了猪精的形象,但基本上是一个可有可无的配角。小说《西游记》则大大强化了这一形象,并使之成为《西游记》艺术世界中不可缺少的第二主人公。与悟空不同,《西游记》中的猪八戒是一个憨态可掬、可笑又可爱的猪精。他在小说第十九回登场,虽然曾是天蓬元帅,位为上仙,但色心不死,因调戏嫦娥被贬下凡,却误投猪胎。这个出场就奠定了八戒滑稽可笑的性格特征。随着小说情节的发展,猪八戒的性格全面展现出来。他没有崇高的理想,没有坚定的意志,只想过一种普通人的生活,在取经路上一旦发现前途艰险,就要分行李散伙。作者赋予他的性格特征是:好色,无论是仙女、凡人、菩萨、妖怪,只要容貌俊美,他就会神迷意乱;贪吃,"一顿饭要吃三五斗米饭;早间点心也得百十个烧饼";其他还有如懒惰、贪财等。考虑到"食色性也"的古训,作者通过这个形象写人性的意图应该是比较明显的。把一个聚集了普通人性格弱点的八戒放到充满危险与挑战的具有神圣意味的事业之中,他就必然成为一个喜剧角色。而因其是一个毫不掩饰面向读者敞开自己欲望之窗的普通人,八戒才超越了猪首人身的神怪外壳,成为活生生的极具亲和力的艺术形象。

动物性与人性的巧妙结合是这两个人物形象的共同特色。孙悟空的原形是猴子,其行为处事处处体现出猴子的特征:身材瘦弱、不受约束、性格活泼,与天神妖怪争斗时智计百出。八戒本是猪怪,因此他的性格中具有种种猪的特性,懒惰、贪吃、丑陋,但却粗壮强健。两个人物的神通中也带有各自的特色:猴子走路时蹦蹦跳跳被演化成小说中的筋斗云;悟空会七十二变,却变不去屁股后面的红印;八戒也会三十六般变化,但变的全是些粗笨的大象、水牛,即使被迫变化成女孩,也是"胖大狼犺"。当动物原形的特征在人物身上突然闪现出时,往往就造就出一种强烈的喜剧效果。悟空受命看守蟠桃园,开始时十分精心,"三五日一次赏玩,也不交友,也不他游";然而一旦看见"老树枝头,桃熟大半",猴子喜桃的本性就显露出来,而且一发不可收拾,把蟠桃吃得"花果稀疏,止有几个毛蒂青皮的"。这种在人性与神性中闪现出的动物本性,不仅有时巧妙地制造矛盾,推动了情节的发展,而且为读者带来欢乐。

这两个形象的成功除去各自的性格特质与作者传神之笔的因素外,二者极为紧密的关联、对比,也是重要的原因。孙悟空是猴精,八戒是猪怪;悟空瘦小,八戒胖大;悟空聪明,八戒愚笨;悟空神通广大,善于降妖捉怪,八戒本领平庸,屡屡被妖怪擒住;悟空有大智慧,八戒爱耍小聪明。悟空常常对八戒搞恶作剧,如明知有妖精,却派八戒去探山;八戒被妖精捉住后,浸在水池之中,悟空假作勾魂使者,骗八戒招出自己偷攒私房钱。而八戒则不时唆使唐僧念紧箍咒,对悟空进行小小的报复。两个人物形成一种强烈的对比和巨大的张力,性格上的反差与行为间的冲突带来了强烈的喜剧效果。

## 四、别具一格的美学追求

《西游记》之所以被读者喜爱,一个重要的原因就在于作品中那鲜明而浓郁的幽默气息。因此，很多近代学者也都将幽默列为《西游记》的主要美学特征，胡适提出的"趣味说"，鲁迅提出的"游戏说"，正是因为他们感受到了这部小说轻松、诙谐的美学意蕴。《西游记》文本除无处不在的幽默之外，更有酣畅淋漓的气势、纵横驰骋的笔意，其内容深广、构思宏阔、想象奇绝、亦真亦幻。小说通过一种高超的叙事艺术将童真之趣、谐谑之趣、奇幻之趣、义理之趣都巧妙地融合在一起，达到一种浑融圆通的境界。

童真之趣洋溢在作者笔端，是作者行文的一种基本格调。童真之趣的产生得益于作者以一种自然率真的眼光来描写人物，表现得轻快诙谐、自然而然，绝非普通小说中庸俗的插科打诨所能比拟。如在设置冲突时，巧妙地利用了动物性与人性杂糅的方法来突出性格特征。作者善于抓住"猴头""夯猪"的性格形象特征展开自然的联想。孙悟空以猴子为原形，性格活泼机敏，虽然智计百出但却不能持久，做事毛躁。所以，虽有七十二般变化，但无论头脸变得多像，尾巴和屁股上的两块红变不了，而且如果在变身之后，忍不住一笑，还会显出原形。在第三十四回，悟空变作老妖狐，一进莲花洞就被八戒认出，"他弯倒腰还礼，那后面就掬起猴尾巴子"；在狮陀洞，悟空化作小钻风，用毫毛变出苍蝇哄骗全洞妖精，自己却"忍不住，嘻嘻的笑出声来。……这一笑笑出原嘴脸来了"。本来是戏耍妖魔，结果却因为一笑被擒。特别是在二借芭蕉扇中的描写，猴子性急的性格特征就更加显著了。悟空巧妙地骗到芭蕉扇，因为性急，只讨了变大的口诀，未讨变小的口诀。还是因为性急，在半路上就要演示，结果一丈二尺的芭蕉扇"左右只是那等长短。没奈何，只得挈在肩上，找旧路而回"，一个小小的猴子举着丈二的大扇，在云端蹦蹦跳跳，是多么滑稽可笑。而其一举一动，皆与猴子的行为暗和。在其他场合，作者这种真率自然的想象力也制造了不少滑稽的场面。第五十三回写师徒四人过西凉女国，误饮子母河之水，结果唐僧、八戒都怀了身孕。只要想一想两个和尚怀孕并抱着肚子在那里呻吟，读者大多会忍俊不禁。

《西游记》中还有另外一种类型的幽默——对人情世态的讽刺。这种谐谑充满情趣而又耐人寻味，趣而不虐，深刻却不刻薄，正如鲁迅在《中国小说史略》中所指出的："神魔皆有人性，精魅亦通世故，而玩世不恭之意寓焉。"小说的很多地方，看似随意揶揄，游离主旨，忽视了叙事文学虚构语境的完整性，但实际上这种看似随心的细节描写、作者话语在文本中的随意凸现，恰是中国小说中特有的艺术效果。它往往更能引发读者的兴趣，引起会心一笑。

谐谑之趣在作品中往往是随心安置，每至有可讽喻的题材时，作者就巧妙地加入一二点睛之笔。如作者常常在行文中荡开一笔，借题发挥，对人情世态做一番调侃。如孙悟空在比丘国剖心："那里面就骨都都的滚出一堆心来。……却都是些红心、白心、黄心、悭贪心、利名心、嫉妒心、计较心、好胜心、望高心、我慢心、杀害心、狠毒心、恐怖心……"作者编出这名目繁多的心，不能不说是对世俗社会中形形色色丑恶品性的一种挖苦与嘲讽。

奇幻之趣也是小说的一个重要特色。在这部浩繁的长篇巨著中，妖怪神仙千奇百怪，魔法宝物层出不绝，西方诸国风情迥异，而更妙的是没有一个妖、仙、法、宝、国、地相雷同，足可见作者的才情之高，以及所花心血之巨了。在第六回《小圣施威降大圣》一节中，两人变鹰、变雀、变鱼、变蛇、变鹤、变庙宇，上天入地，无所不能。而更妙的是最后的一段叙写：大圣将尾巴变作旗杆，牙齿、眼睛化为门窗；而二郎神却正借此识破，更要趁势争斗。作者行文事事皆在想象之外，又桩桩合于情理之中，为读者描画出一个真幻莫辨的神奇世界。

总之，《西游记》的神髓就在于通过幽默与奇幻将自己对现实社会、真切人生的深刻观照，以及相伴随的快乐、悲哀都表现出来。正是这种具有凝重内涵的轻松幽默赋予《西游记》永恒的艺术生命。

## 五、《封神演义》及其他神怪小说

《西游记》一问世就得到各个社会阶层的喜爱，一些小说家纷纷效仿，掀起了一股神怪小说创作的热潮，保存至今的神怪小说尚有30余种。神怪小说的创作往往与作者的宗教观念密不可分，由于作者的宗教态度不同，大多数作品或重在传播佛教教义，或偏于宣扬道家思想，形成了宗教态度差异明显的两派。《封神演义》和《三宝太监西洋记》正是这两种神怪小说流派的代表。

明代道教题材的神怪小说主要有《韩湘子全传》《东游记》《北游记》以及邓志谟的系列小说《飞剑记》《咒枣记》《铁树记》等。它们基本上属于为道教神仙树碑立传的作品，虽然艺术水准不高，但由于其通俗性和娱乐性，在当时颇受读者欢迎，对道教文化以及民间信仰都有很大影响。这类作品的代表作是《封神演义》。

《封神演义》现存最早的刊本是万历年间刊行的金阊舒载阳刻本，题为《新刻钟伯敬先生批评封神演义》，20卷100回，在该书卷二题有"钟山逸叟许仲琳编辑"字样，学术界一般认为许仲琳就是作者。也有研究者认为作者是明人陆西星。[①] 本书叙述的是周武王伐纣的故事，基本素材取自史传平话，但作者又做了神怪化处理。在结构方面，作者设计了两条情节发展线索，一条叙周兴商灭，一条写诸仙应劫封神，两条线索以姜子牙为结合点，以商周战争为主体，交替推进故事的发展。作者充分发挥想象力和文学才华，将这场同时发生在人、神之间的战争写得栩栩如生。全书故事情节发展错落有致，脉络清晰，布局匀称，行文运笔文雅工整，特别是小说后半部分描写神魔之战，想象奇幻，引人入胜，故而至今流传不衰。

《封神演义》人物众多，尤其是各种名目的神仙魔怪，数量堪称神魔小说之最。其中写得最好的当属哪吒。哪吒原是佛门人物，小说为他虚构了一个曲折精彩的出身传，特别是剔骨肉还父母以及莲花化身的情节，惨烈而具有神话原型的意味。此外，土行孙形象也给读者留下很深印象，他形象猥琐而好色，但作者赋予他入地行走的本领，又使其成

---

[①] 澳大利亚学者柳存仁持此说最力。（可参见柳存仁《陆西星、吴承恩事迹补考》，《中华文史论丛》1981年第2辑）一些学者认为，考察陆西星的生平，其确有资格成为《封神演义》的作者。（参见欧阳健《中国神怪小说通史》，江苏教育出版社1997年版，第409页；陆三强《〈封神演义〉的成书及作者》，《陕西师范大学学报》（哲学社会科学版）1991年第2期）

为姜子牙手下众英雄之一,凡人气质、神异本领,形象颇为丰满。

在明代神魔小说中还有几部讲述佛教故事、弘扬佛教思想的作品,主要有《三宝太监西洋记》《南游记》《钱塘渔隐济颠禅师语录》《南海观音菩萨出身修行传》《二十四尊得道罗汉传》等,其中《西洋记》成就较高。

《西洋记》现存最早刻本是明代三山道人刻本,题为《新刻全像三宝太监下西洋记通俗演义》,20卷100回。作者为罗懋登,字登之,号二南里人,万历时代人。《西洋记》取材于永乐年间明成祖朱棣派遣郑和下西洋的历史事件,写郑和在金碧峰禅师、张天师的帮助下不畏险阻、一路降妖伏怪,寻访传国玉玺的故事。郑和出使西洋是明成祖永乐三年(1405)至宣宗宣德五年(1430)的事,在明成祖的支持下,郑和前后共出使7次,访问了39个国家,历时10余年。这是明代全盛时期的一次壮举,也是中华民族对外交往史上的一件大事。对这个事件,郑和的随员马欢、费信曾将出使的经历编成《瀛海胜览》《星槎胜览》两书,郑和本人也有《通番记》一书,这些都成了作者创作《西洋记》时的主要参考资料。但与历史题材小说不同,作者无意于探求历史之本来面貌,他仅仅以郑和下西洋为故事线索,主要目的是通过神魔斗法来宣扬佛教。小说中真正的主人公不是郑和,而是金碧峰禅师,作者通过渲染金碧峰禅师的法力,表现了扬佛抑道的基本思想倾向。

作为一部通俗文艺作品,《西洋记》更追求新奇感和娱乐性。作者一方面极力虚构异国风情,夸张地描写法力的神异,另一方面追求一种喜剧化效果。求趣求异的创作目的使小说形成了与平话等说唱文学近似的艺术风格。全书想象夸张离奇,许多战争场面描写热闹,再加上轻松幽默的笔调,也使它在流传过程中颇受欢迎。

## 第四节　《金瓶梅》和世情小说

### 一、成书、作者及版本

在明代"四大奇书"中,《金瓶梅》是唯一没有经历过世代累积过程的作品。它由《水浒传》中的"武松杀嫂"故事衍生开来,但主体部分写的是西门庆一家的日常生活,书中的主要人物和主要情节都找不到相近的雏形或蓝本,因此,研究者多认为它是我国历史上第一部文人创作的白话长篇小说。

《金瓶梅》写成于何时,学界尚无定论。沈德符《万历野获编》据传闻说它是"嘉靖间大名士手笔",此说在很长一段时间里为人们所认同。但从20世纪30年代起,研究者陆续发现书中写到了万历年间的一些故实,经多方考证,许多学者认为该书写成的时间不会早于万历十年(1582)。

《金瓶梅》的作者为谁,至今也是一个未解之谜。明人有关《金瓶梅》作者的传闻,曾提出"绍兴老儒""金吾戚里门客""嘉靖间大名士""兰陵笑笑生"和"世庙一巨公"等说。

《金瓶梅词话》卷首欣欣子序开头说"窃谓兰陵笑笑生作《金瓶梅传》"云云,一般认为"兰陵"是地名,古称"兰陵"的地方有两个,一是今山东峄县,二是今江苏武进县,孰是孰非,尚无定论。"笑笑生"为谁,从明代以来,谈及者多系推测揣度,其中影响较大的说法有王世贞、李开先、贾三近、屠隆、汤显祖、王稚登等,但都缺乏有力的佐证。

《金瓶梅》现存最早的版本是万历丁巳年(1617)刊行的《新刻金瓶梅词话》,之后的重要刊本有崇祯年间刊行的《新刻绣像批评金瓶梅》,可能是词话本的评改本。还有清康熙年间的《皋鹤堂批评第一奇书金瓶梅》,它是彭城(今江苏徐州)人张竹坡以崇祯本为底本的批评本,文字上有所改动,加以评点,习称第一奇书本或张评本。

## 二、封建末世的"风俗史"

《金瓶梅》的书名,是从小说中三个女性潘金莲、李瓶儿、庞春梅名字中各取一字合成的。小说第一回至第九回是对《水浒传》第二十三回至二十六回中西门庆和潘金莲故事的改写,不同之处是武松没有马上杀死这两个人,而是报仇不成被判递解孟州,至第八十七回才被赦回乡,杀死潘金莲,这时西门庆已纵欲身亡。与以前的小说相比,《金瓶梅》最明显的变化就是题材的世俗化,它借宋之名写明之实,以西门庆的家庭生活为中心,通过描写琐细的日常生活、人事纠葛,反映现实社会的人情世态,"著此一家,即骂尽诸色",展示了十分广阔的社会生活画面。

《金瓶梅》取材于市井生活,写实与暴露是《金瓶梅》最突出的艺术手法,也是其价值之所在。小说通过对西门庆这样一个兼商、恶霸、官僚于一身的人物的描写,充分暴露了当时社会的黑暗、吏治的腐朽。西门庆本是清河县一个小商人,刚出场时仅有从父亲那里继承来的生药铺,却通过卑劣的手段迅速积累财富,在短短的六七年里拥有了五家商铺和多处地产,家资总额高达白银十万两。这固然借助于他娶孟玉楼、李瓶儿为妾时所吞并的巨额财产,更重要的是,他能够不惜重金攀附权贵,精心编织了一张强大的社会关系网。靠着与官府的勾结,西门庆才能攫取到一般商人难以想象的巨额财富。后来他自己也在蔡京的提携下做了提刑院掌刑千户,集官、商于一身。他无恶不作,包揽词讼,放高利贷,强占良家妇女,西门庆出场后的第一次活动就是图谋奸占潘金莲,毒死武大郎;接着又勾引李瓶儿,气死义弟花子虚;后又把李瓶儿的第二个丈夫蒋竹山打得皮开肉绽,置之死地而后快。尤其是他霸占仆妇宋惠莲,又陷害其夫来旺,迫使宋惠莲自缢身死,进而买通官府,将其父宋仁打伤致死,以致作者也不禁大声疾呼:"致死冤魂塞满衙。"小说中的各级官员无不贪赃枉法,充分揭示了当时"风俗颓败,赃官污吏,遍满天下"的社会现状。

明中后期,随着商品经济的崛起与城市经济的繁荣,金钱在社会生活中的作用越来越重要,一切传统的秩序和观念都受到巨大冲击,这在《金瓶梅》中也有深刻的反映。在《金瓶梅》中,表现最多的是人们对商人的夸耀和艳羡。上自朝廷重臣、权豪势要、文武官吏,下至市民商妇、帮闲篾片、优伶娼妓及至道士尼僧,举凡社会之各色人等,几乎无不趋奉西门大官人。看重商人，关键还是看重钱财。在《金瓶梅》中，我们处处都可以看到金钱肆虐、无孔不入的描写，金钱关系已侵袭、蔓延到政治、经济、家庭乃至人际关系的各个角落，侵入各色人等的心灵深处。

伴随拜金主义的蔓延，人们的生活和道德观念也发生了巨大变化，竟奢炫奇、风流放纵成了人们普遍追求的目标，《金瓶梅》也极力渲染了这一情景。第四十九回描写了西门庆迎请宋巡按、蔡御史的场面极为奢侈。不仅官僚家庭如此，整个社会也都弥漫着追求奢华的风气。与物质生活去朴尚华风气相呼应的则是"泊泊侵淫，靡焉勿振"的异调新声的流行。据统计，《金瓶梅》中共记下流行小曲27支，时尚小令59支，套数20套，内容多为描写男女调笑、打情骂俏、行乐相思等。其好尚与传统文化宣扬以忠孝、节操、贞洁、道德为中心内容的封建说教，实在大异其趣。

追求金钱、物欲、情欲，必然使社会风气急剧败坏。王六儿本是韩道国的妻子，西门庆让拉皮条的冯妈妈稍加引诱，她就立即投入西门庆的怀抱。不久，韩道国从东京回来，王六儿居然如实相告，韩道国听了不仅没有生气，居然还说："等我明日往铺子里去了，他若来时，你只推我不知道。休要怠慢了他，凡事奉他些儿。如今好容易赚钱。"作为丈夫，竟然心安理得地讨论如何用妻子的肉体去做现金交易的筹码。朋友之义同样荡然无存。作品一开始就写了西门庆"热结十兄弟"，这是《金瓶梅》描写的重要生活侧面，小说借应伯爵、吴典恩、花子虚、常时节、谢希大等一班帮闲篾片的所作所为，写尽了所谓"朋友"的虚伪与势利。吴典恩原是西门庆家主管，曾因西门庆之惠而成为小官吏。可是，西门庆死后他却恩将仇报，迫害西门庆之妻吴月娘。十兄弟中应伯爵是西门庆最为亲近也最为信赖的朋友，但西门庆一死他便立刻改换门庭，另攀高枝，为新主人出谋献策，夺取西门庆的家产和女人。传统的信义之朋，完全蜕变为以追逐金钱物欲为目标的小人之朋。

鲁迅先生曾评价《金瓶梅》"描写世情，尽其情伪"，高度概括了《金瓶梅》写实艺术的杰出成就。作品对社会生活的如实描绘，使其创造出具备生活全部实在性的艺术长卷，呈现出如同生活本身一样的复杂性、丰富性与生动性。这种写实特点，使作品更接近生活常态，也为阅读者提供感受生活、认识生活的真切空间。《金瓶梅》的贡献就在于写出了当时社会的"风俗史"，从中可以更具体、更真实、更生动地了解那个社会，了解那个社会的风俗习惯、人际关系以及芸芸众生的人生百态。

### 三、创作观念的转变与写实手法

《三国演义》《水浒传》《西游记》尽管分别被视为历史演义、英雄传奇和神怪小说的代表作，但就艺术风格和特征而论，其实又都可视之为英雄的"传奇"，即都是采取"宏大叙事"来写大事件，都是以仰视的姿态来写"超人"，都是编织惊险离奇的故事情节，等等。《金瓶梅》则不然，作品所表现的是司空见惯的现实生活，描绘的是市井间的寻常人物与日常生活事件，用明人谢肇淛的话说，就是"采摭日逐行事，汇以成编"（《金瓶梅跋》）。

从传奇到写实,标志着一种新的小说美学观念的觉醒,同时也预告了一种新的小说创作模式的诞生。

首先,《金瓶梅》的诞生带来了小说观念的历史性突破。《金瓶梅》之前的小说主要是描绘英雄、赞颂英雄,小说中那些叱咤风云的英雄人物总是让读者把他们同崇高和伟大联系在一起,尽管小说中也塑造了一些以丑恶面目出现的人物形象,但他们存在的意义主要是为了陪衬正面英雄。"兰陵笑笑生"则违背了传统的审美心理定势和美学观念,敢于把西门庆、潘金莲、李瓶儿、庞春梅等有异于传统道德的人物作为主人公来加以描写,他们的所作所为在许多方面都已逸出正常人际关系准则、行为规范,甚至违背人性,可以说都是丑的典型。《金瓶梅》敢于抛弃传统,把"阳光下的罪恶"引进小说世界,确实引发了小说观念的深刻变革。但《金瓶梅》的成功之处不在于它敢于展示生活中的丑,而主要在于它能将生活中的丑升华为艺术美。

其次,在人物塑造方面,《金瓶梅》完成了由传奇化典型向生活化典型的转变。《金瓶梅》虽然仍带有一些"传奇"的痕迹,如西门庆身上就颇带一些"超人"色彩,但包括西门庆在内,书中的人物都过着最为平常的市井生活,都是一些普普通通的凡人、俗人,即使像武松这样在《水浒传》中被金圣叹誉为"天人"的人物,在《金瓶梅》中也失去了英雄本色和神圣的光环。在《水浒传》中,武松不仅勇武过人,而且大胆心细、精于算计,因此无往而不胜。可在《金瓶梅》里,他追杀西门庆不成,却误杀李外传,因此身陷囹圄,被发配孟州,直到西门庆死后才获释归来,杀了潘金莲、王婆报仇,杀人之后还没有忘记从王婆的箱子里搜出她卖潘金莲所剩的八十五两银子,裹携了逃亡。如此失算于前,敛财于后,情急中丢下侄女只顾自己逃命,的确没有《水浒传》中的武松高大、完美,但这却是从"超人"向"常人"的回归,显得更为真实可信。

《金瓶梅》塑造人物时摆脱了以往小说人物类型化的缺陷,既能突出人物性格的主要方面,又能在生活和复杂的人际关系中表现出人物性格的变化,并且能够写出人物性格的复杂性。小说中的潘金莲是个被否定的角色,作者在承继了《水浒传》中潘金莲淫荡、残忍的性格外,还为读者展示了她性格的多侧面。这种多元、立体的性格描写,使人感到真实可信,体现了作者对现实生活的深入观察。

最后,《金瓶梅》打破传统的情节模式,开创了"家庭—社会"型情节模式。《三国演义》《水浒传》《西游记》等作品出于表现传奇英雄的需要,总是以英雄伟业为中心,大量的社会生活内容,包括英雄人物的家庭生活、情感生活,都被舍弃。《金瓶梅》要描写的是复杂错综的现实,这就需要确立一种与生活机制和现实情境合拍、同构的新型情节模式,即"家庭—社会"型模式。此种模式以家庭环境作为小说主要舞台,将整个社会浓缩在舞台周围,从而以社会的一个细胞——家庭为核心对象,在爱情婚姻、兴衰际遇、发迹变泰的经历中,通过人与人之间关系的纵横延伸,扩展辐射,从而反映广阔的社会情态与时代风貌。这种情节模式的出现,标志着中国小说艺术已步入新的高度。

### 作品学习

1. 罗贯中《三国演义》（第五十回）
2. 施耐庵《水浒传》（第三回）
3. 吴承恩《西游记》（第二十七回）

## 《三国演义》（第五十回）鉴赏

　　《三国演义》在人物形象塑造上的一个特点就是将人物的内心世界与外部世界结合起来，通过人物的情绪和外在行为的描绘折射人物的心理。小说第五十回对曹操、关羽形象的刻画就采用了这种方法。

　　赤壁交兵，曹操的83万大军一夜之间化为灰烬，曹操带着残兵败将逃窜，一路凄凄惨惨、狼狈不堪，却在乌林的峻岭丛林间"大笑不止"，在葫芦口埋锅造饭时"仰面大笑"，在华容道士兵蹭蹬于泥泞中哭声不绝时"扬鞭大笑"。而当脱离险境，高坐于南郡城酒宴时，却"忽仰天大恸""捶胸大哭"。这种"宜哭反笑，宜笑反哭"的反常表现，反映出他极其复杂的心理境况。三番大笑，是曹操有意对自己失败情绪的掩饰，但更是用纵声大笑的方式显示自己对陆路用兵的自信，奇妙的是，三番大笑引出了三番伏兵，曹操身临其境才知道可设伏兵的地方，诸葛亮在运筹帷幄之时已了如指掌，这就使曹操讥诸葛亮、周瑜少智无谋的笑声落了空，诸葛亮似乎还是专门利用曹操的自信来实施自己的神机妙算的，这就使曹操愈自信愈幻灭。因此，在脱险之后，痛定思痛，懊悔、羞愧、绝望之情难以名状，因而"仰天大恸"。从三笑到一哭，透露出了曹操这个奸雄由骄横到尚不失自信、终归幻灭的心路历程。

　　对华容道上关羽心灵世界的描绘也有独到之处。此时的关羽，处在"忠"与"义"的尖锐矛盾当中，经受着理智与情感的巨大冲突，从忠于汉室、忠于刘备集团的立场上来看，曹操是图谋篡逆的"汉贼"，是刘备集团的死敌，绝对不能放过；但从个人关系来看，曹操又是除刘备、张飞之外关羽的真正知己，对关羽可谓恩深义重，关羽很难亲手去捉曹操，作品紧紧抓住这一矛盾冲突描写了关羽放走曹操的过程，用行动展示了关羽复杂的内心世界。当曹操在马上向他施礼时，他亦欠身答曰："关某奉军师将令，等候丞相多时！""欠身"答礼，呼之为"丞相"，这彬彬有礼的态度实际上包含着一个信号：关羽没有忘记旧情，机警过人的曹操立刻抓住这一点向关羽展开了攻心战，他一面以语央求，一面以"信义"去打动他，因而使关羽"低首良久不语""想起当日曹操许多恩义，与后来五关斩将之事，如何不动心？又见曹军惶惶，皆欲垂泪，一发心中不忍"。本来就不牢固的思想防线很快就崩溃了。关羽终于下定决心，于是勒马回头，吩咐众军"四散摆开"，放走了曹操。此刻，关羽心中躁动着的只有以恩报恩的情感，什么军令状，什么建功立业，一时都顾不得了。关羽回过身时，见曹操与众将已经冲了过去，不禁"大喝一声"，这一声包含着十分复杂的感情，有不得不违背将令的懊悔，有"义气"得以保全的激动，也有抓住剩余的曹军以为补偿的念头,等等。这时,"众军皆下马,哭拜于地",而曹军中与关羽关系最好的张辽恰恰又在这时赶到,于是,关羽"又动故旧之情,长叹一声",并皆放去。在这一声长叹里,又包含着多么复杂的感情!在放曹的过程中,作者没有对关羽的心理做直截了当的描写,但通过"欠身""低首良久不语""把马头勒回""长叹一声"等细微动作的描写,清楚地写出了关羽感情的起伏,展示了关羽极为复杂的内心世界。

## 《水浒传》(第三回)鉴赏

在《水浒传》中最能体现侠义精神的好汉是鲁智深,金圣叹就曾说过,全书"写鲁达为人处,一片热血直喷出来,令人读之深愧虚生世上,不曾为人出力"。"鲁提辖拳打镇关西"一节就很好地写出了鲁智深豪爽刚烈、见义勇为、疾恶如仇的英雄性格。

鲁达与郑屠本无交集,打死郑屠也是一次偶发事件,但通过这个事件却充分展示了鲁达的性格。鲁达与史进、李忠吃酒,由于"隔壁阁子里有人哽哽咽咽啼哭",引起了鲁达的"焦躁",于是"气愤愤"地把啼哭的金氏父女唤来问明原因,这成了鲁达打郑屠的动因。鲁达和金氏父女也是毫无瓜葛,听了不平之事,却当即要"去打死了那厮",凸显了他疾恶如仇、见义勇为的品性。更为动人的是,在除暴之前,他还解囊相助,甚至还向刚认识的史进、李忠求助,给金氏父女凑足路费,第二天一大早又亲自去客栈护送他们离开,为了给他们争取更多时间,他甚至还守在客店门口,不让店小二去给郑屠报信,体现了他"杀人须见血,救人须救彻"的可贵品德和粗中有细的个性。

鲁达打镇关西的故事并不复杂,但作者善于设置悬念,整个故事一波三折,吊住了读者胃口。先是借鲁达与史进、李忠相遇及喝酒情状的描绘展示了鲁达豪爽直率、粗鲁暴躁的性格,为后面的"打"做了铺垫。金氏父女的哭诉则犹如一根导火线,点燃了鲁达胸中的怒火,使他暴跳如雷,即刻就要去打死郑屠,在史进、李忠的再三劝阻下他强压怒火,但回到住处后"晚饭也不吃,气愤愤的睡了"。挨到第二天,本该立刻去找郑屠算账,但他惦念金氏父女的安危又耐着性子先来到客店,教训了一番店小二,保护金氏父女离开,又"掇条凳子坐了两个时辰",然后才找上门来。见到郑屠后又先作弄他一番,还是迟迟不动手。作者一再安排波折,布置悬念,因而能紧紧抓住读者的心,吸引读者随着作者的安排走进鲁达的精神世界。而后面拳打镇关西的场面更加生动形象,妙趣横生,体现了作者高超的语言技巧。

## 《西游记》(第二十七回)鉴赏

白骨精是唐僧师徒取经途中遇到的第一个女妖怪,也是西天路上第一个要吃唐僧肉以求长生的女妖。小说第二十七回围绕白骨精展开了一出"三戏""三打""三逐"的好戏,故事曲折生动,人物性格也得到了极好的展现。

白骨精名叫白骨夫人,也称"尸魔",本是"一堆粉骷髅"。与《西游记》中的其他妖怪不同,白骨精的战斗力不强,但却有头脑,有心计,她巧妙地抓住了取经团队组建时间短、磨合不够、沟通不畅等缺陷,先后采用伪装计、反间计、将计就计等来戏弄唐僧师徒,造成取经团队内部一次又一次的冲突,虽然最终被孙悟空打死,但也成功地赶走了孙悟空。仅仅出场一次,白骨精就给读者留下了深刻的印象,也留下了诸多思考。

"三戏""三打""三逐"既象征着"斩三尸"的艰难,同时也很好地展示了几个主要人物的性格。孙悟空的火眼金睛使他总能看到事物的真相,他慧眼识妖,面对师父、师弟的误会与阻挠,表现出了除恶必尽、不胜不止的战斗精神。猪八戒本性好色,因此白骨精第一次变幻就使八戒着魔,不由自主地陷入了圈套。他对大师兄本来就怀有嫉妒和不满,同时他也没有意识到团队凝聚力的重要性,所以一再花言巧语,教唆唐僧,终于使孙悟空被逐,导致了取经队伍的分裂。唐僧善良但耳根子软,缺乏主见,做事迂腐,常常善恶不辨,在白骨精的"三戏"下,他固执地只见女子、老妇、老头而不信孙悟空的判断,轻信猪八戒,造成师徒情分的疏离。

## 延伸阅读

**1. 原典阅读**

(1)阅读《三国演义》(罗贯中著,人民文学出版社,2009年版),通读全书,注重体会小说中有关政治、战争的书写及其特点。

(2)阅读《水浒传》(施耐庵、罗贯中著,人民文学出版社,2009年版),通读全书,注重体会小说中人物形象塑造的特点。

(3)阅读《西游记》(吴承恩著,人民文学出版社,2009年版),通读全书,注重体会小说中孙悟空、猪八戒以及各类妖魔形象塑造的特点。

(4)阅读《金瓶梅词话》(兰陵笑笑生著,陶慕宁校注,人民文学出版社,2008年版),通读全书,注重体会小说中女性形象的塑造及其特点。

**2. 研究文献阅读**

(1)阅读《明代小说史》(陈大康著,上海文艺出版社,2000年版),总结明代小说的发展阶段及各时期小说创作的特点。

(2)阅读《三国演义源流研究》(关四平著,黑龙江教育出版社,2001年版),了解《三国演义》的成书、流传情况,总结《三国演义》情节提炼、人物形象塑造以及战争描写方面的特点。

(3)阅读《漫说水浒》(陈洪、孙勇进著,人民文学出版社,2005年版),从文化方面了解《水浒传》,总结《水浒传》在人物形象塑造方面的特点及其得失。

(4)阅读《西游记考论》(张锦池著,黑龙江教育出版社,2003年版),了解《西游记》故事、人物的演变情况,总结《西游记》在思想、写法方面的总体特点和文化特征。

## 拓展训练

1. 明代是历史演义小说创作的鼎盛期,吴门可观道人在《新列国志序》说:"自罗贯中氏《三国志》一书,以国史演为通俗演义,汪洋百余回,为世所尚。嗣是效颦日众,因而有《夏书》《商书》《列国》《两汉》《唐书》《残唐》《南北宋》诸刻,其浩瀚几与正史分签并架。"从盘古开天到明朝灭亡,各朝历史都有小说来演义,不少朝代还不止一部,其数量"几与《四库》乙部相颉颃"(黄人《小说小话》),但就艺术成就而言,却没有一部能超越《三国演义》。请在阅读《三国演义》及明代其他历史演义小说的基础上,结合本章学习,查阅有关资料,就历史题材小说创作如何处理史实和虚构的关系问题写一篇小论文。

2. 刘再复先生在《双典批判:对〈水浒传〉和〈三国演义〉的文化批判》(生活·读书·新知三联书店,2010年版)一书中提出《水浒传》和《三国演义》"正是中国人的地狱之门",他认为《三国演义》是一部"心术、心计、权术、权谋、阴谋的大全","显露的正是最黑暗的人心,它是中国人心全面变质的集中信号"。请在阅读该书和《三国演义》的基础上,认真思考,就如何评价《三国演义》所极力凸显的那些奇谋妙略写一篇小论文。

# 第二章 明代短篇小说

## 文学史

明代的短篇小说分文言和白话两种类型。明初到明中期,文言小说创作成就斐然,出现了《剪灯新话》《剪灯余话》等小说集以及《怀春雅集》《双卿笔记》等中篇传奇。万历以后白话短篇小说开始繁荣,其标志就是以"三言""二拍"为代表的一批"拟话本"小说集的问世。

"拟话本"一词始见于鲁迅的《中国小说史略》,他在《宋元之拟话本》中说:"说话之事,虽在说话人各运匠心,随时生发,而仍有底本以作凭依,是为话本。"也有人认为"说话"是说话艺人口头创作的记录本及模拟这种记录本的其他故事文本。总的来说,所谓"拟话本"就是明代文人模拟话本形式创作的白话短篇小说。

明代最早的拟话本集是洪楩的《清平山堂话本》,主要收集的是宋元话本,但也有文人话本。明代白话短篇小说的代表作是冯梦龙的"三言"和凌濛初的"二拍",在他们的影响下,明末掀起了一个拟话本创作的高潮,仅崇祯一朝,就有《型世言》《石点头》《欢喜冤家》《西湖二集》《鼓掌绝尘》等小说集问世。

## 第一节 冯梦龙及其"三言"

### 一、冯梦龙的生平与创作

冯梦龙(1574—1646),字犹龙,号龙子犹、绿天馆主人、可一居士、顾曲散人、墨憨斋主人、茂苑野史、詹詹外史等,江苏长洲人。冯氏少有文名,但仕途蹭蹬,年过半百始成贡生。崇祯三年(1630)任丹徒县学训导,七年(1634)擢寿宁知县。明亡后以忧愤死。

冯氏一生著作等身,诗文词曲皆有涉猎,尤对通俗文学情有独钟,辑有《山歌》《挂枝儿》等民歌曲集,著有杂剧传奇《双雄记》《万事足》《精忠旗》等,编著《古今谈概》《笑府》《广笑府》《智囊》《情史》等,其最著名的文学活动是编纂及出版"三言"。

冯梦龙的思想深受晚明启蒙思潮浸润,重视儒家伦理的通俗化、平民化,善于从市井

生活的细枝末节中发现意义深远的人情物理,注重通俗文艺的娱乐、教化功能。他在《古今小说序》中明确指出:

大抵唐人选言,入于文心;宋人通俗,谐于里耳。天下之文心少而里耳多,则小说之资于选言者少,而资于通俗者多。试今说话人当场描写,可喜可愕,可悲可涕,可歌可舞;再欲捉刀,再欲下拜,再欲决脰,再欲捐金;怯者勇,淫者贞,薄者敦,顽钝者汗下。虽小诵《孝经》、《论语》,其感人未必如是之捷且深也。嗳,不通俗而能之乎?

冯氏秉承晚明思想家尊情反理的衣钵,大力弘扬自然人情之美,针对理学家违背人性的天理至上说,提出:"世儒但知理为情之范,孰知情为理之维乎?"他创作改编通俗文学的目的很明确,就是在充分肯定人情人欲的基础上,尽量使人性得到净化,复归天道自然。"使人知情之可久,于是乎无情化有,私情化公,庶乡国天下,蔼然以情相与,于浇俗冀有更焉。"(《情史序》)本着这样的创作动机与丰富的生活积累,冯氏笔下的市井人物便往往呈现出敢怒敢怨、真率自然的精神风貌。冯氏以其卓越的眼光,深刻的见解,辛勤的劳作,在"三言"中为我们展示了16、17世纪之交多姿多彩的社会生活画卷,从而也把通俗小说创作提升到了一个前所未有的水平。

## 二、情爱题材体现的新观念

"三言"指冯梦龙编纂的《喻世明言》《警世通言》《醒世恒言》3部白话短篇小说集。每部40篇,共收入120篇小说。这些作品大多有所依据,其中有的来自六朝志怪、唐宋传奇、笔记野史,有的来自宋元时期的旧话本,有的来自明代文言小说或笔记,另有少量作品出于冯氏创作。所选篇目都经过了冯梦龙严格的遴选甄别,不能"导愚适俗"、惩创人心或艺术水平低下的皆予删汰。他在《醒世恒言序》中说:

明者,取其可以导愚也。通者,取其可以适俗也。恒则习之而不厌,传之而可久。三刻殊名,其义一耳。……崇儒之代,不废二教,亦谓导愚适俗,或有藉焉。以二教为儒之辅可也,以《明言》、《通言》、《恒言》为六经国史之辅,不亦可乎?

由此可见,他把小说的教化作用看得十分重要,几与宗教、经史等量齐观。

"三言"的题材非常广泛,其中描写市井生活的内容占了大部分,小说全方位地展示了16、17世纪之交五光十色的市民生活画卷。"三言"中最富时代感的是那些描写情爱的篇章,这类作品展现了被蹂躏、被摧残的妇女的处境和命运,热情洋溢地歌颂了她们对真挚爱情和自由生活的追求,谴责负心男子,抨击封建制度对妇女的残酷迫害,反映出在爱情、婚姻问题上一些有别于传统礼教的新思想、新观念。

《卖油郎独占花魁》是一篇关于妓女从良的小说,虽然是个老话题,但却极富时代特色。作品中的莘瑶琴是杭州名妓,"吹弹歌舞,琴棋书画,件件皆精"。卖油小贩秦重对她一往情深,相处之时十分体贴、尊重,使她极为感动,但莘瑶琴"往来的都是王孙公子,富室豪家",因此虽感激并喜爱秦重,却不肯把他当成从良的对象,她感慨地说:"可惜是市井之辈。若是衣冠子弟,情愿委身事之。"后来官宦子弟吴八公子对莘瑶琴任意凌辱,使她对自己受人轻贱的社会地位有了深切的体会,彻底明白了衣冠子弟不过把她当作玩物,唯有志诚的秦重才真正把她当人来看,于是下决心自己赎身,最终嫁了秦重。这篇小说通过生动的情节表明,在爱情婚姻问题上可贵的不是门第和金钱,而是彼此知心知意、相互尊重。作品将"市井之辈"与"衣冠子弟"相比较,把美与丑、善与恶、崇高与粗俗相对照,从而对市民和市民的爱情做了充分的肯定,也使读者听到了尊重人的呼声。

《乔太守乱点鸳鸯谱》是极富喜剧性的婚姻佳话。男扮女装,弟代姊嫁,姑嫂同眠,姻亲反目,一系列的欺骗、误会、错认、巧合,构成了小说环环相扣的喜剧冲突,而最后乔太守极为顺乎世俗人情的"乱点"则把喜剧推向了高潮。这个故事中有一个基本的道德判断,即凡是符合人性常情的行为便不悖于理,便可以视为道德,这也是乔太守断案的依据。故事中每一个不道德的举措背后都有其合于人情物理的动机,但这些动机却大都与礼教心防格格不入,因此,乔太守的"乱点"实际是用市民的思维逻辑取代了正统的道德判断,他也因此成为市民利益的代言人和市井趣味的欣赏者。

婚变也是"三言"擅长敷演的题材。《蒋兴哥重会珍珠衫》《简帖僧巧骗皇甫妻》《蒋淑珍刎颈鸳鸯会》《金玉奴棒打薄情郎》《宿香亭张浩遇莺莺》《王娇鸾百年长恨》等,都以十分严肃的笔触全方位地展现了那个时代婚姻情爱的真实面貌。其中《蒋兴哥重会珍珠衫》堪称这类题材的代表作。

《蒋兴哥重会珍珠衫》也以婚变为题材,但它所揭橥的人性内涵、思想价值和审美价值却迥异于同类小说。首先,它没有用同类题材中惯于采取的善恶贞淫的标准去衡量小说中三角关系的任何一方,蒋兴哥、王三巧、陈大郎在叙述人的笔下都是血肉丰满、心理健康的普通人,即使是充当蜂媒蝶使的薛婆,也不似《水浒传》中的王婆那样邪恶。其次,小说中的人物描写、细节刻画与整体情调都体现出了一种人性的魅力,悲悯与宽容贯穿情节发展的始终,从而昭示了一种对人的尊重、对情的尊重精神。最后,王三巧形象辐射出一种全新的市民意识,她的爱情自始至终纯洁而发乎自然。在本能需要与道德约束的两难处境中,她表现得豁达而不失善良,真率而不涉淫荡,这就使小说的审美品味直驾同类题材小说之上。这种对爱情与命运的自我把握、自我主宰已依稀透露出某些女性意识觉醒的先兆。这种发乎自然的天性与处事原则也渗透在男主角蒋兴哥的言行心理之中。蒋兴哥能在获知妻子失贞之际引咎自责,甚至在决定休离之际仍不忍使三巧难堪,且于三巧再嫁之时陪送十六只箱笼,作者在这里已经触摸到一种极高尚的爱情,它可以超越贞节、肉欲、过失而达至人性本真的纯洁。也正是这种高尚的爱为日后三巧与兴哥的重圆奠定了逻辑上的可能。

## 三、冯梦龙对话本体制的改造和艺术创新

如上所述,"三言"中的主要故事都来自前人作品,但这些作品在收入小说集时都经过了冯梦龙的加工,甚至是重写。这主要体现在:对小说的体例、结构等进行整理,使小说的形式更为完美;删改旧话本中残存的说话人套话和临场发挥的话头,使作品语言更加书面化;对旧话本中的不完美处进行润饰,使作品语言、内容更为精致雅洁;对细节加以修改,使故事情节更为合情合理。总之,经过冯氏的再创作,话本小说的形式更为完美,艺术品位也大大提高。

就艺术成就而言,"三言"的创新主要体现在三个方面:

一是注重人物形象的塑造,人物形象更加鲜明、生动。话本小说多追求情节的离奇、曲折,"三言"也不例外,但冯梦龙在人物形象塑造方面投入了更多笔墨。如《杜十娘怒沉百宝箱》就以人为主,作品在结构上是单线发展,在手法上也只是依次递进,按部就班地把一个比较单纯的悲剧故事讲述出来,但却有峰回路转之妙,其原因就在于作品的情节是紧紧围绕塑造人物而安排的。作品对杜十娘形象的塑造采用了层层剥笋的方式,依靠情节的自然发展逐渐披露人物的性格。作者让杜十娘在当众袒露心迹的同时,一层一层揭开"百宝箱"的奥秘,展示其中那价值无数倍于千金的奇珍异宝,从而深刻地揭示出李甲的有眼无珠与杜十娘明珠暗投的主题。在这里,"百宝箱"内涵的无价与杜十娘人格精神的无价构成一种互为象征的关系。杜十娘通过李甲与孙富的交易,终于认清了李甲孱弱无能的本质,识破了李甲与孙富人品、道德的卑劣。为了捍卫自己的人格尊严,她毅然怀抱宝箱,与那些奇珍异宝一同沉入江心,以此来宣告同这个社会的决裂。杜十娘用死对社会发出了愤怒的控诉,她"一代女侠"的光辉形象也在悲剧的结束中树立了起来。

二是增加了心理描写,通过人物在特定环境中的心灵独白或心理特写,展示小说人物关系的复杂性和矛盾冲突的张力,使小说的可读性和戏剧性大大加强。如《蒋兴哥重会珍珠衫》,叙及蒋兴哥在苏州巧遇妻子王三巧的情人陈大郎,知悉二人奸情,陈大郎则不知蒋是三巧的丈夫,竟托他为自己代送情书信物。此时,小说中有这样一段描写:

(陈大郎)亲把书信一大包,递与兴哥,叮嘱千万寄去。气得兴哥面如土色,说不得,话不得,死不得,活不得。只等陈大郎去后,把书看时,面上写道:"此书烦寄大市街东巷薛妈妈家。"兴哥性起,一手扯开,却是八尺多长一条桃红绉纱汗巾。又有个纸糊长匣儿,内有羊脂玉凤头簪一根。书上写道:"微物二件,烦干娘转寄心爱娘子三巧儿亲收,聊表纪念。相会之期,准在来春。珍重,珍重。"兴哥大怒,把书扯得粉碎,撇在河中;提起玉簪在船板上一掼,折做两段。一念想起道:"我好糊涂!何不留此做个证见也好。"便捡起簪儿和汗巾,做一包收拾,催促开船。

急急地赶到家乡,望见了自家门首,不觉堕下泪来。想起当初夫妻何等恩爱,只为我贪着蝇头微利,撇他少年守寡,弄出这场丑来,如今悔之何及!在路上性急,巴不得赶回。及至到了,心中又苦又恨,行一步,懒一步。

这一段动静结合的描写,把蒋兴哥获知妻子奸情以后愧恨交加、有苦难言的心境表现得淋漓尽致。两段内心独白尤为细腻地展示了兴哥从最初的暴怒到冷静下来沉思的心理变化轨迹,把这位诚实善良商人对妻子爱恨交织的内心隐秘摹画得十分真实感人,这是以前的话本小说中很少见到的叙事技巧。

三是在人物对话上极尽巧思,令人有身临其境之感。这种语言功力,尤其表现在一些市井人物的唇吻之间,颇具行业特点,说一人,肖一人。如写妓院老鸨:

(妈妈)日逐只将十娘叱骂道:"我们行户人家,吃客穿客,前门送旧,后门迎新,门庭闹如火,钱帛堆成垛。自从那李甲在此,混账一年有余,莫说新客,连旧主顾都断了,分明接了个钟馗老,连小鬼也没得上门。弄得老娘一家人家,有气无烟,成甚么模样!"(《杜十娘怒沉百宝箱》)

这段话极写鸨儿的势利,妙语连珠,市语、俗谚、歇后语层出不穷,使读者如闻其声,如睹其人。而同是写鸨儿,《卖油郎独占花魁》中的刘四妈又别是一番光景,其游说莘瑶琴安心接客,纵论诸般从良之利害,以及后来劝说王九妈准予瑶琴从良,舌辩滔滔,左右逢源,真不愧"女随和,雌陆贾"之称。而其言辞中所表现的对世情之谙练,对对方心理活动的把握,都极为准确地揭示了这位历尽风尘、见多识广的妓院老鸨的文化背景。

## 第二节 凌濛初及其"二拍"

### 一、凌濛初的生平与创作

冯梦龙"三言"付梓后,风靡一时,取得了良好的商业效益。应书商之邀,凌濛初创作了《初刻拍案惊奇》与《二刻拍案惊奇》,合称"二拍"。"二拍"每集各40篇,但《二刻拍案惊奇》第二、三卷与《拍案惊奇》重复,第四〇卷《宋公明闹元宵》是杂剧,故实收小说78篇。

凌濛初(1580—1644),字玄房,号初成,一字彼斤,别号即空观主人,湖州乌程(今浙江吴兴)人。凌氏天资过人,少有才名,但科场蹭蹬。崇祯七年(1634),以优贡授上海县丞,在任有能声。崇祯十五年(1642),擢徐州通判。甲申(1644)初,困于起义军,忧愤呕血而死。凌氏著有散曲集《南音三籁》,杂剧、传奇剧《宋公明闹元宵》《北红拂》《乔合衫襟记》等6种,代表作是"二拍"。

### 二、"二拍"展示的时代风貌

过去对"二拍"的评价一直较低,主要原因有二:一是作者对农民起义的态度,二是因为作品本身淫秽描写过多、说教色彩甚浓。但客观地说,较之"三言","二拍"的原创性更强,它是我国古代第一部真正意义上文人独立创作的白话短篇小说集,同时,"二拍"比"三言"更贴近现实生活,更富有时代气息。

"二拍"也以描述市井生活为主,但在表现商人生活方面与"三言"有明显的不同。"三言"中的商人大多本分忠厚,以诚信待人,如卖油郎秦重,《蒋兴哥重会珍珠衫》中的蒋兴哥,《施润泽滩阙遇友》中的施复,他们尽管遭际不同,但在为人处世上都体现了儒家温柔敦厚的做人原则,生意场上亦童叟无欺,全凭诚实、辛苦获利。"二拍"在表现商人逐利致富的主题时则基本抛弃了儒家的道德标准,而触摸到时代的全新价值取向。

《初刻拍案惊奇》首篇《转运汉遇巧洞庭红,波斯胡指破鼍龙壳》即具有典型性。这篇小说所描绘的冒险、好奇、致富无一不有趣,尤其引人注目的是它所宣扬的价值观念:人的价值取决于财产,有钱方能受到尊重。文若虚落魄的时候,尽管多才多艺,"心思慧巧",但贫不聊生,为人貌视。及至遇巧得宝,本人并无大的变化,众人见了他"寸许大""光彩夺目"的夜明珠,却"惊得目睁口呆,伸了舌头收不进来"。在展示人们对于财富舍命追逐的热情的同时,这篇故事还披露了市井商家中一种崭露头角的新秩序。"元来波斯胡以利为重,只看货单上有奇珍异宝值得上万者,就送在先席,余者看货轻重,挨次坐去,不论年纪,不论尊卑,一向做下的规矩。船上众人,货物贵的贱的,多的少的,你知我知,各自心照,差不多领了酒杯,各自坐了。"传统儒家的长幼之礼、尊卑之序,已被一种新的价值体系所取代,凌濛初无意间触摸到的这种新的价值取向,实则是以写实的手法反映了明末南方经济社会里的新型人际关系。

在这种价值观念的辐射之下,即使是人神遇合的故事,也被赋予了新意。《二刻拍案惊奇》卷三七《叠居奇程客得助,三救厄海神显灵》,叙述徽州商人程宰、程宰兄弟在"辽阳海神"的帮助下经商致富的故事。辽阳海神虽亦有人神遇合故事中仙女通常固有的艳丽姿容和过人的聪明才智,并且也一样地勇于献身。但关键在于她还有运营牟利、助人致富的先知,这一点便足使她区别于以往的神仙,而具有了时代的特征。

爱情婚姻题材也是"二拍"的重要内容,在一些作品中,女性意识得到张扬,婚姻自主的观念得到较好的表现。《同窗友认假作真,女秀才移花接木》中的女主人公闻俊卿形象已带有时代的新特点,她知书习武,不屈服于父母之命、媒妁之言,敢于女扮男装参加科举,勇于追求自己的幸福,主宰自己的命运。《张溜儿熟布迷魂局,陆蕙娘立决到头缘》中的陆蕙娘亦是有胆有识,敢于自作主张,改变个人命运。而身为举人的沈灿若在得知蕙娘系有夫之妇时,仍对她一往情深,似乎从未考虑过女子的贞节问题。《酒下酒赵尼媪迷花,机中机贾秀才抱怨》中的贾秀才,对失节的妻子也能宽容和体谅。巫娘子误中奸计,遭歹人奸污,自觉愧对丈夫,欲以死明志,其夫贾秀才却安慰她:"不要短见,此非娘子自肯失身。这是所遭不幸,娘子立志自明。今若轻身一死,有许多不便。"对女性贞节的忽略,女性主体意识的强化与男性对女性的尊重在"二拍"的一些故事中是相辅相成的。《赵司户千里遗音,苏小娟一诗正果》讲述太学生赵不敏与钱塘名妓苏盼奴之间的爱情悲剧,男子为情而死已属罕见,所爱之人又是风尘女子,则尤难能。

"二拍"全方位地表现了当时的社会生活,特别值得注意的是,作者几乎在每一篇故事的描述中都表明了自己鲜明的立场。凌濛初生活的时代已是明之季世,各种社会弊端纷纭呈现,故凌氏对腐败现实的揭露较之冯梦龙也更加激烈,愤世嫉俗的心态往往溢于言表。

就艺术而言,"二拍"的成就不如"三言",但其结构较之"三言"更为整饬,每卷皆以工稳偶句为题目,概括情节。入话与正话早现更有机的内在联系。"二拍"的叙事语言也更趋雅化,由于谋篇布局,穿插藏闪多出自原创,故叙事风格较为统一,情节演进流畅自然,人物描写细致生动。

## 第三节 《剪灯新话》及明代文言小说

唐传奇是中国小说史上的第一个高峰,宋元时期的文言小说虽对唐人多有继承,但在各个方面却难以超越,文言小说创作一度沉寂。明初,随着瞿佑《剪灯新话》的出现,文言小说创作再次走向繁荣。

瞿佑(1347—1433),字宗吉,号存斋。钱塘(今浙江杭州)人,一说山阳(今江苏淮安)人。幼有诗名,洪武初,自训导、国子助教官至周王府长史。永乐间,因诗获罪,谪戍保安10年,遇赦放归。著作有《香台集》《咏物诗》《存斋遗稿》《乐府遗音》《归田诗话》《剪灯新话》等20余种。

《剪灯新话》共4卷20篇,另有附录1篇。作者瞿佑曾亲身经历了元末的大动乱,因此,对社会动乱的展示和反思成为全书最主要的话题,诸如"山东大乱""张氏夺印"(《三山福地记》),"姑苏之围"(《华亭逢故人记》),"方氏之据浙东"(《牡丹灯记》),等等,无不成为作者塑造人物、叙述故事的重要背景。小说中成就最高的是爱情题材的作品,其中《爱卿传》《翠翠传》《秋香亭记》等都表现了青年男女要求婚姻自主的愿望,从一个侧面反映了元末战乱给人民带来的不幸遭遇。如《翠翠传》里的金定和刘翠翠,本是自主择婚、过着美满生活的恩爱夫妻,但战乱却拆散了他们,使翠翠成了李将军的宠妾,金定为了访妻,备经艰险,到了李将军处,却只能以兄妹相认,最后只能双双殉情而死。故事情节曲折,凄婉动人。瞿佑幼年背井离乡,目睹了人世间的悲欢离合,经历了失去亲人与初恋情人的锥骨之痛。情感的幻灭,使瞿佑对爱情小说的创作有了新的理解,于是就喜欢在幻想中尽情地给相爱的人以补偿。如《牡丹灯记》的人鬼之恋、《金凤钗记》的离魂之情、《渭塘奇遇记》的梦中之缘、《滕穆醉游聚景园记》的时空错乱之爱,都被作者看作是两性不渝之爱的极端体现。《剪灯新话》中的爱情小说在灰暗的基调之下泛着亮丽的底蕴,在怨艾之中夹裹着一层脉脉柔情。

《剪灯新话》的另一个重要内容是对文人命运的摹写。作品中描摹了文士穷困潦倒的尴尬处境(《令狐生冥梦录》《富贵发迹司志》);对人世间"贿赂而通""门第而进""虚名而躐取"的人才体系不满,而给予大声的抗议和讥刺(《修文舍人传》);细腻地刻画了士人在战乱的历史氛围下"贫贱长思富贵,富贵复履危机"(《华亭逢故人记》)的仕隐两难的人生困惑,以及动辄得咎的避祸心理(《令狐生冥梦录》)。《剪灯新话》以形象的笔触谈论着士人身处乱世的仕与隐、富与贱、庸与能等重大话题,小说中文士们的困苦、无奈、挣扎、愤懑,都是一代士人寂寞无为的心灵世界的真实写照。

《剪灯新话》继承了唐宋传奇的传统,又在继承中发生了新变,为明代文言小说的繁荣奠定了基础。小说问世之后,当即引起了小说家的注意,并出现了众多效仿之作,其中影响较大的是李昌祺的《剪灯余话》和邵景詹的《觅灯因话》,后人将三书合称"三灯丛话",简称"三灯"。

明代文言小说创作的另一个成就是中篇传奇小说的大量涌现。中篇传奇的开山之作是元代宋远的《娇红记》,到了嘉靖时期,不仅独成"一体",而且蔚然大观。明代的中篇传奇大约有40余篇,代表作有《钟情丽集》《怀春雅集》《寻芳雅集》《花神三妙传》《天缘奇遇》《刘生觅莲记》《双双传》以及《五金鱼传》《传奇雅集》等。这些作品的篇幅介于长篇和短篇小说之间,字数一般多达万余言。文体上因循唐宋传奇体制,题材以家庭、爱情、婚姻为主,叙事婉丽,文辞华艳。它们大多独立成篇,单本印行。中篇传奇小说汲取了唐宋传奇"哀婉欲绝"的审美精神以及叙事婉转、文辞华艳的精髓,建立了自己的叙事模式,"自成体系"①,是传奇小说史上的一大变革。

### 作品学习

冯梦龙《杜十娘怒沉百宝箱》

## 《杜十娘怒沉百宝箱》鉴赏

  《杜十娘怒沉百宝箱》,收入《警世通言》卷三二,是"三言"中最出色的篇章之一。冯梦龙根据同时代文人宋懋澄的文言小说《负情侬传》改编而成。名妓杜十娘久有从良之志,为了追求真爱,经过长期的寻觅和考验,将自己的终身托付给公子李甲。但李甲生性软弱、自私,虽对杜十娘真心爱恋,却又屈从于社会、家庭和礼教观念,再加上孙富的挑唆与诱惑,他最终出卖杜十娘,酿成了杜十娘的悲剧。

  这篇小说之所以出色,主要在于杜十娘这一形象感人至深。作为一名通常被视为"以送往迎来为业,弃旧迎新为本"的风尘妓女,竟然能够奋起用生命捍卫自己的人格尊严,这使小说在凄婉的悲剧故事之外具有了一种壮美。而这种壮美的实现,又与小说作者巧妙运用象征、隐喻的叙事结构密不可分。"百宝箱"在小说中的象喻耐人寻味,它在整个故事中一步步由隐而显,始终与主人公从良的理想相伴。

  以普遍的社会道德标准来看,妓女从良无疑是最好的结局。一个妓女一旦萌发了从良的愿望并付诸实施,即表明她已在思想上皈依了人伦秩序,从而可以被社会重新接纳。百宝箱正是在杜十娘脱离风尘、实践从良愿望的开始阶段朦胧显现,尽管它的内容还未展露,但从杜十娘与李甲离京、买舟南下,一路使费皆出自箱中的细节来看,已颇能令读者对此箱的神秘抱有一种期冀。随着情节的进一步发展,百宝箱一层层被揭示,小说叙事结构中的象征意蕴便袒露无遗。在这里,内藏无数翠羽明珰、瑶簪宝珥、玉箫金管、夜明之珠的百宝箱的物质价值与杜十娘矢志从良、义无反顾的人格价值形成了一种结构上的对应,两者互为映衬,有力地深化了小说的悲剧主题。

  自从杜十娘看中了"忠厚至诚"的李公子,立意委身之后,百宝箱才开始隐约现身。她先是在李公子告贷不遂、一文莫名时,自己提出承担半数身价,借此考验李之诚意;在离院之际,又假托借得二十两以充舟车之费;既而,又在潞河启箱中取出内藏五十两银之红绢袋,以供路途之需。百宝箱在这一路上的藏头露尾含有两层隐喻:一方面,它的内蕴之丰富、价值之高与杜十娘的品德之高尚、人格之魅力形成了一种对应,它的每一次显露都使杜十娘的性格更趋丰满。另一方面,它的若隐若现、藏头露尾也喻示了女主人公从良之路的前途未卜。作者在这里巧妙地设置了另一组对应关系,在一步步展示杜十娘人格魅力的同时,也

---

① 陈益源.元明中篇传奇小说研究[M].香港:学峰文化事业公司,1997:303.

渐次揭示了李甲性格中的懦弱无能,这就使读者增加了对杜十娘前途的关切。

百宝箱的最终揭示也使戏剧性的高潮达到了顶点。李甲未能抵御盐商孙富的一番花言巧语,终以一千两银子的身价将杜十娘转卖与孙富,从而令十娘择人而事的苦心化为泡影。作者没有选择让杜十娘摆脱孙、李,携宝远游的浪漫结局,而是让杜十娘在当众袒露心迹的同时,一层一层揭开百宝箱的奥秘,展示其中那价值无数倍于千金的奇珍异宝,从而深刻地揭示出李甲的有眼无珠与杜十娘明珠暗投的主题。在这里,百宝箱内涵的无价与杜十娘人格精神的无价再次构成一种互为象征的关系。杜十娘通过李甲与孙富的交易,终于认清了李甲懦弱无能的本质,识破了李甲和孙富人格的卑劣,为了捍卫自己的人格尊严,她毅然怀抱宝箱,与那些奇珍异宝一同沉入江心,来宣告同这个社会的决裂。"怒沉百宝"这一笔使杜十娘形象有了极大的变化,她是个悲剧人物,但又成了精神上的胜利者,这使李甲抱憾,使孙富遗恨,也使舆论完全倒向自己一边。

## 延伸阅读

**1. 原典阅读**

(1)阅读《喻世明言》《警世通言》《醒世恒言》(冯梦龙编著,陈熙中校注,中华书局,2014年版),重点阅读有关爱情婚姻题材的篇章,注重体会冯梦龙塑造人物形象的方法。

(2)阅读《初刻拍案惊奇》《二刻拍案惊奇》(凌濛初著,张明高校注,中华书局,2014年版),重点阅读有关商人生活的篇章,注重体会凌濛初在这类题材作品中表现出来的新观念。

(3)阅读《剪灯新话》(瞿佑著,上海古籍出版社,1981年版),重点阅读有关爱情婚姻题材的篇章,注重体会瞿佑结合战乱背景塑造女性形象的方法。

**2. 研究文献阅读**

(1)阅读《冯梦龙研究》(聂付生著,学林出版社,2002年版),对冯梦龙的文艺思想做全面了解,总结其情教思想对"三言"的影响。

(2)阅读《凌濛初研究》(徐定宝著,黄山书社,1999年版),归纳总结晚明文化语境对凌濛初创作的影响。

(3)阅读《明代剪灯系列小说研究》(乔光辉著,中国社会科学出版社,2006年版),将《剪灯新话》系列小说作为一个整体来研究,总结明代文言小说创作的特点。

## 拓展训练

1. 话本小说作为一种文体有较长的发展演变过程,在这个过程中,冯梦龙对宋元旧话本的加工、改写对话本小说的发展起到了十分重要的作用,请将《清平山堂话本》中的原作和"三言"中改写的作品进行比较,就冯梦龙的改写及其意义写一篇小论文。

2. "三言"和"二拍"中都写了不少商人题材的作品,试对几部作品中的同类题材作品进行比较,分析它们在这一题材创作方面的异同及其原因,结合本章学习,查阅有关资料,写一篇小论文。

# 第三章 明代戏曲

**文学史**

明代戏剧在元代杂剧高度繁荣的基础上又得以进一步发展。明代戏剧种类纷繁,主要有两大系统,即杂剧和传奇。从剧种的情况看,总的趋势是杂剧日衰,传奇日兴,中间有短剧和昆腔的兴盛。从成就方面看,明代戏剧在剧种、剧目、题材等方面都超过元代,但就价值而言,特别是文学价值,却未必能超过元代。

明代戏剧流变大致分为三个阶段:

(1)沉寂期。嘉靖前相对沉寂。剧作沿袭元人之风,形式上以杂剧为主,虽然在某些方面有突破,但总的来说远不及元杂剧,主要是缺乏大手笔,没有一流作品。南戏一脉,《琵琶记》后没有什么传世之作。

(2)初盛期。嘉靖初至万历初,杂剧继续衰微,但短剧兴盛,以王九思、康海为代表的杂剧创作发生了新的转机,到了万历前后更出现了以徐渭为杰出代表的杂剧创作高潮,一大批境界不俗的作品脱颖而出。昆山腔在嘉靖间一枝独秀,促进了传奇繁荣。

(3)全盛期。万历中至明末,从汤显祖的《牡丹亭》到袁于令的《西楼记》,人才济济,佳作纷呈,繁荣局面一直延续到清初。

## 第一节 明代杂剧

明杂剧的艺术地位和总体影响虽然不及蔚为主流的明传奇,与元杂剧相较也大为逊色,但也并非一无是处。据傅惜华《明代杂剧全目》载,已知的明杂剧作家有108人,杂剧剧目500多种,现存180余种。这些剧作既有继承,又有发展,写下了杂剧史上相对低沉但又具备自身个性的新篇章。

### 一、明初的杂剧创作

明代初叶的杂剧创作较为单调。其原因有二:其一,统治者对杂剧的控制和利用加强。《御制大明律》专设《禁止搬做杂剧律令》条目,规定:"凡乐人搬作杂剧戏文,不许妆扮历代帝王后妃、忠臣烈士、先圣先贤神像,违者杖一百。官民之家容令妆扮者与同罪。"建国初还颁发榜文明令:"但有亵渎帝王圣贤之词曲、驾头杂剧,非律所该载者,敢有收藏、传诵、印卖,一时拿送法司究治。""敢有收藏的,全家杀了!"(顾起元《客座赘语》)这样严酷的政策导致了明初杂剧题材的偏狭。其二,藩王朱权、朱有燉及围绕在他们周围的宫廷派剧作家的影响。他们把杂剧作为歌功颂德、粉饰太平和消遣娱乐的工具,这就决定了这个时期杂剧创作的基本倾向。

明初杂剧的核心人物是朱权和朱有燉。

朱权(1378—1448)是明太祖第十七子。永乐前后,皇家同室操戈的情况再三出现,为了避祸求安,朱权便沉浸在戏曲、音乐和道家学说之中。所作杂剧主要有:《冲漠子独步大罗天》。写冲漠子被吕纯阳等超度入道,东华帝君赐号丹丘真人,用得道之乐来自勉自慰。《卓文君私奔相如》。演才子佳人风流韵事,该剧演司马相如为情所动,以琴向美人示爱;卓文君作为新寡之妇,一不为亡夫守节,二不待父母之命,三不用媒妁之言,抛弃锦衣玉食的富贵生活,毅然与才人私奔,坦然靠卖酒过活。此剧兼古朴与工丽于一体,语言颇有可观处。

朱权还写过一部戏曲理论专著《太和正音谱》,这是我国现存最早的一部杂剧曲谱,也是明初记录杂剧资料最为详备的一部著作,该书合戏曲史论和曲谱为一体,分戏曲体式15种,杂剧12科,收录、品评了金董解元以下、元代及明初的杂剧与散曲作家203人,对研究元明北曲和杂剧作家作品提供了不少珍贵的史料。

朱有燉(1379—1439),号诚斋,为明太祖朱元璋之孙,周定王朱橚(1361—1425)之子。朱有燉的创作广泛,诗文有《诚斋集》《诚斋新录》《诚斋遗稿》,词有《诚斋词》,散曲有《诚斋乐府》,杂剧有《诚斋传奇》。朱有燉一生创作杂剧31种,题材比较丰富,主要有四种类型,即歌舞升平的喜庆剧、神仙道化剧、节义道德剧和水浒戏。其中《香囊怨》写妓女刘盼春与秀才周子敬有情,把周的诗及信放在香囊之中,随身佩戴。鸨母逼她与富商苟合,刘以死明志,自缢而亡,尸体火化时所佩香囊不化,内装周生情词亦保存完好。这个戏比较真实地揭示了妓女的屈辱处境,有一定的现实意义,但作者之所以欣赏她只是因为她作为妓女而能以死明志,全其贞节,认为这种道德境界值得表彰。《黑旋风仗义疏财》和《豹子和尚自还俗》都是水浒戏。前者写李逵路见不平救出被酷吏赵都巡欺压的李撇古父女,并代交公粮,又假扮李女嫁给赵都巡,乘机痛打他一顿。后来张叔夜出榜招安,李逵在李撇古的劝说下幡然悔悟,并劝说宋江接受了招安。后者写鲁智深是一个"戒行不精"的僧人,被责还俗,娶妻生子,后上梁山落草。两剧对李逵、鲁智深既有肯定又有歪曲,对梁山好汉的态度也比较矛盾。

朱有燉在杂剧形式上有不少独创,其主要贡献在于:打破了元杂剧四折一本、一人主唱的惯例,创造了合唱、对唱、轮唱,甚至旦唱南曲、末唱北曲的南北合套的新唱法,为南杂剧和明中叶短杂剧的出现开辟了道路,对杂剧形式的发展有一定贡献。其剧作曲词流畅,音律和谐,注重歌舞,便于演出,对戏曲艺术,特别是舞台艺术的发展,也起了良好作用。

此外,贾仲明所作杂剧《萧淑兰情寄菩萨蛮》、杨讷(景言)的《西游记》、刘东生的《娇红记》等也有一定成就。

## 二、明代中后期的杂剧

明代中后期的杂剧相对而言比较繁荣,且形成了自身的特点。这个时期的杂剧打破了前期杂剧内容单一的局面,题材不断拓宽,思想渐次深化。就创作倾向而言,作家的主体意识逐渐增强,大量作品抒写文人自身的情感,特别是人生失意的情绪。从艺术形式上看也出现了一些变化,主要有:从结构看,剧本短化,仅用一折或两折戏演一个故事的剧本已不少见;从演唱方式看,打破了元杂剧一人主唱的限制,比较普遍地采用对唱、合唱的形式;从音乐上看,兼用南北曲的作品常见,甚至出现了全用南曲的"南杂剧"。

### (一)王九思和康海

王九思(1468—1551)的代表作是《杜甫游春》。第一、二折写杜甫在长安城郊春游时在酒楼独饮,痛斥奸相李林甫,三、四折写他与岑参共游渼陂,下决心拒绝朝廷翰林学士之任命,后渡海隐居而去。作者的创作目的是借老杜之酒杯,浇自己之块垒,他以杜甫自况,借大诗人之口骂当道者之黑暗,感个人之不遇。

王九思还写了杂剧《中山狼》,开辟了明代单折短剧的体制。

康海(1475—1540)的代表作是《中山狼》,共4折,写东郭先生冒着风险搭救了被赵简子人马紧紧追杀的中山狼,不料这条忘恩负义的饿狼竟要吃掉东郭先生。这部戏取材于马中锡的《中山狼传》,剧中中山狼的蒙恩反噬、恩将仇报客观上揭露了官场中尔虞我诈、反复无常的现实,同时也嘲笑了东郭先生"无所不爱"的仁心和迂腐懦弱的性格。该剧主题鲜明,刻画狼的诡诈性格生动毕肖,结构严谨,情节紧凑。

### (二)《一文钱》等讽刺剧

主要有徐复祚(1560—1630)的《一文钱》、王衡(1561—1609)的《郁轮袍》和吕天成(1580—1618)的《齐东绝倒》,在戏剧史上具有一定影响。

《一文钱》以讽刺笔法对剥削者的贪婪自私、吝啬刻薄做了淋漓尽致的揭露和抨击。富豪卢至虽富甲连城,却异常吝啬,对自己的妻子儿女也极其刻薄。某日他在路上捡到一文钱,算计许久才买了点芝麻,又生怕人家看见,就躲到深山密林中去吃。该剧刻画人物入木三分,成功塑造了一个贪婪而悭吝的守财奴形象。卢员外对钱财的无限贪婪与对自己、对家人的极端吝啬形成了鲜明的对比,也构成了性格上的极大反差,因此产生了令人可笑可叹的荒唐感。

《郁轮袍》写唐代诗人王维中举前后的坎坷经历。无耻文人王推冒充王维在京城四处活动,靠巴结歧王及九公主挤掉王维,自己夺得状元。王维看破现实,拒绝了送来的状元桂冠,飘然归隐。此剧揭露了科举黑暗,并发泄了个人的满腔愤懑。王衡的《真傀儡》也是一出讽刺喜剧,塑造了一个历尽宦海风波仍能保持清醒的老人杜衍的形象,"官场即戏场",对世态之庸俗和官场之无聊都做了辛辣的嘲讽。

《齐东绝倒》是一部诙谐的讽刺喜剧,作者将讥刺的矛头直接对准了被称为"圣君"的尧、舜。舜父瞽叟仗势杀人,皋陶下令搜捕,为了让父亲免于惩罚,舜帝竟然背起父亲潜逃到海滨,已经禅让退位的尧出面为他们疏通,皋陶只好答应不杀舜帝之父。作者让舜、皋陶这些圣贤都处在一种两难的选择之中,最后只好不了了之,包庇杀人犯,成全了舜的孝,并得以继续为君。作品通过对古圣先贤的戏谑嘲弄,对那些借孝之名去枉法的统治者进行了辛辣的讽刺,揭穿了统治者所标榜的"德治"的虚伪。

### (三)其他杂剧作家与作品

陈与郊(1544—1611)的《昭君出塞》和《文姬入塞》都是一折短剧,都对红颜薄命的古代女性表达了感伤痛惜之情。《昭君出塞》中昭君发出了"压翻他杀气三千丈,那里管啼痕一万行"的哀怨,表达了对美女和番政策的无奈和不满。《文姬入塞》写了蔡文姬历尽磨难终于能够回到故土、报效国家的喜悦,但也表露了她对"腹生手养"之胡儿的深深眷恋与浓浓母爱。两剧剧情紧凑,文字凄绝。

在晚明的人性解放思潮中,还出现了一些张扬男女真情的杂剧,冯惟敏(1511—1580?)的《僧尼共犯》和孟称舜(1600—1684)的《桃花人面》是这类爱情剧的代表。《僧尼共犯》写僧人明进和尼姑惠朗在佛殿相会,被邻人捉住扭送官府,铃辖司吴守常将二人打了一顿板子,然后断令二人还俗成亲。作品表现出了禁欲的清规戒律对青年男女所造成的人性痛苦以及对他们的深刻同情,肯定了情欲的合理性。《桃花人面》根据唐人孟棨《本事诗》中"崔护谒浆"的故事改编而成,写才子崔护与秦蓁儿生死离合的故事,歌颂了生死不渝的爱情,是一出优美的诗剧。

## 三、徐渭及其《四声猿》

徐渭(1521—1593),字文长,号天池山人、青藤道士、田水月等,山阴(今浙江绍兴)人。徐渭一生曾八次参加乡试而没能中举。后在浙闽总督胡宗宪军中当幕僚,曾屡出奇谋,为抗击倭寇立下战功。胡宗宪倒台入狱后,报国无门的徐渭也屡遭迫害,一度精神失常,佯狂与真狂相间,多次自杀而未果,终因误杀后妻入狱多年,出狱后益发放浪形骸。晚年靠卖画鬻字为生,穷困潦倒以终。死后4年,公安派领袖袁宏道才偶然从旧文集中发现徐渭的光辉,盛赞他诗、文、字、画、人"无之而不奇"(《徐文长传》)。

徐渭曾自称书第一、诗二、文三、画四,但其杂剧创作也在戏曲史上享有盛名。王骥德《曲律》称"徐天池先生《四声猿》,故是天地间一种奇绝文字"。他的杂剧有4种,分别为《狂鼓史渔阳三弄》(1折)、《玉禅师翠乡一梦》(2折)、《雌木兰替父从军》(3折)、《女状元辞凰得凤》(5折),合称《四声猿》,取意于郦道元《水经注》中的"猿鸣三声泪沾裳",猿鸣四声更属断肠之歌。4种短剧长短无定制,所用曲调或为北曲,或为南曲,或南北兼用,还采用《鹧鸪》等民间小调,形式灵活自由,表现了徐渭不受陈规束缚、追求个性自由的精神。

《雌木兰》和《女状元》都是女扮男装的故事,是对女性的赞歌,也是对人才遭埋没的惋惜与哀叹。《雌木兰》写女扮男妆的花木兰替父从军,建立功勋,凯旋返乡后还其女儿本色,嫁与王郎。《女状元》写女扮男妆的黄崇嘏考上状元,获得了官职,但向要招她为婿的周丞相说明真相后,黄状元只好弃官为人媳,空埋没了满腹才情。两剧都突出女子的才能,剧中云:"裙钗伴,立地撑天,说什么男儿汉","世间好事属何人,不在男儿在女子"。这是对男尊女卑的传统观念的公然挑战。但徐渭也不可能为当时的女性找到真正的出路,两位女子必须女扮男装才能有所作为,最后也只能回到闺房之中。两位女性的聪明才智是徐渭的自我写照,她们的最终遭遇又表达了徐渭怀才不遇、徒叹奈何的辛酸与悲哀。

《狂鼓史》和《玉禅师》的思想锋芒更为尖锐,是对黑暗政权和虚伪神权的猛烈抨击和尽情戏弄。

《狂鼓史》以历史上祢衡骂座的故事为素材,但把剧情改为曹操死后,在阴司由祢衡对着他的亡魂重演当日骂座的情景,因此更为痛快淋漓。"骂曹"的内容看起来不外乎史书记载和传说中曹操的狠毒伪善、狡诈艰险、草菅人命等罪恶,但对徐渭来说,剧中的曹操实际上象征着使他产生"英雄失路,托足无门之悲"的社会实体。作者通过祢衡之口宣泄由巨大的压迫所带来的精神痛苦和愤懑不平之气,表现出桀骜不驯的倔强个性。这一剧作在当时受到许多文人的喜爱和高度评价,也正是因为它并不是就历史而写历史,或借历史讽喻现实政治,它的感人之处是那种恣狂的个性和烈火般的激情。

《玉禅师》捏合了传说中红莲和柳翠的故事,又借禅宗思想来表达对禁欲主义的厌恶和批判。剧中的高僧玉通苦修数十年难成正果,却在一夕之间就被妓女红莲破了色戒;他的后身化为柳翠,沦落风尘,却一经点明,立刻顿悟成佛。剧中提出了一个深刻的道理:用禁欲的手段绝不能达到完善道德的目的,而且这种戒律脆弱不堪一击;倒是经历过人世的沉沦,反而能领悟人生的真谛。所以,高僧不能成佛,妓女却能成佛。虽然说的是禅宗哲理,实际上具有很强烈的世俗性。玉通破戒以后和红莲有一段对话,红莲作为情欲的象征,表现得泼辣恣悍,而玉通的自我辩解却显得苍白无力,十分可怜,表现出了禁欲主义的虚伪和困窘。

《四声猿》的曲词一扫骈俪饾饤之习,不假涂饰而才气飞扬,锤炼纯熟而接近口语,词锋犀利,富于气势。如《雌木兰》中的【寄生草么篇】:

离家来没一箭远,听黄河流水溅。马头低遥指落芦花雁,铁衣单忽点上霜花片,别情浓就瘦损桃花面。一时价想起密缝衣,两行儿泪脱珍珠线。

《狂鼓史》中的【混江龙】曲:

俺这骂一句句锋芒飞剑戟,俺这鼓一声声震雾卷风沙。曹操,这皮是你身儿上躯壳,这槌是你肘儿下肋巴,这钉孔儿是你心窝里毛窍,这板仗儿是你嘴儿上獠牙。两头蒙总打得你波皮穿,一时间也酹不尽你亏心大。

此外,《四声猿》中有较多戏谑成分,如《女状元》中对科举制度的调侃,《玉禅师》中对佛祖的嘲戏、对高僧的讥刺等。

徐渭在明代剧坛上影响深远。他的杂剧激荡着愤世嫉俗的叛逆精神、狂放不羁的反抗意识,其剧作活泼畅快、汪洋恣肆,独备一格。他善于运用寓庄于谐的手法,在戏谑诙谐之中渗透着严肃的主题,嬉笑怒骂,谑而有理,开辟了讽刺杂剧的新路。他又精通声律,《女状元》全用南曲,也具有开创意义。凡此种种,都使徐渭在杂剧剧坛上独树一帜。澄道人《四声猿引》称之"为明曲之第一",汤显祖则认为"《四声猿》乃词场飞将"(王思任《批点玉茗堂牡丹亭叙》)。

徐渭在戏曲史上的另一个重要贡献是撰写了《南词叙录》。该书内容涉及南戏的起源与发展史、南戏的风格特色、声律等，此外还有对作家作品的评论，篇末附录宋元南戏剧目以及明代南戏、传奇目录百余种，是一部研究南戏历史和剧作家情况的重要资料。

## 第二节 明代传奇的繁荣与发展

明代剧坛占据主流地位的不是杂剧，而是传奇。据傅惜华《明代传奇总目》著录，明传奇剧目有950种，其中作家姓名可考者618种，无名氏所作332种。明传奇的发展和繁荣，开创了戏曲艺术的新生面。

"传奇"一词在中国文学史上变化较多，王国维在《宋元戏曲史》中概括为"四变"。从戏剧史的角度讲，所谓传奇一般都指明清时期的中长篇戏剧。对此，郭英德先生在《明清传奇史》中曾做过这样的界定：

相对于杂剧，传奇无疑是一种长篇戏曲剧本，通例一部传奇剧本由二十出至五十出组成；而杂剧则是一种短篇戏曲剧本，通例只有一出至七出。相对于戏文，传奇具有剧本体制规范化和音乐体制格律化的特征，而戏文在剧本体制和音乐体制上却有着明显的纷杂性和随意性。因此，就内涵或本质而言，传奇是一种剧本体制规范化和音乐体制格律化的长篇戏曲剧本。①

明代传奇从宋元南戏发展而来。南戏本是在村坊小曲、里巷歌谣和宋词等诸多艺术门类的基础上发展起来的，在音乐和表演方面比杂剧更为随意。元末明初"荆、刘、拜、杀"四大南戏和艺术成就更高的《琵琶记》出现之后，南戏逐步规范化、雅化，随着四大声腔的发展成熟，传奇广为流传，终于取代杂剧，成为明代戏曲的主流。

### 一、明前期传奇

明初传奇伦理教化的意味十分浓厚，剧作多以宣扬封建伦理道德为主旨。丘濬的《五伦全备记》和邵灿的《五伦香囊记》就是最突出的代表。

《五伦全备记》的主人公是伍子胥的后人伍伦全及其异母弟伍伦备。他们在母亲的催促下赴京赶考，老母亲在家遇到荒年，儿媳尽力奉养。兄弟二人分别考中状元、榜眼，拒绝了丞相的招亲，回家完婚，并在母亲去世后回家守制。该剧从主旨到情节都有模仿《琵琶记》的痕迹。剧中人物的命名颇煞费苦心，伍伦全、伍伦备就意味着"仁、义、礼、智、信"五伦全部具备，主人公既是忠臣孝子，又是夫妻和睦、兄弟友善、朋友信任的典型。作者在开篇就宣称："若于伦理不关紧，纵是新奇不足传。"他把教化问题放在首位，为此不惜牺牲作品的艺术性，因此被时人斥为"纯是措大书袋子语，陈腐臭烂，令人呕秽"（徐复祚《曲论》）。

《五伦香囊记》也是模仿《琵琶记》之作，写的是宋代张九成与新婚妻子贞娘悲欢离

---

① 郭英德.明清传奇史[M].南京：江苏古籍出版社，1999：11.

合的故事。九成离家参加科考,得中状元,因触怒权贵而被降职充军,后又被委派前往虎狼之地探望被俘的徽、钦二帝,从此与家人失去联系。贞娘在家悉心照顾婆婆,后来在逃难中与婆婆走散,遇到赵公子,赵公子欲强娶贞娘,贞娘只得到新任观察使处告状,而观察使恰恰是失散多年的夫君张九成。夫妻团圆后的点题诗为:"忠臣孝子重纲常,慈母贞妻德允臧,兄弟爱慕朋友义,天书旌异有辉光。"可以说是封建礼教之集大成者。该剧在语言素材上大量采用《诗经》和杜甫诗句,典故、对句层出不穷,连宾白亦多用文言,所以徐渭批评说:"以时文为南曲,元末、国初未有也,其弊起于《香囊记》。"(《南词叙录》)就此而论,《五伦香囊记》"开辟了明代传奇骈俪化、典雅化和八股化的源头"[①]。

## 二、明中期"三大传奇"

嘉靖以后,传奇创作更为兴盛,且逐渐取代杂剧成为剧坛上的主流。代表这个时期创作成就的是所谓的"三大传奇",即《宝剑记》《浣纱记》和《鸣凤记》。

### (一)李开先的《宝剑记》

李开先(1502—1568),字伯华,号中麓子,山东章丘人。嘉靖八年(1529)进士,"嘉靖八子"之一,官至太常寺少卿,因上疏批评朝政被削职。著有诗文集《闲居集》、散曲《中麓小令》、词曲杂著《词谑》、杂剧《打哑禅》等。传奇《宝剑记》是其代表作。全剧共52出,写的是林冲被逼上梁山的故事。林冲因参奏高俅而被高陷害,刺配沧州,最后被逼上梁山。高衙内谋占林妻张贞娘,贞娘出逃,在白云庵出家。梁山英雄攻打京城,朝廷将高俅父子送梁山军前处死,并招安梁山军。本剧取材于《水浒传》但又有改动,与小说中被动反抗的林冲不同,剧中的林冲基本上是一位主动出击型的英雄,他与高俅的矛盾主要是因为政见不同,他和高俅之流的斗争也是清醒、自觉的,剧本将高俅对林冲的陷害以及高衙内对林妻的调戏都安排在林冲上本之后,这就突出了林冲忧国忧民的政治品质和威武不屈的浩然正气。这一改动体现了作者关怀现实、参与朝政的热情,也表现了他对政治黑暗的深切洞察和猛烈抨击。

### (二)梁辰鱼的《浣纱记》

明初南曲仍保持着"顺口而歌"的民间特色,在流传过程中,由于不同地区的方言、民俗、民间音乐以及观众身份的不同,逐渐形成了风格各不相同的地方声腔。到了明中期,在南方的众多地方声腔中,所谓的"四大声腔",即弋阳腔、余姚腔、海盐腔、昆山腔脱颖而出,流播最广。嘉靖中期,豫章(今江西南昌)人魏良辅对昆山腔进行了全面改革,他吸取了南北曲诸腔的长处,建立了一种戏曲声腔的新体制。改革后的新昆腔受到了文人雅士的推重,成为四大声腔中声势最大的一种。第一部用改革后的昆腔谱曲并演出的传奇剧就是梁辰鱼的《浣纱记》。

梁辰鱼(1519—1591),字伯龙,号少白、仇池外史,江苏昆山人。他不屑科举,好任侠,喜结交四方奇士,喜度曲,有诗集《远游稿》、散曲集《江东白苎》、杂剧《红线女》等。

---

[①] 袁行霈.中国文学史:第四卷[M].北京:高等教育出版社,1999:108.

作为魏良辅的学生,梁辰鱼不仅精通乐理,而且创作了具有开拓意义的昆腔大戏《浣纱记》。

《浣纱记》写的是范蠡和西施悲欢离合的爱情故事。吴王夫差在相国伍员的支持下兴兵伐越,打败越国并俘虏了越王勾践。勾践采纳大夫范蠡的计谋,厚礼卑辞向吴王称臣,卧薪尝胆,伺机复仇雪耻。范蠡举荐未婚妻西施使用美人计,西施与范蠡倾诉离情,并把当年定情之物溪纱各留一半,互嘱毋忘。吴王为西施的美貌所迷惑,废弛国政,杀害忠良。3年后勾践被放回,君臣苦心经营,终于打败吴国,夫差自杀。范蠡功成身退,决心远离政治是非,携西施登舟远遁。该剧以赞美的笔调写范蠡和西施为了国家利益牺牲自己的爱情和幸福,同时以较大的篇幅渲染了西施成为政治牺牲品后感受到的深切悲哀,在歌颂越国君臣卧薪尝胆、艰难复国的同时,嘲弄了吴国君臣的腐化贪婪、奸诈狠毒。范蠡建立了不朽功业,但也深知功名富贵之不可久恃,明智地选择了功成身退。在吴越的兴亡成败中,作者赋予作品浓厚的悲剧意味,引出了苍凉沉重的王朝兴衰之感:"呀,看满目兴亡真惨凄,笑吴是何人越是谁?"范蠡的慨叹,体现出了作者看破历史兴亡的无奈之感。

### (三)《鸣凤记》

《鸣凤记》大约作于隆庆年间(1567—1572),相传是王世贞或其门人所作。全剧41出,直接将嘉靖年间的政治斗争搬上了舞台。作品一方面写严嵩、严世蕃父子及其爪牙赵文华、鄢懋卿等人祸国殃民的罪行,另一方面描写了杨继盛、邹应龙等十多位忠臣义士及其家人针锋相对的反严斗争,将他们前赴后继的斗争精神誉为"朝阳丹凤一齐鸣",广泛而深刻地揭露了当时的政治黑暗,具有重大的现实意义。全剧矛盾冲突十分激烈,成功塑造了几位忧国忧民、刚正不阿的义士形象。《鸣凤记》以严嵩为批判焦点,是几乎与历史事件同步的时事剧,这为明末时事剧的创作开辟了新途径。

## 三、明后期传奇的繁荣

万历以后,传奇创作进入了繁荣期。传奇作家众多,许多士大夫都竞相创作,如万历年间的汤显祖、沈璟、周朝俊、孙仲龄、屠隆、梅鼎祚,天启、崇祯间的王骥德、吕天成、吴炳、孟称舜、袁于令、阮大铖等。传奇数量多且质量高,佳作不断。"吴江派"和"临川派"两大戏剧流派的形成与竞争,是这个时期传奇繁荣的重要标志,也是中国戏剧史上的一大盛事。

### (一)沈璟及"吴江派"作家

沈璟(1553—1610),字伯英,号宁庵、词隐,江苏吴江人。万历二年(1574)进士,历任兵部、礼部、吏部诸司主事、员外郎。后因科场舞弊案被牵连,于万历十七年(1589)告病返乡,时年37岁。后半生以"词隐生"自署,进行了长达20年的戏曲创作和研究。他共改编、创作了17本昆剧,合称《属玉堂传奇》,流传至今的有《红蕖记》《埋剑记》《双鱼记》《义侠记》《桃符记》《坠钗记》《博笑记》等。其中《义侠记》影响较大。《义侠记》根据《水浒传》中的武松故事改编,从景阳冈打虎开始,写到上梁山,中间添加了武松妻子贾氏寻访武松、路遇孙二娘等情节。剧作把武松的英雄气概与忠君思想结合起来,对后来的武松戏影响较大。全剧语言通俗浅易,场次生动合度,其中《打虎》《戏叔》《别兄》《挑帘》《捉奸》《杀嫂》等折,至今还在昆剧舞台上盛演。

沈璟在戏曲理论上的贡献大于戏曲创作,曾编有《南词韵选》等曲学论著,皆已失传。今存《南九宫十三调曲谱》,他在前人著作的基础上对南曲719个曲牌进行考订,规范了曲牌的句法、音韵、板眼,流行一时,成为后人制曲和演唱必备的法则。他的曲论要点有二:一是曲文要"本色",推崇朴素自然的语言;二是强调协律。他在《二郎神》套曲《词隐先生论曲》中说:"名为乐府,须教合律依腔。宁使时人不鉴赏,无使人挠喉捩嗓。说不得才长,越有才,越当着意斟量。……纵使词出绣肠,歌称绕梁,倘不谐音律也难褒奖。"他的主张对于纠正传奇创作中不合音律、脱离舞台的弊病有积极的意义,但过于强调音律,且认为为了合律可以牺牲抒情表意,甚至宣称"宁协律而不工,读之不成句,而讴之始叶,是曲中之工巧"(吕天成《曲品》),这就会束缚作者的才情。他曾因汤显祖的《牡丹亭》不合昆腔音律而将其改为《同梦记》,引起了汤显祖的不满,导致了著名的"汤沈之争"。

沈璟在晚明影响很大,他的朋友、子侄、门人较多,追随者众,被称为"吴江派"。其中比较著名的有吕天成、叶宪祖、冯梦龙、袁于令、范文若、卜世臣、沈自晋等。其中,吕天成和王骥德都是戏曲理论和戏曲创作兼长。

吕天成(1580—1618),字勤之,号棘津,别号郁蓝生,浙江余姚人。曾用昆曲格律校正过包括"临川四梦"在内的28种南戏和传奇。他从20岁就开始写作杂剧和传奇,"共二三十种"(《曲律》),但留存下来的只有《齐东绝倒》一种。他的《曲品》是一部评论传奇作家和作品的专著,保存了一批珍贵的曲目史料,其评语和论述也不乏真知灼见。

王骥德(?—1623),字伯良,号方诸生、玉阳生,会稽(今浙江绍兴)人。一生致力于词曲研究,后师事徐渭,并与沈璟、吕天成等相友善,切磋曲学。著有传奇《题红记》、杂剧《男王后》《两旦双鬟》《金屋招魂》《倩女离魂》等,今存前两种。其戏曲理论代表作是《曲律》,它是关于中国戏曲创作规律的比较系统的总结,是明代最重要的戏曲理论成果。《曲律》共4卷40节,主要论述南北曲的源流、宫调、作曲中的声律、修辞问题以及戏曲的结构、曲白和插科等,论述十分完备,且颇多创见。在戏曲的内容和形式问题上,他全面斟酌了临川、吴江两派的得失,提出了剧本内容与格律兼长的创作主张,就纠正了两家之偏颇;他十分重视戏曲的整体结构,以建筑为喻,主张须"整之在目,而后可施结撰",强调了诗篇构思的作用以及戏剧冲突在剧本中的首要地位,还提出了"勿太曼""毋令一折不照应"等结构方面的具体要求,对李渔的理论有一定影响。此外,在戏曲语言、格律方面,他也发前人所未发,自成一家之言。

**(二)"临川派"剧作家及其作品**

就创作成就而言,吴江派诸人均无法与汤显祖相比,就连沈璟等人也模仿和改编过汤剧,与汤显祖同时或之后的剧作家们大多受到"临川四梦"的影响。戏曲史上往往将宗汤、学汤较为明显并有所成就的剧作家们称为"临川派",或者"玉茗堂派"。这一派的主要特点是以男女至情反对封建礼教,以奇幻之事承载浪漫风格,以绮词丽语体现无边文采。主要剧作家有吴炳、孟称舜、阮大铖等。

吴炳（1595—1648），又名寿元，字可先，号石渠、粲花主人，宜兴（今属江苏）人。由进士而居官，后随明永历帝朱由榔流亡桂林，被清兵擒获后自缢而死。所作传奇有《西园记》《绿牡丹》《疗妒羹》《情邮记》《画中人》，合称"粲花斋五种曲"。代表作《西园记》写书生张继华追求赵礼之义女王玉真，却认其女赵玉英为王玉真。玉英因包办婚姻束缚郁郁而死，张继华闻讯后痛不欲生，声声呼叫玉英芳名，终与其香魂幽会。张继华再与玉真相见，却以为是玉英的鬼魂。后来真真假假，一对有情人终成眷属。这出戏一方面以欢快的笔调描写了张继华、王玉真对爱情的执着追求，另一方面又以同情的态度写了包办婚姻带给赵玉英的痛苦。作者采用了真假误会、人鬼错认等手法来推进情节，在激烈的喜剧冲突中刻画人物，取得了较大的成功。

孟称舜（1599—?），字子塞、子若，号卧云子、花屿仙史，会稽（今浙江绍兴）人。写有传奇《娇红记》《二胥记》《贞文记》《二乔记》《赤伏符》等，代表作是《娇红记》。《娇红记》取材于北宋宣和年间一个真实的故事，并根据元代宋梅洞小说《娇红传》改编，描述王娇娘和书生申纯的爱情因不被准许而双双殉情的悲剧。《娇红记》所表现的男女青年争取婚姻自由的主题，在元明间的戏曲中曾被反复表现过，但《娇红记》没有停留在它以前的爱情作品已达到的高度，无论在人物形象的塑造或反映现实的深度上，都有其自身的特点，闪烁着新的思想的光辉。剧作极力铺写了申、王的曲折离合与幽邃情怀，细腻入微，真切感人，正如陈洪绶所说："十分情十分说出，能令有情者皆为之死。"（第四十五出《泣舟》眉批）作品以男女主人公双双殉情而死告终，是一出纯粹的悲剧，这在古代戏曲中是比较少见的。

阮大铖（1587—1646），字集之，号圆海、石巢，安徽怀宁人。明末曾为光禄寺卿，依附魏忠贤阉党，后以附逆罪罢官为民。明亡后在福王朱由崧的南明朝廷中官至兵部尚书、右副都御史，对东林、复社文人大加迫害。此人人品卑劣，但颇有才情，诗文词曲俱佳。所作传奇11种，今存《春灯谜》《燕子笺》《双金榜》和《牟尼合》，合称"石巢四种"，其中艺术性最高的是《燕子笺》。这4种传奇均为浪漫喜剧，都是通过悲欢离合的故事来描写人生灾难和命运坎坷，其间既有对真挚爱情的歌颂，也有对阴险小人的揭露，情节曲折离奇。阮大铖最善于用误会法，在关目布置、曲词科白等方面都下了不少功夫，艺术上确有独到之处。但他的剧作思想上平庸浅薄，在艺术方面由于过分追求形式，也显得华而不实。

### （三）"汤沈之争"

"汤沈之争"是戏曲史上的一桩学术公案。有的学者认为是汤显祖在《答吕姜山》等信中彻底否定了沈氏的声律论，揭开了论战的序幕，沈氏便在《词隐先生论曲》中展开了针锋相对的反击。有人则认为所谓的"汤沈之争"实际上并不存在，因为他们"素无谋面，无直接的书柬往来，没有理论上的互相辩难"，而且吴江派与临川派本身也不存在。

万历三十五年（1607），沈璟因《牡丹亭》不合他以昆腔为准的音律要求，将之改为《同梦记》，其做法是保留曲调，修改曲词，以便于昆腔演唱，结果当然是伤筋动骨，甚至歪曲了原作的"意趣"。这一举动使汤显祖大动肝火。对此，王骥德《曲律》有这样的记载：

（沈璟）曾为临川改易《还魂》字句之不协者，吕吏部玉绳以致临川，临川不怿，复书吏部曰："彼乌知曲意哉？余意所至，不妨拗折天下人嗓子。"

两人的根本分歧在两个方面：其一，沈璟是从曲乐的角度要求文辞服从音律的，因而尤重曲法；汤显祖则是从曲文的角度要求音律服从文辞，因而强调曲意。两人各执一隅，相持不下。其二，汤、沈之争还有时代思潮方面的原因。突出"意趣神色"是汤显祖一贯的文学思想；沈璟则倾向于以复古、拟古作为文学创作的定势。因此，汤、沈之争无疑是明后期主情文学思潮和复古文学思潮相互撞击而激起的波澜。

汤、沈之争发生后，许多戏曲家持折中调和之论，被认为是吴江派嫡系的几位理论家的意见在当时很有代表性，也有可取之处。吕天成《曲品》中将汤沈二人都列为"上之上"，评论说："予谓二公譬如狂狷……天壤间应有此两项人物。不有光禄（指沈），词硎不新；不有奉常（指汤），词髓孰抉？倘能守词隐先生之矩矱，而运以清道人之才情，岂非合之双美者乎？"王骥德《曲律》采取一种公正的态度，既多次指出汤显祖传奇中不协音律的毛病，也多次批评沈璟论曲、谱曲"取其声，而不论其义"，认为沈璟的传奇"出之颇易，未免庸率"，对汤、沈二人各打五十大板。他说："松陵（沈璟）具词法而让词致，临川妙词情而越词检。""临川之于吴江，故自冰炭。吴江守法，斤斤三尺，不欲令一字乖律，而毫锋殊拙；临川尚趣，直是横行，组织之工，几与天孙争巧，而屈曲聱牙，多令歌者龃舌。吴江尝谓：'宁协律而不工，读之不成句，而讴之始协，是为曲中之巧。'"总之，二人均未臻极境。茅瑛的《题牡丹亭记》从内容和形式统一的角度论述了文辞与音律兼美的审美追求："大都有音即有律。律者，法也，必合四声，中七始，而法始尽。有志则有辞。曲者，志也，必藻绘如生，颦笑悲涕，而曲始工。二者合则并美，离则两伤。"这可以说是比较公允的评价。

**（四）明后期其他传奇作家**

不属于吴江、临川两派的著名剧作家还有高濂、周朝俊和孙钟龄等人。

高濂，字深甫，号瑞南，钱塘（今浙江杭州）人，曾任鸿胪寺官，后隐居西湖。他的创作活动主要是在万历前期。其代表作是《玉簪记》，写书生潘必正与女道士陈妙常的爱情故事。作品歌颂了男女青年对自由爱情的向往和追求，对宗教禁欲主义进行了有力的批判。全剧34出，细致生动地描写了两人的恋爱心理，尤其是对陈妙常追求爱情时既热烈又害羞畏怯的复杂心理写得真实细致，具有强烈的喜剧效果。

周朝俊，字夷玉，鄞县（今浙江宁波）人，主要活动在万历年间。所作传奇有10多种，只有《红梅记》传世。《红梅记》写书生裴舜卿在钱塘遇贾似道携姬妾游湖，姬妾中的李慧娘对裴生表露出爱慕之情，贾似道回家后杀了李慧娘，将裴生拘禁在密室，意欲杀害，还想夺裴生之情人卢昭容为妾。后裴生被慧娘的鬼魂救出，终与卢昭容团圆。剧中李慧娘具有强烈的反抗性格，作者宣扬"一身虽死，此情不泯"的情爱，认为爱情可以超越生死，战胜黑暗势力的迫害与摧残。全剧由两条爱情线索交织而成，一条线叙裴舜卿与卢昭容的婚恋关系，另一条线则写李慧娘与裴舜卿的生死之爱，剧情曲折离奇，场次安排颇多巧思。

孙钟龄，字仁孺，别署白雪楼主人，万历时期人，生平事迹不详。所作传奇今存《东郭记》和《醉乡记》，合称《白雪楼二种曲》，均为讽刺剧。《东郭记》取材于《孟子》"齐人有一妻一妾"章，以齐人为主角，兼写与他臭味相投的王骥、淳于髡等一伙无耻之徒，他们开始时在坟间乞食、偷鸡摸狗，后来凭借逢迎献媚、行贿权贵等卑劣手段博取荣华富贵；及至做官以后，又互相倾轧，勾心斗角，丑态百出。作品假托古人，实际揭露的正是明末吏治的荒唐和官场的黑暗，有较强的现实意义。

# 第三节　汤显祖及其《牡丹亭》

## 一、汤显祖的生平及创作思想

### （一）汤显祖的生平

汤显祖（1550—1616），字义仍，号海若、若士，别署清远道人、茧翁，江西临川人。汤显祖出身书香门第，祖上4代均有文名：高祖、曾祖喜藏书，雅好文；祖父汤懋昭，字日新，精黄老之学，善诗文，被学者推为"词坛名将"；父亲汤尚贤知识渊博，为明嘉靖年间著名的老庄学者、养生学家、藏书家。汤尚贤重视培养家族人才，为弘扬儒学，在临川城唐公庙创建"汤氏家塾"，并聘请江西理学大师罗汝芳为塾师，为宗族子弟授课；汤显祖的母亲自幼熟读诗书，对孩子的成长也有一定的影响；伯父汤尚质酷爱戏曲，还从事过戏曲活动。汤显祖天资聪慧，从小受家庭熏陶，勤奋好学。少有才名，不仅古文诗词颇精，且通天文地理、医药卜筮诸书。汤显祖5岁进家塾读书，12岁能诗，13岁从徐良傅学古文词，14岁便补了县诸生，21岁中了举人。

按汤显祖的才学，在仕途上本可大展宏图。但明代社会的科举制度已经腐败，考试成了上层统治集团营私舞弊的幕后交易，成为确定贵族子弟世袭地位的骗局，而不以才学论人。万历五年（1577）、万历八年（1580）两次会试，当朝首辅张居正要安排他的几个儿子考中进士，为遮掩世人耳目，想找汤显祖等有真才实学的人作陪衬，并许以厚报。汤显祖不愿受人驱使，因之名落孙山。张居正死后，张四维、申时行相继为相，他们想拉拢汤显祖，也被他断然拒绝。直到34岁时，汤显祖才以极低的名次中了进士。汤显祖在南京先后任太常寺博士、詹事府主簿等职。在闲暇之余，汤显祖勤奋苦读，不断充实和丰富自己。此外，南京是人才荟萃之地，汤显祖有缘结交如徐霖、姚大声、何良俊、臧懋循等戏曲名家及文人雅士，与他们一起唱和、切磋学问。

明万历十九年（1591），汤显祖看到当时官场之腐败现象，极为痛惜，以为仗义执言便可解除权臣之害，便写下《论辅臣科臣疏》，上奏朝廷，不料却引起轩然大波，他自己反而被贬为徐闻典史，后调任浙江遂昌县知县。在知县任上，汤显祖心系百姓，为政清廉，颇有政绩。对百姓有利，则豪强权贵的利益就会受损。万历二十六年（1598），汤显祖因不堪忍受上司的非议和地方势力的反对愤而弃官归里。此后，汤显祖便逐渐打消仕进之念,潜心于戏剧及诗词创作。

### (二)汤显祖的创作思想

汤显祖是一位有多方面建树的人物,其诗作有《玉茗堂全集》4卷、《红泉逸草》1卷、《问棘邮草》2卷,戏剧有传奇"临川四梦",小说有《续虞初新志》等。汤显祖的《宜黄县戏神清源师庙记》也是中国戏曲史上论述戏剧表演的一篇重要文献。这些作品都体现出他独特的思想,闪耀着智慧的光芒。

汤显祖青年时代受教于泰州学派著名思想家罗汝芳,又十分崇拜当时最为著名的"异端之尤"——李贽。他的哲学思想深受阳明心学,特别是泰州学派人文主义思想的影响,是程朱理学大胆的叛逆者。他所处的时代,文坛为拟古思潮所左右,前后七子的影响力极强,但汤显祖却不人云亦云,拾人牙慧,而是指出文章之妙在于"自然灵气",而不必东施效颦,一味模拟前人,并大胆地批评李梦阳、李攀龙、王世贞诸人。汤显祖早期的诗作受六朝绮丽诗风的影响,后来写诗又刻意追求宋诗的艰涩之风,以与拟古思潮抗衡。汤显祖的古文以议论见长,书信文笔流畅,感情丰沛,为后人所推崇。

汤显祖个性孤傲,磊落好侠,常有出世之想。年轻时期为了自己的理想抱负在科举仕途上苦苦经营,却因从不肯屈就于人,为官"性简易,不能睨长吏颜色"(查继佐《汤显祖传》),仕途蹭蹬,但其清傲仙侠之气不泯,故发而为歌吟,则时而仙佛,时而侠情,虽驳杂不一,却光芒耀眼,为礼教所难缚。《邯郸记》中仙气缭绕,《南柯记》梦醒后立悟成佛,《紫钗记》侠气充盈满篇,《牡丹亭》生死相许为情深。汤显祖的作品就是他思想的映现,独具特色的每一个连缀成一片绮丽的彩霞,散发出绚丽夺目的七彩之光,夺人眼球,给人以力量,给人以智慧。

## 二、"临川四梦"

在汤显祖多方面的成就中,以戏曲创作为最,传奇《牡丹亭》与《紫钗记》《邯郸记》和《南柯记》合称"临川四梦",又称"玉茗堂四梦"。前两个是儿女风情戏,后两个是社会风情剧。"四剧"皆因梦而起,因梦衍生出离奇却又各具特色的故事,可以说"临川四梦"凝结着汤显祖的毕生心血,演绎了他对人生的思考,对社会现实的叩问。

### (一)《紫钗记》《邯郸记》《南柯记》概述

《紫钗记》据汤显祖的处女作《紫箫记》改作而成,初稿成于1587年,全剧共53出,有唐代蒋防的传奇小说《霍小玉传》的影子。《紫箫记》现存34出,剧中写李益和霍小玉二人成婚后失散,霍小玉捡到紫箫,李益却被派去镇守边关,夫妻互相思念,后几经周折最终团圆。创作《紫箫记》时,汤显祖年轻气盛,在科举上并不顺遂,他对官府之腐败有了较为直观的认识,将不平之气寓于笔端,文含"讥托","暗刺时相",惹当权者不喜,故阻其传播。导致剧作未完已"是非蜂起""讹言四方",无奈之下搁笔不作。在改《紫箫记》为《紫钗记》时,汤显祖逐渐意识到了"传事而止,足传于时"的道理,他有意识地加强艺术内在性的拓展,在人物形象、情节结构上不断提升、挖掘,将自身的情感、观念借助人物之口委婉地道出,更多地将笔墨倾注在主要人物形象上,如他自己所说:"霍小玉能作有情痴,黄衣客能作无名豪,余人各有所致。"较之《紫箫记》,《紫钗记》更注重对人物形象的刻画,在情节上也有较大改动。比如把主人公霍小玉的身份由娼妓改为良家女子,李益也由负心汉改为坚守爱情的痴情郎,增加了反面人物卢太尉和豪侠之士黄衫客。

《南柯记》创作于1600年。该剧共44出,据唐代李公佐的传奇小说《南柯太守传》改编。写的是书生淳于梦虽不得志,但总希望拾青紫。一日,酒醉后在梦中到了槐安国(即蚂蚁国),成为公主瑶芳的驸马。后被派往南柯郡任太守,他政绩卓著,为官清明,深受当地百姓爱戴。而且他与瑶芳公主十分恩爱,育有子女。岂料檀萝国太子垂涎瑶芳公主美色,派兵抢亲,瑶芳公主因惊吓过度而亡。淳于梦被召还京,加封为左相,位高权重,骄奢淫逸,为朝廷所不容,最终被逐出国,重回人间,大梦初醒后立地成佛。正如汤显祖在《南柯记》题词中所说:"世人妄以眷属富贵影像执为吾想,不知虚空中一大穴也。"在历尽世间悲欢后,一切皆成空,"梦了为觉,情了为佛",其目的是"要你众生们看见了普世间因缘如是"(剧作结尾语)。

《邯郸记》创作于1601年,在"四梦"中成就仅次于《牡丹亭》。该剧据唐代沈既济的小说《枕中记》改编,共30出,曲词较为朴素。剧中的主人公卢生年近30,精读经史却屡试不中,一贫如洗,在邯郸道旅舍中遇道士吕洞宾,卢生和吕洞宾谈起功名事,以为"大丈夫当建功树名,出将入相,列鼎而食,选声而听,宗族茂盛,方可言得意"。说话间卢生困意袭来,吕洞宾便送他一个磁枕,卢生枕着磁枕便酣然入睡。这时,店小二为他们二人正煮黄粱米饭。卢生在梦中娶名门女子崔氏为妻,不久,去参加科考,又中了状元。虽然中间经历了一些磨难,但后来还当了20多年宰相,封国公,食邑五千户,官加上柱国太师,他的妻子和儿子也一齐加封。虽富贵如此,他还是因纵欲而患病身亡。崔氏的哭声和拍打惊醒了卢生,这时那黄粱米饭刚刚煮熟。卢生思前想后,大彻大悟,随吕洞宾出家而去。

《邯郸记》揭露和批判了封建官僚由发迹到死亡的丑恶历史,反映了明代官场的黑暗、科举的腐败,以及明代的奢靡之风。卢生得中状元靠的是妻子用钱去贿通官僚勋贵,而官场却如战场,有着一个个陷阱,甚至让他受到牢狱之苦,还妻离子散。但却也有戏剧性的转机,一刹那便夫荣妻贵,鸡犬升天,享不尽的富贵荣华,不料奢靡享乐却断送了他的性命。更具有讽刺意味的是,在临死之际,卢生心心念念的不是自己的亲人,而是关于他身后的赠谥和是否能青史留名。《邯郸记》通过卢生梦中起伏的一生告诫世人,人生莫贪婪,贪高官贪厚禄,贪功名贪富贵,贪名声贪女色,这一切的一切只不过是过眼云烟,要为善为真,常葆一颗赤子之心,做清清白白的人,仰无愧于天,俯无愧于地。

**(二)"临川四梦"的缘起及意义**

从《牡丹亭》开始,汤显祖充分发挥想象,用浪漫主义的手法,穿越时空和人神之界,呈现出一个个独特的虚拟世界和空间。这与汤显祖主张的"以若有若无为美"的审美理念是一致的。剧本思想的深刻性、艺术形象的丰富性、浪漫主义创作手法的运用,让"四梦"具有了独创性和较高的审美性。

汤显祖在说到"四梦"的创作时曾言:"因情成梦,因梦成戏。"(《复甘义麓》)。汤显祖的"四梦"题词或记录创作缘起,或揭示作品主旨,或阐述人生观点,或感叹世事沧桑,透露了他在剧本中的寄托。他在《牡丹亭记·题词》中说"梦中之情,何必非真";在《南柯梦记·题词》中言"梦了为觉";在《邯郸梦记·题词》中则云"一哭而醒"。三个梦寄予了作者不同的情怀,一个为了"真",一个为了"觉",一个为了"哭"。三个梦虽各有所指,但归根结底都是对人在追求自我价值实现中的追问和反思。三个梦共同弹奏着一曲人的命运交响曲,深刻反映了16世纪后期人们心灵的悸动、精神的变化、理想的幻灭。这三部曲演绎了人自我的觉醒和对社会问题、人的良知的拷问。《南柯记》和《邯郸记》撕裂了美好的幻想,揭露了丑恶的现实,虽然有些残酷,却也表现出封建社会末期文人觉醒的可贵,对推动新的社会形态的生成,乃至新阶层的诞生有一定的积极意义。

"临川四梦"是汤显祖毕生思考人世现实与生命意义的结晶。虽题为"梦",却是一出出现实的活剧,也勾画出汤显祖思想的轨迹,从现实到虚幻,从人间到非人间,这里面有人、有鬼、有仙、有佛,天上、地下,通过多场景的变化,来鞭挞社会的黑暗和腐败,歌颂情的高尚和伟大。我们从中可以真切地感受到汤显祖内心的悸动,对梦醒之后无路可走的悲伤,深陷理想与现实矛盾之中的纠结,但更多的是一种悲悯的普世情怀,是黑暗中的一缕光亮。

### 三、《牡丹亭》

《牡丹亭》创作于1598年,是汤显祖的代表作,也是他最为得意的作品。剧作取材于话本《杜丽娘慕色还魂记》,一说是传杜太守事。话本《杜丽娘慕色还魂记》全文见于何大抡的《重刻增补燕居笔记》,晁瑮(明嘉靖进士)在《宝文堂书目》中著录为《杜丽娘记》,余公仁《燕居笔记》卷八题为《杜丽娘牡丹亭还魂记》。汤显祖对话本的人物、情节进行了大量的创新,塑造了特色鲜明的人物形象,彰显了个性自由,肯定了人的基本诉求。

### (一)内容简介

《牡丹亭》全剧共55出,描写了杜丽娘因梦生情、伤情而逝、人鬼相恋、起死回生、最终与梦中之人柳梦梅永结同心的故事。作品融悲剧、喜剧、趣剧、闹剧等因素于一炉,审美风格多元,内蕴深厚却不乏机趣。前28出可视为悲剧,杜丽娘的思春、伤春、病逝无不让人黯然神伤,而此间柳梦梅也是怀才不遇,大志未展。后27出则喜剧的因子多一些,杜丽娘复活,杜、柳二人结为夫妻,柳梦梅还中了状元,而杜宝也官运亨通,最终父女相认、全家团圆。在悲剧和喜剧中间杂着趣剧、闹剧,显得全剧跌宕起伏,悬念不断,给人留有遐想的空间,不虚中国戏曲史上浪漫主义杰作之名。吕天成称之为:"惊心动魄,且巧妙迭出,无境不新,真堪千古矣!"(《曲品》)沈德符赞《牡丹亭》:"汤义仍《牡丹亭》梦一出,家传户诵,几令《西厢》减价(《万历野获编》)。"

## (二)特色鲜明的人物形象

这部剧作打动人心之处在于人物的鲜活、有特色,而且人物性格丰富、多样,剧中每个人都是一类人的代表,勾画出了那个时代的人物群像。

杜丽娘是"情"的捍卫者。出场时,杜丽娘是一位年仅16岁的妙龄女子,她有着对自然、对生活、对爱情的向往,这是再正常不过的事情了,而杜丽娘的行为却受到来自最亲的亲人的扼制和阻挠。父亲杜宝对女儿家教极严,将她养在深闺,希望她能成为一个只知做女红,闲暇之时读读书的居家女子。即便是睡个午觉也会被父亲呵责,更不要说出门游玩了。但一个青春的生命,在极度的孤单和压抑下,听陈老师讲授了《诗经》的《关雎》篇,便触动情思。在丫环春香的引导下,她走进了后花园,这个新鲜的所在惊醒了蛰伏的青春,姹紫嫣红的春天带给她的是无限的遐想。回到闺房,杜丽娘梦见一位青年男子手执柳枝,站在梅花树下向她招手,她与他一起在卧石之上缱绻,正在情意浓密之时却被落花惊醒,原来只是美梦一场。此后,杜丽娘朝思暮想梦中的男子,导致情思倦倦,茶饭不思,容颜消瘦。在举家团圆的中秋节,一缕香魂却袅袅而去。弥留之际,杜丽娘念念不忘的仍是梦中的男子,希望他能够有朝一日亲睹她的自画像。巧合的是书生柳梦梅却真的在3年之后来到了临安,而且住在了红梅庵,并且发现了藏在太湖石下的杜丽娘的画像。柳梦梅起初认为那张画上画的是观音娘娘,久之,羁旅闲暇,他千呼万唤,希望画中的美人能从画中走出来。他的"志诚"让杜丽娘的鬼魂感受到了他的深情,于是在夜里前来和他相会,并央求柳梦梅去掘开自己的墓穴,让她还阳。在石道姑及其侄儿的帮助下,启开棺木,杜丽娘得以重生。在杜丽娘的鼓励下,柳梦梅参加科考,却因战事所扰,考试结果未能及时公布。作为镇守一方的地方官杜宝,虽被围困,却利用陈最良巧施计策,不战而胜。前来救援他的柳梦梅被视为无赖,遭到杜宝的辱骂和殴打,杜宝坚决不认这个布衣女婿。后在皇帝面前,杜丽娘坦陈原委,加之柳梦梅中了状元,皇帝为二人之真情所动,赐其成婚,父女相认,皆大欢喜。杜丽娘身上有着一种独特的美的气质,她"隽过言鸟,触似羚羊,月可沉,天可瘦,泉台可瞑,獠牙判发可狎而处,而'梅''柳'二字,一灵咬住,必不肯使劫灰烧失"(王思任《批点玉茗堂牡丹亭叙》)。天下之贞女必为情女,杜丽娘其情为真、为正、为执,她的一腔款款深情让多少人为之倾倒,为其正名。

杜宝是杜丽娘的父亲,一直以来被认为是"理"的化身,是站在女儿对立面的人物。对于女儿杜丽娘,他过于严厉,有时甚至是不近情理,他的妻子对他的行为也常感到生气、失望。平时除了做女红,就是让杜丽娘读"孔子诗书",习"周公礼数",希望她日后成为"谢女班姬"一类的才女(《训女》)。爱女心切的杜宝,不惜重金延请塾师教育女儿,实指望杜丽娘能谨守家教,大门不出二门不迈,老老实实待在家里,成为一个守妇德的乖乖女,哪料杜丽娘是一个活生生的人,她有自己的思想和追求。看女儿为情所困,他并不是请名师来医治,而是让陈最良这个江湖郎中在无可挽回的地步才救治,让石道姑禳灾。与女儿的生命相较而言,杜宝更看重的是家风和名节。当杜丽娘起死回生之后,他不认女儿,不认女婿,在杜宝所受的教育里,他容不下这种有伤家风的事。即便是未来的女婿柳梦梅中了状元,可他还是不能接受,他需要的是明媒正娶,需要的是在三纲五常之下的一种尊严和自律。在杜宝身上,还烙着礼教的印记,而这也符合一个接受过传统教育数十年的官僚的身份。

柳梦梅有朝气和追求,他怀揣着梦想,渴望能在科考中一鸣惊人,冠冕加身。他又是年近20的青年男子,也希望能够遇到一个美貌贤淑的女子做妻子。在无意间得到杜丽娘的自画像后,他起初以为是观音像,每日对着画像膜拜、呼叫,期望画中的美人儿能从画中走出来,成为能与自己言笑的人。即便有一位年轻的女尼姑和他同在一个院子居住,他仍心无旁骛,心心念念的依旧是画中之人,他的这种"志诚"让杜丽娘的鬼魂也为之感动,他们不顾石道姑、陈最良等人的阻拦,大胆地私会。柳梦梅进而听信杜丽娘(鬼魂)之言,不惜冒着依律处以极刑的风险掘坟。柳梦梅是一个成年男子,他受过儒家文化的教育,他应该明白自己的行为会带来什么样的后果,但为了爱情、为了承诺,这个"志诚种"不仅与石道姑一起救出了杜丽娘,而且悉心照料,让复活后的杜丽娘重新获得了人间的真爱。为了得到杜宝的认可,柳梦梅被嘲笑、被辱骂,甚至遭受柳条抽打,但他依然不改对杜丽娘的真情。忠于爱情,忠于承诺,可以说柳梦梅是一个重情重义之人。

### (三)艺术特色

《牡丹亭》结构紧凑,不拖泥带水。剧作采用双线并行结构,一条是杜丽娘和柳梦梅的感情线,一条则是宏阔的历史线(杜宝的发展)。两条线交叠前行,第二条线不断地推动第一条线的发展,最终汇聚到一处,形成戏剧的高潮。皇帝也被杜丽娘、柳梦梅的真情、深情、专情而感动,令他们奉旨成婚,杜宝畏惧于皇权,向追求自由幸福的女儿让步,两个苦苦相守的人获得了家人的认可。

该剧语言特色鲜明,符合人物身份,有较强的艺术性。剧中的每个人都说的是自己的语言:杜宝说的是官话,甄氏说的是慈母的话,陈最良说的是腐儒的话,春香说的是丫鬟的俏皮话,柳梦梅说的是情话,而杜丽娘的语言是最为丰富的。在父母面前,杜丽娘讲的是一个大家闺秀的语言;在春香那里,她说的是一个闺蜜的私密话;在柳梦梅那里,她则说的是深情的话语;在判官那儿,她喊的是冤,叫的是屈;在身为鬼魂的时候,她热烈奔放,无拘无束,为了自己的爱情勇于行动,主动积极去接近柳梦梅,这个时候的杜丽娘是自由的化身,是勇于向传统挑战的女战士;而当重生之后,她又恢复了对礼教的遵守,对世俗社会的妥协。拿她的话来说就是"前夕鬼也,今日人也。鬼可虚情,人须实礼"。杜丽娘是这样一个富有多样性、丰富性、传奇性的女子,难怪柳梦梅能为她痴狂,难怪石道姑肯冒着风险为她做媒,难怪维护礼教的皇帝也为其破例,玉成他们。首先是杜丽娘自身的魅力为她赢得了这么多人的信任和好感,她的性格,她身上的光芒,照亮了她自己的天空,也给无数后来人以希望。

### (四)影响及意义

《牡丹亭》是对封建思想的冲击和削弱。三纲五常在追求自由的冲击之下,也慢慢地减弱它的力量,让爱之花尽情绽放,让一对佳人冲破重重阻隔琴瑟相和。花正好月正圆,年轻人的春天正在到来。

《牡丹亭》很好地诠释了人的基本诉求与现实社会的矛盾。在虚幻的世界中(鬼域),杜丽娘一改大家闺秀的矜持,热烈主动,为了找到自己的真爱和幸福,她委身于梦中的情人——书生柳梦梅。汤显祖在这里将人的两面性展现了出来,一种是在尘世中的自守自律,另一种则是对自己理想生活的追求,对自我个性的张扬。隐喻了"本我"和"自我",体现了两者之间的冲突。杜丽娘这一形象已经成为人们心中青春与美艳的化身,至情与纯情的象征。

　　《牡丹亭》被视为中国古代爱情戏中继《西厢记》之后影响最大、艺术成就最高的一部杰作,《牡丹亭》中个性解放思想也影响了《红楼梦》等的创作。杜丽娘的真情热烈,柳梦梅的执着坚守,让一对经过磨难的年轻人终成佳偶,而且他们的故事和形象影响了一代又一代人。

## 作品学习

1. 汤显祖《牡丹亭·惊梦》
2. 汤显祖《牡丹亭·寻梦》

### 《牡丹亭·惊梦》鉴赏

　　《惊梦》出自《牡丹亭》第十出,通过长期幽处深闺的杜丽娘对美好春色的观赏,以及对春光短暂的感叹,表现了她对大自然的热爱以及对自己美好青春被耽误的不满,反映了在封建礼教桎梏下青年女性的苦闷。

　　【皂罗袍】一曲运用情景交融的方法,刻画了杜丽娘种种微妙的心理,把闺中女子的苦闷和青春觉醒后的烦恼描摹得生动细腻,十分感人。郁郁寡欢的杜丽娘到了繁花似锦的花园中,大自然的勃勃生机激发了杜丽娘心中被压抑的人生欲望。如此美好的春光却无人观赏,杜丽娘由此联想到自己,不禁悲从中来,于是她发出了这样的感叹:"原来姹紫嫣红开遍,似这般都付与断井颓垣。良辰美景奈何天,赏心乐事谁家院!"面对"姹紫嫣红""美景良辰",杜丽娘的心里却有一层淡淡的幽怨和莫名的惆怅,她的内心感受是"闷"和"乱",是"春色恼人""春情难遣",是对自己虚度青春的苦闷。游园激发了她青春的苦闷,她第一次看见了真正的春天,也第一次发现了自己的生命和春天一样美丽,大自然唤醒了她的青春,却也给她带来了难以排遣的春闷,内心深处对青春与爱情的渴望在现实中根本无法实现,于是就只能去"幽梦"中寻求。这种青春的觉醒是一段童稚之梦的苏醒,是生理、心理和感情走向成熟的起点,同时也是另一场甘甜醇美和多波多折的梦的起点。

### 《牡丹亭·寻梦》鉴赏

　　由"惊梦"而"寻梦"是杜丽娘更为大胆的一次人生之旅。"惊梦"使她被压抑的青春势不可挡地觉醒了,因此,在遭到一番"慈戒"之后,她仍情不自禁地去后花园寻梦,但"寻来寻去,都不见了。牡丹亭,芍药阑,怎生这般凄凉冷落,杳无人迹?"梦中的一切在现实中都无处寻觅。当杜丽娘从童稚之梦中觉醒后,感情的追求如窜起的火苗不可遏制,然而又苦于无处诉说,更无处寄托。正如鲁迅所说,人生最大的痛苦就是梦醒之后不知怎么办,生活把她锁闭在一个异常狭小的范围之内,礼教又给她套上了结实的枷锁。在她的生活圈子里,所接触的男性除了冥顽不化的严父,便是迂腐不堪的老儒,"意中人"究竟在哪里? 在《惊梦》中她叹息说:"吾今年已二八,未逢折桂之夫。"现实世界根本就不可能提供任何可以安慰她的消息。在人生与自然的对比中,她竟羡慕天然的情趣了:"这般花花草草由人恋,生生死死随人愿,便酸酸楚楚无人怨!"然而,她毕竟不能像蝴蝶那样自由地采撷和选择,于是,她便只好走向南柯梦幻,去虚无缥缈的世界寻找她的理想。当她在梦中与柳梦梅幽会之后,便终日忧思惓惓,情意绵绵,终于积郁成疾,抱恨而逝。杜丽娘不是死于爱情的被破坏,而是死于对爱情的徒然渴望。这一情节的处理使作品的主题犀利地指向了那置青年女性于自由爱情的无望境地的时代。《牡丹亭》艺术地再现了那个时代青年女性的这种苦闷和被戕害的历史真实,从而为同时代的女子"写心""传情",因此在当时产生了极大的社会反响。

## 延伸阅读

**1. 原典阅读**

(1)阅读《徐渭集》(徐渭著,中华书局,2003年版),重点阅读《四声猿》,即《狂鼓史》《玉禅师》《雌木兰》《女状元》四部杂剧,注重体会《四声猿》在艺术方面的创新。

(2)阅读《牡丹亭》(汤显祖著,徐朔方、杨笑杨校注,人民文学出版社,2005年版),重点阅读《惊梦》《寻梦》《写真》《冥誓》《圆嫁》,注重体会汤显祖塑造人物形象的方法。

**2. 研究文献阅读**

(1)阅读《明杂剧史》(徐子方著,中华书局,2003年版),全面了解明杂剧各个时期的创作情况及其特点。

(2)阅读《明清传奇史》(郭英德著,江苏古籍出版社,1999年版),了解明代传奇剧的基本情况,结合本章学习,总结代表作家作品的特点。

## 拓展训练

1. 明代杂剧是在元杂剧高度繁荣的基础上发展起来的,作家辈出,作品不断涌现,但就质量而言却无法和元杂剧媲美,研究者普遍认为,明代杂剧衰落的一个重要原因是杂剧作家忽视了戏曲是舞台艺术这一根本特征,将"场上之曲"变成了"案头之曲"。结合本章学习,将明代的一些代表作与元杂剧进行比较,就明杂剧和元杂剧在艺术上的异同问题进行研究,写一篇小论文。

2."汤沈之争"是明代剧坛的一次重要事件,涉及戏曲创作的诸多问题,对此历来认识不一。结合本章学习,认真梳理这方面的研究资料,在深入研究的基础上写一篇小论文,谈谈自己对这场论争的理解和认识。

3.明代弘治、正德年间,王阳明以"致良知"之说倡行心学,在思想文化界影响甚大,明代后期很多文学家都受到了心学的影响,汤显祖也不例外。请在阅读《牡丹亭》的基础上,就心学对汤显祖《牡丹亭》的影响写一篇小论文。

# 第四章　明代诗文

## 文学史

明代文士众多,留下了卷帙浩繁的诗文作品,这些作品虽在思想和艺术方面难以和汉、唐甚至宋代比肩,但也有自身的特色。从文学思潮方面来看,明代诗文流派之复杂、文学论争之激烈是中国古代文学史上少见的。

明代诗文大体可分为前期、中期、晚期三个阶段。明前期的诗文创作近承元代,远师宋代,倡理贬情。明初的文人由于经历了元末战乱的洗礼,作品多反映现实,情感深挚,文学价值较高。永乐之后政局稳定,台阁文人渐据文坛,润色鸿业、雍容典雅的诗风一时风靡,阻碍了诗文的健康发展。明代中叶,以李梦阳为代表的复古派崛起,首倡"文必秦汉,诗必盛唐",意图通过格调和意象规范诗法,进而脱去诗中的理学气,重回汉、唐文学盛景,但他们在诗歌创作中却践行不力,导致了模拟剽窃的弊病。嘉靖中后期,唐宋派崛起,他们在阳明心学的影响下,反对模拟,提倡"本色",善于在文学中表现自我,一定程度上纠正了前七子复古的弊病,但在其后期,理学气渐重,破坏了文学的形象和章法,作品的文学生命受到挤压。嘉靖中后期到万历年间,以王世贞和李攀龙为代表的后七子崛起文坛,他们承前七子的余绪,再次提倡学习汉唐,掀起了一场全国性的复古运动,他们虽然在理论建设方面更加完备,但模拟剽窃的积弊仍没有改善。与之同时稍晚,公安三袁及竟陵钟惺、谭元春崛起于荆楚大地,他们继承唐宋派的创作趋向,提倡"独抒性灵,不拘格套",以更加直白和随性的方式抒写自我情绪,为文坛带来一股新鲜空气。但随着晚明政治及国家生存环境的持续恶化,抒写性灵、强调自我解脱已与时代氛围不合拍,以陈子龙为代表的复社和几社文人再次举起复古的大旗,他们以古典诗文的法度、雄宏劲健的格调、古雅含蓄的语言表达了深沉的爱国情绪,为明代的诗文创作画上了一个悲壮的句号。

## 第一节　明代前期诗文

洪武(1368—1398)到正统(1436—1449)是明代诗文发展的前期。明建国之初,由元入明的文人占据文坛,由于丰富的人生体验和广博的学识,他们的诗文思想艺术俱佳,这一时期文学整体呈现繁荣的局面,诗歌以高启为代表,而散文则首推宋濂和刘基。朱元璋和朱棣的暴戾嗜杀一定程度上造成了洪武后期和永乐初年文坛的沉寂局面。仁、宣两朝,国家的危机渐渐扫除,王朝趋于平稳,经济也开始复苏,在政局平稳、社会安定的土壤中,明代的文学也开始渐渐发展,这一时期的诗文整体追求典雅,形成了台阁体风貌。

## 一、高启

高启(1336—1374),字季迪,号槎轩,长洲(今江苏苏州)人。元末曾隐居吴淞青丘,故自号青丘子。明王朝建立之后,他被推荐修撰《元史》,这段短暂的仕途由他辞官而匆匆结束,后因受到苏州知府魏观的牵连被腰斩于市。在他短暂的一生中,留下诗歌2000多首,另有文集《凫藻集》,词集《扣舷集》。在由元入明的文人中,高启是公认文学成就最高的作家。《四库全书总目提要》中赞道:"天才高逸,实据明一代诗人之上,其于诗,拟汉魏似汉魏,拟六朝似六朝,拟唐似唐,拟宋似宋,凡古人之所长无不兼之。振元末纤秾缛丽之习而返之于正,启实有力。"

他的诗歌主要有以下几方面内容:

第一,反映元末战乱对社会生产的破坏和黎民百姓的痛苦生活。此类诗作数量较多,较为著名的有《过奉口战场》《早过萧山历白鹤柯亭诸邮》《闻长枪兵至出越城夜投龛山》《暮途书见》《练圻老人农隐》等,其中尤以《过奉口战场》描写得最为生动:

路回荒山开,如出古塞门。惊沙四边起,寒日惨欲昏。上有饥鸢声,下有枯蓬根。白骨横马前,贵贱宁复论? 不知将军谁,此地昔战奔。我欲问路人,前行尽空村。登高望废垒,鬼结愁云屯。当时十万师,覆没能几存。应有独老翁,来此哭子孙。年来未休兵,强弱事并吞。功名竟谁成,杀人遍乾坤。愧无拯乱术,伫立空伤魂。

战争过后,内地变成边塞一样的荒凉之地,只剩下"惊沙""寒日""枯蓬"这些没有生命的东西,而"白骨"似乎成为这次惨烈战争唯一的见证者,但已身份模糊,不知是将军还是士兵。战争带来的死亡抹去了一切生存的意义和价值,带走了逝者的生命和存者的希望,但在功名的刺激下,这样的战争却仍在继续。高启从一个战场起笔,写出了元末战乱的残酷和血腥,传达出强烈的生命意识。

第二,表达全国统一的欣喜和愉悦。由于对元末民生凋敝的状况有切肤之痛,当明王朝定鼎中原后,高启表达了和平降临的欣喜之情。此类诗歌创作时间主要集中于他应召出仕的短暂人生阶段中。代表作品是《登金陵雨花台望大江》,诗人起笔夸赞了金陵地势的雄壮,进而追缅与此地相关王朝的兴衰,在抒发感今怀古之情的同时,又表达了对祖国统一的喜悦。

第三,对个体人生际遇及人格追求的咏叹。作为一个传统的文人,高启青年时期曾怀抱理想,意图实现自己的政治抱负。他曾在《赠薛相士》中写下:"我少喜功名,轻事勇且狂。顾影每自奇,磊落七尺长。要将二三策,为君致时康。公卿可俯拾,岂数尚书郎?"但在元末黑暗的政治环境中,这种理想显然难以实现,理想挫败后,他便效仿前贤,转而在文学创作中实现自己的人生价值,进而将保全独立傲岸的人格操守作为自我人生的目标,于是他写下了《青丘子歌》以明志。

青丘子,臞而清,本是五云阁下之仙卿。何年降谪在世间,向人不道姓与名。蹢躅厌远游,荷锄懒躬耕。有剑任锈涩,有书任纵横。不肯折腰为五斗米,不肯掉舌下七十城。但好觅诗句,自吟自酬赓。……江边茅屋风雨晴,闭门睡足诗初成。叩壶自高歌,不顾俗耳惊。欲呼君山老父携诸仙所弄之长笛,和我此歌吹月明。但愁欻忽波浪起,鸟兽骇叫山摇崩。天帝闻之怒,下遣白鹤迎。不容在世作狡狯,复结飞佩还瑶京。

诗人将自我的人格理想幻化成一个傲岸独立的青丘子。此人本是谪仙人,不事农耕,不好游侠,不愿为官,甚至不管家室,不顾儿孙,不肯介入波谲云诡的政治斗争,而沉溺于艺苑,将写诗作为人生的唯一追求。但人随境转,随着明王朝的统一,在朝廷严令之下,他被迫出山,再次卷入政治纷争,傲岸的人格追求和现实的人生境遇发生了剧烈冲突,故高启后期的诗作中常流露出对前途命运的忧惧和进退失据的苦闷,如《孤雁》《池上雁》等诗篇均传达出他此种心情。

在诗歌风格上,高启转益多师,他曾师法陶渊明、李白、杜甫及白居易,并能够融汇前代名家之优长。他的诗既有陶潜的平淡敦厚,也有李白的雄豪奔放;既有杜甫的沉郁工严,也有白居易的平易流畅。他依照诗歌内容,任意选择自己的风格,如写元末动乱时局的诗作《秋日江居写怀七首》其一:"每看摇落即成悲,况在漂零与别离。……莫把风姿比杨柳,愁多萧飒恐先衰。"有杜甫沉郁之风致,而另一首写自我旷达胸襟的《青丘子歌》则有李白雄豪狂傲的风格。总之,高启的诗歌善学前贤却不拘泥穿凿,往往能突破成规,熔铸己意,故能将平淡、沉郁、雄豪、晓畅等艺术风格熔于一炉,后人将其推为明初诗第一人,实属实至名归。

## 二、宋濂和刘基

宋濂(1310—1381),字景濂,号潜溪,浙江浦江人。他在元末已有文名,但拒不出仕,于深山修道,明初受朱元璋征召入仕,备受礼遇,官至翰林学士承旨,并奉命主修《元史》,且一度为太子朱标讲经。洪武十年(1377),年近古稀的宋濂辞官还乡,后因胡惟庸案牵连被流放茂州,病逝于流放途中,正德年间追谥"文宪"。

宋濂是明初影响最大的散文家,他与高启、刘基并称为"明初诗文三大家",曾被朱元璋誉为"开国文臣之首",其文名甚至远播国外,《明史·宋濂传》云:"士大夫造门乞文者,后先相踵。外国贡使亦知其名,高丽、安南、日本至出兼金购其文集。"宋濂一生著述颇丰,现有《宋学士全集》75卷存世,留存散文1200余篇,其中艺术成就最高的是传记文学创作。据清同治年间所印《宋学士全集》统计,以"传"为题的散传有12篇,其他以"碑""铭""行状"等为题的散传约280篇,无论在数量和质量方面都冠绝一时。宋濂的传记散文主要有以下几方面特点:

第一,他选择正史不传、社会地位低下、德行事迹可赞的人物作为对象。在他的笔下,穷儒生、开歇店的小店主、不满现实的"隐者"、坎坷不遇的爱国布衣都被描写得可敬可爱。如《叶秀发传》和《吴德基传》记录了两位爱民如子、不慕名利的地方父母官形象,《秦士录》记录了市井豪侠邓弼的事迹。

第二,对人物进行由外而内的立体刻画,力求神情毕肖,栩栩如生。在外貌描写上,宋濂不事工笔细描,而是善于抓住人物最有特点的外貌特征进行点染,聊聊数笔,人物便神情毕现,如在《秦士录》中描写邓弼"身长七尺,双目有紫棱,开合闪闪如电",狂傲凶悍的侠士形象便跃然纸上。另外,宋濂记人注重道德修养和精神风貌的刻画,在《送东阳马生序》中,他叙述了自己求学的虔诚和专注;在《王冕传》中着重突出了王冕的不慕名利和远见卓识;在《李疑传》中则突出了金陵店主人李疑乐于助人的人性之美。

第三,平易晓畅的语言风格。宋濂的语言简洁传神,不事铺叙,擅长以简短凝练的语言记事、传情、写景。如《竹溪逸民传》写陈涧月夜泛舟的一段:"所居近大溪,篁竹翛翛然生。当明月高照,水光潋滟,共月争清辉。逸民辄腰短箫,乘小舫,荡漾空明中,箫声挟秋气为豪,直入无际,宛转若龙鸣,深泓绝可听。"寥寥几十字写出逸民居所的风景、出行的时间、衣着以及所吹奏乐器的艺术效果,构成一幅绝美脱俗的月夜箫声图。

刘基(1311—1375),字伯温,青田(今浙江文成)人,《明史》称他"所为文章,气昌而奇,与宋濂并为一代之宗"。刘基是元末进士,并先后担任过江西高安县丞、江浙行省儒学副提举等,后因受排挤,愤而弃官归隐家乡。刘基通经史、晓天文、精兵法,后追随朱元璋逐鹿中原,成为朱元璋帐下最得力的谋士,协助朱元璋制定了重大的战略。明朝建立后,他又协助朱元璋治国理政,尤其在对国家法规制度的建立方面发挥了巨大的作用。他于洪武三年(1370)被封为诚意伯,后辞官归乡,于洪武八年(1375)病逝。

刘基一生著作颇丰,且兼善众体,诗、词、赋、文兼有涉猎,其中尤以散文最为出众。有《诚意伯文集》20卷传世。作为一位杰出的政治家和军事家,他有强烈的入世热情,并将人生的主要精力投入国家社会事务中;在文学方面,他提出了"要裨于世教"的创作思想,这决定了他基本的创作倾向。由于一生辗转沙场和朝堂,人生阅历丰富,更辅之以睿智通透的人生态度,故其散文作品充满了阅尽世事的通透和淡泊,呈现出"气昌而奇"的风格。具体表现在以下两方面:

第一,散文论析深刻,说理透辟,行文流畅,气势雄壮。刘基散文喜驳斥而长于说理,《司马季主论卜》围绕"天道何亲?惟德之亲。鬼神何灵?因人而灵"的论点批驳了社会上求神问卜之陋习,行文多用对偶排比的修辞手法,增强文章的气势,如"是故碎瓦颓垣,昔日之歌楼舞馆也;荒榛断梗,昔日之琼蕤玉树也;露蚕风蝉,昔日之凤笙龙笛也;鬼磷萤火,昔日之金釭华烛也;秋荼春荠,昔日之象白驼峰也;丹枫白荻,昔日之蜀锦齐纨也。昔日之所无,今日有之不为过;昔日之所有,今日无之不为不足"。

第二,刘基散文善于用寓言故事阐发社会人生哲理,故事构撰奇妙,想象奇特。刘基师法《庄子》的散文风格,在其《郁离子》中构撰了大量寓言故事,用来揭露和批判不良社会现象;《狙公》讲述了残酷剥削群猴的狙公最终由于群猴的觉悟离去而饿死的故事,揭示出缺乏人道的管理必不能长久的道理。由于概括精妙,有些故事的精义也成了人们耳熟能详的成语,如《卖柑者言》通过卖柑人的妙语,"观其坐高堂,骑大马,醉醇醴而饫肥鲜者,孰不巍巍乎可畏,赫赫乎可象也",深刻地揭露了统治者的昏聩和虚伪。"金玉其外,败絮其中"也成为描绘外表光鲜、内心卑劣一类人的惯用语。

## 三、台阁体

明永乐、成化年间,由元入明的文人如刘基、宋濂等先后去世,成长于新王朝的文人开始崭露头角,此时文学创作主要集中于宫廷,其中影响最大的是"台阁体"。所谓"台阁体"主要是指当时杨士奇、杨荣、杨溥(合称"三杨")等馆阁文臣诗歌创作风格的概称。杨士奇(1365—1444),名寓,字士奇,泰和(今江西泰和)人,官至华盖殿大学士。杨荣(1371—1440),字勉仁,建安(今福建建瓯)人,官至文渊阁大学士。杨溥(1372—1446),字弘济,石首(今属湖北)人,官至武英殿大学士。"三杨"虽来自不同地域,但均位极人臣,且历事三朝,资历深厚。由于长期高居庙堂,与由元入明的文人相比,他们缺乏接触现实民生的机会,同时明永乐、成化的政治环境较为雍和,君臣相得,地方宁靖,三人的仕途比较平稳。人生处境的平稳决定了他们诗歌多为应制、题赠、酬应而作,题材常是"颂圣德,歌太平",整体呈现出"雍容雅正"的风格。

# 第二节　明代中期诗文

成化到嘉靖这100余年是明代诗文发展的中期,也是明代诗文运动最活跃的时期。台阁体在正统末年式微,为了摆脱它僵化呆板的文风,明代文人意图从汉、唐诗文创作风尚中汲取艺术前行的动力,于是规模宏大的复古运动拉开帷幕,并不断演化升级,李东阳的茶陵派首开复古之端,以李梦阳为代表的前七子紧随其后,标举"文必秦汉,诗必盛唐",文坛面貌为之一新。嘉靖中期,以唐顺之和王慎中为代表的唐宋派崛起,他们将唐宋散文纳入视野,从而扩大了师法的对象,同时由于他们散文创作浅易明了,章法井然,与八股文风接近,所以一时风靡海内,李梦阳前七子的影响随之烟消云散。嘉靖后期到万历年间,王世贞和李攀龙等七人再次举起前七子的复古大旗,并将影响范围拓展至全国。

## 一、茶陵派与前七子

李东阳(1447—1516),字宾之,号西涯,祖籍湖广长沙府。他于天顺八年(1464)登上仕途,立朝50年,柄国18载,成为明成化、弘治年间及正德初年最具政治影响力的人物之一,也是这一时期公认的文坛盟主。他一生笔耕不辍,著作宏富,其作品主要收录于《李东阳集》,另有诗论《怀麓堂诗话》行世。李东阳有明确的诗歌理论主张,且好奖掖后进,门生故吏众多,而且仕宦后期位高权重,因此围绕他渐渐形成一个诗歌创作风尚相近的团体,因李东阳是茶陵人,故这个团体习惯上被称为"茶陵派"。除李东阳外,这个流派的成员还有刘震、刘大夏、陈铎、吴宽等人。在整体创作上,"茶陵派"仍有台阁体的余风,但他们的理论主张和创作上的创新意识比较明显。

在诗歌创作理论上,李东阳主张"格调说","格"是强调诗歌因为题材、个性、时代等差异而呈现出不同的风格,而"调"是指诗歌创作应该重视声调和格律,这对纠正北宋以降的"以文为诗"的习气有一定意义。此外,李东阳主张学习盛唐诗风,但反对模拟剽窃,讲求"诗必己出",在诗歌语言上,要求"诗贵不经人道语"(《怀麓堂诗话》)。

在诗歌创作方面,"茶陵派"具有以下特征:

第一,他们的诗歌内容范围广阔,反映现实生活的诗篇数量增加。李东阳《南行稿》《北上录》记录了他返乡归省途中的所见所闻,反映了江南风土人情。他的《忧旱辞》反映了南方旱情对民生的影响:"黄尘赤日无南北,平田见土不见麦。秋麦垂垂尽枯死,春麦虽青不满咫。秋田种少未种多,田家四顾无妻子。官河水浅舟不行,漕舟不载南舟名。河西钞关坐不税,太仓粳稻何时至。一春无雨过半夏,贫民望雨如望赦。安得一雨如悬河,坐令愁怨成欢歌,我行虽难奈乐何!"

第二,他们的诗歌情感诚挚深婉,颇见性情。李东阳一些诗作写出了他仕宦的真实感受,如《幽怀》中的"试问白头冠盖地,几人相见绝嫌猜",表达了他在险恶官场人际中的孤独感;《茶陵竹枝歌十首》其十中的"莫道茶陵水清浅,年来平地亦风波",暗示了他对政治迫害的隐忧。

"前七子"指活动于弘治(1488—1505)、正德(1506—1521)年间的七位作家,他们分别是李梦阳、何景明、徐祯卿、边贡、康海、王九思和王廷相,以李梦阳、何景明为代表。他们在一定程度上继承了"茶陵派"的复古风尚,并将之推向极致,提出"文必先秦两汉,诗必汉魏盛唐"的复古主张。在复古初衷上,他们意图矫正宋代以降的理学对诗歌创作的钳制。宋代理学兴盛,不少文人重道轻文,将诗歌视作末技,同时援理入诗的创作手法蔚然成风,这种诗风在明代依然不绝如缕,如成化年间以性气诗知名的陈献章和庄昶等。"理学诗"中虽不乏"理趣盎然"的成功之作,但对理的过分追求必然导致诗歌内容单调、情感单薄,千篇一律,损害诗歌的整体美感。李梦阳曾说:"宋儒兴而古之文废矣。"(《论学》上篇)在这种背景下,越过宋代,在唐代及唐代之前的秦汉时代寻找文学的典范便成为李梦阳复古的题中之意。在理论上,他们强调诗歌的情感特征,认为情为诗本,情感的多样性决定了文学风格的千变万化,李梦阳在《梅月先生诗序》中称:"忧乐潜之中,而后感触应之外,故遇者因乎情,诗者形乎遇。"此外,他们也强调"格调",但在"格调"的规范上,他们要比茶陵派的认识更加细致深入,"关于'格'的要求,李梦阳等人共同的看法是'高古',其中'高'是指作品的思想境界,即思、意、义要高尚精深,而不落于凡近;'古'主要是指作品的句法、篇法、词语等要古典含蓄,而不落于浅俗。关于'调'的要求,李梦阳概括为'宛亮'。分别言之,'宛'指作品所蕴含的情、气、音、味要委婉和畅,'亮'指作品的词藻、文采要明丽鲜亮"[①]。

"前七子"的文学创作与其所提倡的理论有一定距离,他们创作大量的拟古之作,其中不少作品仅是将古人作品略改数字就据为己作,在题材和语言方面基本没有开拓创新,未能支撑起其重回秦汉繁荣局面的梦想,但他们也创作了不少优秀的作品,其价值不容忽视。

第一,他们的作品生动地反映了当时的政治生活和社会现象。"前七子"均是进士出

---

① 廖可斌.明代文学复古运动研究[M].北京:商务印书馆,2008:119.

身,有任职朝廷和地方的仕宦经历,对当时的政治环境有比较深刻的认识,同时由于个体人生经历的差异,他们的作品从多个层面反映了弘治成化年间的政治环境和社会风貌。如何景明的《玄明宫行》通过描写玄明宫的奢华以及它在刘瑾倒台之后的迅速坍塌,揭露了权阉给人民带来的深重灾难。李梦阳的《内教场歌》和《君马黄》则讽刺了正德皇帝荒唐的巡幸,《士兵行》揭露了为地方平乱的广西狼兵的恶行。何景明的《岁晏行》揭露了沉重徭役下农民的悲惨生活,他们春种秋收,负担朝廷的赋税,到了冬天还要承担地方的徭役,最终只能"贫家卖男富卖田"。

第二,他们的作品生动地描绘了个体的人生体验和人格追求,作品个性鲜明,情感真挚动人。李梦阳曾在弘治十八年(1505)因弹劾外戚张鹤龄下狱,在正德三年(1508)又因弹劾权监刘瑾而被捕,在这种处境下,他先后创作了《述愤》《离愤》和《秋夜叹》以明志,如《秋夜叹》:

君不见梁上蝠飞走掠蝇虫,蝇虫四散不受掠。而我胡在缧绁中,岂即运命委霜雪。要知腐草生华风,沉吟彻夜不能寐。此时天风雨将至,但闻虫声啾啾复唧唧,鸿雁嗷嗷忘南北。

监狱里的恶劣环境象征着朝中的政治环境,这些在狱中折磨诗人的顽固、阴险的蝇虫就如同监狱外伺机要置李梦阳于死地的刘瑾等阉党。诗人虽然烦躁却不绝望,他相信即便是腐草也能生华风,蝇虫声势虽大,但大风雨不久就会到来,一洗狱中的沉闷(险恶的政治环境),这些蝇虫将无处遁形。全诗表达了李梦阳的傲岸不屈和耿介自信的品格。

## 二、唐宋派

"前七子"的复古主张受到了大量文人的追捧,其流风余韵一直延续到嘉靖年间(1522—1566),他们机械模拟的不良习气引起不少文人的反感。于是在嘉靖中后期,一些文人开始公开反对"前七子"的文学主张,并在创作上有意与之抗衡。由于他们将唐宋散文作为师法的对象,这些文人被后来的学者称作"唐宋派",代表作家有王慎中、唐顺之和茅坤,归有光由于和唐宋派代表作家的创作风格相近,故也被视为唐宋派的成员。

在创作理论上,唐宋派作家反对机械模拟的创作方式,提倡"本色"论。"本色"即建立在人的自然本性基础上的真实情感和真知灼见,在文学创作中一方面要"直抒胸臆,信手写出,如写家书",真实地表达自己的情感;另一方面,文学作品要有独到的见解和观点,不可因循蹈袭,而是要写出"千古不可磨灭之见"。受这种文学观念的导引,唐宋派作家一反前七子"文必秦汉"的观念,而是将唐宋散文视作圭臬。茅坤选编了《唐宋八大家文钞》,将唐宋的散文大家韩愈、柳宗元、王安石、苏洵、苏轼、苏辙、曾巩、欧阳修并称为"唐宋八大家",这个称呼得到了后人的认可,延续至今。

"唐宋派"文学创作的主要成就体现在散文上,王慎中、唐顺之、茅坤都是嘉靖年间公认的散文大家,其创作成就主要表现在以下几方面:

第一,唐宋派文人的散文善于在寻常事件中写出独特的人生体验,往往能点铁成金,让人耳目一新。如唐顺之的《与安子介书》:

谨具布被一端,奉为令爱送嫁之需。布被诚至质且陋矣,然以之而厕于刺绣结绮、绫绮绡金、缀翠玄朱错陈之间,则如苇箫、土鼓而与朱弦、玉磬、金钟、大镛相答响,乃更足以成文;又如贵介公子张筵邀客,珠履貂冠,狐裘豹褒,联翩杂坐,既美且都,而有一山泽被褐老人,逍遥曳杖其间,乃更足以妆点风景而不失其为质且陋也。且夫桓少君之事,兄之所以养成闺行而出乎习俗之外者,岂足多让古人哉!素辱知爱,敢以家之所常用者为献而侑之以辞。不然,亦愿兄受之而以畀之滕仆之用可也。

朋友嫁女,唐顺之送了一床布被,这是一件非常普通的事件,但唐顺之却将这个普通事件拓展为一种人生境界,在对这床布被的叙述中隐然寄托了自己不屈于流俗、傲岸自信的人生态度,其中也有对朋友努力修德、不要沉溺于浮华的劝勉。再如归有光的传世名篇《项脊轩志》,全文并无惊心动魄的传奇事件,只是围绕一个简陋书斋叙写生活中的日常事件,娓娓道来,但却写出了自己人生的履历和家族的变迁,写尽了人生无常、物是人非的伤感,能够引起读者的共鸣。

第二,唐宋派的散文多注重章法结构,文章紧凑而不拘谨,富有节奏感,而且能够将叙事和说理融为一体。如唐顺之的《任光禄竹溪记》,这是唐顺之为其舅作的一篇记文。文中先从京师和江南对竹子的态度谈起,京城人不惜花费数千钱去买竹装点自己的园林,但是江南人却将竹子做燃料,通过这种现象唐顺之总结出"人去乡则益贱,物去乡则益贵"的社会现象,紧接着便叙述任光禄修建竹溪园的经过,生在江南的他,将自己的园中种满了竹子,并怡然自乐。然后笔锋一转,阐发了竹所蕴含的品格与任光禄品行的相似,并进而说明了他修竹园行为中蕴藏的独特人生取向,文末以"嗟乎!竹固可以不出江南而取贵也哉!吾重有所感矣"照应了开篇竹贵与竹贱的话题,全文层次清晰,结构井然,但又不露斧凿之迹。

第三,语言平易流畅,通俗易懂,富有表现力。唐宋派的作家在行文措辞方面师法唐宋散文,基本不用古奥难解的词句,也较少引用前人的典故,而是选择一些平易通俗的字句,通过对通俗字句的凝练与筛选,增加这些词句的表现力。如归有光《项脊轩志》篇末:"庭有枇杷树,吾妻死之年所手植也,今已亭亭如盖矣。"全句没有深奥的词语,但仅用20字便浓缩数十年的岁月,传达作者对亡妻的深厚思念,言有尽而意无穷,堪称语言运用之典范。

## 三、吴中四才子

"吴中四才子"是指成化、正德年间江南吴中地区的四位作家,分别是祝允明、唐寅、文徵明和徐祯卿。《明史·徐祯卿传》首次将他们并称:"祯卿少与祝允明、唐寅、文徵明齐名,号'吴中四才子'。"他们才华横溢,自视甚高,但却科举蹭蹬。文徵明先后七次参加乡试,但却全部失败;唐寅16岁便考中秀才,但却在弘治十一年(1498)被科场案牵连,自此无缘仕途;祝允明虽然中举,但却七次会试不第;徐祯卿在而立之年得中进士,却因为貌丑,一生沉沦下僚。在现实挫折的催化下,吴中四才子的自信渐渐转向狂傲,他们恃才傲物,主张及时行乐,追求个性的发展,不愿受正统礼法的束缚,于是多有不修行检的名声。共同的地域文化、相似的人生经历以及接近的气质禀赋造就了"吴中四才子"相近的诗歌风格,他们的诗歌主要有以下几方面特征:

第一,他们诗歌表达了对仕途生活的厌弃和对隐逸生活的赞美。为了治愈仕途失意带来的痛苦,文徵明等人用达观的态度来解构仕途的价值,并意图在世俗人生中找到新的人生价值,如祝允明《秋怀》称:"时运无长荣,清商多悲音。"再如唐寅的《桃花庵歌》:

桃花坞里桃花庵,桃花庵里桃花仙。桃花仙人种桃树,又摘桃花换酒钱。

酒醒只在花前坐,酒醉还来花下眠。半醒半醉日复日,花落花开年复年。

但愿老死花酒间,不愿鞠躬车马前。车尘马足富者趣,酒盏花枝贫者缘。

若将富贵比贫者,一在平地一在天。若将贫贱比车马,他得驱驰我得闲。

别人笑我忒风颠,我笑他人看不穿。不见五陵豪杰墓,无花无酒锄作田。

富贵和不朽是普通人的人生追求,也是社会最普遍的价值观,但唐寅却认为富贵不如贫穷,因富贵和名利的追求者们生前奔波劳碌,无法获得人生的乐趣,死后也"无花无酒",而身处贫穷却可以获得悠闲的时光,与"花酒为伴",安享人生自然的乐趣。文徵明在《写闲舟图寄葛汝敬》也赞美了远离尘嚣的隐居生活:"小舟依渡不施桡,正似闲人远世嚣。满径绿阴初睡起,坐临流水看春潮。"

第二,倾向于谱写吴中山水美景和世俗生活,表达对吴中山水文化的喜爱和眷恋。文徵明一生钟情于苏州自然美景,先后创作了《石湖》《陪蒲涧诸公游石湖》《怀石湖》等诗,写出了苏州石湖的美景,如《陪蒲涧诸公游石湖》:

横塘西下水如油,拂岸垂杨翠欲流。落日谁歌桃叶渡?凉风徐度藕花洲。

萧然白雨醒烦暑,无赖青山破晚愁。满目烟波情不极,游人还上木兰舟。

唐寅擅写吴中地域的世俗风情。他的《阊门即事》写出了吴中的繁华:"世间乐土是吴中,中有阊门更擅雄。翠袖三千楼上下,黄金百万水东西。五更市买何曾绝?四远方言总不同。若使画师描作画,画师应道画难工。"在另一首《江南四季歌》中,他描写了春夏秋冬四个季节江南地区人民的生活,有趣的是他将四季饮食写入诗中,春天"蛤蜊上巳争尝新",夏天"金刀剖破水晶瓜",秋天"左持蟹螯右持酒",冬天"敲冰洗盏烘牛酥",通过饮食还原了一幅江南世俗风情画。

第三,诗歌语言浅易通俗,风格轻松诙谐。"吴中四才子"写诗重抒情而轻格律和锤炼,所以选词自由随意,他们一般选择一些浅显的词句表情达意,时杂俗语。如祝允明的《口号三首》其一:"枝山老子鬓苍浪,万事遗来剩得狂。从此日和先友对,十年汉晋十年唐。"再如唐寅的《言志》:"不炼金丹不坐禅,不为商贾不耕田。闲来写就青山卖,不使人间造孽钱。"诗中用了"剩得""从此""造孽"等口语词汇,不费琢磨锻炼,似随口吟出,但也率真质朴,晓畅明了,并没有失去诗味。

## 四、"后七子"的复古运动

"后七子"是活跃在嘉靖后期到万历年间的一个文学团体,主要成员有李攀龙、王世贞、谢榛、宗臣、梁有誉、徐中行、吴国伦,以李攀龙、王世贞为代表。他们均是嘉靖二十二年(1543)左右的进士,当时"唐宋派"已名满天下,"前七子"的文学影响在嘉靖中后期渐趋消歇。但"唐宋派"在后期的创作中也暴露出一些问题,如唐顺之晚年弃文重道,标举宋诗,将邵雍、陈献章的诗歌奉为圭臬,将诗歌再次带入了"俚俗"和"枯燥"的歧途。"后七子"正是在这种背景之下接过了"前七子"的复古大旗,再次将人们学诗的视野拉回唐代。由于王世贞在万历年间成为文坛盟主,"后七子"所掀起的复古运动也席卷全国,他们的影响超越了"前七子"和"唐宋派"。

在文学观念上,"后七子"将汉文、唐诗作为最高典范,认为"文自西京、诗自天宝而下,俱无足观,于本朝独推李梦阳"(《明史·李攀龙传》)。在诗歌审美特征方面,他们要求文学创作兼顾善与美,协调情与理,统一意与辞,即要求文学创作要注重社会教化,也要注重美感,可以论理但不可以理害情,文学既要重视"意"的充实,也要注意"辞"的含蓄和蕴藉,达到意、象和辞的统一。在诗歌创作方面,他们要求诗歌严格遵循法度,对诗歌的字法、句法、章法、声律、用典都做了比较细致严格的规定。

在文学创作方面,"后七子"的创作整体不如"前七子"。"前七子"模拟蹈袭的弊病被"后七子"进一步发展,他们往往将乐府名作改易数字就据为己有,模拟复古演变为抄袭和剽窃。但他们也有一些既遵循复古主张、力图保持古典诗歌审美特征但又不尽为其束缚、具有一定独创性的作品,如李攀龙的《抄秋登太华山绝顶》、谢榛的《榆河晓发》《渡黄河》和王世贞的《登小孤山》等,《登小孤山》写道:

忽有苍翠来眉锋,跃然令我呼短笻。波心倒插白玉柱,水面绣出青芙蓉。

平分吴江楚江地,对耸天南天北峰。老夫铁笛欲吹却,恐向磐涡惊卧龙。

语言清丽流转,格调整齐,想象奇特。

散文则如宗臣的《报刘一丈书》生动地刻画了官僚阿谀严嵩的丑态。这篇散文深得太史公文法,寥寥数百字,生动形象地刻画出各色人物,干谒者趋炎附势、人格卑下,守门者擅作威福、小人得志,权者贪婪虚伪,委婉地写出了严嵩秉政时期政治的腐败及官僚群体的无耻。

## 第三节 明代后期诗文

明万历(1573—1620)到崇祯十七年(1644)明朝灭亡是明代诗文发展的第三个阶段。经过200年的发展,明代诗文创作在万历中后期达到了顶峰。社会经济繁荣,士人阶层生活安逸富足,文人结社活动频繁,为诗文数量的不断攀升提供了助力。除数量大幅度增加外,较之明代前期和中期的诗文创作,明代后期的诗文创作也呈现出鲜明的个性。在泰州学派的影响下,晚明士人阶层中掀起了一股解构经典、放纵人欲的思潮,其作用于文学,造成了一些文学群体思想对传统程朱理学的进一步背离,脱离了理学枷锁之后的作家更加注重表达自我,文学创作更能反映出文人的真性情,于是这一时期的作品感情更加真实,思想更加尖锐,但过度的人欲描写也造成了这一时期文学作品恶俗的弊端。明中后期的诗文创作大体可以分为三个阶段:第一阶段是万历中后期,以李贽和公安三袁为代表;第二阶段是天启年间,以竟陵派为代表;最后是崇祯年间,以复社、几社及陈子龙为代表。

## 第四章 明代诗文

### 一、李贽

李贽(1527—1602),字宏甫,号卓吾,别号温陵居士,福建泉州人。他个性鲜明,以离经叛道著称于世,其人生也充满戏剧性。他 26 岁到 45 岁之间,一直在朝中和地方做官,万历九年(1581)辞官,之后长期在湖北麻城读书、著述、讲学,由于观点新异、思想深刻,在当时产生了巨大的影响,也引起了正统官员的敌视,后被驱离麻城,在全国游历,足迹遍布大同、北京和山东。万历三十年(1602),当政者以"敢倡乱道,惑世诬民"罪名将其逮捕,不久他在狱中自杀。他一生著述颇多,有《初潭集》《焚书》《续焚书》《明灯道古录》《藏书》《续藏书》等。

在文学观念上,李贽将"童心"视为衡量文学的标准。所谓"童心"是人的自然人性的本初状态,它具有"绝假纯真"的特点,他说:"夫童心者,真心也。若以童心为不可,是以真心为不可也。夫童心者,绝假纯真,最初一念之本心也。"(《童心说》)他认为"天下之至文,未有不出于童心焉者也"。在此基础上,他认为只要"童心"常在,任何时代任何人都能写出至文,没必要一味以古人之文作为学习榜样,他不但对先秦的经典不大认可,"诗何必古《选》,文何必先秦",甚至将儒家奉为传统的六经和孔孟之书也拉下神坛,"更说什么六经,更说什么《语》、《孟》乎"。

李贽诗文兼善,散文更有特点。由于睥睨一切的傲岸性格和精思善辩的个性特征,他的散文不拘格式,行文收放自如,整体呈现出杂文式特点。

首先,李贽散文善于讽刺,习惯以夸张的手法和形象的描绘揭示世态人情之本质。如在《赞刘谐》中,他以讲故事的形式讽刺了腐儒群体:"有一道学,高屐大履,长袖阔带,纲常之冠,人伦之衣,拾纸墨之一二,窃唇吻之三四,自谓真仲尼之徒焉。时遇刘谐。刘谐者,聪明士,见而哂曰:'是未知我仲尼兄也。'其人勃然作色而起曰:'天不生仲尼,万古如长夜。子何人者,敢呼仲尼而兄之?'刘谐曰:'怪得羲皇以上圣人尽日燃纸烛而行也!'其人默然自止。然安知其言之至哉!"在《自赞》中,他则对自己做了有趣的自嘲:"其性褊急,其色矜高,其词鄙俗,其心狂痴,其行率易,其交寡而面见亲热。其与人也,好求其过,前不悦其所长;其恶人也,既绝其人,又终身欲害其人。志在温饱,而自谓伯夷、叔齐;质本齐人,而自谓饱道饫德。分明一介不与,而以有莘藉口;分明豪毛不拔,而谓杨朱贼仁。动与物迕,口与心违。"

其次,李贽散文逻辑严密,一气呵成,有论辩之风。李贽曾在《与友人论文》中说:"凡人作文皆从外边攻进里去,我为文章只就里面攻打出来,就他城池,食他粮草,统率他兵马,直冲横撞,搅得他粉碎,故不费一毫气力而自然有余也。"体现出他好论辩的作文风格。在《答耿中丞》中,他驳斥以"孔子是非为是非"的价值标准:"夫天生一人,自有一人之用,不待取给于孔子而后足也。若必待取足于孔子,则千古以前无孔子,终不得为人乎?"从别人的立论出发,按照他人逻辑推理,直到荒谬的地方,他人的论点自然不攻自破。

最后,李贽散文尖刻、犀利,嬉笑怒骂,皆能成文。李贽的散文习惯用精简的语言穿透世情的伪装,揭露人性的本质,且不留余地,呈现出尖刻的特点。如在《答耿司寇》中,他对所谓道学之士做了这样的揭露:"自朝至暮,自有知识以至今日,均之耕田而求食,买地而求种,架屋而求安,读书而求科第,属官而求尊显,博求风水以求福荫子孙。种种日用,皆为自己身家计虑,无一厘为人谋者。及乎开口讲学,便说尔为自己,我为他人;尔为自私,我欲利他;我怜东家之饥矣,又思西家之寒难可忍也;某等肯上门教人矣,是孔孟之志也,某等不肯会人,是自私自利之徒矣。……以此而观,所讲者未必公之所行,所行者又公之所不讲,其与言顾行、行顾言何异乎!"

## 二、公安派与小品文

万历十八年(1590),"前七子"的最后一位成员王世贞去世,但文坛上模拟复古之风依然盛行,这种风气引起了袁宗道、袁宏道、袁中道三兄弟的不满,受李贽文学观念的影响,他们反对拟古,提倡独抒性灵,并扫清了"后七子"的复古云雾,让时人耳目一新。由于袁氏三兄弟是湖北公安人,故后人称其为"公安派"。除"三袁"外,这一流派的成员还有江盈科和陶望龄等。"三袁"中文学成就最高的是袁宏道(1568—1610),他于万历二十年(1592)中进士,历任吴县知县、礼部主事、吏部验封司主事、稽勋郎中、国子博士等职,但累计为宦时间不过五六年,他不慕仕进,长期流连乡里,以作文自娱,一生创作宏富,诗文均新鲜可读,其中散文创作尤其为人所称道。

在文学思想上,公安派倾向于"唐宋派",反对"后七子"的"剽窃式"复古文学主张,袁宏道称:"近代文人,始为复古之说以胜之。夫复古是已,然至以剿袭为复古,句比字拟,务为牵合,弃目前之景,撼腐滥之辞,有才者屈于法,而不敢自伸其才;无之者拾一二浮泛之语,帮凑成诗。智者牵于习,而愚者乐其易,一唱亿和,优人驺子,共谈雅道。呼,诗至此,抑可羞哉!"(《雪涛阁集序》)他认为文学是随着世道的改变而变化,认为"古有古之诗,今有今之诗",在此基础上,他提出了著名的"性灵说"。"性灵"大体含义与李贽的"童心"类似,是指不受伦理道德束缚的自然本性。文学创作也应该听从"性灵"的指引,在内容上要"独抒性灵",创作"从自己胸臆流出"的诗文,不可模拟蹈袭以文害意,在形式上要"不拘格套",突破既有的文学规范和成法,达到"情与境会,顷刻千言,如水东注,令人夺魂"(《叙小修诗》)的境界。

在诗歌创作方面,"公安派"多采用信手而成的写作方式,作品中以写景抒怀之作居多,其写景追求生动毕肖,不避俗字,述情则明白显豁,不避俗情,整体呈现出平易明畅轻松自然的诗风,如袁中道的《朝耕》:"荷锄出茅屋,月色白如素。过林滴雨声,一天好雾露。东方犹未光,灿灿动霞路。不觉叱牛声,惊起双白鹭。"用直白的语言写出了清新的早耕图。袁宏道的《苦雨》,全诗以"暮云啼滑滑,晓树语呱呱"描绘漫长的雨季,写出了自己在雨季百无聊赖的心情,比喻奇巧,生动形象。另如《中秋对月同散木作》:

百年看月几回盈,那得中秋度度明?纵使清光常满满,若无胜地也平平。

朱栏碧榭垂千亩,白水青霞过一生。醒即抱枪眠即枕,腮毛渐渐有霜茎。

这是一首对月抒怀诗,诗人在中秋夜看着满月,感叹人生的无常和岁月的流逝。此类诗在中国古典诗歌中汗牛充栋,但与其他对月诗不同的是,袁宏道此诗表述如同信口道来,诗中用了"度度""满满"这样的俗词,选词表意全不假雕饰,虽立意和选词都无太多新意,但读来却有一种亲切之感,能够确切地传达出袁宏道淡然中含落寞的情绪。由于卸掉了庄重之感,三袁诗中常以戏谑的口吻,尖刻地暴露了世态的本质。如袁宏道的《戏题斋壁》:

一作刀笔吏,通身埋故纸。鞭笞惨容颜,簿领枯心髓。奔走疲马牛,跪拜羞奴婢。复衣炎日中,赤面霜风里。心若捕鼠猫,身似近膻蚁。举眼尽无欢,垂头私自鄙。南山一顷豆,可以没余齿。千钟曲与糟,百城经若史。结庐甑窑峰,系艇车台水。至理本无非,从心即为是。岂不爱热官,思之烂熟尔。

此诗以戏谑的口吻写出了仕宦生活对自己身心的戕害。他将体面的仕宦生活与"马牛""奴婢""膻蚁""鼠猫"等渺小甚至卑贱的东西相类比,解构了道貌岸然的仕宦生活,读来生动亲切,意趣横生。

公安派主要的文学成就体现在他们的散文创作方面,他们开创了一种被后世称作"小品文"的散文形式。"小品文"包含三方面含义:第一篇幅短小精练;第二写法上不拘格套,不守成规;第三以传达闲情逸趣为主。小品文的体裁范围广泛,传统的序、记、赞、尺牍均可适用。公安派创作了大量的小品文,在尺牍创作中,他们忽略敷衍的客套格式,往往直入主题,而且以日常用语入文,言语戏谑调侃,文字活泼生动。公安派创作成就最高的小品文是写景游记。他们的写景游记不在于一景一物的工笔刻画,而着重景物的神韵,同时传达出个人的雅趣。如袁宏道的《雨后游六桥记》:

寒食后雨,予曰:'此雨为西湖洗红,当急与桃花作别,勿滞也。'午霁,偕诸友至第三桥,落花积地寸余,游人少,翻以为快。忽骑者白纨而过,光晃衣,鲜丽倍常,诸友白其内者皆去表。少倦,卧地上饮,以面受花,多者浮,少者歌,以为乐。

与一般的游记相比,这篇游记的特点是以"偶然"为中心:出游是出于偶然,游览过程中着白衣、以面受花、赌酒唱歌均是偶然,一系列的偶然事件支撑起作者兴之所至的雅趣。

小品文成为中晚明重要的文学类型,除公安派作家外,与他们同时代的汤显祖、冯梦龙及稍晚的王思任、刘侗、祁彪佳等都善写小品文。其中成就较高、影响较大的是张岱。张岱(1597—1679),字宗子,号陶庵,浙江山阴(今浙江绍兴)人。张岱一生创作宏富,其小品容质俱佳,较之公安派作家,他的小品文创作更加随性,境界空灵,情感具有个人化特点。如《虎丘中秋夜》:

虎丘八月半,土著流寓、士夫眷属、女乐声伎、曲中名妓戏婆、民间少妇好女、崽子娈童及游冶恶少、清客帮闲、傒僮走空之辈,无不鳞集。自生公台、千人石、鹅涧、剑池、申文定祠下,下至试剑石、一二山门,皆铺毡席地坐,登高望之,如雁落平沙,霞铺江上。天暝月上,鼓吹百十处,大吹大擂,十番铙钹,渔阳掺挝,动地翻天,雷轰鼎沸,呼叫不闻。更定,鼓铙渐歇,丝管繁兴,杂以歌唱,皆"锦帆开,澄湖万顷"同场大曲,蹲踏和锣丝竹肉声,不辨拍煞。更深,人渐散去,士夫眷属皆下船水嬉,席席征歌,人人献技,南北杂之,管弦迭奏,听者方辨句字,藻鉴随之。二鼓人静,悉屏管弦,洞箫一缕,哀涩清绵,与肉相引,尚存三四,迭更为之。三鼓,月孤气肃,人皆寂阒,不杂蚊虻。一夫登场,高坐石上,不箫不拍,声出如丝,裂石穿云,串度抑扬,一字一刻。听者寻入针芥,心血为枯,不敢击节,惟有点头。然此时雁比而坐者,犹存百十人焉。使非苏州,焉讨识者!

全文篇幅不长，但却以时间为序，选取五个典型场景，或铺陈或刻镂，渐次呈现。用语简洁精到，如"月孤气肃"渲染出夜深人静的寂静冷清，将实景与个人感受巧妙地融合。张岱另有一篇《自为墓志铭》，直露无隐地写出了他的人生追求：

> 蜀人张岱，陶庵其号也。少为纨绔子弟，极爱繁华，好精舍，好美婢，好娈童，好鲜衣，好美食，好骏马，好华灯，好烟火，好梨园，好鼓吹，好古董，好花鸟。兼以茶淫橘虐，书蠹诗魔，劳碌半生，皆成梦幻。年至五十，国破家亡，避迹山居，所存者破床碎几，折鼎病琴，与残书数帙，缺砚一方而已。布衣蔬食，常至断炊。回首二十年前，真如隔世。

墓志铭一般是对逝者的人生总结，一般是在人死后由其好友写作，但此文却是张岱自己所写。另外，墓志铭一般隐恶扬善，多溢美之词，但全文率真直露，写出了自己纨绔子弟的生活经历，体现出"不拘格套""语出胸臆"的小品文审美规范。

### 三、竟陵派

万历三十八年（1610），袁宏道去世，公安派声势渐消，以钟惺、谭元春为首的竟陵派崛起于文坛，钟、谭均是湖北竟陵人，因此被称为"竟陵派"。由于地域相近，他们都受到了公安派"性灵说"的影响，但同时也认为一味强调"性灵"会让文学走向浅俗粗率，损害文学的艺术特质。于是，主张文学创作要将"性灵"和"复古"相结合，"引古人之精神，以接后人之心目"（钟惺《诗归序》）。

在这种文学理论的指导下，他们在诗歌创作中一般选取幽深安静的景观作为描写对象，采用直浅通俗的语言，整体形成"幽深孤峭"的艺术境界。如钟惺的《宿乌龙潭》：

> 渊静息群有，孤月无声入。冥漠抱天光，吾见晦明一。寒影何默然，守此如恐失。
> 空翠润飞潜，中宵万象湿。损益难致思，徒然勤风日。吁嗟灵昧前，钦哉久行立。

全诗选用了"静""孤""寒""空"等词汇写出了月夜幽潭的景象，整体呈现出阴冷晦暗的意境。同样是写景，与公安派的同类作品相比较，钟惺此诗虽然也有灵动之致，但多了一些精致，少了生命的热情。

钟、谭的小品文创作的风格也与之类似，如钟惺的《中岩记》：

> 大抵唤鱼潭以往，行皆并壑，石壁夹之若岸，壑若溪，藤萝芋蔽壑中，若荇藻，老树如槎，根若石，猿鸟往来若游鱼，特无水耳。诸峰映带，时让时争，时违时应，时拒时迎，衰益避就，准近匠心，横竖参错，各有妙理，不可思议。

此文将山中沟壑比作水潭，行文灵动活泼，颇有趣味，但仍是绝壁独行，一种幽独之气扑面而来。

### 四、复社、几社及陈子龙的诗文创作

天启年间（1621—1627），魏忠贤秉政，大肆迫害正直士人，朝中正邪对立，势如水火，政治斗争空前激烈。崇祯年间（1628—1644），魏阉伏诛，政治风气转好，但国内流民肆虐，辽东战事紧张，内忧外患，国事日非。在这种时局之下，有识之士忙于除弊革新寻求救国之路，"公安派"及"竟陵派"寄情山水、抒发性灵的文学创作已明显与时代潮流不再合拍。这一时期的诗文创作与党社运动密切相关。崇祯初年，张溥、张采等人承"东林

党"之余绪,发起了带有政治性质的文社——复社,与此同时,陈子龙创立了几社。出于对国事政治的考量,复社和几社推重文学复古,以前后七子为楷模,认为"文当规摹两汉,诗必宗趣开元",力图纠正竟陵派的文风,四库馆臣称:"明之末年,中原云扰,而江以南文社乃极盛。其最著者,……陈子龙倡几社,承王世贞等之说而涤其滥。溥与张采倡复社,声气蔓衍,几遍天下。"这一时期创作成就最高的诗人是陈子龙。

陈子龙(1608—1647),字卧子,松江府华亭县(今上海松江)人,他于崇祯十年(1637)中进士,先后担任绍兴推官、兵科给事中。崇祯十七(1644)年,李自成攻破北京,崇祯帝自缢于煤山,陈子龙事福王于南都,但并未受到重用。南朝亡后,他组织义军积极参加反清活动,兵败被擒,在押解途中投水殉国。在他短暂的一生中创作了大量的诗文作品,并受到了后世极高的评价。吴伟业称他"负旷世逸才","诗特高华雄浑,睥睨一世"(《梅村诗话》);王士禛称赞他的七言律诗"沉雄瑰丽,近代作者未见其比,殆冠古之才"(《香祖笔记》)。在诗歌理论上,他既反对公安派为文之率意,也对前后七子重模拟的复古方式持保留态度,他在《思讹室集序》中指出了这两派的弊病:"乐其易便,操笔遣辞,如语僮妾,不复修择。不则依古设声,丧我而拟物。二者交讥,皆不胜今之所难也。"为了从两者的弊病中突围,他综合两者的优长,提出"情以独至为真,文以范古为美"的创作规范,要求文学创作上要表述自我的情感,而形式上要取法古人的格调和法度。

陈子龙诗歌早期受前后七子的影响,倾向复古,多有模拟古人之作,情感纤薄,诗风平缓,但随着政治剧变,在目睹当时政治的黑暗、边境的失利及至国家的覆灭之后,他的诗作转而抒发担忧、怨怒、激愤等情感,最终形成了高迈雄浑、悲壮激昂的风格。其诗歌内容大体有以下几个方面:

第一,反映社会现实,记录苍生的苦难。崇祯十年(1637)山东大饥,但朝廷内忧外患,无力赈灾,陈子龙创作了反映饥民惨况的《小车行》和《卖儿行》:

小车班班黄尘晚,夫为推,妇为挽。出门茫然何所之?青青者榆疗我饥,愿得乐土共哺糜。风吹黄蒿,望见垣堵,中有主人当饲汝。叩门无人室无釜,踯躅空巷泪如雨。(《小车行》)

高颡长鬣清源贾,十钱买一男,百钱买一女。心中有悲不自觉,但美汝得生处乐。却车十余步,跪问客何之?客怒勿复语,回身抱儿啼。死当长别离,生当永不归!(《卖儿行》)

第一首写了饥荒之年,夫妇逃荒路上的悲苦,第二首写了父母卖儿的惨况,从两个角度写出了饥荒之年百姓的生存状况。崇祯年间,国家内忧外患,战事不断,他的《闻秋杂感》《都下杂感》《晚秋杂兴》《辽事杂诗》反映了辽东地区的战况,另外《群盗》则反映了关中地区的流民起义。

第二,展示个人情感,表露内心思绪。陈子龙将自己一生丰富多变的情绪如实地记录在诗歌中,他青年时期的诗作多反映他向往仕途、渴望建功立业的情绪,如《春感》:"春来花信杳难凭,风雨高歌酒不胜。消息龙鸾仙事远,飘零鹰犬少年憎。文章绮艳羞江左,踪迹淹留似茂陵。终日掩书广武叹,雄心深夜有飞腾。"在步入仕途后,他目睹朝廷党争的黑暗,诗作中开始杂有感叹仕途艰辛的情绪,如《岁暮作》中有"黄云蔽晏岁,壮士多愁颜""西驰太行险,东上梁父艰"这样的诗句。崇祯十七年(1644)后,半壁江山沦陷,而仓促建立起的南明小朝廷却不思复国,苟安一隅。面对如此时事,陈子龙的诗作多抒写亡国之痛,如《秋日杂感·客吴中作十首》其一:"满目山川极望哀,周原禾黍重徘徊。丹枫锦树三秋丽,白雁黄云万里来。夜雨荆榛连茂苑,夕阳麋鹿下胥台。振衣独上要离墓,痛哭新亭一举杯。"诗中用"黍离""茂苑荆榛""青台麋鹿"等典故表达了自己对故国沦亡的沉痛之情,而又用"新亭"之典故,表达了无力补天、英雄失路的伤感。

### 作品学习

1. 归有光《项脊轩志》
2. 袁宏道《徐文长传》

## 《项脊轩志》鉴赏

《项脊轩志》是归有光围绕自己的书斋写的一篇散文,他以项脊轩前后的变化为线索,写了一系列家庭琐事,并深切追忆逝去的亲人,情感深挚,笔法灵动,深受后世读者的喜爱。

第一,作品借物写情,深婉动人。在纵向感情上,作者通过描写项脊轩不同时期的状态传达出不同人生阶段的情感。作品先写项脊轩的来历,它是个老屋子,作者将它修葺后作自己的书房,修葺后的书房宽敞明亮,安静整洁,作者心情喜悦。之后叔伯分家,书房前的庭院被篱墙分割,美景不再,而轩前人来人往,也失去了旧日的安静,他带着对亡母的追忆和振兴家族的重担在此闭门苦读,听着门外嘈杂的脚步声,心情孤独而压抑;妻子嫁过来后,常来书房伴读,作者感到幸福美满,妻死后"室坏不修",后重修但也"不长居",心情沉郁悲痛。在横向感情上,作品感情多样,包含了家族情、母子情和夫妻情,作品往往借助外在景观来传达每一类感情,如通过庭院的杂乱委婉地表达了他对家族分家的不满,通过庭前的一颗枇杷树表达了对妻子的思念。这样的表达方式,让全文情感含而不露,深婉动人。

第二,通过巧妙的细节、逼真的语言,绘声传神地刻画人物。作品善用细节和语言刻画人物,这篇散文主要刻画了乳母、祖母和妻子几个人物,着墨不多,但却神情毕肖,这种艺术效果与作者善用细节和语言描写密不可分。细节描写如写祖母看望他时用"比去,以手阖门"的细节写出了老人的细心和对后辈的关心及期望;再如作品以"从余问古事,或凭几学书"写出了妻子对丈夫的眷恋之情。语言描写如写老妪的语言:"某所,而母立于兹。"妪又曰:"汝姊在吾怀,呱呱而泣。娘以指叩门扉曰:'儿寒乎?欲食乎?'吾从板外相为应答。"生动地刻画了一个年长唠叨而昏聩但又眷恋旧主的老者形象,另如叙其妻返家后转述诸小妹语:"闻姊家有阁子,且何谓阁子也?"刻画出他妻子娇婉、可爱之态。

第三,语言质朴平实,文浅情深。文章不用惊人之笔也不用华丽的辞藻,仅用明净流畅的语言写景状物,叙事传情,但在平淡的语言中却传达出深厚的感情。如描写修葺完善后项脊轩的景观:"前辟四窗,垣墙周庭,以当南日,日影反照,室始洞然。又杂植兰桂竹木于庭,旧时栏楯,亦遂增胜。借书满架,偃仰啸歌,冥然兀坐,万籁有声;而庭阶寂寂,小鸟时来啄食,人至不去。三五之夜,明月半墙,桂影斑驳,风移影动,珊珊可爱。"全段无一个生僻之词,却从采光、环境、声音等静态描写和风移影动的动态描写生动地写出项脊轩的景观,同时语句节奏明快,透露出作者的欣喜之情;写叔伯分家时,作者用"东犬西吠,客逾庖而宴,鸡栖于厅",写出了家族的世俗气及庭院的杂乱。

## 《徐文长传》鉴赏

《徐文长传》是袁宏道为徐渭写的一篇传记,全文不到1500字,生动地记录了明中期著名文学家徐渭传奇的一生。作品章法灵动,情感饱满,体现出袁宏道"独抒性灵,不拘格套"的创作理念,是明代散文中的精品。

首先,作品以"性情"为中心,真实地刻画了徐渭的形象。"传"是中国传统的散文类型,在明代这种文体已沦为羔雁之具,因此一般的传文中,作者习惯将传主的"德"作为叙述的中心,并以此来展开对传主的生平、遭际、功业的叙述,往往忽视对传主个性的展示。但该文却不以道德作为中心,转而以传主的"性情"作为叙事的重点,在徐渭任职胡宗宪幕府遭际中着重叙述了他"信心而行,恣臆谈谑,了无忌惮"的狂傲态度,在叙述他游历齐鲁燕赵之地的人生经历中,又有意突出他"英雄失路、托足无门"的悲愤心境,晚年则突出他"愤益深,佯狂益甚"。全文全面地勾勒了徐渭由"豪荡"到"悲"再到"愤"的性情发展历程,从而真实地刻画了一个个性鲜明的狂士形象。

其次,作品以作者情感的发展展开叙述,叙事自然流畅,体现出袁宏道"独抒性灵"的创作特点。作品按照作者的情感流动来叙事,开篇先曲折地叙述自己和徐渭精神遇合的过程,他先通过杂剧《四声猿》感知"与近时书生所演传奇绝异",开始留意"天池生",后又看到徐渭的书法作品而感到"惊骇",得知"田水月"之名,之后到陶望龄家中看到诗集《阙编》才知道原来之前看到的都出自徐渭之手,此时有一段非常精彩的感受描写:"两人跃起,灯影下,读复叫,叫复读,僮仆睡者皆惊起。"这段复杂的相知过程展示出袁宏道对徐渭的敬佩,为后文徐渭的本传做了重要铺垫。接下来作品以知己的笔法展开对徐渭生平的追述,追溯中处处表露出对徐渭才高运蹇的同情,文末回到现实,通过引述陶望龄及梅客生对徐渭的评价凸显徐渭的人生价值。作品按照袁宏道的敬佩、同情及悲叹三种情绪的发展来展开叙事,使叙事既生动曲折又自然流畅。

最后,语言平易生动,简洁精到,富有感染力。作品叙事语言干净利落,用字不多,却神情毕现,如用"文长乃葛衣乌巾,长揖就坐,纵谈天下事,旁若无人"叙述徐渭在胡宗宪幕府的表现,生动地传达出徐渭狂傲的个性。作品艺术评点的语言文采华美,生动贴切,如他形容徐渭的书法"强心铁骨,与夫一种磊块不平之气,字画之中,宛宛可见","笔意奔放如其诗,苍劲中姿媚跃出"。论其诗则"如嗔如笑,如水鸣峡,如种出土,如寡妇之夜哭,羁人之寒起。当其放意,平畴千里;偶尔幽峭,鬼语秋坟",比喻新奇,非常到位地概括了徐渭诗歌的艺术特点。另外,全文语句错落有致,富有节奏感,读来朗朗上口。

## 延伸阅读

**1. 原典阅读**

（1）阅读《明诗选》（杜贵晨选注,人民文学出版社,2003年版），重点阅读明代中期的诗歌,注重体会这一时期诗歌创作的特点。

（2）阅读《明代散文选译》（章培恒等主编,凤凰出版社,2011年版），重点阅读徐渭、袁宏道、张岱的散文,体会小品文的叙事特点。

**2. 研究文献阅读**

（1）阅读《明代诗文创作与理论批评的演变》（陈书录著,凤凰出版社,2013年版），归纳总结明代诗文创作的发展过程及明代诗论对文学创作的影响。

（2）阅读《中国散文通史：明代卷》（郭英德、张德建著,安徽教育出版社,2013年版），归纳总结明代散文的嬗变过程。

## 拓展训练

1. 王世贞在《艺苑卮言》中这样评价唐顺之的诗作："近时毗陵一士大夫（唐顺之），始刻意初唐精华之语,亦既斐然。中年忽窜入恶道,至有'味为补虚一试肉,事求如意屡生嗔'……遂不减定山'沙边鸟共天机语,担上梅挑太极行'，为词林笑端。"李攀龙在《送王元美序》中如此评价唐宋派的散文："今之文章,如晋江、毗陵二三君子,岂不亦家传户诵？而持论太过,动伤气格,惮于修辞,理胜相掩。彼岂以左丘明所载为皆倞离之语,而司马迁叙事不近人情乎？"请结合王慎中和唐顺之诗文创作的实际情况,谈谈你对王世贞和李攀龙以上评价的看法。

2. 王世贞等"后七子"的复古运动在当时产生了巨大影响,追随者众多。但后世文人对其文学创作的评价却有较大分歧,如陈子龙盛赞王世贞的文学功绩,认为其"运材博而构会精,譬荆棘之既除,又益之以涂茨"。艾南英对王世贞的诗文异常反感,称其诗文"骤读之,无不浓丽鲜华,绚烂夺目；细案之,一腐套耳"。请结合王世贞等人的诗文创作,谈谈你对"后七子"复古运动的看法。

3. 袁中道在《吏部验封司郎中中郎先生行状》中对袁宏道的诗文创作有这样一段概括："间发为诗文,俱从灵源中溢出,别开手眼,了不与世匠相似。总之发源既异,而其别于人者有五：上下千古,不作逐块观场之见,脱肤见骨,遗迹得神,此其识别也；天生妙姿,不镂而工,不饰而文,如天孙织锦,园客抽丝,此其才别也；上至经史百家,入眼注心,无不冥会,旁及玉简金叠,皆采其菁华,任意驱使,此其学别也；随其意之所欲言,以求自适,而毁誉是非,一切不问,怒鬼嗔人,开天辟地,此其胆别也；远性逸情,潇潇洒洒,别有一种异致,若山光水色,可见而不可即,此其趣别也。有此五者,然后唾雾皆具三昧,岂与逐逐文字者较工拙哉！"请结合袁宏道的诗文创作,谈谈自己对这段话的理解,并以"袁宏道的诗文创作特色"为题写一篇小论文。

# 第五章　明代的散曲与民歌

### 文学史

散曲在元代大放异彩,到了明代继续发展,无论是作家人数还是作品数量都有所增加。据统计,"《全明散曲》收作者406家(无名氏不计其内),共辑得小令10606首,套数2064篇(复出小令、套数除外)。这比《全元散曲》和《全清散曲》的篇幅要多许多"①。就整体水平而言,虽不能与元代相比肩,但具体作家作品各有特色。以流派而论,主要有三:冯惟敏、王九思、康海等继承元代豪放派马致远;王磐、金銮、施绍莘等继承元代清丽派张可久、乔吉;梁辰鱼、沈璟、王骥德等是尚文雅工丽、重音律的一派。② 从地域上主要分为南北两系:北系包括康海、李开先、冯惟敏等人,以冯惟敏为魁,气势粗豪多本色,尚有关汉卿、马致远风度;南系有王磐、陈铎、梁辰鱼等人,以施绍莘为首,清丽婉约、修辞细美,有张可久风致。③ 明代散曲在前中期以北曲为主,到中晚期南曲逐渐成为主导。在元代散曲通俗浅显之后,明代散曲一方面由于文人打磨,逐渐典雅化;另一方面与词的创作相互借鉴、接近,具有词化现象。这成为明代散曲比较鲜明的特点。

长期存在并流行的民歌,在明代又一次成为文学中一支独特的力量。民歌在明代受到文人的大力鼓吹,文人十分重视民歌,然后收集整理、刊刻流传,并且对民歌的拟作也不遗余力。

## 第一节　明代前、中期散曲

明代前期散曲创作比较沉寂。知名者主要有明成祖在燕邸时的文学侍从贾仲明、杨讷、汤式等人。其中贾仲明在《录鬼簿续编》中有一组【北双调·凌波仙】,是悼念关汉

---

① 谢伯阳.全明散曲·自序[M].济南:齐鲁书社,1994:11.
② 陆侃如,冯沅君.中国诗史[M].2版.济南:山东大学出版社,2000:597.
③ 刘大杰.中国文学发展史[M].上海:复旦大学出版社,2011:551.

卿、高文秀、郑廷玉等元曲名家的小令,虽源于钟嗣成《录鬼簿》,但内容更加丰富。明王室成员朱有燉以藩王之尊创作了大量散曲。到了成化、弘治以后,曲坛逐渐呈现生机。北方的康海、王九思,南方的王磐、陈铎等成为中坚,而后二者尤为著名。明代前中期北曲占据主导,南曲亦有发展。

## 一、周宪王朱有燉

朱有燉以杂剧著称,而散曲创作在明初曲坛也颇负盛名,有散曲集《诚斋乐府》。在政治中,朱有燉选择明哲保身,尽量远离波谲云诡的权力之争,寄情于其他方面。恰如其在【北双调·十棒鼓】《秋日席上赋》中所云:"不忧愁便是,便是长生药。散袒逍遥,得清闲自在,自在直到老,一世儿乐陶陶。"

朱有燉散曲题材内容大多是咏花、宴饮、闺情,所写富贵生活与藩王的身份相一致,在写法和内容上新意无多。然而为人注意的是他的散曲多有序或引,多创作自度曲,即自己创调。代表作是【北双调·扫晴娘】【南南吕·楚江情】。关于【北双调·扫晴娘】的创制,序言云:"【扫晴娘】曲,乃予审音定律新制此调,与【双调·殿前欢】略同,此亦【双调】曲也。原其因实苦久雨,偶见人制纸妆妇女,名曰'扫晴娘',臂悬灰土,手持扫帚,其意以土克水,欲扫尽阴云,乃儿女子戏剧之具耳。予遂以'扫晴娘'名曲,如曲中【柳青娘】【络丝娘】之比也。"【北双调·扫晴娘】第一、四章如下:

扫晴娘,高盘云髻斗红妆,手持竹帚三千丈,舞袖翩扬。扫阴云见太阳,曙色光晴霞晃。彩鸾回驭到仙乡,相酬进玉觞。

扫晴娘,腰身可喜好衣裳,便将云雾先除荡,尽力掀扬。扫晴天万里长,打麦场农夫望。归来相谢救民荒,佳名百世芳。

扫晴娘是我国民间祈祷雨止天晴之时挂在屋檐下的剪纸,为妇女形象,手提一扫帚,多为红绿纸裁制而成。此民俗源于雨水对于古代农耕生活的重要影响,如同干旱时多有祈求龙王降雨活动一样,流传已久,且遍及南北各地。朱有燉此自度曲是在广泛的民间习俗基础之上改编而成。另一首自度曲为【南南吕·楚江情】,序云:"予居于中土,不习南方音调,诗余亦多制北曲,以寄傲于情兴,游戏于音律耳。迩者,闻人有歌南曲【罗江怨】者,予爱其音韵抑扬,有一唱三叹之妙。乃令其歌之十余度,予始能记其音调,遂制四时词四篇,更其名曰【楚江情】。"四篇分别为《春》《夏》《秋》《冬》。这种勇于探索的精神是值得肯定的。

朱友燉散曲特别是小令语词雅丽、句式整饬,整体上典雅。在明初曲坛,由元入明的贾仲明、汤式、杨讷等人先后谢世,而生长、出生在明代的新一代文士尚未在曲坛上崭露头角之时,朱有燉是值得关注的。

## 二、"不登科进士"王磐

王磐(1470?—1530),字鸿渐,号西楼,南直隶高邮(今江苏高邮)人。生于富室,有隽才,好读书,薄科举不为,纵情于山水诗画间。擅散曲,善俳谐,有《西楼乐府》《西楼律诗》《野菜谱》等。钱谦益称其"工题赠,善谐谑,与金陵陈大声(陈铎)并为南曲之冠"[1],极负时誉。王磐一生耻为科举之事,以套数《村居》表明心迹:

【北南吕·一枝花】不登冰雪堂,不会风云路,不干丞相府,不谒帝王都。乐矣村居,门巷都栽树,池塘尽养鱼。有心去与白鹭为邻,特意来与黄花做主。

【梁州】我是个不登科逃名进士,我是个不耕田识字农夫,我是个上天漏籍神仙户。清风不管,明月无拘。孤云懒出,野鸟难呼。只俺这牛背上稳似他千里龙驹,只俺这花篷下近似他方丈蓬壶。兴来时画一幅烟雨耕图,静来时著一部冰霜菊谱,闲来时撰一卷水旱农书。茶炉,酒炉,杏花深处桃花坞。水绕着门,云遮着屋,端的是隔断红尘一点无,那里有官吏催租。

【尾声】我向这暖茸茸白云被底闲伸足,我向这锦片片红叶庄前醉坦腹,一任这流光眼前度。者么您能飞的白鸟,快奔的乌兔,总不如俺慢慢腾腾傲今古。

此曲表达了隐士的耿介情怀。王磐套数【北南吕·一枝花】《久雪》出人意料将雪说成"攘攘皑皑,颠倒把乾坤碍,分明将造化埋"。并在第二支曲中描写道:

冻的个寒江上鱼沈雁杳,饿的个空林中虎啸猿哀。不成祥瑞翻成害。侵伤陇麦,压损庭槐,眩昏柳眼,勒绽梅腮。遮蔽了锦重重禁阙宫阶,填塞了绿沉沉舞榭歌台。把一个正直的韩退之拥住在蓝关,将一个忠节的苏子卿埋藏在北海,把一个廉洁的袁邵公饿倒在书斋。哀哉,苦哉!长安贫者愁无奈。猛惊猜,忒奇怪,这的是天上飞来的冷祸胎,遍地下生灾。

雪不是通常被认为的祥瑞,反而是"天上飞来的冷祸胎,遍地下生灾",眼光异于常人。王磐虽是隐士,但对社会民生十分关注,在散曲作品中揭露了很多社会弊病,如【北双调·蟾宫】《元宵》:

听元宵往岁喧哗,歌也千家,舞也千家。听元宵今岁嗟呀,愁也千家,怨也千家。那里有闹红尘香车宝马?只不过送黄昏古木寒鸦。诗也消乏,酒也消乏,冷落了春风,憔悴了梅花。

作品用今昔强烈对比,揭示了社会凋敝的严重程度。

## 三、状元康海

康海(1475—1540),字德涵,号对山,别号沜东渔父、浒西山人,武功(今陕西武功)人。弘治十五年(1502)举进士第一,授翰林院修撰。康海与王九思是好友,同为"前七子"文学群体成员。王九思(1468—1551),陕西鄠县(今陕西鄠邑)人,弘治九年(1496)举进士。二人坐党附刘瑾落职。史载:"(康)海、(王)九思同里、同官,同以(刘)瑾党废。每相聚沜东鄠、杜间,挟声伎酣饮,制乐造歌曲,自比俳优,以寄其怫郁。"[2]两人因为对宦海沉浮、人心险恶感悟非常深,归乡后以放浪形骸排解内心的郁结,在散曲中也抒发了不平和愤懑之情。如康海【北双调·雁儿落带过得胜令】《饮中闲咏》:

---

[1] 钱谦益.列朝诗集小传[M].上海:上海古籍出版社,1983:347.
[2] 张廷玉,等.明史[M].北京:中华书局,1974:7349.

数年前也放狂,这几日全无况。闲中件件思,暗里般般量。真个是不精不细丑行藏,怪不得没头没脑受灾殃。从今后花底朝朝醉,人间事事忘。刚方,褦落了膺和滂;荒唐,周全了籍与康。

曲中以东汉末年清流李膺、范滂与魏晋时期竹林七贤阮籍、嵇康的典故做对比,表达了罢官后的失意、不平之气。康海散曲体现了北曲的豪放、粗犷等特点。

### 四、"乐王"陈铎

陈铎(1454?—1507)①,字大声,号秋碧,原籍下邳(今江苏邳县),后徙南京。世袭指挥。有词集《草堂余意》,散曲《滑稽余韵》《秋碧乐府》《月香亭稿》《梨云寄傲》《可雪斋稿》《秋碧轩稿》。陈铎散曲有小令471篇,套数99篇,为高产的散曲家,在沉寂的曲坛较为少见。陈铎虽世袭武将之职却工声律,驰名当时,教坊子弟称为"乐王"。

陈铎散曲中引人注目的是《滑稽余韵》,共142首,写了冠帽铺、颜料铺等40多种铺子,并写了银匠、篾匠等25种匠人。这组散曲把形形色色的商肆店铺、各种行业以及社会中的三教九流都纳入其中,市井百态描摹详尽,是当时金陵社会生活的真实写照。陈铎在散曲中使用白描手法,对那些不事生产的浮食者如道士、和尚、尼姑、命士、葬士等多种职业直接刻画,也对那些以坑蒙拐骗为业的人进行嘲讽,如【北双调·水仙子】《葬士》:"寻龙倒水费殷勤,取向金穴无定准,藏风聚气胡谈论。告山人须自忖,拣一山葬你先人。寿又长身又旺,官又高财又稳,不强如干谒侯门。"对那些危害生计、游手好闲、专门坑人的借贷中介人、开赌场之人,在如【北正宫·醉太平】《代保》《开赌》中嘲弄讽刺。而对下层从事卖力求生的从业者多有同情,如:

麻绳是知己,匾担是相识,一年三百六十回,不曾闲一日。担头上讨了些儿利,酒房中买了一场醉,肩头上去了几层皮,常少柴没米。(【北正宫·醉太平】《挑担》)

这些底层的劳动者自食其力,在日常生活中不可缺少,但是辛苦劳动之后不能保证温饱。陈铎的《滑稽余韵》明白通俗,语言上多用通行口语,保持了散曲的本色,简洁直白的描述,曲尽市井生活。难能可贵的是他将社会上存在的形形色色的手工业和从业人员纳入笔下,将他们的生活展现在散曲中。

陈铎散曲除《滑稽余韵》的特例之外,还有大量的散曲是自我情怀的抒发。【北双调·沈醉东风】《自述二首》其二表达得直接明白:"长存酒共诗,问甚名和利。喜围炉谈论笑忘机,三尺龙泉怕去提,似这等人儿有几。"自己沉醉于酒盏歌舞,怕的是当值听差,不问名和利。陈铎的散曲也表现闲适生活,如【北中吕·朝天子】《归隐六首》其五云:

园儿内有蔬,盆儿内有粟,便是栖身处。寻常烟囊小规模,说甚么千钟禄。晋国山河,汉家陵墓,把兴亡容易数。笑浮名有无,过流光迅速,留不住乌和兔。

正因为陈铎生在世袭之家有优厚的条件作支撑,乐于过流连风月的生活,并且自己

---

① 谢伯阳编《全明散曲》陈铎小传云:"约生于景泰五年(1454)。"(谢伯阳.全明散曲[M].济南:齐鲁书社,1994:446.)李昌集考证:"大声的生年,亦当在1460年左右。"(李昌集.中国古代散曲史[M].上海:华东师范大学出版社,1991:652.)

精于音乐声律擅于词曲,故而对这样的生活描绘得自然而不雕琢,率真而富有诗意,这是陈铎散曲中质量较高的作品。陈铎的散曲丰富多彩,有两点值得注意,一是曲的雅化;二是南北曲兼有。总之,陈铎是本时期较少的词曲兼擅的作家,其作品也受到较高评价。况周颐称:"陈大声词,全明不能有二。"①汤有光《精订陈大声乐府全集序》中云:"自金元迄我国家,以南北曲名者亡(无)虑千百辈。乃今三星逸客,按拍花前,两京教坊,弹丝樽畔,才一开口,便度陈大声诸曲,直令听者神动色飞。"②汤有光谈到陈铎作品在南京、北京的教坊广为流传,可见陈铎影响之大。

## 第二节 明代后期散曲

明代后期,散曲进一步发展繁荣,出现了冯惟敏、梁辰鱼、沈璟、薛论道、朱载堉等诸多风格各异的作家。随着昆山腔的风靡及影响力扩大,北曲日益衰落,南曲则逐渐成为曲坛的主导。

### 一、以散曲自寓的冯惟敏

冯惟敏(1511？—1580？),字汝行,号海浮,临朐(今山东临朐)人,有兄冯惟健、冯惟重,弟冯惟讷。嘉靖十六年(1537)中举人,嘉靖四十一年(1562)进京谒选,授涞水知县,后任镇江儒学教授、保定通判等职,隆庆六年(1572)辞官归隐。有《冯海浮集》《石门集》《海浮山堂词稿》。冯惟敏自述:"间以近调自寓,取足目前意兴而止。"(《海浮山堂词稿引》)钱谦益评曰:"善度近体乐府,盛传于东郡。"③冯惟敏散曲直白显露,用语通俗易懂又不失文雅。【北双调·河西六娘子】《笑园六咏六首》其二云:"人世难逢笑口开,笑的我东倒西歪,平生不欠亏心债。呀,每日笑胎嗨,坦荡放襟怀,笑傲乾坤好快哉!"其【北般涉调·耍孩儿】《十自由》堪为代表,其中两支曲子云:

【二煞】膝呵见官人软似绵,到厅前曲似钩,奴颜婢膝甘卑陋。擎拳曲跽精神长,做小伏低礼数周。俺如今出门两脚还如旧,见了人平身免礼,大步拎揉。

【一煞】足呵任高情行处行,趁闲时走处走,脚跟儿蹬脱了牢笼扣。潜踪洞壑寻深隐,濯足沧浪拣上流。皂朝靴丢剥了权存后,再不向鹓班鹄立,穿一对草履云游。

为官时繁文缛节、曲意逢迎的拘束和辞官后闲适放松、无拘无束的自在形成鲜明对比,表达了轻松愉悦的心情。冯惟敏广泛描写世风面貌,反映了社会不同的侧面,具有丰富的社会现实意义,表达了对百姓疾苦的关注与同情。【南正宫·玉芙蓉】《喜雨二首》其二:"初添野水涯,细滴茅檐下,喜芃芃遍地桑麻。消灾不数千金价,救苦重生八口家。都开罢:荞花,豆花,眼见的葫芦棚结了个赤金瓜。"以朴素的语言描写农家久旱逢甘雨的

---

① 况周颐.蕙风词话:第5卷[M].唐圭璋,编.北京:中华书局,1986:4510.
② 谢伯阳.全明散曲[M].济南:齐鲁书社,1994:687.
③ 钱谦益.列朝诗集小传[M].上海:上海古籍出版社,1983:390.

喜悦之情,表达了与百姓息息相通的情感。【北双调·玉江引】《农家苦》云:

倒了房宅,堪怜生计蹩。冲了田园,难将双手扒。陆地水平铺,秋禾风乱舞。水旱相仍,农家何日足?墙壁通连,穷年何处补?往常时不似今番苦,万事由天做。又无糊口粮,那有遮身布,几桩儿不由人不叫苦!

冯惟敏有北派散曲爽朗刚健、朴直通俗的特点,因而成为明代后期的散曲名家。

## 二、"舒情吊古"的梁辰鱼

梁辰鱼著有散曲集《江东白苎》。梁辰鱼精通音律,散曲表现出炼字炼句、文采华美的特色。在《江东白苎》中酬赠、艳情题材较为常见,而一些作品写景抒怀,值得玩味。其在套数【南正宫·白练序】《暮秋闺怨》序言中说自己:"沦身未济,落魄不羁……非儿女之情多,实英雄之气塞,因假闺人之意,以开烈士之膺。"第一支曲子云:

西风里,见点点昏鸦渡远洲。斜阳外,景色不堪回首。寒骤,漫倚楼,奈极目天涯无尽头。消魂处,凄凉水国,败荷衰柳。

作品借儿女之情写英雄失路、壮志难酬的满腔愁绪,深沉真挚而感人,并且含蓄蕴藉之风格近于词。张凤翼《江东白苎小序》评价:"多宋玉之微词,慕向长之远游。触物感怀,舒情吊古。"[①]梁辰鱼对于乐理的精深研究影响到作品以工辞藻而闻名,在曲坛造成了很大的影响。其后沈璟注重声律,也成为一时之秀,二人代表了明代后期散曲逐渐走向音律精严的趋势。

## 三、武将薛论道

薛论道(1531? —1600?),字谈德,号莲溪,别署莲溪居士,直隶定兴(今河北易县)人。少时多病,一足残废。8岁能文,博综六艺。喜谈兵,从军30年,屡建奇功,后遭疑忌,以神枢参将加副将归田。著有《林石逸兴》10卷。薛论道以武将身份特异于明代曲坛,创作了大量以小令为主的作品,题材丰富。【南仙吕·桂枝香】《悭吝四首》其一:"锱铢毫末,一针不挫。虽有些夹细名声,却无那奢华罪过。说一声客来,魂惊胆破。一身无主,两脚如梭。慌忙躲入积钱囤,说与浑家盖饭锅。"讽刺守财奴吝啬,其可笑的行为和视财如命的心理都生动地刻画出来。薛论道散曲边塞内容较有特色,【南商调·黄莺儿】《塞上重阳四首》其一云:

荏苒又重阳,拥旌旄倚太行,登临疑是青霄上。天长地长,云茫水茫,胡尘尽扫山河壮。望遐荒,王庭何处?万里尽秋霜。

用词用语浅显明了,但风格质朴中不失苍茫辽阔,军旅豪情与悲慷并存。这种风格在明代后期普遍典雅化的风气中并不多见。

## 四、明宗室朱载堉

朱载堉(1536—1610?),字伯勤,号句曲老人,南直隶凤阳(今安徽凤阳)人。明宗室

---

[①] 谢伯阳.全明散曲[M].济南:齐鲁书社,1994:2246.

### ▶▶▶ 第五章　明代的散曲与民歌

郑恭王厚烷之子。因皇族内讧,父获罪系狱,遂筑土室于宫门外,独居19年。父死,不袭王位,而以著述终身。精乐律、数学、历学,有《乐律全书》《醒世词》等。《醒世词》有诗、文、民歌、散曲,其中【南商调·山坡羊】《交情可叹》散曲是自身感受的写照:

叹世情,其实可笑。交朋友,尽都是虚情假套。如今人那有刘备关张,也没有雷陈管鲍。假情怀肺腑相交,酒和肉常吃才好。有钱时,今日与张三哥贺喜温居,明日与李四弟祝寿送号。怕只怕运寒时乖,忘却了小嬉,认不得少交。听着,衣残帽破,正眼不瞧。听着,与他作揖,他便说"不劳,不劳!"伴常去了。①

朱载堉由于在王室内斗中见到了尔虞我诈、勾心斗角,对世道人心有着深刻的体悟,所以在【南商调·山坡羊】《富不可交》《钱是好汉》等作品中多有描摹。

## 第三节　明代民歌

明代民歌的繁荣,反映了社会平民阶层的生活及心理情感,具有通俗易懂、直白浅露、大胆热烈等特点。民歌的流行,引起了一些文人的重视,其中以冯梦龙的《挂枝儿》与《山歌》为代表。文人看到了民歌代表的"真情"的价值所在,成为明代文学努力凸显自我面目的一面旗帜。

### 一、明代民歌的流行与文人的重视

据沈德符《万历野获编》记载:"自宣(德)、正(统)至成(化)、弘(治)后,中原又行[锁南枝][傍妆台][山坡羊]之属。李崆峒(李梦阳)先生初自庆阳徙居汴梁,闻之,以为可继国风之后。何大复(何景明)继至,亦酷爱之。今所传[泥捏人]及[鞋打卦][熬鬏髻]三阕,为三牌名之冠,故不虚也。自兹之后,又有[耍孩儿][驻云飞][醉太平]诸曲,然不如三曲之盛。嘉(靖)、隆(庆)间乃兴[闹五更][寄生草][罗江怨][哭皇天][干荷叶][粉红莲][桐城歌][银纽丝]之属。自两淮以至江南,渐与词曲相远……比年以来,又有[打枣竿][挂枝儿]二曲,其腔调约略相似,则不问南北,不问男女,不问老幼良贱,人人习之,亦人人喜听之,以至刊布成帙,举世传诵,沁人心肺。"(卷二十五《词曲·时尚小令》)②总体而言,明代宣德、弘治以后流行的是[驻云飞][锁南枝][山坡羊]等,万历以后主要流行的是[挂枝儿]。[挂枝儿],亦名[打枣竿][打草竿],兴起于北方,后传至南方。当传统诗歌陷入复古模拟之时,民歌逐渐受到文人的青睐,如为李梦阳、何景明所喜爱。袁宏道《伯修》中云:"近来诗学大进,诗集大饶,诗肠大宽,诗眼大阔。世人以诗为诗,未免为诗苦,弟以[打草竿][劈破玉]为诗,故足乐也。"③并在《叙小修诗》中云:"故吾谓今之诗文不传矣。其万一传者,或今间阎妇人孺子所唱[劈破玉][打草竿]之类,犹

---

① 谢伯阳.重订朱载堉散曲并记[J].中国韵文学刊,2012,26(3):97-112.
② 沈德符.万历野获编[M].北京:中华书局,1997:647.
③ 袁宏道.袁宏道集笺校[M].钱伯城,笺校.上海:上海古籍出版社,1981:492.

是无闻无识真人所作,故多真声,不效颦于汉、魏,不学步于盛唐,任性而发,尚能通于人之喜怒哀乐嗜好情欲,是可喜也。"①指出民歌不屑模拟、"任性而发",因而可以传世。至晚明冯梦龙编辑《挂枝儿》《山歌》,在《序山歌》中云:"且今虽季世,而但有假诗文,无假山歌。则以山歌不与诗文争名,故不屑假。苟其不屑假,而吾藉以存真,不亦可乎?抑今人想见上古之陈于太史者如彼,而近代之留于民间者如此,倘亦论世之林云尔。若夫借男女之真情,发名教之伪药,其功于《挂枝儿》等,故录《挂枝词》而次及《山歌》。"②《挂枝儿》经学者订补共10卷,总计达435首。《山歌》主要是南方吴中地区流行的曲调,全书10卷,卷一至九为《山歌》共359首,卷一○为《桐城时兴歌》共24首,总计达383首。《挂枝儿》《山歌》是明代难得的数量较多的民歌专集。

## 二、民间悲欢离合的传承与记录

《挂枝儿》《山歌》中有的歌曲源流已久,记录了民间百姓普遍性的生活和心理。《山歌·杂歌》中有《月子弯弯》云:

月子弯弯照九州,几家欢乐几家愁。几家夫妇同罗帐,几家飘散在他州。

据宋赵彦卫《云麓漫钞》卷九记载:"'月子弯弯照九州,几家欢乐几家愁。'……此两句乃吴中舟师之歌,每于更阑月夜,操舟荡桨,抑遏其词而歌之,声甚凄怨。"③歌中跨越千古、无论南北的离愁别绪是万千普通人的心声,长唱而不衰。《挂枝儿·感部》中《鸡》第二首:"一声声只怨着钦天监,你做闰年并闰月,何不闰下了一更天?"这与元代贯云石【中吕·红绣鞋】中的"四更过情未足,情未足夜如梭。天哪,更闰一更儿妨甚么"有相似之处。

## 三、真挚爱情的讴歌

《挂枝儿》《山歌》收录的情歌数量多,占两书的大部分,种类丰富,情感多样。如《山歌·私情》中的《唱》:"姐儿唱支银绞丝,情哥郎也唱支挂枝儿。郎要姐儿弗住介绞,姐要情郎弗住介枝。"借歌传情。《挂枝儿·想部》中《心事》:

心中事,心中事,心中有事。说不出,道不出,背地里寻思。左不是,右不是,有千般不是。虽有姊和妹,有话不相知。怎能够会一会冤家也,我的心儿才得死。

表达出缠绵悱恻的相思之意。《挂枝儿·私部》中《错认》第二首:"月儿高,望不见我的乖亲到。猛望见窗儿外,花枝影乱摇。低声似指我名儿叫。双手推窗看,原来是狂风摆花梢。喜变做羞来也,羞又变做恼。"写出陷入相恋之人焦急地等待、热切地盼望与失望时的懊恼之情。《挂枝儿·欢部》中的《咒》:"叫着你小名儿低低咒,咒你那薄幸贼,咒你那负心因。疼在我心间也,舍不得咒出口。"两者有异曲同工之妙。《挂枝儿·欢部》中《金不换》云:

想起来你那人,使我魂都消尽。看遍了千千万,都不如你那人。你那人美容颜,又且

---

① 袁宏道.袁宏道集笺校[M].钱伯城,笺校.上海:上海古籍出版社,1981:187.
② 冯梦龙,等.明清民歌时调集[M].上海:上海古籍出版社,1987:269-270.
③ 赵彦卫.云麓漫钞[M].傅根清,点校.北京:中华书局,1996:156.

多聪俊。就是打一个金人来换,也不换你那人。就是金人也是有限的金儿也,你那人有无限的风流景。

世人所重之金,与心爱之人相比,也减价不少。无论欣喜还是懊恼,都不能使相爱的人分离。《挂枝儿·欢部》中《坚心》:"奈何桥上若得和你携手同行也,不如死了到也好。"表达了生死相随之心。《挂枝儿·欢部》中《泥人》云:

泥人儿,好一似咱两个。捻一个你,塑一个我,看两下里如何?将他来揉和了重新做,重捻一个你,重塑一个我。我身上有你也,你身上有了我。

这首流传较广,所以其他文献如《南宫词纪》卷六也有所记载:

傻俊角,我的哥,和块黄泥儿捏咱两个。捏一个儿你,捏一个儿我。捏的来一似活托,捏的来同床上歌卧。将泥人儿摔碎,着水儿重和过。再捏一个你,再捏一个我。哥哥身上也有妹妹,妹妹身上也有哥哥。(【汴省时曲·锁南枝】《风情》)①

后者描写更加细腻,语言更加流畅。两者结合可以看出民歌流传中出现的差异性和收集整理者加工的不同程度。

### 四、社会黑暗面的揭露与批判

民歌来源于生活,社会生活中的方方面面也体现在作品里,对社会黑暗面的揭露与批判是必不可少的。如《挂枝儿·谑部》中《假纱帽》云:"真纱帽戴来胆气壮,你戴着只觉脸上无光。整年间也没升也没个降。死了好传影,打醮好行香。若坐席尊也,放屁也不响。"指斥卖官鬻爵,把买官者的尸位素餐刻画出来。而部分山人打着隐士的幌子招摇撞骗,这在《挂枝儿·谑部》的《山人》中表现出来:

问山人,并不在山中住,止无过老着脸,写几句歪诗,带方巾,称治民,到处去投刺。京中某老先,近有书到治民处;乡中某老先,他与治民最相知;临别有舍亲一事干求也,只说为公道,没银子。

把山人表里不一、到处打抽丰的伎俩揭示出来。同样在《山歌·杂咏》也有一首《山人》,这两首《山人》揭露山人群体的真面目。《四库全书总目》云:"山人墨客,莫盛于明之末年,剽取清言,以夸高致,亦一时风尚如是也。"(卷一三二《增定玉壶冰》)②

### 五、民歌的特点及意义

冯梦龙在《挂枝儿·别部》中《送别》第一首评注云:"最浅,最俚,亦最真。"③民歌遣词用语浅显,但在俚俗中推陈出新,如《挂枝儿·感部》中《牛女》云:

闷来时,独自个在星月下过。猛抬头,看见了一条天河,牛郎星织女星俱在两边坐。南无阿弥陀佛,那星宿也犯着孤。星宿儿不得成双也,何况他与我。

此篇用传统的牛郎织女入诗,但令人耳目一新。正如冯梦龙评注云:"文有一字争

---

① 顾廷龙.续修四库全书一七四一·集部·曲类[M].上海:上海古籍出版社,2002:807.
② 永瑢,等.四库全书总目[M].北京:中华书局,1965:1125.
③ 冯梦龙,等.明清民歌时调集[M].上海:上海古籍出版社,1987:105.

奇,便足不朽者。"①

冯梦龙在《序山歌》中将民歌看作是"借男女之真情,发名教之伪药"。真情所在,价值不菲。卓人月认为:"明诗虽不废,然……夫诗让唐、词让宋、曲又让元,庶几吴歌《挂枝儿》《罗江怨》《打枣竿》《银绞丝》之类,为我明一绝耳。"②

### 作品学习

1. 王磐【北中吕·朝天子】《咏喇叭》
2. 陈铎【北南吕·一枝花】《自述》
3. 冯惟敏【北双调·胡十八】《刈麦有感四首》(其三)

### 【北中吕·朝天子】《咏喇叭》鉴赏

王磐的这首散曲作于明武宗正德年间,张守中在《刊王西楼先生乐府序》中说:"喇叭之咏,斥阉宦也。"明人蒋一葵在《尧山堂外纪》中对此做了更为明确的解释:"正德间,阉寺当权,往来河下者无虚日。每到,辄吹号头,齐丁夫,民不堪命。王西楼有《咏喇叭·朝天子》一首。云……。"全曲借咏喇叭讽刺宦官装腔作势的丑态,揭露了他们为非作歹、残害百姓的罪恶行径,表达了作者愤激的感情。

全文可分为三层。前五句状物,写喇叭的特征,借"曲儿小,腔儿大"来比喻宦官出行时的丑态。"官船"一句抓住"乱如麻"的特点,表现了宦官酷吏趾高气扬、不可一世的丑恶面目。"全仗你抬身价"则暗指宦官的装腔作势。中间三句写喇叭吹响,百姓遭殃,分别从"军"和"民"两个方面剖析了宦官给社会带来的巨大危害,作者用"愁"和"怕"两个字刻画了军民的心理活动,揭示了百姓被害得家破人亡的景况。最后三句用夸张的手法揭露了宦官的危害之大、影响之深,进一步揭露了他们的罪恶。像这样针对当权者嬉笑怒骂的作品,在曲坛上是比较少见的。

这首散曲托物抒怀,诙谐风趣。在结构上,全面围绕"吹"字来组织文字,言"吹"之状,写"吹"之果,绘"吹"之形,吐人民群众对"吹"之恨,层层推进,有条不紊。在写法上,灵活运用了夸张和讽刺的手法,将喇叭与宦官相联系,寓尖锐辛辣的讽刺于幽默的语言之中,使人读后为之一快。全曲取材精当,比拟恰当,富有讽刺性。

### 【北南吕·一枝花】《自述》鉴赏

【北南吕·一枝花】《自述》是明代散曲家陈铎的抒怀之作。此曲开篇即点明自己很早以前就以写作词和散曲著名,流连风月之中,少谈国家兴亡与建功立业之事。曲中对自己日常喜欢的轻歌曼舞和风流性格的详细刻画,突出了远离滚滚红尘不愿干求富贵亨

---

① 冯梦龙,等.明清民歌时调集[M].上海:上海古籍出版社,1987:173.
② 卓人月.古今词统[M].沈阳:辽宁教育出版社,2000:13.

通的思想。从这个层面看,该曲和关汉卿的【北南吕·一枝花】《不服老》有相似之处,都表现了作者雅好曲乐、不愿受拘束、洒脱疏狂的个性。但细读作品,在曲作中仍然可见其因志不获展的感叹,从而彰显出其用世之心。陈铎因其祖辈曾为明朝立下了显著战功,世袭都指挥使,可谓是家世显赫、家庭殷实。其本人"于经史集传、诸子百家,莫不贯穿",工诗善画、颇好乐府,且风流倜傥,是一位多才多艺的才子。但是,对于这样一位才子,他的仕途并不如意,只能寄情于散曲创作。这首套曲明确表达了自己因"霓虹志未伸",才做这些"判柳评花""抟香弄粉"的事情。曲尾则表白了自己渴望"雨露恩"的心情,抒发了报国忠君、清白爱民的济世忧民之心。

## 【北双调·胡十八】《刈麦有感四首》(其三)鉴赏

【北双调·胡十八】《刈麦有感》是明代作家冯惟敏的散曲,由四支曲组成,主要写的是旱灾之年,农民颗粒无收的惨状,流露出对农家的同情。曲中开始以出自一个 80 岁老农之口的质朴语言道出:"几曾见今年麦!又无颗粒又无柴。"大灾之年,粮食柴火,一点也无,何等凄惨。接着道出"三百日旱灾,二千里放开",极言旱日之长及地域之广。在这样的天灾面前,老农饱含着无尽的辛酸和无奈,但更让他"愁"的不是天灾而是"官棒",在大灾之际官府不仅不救济百姓,还一再追逼钱粮,逼的老百姓只能卖儿卖女。全曲用方言土语,质朴无华,却高度凝练,通过老农之口既写了天灾人祸之惨烈,也表现了下层群众的辛酸和对官府的怨恨之情,是散曲中少有的现实主义佳作。

### 延伸阅读

**1. 原典阅读**

(1)阅读《全明散曲》(谢伯阳编,齐鲁书社,1994 年版),重点阅读明代散曲名家作品,注重体会明代散曲特点。

(2)阅读《明清民歌时调集》(冯梦龙等编,上海古籍出版社,1987 年版)上册冯梦龙编述的《挂枝儿》《山歌》,阅读明代民歌作品,注重体会明代民歌特点。

**2. 研究文献阅读**

(1)阅读《明清散曲史》(赵义山著,人民文学出版社,2007 年版),总结明代散曲的发展阶段。

(2)阅读《明清民歌时调集》(冯梦龙等编,上海古籍出版社,1987 年版)上册《挂枝儿·关德栋序》《山歌·关德栋序》,总结明代民歌的流传、格律、整理、艺术特点等方面。

### 拓展训练

1. 在阅读《全明散曲》的基础上,阅读《全元散曲》《全清散曲》,梳理散曲发展历史,尝试写成小论文。

2. 历代不乏民歌,如先秦十五国风、汉乐府、南北朝民歌、明代民歌,产生了《诗经》《乐府诗集》《挂枝儿》《山歌》等优秀作品,总结民歌在中国文学史上的作用,尝试写成小论文。

# 第八编　清代文学

在清代近300年的历史长河中,传统文学的各种样式可以说均进入了总结期。一些民间新生的文学、艺术样式同样生机勃勃,晚清文学则是中国古代文学向中国现代文学的过渡。

清代诗歌总结元、明之失,远追唐、宋,形成中国古代诗歌最后的繁荣。在清代初年,以"江左三大家"及遗民诗人群体的创作为主导,抒写改朝换代之际汉族文人的各种情绪。王士禛的"神韵说"虽自称得"唐诗三昧",实为远离政治,故作冲和淡远。此时还有南施北宋、赵执信、查慎行等名家活跃于诗坛。到乾嘉时期,受考据之风影响,则出现了沈德潜的"格调说"、翁方纲的"肌理说"等诗论及诗派。虽处此期,却未受考据之学影响的是袁枚的"性灵说"及性灵派。不在此三派之内的名家有郑燮、黄景仁等。龚自珍为中国古典诗歌之大成者。随着晚清的西学东渐,"诗界革命"兴起,与之前后的有"宋诗运动""同光体"的活动。如果说清中叶以前的清诗是对中国古典诗歌的继承与总结的话,晚清诗歌则是由古典诗歌向现代白话诗歌的过渡。

清初散文影响最大的顾炎武、黄宗羲、王夫之三家总结反思明亡教训所写的政论文与哲学散文,以强烈的爱国激情和深刻的哲理见长,特别是他们不自觉的民主思想对后世哲人颇多启迪。魏禧、侯方域、汪琬或学《左传》,或学《史记》等成就颇高,在当时具有"三大家"之称。清代散文流派中历时最长的是"桐城派",其理论创于方苞,经刘大櫆、姚鼐发挥近于完善。在创作方面也自成风格,实绩甚佳。在骈文方面,清代也号称"中兴",其代表人物为汪中,他被评为"钩贯经史,熔铸唐宋"。其他如陈维崧、吴绮、袁枚、孙星衍、洪亮吉等也很有名,使清代成为六朝后骈文最兴盛的朝代。在晚清,除龚自珍外,最有影响的当然是梁启超所倡导的"散文界革命",他们开启了新文体写作的时代。

叶恭绰《全清词钞》收入清词3196家,尚有千余人落选。清词从数量到质量远远超过元、明,直接两宋。清初有云间词人活跃,宣扬反清复明思想。以陈维崧为代表的阳羡派、以朱彝尊为代表的浙西词派及纳兰性德的创作可谓三足鼎立。中后期,以张惠言为代表的常州词派应时代而起,影响巨大。晚清词学编纂蔚然成风,出现了项鸿祚等不少大家。

杂剧创作在明代中期之后,至清代再次进入低潮,文人作品多案头读物。只有蒋士铨的《藏园九种曲》和杨潮观的《吟风阁杂剧》颇有影响。传奇创作紧承明代,在清初剧坛,苏州作家群将创作视点由明末的伦理道德转向了时事政治,当时一些大事被搬上了舞台。李渔的风情戏在舞台上也较有市场。洪昇的《长生殿》和孔尚任的《桃花扇》将传奇再次推向高峰。康熙末年,地方戏充分发展,与昆腔相互争胜,形成了"花雅之争"的局面。在晚清,戏曲继续发展,京剧的形成与戏曲改良运动、话剧的产生等,均在中国戏剧史上具有不可忽视的价值。

清代小说最为繁荣,长篇小说、文言短篇小说及拟话本等各种形式的小说创作均有收获。明代小说家还不愿暴露自己的真实姓名,清代小说则进入了文人公开创作的时代。在明清之际,先是才子佳人小说的流行和续书成风。清代小说成就巨大的作品有蒲松龄的《聊斋志异》、吴敬梓的《儒林外史》、曹雪芹的《红楼梦》。其他作品如《镜花缘》《醒世姻缘传》等长篇小说、拟话本《照世杯》等也小有可观。在晚清,以小说新民,"小说界革命"等变革号召影响深远。最有成就的作品为"四大谴责小说"——《老残游记》《二十年目睹之怪现状》《官场现形记》和《孽海花》,关注时代,批判现实,且表现出向现代小说过渡的特征。

清代散曲及弹词、鼓子词、小曲等俗文学艺术也极丰富。清代散曲作者342人,有小令3214首,套数1166篇,数量可观;弹词国音代表作品有《再生缘》《笔生花》和《安邦志》等;南音代表作品有《义妖传》《珍珠塔》和《三笑姻缘》等;小曲中《霓裳续谱》和《白雪遗音》成就可观,不容忽视。

清代是中国古代文学全面发展的繁盛期,传统的文学样式如诗、词、文都比较繁荣,尤其是骈文也得以中兴;宋、元以来发展起来的文学样式如小说、戏曲也都达到一个新的高度;民间文艺中的讲唱文学、小曲等也十分活跃。

# 第一章 清代诗歌

> **文学史**

清代诗歌是继唐宋诗歌以来的另一个诗歌高峰。清代诗人善于借鉴前代,直追唐宋,在创作与理论上均取得了较大成就。清代的文字狱,使有些诗人畏惧政治迫害,同时又迷惑于表面的承平,冲淡了对社会矛盾的深入观察和揭露,则限制了清诗获得更高的成就。总的看来,清代诗人不满于元诗的绮弱,明诗的复古和轻浅、狭窄的毛病,在技巧上兼学唐宋诗的长处,不断追求创新,并在不同程度上反映了当时的现实,流派纷呈,风格多样,其成就是超过元明两代的,足以下启近代而成为中国古典诗歌的后劲。

## 第一节 清代前期诗歌

清前期包括顺治、康熙、雍正三朝近百年时间。清前期诗歌是清朝诗史上最为复杂的时期,复古与反复古、性灵与反性灵、宗宋与宗唐、主情与主才、信古与信心等各种诗学思想互相冲撞、融合,并与这一特定时期的政治危机、文化传承、民族矛盾等交织在一起,众说纷纭,互有搏击,并最终在皇权的干涉下,形成了具有清朝气象的诗学主张。

### 一、清初诗坛

顺治诗坛的创作情况,基本可以分为两类:一类以遗民为主,代表人物为顾炎武、黄宗羲等;另一类就是后来入《贰臣传》的文人,代表人物为钱谦益、吴伟业等。这两类诗人的创作各有千秋,但都对清诗的发展产生了巨大的影响。

#### (一)遗民诗人

遗民诗人是明清易代之际,沧桑变革,政治风云激荡变换中产生的特定时代的诗歌创作群体,他们是明末清初文坛最为活跃的诗人,也是一群在当时最富有国家意识、民族意识、文化意识的良心文人。他们栖身山泽草野之间,以诗歌寄寓忧愤郁结之气和杜鹃泣血之志。遗民诗人在清初文坛影响巨大,人数众多,据卓尔堪《明遗民诗》收录505人,

## 第一章 清代诗歌

清末孙静庵《明遗民录》收800人,实际数目应该远不止于此数。严迪昌《清诗史》按地域把清初遗民诗人分为淮扬遗民诗群、皖江遗民诗人、两浙遗民诗群、吴中遗民诗群、秦晋遗民诗人、湘粤遗民。但如果以长江为界,其实遗民群体可以分为以江、浙为主的南方遗民群体和以秦、晋为主的北方遗民群体。南方遗民群体以吴嘉纪、钱秉镫、杜濬、屈大均、黄宗羲、王夫之等为代表,北方遗民群体则以傅山、王弘撰、李颙、李因笃、申涵光等为翘楚。顾炎武则穿梭南北之间,考察社会历史和地理形胜,传递信息,成为沟通南北两大遗民群体的重要媒介人。

遗民诗人群体的诗歌宗趣本就不一,但在亡国之痛、家毁之悲、民族存亡、战争荼毒、民生凋敝等现实环境压迫下,他们淡化审美追求的差异,自觉追求创作的"诗史"性,力图以诗歌来弥补史籍所漏缺的历史事件,明末清初许多史事也多赖这些遗民的哀唱苦吟而得以保存。这些遗民诗歌或悲思故国,或纪实遣责,或讴歌贞烈,或痛陈家国之悲,或同情民生艰难。由于这些遗民诗人亲历国破家亡、战争干戈、流徙离乱、民生困苦,故而其诗歌大都凄楚蕴结、血泪飘零、真气溢露、沉雄悲壮、笔力遒劲,既为明诗画上了一个完美的休止符,又为清诗发展奠定了基础,举凡清诗的各派别都与这群遗民诗人有千丝万缕的联系。

顾炎武(1613—1682),初名绛,明亡后更名炎武,字宁人,学者称为亭林先生,江苏昆山人。其一生可以明亡为界分为两期,前期热心科举,却不顺利,明末仅为庠生。清兵入关后,则与复社同志一起组织义军,抗击清军,失败后则穿梭于大江南北,访求同气,考察山川,图谋光复。

由于身处巨变之后,顾炎武以"主性情"和"文须有益于天下"为诗歌创作的两翼,反对模拟复古,一生创作400多首诗歌,其内容丰富,但不管是即景、游览,还是拟古、抒情,诗中都洋溢着浓郁的故国情思和民族爱憎,坚贞的气节和光复大明是其一贯的主题。《精卫》以"我愿平东海,身沉心不改"表达不屈之志;《重谒孝陵》以"问君何事三千里,春谒长陵秋孝陵"抒发自己难忘故国的情怀;《海上四首》则沉重悲壮,抒发自己怀抱必死之心,明知不可为而为之的信念。顾炎武足迹遍布南北,主要目的在于联络气节相同的豪杰,为恢复故国积蓄力量,故而其诗集中赠答诗很多,然大都属于明志之作,慷慨深沉,情感充溢,如《路舍人客居太湖东山三十年寄此代柬》虽为七绝,却语短情深,寄托遥远:"翡翠年深伴侣稀,清霜憔悴减毛衣。自从一上南枝宿,更不回身向北飞。""翡翠年深"和"清霜憔悴"则形象地显现出诗人暮年哀苦之深沉,"伴侣稀"和"减毛衣"则表现出环境的艰难和前途的渺茫,即使如此,诗人依然不改初衷,不屈壮志。

就诗歌而言,在南方遗民群体中成就较为全面的是王夫之。王夫之(1619—1692),字而农,号姜斋,湖南衡阳人。其与顾炎武、黄宗羲并称清初三大思想家,精通经史之学,学者称船山先生。他的诗歌创作卓越,且有《姜斋诗话》传世,曾编选《古诗评选》《唐诗评选》《明诗评选》。由于王夫之见识不凡,又长于评鉴,故而其论诗自出手眼,多有创见,对于儒家诗论"兴、观、群、怨"说,就认为:"'可以'云者,随所'以'而皆'可'也。于所兴而可观,其兴也深;于所观而可兴,其观也审。以其群者而怨,怨愈不忘;以其怨者而群,群乃益挚。出于四情之外,以生起四情;游于四情之中,情无所窒。作者用一致之思,读者各以其情而自得。……人情之游也无涯,而各以其情遇,斯所贵于有诗。"他反对机械式解读诗歌,强调读者自己生成的情感体验,以"读者各以其情而自得"和"以其情遇"为基点阐述诗歌创作和诗歌欣赏,其理论已经触及诗歌美学本质。

王夫之"长伴沅湘兰芷芬",其诗天然具有楚骚风调,大抵托物言怀,寄兴哀深,却又缠绵悱恻,表达坚韧不拔之志和匡复故国之情。《初度口占》情感哀怆,锥心剔骨,表达"垂死病中魂一缕,迷离唯记汉家秋"的家国悲酸。《续哀雨诗》名为悼亡妇,实则哀悼故国,该诗继承了屈原《山鬼》与《国殇》的优秀传统,并借鉴杜甫诗歌创作精神而有所发展,首次把悼亡之思与悲国之情融合为一体。

### (二) 江左三大家

"江左三大家"指在清初诗坛颇具影响力的钱谦益、吴伟业、龚鼎孳三人。"江左三大家"之称始于吴江顾有孝、赵沄的清诗选本《江左三大家诗钞》,因为钱谦益、吴伟业、龚鼎孳三人籍贯均属江左,而都以诗名称誉当时,在江南地区声望颇著,且都是贰臣。"江左三大家"在清初诗坛影响很大,特别是钱谦益与吴伟业,以其富有创建的诗歌理论和优秀的创作实践堪称清诗繁荣的奠基者。

#### 1. 钱谦益

钱谦益(1582—1664),字受之,号牧斋,晚号蒙叟、绛云老人,江苏常熟人。明万历进士,官至礼部尚书,后因为陷入党争而革职。甲申明亡后,马士英、阮大铖等迎立福王朱由崧于南京,他获任礼部尚书,亲近马、阮二人,且为二人辩白。顺治二年(1645)纳城迎降,被清朝授礼部侍郎,充修《明史》副总裁,任职半年后以病辞归故里。晚年又连陷狱案,几经斡旋才得免。其一生相当复杂,入清以前,以"巧"处世,颇留恋功名富贵,虽为东林党魁,却依附阉党马士英之流,后又丧失大节,为士林所不齿。然晚年隐居期间,又与各处抗清力量暗中联络,不仅为郑成功等出谋划策,而且变卖家产资助其军事行动,甚至一度四处奔走,策反清军将领。这些自赎性的行动,一定程度上得到了世人的谅解,黄宗羲、阎尔梅等遗民与之来往密切。

钱谦益诗学思想较为丰富,对以四期论唐诗的不满、对明代七子诗派的批判、对唐诗与宋诗之间流变关系的认识、主张诗歌创作多元化、对诗歌创作艺术性的认识等。但如果总体考察,"诗其人"处于其诗学思想的核心,所有主变与存正、铺陈与兴象、真人与真诗、观色与观香、能为与不能不为等对诗歌看法都以"诗其人"为出发点进行论述。只要"诗其人",那么诗歌自然就是"不能不为"之物,正宗与变化之间都是合理,也不存在唐诗与宋诗高下问题,铺陈与兴象则随性情而自在选择,依此而创作自然属于真诗,就具有"观色"与"观香"的作用。"诗其人"就是号召诗歌创作回到"言志""主情"的传统诗教,也就是拉近诗歌与社会、政治等关系,不能如"七子"不顾现实情况,一味高声大气,也不能如竟陵派陷入个人"幽情孤峭"的情感中。"诗其人"就是要真实地反映自己所遭、所感、所愤、所忧、所望等内心世界,也就是具有"诗史"性质的创作。其《列朝诗集》汇选明朝诗歌,评点各门各派,对复古派与反复古派都进行了尖锐的批评,对确立有清一代的诗歌风范大有裨益,清人郑则厚以为"本朝诗人辈出,要无能出其范围"(沈德潜《清诗别裁集》)。

钱谦益重视真性情在诗歌创作中的重要作用,但也不废博学识变等素养在创作中的支撑作用,其诗善于将时代之变与身世之感相融合,使事用典颇为巧妙,表现出才情雄赡、笔力恢张的风格,《初学集》中名篇《狱中杂诗三十首》《甲申端阳感怀十四首》《天都瀑布歌》《莲花峰》等都有充分的体现。入清之后,诗人又有《有学集》《投笔集》《苦海集》等。经历荣辱沉浮、故国沧桑之后,他入清后诗歌显出更鲜明的艺术个性。虽然也有如《金陵秋兴八首次草堂韵》这样为反清复明的胜利而歌唱"扫穴金陵还地肺,埋胡紫塞慰天心"的诗篇,但大多数则都摇曳其辞、寄托深远、哀感顽艳、沉郁苍凉,如《金陵后观棋六首》其三云:"寂寞枯枰响沉寥,秦淮秋老咽寒潮。白头灯影凉宵里,一局残棋见六朝。"

钱谦益曾创立虞山诗派,成员有冯舒、冯班、钱曾、钱陆灿等人。他们不满明七子尊奉盛唐的创作宗趣,认为一代有一代之诗,把学习的对象扩大到了全唐,甚至突出晚唐,甚而赞美宋诗。

吴伟业(1609—1671),字骏公,号梅村,江苏太仓人。明崇祯四年(1631)进士,官至国子监谕德。入清后,因陈名夏等举荐,于顺治十年(1653)出仕清廷,授国子监祭酒,4年后,以母丧请假南归。

吴伟业虽主唐风,强调诗歌的社会功能,但已经不局限于盛唐,而出入中晚唐,尤其对韩愈、白居易等诗歌极为肯定,认为诗歌创作应以性情为本,充之以学识,发之以才气。从其观点看,吴伟业的诗论与钱谦益有一致的地方。其诗歌以歌行体为代表,袁枚以为"公集以此体为第一"(《吴梅村全集》卷第二附"评")。此类歌行体诗歌汲取了白居易、元稹等歌行的写法,又融合明传奇曲折变化的叙事特点,发扬了李商隐、温庭筠等辞藻缤纷、蕴藉深厚的韵味,形成以人物命运浮沉荣辱为线索,映照兴衰,叙事不虚,"可备一代诗史"的风格,特别善于置人物于特定事态与特定环境中,从而形成相对稳定的规范,世称"梅村体",其代表作为《圆圆曲》《临江参军》《楚两生行》《永和宫词》《萧史青门曲》等,其中《圆圆曲》最见诗人匠心。该诗以吴三桂与陈圆圆的离合为线索,以深婉的笔调,在肯定二人悲欢爱情的同时,也对吴三桂不顾国家大义的行为进行了讥刺。全诗叙述手法多样,把纷繁的历史事件娓娓道来,既曲折多变,又富有传奇色彩。排比、比喻、联珠、反语、典故等修辞的运用,使得诗歌摇曳瑰丽,把古典叙事诗推向新的高峰。

虞山诗派反对明七子,对其极尽指斥之能事,并且倡导宋诗,激起当时许多坚守七子衣钵的文人的反对,在吴伟业的家乡出现的以周肇、王撰、许旭等为首的"娄东十子"就是其中之一。他们尊崇唐音,与虞山诗派相对立。吴伟业诗名誉满江南,是"娄东十子"的前辈,也是同乡,被娄东文人推为娄东诗派的领袖,乐于奖掖后进,曾删选娄东十子的诗集。与钱谦益、吴伟业相比,龚鼎孳在诗学方面不能相提并论,但并非无所长,其有些绝句就独具一格,有的义理十足却不直露,有的情韵潇洒、清幽空灵,如《乌江怀古》《上巳将过金陵》等。

### (三)南施北宋

随着钱谦益、吴伟业等去世,清朝诗坛主将为"清初六大家",即王士禛、朱彝尊、查慎行、赵执信、施闰章、宋琬六人,其中施闰章与宋琬被王士禛标举为"南施北宋"。虽然施闰章和宋琬与王士禛等并称"六大家",但二人年龄都较长,甲申事变时,施闰章已27岁,宋琬也已31岁。他们成名较早,在顺治朝已经颇有诗名,只不过后来二人际遇颠簸坎坷,仕途不顺,反落王士禛等之后。施闰章、宋琬都与王士禛交厚,王士禛对二人诗歌评价很高。

施闰章(1618—1683),字尚白,号愚山,安徽宣城人。他在甲申鼎革时,已经27岁,但依然是诸生。入清后,积极参加科举,累官至翰林院侍读。施闰章论诗重"言之有物",诗歌情感显豁,揭露与针砭,不隐不藏,追求典雅而古朴的创作风格。其3200多首诗中,相当一部分与社会现实有关,如《买舟避兵》《海民篇》《江上行》《牧童谣》等,但其诗中最为后人称道的是一些以妇女命运为主题的作品,如《仙霞岭见闽妇北行》仅六句,却把一个弱女子在战争动荡中身如飘萍、任人宰割的悲惨命运,准确生动地呈现出来。又如《老女行》对安徽休宁一带"用女奴樵汲,或终老不字"的敲骨吸髓、践踏人性的残暴行径进行了猛烈抨击,诗云:"老女发黄赤双脚,敝襦掩泪千行落。夙昔红颜不嫁人,今朝衰鬓将谁托?"这些诗歌揭露战争动乱给妇女带来的灾难,哀怜妇女命运之多舛和性别带来的沉重苦楚。总体来看,施闰章的诗歌中不乏反映民瘼的作品,但由于诗人秉持温柔敦厚的创作主旨,故而其诗大都温婉和平,这也与其神骨俱清、气息静穆的性情相契合。

宋琬(1614—1674),字玉叔,号荔裳,山东莱阳人。家世官宦,清兵入关,宋家阖门数十口遇难。甲申之变时,宋琬已经31岁。入清后,于顺治四年(1647)"应诏公车解褐衣",累官四川按察使。其诗以悲怆沉慨、情思激越、直陈胸臆、真气溢露见长,尤其古体诗歌多慷慨激宕之作,如《长歌寄怀姜如须》就痛陈家世,直抒胸中愤怒郁结与悲楚哀伤之情;《壬寅除夕作》则直陈当时司法黑暗,抒发受诬系狱后郁结在心中的哀痛和悲愤。宋琬还有一些绝句于清灵跌宕中别有风味,独具凄清悲悯之情,如《姬义卿、孙启人狱中小饮》云:"御苑垂杨欲作丝,新知生别不胜悲。他年华表归来后,应记燕山痛饮时。"

## 二、康熙、雍正年间诗人

康熙、雍正两朝近80年时间,是满清政权日趋稳固,盛世景象逐渐形成的过程,也是满清政权进行大规模文化整理,笼络人心,并借此进行文化钳制,塑造适合盛世景象诗歌创作的过程。

### (一)神韵说与王士禛

继顾炎武、黄宗羲等为代表的"乱世之音怨以怒"和以钱谦益等为代表的"亡国之音哀以思"之后登上清诗坛的是以"山水清音"著称的王士禛的神韵说。王士禛(1634—1711),字贻上,号阮亭,别号渔洋山人,山东新城人。顺治十二年(1655),会试中第,未参加殿试而归。顺治十四年(1657)秋,与丘石常、柳煮等在大明湖集会,赋《秋柳诗四首》。顺治十五年(1658),参加殿试,居二甲,赐进士出身,累官至礼部尚书。他编选《唐贤三昧集》作为神韵说的范型,倡导"羚羊挂角,无迹可求""不著一字,尽得风流"式创作,推崇清远神韵,追求"味外味"的诗歌意境。依据王士禛在《香祖笔记》中所赞赏的具有神韵的诗歌看,所谓神韵就是有景无人,闻声无形,尽量拉开诗歌与社会现实的距离,以一种淡化到朦胧的境界来表达情感。基于此,王士禛对以王维、孟浩然等为代表的盛唐诗歌中具有诗情画意风格的创作特别赞赏,其创作也以此为楷模,冲和淡远,风致清新,朦胧曲折,苦心经营而不露斧凿之痕,如奠定其诗坛地位的《秋柳诗四首》其一:"秋来何处最销魂?残照西风白下门。他日差池春燕影,只今憔悴晚烟痕。愁生陌上黄骢曲,梦远江南乌夜村。莫听临风三弄笛,玉关哀怨总难论。"不仅《秋柳诗四首》有此特点,王士祯其他诗歌作品,如《秦淮杂诗》《再过露筋祠》《真州绝句》《清流阁》等虽然情感不一,意象有别,手法有异,但含蓄清远,飘逸空灵,让读者自己去生成情感体验的特点基本一致,如《雨中度故关》云:"危栈飞流万仞山,戍楼遥指暮云间。西风忽送潇潇雨,满路槐花过故关。"诗中意象具体,却与现实社会隔开,有忧愁怀念但其情思内涵却很难指实。

神韵说的产生不是偶然,且王士祯倡导神韵说也有前期与后期之不同,总体考察,神韵说是皇权政治对诗歌创作制约和影响的必然结果,是统治者引导诗歌创作向"醇雅""清真"的过渡,也是特定时代与王士祯之间双向选择的必然现象。在王士祯的诗歌成就,特别是《秋柳诗四首》所造成的轰动效应以及皇权的扶持下,神韵说成为康熙、雍正诗坛的主宰,影响有清一代,体现神韵说的《唐贤三昧集》也成为清代唐诗选本中笺注最多的选本,并且形成神韵诗派。该派弟子众多,遍布朝野,主要成员为王门弟子,如吴雯、汪懋麟、陈奕禧、王苹等。

### (二)朱彝尊

朱彝尊(1629—1709),字锡鬯,号竹垞,浙江秀水人。他生长在一个没落的仕宦世家,明亡后,曾参加抗清活动。入清后,朱彝尊有近35年的时间游历南北各地,曾经在曹溶等人幕府做客,也就是自谓的"江湖载酒"的时期。他因为长期形成的声望,康熙十八年(1679)被荐举应博学鸿词科,授翰林院检讨,成为康熙文学侍从,也开始了其一生的重大转折期。

在康熙诗坛上,王士祯与朱彝尊并称"南朱北王",都属于开创清诗繁盛的引领者。朱彝尊论诗主唐音,反对宋诗,认为"诗言志",也应"诗缘情",反对生硬模仿古人诗歌,主张诗人只有博学,创作才能"醇雅"。作为沦落半生,直到51岁才以布衣参加博学鸿词科而得授翰林检讨,朱彝尊的诗歌内容丰富多彩,山水咏物、述志抒情、民生疾苦、民族矛盾、政治腐败等无所不包,如早年《晓入郡城》真切地表现了嘉兴屠城后荒凉肃杀的情景,"古道横边马,孤城闭水门。星含兵气动,月傍晓烟昏",读来令人有心悸欲逃之感。在前期诗歌中还有一些具有"诗史"意识的歌行,如《捉人行》《马草行》《北邙山行》等可以与当时抗清活动相映证,笔触沉痛激烈,感慨悲怆。其诗歌风格有前、中、晚三期之不同,但"雅训"的主调一直未变。这种"雅训"的诗歌风格既是朱彝尊追求以博学入诗的必然结果,也是政治高压之下噤若寒蝉的必然选择,如《斋中读书十二首》以《周易》《尚书》《论语》等为题,批判与正统相悖的学说,阐述自己的主张。

以朱彝尊为代表的"学人诗"与王士祯的神韵说在康熙中后期形成互补之势,体现了诗歌创作在皇权的要挟下,逐渐封闭真情实感,淡化反映社会现实的倾向,二者直接催生了沈德潜的格调派。在朱彝尊的影响下,以秀水为中心,形成了以朱门弟子为主的秀水诗派。后来,秀水诗派的影响力不断扩大,逐步蔓延到整个浙江,到乾隆年间,形成以厉鹗为中心的浙派。

### (三)赵执信、查慎行

赵执信(1662—1744),字伸符,号秋谷,山东益都人。康熙十八年(1679)进士,官至翰林院检讨,充《明史》纂修官。康熙二十八年(1689),年仅28岁的赵执信因佟皇后"国恤"期间宴饮且观看洪昇《长生殿》,被参劾"大不敬",革职削籍,从此荒废终身。赵执信为人极有傲骨,虽然与王士禛有亲戚关系,但在朝时不攀附。削籍后,则愤郁难平,激怀难抒,于是寄情于酒诗,以诗歌作为自己发泄悲慨心酸的主要工具。因此,他对笼罩当时诗坛的神韵说和王士禛的创作进行了激烈批评。其诗学理论主要集中在他的《谈龙录》中,主要论点有三,即"诗中须有人在";"文以意为主,以语言为役";"诗外尚有事在是也"。他主张诗歌应该写真纪实、反对虚情假意,无病呻吟,几乎都是针对神韵说而发。《饴山诗集》收录了赵执信大部分诗歌,其中反映社会矛盾、民生困苦,讥刺时弊黑暗的占居大多数,实现了自己"诗中有人"的理论主张,具有现实主义的精神,如《氓入城行》对官吏搜刮百姓的行径有生动描写,"银铛杻械从青盖,狼顾狐嗥怖杀人。鞭笞榜掠惨不止,老幼家家血相视";《吴民多》则以幽默口吻讽刺封建官吏征敛苛捐的丑恶嘴脸,"攫金搜粟恨民少,反唇投牒愁民多";其他如《纪蝗》《猛虎行》等都有此特点。他还有一些小诗,自然清新,情趣盎然,如《即目》:"烟外风翻数点鸦,板墙欹处夕阳斜。空庭客去闭门晚,零落一堆红豆花。"

查慎行(1650—1727),字悔余,号他山,浙江海宁人。康熙四十二年(1703)进士,官至翰林院编修。查氏大器晚成,直到52岁才入朝为官,成为康熙非常赏识的文学侍从。查慎行尊崇钱谦益,反对明七子与竟陵派,认为学诗不分唐、宋,应该唐、宋互参,强调学力对诗人的重要性,认为诗歌创作应该用苦心,不能苟且,倡导豪健的诗歌境界。由于取材广泛,且"乃欲以诗鸣不平",故而查慎行诗歌清新畅达,能在"浅语中含感慨深",往往有精妙之处,如《芜湖关》《白杨堤晚泊》《麻阳运船行》等以时事为题,铺写自己的感慨激愤;《饶阳道中作》以"我前冬日暖,我后北风狂。向背苟异宜,一身判阴阳"来表达自己离开京城之后的解脱感。查慎行老来得志,故而"阅历甚深",但其一生都是在夹缝中生存,特别是康熙末期,朝政诡谲,如履薄冰,在《闻江紫沧同年出狱》中,诗人以"忽传恩赦""病枕初疑"写尽世事难料的况味,诗人虽然以"累朝岂少文章祸,圣主终全侍从臣"解慰,然"岂少"与"终全"则使人生无奈的感受跃然而出。作为极具责任感和深受康熙赏识的文人,他具有强烈的忧患意识,在一些诗中的指斥下不避群僚,上不忌皇帝,如在《十七夜会城观灯》中对康熙南巡惊动地方、烦扰百姓、粉饰太平的行为不满。

## 第二节 清代中期诗歌

清中期以乾隆朝起,至1884年鸦片战争终,长达100年左右。在大兴文字狱、编撰《贰臣传》、修正博学鸿词科考试内容和引试帖诗入科举等一系列政治举措的引导下,以及一系列御选性质诗集选本的指导下,加之考据之学的再度兴盛,清中期诗歌嬗变表现出明显两极分化的趋势,重现明朝诗歌"信古"与"信心"对峙的发展轨迹。

## 第一章 清代诗歌

### 一、格调说、肌理说、性灵说

格调说、肌理说、性灵说是流行于乾嘉诗坛的三个主要诗学理论,共存了相当时间。格调说的领袖是沈德潜,受到乾隆的支持,是皇帝钦定的文坛盟主;肌理说的盟主是翁方纲,该派是大兴文字狱后,文人明哲保身的选择;在隐退之后,袁枚则倡导性灵说,其与格调、神韵、肌理针锋相对的意味明显。

较早用"格"与"调"来论述的是唐代王昌龄的《诗格》,后来皎然《诗式》中常用"其格高""其调逸"等语品评诗歌。宋代姜夔《白石道人诗说》又提出"意格欲高""句调欲清"的说法;严羽《沧浪诗话》把体制、格力、气象、兴趣、音节作为诗歌创作的五个重要因素。

沈德潜(1673—1769),字确士,号归愚,江苏长洲人。其虽67岁才中进士,但此后乾隆"稠叠加恩",5年间官至礼部侍郎,而且成为文坛盟主。沈氏提出格调说,是基于神韵说的不合时宜和浙派弃唐宗宋的偏颇,同时也针对日渐兴起的性灵诗派。从本质上看,沈德潜的诗论属于复古主义,他肯定前七子的诗歌理论,以汉儒诗教为本,重申诗歌创作应"发乎情,止乎礼",要求有益于统治秩序,合于"温柔敦厚"的传统诗教。不过,沈氏对于前七子理论有所发展,不再强调"诗必盛唐",而且吸收了神韵说的一些观点,把"温柔敦厚"与"含蓄蕴藉"结合,主张中正平和、委婉含蓄的情感抒写,反对发露之作,其编选《唐诗别裁集》,就摒弃杜甫"三吏""三别"等被后人誉为"诗史"的作品。作为乾隆的文学宠臣,沈德潜诗论具有明显地迎合清王朝统治思想和点缀康乾盛世的目的,即使如此,其诗中也有许多关心民生疾苦、揭露时弊的诗歌,如《凿冰行》和《后凿冰行》,对当时的贵族阶级盘剥压榨穷苦百姓的行为进行揭露,也给予这些为了活下来而毫不顾及身体的穷民高度的同情。《百一诗五首》其五写江南官吏渔利百姓之酷、赋税之重已经使得民不聊生,诗云:"供赋民力疲,况复增火耗。每两五六分,七八渐稍稍。近者加一余,官长任所好。捉轻兼捉青,官夺吏乃剽。"沈德潜还有一些小诗清新自然,不落俗套,如《过许州》:"到处陂塘决决流,垂杨百里罨平畴。行人便觉须眉绿,一路蝉声过许州。"

沈德潜早年就在家乡结诗社,休致后,又以格调说奖掖后学,指导其诗歌创作,弟子门生很多,"海内英隽之士皆出其门下",形成了清中后期影响昭彰的格调诗派,其成员有王鸣盛、吴泰来、王昶、赵文哲、钱大昕、曹仁虎、毕沅等。

翁方纲(1733—1818),字正三,号覃溪,北京大兴人,官至内阁学士。受朴学的影响,翁方纲对神韵说和格调说进行改造后创建了肌理说,他认为"诗必研诸肌理,而文必求实际",也就是以实救虚,而所谓"实"就是肌理,也就是义理与文理的结合,不过前者属于内容,后者属于形式。根据他在《粤东三子诗序》中"士生此日,宜博精经史考订,而后其诗大醇"的论述,则其心目中的好诗就是诗中有精深的考据文字,也就是以考据入诗,其根本就是突出读书、学问、研究方法在创作中的重要作用。从创作范型看,翁方纲唐、宋兼收,主张"诗宗韩、杜、苏、黄",但由于限于肌理说,其诗歌数量虽多,但大都"死气满纸"(《筱园诗话》),考据类学问充斥其中,缺乏诗歌独有的美质。他的一些小诗情韵流转,颇有灵机,如《晓》《宿村家二首》《淮上寄内》等。《韩庄闸二首》其二描写微山湖景色,清丽自然,富有情趣,诗云:"门外居然万里流,人家一带似维舟。山光湖气相吞吐,并作浓云拥渡头。"

虽然袁枚等对肌理说有所批驳,但其在清后期影响却很大,翁方纲的拥护者有广西巡抚谢启昆、内阁中书张埙、两江总督梁章钜、河南巡抚吴重憙、大学士阮元、嘉兴人张廷济、江阴人夏敬颜等。晚清以程恩泽为首的宋诗运动,在嘉庆年间风起云涌,其源头就是翁方纲的肌理说。

袁枚(1716—1797),字才子,号简斋,浙江钱塘人。袁枚与沈德潜不仅为"鸿博同年",而且同时落选,后来都中乾隆四年(1739)进士,并且被选为庶吉士,但此后二人命运轨迹却大相径庭,沈德潜迅速擢升,成为皇帝文学宠臣,而袁枚一直为官地方,且时间不长。袁枚性灵说的许多观点继承了明代公安派的理论,认为"性情之外本无诗"(《寄怀钱屿沙方伯予告归里》),把性情作为诗歌第一要素,且所谓的"性情"必须是诗人独特个性的体现,没有个性,诗歌也就丧失了真性情,而且尽可能把真性情用灵活的形式表达出来,因此,性灵说的核心就是"真"与"新"。基于此,袁枚对神韵说的清淡幽远、格调说的模拟复古、肌理说的考据学问、浙派的专宗宋诗都进行了批驳,甚至与沈德潜等反复辩难。袁枚以为格调说强调诗歌的教化功能,而忽视其审美功能;神韵只是情韵,不能作为诗歌唯一美质;肌理说以考据学问入诗,实际上是本末倒置;浙派专宗宋诗,则失去本真。虽然袁枚以性灵倡导诗学是为了矫正沈德潜格调说的偏颇,但其重视真情与灵机在诗歌创作中的作用,有力地冲击了当时诗坛沉闷气氛,对清诗的健康发展贡献巨大。其笔触相当广泛,反映现实、抒写亲情、咏物怀古、山川名胜、写志抒怀,大都不受传统思想束缚和格调限制,虽信手拈来,却清灵隽妙,具有情感奔放、视角新颖、笔调活泼、语言晓畅等特点。如《夜坐二首》其一:"夜坐西窗雨一斋,眼前物理苦难猜。烛光业已猛如火,偏有飞蛾阵阵来。"写飞蛾扑火,语言质朴,似平实曲,深刻却不艰涩。又如《马嵬四首》其二:"莫唱当年《长恨歌》,人间亦自有银河。石壕村里夫妻别,泪比长生殿上多。"叙事巧妙,平铺直叙中又耐人寻味,发人深思。袁枚喜欢说理,不过与传统的以理为诗不同,诗人语言风趣,亦庄亦谐,见解独特,平实中蕴含警策,如《咏钱六首》不矫情,对于"钱"的社会本质进行了阐述,提出了"解用何尝非俊物,不谈未必定清流"的金钱观,显示出其豁达理性的思想。

## 二、赵翼、张问陶、黄景仁、郑燮的诗歌创作

赵翼(1727—1814),字云崧,号瓯北,江苏常州人,官至贵西兵备道。袁枚、赵翼与蒋士铨并称为"乾隆三大家"。《瓯北诗话》集中了赵翼诗学理论,他认为"诗本性情,当以性情为主"(《瓯北诗话》),又说:"诗文随世运,无日不趋新"(《瓯北诗钞》);但同时又强调真性情与"趋新"必然以自然为标准。其诗歌思想新颖,见解精辟,能发人所未敢发。前期诗歌对于时弊和民生多有关注,创作了如《秤谷叹》《书所见》《忧汉》等揭露百姓在腐败官吏盘剥下痛不欲生的现实。后期诗歌消极避世,但想象力丰富,常从小事中悟出哲理,看出本质,如绝句《一蚊》:"六尺匡床障皂罗,偶留微罅失讥诃。一蚊便搅人终夕,宵小原来不在多。"最能体现其性灵思想的是《论诗五首》绝句类诗歌,提出了与时俱进的文学发展观,其一云:"满眼生机转化钧,天工人巧日争新。预支

五百年新意,到了千年又觉陈。"其二云:"李杜诗篇万口传,至今已觉不新鲜。江山代有才人出,各领风骚五百年。"

张问陶(1764—1814),字仲冶,号船山,四川遂宁人,官至山东莱州知府。赵翼与张问陶都是性灵诗学的信奉者,都反对格调说与肌理说,强调诗歌创作的新与变,不过张问陶认为诗歌不仅要求新、求变,还要讲究学识与才力,因此袁枚诗中因过度追求真性情而以游戏为诗的情趣,在张问陶诗中已消失,诗歌心态基本恢复传统的叹老嗟卑、流连风月、伤时指斥等主题。其代表作是35岁时所作的《戊午二月九日出栈,宿宝鸡县,题壁十八首》,诗中对当时战乱的原因、百姓的苦楚、官员的失职等都有客观公正的阐述。对于"群盗如毛久未平""豺虎纵横随地有"的社会现状,张问陶在《丁巳九月褒斜道中即事》认为官逼民反,"吁嗟杜陵语,盗贼本王臣""寇速唯焚掠,师劳只送迎",真正残害百姓,酿成祸端的就是那些"大帅""王臣"。张问陶有《论文八首》和《论诗十二绝句》,这两组诗较为系统地阐述了自己的诗学主张,《论诗十二绝句》其八云:"子规声与鹧鸪声,好鸟鸣春尚有情。何苦颠顶书数语,不加笺注不分明。"反对翁方纲的肌理说,认为"天籁自鸣天趣足,好诗不过近人情"①。

黄景仁(1749—1783),字仲则,号鹿菲子,江苏武进人。其生逢盛世,虽"高才"却"无贵仕",一生潦倒,穷病交加,堪称"只有伤心胜古人"。在其不足35岁的生涯中,创作了许多"如猿嗷夜雁嗥晨"般写心诗篇,这些被后人誉为"诗人之诗"的诗,以真情擅场,思绪绵密,骋情深微,撼人心弦,或抒人生不平,或写世道险恶,或描人性浇薄,或叹身世凄凉,但其中总渗透着对盛世的疑惑、怅惘、怨愤、游离之情,如为世人称道的《悲来行》激烈抨击社会的浑浊,"我闻墨子泣练丝,为其可黄可以黑。又闻杨朱泣歧路,为其可南可以北",寥寥数语把诗人心中的悲愤、痛楚与无奈淋漓尽致地表达出来,最后他只能在梦幻中麻醉自己,"悲来举目皆行尸,安得古人相抱持"。类似的作品还有《何事不可为二章咏史》《圈虎行》等。即使写景咏物之诗,也"无处无我旧吟魂",如《笥河先生偕宴太白楼醉中作歌》,通篇以情驭景,融情、景、理为一体,达到我物化一的境界,诗云:"青山对面客起舞,彼此青莲一抔土。若论七尺归蓬蒿,此楼作客山是主。若论醉月来江滨,此楼作主山作宾。"

郑燮(1693—1765),字克柔,号板桥,江苏兴化人,官至潍县知县,能书善画,为"扬州八怪"之一。其思想狂怪,但尚未如袁枚那般离经叛道,故其诗歌个性十足,却也平易近人,虽不深邃,却也独具神韵,曾云:"吾文若传,便是清诗清文;若不传,将并不能为清诗清文也,何必侈言前古哉!"(《板桥家书》)如七绝《小廊》:"小廊茶熟已无烟,折取寒花瘦可怜。寂寂柴门秋水阔,乱鸦揉碎夕阳天。"诗虽短小,却匠心独运,用蒙太奇手法,通过强烈的对比,融优美与壮美于一体,形成一幅重彩的田园山水美图。

---

① 张问陶.船山诗草[M].四川:巴蜀书社,2010:350.

# 第三节 龚自珍的诗歌

## 一、龚自珍的时代及其生平思想

1840年鸦片战争以后,中国封建社会急剧瓦解,逐渐进入半封建半殖民地的时期。国家丧权辱国,外患不断,殖民者变本加厉,民族危机日趋严重,内部矛盾重重,难以化解,清王朝风雨飘摇,日薄西山。在被强行打开国门之后,西方文化与思想随着坚船利炮一起输入中国社会,不仅引起中国知识分子的新奇,也使他们陷入震惊之中。龚自珍就成长在这个狂飙突进的衰世中。

龚自珍(1792—1841),字璱人,号定庵,浙江仁和人。道光九年(1829)考取进士,官至礼部主事。道光十九年(1839)辞官南归,两年后病逝。所作诗文,后人编为《龚自珍全集》。龚自珍是嘉道时期经世致用思潮的代表人物之一,杰出的思想家、学问家、文学家与诗人,与魏源并称"龚魏"。魏源评价龚:"于经通《公羊春秋》,于史长西北舆地。其文以六书小学为入门,以周秦诸子、吉金乐石为崖郭,以朝章国故、世情民隐为质干。晚尤好西方之书,自谓造深微云。"(《定庵文录叙》)

受外祖父段玉裁和母亲的影响,龚自珍的思想明显受到明中叶以来伸张个性思潮的影响,具有鲜明的个性解放倾向,曾明确地说:"群言之名我也无算数,非圣人所名;圣何名?名之以不名。群言之名物也无算数,非圣人所名;圣何名?名之曰'我'。"(《壬癸之际胎观第九》)这其实也就是强调个人的权利、自由和尊严。也正因此,他对必然要损害个人权利、限制个人自由、无视个人尊严的"大公无私"之类的观念深恶痛绝,其《论私》甚至说:"今曰'大公无私',则人耶,则禽耶?"在他看来,所谓"大公无私"是一种反人性的东西,郁达夫在说到五四新文化运动的功绩时,首先标举"自我的发见",龚自珍的这种思想在大方向上正是与"自我的发见"相一致的,同时,与"文学革命"者以个人为本位的人性解放的要求也可相通。然而,他所置身于其中的现实却正是对于以"我"为主宰的"众人"给予最残酷的摧残的时代,也就是鲁迅所谓的"愚民的专制"的时代。正因如此,龚自珍强烈要求改革:"一祖之法无不敝,千夫之议无不靡,与其赠来者以劲改革,孰若自改革?"(《乙丙之际箸议第七》)

龚自珍自尊自信,傲岸不羁,颇似李白,而又多一层"横霸"之气。他平视一切,常常几乎是站在与现实统治对等的立场上指手画脚。这自然不为当时社会所容,被视为狂怪。吴中名儒王芑孙劝诫他不要做"怪魁",然而正是这远远超出庸俗士大夫之上而不容于封建之世的"怪魁",显示出了龚自珍的真实面貌与价值。

## 二、龚自珍的诗歌创作及其在诗歌史上的地位

龚自珍是首开近代新诗风的杰出诗人,存诗600多首,主要是30岁以后的作品。他的诗与散文一样,紧紧围绕现实政治这个中心,或批判,或抒慨,富有现实主义精神。其

诗大致可分为两类：一类是写自己与现实环境的冲突，一类是写恋情。前者表达诗人对环境的强烈否定，有一种"孤而足恃"的精神。其表现方式或为直叙其事，或用象征手法，乃至托诸咏史，如在《十月廿夜大风，不寐，起而书怀》等诗中，诗人就直陈与环境的严重对立，以及处在这种高压专制环境里所感受到的无限悲愤与痛苦，在此情形下，也只有远在家乡的母亲与妻子的亲情才让他得到了些许的安慰。诗人在《咏史》中对当时文人的生存状态进行了生动描摹，诗云："牢盆狎客操全算，团扇才人踞上游。避席畏闻文字狱，著书都为稻粱谋。"高压专制的社会环境把人们变成浑浑噩噩的庸才，全无生气，所以，作者呼唤风雷飙发，人才蔚起，以强力的变革使社会重获生机，"九州生气恃风雷，万马齐喑究可哀。我劝天公重抖擞，不拘一格降人才"（《己亥杂诗》其一百二十五首）。

后人称龚自珍的诗为诗人之诗，其兼收唐、宋之长，形成了自己想象奇特、文辞瑰玮的诗歌风貌，近唐而不流于兴象空浮，近宋而不流于枯瘠乏象。诗中意象多为象征隐喻，如作者常用的"剑"意象代表功业报国的壮怀，"箫"意象代表忧国伤时的情思。龚自珍的爱情诗在对女方的感激、尊重、崇敬的基础上，真实地表现自己在恋爱中的狂热、别离时的悲哀，以及恋爱所给予他的温暖、幸福。诗人真诚自然，毫不忌讳，不怕有失身份，而且诗人善于通过一些奇崛的意象来寄托情感，如《十月廿夜大风，不寐，起而书怀》的末尾，以灯焰欲死、狸奴瑟缩的凄厉与"风酥雨腻江南春"相对比，表现了自己的内心冲突。

## 第四节　清代后期诗歌

从 1840 年鸦片战争到 1919 年五四运动，一般把这 80 年的文学称为清代后期文学，或称晚清文学，又称近代文学。大体来说，又以 1894 年甲午战争为界，把清后期文学分为前期和后期。近代清诗在前期变异较小，神韵、格调、肌理、浙派、性灵等并行，后期则在社会现实的刺激和西学东渐的影响下，狂飙突进，虽然旧诗学依然顽固，但出现了许多具有革命性的变化。

### 一、魏源、姚燮及宋诗运动

魏源（1794—1857），字默深，湖南邵阳人，官至高邮知州。由于生逢内忧外患严重、国势艰危之时，其学术思想以致用为本，诗歌创作虽不细致但"雄浩奔轶"，林昌彝《射鹰楼诗话》评其诗"虽粗服乱头，不加修饰，而气韵天然，非时髦所能蹑步也"。鸦片战争之后，面对征服者的野蛮与残暴、清王朝的无能与腐败、百姓的哭泣与耻辱，传统的"雅训""清真""发乎情，止乎礼"的诗教传统已经约束了诗人创作，因此，魏源心中激烈的爱国情感与热切的忧患意识与传统的抒写形式上存在不和谐感，修辞和用典不能与情感完美统一，这是诗人在特定历史阶段不得已的苦衷，如《都中吟》讥刺时政，意义重大，但面对狂飙突进的社会发展，古典诗歌的措辞造句与新形势下所生发的情意之间不尽契合，因此读来不免有不舒服感。相比抨击时政的作品，其吟咏山水的诗歌就显得得心应手，自然圆润，寄托深远，如《华山诗》："金秋严肃气，凛然不可容。一石一草木，尚压千万峰。"

诗写华山的奇崛,实则以山喻人,表达自己耿介特立之气。其他山水诗,如《金焦行》《普陀观潮行》《钱塘观潮行》等,大都描写生动,景色壮观,融景、情、理为一炉。

姚燮(1805—1864),字梅伯,号复庄,浙江镇海人,道光十四年(1834)举人。姚燮诗、词、曲、骈文、绘画俱佳,曾评点《红楼梦》,其诗歌被谭献称为"浙东一巨手",曾是浙东诗群领袖,主持"枕湖诗社""红犀馆诗社"。姚燮诗歌气势深沉,雄浑凝重,流转圆润,今存3500多首,数量众多,内容丰富而复杂,既有关注民生疾苦的,也有数量不少的山水诗,但其诗歌中有关第一次鸦片战争的诗歌最为珍贵,堪称"诗史",如《客有述三总兵定海殉难事,哀之以诗》《诸将五章》等歌颂抗敌英雄,《捉夫谣》《后倪村》等揭露侵略者奴役百姓,抢劫勒索的罪行,诗云:"城鬼捉夫如捉囚,手裂大布蒙夫头。银铛锁禁钉室幽……当官当夫给钱粟,鬼来捉夫要钱赎。朝出担水三千斤,暮缚囚床一杯粥。夫家无钱来赎夫,囚门顿首号妻孥。"

宋诗运动是道咸诗坛上学宋派的总称,又称宋诗派。宋诗运动的出现是对明七子"诗必盛唐"、王士禛的神韵说、沈德潜的格调说等宗唐风气的反拨。所谓宋诗运动并不是专门学宋,只是作为口号以示其是作为专事模拟盛唐的反对派而出现的,他们大体上以杜、韩、苏、黄为圭臬,重点是学习黄庭坚。后来的"同光体"便是在宋诗运动的影响下发展衍变而产生的诗歌流派。宋诗运动的领袖是程恩泽、祁寯藻、曾国藩,其著名诗人还有何绍基、郑珍、莫友芝等,对宋诗运动推动作用最大的人当属曾国藩。该派诗歌理论主要为两点:其一,主张诗歌应"不俗";其二,倡导学人之诗与诗人之诗结合。

## 二、康有为、梁启超、谭嗣同、秋瑾等诗歌

康有为(1858—1927),字广厦,号长素,广东南海人,是中国维新时期著名的思想家和政治活动家,也是晚清著名诗人。其诗按其百日维新后活动轨迹可以分为国内诗与海外诗。国内诗主要表现出诗人渴望济世的热情和对阻碍变法的顽固派的深恶痛绝,如《苦蚊行》把守旧大臣和顽固派比作嗡嗡乱叫的蚊子,诗人要放一把火,熏死这些散布"祖宗之法不能变"的拦路虎;《出都留别诸公》痛斥腐朽权贵为妖魔鬼怪,"沧海惊波百怪横,唐衢痛苦万人惊。高峰突出诸山妒,上帝无言百鬼狞";《闻邓铁香鸿胪安南画界撤还却寄》对清王朝屈膝投降的行径异常愤慨,"山河尺寸堪伤痛,鳞介冠裳孰少多?"在变法失败后,康有为长期游历世界诸国,创作了大量描写异国风光,记述海外见闻,展现异域风情,介绍科学发展和西方艺术成就的诗篇,这些诗歌拓展了中国传统诗歌的题材范围,同时又介绍了西方政治、经济、文化、历史、地理、科技等发展情况,为国人了解海外世界开了一扇特殊窗口,如《泛挪威寻北冰海,纵观山水,维舟七日,极海山之大观》写挪威自然风光,"迤逦五千里,岛屿亿兆京。岛颠皆带雪,岛脚皆插冰";《游苏格兰京噎颠堡见创汽机者华忒像感颂神功不可忘也》礼赞蒸汽机的发明者瓦特,"汽船铁轨自飞驰,缩地空天难推测。万千制造师用之,卷翻天地先创极"。

梁启超(1873—1929),字卓如,广东新会人,是康有为的学生,曾经追随其参加维新变法。其不仅是政治活动家、思想家、学者、文学家,更是近代文学革新运动的理论家,先后发起"诗界革命""文界革命""小说界革命"和"戏剧改良",并撰写大量文学理论文章。

梁启超的文学成就最高的应该是新体散文,不以诗名世,但其倡导"诗界革命",自然对诗歌创作有心得,他认为诗应该"陶写吾心",是心灵颤动的声音,是富有个性化的抒写。其诗歌充满爱国主义精神,热情奔放,格调恢宏,语言壮丽,带有鲜明"新派诗"的色彩,如《自励二首》表现了诗人为变法图强的献身精神,"献身甘作万矢的,著论求为百世师。誓起民权移旧俗,更研哲理牖新知";长篇《二十世纪太平洋歌》的诗句长短不一,并杂有外国词语,"西伯利亚兮,铁路卒业;巴拿马峡兮,运河通航……满船沉睡我彷徨,浊酒一斗神飞扬,渔阳三叠魂惨伤,欲语不语怀故乡。纬度东指天尽处,一线微红出扶桑"。

谭嗣同(1865—1898),字复生,号壮飞,湖南浏阳人,是近代杰出的思想家,同时又是一位"以血荐轩"的烈士。谭嗣同生性非凡,胸怀高远,其诗歌不论是抒情述志,还是纪游写景,常流露出昂扬进取的精神和慷慨报国的志向。早年的苦学,加之才华横溢,使其诗歌风格恢阔豪迈、刚健遒劲、想象瑰丽,带有浓郁的浪漫主义气息,如《河梁吟》:"抚剑起巡酒,悲歌慨以慷。束发远行游,转战在四方。"《有感一章》是谭嗣同爱国情怀的集中体现,情感真恳,血脉沸腾,心绪激荡,表达了甲午战争失败之后国人的震惊与迷茫,"世间无物抵春愁,合向苍冥一哭休。四万万人齐下泪,天涯何处是神州"。他的其他代表作《述怀诗》《秦岭》《陇山》《狱中题壁》都具这种特色。

秋瑾(1875—1907),字璇卿,别署鉴湖女侠,浙江江阴人,是近代杰出的女革命家和女诗人。其诗歌以1904年东渡日本为界分为前后两期。前期诗歌多写少女待字闺中的情感,吟风弄月、歌花唱草、离情别绪,表达自己对高尚情操的向往,如咏《梅》十章,赞颂梅花"冰姿不怕雪霜侵,羞傍琼楼傍古岑。标格原因独立好,肯教富贵负初心"的崇雅风神;《惜鸾》表达自己虽然心怀高洁,却难觅知音的苦闷,"槛鸾谁解怜文彩,长自临风惜羽翰"。东渡日本后,秋瑾的人生观、世界观等发生转折,其卓越的才华在接触到革命思想后焕发出新的生命。关心祖国危亡,抒发爱国情感,表达顽强斗志是秋瑾后期诗歌的主要内容,这些诗歌弥漫着浓厚的忧患意识,如《杞人忧》:"幽燕烽火几时收,闻道中洋战未休。漆室空怀忧国恨,难将巾帼易兜鍪。"目睹庚子事变给国家带来的残害,秋瑾激愤难平,然迫于女子身份,有心报国却无路可走。

秋瑾虽为女性,但其诗歌却具有男儿气概,诗风刚健遒劲,雄浑奔放,直抒胸臆,情感激进,具有阳刚美,同时又想象丰富,善于用夸张手法描写形象,表达情感,具有浪漫主义气息,代表作《秋风曲》《对酒》等都有这些特色。

## 三、黄遵宪与"诗界革命"

"诗界革命"是在晚清一系列对外战争失败后,资产阶级知识分子为了救亡图存,妄想以诗歌作为拯救世道人心的工具而提出的诗学思想。"诗界革命"一词据说由夏曾佑、谭嗣同首先提出,梁启超对诗界革命的内容进行了界定,认为诗的革命应该是"能以旧风格含新意境",反对"喜挦扯新名词以表自异"的诗歌创作方式(《饮冰室诗话》)。"诗界革命"就是提倡创作"新学之诗""新派诗",所谓新不仅表现在形式上,更重要的是体现出具有西方色彩的民主意识。因此,"诗界革命"要反对的是一切具有封建意识的东西即"旧学",而并非完全抛弃古典诗歌形式和意境。

黄遵宪(1848—1905)，字公度，广东嘉应人，是近代资本主义维新时期最杰出的诗人。"诗界革命"虽由梁启超发起，但真正反映出诗界革命并获得成功的则是黄遵宪，因此黄氏被誉为"诗界革命"的旗手，梁启超把他推为"近世诗界三杰"之一。由于曾以外交家身份先后游历过日本、英国、美国、新加坡等地，对西方文明有深刻的观察和了解，故而提出"中国必变从西法"等颇具西化的思想，归结起来，其思想主要有两点：第一，对儒学救国持怀疑态度；第二，主张中国应"大开门户，容纳新学"，对西方文化抱有热情。其诗论以"诗之外有事，诗之中有人"为基点，认为诗歌须反映现实生活，并且对诗体要进行革新。在黄遵宪千余首诗歌中，有许多表现爱国思想、控诉清王朝腐败无能的作品，如《哀旅顺》感慨旅顺防守坚固，"谓海可填山易撼，万鬼聚谋无此胆"，但最后依然"一朝瓦解成劫灰，闻道敌军蹈背来"；《台湾行》描绘百姓宁死不屈，抗击侵略者，"亡秦者谁三户楚，何况闽粤百万户。成败利钝非所睹，人人效死誓死拒，万众一心谁敢侮？"其中最为人所关注的是一些带有鲜明近代色彩的诗作，其内容或以轮船、火车、电报、照相等西方科学新成就为题材，抒写离情别绪，别开生面，或描摹异域风光、民俗人情，展示异国情调，这些诗歌也是其提倡的"新派诗"的主体，如《日本杂事诗》写救火车的迅捷，"照海红光烛四围，弥天白雨挟龙飞。才惊警枕钟声到，已报驰车救火归"；另一首写照相的神奇，"镜影娉婷玉有痕，竟将灵药摄离魂。真真唤遍何曾应，翻怪桃花笑不言"。

## 四、同光体诗人、苏曼殊

"同光体"是晚清诗坛上重要的诗歌流派，是指同治、光绪以来诗人不专宗盛唐的一派诗人。"同光体"一名来自该诗派理论家陈衍《沈乙庵诗序》中"同光体者，苏堪与余戏称同、光以来诗人不墨守盛唐者"的论述，其宗旨是以宗宋为主而溯源杜甫、韩愈，是肌理诗派、浙派、宋诗运动三者结合发展的结果，追根溯源为钱谦益肇开其始。"同光体"诗歌有三个鲜明特点：其一是信古风气浓重；其二是语言晦涩难懂；其三是字句新巧。"同光体"诗人又可以区别为浙派、闽派、赣派，代表诗人有陈三立、沈曾植、郑孝胥、林旭、陈宝琛、袁昶、陈衍等，陈衍的《石遗室诗话》是该派理论之集大成者。由于该派诗人多为满清官僚，思想又趋保守，加之多学人之诗，故受到时人与后人的许多批评。

苏曼殊(1884—1918)，字子谷，原籍广东香山，生于日本，其母系日本人。在南社成员中，苏曼殊才华出众，兼诗人、小说家、翻译家、画家为一身，并精通日文、法文、英文和梵文，人称"奇才"，其中成就最高、影响最大的还是他的诗歌创作。其诗情感丰富细腻、真挚自然、圆润清丽、空灵优美，富有浪漫主义美质。他曾出家为僧，以诗僧名世，但大部分诗歌却饱含忧国忧民之泪和壮志难酬之愤，如《以诗并画留别汤国顿》："蹈海鲁连不帝秦，茫茫烟水著浮身。国民孤愤英雄泪，洒上鲛绡赠故人。"爱情诗在苏曼殊诗作中占有较大比重，是其诗歌中最为精彩的部分，也最为世人所赞叹，诗人特别善于用禅心来化解爱情中的温馨、彷徨和痛苦，如组诗《本事诗十首》就是如此，读来大都缠绵悱恻，哀婉凄绝，感人泪下，其八云："碧玉莫愁身世贱，同乡仙子独销魂。裟裟点点疑樱瓣，半是脂痕半泪痕。"又如《寄调筝人三首》其一："禅心一任蛾眉妒，佛说原来怨是亲。雨笠烟蓑归去也，与人无爱亦无嗔。"

> **作品学习**

1. 顾炎武《雨中至华下宿王山史家》
2. 吴伟业《圆圆曲》
3. 王士禛《秋柳诗四首》(其一)
4. 袁枚《马嵬四首》(其四)
5. 黄景仁《山馆夜作三首》(其三)
6. 龚自珍《梦中作四截句十月十三夜也四首》(其二)

### 《雨中至华下宿王山史家》鉴赏

这首诗是顾炎武康熙十六年(1677)九月到陕西王弘撰家做客时所作。因为诗人在康熙十四年(1675)曾来过此地,故有"重寻"一说。顾炎武怀反清复明之志奔走四方,为清廷所忌恨,世人也多有回避,以"重寻"名此次作客,既说明与主人友情之深,也婉转说明王弘撰与自己是同道中人。"冲泥"点明在雨中。颔联紧扣"雨",渲染旧日秦地同道中人零落和兵祸不断的现实,雨既是实景,也是虚景。颈联则境界一转,描写王弘撰家具有丰收气象的秋景。尾联虽以"自笑"垂老,独骑瘦马作结,但其中分明蕴藏着"烈士暮年,壮心不已"的气概。这首诗沉郁顿挫却不乏清新,悲壮磅礴中交错着强烈的乐观情绪。

### 《圆圆曲》鉴赏

《圆圆曲》作于顺治八年(1651),是吴伟业梅村体的代表作之一。全诗通过吴三桂与陈圆圆之间悲欢离合的曲折过程,反映了明末清初社会的重大变革,委婉地表达了诗人的故国之思和兴亡之感。该诗极具创新,叙事一改古代叙事诗单线平铺的格局,采用双线交叉,以吴三桂冲冠一怒为主线,以陈圆圆命运起伏为副线,通过倒叙、夹叙、追叙等方法,将当时政治、军事等事件串联起来,开阖自如,曲折有致,表现出诗人高超的构思能力,同时语言瑰丽多彩,却不失晓畅流利,极富音乐美。

### 《秋柳诗四首》(其一)鉴赏

此诗作于顺治十四年(1657),是王士禛的成名作,也是体现其神韵说的代表作之一。当时王士禛与一众名士在大明湖会饮,偶见亭下柳枝拂水,怅然有感,遂赋《秋柳诗四首》。这首诗借咏物以托史事,却朦胧摇曳不能质实。伤秋本就是文人诗文中经常选择的主题,诗中一系列颇具伤感色彩的意象也是诗歌常用的,但由于"白下""江南"都与南京有密切关系,故虽意象迷离,但人们总喜欢把诗中浓重的感伤情调与故国之悲联系起来。

### 《马嵬四首》(其四)鉴赏

诗人巧用白居易《长恨歌》与杜甫《石壕吏》作比,以前者为铺垫,说明二人所谓的爱情给广大百姓造成的伤害,表达了李隆基与杨玉环的生离死别并不值得同情,只有普通百姓的情感才是真挚的,体现了民本思想。全诗借古喻今,运用对比,新颖巧妙。

## 《山馆夜作三首》(其三)鉴赏

此诗是黄景仁游杭州时于吴山所写。诗人寄宿吴山之上,面对茫茫夜空,心神摇曳,忽发奇想,当窗燃烛以观"鱼龙唊影"的诡异景象,因为鱼龙远在江中,所以要高举蜡烛。全诗借景抒情,以鱼龙比拟钱塘江潮,想象奇特,一幅黑夜独自举烛,遥观江潮图跃然而出。此诗虽短短四句,却把诗人寒苦心境挥洒欲尽。

## 《梦中作四截句十月十三夜也四首》(其二)鉴赏

诗虽以"梦中作"为题,但实际上是借梦来抒写情怀。首二句感叹岁月如梭,自己已经两鬓花白,但"童心"却依然旺盛。末二句化用李贺与王采薇的诗句,以叱起"帝底月"比拟唤醒沉睡、麻木的国人,以"花怒于潮"比喻觉醒者之众。至此,诗人所谓"童心"的内涵昭然于世。全诗意象瑰丽奇特,情感雄浑奔放,气势磅礴喷涌。

### 延伸阅读

**1. 原典阅读**

(1) 阅读《明遗民诗》(卓尔堪选辑,中华书局,1961年版),了解遗民诗创作情况,体味他们的心路历程,分析他们诗歌中意象的特色。

(2) 阅读《清诗纪事初编》(邓之诚编,上海古籍出版社,1984年版),重点阅读名家诗作,体会其风格特征,并通过诗纪事这种选本形式,了解清诗发展流变。

(3) 阅读《清诗纪事》(钱仲联编,江苏古籍出版社,1989年版),阅读所选诗歌,具体分析清诗各流派诗歌创作特征,并对照作品验证他们的理论实践情况。

(4) 阅读《两当轩集》(黄景仁著,李国章标点,上海古籍出版社,1983年版),鉴赏黄景仁诗歌,体味其身处盛世,诗境却哀苦凄凉的意义,并注重体会其深情绵密的语言风格。

**2. 研究文献阅读**

(1) 阅读《清诗史》(严迪昌著,浙江古籍出版社,2002年版),归纳清诗发展流变情况,总结各流派在文学史上的地位。

(2) 阅读《清诗流派史》(刘世南著,人民文学出版社,2012年版),掌握清诗各流派形成缘由、各流派组成情况及代表人物的创作和理论内容。

### 拓展训练

1. 严迪昌在《清诗史》中说:"总之,后人不必因钱谦益曾率先签表降清而抹杀其心迹的复杂性以至有自赎之意,但绝不能以此滥加引伸,甚而断言'牧斋志行,亦何可非议?''降清乃不得已,欲有所为也!'并横斥持异议者为'妄人'。那样论史,焉有知人论世可语!"结合阅读文学史和三家别集,试说明钱谦益、吴伟业、龚鼎孳并称"江左三大家"的原因。

2. 王士禛在《香祖笔记》中说:"唐人五言绝句,往往入禅,有得意忘言之妙。与净名默然,达摩得髓,同一关捩。观王、裴《辋川集》及祖咏《终南残雪》诗,虽钝根初机,亦能顿悟。程石臞有绝句云:'朝过青山头,暮歇青山曲。青山不见人,猿声听相续。'予每叹绝,以为天然不可凑泊。予少时在扬州亦有数作,如'微雨过青山,漠漠寒烟织。不见秣陵城,坐爱秋江色。'(《青山》)'萧条秋雨夕,苍茫楚江晦。时见一舟行,濛濛水云外。'(《江上》)'雨后明月来,照见下山路。人语隔溪烟,借问停舟处。'(《惠山下邹流绮过访》)'山堂振法鼓,江月挂寒树。遥送江南人,鸡鸣峭帆去。'(《焦山晓起送程昆仑还京》)又在京师有诗云:'凌晨出西郭,招提过微雨。日出不逢人,满院风铃语。'(《早至天宁寺》)皆一时伫兴之言,知味外味者当自得之。"结合阅读《唐贤三昧集》,说说王士禛神韵说的具体主张是什么? 结合创作实践总结王士禛诗歌创作特征。

3. 沈德潜在《说诗晬语》中说:"诗之为道,可以理性情,善伦物,感鬼神,设教邦国,应对诸侯,用如此其重也。"结合阅读沈德潜编选的诗歌选本,总结格调说的主张,并结合当时社会评析之。

4. 严迪昌在《清诗史》中认为黄景仁"这是一个在'天才'的赞誉中被曲解了的诗人。这个如同横渡夜天、倏忽流逝的彗星般的早熟英才,其实乃是一个为封建末世鸣奏哀曲的卓特歌手"。结合严迪昌论述,分析黄景仁诗歌的认识价值。

5. 梁启超在《论中国学术思想变迁之大势》中说:"语近世思想自由之向导,必数定庵。吾见并世诸贤,其能为现今思想界放光明者,彼最初率崇拜定庵。当其始读《定庵集》,其脑识未有不受其刺激者也。"结合本章学习,试谈谈龚自珍对于晚清诗歌创作的开拓之功。

# 第二章 清代散文

> 文学史

　　清代散文的嬗变轨迹明显受政治影响。康熙中叶以前,文网宽松,散文创作百舸争流,丰富多彩。康熙中叶以后,文字狱屡兴,钳制强化,文人秉笔忌讳甚多,以义理、考据、学问为主的桐城派散文正合时宜,故此后100年时间,桐城派独大,直到晚清,受社会现实和文学发展的刺激,情况才有所转变。

## 第一节 清代前期散文

　　清代前期散文主要有三类,分别是以顾炎武等为代表的学人之文、以清初散文三大家为代表的文人之文和以方苞为代表的桐城派散文。

### 一、顾炎武、王夫之、黄宗羲

　　顾炎武(1613—1682),字忠清,号亭林,江苏昆山人。史称顾炎武为学"大抵主于敛华就实,凡国家典制、郡邑掌故、天文仪象、河漕兵农之属,莫不穷源究委,考证得失"(《清史稿》)。纵观顾炎武一生,胸怀高远的政治志向,以"扶世立教"为目标,从不以文人自居,故而其文章注重社会功能,对美学特征则不甚留意,但由于其深厚的文学修养,其文章却自有特点。其散文最为称道的是以《郡县论》《生员论》《与友人论学书》等为代表的政论文和以《复庵记》《吴同初行状》《书潘吴二子事》等为代表的记人叙事的历史散文。前者大都从先秦儒家典籍立论,阐述经世致用的问题,揭露腐儒空谈误国的本质。后者则主要记载明末风云动荡中一些抗清英雄的事迹,由于这些人与事大都是作者亲身经历的,故而写来慷慨悲切、生动细腻、令人伤怀。《吴同初行状》既是纪念友人之文,也是赞颂抗清勇士之歌,文云:"五月之朔,四人者持觞至余舍,为母寿。退而饮,至夜半,抵掌而谈,乐甚。旦日别去。余遂出赴杨公之辟。未旬日,而北兵渡江,余从军于苏。归,而昆山起义兵,归生与焉。寻亦竟得脱,而吴生死矣。余母亦不食卒。其九月,余始过吴生之居而问焉,则其母方茕茕独坐,告余曰:'吴氏五世单传,未亡人惟一子一女,女被俘,子死矣。有孙二岁,亦死矣。'余既痛吴生之交,又念四人者持觞以寿吾母,而吾今以衰绖见吴生之母于悲哀其子之时,于是不知涕泪之横集也。生名其沆,字同初,嘉定县学生员。世本儒家,生尤凤慧。下笔数千言,试辄第一。风流自喜,其天性也。每言及君父之际,及交友然诺,则断然不渝。北京之变,作大行皇帝、大行皇后二《谏》,见称于时。与余三人,每一文出,更相写录。北兵至后,遗余书及纪事一篇,又从余叔处得诗二首,皆激烈悲切,有古人之遗风。然后知闺情诸作,其寄兴之文,而生之可重者,不在此也。生居昆山,当抗敌时,守城不屈以死。死者四万人,莫知尸处。以生平日忧国不忘君,义形于文者若此,其死岂顾问哉?"在抗清的"死者四万人"中,吴其沆之死固然悲伤,但更可悲的是其一子一女一孙,两死一俘,仅存慈母无人赡养,这不禁让作者"涕泪之横集"。

王夫之(1619—1692),字而农,号薑斋,湖南衡州人。其著作很多,对《易》《诗经》《尚书》《礼记》《春秋》等都有注解、评述,其中有许多富有哲理性的阐述,后人对其中的哲学思想多有研究。王夫之最为后人称道的是他的一些政论与史论结合的文章,这些散文凭借史事立论,角度新颖,往往能发前人所未发之观点,而且能引古证今,旁敲侧击,评述现实,如《读通鉴论》和《宋论》等就属此类。《读通鉴论》卷一七针对"江陵陷,元帝焚古今图书"一事阐发自己的见解:"江陵陷,元帝焚古今图书十四万卷。或问之,答曰:'读书万卷,犹有今日,故焚之!'未有不恶其不悔不仁而归咎于读书者,曰:'书何负于帝哉?'此非知读书者之言也。帝之自取灭亡,非读书之故,而抑未尝非读书之故也。取帝之所撰著而观之,搜索骈丽,攒集影迹,以夸博记者,非破万卷而不能。于其时也,君父悬命于逆贼,宗社垂丝于割裂;而晨览夕披,疲役于此,义不能振,机不能乘,则与六博、投琼、耽酒、渔色也,又何以异哉? 夫人心一有所倚,则圣贤之训典,足以锢志气于寻行数墨之中,得纤曲而忘大义,迷影迹而失微言,且为大惑之资也;况百家小道,取青妃白之区区者乎!"梁元帝把读书作为亡国的原因,王夫之认为这是强词夺理,关键在于读书而不"辨其大义","察其微言",即使"破万卷",依然不能"止以导迷",还不如"不学无术者之尚全其朴也"。

黄宗羲(1610—1695),字太冲,号南雷,学者称梨洲先生,浙江余姚人。黄宗羲的思想具有明显的叛逆色彩,其散文彰教辨治,穷理尽性,以社会现实为依据,非书生空谈,研析精微,力厚思深,有海涵地负之气。其散文中被称为"至文"的就是《明夷待访录》中以《原君》为代表的政论文。该文采用对比手法,论证严密,谈古论今,气势磅礴,有理有据,直陈君主专制的祸害,指出"后之为人君者不然。以为天下利害之权皆出于我,我以天下之利尽归于己,以天下之害尽归于人",因此"为天下之大害者,君而已矣",堪称一篇讨伐封建君主专制的檄文。他的一些传记文,剪裁巧妙,叙事生动又真实自然,如《柳敬亭传》就有意对柳敬亭的生平进行加工处理,使得其神情淋漓,风貌生动,如柳敬亭说书技艺精进一段:"柳敬亭者,扬之泰州人,本姓曹。年十五,犷悍无赖,犯法当死,变姓柳,之盱眙市中为人说书,已能倾动其市人。久之,过江,云间有儒生莫后光见之,曰:'此子机变,可使以其技鸣。'于是谓之曰:'说书虽小技,然必句性情,习方俗,如优孟摇头而歌,而后可以得志。'敬亭退而凝神定气,简练揣摩,期月而诣莫生。生曰:'子之说,能使人欢咍嗢噱矣。'又期月，生曰：'子之说，能使人慷慨涕泣矣。'又期月，生喟然曰：'子言未发而哀乐具乎其前，使人之性情不能自主，盖进乎技矣。'由是之扬，之杭，之金陵，名达于缙绅间。华堂旅会，闲亭独坐，争延之使奏其技，无不当于心，称善也。"

## 二、清初散文三大家

"清初散文三大家"是指侯方域、魏禧、汪琬三人。三人之所以被合称为"清初散文三大家"，是因为宋荦曾经合刻三人之文。其实，三人散文风格差异很大，王韬在《弢园文录外编·续选八家文序》以为："朝宗，才人之文也；叔子，策士之文也；尧峰则儒者之文也。"

侯方域（1618—1654），字朝宗，河南商丘人，顺治八年（1651）举人。其在明末曾参加复社，与抗清义士夏允彝、陈子龙等来往密切，抨击阉党余孽阮大铖，易代之后，又应河南乡试，思想颇为复杂。其散文名篇很多，如《癸未去金陵日与阮光禄书》，痛斥阮大铖祸国殃民的行径，"仆今已遭乱无家，扁舟短棹，措此身甚易。独惜执事枝机一动，长伏草莽则已，万一复得志，必至杀尽天下士，以酬其宿所不快。则是使天下士终不复至执事之门，而后世操简书以议执事者，不能如仆之词微而意婉也"。文章虽情感激烈，但行文从容不迫，措辞委婉而寄意深微，对阮大铖丑恶人品揭露无余。又如《马伶传》《李姬传》等记人文章，其传主身份虽卑微，但作者总能在纪事写人中，寄托深远，痛斥现实弊端，且善于运用烘托法刻画人物，富有才情。

魏禧（1624—1680），字冰叔，一字叔子，江西宁都人。其曾周游各地，讲求实学，故政论、史论、游记等都有特色，但其以传记文自负于世，代表作有《江天一传》《高士汪枫传》《大铁椎传》《卖酒者传》等，这些传记大都善于用语言、行为、细节刻画人物形象，而且富有传奇性，例如《大铁椎传》云："大铁椎，不知何许人……时座上有健啖客，貌甚寝，右胁夹大铁椎，重四五十斤，饮食拱揖不暂去……与人罕言语，语类楚声。扣其乡及姓字，皆不答。既同寝，夜半，客曰：'吾去矣。'言讫不见……子灿寐而醒，客则鼾睡炕上矣……将至斗处，送将军登空堡上，曰：'但观之，慎弗声，令贼知也。时鸡鸣月落，星光照旷野，百步见人。客驰下，吹觱篥数声。顷之，贼二十余骑四面集，步行负弓矢从者百许人。一贼提刀突奔客曰：'奈何杀吾兄？'言未毕，客大呼挥椎，贼应声落马，人马尽裂。众贼环而进，客奋椎左右击，人马仆地，杀三十许人。宋将军屏息观之，股栗欲堕。忽闻客大呼曰：'吾去矣。'但见地尘且起，黑烟滚滚，东向驰去。后遂不复至。"

汪琬（1624—1690），字苕文，号钝庵，江苏长洲人，顺治十二年（1655）进士，官至户部郎中，辞官后结庐尧峰山下，学者称尧峰先生。汪琬虽然名列"清初散文三大家"，但其思想以宋儒为宗，治学撰文具有浓厚的道学家色彩，提倡经世致用之文。其散文中为世所传诵的主要为一些传记文和题跋，代表作有《申甫传》《江天一传》《跋剑阁图》等。这些传记都是作者熟悉的人物，但汪琬叙述其事迹却不拘事实，而以传奇手法写之，给申甫、江天一等以身殉国的志士增添了神采，传承了忠勇精神，客观上起到了鼓舞人心的作用。

## 三、清前期桐城派散文

关于桐城派的由来，一般认为始于姚鼐《刘海峰先生八十寿序》中程晋芳、周永年对姚鼐的一句话："天下文章,其出于桐城乎?"后来曾国藩在《欧阳生文集序》中云:"乾隆之末,桐城姚姬传先生鼐,善为古文辞,摹效其乡先辈方望溪侍郎之所为,而受法于刘君大櫆,及其世父编修君范。三子既通儒硕望,姚先生治其术益精。历城周永年书昌为之语曰:'天下之文章,其在桐城乎?'由是学者多归向桐城,号桐城派,犹前世所称江西诗派者也。"曾氏不仅提出"桐城派"之名,而且阐述了桐城派的源流和师承。桐城派尊方苞、刘大櫆与姚鼐为"桐城三祖",其中方苞文学思想早在康熙朝就已经成熟,其文学活动也大部分在雍正以前,按照分期,其应属清前期。刘大櫆生于康熙三十七年(1698),小方苞30岁,经历康熙、雍正、乾隆三朝,因为其与姚鼐之间有师承关系,故把其归入清中期。桐城派以义理、考据、辞章作为散文创作基点,追求清真雅正的文风,其兴起的主要原因是康乾以来频兴的文字狱使文人心怀畏惧,皇权支持的一系列编书活动把文人引向故纸堆,而以文字考据为主的朴学则是文人在恩威之下的明哲之举。

清前期桐城派散文主要是以方苞为代表。方苞(1668—1749),字凤九,号望溪,桐城人。康熙五十年(1711),因为戴名世《南山集》作序而牵连入狱,后蒙李光地搭救,免死。方苞论文主张"义法",在《又书货值传后》中,他对"义法"进行阐述:"义即《易》之所谓'言有物'也,法即《易》之所谓'言有序'也,义以为经而法纬之,然后为成体之文。"显然,方苞的"义法"就是指文章的内容与形式,具体而言就是文章要立意正,言之有物,结构合理,详略得当,语言雅洁。最能体现方苞"义法"说的是他的一些人物传记与碑志,如《孙征君传》《左忠毅公逸事》,这些文章所载之事与所传之人相称,不过分渲染,做到了"详者略""实者虚"。其为世传诵之作是《狱中杂记》,回忆自己身陷大狱时所见所闻,揭露了盛世景象背后的人间地狱。因为亲历,所以记载就突破"义法"囿限,对监狱中种种骇人听闻的情况进行了细致的、全景式的展现,成为中国文学史上罕见之篇章。

## 第二节　清代中期散文与骈文

清中期散文是桐城派一枝独秀。在方苞之后,经过刘大櫆的传承,姚鼐进一步发展了桐城派的理论,扩大了桐城派的影响,并最终成为全国性的文学流派。在桐城派盛行的同时,骈文也呈现复兴之势。以袁枚、郑燮、沈复等为代表的作家则在桐城派之外,开辟了另外一番天地。

### 一、清中叶桐城派的流变

在乾隆朝,桐城派代表是刘大櫆和姚鼐。刘大櫆对"义法"的内容进行了拓展和具体化,以"义理""书卷""经济"来阐述"言有物",同时,认为"神""气""音节"是"行文有道"的保证,丰富了"言有序"的内容。所谓"神"就是作者精神气质在文中的表现,所谓"气"就是贯穿文章的气势韵味。为了使"神"与"气"便于理解掌握,刘大櫆进而提出因声求气说,即以字句求音节,再以音节求声气。因为音节是行文的关键,诵读文章自然就会领会其"神"与"气"。相较方苞,刘大櫆的理论显然具有较强的实践性和操作性,为学习者理解和探寻"义法"提供了门径和方法。

姚鼐问学于刘大櫆,其论文在继承方苞与刘大櫆基础上,主张"道与艺合,天与人一",以"义理""考据""辞章"来分解"义法",且进一步细化文章创作的要素,以神、理、气、味、格、律、声、色八字提炼其精髓。这八个要素中,前四者属于"文之精",处于高层,后四者属于"文之粗",层次较低,但精寓粗中,粗因为精才有生命,姚鼐在刘大櫆的因声求气说基础上,完善了桐城派文论。为了树立范型,姚鼐还编选《古文辞类纂》,辑选从战国至刘大櫆的古文,确立古代散文发展的正宗源流,被桐城派奉为圭臬,影响甚广。姚鼐晚年主讲于钟山书院,门下弟子甚众,其中以管同、梅曾亮、方东树、姚莹最为有名,四人被称为"高第弟子"。以恽敬、张惠言为首的阳湖派,虽然其成员大都不是桐城籍贯,但其理论源于桐城派,属于其分支。阳湖派虽与桐城派渊源颇深,但其成员大多不愿受桐城文法束缚,往往兼收子史百家、六朝辞赋之所长,以博雅放纵、情韵流畅取胜。

桐城古文选取事例和语言,只追求阐明主旨,不重材料的丰富和文字的藻饰,故而桐城派散文一般简洁平淡,鲜明生动不足。特别是重"雅",致使语言忌讳太多,故虽极尽所能讲求"声""色",但终乏鲜活之气;然其选材精当、清真凝练、简洁严整的风格值得肯定。

## 二、清中叶骈文的中兴

骈文之所以能在清中期复兴,主要原因是满清政权日益稳固,华、夷之争已经销声匿迹,统治者已经以文化正统和继承人自居,故"以提倡文化为己任"(《清史稿·文苑传》),加之桐城派的盛行和乾嘉汉学的勃兴,文论研究成为清中期的热点,也促使骈文批评理论的发展,进而催化了骈文创作的中兴。其实在历史上,骈文创作从未中断,时至清代,经清前期陈维崧、毛际可倡导,中期袁枚、孔广森、吴鼒、曾燠、阮元、李兆洛等人的热情辩护和肯定,人们对骈文的认识有了扭转。这些骈文支持者不仅创作骈文,从行动上为骈文正名,而且进行理论研究,阐发其艺术特色,为骈文争正统。阮元热心骈文写作,且著《文言说》鼓吹骈文,认为骈文才是文章正宗,同期,吴鼒编选《国朝八家四六文钞》、曾燠辑选《国朝骈体正宗》、李兆洛编选《骈体文钞》,这些骈文总集都以弘扬骈文为文章正脉为目的,通过品评作品树立创作范型,进而探索骈文创作规律和审美色彩,为学习者和鉴赏者提供门径。清中期参与骈文创作的文人众多,且成就不凡,汪中是其中的佼佼者。汪中(1744—1794),字容甫,江苏扬州人。其骈文取材于现实社会,情感发自肺腑,文风遒丽富艳,语言渊雅醇茂,用典属对精当妥帖,被视为清代骈文的最高水平,代表作是《狐父之盗颂》《广陵对》《黄鹤楼铭》《哀盐船文》等。《狐父之盗颂》称颂虽以盗为生,却知哺食饿者,"盗亦有道"的强盗,甚至作者认为这样的强盗堪称"仁者",比那些墨守成规的儒生更具有意义,文云:"彼盗之食,于何乃得?外御国门,内意窟室。勇夫寝戈,暴客是御。国有常刑,在死不赦。惟得之艰,致忘其身。既浙既炊,以济路人。舍之何咎?救之何报?悲心内激,直行无挠。吁嗟子盗,孰如其仁?用子之道,薄夫可敦。悠悠沟壑,相遇以天。孰为盗者?吾将托焉!"颇有惊人之处。

## 三、"正统古文"以外的散文

在乾嘉时期,还有这么一群文人,既不傍桐城派门户,也不沉溺骈文,而是继承明末小品文的风格进行写作，他们这就是以袁枚、郑燮、沈复为代表的、自异于"正统古文"之外的散文作家。

袁枚论文与其诗论基本一致，追求性灵，不拘格调。其散文无体不备，大都感情真挚，生动清新，视角不凡，富有个性，甚至放言无忌，敢于冲破传统，如名篇《黄生借书说》，虽主旨简单，但作者却从"七略""四库"、天子之书为什么几乎没有人读发论，得出真正读书的不是富者而是贫者的结论，发人深省。袁枚不仅善于议论，其论述文大都具有此特色，类似的还有《与是仲明书》《答彭尺木进士书》《答友人谋论文书》等。袁枚不仅善于议论，也于抒情深有造诣，《祭妹文》寓抒情于叙事中，言之凄楚，不假虚饰，承法于韩愈《祭十二郎文》，善于选取平凡生活中典型细节，以细腻笔触寓情于事，抒写得情真意切，具有强烈的感染力，如"余捉蟋蟀，汝奋臂出其间；岁寒虫僵，同临其穴。今予殓汝葬汝，而当日之情形，憬然赴目。予九岁憩书斋，汝梳双髻，披单缣来，温《缁衣》一章。适先生奓户入，闻两童子音琅琅然，不觉莞尔，连呼则则。此七月望日事。"于细腻处见真情。

沈复(1763—1822)，字三白，号梅逸，江苏苏州人。在清中期的叙事散文中，沈复的《浮生六记》成就最高。该书六卷，以自己的婚姻生活为中心，串联起作者大半生的悲欢离合，每卷各有独立主题，但六卷之间存在逻辑关系。其中前三卷《闺房记乐》《闲情记趣》《坎坷记愁》，细腻地叙写了自己与妻子陈芸之间相濡以沫的感情生活和见弃于父辈后的悲惨遭遇，文字生动形象，不假雕饰，一股浓郁的情感充溢于作者叙事之中，读来令人唏嘘不止。例如其中记载沈复为人作保，导致债主上门讨债，沈父第二次把沈复夫妇赶出家门，迫于生活，他们只好把一双儿女分别送去当学徒和做童养媳，"五鼓悄然而去"的悲惨情景："余曰：'卿病中能冒晓寒耶？'芸曰：'死生有命，无多虑也。'……是夜先将半肩行李挑下船，令逢森先卧。青君泣于母侧，芸嘱曰：'汝母命苦，兼亦情痴，故遭此颠沛，幸汝父待我厚，此去可无他虑。两三年内，必当布置重圆。汝至汝家须尽妇道，勿似汝母。汝之翁姑以得汝为幸，必善视汝。所留箱笼什物，尽付汝带去。汝弟年幼，故未令知，临行时托言就医，数日即归，俟我去远，告知其故，禀闻祖父可也。'旁有旧妪，即前卷中曾赁其家消暑者，愿送至乡，故是时陪侍在侧，拭泪不已。将交五鼓，暖粥共啜之。芸强颜笑曰：'昔一粥而聚，今一粥而散，若作传奇，可名《吃粥记》矣。'"通过细节描写展现了人物的真情真意，颇为动人。

## 第三节　清代后期散文

桐城派作为一个散文流派，历时共200余年。它产生于康乾盛世，中经道、咸，余波漫衍，直到"五四"后才逐渐销声匿迹。清代后期散文主要是受姚门弟子濡染的、以曾国藩为首的"湘乡派"。

### 一、曾国藩及其"湘乡派"散文

曾国藩(1811—1872)，字伯涵，号涤生，湖南湘乡人，道光十八年(1838)进士，因为平定太平天国有功,官至武英殿大学士、太子少保、直隶总督。曾国藩以所谓"同治中兴"的"名臣"身份,广聚人才,以坚持理学道统的桐城派为号召,使桐城派古文一时复盛。他适应时势的需要,把"经济"与义理、考据、辞章并列作为文章的核心要素,赋予新的内涵,并针对桐城派古文之弊,提出修正意见,包括扩大古文的传统,由八家上推至先秦两汉,主张骈散兼容,提倡"雄奇瑰玮"(《致南屏书》)。曾国藩的理论主张使桐城派进入一个新的阶段,后人称之为"湘乡派"。其文取法桐城,然讲究"经世致用",命意持论"端绪不繁""陈义不杂",语言平实,自有规矩,为后人称道。

曾国藩门下,张裕钊、吴汝纶、黎庶昌、薛福成称四大弟子。由于时代变迁,他们思想与实践都与洋务有较密切的关系,因此,他们的文章中真正给文坛带来新气象的是一些反映新思想的议论文和海外游记,尤其是后者以新奇的事物与略带变化的文风,形成湘乡派文章的一大特色,如黎庶昌的《游盐原记》《卜来敦记》,薛福成的《观巴黎油画记》《白雷登海口避暑记》等都以朴实畅达的笔墨传其形神,以异国新奇风物引人入胜。

## 二、梁启超与"新文体"

由于散文在近代已经成为宣传新思想的利器,因此近代后期散文成为文坛上的活跃角色。据语言文白之差异,近代后期散文可分为两派:一是"新文体"派,以梁启超为代表,成员有康有为、谭嗣同、夏曾佑、蒋智由等,他们的主要作品有梁启超《少年中国说》、康有为《上清帝第二书》、谭嗣同《仁学》等。二是古文派,包括桐城余绪严复、林纾和尊崇魏晋文的章炳麟。新文体散文,梁启超成绩最为辉煌。

梁启超(1873—1929),字卓如,号任公,广东新会人,是中国近代著名的政治活动家、思想家、文学家和学者。戊戌前追随康有为,大力宣传变法维新思想,戊戌政变后,流亡国外,创办《清议报》《新民丛报》等,更加热情地宣传资产阶级文化思想,致力于开通民智的"新民"工作。他所创造的新文体散文,以比较通俗而富有煽动力的文字运载新思想,震撼当时文坛。胡思敬说:"自通都大邑,下至僻壤穷陬,无不知有新会梁氏者。"(《戊戌履霜录·党人列传》)

梁启超新文体散文的特点,首先是比传统的古文语言通俗,条理明晰,所谓"平易畅达";其次,广泛融汇多种多样的艺术手段,不避俚语俗言,吸收外国语法,不分骈散与有韵无韵,词汇丰富,句法灵活,音调铿锵,大大提高了散文的表现力;再次,自由大胆地抒写己见,"纵笔所至不检束",思想新警动人;最后,笔锋充满感情,往往用铺排与奔腾的笔墨加强文章的煽动力、感染力,代表作《少年中国说》《过渡时代论》《呵旁观者文》《说希望》以及《变法通议》《自由书》《新民说》都具有这些特色。梁启超的新文体散文,以其思想之新颖、形式之通俗、艺术之魅力,几乎影响整整一代人,也对"五四"文学革命有着影响。郑振铎说新文体文章"不再受已僵死的散文套式与格调的拘束",是"五四"时期"文体改革的先导"。(《梁任公先生》)这种略有变革的文体成为我国散文由文言向白话过渡的桥梁,在近代散文史上占有重要地位。

## 作品学习

1. 顾炎武《与友人论学书》
2. 侯方域《马伶传》
3. 方苞《狱中杂记》
4. 袁枚《祭妹文》
5. 沈复《浮生六记·坎坷记愁》

### 《与友人论学书》鉴赏

这是一篇抒写自己对做人与做学问看法的文章,其中着重阐述君子之学在于"博学于文"和"行己有耻",反对文人学者空谈心性,其立论的基础就是批判宋明理学及明末士大夫空疏之学,提倡经世致用的实学。文章朴实晓畅,有理有据,具有很强说服力。

### 《马伶传》鉴赏

这是一篇人物传记,开篇简单介绍马伶的身份,展示其社会背景,接着重点记叙马伶与李伶的两次技艺较量。李伶大败而走,然后用倒叙的方法,揭示马伶之所以最后大获全胜的原因。作者善于制造悬念,运用对比手法塑造人物形象,同时,又巧用侧面描写,渲染演出效果,衬托演员演技和人物性格。侯方域通过马伶反败为胜的过程,提出成功与艰苦的努力分不开,又语多深婉,指斥朝政,对当权者的丑行进行了讥讽。

### 《狱中杂记》鉴赏

方苞因为牵涉戴名世《南山集》案,被羁押2年之久,对狱中情形了如指掌,故而这篇文章对封建监狱内幕展现之全、描写之细、揭露之深是历代所罕见的。况且这是发生在号称太平盛世的康熙朝,故而其认识价值非同一般。方苞散文以义法为尚,追求"清真雅训"的创作风格,但显然这篇文章有所突破,恐怕是当日监狱生活刻骨铭心的烙印所致。

### 《祭妹文》鉴赏

本文是袁枚悼念亡妹袁机的一篇祭文。文章通过对亡妹生前一些生活琐事的回忆,表达对其无限哀思,抒写兄妹之间深厚情谊。文章选取捉蟋蟀、同温《缁衣》、粤行掎裳、披锦还乡四件事,寓情于事,真切动人,把兄妹之间的情谊展现得淋漓尽致。文章虽以直接抒情为主,但因为发自肺腑,细节细腻,故而读来一字一泪,一句一哭,感人至深。

### 《浮生六记·坎坷记愁》鉴赏

《坎坷记愁》是《浮生六记》第三卷,主要记叙沈复与妻子陈芸被逐出家门后颠沛流离的生活,对人生之艰难与悲凉、人情之浇薄、世态之炎凉进行了详尽的描写。文中所记之事,所写之人,都是作者亲历亲见,绝非虚构,甚至其中人物大多是沈复的亲人,堪称纪实,但作者叙来有声有色,情节描写一波三折,具有传奇性。

## 延伸阅读

**1. 原典阅读**

(1) 阅读张兵选注的《顾炎武文选》(顾炎武著,苏州大学出版社,2001年版),重点阅读其政论文与史论文,注重顾炎武立论的切入点、论证的方法和语言风格。

(2) 阅读《方苞集》(方苞著,刘季高校点,上海古籍出版社,2008年版),重点阅读其传记文与《狱中杂记》,重点体会其刻画人物的手法和纪实性。

(3) 阅读《清文选》(刘世南、刘松来选注,人民文学出版社,2006年版),重点阅读清代散文名作,注重体会各流派散文特色,体味名家名作的风采。

(4) 阅读《清代散文》(官晓卫编著,上海书店出版社,2000年版),重点阅读清代散文名家名作,从立意、结构、行文等方面对其进行研究性学习。

**2. 研究文献阅读**

(1) 阅读《中国散文史》(下)(郭预衡著,上海古籍出版社,1999年版),掌握清代散文的发展轨迹,了解各流派散文理论主张,总结其在文学史上的地位和影响。

(2) 阅读《清文比较评析》(罗东升等评析,中山大学出版社,1987年版),归纳清代散文各流派对中国文学发展的贡献。

(3) 阅读《明清散文流派论》(熊礼汇著,武汉大学出版社,2003年版),归纳清代散文各流派兴起的缘由和流变。

## 拓展训练

1. 顾炎武在《日知录》中说:"文之不可绝于天地间者,曰明道也,纪政事也,察民隐也,乐道人之善也。若此者有益于天下,有益于将来,多一篇多一篇之益矣。若夫怪力乱神之事,无稽之言,剿袭之说,谀佞之文,若此者有损于己,无益于人,多一篇多一篇之损矣。"结合阅读顾炎武、黄宗羲、王夫之的文章,谈谈三人对清代散文的贡献。

2. 姚鼐在《姚惜抱先生尺牍》中以为:"学文之法无他,多读多为,以待其一日之成就,非可以人力速之也。士苟非有天启,必不能尽其神妙,然苟人辍其力,则天亦何自而启之哉!"理解姚鼐这段论述,述评桐城派散文理论。

3. 陈寅恪在《元白诗笺证稿》中认为:"吾国文学,自来以礼法顾忌之故,不敢多言男女间关系,而于正式男女关系如夫妇者,尤少涉及。……沈三白《浮生六记》之《闺房记乐》,所以为例外创作。"结合阅读《浮生六记》,谈谈《浮生六记》的文学价值和意义。

# 第三章　清代词

> **文学史**

词至清代,复达极盛。然清词的中兴并非起源于清代,而是在明末。因明末的云间派词人陈子龙、宋徵舆等人扭转了明代词衰微的局面,为清词的中兴奠定了坚实的基础。在清代280年中,清词百花齐放,名家辈出,且各不相同。词派的理论贡献、词派的时代精神、词内容意境的开拓以及清代词家为词的文学抗争等都显示了清代词的繁荣。然而,这并没有从根本上改变词为小道末技的局面,只是徘徊于边缘的兴盛。

## 第一节　清代前期词

### 一、清初遗民词

词在宋代繁荣之后,经过元明两代的低潮,于清代再次走向全面的复兴。仅顺、康两朝,词家就超过2000人,词作50000余首,表现出复兴之趋势。在易代之际,民族英雄陈子龙的《湘真词》以抒写抗清复明之壮志及黍离之悲,率先突破了闺房儿女的纤柔靡曼,"上接风骚,得倚声之正"。当时,王夫之的《船山鼓棹词》初、二集和《潇湘怨词》,屈大均的《道援堂词》(又称《骚屑》)等在风格上,或曲隐寄托,或雄健豪放,或声情激越,承接辛词之气骨。在内容上,与遗民诗文相一致,或写怀念故明;或记抗清复国;或咏物言志,表达不仕二姓的气节;或以古喻今,寄托回天无力的悲愤,使词的内容与时代相接,汇入遗民哀歌的大合唱。

### 二、陈维崧及阳羡词派

陈维崧(1625—1682),字其年,号迦陵,江苏宜兴人。其父陈贞慧,为明末著名复社文人。康熙十八年(1679),举博学鸿儒试,授官翰林院检讨。工诗及骈散文,尤长于词,著《湖海楼词》。曾与朱彝尊合刻一稿,名《朱陈村词》,故又并称朱陈。他作词极富,多至1600首,为历代词人之首。他词宗苏辛,感时怀古,记游赠答,多不平之气,词情激烈,打破了"诗庄词媚"的畛域。他认为词可比肩经史,极力抬高词体。故作品多贴近现实,以明末清初大事件为题材,并能写出大意义,以词存史的特征明显。如《贺新郎·纤夫词》:

战舰排江口。正天边、真王拜印,蛟螭蟠钮。征发榷船郎十万,列郡风驰雨骤。叹闾左、骚然鸡狗。里正前团催后保,尽牢牢锁系空仓后。捽头去,敢摇手?

稻花恰趁霜天秀。有丁男、临歧诀绝,草间病妇。此去三江牵百丈,雪浪排樯夜吼。背耐得、土牛鞭否?好倩后园枫树下,向丛祠巫倩巫浇酒。神佑我,归田亩。

此词写康熙十三年(1674)撤藩役起,征调民工之事,表达了战争给普通百姓生活造成的惨重影响,其风格与表现手法都直承杜甫"三吏""三别"。小令如《醉太平·江口醉后作》:

钟山后湖,长干夜乌。齐台宋苑模糊,剩连天绿芜。

估船运租,江楼醉呼。西风流落丹徒,想刘家寄奴。

往往以豪气出之。《满江红·汴京怀古》则包括了《夷门》《博浪城》《吹台》等 10 首,悲慨激越,沉雄隽爽,悍霸遒劲,气魄宏大,代表了迦陵词风。在唐宋之后,陈维崧异军突起,成为清词的一面旗帜,集结万树、蒋景祁、史唯园、陈维岳等大批阳羡派词人,为词的振兴做出了重要贡献。

## 三、朱彝尊及浙西词派

朱彝尊(1629—1709),字锡鬯,号竹垞,晚号小长芦钓鱼师,浙江秀水(今嘉兴)人。康熙十八年(1679)以布衣应博学鸿儒试,为翰林院检讨,官日讲《起居注》。他博通经史,工诗词古文,尤长于词,曾纂辑唐宋金元词 600 余家为《词综》。著有《江湖载酒集》等词集 4 种,是浙西词派开创者。

他提出词的功能"宜于宴嬉逸乐,以歌咏太平"(《紫云词序》),以姜夔、张炎为宗,标举清空醇雅,又喜在词句格律上下功夫,从而一改阳羡派悲慨健举、萧骚凄怨之声,渐成异响。其作品多言情却不流于淫秽,善于咏物而又能避免文字堆砌,干净洗练。如《长亭怨慢·雁》:

结多少、悲秋俦侣,特地年年,北风吹度。紫塞门孤,金河月冷,恨谁诉?回汀枉渚,也只恋、江南住。随意落平沙,巧排作、参差筝柱。

别浦,惯惊移莫定,应怯败荷疏雨。一绳云杪,看字字悬针垂露。渐欹斜、无力低飘,正目送、碧罗天暮。写不了相思,又蘸凉波飞去。

陈廷焯《白雨斋词话》卷三认为:"感慨身世,以凄切之情,发哀婉之调,既悲凉,又忠厚,是竹垞直逼玉田(张炎)之作,集中亦不多见……"

其小令精工凝练,如《桂殿秋·思往事》:

思往事,渡江干,青蛾低映越山看。共眠一舸听秋雨,小簟轻衾各自寒。

追忆往事,纯用叙述,字少意多,其中"看"所透露出的爱意及"听秋雨""各自寒"的处境,使一段男女隐情具有了凄美的审美价值。又如《卖花声·雨花台》:

衰柳白门湾,潮打城还。小长干接大长干。歌板酒旗零落尽,剩有渔竿。

秋草六朝寒,花雨空坛。更无人处一凭阑。燕子斜阳来又去,如此江山!

此词写易代之感,上阕写眼前景,下阕写兴亡之慨,句琢字炼,清醇高雅,情感含蓄深沉。朱彝尊与李良年、李符、沈皞日、沈岸登、龚翔麟号为"浙西六家"。浙西词派,标举清空醇雅风格,蕴藉空灵,无轻薄浮秽之弊,也不落浓艳媚俗。即使艳情咏物,也力除陈词滥调,独具机杼,音律和谐。

## 四、纳兰性德的《纳兰词》

纳兰性德(1655—1685),原名成德,因避太子保成讳改名为性德,字容若,满洲正黄旗人。他出身高贵,心性聪明,20多岁即中进士。他深受康熙的赏识与信任,官至一等侍卫,然只有31岁就去世了。纳兰性德24岁时将词作编选成集,名为《侧帽集》,又著《饮水词》。后人将两部词集增遗补缺,共349首,合为《纳兰词》。《纳兰词》内容涉及爱情友谊、边塞江南、咏物咏史及杂感等方面,题材虽不丰富,却凭借精湛的艺术赢得在词学史上的耀眼地位。

纳兰于词强调性灵、真情,反对逞才弄学,故而推北宋而不喜南宋,更推崇李煜。他说:"花间之词如古玉器,贵重而不适用;宋词适用而少贵重,李后主兼而有其美,更饶烟水迷离之致。"(《渌水亭杂识》卷四)《纳兰词》中最出名的是他的悼亡之作,如《青衫湿遍·悼亡》

青衫湿遍,凭伊慰我,忍便相忘。半月前头扶病,剪刀声、犹在银釭。忆生来、小胆怯空房。到而今、独伴梨花影,冷冥冥、尽意凄凉。愿指魂兮识路,教寻梦也回廊。

咫尺玉钩斜路,一般消受,蔓草残阳。判把长眠滴醒,和清泪、搅入椒浆。怕幽泉、还为我神伤。道书生、薄命宜将息,再休耽、怨粉愁香。料得重圆密誓,难禁寸裂柔肠。

《浣溪沙·谁念西风独自凉》:

谁念西风独自凉,萧萧黄叶闭疏窗,沉思往事立残阳。

被酒莫惊春睡重,赌书消得泼茶香,当时只道是寻常。

这些词作睹物思人,触景生情,对亡妻的深情爱意难以掩藏,向外自然涌出,字字血泪,句句心碎,如此深情,令人敬服之情不禁油然而生。其爱情之作如《菩萨蛮·萧萧几叶风兼雨》:

萧萧几叶风兼雨,离人偏识长更苦。欹枕数秋天,蟾蜍下早弦。

夜寒惊被薄,泪与灯花落。无处不伤心,轻尘在玉琴。

设景凄凉,语言清新,情意绵长,将别离相思之情写得刻骨铭心。其边塞词如《长相思·山一程》:

山一程,水一程,身向榆关那畔行,夜深千帐灯。

风一更,雨一更,聒碎乡心梦不成,故园无此声。

将边塞榆关与家乡相对,形成两个空间。向边关愈行距家乡愈远,气候、景色、感受愈来愈有所不同,从而反衬出对家乡的思念。纳兰容若敏感多情,其写景状物善于抓取变化与差异,抒情哀婉深沉,故多用"清新隽秀、哀感顽艳"(颇近南唐后主)来概括其词风。王国维评价说:"纳兰以自然之眼观物,以自然之舌言情。此由初入中原,未染汉人风气,故能真切如此。北宋以来,一人而已。"况周颐推许为"国初第一词手"。可见其在清代词史上的地位。

## 第二节 清代中期词

### 一、浙派词的流变

清代中叶浙派领袖为厉鹗,其创作在诗文之外,锐意于词。他在继承朱彝尊"醇雅"说的基础上,倡导"远而文,淡而秀,缠绵而不失其正"(《群雅词集序》)。在姜(夔)、张(炎)之外学习周邦彦,让音律和文词更为工练。词作以描写山水景物见长,追求清秀空灵的风格。但其生活面狭窄,词境单一,意旨浅薄,后学枯瘠琐碎,导致了浙派衰落的加剧。其后,吴锡麒(1746—1818)提出了"正变说",并以"穷而后工"来矫正浙派词"宴喜逸乐"的传统,但由于才力风力等问题,未能走出浙派的藩篱。郭麐(1767—1831)虽能打破浙派约束,求变求新,却敌不过张惠言的影响,未能扭转浙派没落的局面。

### 二、张惠言及常州词派

张惠言(1761—1802),清代词人、散文家。原名一鸣,字皋文,一作皋闻,号茗柯,武进(今江苏常州)人。他是常州词派的创始人,与兄弟张琦合编《词选》,又名《宛邻词选》,虽是一部地方性的词集,却正是常州派开宗立派的标志。他在《词选序》中全面阐述了他的词学主张:一是提倡"与诗赋之流同类而讽诵",即尊词体,将词提升到与诗、骚相并的地位;二是强调意内言外、比兴寄托和"深美宏约"之致,对当时词风的转变具有重要的作用;三是区正变,他以婉约派为正宗,鄙弃豪放与俚俗为变风,表现了正统词学观念。他的词作《茗柯词》1卷,现收词46首,在清代词史上地位突出。其中以写寒士情愫最佳。如《木兰花慢·杨花》云:

尽飘零尽了,何人解,当花看。正风避重帘,雨回深幕,云护轻幡。寻他一春伴侣,只断红、相识夕阳间。未忍无声委地,将低重又飞还。

疏狂情性,算凄凉,耐得到春阑。便月地和梅,花天伴雪,合称清寒。收将十分春恨,做一天、愁影绕云山。看取青青池畔,泪痕点点凝斑。

借咏物抒写情怀,杨花飘转不定、无着无落的处境实是寒士生活的写照。他写旷达高远的具有儒家情怀的作品也很突出。如《水调歌头·春日赋示杨生子掞》:

东风无一事,妆出万重花。闲来阅遍花影,惟有月钩斜。我有江南铁笛,要倚一枝香雪,吹彻玉城霞。清影渺难即,飞絮满天涯。

飘然去,吾与汝,泛云槎。东皇一笑相语:芳意在谁家?难道春花开落,更是春风来去,便了却韶华。花外春来路,芳草不曾遮。

要求杨生珍惜时光、珍惜青春,立意雅正,志向高远。他的词是他词学主张的实践,故多有比兴寄托,深美宏约。

将常州派词学发扬光大的是周济。周济(1781—1839),字保绪,一字介存,号未斋,晚号止庵,江苏荆溪(今江苏宜兴)人。著有《味隽斋词》和《止庵词》各1卷,《词辨》10卷,《介存斋论词杂著》1卷,辑有《宋四家词选》。他精于词论,创作却并不大高明。他论词强调寄托,认为"有寄托则表里相宣,斐然成章","无寄托,则指事类情,仁者见仁,知者见知"。他将词的创作与社会时代相联系,首创"词史"之说,强调"感慨所寄,不过盛衰","见事多,识理透,可为后人论世之资"。与浙派相对,他以周邦彦、辛弃疾、吴文英、王沂孙四家为学词途径,贬抑姜夔、张炎,使晚清词学周邦彦、吴文英之风流行,矫正了浙派末流的浅滑甜熟之弊,影响了整个晚清词坛。

此期,继承阳羡词风的蒋士铨、黄景仁、洪亮吉等创作也具有自身特点。郑燮不傍门户,博采众长,自成一家,他的《板桥词》独标一格,风神豪迈。另外,项鸿祚、蒋春霖等词人也很著名,具有一定的影响。

## 第三节  清代后期词

### 一、清后期学者对词集的整理

在晚清,常州词也已步入穷途,成为消遣时日、感叹生平的古董玩具,但对词的整理贡献很大。谭献选辑清人词为《箧中词》,收录自清初吴伟业以下至晚清庄棫等209人,590余首词。此集继常州词学而来,去取严格,在晚清影响极大,当时治词奉之为圭臬。王鹏运汇刻宋元诸家词为《四印斋所刻词》,晚清人大规模汇刻词集、词总集始于此书,此书搜罗甚富,《蕙风词话》卷二称其"所刻词旁搜博采,精采绝伦,虽虞山毛氏弗逮也"。朱孝臧所刻《彊村丛书》,搜集唐、宋、金、元词家专集163家,为迄今所见比较完善的词苑的大型总集之一。又辑《湖州词徵》30卷,《国朝湖州词录》6卷。况周颐有专著《蕙风词话》。他们集中了大量的词学遗产,对词的研究提供了有利的条件。王国维的《人间词话》,就是这种整理研究风气下的产物。

### 二、项鸿祚、蒋春霖、王鹏运、朱孝臧的词作

项鸿祚(1798—1835),清代词人。原名继章,后改名廷纪,字莲生,钱塘(今浙江杭州)人。著有《忆云词甲乙丙丁稿》4卷,《补遗》1卷。谭献将他与纳兰性德、蒋春霖并举,称"清词三大家"。他家资本富,中年后屡遭变故,坠入困顿。他虽也标举比兴,但从"夫词者,意内而言外也。意生言,言成声,声分调,亦犹春庚秋蝉,气至则鸣,不自知其然也。"(《忆云词甲稿自序》)来看,实际则重视情感的自然流出。故其词内容多身世之感,"以伤心人写伤心之语",风格苦艳郁深,凄婉幽邃。

蒋春霖(1818—1868),晚清词人。字鹿潭,江苏江阴人,寄籍大兴,著有《水云楼词》。他生活在乱世,个人生活又多艰,故多抑郁悲凉之音。他认为:"词祖乐府,与诗同源。假薄破碎,失风雅之旨。情至韵会,溯写风流,极温深怨慕之意。"其作品中写太平天国起义

军扫荡江南时,士大夫流离失所,及对清王朝的哀叹之作被誉为"倚声家老杜"。蒋春霖之词艺术水平虽高,但因观点保守甚至反动而并不为当代重视。

王鹏运(1849—1904),晚清官员、词人。字佑遐,一字幼霞,中年自号半塘老人,又号鹜翁,晚年号半塘僧鹜。广西临桂(今桂林)人,原籍浙江山阴。著有《味梨词》《鹜翁词》等集,后删定为《半塘定稿》。20 岁后始专一于词,成就突出,在词坛声望很高,与郑文焯、朱孝臧、况周颐合称为"清末四大家"。其早年词多写身世之感,甲午至辛丑年间,与文廷式唱和,则多伤时感事之作,风格近于辛弃疾。如《八声甘州·送伯愚都护之任乌里雅苏台》:

是男儿、万里惯长征,临歧漫凄然。只榆关东去,沙虫猿鹤,莽莽烽烟。试问今谁健者?慷慨着先鞭。且袖平戎策,乘传行边。

老去惊心鼙鼓,叹无多哀乐,换了华颠。尽雄虺琐琐,呵壁问苍天。认参差、神京乔木,愿锋车、归及中兴年。休回首,算中宵月,犹照居延。

朱祖谋《半塘定稿序》云:"君词导源碧山,复历稼轩、梦窗,以还清真之浑化,与周止庵氏说契若针芥。"道出其学词途径及变化。

朱孝臧(1857—1931),一名祖谋,字古微,号沤尹,又号彊村,浙江吴兴人。著有词集《彊村语业》2 卷,身后其门人龙榆生为补刻 1 卷,收入《彊村遗书》。其词虽得益于王鹏运,但较王多了些书卷气。他所填词与时事关系颇为密切,如《鹧鸪天·九日丰宜门外过裴村别业》《摸鱼子·梅州送春》等或同情维新派,或感慨光绪帝珍妃的遭遇,或抒发壮怀零落、国土沦丧之感。其词悲婉幽怨,沉抑绵邈,莫可端倪。晚年虽词境更趋高简浑成,内容却多为遗老孤独索寞情怀或流连海上歌场之作。叶恭绰《广箧中词》曰:"强村翁词,集清季词学之大成。"

另外,文廷式、郑文焯等也为词中名家。

## 三、《人间词话》等清末词学理论

晚清词选学盛行,词学理论也随之取得很大成就。最著名的即王国维的《人间词话》与况周颐的《蕙风词话》。

### (一) 王国维及其《人间词话》

王国维(1877—1927),初名国桢,字静安,一字伯隅,初号礼堂,晚号观堂,又号永观,谥忠悫,浙江嘉兴海宁人。《人间词话》是作者经受西学的洗礼后,以传统词话的形式,借传统概念与术语,较自然地融进一些新观念、新方法,对旧文体进行批评。《人间词话》标举"境界说",他说:"词以境界为最上。有境界则自成高格,自有名句。五代、北宋之词所以独绝者在此。"他阐述说:"境非独谓景物也。喜怒哀乐,亦人心中之一境界。故能写真景物、真感情者,谓之有境界。否则谓之无境界。"他进而提出的"有我之境"与"无我之境"、"造境"与"写境"、"隔"与"不隔"等说法,均是前人所未道者。他以"境界说"为论词标准,论断诗词的演变,评价词人的得失、作品的优劣、词品的高低,总结词学具有普遍意义的理论问题,不仅在词学史且在美学史上具有极高的地位。

### (二)况周颐及其《蕙风词话》

况周颐(1859—1926),原名况周仪,以避宣统帝溥仪讳,改名况周颐。字夔笙,一字揆孙,别号玉梅词人,晚号蕙风词隐,临桂(今广西桂林)人。他以词为专业,致力50年,为清末四大家之一。20岁前,词作主"性灵","好为侧艳语",至与王运鹏交词风又一变。《蕙风词话》本于常州词派而又有所发挥。他信奉"意内言外"之说,强调词必须注重思想内容,讲究寄托。他论词突出性灵,又不废学力,讲求"性灵流露"与"书卷酝酿"。论词笔、词境、词与诗及曲的文体区别、词律、学词途径、读词之法、词之代变以及评论历代词人及其名篇警句都极精到,往往发前人所未发。

另外,此期重要的词话还有陈廷焯的《白雨斋词话》8卷,690余则,是一部篇幅较大的重要著作。

**作品学习**

1. 朱彝尊《卖花声·雨花台》
2. 纳兰性德《浣溪沙·谁念西风独自凉》
3. 张惠言《木兰花慢·杨花》

## 《卖花声·雨花台》鉴赏

这是一首登临之作,应是词人在雨花台所见所感。上片写所见:白门湾、小长干、大长干均为雨花台所望见之地。白门,即旧南京正南门——宣阳门,白门也是南京城的别称。"潮打城还"化用刘禹锡的《石头城》中"潮打空城寂寞回"的诗意,意为江潮拍打着金陵空城,一片寂寥。"衰柳"句统领全文,概写所见南京之萧条。长干为建康里巷名,在雨花台以北,秦淮河以南,本为南京最繁华之地。歌板,即拍板,这里用作歌舞之地代称。酒旗即酒幌子,这里指代酒馆。"小长干"句是说昔日南京到处是歌楼酒馆,无比繁华,到现在只剩下了渔夫闲钓了。作者虽写眼前景,却包含了今昔对比。主要意图是说南京繁华已成过去,明王朝已是一去不返。

下片"秋草""花雨"句收束上文写景,思接千载,上溯六朝,给人以远古之感。南京为六朝故都,现唯有秋草在金风中摇曳,昔日云光法师说法的盛况不再,徒留空坛。此句实际还是感叹明朝的辉煌不再。"更无人处一凭阑"则写眼前,词人凭栏远眺,唯见斜阳中燕子自由飞翔。如果说辛弃疾《摸鱼儿》"休去倚危栏,斜阳正在,烟柳断肠处"抒写词人对日薄西山的国家前途命运的担忧的话,那么,词人今天所见夕阳中的燕子则没有那么多的感伤,候鸟的飞来最多是物是人非之叹。易代是明清之际的文人内心深处解不开的情愫。朱彝尊作为汉族知识分子的一员,尤其是他科举官僚家庭的出身,内心深处对清王朝的排斥是无疑的。然而,朱彝尊虽生于明朝,但明亡时他仅仅15岁,故对明朝的情感并不像真正的明遗老那么强烈,也就只能是一般的慨叹而已。末句"如此江山"之慨叹意义也就复杂了,或许是江山沦陷如此,或许只是江山依然如此,等等。不得一味地夸大他的遗民情调。

此词在构思上多有今昔之感,意象选择信手拈来,故自然无痕,语言清丽,已经透露出其崇尚醇雅之艺术趣味。

## 《浣溪沙·谁念西风独自凉》鉴赏

这是一首悼亡之作,上阕写妻亡之后自己的孤独及怀念之情。下阕回忆往事,表达当时未能珍惜的遗憾。

首句"谁念西风独自凉"以萧索的秋天为背景,金风吹起天气转凉,要是妻子在时,她早已为词人换上了夹衣。可如今,妻子已逝,还有谁肯替自己操劳呢?内心之悲凉不由升腾,与秋天的寒凉相交织。其语自然,在对今昔差异的感慨中透露出了真挚深切的情感。接下来,"萧萧黄叶闭疏窗,沉思往事立残阳"仍写眼前,上句写自己冷清无味的生活,下句说自己生活于怀念亡妻的痛苦之中。此处"立残阳"写出其中有一个时间流,沉思往事起于何时虽未言明,但已至西天只剩残阳时,还在往事中沉浸。其情深,其苦重,也正是在此时间流中表现出来的。

下阕承上文的"往事"而来,"被酒莫惊春睡重,赌书消得泼茶香"均是对妻子生前琴瑟和谐,幸福快乐生活的回忆。前句侧重于妻子对自己的体贴,与上文的"西风独自凉"相衬托。下句用李清照、赵明诚赌书赢茶的典故,李清照说赌书胜者常哈哈大笑,更侧重于昔日生活的风雅、快乐、和谐的表达。末句"当时只道是寻常"是一声叹息,收束总结回忆。妻子在时虽然那么美好,却只视为平常生活,没有特别珍惜。这声哀叹中饱含着对妻子的珍恋及对妻子逝世的痛、悔、苦等多种情绪。

此词言短情长,将失去妻子的孤单冷清与妻子在时的恩爱快乐相对照,互相生发,使情感更加强烈。善于抓住典型画面,以点带面,无论写乐还是写哀均极生动。"沉思往事立斜阳"等,情景相融,意境天成。语言自然,如道家常,情感饱满,感人深切。

## 《木兰花慢·杨花》鉴赏

这是一首咏物词,所咏对象为杨花。张惠言主张比兴寄托,此词借杨花感叹寒士之境遇及心志。句句咏物,句句写人,物与人一体,为比兴寄托之典范。

上阕写杨花的不公正待遇及其不甘心沉沦的努力。首句"尽飘零尽了,何人解,当花看"写杨花亦是花,却无人当花看的不公正遭遇。此句与苏词"似花还似非花,也无人惜从教坠"异曲同工。寒士无人赏识、无人怜惜的境遇尽在其中。"正风避重帘,雨回深幕,云护轻幡。"三句写暮春季节,为避风而挂起了重重帘子,雨的活动多限于深幕之中,天边白云绕着轻幡如同守护者一般。其中有意识地使用了"风、雨、云"三字,为典型的镶嵌格。作者将风雨云与人的活动联系在一起来写暮春,也算一种创造。"寻他一春伴侣,只断红、相识夕阳间。"此句主语显然是杨花,她寻找一春伴侣,结果仅仅是与"落花"相识在夕阳间。"断红"这一意象有盛开已过等意蕴在里边。由此,杨花与断红相识就有了"同是天涯沦落人"之感慨。"未忍无声委地,将低重又飞还。"摹写杨花飞舞的情形,形象地比喻了底层寒士不甘心悄然沉沦而努力挣扎的样子。

下阕主要咏杨花的努力及结局。杨花因为轻浮而"疏狂性情",一直从初春飘到暮春,因无人赏识而言"耐得凄凉"。其漫天飞舞,与月地梅花、落花似雪三者都称得起"清寒"之境。清寒,对写境来说当是清朗而有寒意,但更多用于写家境的清贫与贫寒。《晋书·文苑传·王沉》:"仆少长于孔颜之门,久处于清寒之路。"不得不使人将杨花与寒士相联系。"收将十分春恨"两句写杨花最后的努力:春残花败,故杨花将再多的春恨收起,只"做一天愁影绕云山"。在"十分"与"一天"的对比中,写尽了寒士的不甘及努力。"看取青青池畔"两句写杨花的归宿。意为杨花最终飘落在春草间、池塘畔,凝化为泪痕斑斑。它由苏轼词《水龙吟》次韵章质夫杨花词的结句"不是杨花,点点是离人泪"化来,却比它更凝重,更为含蓄,更有震撼力。

咏物之作在形式上如谜语谜面,句句不离所咏之物,却无一句说破。与苏轼杨花词比,此词包裹更为严实。咏物之作多用比拟、双关等,借咏物抒写人文情怀。此词将体物功夫与咏寒士相结合,咏物即是写人,写人也是咏物,二者水乳相融,体现了常州词派讲求比兴寄托的词学主张。

## 延伸阅读

**1. 原典阅读**

(1)阅读《迦陵词》(陈维崧著,南开大学出版社,2009年版),重点阅读他的豪放词篇目,注重体会陈维崧词豪情悲愤的抒情特征。

(2)阅读《饮水词笺校》(纳兰性德撰,赵秀亭、冯统一注,中华书局,2011年版),重点阅读抒情之作,注重体会纳兰性德词含情绵渺、凄婉娴丽的风格。

(3)阅读《箧中词》(谭献编,罗仲鼎等点校,人民文学出版社,2015年版),重点阅读名家名篇,注重体会清代名词人的风格。

**2. 研究文献阅读**

(1)阅读《清词论丛》(叶嘉莹著,河北教育出版社,1997年版),归纳总结清代名词人创作风格。

(2)阅读《清词史》(严昌迪著,江苏古籍出版社,1990年版),归纳总结清代词的发展演变。

## 拓展训练

1. 吴梅在《词学通论》中说:"词至清代,可谓极盛之期。惟门户派别,颇有不同。二百八十年中,各遵所尚,虽各不相合,而各具异采也。其始沿明季余习,以花草为宗。继则竹垞独取南宋,而分虎、符曾佐之,风气为之一变。至樊榭而浙中诸子,咸称彬彬焉。皋文、郎甫,独工寄托,去取之间,号为严密,于是毗陵遂树帜骚坛矣。鹿潭雄才,得白石之清,而俯仰身世,动多感喟。庾信萧瑟,所作愈工,别裁伪体,不附风气,骎骎入两宋之室。幼霞之与小坡,南北不相谋也。而幼霞之严,小坡之精,各抒称心之言,咸负出尘之誉。风尘澒洞,家国飘摇,读其词者,即可知其身世焉。一代才彦,迥出朱明之上。追及季世，彊村、蕙笙并称瑜、亮，而新亭故国之感，尤非烟柳斜阳所可比拟矣。（朱、况两家，以人皆生存，未便辑入云。）盖尝总而论之，清初挐毂诸公，尊前酒边，借长短句以吐胸中之气，始而微有寄托，久则务为谐邕。而吴越操觚家，闻风竞起，选者作者，妍媸糅杂。渔洋数载广陵，实为此道总持。迨纳兰容若，才华门第，直欲牢笼一世，享年不永，同声悲惋，此一时也。竹垞以出类之才，平生宗尚，独在乐笑。江湖载酒，尽扫陈言，而一时裙屐，亦知取武姜、张，叫嚣奔放之风，变而为敦厚温柔之致。二李继轨，更畅宗风，又得太鸿羽翼，如万花谷中，杂以芳杜。扬州二马，太仓诸王，具臻妙品。而东坡词诗，稼轩词论，昂藏激扬之调，遂为世所垢病，此一时也。自樊榭之学行，一时作家，咸思拔帜于陈、朱之外，又遇大力者，负之以趋，窈曲幽深，词格又非昔比。武进张氏，别具论古之怀，大汰言情之作，词非寄托不入，皋文已揭橥于前；言非宛转不工，子远又联骖于后。而黄仲则、左仲甫、恽子居、张翰风辈，操翰铸辞，绝无饾钉之习。又有介存周子，接武毗陵，标赵宋为四家，合诸宗于一轨。其壮气毅力，有非同时哲匠可并者，此一时也。洪杨之乱，民苦锋镝，《水云》一卷，颇多伤乱之语，以南宋之规模，写江东之兵革。平生自负，接步《风》《骚》，论其所造，直得石帚神理。复堂雅制，品骨高骞，窥其胸中，殆将独秀。而艺非专嗜，难并鹿潭。《箧中词》品题所及，亦具巨眼，开比兴之端，结浙中之局。礼义步愆，根柢具在。月坡樵风，无所不贬，持较半塘，未云才弱。其精到之处，雅近玉田。而《苕雅》一卷，又有《狡童》《离黍》之悲焉，此又一时也。至于论律诸家，亦以清代为胜。红友订词，实开橐钥，顺卿论韵，亦推输墨，而其所作，率皆颓唐，不称其才，岂知者未必工，工者未必尽知之欤？于是综核一代之言，复为论次之。"结合你的学习，撰写一篇有关清代词为古代词全面复兴的小论文。

2. 曹寅《楝亭集》有诗曰："家家争唱饮水词，纳兰心事几曾知？"李勖《饮水词笺》自序中对纳兰性德做了全面的评论之后说："此惟饮水词人有之，清代诸作者，罕能望其项背也。"著名词家朱祖谋云："八百年来无此作者。"王国维《人间词话》说："以自然之眼观物，以自然之舌言情。此由初入中原，未染汉人风气，故能真切如此。北宋以来，一人而已。"况周颐《蕙风词话》卷五说："纳兰容若为国初第一词人。"续编卷二说他"直窥北宋堂奥"。结合以上论述，如何评价纳兰性德的《饮水词》？

# 第四章　清代戏曲

**文学史**

　　清代戏曲在初期保持了明末的旺盛势头,有李玉等苏州剧作家的新编历史剧,吴伟业、尤侗等寄托心曲的抒情剧,李渔等人的风情戏剧。这三类作家的剧作,命意、作法、风格各异,标志着戏曲创作艺术的更加成熟,也对后来的戏曲创作产生了影响。至清中叶,在"盛世"繁荣景象的背后,清廷对文化的压制非常严酷,文字狱频繁发生,文人们处在苦闷、彷徨中。戏剧创作也进入低潮,作家大多缺乏对现实社会的关注。后期,随着昆曲的衰弱,戏剧创作的艺术形式上也逐步僵化,失去了生命力。真正代表戏曲发展趋势的,是开始与"雅部"争胜的"花部"剧种。

## 第一节　清代初期戏曲

　　清初戏剧继承明末戏剧而来,活跃于舞台的第一个流派是由明入清的苏州作家群,其次是以李渔为代表的风情戏,最具时代性的是文化名流的抒情写意之作。

### 一、苏州作家群及其创作

　　苏州作家群在明末已具有一定的影响力,因他们大都是苏州籍底层文人而得名。代表人物是李玉,其他成员有朱素臣、朱佐朝、叶雉斐、毕魏、丘园等。在明末,他们以社会伦理问题为主要创作题材,在明清易代之际,受文化名流的影响,开始关注政治,创作出大量的历史剧及一些时事剧。他们熟悉舞台表演,创作舞台性强,在当时深受社会各阶层观众的欢迎。

　　李玉(1610—1671?),字玄玉,后因避康熙讳改作元玉,号苏门啸侣,吴县人。他一生创作传奇30余种,现存20余种,数量可观。他在明末的作品以"一笠庵四种曲"即《一捧雪》《人兽关》《永团圆》《占花魁》最为有名,这四种曲还可简称为"一人永占"。其中《一捧雪》写严世蕃强索莫怀古家祖传玉杯"一捧雪"的故事,突出了莫怀古利用智慧保护

"一捧雪"、义仆莫诚代主人就戮、小妾雪艳娘刺死为虎作伥的负义小人汤裱褙而殉节等内容。《人兽关》据《警世通言》中的《桂员外穷途忏悔》改写而成,批判忘恩负义之人与事。《永团圆》则是一个指责嫌贫爱富、趋炎附势的故事。《占花魁》演绎《醒世恒言》中《卖油郎独占花魁》的故事。这几出戏或着眼于忘恩负义,或着眼于嫌贫爱富,虽无多少深意,却为日常生活中常见的道德伦理问题,加之戏剧冲突集中而激烈,所以能引起观众的共鸣,以至"每一纸落,鸡林好事者争被管弦"(《眉山秀题词》)。

入清以后,李玉一方面受到了改朝换代过程中血腥的刺激,另一方面受到文化名流的青睐及指点,创作题材由对家庭道德伦理问题的关注转向对社会政治、历史的关注。创作出了《千忠戮》(又名《千钟禄》)《万里缘》《两须眉》《牛头山》《麒麟阁》及与苏州作家群主要成员参与创作的《清忠谱》等。其中《清忠谱》写周顺昌等东林党人及苏州市民与阉党斗争的故事。它以明末清流周顺昌、杨涟、魏大中、左光斗遇难的事迹,以及市井细民颜佩韦、马杰、周文元、杨念如、沈扬五人急公好义,聚众请愿,对抗官府,以及最后苏州百姓捣毁魏忠贤生祠等历史事实为依据,许多剧情俱按实事,巧妙搬演场面,几乎将新近事件搬上了戏剧舞台。剧作批判朋党之争,意在揭示明亡的根源。描写忠良遇害,意在说明正因如此,清人才有机可乘,政治现实意图明显。剧作主题突出,线索分明,填词雅训,有较高的艺术性。

朱素臣等其他作家的《翡翠园》(一作《翡翠缘》)《十五贯》《渔家乐》《英雄概》《琥珀匙》《如是观》《三报恩》《虎囊弹》等也很著名。这些作品多描写现实,却不免封建说教及因果报应思想,在情节艺术上有追求巧合之嫌疑。

## 二、李渔的风情戏及其戏剧理论

李渔(1611—1680),字谪凡,号笠翁,别署笠道人,作小说署觉世稗官,浙江兰溪(今浙江金华)人。明末应乡试不中,后家道中落,遂绝意仕进,以书坊、戏曲、戏班为生,结交名流,却不失体面。他风流放诞,不讳言享乐与饮食男女,过着一种别样的生活。他对戏剧有独特的理解,著有《笠翁十种曲》及戏曲理论著作《闲情偶寄》。

《笠翁十种曲》包括:《怜香伴》《奈何天》《比目鱼》《蜃中楼》《风筝误》《慎鸾交》《凰求凤》《巧团圆》《玉搔头》《意中缘》等。杨恩寿评云:"《笠翁十种曲》,鄙俚无文,直拙可笑。意在通俗,故命意、遣辞,力求浅显。流布梨园者在此,贻笑大雅者亦在此。究之,位置脚色之工,开合、排场之妙,科白、打诨之宛转、入神,不独时贤罕与颉颃,即元、明人亦所不及,宜其享重名也。"(《词余丛话》)李渔认为"十部传奇九相思",这10种戏剧在题材上或为才子佳人,或为婚姻爱情,其中不乏其享乐思想及低俗情趣。在情节技巧上,他往往以巧合与误会成剧,戏剧包袱及笑料充足,强化了戏剧的娱乐性。如《风筝误》,以风筝题诗、冒名约会等为关目,讲述詹淑娟与韩世勋、詹爱娟与戚友先两对婚姻故事,其中前一对与后一对才华品德及相貌均呈现为对比的两极。在关目中,阴差阳错地发生了种种误会,最后才得以配成眷属。故事中笑料十足,舞台表演性强,表现出向戏剧的娱乐性回归的倾向。李渔戏剧创作中思想性最强的是《比目鱼》,此剧前半部分写宦门子弟谭楚玉与女伶刘藐姑相爱,谭为了爱情而卖身戏班,但刘母贪恋金钱,将女儿许给富豪为妾。

刘藐姑决心以死相抗，借《荆钗记》"抱石投江"倾吐怨愤之后跳江，谭楚玉随之殉情。后半部分写谭刘二人被救成婚，谭取得功名，建立功业及功成隐退等故事。李渔杂著《闲情偶寄》中的戏剧理论既有对王骥德的《曲律》等前贤著作观点的吸纳，更有对自己戏剧实践活动经验的总结。他指出："填词非末技，乃与史传诗文同源而异派者也。"将戏曲与史传诗文等正统文学相并论；他强调戏剧结构，提出了"立主脑""减头绪""密针线"等观点；对戏曲语言提出"尖新""洁净""机趣"等标准，强调人物语言的个性化，并且首次对宾白进行了论述。总之，《闲情偶寄》是一部较为系统的中国古典戏曲理论著作。

### 三、文化名流的戏曲创作

清代初年，一些文化名流也看到了戏曲文学的影响力，于是他们将时代的情绪谱写进他们的戏曲作品中。如吴伟业（1609—1672）的《秣陵春》传奇，《通天台》《临春阁》杂剧；尤侗（1618—1704），字展成，号悔庵，江苏长州人。著有《钧天乐》传奇，《读离骚》《吊琵琶》《桃花源》《黑白卫》《清平调》5种杂剧。他们的作品内容时代感强，突出抒情但不注重表演特质，故多停留于案头，并不能搬上舞台。

## 第二节　洪昇及其《长生殿》

### 一、洪昇的生平及《长生殿》创作

康熙剧坛，曲词俱佳者以《长生殿》为最。其作者洪昇（1645—1704），字昉思，号稗畦，钱塘（今浙江杭州）人。他出身仕宦之家，却家道中落，故而肩负着光复门庭之重任。康熙七年（1668），他为了功名赴京城国子监肄业。一年后，复返回钱塘。自康熙十三年（1674）至三十（1691）年，举家八口在京城生活。他的诗中"伤心作客三千里，屈指依人二十秋""贱知客里谋生苦"等当是此期生活的写照。《长生殿》即作于此期。南归后，他曾"日与缁锡游"，试图"超然泯荣辱"，但终放不下尘世，实际上过着纵情于诗酒的生活，终在醉酒归途中落水而亡。其成名于《长生殿》，也因《长生殿》被搬演于国忌期而断送了政治前程。他一生创作剧本《回文锦》《回龙记》等10种，唯有《长生殿》和杂剧《四婵娟》流传了下来。著有诗集《稗畦集》《稗畦续集》《啸月楼集》等3种。

《长生殿》剧情取材于唐以来的热门故事——天宝遗事。继杜甫的《丽人行》《哀江头》之后，题咏此故事的有白居易的《长恨歌》，陈鸿的《长恨歌传》；宋代乐史的《杨太真外传》则描写更加详尽，为戏剧提供了丰富的资料；元明以来，无论诸宫调、院本、杂剧、南戏、传奇、弹词、鼓词中，都有关于这个故事的创作。其中以元人白朴的杂剧《梧桐雨》和明人吴世美的传奇《惊鸿记》影响最大。但是，这些作品或以宫廷生活的腐败荒淫为主题，或以同情李杨爱情为主题，或者这两方面均有涉及。他们多接近历史真实，总结历史教训，抒写作家情怀。《长生殿》"盖经十余年，三易稿而始成"，洪昇最先以李白故事写成《沉香亭》，又改成"李泌辅肃宗中兴"的《舞霓裳》，再易其稿才写成了"念情之所钟，在帝王家罕有""专写钗盒情缘"的《长生殿》。

## 二、《长生殿》的主要内容及创新

《长生殿》共50出,以李隆基与杨玉环的爱情为剧情主线,勾画出了二人的情感历程。从《定情》到《窥浴》,李、杨二人还谈不上有感情,两相关注还停留在"声色之好"的层面;《密誓》则象征他们的情感脱去肉欲,发展为两厢情重恩深,"愿世世生生,共为夫妇,永不相离"的夫妻情谊,马嵬之变《埋玉》中的死别则使他们的情感又上一高度。在下半部分,《冥追》《闻铃》《情悔》《哭像》《雨梦》等集中强化了他们生守前盟、死抱痴情的精诚。他们最终感动天地鬼神,在忉利天宫永团圆。在《长生殿》中,作者抛却历史陈说,对李杨爱情进行了净化与审美化描写,使杨玉环成为观众同情的对象。其中,作者隐去杨玉环曾是寿王妃的事实,对其出身进行净化,甚至说她是蓬莱仙子脱生,以仙缘证李杨的爱情基础;将与梅妃争宠改为人物对自身爱情的巩固与正当防卫,赢得了观众的同情;将安史之乱的祸端归罪于诸杨,使杨玉环成为一个无辜者,这样杨玉环之死就演化成为爱情而死,成为"生擦擦为国捐躯"的爱国行为。下半部分对人物生死情缘的渲染,使人物表现为一个钟情、纯情、至情之形象。

《长生殿》以"安史之乱"为李、杨爱情的政治背景,作者没有将杨玉环视为红颜祸水,看作"安史之乱"的祸端,而是对李隆基"占了情场,弛了朝纲"的行为进行了指责,认为是一个"败而能悔""国倾而复平"的例子,并试图借此以实现"垂戒来世"的政治批评意图。然而,他将政治祸乱的原因归结于"贪侈",所阐述的"乐极哀来"等道理是肤浅的,其批判也是无力的。其中对诸杨或专权纳贿,或"恁僭窃,竞豪奢,夸土木",浪费民脂民膏,祸害贫民百姓的批判较为生动;借雷海青等下层艺人之口,对降贼者的指责也可谓淋漓尽致。

《长生殿》中还有一种"情缘总归虚幻"的人生感伤意识。如第五十出【前腔】唱道:"羡你死抱痴情犹太坚,笑你生守前盟几变迁。总空花幻影当前,总空花幻影当前,扫凡尘一齐上天。"【黄钟过曲·永团圆】:"尘缘倥偬,忉利有天情更永。不比凡间梦,悲欢和哄,恩与爱总成空。"如此等等,将现实情缘归于虚幻,鼓吹仙道的永恒,其中不乏对现实的不满与皈依仙道的价值观念。

《长生殿》将对李、杨爱情的审美与"安史之乱"相结合,又渗透有否定现实情缘的仙道观念,对唐以来的传统题材进行加工创新,赋予了它更为复杂、深厚的底蕴。

## 三、《长生殿》的艺术成就

该剧上半部的现实主义与下半部的浪漫主义相结合,将一个历史上的悲剧故事演绎为宣扬钟情、纯情、至情的喜剧故事。再现手法与表现手法共同使用,增强了戏剧的表演性与可看性。喜剧的结局,再次张扬了明中叶以来对情的鼓吹,在封建迷信时代对追求爱情者具有一定积极鼓舞作用,表现出了相对的进步性。

作者精心设计,使用钗盒道具组织故事,推进情节,使戏剧结构紧凑而精妙。在《密誓》中钗盒第一次出现,为李、杨定情之象征;在《埋玉》中,钗盒两分为失盟之象征;在下半场《情悔》等出中,钗盒屡屡出现,为寻盟与情怨的象征,最后在《重圆》中再次出现,正如【尾声】所唱"死生仙鬼都经遍,直作天宫并蒂莲,才证却长生殿里盟言"为证盟之象征。钗盒出现往往是故事的转折点,起到了起承转合之功能,具有明显的结构作用。

《长生殿》精细排场与清新流畅的语言,非它剧能比。该剧场面安排上轻重、冷热、庄谐参错,均出于匠心经营,从而将传奇剧的创作艺术推向了新的高度;《长生殿》的曲文吸纳了大量唐诗宋词及元曲现成句子,语言精美,叙事简洁,写景如画。

## 第三节  孔尚任及其《桃花扇》

### 一、孔尚任的生平及创作

孔尚任(1648—1718),字聘之,又字季重,号东塘,别号岸堂,自称云亭山人,山东曲阜人,孔子第64代孙。孔尚任少年时代,苦读经传,博览史书,却未曾获取功名。康熙二十三年(1684),康熙皇帝南巡北归时到曲阜祭孔,孔尚任因御前讲《论语》受到褒奖,被破格任命为国子监博士。康熙二十四年(1685),他受命至扬州参与疏浚黄河海口的工作。这或许是康熙给他的建功机会,但治河衙门内部矛盾重重,互相掣肘,无心治河。在建功无望的情况下,他便留恋诗酒,俨然主持风雅的名士。就是在此期,他访遍当地名山大川,尤其有意识地探访明朝遗老,踏勘南京故地,为《桃花扇》写作积累了丰富的资料。孔尚任于康熙二十九年(1690)返北京后,又做了多年的国子监博士,才转为户部官员。他在京所任为闲职,与闲曹、流寓的文人墨客相唱和的同时,他开始了《桃花扇》的创作,于康熙三十八年(1699)六月定稿,一些王公官员竞相借抄,康熙也索去阅览。次年春,《桃花扇》上演,引起朝野轰动,孔尚任也随之莫名地被罢官。

孔尚任有诗文集《石门山集》《湖海集》《岸堂集》《长留集》;文集《岸塘文集》;词集《绰约词》;戏曲作品《桃花扇》之外,有《小忽雷》。

### 二、《桃花扇》的主要内容

《桃花扇》是清初汉族文人追忆历史、反观历史心理的余绪。它将爱情与王朝兴亡相结合,写成了"借离合之情,写兴亡之感"的历史剧作。所谓"离合之情"即江淮名妓李香君与复社文人侯方域爱情的悲欢离合;"兴亡之感"为南明弘光小朝廷的兴亡历史。

故事是从当时的清流——复社文人声色犬马的生活开始的。如果说侯方域迷恋名妓李香君只是个案的话,《侦戏》一出中陈贞慧、方密之、冒辟疆为看戏,竟然向阉党余孽阮大铖借戏,则说明了所谓清流在清兵南下之际仍沉迷于声色,严守门户之见。《却奁》一出是李渔所说的"主脑"——一切故事均从此出而生。李香君虽为女流,却慧眼识破了阮大铖阴谋,以助妆奁拉拢侯生,毅然却奁,从而卷入政治斗争的旋涡,赋予儿女私情以政治化意义。接着,侯方域被逼出走,两厢分离。在《拒媒》《守楼》《寄扇》《骂筵》等出中表现了李香君对爱情的贞定,并反映了南明王朝内部贪图眼前享乐的腐败生活;在《阻奸》《移防》《草檄》等出中则通过侯方域的舞台活动见证了江北四镇的内讧及史可法等将领的抗清斗争。

李香君是一位政治化的妓女,她对待爱情的态度与政治倾向相一致。剧作通过她的一系列舞台活动,不仅仅展现了南明朝廷声色犬马的生活,同时也揭示了当时所谓中流砥柱的复社文人沉醉于歌楼妓馆、迷恋酒色的精神状态。侯方域是复社文人,属于社会清流。戏曲开场,在生活上,他迷恋于李香君;在政治上,候方域先是与明代阉党余孽相对抗,后来被逼离开南京,加入了抗清志士史可法的幕府,通过他一系列的舞台活动,再现了南明朝廷内部的党争及南明抗清、失陷的全过程。候李二人的政治态度使他们的悲欢离合始终与南明政治的兴衰相联系,故而此剧能够"借离合之情,写兴亡之感"。

剧作还勾勒了马士英、阮大铖等一系列误国奸佞的形象及柳敬亭、苏昆生等有气节的下层人物的光辉形象,均十分生动鲜活。

### 三、《桃花扇》的艺术成就

剧作的写实性。《桃花扇》是孔尚任在大量资料调查及实地勘察的基础上创作的,他在《桃花扇凡例》中说:"朝政得失,文人聚散,皆确考时地,全无假借。至于儿女钟情,宾客解嘲,虽稍有点染,亦非乌有子虚之比。"剧作忠于历史文献,在清初戏曲中除《清忠谱》外,它当属文学作品中史料价值最高的一种。

鲜明的戏剧线索。剧作的线索即"桃花扇"。其中赠扇、溅扇、画扇、寄扇、撕扇既有照应之功能,也标志着情节发展的阶段性,线索功能鲜明。

独特的戏剧结构。《桃花扇》最大的创造是它奇特的时空转换结构。其中剧作上本前的"试一出《先声》",末尾"闰二十出《闲话》";下本前的"加二十一出《孤吟》",剧尾"续四十出《余韵》"均为剧作上演时间——康熙二十三年(1684),空间为《桃花扇》演出的舞台。剧作其他40出则讲南明故事,其时间、空间也随故事情节而变化。台上人物老礼赞、张道士既是剧中人物,也是当时在世的真实人物,他们或细参离合之情,或总结兴亡之感,将现实时空与故事时空进行巧妙转换,形成了独特的戏剧结构。

如果说该剧有缺陷的话,便是由于孔尚任对音乐不精熟,《桃花扇》尚有案头之作的嫌疑。

## 第四节  清代中期戏曲

在此期,传奇的体制向杂剧靠拢,开始多样化并更加灵活自由。但从明中叶以来占曲坛主导地位的昆腔已从雅化到僵化,以至于逐渐失去观众。此期最主要的戏曲事件为"花雅之争",值得注意的剧作家有唐英、蒋士铨、杨潮观等。

### 一、花雅之争

所谓的"花雅之争",即以弋阳、秦腔为代表的花部戏——地方戏与以曲坛正宗昆腔为主的戏曲之争。从明代中叶始,昆腔以其优美的音乐体系等受到上层社会及封建文人的青睐而成为正宗,统领剧坛。弋阳腔则因其高腔及击打乐等更适宜于在市井街衢演出而受到下层民众的欢迎。"花雅之争"的第一个阶段为弋阳腔与昆腔争胜。从清代始,弋阳腔以其灵活的表演形式等受到上层社会关注。钱泳《履园丛话》卷一二载:"两淮盐务中尤为绝出。例蓄花、雅两部,以备演唱。"在康熙中后期,弋阳流传至北京,与当地土腔结合,形成高腔,并出现"六大名班,九门轮转"的局面。在乾隆间,高腔进入宫廷,也成为御用腔,打破了昆腔一枝独秀的局面。第二个阶段为秦腔与昆腔争胜。乾隆三十九年(1774)、四十四年(1779),艺人魏长生带领秦腔戏班两次进京,以《滚楼》赢得京师观众的喜爱,再次掀起花部戏与昆、高二腔争胜的局面。第三个阶段为乾隆末年四大徽班进京,花部戏取得胜利。1790年,乾隆80大寿,四大徽班把二簧调带入北京,与高、秦、昆合演,形成南腔北调汇集一城的奇特景观。由此,中国戏剧唱腔也出现了百花齐放的局面。

## 二、清中期雅部的戏曲创作

从创作而言,此期宣扬封建道德及男女风情的戏居多,成就可观者有唐英、杨潮观、蒋士铨等。唐英(1682—1755),字隽公,号蜗寄居士,沈阳人。据前人考证,唐英有杂剧剧本《十字坡》《三元报》《女弹词》《英雄报》《梅龙镇》《虞兮梦》《傭中人》《面缸笑》《芦花絮》《长生殿补阙》《清忠谱正案》《笳骚》等;有传奇剧本《天缘债》《转天心》《双钉案》等。现有《古柏堂传奇》行世。唐英比较注意向地方戏和民间传说汲取营养,如《面缸笑》是根据梆子腔脚本《打面缸》改编而成,内容生动活泼,在描绘世相、讽刺官吏恶行诸方面辛辣而深刻。郑振铎称其"谑而不虐,易俗为雅,厥功亦伟"。

杨潮观(1712—1791),字宏度,号笠湖,江苏金匮(今无锡)人,乾隆元年(1736)25岁时中举人。他曾先后在山西、河南、云南、四川等地任地方官,著有《吟风阁杂剧》。其中包括32种短剧,每种仅1折,类似如今的独幕剧。这些作品虽取材于历史传说或神话故事,实则是对作者为官多年所历所得所感所思的形象再现。《东莱郡暮夜却金》写关西大儒杨伯起严词拒绝学生赠金之事,宣扬廉洁为官的思想;《汲长孺矫诏发仓》写汲黯听取民意、从权救灾的故事,意在说明地方官应根据当地实情,对朝命从权达变方能利国利民;《夜香台持斋训子》写生性严猛的雋不疑在母亲教育下善待百姓,表达了反对酷刑冤狱的思想;《荀灌娘围城救父》歌颂智勇双全的女英雄荀灌娘;《动文昌状元配瞽》赞扬男性对婚姻的忠贞;《华表柱延陵挂剑》赞赏古人重然诺的友道之风。如此等等,内容驳杂,有宣扬封建礼教者的,还有自我吹嘘的,阅读时还当细心鉴别。从艺术上看,《吟风阁杂剧》每出只1折,情节失之于简单。但从独幕剧角度看,却也积累了一些可供资取的经验。

蒋士铨(1725—1785),字清容,一字心余,号清容,又号藏园,江西铅山人,乾隆二十二年(1757)进士,官授编修,晚年为国史馆纂修官。他的戏剧今存16种,见于《红雪楼十二种曲》和《西江祝嘏》中。蒋士铨当时就有诗名,与袁枚、赵翼一起,被称为"乾隆三人家"。

其戏剧创作可分为两个阶段。第一阶段是他早年对盛世的颂歌,即《西江祝嘏》,其中包括《康衢乐》《忉利天》《长生箓》《升平瑞》杂剧4种。此四剧是乾隆十六年(1751),作者为太后祝寿而创作的。在《康衢乐》中,他写道"野无旷土,国无游民,雨顺风调,家给人足。愚贱皆能孝悌力田,俊秀相期克己修德。道路无非礼让,宵小尽化善良,民间数世同享国家太平之福""妇亲蚕,儿饭牛。听书声相应,机声未休。那官来官去不掉头,饱暖优游,喜男女康宁福寿,更鸡有、彘有、钱有、子有、孙有"等,勾画出一幅社会安定、经济富足、百姓安居乐业的太平盛世景象。第二个阶段的创作以传奇为主,从内容上则转向对民族英雄的赞颂。其中以《桂林霜》《冬青树》《临川梦》3种最为著名。如《桂林霜》盛赞在清三藩之乱中坚持操守、合家39口殉难的广西巡抚马雄镇;《冬青树》则以史实资料为依据,刻画了南宋灭亡时文天祥、谢枋得忠贞节烈的浩然正气;《临川梦》写汤显祖的主要生平事迹,它把"四梦"中的主要人物和为《还魂记》而死的娄江俞二娘穿插剧中,构思新颖奇特,以汤氏人品才华和壮志难酬寄寓作者本人的遭遇与愤懑。其作品的保守落后思想也较突出,如主张一夫多妻等。日本青木正儿《中国近世戏曲史》曰:"蒋士铨之曲,学汤显祖作风,而能谨守曲律,不稍逾越,为近代曲家所难得,当可推为乾隆曲家第一。"

### 三、清中期的花部戏曲

清代中叶的花部戏包括了梆子腔、乱弹腔、秦腔、西秦腔、襄阳腔(一名湖广腔)、二簧调(一名胡琴腔)、罗罗腔、弦索腔(一名女儿腔,俗称河南调)、唢呐腔、巫娘腔、柳子腔、勾腔、宜黄诸腔、山东弦子戏、滩簧等地方戏。花部戏剧目一般来源大约有三:一是取材于民间故事;二是由昆腔传统剧目改编而来;三是改编《三国演义》《水浒传》《隋唐演义》《杨家将》等各种通俗小说中的故事。《缀白裘》的六集部分与十一集的全部就收有"梆子腔""乱弹腔""西秦腔"等地方剧30余种50余出。如《搬场》《拐妻》讲荒年武大郎偕潘金莲迁往阳谷县,途中潘金莲随脚夫私奔,宋江为武大郎将潘追回的故事。《安营》《点将》《水战》《擒么》,演岳飞、牛皋与杨么战斗之事。《上街》《连相》《花鼓》,演打连相女艺人的卖艺生活,为清代连相表演的直接资料。《斩貂》是三国中关羽斩貂蝉的故事。

当时,虽诸腔竞陈,争奇斗艳,但还不够成熟和完善,主要表现为:很少作家为地方戏专门创作剧本。剧本的流传,主要靠师徒间口授和抄写。因此,其剧本与早期话本一样,并非固定文本,其曲词尤其是宾白,是一种开放性的。艺人演剧主要追求浅俗有趣,难免粗糙并时有低俗桥段的出现。最值得一提的是黄图珌创作的《雷峰塔》,其中白蛇与许仙的爱情故事,一经艺人搬演,使得陈嘉言父女的改编本与徽州文士方成培的修订本更为流行,原创本反被冷落。

## 第五节 清代后期戏曲

### 一、晚清京剧

乾隆末年四大徽班把二簧戏带进北京,二簧是弋阳腔同安徽的某种曲调结合起来的四平调,又和湖北黄州一带民歌相结合的产物;西皮起于湖北,是脱胎于西北梆子腔的新调。经过安徽、湖北两省艺人长期的努力,把二簧在与西皮结合在一起,使二簧戏具有一种新的面目。徽班进京以后,二簧在与其他剧种相交流的过程中,吸纳它们的优点,在嘉、道以后逐渐地形成了中国最有影响的剧种——京剧。

现在搜集到的京剧传统剧目约有1200多种,题材十分广泛,其中取材于《封神演义》《三国演义》《隋唐演义》《杨家将》《说岳》《英烈传》等历史演义和英雄传奇的故事最多。优秀的剧目如《打渔杀家》《群英会》《四进士》《玉堂春》《三击掌》《宇宙锋》《连升店》等。

## 二、晚清地方戏

在晚清,地方戏蓬勃发展,与戏曲改良运动相适应,各地也出现了先进的戏剧组织。1905年,周善培在成都倡议成立了"戏曲改良公会",指导川剧改良工作。剧作家黄吉安(1836—1924)创作改编剧本多达百种,其中有的作品借古喻今,彰善瘅恶,如《柴市节》《三尽忠》《朱仙镇》等;有的作品广泛涉及生活陋俗,如戒鸦片的《断双枪》、戒缠足的《凌云步》、戒迷信的《邺水投巫》等。1912年7月,陕西同盟会会员李桐轩、孙仁玉等热心戏曲改良的社会各界知名人士在西安创建了我国第一个集戏曲教育和演出为一体的新型艺术团体——陕西易俗社。该社以"辅助社会教育,启迪民智,移风易俗"为宗旨,按照资产阶级民主制度制定章程,建立领导机构,设立评议部、编辑部、学校部、训练部。易俗社将文化教育、戏曲训练、演出实践结合起来,培养了大批戏曲人才,创作和演出了许多优秀剧目,如《三滴血》《游西湖》《游龟山》等对戏曲发展产生了巨大影响,对戏曲改良起到了示范作用。

## 三、话剧的产生

20世纪初叶,随着诗界、文界、小说界革命一起,戏剧改良运动也勃然兴起。1902年,梁启超在《新民丛报》创刊号上发表传奇《劫灰梦》,成为戏剧改良之先声。1904年,中国第一个戏剧杂志《二十世纪大舞台》问世,发起人陈去病、汪笑侬等标举"以改革恶俗,开通民智,提倡民族主义,唤起国家思想为唯一之目的"(《简章》),柳亚子所撰《发刊词》,高张"梨园革命军"大旗,呼吁"建独立之阁,撞自由之钟,以演光复旧物推倒房朝之壮剧、快剧",揭开了戏剧史上新的一页。

1906年,留学日本的中国学生曾孝谷、李叔同等组织了我国第一个戏剧团体——春柳社。次年春,在中国青年会举办的一次赈灾游艺会上,春柳社同人演出了法国小仲马《茶花女》的第三幕,这是中国戏曲史上第一部用中国话所演出的话剧。春柳社不断扩大力量,并先后演出了《黑奴吁天录》《热血》等,在当时引起轰动。

在当时出现的剧社有春阳社、进化团、新剧同志会,还出现了专门培养戏剧人才的学校——通鉴学校。演出的剧目有《血蓑衣》《安重根刺伊藤》《新茶花》《家庭恩仇记》《不如归》《猛回头》《社会钟》等。内容更加丰富,舞台演出经验不断提高,为后来的话剧艺术奠定了扎实的基础。

### 作品学习

1. 洪昇《长生殿·埋玉》
2. 孔尚任《桃花扇·却奁》

### 《长生殿·埋玉》鉴赏

《长生殿》以李隆基、杨玉环的爱情故事为题材,上半部分写杨玉环生前故事,后半部分写杨玉环死后李杨二人虽然阴阳相隔,却不忘前情,最终二人在忉利天宫团圆,即生守前盟,死抱痴情的钗盒情缘。《埋玉》一出,所谓的"玉"即杨玉环。主要写"安史之乱"暴发,李隆基率众往蜀避难,至马嵬驿又遭兵变,三军要求处死杨玉环及杨国忠等,否则不再保驾前行。杨玉环为了保主,主动请死,在一株梨树上自缢。死后以李杨定情之物"金钗一对,钿盒一枚"殉葬。

李杨爱情在历史上受指责,甚至杨玉环被指为"安史之乱"的祸端。杨玉环之死是被逼无奈的行为,但在此出戏中,她主动请死说:"臣妾受皇上深恩,杀身难报。今事势危急,望赐自尽,以定军心。陛下得安稳至蜀,妾虽死犹生也。算将来无计解军哗,残生愿甘罢,残生愿甘罢!"这样,她变被动为主动,首先是"百年离别在须臾,一代红颜为君尽"体现了她用生命的代价表达了对唐王朝的忠诚,也表现了对李隆基爱情的忠贞。其次是增添了她死亡的无辜,赢得了观众更多的同情。陈玄礼等也认为"贵妃无罪",李隆基也说"国忠纵有罪当加,现如今已被劫杀。妃子在深宫自随驾,有何干六军疑讶"。杨玉环的死主要是受杨国忠的牵连。对人物无辜的反复渲染,净化了人物的灵魂,赢得了观众的同情。最后是升华了她死亡的意义——她的死是为君王而死,为国而死。正如第三十三出所说是"生擦擦为国捐躯"。

正因为如此描写,杨玉环之死成为美的毁灭,忠贞爱情的毁灭,也成为一种忠君爱国情怀。此出戏不仅收束了前半部分"生守前盟"的描写,也为下半部分"死抱痴情"剧情的展开奠定了基础。

## 《桃花扇·却奁》鉴赏

《却奁》一出是《桃花扇》的第一个小高潮,戏曲主要冲突是阉党余孽阮大铖赠妆奁于李香君,企图借此拉拢复社文人侯方域,希望侯生替他排解复社文士对他的攻讦。在这出戏中,李香君虽为妓女却政治态度坚决,是非分明。正因为"却奁"这一行为,将人物推入政治斗争的旋涡。这出戏对李香君性格的刻画十分突出。

(1)作为戏剧作品,塑造人物的第一手段是人物语言与动作。在此出戏中,精彩道白如"官人是何说话,阮大铖趋附权奸,廉耻丧尽;妇人女子,无不唾骂。他人攻之,官人救之,官人自处于何等也?"既对阮大铖本质有清醒的认识,又对其阴谋能够洞悉,单单这几句话就能表现出人物的睿智。代表性曲词如【川拨棹】:

不思想,把话儿轻易讲。要与他消释灾殃,要与他消释灾殃,也提防旁人短长。官人之意,不过因他助俺妆奁,便要徇私废公;那知道这几件钗钏衣裙,原放不到我香君眼里。(拔簪脱衣介)脱裙衫,穷不妨;布荆人,名自香。

身在青楼,却明辨财物来源,有原则地取舍。她对奸党余孽所赠坚决拒绝,并直接洒到地上。借用侯生的话说:"平康巷,他能将名节讲",人物卑微的身份与其极高的政治觉悟与敏感相混搭,一位刚烈有侠义肝胆的政治化妓女形象赫然呈现于观众面前。

(2)此出戏以对比烘托法突出人物性格,要注意两组对比关系。一是李贞丽与李香君之间的对比,一是侯方域与李香君之间的对比。李贞丽是李香君的假母,两人同为妓女,也算是一家人。而李贞丽的贪财爱物正好反衬了李香君的出淤泥而不染,重气节轻财物的性格;侯方域是复社文人,是当时社会中流砥柱的代表,他却留恋声色,警惕性低,面对阮大铖所赠妆奁,不顾政治取向,攀起私交等等行为又烘托了李香君政治态度坚决、爱憎分明、性格刚烈的一面。

《却奁》一出,集中表现了李香君这一主人公的主要个性。她政治态度坚决,爱憎分明,虽为妓女却不慕财物,成功塑造了一位具有侠肝义胆的政治化妓女形象。这出戏在全剧中也是具有生产故事功能的转折点,后来的侯生出走、香君守楼都是由这一出衍生而来。故如《西厢记》中的《白马解围》一折一样,不容忽视。

### 延伸阅读

**1. 原典阅读**

(1) 阅读《桃花扇》(孔尚任著,楼含松等校注,浙江古籍出版社,1998年版),重点阅读《却奁》《骂筵》等出,注重体会李香君这一人物形象。

(2) 阅读《长生殿》(洪昇著,徐朔方校注,人民文学出版社,1958年版),重点阅读《惊变》《冥追》等出,注重体会杨玉环情感世界。

(3) 阅读《吟风阁杂剧》(杨潮观著,胡士莹校注,上海古籍出版社,1983年版)之类的戏曲名家别集,重点阅读名家名篇,注重体会清代名家的艺术情怀及风格。

**2. 研究文献阅读**

(1) 阅读《明清文人传奇研究》(郭英德著,北京师范大学出版社,1992年版),重点了解并把握传奇的文体特征。

(2) 阅读《清代戏曲史》(周妙中著,中州古籍出版社,1987年版),了解清代戏曲概貌,总结归纳清代戏曲名家的创作实绩及创作成就。

### 拓展训练

1. 袁行霈在《中国文学史》中说:"康熙二十八年(1689)八月,洪昇与赵执信、查慎行等人宴饮观剧,因其时佟皇后丧服未除被人告发,赵执信被罢官,洪昇被革除国子监籍。这就是有名的'演《长生殿》之祸'。"又说"康熙三十八年(1699)六月,《桃花扇》定稿,一些王公官员竞相借抄,康熙也索去阅览。次年春,《桃花扇》上演,引起朝野轰动,孔尚任也随之不明不白地被罢官。孔尚任的罢官好像是一个疑案,其实迹象已表明其深层原因就在于他写了《桃花扇》。"结合这两个事件谈谈你对清代文祸的认识。

2. 洪昇《长生殿例言》云:"棠村相国尝称予是剧乃一部热闹《牡丹亭》也,世以为知言。"谈谈你对这一判断的理解。

3. 孔尚任《桃花扇小引》云:"传奇虽小道,凡诗赋、词曲、四六、小说家,无体不备。至于摹写须眉,点染景物,乃兼画苑矣。其旨趣实本于三百篇,而义则春秋,用笔行文,又左、国、太史公也。于以警世易俗,赞圣道而辅王化,最近且切。今之乐,犹古之乐,岂不信哉?《桃花扇》一剧,皆南朝新事,父老犹有存者。场上歌舞,局外指点,知三百年之基业,隳于何人?败于何事?消于何年?歇于何地?不独令观者感慨涕零,亦可惩创人心,为末世之一救矣。"结合这段话谈谈你对《桃花扇》的创作意图及主旨的理解。

# 第五章 清代小说

> 文学史

16世纪中叶至20世纪,是中国小说史上继明代之后又一个小说创作和传播的高峰时代,明代许多伟大优秀的作品都在此时得到了重印以及更为广泛流传的机会。清代文人作家在继承明代小说创作的基础上,创作出了数量众多的伟大又优秀的小说,从初期的才子佳人小说,到曹雪芹《红楼梦》、蒲松龄《聊斋志异》、吴敬梓《儒林外史》以及清末四大谴责小说的出现,都标志着中国古代白话小说和文言小说艺术的最高成就。从文学发展的历史看,清代小说在清代文学中有着极其重要的地位。

## 第一节 清代初期的白话小说

### 一、清代初年的才子佳人小说

所谓才子佳人小说往往以才子、佳人为主人公,以他们的求偶择婚为故事题材和主要内容。它源起于唐传奇《会真记》,后来在叙事文学中屡见不鲜。至明末清初各类小说中,数量最多的便是才子佳人小说,蔚为大宗。

清初才子佳人小说的代表作家是天花藏主人张匀与樵李烟水散人徐震。张匀编著、经营刊印的多为才子佳人小说,最著名的是《玉娇梨》《平山冷燕》《定情人》等。徐震的作品有《合珠浦》《珍珠舶》《赛花铃》等。

才子佳人小说中,男子必定才学出众,到了婚配之时,不愿遵从"父母之命,媒妁之言"的婚俗草草成婚,必得要与才貌双全的佳人为偶。之后,才子外出访求,"游婚姻之学";才女也必定待才子而嫁,于是个人和家长乃至朝廷都要试才选婿,往往于这时引出权豪构陷和无才小人拨乱其间。然而,最终却常常是大团圆的结局,即才子中状元,才子佳人奉旨成婚。诗歌、文章经常作为二人相慕相惜的桥梁,其间无幽会、偷情、财势聘金诸俗事,男女择婚也如诗一般风雅。同时,家长对儿女的自主婚姻都是大力支持的。故事矛盾往往存在于才子佳人与权豪和庸劣小人之间。这表现了当时社会对传统婚姻缔结方式的突破以及个人对自主婚姻的内心诉求。但究其根本,这些故事又都自觉遵守礼教约束,只是在不伤大雅的情况下,于礼教的圈子里发生并进行着。故此,这类故事是从一见钟情式的爱情故事到由知己之爱产生的爱情故事的一个过渡环节。

才子佳人小说本没有多少挑剔的,如《平山冷燕》等早期小说,可以说在文字诸方面还很出色。但是,由于这些作家多是为了谋生而写作,往往没有生活依据,所有故事均为作家虚构和想象,故而内容单薄,故事结构千篇一律,缺少创新,为后人所诟病。

尽管如此,清初的才子佳人小说对后世小说创作还是产生了相当大的影响。如康熙以后出现的《好逑传》《驻春园小史》等,在其固有模式中加入世情、侠义等内容。再如,《聊斋志异》中的知己式的爱情、《红楼梦》等著作中的婚姻爱情也对才子佳人小说进行了批判性的继承和一定程度的创新。

## 二、《水浒后传》等续书

入清以后,许多作者为明代"四大奇书"等写续书,续书成为清代初年小说创作的一大现象。《在园杂志》卷三记载:"近来词客稗官家,每见前人有书盛行于世,即袭其名,著为后书副之,取其易行,竟成习套。"①

清初的小说续书大致有两种做法。一种是仿造,作者刻意仿照原书,用原书的主要人物或者他们的后身,演绎出与原书相类似的故事情节,成为一部相类似的小说。天花才子评的《后西游记》、清莲室主人的《后水浒传》,便是这类续书。另一种续书是作者假借原书的一些人物,另行结撰故事情节,内容、意蕴都与原书大为不同,丁耀亢的《续金瓶梅》可为代表。

这些续书中,最出色的是陈忱的《后水浒传》。陈忱(1615—1670?),字遐心,号雁宕山樵,浙江乌程(今浙江湖州)人。入清后,他抱遗民之痛,绝意仕进,栖身田园,与吴中许多遗民文士优游文酒。陈忱托名"古宋遗民"作《水浒后传》,依据原书的结局,叙写梁山英雄中剩存的李俊、燕青等32人再度起义。这些英雄们反抗入侵的金兵,惩治祸国通敌的奸臣、叛将;燕青救助被掳的民众,探视做了阶下囚的宋徽宗;梁山全伙救出被金兵围困的宋高宗,保护他奠都临安。书中写李俊起义于太湖,继而开拓海岛,最后全伙聚集海上,建基立业。最后,以众多功臣岛国成婚,"赋诗演戏大团圆"作结。

《后传水浒》表现了明清易代之际汉族知识分子的心曲,其中有对明亡的伤痛,更有对新朝不臣服的斗志,还有一些理想化的抗争方式。在艺术上,此书打破了英雄传奇的套路,不以英雄事迹传奇故事为主,强化了生活化、抒情写意的描写。如第九回写李俊太湖赏雪,第十四回写戴宗泰山观日出,第二十四回写燕青探视被俘的宋徽宗,第三十八回写燕青、柴进登吴山俯瞰临安景象、月夜游西湖等,或写景或议论或抒情感慨,传奇色彩淡化,抒情写意情调增强。

《醒世姻缘传》全书100回,作者署名"西周生",姓名不可考。虽根据书中山东方言有许多猜测,但因缺乏直接证据,故无确切定论。《醒世姻缘传》原名《恶姻缘》,前22回

---

① 刘廷玑.在园杂志[M].张守谦,点校.北京:中华书局,2005:83.

叙写前世的晁家,为下世恶姻缘之因。浪荡子晁源宠爱小妾珍哥,冷落并虐待妻子计氏。竟然听信小妾珍哥,诬陷正妻计氏私通和尚,致使计氏投缳自尽。另外,他还射杀了一只狐精,狐精因此立誓要报仇。第二十三回始叙写今世的狄家——狄希陈的恶姻缘:狄希陈是晁源转生,娶了狐精托生的薛素姐为妻,后来又继娶了计氏转生的童寄姐,婢女珍珠是珍哥转生的。狄希陈受尽薛素姐、童寄姐的百般折磨、残酷虐待,珍珠也被童寄姐逼死,"偿命今生"。最后,狄希陈梦入神界,虔诵佛经,便"一切冤孽,尽行消释"。

  小说将山东武城县晁家事与绣江县狄家故事相嫁接,尽管在今天看来毫无道理,但在封建时代,却是作者的一大创新。一方面通过狄希陈的遭遇对晁源放荡为恶诸事给予了清算和惩处;另一方面则是对狄希陈的现状以因果报应说给予了解释。抛开因果报应说,《醒世姻缘传》作为世情小说,从乡村写到城镇都市,从家庭写到太学、官场,涉及的生活方面较广,且多采用揭露批判的笔触,使小说中的各类人物,诸如官员、乡绅、塾师、乡约、媒婆、江湖医生、市侩商人、尼姑道婆、农村无赖,大多都呈现为卑陋的势利嘴脸,可以说是写尽众生相。尤其是对家庭生活的展现,将"恶姻缘"解释为还报上辈子的孽缘。其一方面,劝人忍受婚姻的不幸。另一方面,要人善待今世的婚姻,以修来报。故而才称为"醒世姻缘"。相较之下,其他作品关注男女婚前的交往较多,这部作品则更注重婚后的夫妻生活和夫妻矛盾,且女性主人公以妒、悍、蛮等为主要性格,至少在家庭题材小说的拓展方面有一定贡献。

  随之出现的《疗妒羹》《醋葫芦》等一系列以妒妇为题材的作品,可以说在不同程度上均受到了《醒世姻缘传》的影响。

## 第二节　蒲松龄及其《聊斋志异》

  作为我国最具代表性的文言小说集,蒲松龄《聊斋志异》以奇幻迷离的鬼狐世界折射世间的善恶美丑,抒写作家的愤懑愁思,将文言小说的创作艺术发挥至极致,成为我国古代文言小说发展的高峰与绝响。书中近 600 篇作品,大多如冯镇峦《读聊斋杂说》所评云:"每篇各具局面,排场不一,意境翻新,令读者每至一篇,另长一番精神。"

### 一、蒲松龄的生平与创作

  蒲松龄(1640—1715),字留仙,一字剑臣,别号柳泉居士,世称聊斋先生,山东淄川(今淄博)人。其高、曾、祖、父多为儒生,曾登第入仕,但均不显贵。至其父蒲槃,因科举不显,家境贫困,不得不弃儒经商。蒲松龄自幼由父教读,经史皆过目能明。18 岁,与同邑名士女刘氏结婚。19 岁初应童子试,以县、府、道三个第一补博士弟子员,颇受当时主持山东学政的著名诗人施闰章之赏识,名噪一时。次年,与同邑友人张历友、李希梅等结"郢中诗社",砥砺学问,作诗寄兴。此后又曾两次参加乡试,但均落第。25 岁时,课读于李希梅家,与朋友同窗朝夕攻读。约在此时,因家道中落,兄弟析居,蒲松龄分得薄田二十亩,农场老屋三间,从此独立生活,家计萧条,而无暇再治举子业。31 岁时,应同乡江南宝应县知县孙蕙之邀,去做幕宾,专司文牍笔札。翌年,为应岁试,辞幕回乡,却又名落孙山。自此以后,一为生计,二为准备应举,开始了近40年的坐馆生涯。他先后在同邑王敷政、唐梦赉和毕际有家设帐授徒。特别在毕家,长达30年。在科举失意、落拓不遇的境况下,毕家让蒲松龄有了一个较理想的读书、著书的条件。其间51岁时,他又曾赴济南应试,二场因病被黜,经刘氏劝慰,始灰心场屋。70岁时,从毕家撤帐而归,结束了漫长的塾师生活。次年,授例成为贡生。74岁,刘氏病逝,两年后,蒲松龄也依窗危坐,与世长辞。蒲松龄丰富的生活阅历对他写作《聊斋志异》具有重大的影响,而科场的失意和生活的贫困,更使他在思想上对科举制度的腐朽、封建政治的黑暗有深刻的认识和体会。

蒲松龄一生著作丰富。除《聊斋志异》外,尚有诗900余首、文近500篇、词百余阕,合编为《聊斋文集》。还有3出戏曲,15种长篇俚曲,其中6种俚曲,与《聊斋》题材相同,或据小说改编而成。此外,他还编写有《农桑经》《药祟书》《日用俗字》等普及读物。

《聊斋志异》是蒲松龄的代表作,康熙十八年(1679),他40岁时已初具规模,结集成书,并写了《自志》。此后仍不断修改、增补,及其暮年,始最后成书。作者一生遭际坎坷,《聊斋志异》中蕴含着他大半生的感情寄托和心理历程。书中作品的具体起讫年代,难以确考。从一些标有纪年的篇章看,最早一篇为作于康熙七年(1668)的《地震》。现知集中最晚的两篇作品,是康熙四十六年(1707)的《夏雪》和《化男》,时蒲氏已68岁。这当是作者对《聊斋志异》的最后定稿。《聊斋志异》确为作者毕生精力所萃之作。

《聊斋志异》的故事来源,大致有三个方面:一是在前人作品的基础上进行创造性发挥,魏晋南北朝志怪及唐宋传奇都是借鉴的对象;二是广泛搜集民间传说,在此基础上进行改编创作;三是根据蒲松龄自己的经历或见闻进行创作,更多的则纯粹是出于他的艺术想象。

《聊斋志异》问世后,竞相传写,甚受欢迎。冯镇峦称"予谓当代小说家言,定以此书为第一"。陈廷玑《聊斋志异拾遗序》更赞它为"空前绝后之作"。《聊斋志异》对清中叶后文言短篇小说的创作有很大影响,乾隆至光绪年间,从和邦额的《夜谭随录》,到邹弢的《浇愁集》等,都明显受其影响,形成我国文言小说史上拟《聊斋志异》的一个创作流派。同时,小说的故事也被其他文艺形式大量移植和改编,绵延至今。

## 二、《聊斋志异》的思想意蕴

《聊斋志异》可以说是蒲松龄寄托"孤愤"之作,如同屈原、司马迁"发愤"著书的创作心态,因此,其思想意蕴颇为丰富。具体有:

第一,暴露现实社会政治黑暗。蒲松龄长期乡居,并一度充当幕僚,这种生活经历使他对当时吏治的腐败、官吏的贪残、豪强的横暴、民间的疾苦,都有较深刻的感性认识;并把这些认识体现在《聊斋志异》的创作之中,使这部作品具有强烈的现实感,成为小说中最有思想价值的部分。首先,不少作品揭露了封建统治者的荒淫、官场的黑暗给人民造成的深重苦难。如《促织》通过成名一家为捉一头蟋蟀"以塞官责"而经历的种种离合悲欢,从一个侧面暴露了封建统治者的荒淫和徭役科敛的残酷。其次,作品在揭露吏治腐败的同时,对土豪劣绅横行乡里、仗势欺人的罪恶行径也多有揭露。如《红玉》写退职的宋御史,看中冯秀才的妻子,公然闯入冯家,抢劫而去,冯父被殴,吐血而亡。相如去告状,但毫无反响。再次,小说不仅批判了封建官吏和豪绅的贪暴不仁,同时也颂扬了一些官吏的清正廉明和人民群众的反抗斗争,隐含着作者的孤愤和追求。

第二,抨击科举制度的弊端和危害。作为从小企盼、一生努力而终老场屋的蒲松龄,对科场的腐败、试官的昏聩有切肤之痛,往往以小说中的人物寄托自己的感慨。其对科举的愤懑不平,首先发泄在对科场的是非颠倒和考官的衡文不公上。《司文郎》一篇中,写一盲僧能以鼻代目,从焚稿的气味中嗅出文字的优劣。榜发后,王生落第,而余杭生高中。盲僧叹曰:"仆虽盲于目,而不盲于鼻,帘中人并鼻盲矣。"原来主考官就是余杭生的"恩师"。其对考试制度与考官之讽刺辛辣之至。蒲松龄还饱含辛酸,深入揭示了科举取士给封建士子所造成的种种悲剧。《叶生》是颇有代表性的一篇。它写叶生"文章词赋,冠绝当时;而所如不偶,困于名场"。后来,受到县令丁乘鹤的赏识,但在乡试时依然失败,终至郁闷而死。死后,魂从知己,教育其子连中三元。他沉痛地说:"借福泽为文章吐气,使天下人知半生沦落,非战之罪也,愿亦足矣。"作者借叶生形象,抒写了自己胸中的块垒。在批判科举弊端和危害的同时,作者也提出了应对科举考试进行改革的主张。

第三,讴歌男女爱情。此类故事约占全书的四分之一,是最为浓墨重彩描写的主题,许多故事写得酣畅淋漓,动人心魄,构成书中最精彩的部分。故事的女主角,多为狐鬼仙魅等异类,她们不仅貌美多情,而且超凡脱俗,情操高尚,在她们身上倾注着作者的激情爱憎,寄托了作者的情趣和追求。一是肯定青年男女的真诚相爱,自由结合。如《青凤》写耿去病与狐女青凤相恋,耿生不避险恶,急难相助,他明知青凤为狐女,但不以"非类见憎",感情恳挚;青凤也不畏礼教闺训,爱慕耿生,终于获得幸福结局。二是强调以"知己"之爱为基础的恋爱原则。如《乔女》写孟生不嫌乔女黑丑,想娶她为妻;而乔女为报孟生的知遇之情,于孟生死后,不顾世俗非议,以寡妇之身为他抚养遗孤,教子成材,至死不渝。三是揭露封建势力对青年男女爱情生活的压抑,赞颂他们的反抗斗争。如《连城》写孝廉女连城与豪侠之士乔生互为知己,私相爱慕,其父却将她许嫁盐商之子,连城含恨而死,乔生也悲痛而绝,二人在阴间相会。还魂前,他们唯恐再发生变故,便先结为夫妻。这种生死之恋的爱情,实是对家长制婚姻的抗议。四是追求理想的家庭婚姻生活。如《香玉》写黄生与牡丹花妖香玉、耐冬花妖绛雪的关系,洋溢着一种夫妇相互尊重平等的气氛。五是提倡男女真情,尊重女子人格。在描写爱情的作品中,作者塑造了许多"情痴""情种"的形象,刻画了他们对爱情的坚贞专一。

第四,抨击浇薄的世风恶习。《聊斋志异》中不少篇章,或借寓言形式,或直抒胸臆,抨击了当时社会道德的沦丧和不良的思想意识,寓有"劝善惩恶"之意。如《罗刹海市》写"颠倒妍媸,变乱黑白"的社会恶习,《崂山道士》讽刺好逸恶劳、希图侥幸成功者的投机心理。

第五,旌扬诚信、侠义、行善行为。《田七郎》一篇,赞颂了一个"一钱不轻受,一饭不敢忘"的既诚信又侠义的田七郎。再如《宦娘》中的宦娘,《封三娘》中的封三娘,《青梅》中的青梅都有牺牲自己而成全他人的品质。

### 三、《聊斋志异》的艺术成就

《聊斋志异》在艺术上继承了魏晋志怪和唐人传奇两体之长,并吸取了秦汉以来史传文学的写法,而形成自己独特的艺术风格,把我国古代文言短篇小说推向新的艺术高峰。

首先,作者有意将幻异境界与现实社会联结在一起,以寄托自己的孤愤和追求,使作品既驰骋天外,充满浓郁的浪漫气息;又立足现实,蕴含深厚的生活内容。鲁迅《中国小说史略》概括为"出于幻域,顿入人间"。如《席方平》中的冥王、郡司、城隍、冥吏贪污受贿,残害良民,正是人世间封建司法系统的投影。

其次,《聊斋志异》的结构情节大都委婉曲折,腾挪跌宕,迅速展开矛盾,逐步深化主题。如《王桂庵》写一对青年男女的爱情纠葛,事极平易;但故事情节一伸一缩,跌宕起伏,摇曳多姿。又如《促织》在短短的篇幅里,以蟋蟀得失为主要线索,围绕成名一家的不幸遭遇,写出了主人公的由悲到喜、由喜复悲、悲极复喜的多次反复,深刻地揭示了作品的主题。

再次,《聊斋志异》塑造了一大批性格鲜明、色彩特异的人物形象。作品塑造人物的手法主要有:一善于将人物的性格同花妖狐魅等原型的特征完美地结合起来。如《阿纤》所写的阿纤是鼠精,她除了具有少女的性格特点外,还长于积粟,并且搬迁、出走都是在夜间,这也在人物身上融合进了动物的自然属性。二是注意通过心理描写和细节点染来刻画人物性格。如《青凤》写青凤热烈追求爱情而又羞涩胆怯的心理惟妙惟肖。三是作者还常常运用环境氛围的渲染,以烘托人物性格,传达人物情绪。如《连琐》用古墓白杨、凄风荒草的旷野景象,来烘托连琐的幽情苦绪。

最后,简练雅洁、灵活多样的语言。作为文言体的小说《聊斋志异》,比唐宋时期的古文词平易一些,句子较短,务求达意,极少堆砌修饰。依据行文需要,却又有灵活的变化。人物的地位身份不同,他们的对话也有雅、俗、庄、谐的区别。文中书启、判状,则用骈偶,"异史氏曰"的文言则十分纯正,显得庄重典雅。

## 第三节 吴敬梓及其《儒林外史》

《儒林外史》是中国小说史上唯一一部以知识分子为主要描写对象的长篇小说,也是中国古代文学史上成就最高的长篇讽刺小说。作者以严肃的写实态度、高超的讽刺手法,描摹儒林群相,剖析了科举制度下读书人的精神状况及与之相关的社会弊端。这种剖析寓庄寓谐,出自作者对社会的真切认识和感触,蕴含着忧患情思。

### 一、儒林小说的产生及吴敬梓

作为一种表现封建文人生活和精神状态的小说,儒林小说的题材内容重在反映儒林中人坎坷蹭蹬的经历,以及在功名富贵利诱之下迂阔陈腐的思想和委琐卑下的灵魂,进而摹写世相,嘲讽诸色。

以小说形式书写文人经历和儒林风尚,在明末清初已初露端倪。章回小说如《醒世姻缘传》《世无匹》等,已有不少片段直接反映儒林状况;蒲松龄《聊斋志异》中也有不少篇目专写儒生,对科举制度也有所抨击。话本小说反映儒林生活者尤多,如明末清初酌元亭主人《照世杯》卷二《百和坊将无作有》等。特别是华阳散人的《鸳鸯针》,全书4卷16回,其中3卷12回皆反映儒林生活,可以称之为"短篇儒林小说"。这些作品不但对明末清初的儒林生活有比较真实生动的反映,而且皆能寓讽刺于具体平实的描写之中,实已开儒林小说之先河。至清中叶,这些涓涓细流汇成奔腾澎湃的大河,产生了全面反映一代文人厄运的讽刺巨著《儒林外史》。

儒林小说的产生,具有深刻的社会原因,尤其与科举制度的没落有直接关系。隋唐开始施行科举考试时,对封建社会选拔官吏尚有比较积极的意义。至明清两代,科举考试只能据朱熹注文阐述经义,而且必须用时文。形式繁琐,内容陈腐,要求苛刻,严重地禁锢了封建文人的思想。加之中试与否,全凭考官主观判断,故弊端丛生。科场内外,贿赂公行,舞弊成风。影响所及,不仅使士风日下,而且毒化了全社会各个阶层的思想意识。

儒林小说的产生,也有其深刻的思想原因。明清两代,许多有识之士早已对程朱理学及八股制艺切齿痛恨,明末王学左派主张格物致知,强调保持童心和个性,削弱了程朱理学的影响。清初顾炎武、黄宗羲、王夫之、颜元等又以复古的正统儒家思想反对理学,形成一次影响深远的思想革新运动。儒林小说正是在此背景下才出现了扛鼎之作。

吴敬梓(1701—1754),字敏轩,号粒民,晚年自号文木老人、秦淮寓客,安徽全椒人。在明清小说作家大都失传的不幸历史中,吴敬梓算是很幸运的,通过他的《文木山房集》,可以较准确地编次他的年谱,可以较有根据地勾勒他的形象。

吴氏为全椒的名门望族,祖上曾经极为显赫。曾祖父吴国对是顺治探花,官至翰林院侍读。祖父辈中吴晟是进士,吴昺是榜眼,祖父吴旦以监生考授州同知。吴敬梓的生父是吴雯延,后过继给长房吴霖起为嗣。吴敬梓幼年受到儒家思想的严格教育,14岁随嗣父宦游,18岁中秀才。不久,嗣父去世。他为人慷慨好施,轻财重友,不善治生,加之族人乘其父病故侵夺遗产,家境急剧败落。33岁时不得不从全椒移家南京。此后生计更为艰难,主要靠卖文和亲友周济度日,但其狂放依旧。经历这一番变化后,他饱尝了世态的炎凉,对现实和人生有了清醒的认识。36岁时,安徽巡抚举荐他应博学鸿词科廷试,他却称病坚辞,并放弃了秀才学籍,不再参加任何官方考试。乾隆十九年(1754),扬州访友时客死于扬州旅次。他的著作除《儒林外史》外,现存《文木山房集》4卷及一些零星诗文。

《儒林外史》大约写于吴敬梓移居南京后,至乾隆十四年(1749)前后基本完稿,历时10余年。开始仅以抄本流传,未曾刊刻行世。现存最早刻本是嘉庆八年(1803)卧闲草堂巾箱本,56回,或以为结末一回不是出于作者之手。

## 二、封建末世的儒林群相

《儒林外史》没有一个主要人物统领全书,没有一件主干事件贯穿全书,人与人、事与事并无必然的逻辑联系,但以集锦式的结构集中地反映了知识分子的生活与思想。小说出场的300余人中,是文人身份的有100余人,且多为主角。

吴敬梓生活在18世纪初、中叶,清王朝的政治统治日趋稳固,文化统治的毒害也愈来愈深。学子们醉心举业、八股文,这种呆板、单一的考试方式,不仅禁锢了人们的思想,戕害了文士的心灵,更加重了社会风气的堕落。作者痛感科举制度为害之烈,有心警醒世人,恢复淳良礼让的世风,根据所见所闻,乃描写了各色士人及市井细民。小说第一回隐括全书,有提纲挈领的作用。小说写王冕得知朱元璋制定了八股取士制度时说:"这个法却定的不好!将来读书人既有此一条荣身之路,把那文行出处都看得轻了。"遂预言:"一代文人有厄。"这段话实是全书的总纲。全书以"文行出处"作为评判人物的标准尺度。作品以王冕为榜样,将儒林诸色统摄于"外史"之中。

小说思想内容大致分为两个部分,一是对科举制度的严峻批判,二是对理想人生的热切追求。就第一部分内容而言,作品主要通过如下三类形象,全面批判了科举制度弊端与功名利禄观念。

首先是儒生形象,这类人物最具典型意义。其中有利禄熏心、热衷功名的腐儒,如周进、范进等。他们一个是考了几十年,连最低的功名也混不到,因而感到绝望而痛不欲生;一个是几十年的梦想突然实现,结果喜出望外,疯狂失态。小说通过二人中举前后的悲喜剧,揭示了八股制艺如何摧残士人的心灵,造成他们人格的堕落。还有沉迷于八股和封建礼教而自害害人的迂儒,如马纯上、王玉辉等。他们迂执酸腐,空疏不学,思想僵化,精神被摧残得近乎失常,甚至丧失了起码的人性。此外,还有道德败坏、招摇过市的骗子,如蘧駪夫、匡超人、牛浦郎等。他们原本是纯朴的青年,后来中了八股毒害而堕落。

其次是官绅形象。这里有贪婪成性、敲骨吸髓的贪官猾吏,如王惠、汤奉等;有依仗功名富贵而横行霸道的乡绅,如严致中、张敬斋等。这本是些丧失理智的文人,功成名就之后,便开始攫取富贵。南昌太守王惠到任伊始,立即向人请教搜括盘剥之术,令百姓睡梦里犹胆战心惊。清代科举唯有"优贡"在制度上强调优良品行以决定应举资格,书中贡生严致中却是个道德败坏的典型,嘴上说从不占人寸丝半粟的便宜,实际却哄吓诈骗,巧取豪夺,连同胞手足的家产也据为己有。

最后是名士形象。作品中这类人物最多,形形色色,各具丑态。他们在功名上不得志,但又不愿像周进、范进那样苦熬苦挣,而是投机取巧,混充雅人,互相标榜,物以类聚,成为社会的毒瘤。其中南京莫愁湖名士杜慎卿,颇具代表性。他被趋奉为"天下第一个才子",实际是个十足纨绔子弟。他表面上道貌岸然,内心则卑鄙龌龊,是一个言清行浊之人。

吴敬梓在讽刺和批判科举制度弊端的同时,也塑造了一批正面人物形象,以寄托自己的政治理想和社会主张。这些人物可分为三类,代表了他不断探索和追求理想的心理历程。

作品中首先登场的理想人物,是带有某种叛逆精神的豪杰之士杜少卿和沈琼枝。杜少卿这个形象,寓有作者吴敬梓的影子。他出身于"一门三鼎甲,四代六尚书"的高门,却蔑视功名,不求闻达,拒绝入京为官,貌视封建礼俗,体现了一定程度的离经叛道、尊重个性的精神。沈琼枝由于婚姻不幸逃到南京卖艺,具有坚强不屈的反抗精神、沉着灵活的应变机智和精工巧妙的生活技能。她能在污浊的社会里争取女性人格的独立,而这种人格的独立又是建筑在自食其力的基础上的。这是一个前所未有的新女性形象。

继杜少卿、沈琼枝后,作者又描写了虞育德、庄绍光、迟衡山等所谓"真儒""贤人"的形象。这些人,多是杜少卿的朋友。其中迟衡山是一个反对八股时文,倡导学习"礼乐兵农"的人物。庄绍光无心于仕途,专门闭户著书。虞育德号称真儒、大圣人,致力于人心教化。这些真儒贤人鼓吹著书立说,大兴礼乐兵农,想要成就人才,辅助政教,挽救社会人心,结果也不免风消云散。《儒林外史》精心地编织了豪杰真儒的花环,又冷静地描绘了它的枯萎衰败。

作者在最后一回,目光越过儒林,又塑造了四个自食其力、置身于功名富贵之外的市井奇人:卖火纸筒的王太、开茶馆的盖宽、写字的季遐年、做裁缝的荆元。这四位奇人不贪富贵,不畏权势,无拘无束,自由自在,既自食其力,又文采风流,其实是穿着市井衣饰的读书人。小说以赞赏的笔触对他们做了充分的描写,表现出为士人探寻一条新的人生道路的努力。

吴敬梓以耳闻目见的文人士大夫为蓝本,在《儒林外史》中生动地展现了清代社会中的儒林群相。从作者对理想人物的刻画来看,作者有追求,也有发展,从王冕的人格自尊到市井奇人的自食其力,体现了作者对人生与社会的探索精神。但故事结尾却充满感伤情绪,凸显了对儒林的失望。

### 三、讽刺小说的典范

中国古代的讽刺文学作品,可以上溯到先秦时期的诸子寓言,但直到《儒林外史》的出现,我国的讽刺文学才达到了高峰。正如鲁迅在《中国小说史略》中说:"迨吴敬梓《儒林外史》出,乃秉持公心,指摘时弊,机锋所向,尤在士林;其文又戚而能谐,婉而多讽:于是说部中乃始有足称讽刺之书。"

其一,《儒林外史》的讽刺以写实为根基,显示了讽刺的客观真实性。《儒林外史》往往避免夸张和漫画,通过选取合适的素材和准确的心理刻画来完成讽刺。比如写周进看见号板一头撞倒,范进听见中举忽然发疯;马二先生游西湖无心赏景,只是大嚼零食,留意八股文选本的销路,都使人感到乃是风俗如此。许多在日常生活中司空见惯的事情,经过作者的提炼和描摹,便清晰地透出了社会的荒谬和人心的伪妄。

其二,作者能秉持公心,把握分寸,针对不同人物做不同程度、不同方式的讽刺。如对王惠、汤知县、严氏兄弟、王德、王仁等贪官污吏、土豪劣绅,是无情揭露和严厉鞭挞。对于马二先生,则既有批判讽刺,也有表扬赞誉。对于他的迂腐、庸俗、无知、迷信科举,则揶揄、讥讽;对于他急人之难、不吝钱财、诚笃善良的品格,则肯定、称赞。有时作者还随人物的社会地位和思想品格的变化,分别采取不同态度。如范进在中举前,境遇可怜,作者对他虽有讥讽,但怜悯成分居多;他在中举做官后,变得虚伪恶劣,就对他进行辛辣冷峻的嘲讽批判。

其三,作者注意借喜剧性的情节,揭示悲剧性的内容,引起读者掺和着泪水的笑声。如严监生临死为两根灯草不肯咽气,周进撞号板,范进发疯,范母喜极一命呜呼等都是。

尤其是王玉辉的形象,从两次"仰天大笑"之后,又写了他三次触景生情,伤心落泪,更蕴含着深厚的悲剧意味。其笔锋所指,在于深入地剖析造成这种乖谬可笑现象的根源。

其四,《儒林外史》多运用前后对照与当面揭穿的讽刺技巧。前后对照法,在对照比较中揭示了人情的冷暖和社会的丑态。这在书中运用最普遍,其特点是通过强烈映照衬托,揭示人物的内心世界。比如写范进中举前胡屠夫、乡邻对他的态度,中举后胡屠户的变化。还有当面揭穿法,当面点破人物言行的矛盾,让人物处在很尴尬的境地,自我暴露,自我嘲讽,取得讽刺效果。

其五,"虽云长篇,颇同短制"的独特结构。全书没有贯穿始终的中心人物和主要情节,而是分别以一个或几个人物为中心,其他一些人物做陪衬,组成一个个相对独立的故事。各个故事随着有关人物的出现而展开,又随着有关人物的隐去而结束。其实,本书"以功名富贵为一篇之骨",将各自独立的故事情节和复杂的社会生活内容统摄起来。这一结构形式,既是对前人长短篇小说及史传文学结构艺术的继承,也是从本书实际内容出发的独立创造,突破了时空限制,具有变化多而趣味浓的审美效果。书中小说人物分为若干群体,以儒林为中心向四面辐射,构成了一幅完整的生活画面。各群体中人物互为补充,使一种类型的文士在生活历程各个阶段的精神风貌都有所反映,层次饱满。不同群体相互映衬,特点鲜明。

其六,作品语言简练、准确、生动、传神,极少有累赘的成分,也极少有程式化的套语。作者记人则诙谐幽默,写景则诗情画意,行文从容不迫,达到了高度纯熟的境地,基本上可以同历史悠久的文言文媲美了。

《儒林外史》的影响巨大而深远,在清末被奉为"社会小说之嚆矢",受到广泛推崇。它奠定了我国古典讽刺小说的基础,为以后讽刺小说的创作开辟了广阔的道路。《儒林外史》给予后代文学的影响,尤其是对晚清的谴责小说影响最大。《儒林外史》的讽刺艺术也深深影响了鲁迅、张天翼、钱锺书等现代作家,实堪称后世讽刺小说之圭臬。

## 第四节 曹雪芹及其《红楼梦》

《红楼梦》是继《儒林外史》后中国文学史上又一伟大的文学作品,代表着中国古典小说的最高成就,它被后世誉为中国封建后期社会生活的"百科全书"。作者以爱情故事为中心,联系广阔的社会背景,采用多样的叙事模式,真实又不失文采的语言,塑造出一批生动又富有个性的人物形象,揭露了封建统治阶级的奢靡丑恶面貌,并向世人展示出封建社会必然走向崩溃的历史命运。

### 一、曹雪芹的生平及《红楼梦》成书与版本

曹雪芹,名霑,字梦阮,号雪芹,又号芹圃、芹溪等。生于康熙五十四年(1715),卒于乾隆二十七年除夕(1763年2月12日)。他的祖籍有河北丰润和辽阳两种说法,学界多倾向辽阳说。先世原是汉族,明末入满洲籍,成为满洲正白旗"包衣"(奴仆)。因祖上屡

立战功,又与皇室关系密切,至康熙朝,曹氏已成望族世家,且深受康熙的信赖并委以重任。曾祖、祖、父三代世袭江宁织造,煊赫一时。曹家也是"诗礼之家",曾祖曹玺"少好学,深沉有大志",祖父曹寅为著名诗人、学者兼藏书家,曾奉旨在扬州主持编刻《全唐诗》和编纂《佩文韵府》。这些无疑对曹雪芹的文学素养产生深远的影响。

康熙去世,雍正继位之后,曹家开始失势。1727年(雍正五年),曹頫即因"织造款项亏空""骚扰驿站"和"行为不端"等罪名革职下狱,并被没收家产。此年,曹雪芹约13岁。后,曹家自南京迁回北京。回京后,他曾在一所皇族学堂"右翼宗学"里当过掌管文墨的杂差,境遇潦倒,生活艰难。晚年过着"举家食粥酒常赊"的清贫生活。乾隆二十七年(1726)秋,他因幼子夭亡,忧思成疾,卧床不起,在贫病交迫中溘然长逝,年未50。

《红楼梦》当写成于曹雪芹凄凉的晚年。具体成书过程,已难确考。有学者提出,曹雪芹在写作《红楼梦》之前,曾写过一部名为《风月宝鉴》的小说,顾名思义,小说所写当是有关男女情事的"风月故事"。也有学者认为,《红楼梦》第十一回到第十三回"贾瑞起淫心""正照风月鉴"和"秦可卿淫丧天香楼"等故事,可能是根据《风月宝鉴》改写而成。甲戌本第一回《红楼梦旨义》中有明确说明:"《风月宝鉴》,是戒妄动风月之情。"曹雪芹自己对这部小说大概也不很满意,故《红楼梦》开宗明义云:"大半风月故事,不过偷香窃玉、暗约私奔而已。"这当指的正是《风月宝鉴》这部小说。可见作者正是在总结经验教训的基础上,不断探索新的道路,才创作出80回本的《石头记》。

程伟元多年搜集《红楼梦》残本,铢积寸累,又于"鼓担"购得残本10余卷。他与友人高鹗"细加厘剔,截长补短,抄成全部"。乾隆五十六年(1791)辛亥,他们将"新发现"的40回与做过修改的前80回合成120回,一并交由萃文书屋首次以木活字刊印出版,名为《新镌全部绣像红楼梦》,通称为"程甲本",从此完整的《红楼梦》得以面世,结束了它的手抄时代。第二年,程高二人又对甲本做了一些"补遗订讹""略微修辑"的工作,重新排印,通称"程乙本"。此后,各种刻印的《红楼梦》就在社会上大量出现了。这些本子基本上都是以"程乙本"为祖本,被称为"程高本"或者"程本"。

## 二、《红楼梦》的主题及主要内容

《红楼梦》是一部内涵极其丰厚的作品,写出了一个多重层次相互融合的悲剧世界。它以爱情故事为中心,联系广阔的社会背景,揭露出封建统治阶级的奢靡丑恶,并向世人展示出封建社会必然走向崩溃的历史命运。

在爱情描写中,"木石前盟""金玉良缘"无疑是最为重要的内容。"木石前盟"指宝玉与黛玉的爱情悲剧,为知己之爱的隐喻;"金玉良缘"则为宝玉与宝钗之间的婚姻悲剧,是世俗婚姻的象征。在小说中,作者对它们都赋予了"命定"的性质,但"命定"的内涵却截然不同。"木石前盟"的"命定"来自上世的仙缘,今生的"还泪"之说是对人生知己的报答,是个体自由意志的体现,生命存在的体认。它代表了梦境的自由,这一"命定"意味着梦的必然破灭,"情"的无法实现。"金玉良缘"的命定是一种对传统婚姻价值观念的反映,代表着现实的存在。它的"命定"意味着当事人无力反抗,必须遵从。简单地说,"金玉良缘"是唯命是从的家长包办;"木石前盟"是任情而发的自我选择。

贾宝玉是贯穿小说始终的人物。他将家庭安排的功名富贵、光宗耀祖之道,视为"须眉浊物""国贼禄蠹"之流用以沽名钓誉的手段,厌读"四书五经",将"仕途经济"斥为"混帐话"。整天在女孩堆里厮混,且将她们认为"原来天生人为万物之灵,凡山川日月之精秀,只钟于女儿,须眉男子不过是些渣滓浊沫而已"。他执着自我,一味追求个体意识,是对"夫贵妻荣"的传统价值观念的超越,是这一人物所体现出的文化价值。对自由的渴求、向平等的靠拢是这一人物身上体现出的时代特征。对环境的敏感、没有出路的苦闷和迷惘是时代悲剧的体现。

作为与贾宝玉有着感情纠葛的两位女主人公:林黛玉和薛宝钗,都是典型的才女,在形象、家世和才气上不分伯仲,但是个体对于自由意志的追求显然有着巨大的差异。仅拿二人的婚姻观来说,薛宝钗是正统且极其清醒的,而黛玉则是叛逆且极具热情的。因此,宝钗表现出来的是理性的操作,自觉地遵从封建伦理,对传统的婚礼习俗按部就班,对于长辈的安排也唯命是从,即便有自己的想法也往往选择隐匿或是主动放弃,因而才有"女孩儿家的事情是父母做主的。如今我父亲没了,妈妈应该做主的,再不然问哥哥。怎么问起我来?"之语,与宝玉的婚姻虽波澜不惊但也了然无趣。黛玉则与她完全相反,表现出来的则是情感的投放,对个体自由意志的体认,因此有着"自幼不曾劝他去立身扬名等语"。她与宝玉的爱情发展过程总表现为戏剧性的猜妒和疑忌——如小说中所言"将那求近之心,反弄成疏远之意了"。然而,也正是在一次次猜妒和疑忌的消除中,使他们的爱情走向了知己化、情感化和审美化。知己化的结果,使他们的爱情褪去了男女情欲的外壳,超越了"夫荣妻贵"的价值观念,而成为一种知己的寻求、精神的对话和审美的创造。

从结果来看,无论是宝玉与黛玉的爱情还是宝玉与宝钗的婚姻都未能摆脱悲剧的命运——有爱情的没有婚姻,有婚姻的又没有爱情。黛玉用生命作诗、感受时事,敏感多愁,以尖刻的言语去维护她的尊严,用生命的真情去自由恋爱,然而在传统社会中,她的人生短暂而凄美,令人唏嘘不已;宝钗作为家长意志的顺从者,其婚姻更是体现了当时千千万万封建家庭教育出来的"贤德"女性的悲剧,其形象含义更为厚重,更为典型。在"都道是金玉良缘……"的悲叹中,便可以看出小说对封建婚姻悲剧及人生命运悲剧的无奈与惆怅。

封建时代妇女的爱情、人生更是无法自主,"千红一哭、万艳同悲"的众女儿悲剧,不仅是宝玉的婚姻爱情悲剧产生的背景,也是小说的主要内容之一。小说以"金陵十二钗"正册及副册上的女性为中心,展现了"女儿"的青春美及这种美的被毁灭。在这一层面,表现了小说家对人性及妇女命运的思考。

《红楼梦》的女性主人公林黛玉、薛宝钗、史湘云及其他相关女性如晴雯、袭人等,生活于一个特殊的空间——大观园之中。大观园是一个远离贾府长辈的监控、相对自由的生活空间,又是一个与外界社会相对隔离、相对私密的净土式的生存空间。通过这些天真无邪、浪漫纯情的少女们在大观园中的一切活动,表现出众女儿身上的人性美及青春美。可是,这些美却均随着年龄的增长与结婚而逐一毁灭。《红楼梦》对众女儿的描写与作家的女儿观与人性观相关。小说主人公贾宝玉说"女儿是水作的骨肉,男人是泥作的骨肉。我见了女儿,便清爽;见了男人,便觉浊臭逼人",这一论断看似把人简单地分为女儿与男人,实际上却包含了小说家对人性的认识。作者对自然人格的崇尚,使得大观园中的众女儿绽放出人性美的花蕾,高唱青春的赞歌。也正是对社会的深刻认识才让这些钟灵毓秀的女儿们从步入婚姻始即踏进人生的悲歌之中,如才选凤藻宫的元妃嫁到"那不得见人的去处";迎春误嫁"中山狼",被折磨至死;探春"才自精明志自高,生于末世运偏消",远嫁他乡;惜春"勘破三春景不长",出家为尼。贾府"四春",免不了"原应叹息"的命运。其他如妙玉及十二钗副册中的晴雯、司棋、金钏等尚未进入婚姻即遭厄运,夭折青春。她们共同演奏出一曲"千红一哭,万艳同悲"的女性悲歌。

以贾府及四大家族为代表的封建家族的没落,是贾宝玉的爱情婚姻悲剧及众女儿人生悲剧的背景,也是小说中的政治内容。其中"护官符"、交租单、人命、人物的主奴身份等体现了封建社会阶级压迫的本质。小说一开始就写贾府这一百年世族"烈火烹油,鲜花着锦"之盛,他们的骄奢淫逸生活已达登峰造极。由盛及衰是事物的必然规律。以贾府为代表的封建统治者们道德腐败、挥霍无度、贪欲享乐,最终只能是为了支撑奢侈生活而入不敷出,终于坐吃山空,落得个家败人亡的结局。当然,最根本的原因还是他们所依靠的封建大厦将倾带来的危机。小说处处预示着封建大厦将倾的信息,除了贾宝玉不时发出朦胧的叹息外,其余人无不是浑浑噩噩、醉生梦死。贾宝玉却恰恰最鄙视功名,与家庭社会所规定的人生道路方向背道而驰——封建"子孙不肖",后继无人,如此等等。贾府所代表的四大家族及其阶级所依靠的冰山将融,不仅为小说爱情故事提供了背景,也是小说关于时代政治的重要内容。

### 四、《红楼梦》的艺术成就及其影响

《红楼梦》中人物描写突破了其他叙事作品模式化的写法,呈现出来的都是活生生的"真人"。这种"真人"最大的特点正如鲁迅先生所说的:"和从前的小说叙好人完全是好,坏人完全是坏的,大不相同。"(《中国小说的历史的变迁》)这些人物来自于生活,又高于生活,这些人物性格丰富、具有多个侧面,如王熙凤集阴险歹毒与精明强干于一身,不能说她完全是坏人,但也不能把她归之于好人。一方面她具有一定的管理才能,且八面玲珑,风趣幽默,讨人喜欢。另一方面她又喜欢玩弄权术,阳奉阴违,害人性命,使人厌恶而害怕。正因为如此,《红楼梦》中的人物写法完全摆脱了模式化,才创作出如此个性鲜明、情感丰富的立体化真人。

《红楼梦》在塑造人物时还使用了对照、映射系统。以钗、黛为对照系统来说,就外貌而言是一容貌丰美,一怯弱不胜,明显患不足之症;性格一行为豁达,一尖酸刻薄,一城府极深,一心直口快;对待婚姻爱情上,一安分守己,听任家长安排,一则是用生命的真情在自由恋爱。她们二人处处对比明显,这样的对照系统还有袭人与晴雯、贾母与刘姥姥等。所谓的映射在这里指一种对应关系。甲戌双行夹批说:"余谓晴有林风,袭乃钗副,真真不假。"也就是说,《红楼梦》中晴雯的性格与黛玉相近,袭人的为人处事与宝钗相一致。她们之间形成一种映射关系,可以相互参悟,甚至可以补充解释。

《红楼梦》在结构艺术上也颇有成就。作者一改以往小说单线结构的方式,采取了多条线索、相互交叉和制约的网状结构。首先,贯穿全书的情节线索有两条,一条是宝、黛、

钗三人的爱情故事;另一条是贾府的盛极而衰。其次,作者在一开始,为我们呈现了一个严密的、契合天地循环的圆形神话世界。全书三个部分构成一个立体的交叉重叠的宏大结构。这其中还交织着许多各有起因、自成系统的矛盾线索:如王熙凤从春风得意到众叛亲离;众小姐的悲剧命运;贾雨村的宦海浮沉等。这些矛盾线索都不是分别叙说,而是时断时续,此隐彼现,齐头并进。一件事情常被其他事情打断,若干事情纵横穿插的写法使得整部作品像一张万象纷呈的生活巨网,在故事不断发展中慢慢展开。

采用"注此写彼,手挥目送","草蛇灰线,伏脉千里",一事多议,转换自如的方法。在叙述一个事件时,往往一笔多写,使原本一个情节具有了多方面的意义。故事与画面之间的转换又非常自然,不留痕迹。每一个情节、每一段章节的变换和运转,宛如一道蜿蜒的流水,只见奔流而不见其生硬、中断和缝合之处。使得《红楼梦》反映出来的生活如同现实生活一样,相互联系、不可分割。在千头万绪、参差错综的生活事件背后,都有其来龙去脉和连贯的筋络。首尾相应、百面贯通,并在情节中展开对人物的性格描写,使得故事更加真实,人物又活灵活现。《红楼梦》把大小事件错综结合着写,小矛盾凝聚成大矛盾,小事件积聚为大事件,波澜起伏,连环勾牵。

在谈到《红楼梦》艺术上的巨大成就时,不能不提它的语言。其继承我国文学语言的优良传统并加以丰富和发展,达到炉火纯青的地步。《红楼梦》以北方口语为基础,吸取古典书面语言精粹,经过作家高度锤炼,形成了洗练、自然、准确和富有表现力的语言特色。还有一点值得注意,《红楼梦》中多为人物对话描写,作者通过简洁的描述将它们连贯起来。人物语言显示出多样化和个性化,呈现着变化万千的色彩。书中人物的语言都能与其身份地位相契合,形神兼备地表现出人物的个性特征。如黛玉语言尖锐、机敏;宝钗语言平稳、妥当;湘云语言爽快、坦诚;凤姐语言幽默、机智;晴雯语言锋芒毕露。曹雪芹善于通过紧密的、不做任何辅助描写的日常语言,让人物自己带着读者一步一步进入他们的心理世界,带入到他们的社会深处之中。

《红楼梦》具有崇高的文学地位,一经问世便对当时乃至整个中国文学史都产生了深远的影响。人们对它所具有的思想艺术力量赞叹不已,并逐渐成为人们品读研究的必选之作。人们读它、谈论它,对它"爱玩鼓掌""读而艳之";又为了品评书中人物"遂相龃龉,几挥老拳";更是有青年被书中爱情故事感动得"呜咽失声,中夜常为隐泣"。《红楼梦》不仅获得了广泛的传播,而且还取得了极高的声誉,当时有"闲谈不说红楼梦,读尽诗书也枉然"之语。刊行之后,有很多人续写《红楼梦》,出现了一批续书。续书之多,在长篇小说中是打破纪录的。尽管续作大多思想陈腐,行文拙劣,但也从侧面说明《红楼梦》原书的艺术成就深入人心。

在《红楼梦》之后,最值得一提的作品是《镜花缘》。作者李汝珍(1763?—1830?),字松石,号松石道人,直隶大兴(今北京大兴)人,曾任河南县丞,终身不达。《镜花缘》属于纯粹虚构的具有神魔色彩的作品。小说主要内容有二:一是唐敖、多九公海外奇遇。他们经历了女儿国、君子国、无肠国、两面国、犬封国等30多个海外国度,遇见许多奇禽怪兽、奇花异草。所涉及的海外国度均非实写,如女儿国社会体制与现实社会完全相同,只是男女社会地位、分工、打扮等完全颠倒。其实,它们全是作者反思当时现实社会而虚构出的一系列与之完全相反的国度。奇禽怪兽等则来自于《山海经》等古书。二是虚构了武则天开女科,一百才女参加科举考试,饮宴赋诗的故事,颇有男女平等的教育权、考试权、社会参与权等思想,具有较强烈的妇女解放要求。虽说《镜花缘》也有卖弄学问之痕迹,但与《野叟暴言》《蟫史》等作品相比,它已很是出色了。

## 第五节　清末四大谴责小说

在19世纪与20世纪之交,满清政府在中日甲午战争的失败,对戊戌变法的镇压,以及在八国联军侵华态势下的张皇失措,其腐朽衰败已经暴露无遗。国人对清政府已经完全丧失信心,小说界涌现出大量揭露官场黑暗、抨击时政积弊、暴露社会丑恶的小说,而以《官场现形记》《二十年目睹之怪现状》《老残游记》《孽海花》为其中的代表,鲁迅以为尚不够称为讽刺小说,乃别称为"谴责小说"。因此,"谴责小说"也可以说是《儒林外史》讽刺风格所流变与衍生的。

### 一、《官场现形记》

李伯元的《官场现形记》是晚清谴责小说中最有代表性、影响最大的一种。

李宝嘉(1867—1906),字伯元,号南亭亭长,江苏武进(今江苏常州)人。他少有才名,擅长诗赋和八股文,曾以第一名考取秀才,却终未能中举,因而对社会抱有不满。1896年到上海,先后创办《指南报》《游戏报》《繁华报》等,是上海最早的小报。故有人称他为"小报界之鼻祖"(孙玉声《李伯元》)。1903年应商务印书馆之约,编辑《绣像小说》半月刊。

《官场现形记》是李伯元最重要的作品。此书约于1903年4月至1905年6月连载于《世界繁华报》,并由该报馆分编(每编12回)陆续出版。1906年正月又由《世界繁华报》馆出版了60回全书。

《官场现形记》集中地揭露了晚清官场的种种丑行恶德,堪称一部"晚清官场群丑图"。作者无情地撕下了罩在各类官僚面上金碧辉煌的面纱,露出了他们卑劣丑恶的灵魂。

小说写了32个官场故事,涉及的官吏有100多人,深刻揭露了他们贪赃枉法、营私舞弊、祸国殃民的罪行,描绘了一幅以前的文学作品中从不曾有过的千奇百怪、惟妙惟肖的官场群丑图。小说中所展示的清末官场,金钱主宰了一切,卖官鬻爵之风盛行,官场变成了商场。江西代理巡抚何藩台卖官,最高标价20万两银子,但向朝廷买一个"上海道"则要50万两。买主之所以愿出大价钱买个好缺,原因是"任他缺分如何坏,做官的利息总比做生意的好"(《官场现形记》第三十一回,田小辫子语)。《官场现形记》所写的不是个别的贪官污吏,而是整个政治体制的腐朽,无官不贪,无吏不污,卖官鬻爵,贪赃纳贿已成为官场的运行机制。

《官场现形记》揭露了晚清官场的龌龊、吏治的腐败、官僚的卑劣,表现了作者对清政府腐败黑暗政治的憎恶和弃绝。尽管在我国古代小说中,对官吏的暴露批判屡见不鲜,但所批判的都是个别的贪官污吏;把对官僚的讽刺批判作为整个小说创作中心的,始自

《官场现形记》。

《官场现形记》在结构上颇类《儒林外史》，它没有贯穿全书的中心人物、中心事件，而由许多相对独立的短篇故事连缀而成。由于这些故事仅仅围绕同一主题展开，所以彼此之间仍有紧密的内在联系。这种结构方式也是适应当时在报纸上连载的需要。但就小说本身而言，这种"集锦"式的结构也能更为深广地反映社会生活面，从而体现小说之主旨。

《官场现形记》在人物描写上最突出的特点是漫画式的描写手法。通过人名谐音揭示人物性格的，如唐二乱子、冒得官、梅飓仁等等；以体貌衣饰体现个性特色的，如面色焦黄者必是鸦片鬼，山羊胡子总是长在惧内欺下的官吏脸上，衣衫褴褛者多是长期不得补缺的官僚，等等。

《官场现形记》语言浅近直白，也注意人物语言的个性化。缺陷是提炼不细，缺乏含蓄蕴藉之美。

## 二、《二十年目睹之怪现状》

《二十年目睹之怪现状》在晚清谴责小说中的地位和影响，仅次于《官场现形记》。

吴沃尧(1866—1910)，字趼人，原字茧人，又字小允，广东南海县人。因家居佛山镇，故自号"我佛山人"。他出身于一个衰落的仕宦人家，20多岁到上海，为当地报纸撰写小品文。梁启超于1902年创办《新小说》以后，他开始创作小说。《二十年目睹之怪现状》即刊于1903—1906年的《新小说》。他的著作很多，仅长短篇小说就有30多种，其中以《二十年目睹之怪现状》最为有名。

全书共108回，写了189件"怪现状"。由于作品的主旨是揭露晚清社会风气的堕落，所以小说涉及的范围与《官场现形记》相比，相当广泛。上自部堂督抚，下至三教九流，举凡贪官污吏、讼棍劣绅、奸商钱房、洋奴买办、江湖术士、洋场才子、娼妓娈童、流氓骗子等无所不包，描绘了一幅色调惨淡的封建王朝末日的图卷。然作者的着眼点，仍是暴露官场的黑暗、官僚的品德败坏。小说还着力鞭挞和批判了不学无术的洋场才子和斗方名士。这些号称"诗人""才子"的名士们，胸无点墨，却又要附庸风雅，结果笑话百出。小说也写了几个正面人物，如九死一生、吴继之、蔡侣笙、文述农等。九死一生是贯穿小说的中心人物，其中寓有作者自己的影子。全书通过这几个理想人物的悲剧性结局，流露了作者浓重的悲观主义情绪。

在晚清众多的小说家中，吴沃尧是最注重对小说艺术进行创新的人。《二十年目睹之怪现状》设置了一个贯穿全书的人物——"九死一生"，采用了第一人称的叙事方法，把社会上形形色色的"怪现状"，都归结为"我"（即九死一生）20年来的亲见亲闻。这样使得全书的故事前后连贯，读来给人一种真实感和亲切感。这种结构在中国长篇小说史上实属首创。

## 三、《老残游记》

《老残游记》在晚清的谴责小说中是一部很有特色的作品。

作者署名洪都百炼生，即刘鹗(1857—1909)，字铁云，江苏丹徒（今镇江）人。他崇拜西学,主张实业救国,精通数学、医学、水利学,做过医生,经过商。后因协助治理黄河有功,官至知府。1908年以"私售仓粟"罪名流放新疆,次年即病亡。他又精于甲骨文研究,作《铁云藏龟》,为我国甲骨学之最早著作。

《老残游记》初刊于《绣像小说》第9—18期(1903—1904),共10回,世称"绣像本";接着又在1906年《天津日日新闻》连载,共20回,世称"日日新闻本",即《老残游记》之祖本。1907年8月至11月,《天津日日新闻》又连载该书续集(亦称二集)9回。另还有外编残稿一卷,写作时间难定。目前较通行的是1957年人民文学出版社本。

《老残游记》的叙事主题,也仍是对封建官场黑暗的揭露和批判,如兖州知府常剥皮贪欲膨胀以至"人人侧目而视"、泰安县衙内宋某强夺霸占尼姑、衙门里的轿夫仗势欺人等等,但作者并未停留在这些"揭赃官之恶"的描写上,而是由此进一步地"揭清官之恶",表现出比其时诸多官场谴责小说更为犀利的批判精神。

《老残游记》是一部游记体小说,突破了传统的全知叙事方法,叙事者由说书人转变为隐含作者——旅人,小说视角也由传统的全知叙事转为第三人称限制叙事,把心理描写局限于旅人的视听,把故事讲述隶属于旅人的耳目,把情景事物呈现于旅人的观感,前后连贯,视角同一。全书以老残的游历串联起沿路的山川风景、人物事件。20回本《老残游记》从老残离开济南始,经过黄河流域诸城镇,再回到济南府结束,将沿途的所见所闻、所想所做有机地串联起来。

《老残游记》在艺术上最突出的成就是其"描写技术"。人物刻画上如玉贤的残暴、刚弼的武断,各有特色;写景上如大明湖的自然风光,黄河冰封的"写真景物",都给人以身临其境之感。

## 四、《孽海花》

在四部谴责小说中,《孽海花》是思想最为激进的一部。

此书的创作过程漫长而复杂。现在通行的刊本为30回,作者署名是曾朴,实际最初印本原署为"爱自由者发起,东亚病夫编述"。全书的写作,断断续续先后经历了27年之久。东亚病夫即曾朴,爱自由者即他的朋友金松岑。1903年,金松岑应东京的江苏留日学生办的《江苏》杂志之约,写了《孽海花》前6回,其中第一、第二回刊登于《江苏》第八期上。金松岑将前6回的原稿寄给正在创办"小说林社"的曾朴,由其修改、续写。1905年由"小说林社"在东京出版初集(第一至十回)和二集(第十一至二十回)两册。1907年,在《小说林》月刊发表第二十一至二十五回。1916年上海望云山房出版第三集,收入续作第二十一至二十四回。1927年至1930年的4年里,又陆续在《真善美》杂志上刊出第二十一至三十五回(其中第二十一至二十五回为修改稿,第二十六至三十五回为新写稿)。1928年,真善美书店分两册出版了修改后的初集(第一至十回)和二集(第十一至二十回)。1931年又出版了三集(第二十一至三十回),后又将全书30回合为一册出版。新中国成立后北京保文堂、上海文化出版社、中华书局上海编辑所出版的30回本的《孽海花》,均据真善美书店的30回本排印。1962年中华书局上海编辑所和1979年上海古籍出版社出版的增订本,将第三十一至三十五回作为附录。

曾朴(1872—1935),名朴华,字太朴,又字孟朴,笔名东亚病夫,江苏常熟人。出身于一个书香门第之家。19岁中秀才,20岁中举人,后会试未中,捐内阁中书。1904年与友人合办"小说林社",1907年又创办《小说林》月刊,1927年在上海创办《真善美》杂志。除《孽海花》外,他还创作了小说《鲁男子》,原拟作6部,未完成。还有一些诗文和戏剧作品。

金松岑(1874—1947),又名天翮,号鹤望,笔名爱自由者,江苏吴江人。早年在上海参加爱国学社,与邹容、章太炎、蔡元培等共同鼓吹资产阶级民主革命。《孽海花》的写作与他的革命思想有关。

小说揭露了帝国主义的侵略野心,清政府的无能与腐败,封建士大夫的昏庸与堕落。全书共写了278个人物,展现了宽广的社会生活,内容相当丰富。此前官场谴责小说在对清廷腐败黑暗统治的揭露与批判上,多集中于一些下官佐杂的昏聩无能,而对上层统治者却少有涉及甚至还给予厚望,而《孽海花》则将批判的锋芒直指诸多当朝权贵乃至最高统治者。

小说采用了"珠花"式的结构艺术,以金雯青、傅彩云故事为主轴,将中法战争、中日战争、帝党后党矛盾、海外虚无党活动、戊戌政变余波、青年会陈千秋等人的革命活动等围绕主轴穿插进行,即作者自己所总结的不同于《儒林外史》的"珠练型结构":"譬如穿珠,《儒林外史》等是直穿的,拿着一根线,穿一颗算一颗,一直穿到底,是一根珠练;我是蟠曲回旋着穿的,时收时放,东西交错,不离中心,是一朵珠花。"(《修改后要说的几句话》)

《孽海花》中的人物多有所指,如金雯青指洪钧,傅彩云指洪妾赛金花,李治民指李慈铭,何珏斋指何大澂,等等。作者根据这些人的历史原型予以集中概括,更能反映生活中这类人物的本质,所以鲁迅称赏该书"写当时达官名士模样,亦极淋漓"(《中国小说史略》第二十八篇)。

不过,《孽海花》也有"形容时复过度,亦失自然"之病,对民国流行的黑幕小说有负面影响。此书出版后风靡一时,评论、考证、续作蜂拥而出,形成一股"赛金花热"。

## 作品学习

1. 吴敬梓《范进中举》
2. 曹雪芹《林黛玉进贾府》

## 《范进中举》鉴赏

《范进中举》择自世情小说《儒林外史》第三回,题目是后加的。《儒林外史》是一部反思科举制度的世情小说。所谓中举即在明清乡试中榜上有名者,从生员中举人,意味着此人从此踏入仕途。故而,在明清时期,有许多读书人只为博得一第。在未登第之前,即使中了秀才,社会地位与常人相较也无很大改观,且治举子业与治生相冲突,越陶醉于举子业,治生能力越差。小说中描写了范进家庭生活的种种窘态,以及他常常遭受白眼与欺凌。但是,一旦登第,尤其是进入仕途,有了包括俸禄在内的各种收入,就会进入上流社会的生活。即便尚未正式步入仕途,预投资式的贿赂及逢迎巴结就已开始,其生活境遇也会得到天翻地覆的改观。《范进中举》描写的正是范进中举前后生活变化的对比及其周围人对他的态度的对比,展现当时的世相百态,批判炎凉的世风,表达了作者对科举制的反思与批判。

对比是所选文字的基本构思。该文以"中举"为中轴,将范进及其家庭生活分为两部分。中举前,主要写范进及其家庭生活种种不堪乃至屈辱;中举后,范进鲤鱼跳龙门,身份由一位穷秀才变为"老爷"(对举人的称呼),随之,从其交游到生活的方方面面均发生了180度的逆转,有人送房屋、有人送田产,甚至有仆人自己送上门来。前期的种种窘境与后期的种种"好事"形成张力,对比鲜明,形象地勾画出了人情世态百相。

《儒林外史》是一部讽刺小说,鲁迅先生将其讽刺艺术概括为"戚而能谐,婉而多讽"。

所谓"戚而能谐"是指将深刻凝重的社会内容与喜剧的形式相结合,以其喜剧中的可笑之处取得讽刺效果。在《范进中举》中,范进50岁时还在科举考试中挣扎,正因如此,全家人吃饭都成了问题。然而,他中了举人,自己却发疯了。从内容来说,科举制对仕人毒荼至深,人物治生能力弱化,不能不说深刻凝重;而这些内容却是通过一个大男人卖鸡换米的无奈、中举后喜极而发疯的情态等等来表达的,这一表达明显含有戏谑的味道,其内容与表达恰恰是"戚而能谐"的注脚。

"婉而多讽"是指"直书其事,不加断语"。即以白描手法直接描述,让事实说话,不加只字评论,通过人物机械动作、语言行为等的前后矛盾取得讽刺效果。其中胡屠户是范进的岳丈,作品对这一人物描写纯用白描法,在范进中举前,他对范进的态度、语气、行事高傲霸道;在范进中举后,他如变了个人似的,对范进的态度、说话语气变得恭敬、谨顺,处处陪小心。在人物形象塑造中让事实说话,通过前后反差取得极好的讽刺效果。

## 《林黛玉进贾府》鉴赏

《林黛玉进贾府》选自《红楼梦》第三回。《红楼梦》是中国古典长篇小说艺术的高峰,它以荣国府由盛转衰为背景,以贾宝玉与林黛玉的爱情悲剧及贾宝玉与薛宝钗的婚姻悲剧为主要内容,同时也描写了"金陵十二钗"的悲剧命运。第三回原回目为《贾雨村夤缘复旧职,林黛玉抛父进京都》,现题是今人改的。

《林黛玉进贾府》写的是林黛玉在母亲去世后,因外祖母骨肉牵念,辞别父亲来投贾府。这一回主要写林黛玉到贾府的所见所闻。

所见所闻即物、事及人。所见物,大到门楼牌坊、屋宇建筑,小到桌面摆设、床上铺陈,无所不至,凡是所到之处所能看见之物都一一写到了。建筑展现宏大气派,摆设铺陈则是精工讲究,一切都是"钟鸣鼎食之家"的气势排场。所见事,主要是接待礼节,展现"诗书旧族"的森严规矩。所见人,即《红楼梦》的主要人物,多在此回登场亮相,其身份地位和人物之间的关系也在此回交代明确,贾宝玉、王熙凤等主要人物的性格也展露端倪。

在写法上,这段文字当注意的有二:一为"游记"文体的笔墨;一为戏剧的表达模式。

"游记"文体的笔墨指小说以林黛玉进贾府的路线为线索,以时空转换来推进情节。因为第一次进贾府,人物以新奇的眼光观察贾府的物、事与人,从路过宁国府始,每至一处,均有细致的观察,空间变化在叙事中的作用明显。特别是"游记"文体的三要素:游踪、游观、游感齐备,其在构思中的"游记"文体格套明显。

戏剧的表达模式。戏剧表演是舞台艺术,所有演员必须登上舞台才能进行表演。在《林黛玉进贾府》中,贾母的住处正相当于舞台,主要人物一一至此登台亮相。比如,王熙凤的出场在此,其由笑到哭再到笑的表演,是给林黛玉看的,更是给贾母看的,当然最重要的是给读者看的——王夫人突然问起月钱发放事宜,这些台词并不是人物准备给贾母与黛玉的,黛玉与读者一起成为这些台词的听众,也表明了人物掌握财权的特殊身份。最重要的是贾宝玉的登场,在荣禧堂王夫人虽已向黛玉介绍过宝玉,正式登场还是再回到贾母处。一句话,在这段文字里,虽然涉及贾母处、贾赦处和荣禧堂等空间,而主要空间则是贾母处,主要人物都汇集于此,故事也发生于此。这一空间正如戏剧表演之舞台,其人物出场也似戏剧人物出场之安排,极似戏剧的表达模式。

长于写人。第三回虽为小说开端,人物性格还未展开,但寥寥数语,人物个性却较突出鲜明。如对王熙凤的描写,采用了先声夺人、拟容传神、以语言动作写人等写法,透露出王熙凤善于表演、八面玲珑、恃权傲诞等性格之端倪。又如贾宝玉、林黛玉两位,除了拟容传神、以语言动作写人等写法外,还加入了心理描写,使人物外在肖像与内心活动相结合,展现出人物的基本性格。

### 延伸阅读

**1. 原典阅读**

(1)阅读《聊斋志异》(蒲松龄著,人民文学出版社,1989年版),重点阅读其中爱情篇目、科举篇目、政治篇目,注重体会蒲松龄的思想世界及艺术情怀。

(2)阅读《儒林外史》(吴敬梓著,人民文学出版社,2002年版),重点阅读其对科举制度下文人生活、世情百态的描写,注重体会小说的批判精神及讽刺艺术。

(3)阅读《红楼梦》(曹雪芹著,人民文学出版社,2013年版),注重体会小说的思想内容及艺术成就。

**2. 研究文献阅读**

(1)阅读《清代小说史》(张俊著,浙江古籍出版社,1997年版),了解清代小说演变史,归纳小说名著的内容及艺术成就。

(2)阅读《世情小说史》(向楷著,浙江古籍出版社,1998年版),归纳总结世情小说的概念及其特征,注意比较不同小说表达的差异。

### 拓展训练

1. 鲁迅《中国小说史略》云:"其《志异》或析为十六卷,凡四百三十一篇,年五十始写定,自有题辞,言'才非干宝,雅爱搜神,情同黄州,喜人谈鬼,闲则命笔,因以成编。久之,四方同人又以邮筒相寄,因而物以好聚,所积益夥'。是其储蓄收罗者久矣。然书中事迹,亦颇有从唐人传奇转化而出者(如《凤阳士人》《续黄粱》等),此不自白,殆抚古而又讳之也。至谓作者搜采异闻,乃设烟茗于门前,邀田夫野老,强之谈说以为粉本,则不过委巷之谈而已。"结合这段话,谈谈《聊斋志异》的成书过程,并试溯考其故事题材来源。又云:"《聊斋志异》风行逾百年,摹仿赞颂者众,顾至纪昀而有微辞。盛时彦(《姑妄听之》跋)述其语曰,'《聊斋志异》盛行一时,然才子之笔,非著书者之笔也。……今一书而兼二体,所未解也。小说既述见闻,即属叙事,不比戏场关目,随意装点;……今燕昵之词,媟狎之态,细微曲折,摹绘如生,使出自言,似无此理,使出作者代言,则何从而闻见之,又作未解也。"谈谈你对"一书而兼二体"的理解。

2. 鲁迅《中国小说史略》云:"寓讥弹于稗史者,晋唐已有,而明为盛,尤在人情小说中。然此类小说,大抵设一庸人,极形其陋劣之态,借以衬托俊士,显其才华,故往往大不近情,其用才比于'打诨'。若较胜之作,描写时亦刻深,讥刺之切,或逾锋刃,而《西游补》之外,每似集中于一人或一家,则又疑私怀怨毒,乃逞恶言,非于世事有不平,因抽毫而抨击矣。其近于呵斥全群者,则有《钟馗捉鬼传》十回,疑尚是明人作,取诸色人,比之群鬼,一一抉剔,发其隐情,然词意浅露,已同嫚骂,所谓'婉曲',实非所知。迨吴敬梓《儒林外史》出,乃秉持公心,指摘时弊,机锋所向,尤在士林;其文又戚而能谐,婉而多讽:于是说部中乃始有足称讽刺之书。"鲁迅先生为什么说《儒林外史》小说中"始有足称讽刺之书"?并结合小说内容谈谈你对"戚而能谐,婉而多讽"的理解。

3.《红楼梦》第一回写道:"此开卷第一回也。作者自云:因曾历过一番梦幻之后,故将真事隐去,而借'通灵'之说,撰此《石头记》一书也。故曰'甄士隐'云云。但书中所记何事何人?自又云:'今风尘碌碌,一事无成,忽念及当日所有之女子,一一细考较去,觉其行止见识,皆出于我之上。何我堂堂须眉,诚不若彼裙钗哉?实愧则有余,悔又无益之大无可如何之日也!当此,则自欲将已往所赖天恩祖德,锦衣纨袴之时,饫甘餍肥之日,背父兄教育之恩,负师友规训之德,以至今日一技无成,半生潦倒之罪,编述一集,以告天下人:我之罪固不免,然闺阁中本自历历有人,万不可因我之不肖,自护己短,一并使其泯灭也。虽今日之茅椽蓬牖,瓦灶绳床,其晨夕风露,阶柳庭花,亦未有妨我之襟怀笔墨者。虽我未学,下笔无文,又何妨用假语村言,敷演出一段故事来,亦可使闺阁昭传,复可悦世之目,破人愁闷,不亦宜乎?'"这段文字是原文还是批注?谈谈你对《红楼梦》自传说的理解。

# 第六章　清代俗文学

> **文学史**

　　清代俗文学主要包括讲唱文学、散曲和小曲等。这个时期的讲唱文学包括弹词、鼓词和子弟书,呈现出两大特点:一是由于讲唱和群众的联系极为紧密,在全国各地都以不同的表现方式流传,所以显示出极为强烈的地方色彩。二是由于它继承了优秀传统而有所发展变化,表现出至为复杂繁多的品种。清代对散曲不大重视,创作虽仍有一定的数量,个别作品也反映出反民族压迫、反外国侵略的时代精神,但艺术上缺乏明显的特色,逐渐成为诗词的附庸,走向衰亡。小曲发展至清代,由原来只适于抒情的短曲逐渐演变为可以叙述故事、描绘人物的说唱体裁。这类曲目多由演唱者分唱不同角色,曲词也采取代言体来直接表现人物的语言和情感。另外,有的地区还创造了在单曲的基础上增加"数子"的唱法,扩展了小曲的曲体,便于叙事,说唱灵活,使时调小曲的艺术表现力更趋丰富。

## 第一节　清代弹词与鼓词

　　在清代,弹词、鼓词和子弟书等讲唱文学也比较发达。
　　弹词的体制分为弹、说、表、唱四个部分。弹,即以三弦、琵琶等弦乐为伴奏,弹词之名也来自于此。说,是以故事中主人公口吻对白。表,则是以第三人称进行叙述和评论。唱是弹词的主体,以七言韵文为主,间以杂言。弹词以北方话演唱的叫国音,以南方方言演唱的叫"南音"或"土音"。国音代表作品有《再生缘》《笔生花》和《安邦志》等;南音代表作品有《义妖传》《珍珠塔》和《三笑姻缘》等。弹词演唱无须多少排场,故多在家中演出,为闺阁中人所喜欢,故其中女性作者较多。其故事题材以才子佳人为主,如《再生缘》前17卷为陈端生所作。陈端生(1751—1796?),浙江杭州人,祖父陈兆仑有声望,曾任《续文献通考》纂修官总裁。弹词写孟丽君的故事,其中有定婚、为人构陷、女扮男装中三元、建功立业、强逼纳妃等情节,故事结构庞大、情节曲折,却安排合理,充分表现了女子的智慧及才华。

鼓词主要流行于北方。因其配乐以鼓、板为节而得名。也是一种说唱艺术,说以散文为主,唱多为七言或十言句的韵文。它多取材于历史演义,如《梅花三国》;或文学名著,如《西厢记》《红楼梦》等。题材也十分广泛,如《呼家将》为英雄传奇,《包公案》为公案故事,《蝴蝶杯》为爱情题材,几乎无所不包。在晚清,鼓词在北方的河北、河南、山东、辽宁以及北京、天津等地都很流行。

子弟书属于鼓词的一个分支,只唱不说,演出时用八角鼓击节,佐以弦乐。因起源于八旗子弟而得名,这种曲艺形式与鼓词的区别是没有说白。它主要盛行于乾隆至光绪年间,长达一个半世纪左右。传世作品很多,傅惜华编《子弟书总目》,共录公私所藏400余种,1000多部。它因唱腔流行地分别为城东和城西,故而分为东西两派。东派近于弋阳腔,以慷慨激昂见长,简称东调;西派近于昆山腔,以婉转缠绵见长,简称西调。东派代表人物是罗松窗,作品以《百花亭》《庄氏降香》最著名;西派代表人物是韩小窗,作品以《黛玉悲秋》《下河南》为代表。子弟书往往是矛盾冲突集中的小故事,不枝不蔓,并不注重人物命运的大起大落,而以情绪抒发为主。相较之下,西派作品更为雅致,文学性强。子弟书中《草桥惊梦》《忆真妃》等取得了相当高的艺术成就,"其中好多篇杰作并不比《孔雀东南飞》和《木兰诗》逊色"(赵景深《子弟书丛钞序》)。

## 第二节　清代散曲

清代散曲承元明散曲发展而来,散曲作者342人,有小令3214首,套数1166篇。清代散曲的创作从清初的黍离悲歌到清末的劝戒烟曲、反帝歌,与清代历史相始终。清初作品虽不乏吟风弄月之作,但代表时代声音的是民族气节之士的慷慨悲歌。代表作家有沈自晋、熊开元等,以对明亡的怀悼,对新朝不满为主要歌唱内容。如沈自晋《甲申三月作》、熊开元《击筑余音》等在内容上和艺术上都很出色。除此之外,抒写遗民的避世情怀以及咏教职清贫的曲子也值得注意,它们与当时的黍离悲歌在精神上相通,只是表达得更含蓄隐婉而已。在清代中叶,浙西词人朱彝尊等"以词为曲"创作了一批精美、清空的曲子,同时,隐括、翻谱之作盛行,《诗经》《吊古战场文》等名作都被改写成散曲。道情派郑燮、徐大椿、金农等在形式上未必沿道情旧体制,他们离情绝俗、吟咏世情,使道情这一流派在清代得以复活。道光以后,中华民族灾难深重,此期散曲值得注意的题材有劝戒烟、反帝反侵略等。赵庆熺深得北曲之奥妙,其作品虽不为多,却在艺术上取得较高成就。就题材而言,相对于元明散曲,清代初年黍离悲歌为这一时代所独有。另外,题画之作增多,道情曲子也不少,写女性生活题材的作品也不容忽视。清代名曲家辈出,如清初曲坛领袖沈自晋、工于体物的吴锡麒、行家里手黄图珌、曲痴孔广林、清代散曲冠冕赵庆熺等数不胜数。散曲流派如南曲派、骚雅派、道情派、赵庆熺派。清代散曲的总体风格清朗隽婉,翛然远趣,格调与元明散曲迥异。

## 一、沈自晋的乱离悲歌

明清易代之际,黍离之悲是故明文人的基本情结。沈自晋(1583—1665),字伯明,号西来,晚号鞠通生,江苏吴江人。明代大曲学家沈璟的从子,明亡后,他携家眷隐居吴山。他精通曲学,与兄弟子侄结社唱和,为时人推服,实为盟主。散曲著作有《赌墅余音》(已佚)《黍离续奏》《越溪新咏》和《不殊堂近草》,后收入《鞠通乐府》。

沈自晋的曲作以自己流离失所的避乱生活为题材,把亡国之痛、黍离之悲渗入生活的方方面面,以悲、惨、泪、孤独等为主要情调,可以说处处都带有时代的烙印。如【南商调·字字啼春色】《甲申三月作》、【南杂调·六犯清音】《旅次怀归》等作品,可以说直接抒发了对黍离之悲及对故国的思念,如【南商调·字字啼春色】《甲申三月作》:

【字字锦】唐风警太康,宵旰劳宸想。箕畴诵取刚,呵谴谁非当?叩穹苍,为甚地裂天崩,天崩也一似朽枯飒亡!警惶,【莺啼序】唬得人刲胆摧肠。痛髯龙留书殉国,悲莘凤断魂辞幌!【绛都春】感时衔恨,鹃啼絮舞,普天同怆。

这是一支集曲,曲牌名就隐有悲意,而曲子对亡国之痛抒写得确是撕心裂肺,极具震撼力。再如【南杂调·六犯清音】《旅次怀归》:

【梁州序】西山薇苦,东陵瓜隽,孤竹千秋难践。青门非旧,萧条故苑依然。【浣溪沙】雪径迂,云根变,望虹亭驿路谁传?【针线箱】愁的我寒烟宿雨残兵燹,愁的我衰草斜阳欲暮天!【皂罗袍】江山千古,波萦翠镌。兴亡一旦,歌狂酒颠。挥毫写不尽登楼怨!【排歌】梅含韵,柳待妍,人应想旧家国。【桂枝香】好倩东风便乘帆,早放船。

此曲虽然题为"怀归",但家国之思溢于言表。其情感强烈、雄劲悲凉,时代特色鲜明。清初这类作品还有熊开元的《击筑余音》、王时敏的《西田感兴》、沈非病的《金陵怀古》等,它们可以说是时代的主旋律,不仅仅开拓了散曲的题材,也提升了散曲的文体品位。

## 二、清代散曲翘楚赵庆熺的创作

赵庆熺(1792—1847),字秋舲,浙江仁和(今浙江杭州)人。工小令,套数尤胜,散曲集名《香消酒醒曲》。任讷先生评其为:"峰泖浪仙(施绍莘)以后,散曲中一人而已。清人散曲,真不可少者,惟秋舲也。"从内容而言,赵庆熺散曲多言私情。所谓私情,一为个人的人生情怀;一为闺情艳情之作。如【南仙吕入双调·步步娇】《杂感》:"说甚聪明成何用,倒是伤心种,牢愁问碧翁。一片青天,也恁般懵懂。何处哭西风,小心窝醋味如潮涌。【山坡羊】病伶俜休文弟兄,醉颠狂刘伶伯仲。死缠绵恨比江淹,泪模糊学个唐衢恸。青眼穷,歧途何处容?算浮生受过诸磨弄,冷脑冬烘,热肠春梦。匆匆,好年华晨鸡暮钟;空空,旧前程飘萍断蓬……【嘉庆子】白衣冠长揖江上送,到做了壮士天寒易水风,重把兰桡打动。叹田园,家业穷!叹交游,文字穷!【侥侥令】侠气肠磨铁,刚棱骨洗铜。我是如意敲碎王处仲,难道是天公竟哑聋!【尾声】一肩担子挑愁重,把只手支撑不放松。问何日鹦哥始出笼?"他抑郁于教书先生的困境,与许多文人一样不甘心。艺术上与元代后期散曲一样,悲凉、荒寒,却又不失沉雄、清丽、悠远。其写艳情之作如【北仙吕·一半儿】

《偶成》：

> 鸦雏年纪好韶华,碧玉生成是小家,挽个青丝插朵花。髻双丫,一半儿矜严一半儿耍。

信手拈来,自然天成,写小姑娘情态如画。秋舲之作现存曲子题材狭窄,艺术精湛,颇多元人风味,从元曲文体角度言,有清一代秋舲当为翘楚。

在清中后期,散曲艺术性较高的名家还有何承燕、王庆澜等。而稍晚出现的劝戒烟题材、涉及农民起义、反帝国主义的曲子,在艺术上虽然粗糙,但其时代特征明显,且出现了一些新词汇、新意象。近代散曲名家有姚华、周梅初、吴梅等,散曲创作在清代可谓绵绵不绝,传统悠长。

## 第三节　清代小曲

郑振铎先生在《中国俗文学史》中说:"到了清代中叶,这风气却大开了。像明代成刊的《驻云飞》《赛赛驻云飞》这样的单行小册,在清代是计之不尽的。"的确,根据刘复、李家瑞《中国俗曲总目稿》,清代小曲集子有6000多种。

清代小曲集现存最早的是《万花小曲》,清代无名氏辑,清乾隆甲子刊本,金陵奎璧斋郑元美梓行,书名全题为《新镌南北时尚万花小曲》,姑苏王君甫刊本影印。其中小曲清新活泼,如【西调】《鼓儿天》《恨媒人》等,是目下能看到的清代文献中较早的山陕民歌。它们内容大胆,情感热烈,表达直白,并有一定的文体价值。从《恨媒人》中摘出三支曲子:

> 两泪如梭,两泪如梭,描鸾刺凤待什么?绣到并头莲,心坎上好难过。嫂嫂哥哥,嫂嫂哥哥,两口子说话情意儿多,想是到晚来,必定一头儿卧。
>
> 哥哥今年二十一,娶了个嫂子才十七。年纪比俺还小一岁,身量比俺还矮二尺。偏他又早戴着箍,不知前世怎么积。只巴到黑天就上床,想是那件事儿极中意。
>
> 埋怨爹妈,埋怨爹妈,同行姊妹都嫁了人家。如今养孩儿,又早这么大。他也十八,我也十八,想是俺那点儿不如他。不知我爹娘,待只管留着俺干啥?

管中窥豹,可见早期【西调】曲子之一斑。

此外,比较优秀的是《霓裳续谱》和《白雪遗音》。前者是清人颜自德辑、王廷绍订,有乾隆六十年北京文茂斋刻本、集贤堂重刻本。原书8卷附录1卷,共集曲子621首。后者为清华广生辑,道光八年玉庆堂刻本,原书4卷。卷首有序文4篇,收录曲子700余首,其中【马头调】最多,有438首。小曲中内容驳杂,其中以描写爱情的占多数,也收有康熙80寿诞时的庆寿曲,更有写景之作。写市井家长里短的如《两亲家顶嘴》,趣味多多。还有大量改写、隐括之作,从"四书五经"到明清戏曲,无所不包,范围极广。在艺术上,这些曲子以俗曲为主,语言直白,风格质朴。但也不乏精致小品,爱情之作,如【西调】《离别时》：

> 离别时,落红满地;到而今,北雁南飞。央宾鸿,有封书信烦你寄。他住在白云深山

红树里,流水小桥略向西。一派杨柳堤,紫竹苍松,斜对柴扉。(叠)那就是薄幸人的书斋内。(叠)

写景之作,如【西调】《朔风起乾坤变》:

朔风起,乾坤变。绣阁冷,香闺寒。半虚空琼瑶碎剪鹅毛片,枯树成白玉,青山似粉漫。遥观寒山远,石径弯,白云内有人烟。又只见那痴心的樵子,冻倒在寒滩。寒鹊舞花尖,颤巍巍枯枝梗儿动,荡悠悠梅花片儿翻,颠番颠番,谁胜谁先。(叠)笑渔翁,为何呆坐寒江岸。(叠)

【西调】作品虽为小曲,但也雅致有余,并不输给文人之作。

在清代偏远地方的时调小曲也十分丰富。如无名氏的《四川山歌》中曲子曲调简单,情感真挚,语言朴实。李调元的《粤风》,为清代广西地区的民歌,其中收录了汉族(主要是客家)情歌53首,瑶歌23首,伢歌29首,壮歌8首。分别编为粤歌、瑶歌、伢歌、壮歌4卷。其中少数民族民歌用汉字标音,并有详注。招子庸的《粤讴》中的曲词用广东方言写成,是研究地方文化的重要文献之一。

### 作品学习

1. 黄周星【南仙吕入双调·步步娇】《夏日》
2. 蒲松龄【北正宫·九转货郎儿】

## 【南仙吕入双调·步步娇】《夏日》鉴赏

中国历史上经历多次改朝换代,却极少有明清之际的汉族知识分子那样反应强烈、沉痛。他们称之为"天崩地解""山飞海立",坚守民族气节,采用各种形式拒绝与清廷合作。黄周星就是明遗民中最坚定分子之一。他分别在崇祯六年(1633)中举人,十三年(1640)中进士,十六年(1643)授户部主事。入清后拒不出仕,往来吴越间,以授徒为生。黄叶村当是他入清后居住的村庄名,作者以黄叶村春日、夏日、秋日、冬日的不同景致为题材,写了4套【南仙吕入双调·步步娇】,表现自己林下生活的舒适惬意及对田园风光的喜爱之情,背后隐含的是作者鲜明的政治态度。《夏日》为这组套曲中的一套。

【步步娇】一曲写春去夏来的时光推移。首句点明节令——可爱的春光已经离去,进入了初夏。因此紧接着说,司春之神东皇告假离位,司夏之神南帝祝融开始理事,黄鹂鸟儿飞来了,它的鸣啼似在提醒春花已经凋零飘落。季节变化带来自然景观的变化,"绿暗红稀,乱把嫣香嫁"两句化用前诗词陈句。前者为李清照的词句"绿肥红瘦",后者为李贺的诗句"可怜日暮嫣香落,嫁与东风不用媒"。只是黄曲"绿暗红稀"是直陈,比李诗要明了些;"乱把嫣香嫁"不仅没有李贺诗句中的感伤,还表现出作家的洒脱。最后两句为收束,意思是说黄叶村庄偏处一隅,白昼变长却没有外界干扰,寂静无杂声。虽然春天已逝,依然园林佳影如画。

【醉扶归】主要描写园林景色。夏日烈炎，天气酷热。但此间园林却与之相反，柳丝拂水、蕉心映窗，一片绿色；水中楼台倒影与青青的蒹葭相接，低处是蕙、兰诸花草，高处蔷薇爬满架。处于园中，暑气全无，唯有清凉。所以说，似"众香国里早排衙，便比极乐国无高下"。

【皂罗袍】从方塘写起，夏日水面熏风可解烦恼，荇藻等水草丰茂亦解暑气。"无人处"句则转而写人：他对着采莲姑娘，可以除去冠戴，脱巾散发；有客人来，也是解衣箕坐在槐树荫下；更有野航垂钓、烹鱼醉虾、苔矶濯足、接近海鸥、静听蛙声等等乐趣；喝着酒，说着羲皇时代的语言。勾画出一位自由自在、无拘无束、酷爱自然的狂狷者形象。

【好姐姐】则是直抒胸意。"似这般""正合着"两句点明了主人公"不拘礼法"、行为放诞及"不求闻达"的人生追求。接下来补充说"那六逸七贤，又何须羡他"，"六逸"即唐代竹溪六逸，"七贤"即三国时的竹林七贤，均为中国历史上著名的隐士或者避世狂放之徒。不羡慕六逸七贤，也就是说他与七贤的避世情怀不同，也与六逸的诗酒隐逸相异，他有自己的追求，绝不是模仿他人。"酣饮洽，好停十日平原驾，避暑宁教河朔夸。"意思是有酒招待，欢迎朋友暂住欢饮，即使北方河朔地区也得称赞这里是避暑的好地方。既说明主人好客，同时又照应题目，回到夏日这一话题上。

【尾声】收束全套。"这园林第一宜销夏"为"夏日"话题之结；"有人问笑而不答"为主人公形象之结；最后一句则将园林、方塘等写景内容收束于"黄叶村庄是我家"之下。全套结构谨严。

《夏日》表现了曲作家对自然田园的热爱，对隐逸生活的歌唱及对主人公独立自由精神风貌的赞美。此曲从表面看与一般的歌唱隐逸的曲子相近似，然而若联系作者的时代及其生平思想，便不难看出其背后隐含的是作者不与清廷合作的坚决态度，无法斩断的遗民情结和坚贞的民族气节，不可将它当作一般的隐逸乐道的曲子读。在艺术上，清丽的语言与优美的曲境相合，同时叙次井然，收放自如，曲气通畅，是清散曲中难得的本色之作。

## 【北正宫·九转货郎儿】鉴赏

九转货郎儿，亦名转调货郎儿。原是生活中卖货郎的叫卖声，经长期歌唱，不断加工，到元代已发展成说唱艺人专用曲牌之一，后为杂剧吸收入套曲中。除第一支曲子是【货郎儿】本调外，连用八个穿插其他不同曲牌的【货郎儿】组合成套，构成北曲少见的转调集曲的结构形式。据《北词广正谱》注出，第二至九转中所夹用的曲牌是：二转【卖花声】，三转【斗鹌鹑】，四转【山坡羊】，五转【迎仙客】【红绣鞋】，六转【四边静】【普天乐】，七转【小梁州】，八转【尧民歌】【叨叨令】【倘秀才】，九转【脱布衫】【醉太平】。根据《蒲松龄全集》中的注释，【九转货郎儿】题为"考词"，主要描写生员参加学政主持的岁考情况。作品细腻地描绘了秀才考试的心理、境遇等，可以与《聊斋志异》中的《王子安》相对照看。不同的是，《王子安》中使用博喻来形容"秀才入闱"的境况，此曲主要采用白描手法再现岁试的情形。

第一支曲子是【货郎儿】的正格，概写秀才们平日的情形：秀才们在学府中看似志得意满。假若只听他们平时谈古论今,相互吹牛,每个人都似是博学的好秀才。其实,对中举做官的向往与"古丢丢在望乡台"一样——渴盼、不安而无助。【二转】写生员们平日所为及其侥幸心理,在上下文中起过渡作用。其中"远躲开"三句紧承上支曲子而来,这些生员们平日里以图书为仇雠,厌恶笔砚,喜欢的是喝酒下棋——生动描写了生员们平日厌恶学习,虚度光阴的生活实际。"那文宗呵"以下几句写生员们的侥幸心理:无论是"圣明裁了他",还是"提学不下山东马",还是"漏了咱",都是他们对免去岁考的心理期望,也就是说秀才们怕考试,进而笔锋引向下文考试描写。

【三转】【四转】写考前的情形。【三转】主要写突然听到要考试时秀才们的心理。因为突然间接到考试通知,作者用冰水灌顶、阎罗勾魂、呆似木雕三个比喻来形容那些不学无术的秀才们的惊慌失措。然而,躲是躲不过了,只得收了平日的气焰,耷拉下脑袋,硬着头皮去考试。他们将参加考试看得如挨刀一样,可见其痛苦。【四转】写秀才们考前的准备。因为平时不读书,考前才"临时抱佛脚",所以只有慌慌乱乱,觉得时间不够用。

【五转】【六转】描写《王子安》中所说的"初入时"及"唱名"的情形。【五转】写送考牌后,拼命地死记硬背,睡也睡不安稳,朦朦胧胧到天明。对考生听见开考炮声描写甚是生动:从心里紧张扑咚到崩烘,再到五雷轰顶,声声升级。那难受呀,简直是午时三刻上法场受刑的感觉。尽管如此,也得提上考篮,打上灯笼,挤在考场外等考。考场外只见人头攒动,汗腥气味浓厚,如同囚犯听审。【六转】写考生入场时经过搜身的情形。那些皂隶们吆吆喝喝搜查很仔细,要考生们解开衣服,还要散开头发、脱掉鞋子,根本就不尊重考生。对考生们则用"低秀笃速""拍拍打打""得得塞塞"三个词来形容他们低下的态度、假装镇定及战战兢兢的心理。考官则坐在灯光暗淡处,像个阎魔大帝。皂隶的唱名声则是悠悠扬扬、弯弯曲曲,并且很低,几乎被那些门子们的说话声、嬉闹声掩盖。

【七转】【八转】写考场中情形。【七转】主要写监考官频频翻着名册,还不时写上一两句警告的话,在考场中传看,看到的人感到纳闷而羞耻。此时,又担心又害怕,回头想找个良朋诉说,但好朋友也只能在密匝匝的人堆中远远地望上一眼,谁也顾不得谁。【八转】写考生答卷情况。因为想了很久都没有思绪,有的借研墨来打发时间;有的还在摸头回忆范文中的话;有的已开始誊写抄稿;才思敏捷的虽已交卷,收拾好朱络袋,却捂着肩头嘴里一直说"我过我过"。时间如流梭般飞快,天不亮进考场,眼看太阳已西斜。高的东西影子变得像弯了腰,人的影子变长了,考生的内心焦急得似将肝肠挑在油锅上烤。

【九转】主要描写考生考试后的心态及行为。交卷后如同飞鸟出笼般轻松欢快,然而,想做举人的心思上来后,轻松转为对自己答卷的反思,想到那些缺陷和不足,心情懊丧,后悔当初没有能够用功。所以,听说要改卷子,就相顾失色,更加紧张。然而,等成绩公布,保住了生员的头衔后,秀才们也就又忘记了考试时的煎熬,恢复往日旧态,依然我行我素。

全套生动描写了清代生员参加岁考的情形,揭露科举弊端及其对读书人的摧残。同时,对平时夸夸其谈、没有真才实学的士子给予嘲弄。全曲描写细腻,比喻丰富生动,可谓穷形尽相,入木三分。

## 延伸阅读

**1. 原典阅读**

（1）阅读《全清散曲》（凌景埏、谢伯阳编,齐鲁书社,1985 年版）,重点阅读沈自晋、何承燕、赵庆熺等名家的作品,注重体会作家思想情怀及艺术风格。

（2）阅读《明清民歌时调集》（冯梦龙等编,上海古籍出版社,1987 年版）,重点阅读《霓裳续谱》中的【西调】,《白雪遗音》中的【马头调】等,注重体会清代民歌时调风格倾向及表达艺术。

**2. 研究文献阅读**

（1）阅读《清代散曲研究》（兰拉成著,中国社会科学出版社,2011 年版）,归纳总结清代散曲主题与题材的演变,总体把握清代散曲的艺术风格。

（2）阅读《明清散曲鉴赏辞典》（赵义山主编,商务印书馆国际有限公司,2014 年版）,学习清代散曲名家名作。

## 拓展训练

1. 任讷先生在《散曲概论》中断言："散曲之全盛时代,只在元明两朝,至清即已大衰。"郑振铎在《中国俗文学史》中也说："清代的散曲也和明代的一样,已成了文人的作品,不复是民间的东西了。……他们不是过于趋向尖新、鲜丽之途,在一字一句之间争奇斗胜,便是拘守格律,不敢一步出曲谱外,变成了死气沉沉的活尸。"谢伯阳先生在《清代散曲研究中的若干问题》中却说："清代散曲是元明两代散曲的延续,自然与它们有着直接的因承关系;但是清曲又是清代社会这一特定历史时期的文学形式之一,必然又有其自身的特点。只要我们注意一下清人论曲和一些附在清曲后面的评语,就不难发现他们有着与元代曲家截然不同的'曲美观'。"你对"清代散曲大衰"之说有什么看法？

2. 任讷先生在《曲谐》中评赵庆熺说："峰泖浪仙（施绍莘）以后,散曲中一人而已。清人散曲,真不可少者,惟秋舲也。"卢前《饮虹曲话》中说："赵庆熺、何承燕为清代散曲二妙。《香消酒醒曲》多写儿女私情,而《春巢乐府》无一非世俗人情,惟人情较私情尤深切有味。"李昌集在《中国古代散曲史》中说："秋舲可谓颇得'曲中之雅'的奥秘。"结合你对散曲文体的理解,谈谈诸位大家推崇赵庆熺散曲的原因。

# 后　记

　　本教材依照中国古代文学发展的历史线索进行编写,分先秦文学、秦汉文学、魏晋南北朝文学、隋唐五代文学、宋代文学、元代文学、明代文学、清代文学共八编。每一编梳理文学发展线索,介绍重点文体、重点作家、重点作品,主要包括四个方面的内容:一是文学史线索,介绍本时期文学发展概况、主要成就和基本特征等;二是作品学习,选择各类文体的经典作品进行鉴赏分析;三是延伸阅读,提供课外阅读的有关文献资料等,开阔学生的学习视野;四是拓展训练,包括课内外练习题或者针对有争论的学术问题进行讨论,提高学生的自主学习能力。本教材力求做到线索清晰,重点突出,既有理论性,又有实用性。为了节省篇幅,且适应时代发展,特将讲授作品以二维码形式呈现,这也是本教材的一种尝试。通过本课程学习,既陶冶情操,掌握中国文学发展的基本规律,同时又能掌握主要文体的基本写法技巧,在实践中予以应用,适合在校学生以及广大文史爱好者学习。

　　本教材的编写,张新科负责大纲的编制和统稿工作。具体编写分工如下(以章节编写顺序为序):

　　王长顺(咸阳师范学院):第一编概述;第二编概述、第三章

　　霍建波(延安大学):第一编第一、四章;第二编第四章

　　李小成(西安文理学院):第一编第二章;第二编第一、二章

　　高　萍(西安文理学院):第一编第三、五章;第二编第五章

　　黄元英(商洛学院):第二编概述

　　陕艳娜(陕西学前师范学院):第三编第一、二、三章

　　张　鹏(咸阳师范学院):第三编第四、五章

　　付兴林(陕西理工大学):第四编概述、第二章

　　樊文军(榆林学院):第四编第一、十、十一章

　　宫臻祥(陕西理工大学):第四编第三章

　　许净瞳(陕西理工大学):第四编第四章

　　王丽芳(安康学院):第四编第五、六、七、八、九章

　　凌朝栋(渭南师范学院):第五编概述;第五编第一章

王晓红(渭南师范学院):第五编概述;第五编第四章

张　虹(渭南师范学院):第五编第二、六章

段永升(咸阳师范学院):第五编第三、五章

王建科(陕西理工大学):第六编概述;第一章

姚秋霞(陕西理工大学):第六编第二章

杨明贵(安康学院):第六编第三章

邵金金(陕西理工大学):第六编第四章;第七编第四章

雷　勇(陕西理工大学):第七编第一、二章;第三章第一、二节

赵海霞(咸阳师范学院):第七编第三章第三节

胡世强(陕西学前师范学院):第七编第五章

兰拉成(宝鸡文理学院):第八编概述;第三、四、六章;第五章第一节

魏　强(宝鸡文理学院):第八编第一、二章

张青飞(宝鸡文理学院):第八编第五章第二、三、五节

雷　捷(宝鸡文理学院):第八编第五章第四节

　　本教材的编写,得到了陕西省众多高校老师的帮助和支持,积极承担编写任务,在此表示衷心感谢!本教材在编写过程中,参考了古今学者的有关论著,在此也深表谢意!

张新科

2018年5月